삼신사기와 천부경

三神事記 天符經

HAUM
하움출판사

# 삼신사기와 천부경

지은이　홍석범

개정판 1쇄 발행　2018년 3월 20일

저작권자 홍석범洪錫範

발행처　하움출판사
발행인　문현광
디자인　박현
주소　　광주광역시 남구 주월동 1257-4 3층 하움출판사
ISBN　　　　　979-11-88461-22-6

홈페이지　http://haum.kr/
이메일　　haum1000@naver.com

좋은 책을 만들겠습니다.
하움출판사는 독자 여러분의 의견에 항상 귀 기울이고 있습니다.

# 서序

　이 책자冊子의 머리글은 삼부三夫 김金 재혁在爀 선생先生님께서 지으신 『만세불역지전萬世不易之典』 속의 여러 글 가운데서 일부분一部分을 발췌拔萃하여 옮긴이가 새롭게 글을 엮은 것이고, 사자四子와 사령四靈의 글은 청양靑陽 이李 원선源善 선생先生님께서 쓰신 『만세불역지전萬世不易之典』 서문序文의 일부一部이다.

　『만세불역지전萬世不易之典』은 단기檀紀 4293년年(서기西紀 1960년年)에 필사본筆寫本으로 출간出刊되었으며 이는 삼부三夫 선생先生님께서 『삼신사기三神事記』와 『천부경天符經』의 두 경전經典을 아울러서 해설解說하신 글이다. 이 가운데서 『삼신사기三神事記』, 천부경天符經 해석解析, 사자四子와 사령四靈, 인생필지人生必知, 대동사강大東史綱의 글을 따로 떼어내서 여기에 실었다. 『삼신사기三神事記』와 『천부경天符經』을 간략簡略하게 설명說明하면 아래와 같다.

## 1. 삼신사기三神事記

　『삼신사기三神事記』는 단제檀帝(단군檀君)께서 지으셨으며 「조화기造化紀」, 「교화기敎化紀」, 「치화기治化紀」의 세 기紀로 구성構成되어 있고 이는 삼위일체三位一體이신 삼신三神 즉卽 신부神父(환인桓因), 신자神子(환웅桓雄), 성신聖神의(환검桓儉) 삼위三位의 신神께서 각기各其 하시는 일의 기록記錄이다.

　「조화기造化紀」는 우주만물宇宙萬物을 조화造化하시는, 다시 말하여 만물萬物을 처음으로 지어 일어나게 하고 바뀌어 되게 하시는 조화주造化主 환인桓因께서 하늘나라를(천국天國) 여시어 깨우쳐주시고, 많은 무리의 세계世界를 처음으로 지어 일어나게 하고 바뀌어 되게 하시고, 지구地球가 생물生物을 낳아서 기르기에 적합適合한 곳이라 하시며 많은 무리의 영靈과 철喆에게 명命하시여 각기各其 직분職分을 주시어서 땅에서 다니고, 하늘에 날아오르고, 탈바꿈하고, 물에서 헤엄치고, 땅에 심는 다섯 종류種類의 생물生物이 비로소 지어 일어나게 하시고, 오색五色 인종人種이 나뉘어져 각지各地에서 번식繁殖하게 하시는 과정過程을 상세詳細히 설명說明하고 있다.

「교화기敎化紀」는 천훈天訓, 신훈神訓, 천궁훈天宮訓, 세계훈世界訓, 진리훈眞理訓의 다섯 훈훈訓으로 구성構成되어 있으며 이로써 교화주敎化主이신 환웅桓雄께서 천天, 신神, 천궁天宮, 세계世界 및 진리眞理의 실체實體를 명료明瞭하게 설파說破하시어서 많은 무리의 사람들을 가르쳐서 바뀌어 되게 하시는 가르침의 기록記錄이고, 「치화기治化紀」는 치화주治化主이신 환검桓儉께서 곡穀, 명命, 형刑, 병病, 선악善惡의 다섯 가지의 일을(오사五事) 맡아 거느려 지키시어 신하臣下이신 팽우彭虞, 신지神誌, 고시高矢 등等의 삼선三仙과 사령四靈에게 각기各其 직분職分을 나누어 주시어서 다스려 바르게 하여 바뀌어 되게 하시는 일의 기록記錄이다.

운초雲樵 계연수桂延壽 선생先生이 편찬編纂한 『환단고기桓檀古記』 가운데 「태백일사太白逸史」에는 「교화기敎化紀」만이 수록收錄되어 있으며 이를 「삼일신고三一神誥」라고 부르고 있고, 대종교총본사大倧敎總本司에서 펴낸 『대종경전총람大倧經典總覽』에는 「조화기造化紀」, 「교화기敎化紀」, 「치화기治化紀」 세 기紀의 내용內容이 다 나와 있다.

### 2. 천부경天符經

황제黃帝께서 태호太昊 복희씨伏羲氏의 「하도河圖」를 받으시어 이를 가지고 대유大遊, 소유少遊의 역력을 지어 만드시고 역력을 만드는 법法을 은밀隱密하게 기록記錄하시니 이 이름이 『천부경天符經』이다. 다시 이 「하도河圖」는 혁서환인爀胥桓因 천제天帝 수인씨燧人氏의 「십거도十鉅圖」이다. (※대유大遊는 진천眞天과 진태양眞太陽의 운행運行을 가리키고, 소유少遊는 인천人天과 일태양日太陽의 운행運行을 가리킨다. 태양太陽에는 본태양本太陽, 진태양眞太陽, 일태양日太陽의 셋이 있으며, 본태양本太陽은 일신一神이시고, 진태양眞太陽은 진천眞天의 명命을 받으신 것이고, 일태양日太陽은 인천人天의 명命을 받으신 것이다.)

시조始祖 환인桓因 천제天帝 유소씨有巢氏를 이으신 2세二世 환인桓因 천제天帝 수인씨燧人氏께서 십극十極을 우러러 쳐다보시고 자세仔細히 살피시어서 본태양本太陽의 하시는 일로서 열 개個의 톱날(거鉅)의 이理를 그림으로 그리시니(도圖) 이 이름이 「십거도十鉅圖」이다. 복희씨伏羲氏께서 이 「십거도十鉅圖」를 받으시어 역시亦是 한 배倍를 더하는 법法으로 세 차례次例 획획劃을 그어서 나누시니 여기에 팔괘八卦가 이루어졌다. 복희씨伏羲氏께서 진주陳州의 하남河南에 수도首都를 정정定하시어서 이 「십거도十鉅圖」가 하남河南으로부터 후세後世에 전전傳하여진 까닭에 그 지명地名으로 인因하여 이를 일컬어 「하도河圖」라고 한다. 이 수인씨燧人氏의 「십거도十鉅圖」의 이理를 계산計算하고 수數를 계산計算하는 법法을 쓰시어서 단제檀帝께서 『삼신사기三神事記』를 지으시었고 황제黃帝께서는 『천부경天符經』을 지으시었다.

## 3. 이理와 수數의 계산計算

본태양本太陽의 1의 자리로부터 아홉 차례次例 달라지는 자리가 그 형상形象이 톱날과 같은 까닭에 10개個의 톱날(십거十鉅)이다. 즉卽 1, 3, 5, 7, 9, 11, 13, 15, 17, 19의 10개個의 수數를 1에서부터 19까지 위에서부터 아래로 차례次例로 쌓아내려 오면서 1을 하나의 정사각형正四角形의 상자箱子(궤櫃)라고 가정假定할 때, 맨 아래 10번番째의 19의 자리에는 19개個의 상자箱子가 놓이게 된다. 따라서 10개個의 층層을 가진 피라미드 모양模樣의 삼각형三角形이 만들어진다. 그리고 이 삼각형三角形의 좌우左右의 두 변邊은 10개個의 단段으로 만들어진 경사傾斜진 계단階段 또는 10개個의 톱날(거鉅)의 모양模樣으로 나타나게 된다. 그래서 10개個의 톱날 모양模樣을 나타내는 그림(도圖)인 까닭에 「십거도十鉅圖」라고 부른다.

위 삼각형三角形의 꼭지 점點의 1개個의 상자箱子로부터 밑 변邊의 19개個의 상자箱子까지 모두 합合하면 100개個의 상자箱子가 되니 그 수數가 100이 되고 따라서 진천眞天 이理의 각도角度가 100이 된다. 1에서 17까지의 9개個 층層의 상자箱子, 즉卽 1, 3, 5, 7, 9, 11, 13, 15, 17의 상자箱子를 모두 합合하면 그 수數가 81이니 이 81을 체리體理라 하고, 맨 아래 1개個 층層의 상자箱子의 수數가 19이니 이 19를 용리用理라고 한다. 용리用理 19와 체리體理 81을 합合하면 100이 되니 곧 진천眞天 이理의 각도角度가 100이 된다. 다시 용리用理 19와 체리體理 81을 서로 곱하면 1,539리理가 되니 이는 진천眞天의 1도度의 이理가 된다.

바둑판板의 가로와 세로의 두 변邊에는 각기各其 19개個의 돌을 놓는 점點이 있고, 이 바둑판板을 반半으로 자르면 가로 19개個, 세로 10개個의 점點이 있는 직사각형直四角形이 된다. 이에서 하나의 점點을 하나의 상자箱子라고 생각하고서 19와 10을 서로 곱하면 190개個의 상자箱子가 있게 되고 그 수數는 190이 된다. 190의 수數를 가지고 있는 바둑판板 절반折半 모양模樣의 직사각형直四角形의 가운데에는 100의 수數를 가진 피라미드 모양模樣의 삼각형三角形이 자리하고 있어서, 직사각형直四角形의 수數 190에서 그 안에 있는 삼각형三角形의 수數 100을 빼면 그 나머지인 좌우左右의 두 개個의 역逆 삼각형三角形 안의 상자箱子의 수數의 합계合計는 90이고, 90은 진지眞地의 각도角度가 된다. 또한 90은 18과 72를 합合한 수數이니, 18을 용수用數라 하고, 72를 체수體數라고 한다. 그리고 용수用數 18과 체수體數 72를 서로 곱하면 1,296수數가 되며 이는 진지眞地의 1도度의 수數가 된다.

이와 같이 계산計算하여 ①진천眞天의 1,539리理, ②진령眞靈(진태양眞太陽)의 1,520리理, ③현천玄天(진지眞地)의 1,296수數, ④진정령眞精靈(진월眞月)의 1,260수數, ⑤창천蒼天(인천人天)의 1,458이수理數, ⑥망령妄靈(일태양日太陽)의 1,440이수理數, ⑦공천

空天(인지人地)의 1,368이수리數, ⑧망정령妄精靈(망월妄月)의 1,330이수리數의 모두 여덟 개個의 이리·수數가 나온다.

(※ 용수用數 18에서, 체리體理 81의 중심中心의 1을 움직이지 아니하는 근본根本의 뜻으로 빼어버리고 80으로 서로 곱하여 1,440이수리數가 나오니 일태양日太陽의 1도一度의 분分이 되며 지구地球가 그 광명光明을 받아서 12시時 가운데 자전自轉하는 분수分數이다.)

많은 가르침을 내려주신 스승이신 청양靑陽 이李 원선源善 선생先生님과 『만세불역지전萬世不易之典』의 글을 전傳하여 주시고 이를 번역飜譯하도록 권유勸誘하여 주신 형우炯宇 신申 형래炯來 사부師傅님, 두 분 영전靈前에 삼가 이 작은 책자冊子를 바칩니다.

단군기원檀君紀元 4349년年 병신년丙申年 초初봄에
하동河東 악양岳陽골에서 홍洪 석범錫範 씀.

# 차 례次例

(상용한자常用韓字 1,800자字를 포함包含한 2,000여餘 자字 수록收錄)

# I. 머리글

## 가. 동국東國[1]의 의의意義 및 유래由來

인人·물物[2]이 나심이 동東쪽에서 시작始作하였고 문명文明의 정치政治도 십극十極[3]이 시작始作이 되어서 동東쪽에서 시작始作하였으니 동국東國은 온 천하天下의 조국祖國이다. 사람의 문명文明이 그 조상祖上을 모른다면 어느 곳에 그 자손子孫이 있는가? 우리 동국東國은 일신一神께서 자리를 정정定하신 신神의 나라이니 이 이理를 모르는 학자學者를 문명文明한 사람이라고 말할 수 있겠는가?

이르는바 옛날 역사歷史에서(古史), "동방東方에는 처음에 군장君長이 없다가 환검桓儉을 세워서 이로써 군장君長을 삼았다."고 하니 이와 같은 일은 인人·물物이 처음 나심과 문명文明의 시작始作이 모두 동東쪽에서 나온 것임을 알지 못함이다. 나라가 있으면 반드시 영토領土가 있고 영토領土가 있으면 반드시 국민國民이 있으니 이때가 곧 요堯[4]가 나라를 세운 지 25년年이니 곧 당후唐侯[5]가 천하天下를 남김없이 모두 취취取하여 가져서 하나도 남은 땅이 없을 것이나 옛날 역사歷史 기록記錄에서 단제檀帝[6]께서는 요堯가 즉위即位한 지 25년年 후後인 무진년戊辰年에 등극登極하셨다[7]고 말하니 동국東國의 땅은 일신一神의 신神의 나라의 땅인가, 부처의 극락極樂 세계世界의 땅인가? 이것이 아니면 당후唐侯가 동국東國의 땅을 양여讓與하였는가, 단제檀帝께서 당후唐侯를 쳐서 동국東國의 땅을 빼앗아 얻으시었는가?

만약萬若 이들 두 유형類型의 가정假定이 올바르지 아니하다면 이는 역사歷史를 기록記錄하는 사람들이 물 위에 떠 있는 달에서 계수桂樹나무를 꺾음이요, 거울 속에 비친

---

1) 동국東國: 한국韓國의 이칭異稱. 중국中國(지나支那China) 사람들의 우리나라 한국韓國에 대對한 호칭呼稱인데, 중국中國(지나支那China)의 동東쪽에 있는 나라라는 뜻이다. 처음에는 중국中國(지나支那China) 사람의 한국韓國에 대對한 호칭呼稱이었으나 후後에는 한국인韓國人 스스로도 우리나라를 동국東國으로 자칭自稱하였다. 동국통감東國通鑑, 동국지리지東國地理誌, 동국여지승람東國與地勝覽 등等의 서명書名 등等도 모두 여기서 유래由來한 것이다. (동아출판사『동아원색세계대백과사전』1984. 9권卷 498~499쪽)

2) 인人·물物: 여기에서의 인人은 진인眞人을, 물物은 성인聖人과 지인至人을 가리킨다. (본본 책자冊子 12~15쪽 및 17쪽 참조參照)

3) 십극十極: 192쪽 및 205쪽「십극도十極圖」참조參照

4) 요堯: 당唐나라를 세운 사람. ※당唐나라: 국도國都-평양平陽, 역년歷年-100년年(B.C. 2357~B.C. 2257) (245쪽「개창조국기원표開創肇國紀元表」참조參照)

5) 당후唐侯: 당唐나라 후侯 요堯를 가리킨다.

6) 단제檀帝: 우리나라 국조國祖이신 고조선古朝鮮의 단군왕검檀君王儉을 가리킨다. 일신一神께서 맺어 이루어서 사람으로 지어나신(一神凝而生人) 진인眞人이시다. 지금只今으로부터 4,349년年 전전에(서기西紀 2016년年 기준基準. B.C. 2333) 태백산太白山에 국도國都를 정정定하시어 나라 이름을 진단震檀이라 하시고, 경인庚寅 23년年에 나라 이름을 고쳐서 조선朝鮮이라고 하시었다. 47대代 제왕帝王에 역년歷年이 1,212년年임(B.C. 2333~B.C. 1121). ※ 단군조선檀君朝鮮 및 그 이전以前의 제왕帝王을 단군檀君이라고 통칭通稱하여 오기도 하였음

7) 무진년戊辰年에 등극登極하셨다: B.C. 2333. 『제왕운기帝王韻紀』(고려高麗 충렬왕忠烈王<재위在位: A.D. 1274~1308> 때 초간初刊. 이승휴李承休), 『동국통감東國通鑑』(성종成宗 16년年<A.D. 1458> 서거정徐居正), 『해동이적海東異蹟』(현종顯宗 7년年<A.D. 1666> 홍만종洪萬宗), 『동국역대총목東國歷代總目』(숙종肅宗 7년年<A.D. 1705>. 홍만종洪萬宗) 등등에 기록記錄이 있다. (『네이버 블로그』2016)

꽃에서 열매를 구구求하는 설설設이나 우리 동국東國의 학자學者들이 이 설설說을 믿고서는 자신自身의 나라를 잊으니 혼백魂魄이 이미 가버린 지가 오래되었다. 우리 사람들이 살아 나아갈 길이 어느 곳에 있는가, 단지但只 정신精神 회복回復뿐이다. 주周나라8)로부터 이후以後로 역사歷史를 기록記錄하는 사람들의 붓이 그 바른 뜻을 버리고 치우쳐 삐뚤어진 생각을 글로 씀에 미치니 하나도 옳게 자세仔細히 살핌이 없는 까닭에 공자孔子9)가 말하기를, "천자天子가 아니면 문헌文獻을 자세仔細히 살피지 못한다."고 함이 이것이다.

人物之生도 始於東하고 文明政治도 十極爲始하야 始於東하니 東國은 全天下之祖國也라
人之文明이 不知其祖면 何有其孫乎아 我東國은 一神定位이신 神國이니 不知此理之學者를 可謂文明者乎아

所謂古史에 東方에 初無君長하더니 以桓儉으로 立以爲君이라하니 如此者는 不知人物之始生과 文明之始 皆出於東者也오 有國이면 必有土오 土有면 必有民이니 此時則堯立國二十五年則唐侯盡取天下無一餘地而古史에 檀帝_堯立二十五年後戊辰登極云하니 東國之地는 一神神國之地耶아 佛之極樂世界之地耶아 非此면 唐侯_讓東國之地耶아 檀帝 伐唐侯而取東國之地耶아

---

8) 주주周나라: 무왕武王이 세운 나라. 국도國都-호경鎬京(서주西周), 낙읍洛邑(동주東周), 역년歷年-353년年(서주西周), 502년年(동주東周) (B.C. 1124~B.C. 256) (245쪽 「개창조국기원표開創肇國紀元表」 참조參照)
중국中國(지나支那China) 고대왕조古代王朝(B.C. 1122?~B.C. 256). 은殷나라 다음의 왕조王朝이며, 이전以前의 하夏, 은殷과 더불어 삼대三代라 한다. 요堯, 순舜의 시대時代를 이어받은 이상理想의 치세治世라 일컬어진다. 주왕조周王朝의 시조始祖는 후직后稷(기棄)이며 13대代째의 고공단부古公亶父(태왕太王) 때에 기산岐山(섬서성陝西省 중부中部)에 옮겨 정주定住하고 국호國號를 주주周라 하였다. 당시當時 황하강黃河江의 하류지역下流地域에는 은왕조殷王朝가 번영繁榮하고 있었는데, 주족周族은 그 서西쪽 변邊두리의 제후諸侯의 하나였다. 태왕太王의 손자孫子 문왕文王(창昌)에 이르러 태공망太公望(여상呂尙) 등等의 보좌補佐로 서방西方의 패자霸者(서백西伯)가 되었다. 그 아들 무왕武王(발發)은 제후諸侯의 지지支持를 받아, 당시當時 민심民心을 잃고 있던 은殷의 주왕紂王을 멸멸滅할 싸움을 일으켰다. 이 출병出兵을 하지 말도록 간諫한 백이伯夷, 숙제叔齊의 이야기는 유명有名하다. 그러나 무왕武王은 마침내 목야牧野의 싸움에서 은殷의 대군大軍을 무찔러 주왕紂王을 죽이고, 은왕조殷王朝에 갈음하여 주왕조周王朝를 창시創始하였다. (동아출판사『동아원색세계대백과사전』1984. 25권卷 339~340쪽)
9) 공자孔子: B.C. 552~B.C. 479. 중국中國(지나支那China) 고대古代의 사상가思想家. 유교儒敎의 개조開祖이며, 중국中國(지나支那China)의 오랜 역사歷史를 통通하여 성인聖人으로 존경尊敬되어 왔다. 공孔은 성姓이고, 자子는 남자男子의 미칭美稱으로 <선생先生> 정도程度의 뜻이다. 이름은 구丘. 자字는 중니仲尼이다. 춘추전국시대春秋戰國時代 말기末期에 노魯나라의 창평향昌平鄕 추읍陬邑(지금只今의 산동성山東省 곡부曲阜의 남동南東)에서 태어났다. 생년生年을 B.C. 551년年이라고 보는 이설異說도 있다. 그의 언행言行은『논어論語』를 통通해서 전전傳해지고, 그의 사상思想을 알아보기 위爲한 확실確實한 자료資料도『논어論語』밖에는 없는데, 이는 제자弟子나 제자弟子의 제자弟子들이 기록記錄한 것이지 공자孔子 자신自身의 저술著述은 아니다. 오경五經을 편찬編纂하였다고 전傳해지지만, 아마 이는 교육목적敎育目的에 따라서『시경詩經』,『서경書經』등等의 고전古典을 정리整理했던 것으로 생각된다. (동아출판사『동아원색세계대백과사전』1984. 3권卷 494쪽)

若非此二者면是는史者之水月折桂와鏡花求實之說也而我東國學者_信此說而忘
약 비 차 이 자      시   사 자 지 수 월 절 계   경 화 구 실 지 설 야 이 아 동 국 학 자  신 차 설 이 망

自國하니魂魄이已去久矣니吾人之生路在何處오但精神回復而已耳라自周以後史者
자 국      혼 백   이 거 구 의   오 인 지 생 로 재 하 처   단 정 신 회 복 이 이 이   자 주 이 후 사 자

之筆이捨其正義하고能書邪意_하야無一可考故로孔子_曰非天子면不考文이是也라
지 필   사 기 정 의      능 서 사 의   무 일 가 고 고   공 자  왈 비 천 자   불 고 문 이 시 야


<참고參考>

- 인人·물物 (인人-진인眞人, 물物-성인聖人, 지인至人)
· 진인眞人: 성性을 꿰뚫어 통通하여(通性) 삼진三眞을 완전完全히 갖춤. 상철上喆
· 성인聖人: 명命을 깨달아 앎(知命). 중철中喆
· 지인至人: 정精을 기르고 지킴(保精). 하철下喆


- 삼진三眞: 성性, 명命, 정精
- 삼망三妄: 심心(마음), 기氣(기운), 신身(몸)
- 삼도三途: 감感(마음의 움직임), 식息(숨 쉼), 촉觸(닿아서 느낌)


- 황제내경黃帝內經10) 소문素問 및 내경지요內經知要(이중신李仲梓)(상고천진론편上古
天眞論篇 제일第一) 중中에서 - 11)
  황제黃帝12)께서 말씀하시었다. 내가 듣건대 상고시대上古時代에 진인眞人이 있으시니

---

10) 『황제내경黃帝內經』: 가장 오래 된 중국中國(지나支那China)의 의학서醫學書. 『내경內經』이라고도 하며, 의학醫學 5경五經의 하나이다. 중국中國(지나支那China) 신화神話의 인물人物인 황제黃帝와 그의 신하臣下이며 천하天下의 명의名醫인 기백岐伯과의 의술醫術에 관關한 토론討論을 기록記錄한 것이라 하나 사실事實은 진한秦漢 시대時代에 황제黃帝의 이름에 가탁假託하여 저작著作한 것 같다. 이 책冊은 원래原來 18권卷으로 전반前半 9권卷은 「소문素問」, 후반後半 9권卷은 「영추靈樞」로 구분區分된다. 「소문素問」은 천인합일설天人合一說, 음양설陰陽說, 오행설五行說 등等 자연철학自然哲學에 입각立脚한 병리학설病理學說을 주主로 하고, 실제치료實際治療에 대對한 기술記述은 적다. 「영추靈樞」는 침구鍼灸와 도인導引 등等 물리요법物理療法을 상술詳述하고 있으며, 약물요법藥物療法에 대하여는 별로 언급言及이 없다. 현존現存하는 『내경內經』으로는 당唐나라의 왕빙王氷이 주석注釋을 가加한 24권卷 본本이 있으며, 이보다 앞서 수隋나라의 양상선楊上善이 편집編輯한 『황제내경태소黃帝內經太素』 30권卷이 있었으나 일실逸失되고 전전傳해지지 않는다. (동아출판사『동아원색세계대백과사전』1984. 30권卷 490쪽)
11) 집문당集文堂『黃帝內經素問注釋』박찬국朴贊國 역주譯注 2005. 12~14쪽 및 주민출판사周珉出版社『內經知要』윤창렬尹暢烈 외外 편역編譯 2009. 15~21쪽
12) 황제黃帝: 황제黃帝께서는 진인眞人이시고 탁록涿鹿에 수도首都를 정정定定하여 나라를 세우셨으며 역년歷年은 285년年(B.C. 2642~B.C. 2357)이다. 『중경中經』과 『내경內經』을 저작著述하시고, 4,096괘卦를 그어 나누고, 『영귀구궁도靈龜九宮圖』를 그리고, 배와(舟) 수레와(車) 지남차指南車를 만들며 처음으로 방패防牌와 창槍을(干戈) 가지셨다. 태백산太白山에 천단天壇을 세우셨다. (245쪽 「개창조국기원표開創筆國紀元表」참조參照)
  성姓은 공손公孫이며 자부선인紫府仙人을 만나 『삼황내문三皇內文』을 받았다. 이것이 노자老子로 이어져 도교道敎의 기초基礎가 되었다. 도가道家에서는 도교道敎의 개조開祖로 숭배崇拜한다. (한뿌리『환단고기』이민수 옮김 1987. 22쪽 주註)
  동작빈董作賓의 연표年表에 따르면 B.C. 2692~B.C. 2592의 인물人物이요, 태호복희太昊伏羲, 염제신농炎帝神農

천지天地를 몸에 지니어 가지며 음양陰陽13)을 확실確實하게 이해理解하여 손에 잡아 쥐고서 정기精氣를 호흡呼吸하며 홀로 서서 신神을 보살펴 지켜서 피부皮膚 근육筋肉 등等 신체身體가 한결같다. 까닭에 능能히 수명壽命이 천지天地를 가릴 수 있어서 끝나는 때가 있지 않으니 이는 도道가 삶 자체自體임이다!

黃帝曰_余聞컨대上古에有眞人者하니堤挈天地하고把握陰陽하야呼吸精氣하며獨立守
황제왈 여문 상고 유진인자 제설천지 파악음양 호흡정기 독립수
神하야肌肉若一이라故能壽敝天地하야無有終時하니此는其道生이라
신 기육약일 고능수폐천지 무유종시 차 기도생

◎ 진인眞人은 꾀하여 하심이 없으시나(無爲) 다스려 바르게 하시니 지어 일어나고 바
　　　　　　　　　　　　　　　　　　무위
뀌어 됨이(造化) 저절로 그렇게 됨에(自然) 모두 다 맡기시니 까닭에 능能히 천지天地를
　　　조화　　　　　　　　　　자연
따라서 수명壽命을 한가지로 함께 할 수 있다.

眞人은無爲而治하사一任造化之自然하시니故能如天地同壽이시니라
진인 무위이치 일임조화지자연 고능여천지동수

중고中古의 시대時代에는 지인至人이 있으니 덕德을 두텁게 하고 도道를 완전完全하게 하여 음양陰陽에 맞추어 합습하며 사시四時14)에 화합和合하여 어울린다. 인간人間 세계世界를 버리어 돌아보지 아니하고 속세俗世를 떠나서 정精을 쌓아서(積精) 신신神을
　　　　　　　　　　　　　　　　　　　　　　　　　　　　적정
완전完全하게 하고, 천지天地의 사이를 노닐면서 팔달八達15)의 밖을 보고 들으니 이는

---

과 함께 삼황三皇의 한 사람이다. 갈홍葛弘의 《포박자抱朴子》는 「황제黃帝가 청구靑丘에 와서 풍산風山을 지나다가 자부선생紫府先生을 만나 『삼황내문三皇內文』을 받아 만萬의 신신神을 부르고 부렸다.(昔有黃帝 東到靑丘 過風
　　　　　　　　　　　　　　　　　　　　　　　　　　　　　　　　　　　　　　　석유황제 동도청구 과풍
山 見紫府先生 受三皇內文 以劾召萬神)」라고 하였으니 그는 역시亦是 어김없는 동이족東夷族이다. (정신세계사
산 견자부선생 수삼황내문 이핵소만신
『한단고기』임승국林承國 번역飜譯, 주해註解 1998. 41~42쪽 주註)
　중국中國(지나支那China) 신화전설상神話傳說上의 제왕帝王. 『사기史記』에 의依하면 황제黃帝는 이름을 헌원軒轅이라고 하며 당시當時의 천자天子 염제炎帝 신농씨神農氏를 대신代身하여 치우蚩尤와 싸우고, 다시 염제炎帝 등等과 싸워 이겨서 천자天子가 되었다고 한다. 그러나 황제黃帝에 관關하여 여러 책자冊子가 전傳하는 바는 다양多樣하여 원래元來는 <번쩍번쩍 빛나는 천제天帝>를 의미意味하는 황제皇帝와 같다고 한다. 황제黃帝라고 쓰이어진 경우境遇는 오행五行의 중앙中央인 토土에 해당該當하며 중국中國(지나支那China) 문명文明의 개조開祖로 간주看做되었다. (동아출판사 『동아원색세계대백과사전』 1984. 30권卷 490쪽)
13) 음양陰陽: 음음陰과 양양陽의 이기二氣를 우주宇宙의 근본원리根本原理로 삼는 고대古代의 우주관宇宙觀으로 우주宇宙나 인간人間의 모든 현상現象을 음음陰과 양양陽 두 원리原理의 쇠쇠衰하여 사라짐과 성성盛하여 자라남으로(소장소멸消長) 설명說明하는 설설說로서 사물事物의 현상現象을 표현表現하는 하나의 기호記號라고 할 수 있다. 음음陰과 양양陽이라는 두 개個의 기호記號에다 모든 사물事物을 포괄包括 귀속歸屬시키고 있는 것이다. 이는 하나의 본질本質을 양면兩面으로 관찰觀察하여 상대적相對的인 특징特徵을 지니고 있는 것을 표현表現하는 이원론적二元論的 기호記號라고도 할 수 있겠다. 음양陰陽을 인체人體에 적용適用시켜 보면 외外는 양양陽이고, 내내內는 음음陰이며, 장臟은 음음陰에 속속屬하고, 부腑는 양양陽에 속속屬한다. (동아출판사 『동아원색세계대백과사전』 1984. 22권卷 618~619쪽)
14) 사시四時: ① 한 해의 네 철 곧 춘春, 하夏, 추秋, 동冬 사계四季 ❷ 사서四序 ② 한 달 중中에 네 때 회晦, 삭朔, 현弦, 망望 ③ 하루의 네 때 곧 단旦, 주晝, 모暮, 야夜 (민중서관民衆書館 『민중 국어대사전』 이희승李熙昇 편편編 1963. 1421쪽)
15) 팔달八達: 팔달八達은 팔방八方의(동동東, 서서西, 남남南, 북북北의 사방四方과 동남東南, 동북東北, 서남西南, 서북西北

대개大蓋 수명壽命을 더하여 힘차고 튼튼하게 하는 사람이니 역시亦是 진인眞人에 돌아가 합합한다.

中古之時엔 有至人者하니 淳德全道하야 和於陰陽하며 調於四時하고 去世離俗하야 積精
중고지시　　유지인자　　순덕전도　　화어음양　　조어사시　　거세이속　　적정
全神하고 游行天地之間하며 視聽八達之外하니 此_蓋益壽命而强者也니 亦歸于眞人이라
전신　　유행천지지간　　시청팔달지외　　차　개익수명이강자야　　역귀우진인

◎ 지인至人은 꾀하여 하심이 있으면서 다스려 바르게 하여(有爲而治) 이로써 도道에
　　　　　　　　　　　　　　　　　　　　　　　　　유위이치
이르시니 비록 진인眞人이 저절로 그렇게 됨에서(自然) 나오심에 미치지 못하여서 길을
　　　　　　　　　　　　　　　　　　　자연
달리하나 함께 한가지로 돌아가서 그 공功을 이룸에 이르니 곧 하나이다.

至人은 有爲而治以至於道하니 雖不及眞人之出於自然而殊塗나 同歸하야 及其成功
지인　　유위이치이지어도　　수불급진인지출어자연이수도　　동귀　　급기성공
則一也라
즉일야

그 다음은 성인聖人이 있으니 천지天地가 서로 응應하여 화합和合함 속에 자리하여
팔풍八風16)의 이리理를 좇으며 하고 싶은 일은 세속世俗 가운데에서 맞추되 성내거나 노
怒하는 마음을 없이 하고, 행동行動을 함에는 세속世俗을 떠나고자 하지 아니하여 관복
官服을 입고 훈장勳章을 차되 행동거지行動擧止는 세속世俗의 풍속風俗을 보려고 하지
않아서 밖으로는 일에 형체形體를 수고롭게 하지 않으며 안으로는 사상思想의 근심이
없어서 편안便安하고 즐거움으로써 힘씀을 삼고, 스스로 얻음으로써 공功을 삼아서 형
체形體가 쇠衰하여 무너지지 않으며 정신精神이 흩어지지 않으니 역시亦是 이로써 가可
히 백百의 수數를 헤아릴 수 있다.

其次有聖人者하니 處天地之和하고 從八風之理하며 適嗜欲於世俗之間하되 无恚嗔之
기차유성인자　　처천지지화　　종팔풍지리　　적기욕어세속지간　　무에진지
心하며 行不欲離於世하야 被服章이나 擧不欲觀于俗이라 外不勞形於事하고 內無思想之患
심　　행불욕이어세　　피복장　　거불욕관우속　　외불로형어사　　내무사상지환
하야 以恬愉爲務하고 以自得爲功하야 形體不敝하며 精神不散하니 亦可以百數니라
　　이념유위무　　이자득위공　　형체불폐　　정신불산　　역가이백수

그 다음에는 현인賢人이 있으니 천지天地를 본本받아 모범模範으로 삼아서 일월日月

_____

의 사간방四間方) 끝을 의미意味하니, 곧 온 세상世上이다. 그러므로 이는 온 세상世上의 밖까지를 보고 듣는다는
뜻이니, 그 행위行爲가 세상世上의 보편적普遍的인 제한制限을 벗어나서 이루어짐을 말한다. 팔원八遠 (집문당集文堂
『黃帝內經素問注釋』박찬국朴贊國 역주譯注 2005. 14쪽 주註)

16) 팔풍八風: 팔방八方에서 절기節氣에 따라 불어오는 바람(동방東方-영아풍兒風, 남방南方-대약풍大弱風, 서방
西方-강풍剛風, 북방北方-대강풍大剛風, 동북방東北方-흉풍凶風, 동남방東南方-약풍弱風, 서남방西南方-모풍謀風,
서북방西北方-절풍折風)인데, 동시同時에 방향方向을 나타내므로 공간空間을 지칭指稱하기도 한다. 여기서는 공간
空間을 뜻한다. (집문당集文堂『黃帝內經素問注釋』박찬국朴贊國 역주譯注 2005. 14쪽 주註)
　　　　　　　　　　　황제내경소문주석

14

을 본本떠 계승繼承하며 성星과 신辰을 구별區別하여 나누어 늘어놓고, 음양陰陽을 맞이하여 따르고 사시四時를 분별分別하니 상고上古 시대時代를 받들어 뒤를 밟아 따라서 도道에 모여 하나가 되어 역시亦是 수명壽命을 더하게 할 수 있으나 다하여 끝내는 때가 있다.

其次有賢人者하니 法則天地하야 象似日月하며 辨列星辰하고 逆從陰陽하야 分別四時하니 將從上古하야 合同於道하야 亦可使益壽나 而有極時니라

◎ 그 다음은 성인聖人을 이루고 현인賢人을 이루어 되니 처음부터 아직 세속世俗의 밖에서 초연超然하지 못하여서 지인至人이 도道를 닦아서 진인眞人에 돌아감과 같이 하지는 못한다. 곧 또한 보통普通의 사람과 같은 부류部類일 뿐이다. 그러나 능能히 칠정七情17)과 육욕六慾18)이 묶어 얽는 바가 되지 아니하고서 흡족洽足하게 세월歲月을 벗하여 지낸다. 까닭에 백세百歲의 수명壽命을 얻고 용렬庸劣한 대중大衆들의 위에 멀리 나와 있다.

其次爲聖爲賢이니 旣未超然於世俗之外니 莫如至人之修道歸眞이라 則亦與常人等耳니 然能不爲七情六慾所累하야 優遊歲月하니 故得百歲之壽요 遠出於庸衆之上也라

---

17) 칠정七情: ① 사람의 일곱 가지 감정感情. 곧 희喜(기쁨), 노怒(성냄), 애哀(슬픔), 락樂(즐거움), 애愛(사랑), 오惡(미워함), 욕欲(탐낼냄), 또는 희喜, 노怒, 우憂(근심), 사思(생각), 비悲(슬픔), 경驚(놀람), 공恐(두려움) ② [불교佛敎] 희喜, 노怒, 우憂, 구懼(두려움), 애愛, 증憎(미워함), 욕欲 (민중서관民衆書館 『민중 국어대사전』 이희승李熙昇 편編 1963. 2870쪽)

18) 육욕六慾: 6종種의 욕락欲樂, 곧 1. 색욕色欲 - 청靑, 황黃, 적赤, 백白, 흑黑 등等 빛깔에 대對한 탐욕貪慾 2. 형모욕形貌欲 - 미모美貌에 대對한 탐욕貪慾 3. 위의자태욕威儀姿態欲 - 걸음 걷고 앉고 웃고 하는 등等의 애교愛嬌에 대對한 탐욕貪慾 4. 언어음성욕言語音聲欲 - 말소리, 음성音聲, 노래에 대對한 탐욕貪慾 5. 세활욕細滑欲 - 이성異性의 부드러운 살결에 대對한 탐욕貪慾 6. 인상욕人相欲 - 남녀男女의 사랑스러운 인상人相에 대對한 탐욕貪慾 (법보원 『불교사전』 운허 용하 지음 1961. 684쪽)

오직 우리 동국東國은 인人·물物이 비로소 처음으로 지어 나신(生) 까닭에 일신一神께서 맺어 이루어서 나시었으니 인人·물物이 나고 바뀌어 되신(化) 연후然後에 그 이름을 일컬어 신神이시라 부른다. 그 근원根源을 구求하여 찾아서 그 근원根源을 꿰뚫어 비추어보면 지어 나심과 바뀌어 됨에는 둘이 있다. 지어 나심의 첫째는 일신一神께서 맺어 이루어서 나시어서[19] 십극十極을 우러러 쳐다보시고 자세仔細히 살피시어서 네 방위方位를(四方) 정定하시었고, 둘째는 단제檀帝이시니 일신一神께서 맺어 이루어서 나시어서 삼위三位의 신神께서(三神)[20] 하시는 일을 가르쳐 뜻을 일러주어 깨우치게 하시었다.

우주宇宙 가운데 천하天下의 땅이 일신一神께서 통치統治하시는 땅이 아님이 없으니 곧 단제檀帝께서는 모든 천하天下의 주인主人이시며 단지但只 우리 동국東國만의 주인主人이 아니심을 크게 깨달아야 한다. 과거過去와 현재現在의 모든 천하天下의 종교宗敎와 문명文明이 삼위三位의 신神의 교화敎化가 아니심이 없으니 스스로 그 나라의 기원基源의 글을 구求하여 찾으면 곧 삼위三位의 신神의 큰 덕德이심을 누가 이를 모르겠는가.

바뀌어 됨의 첫째는 2二의 정精이 맺어 이루어서 사람으로 바뀌어 되시어서 대대代代

---

19) 지어나심의 첫째는 … 나시어서: 일신一神께서 맺어 이루어서 나신 진인眞人은 수인씨燧人氏, 단제檀帝 두 분이시고 여기서는 2세世 환인桓因이신 혁서환인爀胥桓因 천제天帝 수인씨燧人氏를 가리킨다. 일신一神께서 맺어 이루어서 사람으로 지어나신(一神凝而生人) 진인眞人이시다. 탁록涿鹿에 국도國都를 정定하여 나라를 세우시고 역년歷年은 1,200년임. 처음으로 국민國民이 음식飮食을 불에 익혀서 먹도록 가르치시고(敎民火食) 사상四象을 그어 나누어서 이로써 동東, 서西, 남南, 북北의 사방四方을 정定하시고 「십극도十極圖」를 그리시었다. (192쪽, 205쪽 「십극도十極圖」 및 245쪽 「개창조국기원표開創肇國紀元表」 참조參照. ※만세불역지전萬世不易之典)
　수인씨燧人氏는 상고시대上古時代의 제왕帝王이다. (한뿌리 『환단고기』 이민수 옮김 1987. 122쪽 주註)
　『한비자韓非子』에 따르면 "유소씨有巢氏가 백성百姓에게 집 얽기를 가르쳤다. 다음으로 수인씨燧人氏가 천수天水에서 나왔는데 불을 만들고, 별을 이십팔수二十八宿로 나누고, 한 해를 사四철로 나누었으며, 각各 계절季節을 90일日로 정定하였다고 하였다"라고 하였다. 이러한 책력법冊曆法(역법曆法)을 일찍이 동이족東夷族이 사용使用하기 시작始作하였으므로 중국학자中國學者 쉬량즈는 "중국中國(지나支那China)의 책력법冊曆法은 동이東夷 사람이 시작始作하였으며, 동이東夷 사람이 책력冊曆을 만든 것은 실實로 의심疑心할 여지餘地가 없다"라고 하였다.(쉬량즈 『중국사전사화中國史前史話』 246~258쪽) (상생출판 『환단고기桓檀古記』 안경전安耕田 역주譯註 2012. 379쪽 주註)
　※『한비자韓非子』「오두五蠹」편篇; "상고上古 시대時代에는 인민人民이 적고 새와 짐승이 많았으며 인민人民이 새, 짐승, 벌레, 뱀을 억눌러 이기지 못하였다. 성인聖人이 지어 일으키심이 있어서, 나무를 얽어 둥지 집을 만듦으로써 많은 해로로움을 피避하게 하시니 인민人民이 그를 기뻐하며 따라서 그로 하여금 천하天下를 다스리시게 하고, 그를 유소씨有巢氏라고 불렀다. 인민人民이 나무와 풀의 열매, 민물과 바닷가의 조개를 먹었는데, 비린내匂와 누린내匂가 나고 악취惡臭가 나서 장腸과 위胃를 상상傷하게 하고 해害쳐서 인민人民이 질병疾病이 많았다. 성인聖人이 지어 일으키심이 있어서, 부싯돌을 비벼서 불을 얻어 비린내匂와 누린내匂를 없애니 인민人民이 그를 기뻐하며 따라서 그로 하여금 천하天下를 다스리게 하고, 그를 수인씨燧人氏라고 불렀다 「上古之世.人民少而禽獸衆.人民不勝禽獸蟲蛇.有聖人作.構木爲巢以避群害.而民悅之.使王天下.號之曰有巢氏.民食果蓏蚌蛤.腥臊惡臭而傷害腹胃.民多疾病.有聖人作.鑽燧取火以化腥臊.而民悅之.使王天下.號之曰燧人氏」"고 하였다.
20) 삼위三位의 신神(三神): 신부神父(환인桓因), 신자神子(환웅桓雄), 성신聖神(환검桓儉)의 세 신神을 가리킨다.

16

로 사람으로 바뀌어 되시다가 노자老子21)에 이르러서 처음으로 옥녀玉女에게 태아胎兒를 배게 하여서 인人의 정精을 얻어서 태어난 까닭에 이로써 미륵彌勒22)을 이루었고 남녀男女의 정精을 얻는 것이 세속世俗에서 이르는바의 후천後天의 불佛이니 학자學者는 반드시 여기에 살펴보아야 한다.

『삼신사기三神事記』「교화기敎化紀」에서 말하기를, "인人·물物이 다 같이 세 진眞을(三眞) 받으니 성性과 명命과 정精이라고 말하며 인人이 이를 완전完全히 갖추었고 물物은 이를 치우쳐서 갖추었다. 참 성性은(眞性) 착함과 나쁨이 없으니 상철上喆이 꿰뚫어 통通하고, 참 명命은(眞命) 맑음과 흐림이 없으니 중철中喆이 깨달아 알고, 참 정精은(眞精) 두터움과 엷음이 없으니 하철下喆이 기르고 지켜서 진일신眞一神께로 돌이켜 되돌아온다."23)고 하였으니 상철上喆은 진인眞人이시고, 중철中喆은 성인聖人이시고, 하철下喆은 지인至人이시니 현천玄天과 창천蒼天이 모두 천天이라고 말하나 진천眞天의 태의胎衣 속의 물物인 까닭에 진인眞人은 성인聖人과 지인至人이 갖추어져 완전完全하시다.

惟我東國은人物始生之故로一神凝而生하시니人物이生化然後에稱其名曰神이시라求
其本而通其本則生化有二하니生之第一은一神凝而生하사仰觀十極而定四方하시고第
二는檀帝시니一神凝而生하사訓誥三神事하시니라

---

21) 노자老子: 사마천司馬遷의 『사기史記』에 의依하면 노자老子는 초楚나라의 고현苦縣 여향곡厲鄕曲 인리仁里 사람이었다. 그의 성姓은 이씨李氏, 이름은 이耳, 자字는 백양伯陽, 시호謚號는 담聃이며, 주周나라 수장실守藏室의 사관史官이었다. 또는 주하사柱下史라고 말하기도 한다. (세계사 『老子-그 불교적 이해』 송찬우 1995. 15쪽)

(?~? 중국中國(지나支那China) 주周나라 때의 사상가思想家. 도가사상道家思想의 시조始祖로 지칭指稱되는 인물人物. 성姓 이李, 이름 이耳, 자字 담聃. 노담老聃이라고도 한다. 초楚나라 고현苦縣(하남성河南省 녹읍현鹿邑縣) 태생胎生으로 춘추시대春秋時代 말기末期 주周나라의 수장실사守藏室史(장서실藏書室 관리인管理人)였다. 공자孔子(BC. 552~479)가 젊었을 때 뤄양[낙양洛陽]으로 노자老子를 찾아가 예禮에 관關한 가르침을 청請한 것으로 알려져 있다. 그 후後 주周나라의 쇠퇴衰退를 한탄恨歎하고 은퇴隱退한 후後 보통普通 노자老子라 불리는 『도덕경道德經』(2권卷)을 저술著述하였다고 하는데, 이것이 도가사상道家思想의 효시嚆矢로 일컬어지고 있다. (동아출판사 『동아원색세계대백과사전』 1984. 7권卷 465쪽)

22) 미륵彌勒: Maitreya 대승大乘 보살菩薩. 또는 매달라야梅呾麗耶 매달례야昧怛隷野. 번역飜譯하여 자씨慈氏. 이름은 아일다阿逸多. 무승無勝, 막승莫勝이라 번역飜譯. 인도印度 바라내국國의 바라문婆羅門 집에 태어나 석존釋尊의 교화敎化를 받고, 미래未來에 성불成佛하리라는 수기授記를 받아, 도솔천兜率天에 올라 있으면서 지금只今 그 하늘에서 천인天人들을 교화敎化. 석존釋尊 입멸入滅 후後 56억億 7천만千萬 년年을 지나 다시 이 사바세계娑婆世界에 출현出現. 화림원華林園 안의 용화수龍華樹 아래서 성도成道하여, 3회回의 설법說法으로써 석존釋尊의 교화敎化에 빠진 모든 중생衆生을 제도濟度한다고 한다. 석존釋尊의 업적業績을 돕는다는 뜻으로 보처補處의 미륵彌勒이라 하며, 현겁賢劫 천千 불佛의 제第 5불佛. 이 법회法會를 용화삼회龍華三會라 한다. (법보원 『불교사전』 운허 용하 1961. 233쪽)

23) 「교화기敎化紀」 5훈五訓 중中 진리훈眞理訓 참조參照 (160쪽)

宇宙間天下之地_無非一神統治之地則檀帝는全天下之主_시고非但吾東國之主심
우주간천하지지 무비일신통치지지즉단제 전천하지주 비단오동국지주

을大覺하라過去現在에全天下之宗教與文明이非三神之教化_無之함을自求其國本書
대각 과거현재 전천하지종교여문명 비삼신지교화 무지 자구기국본서

則三神之大德을誰不知之乎아
즉삼신지대덕 수부지지호

化之第一은二精凝而化人하사代代化人이라가至老子하야始胎玉女하야得人精而生故
화지제일 이정응이화인 대대화인 지노자 시태옥녀 득인정이생고

로以成彌勒하고得男女之精者_俗所謂後天佛也_니學者_必察焉이니라
이성미륵 득남녀지정자 속소위후천불야 학자 필찰언

三神事記教化記에曰人物이同受三眞하니曰性과命과精이라人이全之하고物이偏之라眞
삼신사기교화기 왈인물 동수삼진 왈성 명 정 인 전지 물 편지 진

性은無善惡하니上喆이通하고眞命은無清濁하니中喆이知하고眞精은無厚薄하니下喆이保하야
성 무선악 상철 통 진명 무청탁 중철 지 진정 무후박 하철 보

返眞一神이라하시니上喆은眞人이시고中喆은聖人이고下喆은至人이니玄天과蒼天이皆曰天이
반진일신 상철 진인 중철 성인 하철 지인 현천 창천 개왈천

니眞天胞內之物故로眞人은聖人至人이備全하나라
진천포내지물고 진인 성인 지인 비전

<참고參考>

- 사천四天 -

· 진천眞天: 일신一神의 원元에서 진천眞天 이理의 웅雄을 나게 한다.

· 현천玄天: 진지眞地 수數의 자雌와 함께 진천眞天의 그림자이다.

· 창천蒼天: 망인천妄人天 이수理數의 나반那般으로서 가슴의 심성心性이 된다.

· 공천空天: 망인지妄人地 이수理數의 아만阿曼이다.

　우리 동東쪽의 가르침의 법法 곧 단제檀帝의 『삼신사기三神事記』가 세상世上에 드러 내어 보이지 아니함이 3,000여餘 년年에 이제 이것이 우리나라에 나타나서 드러내 보이 니 학자學者가 비록 읽어보나 이理를 계산計算함을 알지 못하는 까닭에 이를 허망虛妄 함으로 돌려버리고서는 읽는 사람이 드물어졌다. 혁서환인爀胥桓因 천제天帝 수인씨燧 人氏의 이理24)를 계산計算하고 수數25)를 계산計算하는 법法을 황제黃帝께서 쓰시어 『천부경天符經』을 전傳하시고 오직 우리 단제檀帝께서 이를 쓰시어 『삼신사기三神事 記』를 가르쳐서 뜻을 일러주어 인도引導하시였으니 두 경전經典이 비록 현존現存하나 능能히 이해理解하는 사람이 드물어졌다.

　이 이후以後로 지금只今에 4,000여餘 년年에 이理의 태의胎衣 속의 수數를 계산計算 함은 오히려 차츰 밝아져서 오늘날에 이르러서는 인공위성人工衛星을 지어 만드니 수數 를 계산計算하는 법法이 밝고 또 밝아짐이다. 이理는 궤櫃가 되고 수數는 궤櫃 속의 물 物이 되나 이理를 계산計算하는 법法이 두 분의 천제天帝 이후以後로는 세상世上에 전 傳하여지지 아니하고 오직 우리 단제檀帝의 일신一神께서 가르쳐서 뜻을 일러주어 인도 引導하시는 법法이 유태국猶太國26)에 들어가서 그 나라의 종교宗敎로 되었다고 한다. 가르침의 이름은 일신교一神敎27)라고 하며 『삼신사기三神事記』의 뜻이 동東·서양西洋 에 유포流布된 모양模樣이다.

　무릇 학자學者가 반드시 먼저 알아야 할 것은 천지天地가 열리는(開闢) 이理와 수數이 며 이理를 계산計算함을 모르면 불가능不可能하다. 지금只今에 진천眞天은 자子에서 열 리고(開) 진지眞地는 축丑에서 열리며(闢) 인人이 인寅에서 나심이(生) 18,000여餘 년年 이다. 인人이 인寅에서 나심의 인人은 진천眞天 웅雄과 진지眞地 자雌가 서로 사귀어서 아들과 딸을 낳고 바뀌어 되게 하시니 단제檀帝께서 그 아들을 이름을 지어서 나반那 般28)이시라고 부르시고 그 딸을 이름을 지어서 아만阿曼29)이시라고 부르시었다. 이런 까닭에 이들을 일컬어 첫 번番째 인人으로서의 인人이라고 말하니 세속世俗에서 이르는 바의 후천後天, 후지後地이다. 이들도 역시亦是 천지天地이니 곧 개벽開闢이라고 말을

---

24) 이理: 진천眞天 1도一度의 이理: 1,539리理 (211쪽, 214쪽 사자四子와 사령四靈 참조參照)
25) 수數: 진지眞地 1도一度의 수數: 1,296수數 (211쪽, 214쪽 사자四子와 사령四靈 참조參照)
26) 유태국猶太國: Judea. 기원전紀元前 10~6세기世紀 경頃 지금只今의 팔레스티나 지방地方에 있었던 유태인 猶太人의 왕국王國. 기원전紀元前 586년年 바빌로니아인人의 입구入寇에 의依해서 멸망滅亡되어, 국민國民은 바 빌로니아에 잡혀갔다가 바빌로니아의 멸망滅亡 후後 팔레스티나에 새 국가國家를 건설建設하였음. 뒤에 알렉산더 대왕大王의 지배支配 아래 있게 되었으며, 뒤이어 로마에 정복征服되어 왕국王國은 영원永遠히 멸망滅亡하였음 (민중서관民衆書館 『민중 국어대사전』 이희승李熙昇 편編 1963. 2246쪽)
27) 일신교一神敎: monotheism. 하나의 신神만을 믿는 종교宗敎. 많은 신神들을 숭배崇拜하는 다신교多神敎에 대對 하여 유태교猶太敎, 그리스도교敎, 이슬람교敎 등等이 대표적代表的이다. 즉卽 어떤 집단集團에서 숭상崇尙하는 하 나의 신神이 모든 것을 지배支配하는 유일唯一의 신神이라고 믿는 종교宗敎 (동아출판사 『동아원색세계대백과사전』 1984. 23권卷 565~566쪽)
28) 나반那般: 인천人天(창천蒼天)을 가리킨다.
29) 아만阿曼: 인지人地(공천空天)을 가리킨다.

해야 옳으나 인人이라고 부르는 까닭에 개開와 벽闢의 두 자字를 쓰지 아니하고서 생生이라 일컫는다. 천天과 지地와 인人의 삼극三極이 여기에 이루어져 일어서고 그러한 후後에 여기에 우주宇宙가 익어 이루어져서 만물萬物이 나고 바뀌어 된다.

모든 별은 곧 물物이 아님이 없으나 진천眞天과 진태양眞太陽30)은 곧 물物이 아닌 까닭에 과학科學으로 알기 어려운 것이어서 과학科學을 하는 여러 선생先生들이 틀림없이 과학적科學的인 수數가 아니라고 하며 믿지 아니하나 우리 동방東方은 이학理學의 본本고장임에도 학자學者들이 대유大遊31)를 가지고 소유少遊32)로 아니 학자學者가 하늘 천天 자字를 아는 이가 몇 사람인가?

동東쪽을 가지고 생각하면 진천眞天에서 멀어져 희미稀微하여진 지가 3,000여餘 년年이고 서양西洋을 가지고 말하자면 곧 그 가르침의 삼위일체三位一體를 일컫는 법法이 성性 자字를 써서 성性의 가르침이라고(性敎) 할 때에는 세 자리를 일컬음이 반드시 신부神父, 신자神子, 성신聖神33)의 삼위일체三位一體이고, 성聖 자字를 써서 성聖의 가르침이라고(聖敎) 할 때에는 세 자리를 일컬음이 틀림없이 성부聖父, 성자聖子, 성신聖神으로 삼위일체三位一體라고 하니 이는 진천眞天을 모르는 까닭에 성聖 자字를 일컬음이니 우리 동東쪽의 대유大遊를 소유少遊로 안 예例이다.

我東之敎法則檀帝之『三神事記_不見于世者_三千餘年에今玆出見于我國하야學者_雖讀』이나不知算理故로歸之虛妄하야讀者鮮矣라爀胥桓因天帝燧人氏之算理算數之法이黃帝_用之하사傳天符經하시고惟我檀帝_用之하사敎訓三神事記하시니二經雖存이나能解者_鮮矣라

此後於今四千餘年에理之胞內算數則漸明하야至於今日造作人工衛星하니算數之法이明且明矣로다理爲櫃하고數爲櫃內之物而算理之法이二帝后不傳于世하고惟我檀帝一神敎訓之法入于猶太國하야其國에宗敎로 되었다 한다 敎名은一神敎라하고三神事記의義가東西洋에流布된模樣이다

---

30) 진태양眞太陽: 진천眞天의 명命을 받은 것. 노양老陽
31) 대유大遊: 진천眞天과 진태양眞太陽의 운행運行을 가리킨다.
32) 소유少遊: 인천人天과 인일태양人日太陽의 운행運行을 가리킨다.
33) 신부神父, 신자神子, 성신聖神: 신부神父는 본태양本太陽 일신一神이시고, 신자神子는 진천眞天의 중심中心이시고, 성신聖神은 창천蒼天(인천人天)의 중심中心이시다.

夫學者必先知者_天地開闢理數而不知算理則不可能也라 於今에 眞天은 開於子하
고 眞地는 闢於丑하고 人生於寅함이 一萬八千餘年也라 人生於寅之人은 眞天雄과 眞地雌
相交하야 生化子女하시니 檀帝以其子로 名之曰那般이라하시고 以其女로 名之曰阿曼이라하시니
是故로 稱之曰第一人之人也니 俗所謂后天地也라 此亦天地則可言開闢이니 稱人故로
不用開闢二字하고 稱生也라 天地人三極이 立焉然後宇宙成焉하야 萬物이 生化하나니라

諸星則無非物也_나 眞天과 眞太陽則非物故로 以科學으로 難知者니 科學之諸先生이여
必非科學的數라하여 不信하나 我東方은 理學之本方이언마는 學者_以大遊로 知少遊하니 學者
_知天字者幾人고

以東思之면 微於眞天이 三千有餘年이요 以西洋言之則其敎之稱三位一體法이 以性
字로 性敎時에는 三位之稱이 必神父와 神子와 聖神三位一體요 以聖字로 聖敎時에는 三位之
稱이 必聖父와 聖子와 聖神으로 三位一體하리니 此는 不知眞天故로 稱聖字也니 我東之大遊로
知少遊之例也라

〈참고參考〉

- 태양太陽 -
· 본태양本太陽: 일신一神
· 진태양眞太陽: 진천眞天의 명命을 받은 것
· 일태양日太陽: 창천蒼天(인천人天)의 명命을 받은 것

단제檀帝께서는 천통대한天統大限의 재화災禍가 이미 다한 시기時期의 진인眞人이신 까닭에 써서 달라지는(用變) 대역大易인 황제黃帝의 64괘卦를 귀貴하게 여기지 아니하시고 일신一神의 거짓 없이 참된 마음으로 하나를(一) 정성精誠을 다하여 공경恭敬하여 보살펴 지키는(誠敬守一) 법법法을 가르쳐서 뜻을 일러주어 인도引導하시어서 사람들로 하여금 그들을 진천眞天의 세계世界로 이끌도록 하시였다. 진천眞天으로 우리를 지으시니 진천眞天은 모든 별 세계世界를 태의胎衣 속에 품지 아니하는 것이 없으니 하물며 지구地球이며 더구나 달의 세계世界이겠는가!

단제檀帝께서는 움직이지 아니하는 근본根本의 자리의 하나를(一) 공경恭敬하고 보살펴 지켜서 스스로의 성性에서 씨알을 구求하시어(子性求子) 일신一神께서 그 뇌腦에 내려와 계심으로써 인因하여 일신一神이 되시었다. 신神이 맺어 이루어서 신神을 지어내심은 오직 우리 단제檀帝이시니 황제黃帝의 신神께서 다스려서 바르게 하시는(神政) 별의 다스려 바르게 하심은(星政)『태을신수太乙神數』[34]에 자세仔細히 보이고, 단제檀帝의 신神께서 다스려서 바르게 하시는 도道의 다스려 바르게 하심은(道政)『삼신사기三神事記』에 자세仔細히 보이니 두 분 천제天帝의 다스려서 바르게 하심은 하나도 서로 차이差異가 없으시다.

단제檀帝께서는 황제黃帝의 상원上元 갑자甲子 이후以後로 181년年 후後에 일신一神께서 천통天統의 다스려서 바르게 하심을(天統之政) 베풀어 행행行하시고자 일신一神께서 맺어 이루어서 사람으로 지어나시었으니 근본根本의 자리를 가지고 이를 말하면 곧 일신一神이시고 진천眞天의 중심中心으로써 이를 말하면 진천자眞天子[35]이시다. 뒤에 세속世俗에서 자리가 높으면 천자天子라고 일컬으니 진천眞天을 알지 못함이니 하물며 자子이겠는가? 제帝의 칭호稱號는 곧 이는 진천자眞天子의 자리의 이름인 까닭에 단제檀帝 이후以後로 47의 군주君主를 모두 왕王이라 일컬으니 문자文字를 쓰는 구별區別이 밝고 또 밝음이다.

檀帝께서 天統大限災禍已盡時之眞人이신 故로 不貴用變大易黃帝六十四卦하시고 教訓一神誠敬守一之法하사 使人으로 導之眞天界하시니 以眞天으로 作우리 하시니 眞天은 諸星

---

34) 태을太乙: 도교道教에서 천제天帝가 머문다고 믿는 태일성太一星(북극성北極星)을 말하는데, 병란兵亂, 재화災禍 및 생사生死를 관장管掌한다고 함 (NAVER 통합검색『한국고전용어사전韓國古典用語辭典』2015)
　중국中國(지나支那China) 고대사상古代思想으로 천지만물天地萬物의 출현出現 또는 성립成立의 근원根源인 우주宇宙의 본체本體를 인격화人格化한 천제天帝. 태일太一(태일泰一)이라고도 한다. 도교道教에서는 천제天帝가 상거常居한다고 믿고 있는 태일성太一星(북극성北極星)을 말한다. 또 음양도陰陽道에서는 해와 달은 1년年에 12번番 서로 만나는데 그 중中 7월月에 만나는 곳이 태을太乙로 사방위巳方位에 해당該當한다. (동아출판사『동아원색세계대백과사전』1984. 28권卷 68쪽)
35) 진천자眞天子: 진천眞天의 중심中心이신 신자神子를 가리킨다.

世界를無所不胞하시나니況地球며況月世界乎아

帝_敬守不動本位之一하사自性求子하야一神이降在其腦하사因爲一神하시니라神凝生神은惟我檀帝시니黃帝之神政星政은詳見于太乙神數하고檀帝之神政道政은詳見于三神事記而二帝之政이無一相差하니라

檀帝께서黃帝上元甲子後一百八十一年後에一神께오서欲行天統政하사一神凝而生人하시니以本位而言之則一神이시고以眞天中心而言之則眞天子_시다後俗이位高則稱天子하니不知眞天이어다況乎子乎아帝之稱號_便是眞天子之位號故로檀帝後四十七之君을咸稱王하니用文字之別明且明矣로다

〈참고參考〉

– 환단고기桓檀古記[36]/태백일사太白逸史[37]/삼신오제본기三神五帝本紀(이맥李陌[38]) 찬

---

[36] 『환단고기桓檀古記』:『한단고기(환단고기桓檀古記)』는 이 땅이 식민지시대植民地時代로 접어든 후後인 1911년에 계연수桂延壽라는 분에 의依해서 편찬編纂되었다. 그 내용內容은 『삼성기三聖紀』, 『단군세기檀君世紀』, 『북부여기北夫餘紀』 그리고 『태백일사太白逸史』의 4종種의 사서史書를 하나로 묶은 것이다. (정신세계사 『한단고기』 임승국林承國 번역飜譯, 주해註解 1998. 해제解題 3쪽)

『환단고기桓檀古記』는 모두 해학海鶴 이선생李先生의 감수監修를 거치고 또 내가 정성精誠 근면勤勉을 다하여 옮겨 쓴 것이다. 또 홍범도洪範圖 오동진吳東振 두 벗이 돈을 내어 여러분에게 부탁付託하여 인쇄印刷해 내는바, 하나는 자아인간自我人間이 근본根本의 성性을(主性) 발견發見하여서 크게 기뻐하며, 하나는 민족문화民族文化가 이념理念을 표출表出하여서 크게 기뻐하며, 하나는 세계인류世界人類가 사이좋게 어울리어 하나가 되어(對合) 공존共存하여서 크게 기뻐한다. 「桓檀古記.悉經海鶴李先生之監修.而且余精勤繕寫.又因洪範圖吳東振.兩友之出金.付諸剞劂.一爲自我人間之發見主性.而大賀也.一爲民族文化之表出理念.而大賀也.一爲世界人類之對合共存.而大賀也」. 신시개천神市開天 5808년年, 즉即 광무光武 15년年의 신해辛亥 5월月 광개절廣開節에 태백太白의 남은 무리의 제자弟子 선천宣川의 계연수桂延壽 인경仁卿이 묘향산妙香山 단굴암檀窟庵에서 쓰다. 「神市開天五千八百八年.即光武十五年.歲次辛亥五月.廣開節.太白遺徒宣川.桂延壽仁卿.書于妙香山之檀窟庵」 (『환단고기桓檀古記』/범례凡例)

[37] 『태백일사太白逸史』:『태백일사太白逸史』는 일십당一十堂 주인主人 이맥李陌이 모아 엮은 것으로 해학海鶴 이기李沂 선생先生이 간직했던 것이다. 대저大抵 환단桓檀 이래以來로 서로 전傳하는 교학教學 경문經文을 모두 갖추어 자료資料를 취取한 전거典據가 한 번쯤 보아도 뚜렷한 것들이다. 또 저 『천부경天符經』과 『삼일신고三一神誥』 두 책册의 전문全文이 함께 편중篇中에 있어 실實로 낭가郎家의 『대학大學』, 『중용中庸』이 된다. 오호嗚呼라! 환단桓檀 이래以來로 서로 전傳한 삼일심법三一心法이 참으로 이 책册에 있는바, 마침내 태백진교太白眞教가 또다시 일어날 토대土臺로다! 손도 저절로 춤을 추고 발도 저절로 춤추며 흥興겨워 소리 지르고 싶고, 기뻐서 미칠 지경地境이다. 「太白逸史.一十堂主人李陌氏所編.乃海鶴李沂先生所藏也.盖桓檀以來相傳之教學經文.悉備取材典據可一見瞭然者也.且其天符經三一神誥.兩書全文.俱在篇中.實爲郎家之大學中庸也.嗚呼桓檀相傳之三一心法.眞在是書.

撰) 중中에서-

『표훈表訓[39]천사天詞』에서 이른다. 천지天地가 생겨난 맨 처음에(大始)[40] 위아래와 사방四方에 일찍이 아직 어둡고 캄캄함을 드러내지 아니하고 옛적은 가고 이제가 옴에 단지但只 하나의(一) 밝고 환한 빛이시었다(光明). 상계上界로 부터 문득 삼위三位의 신神께서(三神) 계시니 곧바로 하나이신 상제上帝이시니 주체主體는 곧 일신一神이시고 각기各其 신神이 따로 있으심이 아니며 지어 일으키시고 베풀어 쓰심이(作用) 곧 삼위三位의 신神이시다.

삼위三位의 신神께서는 만물萬物을 이끌어내시고 모든 세계世界를 통치統治하시는 미루어 헤아릴 수 없는 지혜智慧와 능력能力을 가지고 계신다. 그 형체形體를 나타내지 아니하시고 가장 높은 꼭대기의 하늘에 앉아계시니 차지하여 계시는 곳은 천千 만萬 억億의 영토領土이시다. 항시恒時 크고 훌륭히 밝고 환한 빛을 놓아 내쏘시고, 크게 신기神奇하며 신령神靈스럽고 기묘奇妙함을(神妙) 펴 일으키시며, 크게 길吉하고 상서祥瑞로움을 내리신다. 기운을(氣) 불어서 우주宇宙 간間에 있는 모든 것을(萬有) 품어 안으시고 열熱을 쏘아서 만물萬物의 종자種子를 뿌리어 불리시며 신神을 베푸시어 돌아다니며 일하게 하심으로써 세상世上의 온갖 일을 다스리신다.

아직 기운이(氣) 없으나 처음으로 물을(水) 지어내시어 매우 크신 맨 처음 물로(太水)

果太白眞教.重輿之基歟.手自舞.足自蹈.輿欲哄喜欲狂也」 (『환단고기桓檀古記』/범례凡例)

38) 이맥李陌: 조선朝鮮 연산군燕山君 때 문과文科에 급제及第하고(1498), 연산군燕山君이 총애寵愛하는 장숙용張淑容이 개인個人 집을 너무 크게 짓자 직간直諫하다가 연산군燕山君의 미움을 사서 괴산槐山으로 귀歸양 갔다(1504). 2년年 후後인 중종中宗 원년元年(1506)에 소환召還 되었고, 중종中宗 14년年(1519)에 찬수관撰修官이 되어 내각內閣의 비장秘藏 서적書籍을 열람閱覽하고, 귀歸양살이 시절時節에 고로古老들에게 들은 내용內容을 바탕으로 66세歲 때인 1520년年에 『태백일사太白逸史』를 지었다. 1455~1528. (상생출판 『桓檀古記』 안경전安耕田 역주譯註 2012. 297쪽)

39) 표훈表訓: 표훈表訓은 『해동고승전海東高僧傳』에 나오는 신라新羅 십성十聖(아도阿道, 안함安含, 의상義湘, 원효元曉 등等)의 한 사람으로 경덕왕景德王 때 불국사佛國寺 주지住持였다. 일제日帝 강점기强占期 때 일본日本의 식민사학자植民史學者 이마니시 류今西龍는 『조선고사연구朝鮮古事硏究』에서, "고려시대高麗時代에 『고조선기古朝鮮記』와 유사類似한 구전口傳과 고기古記가 많았다. 그 당시當時 서운관書雲觀에 『고조선비사古朝鮮秘史』, 『대변설大辯說』, 『조대기朝代記』, 『표훈삼성밀기表訓三聖密記』, 『삼성기三聖紀』 등이 있었다."라고 밝힌 바 있다(문정창文定昌 『단군조선사기연구檀君朝鮮史記硏究』 98~99쪽). 또한 세조世祖 3년年(1457)과 성종成宗 원년元年(1470)에 전국全國에 수서령收書令을 내릴 때 수서목록收書目錄 중中에 『표훈천사表訓天詞天詞』가 들어 있는 것으로 보아 표훈表訓의 저작著作이 조선朝鮮 시대時代까지도 남아 있었음을 알 수 있다. (상생출판 『桓檀古記』 안경전安耕田 역주譯註 2012. 301쪽 주註)

40) 맨 처음(大始): 태초太初, 원시原始 (정신세계사 『한단고기』 임승국林承國 번역飜譯, 주해註解 1998. 148쪽 주註)

대시大始는 곧 태시太始이다. 도가道家에서는 전통적傳統的으로 태역太易→태초太初→태시太始라는 3단계段階를 거쳐서, 천지天地와 일월日月이 형성形成되는 태소太素 단계段階에서 우주宇宙가 현실적現實的인 생성生成, 창조創造 운동運動을 시작始作하였다[有太易, 有太初, 有太始, 有太素]고 말한다. (『열자列子』 「천서天瑞」 편篇 참조參照) (상생출판 『桓檀古記』 안경전安耕田 역주譯註 2012. 301쪽 주註)

하여금 북北쪽에 있으면서 명命을 맡아서 감장을(黑) 높이어 받들도록 하시고, 아직 고
동이(機) 없으나 처음으로 불을(火) 지어내시어 매우 크신 맨 처음 불로(太火) 하여금 남
南쪽에 있으면서 명命을 맡아서 발강을(赤) 높이어 받들도록 하시고, 아직 바탕이(質) 없
으나 처음으로 나무를(木) 지어내시어 매우 크신 맨 처음 나무로(太木) 하여금 동東쪽에
있으면서 명命을 맡아서 파랑을(靑) 높이어 받들도록 하시고, 아직 모양模樣이(形) 없으
나 처음으로 쇠를(金) 지어내시어 매우 크신 맨 처음 쇠로(太金) 하여금 서西쪽에 있으면
서 명命을 맡아서 하양을(白) 높이어 받들도록 하시고, 아직 몸체體가 없으나 처음으로
흙을(土) 지어내시어 매우 크신 맨 처음 흙으로(太土) 하여금 가운데(中方) 있으면서 명命
을 맡아서 노랑을(黃) 높이어 받들도록 하시였다.

이에 하늘 아래 두루 있는 자者가 다섯 제帝의(五帝) 명命을 맡음을 거느려 지키시니
이 분이 천하대장군天下大將軍이시고 땅 밑에 두루 있는 자者가 다섯 령靈의(五靈) 익어
이루어져서 갖추어 드러냄을 거느려 지키시니 이 분이 지하여장군地下女將軍이시다.

저 삼위三位의 신神께 머리 숙여 땅에 대고 절하니 천일天─이시라고 부르고 지일地
─이시라고 부르고 태일太─이시라고 부르니 천일天─은 처음으로 지어 일어나고 바뀌
어 됨을(造化) 맡아서 지키시고, 지일地─은 가르쳐서 바뀌어 되게 함을(敎化) 맡아서 지
키시고, 태일太─은 다스려 바르게 하여서 바뀌어 되게 함을(治化) 맡아서 지키신다.

저 다섯 제帝께 머리 숙여 땅에 대고 절하니 감장 제帝시라(黑帝) 부르고, 발강 제帝
시라(赤帝) 부르고, 파랑 제帝시라(靑帝) 부르고, 하양 제帝시라(白帝) 부르고, 노랑 제帝
시라(黃帝) 부르니 감장 제帝께서는 시들어 오그라지고 늘어져 죽음을(肅殺) 맡아 지키시
고, 발강 제帝께서는 빛과 열熱을(光熱) 맡아 지키시고, 파랑 제帝께서는 나고 길러서 자
람을(生育) 맡아 지키시고, 하양 제帝께서는 익어 이루어져 갖추고 무르익어 완전完全히
자람을(成熟) 맡아 지키시고, 노랑 제帝께서는 균형均衡이 잡히고 서로 잘 어울림을(調
和) 맡아 지키신다.

저 다섯 령靈께 머리 숙여 땅에 대고 절하니 매우 크신 맨 처음 물이시라고(太水) 부
르고, 매우 크신 맨 처음 불이시라고(太火) 부르고, 매우 크신 맨 처음 나무시라고(太木)
부르고, 매우 크신 맨 처음 쇠이시라고(太金) 부르고, 매우 크신 맨 처음 흙이시라고(太
土) 부른다. 매우 크신 맨 처음 물은 빛나고 젖음을(滎潤) 맡아 지키시고, 매우 크신 맨
처음 불은 녹이고 익힘을(鎔煎) 맡아 지키시고, 매우 크신 맨 처음 나무는 지어 만들고
쌓음을(營築) 맡아 지키시고, 매우 크신 맨 처음 쇠는 베어 자르고 끊어 나눔을(裁斷) 맡

아 지키시고, 매우 크신 맨 처음 흙은 식물植物의 씨를 뿌리고 심어서 기름을(稼種) 맡아 지키신다.

이에 삼위三位의 신神께서 곧 다섯 제帝를 감독監督하사 각기各其 그 널리 지장支障 없이 행行하여짐을(弘通) 선명鮮明하게 드러낼 것을 명命하시고, 다섯 령靈으로 하여금 각기各其 그 바뀌어 되고 길러서 자람을(化育) 열어서 이루어지게 할 것을 명命하시었다. 해가 움직이면 낮이 되고 달이 움직이면 밤이 되니 별의 주기적週期的 현상現象과(星曆) 춥고 더움을 살펴 헤아려서 한 해의 실마리를 잡아 연대年代를 기록記錄하시었다. (고기 잡는 구역區域에서는 배를 내서 바다를 지키고, 농사農事짓는 구역區域에서는 수레를 내서 땅을 지키시니라.)

크시고 훌륭하심이여! 삼위三位의 신神께서 하나의 몸체體이심이(三神一體) 여러 가지 사물事物의 원리原理가 되시고 여러 가지 사물事物의 원리原理가 덕德이 되고 지혜智慧가 되고 힘이(力) 된다. 높고 크게 쓸어 움직이심이여(巍湯)! 세상世上에 가득 차시고, 깊고 미묘微妙함이시여! 불가사의不可思議한 운행運行이 되신다. 그러나 갖가지의 사물事物이 각기各其 수數를 가지고 있으나 수數는 아직 그 갖가지 사물事物을 틀림없이 다하여 마치지 못하였고, 갖가지의 사물事物이 각기各其 이理를 가지고 있으나 이理는 아직 그 갖가지 사물事物을 틀림없이 다하여 마치지 못하였고, 갖가지의 사물事物이 각기各其 힘을 가지고 있으나 힘은 아직 그 갖가지 사물事物을 틀림없이 다하여 마치지 못하였고, 갖가지의 사물事物이 각기各其 끝남이 없음을(無窮) 가지고 있으나 끝남이 없음은 아직 그 갖가지 사물事物을 틀림없이 다하여 마치지 못하였다.

세상世上에 머무르면 삶이(生) 되고, 마치고 하늘로 돌아가면 죽음이(死) 되니 죽음이란 것은 길고 오랜(永久) 생명生命의 근본根本이다. 그러므로 죽음이 있으면 반드시 나서 삶이 있고, 나서 삶이 있으면 반드시 이름이(名) 있고, 이름이 있으면 반드시 말이(言) 있고, 말이 있으면 반드시 움직여 행行함이(行) 있다. 이를 살아 있는 나무에 비유譬喩하면 뿌리가(根) 있으면 반드시 싹이(苗) 있고, 싹이 있으면 반드시 꽃이(花) 있고, 꽃이 있으면 반드시 열매가(實) 있으며, 열매가 있으면 반드시 쓰임이(用) 있다. 이를 해의 운행運行에 비유譬喩하면 어둠이(暗) 있으면 반드시 밝음이(明) 있고, 밝음이 있으면 반드시 자세仔細히 봄이(觀) 있고, 자세仔細히 봄이 있으면 반드시 지어 일으킴이(作) 있고, 지어 일으킴이 있으면 반드시 공로功勞가 있다.

곧 모든 천하天下의 일체一體의 물物이 개벽開闢함과 같음이 있어서 머무른 상태狀態대로 계속繼續하여 있고 진화進化함과 같음이 있어서 이 세상世上에 있으며 순환循環함과 같음이 있어서 있다. 오직 홀로 으뜸의 기운과(元之氣) 지극至極히 묘妙하신 신神께서는 저절로 하나를 잡아 지키고 셋을 머금어 품는(執一含三) 가득 차 실實하시고 환하게 빛나시는(光輝) 분이시니 자리 잡고 머물러 계시게 하면 곧 머물러 계속繼續하여 계시고 느끼어 닿으면 따라 움직이신다. 오심에 이에 비롯하신 일이 없으시고 가심에 이에 다하여 마치는 일이 없으시니 하나를 꿰뚫어 통通하시었으나 아직 드러내 보이지 아니하시고, 만萬 가지를 이루시었으나 아직 가지고 계시지 아니하신다.

表訓天詞에 云大始에 上下四方에 曾未見暗黑하고 古往今來에 只一光明矣러라 自上界로 却有三神하시니 卽一上帝시오 主體則爲一神이시니 非各有神也시며 作用則三神也시니라

三神이 有引出萬物하시며 統治全世界之無量智能하시니 不見其形體하시나 而坐於最上上之天하시니 所居는 千萬億土라 恒時에 大放光明하시며 大發神妙하시며 大降吉祥하시고 呵氣以包萬有하시며 射熱以滋物種하시며 行神以理世務시니라

未有氣而始生水하사 使太水로 居北方하야 司命尚黑하시고 未有機而始生火하사 使太火로 居南方하야 司命尚赤하시고 未有質而始生木하사 使太木으로 居東方하야 司命尚靑하시고 未有形而始生金하사 使太金으로 居西方하야 司命尚白하시고 未有體而始生土하사 司太土로 居中方하야 司命尚黃하시니라

於是에 遍在天下者는 主五帝司命하시니 是爲天下大將軍也시며 遍在地下者는 主五靈成效하시니 是爲地下女將軍也시니라.

稽夫三神하니 曰天一, 曰地一, 曰太一이시니 天一은 主造化하시고 地一은 主敎化하시고 太一은 主治化하시니라

稽夫五帝하니 曰黑帝, 曰赤帝, 曰靑帝, 曰白帝, 曰黃帝시니 黑帝는 主肅殺하시고 赤帝는 主光熱하시고 靑帝는 主生養하시고 白帝는 主成熟하시고 黃帝는 主和調하시니라

稽夫五靈하니 曰太水, 曰太火, 曰太木, 曰太金, 曰太土시니 太水는 主榮潤하시고 太火는 主鎔煎하시고 太木은 主營築하시고 太金은 主裁斷하시고 太土는 主稼種하시니라

於是에 三神이 乃督五帝하사 命各顯厥弘通하시며 五靈으로 啓成厥化育하시니 日行爲晝하고

27

月行爲夜하니候測星曆寒暑하야紀年하니라(漁區出船하야以守海하고農區出乘하야以守陸하니라)

大矣哉라三神一體之爲庶物原理하고而庶物原理之爲德爲慧爲力也여巍湯乎充塞于世여玄妙乎不可思義之爲運行也여然이나庶物이各有數나而數는未必盡厥庶物也며庶物이各有理나而理는未必盡厥庶物也며庶物이各有力이나而力이未必盡厥庶物也며庶物이各有無窮이나而無窮은未必盡厥庶物也니라

住世爲生이오歸天爲死니死也者는永久生命之根本也라故로有死必有生하고有生必有名하고有名必有言하고有言必有行也라譬諸生木하면有根必有苗하고有苗必有花하고有花必有實하고有實必有用也오譬諸日行하면有暗必有明하고有明必有觀하고有觀必有作하고有作必有功也니라

則凡天下一切物이有若開闢而存하며有若進化而在하며有若循還而有하니라惟元之氣와至玅之神이自有執一含三之充實光輝者하야處之則存하고感之則應하야其來也에未有始焉者也며其往也에未有終焉者也니通於一而未形하며成於萬而未有하니라.

『고려팔관기高麗八觀記』의 「삼신설三神說」에서 이른다. 상계上界의 주主된 신神은(主神) 그 이름을 천일天一이시라고 부른다. 처음으로 지어 일어나게 하고 바꾸어 되게 하시며(造化) 절대絶對의 지극至極히 존귀尊貴하고 높은 권력權力과 능력能力을 가지고 계신다. 형체形體가 없으시나 나타나시며 만물萬物로 하여금 각기各其 그 성성을 꿰뚫어 통通하게(通其性) 하시니 이는 맑고 참되시며 존귀尊貴하고 크신 몸이 되신다.

하계下界의 주主된 신神은 그 이름을 지일地一이시라고 부른다. 가르쳐서 바꾸어 됨을(教化) 맡아 지키시니 지극至極히 착하시고 오직 하나밖에 없는 법력法力을 가지고 계신다. 꾀하여 하심이 없으시나 지어 일으키시며(無爲而作) 만물萬物로 하여금 각기各其 그 명命을 깨달아 알게(知其命) 하시니 이는 착하고 성聖스러우시며 존귀尊貴하고 크신 몸이 되신다.

중계中界의 주主된 신神은 그 이름을 태일太一이시라고 부른다. 다스려 바르게 하여서 바꾸어 되게 함을(治化) 맡아 지키시니 가장 존귀尊貴하고 높은 덕德의 역량力量을 가지고 계신다. 말이 없으시면서 바꾸어 되게 하시고 만물萬物로 하여금 각기各其 그

정精을 기르고 지키게(保其精) 하시니 이는 아름답고 능能하시며 존귀尊貴하고 크신 몸이 되신다.

그러나 주체主體는 곧 하나의(一) 상제上帝이시니 각기各其 신神이 있으심이 아니며 지어 일으키고 베풀어 쓰심이(作用) 곧 삼위三位의 신神이시다(三神).

까닭에 환인씨桓仁氏[41)는 1一이 달라져 7七이 되고 2二가 달라져 6六이 되는 움직여 회전回轉함을(運) 이어 받들어서 오로지 어버이의 도道를 베풀어 쓰시어 천하天下에 쏟으시니 천하天下가 이에 교화敎化가 이루어져서 풍속風俗이 새로워졌다. 신시씨神市氏[42)는 천天 1一이 물을(水) 지어내심과 지地 2二가 불을(火) 지어내심의 자리를 이어 받들어서 오로지 스승의 도道를 베풀어 쓰시어 천하天下를 앞서서 이끄시니 천하天下가 이를 본本받아 배웠다. 왕검씨王儉氏[43)는 지름이 1一이고 둥글게 에워싼 둘레가 3三임과 지름이 1一이고 둘레가 4四임의 기틀을(機) 이어 받들어서 오로지 왕王의 도道를 베풀어 쓰시어 천하天下를 다스려 바르게 하시니 천하天下가 이를 따랐다.

高麗八觀記의 三神說에 云, 上界主神은 其號曰天一이시니 主造化하사 有絶對至高之權能하시며 無形而形하사 使萬物로 各通其性하시니 是爲淸眞大之體也시요

下界主神은 其號曰地一이시니 主敎化하사 有至善惟一之法力하시며 無爲而作하사 使萬物로 各知其命하시니 是爲善聖大之體也시오

中界主神은 其號曰太一이시니 主治化하사 有最高無上之德量하시며 無言而化하사 使萬物로 各保其精하시니 是爲美能大之體也시니라

然이나 主體則爲一上帝시니 非各有神也시며 作用則三神也시니라

故로 桓仁氏는 承一變爲七과 二變爲六之運하사 專用父道而注天下하시니 天下化之하며 神市氏는 承天一生水와 地二生化之位하사 專用師道而率天下하시니 天下效之하며 王儉氏는 承徑一周三과 徑一匝四之機하사 專用王道而治天下하시니 天下從之하니라.

---

41) 환인씨桓仁氏: 7세世 환인桓因(桓仁) 시대時代, 역년歷年-3,301년年 (245쪽「개창조국기원표開創肇國紀元表」참조參照)
42) 신시씨神市氏: 18세世 환웅桓雄 시대時代, 역년歷年-1,565년年 (〃)
43) 왕검씨王儉氏: 47세世 환검桓儉(단군檀君) 시대時代, 역년歷年-1,212년年 (〃)

『오제설五帝說』에서 이른다. 북北쪽에서 명命을 맡으심을 매우 크신 맨 처음 물이시라(太水) 부르고 그 제帝를 감장이시라(黑) 부르니 그 이름은 경지境地가 헤아릴 수 없이 미묘微妙한 참 원元이시라(玄妙眞元) 부른다. 그 보좌輔佐를 환인桓仁이시라 부르며 잠에서 깨어나서 오래 머물러 변變하지 아니하는 하늘에(蘇留天) 계시고 이는 크게 경사慶事가 날 조짐兆朕이(大吉祥) 되신다.

동東쪽에서 명命을 맡으심을 매우 크신 맨 처음 나무시라(太木) 부르고 그 제帝를 파랑이시라(靑) 부르니 그 이름은 어짊을 한가지로 같이하는 예쁘고 아름다운 삶이시라(同仁好生) 부른다. 그 보좌輔佐를 대웅大雄이시라 부르고 안정安定되어 아무 걱정이 없고 편안便安한 하늘에(太平天) 계시며 이는 크고 훌륭하신 밝고 환한 빛이(大光明) 되신다.

남南쪽에서 명命을 맡으심을 매우 크신 맨 처음 불이시라고(太火) 부르고 그 제帝를 발강이시라(赤) 부르니 그 이름은 넘치는 큰 빛의 널리 미치는 밝음이시라(盛光普明) 부른다. 그 보좌輔佐를 포희庖犧시라 부르고 으뜸 정精의 하늘에(元精天) 계시며 이는 크고 훌륭히 안전安全하게 자리 잡음이(大安定) 되신다.

서西쪽에서 명命을 맡으심을 매우 크신 맨 처음 쇠이시라고(太金) 부르고 그 제帝를 하양이시라(白) 부르니 그 이름은 맑고 고요하며 굳세고 단단히 빔이시라(淸靜堅虛) 부른다. 그 보좌輔佐를 치우治尤시라 부르고 고르게 하여 서로 응應하여 화답和答하는 하늘에(鈞和天) 계시니 이는 크게 즐겁고 아름다운 날카로움이(大嘉利) 되신다.

가운데서 명命을 맡으심을 매우 크신 맨 처음 흙이시라고(太土) 부르고 그 제帝를 노랑이시라(黃) 부르니 그 이름은 치우치지 아니하고 알맞은 불변不變의 도道가 아득하게 오래도록 머무르심이라(中常悠久) 부른다. 그 보좌輔佐를 왕검王儉이시라 부르며 마음이 편안便安하고 걱정이 없어 좋은 덕德의 하늘에(安德天) 계시니 이는 크게 참여參與하여 즐김이(大豫樂) 되신다.

『오제주五帝注』에서 말한다. 다섯 방위方位에 각기各其 명命을 맡으심이 있으니 하늘에 계심을 제帝이시라 부르고, 땅에 계심을 대장군大將軍이시라 부른다. 다섯 방위方位를 거느려 감독監督하고 자세仔細히 살피시는 이는 천하대장군天下大將軍이시고, 땅속을 거느려 감독監督하며 자세仔細히 살피시는 이는 지하여장군地下女將軍이시다. 용왕龍王 현귀玄龜는 착하고 나쁨을 맡아 지키시고, 주작朱鵲 적표赤熛는 명命을 맡아 지키시고, 청룡靑龍 영산靈山은 곡식穀食을 맡아 지키시고, 백호白虎 병신兵神은 형벌刑罰

을 맡아 지키시고, 황웅黃熊 여신女神은 질병疾病을 맡아 지키신다.

삼신산三神山은 천하天下의 뿌리 산山이다. 삼신三神으로 이름을 지음은 대개大蓋 윗대代로부터 이래以來로 삼위三位의 신神께서(三神) 이곳에 내려와 노니시니 삼계三界 360만萬의 큰 둘레의 하늘을 바꾸어 되게 하시고 베푸심을 모두 믿기 때문이다. 그 몸 체體는 생겨나지도 아니하고 다하여 없어지지도 아니하며(不生不滅) 그 쓰임은(用) 무궁無窮하고 무한無限하시다. 그 법식法式과 처리處理하여 다스리심은 때가 있고 지경地境이 있으시니 신神께서 지극地極히 겉으로 드러남이 거의 없으시거나 지극地極히 뚜렷이 드러나심과(至微至顯) 뜻하심에 따라 저절로 자리하심은(如意自在) 끝내 이를 얻어 알 수가 없다.

그 오시기를 기다려 맞이함은 어렴풋하나 뵘이 있음과 같고, 그 받들어 바침은 한숨 쉬니 들음이 있음과 같고, 그 기림은 반갑고 기뻐서 기분氣分이 좋으니 은덕恩德을 내려주심과 같고, 그 맹盟세함은 고요하고 엄숙嚴肅하니 이루어 얻음이 있음과 같고, 그 떠나보냄은 미묘微妙하여 알 수 없으니 마음에 흐뭇하지 아니함과 같다. 이는 만세萬世의 인민人民이 도리道理를 따라서 거스르지 아니함과(順) 다투지 아니하고 서로 응應하여 섞임과(和) 믿음과(信) 기뻐하여 따름을(悅) 인식認識하고 높이 받들어 우러러보는 까닭의 지역地域이 된다.

삼신三神은 어떤 설說에서는 삼三은 신新이 되고 신新은 백白이 되며, 신神은 고高가 되고 고高는 두頭가 되는 까닭에 또한 백두산白頭山이라고 부른다 하고 또 말하기를 개마蓋馬는 해마리奚摩離의 전음轉音이라 했다. 고어古語에 이르기를 백白은 해奚가 되고 두頭는 마리摩離가 되니 백두산白頭山의 이름도 역시亦是 이에서 일어남이라 하였다.

인류人類의 조상祖上을 나반那般[44]이시라 부르니 처음 아만阿曼과 서로 만나신 곳을 아이사타阿耳斯它[45]라 부르고 또 사타려아斯它麗阿라고도 부른다. 어느 날 꿈에 신神의

---

44) 나반那般, 아만阿曼: 서양문화西洋文化 혹或은 기독교문화基督敎文化 속의 아담, 이브와 맞먹는 한국사韓國史의 최초最初의 남녀男女에게 붙여진 이름이다. 하나반, 아만 따위 사투리는 아직도 우리말에 <한아버지→할아버지>, <어머니>의 사투리로 쓰이고 있다. (정신세계사 『한단고기』 임승국林承國 번역飜譯, 주해註解 1998. 25쪽 주註)
  인간人間이 태어나서 처음 배우는 말이 엄마, 아빠이다. 나반那般과 아만阿曼은 아버지, 어머니의 뜻이다. 나반→아빠→아바이→아버지, 아만→엄마→어마이→어머니 (상생출판 『桓檀古記』 안경전安耕田 역주譯註 2012. 39쪽 주註)
45) 아이사타阿耳斯它: 『한단고기(환단고기桓檀古記)』를 처음 번역飜譯한 일본日本 사람 가지마 노보루(녹도승鹿島昇)는 한국사韓國史나 일본사日本史를 히브리, 바빌론, 아카드 역사歷史의 후손後孫인 것으로 해석解釋하고, 여기에 나오는 나반那般과 아만阿曼을 아담과 이브일 것이라고 해석解釋하고 아이사타阿耳斯它를 노아의 방주方舟와 관련關聯지어 아라랏山 산山일 것이라는 식式의 주해註解를 달았다. 그러나 현대문화現代文化는 동양東洋보다도 서양문화西洋文化의 주도主導 밑에 존재存在하고 있는 것이 현실現實이니까 이런 해석解釋도 가능可能할지 모르나 동양東洋, 특特히 한국사韓國史의 입장立場은 다르다. 서양사西洋史인 히브리, 바빌론, 아카드, 슈메르보다도 더 빠른 문

계시啓示를 얻어 스스로 혼례婚禮를 갖추어서 이루어졌으니 맑은 물로 하늘에 고告하시고 돌아가며 마시니 산山의 남南쪽에 주작朱鵲이 와서 기뻐하고, 물의 북北쪽에 신귀神龜가 길조吉兆를 드러내 바치고, 골짜기의 서西쪽에 백호白虎가 산山모퉁이를 감시監視하여 지키고, 시내의 동東쪽에 창룡蒼龍이 하늘로 오르고, 가운데에 황웅黃熊이 살고 있었다.

천해天海[46], 금악金岳[47], 삼위三危, 태백太白[48]은 본래本來 구환九桓[49]에 속속屬하니 대개大蓋 9황皇 64민民은 모두 그 후예後裔이다. 그러나 하나의 산山과 하나의 물이(一山一水) 각기各其 하나의 나라가 되고 무리의 여자女子와 무리의 남자男子가 역시亦是 서로 지경地境을 나누어서 경계境界에 따라서 나뉘어져 다르게 되었다. 나라가 나뉘어 다르게 된 지가 쌓이어 오래되니 처음으로 세계世界를 만든 조목條目과 차례次例는 뒤에 파고들어 깊게 연구研究할 수 없게 되었다.

오랜 뒤 제帝 환인桓仁[50]이란 분이 나타나셔서 나라 사람들의 사랑하고 추대推戴하

---

화文化나 역사歷史가 한국(환국桓國)이므로 서양인西洋人들의 우상偶像인 아담과 이브는 오히려 한국(환국桓國)의 후예後裔인 것이다. 그러므로 <아이사타阿耳斯它>를 <아이랏다>산山이라고 해석解釋하는 식式의 안목眼目은 당연當然히 잘못된 것으로 봐야 한다. 한님(환인桓仁)의 나라, 한국(환국桓國)의 본本 고장은 어디인가? 이를 우리는 바이칼 호湖 부근附近으로 비정比定하고 있으나 아이사타阿耳斯它도 그 근처近處의 어떤 땅으로 비정比定함이 옳을 것이다. 행幸여 아라랏다 같은 허설虛說에 귀 기울일 필요必要는 없다. (정신세계사 『한단고기』임승국林承國 번역飜譯, 주해註解 1998. 25쪽 주註)

『태백일사太白逸史』「삼신오제본기三神五帝本紀」에서는 이곳을 송화강松花江 또는 천하天河(바이칼 호湖)라 보고 있다. 이유립李裕岦은 아이숲(원시림原始林, 수릿벌)이라 해석解釋했다. (상생출판 『桓檀古記』안경전安耕田 역주譯註 2012. 39쪽 주註)

46) 천해天海: 바이칼 호湖, 혹或은 북해北海라 했다. (정신세계사 『한단고기』임승국林承國 번역飜譯, 주해註解 1998. 27쪽 주註)

47) 금악金岳: 일명一名 금산金山 또는 금악산金岳山. 알타이 산산山으로 불리며 러시아(서西시베리아)와 몽골, 카자흐스탄, 중국中國(지나支那China)에 걸쳐 있는 2천千 킬로미터가 넘는 산맥山脈이다. 알타이Altay는 몽골어語나 돌궐어突厥語에서 '황금黃金'이란 뜻이다. 경주김씨慶州金氏 시조始祖인 김알지金閼智에 대對해서도 알에서 태어났기 때문에 '알지閼智'라는 이름을 붙인 것이 아니라, '알타이'란 말을 한자漢字로 '알지閼智'라 표기表記한 것으로 보기도 한다. (상생출판 『환단고기桓檀古記』안경전安耕田 역주譯註 2012. 319, 343쪽 주註)

48) 삼위三危, 태백太白: 중국中國(지나支那China) 감숙성甘肅城 돈황현燉煌縣에 있는 삼위산三危山과 백두산白頭山을 가리킨다. 중국中國(지나支那China) 지도地圖에서 삼위산三危山과 백두산白頭山 사이야말로 옥야沃野 만리萬里의 기름진 땅이다. 이를 삼신산三神山인 태백산太白山이라고 얼토당토않은 주장主張을 하는 학설學說도 있으나 잘못이다. 특정特定 종교宗敎의 교리敎理를 위爲하여 역사歷史를 왜곡歪曲함은 잘못이다. 삼위三危는 현재現在 중국中國(지나支那China) 지도地圖에도 나타난 지명地名이다. (정신세계사 『한단고기』임승국林承國 번역飜譯, 주해註解 1998. 30쪽 주註)

49) 구환九桓: 구이九夷라고도 한다. 황이黃夷, 백이白夷, 현이玄夷, 적이赤夷, 남이藍夷인데, 황이黃夷가 넷으로 나뉘어 양이陽夷, 우이于夷, 방이方夷, 견이畎夷가 되었다. 이밖에 다른 기록記錄에는 또 다른 방법方法으로 분류分類하였다. (한뿌리 『환단고기』이민수 옮김 1987. 12쪽 주註)

중국中國(지나支那China) 『이십오사二十五史』에 구이九夷라 표현表現한 민족民族이며, 우리 민족民族의 옛 조상祖上들을 가리키는 말이다. (정신세계사 『한단고기』임승국林承國 번역飜譯, 주해註解 1998. 26쪽 주註)

50) 제帝 환인桓因: 재세在世 시조始祖 단군檀君 유소씨有巢氏를 가리킨다. 시조始祖 환인桓因이시고 지금只今으로

는 바가 되시니 안파견安巴堅51)이시라 부르며 또는 거발환居發桓이시라고 일컫는다. 대개大蓋 안파견安巴堅이라 이르는 까닭은 곧 하늘을 계승繼承하여 아버지가 된다는 이름이고 거발환居發桓이라 이르는 까닭은 천天과 지地와 人이 하나에(一) 머물러 그친다는 이름이다. 이로부터 환인桓仁의 형제兄弟 아홉 사람이 나라를 나누어 다스리셨으니 이것이 9황皇 64민民이다.

가만히 생각해 보건대 삼위三位의 신神께서는 하늘을(天) 내시며 만물萬物을 처음으로 지어 일으키시고 환인桓仁께서는 사람을 가르쳐 정도正道를 따름을(義) 확고確固히 세우시니 이로부터 자손子孫들이 서로 전傳하여서 오묘奧妙하고 불가사의不可思議하며 신기神奇하게 도道를 이루어 얻으시어서(玄妙得道) 밝고 환한 빛으로 세상世上을 다스려 바르게 하시었다(光明理世).

이미 처음부터 있으시는 천天, 지地, 인人 삼극三極의 크고 훌륭하시며 뚜렷하고 원만圓滿하신 하나께서(大圓一) 뭇 사물事物의 본本디의 뜻이 되시었으니 곧 천하天下의 구환九桓의 예법禮法과 음악音樂이 어찌 삼위三位의 신神께 지내는 옛적 제사祭祀의 풍속風俗에 없었겠는가?

전傳에서 말하기를, "삼위三位의 신神의 뒤를 환국桓國이라 일컬으니 환국桓國은 천제天帝께서 계시는 곳의 나라이다."고 하고 또 말하기를, "삼위三位의 신神께서는 환국桓國의 앞에 계시었고 나반那般께서 죽어 삼위三位의 신神이 되셨으며 무릇 삼위三位의 신神께서는 길고 오랜(永久) 생명生命의 근본根本이시다."고 하였다. 그러므로 인人·물物이 한 가지로 함께 삼위三位의 신神에서 나와서 삼위三位의 신神으로써 한 근원根源의 조상祖上으로 삼는다고 말한다.

환인桓仁께서 역시亦是 삼위三位의 신神을 대신代身하사 환국桓國의 천제天帝가 되시었고 뒤에 나반那般께서 대선천大先天이 되시고 환인桓仁께서는 대중천大中天이 되신다고 일컫는다. 환인桓仁께서는 환웅桓雄, 치우蚩尤로 더불어 삼황三皇이 되시니 환웅桓雄

---

부터 9,213년 전前(서기西紀 2016년 기준基準, B.C. 7197) 일천통건원一天統建元에 삼위태백三危太白에 국도國都를 정정하여 나라를 세우시었고 역년歷年은 300년年이었다. 환인桓因은 제왕帝王 이름이다. (244쪽 「동국역대전국계도東國歷代傳國系圖」 및 245쪽 「개창조국기원표開創肇國紀元表」 참조參照)

51) 안파견安巴堅: 중국中國(지나支那China) 발음發音으로는 <안파쳰>인바, 모름지기 우리말의 아버지에 해당該當하는 발음發音일 것이다. 요遼의 시조始祖를 <아보기阿保機>라 하는데 만주滿洲 말의 발음發音으로는 어김없이 아버지가 된다. 요遼를 고구려高句麗의 유민流民들이 세운 나라라고 하거니와 국왕國王을 아버지라고 발음發音하는 저들의 말을 통해通해 그것을 짐작斟酌케 한다. 안파견安巴堅 역시亦是 그런 각도角度에서 해석解釋함이 좋을 것 같다. (정신세계사 『한단고기』 임승국林承國 번역飜譯, 주해註解 1998. 16~17쪽 주註)

은 대웅천大雄天이시라 일컫고 치우蚩尤는 지위천智偉天이 되시니 곧 『황제중경黃帝中經』이 지어짐이 유래由來하는 바이다. 삼광三光[52], 오기五氣[53]가 모두 봄(視), 들음(聽), 느낌(感), 깨달음에(覺) 있으며 세대世代의 순서順序가 날로 나아감에 이에 불을 만들고 이에 말을 하고 이에 글자字를 만드니 뛰어나서 이기고 못하고 뒤떨어져서 지는(優勝劣敗) 서로 겨루어 다툼이(相競) 여기에서 비롯되었다.

웅족熊族 가운데 단국檀國이 있어 가장 성盛하였다. 왕검王儉께서 역시亦是 하늘로부터 내려와 임臨하시어 불함산不咸山[54]에 오셔서 거느려 다스리시니 나라 사람들이 한가지로 같이 세워 단군檀君이 되시었고 이를 단군왕검檀君王儉이시라 이른다. 나시면서 지극至極히 신神다우시며 성聖스러움을 겸兼하시고 원만圓滿하시어서 구환九桓을 삼한三韓이 관할管轄하는 지경地境으로(管境) 통합統合하시었다. 신시神市의 옛 규범規範을 회복回復하시니 천하天下가 크고 훌륭하게 다스려져 바르게 되고 온 세상世上이 그를 천신天神과 한가지로 같으시다 보았다. 이때부터 숭배崇拜하고 은덕恩德을 갚는 예禮가 영구永久한 세대世代에 걸쳐서 바뀌어 없어지지 아니하게 되었다.

대개大蓋 구환九桓의 무리는 나뉘어져 다섯 종류種類가 되니 피부皮膚의 색色깔과 얼굴 모습을 가지고 구별區別이 되었다. 모두 그 풍속風俗이 본질本質을 좇아 나아가서 이理를 찾아 일을 꾀하고 그 옳음을 구求함에는 곧 한가지로 같았다. 부여夫餘의 풍속風俗됨이 홍수洪水, 가뭄, 병란兵亂, 질병疾病은 국왕國王에게 책임責任이 있다고 하고, 충성忠誠함, 사악邪惡함, 존속存續함, 멸망滅亡함은 필부匹夫도 한가지로 같이 책임責任이 돌아온다 하니 이것이 그 하나의 증거證據가 된다.

색色깔의 무리가(色族) 황색黃色 부류部類의 사람은 피부皮膚가 좀 누렇고 코는 높지 않으며 볼이 높고 머리털은 검고 눈은 평평平平하며 눈동자瞳子는 검다. 백색白色 부류部類의 사람은 피부皮膚가 밝고 볼이 높고 코도 높으며 머리털은 잿빛과 같다. 적색赤色 부류部類의 사람은 피부皮膚가 녹綠슨 구릿빛이고 코는 낮고 끝이 넓고 이마는 뒤로 기울고 머리털은 감아 말아서 오그라졌으며 모습의 유형類型은 황색黃色 부류部類의 사람이다. 남색藍色 부류部類의 사람은 일명一名 풍족風族이라고도 하며 또 종려棕櫚나무 색色깔의 인종人種이라고(棕色種) 하는데 그 피부皮膚는 암갈색暗褐色으로 모습은 마치

---

52) 삼광三光: 해와 달과 별의 세 가지를 이르는 말. 별은 특特히 북두칠성北斗七星을 이른다. (『표준국어대사전』 DIOTEK™3 Co. Ltd. 2015)

53) 오기五氣: 동東, 서西, 남南, 북北, 중앙中央의 다섯 방향方向의 기氣 또는 목木, 화火, 토土, 금金, 수水 오행五行의 기氣 (『표준국어대사전』 DIOTEK™3 Co. Ltd. 2015)

54) 불함산不咸山: '가장 밝은 산山'이라는 뜻이다. 백두산白頭山과 만주滿洲 하얼빈(哈爾賓Harbin)의 완달산完達山 두 곳을 말하는데 여기서는 완달산完達山을 가리킨다. (상생출판 『桓檀古記』 안경전安耕田 역주譯註 2012. 321쪽 주註)

황색黃色 부류部類의 사람과 같다.

삼한三韓의 옛 풍속風俗이 모두 10월月 상순上旬에 나라 안에 크게 모이게 하여 둥근 단壇을 쌓고 하늘에 제사祭祀를 지냈다. 땅에 제사祭祀 지내면 모난 언덕에서(方丘) 지내고 선조先祖께 제사祭祀 지내면 모서리를 모가 나게 깎은 나무를(角木) 쓰니 산상山像과 웅상雄常55)의 상상像을 만듦은 모두 그 후세後世에 전전傳하여진 법법法이다.

하늘에 제사祭祀 지냄에는 한韓이 반드시 몸소 제사祭祀 지내니 그 예법禮法이 매우 성盛했음을 알 수 있다. 이날 먼 곳과 가까운 곳의 남녀男女가 그 생산生産한 것을 바치어 이바지하고 북을 치고 피리, 나팔 등等을 불며 온갖 놀이가 갖추어졌고 무리로 작은 여러 나라들이 모두 와서 특산물特產物과 진귀珍貴한 보물寶物을 바치니 둥그렇게 둘리어 쌓임이 언덕과 산산山이었다.

대개大蓋 국민國民을 위위爲하여 복복福이 오고 재앙災殃이 물러가도록 빌었으니 곧 관할管轄 지경地境을(管境) 불리어 늘어나게 하여 많이 퍼지게 하는 원인原因이었으며 소도蘇塗의 제천祭天은 곧 구려九黎56)의 교화敎化하는 근원根源이었다. 이로부터 허물을 꾸짖고(責禍)57) 이웃하고 있는 지역地域이나 나라와 사이좋게 지내며(善隣) 가지고 있고 없음을 서로 주고 가져가며 도우니(有無相資) 문명文明이 다스려져 바르게 됨을 이루고 개화開化 평등平等하여 사해四海 안에 제사祭祀의 의전儀典을 중중重히 여기고 치장治粧하여 꾸미지 아니하는 사람이 없었다.

아기가 태어남을 축하祝賀하여 삼신三神이라 부르고 벼가 익음을 축하祝賀하여 업업이라 불렀다. 산산山은 뭇 생명生命의 신묘神妙한 힘의 장소場所가 되고, 업업은 생산生産 작업作業의 신神이 되니 그러므로 또한 업업은 기쁘고 아름다운 이익利益을 맡아 지킴이라(業主嘉利) 일컫는다. 집터에 발원發願하면 토주대감土主大監이라 부르고 집에 발원

---

55) 웅상雄常: 배달국倍達國 신시神市 시대時代 이래以來 민간民間에서는 가장 큰 나무를 택택擇해 환웅상桓雄像으로 삼고 제사祭祀를 지내 왔다. 이 신수神樹를 웅상雄常이라 한다. 『산해경山海經』에 "숙신肅慎(조선朝鮮)국국國에 백의민족白衣民族이 살고 있다. 북북北쪽에 나무를 모시는데 이름을 웅상雄常이라 한다. [肅慎之國, 在白民也, 北有樹名曰雄常]"라고 하였다. 상상常은 '항상恒常 임재臨在하신다[常在]'는 뜻으로 웅상雄常은 곧 환웅桓雄께서 항상恒常 임재臨在하신다는 뜻이다. (상생출판『桓檀古記』안경전安耕田 역주譯註 2012. 323쪽 주註)
56) 구려九黎: 구려九黎라는 말은 치우천왕蚩尤天王 때 비롯되었다. 동이東夷의 아홉 겨레를 말한다. 이것이 변변變하여 고구려高句麗→고려高麗→코리아Korea로 불리게 된 것이다. (상생출판『桓檀古記』안경전安耕田 역주譯註 2012. 325쪽 주註)
57) 책화責禍: ※동예東濊 시대時代의 일종一種의 벌칙罰則. 동예東濊는 정치政治 지역地域인 읍락邑落 사이에 경계境界를 중중重히 여겨 서로 침입侵入하는 일을 엄금嚴禁하였는데 만일萬一 이를 어기고 침범侵犯하는 경우境遇, 침범자侵犯者 측側에서 노예奴隸와 소, 말 따위로 배상賠償하게 하였다. 이를 책화責禍라 하였다. (교육출판공사教育出版公事『한국사대사전』이홍직李弘稙 편編 1996. 하下 1834쪽)

發願하면 성조대군成造大君이라 부르니 역시亦是 해마다 기쁘고 아름다운 복福을 이루게 하는 신神이시다. 묘원墓園이나 고기를 잡을 때나 사냥을 할 때나 전투戰鬪를 하기 위爲하여 진陣을 칠 때나 먼 길을 떠날 때 모두 제사祭祀가 있으니 제사祭祀는 반드시 날을 가려서 몸과 마음을 깨끗이 하고 부정不淨한 일을 멀리함으로써(擇齋) 이利로움이 이루어진다.

소도蘇塗가 세워짐에는 한가지로 함께 계戒가 있으니 충忠, 효孝, 신信, 용勇, 인仁 다섯의 사람으로서 늘 행行하여야 할 불변不變의 도道이다(五常之道). 소도蘇塗의 곁에 반드시 경당局堂58)을 세우고 아직 결혼結婚하지 않은 자제子弟들로 하여금 사물事物을 배우고 익히도록 지도指導하였다. 대개大蓋 글 읽기, 활쏘기, 말타기, 예절禮節, 노래와 풍악風樂, 주먹치기(검술劍術을 아우름) 등等의 육예六藝의 종류種類이다.

모든 읍邑과 촌락村落이 스스로 삼로三老를 두었으니 삼로三老는 또 삼사三師라고도 부른다. 어진 덕행德行을 갖춘(賢德) 사람이 있고, 재물財物을 베푸는(財施) 사람이 있고, 일을 분별分別하여 자세仔細히 아는(識事) 사람이 있으니 모두 그들을 스승으로 섬김이 이것이다. 또 육정六正이 있으니 곧 재지才智가 있는 착한 보좌인輔佐人(賢佐), 충신忠臣, 재才주와 꾀가 많은 훌륭한 장수將帥(良將), 용감勇敢한 군사軍士(勇卒), 사리事理에 밝은 스승(明師), 착하고 어진 마음으로 사귀는 벗이(德友) 이것이다.

또 생명生命을 죽임에 법도法度가 있으니 위로는 국왕國王으로부터 아래로는 서민庶民에 이르기까지 모름지기 스스로 때와 종류種類를 가려서 행行하였으며 하나라도 함부로 죽이지 아니하였다. 예로부터 부여夫餘에서는 말이 있어도 타지 아니하고 살생殺生을 삼가서 못하게 하며 잡힌 생명生命을 놓아주는 일이(放生) 역시亦是 이런 뜻이다. 그러므로 잠자는 짐승을 죽이지 아니하고 알을(卵) 죽이지 아니함은 이는 때를 가림이요, 어린 짐승을 죽이지 아니하고 유익有益한 짐승을 죽이지 아니함은 이는 종류種類를 가림이니 만물萬物을 존중尊重하는 뜻이 지극至極하였음을 말할 수 있다.

원화源花는 여자女子 화랑花郎을 일컬음이고 남자男子는 화랑花郎이라 부르며 또 천왕랑天王郎이라고도 이르니 위로부터 명命을 내려 까마귀 깃털이 달린 관冠을(鳥羽冠) 하사下賜한다. 관冠을 씀에 의식儀式이 있으니 주注에, "이때 큰 나무를 봉봉封封하여 환웅

---

58) 경당局堂: 고구려高句麗에도 있었던 교육기관敎育機關. 태학太學이 상류층上流層 자제子弟를 교육敎育하는 관학官學인 반면反面에 문무일치文武一致를 종지宗旨로 평민층平民層의 자제子弟에게 경전經典과 궁술弓術을 교습敎習시키기 위爲하여 전국全國 각처各處에 설치設置하였다. 일본인日本人 가지마는 이를 <민가民家를 취체取締하던 집>이라고 하였으니 망발妄發도 이만저만이 아니다. (정신세계사 『한단고기』 임승국林承國 번역飜譯, 주해註解 1998. 160쪽 주註)

桓雄 신상神像으로 삼고서 이에 절하였다. 신상神像으로 삼는 나무는 세속世俗에서 이를 웅상雄常이라 일컬었다.” 하였으니 상常은 늘 있음을 이름이다.

하백河伯은 천하天河의 인인人이니 나반那般의 후손後孫이다. 7월月 7일日은 바로 나반那般께서 강江을 건너시는 날이다. 이날 천신天神께서 용왕龍王에게 명命하여 하백河伯을 불러 용궁龍宮으로 들어오게 하시고서 하백河伯으로 하여금 사해四海의 모든 신神을 주장主掌케 하신다. 천하天河는 또 천해天海라고도 이르며 지금只今 북해北海라 부름이 이것이다. 『천하주天河注』에서 말하기를, “하늘의 도道는(天道) 북극北極에서 일어나는 까닭에 천天 1一이 물을 내고(天一生水) 이를 북수北水라 이르니 대개大蓋 북극수北極水는 정精의 씨가(精子) 거처居處하는 곳이다.”라고 했다.

五帝說에 云北方司命曰太水오 其帝曰黑이시오 其號曰玄秒眞元이시오 其佐曰桓仁이시고 在蘇留天하시니 是爲大吉祥也라

東方司命曰太木이오 其帝曰靑이시오 其號曰同仁好生이시오 其佐曰大雄이시고 在太平天하시니 是爲大光明也시니라

南方司命曰太火오 其帝曰赤이시오 其號曰盛光普明이시오 其佐曰庖犧이시고 在元精天하시니 是爲大安定也시니라

西方司命曰太金이오 其帝曰白이시오 其號曰淸淨堅虛시오 其佐曰治尤이시고 在鈞和天하시니 是爲大嘉利也시니라

中方司命曰太土오 其帝曰黃이시오 其號曰中常悠久시오 其佐曰王儉이시고 在安德天하시니 是爲大豫樂也시니라

五帝注에 曰五方이 各有司命하니 在天曰帝시오 在地曰大將軍이시니 督察五方者는 爲天下大將軍이시오 督察地下者는 爲地下女將軍也시니 龍王은 玄龜시니 主善惡하시며 朱鵲은 赤熛시니 主命하시며 靑龍은 靈山이시니 主穀하시며 白虎는 兵神이시니 主刑하시며 黃雄은 女神이시니 主病하시니라

三神山이 爲天下之根山이니 以三神名者는 蓋自上世以來로 咸信三神이 降遊於此하사

化宣三界三百六十萬之大周天하시니 其體는 不生不滅이시오 其用은 無窮無限이시오 其檢理는 有時有境하사 神之至微至顯과 神之如意自在를 終不可得以知也니라

其迎也에 優然而如有見하며 其獻也에 愀然而如有聞하며 其讚也에 欣然而如有賜하며 其誓也에 肅然而如有得하며 其送也에 怳然而如有慊하나니 是爲萬世人民之所以認識追仰於順和信悅之域者也니라

三神은 或說에 有以三爲新하고 新爲白하며 神爲高하고 高爲頭故로 亦稱白頭山이라 又云蓋馬는 奚摩離之轉音이니 古語에 謂白爲奚하고 謂頭爲摩離也니 白頭山之名이 亦起於是矣니라

人類之祖를 曰那般이시니 初與阿曼으로 相偶之處를 曰阿耳斯它오 亦稱斯它麗阿也라 日에 夢得神啓하사 而自成昏禮하시고 明水告天而環飮하실새 山南에 朱鵲이 來喜하고 水北에 神龜가 呈瑞하고 谷西에 白虎가 守嵎하고 溪東에 蒼龍이 升空하고 中有黃熊이 居之러라

天海와 金岳과 三危太白은 本屬九桓하니 而蓋九皇六十四民이 皆其後也라 然이나 一山一水에 各爲一國하고 羣女羣男이 亦相分境하야 從境而殊하고 國別積久에 創世條序를 後無得究也라

久而後에 有帝桓仁者出하사 爲國人所愛戴하시니 曰安巴堅이시오 亦稱居發桓也시라 蓋所謂安巴堅은 乃繼天立父之名也오 所謂居發桓은 天地人定一之號也라 自是로 桓仁의 兄弟九人이 分國而治하니 是爲九皇六十四民也라

窃想컨대 三神이 生天造物하시 桓仁이 敎人立義하시니 自是로 子孫相傳하야 玄玅得道하야 光明理世하고

旣有天地人三極大圓一之爲庶物原義하니 則天下九桓之禮樂이 豈不在於三神古祭之俗乎아

傳에 曰三神之後를 稱爲桓國이오 桓國은 天帝所居之邦이라하고 又曰三神은 在桓國之先하사 那般이 死爲三神이시라하니 夫三神者는 永久生命之根本也라 故로 曰人物이 同出於三神

하야 以三神으로 爲一源之祖也라

桓仁이 亦代三神하사 爲桓國天帝하시니 後에 稱那般하야 爲大先天하고 桓仁으로 爲大中天하니라 桓仁이 與桓雄治尤로 爲三皇하시니 桓雄은 稱大雄天이시오 治尤는 爲智偉天이시니 乃黃帝中經之所由作也라 三光五氣가 皆在視聽感覺而世級日進하야 攢火焉하며 發語焉하며 造字焉하야 優勝劣敗之相競이 始乎起耳라

熊族之中에 有檀國이니 最盛하고 王儉이 亦自天而降하사 來御于不咸之山이어시늘 國人이 共立하야 爲檀君하니 是爲檀君王儉也시니라 生而至神하시고 兼聖圓滿하사 統合九桓하시고 三韓으로 管境하시며 復神市舊規하사 天下大治하니 擧世_視同天神하야 自是로 崇報之禮가 永世不替者也라

蓋九桓之族이 分爲五種하니 以皮膚色貌로 爲別也라 皆其俗이 就實求理하야 策事而求其是則同也니 夫餘爲俗이 水旱兵疾에 國王이 有責하고 忠邪存亡에 匹夫同歸하니 是其一證也니라

色族하니 如黃部之人은 皮膚稍黃하고 鼻不隆하며 頰高髮黎하고 眼平睛黑이오 白部之人은 皮膚晢하고 頰高鼻隆하며 髮如灰오 赤部之人은 皮膚銹銅色하고 鼻低而端廣하며 顙은 後傾하고 髮은 捲縮하며 貌는 類黃部之人이오 藍部之人은 一云風族이오 又棕色種이니 其皮膚는 暗褐色이오 貌는 猶黃部之人也니라

三韓古俗이 皆十月上日에 國中大會하야 築圓壇而祭天하고 祭地則方丘오 祭先則角木이니 山像과 雄常이 皆其遺法也라

祭天에 韓이 必自祭하시니 其禮甚盛을 可知也라 是日에 遠近男女가 皆以所産으로 薦供하고 鼓吹百戲가 是俱라 衆小諸國이 皆來하야 獻方物珍寶하야 環積邱山하니

蓋爲民祈禳이 乃所以繁殖管境이오 而蘇塗祭天은 乃九黎敎化之源也라 自是로 責禍善隣하며 有無相資하며 文明成治하며 開化平等하니 四海之內에 莫不崇飾祀典者也니라

祝兒之生을 曰三神이오 祝禾之熟을 曰業이라 山은 爲羣生通力之所오 業은 爲生産作業之

神이니故로亦稱業主嘉利라發願垈土를曰土主大監이오發願家宅을曰成造大君이니亦歲
成嘉福之神也시니라墓園漁獵과戰陳出行에皆有祭하니祭必擇齋以利成也니라

蘇塗之立에皆有戒하니忠孝信勇仁五常之道也라蘇塗之側에必立局堂하야使未婚子
弟로講習事物하니蓋讀書習射馳馬禮節歌樂拳搏(並劍術)의六藝之類也라

諸邑落이皆自設三老하니三老는亦曰三師라有賢德者와有財施者와有識事者를皆師
事之가是也오又有六正하니乃賢佐와忠臣과良將과勇卒과明師와德友가是也라

又殺生有法하니上自國王으로下至庶民히須自擇時與物而行之하야一不濫殺하니自古
로夫餘에有馬不乘하며禁殺放生者가亦其義也라故로不殺宿하며不殺卵은是擇時也오不
殺幼하며不殺益은是擇物也니重物之義가可謂至矣로다

源花는稱女郎이오男은曰花郎이니又云天王朗이라自上命으로賜烏羽冠하야加冠에有儀라
注에時封大樹하야爲桓雄神像而拜之라神樹를俗謂之雄常이니常은謂常在也라

河伯은是天河人이니那般之後也라七月七日은卽那般渡河之日也니是日에天神이命
龍王하사召河伯入龍宮하시고使之主四海諸神하시니라天河는一云天海니今曰北海가是也
라天河注에曰天道는起於北極故로天一生水오는謂北水니盖北極水는精子所居也니라

- 환단고기桓檀古記/태백일사太白逸史/환국본기桓國本紀(이맥李陌 찬撰) 중中에서 -

　『조대기朝代記』59)에서 말한다. 옛적에 환인桓仁60)께서 계셨으니 천산天山에 내려
와 사시면서 천신天神께 제祭 지냄을 맡아 주장主掌하시며 명命을 바르게 하여 인민人
民을 편안便安하게 하여 주시었다. 많은 일을 끌어 잡으시어 다스려 바르게 하시며 들
에 자리 잡고 사시나 벌레와 짐승의 해害가 없으시었고 무리지어 움직여 행行하시나 원
한怨恨을 품거나 반역叛逆하는 근심이 없으시었다. 친親하고 소원疏遠함에 따른 구별區
別이 없었고 윗사람 아랫사람에 따른 차별差別이 없었으며 남자男子와 여자女子가 평등

59)『조대기朝代記』: 고구려高句麗를 이은 발해渤海의 비장서秘藏書이다. 북애北崖는『규원사화揆園史話』에서 말
하기를, 이명李茗이『조대기朝代記』를 인용引用하여『진역유기震域遺記』를 썼다고 하였으며,「고려국본기高麗國
本紀」에 보면『진역유기震域遺記』는 천보산天寶山 태소암太素庵에 있던 진기珍奇한 옛 기록記錄을 보고 썼다고
하였다. (한뿌리『환단고기』이민수 옮김 1987. 109쪽 주註)
60) 환인桓仁: 桓仁은 '환인'으로 읽지 말고 반드시 '한임' 또는 '한님'으로 읽을 것이다. 한님→하느님의 호칭呼稱은
우리 민족民族 고유固有의 유구悠久한 신칭神稱이다. 민족사民族史를 하느님 나라로부터 출발出發했다고 하는 나라
는 우리 역사歷史뿐이다. (정신세계사『한단고기』임승국林承國 번역飜譯, 주해註解 1998. 26쪽 주註)

平等한 권리權利를 가졌고 늙은이와 젊은이가 역할役割을 나누었다. 이때의 세상世上에는 비록 법규法規나 호령號令함이 없었지만 저절로 화평和平하고 즐거웠으며 이치理致와 도리道理를 따라서 그 질병疾病을 없게 하였고 그 원통寃痛함을 풀게 하며 기울어 어려운 사람을 부축하여 도와주고 약弱한 사람을 구제救濟하니 하나라도 한恨하고 근심하거나 발끈 화火를 내거나 괴이怪異한 사람이 없었다.

이때 사람들은 스스로 이름을 환桓이라 하고 무리를 감독監督함을 인仁이라 하니 인仁이 책임責任을 맡는다는(任) 말로 변變하니 널리 도와 이롭게 하여 사람을 구제救濟하고(弘益濟人) 밝고 환한 빛으로 세상世上을 다스려 바르게 하여서(光明理世) 감군監羣으로 하여금 그 어짊을(仁) 틀림없이 이루어냄을 책임責任져 맡게 함이다. 그러므로 다섯 가加의(五加) 무리가 의논議論하고 절충折衷하여(交) 서로 수數많은 사람들 무리에서 뽑으니 이로써 반드시 생계生計의 기초基礎를(業) 구求하였기 때문이었다. 사랑하고 미워함에 분별分別이 있었고 각기各其 그 생각하는 바에 따라서 이를 주의注意하여 판별判別하여서 스스로 그 구求하는 바의 목표目標를 선택選擇하였다.

오직 구환九桓에 있어 공적公的인 것을 위爲하여 두루 화합和合하여서 여기에 하나로 돌아와 합습하는 것은 곧 역시亦是 마땅히 스스로 얻음과 잃음을 비교比較함에 이르러 한 사람도 달리하는 생각이 없는 연후然後에 이를 따랐다. 모든 사람들 무리도 역시亦是 감敢히 갑작스럽게 물리치고 떨어져서 혼자의 재才주를 가지고 일을 처리處理하지 아니하였다. 대개大蓋 일을 처리處理하는 뭇사람들의 법法은 미리 갖추어 방비防備하고 있지 아니하면 근심할 일이 있고(無備有患) 미리 갖추어 방비防備하고 있으면 근심할 일이 없음이다(有備無患). 반드시 갖추어 미리 방비防備하여서 스스로 공급供給하였다.

능能히 착한 사람들 무리를 다스려 바르게 하시어서 만萬 리里에 다 같이 한 가지로 소리를 내니 말씀을 하지 아니하시어도 교화敎化가 이루어져서 풍속風俗이 새로워져 행行하여졌다. 이에 모든 곳의 국민國民들이 기약期約하지 아니하고서도 와서 모이는 자者가 수만數萬이었다. 무리는 저절로 서로 둥글게 돌며 춤을 추었고(環舞) 곧 그대로 환인桓仁을 추대推戴하여 환화桓花61) 아래 쌓아놓은 돌무지 위에 앉으시게 하고서 줄지어 늘어서 그에게 절하니 산山에는 환호歡呼 소리 넘쳐흐르고 돌아와서 합습하여 의지依支하는 자者가 큰 길거리의 장場과 같았다. 이 분이 인간人間 최초最初 꼭대기의 조상祖上이시다.

---

61) 환화桓花: 환화桓花는 환국시대桓國時代부터 국화國花였다. 천지화天指花라고도 했는데, 지금只今의 무궁화無窮花 또는 진달래로 본다. 이유립李裕岦은 환화桓花를 진달래라 했다. (상생출판 『桓檀古記』 안경전安耕田 역주譯註 2012. 341쪽 주註)

朝代記에 曰昔에 有桓仁하시니 降居天山하사 主祭天神하시며 定命人民하시며 攝治羣務하시
조대기 왈석 유환인 강거천산 주제천신 정명인민 섭치군무

니野處而無蟲獸之害하며 群行而無怨逆之患하니라 親疎無別하고 上下無等하며 男女平權
야처이무충수지해 군행이무원역지환 친소무별 상하무등 남녀평권

하며 老少分役하니라 當此之世하야 雖無法規號令이나 自成和樂循理하야 去其病而解其寃하
노소분역 당차지세 수무법규호령 자성화락순리 거기병이해기원

며 扶其傾而濟其弱하야 一無憾且怫異者러라
부기경이제기약 일무감차불이자

時에 人皆自號爲桓하고 以監羣爲仁하니 仁之爲言任也니 弘益濟人하고 光明理世하야 使
시 인개자호위환 이감군위인 인지위언임야 홍익제인 광명이세 사

之任其必仁也라 故로 五加衆이 交相選於大衆할새 以必求業故하야 愛憎有別하고 各以其
지임기필인야 고 오가중 교상선어대중 이필구업고 애증유별 각이기

所心으로 主辦之而自擇其所求鵠이라
소심 주판지이자택기소구곡

惟在九桓爲公하야 大同歸一焉者니 則亦當自較得失하야 無一人異然後에 從之하고 諸
유재구환위공 대동귀일언자 즉역당자교득실 무일인이연후 종지 제

衆도 亦不敢遽下獨術以處之라 蓋處衆之法이 無備有患이오 有備無患이니 必備豫自給이
중 역불감거하독술이처지 개처중지법 무비유환 유비무환 필비예자급

라

善羣能治하야 萬里同聲에 不言化行이라 於是에 萬方之民이 不期而來會者가 數萬이라 衆
선군능치 만리동성 불언화행 어시 만방지민 불기이래회자 수만 중

이 自相環舞하고 仍以推桓仁하야 坐於桓花之下積石之上케하고 羅拜之하니 山呼聲溢하고 歸
이 자상환무 잉이추환인 좌어환화지하적석지상 나배지 산호성일 귀

者如市라 是爲人間最初之頭祖也시니라
자여시 시위인간최초지두조야

『삼성밀기三聖密記』에서 이른다. 파내류산波奈留山 밑에 환인씨桓仁氏의 나라가 있
었으니 천해天海 동東쪽의 땅을 역시亦是 파내류국波奈留國이라 일컬었다. 그 땅이 넓
이가 남북南北으로 5만萬 리里이고 동서東西로 2만萬 리里이었다. 통틀어 말하면 환국
桓國이요 나누어 말하면 곧 비리국卑離國, 양운국養雲國, 구막한국寇莫汗國, 구다천국勾
茶川國, 일군국一群國, 우루국虞婁國(또는 필나국畢那國)62), 객현한국客賢汗國, 구모액국
勾牟額國, 매구여국賣勾餘國(또는 직구다국稷臼多國), 사납아국斯納阿國, 선비이국鮮卑爾
國63)(또는 시위국豕韋國, 통고사국通古斯國이라 함), 수밀이국須密爾國이니 합合하여 12국
國이 이것이다. 천해天海를 지금只今은 북해北海라 부른다.

---

62) 우루국虞婁國(또는 필나국畢那國): 안경전安耕田 역주譯註 『桓檀古記』에는 비나국卑那國으로 되어있다. (상생출
판『桓檀古記』안경전安耕田 역주譯註 2012. 341쪽 주註)
63) 선비이국鮮卑爾國: 『삼성기三聖紀』에서는 선패국鮮稗國이라 하였다. (상생출판『桓檀古記』안경전安耕田 역주譯註
2012. 341쪽 주註)

『밀기密記』주注에서 말한다. 개마국盖馬國은 일명一名 웅심국熊心國이라 일렀으니 북개마北盖馬 큰 산山마루(北盖馬大嶺)[64] 북北쪽에 있었으며 구다국勾茶國으로부터의 거리距離가 2백百 리里이었다. 구다국勾茶國은 옛날에는 독로국瀆盧國이라 일컬었고 북개마北盖馬 큰 산山마루 서西쪽에 있었다. 월지국月漬國은 그 북北쪽 5백百 리里에 있고 직구다국稷臼多國은 혹或은 매구여국賣勾餘國이라 일컬었는데 옛날에는 오난하五難河에 있었으며 뒤에 독로국瀆盧國에 패배敗北하여 마침내 금산金山[65]으로 옮겨 그 곳에서 살았다. 구다국臼多國은 본래本來 쑥과 마늘을 산출産出하던 곳이었다. 쑥은 다려서 복용服用함으로써 냉冷을 치료治療하고 마늘은 불에 구워 먹음으로써 마魔을 다스린다.

三聖密記에 云波奈留山之下에 有桓仁氏之國하니 天海以東之地를 亦稱波奈留國也라 其地廣이 南北五萬里오 東西二萬餘里니 摠言桓國이오 分言則卑離國과 養雲國과 寇莫汗國과 勾茶川國과 一群國과 虞婁國一云畢那國과 客賢汗國과 勾牟額國과 賣勾餘國一云稷臼多國과 斯納阿國과 鮮卑爾國一云豕韋國一云通古斯國과 須密爾國이니 合十二國이 是也라 天海는 今日北海라

密記注에 曰蓋馬國은 一云熊心國이니 在北蓋馬大嶺之北하야 距勾茶國이 二百里오 勾茶國은 舊稱瀆盧國이니 在北蓋馬大嶺之西하고 月漬國은 在其北五百里하고 稷臼多國或稱賣勾餘國이니 舊在五難河라가 後에 爲瀆盧國所破하야 遂移于金山居之라 勾茶國은 本艾蒜所産也니 艾는 煎服以治冷하고 蒜은 燒食以治魔也라

『조대기朝代記』에서 말한다. 옛적에 환국桓國이 있었는데 무리는 재물財物이 많고 넉넉하였으며 또한 그 무리의 수數가 많았다. 처음의 환인桓仁께서 천산天山에 계시면서 도道를 이루어 얻으시어 길이 사시었고(得道長生) 몸을 다스려 바르게 하시여서 병病이 없으시었다. 하늘을 대신代身하시여 교화敎化가 이루어져 풍속風俗이 새로워짐을 일으키시고 사람들로 하여금 병기兵器가 없도록 하시였으며 사람들이 누구나 다 힘껏 일하여서 스스로 주리고 추위에 떪이 없게 하도록 하시였다. 장생長生의 도道를 혁서환인赫胥桓仁, 고시리환인古是利桓仁, 주우양환인朱于襄桓仁, 석제임환인釋提壬桓仁, 구을리

---

64) 북개마北盖馬 큰 산山마루(北盖馬大嶺): 지금只今의 만주滿洲 대흥안령산맥大興安嶺山脈 (상생출판『桓檀古記』안경전安耕田 역주譯註 2012. 341쪽 주註)

65) 금산金山: 일명一名 금악산金岳山. 알타이 산산山으로 불리며 러시아(서西시베리아)와 몽골, 카자흐스탄, 중국中國(지나支那China)에 걸쳐 있는 2천千 킬로미터가 넘는 산맥山脈이다. 알타이Altay는 몽골어語나 돌궐어突厥語에서 '황금黃金'이란 뜻이다. 경주김씨慶州金氏 시조始祖인 김알지金閼智에 대對해서도 알에서 태어났기 때문에 '알지閼智'라는 이름을 붙인 것이 아니라, '알타이'란 말을 한자漢字로 '알지閼智'라 표기表記한 것으로 보기도 한다. (상생출판『桓檀古記』안경전安耕田 역주譯註 2012. 343쪽 주註)

환인㘨乙利桓仁께 전傳하시니 지위리환인智爲利桓仁에까지 이르렀다. 환인桓仁을 혹或 단인檀因이라고도 부른다. 7세世를 이어 전傳하여 3,301년年을 지냈고 혹或은 63,182년年이라고 말한다.

환국桓國에 다섯 훈훈이(五訓) 있으며 신시神市에는 다섯 일이(五事) 있으니 이른바 다섯 훈훈이란 첫째, 참되고 믿음성性이 있으며 거짓말을 하지 않음이고(誠信不僞) 둘째, 정중鄭重하고 예의禮儀 바르며 부지런하여 게으르지 않음이고(敬勤不怠) 셋째, 선조先祖의 뜻을 바르게 계승繼承하고 부모父母를 잘 섬기며 온순溫順하고 도리道理를 따라서 제멋대로 하여 어그러지지 아니함이고(孝順不違) 넷째, 청렴淸廉 결백潔白하고 정도正道를 따르며 음란淫亂하지 아니함이며(廉義不淫) 다섯째, 겸손謙遜하고 화목和睦하여 부딪쳐 싸우지 아니함이다(謙和不鬪).

이르는바 다섯 일이란(五事) 우가牛加는 곡식穀食을 맡아 지키고(主穀), 마가馬加는 명命을 맡아 지키고(主命), 구가狗加는 형벌刑罰을 맡아 지키고(主刑), 저가猪加는 질병疾病을 맡아 지키며(主病), 양가羊加는(혹或은 계가鷄加라 함) 선악善惡을 맡아 지킴이다(主善惡).

朝代記에 曰昔에 有桓國하니 衆이 富且庶焉이라 初_桓仁께서 居于天山하사 得道長生하사 治身無病하시며 代天興化하사 使人無兵하시니 人皆力作以勤하야 自無飢寒也라 傳赫胥桓仁, 古是利桓仁, 朱于襄桓仁, 釋提壬桓仁, 邱乙利桓仁하야 至智爲利桓仁하니 或曰檀因이라 傳七世하야 歷三千三百一年이오 或曰六萬三千一百八十二年이라

桓國에 有五訓하고 神市에 有五事하니 所謂五訓者는 一曰誠信不僞오 二曰敬勤不怠오 三曰孝順不違오 四曰廉義不淫이오 五曰謙和不鬪라

所謂五事者는 牛加主穀하며 馬加主命하며 狗加主刑하며 猪加主病하며 羊加一作鷄加主善惡이라

『환국주桓國注』에서 말한다. 환桓은 다 갖추어 하나로 합합함이며(全一) 밝고 환한 빛이다(光明). 다 갖추어 하나로 합합함은 삼위三位의 신神의(三神) 지혜智慧와 능력能力이시고, 밝고 환한 빛은 삼위三位 신神의 참되고 가득 찬 덕德이시니 곧 우주만물宇宙萬物에 앞선 것이다.

『조대기朝代記』에서 말한다. 옛적 풍속風俗이 밝고 환한 빛을 높이어 소중所重히 여겨서 해로써(日) 신神을 삼고 하늘로써(天) 조상祖上을 삼았으며 많은 지역地域의 국민國民들은 이를 믿고서 서로 의심疑心치 아니하였고 아침저녁으로 정중鄭重하고 예의禮儀바르게 절하니 이로써 언제나 따라서 하는 정定해진 의식儀式으로 삼았다. 태양太陽은 밝고 환한 빛이(光明) 모인 곳으로서 삼위三位의 신神께서(三神) 계시는 곳이다. 사람은 빛을 맞아 얻음으로써 비로소 지어 일어나서는 꾀하여 함이 없이 저절로 바뀌어 된다(無爲自化). 아침이면 함께 동東쪽 산山에 올라 해가 처음 뜸에 절하고 저녁이면 함께 서西쪽 강江가로 빨리 가서 달이 처음 뜸에 절하였다.

이에 앞서 환인桓仁께서는 나시면서 스스로 깨달아 아시고서 다섯 물物(五物)[66]을 바뀌어 되게 하시고 다섯 훈훈을(五訓) 이해理解하기 쉽게 설명說明을 덧붙여 자세仔細히 말씀하시고(敷衍) 다섯 일을(五事) 맡아 지켜서 다스려 바르게 하시였다. 다섯 가加의(五加) 무리가 모두 마음과 몸을 다하여 애쓰므로 지극至極히 착한 수행修行을 하게 하시여서 마음을 열어 깨우쳐서 밝고 환히 빛나게(開心光明) 하시고 일이 길吉하고 상서祥瑞롭게 만들어 주시며 세상世上에 살면서 기분氣分이 좋고 즐겁도록 하시였다.

환인桓仁께서 높은 꼭대기 하늘에 고상高尚하게 머무시어 오직 뜻이 간절懇切하시니 백百 가지 길이 모두 저절로 화목和睦하고 평온平穩하였다. 이때 천제天帝께서 몸을 바꾸어서 되신 분이라 일컬으니 배반背叛하는 자者가 없었고 구환九桓의 국민國民이 모두 앞서서 하나로 돌아와 합합하였다(歸一).

桓國注에 曰桓者는 全一也며 光明也니 全一은 爲三神之智能이요 光明은 三神之實德이니 乃宇宙萬物之所先也니라

朝代記에 曰古俗이 崇尙光明하야 以日爲神하고 以天爲祖하야 萬方之民이 信之不相疑하고 朝夕敬拜하야 以爲恒式하니라 太陽者는 光明之所會요 三神之攸居니 人得光以作하며 而無爲自化라하야 朝則齊登東山하야 拜日始生하고 夕則齊趨西川하야 拜月始生하니라

先是에 桓仁이 生而自知하사 化育五物하시며 敷演五訓하시며 主治五事하시니 五加와 衆이 皆勤苦어늘 使至善修行하사 開心光明하시며 作事吉祥하시며 住世快樂하시니라

---

66) 다섯 물物(五物): 땅에서 다니고(행行), 하늘에 날아오르고(저翥), 탈바꿈하고(화化), 물에서 헤엄치고(유游), 땅에 심는(재栽) 다섯을 가리킨다. (153쪽 및 159쪽 「조화기造化紀」, 「교화기敎化紀」 참조參照)

桓仁이 高御上上天하사 惟意懇切百途가 咸自和平이어시늘 時에 稱天帝化身而無敢叛者
환인  고어상상천    유의간절백도  함자화평      시  칭천제화신이무감반자
오 九桓之民이 咸率歸于一하니라
구 환 지 민  함 솔 귀 우 일

**- 환단고기桓檀古記/태백일사太白逸史/신시본기神市本紀(이맥李陌 찬撰) 중中에서 -**

『진역유기震域留記』[67]의 「신시기神市紀」에서 말한다. 환웅천황桓雄天皇께서 사람의 거처居處가 얼마 안 있어 완성完成되고 만물萬物이 각기各其 그 자리를 차지함을 보시더니 이에 고시례高矢禮[68]로 하여금 제사祭祀와 먹여 살리는 일을 전문專門으로 맡도록 하시니 이는 곡식穀食을 맡아 지킴이다. 그런데 이때는 곡식穀食을 심고 거두는 이치理致와 방법方法이 갖추어지지도 않았고 또 불씨도 없음이 걱정이었다.

어느 날 우연偶然히 산山에 들어가시니 다만 곧고 굵은 큰 나무들이 거칠고 쓸쓸하게 단지但只 줄기만 남기고 있었고 오래된 나무줄기와 말라버린 가지들이(老幹枯枝) 서로
노 간 고 지
섞이어 짜여서 어지러이 엇갈리어 있음을(交織亂叉) 바라보시었다. 서서 머물러 오랜 시
교 직 난 차
간時間 속으로 깊이 생각하시며 말이 없으시었는데 홀연忽然히 큰 바람이 숲에 불어 닥치자 많은 구멍들이 성내어 부르짖고, 오래된 나무줄기가 서로 가까이하여 닥치어 서로 비벼대고 문질러 불꽃을 일으키니 번쩍번쩍하고 빛나며 잠깐 일더니 빨리 꺼졌다. 이에 날래게 깨우치시며 말씀하시었다. 이것이로다! 이것이로다! 이것이 곧 불을 얻는 법法이로다 하시고 돌아와 오래된 화나무 가지를 가져다 서로 비벼 문질러 불을 만드시었으나 마치 일을 완결完結 짓지 못함과 같았다.

다음날 다시 곧고 굵은 큰 나무 숲에 가서 어슬렁거리며 이리저리 돌아다녀 뒤지면서 생각하고 있으시었는데, 뜻하지 아니하게 갑자기 한 마리의 길고 곧은 무늬의 호랑이가 큰소리로 으르렁거리며 뛰어 왔다. 고시씨高矢氏가 크게 꾸짖으면서 돌을 날려 세차게 쳤으나 빗나가 바위 귀퉁이를 맞추니 환하게 밝히며 불을 냈다. 마침내 크게 기뻐하시

---

67)『진역유기震域遺記』: 이명李茗이 쓴 책冊인데, 이명李茗은 고려高麗 공민왕恭愍王 때 사람이며 호號는 청평淸平이다. 이명李茗은 이암李嵒, 범장范樟과 함께 천보산天寶山의 태소암太素庵에 있던 진기珍奇한 고서古書를 보고, 이명李茗은 『진역유기震域遺記』, 이암李嵒은 『단군세기檀君世紀』, 『태백진훈太白眞訓』, 범장范樟은 『북부여기北夫餘紀』를 각각各各 쓰게 되었다. 특特히 북애北崖는 『진역유기震域遺記』를 인용引用하여 『규원사화揆園史話』를 썼다. 북애北崖의 『규원사화揆園史話』에 의依하면, 이명李茗은 『조대기朝代記』를 인용引用하여 『진역유기震域遺記』세 권卷을 썼다고 한다. 그러므로 『조대기朝代記』는 태소암太素庵에 있던 발해渤海의 비장서秘藏書이며, 발해渤海는 고구려高句麗를 이어 우리 역사歷史의 많은 기록記錄과 자료資料를 가지고 있었던 것으로 짐작斟酌된다. 『단기고사檀奇古史』역시亦是 발해渤海 시조始祖 대조영大祚榮의 아우 대야발大野勃이 지은 것이다. (한뿌리 『환단고기』이민수 옮김 1987. 114쪽 주註)

68) 고시례高矢禮: 초대初代 배달환웅倍達桓雄 때의 주곡관主穀官으로 불을 발견發見하고 농업農業을 주관主管하였다. 그 후後 조선朝鮮 시대時代에도 고시高矢라는 분이 농사農事일을 주관主管하였다. 이 후後 들에서 농사農事짓고 산山에서 나무하던 사람들이 음식飮食을 먹을 때에는 항상恒常 음식飮食을 던지며 '고시례' 또는 '고수레'라고 하였다. 이것은 농사農事짓고 화식火食하는 법法을 가르쳐 준 은혜恩惠를 잊지 못하여 형성形成된 풍습風習이 지금只今까지 면면綿綿히 전전傳傳해 내려온 것이다. (상생출판 『桓檀古記』안경전安耕田 역주譯註 2012. 351쪽 주註)

며 돌아와 다시 돌을 쳐 불을 얻으시었다. 이로부터 국민國民은 음식飮食을 익혀 먹을 (火食) 수 있게 되었고 쇠를 부어 만들고 불리는(鑄冶) 기술技術도 비로소 일어났으며 자료資料를 필요必要한 규격規格대로 자르는(制作) 일 역시亦是 차츰 앞으로 나아가게 되었다.

환웅천황桓雄天皇께서 또다시 신지神誌 혁덕赫德에게 명命하시여 사물事物을 표시表示하는 부호符號인 문자文字를 만들게 하셨다. 대개大蓋 신지씨神誌氏는 세세世世토록 명命을 맡아 지키는 직책職責을 맡아서 명命을 내보내고 들어주어 받아들이며 천황天皇을 보좌輔佐하여 간諫하는 일을 전문專門으로 맡고 있었으나 다만 목소리에 의존依存했을 뿐 일찍이 문자文字로 기록記錄하여 계속繼續하여 남기는 방법方法은 없었다.

어느 날 멀리 나가서 여럿이 사냥을 하였는데 갑자기 놀라서 일어나는 한 마리의 암사슴을 보고 활을 당겨 쏘려고 하였으나 그만 그 자취를 놓치고 말았다. 이에 사방四方을 빠르게 더듬어 찾아서 널리 산山과 들을 지나 평평平平한 모래가 있는 곳에 이르러 비로소 어지러이 얽힌 쇠사슬 닮은 발자국을 보았으니 향向한 곳은 절로 분명分明하였다. 이에 머리를 숙이고 속으로 깊이 생각하다가 문득 날래게 깨우치고서 말했다. "기록記錄으로 남기는 방법方法은 오직 이와 같을 뿐이로다! 기록記錄으로 남기는 방법方法은 오직 이와 같을 뿐이로다!"

이날 사냥을 마치고 돌아와 되풀이하여 잘 따져 관찰觀察하고 생각하여 널리 형상形狀이 있는 모든 물건物件과 세상世上의 모든 일을(萬象) 관찰觀察하니 오래지 않아서 처음으로 문자文字를 만드는 법法을 깨달아 얻었다. 이것이 태고문자太古文字의 시작始作이다. 다만 후세後世에 연대年代가 아득히 멀어 세월歲月이 오래되니 태고문자太古文字는 자취가 아주 없어졌다. 생각하건데 역시亦是 그 짜 맞추어 이룸이 편리便利하지 못하여서 그러하지 아니하였겠는가!

또한 일찍이 듣기로 남해도南海島 낭하리郎河里의 계곡溪谷과 경박호鏡珀湖, 선춘령先春嶺과 저 오소리烏蘇里와 그 외外의 암석岩石 사이에서 때때로 혹或 새겨 다듬은 형상形象이(彫刻) 발견發見된 적이 있는데 범어梵語도 아니고 전자篆字[69]도 아니며 사람들이 깨달아 알 수가 없다 했으니 이것이 신지씨神誌氏가 만든 옛 문자文字가 아니겠는가! 이에 우리나라가 아직 떨쳐 일어나지 못하고 우리 겨레가 힘차고 튼튼하지 못함이

---

69) 전자篆字: 한자漢字 서체書體(전서篆書, 예서隸書, 해서楷書, 행서行書, 초서草書)의 하나로 대전大篆과 소전小篆이 있다. 대전大篆은 주周나라 선왕宣王 때에 태사太史이던 주籀가 창작創作한 한자漢字의 자체字體로, 주籀의 이름을 따 주문籀文이라고도 하며 소전小篆의 전신前身이다. 소전小篆은 진시황秦始皇 때 이사李斯가 대전大篆을 간략簡略하게 변형變形하여 만든 것으로, 이씨조선李氏朝鮮 시대時代에는 시험과목試驗科目에 넣기도 했다. (상생출판 『桓檀古記』 안경전安耕田 역주譯註 2012. 353쪽 주註)

재차再次 한恨스럽다.

환웅천황桓雄天皇께서 풍백風伯 석제라釋提羅를 시켜 비록 새, 짐승, 벌레, 물고기의 해害를 없애도록 하셨으나 국민國民은 아직 동굴洞窟과 움집 속에 살고 있어서 땅 밑의 축축함과 집밖에서는 바람의 기운이 사람을 위협威脅하고 질병疾病을 일으켰다. 또한 새, 짐승, 벌레, 물고기 무리를 낱낱이 경계境界를 정定하여 막아서 쫓아버리니 차츰 물러나 피避하고 감추어 숨어버려서 이들을 잡아서 음식飮食을 공급供給하는데 불편不便하였다. 이에 우사雨師 왕금王錦으로 하여금 집을 지어서 사람이 거주居住하도록 하시며 소, 말, 개, 돼지, 독禿수리, 호랑이 등等의 짐승을 모두 모아 가축家畜을 길러서 이利롭게 씀에 이르게 함을 맡아서 지키도록 하시고, 운사雲師 육약비陸若飛로 하여금 남녀男女의 혼례婚禮의 법法을 정리整理하여 바로 잡게 하시고, 치우治尤는 세세世世토록 병마兵馬와 도적盜賊을 맡도록 하시였다. 이로부터 치우治尤, 고시高矢, 신지神誌의 먼 후대後代의 자손子孫들이 한창 일어나 퍼져서 가장 성盛하였다.

치우천왕治尤天王의 등극登極에 이르러 구치九治를 만들어서 이를 가지고 구리(銅), 쇠를(鐵) 채취採取하고, 쇠를 단련鍛鍊하여 칼, 창槍, 큰 쇠뇌를(大弩) 만들어서 사냥을 하고 출정出征하여 싸움이 이에 힘입으니 신神으로 여겼다. 멀리 밖의 여러 종족種族들은 큰 활의 위력威力을 매우 두려워하여 소문所聞만 듣고도 간담肝膽이 서늘함이 오래었다. 때문에 저들은 우리 민족民族을 가리켜 「이夷」라고 했다. 『설문說文』[70]이 이르는바 「이夷」는 큼을(大) 좇고 활을(弓) 좇아서 동방東方 사람이 되는 것이 이것이다. 이에 공자孔子의 『춘추春秋』[71]의 작업作業에 이르러 「이夷」의 이름이 마침내 융적戎

---

70) 『설문說文』: 『설문해자說文解字』. 중국中國(지나支那China)의 사전辭典. 후한後漢의 허신許愼이 편찬編纂하였으며, 모두 15편篇. 그 중中에서 말미末尾의 서敍 1편篇은 진한秦漢 이래以來의 문자정리文字整理의 연혁沿革을 밝힌 것인데 100년年에 완성完成되었다. 그 당시當時 통용通用된 모든 한자漢字 9,353자字를 540부部로 분류分類하고, 친자親字에는 소전小篆의 자체字體를 싣고, 그 각各 자字에 자의字義와 자형字形을 설해說解(훈고해석訓詁解釋)하였다. 소전小篆과 자체字體가 다른 혹체자或體字(고문古文, 주문籒文)는 중문重文으로서 1,163자字를 수록收錄하였다. 부수部首와 친자親字의 배열配列에서는 자형字形 및 자의字意와의 연관聯關에 따라 그 순서順序를 정定하였으며, 자형구성字形構成의 설명說明에는 육서六書(지사指事, 상형象形, 형성形聲, 회의會意, 전주轉注, 가차假借)의 원칙原則이 적용適用되었다. 육서六書는 전한前漢 말경末境부터 생긴 한자분류법漢字分類法인데, 그 중中에서 합체자合體字(형성形聲, 회의會意)는 부수분류部首分類를 가능可能케 하였으며, 특特히 형성자形聲字는 후세後世의 상고한어上古漢語 연구研究(특特히 상고음上古音의 재구再構)를 위爲한 중요重要한 자료資料가 되었다. 또 본서本書의 설해說解는 은殷, 주周 시대時代의 갑골문甲骨文, 금문金文(청동기靑銅器 명문銘文)을 해독解讀하는 귀중貴重한 근거根據가 되었으며, 청대淸代의 소학小學(주主로 고대古代 언어학語言學)은 이 책冊을 연구研究, 응용應用한 것이다. (동아출판사 『동아원색세계대백과사전』 1984. 17권卷 155쪽)

71) 『춘추春秋』: 유교儒敎 경전經典으로 오경五經의 하나. 주대周代에 노후魯侯의 궁정宮庭 춘추春秋라고 이름붙인 연대기年代記가 있었다. 춘춘과 추추로써 1년年이라는 의미意味가 표시表示되었고, 그것이 전전轉轉하여 연간기록年間記錄, 편년사서編年史書의 의미意味로도 되었다. 이 연대기年代記 중中의 노魯나라 은공隱公 1년年(B.C. 722)으로부터 애공哀公 14년年(B.C. 481)까지 12공公 240년간年間의 부분部分을 공자孔子가 편집編輯하고 또 약간若干의 첨삭添削을 가加하여 유교儒敎의 교과서敎科書가 되었다. 이것이 5경經의 하나로서의 『춘추春秋』의 성립成立인 것

48

狄72)과 나란히 비린내匈 나고 더러운 호칭呼稱이 되었으니 아깝고 불쌍하다.

신시神市의 세상世上에 『칠회제신지력七回祭神之曆』73)이 있었다. 1회回의 날에는 천신天神께 제사祭祀 지내고 2회回의 날에는 달의 신神께(月神) 제사祭祀 지내고 3회回의 날에는 물의 신神께(水神) 제사祭祀 지내고 4회回의 날에는 불의 신神께(火神) 제사祭祀 지내고 5회回의 날에는 나무의 신神께(木神) 제사祭祀 지내고 6회回의 날에는 쇠의 신神께(金神) 제사祭祀 지내고 7회回의 날에는 흙의 신神께(土神) 제사祭祀 지냈다. 대개大蓋 역법曆法을 만듦은 이에서 시작始作되었다. 그리고 옛날에는 계해癸亥를 썼으나 단군檀君 구을邱乙께서 처음으로 갑자甲子를 쓰시고 10월月을 첫째 달로(上月) 하고 이를 한 해의 첫머리라고 이르시었다. 육계六癸는 신시씨神市氏로부터 신지神誌에 명命하여 만든 것으로 계계癸를 가지고 첫머리로 삼았다.

계계癸는 열고 일어남이요(啓) 해亥는 씨이니(核) 해가(日) 일어나 나오는 근원根源이다 (日出之根)74). 그러므로 계계癸는 깨어나 벌임이고(蘇羅) 갑甲은 맑으나 아직 답답함이고(淸且伊) 을乙은 붉고 강직剛直함이고(赤剛) 병丙은 중개仲介의 숲이고(仲林) 정丁은 바다 주살이고(海弋) 무戊는 가운데 누른빛이고(中黃) 기근는 세차고 아름답게 이루어 끝냄이고 (烈好遂) 경庚은 숲의 초목草木이고(林樹) 신辛은 굳세게 떨쳐 일어남이며(强振) 임壬은 흐르니 뭍이 아님이다(流不地).

해亥는 떠나 헤어짐으로부터 나누어 갈림이고(支于離) 자子는 밝게 깨닫는 양陽이고(曉

---

으로 그 시기時期는 B.C. 5세기世紀이다. (교육출판공사敎育出版公社 『한국사대사전』 이홍직李弘稙 1996. 하下 1886~1887쪽)
72) 융적戎狄: 옛날 중국中國(지나支那China)에서 일컫던 북北쪽 오랑캐. 곧 미개인未開人 또는 미개未開한 나라. ※융이戎夷 (민중서관民衆書館 『민중 국어대사전』 이희승李熙昇 편編 1963. 2263쪽)
73) 『칠회제신지력七回祭神之曆』: 은殷나라의 정사政事는 매일每日 매일每日 제사祭祀 지내는 것을 정사政事의 대종大宗으로 삼고, 매일每日 제사祭祀지내는 일과표日課表가 작성作成되어 있었는데, 이는 갑골문자甲骨文字의 발굴發掘 연구研究로 구체화具體化되고 있다. 여기 책력법冊曆法도 그 제사祭祀 제도制度와 유관有關할 것이다. 칠회七回는 오행五行(금金, 목木, 수水, 화火, 토土)에 음양陰陽(일日, 월月)을 보태서 오늘날 쓰는 일日, 월月, 화火, 수水, 목木, 금金, 토土의 일주일一週日을 말하는 것이리라. (정신세계사 『한단고기』 임승국林承國 번역飜譯, 주해註解 1998. 200~201쪽 주註)
중국中國(지나支那China) 학자學者 쉬량즈[서량지徐亮之]는 『중국사전사화中國史前史話』에서, "중국中國(지나支那China)의 역법曆法은 동이東夷로부터 시작始作되었다〔中國曆法始於東夷〕"라고 하였다. (상생출판 『桓檀古記』 안경전安耕田 역주譯註 2012. 361쪽 주註)
74) 日出之根: 육십갑자六十甲子에서 맨 끝인 계해년癸亥年부터 다음 회回 육십갑자년六十甲子年의 천지天地 기운이 태동胎動하기 시작始作한다는 말이다. 해亥가 뿌리가 되는 근본根本 이유理由는 북방北方의 해亥, 자子, 축丑 가운데 해수亥水에서 동방東方 삼목三木의 기운이 동동動動하기 때문이다. (상생출판 『桓檀古記』 안경전安耕田 역주譯註 2012. 361쪽 주註)

陽) 축丑은 많음에 보탬이고(加多) 인寅은 일만一萬의 뛰어난 장인匠人이고(萬良) 묘卯는 새롭게 우뚝 선 하양이고(新特白) 진辰은 빽빽하게 많음이고(密多) 사巳는 빨리 가다가 넘어짐이고(飛頓) 오午는 높이 낢이고(隆飛) 미未는 도리道理를 따르는 술법術法이고(順方) 신申은 소리를 내는 나뭇가지이고(鳴條) 유酉는 구름 꼭대기이며(雲頭) 술戌은 두루 미치는 복福이다(皆福).75)

震域留記의 神市紀에 云桓雄天皇께서 見人居已完과 萬物各得其所하시고 乃使高矢禮로

---

75) ※십간十干 십이지十二支: 갑甲, 을乙, 병丙, 정丁, 무戊, 기己, 경庚, 신辛, 임壬, 계癸를 십간十干, 자子, 축丑, 인寅, 묘卯, 진辰, 사巳, 오午, 미未, 신申, 유酉, 술戌, 해亥를 십이지十二支라 하는데, 천간天干과 지지地支가 합쳐 갑자甲子를 이루며, 이것이 고대古代 동방사회東方社會의 수사數詞로 쓰였음은 널리 알려진 사실事實이다. 주역周易의 실용實用보다 60갑자甲子나 오행五行(금金, 목木, 수水, 화火, 토土)의 실용實用이 앞섰다는 설說이 유력有力하다. 저 은殷나라 때부터 심지어甚至於 임금의 이름부터 이 60갑자甲子에 의지依支해서 지었던 것인바 그러한 용법用法도 그 뿌리가 우리 역사歷史에서 비롯된 것임을 안다. (정신세계사 『한단고기』 임승국林承國 번역譯, 주해註解 1998. 31~32쪽 주註)

10간干, 12지支: 10천간十天干과 12지지十二地支는 하늘, 땅, 인간人間의 생성生成 변화變化의 원리原理를 음양陰陽으로 전개展開시킨 것으로, 줄여서 간지干支라 한다. 우주宇宙 만유萬有는 모두 음양陰陽의 변화變化이고, 구체적具體的으로는 사상四象으로 전개展開된다. 이 사상四象에 토土 자리를 합성하여 오행五行이라 하는데, 오행五行은 다섯 개個의 기운이 오고 간다는 말이다. 우주宇宙를 잡아 돌리는 다섯 가지의 기본基本 요소要素인 오행五行을 하늘에서는 오운五運이라 하고, 땅에서는 육기六氣라 한다. 이 오운五運 육기六氣가 더욱 분화分化된 것이 십천간十天干 갑甲, 을乙, 병丙, 정丁, 무戊, 기己, 경庚, 신辛, 임壬, 계癸와 십이지지十二地支 자子, 축丑, 인寅, 묘卯, 진辰, 사巳, 오午, 미未, 신申, 유酉, 술戌, 해亥이다. 천간天干과 지지地支, 즉卽 간지론干支論은 동양東洋 음양론陰陽論의 기본基本이다. 건곤乾坤 천지天地와 감리坎離 일월日月이 만물萬物을 낳고 기르는 이치理致가 모두 간지론干支論을 근원根源으로 한다. (상생출판 『桓檀古記』 안경전安耕田 역주譯註 2012. 363쪽 주註)

중국中國(지나支那China)의 역법曆法에서 가장 잘 쓰이는 주기週期. 십간十天은 10일日, 즉卽 1순旬이라는 뜻에서 나온 것 같은데, 갑甲, 을乙, 병丙, 정丁, 무戊, 기己, 경庚, 신辛, 임壬, 계癸로 표현表現된다. 점술가占術家는 십간十天을 천간天干이라 하고, 다음과 같이 음양陰陽과 오행五行을 부속附屬시킨다. [목木: 갑甲(양陽)-을乙(음陰), 화火: 병丙(양陽)-정丁(음陰), 토土: 무戊(양陽)-기己(음陰), 금金: 경庚(양陽)-신辛(음陰), 수水: 임壬(양陽)-계癸(음陰)]

십간十天과 아울러 십이지十二支가 은殷 시대時代에 널리 쓰였다. 이 십이지十二支는 자子, 축丑, 인寅, 묘卯, 진辰, 사巳, 오午, 미未, 신申, 유酉, 술戌, 해亥이다. 12라는 수數를 택택擇한 기원起源에 대對해서는 자세仔細히는 알 수 없으나, 아마도 1년年이 12달이라는 데에서 온 듯하다. 물론勿論 12라는 수數는 2, 3, 4, 6으로 나누어떨어지는 수數이므로 다루기에 매우 흥미興味 있는 수數이다. 십이지十二支는 지기地氣에 속屬하는 것으로서 이것도 음양陰陽과 오행五行이 결부結付되어 있다. 십이지수十二支獸라 하여 동물動物과 결합結合되어 있다. 이것은 역월曆月, 방위方位, 시각時刻 등等 여러 방면方面에 이용移用되고 있다. 구체적具體的으로 자子, 인寅, 진辰, 오午, 신申, 술戌은 양陽이고, 축丑, 묘卯, 사巳, 미未, 유酉, 해亥는 음陰이라고 하였다. 또 축丑, 진辰, 미未, 술戌을 토土로 하고, 인寅, 묘卯를 목木, 사巳, 오午를 화火, 신申, 유酉를 금金, 해亥, 자子를 수水에 배당配當하였다. BC 2세기경世紀頃에는 십이지十二支의 각各 지支에 쥐, 소, 범 등等 동물動物을 배당配當하였다.

십간十天과 십이지十二支를 결합結合하면 60개個의 간지干支가 얻어진다. 이것을 육십갑자六十甲子, 육갑六甲 등等으로 부른다. 이들 육십지六十支는 해마다 1개個씩 배당配當하여 세차歲次라 하고, 다달이 배당配當하여 월건月建이라 하며, 나날에 배당配當하여 일진日辰이라 한다. 옛날부터 61세歲의 생일生日날에는 회갑回甲 잔치를 하는 풍습風習이 있는데, 이 회갑回甲 또는 환갑還甲이라는 말은 출생出生한 해의 간지干支와 똑같은 간지干支를 가진 해가 돌아왔다는 뜻이다. (동아출판사 『동아원색세계대백과사전』 1984. 19권卷 250~251쪽)

專掌饋養之務하시니 是爲主穀이니 而時에 稼穡之道가 不備하고 又無火種爲憂라
전장궤양지무 시위주곡 이시 가색지도 불비 우무화종위우

一日에 偶入深山하야 只看喬木荒落하야 但遺骨骸오 老幹枯枝가 交織亂叉라 立住多時에 沈吟無語러니 忽然大風吹林하야 萬竅怒號하고 老幹相逼하야 擦起火光하니 閃閃爍爍하야 乍起旋消라 乃猛然惺悟曰 是哉是哉라 是乃取火之法也라하고 歸取老槐枝하야 擦而爲火나 功猶不完이라
일일 우입심산 지간교목황락 단유골해 노간고지 교직난차 입주다시 침음무어 홀연대풍취림 만규노호 노간상핍 찰기화광 섬섬삭삭 사기선소 내맹연성오왈 시재시재 시내취화지법야 귀취노괴지 찰이위화 공유불완

明日에 復至喬林處하야 徘徊尋思라가 忽然一個條紋虎가 咆哮躍來어늘 高矢氏가 大叱一聲하고 飛石猛打하니 誤中岩角하야 炳然生火라 乃大喜而歸하야 復擊石取火하니 從此하야 民得火食하고 鑄冶之術이 始興이오 而制作之功이 亦漸進矣러라
명일 부지교림처 배회심사 홀연일개조문호 포효약래 고시씨 대질일성 비석맹타 오중암각 병연생화 내대희이귀 부격석취화 종차 민득화식 주야지술 시흥 이제작지공 역점진의

桓雄天皇이 又復命神誌赫德하사 作書契하시니 蓋神誌氏가 世掌主命之職하야 專掌出納獻替之務나 而只憑喉舌이오 曾無文字記存之法이라
환웅천황 우부명신지혁덕 작서계 개신지씨 세장주명지직 전장출납헌체지무 이지빙후설 증무문자기존지법

一日에 出衆狩獵할새 忽見驚起一隻牝鹿하고 彎弓欲射라가 旋失其蹤이라 乃四處搜探하야 遍過山野라가 至平沙處하야 始見足印亂鎖하니 向方自明이라 乃俯首沈吟이라가 旋復猛惺曰 記存之法이 惟如斯而已夫인저 惟如斯而已夫인저
일일 출중수렵 홀견경기일척빈록 만궁욕사 선실기종 내사처수탐 편과산야 지평사처 시견족인난쇄 향방자명 내부수침음 선부맹성왈 기존지법 유여사이이부 유여사이이부

是日에 罷獵而歸하야 反復審思하고 廣察萬象하야 不多日에 悟得創成文字하니 是爲太古文字之始矣라 但後世에 年代邈遠하야 而太古文字가 沒泯不存하니 抑亦其組成也가 猶有不便而然歟아
시일 파렵이귀 반복심사 광찰만상 부다일 오득창성문자 시위태고문자지시의 단후세 연대막원 이태고문자 몰민부존 억역기조성야 유유불편이연여

亦嘗聞南海島郎河里之溪谷과 及鏡珀湖先春嶺과 與夫烏蘇里以外岩石之間에 時或有發見彫刻이나 非梵非篆이오 人莫能曉하니 此非神誌氏之所作古字歟아 於是에 而更恨吾國之未振과 吾族之不强也로다
역상문남해도낭하리지계곡 급경박호선춘령 여부오소리이외암석지간 시혹유발견조각 비범비전 인막능효 차비신지씨지소작고자여 어시 이갱한오국지미진 오족지불강야

桓雄天皇이 使風伯釋提羅로 雖除鳥獸蟲魚之害시나 而人民이 猶在洞窟土穴之中하야 下濕外風之氣가 逼人成疾하고 且禽獸蟲魚之屬이 一經窘逐하야 漸自退避藏匿하야 不便於屠殺供饋라 於是에 使雨師王錦으로 營造人居하야 主致牛馬狗豚雕虎之獸하야 而牧畜利用하시며 使雲師陸若飛로 定男女婚娶之法焉하시고 而治尤는 則世掌兵馬盜賊之職焉
환웅천황 사풍백석제라 수제조수충어지해 이인민 유재동굴토혈지중 하습외풍지기 핍인성질 차금수충어지속 일경군축 점자퇴피장닉 불편 어도살공궤 어시 사우사왕금 영조인거 주치우마구돈조호지수 이목축 이용 사운사육약비 정남녀혼취지법언 이치우 즉세장병마도적지직언

하시니라 自此로 蚩尤高矢神誌之苗裔가 繁衍最盛하고
자차 치우고시신지지묘예 번연최성

及至蚩尤天王이 登極하사 造九冶以採銅鐵하시고 鍊鐵以作刀戟大弩하사 而狩獵征戰에
급지치우천왕 등극 조구치이채동철 연철이작도극대노 이수렵정전
賴以爲神하시니 遠外諸族이 甚畏大弓之威하야 聞風膽寒者가 久矣라 故로 彼謂我族爲夷하
뢰이위신 원외제족 심외대궁지위 문풍담한자 구의 고 피위아족위이
니 說文所謂夷는 從大從弓하야 爲東方人者가 是也라 乃至孔丘氏가 春秋之作하야 而夷之
설문소위이 종대종궁 위동방인자 시야 내지공구씨 춘추지작 이이지
名이 遂與戎狄으로 竝爲腥臊之稱하니 惜哉로다
명 수여융적 병위성조지칭 석재

神市之世에 有七回祭神之曆하니 一回日에 祭天神하고 二回日에 祭月神하고 三回日에 祭
신시지세 유칠회제신지력 일회일 제천신 이회일 제월신 삼회일 제
水神하고 四回日에 祭火神하고 五回日에 祭木神하고 六回日에 祭金神하고 七回日에 祭土神하
수신 사회일 제화신 오회일 제목신 육회일 제금신 칠회일 제토신
니 蓋造曆이 始於此라 然이나 舊用癸亥라 而檀君邱乙이 始用甲子하시고 以十月로 爲上月하
개조력 시어차 연 구용계해 이단군구을 시용갑자 이시월 위상월
시니 是謂歲首오 六癸는 自神市氏로 命神誌所製오 而以癸爲首하니
시위세수 육계 자신시씨 명신지소제 이이계위수

癸는 啓也오 亥는 核也니 日出之根이라 故로 癸爲蘇羅오 甲爲淸且伊오 乙爲赤剛이오 丙爲
계 계야 해 핵야 일출지근 고 계위소라 갑위청차이 을위적강 병위
仲林이오 丁爲海弋이오 戊爲中黃이오 己爲烈好遂오 庚爲林樹오 辛爲强振이오 壬爲流不地
중림 정위해익 무위중황 기위열호수 경위임수 신위강진 임위유불지
며

亥爲支于離오 子爲曉陽이오 丑爲加多오 寅爲萬良이오 卯爲新特白이오 辰爲密多오 巳爲
해위지우리 자위효양 축위가다 인위만량 묘위신특백 진위밀다 사위
飛頓이오 午爲隆飛오 未爲順方이오 申爲鳴條오 酉爲雲頭오 戌爲皆福이라
비돈 오위융비 미위순방 신위명조 유위운두 술위개복

『대변경大辯經』에서 말한다. 신시씨神市氏는 전佺으로써 바르게 닦아 고치고 경계
警戒하고 삼가며 사람들이 하늘에 제사祭祀 지내도록(祭天) 가르쳤으니 이르는바 전佺은
사람이 스스로 완전完全하게 하는 바를 쫓아 能히 성性을 꿰뚫어 통通하여서(通性) 이
로써 진眞을 익혀 이룬다. 청구씨靑邱氏는 선仙으로써 법法을 세우고 사람들이 지경地
境을 관리管理하도록(管境) 가르쳤다. 이르는바 선仙은 사람이 스스로 길러 만들어 낸
바에 따라서 能히 명命을 깨달아 알고(知命) 이로써 착함을 넓힌다. 조선씨朝鮮氏는
종倧으로써 왕王을 세우며 사람들이 허물을 꾸짖도록(責禍) 가르쳤다. 이르는바 종倧은
사람이 스스로 으뜸으로 높이는 바에 따라 能히 정精을 기르고 지켜서(保精) 이로써
아름다움을 이룬다. 그러므로 전佺이란 비어서(虛) 하늘에 바탕을 둠이고, 선仙이란 밝아
서(明) 땅에 바탕을 둠이고, 종倧이란 굳세고 튼튼해서(健) 사람에 바탕을 둠이다.

주注에서 말한다. 환인桓仁은 또한 천신天神이시라고 부르니 천天은 곧 크고 훌륭하
심이요(大) 하나이시다(一). 환웅桓雄은 또한 천왕天王이시라고 부르니 왕王은 곧 황皇이

며 제帝이다. 단군檀君은 또한 천군天君이시라고 부르니 제사祭祀를 주관主管하시는 어른이시다. 왕검王儉은 또한 바로 무리를 감독監督하고(監群) 지경地境을 관할管轄하시는 (管境) 어른이시다. 그러므로 하늘로부터의 밝고 환한 빛을(光明) 환桓이라 이르고 땅으로부터의 밝고 환한 빛을 단檀이라 이른다. 이르는바 환桓은 곧 구황九皇을 이름이다. 한韓은 또한 다시 말해서 크고 훌륭함이고(大) 세 한韓은(三韓) 풍백風伯, 우사雨師, 운사雲師를 말한다.

가加는 바로 가家이니 다섯 가加는(五加) 우가牛加는 곡식穀食을 맡아서 지키고(主穀) 마가馬加는 명命을 맡아서 지키고(主命) 구가狗加는 형벌刑罰을 맡아서 지키고(主刑) 저가猪加는 질병疾病을 맡아서 지키며(主病) 계가鷄加는 선악善惡을 맡아서 지킴을(主善惡) 말한다. 국민國民은 64종족種族이 있었고 무리는 3,000이 있었다.

가서 세상世上을 다스리도록 보내심을 개천開天이라 이르니 하늘을 열어 깨우쳐주시는 까닭에 능能히 갖가지 사물事物을 처음으로 만들어 일으키심이니 이는 엷게 푸름과 (虛)[76] 한가지로 같은 몸체體이시다. 인간人間 세상世上을 탐貪하여 더듬어 찾아 구求함은 개인開人이라 이르니 사람을 열어 깨우쳐주시는 까닭에 능能히 사람의 일을(人事) 주기적週期的으로 잇따라 돌게 하시니 이는 혼魂이 갖추어져 함께 넘쳐흘러 퍼짐이다. 산山을 다스려 바르게 하고 길을 내어 왕래往來하게 하심을 개지開地라 이르니 땅을 열어 깨우쳐주시는 까닭에 능能히 그 시대時代에 다루어야 할 중요重要한 일에(時務) 지혜智慧가 열려 새로운 사상思想, 문물文物, 제도制度 따위를 가지게 되니(開化) 이는 지혜智慧가 짝이 되어 바르게 고쳐 다스리심이다.

대개大蓋 우리 환족桓族은 모두 신시神市가 거느려 이끄는 3,000의 무리의 모임 장막帳幕에서 나왔으며 후세後世 이후以後로 비록 여러 성씨姓氏의 구별區別이 있으나 실實은 환단桓檀 한 근원根源의 후손後孫에서 벗어나지 않는다. 신시神市가 처음으로 내리신 공덕功德은 마땅히 반드시 전傳하여 이으며 읽고 외어서 잊지 말아야 한다. 곧 선대先代의 제왕帝王과 선대先代의 국민國民들이 그 옛날 삼위三位의 신神께(三神) 제사祭祀 지내던 성지聖地를 가리켜 삼신산三神山이라 부르는 것도 역시亦是 반드시 그래야 할 것이다.

---

76) 엷게 푸름(虛): 薄而蒼 (만세불역지전萬世不易之典)

대개大蓋 신시神市에서부터 내려오면서 신神의 다스려 바르게 하심과 성聖의 바뀌어 되게 하심이(神理聖化) 흘러들어 번짐이 세월歲月을 뒤따라서 더욱 또 더욱 깊어졌다. 나라를 세우시고 세상世上을 경영經營하여 다스리시는 크고 훌륭하신 근본根本이 저절로 남의 나라와 판이判異하게 달랐으니 그 신神의 위풍威風과 성聖의 세상世上을 익힘이(神風聖俗) 멀리 천하天下에 퍼뜨려져 널리 미치게 되었다. 천하天下 모든 나라의 사람들이 신神의 다스려 바르게 하심과 성聖의 바뀌어 되게 하시는 것을 흠모欽慕함이 있어서 기어期於이 삼위三位의 신神을 공경恭敬하여 높이 받들고 중重히 여겨서 이에 동북東北쪽은 신명神明께서 머무시는 곳이라는 일컬음이 있기에 이르렀다.

大辯經에 曰神市氏는 以佺修戒하사 敎人祭天하시니 所謂佺은 從人之所自全하야 能通性而成眞也오 靑邱氏는 以仙設法하사 敎人管境하시니 所謂仙은 從人之所自山하야(山은 産也라) 能知命以廣善也오 朝鮮氏는 以倧建王하사 敎人責禍하시니 所謂倧은 從人之所自宗하야 能保精以濟美也라 故로 佺者는 虛焉而本乎天하고 仙者는 明焉而本乎地하고 倧者는 健焉而本乎人也니라

注에 曰桓仁은 亦曰天神이시니 天은 卽大也며 一也오 桓雄은 亦曰天王이시니 王은 卽皇也며 帝也오 檀君은 亦曰天君이시니 主祭之長也오 王儉은 亦卽監群이며 管境之長也니라 故로 自天光明을 謂之桓也오 自地光明을 謂之檀也니 所謂桓은 卽九皇之謂也라 韓은 亦卽大也니 三韓日風伯雨師雲師오

加는 卽家也니 五加日牛加主穀하며 馬加主命하며 狗加主刑하며 猪加主病하며 鷄加主善惡也니 民有六十四하고 徒有三千이라

遣往理世之謂開天이니 開天故로 能創造庶物이니 是虛之同體也오 貪求人世之謂開人이니 開人故로 能循環人事니 是魂之俱衍也오 治山通路之謂開地니 開地故로 能開化時務니 是智之雙修也니라

蓋我桓族이 皆出於神市所率三千徒團之帳이오 後世以降으로 雖有諸氏之別이나 實不外於桓檀一源之裔孫也라 神市肇降之功悳을 當必傳誦而不忘이니 則先王先民이 指其三神古祭之聖地하야 曰三神山者가 亦必矣니라

蓋神市以降으로神理聖化之漸이逐歲而尤復益深하고立國經世之大本이自與人國으로迥異하야其神風聖俗이遠播於天下하니天下萬邦之人이有慕於神理聖化者는必推崇三神하야至有東北은神明舍之稱焉이라

『고려팔관잡기高麗八觀雜記』에서 또 말한다. 삼랑三郎은 배달倍達의 신하臣下이다. 곡식穀食의 종자種子를 심어 농사農事짓고(稼種) 재물財物과 이익利益을 맡아 지키는 자者는 업業이 되고, 교화敎化하고 벌罰과 복福을 주는 일을 맡아 지키는 자者는 랑郎이 되고, 무리를 모아 보람되고 명예名譽로운 일을(功) 하고자 하는 자者는 백伯이 되니 바로 옛날에 일어난 신도神道이다. 모두가 능能히 영靈을 내리고 예언豫言하여 신神의 다스려 바르게 하심에(神理) 자주 적중的中함이 많았다. 지금只今 혈구穴口에 삼랑성三郎城이 있는데 성城은 곧 삼랑三郎이 머물면서 지키던 곳이다. 삼랑三郎은 바로 삼위三位의 신神을(三神) 수호守護하는 관직官職이다.

불상佛像이 처음 들어옴에 절을 세우고 대웅大雄이라 일컬었다. 이것은 승려僧侶의 무리들이 옛것을 물려받아 그대로 따라서 일컬음이지 본래本來 승가僧家의 말은 아니다. 또 이르되 승려僧侶의 무리와 유생儒生이 모두 낭가郎家에 예속隷屬되었다고 하니 이것으로도 알 수 있다.

高麗八觀雜記에亦曰三郎은倍達臣也라하니主稼種財利者는爲業이오主敎化威福者는爲郎이오主聚衆願功者는爲伯이니卽古發神道也라皆能降靈豫言하야多神理屢中也라今穴口에有三郎城하니城者는卽三郎宿衛之所也오郎者는卽三神護守之官也라

佛像이始入也에建寺稱大雄하니此僧徒之襲古仍稱이오而本非僧家言也라又云僧徒儒生이皆隷於郎家라하니以此可知也라

- 환단고기桓檀古記/태백일사太白逸史/삼한관경본기三韓管境本紀(이맥李陌 찬撰) 중中에서 -

마한세가馬韓世家 상上

웅족熊族과 호족虎族이 서로 다투던 세상世上에서는 환웅천왕桓雄天王께서 오히려 아직 군림君臨하시지 않으시었고 묘환苗桓은 곧 구황九皇의 하나였다. 옛날에 이미 우리 환족桓族이 유목遊牧과 농경農耕을 하던 곳이다. 신시神市가 하늘을 열어 깨우쳐주심에(開天) 이르러서는 흙으로써(土)[77] 다스림을 행行하시었다. 하나가(一) 쌓여서 음陰이 곧

---

77) 흙으로써(土): 토土는 현실세계現實世界에서는 중정中正의 덕성德性을 말한다. (상생출판 『桓檀古記』 안경전安耕田

장 일어나서고 열 개個의 톱날이어서(十鉅) 양陽이 비로소 일어나니 궤匱는 없고 여기에
정성精誠스러운 마음이(衷) 나온다. 봉황鳳凰[78]새는 모여들어 백아강白牙岡에 깃들고 선
인仙人은 법수교法首橋[79]를 오고 갔으니 법수法首는 선인仙人의 이름이다. 인물人物과
문물文物이 일찍이 얼마 안 있어 발달發達하였고 오곡五穀은 잘 익었다.

마침 이때 자부선생紫府先生[80]께서 7회回 신神께 제사祭祀 지내는 역법曆法을(七回祭

---

역주譯註 2012. 435쪽 주註)

78) 봉황鳳凰: 성聖스러운 왕王이 출현出現한다는 상서祥瑞로운 새로서, 봉鳳이 수컷, 황凰이 암컷이다. 예부터 동
양東洋의 상징적象徵的 동물動物 가운데 동방족東方族 동이족東夷族의 상징象徵을 봉황鳳凰, 서방西方 즉卽 중국中
國(지나支那China)의 상징적象徵的 짐승을 용룡龍으로 삼았다. 그래서 필시必是 동이족東夷族이었을 주周나라 성왕成
王도 봉황鳳凰이 날아 왔음을 길조吉兆로 알고 이른바 <봉황래의鳳凰來儀>의 고사古事를 남겼다. 아무튼 봉황鳳凰
은 태평성대太平聖代의 표지標識이며, 봉황우비鳳凰于飛라 하면 사이좋은 부부夫婦를 비유譬喩하는 말로 쓰이나 동
방천자국東方天子國의 태평성세太平聖世를 뜻하는 길상吉祥을 상징象徵하여 생각해낸 새로 봄이 옳다. 중국中國(지
나支那China) 삼황오제三皇五帝의 기사記事에 용룡龍이 아니라 봉황鳳凰의 기사記事가 자주 등장登場함은 삼황오제
三皇五帝가 모두 동이족東方族이기 때문이며, 새는 저 난생신화卵生神話와도 관계關係가 있으니, 일본신화日本神話
에 진무덴노(신무천황神武天皇)의 활 위에 앉았다 하는 황금색黃金色 까치 또한 모두 이에 속屬하는 신화神話들이
다. (정신세계사 『한단고기』 임승국林承國 번역飜譯, 주해註解 1998. 199쪽 주註)

79) 법수교法首橋: 전傳해 내려오는 말로는 평양平壤에 있었던 옛날의 다리 이름이라 한다. 법수교法首橋 밑에서 세
조각 난 비석碑石이 발견發見되었는데 그 뜻을 알 수 없는 한자漢字도 전자篆字도 아닌 비문碑文이 있었으며, 고대
古代 신지문神誌文일 것이라는 추측推測을 김교헌金敎獻의 <신단실기神壇實記>는 말하고 있다. 그러나 한반도韓半
島의 평양平壤이나 개성開城에서 이런 것이 발견發見되었다고 하는 것이 한국사韓國史의 출발점出發點이 한반도韓
半島였다는 반도사관半島史觀에 좋은 빌미를 줄 수는 없다. 그런데 사실事實은 법수교法首橋가 평양平壤에 있었다
는 사실事實까지도 믿을 수가 없다. 왜냐하면 『고려사高麗史』 전편全篇에 걸쳐서도 법수法首라는 다리는 보이지 않
으니 말이다. 반도사관半島史觀의 빌미를 만들고자 하는 인위적人爲的인 작명作名이 아니었을까? 김교헌金敎獻의
기록記錄에선 이런 작위적作爲的인 기록記錄들이 자주 보이고 있기 때문이기도 하다. 한편便 반도사관半島史觀 즉
卽 식민사관植民史觀의 거물巨物인 이홍직李弘稙의 『국사대사전國史大事典』은 고죽孤竹을 황해도黃海道 해주海州
라 적었는가 하면 백이伯夷, 숙제叔齊가 의절義絶했다 하는 수양산首陽山은 황해도黃海道 해주海州에 있었던 산산山
이름이라 했고, 정작 백이伯夷, 숙제叔齊의 이름조차 항목項目을 설정設定하여 해설解說하지 않으면서 법수교法首
橋는 항목項目을 설정設定하여 <법수교法首橋 비문碑文>이라 하고 「평양平壤 법수교法首橋의 비碑에 새겨진 글월;
훈민정음訓民正音 이전以前에 있던 우리나라 고대문자古代文字로 추측推測된다」고 해설解說까지 해 놓았으니 역
시亦是 반도사관半島史觀 조작作出을 위爲한 고식적姑息的인 의도意圖가 역력歷歷하게 엿보인다. (정신세계사 『한단
고기』 임승국林承國 번역飜譯, 주해註解 1998. 200쪽 주註)

80) 자부선생紫府先生: 자부선인紫府先人이라고도 한다. 신시시대神市時代의 발귀리發貴理 선인仙人의 후손後孫이며
동방東方 청구靑邱의 대풍산大風山 삼청궁三淸宮에 있었다. 황제黃帝에게 『삼황내문三皇內文』을 주어 마음을 씻고
의義로워지라고 하였다. 도교道敎를 편 노자老子는 황제黃帝에게서 배웠으며 황제黃帝는 자부선생紫府先生으로부터
그 도맥道脈이 이어진다. 유위자有爲子의 학문學問도 자부선생紫府先生에서 나왔다. (한뿌리 『환단고기』 이민수 옮김
1987. 143쪽)
  갈홍葛洪(283~343. 진晉나라의 도사道士)의 『포박자抱朴子』란 책冊은 자부선생紫府先生을 다음과 같이 적어 놓
았다. 즉卽「昔有黃帝 東到靑邱 過風山 見紫府先生 受三皇內文 以刻召萬神」이는 「옛날에 황제헌원黃帝軒轅이
석유황제 동도청구 과풍산 견자부선생 수삼황내문 이각소만신
있었다. 그가 동동쪽으로 청구靑邱에 이르러 풍산風山을 지나 자부선생紫府先生을 뵙고 『삼황내문三皇內文』을 받
아 이를 가지고 온갖 만萬 가지 신神을 불러 부렸다」는 뜻이다. 이에 의依하면 중국中國(지나支那China) 삼황오제
三皇五帝의 한 분인 황제헌원黃帝軒轅의 스승에 해당該當하는 분이 바로 자부선생紫府先生이시다. 그가 고조선古朝
鮮의 신선神仙임은 청구국靑邱國이나 풍산風山의 기록記錄으로도 자명自明하다. 풍산風山이 다름 아닌 <밝산>으로
발음發音되며, 청구靑邱가 오늘날의 산동반도山東半島 지방地方으로 비정比定됨은 모두가 다 아는 사실事實이다.

神之曆) 처음으로 만드시고『삼황내문三皇內文』[81]을 천왕天王 폐하陛下께 나아가 바쳤다. 천왕天王께서 이를 가상嘉尙히 여기시고 삼청궁三淸宮을 지어서 그곳에 살도록 하시었는데, 공공共工, 헌원軒轅, 창힐倉頡, 대요大撓의 무리가 모두 와서 여기에서 배웠다. 이에 윷놀이를 만들어 이로써「환역桓易」[82]을 이해理解하기 쉽도록 설명說明하시니 대개大蓋 신지神誌 혁덕赫德[83]이 기록記錄한 바의『천부天符』[84]가 후세後世에 전傳하는 의미意味이다.

옛날에 환웅천왕桓雄天王께서는 천하天下가 커서 한 사람이 능能히 다스리고 교화敎化시킬 수 있는 것이 아니라 생각하시고서 풍백風伯, 우사雨師, 운사雲師를 거느리시어 곡식穀食을 맡아 지키게 하시고(主穀) 명命을 맡아 지키게 하시고(主命) 형벌刑罰을 맡아 지키게 하시고(主刑) 질병疾病을 맡아 지키게 하시며(主病) 선악善惡을 맡아 지키게 하시여서(主善惡) 무릇 인간人間의 360여餘 일을(事) 맡아 지키게 하시었다. 역법曆法을 지어서 365일日 5시간時間 48분分 46초秒를 1년一年으로 삼으시니 이것이 곧 삼위三位의 신神께서 하나의 몸체體이신(三神一體) 상존上尊께서 후세後世에 전傳하신 법法이다.

그러므로 삼위三位의 신神으로써(三神) 가르침을 세우시고 이에 생각을 널리 알리어 펴시는 표본標本을 지으시었다. 그 글에 말씀하기를, "일신一神께서 정성精誠스러운 마음을 내리어 임臨하시고 성性을 꿰뚫어 통通하시니 밝고 환한 빛이시다(光明). 세상世上에 계시면서 다스려 바르게 하여 바뀌어 되게 하시여서(在世理化) 널리 인간人間을 도와 이利롭게 하신다(弘益人間)."고 하시었다. 이로부터 소도蘇塗가 세워짐을 도처到處에서 볼 수 있어서 산상山像과 웅상雄常[85]이 산山꼭대기마다 있었으며 사방四方에서 온 국

---

갈홍葛洪의『포박자抱朴子』가 말하는 자부선생紫府先生의 기록記錄과『한단고기(환단고기桓檀古記)』의 자부선생紫府先生의 기록記錄이 일치一致함은 어느 쪽이 상대방相對方의 기록記錄을 표절剽竊한 때문일 것이다. 여기서 어느 쪽을 확언確言하지 않는 이유理由는 독자讀者들은 짐작斟酌할 것으로 안다.『한단고기(환단고기桓檀古記)』의 기록記錄이『포박자抱朴子』보다 더 구체적具體的이요, 심지어甚至於 <칠회제신七回祭神의 책력冊曆이니> 공공共工, 헌원軒轅, 창힐倉頡, 대요大撓 등等까지 거론擧論하고 있으니 더욱 인상적印象的이다. (정신세계사『한단고기』임승국林承國 번역飜譯, 주해註解 1998. 200쪽 주註)

81)『삼황내문三皇內文』: 신채호申采浩나 이능화李能和는『삼황내문三皇內文』을 <진단震檀 백민국白民國의 특유特有한 선경仙境>이라고 못 박았으니 여기 백민白民國은 우리나라를 가리킴이 명백明白하다. (정신세계사『한단고기』임승국林承國 번역飜譯, 주해註解 1998. 201쪽 주註)

82)『환역桓易』:『주역周易에 대비對比되는 한국(환국桓國)의 역易이다. 어쩌면『주역周易』의 모체母體일 것이다. (정신세계사『한단고기』임승국林承國 번역飜譯, 주해註解 1998. 201쪽 주註)

83) 신지神誌 혁덕赫德: 대저大抵 신지神誌는 고대古代에 문자文字를 주관主管하는 벼슬 이름이요, 혁덕赫德은 신지神誌 벼슬의 사람 이름일 것이다. (정신세계사『한단고기』임승국林承國 번역飜譯, 주해註解 1998. 201쪽 주註)

84)『천부天符』:『환단고기桓檀古記』역주자譯註者 안경전安耕田은『천부天符』를『천부경天符經』이라 번역飜譯하고 있다. (상생출판『桓檀古記』안경전安耕田 역주譯註 2012. 435쪽 주註)

85) 웅상雄常:『산해경山海經』에 다음과 같은 웅상雄常의 전거典據가 있다. 大荒之中 有山 名曰 不咸 肅愼氏國 肅愼之國 在白民之國 北有樹 名曰雄常 先八代帝 於此取之(卷 3. 해외서경海外西經). 해석解釋하면「크게 거

민國民이 언덕진 부락部落에 둥글게 둘러 모였다. 네 집이 같은 우물을 썼으며 20분分의 1의 세稅를 냈다. 세월歲月은 화평和平하고 해마다 풍년豐年이 들어 들에 쌓인 곡식穀食이 언덕과 산山이었다. 많은 백성百姓들이 이를 기뻐하고 즐기며 태백환무太白環舞86)의 노래를 지어서 전傳하였다.

## 馬韓世家 上
마 한 세 가 상

熊虎交爭之世에 桓雄天王이 尚未君臨하시니 苗桓이 乃九皇之一也라 在昔에 已爲我桓
웅 호 교 쟁 지 세 환 웅 천 왕 상 미 군 림 묘 환 내 구 황 지 일 야 재 석 이 위 아 환

친 땅(만주滿洲) 가운데 산山이 있으니 이름을 불함산不咸山이라 한다. 숙신씨국肅愼氏國에 있다. 숙신국肅愼國은 백민白民의 나라에 있으며 북北쪽에 나무가 있는데 이름을 웅상雄常이라 한다. 팔대제八代帝(삼황오제三皇五帝를 지칭指稱)가 여기에서 이를 취取하였다」라는 뜻이다. 그런데 『진서晉書』에는 낙상雒常의 기사記事가 보이는데 어느 것이 숙신肅愼에 있었던 나무의 이름인지는 알 수 없다. 이 『한단고기(환단고기桓檀古記)』나 『산해경山海經』의 성립연대成立年代가 더 오래 되었으니 웅상雄常을 바른 이름으로 인정認定할 수밖에 없으리라.

『진서晉書』 동이전東夷傳에 보이는 낙상雒常의 기록記錄은 다음과 같다.

肅愼氏 有樹 名雒常 若中國 有聖帝代立 則其木生皮可衣 이를 해석解釋하면 「숙신국肅愼國에 나무가 있는데
숙 신 씨 유 수 명 낙 상 약 중 국 유 성 제 대 립 즉 기 목 생 피 가 의
이름이 낙상雒常이다. 중국中國(지나支那China)에 성자聖者가 대신代身 일어서는 일 있으면 이 나무에 가죽이 생기는데 의복衣服을 해 입을 만하다」는 뜻이다. 한 가닥 신화神話나 전설傳說 같은 얘기이다. 백두산白頭山에는 죽지 않는 나무(불노초不老草)가 있으며 짐승과 초목草木도 모조리 흰색色이라고 『산해경山海經』은 적었는데, 같은 알맹이의 허황虛荒된 전설류傳說類의 내용內容이라고 보겠다. 아무튼 웅상雄常과 낙상雒常은, 있는 나라도 숙신肅愼으로 같고 글자字도 아주 비슷하며 두 이름 또한 비슷하여 결決코 관계關係없는 별개別個의 나무라 할 순 없다. 장생불사長生不死의 영초靈草와 함께 우리나라에 자생自生하는 신비神秘한 나무였던 것 같다.

중국中國(지나支那China)에서 최근最近에 발행發行한 책冊을 보면 『산해경山海經』의 원原뜻을 일부러 모호模糊하게 만들어 놓았으니 그 이유理由는 알 길 없다. 즉卽 北有樹名曰雄常先入伐帝於此取之(『산해경山海經』 권卷 3.
북 유 수 명 왈 웅 상 선 입 벌 제 어 차 취 지
해외서경海外西經)라 하여 <八代>가 <入伐>로 바뀌어 있다. <入伐>이라 하면 문맥文脈이 통通하지 않는다. 중국
팔 대 입 벌 입 벌
中國(지나支那China) 측側이 일부러 문맥文脈 불통不通의 기록記錄으로 현대現代에 와서까지 고전古典을 가필加筆하는 이유理由를 알 길 없다. 과연果然 삼황오제三皇五帝 곧, 8대代의 임금들이 숙신국肅愼國에 와서 웅상雄常이라는 나무를 취取해 간 것이 사실事實인가 싶다. 그렇기 때문에 가필加筆까지 하는 것이 아닌가? 흥미興味로운 것은 나무를 수樹라 하고 이름을 수컷 웅雄이라 적고 있는 점點이다. 발음發音으론 수가 곧 수컷이요, 뜻으론 웅雄이 곧 수컷과 통通한다는 점點이다.

안호상安浩相 박사博士는 다음과 같이 『산해경山海經』의 기록記錄을 잘라 말하였으니 참고參考할 만하다. 즉卽 「北有樹 名曰雄 常先八代帝 於此取之」라고 웅雄과 상常을 갈라놓고, 「나무가 있는데 이름을 웅雄이라 한다. 늘
북 유 수 명 왈 웅 상 선 팔 대 제 어 차 취 지
앞서는 8대代의 임금들이 여기서 이를 취取해 갔다」로 한 것이다. 동이족東夷族은 물론勿論 수컷 으뜸을 상징象徵하고 한웅(환웅桓雄)을 시조始祖로 한 백성百姓이다. 반면反面 중국中國(지나支那China) 족族族은 암컷 곧 수컷을 맞이하고 수용受容하는 역할役割을 맡은 겨레였다. 그래서 그것이 수치羞恥스러워 『진서晉書』는 슷제 웅雄 자字를 낙雒 자字로 바꾸어 놓았는지 모른다. 이렇게 까닭 모를 경쟁競爭이 고전古典을 통通해 두 민족民族 사이에서 일고 있건만 우리는 그 다툼의 참 뜻을 모르고 있거니와 『한단고기(환단고기桓檀古記)』에서 새삼 <웅상雄常>의 기록記錄으로 접接하니 더욱 야릇한 느낌이 있다. 「산山의 형상形象의 웅상雄常을 보게 되었다」는 좀체 이해理解하기 힘든 구절句節이다. 언젠가는 웅상雄常의 참 뜻이 한국학韓國學에서 밝혀질 날이 있을 것으로 기대期待해 본다. (정신세계사 『한단고기』 임승국林承國 번역飜譯, 주해註解 1998. 82~83쪽 및 201쪽 주註)

86) 태백환무太白環舞: 신교神敎의 광명光明[환桓] 사상思想에서 유래由來한 신교神敎의 놀이 문화文化이다. 밝은 달빛 아래 둥근 원圓을 그리며 한마음이 되어 춤추는 강강수월래強羌水越來의 원형原形을 이 태백환무太白環舞에서 찾을 수 있다. (상생출판 『桓檀古記』 안경전安耕田 역주譯註 2012. 437쪽 주註)
환 단 고 기

族의 遊牧農耕之所오 而及神市開天하야 以土爲治하니 一積而陰立하고 十鉅而陽作하야 无
匱而衷生焉하니라 鳳鳥가 聚捿於白牙岡하고 仙人이 來往於法首橋하니 法首는 仙人名也라
人文이 早已發達하고 五穀이 豊熟하니라

適以是時에 紫府先生이 造七回祭神之曆하고 進三皇內文於天陛하니 天王이 嘉之하사 使
建三淸宮而居之하시니 共工軒轅倉頡大撓之徒가 皆來學焉하니라 於是에 作枏戲하야 以演
桓易하니 蓋神誌赫德所記天符之遺意也라

昔者에 桓雄天王께서 思天下之大는 非一人이 所能理化라하시고 將風伯雨師雲師하사 而
主穀主命主刑主病主善惡하시고 凡主人間三百六十餘事하시며 作曆하사 以三百六十五
日五時四十八分四十六秒로 爲一年也하시니 此乃三神一體上尊之遺法也니라

故로 以三神立敎하사 乃作布念之標하시니 其文에 曰一神降衷하사 性通光明하니 在世理
化하야 弘益人間하라하니라 自是로 蘇塗之立이 到處可見이오 山像과 雄常이 山頂皆有하며 四來
之民이 環聚墟落하야 四家同井하며 二十稅一하니 時和年豊하고 露積邱山이라 萬姓이 歡康之
하야 作太白環舞之歌하야 以傳하니라

- 환단고기桓檀古記/태백일사太白逸史/소도경전본훈蘇塗經典本訓(이맥李陌 찬撰) 중中
에서-

　『천부경天符經』은 천제天帝의 환국桓國에서 입으로 전전傳하여 내려온 글이다. 환웅
대성존桓雄大聖尊께서 하늘에서 내려오신 뒤 신지神誌 혁덕赫德에게 명명命하여 녹도문鹿
圖文으로 이를 기록記錄하게 하시었고, 고운孤雲 최치원崔致遠께서 역시亦是 일찍이 신
지神誌의 전서篆書로 쓴 옛 비석碑石을(神誌篆古碑) 보시고 다시 또 이를 첩첩으로 만들
어 세상世上에 전전傳하신 것이다. 그러나 본조本朝87)에 이르러 오직 유가儒家의 글에만
뜻을 기울이고 다시 조의皂衣88)와 서로 듣고 들려주어 알아듣게 하여서 보존保存하고
자 하는 일을 아니하니 이 또한 슬프고 원통冤痛하다! 까닭에 특별特別히 이를 드러내
밝히어 내보내서 뒤에 오는 이들에게 보이고자 한다.

　『삼황내문경三皇內文經』은 자부선생紫府先生께서 헌원軒轅89)께 주시어 그로 하여

---

87) 본조本朝: 이씨조선李氏朝鮮을 가리킨다.
88) 조의皂衣: 조의선인皂衣仙人에서 온 말. 선가仙家를 뜻한다. 검은 색色의 조복朝服이지만 이 조의皂衣를 입은
　사람을 고구려高句麗 때는 조의선인皂衣仙人이라 불렸고 저 유명有名한 화랑花郎의 원류原流요 한국韓國 선가仙家
　의 표본標本으로 치부置簿한다. (정신세계사 『한단고기』 임승국林承國 번역飜譯, 주해註解 1998. 207쪽 및 232쪽 주註)

59

금 마음을 씻고서 정도正道를 따름으로(義) 되돌아가게 하신 것이다. 선생先生께서는 일찍이 삼청궁三淸宮에 사셨으니 삼청궁三淸宮은 청구국靑邱國 대풍산大風山의 볕이 바로 드는 남南쪽 양지陽地에 있었다. 제후諸侯 헌원軒轅께서 친親히 치우蚩尤를 조회朝會하러 가시는 길에 이름 있는 문벌門閥을 거치면서 이를 얻어 가졌고 계승繼承하여 받들고 가르침을 받으시었다. 『삼황내문경三皇內文經』의 글은 신시神市의 녹서鹿書를 가지고 이를 기록記錄하였으며 세 편篇으로 나누어 만들었다. 후세後世 사람들이 추측推測하여 펴고 넓히어 설명說明하고 주註를 더하여 구별區別하여서는 『신선음부神仙陰符의 설說』이라고 하였다.

주周나라와 진秦나라 이래以來로 도가道家 유파流波가 의지依支하는 바가 되어 중간中間에 연단복식練丹服食[90]하고 허다許多한 방법方法과 기술技術의(方術) 설說이 떠들썩하여 복잡複雜하고 어지러우며 뒤섞이어 잡雜되게 나타나서 홀려 정신精神을 차리지 못함이 많이 있었다. 서복徐福[91]에 이르러서는 한韓나라는 끝났지만 역시亦是 회사淮

---

89) 헌원軒轅: 황제黃帝의 이름. 헌원軒轅의 언덕에 살았기 때문에 이렇게 불렀다고 한다. (한뿌리 『환단고기』 이민수 옮김 1987. 22쪽 주註)
　동작빈董作賓의 연표年表에 따르면 B.C. 2692~B.C. 2592의 인물人物이요, 태호복희太昊伏羲, 염제신농炎帝神農과 함께 삼황三皇의 한 사람이다. 갈홍葛弘의 『포박자抱朴子』는「황제黃帝가 청구靑邱에 와서 풍산風山을 지나다가 자부선생紫府先生을 만나 『삼황내문三皇內文』을 받아 만萬의 신神을 부르고 부렸다(昔有黃帝 東到靑邱 過風山 見紫府先生 受三皇內文 以劾召萬神)」라고 하였으니 그는 역시亦是 어김없는 동이족東夷族이다. 그런데 여기 웃지 못 할 이야기 거리가 하나 있으니 가지마(녹도鹿島)의 어처구니없는 주장主張에 현혹眩惑되어선 안 되겠다. 그는 황제헌원黃帝軒轅이 아카드왕王 사루곤을 모델로 하여 모방模倣한 것에 지나지 않는다고 말한다. 중국사中國史의 삼황오제三皇五帝는 아카드 왕조사王朝史의 투영投影에 지나지 않는다고 잠꼬대 같은 이야기를 하고 있는 것이다. 역사歷史 없는 일본사日本史가 아카드 왕조王朝의 역사歷史를 타고 실크로드를 달려 하늘로 비상飛上하려는 음흉陰凶한 속셈, 즉卽 새로운 황국사관皇國史觀의 태동胎動이며 몸부림을 경계警戒해야 한다. 심지어甚至於 중국사中國史까지 사루곤(황제黃帝), 라가(염제신농炎帝神農), 운마왕王 루갈작기시(치우蚩尤) 등等을 열거列擧하며 서양사西洋史의 투영投影이 곧 사마천司馬遷의 사기史記에 보이는 삼황오제三皇五帝의 기사記事라고 중국사中國史까지 오염汚染하며 일본사日本史 도약跳躍의 호기好期를 잡으려 하였다. 일본日本의 NHK방송사放送社가 실크로드의 현지現地 답사踏査 촬영撮影과 방영放映까지 막대莫大한 비용費用을 들이며 감행敢行한 것이 이를 위爲한 것이라고 생각하면 너무 심甚한 억측臆測일까? 이를 국내國內의 KBS가 받아 재방영再放映하는데 있어서도 저들의 의도意圖를 먼저 간파看破하고 주의注意했어야 할 일이다. 우리는 새로운 일본日本의 황국사관皇國史觀 음모陰謀를 도와주는 공범자共犯者가 될 수는 없기 때문이다. 가지마 누보루가 번역飜譯한 『한단고기(환단고기桓檀古記)』를 경계警戒해야 할 이유理由도 여기에 있다. 그가 『한단고기(환단고기桓檀古記)』를 수백數百 부部씩 한국韓國에 무상無償으로 기증寄贈하는 속셈도 따져볼 일이다. (정신세계사 『한단고기』 임승국林承國 번역飜譯, 주해註解 1998. 41~42쪽 주註)
90) 연단복식練丹服食: 단약丹藥을 다려 이를 복용服用하는 것. 단약丹藥을 먹으면 신선神仙이 된다는 약藥으로 그런 약藥은 본시本是는 없는 것이다. 이는 신선학神仙學의 유물론唯物論으로의 타락墮落을 말하는 것이다. 단약丹藥은 물질物質이니 다름 아닌 유물론唯物論이랄 수밖에 없지 않은가. 선가仙家의 정신精神이 물질物質로 타락墮落할 순 없다. 절대絶對로 경계警戒할 일이다. (정신세계사 『한단고기』 임승국林承國 번역飜譯, 주해註解 1998. 235쪽 주註)
91) 서복徐福: 서복徐福(또는 서불徐市)은 진시황秦始皇 때의 방사方士이다. 진시황秦始皇이 서복徐福, 한종韓終 무리에게 동남童男 동녀童女 각각各各 500명名을 주며 바다로 나가 신선불사약神仙不死藥을 구求해오라 명命하였지만 이들은 귀국歸國하지 않고 도망逃亡하였다. 서복徐福은 왜국倭國으로 가서 왕王이 되었다 한다(이익李瀷, 『성호사설星湖僿說』; 이능화, 『조선도교사朝鮮道敎史』). 일본日本의 키이紀伊 지방地方에 '서불과차徐市過此'라 하여 그 흔

泗[92) 태생胎生이기에 원래原來 진秦나라를 저버리고 달아날 뜻이 있었는데 이에 이르러서는 바다에 들어가 신선神仙을 찾는다고 말하고서 그대로 도망逃亡가서 돌아가지 아니하였다. 일본日本의 기이紀伊[93)에 서불徐巿이라는 자기 이름을 기록記錄한 각자刻字[94)가 있다. 이국伊國[95)의 신궁新宮에는 서불徐巿의 묘묘墓墓와 사당祠堂이 있다고 이른다. 서복徐福은 서불徐巿이라고도 부르는데 불巿과 복福은 음음音의 혼동混同이다.

『신지비사神誌秘詞』는 단군檀君 달문達門 때 사람 신지神誌 발리發理께서 지으신 것이다. 본래本來 삼위三位의 신神께(三神) 올리는 옛 제사祭祀에서 맹盟세하여 소원所願을 세움의 글이다. 무릇 상고시대上古時代에 하늘에 제사祭祀 지내는 뜻의 요지要旨는 국민國民을 위爲하여 복복福을 빌고 신神께 기원祈願하여 나라가 창성昌盛하게 함에 있었다. 지금只今 일을 벌이기를 좋아하는(好事) 사람들은 『신지비사神誌秘詞』를 가지고 도참圖讖, 성점星占과 더불어 서로 나들면서 수數를 헤아리며 설명說明을 덧붙이고 『진단구변지도震檀九變之圖』를 언급言及하여 또한 감결鑑訣과 예언豫言을 짓고 행行하는 앞장선 운하運河라고(先河) 하니 역시亦是 잘못됨이다!

이 비사秘詞가 저울대는 부소량扶蘇樑이라고 부르는 곳은 이는 진한辰韓의 옛 수도首都를 이름이니 역시亦是 바로 단군조선檀君朝鮮이 도읍都邑한 곳인 아사달阿斯達이 이곳이고 역시亦是 지금只今의 송화강松花江의 합이빈哈爾濱[96)이다. 이 비사秘詞가 저울추錘는 오덕지五德地라고 부르는 곳은 이는 번한番韓의 옛 수도首都를 이름이니 지금只今의 개평부開平府 동북東北 70리里에 있는 탕지보湯池堡가 이곳이다. 이 비사秘詞가

---

적흔迹痕이 남아 있다(이능화李能和 같은 책冊 49쪽). (상생출판『桓檀古記』안경전安耕田 역주譯註 2012. 551쪽 주註)

92) 회사泗: 회수淮水와 사수泗水를 말함. 회수淮水와 사수泗水가 있는 산동성山東省, 강소성江蘇省 지역地域은 본래本來 동이족同異族이 활동活動한 지역地域으로, 상고시대上古時代부터 우리의 고유固有 영토領土였다. (상생출판『桓檀古記』안경전安耕田 역주譯註 2012. 509쪽 주註)

93) 기이紀伊: 지금只今의 일본日本 혼슈本州 와카야마현和歌山縣 키이紀伊 반도半島 (상생출판『桓檀古記』안경전安耕田 역주譯註 2012. 509쪽 주註)

94) 서불徐巿이라는 … 각자刻字: 바위에 새긴 글자字가 서불徐巿이란 이름과 같다는 뜻인데 마침 남해군南海郡 일동면一東面에도 「徐巿題名刻字」라는 것이 있어 이를 신시고각神市古刻이라고 하여 한글 이전以前의 우리의 고자古字라 하는 것이다. 과연果然 그럴까? 어째서 「일본日本 기이紀伊」에도 「徐巿題名刻字」가 있다니 한 번 서로 비교比較 연구研究해 봄도 유익有益할 것이다. (정신세계사『한단고기』임승국林承國 번역飜譯, 주해註解 1998. 35쪽 주註)

95) 이국伊國: 이세伊勢라고도 한다. 지금只今의 일본日本 미에현(삼중현三重縣) 지역地域에 있었다. 이국伊國 신궁神宮은 미에현(삼중현三重縣) 이세시伊勢市에 있는 코오타이 신궁神宮(황대신궁皇大神宮: 내궁內宮)과 토요우케 대신궁大神宮(풍수대신궁豊受大神宮: 외궁外宮)의 총칭總稱이다. 일본日本 왕가王家의 조상신祖上神[황조신皇祖神]인 아마테라스 오미카미[천조대신天照大神]를 모신 곳이다. (상생출판『桓檀古記』안경전安耕田 역주譯註 2012. 509쪽 주註)

96) 합이빈哈爾濱: 하얼빈Harbin. 중국中國(지나支那China) 동북부東北部 쑹화강(송화강松花江) 중류中流의 오른쪽 기슭에 있는 도시都市. 수륙水陸 교통交通의 요충지要衝地로, 둥베이(동북東北) 지구地區 북부北部의 정치政治, 경제經濟, 문화文化의 중심지中心地이다. 헤이룽장성省(흑룡강성黑龍江省)의 성도省都이다. (DIOTEK Co. Ltd. DioDick3 『표준국어대사전』2015)

저울 끝의 물건物件을 담는 그릇은 백아강白牙岡이라고 부르는 곳은 이는 마한馬韓의 옛 수도首都를 이름이고 지금의 대동강大同江이며 곧 마한馬韓의 웅백다熊伯多가 하늘에 제사祭祀지내던 마한산馬韓山이 곧 이곳이다.

가만히 삼한三韓의 지세地勢를 모든 저울과 저울추錘에 비유譬喩하여 보면 부소량扶蘇樑은 나라의 저울대와 같고 오덕지五德地는 나라의 추錘와 같으며 백아강白牙岡은 나라의 저울 끝의 그릇과 같으니 셋 가운데 하나라도 깨어져버려 모자라면 저울은 물건物件을 달 수 없고 나라는 국민國民을 지켜 보호保護하지 못한다.

삼위三位의 신神께 올리는 옛 제사祭祀의 맹盟세하여 소원所願을 세움이 오로지 삼한三韓의 관할管轄 지경地境에(三韓管境) 살면서 진실眞實로 그 민중民衆을 기쁘게 함의 뜻이다. 『신지비사神誌秘詞』가 전傳하는 바도 역시亦是 이에서 벗어나지 아니한다. 곧 나라를 위爲하는 일념一念이 충성忠誠과 정도正道를 따름을 장려獎勵함과 아울러 제사祭祀지냄으로써 신神을 기쁘게 하고 기원祈願함으로써 복福을 받으며 신神께서는 틀림없이 정성精誠스러운 마음을 내리어 임臨하시고 복福은 틀림없이 나라를 창성昌盛하게 하니 정직正直하고 착실着實함으로써 하여야 한다. 일을 함에 있어 착실着實함을 구求하여 묻지 아니하고 행실行實에 있어 옳음을 찾지 아니하면 구求하여 묻는 바와 찾는 바는 무엇을 좇아 공功을 이루어 얻겠는가.

天符經은天帝桓國口傳之書也라桓雄大聖尊이天降後에命神誌赫德하사以鹿圖文으로記之러니崔孤雲致遠이亦嘗見神誌篆古碑하고更復作帖하야而傳於世者也라然이나至本朝하야專意儒書하고更不與皁衣相聞而欲存者하니其亦恨哉로다以故로特表而出之하야以示後來하노라

三皇內文經은紫府先生이授軒轅하야使之洗心歸義者也라先生이嘗居三淸之宮하시니宮在靑邱國大風山之陽이라軒侯가親朝蚩尤라가路經名華하야有是承聞也라經文은以神市鹿書로記之하야分爲三篇이러니後人이推演加註하야別爲神仙陰符之說하고

周秦以來로爲道家者流之所托하야間有鍊丹服食과許多方術之說이紛紜雜出하야而多惑溺하고至於徐福韓終하야는亦以淮泗之産으로素有叛秦之志라가至是하야入海求仙爲言하고仍逃不歸하니日本紀伊에有徐市題名之刻하고伊國神宮에有徐市墓祠云이라徐福은一稱徐市이오市福은音混也라

神誌秘詞는檀君達門時人神誌發理의所作也니本三神古祭誓願之文也라夫上古祭
天之義要는在爲民祈福하고祝神興邦也어늘今好事之人이將神誌秘詞하야與圖讖星占
으로相出入하며推數敷演하고言其震檀九變之圖하야又作鑑訣豫言之先河하니亦謬矣
哉로다

其曰秤幹_扶蘇樑者는是謂辰韓古都니亦卽檀君朝鮮所都阿斯達이是也오亦卽今
松花江哈爾濱也라其曰錘者_五德地者는是謂番韓古都니今開平府東北七十里所在
의湯池堡가是也며其曰極器_白牙岡者는謂馬韓古都로今大同江也니乃馬韓熊伯多
의祭天馬韓山이卽此라

窈以三韓地勢로譬諸衡石則扶蘇樑은如國之秤幹하고五德地는如國之錘者하고白牙
岡은如國之極器하니三者缺一하면衡_不稱物하고國_不保民也니라

三神古祭之誓願이惟在三韓管境과允悅民衆之義也니神誌秘詞所傳이亦不外乎是
焉이오則爲國一念이幷獎忠義하야祭以悅神하며願以受福하며神必降衷하시며福必興邦하
리니直實以行이니라事不徵實하고行不求是하면則所徵所求者從何得功乎아

우리나라의 문자文字가 예로부터 있었으니 지금只今 남해현南海縣 낭하리郎河里 바위
벽壁에 신시神市의 옛 글자字가 새겨져 있다. 부여夫餘 사람 왕문王文이 쓴 바의 서법
書法이 부符와 비슷하며 전篆을 본本떴고 자부선생紫府先生의「내문內文」과 태자太子
부루夫婁의 오행五行이 모두 환단시대桓檀時代에 나왔으며 은殷나라97) 학문學問의 한

---

97) 은殷나라: 국도國都-박亳. 역년歷年-644년年(BC. 1768~BC. 1124) (245쪽『개창조국기원표開創肇國紀元表』참조參照)

중국中國(지나支那China)의 고대古代의 왕조王朝(?~BC. 1100?). 수도首都의 이름을 따라서 상商이라고도 한다. 하夏, 은殷, 주周의 3대代의 왕조王朝가 잇달아 중국中國(지나支那China) 본토本土를 지배支配하였다고 하나, 하夏 왕조王朝는 고전古典에만 기록記錄되어 있을 뿐, 전설적傳說的인 존재存在에 불과不過하다. 이에 비교比較하여 은殷 왕조王朝는 20세기世紀에 들어서 그 수도首都에 해당該當하는 은허殷墟의 발굴發掘이 진행進行됨에 따라서, 적어도 그 후기後期에는, 당시當時의 문화文化 세계世界였던 화북華北에 군림君臨하였던 실제實際의 왕조王朝였음이 판명判明되었다. 따라서 은殷나라는 중국中國(지나支那China) 최고最古의 역사적歷史的 왕조王朝라 할 수 있다. 전설傳說에 의依하면 하夏 왕조王朝는 중국中國(지나支那China) 전토全土를 휩쓸었던 대홍수大洪水를 잘 다스렸고, 전국全國을 9개個 주州로 나누어 지방地方 통치統治 조직組織을 완성完成한 우禹의 자손子孫을 왕王으로 섬기었다. 그로부터 17대代째가 되는 걸왕桀王은 전제정치專制政治로 인因하여 중국中國(지나支那China) 백성百姓의 지지支持를 잃었다.

은殷 왕조王朝의 개조開祖인 탕왕湯王(천을天乙)은 백성百姓의 요망要望에 따라 걸왕桀王을 쳐서 멸滅하고 은殷 왕조王朝를 창설創設하였다고 한다. 이 탕왕湯王으로부터 29대代의 왕王이 잇달아 중국中國(지나支那China)을 통치統治하였다. 이 왕조王朝의 계도系圖는 한대漢代의 사마司馬 천遷이 고대古代의 계보系譜에 따라『사기史記』「은

문漢文은 왕문王文이 후세後世에 전전傳하여 남긴 본본보기이다.

『유기留記』에서 이른다. 불가사의不可思議한 글자字의 획획劃이 일찍이 태백산太白山의 푸른 바위의 벽壁에 있었는데 그 모양模樣은 'ㄱ'과 같아서 세상世上에서는 신지神誌 선인仙人께서 전전傳하신 것이라고 말하고 혹자或者는 이것을 글자字를 만든 시초始初라고 생각한다. 곧 그 획획劃은 하나에 곧고 둘에 굽은 모양模樣이고 그 뜻은 관리管理하여 통제統制하는 형상形象을 가지고 있고 그 모양模樣과 그 소리는 계획計劃한 뜻에서 나오는 듯한 것 같다.

그러므로 신인神人의 덕德으로써 인간人間 세상世上을 사랑하시여 찾으시니 이로써 여기에 본본보기로 하여 그대로 좇아서 곧 참된 가르침이 행행行하여짐에 사람들이 하는 일이 모두 도리道理에 맞아 그릇됨이 없음을 이루어 냈다. 어질고 능能한 사람은 벼슬자리에 있고 늙은이와 어린이는 공변되게 부양扶養하고 한창 기운이 왕성旺盛하고 활동活動이 활발活潑한 장년壯年의 사람은(壯者) 정도正道를 따름을(義) 좇았다. 많은 사람들이 바뀌어 됨을 기쁘게 좇고 간사奸邪하고 거짓말하는 사람들은 다투어 송사訟事함을 그치어 쉬며 방패防牌와 창槍은 병란兵亂과 전쟁戰爭 모의謀議의 문門을 닫았다. 이는 역시亦是 다스려 바르게 하여 바뀌어 되게 하시는(理化) 하나의 도道이다.

『대변설大辯說』의 주註에 말하기를, "남해현南海縣 낭하리郎河里의 계곡溪谷 바위 위에 신시神市의 옛 글자字를 새김이 있는데 그 글에 환웅桓雄께서 사냥을 나오셨다가 삼위三位의 신神께(三神) 제사祭祀 지내심에 이르렀다라고 하였다."고 하였으며 또 말하기를, "천지天地가 처음 열릴 때(大始) 옛것을 전전傳함이 다만 입으로 전전傳함에 의지依支하다가 오랜 뒤에 비로소 모양模樣을 그림으로 그렸고 또다시 그림이 변變하여 이를 글자字로 만들었다. 대개大蓋 문자文字의 근원根源은 나라의 풍속風俗이 존경尊敬하여 믿는 바에서 나오지 아니함이 없다.

하나의 기운으로부터(一氣) 셋으로 쪼개어 나누어지니 기운은(氣) 바로 극極이고 극極은 바로 무無이다. 무릇 하늘의(天) 근원根源이 이에 마침내 삼극三極을 뚫어 꿰어서 엷게 푸름과(虛) 겉은 회나 가운데 검음이 엷음이(空)98) 되며 안과 밖을 아울러서 그러하

---

본기殷本紀」속에 기술記述하고 있다. 19세기世紀 말末에 허난성[하남성河南省] 안양현安養縣 샤오툰촌[소둔촌小屯村]의 은허殷墟, 즉卽 은殷나라 수도首都의 유적遺蹟으로 알려진 장소場所에서 갑골문자甲骨文字라고 불리는 고대문자古代文字를 새겨 넣은 귀갑龜甲과 우골牛骨이 다량多量 발견發見되었다. 최근最近 학자學者들의 연구研究에 의依하여 이 갑골문자甲骨文字는 은殷 왕조王朝의 점술사占術士가 은殷나라 선조先祖의 제사祭祀를 점占쳤던 것이었으며, 여기에 나타나는 여러 왕王의 이름과 그 세계世界는 『사기史記』에 전전傳하는 은왕조殷王朝의 계보系譜와 대체大體로 일치一致하는 것이 명백明白해졌다. (동아출판사『동아원색세계대백과사전』1984. 22권卷 568쪽)
98)겉은 회나 가운데 검음이 엷음(空): 外者白而中玄薄 (만세불역지전萬世不易之典)

64

다. 하늘의 궁전宮殿은(天宮) 바로 밝고 환한 빛의(光明) 모임이 되고 만萬 가지 바뀌어 됨이 나오는 곳이다. 하늘의 일신一神께서는 능能히 그 엷게 푸름을(虛) 형체形體를 이루게 하시고서 이에 중심中心이 되어 책임責任지고 맡아 다스리신다(主宰)!"고 하였다.

그러므로 말하기를, "하나의 기운은 바로 하늘이며(天) 바로 겉은 희나 가운데 검음이 엷음이다(空). 그러한즉 저절로 치우치지 아니하고 알맞은 하나이신(中一) 신神께서 계시어서 능能히 셋이(三) 되시니 삼위三位의 신神께서는 곧 천일天一, 지일地一, 태일太一의 신神이시다. 하나의 기운이 저절로 능能히 움직여 일어나서 처음으로 만들어 일으키시고(造) 가르치시고(教) 다스려 바르게 하시는(治) 셋의 바뀌어 되게 하시는 신神이 되신다. 신神께서는 바로 기운이시고 기운은 바로 엷게 푸름이시고 엷게 푸름은 바로 하나이시다.

까닭에 땅에는 삼한三韓이 있어서 진辰, 변弁, 마馬 삼경三京의 한韓이 되니 한韓은 바로 만물萬物의 주재자主宰者이신 천제天帝이시며(皇) 만물萬物의 주재자主宰者이신 천제天帝께서는 바로 크고 훌륭하심이고(大) 크고 훌륭하심은 바로 하나이시다. 그러므로 사람에게는 세 진眞이(三眞) 있으니 성性, 명命, 정精의 셋으로 받음의 진眞이 된다. 진眞은 바로 정성精誠스러운 마음이시고(衷) 정성精誠스러운 마음은 바로 일의 시작始作이고(業) 일의 시작始作은 곧 뒤를 잇는 공적功績이며(續) 뒤를 잇는 공적功績은 바로 하나이다.

그러하니 하나로 시작始作하고 하나로 마침은(一始一終) 그 진眞을 원래原來의 상태狀態로 돌이킴이다. 그 자리에서 바로의 하나와 그 자리에서 바로의 셋은(即一即三) 착함을 (善) 마주 대對하여 어울리어 합합함이고 아주 작은 알갱이로 알갱이를 포개어 쌓아서 하나로 되돌아가 합합하는 아름다움이다. 이에 곧 성性이 착한 것이고 이에 곧 명命이 맑은(清) 것이며 이에 곧 정精이 두터운(厚) 것이다. 다시 또 무엇이 있어서 있음을(有) 말하고 없음을(無) 말하는가! 진眞은 물들지 아니함이니(不染) 그 물들은 것은 망妄이 된다. 착함은 그치어 쉬지 아니함이니(不息) 그 그치어 쉬는 것은 나쁨이며(惡) 맑음은 풀어놓아 흩어지지 아니함이니(不散) 그 풀어놓아 흩어지는 것은 흐림이다(濁). 두터움은 줄어 오그라들지 아니함이니(不縮) 줄어 오그라듦은 엷음이다(薄).

하나를 잡아 지키고 셋을 머금어 품는(執一含三) 까닭은 곧 그 기운을 하나로 합합하고 그 신神을 셋으로 함이고(一其氣,而三其神) 셋을 모아 하나로 돌아가 합합하는(會三歸

一) 까닭은 이 역시亦是 신神은 셋이 되고 기운은 하나가 됨이다. 무릇 나서 삶이(生) 되는 것의 몸체體는 하나의 기운이시다. 하나의 기운은 안에 삼위三位의 신神께서 계시고 지혜智慧의 근원根源이 역시亦是 삼위三位의 신神께 있다. 삼위三位의 신神께서는 밖으로 하나의 기운을 용납容納하시니 그 밖에 있으심이 하나이시고 그 안에 용납容納하심이 하나이시고 그 통제統制하심도 하나이시다. 역시亦是 모두 머금어 품고(含) 모으니(會) 여기에 갈라지지 아니한다. 이것이 글자字가 되는 근원根源이니 머금어 품고 모으고 잡아 지키고(執) 돌아와 합합하는(歸) 뜻이 여기에 머물러 계속繼續하여 있다."고 하였다.

원동중元董仲99)의 『삼성기三聖記』의 주주注에서 이른다. 진국辰國100), 여국餘國, 왜국倭國은 혹或은 가로 쓰고(橫書) 혹或은 끈이나 새끼 따위로 매듭을 짓고(結繩) 혹或은 나무에 새겼는데(鍥木) 오직 고려高麗만이 사물事物의 형체形體를 그대로 붓끝으로 그리는 법法이니(摸寫潁法) 생각하건대 틀림없이 환단桓檀의 상고시대上古時代에는 문자文字가 있어서 그대로 본本떠서 새김이 있었을 것이다. 최치원崔致遠께서 일찍이 신지神誌의 옛 비석碑石에(神誌古碑) 새겨진 『천부경天符經』을 얻어서 다시 또 첩첩帖을 만들고 이를 세상世上에 전전傳하시였으니 곧 낭하리郎河里 바위에 새겨있는 글자字와 함께 확실確實히 이는 모두 실제實際로 이루어진 자취이다.

세상世上에 전전傳하여 내려오기를, "신시神市에는 녹서鹿書가 있었고 자부紫府101)께서는 우서雨書가 있었고 치우蚩尤102)께서는 화서花書가 있었는데 싸움과 사냥하는 고운 빛깔 무늬의 얽음은(鬪佃文束) 곧 그 남은 흔적痕迹이고 복희伏羲께서는 용서龍書가 있었고 단군檀君께서는 신전神篆이 있었는데 이런 부류部類의 글자字와 글은 백산白山, 흑수黑水, 청구靑邱, 구려九黎의 지역地域에서 두루 널리 사용使用하였다."고 했다.

---

99) 원동중元董仲: 원동중元董仲의 자세仔細한 행적行蹟은 전전傳하지 않는다. 『세조실록世祖實錄』에, 세조世祖가 팔도관찰사八道觀察使에게 수거收去하도록 유시諭示한 도서목록圖書目錄에 안함로安含老와 더불어 『삼성기三聖紀』의 저자著者로 기록記錄되어 있다. 한암당寒闇堂 이유립李裕岦은 원동중元董仲을 고려高麗 때 인물人物로 추정推定하였다. (상생출판 『桓檀古記』 안경전安耕田 역주譯註 2012. 37쪽)

100) 진국辰國: 진국辰國에서 '辰'은 '신'으로도 발음發音하는데 '대大, 상上'의 뜻이다. 단군조선檀君朝鮮의 삼한三韓을 합합하여 말하면 진국辰國이고 나누어 말하면 삼한三韓이다. 『삼국지三國志』 「한전韓傳」에는 "진한辰韓은 옛적의 진국辰國이다 [辰韓者, 古之辰國也]"라고 하였다. 삼한三韓의 한韓은 국명國名이자 관명官名으로 한汗(왕王=한韓)과 통통한다. 삼한三韓 중中 진한辰韓은 단군檀君(천왕天王=진왕辰王)이 직접直接 통치統治하고, 마한馬韓, 번한番韓은 부副 단군檀君 격格인 왕王을 두어 다스렸다. 여기서 말하는 진국辰國은 '대국大國, 상국上國 또는 종주국宗主國'이란 뜻이다. (상생출판 『桓檀古記』 안경전安耕田 역주譯註 2012. 488쪽 주註)

101) 자부紫府: 자부선생紫府先生 (한뿌리 『환단고기』 이민수 옮김 1987. 185쪽)

102) 치우蚩尤: 배달倍達 나라 제第 14세世 자오지환웅慈烏支桓雄. 재위在位 109년年, 수壽는 151세歲 최초最初로쇠 투구를 만들었다. (한뿌리 『환단고기』 이민수 옮김 1987. 185쪽 주註)

　부여夫餘 사람 왕문王文이 처음으로 전서篆書을 번거롭다 생각하고 그 획획劃을 조금 줄여서 새로 부예符隷103)를 만들어 이를 글자字로 써서 글을 지었다. 진秦나라 때에 정막정程邈104)은 숙신肅愼에 사신使臣으로 명命을 받들고 왔다가 한수漢水에서 왕문王文의 예법隷法을 얻었고 그 획획劃에 기초基礎를 두고 조금 바꾼 모양模樣으로 고쳤다. 이것이 지금只今의 팔분八分105)이다. 진晉나라 때 왕차중王次仲106)은 또 해서楷書107)를 만들었는데 그는 왕문王文의 먼 후예後裔이다. 지금只今 그 글자字의 근원根源한 바를 파고 들어 깊이 연구硏究하여 보면 모두 신시神市가 후세後世에 전전傳하여 남긴 법법法이며 지금只今의 한자漢字 또한 그 지류支流를 계승繼承하였음이 분명分明하다.

　　我國文字가 自古有之하니 今南海縣郎河里岩壁에 有神市古刻하고 夫餘人王文所書之法이 類符擬篆하고 紫府先生之內文과 太子扶婁之五行이 皆出於桓檀之世오 而殷學漢文이 盖王文遺範也라

　　留記에 云神劃이 曾在太白山靑岩之壁하야 其形如ㄱ하니 世稱神誌仙人所傳也라 或者가 以是로 爲造字之始하니 則其劃이 直一曲二之形이오 其義는 有管制之象이오 其形其聲은 又似出於計意然者也라

　　故로 以神人之德으로 愛求人世以準焉이니 則眞敎之行也에 必人事皆正也라 賢能在位하며 老幼公養하며 壯者服義하며 多者勸化하며 姦詐息訟하며 干戈閉謀하니 是亦理化之一道也니라

---

103) 부예符隷: 전서篆書에서 변변變하여 해서楷書에 가까운 서체書體인 예서隷書 (한뿌리 『환단고기』 이민수 옮김 1987. 185쪽 주註)

104) 정막程邈: 진秦나라 때 하두下杜 사람. 전서篆書에서 번잡煩雜한 것을 생략省略하여 예서隷書를 만들었다. (중문대中文大 사전辭典 권卷 6). 그러나 본서本書에서 밝힌 것처럼 사실事實은 왕문王文의 예법隷法을 배워간 것이다. (상생출판 『桓檀古記』 안경전安耕田 역주譯註 2012. 530쪽 주註)

105) 팔분八分: 전서篆書와 예서隷書의 중간中間쯤 되는 한자漢字 서체書體. 예서隷書 이분二分과 전서篆書 팔분八分을 섞어서 장식적裝飾的인 효과效果를 낸 서체書體로, 중국中國(지나支那China) 한漢나라 채옹蔡邕이 만들었다고 한다. (상생출판 『桓檀古記』 안경전安耕田 역주譯註 2012. 531쪽 주註)

106) 왕차중王次仲: 중국中國(지나支那China) 후한後漢의 장제章帝(재위在位 75~86) 때의 서예가書藝家. 남조南朝 유송劉宋의 서예가書藝家 왕음王愔은 "차중次仲이 비로소 파세波勢를 띠어 건초建初 연간年間에 예초隷草로 해법楷法을 이루었으니 자방字方 팔분八分으로 모범模範이라"라고 하였다. (『한국민족문화 대백과사전』 참조參照) 또 진晉의 위항衛恒은 『사체서세四體書勢』에서 차중次仲을 상곡上谷 사람이라 하였다. (상생출판 『桓檀古記』 안경전安耕田 역주譯註 2012. 531쪽 주註)

107) 해서楷書: 한자漢字 서체書體의 하나. 예서隷書에서 온 것으로 정자正字로 똑똑히 쓴 글씨. 자형字形이 가장 방정方正하다. (상생출판 『桓檀古記』 안경전安耕田 역주譯註 2012. 531쪽 주註)

大辯說註에 曰南海縣郞河里之溪谷岩上에 有神市古刻하니 其文에 曰桓雄出獵하사 致祭三神하시니라 又曰大始傳古가 只憑口舌이라가 久而後에 乃形以爲畫하고 又復畫變而爲之字라하니 蓋文字之源이 莫非出於國俗之所尊信也라

自一氣而析三하니 氣는 卽極也오 極은 卽無也라 夫天之源이 乃貫三極하야 爲虛而空하니 竝內外而然也라 天之宮이 卽爲光明之會오 萬化所出하니 天之一神이 能體其虛而乃其主宰也니라

故로 曰一氣는 卽天也며 卽空也라 然이나 自有中一之神而能爲三也니 三神은 乃天一地一太一之神也라 一氣之自能動作하야 而爲造敎治三化之神하시니 神은 卽氣也오 氣는 卽虛也오 虛는 卽一也라

故로 地有三韓하야 爲辰弁馬三京之韓하니 韓은 卽皇也오 皇은 卽大也오 大는 卽一也라 故로 人有三眞하야 爲性命精三受之眞하니 眞은 卽衷也오 衷은 卽業也오 業은 則續也오 續은 卽一也라

然이나 一始一終이 回復其眞也며 卽一卽三이 對合於善也오 微粒積粒이 一歸之美也라 乃性之所善也오 乃命之所淸也오 乃精之所厚也니 更復何有日有日無也哉아 眞之爲不染也니 其染者는 爲妄也오 善之爲不息也니 其息者는 爲惡也오 淸之爲不散也니 其散者는 爲濁也오 厚之爲不縮也니 其縮者는 爲薄也니라

所以執一含三者는 乃一其氣而三其神也오 所以會三歸一者는 是亦神爲三而氣爲一也니라 夫爲生也者之體가 是一氣也니 一氣者는 內有三神也오 智之源이 亦在三神也니 三神者는 外包一氣也라 其外在也一하고 其內容也一하고 其統制也一하야 亦皆含會而不歧焉하니 其爲字之源이 含會執歸之義가 存焉也니라

元董仲三聖記注에 云辰餘倭國이 或橫書하며 或結繩하며 或鍥木호대 惟高麗는 摸寫潁法하니 想必桓檀上世에 必有文字摸刻也라하니라 崔致遠이 嘗得神誌古碑所刻之天符經하야 更復作帖하야 以傳於世하니 卽與郞河里岩刻으로 的是皆實跡也라

世傳神市에 有鹿書하고 紫府有雨書하고 蚩尤有花書라하니 鬪佃文束이 卽其殘痕也라 伏
세 전 신 시 유 녹 서 자 부 유 우 서 치 우 유 화 서 투 전 문 속 즉 기 잔 흔 야 복

義有龍書하고 檀君有神篆하니 此等字書가 遍用於白山黑水靑邱九黎之域이라
희 유 용 서 단 군 유 신 전 차 등 자 서 편 용 어 백 산 흑 수 청 구 구 려 지 역

夫餘人王文이 始以篆爲煩하야 而稍省其劃하고 新作符隷而書之라 秦時에 程邈이 奉使
부 여 인 왕 문 시 이 전 위 번 이 초 생 기 획 신 작 부 예 이 서 지 진 시 정 막 봉 사

於肅愼이라가 得王文隷法於漢水하고 又因其劃而小變之形하니 是今之八分也라 晋時에
어 숙 신 득 왕 문 예 법 어 한 수 우 인 기 획 이 소 변 지 형 시 금 지 팔 분 야 진 시

王次仲이 又作楷書하니 次仲은 王文之遠裔也라 今究其字之所源則皆神市之遺法이오而
왕 차 중 우 작 해 서 차 중 왕 문 지 원 예 야 금 구 기 자 지 소 원 즉 개 신 시 지 유 법 이

今漢字가 亦承其支流也明矣라
금 한 자 역 승 기 지 류 야 명 의

## 나. 동국東國의 역사歷史와 철학哲學

오직 우리의 시조始祖 환인桓因[108])께서 처음으로 결승決繩의 다스려 바르게 하심을 베풀어 행행行하시었고 틀림없이 300여餘 년年 후後에 2세二世 환인桓因 수인씨燧人氏께서는 국민國民에게 음식飲食을 불에 익혀서 먹도록 가르치시고 사람이 나서 삶의 이유理由를 돌이켜 보시니 앞서 본래本來 있는 것 태양太陽이시라.

수인씨燧人氏께서 십극十極을 우러러 쳐다보시고 자세仔細히 살피시어서 본태양本太陽의 하시는 일로서 열 개個의 톱날의(十鉅) 이리理를 그림으로 그리시고서(圖) 「십거도十鉅圖」[109])를 가지고 방위方位를 정정定하여 말씀하시니 곧 자子는 북北쪽을 차지하여 있고 도道는 남南쪽을 차지하고 있어서 다만 남南과 북北으로 방위方位를 정정定하시고서 자子와 도道가 서로 통통通하는 도로途路를 일컬어서 은하수銀河水[110])라고 하시였다. 인천人天 나반那般은 진천眞天의 오른쪽을 차지하여 있고, 인지人地 아만阿曼은 진천眞天의 왼쪽을 차지하고 있어서 은하銀河의 왼쪽을 동東이라 일컫고 은하銀河의 오른쪽을 서西라고 일컬어서 이로써 동東, 서西, 남南, 북北을 정정定하시였다.

또한 써서 달라지나(用變) 근본根本의 자리를 움직이지 아니하는(不動本位) 법法으로써서 달라지게 하시니 역시亦是 한 배倍를 더하는 법法으로 두 차례次例 획획劃을 그어 나누어서 사상四象을 이루어서 네 방위方位에 짝을 지어서 나누시니 진천眞天의 명命을 받은 것 진태양眞太陽이 노양老陽이 되고, 인천人天의 명命을 받은 것 망태양妄太陽이 노음老陰이 되고, 진지眞地의 명命을 받은 것 진월眞月이 소양少陽이 되고, 인지人地의

---

108) 시조始祖 환인桓因: 재세在世 시조始祖 단군檀君 유소씨有巢氏를 가리킨다. 시조始祖 환인桓因이시고 지금只今으로부터 9,213년 전前(서기西紀 2016년年 기준基準, B.C. 7197) 일천통건원一天統建元에 삼위태백三危太白에 국도國都를 정정定하여 나라를 세우시었고 역년歷年은 300년年이었다. (244쪽 「동국역대전국계도東國歷代傳國系圖」 및 245쪽 「개창조국기원표開創肇國紀元表」 참조參照)

109) 십거도十鉅圖: 191쪽 및 206~208쪽 「십거도十鉅圖」 참조參照

110) 은하수銀河水: Milky Way. 아주 많은 미광성微光星의 빛이 집적集積된 것. 은銀빛으로 빛나는 강江과 같이 보이므로 이런 이름이 붙었다. 중국中國(지나支那China)이나 우리나라 민속民俗에서는 견우성牽牛星(독수리 자리의 α별 Altair)과 직녀성織女星(거문고 자리의 α별 Vega)이 이 강江을 건너 7월月 7일日 칠석七夕날에 만난다는 슬픈 사연事緣이 전전傳해 내려와 유명有名하다. 우리 은하銀河 내內의 태양太陽 부근附近의 항성恒星은 엷은 원반圓盤 모양模樣으로 분포分布되어 있다. 그래서 원반면圓盤面 안의 태양太陽의 위치位置로부터 주위周圍를 살펴보면 별의 대부분大部分은 원반면圓盤面에 따른 엷은 층層 속에 있으므로 면面에 따른 원반형圓盤型에서는 별이 훨씬 멀리까지 겹쳐서 보인다. 따라서 미광성微光星의 집적대集積帶가 관측자觀測者를 둘러싸고 보이는 것이며, 이것이 은하수銀河水이다. 별의 층층層이 얇으므로 은하면銀河面을 조금 벗어나면 별의 분포分布의 깊이는 급격急激히 줄고, 은하면銀河面의 직각直角인 방향方向에서는 별의 수數가 가장 드문드문하게 보인다. 백조白鳥자리, 거문고자리, 독수리자리, 궁수弓手자리, 전갈全蠍자리에 걸쳐서 보이는 여름 밤하늘의 은하수銀河水는 잘 알려져 있으며, 이 부분部分은 황소자리, 쌍동雙童이자리, 오리온자리, 큰개자리 등等에 걸치는 겨울 밤하늘 부분部分과 이어져 있어서 전천全天을 일주一周한다. 단但 은하수銀河水의 너비나 밝기는 균일均一하지 않고 불규칙적不規則的인 모양模樣의 암흑부暗黑部나 한 층層 밝은 부분部分이 뒤섞여 있다. 은하수銀河水가 별의 집적集積이라는 것을 처음으로 망원경望遠鏡으로 확인確認한 사람은 G. 갈릴레이이다. (동아출판사 『동아원색세계대백과사전』 1984. 22권卷 580쪽)

명命을 받은 것 망월妄月이 소음少陰이 되니 이름을 사상四象이라고 이르니 이것이 수인씨燧人氏의 태역太易이다.

惟我始祖桓因始行決昇之政이 必三百有餘年后에 二世桓因燧人氏는 敎民火食하시
유아시조환인시행결승지정 필삼백유여년후 이세환인수인씨 교민화식
며顧人生之理由하시니 先本有者_太陽이시라
고인생지이유 선본유자 태양

燧人氏_仰觀十極하사本太陽의 하시는 일로 十鉅의 理를圖하시고以十鉅圖로定方言
수인씨 앙관십극 본태양 십거 이도 이십거도 정방언
則子居于北하고道居于南하야但南北定方而子道相通之途路를稱之曰銀河水라人天
즉자거우북 도거우남 단남북정방이자도상통지도로 칭지왈은하수 인천
那般은居于眞天之右하고人地阿曼은居于眞天之左하야銀河之左로稱東하고銀河之右로
나반 거우진천지우 인지아만 거우진천지좌 은하지좌 칭동 은하지우로
稱西하야以定東西南北하시고
칭서 이정동서남북

又以用變不動本位之法으로用變하사亦加一倍之法으로畵二次하야成四象而配於四
우이용변부동본위지법 용변 역가일배지법 화이차 성사상이배어사
方하시니眞天之受命者眞太陽으로爲老陽하시고人天之受命者妄太陽爲老陰하고眞地之
방 진천지수명자진태양 위노양 인천지수명자망태양위노음 진지지
受命者眞月爲少陽하고人地之受命者妄月爲少陰하니名曰四象이니是爲燧人氏之太
수명자진월위소양 인지지수명자망월위소음 명왈사상 시위수인씨지태
易이라
역

〈참고參考〉

- 태양太陽, 태음太陰, 일日, 월月 -
· 진태양眞太陽: 진일眞日 - 진령眞靈 - 노양老陽
· 망태양妄太陽(일태양日太陽): 망일妄日 - 망령妄靈 - 노음老陰
· 진태음眞太陰: 진월眞月 - 진정령眞精靈 - 소양少陽
· 망태음妄太陰: 망월妄月 - 망정령妄精靈 - 소음少陰

- 환단고기桓檀古記/태백일사太白逸史/소도경전본훈蘇塗經典本訓 제第 5五(이맥李陌 찬撰) 중中에서 -

「환역桓易」은 몸체體는 둥글고(圓) 쓰임은 네모지다(方). 모습이(象) 없음을 본本으로 하여 좇아서 실제實際를 알게 되니 이는 하늘의(天) 이理이다. 희역義易은 몸체體는 네모지며 쓰임은 둥글다. 모습이 있음을 본本으로 하여 좇아서 그 변화變化를 아니 이는 하늘의 몸체體이다. 지금只今의 역易은 서로 몸체體이면서 서로 쓰임이니 스스로 둥글면서 둥글고, 스스로 네모지면서 네모지고, 스스로 세모지면서(角) 세모지니 이는 하늘의 명命이다. 그러나 하늘의 근원根源은 스스로 이 하나의 크고 넓은 엷게 푸름과(虛) 무無와 겉은 희나 가운데 검음이 엷음뿐이니(空) 어찌 몸체體가 있겠는가. 하늘 스스로는 본

래본래本來 몸체體가 없으나 스물여덟 별자리를 이에 임시臨時로 빌려서 몸체體로 한다.

　대개大蓋 천하天下의 사물事物이 부르는 이름을 가지고 있으면 여기에 모두 수數를 가진다. 수數를 가지고 있으면 여기에 모두 힘을(力) 가진다. 이미 수數라는 것을 가지고 있다고 말하면 한계限界가 있음과(有限) 한계限界가 없음의(無限) 다름이 있고 또 힘이라는 것을 가지고 있다고 말하면 형상形象이 있음과(有形) 형상形象이 없음의(無形) 나누어 가름이 있다. 그러므로 천하天下의 사물事物이 그 있음을(有) 가지고 이를 말하면 모두 있고, 그 없음을(無) 가지고 이를 말하면 모두 없다.

　桓易은體圓而用方하야由無象以知實하니是天之理也오義易은體方而用圓하야由有象以知變하니是天之體也오今易은互體而互用하야自圓而圓하며自方而方하며自角而角하니是天之命也라然이나天之源은自是一大虛無空而已니豈有體乎아天_自是本無體오而二十八宿가乃假爲體也니라

　蓋天下之物이有號名則皆有數焉이오有數則皆有力焉이라旣言有數者則有有限無限之殊하고又言有力者則有有形無形之別하나니故로天下之物이以其有로言之則皆有之하고以其無로言之則皆無之니라

　－ 환단고기桓檀古記/삼성기三聖紀[111] 전全 상편上篇 (안함로安含老[112]) 찬撰) 중中에서 －

---

[111] 삼성기三聖紀:『삼성기三聖紀』는 두 가지가 있다. 그 하나는 안함노安含老의『삼성기三聖紀』이며, 다른 하나는 원동중元董仲의『삼성기三聖紀』이다.『삼성기三聖紀』는 왕조실록王朝實錄 세조유시世祖諭示의 수상서收上書 목록目錄에도 들어있는데 저자著者는 안함노安含老와 원동중元董仲이라고 되어있다. (한뿌리『환단고기』이민수 옮김 1987. 15쪽)

『삼성기三聖紀』는 두 종류種類가 있어 비슷하나 완전完全히 차례次例로 엮음은 아니다. 안함로安含老 씨氏가 찬撰한 것으로 우리 집안에 오래 전傳해 오는 책冊을 이제『삼성기三聖紀 전全 상편上篇』으로 하고 원동중元董仲 씨氏가 찬撰하고, 태천泰川의 백진사白進士 관묵寬黙 씨氏로부터 얻은 것을 이제『삼성기三聖紀 전全 하편下篇』으로 하여 통틀어『삼성기전三聖紀全』이라고 부른다.「三聖紀.有二種.而似非完編.安含老氏所撰.余家舊傳今爲三聖紀全上篇.元董仲氏所撰.得於泰川白進士寬黙氏.今爲三聖紀全下篇.總謂之三聖紀全」(『환단고기桓檀古記』/범례凡例)

[112] 안함로安含老: ?~640. 신라新羅 진평왕眞平王 22년年(서기西紀 600년年)에 왕명王命으로 중국中國(지나支那 China)에 들어가 학문學問을 닦았던 도승道僧이다. 속성俗姓은 김씨金氏이며 시부詩賦 이찬伊湌의 자손子孫이다. 그는 물위를 걸었으며 공중空中을 날아다니는 등等 많은 이적異蹟을 행行하는 신승神僧이었다고 한다. 이 같은 행적行蹟으로 보아 그는 신교神敎의 선맥仙脈을 이어받은 것으로 짐작斟酌된다. 선덕왕宣德王 9년年 62세歲로 만선도장萬善道場에서 세상世上을 떠났다. (한뿌리『환단고기』이민수 옮김 1987. 9쪽)

579~640. 속성俗姓은 김金, 휘諱는 안함安含 혹或은 안홍安弘. 신라新羅 진평왕眞平王 때의 도승道僧. 신라新羅 십성十聖 중中 한 사람 (상생출판『桓檀古記』안경전安耕田 역주譯註 2012. 8쪽)

　우리 환桓113)이 나라를 세움이 가장 오래되었다. 일신一神께서 계시니 사백력斯白力114)의 하늘에 계시면서 홀로 바뀌어 되시는 신神115)이 되시었으니 밝고 환한 빛이(光明) 우주宇宙를 비추고 권도權道로서 만물萬物을 바뀌어 되게 하여서 내고 기르시었다. 길이 사시고 오래 머물러 자세仔細히 살피시어서(長生久視) 늘 기분氣分이 좋고 즐거움을 이루어 얻으시었다(恒得快樂). 지극至極한 기운을(氣) 타고서 노니시니 그 신묘神妙하심이 저절로 그렇게 됨에(自然) 꼭 들어맞으시었다. 형체形體가 없으시나 나타내 보이시고 꾀하여 하심이 없으시나(無爲) 지어 일어나게 하시고(作) 말이 없으시면서 움직여 베푸시었다.

　어느 날 동녀童女 동남童男 800을 흑수黑水116), 백산白山117)의 땅에 내려 보내시었

---

113) 환桓: 桓은 하늘이란 뜻이 담긴 「한」으로 읽어야 한다. 고어古語에 하늘을 桓(환)이라 한다(천왈환天曰桓)고 했고, 《조대기朝代記》에 이르기를 「옛적에 桓因(환인)이 계셨나니 하늘에서 내려오시사 천산天山에 사시면서…」 했으니, 桓因(환인)은 곧 우리민족民族 고유固有의 영원永遠한 신칭神稱인 하느님. 민족사民族史의 출발점出發點을 하느님 나라로 인식認識하는 민족적民族的 긍지矜持가 듬뿍 깃든 깊은 의미意味는 모두 버리고 자음字音만을 고집固執해서 「환」이라 읽는 것은 잘못이다. 역사歷史의 문면文面에 뚜렷이 새겨진 민족民族의 신앙적信仰的 뿌리를 음미吟味해 볼 일이다. (정신세계사 『한단고기』 임승국林承國 번역飜譯, 주해註解 1998. 표지表紙)
114) 사백력斯白力: 시베리아(Siberia)를 말한다. (정신세계사 『한단고기』 임승국林承國 번역飜譯, 주해註解 1998. 16쪽 주註)
※시베리아Siberia: 소련蘇聯의 우랄산맥山脈에서 태평양太平洋 연안沿岸에 이르는 북北아시아 지역地域. 러시아인人이 관습적慣習的으로 시베리아라고 부르는 지역地域은 러시아인人의 동진東進에 따라 그 영역領域과 개념槪念이 확대擴大되었으나 구미歐美 제국諸國 등等 세계世界 여러 나라에서는 시베리아를 <우랄산맥山脈에서 태평양太平洋 연안沿岸까지>로 생각하고 있다. (동아출판사『동아원색세계대백과사전』 1984. 18권卷 512쪽)
115) 홀로 바뀌어 되시는 신神: 건곤乾坤 음양陰陽 곧 남녀男女의 배합配合 없이 저절로 변變하여 이루어진 신神인데 『일본서기日本書紀』에는 독화지삼신獨化之三神이라 하여 국상립존國常立尊, 국협추존國狹槌尊, 풍짐순존豊斟淳尊의 삼신三神을 뜻한다고 되어 있다. 우리의 조상祖上들이 건너가서 세운 나라인 만큼 저들의 역사歷史가 우리와 비슷한 것은 당연當然한 일일 것이다. (정신세계사 『한단고기』 임승국林承國 번역飜譯, 주해註解 1998. 16쪽 주註)
116) 흑수黑水: 흑룡강黑龍江. 만주滿洲 흑룡강성黑龍江省의 북北쪽. 만주어滿洲語의 살합연오라薩合連烏拉, 러시아 말로는 아무르. 강江의 근원지根源地는 둘인데 하나는 중국中國(지나支那China)의 국경國境, 즉卽 외몽고外蒙古 고객이객계古喀爾喀界 안의 긍특산肯特山 동東쪽 기슭에 흐르는 오수하敖嫂河라 하는데 바로 원사元史의 주난하斡難河로 징기스칸이 일어난 땅이라 한다. 또 하나는 러시아령領의 탁공토산倬功土山의 북北쪽 인익달하因弋達河라 한다. 1912년年 청清나라와 일본日本이 체결締結한 <간도間島에 관關한 협약協約>에 의依해서 한韓·만滿 국경선國境線이 압록강鴨綠江↔두만강豆滿江으로 정정定해진 것이며, 저 1712년年에 세워진 백두산白頭山 정계비定界碑의 기록記錄 <동위토문東爲土門 서위압록西爲鴨綠>에 따르면 우리의 북北쪽 국경선國境線은 압록강鴨綠江→토문강土門江→송화강松花江→흑룡黑龍(아무르)강江으로 확대擴大된다. 이렇게 흑룡강黑龍江 즉卽 흑수黑水는 우리 역사歷史의 출발出發에서부터 우리의 강역疆域임을 알게 한다. 과연果然 1965년年 일본정부日本政府는 <간도협약間島協約>을 무효無效로 한다고 선언宣言했다. 그러므로 우리의 국경國境은 다시 옛날로 되돌아간 셈이다. 한편便 카톨릭의 바티칸 교황청敎皇廳에서 작성作成한 지도地圖(1912년年)에 보면 우리의 북방北方 국경선國境線이 위에서 기록記錄한 것처럼 압록강鴨綠江→토문강土門江→송화강松花江→아무르강江으로 그려져 있고, 두만강豆滿江 북北쪽의 간도성間島省 흑룡강성黑龍江省 및 길림성吉林省은 천주교天主敎 한국교구韓國敎區의 원산교구元山敎區로 명시明示되어 있다. 뜻있는 사람은 파리PARIS에서 발행發行한 『르 까또리시즘 엔 꼬레Le Catholicisme En Corre』에 실린 우리나라 지도地圖를 참고參考하시기 바란다. (한국정사학회韓國正史學會 보관保管 중中) (정신세계사 『한단고기』 임승국林承國 번역飜譯, 주해註解 1998. 16쪽 주註)
117) 백산白山: 백두산白頭山. 요사이 중국中國(지나支那China) 측側과 백두산白頭山 영유권領有權 문제問題가 심심

다. 이에 환인桓因께서는 또한 감군監羣118)으로서 하늘 세계世界에 사시면서 돌을 쳐서 불을 피워 일으켜서 음식飮食을 익혀 먹는(熟食) 법法을 처음으로 가르치셨다. 이를 환국桓國이라 이르고 이 분들을 천제天帝 환인씨桓因氏이시라고 불렀으며 또한 안파견安巴堅이시라고도 일컬었다. 환인桓因께서는 7세世를 전전傳傳하시었는데 그 연대年代는 자세仔細히 살필 수 없다.

뒤에 환웅씨桓雄氏께서 이어서 일어나시어 천신天神께서 가르쳐서 인도引導하심을 받들어 백산白山, 흑수黑水 사이의 지역地域에 내려오시었다. 천평天坪119)에 남자男子 우물과(井) 여자女子 우물120)을 파고 청구靑邱121)에 우물 구역區域을 그어 나누시었다. 『천부天符』의 징표徵標를(天符印) 지니시고 다섯 일을(五事)122) 맡아 거느리시며 세상

---

찮게 논란論難이 되고 있으나 이는 유사有史 이래以來로 우리 민족民族의 성산聖山이다. 또 최근最近 일부一部에선 이 백산白山을 중국中國(지나支那China) 감숙성甘肅省의 태백산太白山이라고 학설學說을 퍼뜨리는 이도 있으나 우리 겨레의 마음속에 자리 잡고 있는 백두산白頭山을 빼고 중국中國(지나支那China)의 태백산太白山이 백산白山이라고 함에는 보다 확실確實하고 확고確固한 근거根據가 필요必要한 것이다. 중국中國(지나支那China) 『이십오사二十五史』에 보이는 <백산白山>이나 <태백太白>이 의심疑心 없이 지금只今의 백두산白頭山임을 밝혀둔다. (정신세계사 『한단고기』 임승국林承國 번역飜譯, 주해註解 1998. 16쪽 주註)

백두산白頭山의 별칭別稱. 우리 민족民族의 성산聖山인 백두산白頭山은 백산白山, 태백산太白山 이외以外에도 삼신산三神山, 개마산蓋馬山, 불함산不咸山 등等으로 불렸다. 중국인中國人들은 창바이산山(장백산長白山)이라 불렀다. (상생출판 『桓檀古記』 안경전安耕田 역주譯註 2012. 17쪽 주註)

118) 감군監羣: 중생衆生을 보살피고 감독監督하는 임무任務를 띤 직책職責 (정신세계사 『한단고기』 임승국林承國 번역飜譯, 주해註解 1998. 16쪽 주註)

119) 천평天坪: 백두산白頭山 정상頂上의 연蓮못을 천지天池라 하니 백두산白頭山 정상頂上의 어떤 땅을 일컫는 말일 것이다. 일설一說엔 백두산白頭山 서西쪽 산山기슭에 500리里 벌판이 있는데 이곳을 북계룡北鷄龍이라 하며 앞날의 도읍지都邑地라 하니 혹或 이곳을 이름인가? (정신세계사 『한단고기』 임승국林承國 번역飜譯, 주해註解 1998. 18쪽 주註)

120) 남자男子 우물과 여자女子 우물: 子井女井이라 했으니 사람들이 모여드는 곳을 말한다. 우물이나 밭이 있는 곳에 사람이 모이므로 이르는 말이다. (정신세계사 『한단고기』 임승국林承國 번역飜譯, 주해註解 1998. 17쪽 주註)

121) 청구靑邱: 조선朝鮮 또는 동방東方의 나라를 말함. (한뿌리 『환단고기』 이민수 옮김 1987. 12쪽 주註)

과거過去 이 청구靑邱를 막연漠然히 한반도韓半島라 생각해 왔으나 크게 잘못된 것일 것이다. 왜냐하면 저 상고시대上古時代의 대상對象 강역疆域은 한반도韓半島가 아니기 때문이다. 즉卽 동양東洋의 온갖 고전古典이 말하는 동이東夷, 조선朝鮮, 청구靑邱 등等은 한반도韓半島가 아니라 중원中原 대륙大陸 안에 있는 동이東夷, 조선朝鮮, 청구靑邱였다는 사실事實 때문이다. 『이십오사二十五史』를 적은 사마천司馬遷을 비롯한 모든 사가史家들이 황해黃海 바다 건너에 한반도韓半島가 있었다는 사실事實 자체自體를 알지 못할 정도程度로 당시當時의 지리地理 지식知識이 유치幼稚했다는 사실事實을 알아 둘 필요必要가 있다. 여기 청구靑邱는 중국中國(지나支那China) 산동반도山東半島의 동래東萊 지방地方으로 비정比定한다.

<황제黃帝가 동東쪽으로 청구靑丘에 이르러 풍산風山을 지나 자부진인紫府眞人을 만나다 「黃帝東到靑丘 過風山 見紫府眞人(雲笈七籤)」>라고 했는데, 청구靑丘는 신선神仙이 거처居處하는 곳으로 알고 있으며 여기 <자부진인紫府眞人>도 물론 신선神仙을 뜻한다. 이 글이야말로 자부진인紫府眞人으로부터 중국中國(지나支那China)의 황제헌원黃帝軒轅에게 우리의 문화文化가 건너가는 과정過程을 설명說明하는 것이다. 여기 청구靑丘도 역시亦是 이 청구靑邱와 결決코 무관無關치는 않다고 본다. (정신세계사 『한단고기』 임승국林承國 번역飜譯, 주해註解 1998. 18쪽 주註)

122) 다섯 일(오사五事): 곡곡穀, 명命, 형형刑, 병病, 선악善惡의 다섯 가지를 말하니 곡식穀食, 생명生命(운명運命), 치병治病, 형벌刑罰, 선악善惡(윤리倫理)을 뜻하는 것이다. 일본日本의 가지마 노부루(녹도鹿島 승昇)는 5사事를 모貌, 언言, 청聽, 시視, 사思를 뜻한다고 했으니 이는 한단(환단桓檀)의 옛 기록記錄을 접접接해 보지 못한 외국인外國人의

世上에 계시면서 다스려 바르게 하여 바뀌어 되게 하시여서(在世理化) 널리 인간人間을 도와 이롭게 하시였다(弘益人間). 신시神市123)에 수도首都를 세우시고 나라를 배달倍達124)이라 부르시었다.

3·7일日을 택擇하여 천신天神께 제祭 지내시고서 밖의 물物을 꺼리고 삼가서 문門을 잠그시고 스스로 몸을 닦으시니 주문呪文을 외워 공功이 이루어지기를 바라시고 약藥을 드시고 신선神仙을 이루시었다(服藥成仙). 괘卦를 그어 나누어 올 일을 아시며 점괘占卦를 잡아가지고 신神을 부려 쓰시어 돌리시었다.

많은 무리의 영靈과 여러 철哲에게 명命하시어 보좌역輔佐役으로 삼으시고 웅씨熊氏의 여인女人을 받아들이어 황후皇后로 삼으시었고 혼인婚姻의 예법禮法을 정定하여 짐승가죽으로 폐물幣物을 삼도록 하시였다. 농사農事를 짓고 목축牧畜을 하고 시장市場을 세워 물건物件을 서로 팔고 사도록(交易) 하시였으니 구역九域125)이 공물貢物을 바치고 조세租稅를 냈으며 새와 짐승도 따라서 춤추었다. 뒷날 사람들이 그를 받들어 지상地上 최고最高의 신神이시라고 생각하며 세세世世토록 제사祭祀가 끊임이 없었다.

신시神市의 말기末期에 치우천왕治尤天王께서 계시었으니 청구靑邱를 널리 개척開拓하여 확장擴張시키셨으며 18세世를 전傳하여 1,565년年을 지내갔다.

---

견해見害일 뿐이다. (정신세계사『한단고기』임승국林承國 번역飜譯, 주해註解 1998. 18쪽 주註)

123) 신시神市: 신神을 중심中心으로 한 사회社會라는 말로서, 우리나라 상고上古 시대時代의 신정사회神政社會에 이룩된 맨 처음 도시都市 (한뿌리『환단고기』이민수 옮김 1987. 12쪽 주註)
※'신불'로 읽어야 된다는 주장主張도 일부一部에 있다. 시市와 불市은 각각 비슷하면서도 다르다. 그러나 신불神市 혹或은 검불神市(神을 검으로 읽음)로 읽어야 한다는 주장主張은 설득력說得力이 약弱한 듯하여 여기서는'신시'로 읽는다. (정신세계사『한단고기』임승국林承國 번역飜譯, 주해註解 1998. 18쪽 주註)

124) 배달倍達: 우리 겨레를 배달민족倍達民族이라 함은 그 뜻이 매우 깊고 오묘奧妙하다. 결론結論부터 미리 말하면 <밝땅의 겨레>라는 뜻인데, <밝땅>이란 말이 <배달倍達>이 되었다고 보겠다. 우리말의 음운법칙音韻法則이 박, 백이 배로 변變하는 실례實例가 많은바, 백천白川이 배천(백천온천白川溫泉), 박고개(적현赤峴) 혹或은 붉고개(적현赤峴)가 배오개(동대문東大門 시장市場)로 변變하는 지명地名의 실례實例가 있고, 또 옛말엔 산山이나 땅을 '달'이라고 발음發音했던 것도 사실事實이니 밝땅→밝달→배달倍達로 변變하는 예例를 생각할 수 있다. <밝달>의 뜻을 취取하느라고 박달나무 단檀 자字를 일부러 국조國祖의 이름에 붙여 단군檀君이라 했다는 상상想像 또한 그리 어렵지 않다. 우리 겨레를 동방족東方族이라 해서 이 같은 설명說明은 더욱 설득력說得力이 커지는 것도 사실事實이다. 그래서 많은 선학先學들이 이 설說을 주장主張해 왔다. (정신세계사『한단고기』임승국林承國 번역飜譯, 주해註解 1998. 18~19쪽 주註)

125) 구역九域: 구주九州라고도 하는데, 기주冀州, 연주兗州, 청주靑州, 양주梁州, 영주營州, 형주荊州, 서주徐州, 예주豫州로 나뉘어 있었다. (한뿌리『환단고기』이민수 옮김 1987. 12쪽 주註)
※ 구주九州: 옛날 중국中國(지나支那China) 전토全土를 아홉으로 나눈 명칭名稱. 요堯, 순舜, 우禹 때에는 기冀, 연兗, 청靑, 서徐, 형荊, 양揚, 예豫, 양梁, 옹雍이며, 은殷 나라 때에는 기冀, 예豫, 옹雍, 양揚, 형荊, 연兗, 서徐, 유幽, 영營이고, 주周 나라 때에는 양揚, 형荊, 예豫, 청靑, 연兗, 옹雍, 유幽, 기冀, 병幷으로 각각各各 되었음. (민중서관民衆書館『민중 국어대사전』이희승李熙昇 편編 1963. 333쪽)

吾桓建國이最古라有一神하시니在斯白力之天하사爲獨化之神하시니光明照宇宙하시고
權化生萬物하시며長生久視하사恒得快樂하시며乘遊至氣하사妙契自然하시며無形而見하시
며無爲而作하시며無言而行하시니라

日에降童女童男八百於黑水白山之地하시니於是에桓因이亦以監羣으로居于天界하사
培石發火하사始教熟食하시니謂之桓國이오是謂天帝桓因氏이시니亦稱安巴堅也시니라傳
七世로되年代는不可考也니라.

後에桓雄氏繼興하사奉天神之詔하시고降于白山黑水之間하사鑿子井女井於天坪하시
고劃井地於靑邱하시며持天符印하시고主五事하사在世理化하시며弘益人間하시며立都神市하
시고國稱倍達하시니라

擇三七日하사祭天神하시며忌愼外物하사閉門自修하시며呪願有功하사服藥成仙하시며劃
卦知來하시며執象運神하시니라

命羣靈諸哲하사爲輔하시며納熊氏女하사爲后하시며定婚嫁之禮하사以獸皮로爲幣하시며
耕種有畜하시며置市交易하시니九域이貢賦하며鳥獸率舞라後人이奉之爲地上最高之神하
야世祀不絶하니라

神市之季에有治尤天王이恢拓靑邱하시고傳十八世하사歷一千五百六十五年이러라

　　- 환단고기桓檀古記/삼성기三聖紀 전全 하편下篇(원동중元董仲 찬撰) 중中에서 -

　인류人類의 조상祖上을 나반那般이시라 말한다. 처음 아만阿曼과 서로 만나신 곳을
아이사타阿耳斯它라고 이르는데 꿈에 천신天神의 가르침을 받아서 스스로 혼례婚禮를
갖추어서 이루어졌으니 곧 구환九桓의 무리는 모두가 그 후손後孫이다. 옛날에 환국桓
國이 있었으니 국민國民은 재물財物이 많고 넉넉하였으며 또한 그 수數가 많았다. 처음
의 환인桓仁126)께서 천산天山127)에 계시면서 도道를 이루어 얻으시어 길이 사시었고(得

---

126) 처음의 환인桓仁: 재세在世 시조始祖 단군檀君 유소씨有巢氏를 가리킨다. 시조始祖 환인桓因이시고 지금只今으
로부터 9,213년年 전前(서기西紀 2016년年 기준基準, B.C. 7197) 일천통건원一天統建元에 삼위三危, 태백太白에
국도國都를 정定하여 나라를 세우시었고 역년歷年은 300년年이었다. (244쪽「동국역대전국계도東國歷代傳國系圖」및 245
쪽「개창조국기원표開創肇國紀元表」참조參照)
127) 천산天山: 옛 이름은 백산白山, 설산雪山, 기련산祁連山. 천산산맥天山山脈의 동東쪽의 한 높은 산山 (한뿌리
『환단고기』이민수 옮김 1987. 17쪽 주註)
　천산산맥天山山脈 동東쪽의 기련산祁連山(설산雪山) (정신세계사『한단고기』임승국林承國 번역飜譯, 주해註解 1998. 26쪽

道長生) 몸에는 병病이 없으시었다.
도 장 생

하늘을 대신代身하여 도道로써 널리 펴 베푸시어 교화敎化가 이루어져서 풍속風俗이 새로워지고 사람들로 하여금 병기兵器가 없도록 하시였으며 사람들이 누구나 다 힘껏 일하여서 스스로 주리고 추위에 떪이 없게 하도록 하시였다. 장생長生의 도道를 혁서환인赫胥桓仁, 고시리환인古是利桓仁, 주우양환인朱于襄桓仁, 석제임환인釋提壬桓仁, 구을리환인邱乙利桓仁께 전傳하시니 지위리환인智爲利桓仁에까지 이르렀다. 환인桓仁을 혹或 단인檀仁이라고도 부른다.

人類之祖를曰那般이시니初與阿曼으로相遇之處를曰阿耳斯它라夢得天神之教하사而
인 류 지 조 왈 나 반 초 여 아 만 상 우 지 처 왈 아 이 사 타 몽 득 천 신 지 교 이
自成昏禮하시니則九桓之族이皆其後也라昔에有桓國하니衆이富且庶焉이라初_桓仁께서居
자 성 혼 례 즉 구 환 지 족 개 기 후 야 석 유 환 국 중 부 차 서 언 초 환 인 거
于天山하사得道長生하사擧身無病하시니라
우 천 산 득 도 장 생 거 신 무 병

代天宣化하사使人無兵하시니人皆作力하야自無飢寒이러라傳赫胥桓仁,古是利桓仁,
대 천 선 화 사 인 무 병 인 개 작 력 자 무 기 한 전 혁 서 환 인 고 시 리 환 인
朱于襄桓仁,釋提壬桓仁,邱乙利桓仁하야至智爲利桓仁하니或曰檀仁이라.
주 우 양 환 인 석 제 임 환 인 구 을 리 환 인 지 지 위 리 환 인 혹 왈 단 인

『고기古記』에서 이른다. 파내류波奈留 산山[128] 아래에 환인씨桓仁氏의 나라가 있으니 천해天海의 동東쪽의 땅이라 하고 또한 이를 파내류波奈留의 나라[129]라고 일컫는다 하였다. 그 땅의 넓이가 남북南北이 5만萬 리里이고 동서東西가 2만여萬餘 리里이니 통틀어 말하면 환국桓國이고 나누어 말하면 비리국卑離國, 양운국養雲國, 구막한국寇莫汗國, 구다천국勾茶川國, 일군국一羣國, 우루국虞婁國(혹或은 필나국畢那國), 객현한국客賢汗國, 구모액국勾牟額國, 매구여국賣勾餘國(혹或은 직구다국稷臼多國), 사납아국斯納阿國, 선

주註)

128) 파내류波奈留 산山: 『진서晉書』 97권卷에는 <숙신씨肅愼氏는 일명一名 읍루挹婁라 하고 불함산不咸山 북北에 있고 부여夫餘를 떠나 60일日 되는 거리距離에 있다. 동東은 대해大海에 닿고 서西는 구만한국寇漫汗國에 접接하고 북北은 약수弱水에 닿고 그 국경國境 〔…〕 수천數千 리里이다>라고 있는 점點과 여기 파내류국波奈留國의 12개국個國의 이름 일부一部가 보이는 점點으로 보아 파내류波奈留 산山은 불함산不咸山 즉卽 하르빈(Harbin) 남南쪽의 완달산完達山을 지칭指稱하는 듯하다. 특特히 중국中國(지나支那China) 『이십오사二十五史』의 하나인 『진서晉書』의 이 기록記錄에서 말하는 숙신씨肅愼氏의 나라가 곧 파내류국波奈留國인 한국(환국桓國)을 가리키는 것이고, 숙신肅愼의 원음原音은 조선朝鮮이라고도 하니 참고參考할 일이다. 특特히 진晉의 무제武帝의 태시泰始 3년年(A.D. 267년年)엔 비리국卑離國, 양운국養雲國, 말리국末利國, 포도국蒲都國, 승여국繩余國, 사루국沙樓國, 구만한국寇漫汗國, 일군국一羣國 등等의 입공入貢, 견사遣使의 기록記錄이 보인다. 본문本文의 구다천국勾茶川國은 캄차카이며, 선비국鮮卑國은 퉁구스를 뜻한다. 특特히 수밀리국須密爾國은 슈메르Sumer를 뜻하니 중국中國 사학史學에선 소말蘇末이라 표현表現하는 낱말이며, 혹설或說엔 소시모리, 소 머리, 우수牛首의 원음原音이라고도 한다. 아무튼 한국(환국桓國)은 현現 바이칼호湖 동東쪽에서 양자강揚子江 이북以北의 이른바 호동강북湖東江北의 동서東西 2만萬 리里, 남북 5만萬 리里의 대국大國이다. (정신세계사 『한단고기』 임승국林承國 번역飜譯, 주해註解 1998. 27쪽 주註)

129) 파내류波奈留의 나라: 『진서晉書』에 보면 불함산不咸山 북北쪽에 있는데 동東쪽은 큰 바다요 서西쪽은 구만한국寇漫汗國이요 북北쪽은 약수弱水의 끝이다. (한뿌리 『환단고기』 이민수 옮김 1987. 17쪽 주註)

비국鮮稗國(혹或은 시위국豕韋國 혹或은 통고사국通古斯國), 수밀이국須密爾國[130])이니 합슴해서 12국國[131])이다. 천해天海를 지금只今은 북해北海라 이른다. 7세世를 전전傳하여서 역년歷年이 함께 모아서 3,301년年[132])이며 혹或은 63,182년年이라고도 이르나 아직 어

---

130) 수밀이국須密爾國: 인류학계人類學界 및 세계世界의 사학계史學界가 주목注目하는 슈메르 문화文化의 뿌리에 해당該當하는 나라가 바로 수밀이국須密爾國이다. 슈메르 민족民族이란 엄밀嚴密히 말하면 오늘날 슈메르어語라고 불리는 언어言語를 사용使用한 민족民族으로 세계世界 최고最古의 도시문명都市文明을 메소포타미아에서 꽃피운 민족民族이다. 여기 세계世界 최고最古라는 말은 마지막의 결론結論은 아니다. 다만 지금只今까지 서양학西洋學 주도하主導下의 결론結論일 뿐이다. 왜 그런가 하면 한국(환국桓國) 12연방聯邦 가운데 이렇듯 수밀이국須密爾國이 문헌文獻 기록記錄에 뚜렷하게 남아 있기 때문이다. 따라서 이 수밀이須密爾 문제問題는 단순單純히 문화文化의 선후先後를 다투는 쟁점爭點이 아니라 실實로 동東과 서西의 문화文化 주도권主導權을 에워싼 심각深刻한 다툼이라 할 수 있다. 알다시피 종래從來의 사학史學에선 슈메르 문제問題라는 연구硏究 과제課題가 서양사학西洋史學의 커다란 연구硏究 과제課題로 등장登場하고 있다는 사실事實은 더욱 주목注目을 요要한다. (정신세계사 『한단고기』 임승국林承國 번역翻譯, 주해註解 1998. 27~28쪽 주註)

131) 12국國: 물론勿論 12는 성수聖數이다. 뒤에 변지卞志 12국國이 나오는 것도 성수聖數 때문일까? 비리卑離, 양운養雲, 구막한寇莫汗, 구다천勾茶川, 일군一羣, 우루虞婁, 객현한客賢汗, 구모액勾牟額, 매구여賣勾餘, 사납아斯納阿, 선비鮮卑, 수밀이須密爾 등 12국國의 이름을 특特히 중국中國(지나支那China) 사서史書 속에서 찾아 확인確認할 필요必要가 있다.

『진서晉書』 숙신열전肅愼列傳에는 적어도 이 12개국個國의 이름 가운데 몇 개個는 보이고 있다. 숙신肅愼이라고 중국사中國史에서 쓰이는 민족民族이나 나라의 범위範圍가 뜻밖에도 엄청나게 커서 이상異狀하게 생각하는 이도, 이 <한국(환국桓國) 12연방聯邦>의 나라를 가리키는 말이 숙신肅愼이다 하는 사실事實을 발견發見하곤 깜짝 놀라게 된다. 즉 한국(환국桓國)이 중국사中國史에서 숙신씨肅愼氏로 표현表現되고 있다는 사실事實은 새로운 발견發見임에 틀림없다. 바이칼호湖 즉卽 천수天水를 중심中心으로 하여 남북南北 5만萬 리里, 동서東西 2만萬 리里의 초대강국超大強國을 그려보자. 성경聖經에 보면 야곱의 아들이 12명名이고 제일第一 막내였던 요셉이 애급埃及(이집트)으로 가서 총리總理가 됨으로써 야곱의 집안이 뒷날 아사餓死에서 모면謀免할 수 있었다. 그러나 그 흉년凶年 동안에 애급埃及으로 피난避難했던 히브리-이스라엘 민족民族의 후손後孫들이 번영繁榮하여 뒷날 모세에 의依한 저 유명有名한 엑소더스(출애급기出埃及記)의 드라마틱한 민족民族 이동移動이 단행斷行되는 불씨가 되었다. 어찌 알랴. 한국(환국桓國) 12국國의 막내인 수밀이須密爾가 서남西南쪽으로 이동移動하여 저 유명有名한 메소포타미아 문화文化를 일으키고 다시 바빌로니아 문명文明을 거치고, 저 실크로드를 거쳐 중국中國(지나支那China) 대륙大陸으로 물결쳐 들어오는 문화文化의 이동移動, 곧 동양판東洋版의 엑소더스를 단행斷行하였는지?

이러한 가정假定이 가능可能하다면 인류人類의 문화文化는 동방東方 곧 한국(환국桓國)의 12연방聯邦에서 일어나 인류人類 최고最古의 문화文化라고 학계學界에 알려진 슈메르 문명文明의 뿌리가 되어 바이칼호湖로부터 꽃피웠다고 생각할 수도 있을 것이다. 따라서 한국(환국桓國)의 12연방국聯邦國은 인류사人類史의 출발점出發點을 캐는 인류人類의 뿌리로서 보다 깊게 연구硏究되어야 한다고 주의注意를 환기喚起시키고 싶다. 여기서 인종人種이나 언어학적言語學的으로 보아 터어키가 우리와 같은 종족種族이리라는 추측推測도 가능可能하다. (정신세계사 『한단고기』 임승국林承國 번역翻譯, 주해註解 1998. 28~29쪽 주註)

132) 3,301년年: 우리의 역사歷史 기원紀元은 의례依例히 단군기원檀君紀元만을 알고 있으나 그나마도 사용使用치 않고 서기西紀를 쓰도록 되어 있다. 역사歷史 민족民族으로서 자기自己의 기원紀元을 쓰지 않음은 역사歷史 민족民族으로서의 자살自殺, 자해自害 행위行爲를 뜻하는 것이다. 물질物質이나 과학科學으로써 외국外國을 능가凌駕할 수 없다면 역사歷史야말로 외국外國이 따라오려 해야 따라올 수 없는 우리 고유固有의 잠재적潛在的인 국력國力이라 할 수 있다. 그런데 우리의 기원紀元을 쓰지 않는다니 언어도단言語道斷이다. 조선조朝鮮朝 때까지 중국中國(지나支那China)의 연호年號를 사용使用했던 사대주의事大主義 시대時代도 있었는데 이것은 사대주의라事大主義고 자탄自歎하면서도 서양西洋의 기원紀元을 쓰는 현대인現代人의 사대주의事大主義는 문제시問題視되지 않는 오늘의 가치관價値觀이 어딘가 잘못된 것이다. 틀림없이 현대現代의 한국인韓國人은 당唐나라, 청淸나라, 명明나라의 연호年號를 쓰던 조상祖上들의 사대주의事大主義를 비판批判할 자격資格이 없다.

『한단고기(환단고기桓檀古記)』는 한마디로 단군檀君 이전以前의 역사歷史 기록記錄이 적힌 역사서歷史書이다. 그러니까 한국(환국桓國) 시대時代가 일곱 분의 한님(환인桓仁)과 3,301년年의 역사歷史가 있었다고 적고, 18인人 어

느 것이 옳은지 모른다.

환국桓國의 말기末期에 안파견安巴堅133)께서 아래로 삼위三危, 태백太白을 내려다보시고서 모두가 가可히 이로써 널리 인간人間을 도와 이利롭게 할(弘益人間) 수 있음에 누구를 시킬 것인가 물으시니 다섯 가가加(五加)134) 함께 말하기를, "여러 아들 가운데 환웅桓雄께서 계시니 용맹勇猛하시면서 어짊과 지혜智慧를 겸兼하시었으며 일찍이 세상世上을 바꾸어 새롭게 하여 이로써 널리 인간人間을 도와 이利롭게 할 뜻이 있으시니 그를 태백산太白山에 보내시어 이를 다스리게 하심이 옳겠습니다."고 하니 마침내 천부天符의 징표徵標(天符印) 세 종류種類를 내려주시고 그대로 거듭하여 말씀을 내리시기를, "사람과 사물事物의 기초基礎가 이미 이루어져 완결完結지었도다. 그대는 수고로움을 아끼지 말고 무리 3,000을 이끌고 가서 하늘을 열어 깨우쳐주고(開天) 가르침을 세워 세상世上에 있으면서 다스려서 바르게 하여 바뀌어 되게 하여서(在世理化) 만세萬世의 자손子孫들의 큰 모범模範이 될지어다."라고 하시었다.

이때에 반고盤固135)라는 이가 있어 기이奇異한 술법術法을 좋아하며 길을 나누어서 가고자 하여 청請함에 이를 허락許諾하시었다. 마침내 재화財貨와 보물寶物을 모아 쌓고 십간십이지十干十二支의 신장神將들을 이끌고 공공共工, 유소有巢, 유묘有苗136), 유

---

의 한웅(환웅桓雄)에 1,565년年의 신시개천神市開天의 시대時代가 있다고 적고 있는 것이다. 그러므로 금년今年 1986년年은 신시기원神市紀元으로는 개천開天 5,883년年이요, 한국(환국桓國) 역대歷代 즉卽 한기(환기桓紀)로는 바로 9,183년年이 된다. (정신세계사『한단고기』임승국林承國 번역飜譯, 주해註解 1998. 29쪽 주註)

133) 안파견安巴堅: 여기서는 7세世 지위리환인智爲利桓仁을 말한다. 「삼신오제본기三神五帝本紀」에서 안파견安巴堅을 "하늘의 정신精神을 받들어 지상地上에 부권父權을 확립確立시킨다[蓋所謂安巴堅, 乃繼天立父之名也]"는 의미意味로 '아버지'라는 뜻이며 주권자主權者를 말한다. 거란국(契丹國)을 세운 요遼나라 태조太祖 야율아보기耶律阿保機는 아보기阿保機란 이름을 안파견安巴堅으로 바꿨는데 안파견安巴堅은 만주滿洲 문자文字로 amba giyan이다. amba(안파安巴)는 크다[대大, 홍弘, 거巨], giyan(견堅)은 다스리다[이理]란 뜻으로 대리大理라는 말이라 한다. 이정재李正宰는 『동북아東北亞의 곰 문화文化와 곰 신화神話』에서 만주滿洲 아무르인人들은 이 'amba'라는 말을 크다는 의미意味 외外에 '곰, 거룩한, 위대偉大한' 등等으로도 쓴다고 하였다. (상생출판『桓檀古記』안경전安耕田 역주譯註 2012. 41쪽 주註)

134) 다섯 가가加(五加): 우가牛加, 마가馬加, 구가狗加, 저가豬加, 양가羊加의 다섯을 가리킨다.

135) 반고盤固: 반고盤瓠로도 적는다. 무능만武陵蠻 묘요야랑苗猺夜郞의 시조始祖라 하나, 동이東夷, 서이西夷를 갈라 생각하는 입장立場에서 동이東夷는 고조선古朝鮮, 고구려高句麗, 백제百濟, 신라新羅 등等으로 보고, 서이西夷의 삼위산三危山 계통系統은 반고盤固를 시조始祖로 한 중국계中國系로 보는 견해見解도 있다. 반고盤固를 중국사中國史의 시조始祖로 하는 데는 찬성贊成할 수 없다. (정신세계사『한단고기』임승국林承國 번역飜譯, 주해註解 1998. 31쪽)
반고盤固는 중국中國(지나支那China)에서 조차 고대古代 신화神話에 등장登場하는 우주宇宙 창조신創造神으로 받들어 왔으나 여기서는 약約 5,900년年 전前 환웅桓雄의 동방東方 개척기開拓期에 실존實存한 인물人物임을 밝혀주고 있다. 중국인中國人들은 자신自身의 뿌리를 알 수 있는 사료史料가 전全혀 없어 전설상傳說上의 인물人物로만 알고 있는 것이다. (상생출판『桓檀古記』안경전安耕田 역주譯註 2012. 59쪽 주註)

136) 공공共工, 유소有巢, 유묘有苗, 유수有燧: 공공共工은 요堯임금 때 치수治水의 관리官吏, 순舜임금 때의 백공百工의 관官, 한대漢代의 소부小府의 관官인데, 저 치우蚩尤와 함께 고대사회古代社會의 난폭亂暴한 신神으로 알려진 인물人物이다. 유소有巢는 고대古代의 성자聖者로 사람에게 거처居處의 법法을 가르쳐 금수禽獸의 해害를 피避하게

수유신燧와 함께 삼위산三危山의 라림동굴拉林洞窟137)에 이르러 즉위卽位하여 군주君主가
되니 이들을 제견諸畎138)이라 이르고 이를 반고가한盤固可汗이시라 일렀다.

이에 환웅桓雄께서 3,000의 무리를 거느리시고 태백산太白山 꼭대기의 신단수神壇樹
아래에 내려오시니 이곳을 신시神市라 이르고 이분을 환웅천왕桓雄天王이시라 일컫는다.
풍백風伯, 우사雨師, 운사雲師139)를 거느리시고서 곡식穀食을 맡아 지키시고(主穀) 명命

하였다고 한다. 유묘有苗는 여러 가지 설說이 많으나 오늘날의 묘족苗族과 관련關聯된다. 중국中國(지나支那China)
의 역사가歷史家 왕동령王桐齡은 『중국민족사中國民族史』 (P.4)에서 다음과 같이 말했는데, 참고參考가 될 만하다.
"4,000년 전前 […] 현재現在의 호북胡北, 호남湖南, 강서江西 등지等地는 이미 묘족苗族이 점령占領하고 있었
고, 중국中國(지나支那China)에 한족漢族이 들어오게 된 후後에 차츰 이들과 접촉接觸하게 되었으며, 이 민족民族
의 나라 이름은 구려九麗이며, 군주君主는 치우蚩尤이다." 아무튼 자오지慈烏支 한웅(환웅桓雄)인 치우蚩尤를 군주
君主로 하는 구려국九麗國의 백성百姓들은 묘족苗族 혹或은 유묘有苗, 삼묘三苗라 하며 현대現代의 묘족苗族이
다. (정신세계사 『한단고기』 임승국林承國 번역飜譯, 주해註解 1998. 32쪽 주註)
137) 라림동굴拉林洞窟: 감숙성甘肅省 돈황현燉煌縣 삼위산三危山은 저 유명有名한 돈황학燉煌學의 본本고장인 돈
황굴燉煌窟이 있는 곳이다. 실크로드의 일부一部인데 돈황석굴燉煌石窟로 알려진 굴窟이 무려 480굴窟이나 있으며,
그 가운데 가장 크고 중요重要한 굴窟이 천불동千佛洞이다. 천정天井의 벽화壁畵에는 고구려高句麗 기마수렵도騎馬
狩獵圖와 절풍折風의 머리장식裝飾 등等 고구려풍高句麗風의 그림이 휘황輝煌하다. 특특히 우사雨師, 풍사風師, 운
사雲師로 해석解釋되는 벽화壁畵까지 있음에도, 종래從來 한국학韓國學에 무식無識한 서양西洋 학자學者와 일본日
本 학자學者에 의依해서 천불동千佛洞 벽화壁畵의 해석解釋이 제대로 되지 못하고 있다. 현재現在 이 방면方面의
학문學問을 돈황학燉煌學이라 부르며 외국外國에서 연구硏究가 대단한데, 우리 국내國內에는 이에 대對한 전문학자
專門學者가 한 사람도 없으며 고작 일본日本 학자學者의 연구硏究를 국내國內에 소개紹介하는 정도程度인바, 여기
라림동굴拉林洞窟도 천불동千佛洞과 같은 맥락脈絡에서 연구硏究해야 할 것으로 짐작斟酌된다. 일본日本에선 현재
現在 애써 고구려高句麗를 외면外面하고 북위北魏(386~534)의 작품作品으로 보는 설說이 유행流行한다. 그래서
돈황석굴燉煌石窟의 조성造成 연대年代를 서기西紀 353년年 혹或은 366년으로 어림하고 있는바, 국내國內 학자
學者의 본격적本格的인 연구硏究가 촉구促求되는 터이다. (정신세계사 『한단고기』 임승국林承國 번역飜譯, 주해註解 1998.
32쪽 주註)
138) 제견諸畎: 견畎은 융戎을 뜻하니 제견諸畎은 뭇 융戎이다. (정신세계사 『한단고기』 임승국林承國 번역飜譯, 주해註解
1998. 32쪽 주註)
일반적一般的으로 '견畎'이란 견이畎夷, 견이犬夷, 견융犬戎을 말하다. (상생출판 『桓檀古記』 안경전安耕田 역주譯註
2012. 43쪽 주註)
139) 풍백風伯, 우사雨師, 운사雲師: 모두 농경문화農耕文化와 관계關係있는 신神들이라고 하여 우리 역사歷史를 농
경문화사農耕文化史, 농경족農耕族의 역사歷史로 봄은 큰 잘못이다. 바람, 비, 구름은 농사農事꾼에게만 관계關係가
있는 게 아니다. 사냥질하는 수렵족狩獵族이나 배를 타는 해양족海洋族에게도 꼭 같이 필요必要한 신神이다. 우리
역사歷史의 길이를 줄이기 위爲하여 지난날에는 별別의 별別 장난질을 다한 셈이다.
앞에서 언급言及한 것처럼 실크로드의 가장 중요重要한 유적遺蹟인 돈황석굴燉煌石窟의 천불동千佛洞 벽화壁畵엔
풍백風伯, 우사雨師, 운사雲師로 밖에 해석解釋할 수 없는 벽화壁畵가 그려져 있다. 그 옆에는 농경족農耕族이 아니
라 절풍折風의 고구려高句麗 사내의 머리를 하고, 쏜살같이 말 타고 달리며 화살을 쏘는 기마수렵도騎馬狩獵圖가
그려져 있다. 여기서 저 유명有名한 김재원金載元의 논문論文<단군신화檀君神話의 신연구新硏究>가 소재素材로 한
중국中國(지나支那China) 산동성山東省 가상현嘉祥縣에 있는 무씨사武氏祠의 석실石室의 화상석畵像石에 조각彫刻
된 풍백風伯, 우사雨師, 운사雲師에 관關한 언급言及이 생각된다. 그는 단군신화檀君神話는 결決코 우리 민족民族
고유固有의 사화史話가 아니고 무씨武氏 석실石室의 벽화壁畵를 충실充實히 옮김에 지나지 않는다고 억설臆說을
늘어놓았는데, 국립박물관장國立博物館長이라는 학자學者가 고작 우리 역사歷史를 이렇듯 무씨武氏 석실石室 벽화
壁畵의 내용內容을 표절剽竊이나 해놓은 것처럼 취급取扱을 하고 있으니 기氣막힐 노릇이다. 어째서 그는 논리論理
를 뒤집어 생각해 보지 못하는가? 모방模倣해 온 것이 아니라 도리어 저쪽에서 모방模倣해 간 것이라고 거꾸로 생
각은 못하는가 말이다. 우리는 역사歷史의 초강대국超强大國이니 당연當然히 이렇듯 역逆으로 생각해 봄이 순서順序

을 맡아 지키시고(主命) 형벌刑罰을 맡아 지키시고(主刑) 질병疾病을 맡아 지키시고(主病) 선악善惡을 맡아 지키시며(主善惡) 인간人間의 360여餘 일을(事)[140] 모두 맡아 거느리시고 세상世上에 계시면서 다스려 바르게 하여 바뀌어 되게 하시어서(在世理化) 널리 인간人間을 도와 이利롭게 하시었다.

이때 한 무리의 웅족熊族과 한 무리의 호족虎族이 있어 함께 이웃하여 살면서 일찍이 신단수神壇樹에서 빌기를, "원願컨대 바뀌어서 신神의 계율戒律를 지키는 백성百姓이 되고자 합니다."라고 하니 환웅桓雄께서 이를 듣고 말씀하시기를, "가르쳐 줄만하다."고 하시었다. 마침내 주술呪術로써 몸을 고쳐 새롭게 하고 정신精神을 바꾸어 옮겨주심에 (換骨移神) 먼저 신神께서 후세後世에 전傳하여주신 고요하고 침착沈着하게 풀어 깨달음으로써(靜解) 밝고 빼어남이니(靈) 그 쑥 한 다발과 마늘 스무 개個였다. 이들을 경계警戒하여 타일러 말씀하시기를, "너희들은 이를 먹고 햇빛을 100일日 동안 보지 않으면 문득 인간人間다운 용모容貌를 얻으리라."고 하시었다.

웅족熊族과 호족虎族의 두 무리가 모두 이를 얻어먹고 삼칠일三七日 동안을 꺼리고 경계警戒하였는데 웅족熊族은 주리고 추움을 잘 견뎌서 타이름을 따름에 훌륭한 자태姿態의 용모容貌를 얻게 되었지만 호족虎族은 방종放縱하고 게을러 능能히 꺼리고 경계警戒하지를 못하여서 착한 업業을 이루어 얻지 못하였다. 이는 이들 두 무리의 성품性品이 서로 같지 않기 때문이다. 웅족熊族[141] 여인女人이 더불어 시媤집갈 곳이 없었으

---

序가 아니겠는가.

 황차況且 산동성山東省 가상현嘉祥縣은 저 상고시대上古時代에 동이족東夷族의 활동무대活動舞臺가 아닌가. 그 벽화壁畫를 그린 주인공主人公이 바로 우리의 조상祖上들이 아니겠는가? 저들이 그런 그림을 그렸다면 단군사화檀君史話의 역사歷史는 오히려 확실確實하고 기원起源이 깊은 증거證據가 아닌가? 어째서 피해의식被害意識이나 부정적否定的 사관史觀이 생겨나게 되는가. 이는 일본日本의 식민사학植民史學 덕분德分이다. 일본인日本人들과 거의 한평생平生을 같이 살아온 학자學者로서는 빠져 나올 수 없는 무서운 수렁이 된 셈이다. 이제 다시 한 번番 돈황학燉煌學을 들어 우사雨師, 풍백風伯, 운사雲師를 천불동千佛洞 벽화壁畫에서 발견發見하고 연구硏究해 볼 것을 권勸하는 터이다. 이 나라 고고학계考古學界의 혼미昏迷가 어느 때까지 존속存續될 것인지. (정신세계사 『한단고기』 임승국林承國 번역翻譯, 주해註解 1998. 34쪽 주註)

 『태백일사太白逸史』 「소도경전본훈蘇塗經典本訓」에 "風伯之立約, 雨師之施政, 雲師之行刑"이라 했는데, 풍백風伯(입법관立法官), 우사雨師(행정관行政官), 운사雲師(사법관司法官)는 신교神敎의 삼신사상三神思想을 국가國家 통치조직統治組織의 원리原理로 이화理化하여 만든 배달국倍達國 시대時代의 관직명官職名이다. (상생출판 『桓檀古記』 안경전安耕田 역주譯註 2012. 43쪽 주註)

[140] 360여餘 일(三百六十餘事): 366조條의 율령律令(참전계경叅佺戒經, 366사事)을 가리킨다. (178~186쪽 <참고參考> 참조參照)

[141] 웅족熊族: 만주滿洲와 시베리아Siberia 일대一帶의 원시原始 부족部族과 베링해협海峽을 건너간 북미北美 인디언들에게 공통共通으로 나타나는 부족部族의 상징象徵은 곰 토템이다. 북미北美 지역地域에서는 곰 모형模型을 꼭대기에 얹혀 놓은 토템 기둥을 흔히 볼 수 있다. 부여족夫餘族이 세운 백제百濟의 두 번째 도읍지都邑地 이름도 웅진熊津(곰나루)이었다. 일본日本 큐슈 섬에는 구마소熊襲, 구마모토熊本, 구마시로熊城, 구마가와熊川와 같은 '웅熊' 자字 지명地名이 숱하다. 이는 배달倍達 시대時代 웅족熊族의 토템 신앙信仰을 그대로 계승繼承한 단군조선檀

므로 매일每日 단수壇樹 아래서 주문呪文을 외우며 잉태孕胎하기를 원願하였다. 이에 임시臨時로 바뀌어 환桓이 되시어서 그녀와 더불어 혼인婚姻하여서 아이를 배어 아들을 낳게 하시니 족적族籍을(帳)142) 갖게 되었다.

환웅천왕桓雄天王께서 비로소 몸소 하늘을 열어 깨우쳐주시고(開天) 국민國民을 일으켜 살리시어 교화教化가 이루어져서 풍속風俗이 새로워짐을 베푸시고 『천경天經』을 널리 펴서 설명說明하시며 『신고神誥』143)를 강론講論하시어서 크고 훌륭하시게 무리에게 뜻을 일러주어 인도引導하시었다. 이로부터 뒤에 치우천왕治尤天王께서 땅을 개간開墾하고 구리(銅), 쇠(鐵)를 캐내서 군사軍士를 조련調練하고 산업産業을 일으키시었다.

이때 구환九桓이 모두 삼위三位의 신神을(三神) 한 근원根源의 조상祖上으로 삼고 소도蘇塗144)를 높이어 지키고 관할管轄 지경地境을(管境) 맡아 지키며 허물을 꾸짖음을(責

君朝鮮의 부여계夫餘系가 일본日本에 건너가 일본日本 고대古代 문명文明을 건설建設한 역사적歷史的 사실事實을 생생生生하게 반증反證한다. 환족桓族의 일원一員으로 교화教化된 웅족熊族은 동북아東北亞 전역全域으로 퍼져 나가 동東아시아 역사歷史와 문화文化의 기초基礎를 세웠다. (상생출판 『桓檀古記』 안경전安耕田 역주譯註 2012. 43쪽 주註)

142) 족적族籍(帳): 장帳이라 했으니 호적장부戶籍帳簿를 뜻한다. 상고시대上古時代의 신앙信仰과 유관有關한 영적靈的 장부帳簿. (정신세계사 『한단고기』 임승국林承國 번역飜譯, 주해註解 1998. 35쪽 주註)

143) 『천경天經』, 『신고神誥』: 『환단고기桓檀古記』 역주자譯註者 안경전安耕田은 여기의 『천경天經』을 『천부경天符經』으로, 『신고神誥』를 『삼일신고三一神誥』로 번역飜譯하였다. (상생출판 『桓檀古記』 안경전安耕田 역주譯註 2012. 45쪽)

144) 소도蘇塗: 천신天神에게 신단神壇을 베풀고 제사祭祀지내던 성역聖域. 그 앞에 방울과 북을 단 큰 나무를 세웠는데 지금只今의 솟대는 여기에서 기원起源되었다고 한다. (한뿌리 『환단고기』 이민수 옮김 1987. 20쪽 주註)

단재丹齋 신채호申采浩는 〈수두〉라고 발음發音하였으니 소도蘇塗의 중국中國(지나支那China) 발음發音을 따서 읽은 것이다. 그에 의依하면 수두는 상고시대上古時代에 한 때 아시아 대륙大陸을 덮었던 원시종교原始宗教 신앙信仰을 뜻하며, 만주滿洲+ 중원中原 대륙大陸+ 몽고蒙古+ 서장西藏+ 인도印度+ 파키스탄 등等 넓은 지역地域의 신앙信仰 형태形態를 뜻한다고 하였다. 소도蘇塗가 『이십오사二十五史』에 기록記錄된 토막을 인용引用하면 다음과 같다.

「常以五月下種訖 祭鬼神 群聚 歌舞飲酒 晝夜無休 其舞 數十人 俱起相隨踏地低昂手足相應 節奏有似鐸舞 十月農功畢 亦復如之 信鬼神 國邑各立一人 主祭天神 名之天君 又諸國 各有別邑名之爲蘇塗 立大木 懸鈴鼓 事鬼神諸亡逃至其中 皆不還之 好作賊 其立蘇塗之義 有似浮屠而所行善惡有異 (《위서魏書》동이전東夷傳 한韓)」

일본日本에서는 소도蘇塗를 거꾸로 도소塗蘇라 적고 도소자께(도소주塗蘇酒) 도소마루(도소환塗蘇丸) 등等으로 적고 있으니, 수두는 아시아 대륙大陸을 뒤덮던 종교宗教였던 듯싶다. 티벳이나 인디아, 파키스탄에도 한국(환국桓國) 종교宗教가 퍼졌던 증거證據로서 『초인생활超人生活』이란 책冊, Baird T Spaldig의 저서著書『The Life and teaching of masters in far east』를 들 수 있으니 일독一讀하길 바란다. 한국桓國엔 신앙信仰의 정통正統이 끊기고 멀리 이국異國 땅에 성자聖者들의 기사奇事, 이적異蹟이 소개紹介되어 있다.

시공時空을 초월超越해서 삶을 영위營爲하는 선인仙人들 약約 80명名의 생활生活이 『초인생활超人生活』이란 우리 말 번역본飜譯本에 자세仔細히 소개紹介되고 있다. 한국桓國 사람의 종교의식宗教儀式이나 신앙信仰이 다시금 이런 높은 차원次元으로 복귀復歸하는 힘찬 운동運動, 르네상스가 절실切實하게 요청要請된다. 그래서 민족사民族史의 르네상스라는 명제命題가 그토록 절실切實한지도 모르겠다. 복귀復歸 섭리攝理의 오묘奧妙함을 느낀다. (정신세계사 『한단고기』 임승국林承國 번역飜譯, 주해註解 1998. 36~37쪽 주註)

禍) 맡아 지켰다. 무리와 더불어 의논議論하여 하나로 돌아와 합합하니(一歸) 화백和白145)이 되었고 아울러 지혜智慧와 삶을 쌍雙으로 닦아서 전佺146)에 살게 되었다. 이로부터 구환九桓은 모두다 삼한三韓으로 국경國境을 관리管理하시는 천제天帝의 아들에게(天帝子) 통일統一되니 곧 이름을 단군왕검檀君王儉이시라고 부른다.

古記에 云波奈留之山下에 有桓仁氏之國하니 天海以東之地로 亦稱波奈留之國이라 其地廣이 南北五萬里오 東西二萬餘里니 摠言桓國이오 分言則卑離國과 養雲國과 寇莫汗國과 勾茶川國과 一群國과 虞婁國一云畢那國과 客賢汗國과 勾牟額國과 賣勾餘國一云稷臼多國과 斯納阿國과 鮮稗國一稱豕韋國或云通古斯國과 須密爾國이니 合十二國也라 天海는 今日北海라 傳七世하야 歷年이 共三千三百一年이오 或云六萬三千一百八十二年이니 未知孰是라.

桓國之末에 安巴堅이 下視三危太白하시고 皆可以弘益人間일새 誰可使之오하신대 五加僉曰庶子에 有桓雄이 勇兼仁智하고 嘗有意於易世以弘益人間하오니 可遣太白而理之이니다하야늘 乃授天符印三種하시고 仍敕曰如今에 人物이 業已造完矣니 君은 勿惜厥勞하고 率衆三千而往하야 開天立敎하고 在世理化하야 爲萬世子孫之洪範也어다.

時에 有盤固者가 好奇術하야 欲分道而往으로 請하니 乃許之하시니라 遂積財寶하고 率十干十二支之神將하고 與共工有巢有苗有燧로 偕至三危山拉林洞窟하야 而立爲君하니 謂之諸畎이오 是謂盤固可汗也라

於是에 桓雄께서 率衆三千하사 降于太白山頂神壇樹下하시니 謂之神市오 是謂桓雄天王也시니라 將風伯雨師雲師하시고 而主穀主命主刑主病主善惡하시며 凡主人間三百六十餘事하사 在世理化하사 弘益人間하시니라

───────────────

145) 화백和白: 신라新羅 때의 화백제도和白制度로만 알고 있었는데 이때 벌써 〈화백和白을 주관主管하여〉라는 말이 있으니 놀랍다. 『수서隋書』 신라전新羅傳에 「共有大事必聚群官 詳議而完之」라 있고, 『당서唐書』 신라전新羅傳에 「事必與衆議號和白 一人異則罷」라 한 것을 보면 화백회의和白會議는 중대사건重大事件이 있어야 개최開催된다는 것. 회의會議의 참석자參席者는 보통普通 인민人民이 아니고 군관群官 즉即 백관百官이라는 것. 또 여기서 한 사람의 반대反對라도 있으면 결정決定을 짓지 못하였다는 것을 알 수 있다. (정신세계사 『한단고기』 임승국林承國 번역飜譯, 주해註解 1998. 37쪽 주섧)

146) 전佺: 전佺이란 사람이 스스로 완전完全하게 하는 바를 쫓아 능能히 성性을 꿰뚫어 통通하여 진眞을 이룸이다.
[佺은 從人之所自全하야 能通性而成眞也라] (「태백일사太白逸史」/신시본기神市本紀)

時에有一熊一虎가同隣而居러니嘗祈于神壇樹하야願化爲神戒之氓이어늘雄이聞之曰
시 유일웅일호 동린이거 상기우신단수 원화위신계지맹 웅 문지왈

可教也라하시고乃以呪術로換骨移神하실새先以神遺靜解로靈하니其艾一炷와蒜二十枚하
가교야 내이주술 환골이신 선이신유정해 령 기애일주 산이십매

시고戒之하야曰爾輩食之하라不見日光百日이라야便得人形이리라
제지 왈이배식지 불견일광백일 변득인형

熊虎二族이皆得而食之하고忌三七日이러니熊은能耐飢寒하야遵戒而得儀容하고虎則
웅호이족 개득이식지 기삼칠일 웅 능내기한 준계이득의용 호즉

放慢不能忌하야而不得善業하니是는二性之不相若也라熊女者無與爲歸故로每於壇樹
방만불능기 이부득선업 시 이성지불상약야 웅녀자무여위귀고 매어단수

下에呪願有孕이어늘乃假化爲桓而使與之爲婚하사懷孕生子에有帳하시니라
하 주원유잉 내가화위환이사여지위혼 회잉생자 유장

桓雄天王께서肇自開天으로生民施化하실새演天經하시고講神誥하사大訓于衆하시니라自
환웅천왕 조자개천 생민시화 연천경 강신고 대훈우중 자

是以後로治尤天王께서闢土地하시며採銅鐵하시며錬兵興産하시니라
시이후 치우천왕 벽토지 채동철 연병흥산

時에九桓이皆以三神으로爲一源之祖하니라主蘇塗하시며主管境하시며主責禍하시며與衆
시 구환 개이삼신 위일원지조 주소도 주관경 주책화 여중

議一歸로爲和白하시며並智生雙修하사爲居佺하시니라自是로九桓이悉統于三韓管境之天
의일귀 위화백 병지생쌍수 위거전 자시 구환 실통우삼한관경지천

帝子하니乃號曰檀君王儉이시니라.
제자 내호왈단군왕검

『밀기密記』147)에서 이른다. 환국桓國의 말기末期에 다스리기 어려운 세차고 사나운
무리가 있어서 걱정거리였는데 환웅桓雄께서 마침내 삼위三位의 신神으로써(三神) 가르
침을 베푸시어 전계佺戒148)로써 삶의 기초基礎로(業) 삼게 하시고 이들 무리를 모아 서
약誓約케 하여 착함을 권장勸獎하고 나쁨을 징계懲戒하는 법法을 갖게 하시였다. 이로

---

147)『밀기密記』:『표훈삼성밀기表訓三聖密記』를 말하는 듯. 일본日本 식민사가植民史家 이마니시는「고려시대高
麗時代에『고조선기古朝鮮記』와 유사類似한 구전口傳과 고기古記가 많았다」하고 그 당시當時 서운관書雲觀에 있
었던 다음 서적書籍들을 소개紹介하였는데 그 가운데『표훈삼성밀기表訓三聖密記』도 있다. 즉卽『조대기朝代記』,
『주남일사기周南逸士記』,『신비집神秘集』,『고조선비사古朝鮮秘史』,『대변설大辯說』,『지공기誌公記』,『표훈삼
성밀기表訓三聖密記』, 안함로安含老, 원동중元董仲의『삼성기三聖紀』,『도증기道證記』,『지이성모하사량훈智異聖
母河沙良訓』,『수찬기소撰企所』백여百餘 권卷 (문태산文泰山, 왕거王居, 인설仁薛 등等 3인人 기록記錄),『동천
록動天錄』,『마슬록磨虱錄』,『통부록通夫錄』,『호중록壺中錄』,『지화록地華錄』,『도선한도참기道詵漢都讖記』이
다. 아마니시는 이미 안함로安含老의『삼성기三聖紀』까지 알고 있었던 흔적痕迹이 역력歷歷하지 않은가? 이렇게
고조선古朝鮮이나 단군전사檀君前史를 아는 왜인倭人 이마니시가 한국사韓國史 특特히 단군檀君 역사歷史를 신화
神話라고 깎아버렸으니 그는 과연果然, 양심良心을 가졌던 일본日本 사람이었을까? (정신세계사『한단고기』임승국林承
國 번역飜譯, 주해註解 1998. 39쪽 주註)
『태백일사太白逸史』,「신시본기神市本紀」에도 이와 똑 같은 내용內容이『삼성밀기三聖密記』로 인용引用되어
있다. 따라서 여기서 말하는『밀기密記』는『삼성밀기三聖密記』임을 명확明確히 알 수 있다.『밀기密記』는 조선
朝鮮 시대時代 세조世祖의 수서목록收書目錄에도 보인다. (상생출판『桓檀古記』안경전安耕田 역주譯註 2012. 45쪽 주註)
148) 전계佺戒: 악전僊佺은 신선神仙의 이름이요, 참전계경叅佺戒經이란 책명冊名도 있다. 선가仙家의 가르침을 전
계佺戒라고도 한다. (정신세계사『한단고기』임승국林承國 번역飜譯, 주해註解 1998. 39쪽 주註)

부터 은밀隱密히 이들을 끊어 제거除去할 뜻을 가지셨다.

이때 부족部族의 이름이 한결같지 아니하고 풍속風俗은 차츰 갈라졌다. 원래元來 살던 무리는 호족虎族을 이루고 새로 이주移住해 온 무리는 웅족熊族을 이루었다. 호족虎族의 성질性質은 탐욕貪慾이 많고 잔인殘忍하여서 일을 멋대로 하며 약탈掠奪을 하고, 웅족熊族의 성질性質은 어리석고 괴팍乖愎하여서 자신自身의 능력能力을 믿고서 화합和合하여 어울림을 즐겨하지 않았다. 비록 같은 굴窟에 살았으나 세월歲月이 지날수록 더욱 소원疎遠하게 되고 일찍이 너그럽게 물건物件을 빌려주거나 잘못을 용서容恕하여주지 아니하였고 혼인婚姻도 터놓고 한 적이 없었다. 일을 함에 번번番番이 서로 따르지 않음이 많았고 모두가 그 길을 하나같이 한 적이 없었다.

이에 이르러 웅족熊族의 여자女子 군장君長은 환웅桓雄께서 신神과 같은 덕德이 있으시다 함을 듣고서 이에 무리를 이끌고 찾아와 뵙고 말하기를, "원願컨대 하나의 굴窟집터와 밭을 내려주시면 모두 하나같이 신神의 계戒를 지키는 무리가 되겠습니다."라고 하니 환웅桓雄께서 이들을 받아들이시어 이들로 하여금 제사祭祀 지내게 하시고 교제交際하여 자식子息을 낳으며 재산財産을 갖게 하시었다. 호족虎族의 무리는 끝내 그 성질性質을 고치지 못하므로 이들을 사해四海로 내쫓으시었으니 환족桓族의 일어남이 시작始作이 이러하였다.

배달倍達은 환웅桓雄께서 천하天下를 평정平定하여 차지하신 나라의 이름이다. 그분이 도읍都邑한 곳을 신시神市라고 말한다. 뒤에 청구국靑邱國으로 옮겨 18세世를 전전傳하여 잇고 역년歷年은 1,565년年이다.

1세世는 환웅천황桓雄天皇이시고 또는 거발환居發桓이시라고도 이르니 재위在位 94년年에 120세歲까지 사셨다.
2세世는 거불리환웅居佛理桓雄이시니 재위在位 86년年에 102세歲까지 사셨다.
3세世는 우야고환웅右耶古桓雄이시니 재위在位 99년年에 135세歲까지 사셨다.
4세世는 모사라환웅慕士羅桓雄이시니 재위在位 107년年에 129세歲까지 사셨다.
5세世는 태우의환웅太虞儀桓雄이시니 재위在位 93년年에 115세歲까지 사셨다.
6세世는 다의발환웅多儀發桓雄이시니 재위在位 98년年에 110세歲까지 사셨다.
7세世는 거련환웅居連桓雄이시니 재위在位 81년年에 140세歲까지 사셨다.
8세世는 안부련환웅安夫連桓雄이시니 재위在位 73년年에 94세歲까지 사셨다.
9세世는 양운환웅養雲桓雄이시니 재위在位 96년年에 139세歲까지 사셨다.
10세世는 갈고환웅葛古桓雄 일명一名 갈태천왕葛台天王 또는 독로한瀆盧韓이라 말하니 재위在位 100년年에 125세歲까지 사셨다.
11세世는 거야발환웅居耶發桓雄이시니 재위在位 92년年에 149세歲까지 사셨다.

12세世는 주무신환웅州武慎桓雄이시니 재위在位 105년年에 123세歲까지 사셨다.

13세世는 사와라환웅斯瓦羅桓雄이시니 재위在位 67년年에 100세歲까지 사셨다.

14세世는 자오지환웅慈烏支桓雄이신데 세상世上에서는 치우천왕蚩尤天王이시라 칭稱하며 청구국靑邱國으로 수도首都를 옮겼으며 재위在位 109년年에 151세歲까지 사셨다.

15세世는 치액특환웅蚩額特桓雄이시니 재위在位 89년年에 118세歲까지 사셨다.

16세世는 축다리환웅祝多利桓雄이시니 재위在位 56년年에 99세歲까지 사셨다.

17세世는 혁다세환웅赫多世桓雄이시니 재위在位 72년年에 97세歲까지 사셨다.

18세世는 거불단환웅居弗檀桓雄이시니 혹或은 단웅檀雄이시라 이르는데 재위在位 48년年에 82세歲까지 사셨다.

密記에 云桓國之末에 有難治之强族하야 患之러니 桓雄이 乃以三神으로 設敎하시고 以佺戒로 爲業하시며 而聚衆作誓하사 有勸懲善惡之法하니 自是로 密有剪除之志하시니라

時에 族號不一하야 俗尙漸岐러니 原住者는 爲虎오 新移者는 爲熊이라 虎性은 嗜貪殘忍하야 專事掠奪하고 熊性은 愚憨自恃하야 不肯和調하니 雖居同穴이나 久益疎遠하야 未嘗假貸하며 不通婚嫁하며 事每多不服하야 咸未有一其途也러라

至是하야 熊女君이 聞桓雄이 有神德하고 乃率衆往見曰願賜一穴廛하야 一爲神戒之盟이니이다하거늘 雄이 乃許之하시고 使之奠接하사 生子有産하시고 虎는 終不能悛하야 放之四海하시니라 桓族之興이 始此焉하니라

倍達은 桓雄이 定有天下之號也니 其所都를 曰神市오 後에 徙靑邱國하니 傳十八世하야 歷年一千五百六十五年이라

一世曰桓雄天皇이시니 一云居發桓이시며 在位九十四年이시오 壽는 一百二十歲시니라

二世曰居佛理桓雄이시니 在位八十六年이시오 壽는 一百二歲시니라

三世曰右耶古桓雄이시니 在位九十九年이시오 壽는 一百三十五歲시니라

四世曰慕士羅桓雄이시니 在爲一百七年이시오 壽는 一百二十九歲시니라

五世曰太虞儀桓雄이시니 在位九十三年이시오 壽는 一百一十五歲시니라

六世曰多儀發桓雄이시니 在位九十八年이시오 壽는 一百十歲시니라

七世曰居連桓雄이시니 在位八十一年이시오 壽는 一百四十歲시니라

八世曰安夫連桓雄이시니 在位七十三年이시오 壽는 九十四歲시니라

九世曰養雲桓雄이시니在位九十六年이시요壽는一百三十九歲시니라
구세왈양운환웅　　재위구십육년　　수　일백삼십구세

十世曰葛古桓雄이시니一云葛台天王이시며又曰瀆盧韓이시니在位一百年이시오壽는一
십세왈갈고환웅　　일운갈태천왕　　우왈독로한　　재위일백년　　수　일

百二十五歲시니라
백이십오세

十一世曰居耶發桓雄이시니在位九十二年이시오壽는一百四十九歲시니라
십일세왈거야발환웅　　재위구십이년　　수　일백사십구세

十二世曰州武愼桓雄이시니在位一百五年이시오壽는一百二十三歲시니라
십이세왈주무신환웅　　재위일백오년　　수　일백이십삼세

十三世曰斯瓦羅桓雄이시니在位六十七年이시오壽는一百歲시니라
십삼세왈사와라환웅　　재위육십칠년　　수　일백세

十四世曰慈烏支桓雄이시니世稱蚩尤天王이시오徙都靑邱國하사在位一百九年이시오
십사세왈자오지환웅　　세칭치우천왕　　사도청구국　　재위일백구년

壽는一百五十一歲이시라
수　일백오십일세

十五世曰蚩額特桓雄이시니在位八十九年이시오壽는一百一十八歲시니라
십오세왈치액특환웅　　재위팔십구년　　수　일백일십팔세

十六世曰祝多利桓雄이시니在位五十六年이시오壽는九十九歲시니라
십육세왈축다리환웅　　재위오십육년　　수　구십구세

十七世曰赫多世桓雄이시니在位七十二年이시오壽는九十七歲시니라
십칠세왈혁다세환웅　　재위칠십이년　　수　구십칠세

十八世曰居弗檀桓雄이시니或云檀雄이시며在位四十八年이시오壽는八十二歲시니라
십팔세왈거불단환웅　　혹운단웅　　재위사십팔년　　수　팔십이세

87

천통天統[149]의 시대時代가 이미 다하고 새로이 인통人統의 시대時代에 들어서서는 사람이 하는 일이 비로소 밝은 시기時期인 까닭에 성인聖人이 세상世上에 내려오시니 태호太昊 복희씨伏羲氏[150]이시다. 태호太昊는 봄 하늘의 새벽을 여는 방위方位의 이름이니 곧 진震 방위方位를 말한다. 복희씨伏羲氏께서 「십거도十鉅圖」[151]를 받으시어 역시亦是 한 배倍를 더하는 법法으로 세 차례次例 획劃을 그어서 나누시니 여기에 팔괘八卦[152]가 이루어져서 상효上爻는 천天을 상징象徵하고 중효中爻는 인人을 상징象徵하고 하효下爻는 지地를 상징象徵하니 천天, 지地, 인人의 삼효三爻가 갖추어졌다.

인간人間으로서의 마땅한 도리道理가 비로소 밝아지는 시기時期인 까닭에 남자男子와 여자女子가 짝을 지어서 그 아버지를 알게 하고 그림을 그리고 이를 글자字로 쓰니 여기에 문자文字가 이루어져서 비로소 사물事物을 표시表示하는 부호符號가 있다. 해害로운 짐승을 제어制御하는 법法을 가르쳐 일러주어 인도引導하시니 우리 사람들이 비로소 인권人權을 얻었으며 삼재三才[153]를 환히 꿰뚫어 통通하여서 권력勸力을 얻으시니 그 형상形象을 취取하여 이름을 지어서 이르기를 왕王이라고 한다. 그리하여 곧 어느 시대時代를 물론勿論하고 권력權力을 잡는 사람이 왕王이 된다.

---

149) 천통天統: 천통天統, 인통人統, 지통地統의 3통統이 합合하여 1원元이 된다. 1통統은 1,520년年이고 1원元은 4,560년年이 된다. (1,520 × 3)

150) 복희씨伏羲氏: 진주陳州에 국도國都를 정定하여 나라를 세움. 역년歷年 1,200년年. 그물을 만들어 사냥을 하고 물고기를 잡아서 희생犧牲을 마련하였다. 팔괘八卦를 그어 나누고, 64괘卦를 펴고, 「하도河圖」를 그렸다. 태호太昊는 나라 이름. 성인학聖人學 (245쪽 「개창조국기원표開創肇國紀元表」 및 251쪽 「하도河圖 낙서洛書」 참조參照)
　중국中國(지나支那China) 고대古代의 전설상傳說上의 제왕帝王 또는 신神. 복희伏戲(伏犧), 복희宓羲, 포희庖犧, 복희虙犧, 포희炮犧 등等으로 쓰이기도 한다. 진陳에 도읍都邑을 정定하고 제왕帝王의 자리에 있은 지 150년年이라고 하며, 몸은 뱀과 같고, 머리는 사람의 머리를 하고 있어서 해와 달과 같은 큰 성덕聖德을 베풀었다 하여 대호大昊(끝이 없이 넓고 큰 하늘과 같다는 뜻), 또는 대공大空이라고도 한다. 복희伏羲 황제皇帝는 소위所謂 삼황오제三皇五帝의 수위首位에 위치位置하여 중국中國(지나支那China) 최고最古의 제왕帝王으로 치는 경우境遇가 많다. 그러나 그 이름은 너무 오랜 문헌文獻에는 보이지 않고 겨우 『역경易經』의 「계사전繫辭傳」 속에 복희씨伏羲氏가 팔괘八卦를 처음 만들고, 그물을 발명發明하여 어렵漁獵의 방법方法을 가르쳤다고 전傳하는 것이 가장 오랜 것이다. 한대漢代의 『위서魏書』에는 복희伏羲의 모친母親인 화서씨華胥氏가 뇌택雷澤(산동성山東省 복현濮縣 동남東南쪽에 있는 연蓮못)에서 거인巨人의 발자국을 밟고서 복희伏羲를 낳았다고 하는 것도 있어서 우선于先은 오래된 설화說話 전승傳承에 기인起因한 설화說話와도 같이 보이나, 후세後世에서 무리하게 끌어 붙인 설화說話가 아닌가 하는 의문疑問도 있다. (동아출판사『동아원색세계대백과사전』1984. 14권卷 457쪽)

151) 「십거도十鉅圖」: 191쪽 및 206~208쪽 「십거도十鉅圖」 참조參照

152) 팔괘八卦: 역易을 구성構成하는 64괘卦의 기본基本이 되는 8개個의 도형圖形(건乾: ☰, 태兌: ☱, 리離: ☲, 진震: ☳, 손巽: ☴, 감坎: ☵, 간艮: ☶, 곤坤: ☷)을 말한다. 괘卦는 걸어 놓는다는 괘掛와 통通하여, 천지天地 만물萬物의 형상形象을 걸어 놓아 사람에게 보인다는 뜻으로 그 구성構成은 음효陰爻와(--) 양효陽爻를(-) 1 대對 2, 또는 2 대對 1 등等의 비율比率로 셋이 되게 짝지어 이루어진다. 『사기史記』「삼황기三皇紀」에 보면 팔괘八卦는 중국中國(지나支那China) 최고最古의 제왕帝王 복희伏羲가 천문지리天文地理를 관찰觀察해서 만들었다고 하며, 뒤에 이 괘卦 두 개個씩을 겹쳐 중괘重卦 64괘卦를 만들어 이를 가지고 사람의 길흉吉凶 화복禍福을 점占치게 되었다. (동아출판사『동아원색세계대백과사전』1984. 28권卷 424쪽)

153) 삼재三才: 천天, 지地, 인人을 가리킨다.

　서로 이어서 왕王이 된 지 1,520년年에 염제炎帝에게 제왕帝王의 자리를 잃으시니 인통人統의 시대時代가 다하고 새로이 지통地統의 시대時代의 1,520년年의 운운運에 들어섰다.

　天統已盡하고新入人統하야人事始明之時故로聖人이降世하시니太昊伏羲氏_시라太昊
　는春天解明之方名이니則震方之謂也라義受之하사亦加一倍之法으로劃三次하시니八卦
　成焉하니上爻象天하고中爻는象人하고下爻는象地하니天地人三爻備하니라

　人道始明之時故로男女作配使知其父하고圖而字之하야文字成焉하니始有書契라敎
　訓制害獸之法하시니吾人始得人權하고通三才而得權하니取其象而名之曰王이라然則
　何代勿論하고執權者爲王이라

　相繼爲王하야一千五百二十年에失位於炎帝하시니人統盡而新入地統一千五百二
　十年運하니라

<참고參考>

　– 환단고기桓檀古記/태백일사太白逸史/신시본기神市本紀(이맥李陌 찬撰) 중中에서 –

　환웅천황桓雄天皇으로부터 다섯 번番 전傳하여 태우의환웅太虞擬桓雄께서 계셨으니 사람들에게 가르치시기를, "반드시 생각을 가라앉혀 고요하게 하여 마음을 맑게 하고(默念淸心) 숨 쉼을 고르게 하며(調息) 정精을 길러서 지키도록 하여라(保精)."고 하시니 이는 곧 긴 수명壽命으로 오래 머물러 돌보아 기르시는(長生久視) 술법術法이다. 아들이 열 둘이 있었는데 맏아들은 다의발환웅多儀發桓雄이시라 부르고 막내는 태호太皞시라 불렀으며 또 복희伏羲시라고도 불렀다.

　어느 날 꿈에 삼위三位의 신神께서(三神) 몸에 영靈을 내리시니 만萬 가지 이理를 환하게 꿰뚫으시자 그대로 삼신산三神山으로 가서 하늘에 제사祭祀 지내시고 천하天河에서 괘도卦圖를 얻으시었다. 그 획劃은 세 번番 끊기고 세 번番 이어지며 자리를 바꾸어서 아직 밝혀지지 않은 일을 미루어 헤아리니(推理) 묘妙하게 삼극三極에 합合하여 들어맞고 변화變化가 무궁無窮하였다.

　『밀기密記』에서 말한다. 복희伏羲께서는 신시神市로부터 태어나서 우사雨師의 직책職責을 세습世襲하시고 뒤에 청구靑邱와 낙랑樂浪을 거쳐 마침내 진陳으로 옮겨 수인燧

人, 유소有巢와 나란히 명성名聲을 서토西土에 세우시었다. 후예後裔는 풍산風山에서 나뉘어 살았으니 역시亦是 성姓도 풍風이었다. 뒤에 마침내 나뉘어져서 패佩, 관觀, 임任, 기己, 포庖, 리理, 사姒, 팽彭의 여덟 성씨姓氏가 되었다. 지금只今 산서성山西省 제수濟水에 희羲 무리의(羲族) 옛 거처居處가 아직 남아 있다. 임任, 숙宿, 수須, 구句, 수유須臾 등等의 나라는 모두 여기에 둘러싸여 있었다.

『대변경大辯經』에서 말한다. 복희伏羲께서는 신시神市에서 태어나서 우사雨師가 되시었다. 신룡神龍이 바뀌어 변變하여감을 자세仔細히 살펴보아 괘도卦圖를 처음으로 만드시고 신시神市의 계해癸亥를 바꾸어 갑자甲子를 첫머리로 삼으시었다. 여와女媧는 복희伏羲의 제도制度를 이어 받았고 주양朱襄은 옛 문자文字를 그대로 따라서 처음으로 육서六書154)를 전전傳하였다. 복희伏羲의 능陵은 지금只今 산동성山東省 어대현魚臺縣 부산鳧山 남南쪽에 있다.

『삼한비기三韓秘記』에서 말한다. 복희伏羲께서 이윽고 서西쪽 변방邊方에 봉토封土를 받아서 직책職責에 있으면서 정성精誠을 다하시니 무기武器를 쓰지 않으시고서도 한 지역地域을 교화敎化하여 승복承服시키시었다. 드디어 수인燧人을 대신代身하여 봉토封土 지역地域 바깥까지 호령號令하시게 되었다. 뒤에 갈고환웅葛古桓雄께서 계셨는데 신농神農의 나라와 국경國境을 그어 나누어서 정定하시니 공상空桑의 동東쪽155)이 우리에게 속屬하게 되었다.

또 몇 대代를 전전傳하여서 자오지환웅慈烏支桓雄에 이르렀는데 신神 같이 용맹勇猛하시었고 비比할 바가 없을 정도程度로 매우 뛰어나시었으며 그 머리와(頭) 이마는(額) 구리와(銅) 쇠였다(鐵). 능能히 큰 안개를 일으켰고 구치九治를 처음으로 만들어 광석鑛石을 캐내고 쇠를 녹이어 병기兵器를 만들며 돌을 날려 바싹 다가가 공격攻擊하는(飛石迫擊) 기계機械를 처음으로 만드시었다. 천하天下가 이를 크게 두려워하여 다 함께 높이고

---

154) 육서六書: 한자漢子의 성립成立을 6가지로 나누어 설명說明한 분류법分類法. <서書>는 문자文字란 뜻이다. 후한後漢의 허신許愼이『설문說文』에서 분류分類하였다. ① 상형象形…사물事物의 모양模樣을 그린 문자文字(일日, 월月 등等) ② 지사指事…추상적抽象的인 기호記號로 특정特定한 사태事態를 암시暗示한 문자文字(하下, 상上) ③ 회의會意…기성旣成 친자親字로 합성合成한 문자文字(인人＋언言→신信) ④ 형성形聲…해성諧聲이라고도 한다. 발음發音을 나타낸 음부자音符字에다가 유별類別을 나타내는 변邊을 첨가添加한 문자文字(강江, 하河 등等) ⑤ 전주轉注…의미意味가 전화轉化하여 다른 문자文字로 주해註解할 수 있는 문자文字(명령命令의 령令→장관長官, 령令은 장長이라고 주석註釋한다) ⑥ 가차假借…차자借字(무기武器를 뜻하는 아我를 1인칭人稱 대명사代名詞 nga를 나타내는 문자文字로 충당充當한다). 이상以上 6가지 중中에서 본식本式 조자법造字法은 ①~④이며 이 분류법分類法은 지금只今도 해자解字 원칙原則에 대對한 설명說明에 이용利用된다. (동아출판사『동아원색세계대백과사전』1984. 22권卷 503쪽)

155) 공상空桑의 동東쪽: 현재現在 중국中國(지나支那China) 하남성河南省 동東쪽인 산동성山東省, 안휘성安徽省, 강소성江蘇省 지역地域 (상생출판『桓檀古記』안경전安耕田 역주譯註 2012. 379쪽 주註)

공경恭敬하여 천제天帝의 아들 치우蚩尤시라 하였다. 저 치우蚩尤란 말은 속언俗言으로 크게 우뢰와 비를 일으켜 산山과 강江을 고치고 바꾸어 놓는다는 뜻이다.

치우천왕蚩尤天王께서는 신농씨神農氏가 쇠약衰弱해짐을 보시고 마침내 뜻을 크게 품고 자주 서西쪽에서 천병天兵을 일으켜 전진前進하여 회수淮水, 대산岱山[156] 사이의 지역地域에 웅거雄據하시었다. 황제黃帝 헌원軒轅께서 즉위卽位하심에 이르자 즉시卽時 탁록涿鹿[157]의 들에 다다라서 헌원軒轅을 사로잡아 그를 신하臣下로 삼으시었다. 뒤에 오장군吳將軍을 보내 서西쪽으로 고신高辛을 쳐서 공功을 세우게 하시었다.

自桓雄天皇으로五傳而有太虞儀桓雄하시니敎人必使默念淸心하며調息保精하시니是
자환웅천황 오전이유태우의환웅 교인필사묵념청심 조식보정 시
乃長生久視之術也라有子十二人하니長曰多儀發桓雄이시오季曰太皞시니復號伏義시라
내장생구시지술야 유자십이인 장왈다의발환웅 계왈태호 부호복희

日夢에三神이降靈于身하사萬理洞徹하시고仍往三神山하사祭天이라가得卦圖於天河하시
일몽 삼신 강령우신 만리통철 잉왕삼신산 제천 득괘도어천하
니其劃이三絶三連이오換位推理에妙合三極하야變化無窮하니라
기획 삼절삼련 환위추리 묘합삼극 변화무궁

密記에曰伏義는出自神市하사世襲雨師之職하시고後에經靑邱樂浪하사遂徙于陳하시니
밀기 왈복희 출자신시 세습우사지직 후 경청구낙랑 수사우진
並與燧人有巢로立號於西土也라後裔가分居于風山하야亦姓風이러니後에遂分爲佩觀
병여수인유소 입호어서토야 후예 분거우풍산 역성풍 후 수분위패관
任己庖理姒彭八氏也오今山西濟水에義族舊居가尙在하니任宿須句須叟等國이皆環
임기포리사팽팔씨야 금산서제수 희족구거 상재 임숙수구수유등국 개환
焉이니라
언

大辯經에曰伏義는出於神市而作雨師하사觀神龍之變而造卦圖하시고改神市癸亥而
대변경 왈복희 출어신시이작우사 관신룡지변이조괘도 개신시계해이
爲首甲子하시며女媧는承伏義制度하고朱襄은仍舊文字而始傳六書하니라伏義陵은今在
위수갑자 여와 승복희제도 주양 잉구문자이시전육서 복희릉 금재

---

156) 회수淮水, 대산岱山: 중원中原 대륙大陸에서 가장 기름진 평야지대平野地帶인바 일찍부터 한족(환족桓族)이 웅거雄據하던 땅. 회수淮水는 사독四瀆의 하나로 강江의 근원根源은 하남성河南省 남南쪽의 동백산桐白山이다. 동東쪽으로 안휘성安徽省 북北쪽을 지나 강소성江蘇省으로 나가 대운하大運河에 합류合流한다. 대산岱山은 오악五嶽 가운데 동악東嶽인 산동성山東省 태안현泰安縣의 북北쪽 태산泰山을 말하니, 태산太山으로도 적는다. 이 회수淮水, 대산岱山 지방地方은 동이東夷의 단군족檀君族들이 즐겨 찾던 우리 조상祖上들의 유명有名한 보금자리이다. 주周나라 목왕穆王 때 주周나라와 일대一大 결전決戰을 벌여 이 회수淮水, 대산岱山 지방地方을 할애割愛 받아 중원中原 대륙大陸에 공전무후空前無後의 대제국大帝國을 건설建設했던 저 서언왕徐偃王의 이른바 대서제국大徐帝國의 터가 바로 이곳 회수淮水, 대산岱山 지방地方이다. 중국中國(지나支那China) 땅 가운데 제일第一의 요충지要衝地라고 할 수 있다. (정신세계사 『한단고기』 임승국林承國 번역飜譯, 주해註解 1998. 41쪽 주註)
157) 탁록涿鹿: 중국中國(지나支那China) 하북성河北省 탁록현涿鹿縣에 있는 산山 이름 (한뿌리 『환단고기』 이민수 옮김 1987. 22쪽 주註)
한국(환국桓國)의 치우천왕蚩尤天王과 중국中國(지나支那China)의 삼황三皇 가운데 하나인 황제헌원黃帝軒轅이 결전決戰했다고 하는 역사歷史의 전쟁戰爭터이다. 하북성河北省 탁록현涿鹿縣 동남東南에 있다. (정신세계사 『한단고기』 임승국林承國 번역飜譯, 주해註解 1998. 42쪽 주註)

山東魚臺縣鳧山之南하니라
산 동 어 대 현 부 산 지 남

　三韓秘記에 曰伏羲가 旣受封於西鄙하사 位職盡誠하시니 不用干戈시나 一域化服이오 遂
　삼 한 비 기 　 왈 복 희 　 기 수 봉 어 서 비 　 위 직 진 성 　 　 불 용 간 과 　 일 역 화 복 　 수
代燧人하사 號令域外하시니라 後에 有葛古桓雄이 與神農之國으로 劃定彊界하시니 空桑以東
대 수 인 　 호 령 역 외 　 　 　 후 　 유 갈 고 환 웅 　 여 신 농 지 국 　 　 획 정 강 계 　 　 공 상 이 동
이 屬我니라
　 속 아

　又數傳而至慈烏支桓雄이 神勇冠絶하사 其頭額銅鐵이시오 能作大霧하시며 造九治以採
　우 수 전 이 지 자 오 지 환 웅 　 신 용 관 절 　 　 기 두 액 동 철 　 　 　 능 작 대 무 　 　 조 구 치 이 채
礦하사 鑄鐵作兵하시고 造飛石迫擊之機하시니 天下大畏之하야 共尊爲天帝子蚩尤하니 夫蚩
광 　 　 주 철 작 병 　 　 조 비 석 박 격 지 기 　 　 천 하 대 외 지 　 　 공 존 위 천 제 자 치 우 　 　 부 치
尤者는 俗言雷雨大作하야 山河改換之義也라
우 자 　 속 언 뇌 우 대 작 　 　 산 하 개 환 지 의 야

　蚩尤天王이 見神農之衰하시고 遂抱雄圖하사 屢起天兵於西하사 進據淮岱之間하시고 及
　치 우 천 왕 　 견 신 농 지 쇠 　 　 수 포 웅 도 　 　 누 기 천 병 어 서 　 　 진 거 회 대 지 간 　 　 급
軒轅之立也에 直赴涿鹿之野하사 擒軒轅而臣之하시고 後에 遣吳將軍하사 西擊高辛하사 有
헌 원 지 립 야 　 직 부 탁 록 지 야 　 　 금 헌 원 이 신 지 　 　 　 후 　 견 오 장 군 　 　 서 격 고 신 　 　 유
功하니라
공

염제炎帝 신농씨神農氏[158]의 시대時代에 이르러서는 인통人統의 시대時代가 이미 다하고 새로이 지통地統의 시대時代의 1,520년年에 들어서서 지인至人의 도道가 세상世上에 베풀어 행행하여지니 물질物質 문명文明이 세상世上에 극도極度로 밝아져서 의학醫學과 유혼遊魂의 법법法이 절정絕頂에 이르렀다. 광성자廣成子, 비삼문扉三門, 노자老子, 황석공黃石公 등等 이와 같은 지인至人들이 후세後世에 세간世間에 많이 출현出現하시였으며 헤아리기 어려울 만큼 깊고 미묘微妙한 도道를 어떠하다고 형용形容하여 깨우쳐주지 못하니 영원永遠히 살아서 죽지 아니함에 이르며 능能히 바뀌어 되어 돌이 되고 옥玉이 되어서 지地와 더불어 한가지로 같은 수명壽命인 이가 많았다.

유소씨有巢氏[159] 이전以前에도 지地의 정精이 맺어 이루어서 사람의 몸으로 바뀌어

---

158) 신농씨神農氏: 곡부曲阜에 국도國都를 정정定하여 나라를 세움. 역년歷年 1,200년년. 처음으로 쟁기와 보습을 만들어 밭을 감. 경제학經濟學, 『신농의서神農醫書』, 진과학眞科學(지인학至人學) (245쪽 「개창조국기원표開創肇國紀元表」 참조參照)

염제신농씨炎帝神農氏(B.C. 3218~2698)를 뜻한다. 중국中國(지나支那China) 삼황三皇 가운데 두 번番째 황제皇帝이다. 그러나 사실事實은 우리 한국韓國(환국桓國)에서 갈라져 나간 소전씨少典氏의 후예後裔이다. 농사農事와 의약醫藥의 원조元祖라고 불린다. (정신세계사 『한단고기』 임승국林承國 번역飜譯, 주해註解 1998. 197쪽 주註)

신농씨神農氏의 아버지는 소전小典인데, 소전小典은 웅씨熊氏에서 나누어졌다. 8세世 안부련환웅安夫連桓雄 천왕天王이 소전小典에게 군병軍兵을 감시監視하라는 명령命令을 내려 강수姜水에 갔다. 신농씨神農氏는 강수姜水서 온갖 풀(백초百草)의 맛을 보고 의약醫藥의 제도制度를 세우고 나중에 열산列山으로 이주移住하였다. 때문에 신농씨神農氏는 환족桓族이며 강수姜水에서 살았기 때문에 강씨姜氏이다. (한뿌리 『환단고기』 이민수 옮김 1987. 21쪽 주註)

중국中國(지나支那China) 태고太古의 전설상傳說上의 천자天子. 『제왕세기帝王世紀』 등等에 의依하면 신농씨神農氏의 성姓은 강姜이요, 그 어머니는 유교씨有嬌氏의 딸로 소전씨小典氏의 아내가 되어, 신룡神龍에게서 영감靈感을 얻어 인신우수人身牛首의 신농씨神農氏를 낳았다. 신농씨神農氏는 화덕火德을 가지고 있었기 때문에 염제炎帝라 하였고, 나무를 잘라 구부려서 뇌사耒耜를 만들어 백성百姓에게 농경農耕을 가르쳤으며, 백초百草를 맛보면서 약초藥草를 발견發見하고, 오현금五絃琴을 만들었으며, 팔괘八卦를 겹쳐 육십사효六十四爻의 점占을 생각해 냈고, 또한 저자를 세워 백성百姓들에게 교역交易을 가르쳤다고 한다. 즉卽 중국中國(지나支那China)의 농업農業, 의약醫藥, 음악音樂, 점서占筮, 경제經濟의 조신祖神이며, 중국中國(지나支那China) 문화文化의 원천源泉으로 알려져 있다. (동아출판사 『동아원색세계대백과사전』 1984. 19권卷 34쪽)

159) 유소씨有巢氏: 재세在世 시조始祖 환인桓因이시고 지금只今으로부터 9,213년년 전前(서기西紀 2016년년 기준基準, B.C. 7197) 일천통건원一天統建元에 삼위三危, 태백太白에 국도國都를 정정定하여 나라를 세우시였고 역년歷年은 300년년이었다. 환인桓因은 제왕帝王 이름이다. (244쪽 「동국역대전국계도東國歷代傳國系圖」 및 245쪽 「개창조국기원표開創肇國紀元表」 참조參照)

유소씨有巢氏는 상고시대上古時代의 제왕帝王이다. (한뿌리 『환단고기』 이민수 옮김 1987. 122쪽 주註)

※ 『한비자韓非子』 「오두五蠹」 편篇; "상고上古 시대時代에는 인민人民이 적고 새와 짐승이 많았으며 인민人民이 새, 짐승, 벌레, 뱀을 억눌러 이기지 못하였다. 성인聖人이 지어 일으키심이 있어서, 나무를 얽어 둥지 집을 만듦으로써 많은 해害로움을 피피避하게 하시니 인민人民이 그를 기뻐하며 따라서 그로 하여금 천하天下를 다스리시게 하고, 그를 유소씨有巢氏라고 불렀다. 인민人民이 나무와 풀의 열매, 민물과 바닷가의 조개를 먹었는데, 비린내内와 누린내内가 나고 악취惡臭가 나서 장腸과 위胃를 상상傷하게 하고 해害쳐서 인민人民이 질병疾病이 많았다. 성인聖人이 지어 일으키심이 있어서, 부싯돌을 비벼서 불을 얻어 비린내内와 누린내内를 없애니 인민人民이 그를 기뻐하며 따라서 그로 하여금 천하天下를 다스리시게 하고, 그를 수인씨燧人氏라고 불렀다「上古之世. 人民少而禽獸衆. 人民
不勝禽獸蟲蛇. 有聖人作. 搆木爲巢以避群害. 而民悅之. 使王天下. 號之曰有巢氏. 民食果蓏蚌蛤. 腥臊惡臭而傷害腹胃.
民多疾病. 有聖人作. 鑽燧取火以化腥臊. 而民悅之. 使王天下. 號之曰燧人氏」고 하였다.

되시니 이름 하여 만법천사萬法天師와 반고선생盤古先生이시라 이른다. 이와 같은 사람들이 대대代代로 사람의 몸으로 바뀌어 되시니 염제炎帝의 시대時代가 곧 그 시기時機를 얻은 까닭에 지대至大한 학자學者들이 염제炎帝의 시대時代의 말기末期에 많이 출현出現하여서 서로 다투어서 천하天下가 크게 어지러웠다.

　　지통地統의 시대時代가 끝나고 거듭 천통天統의 시대時代의 1,520년年의 운運에 들어서니 때는 곧 천통상원天統上元의 갑자甲子이다.

至于炎帝神農氏之時에 人統已盡而新入地統一千五百二十年하야 至人之道行于世하니 物質文明이 極明于世하야 醫學與遊魂之法이 極하야 廣成子扉三門老子黃石公如是至人이 後世에 多出于世間하야 玄妙之道를 不可形喩요 至於永生不死하며 能化爲石爲玉하야 與地同壽者_多矣러라

有巢氏以前에 地精凝而化身하니 名曰萬法天師와 盤古先生이라 如此之人代代化身이러니 炎帝之時則得其時故로 至大學者_多出於炎帝之末하야 相爭하니 天下大亂이라

地統終而更入天統一千五百二十年運하니 時則天統上元甲子也라

　　〈참고參考〉

　　- 환단고기桓檀古記/삼성기三聖紀 전전全 하편下篇(원동중元董仲 찬찬撰) 중中에서 -
　　뒤에 갈고환웅葛古桓雄[160])께서 계시어 염제炎帝 신농神農의 나라와 국경國境을 그어 나누어 정정定하시었다. 또 서너너덧 세世가 이어져 전전傳하여 자오지환웅慈烏支桓雄[161])께서 계시니 귀신鬼神 같이 용맹勇猛하시였고 비비比할 바가 없을 정도程度로 매우 뛰어나시었으며 구리 머리(銅頭), 쇠 이마를(鐵額) 사용使用하시였고 능能히 큰 안개를 일으키시며 구치九治를 처음 만들어 광석鑛石을 캐고 쇠를 녹여서 병기兵器를 만드시니 천하天下가 크게 그를 두려워하였다. 세상世上에서 부르기를 치우천왕蚩尤天王[162])이시라고 하였으니 치우蚩尤란 속언俗言에 천天둥과 비를 크게 일으켜 산山과 강江을 고치고 바꾼다는 뜻이다.

160) 갈고환웅葛古桓雄: 신시神市 배달국倍達國 제第 10세世 환웅桓雄
161) 자오지환웅慈烏支桓雄: 신시神市 배달국倍達國 제第 14세世 환웅桓雄. 일명一名 치우천왕蚩尤天王이다.
162) 치우천왕蚩尤天王: 14세世 자오지환웅慈烏支桓雄이 치우천왕蚩尤天王이다. (재위在位 109년年 수壽는 151세歲) 최초最初로 쇠로 만든 투구를 만들어 썼다. 한漢의 유방劉邦은 우리 동이족東夷族이 아닌데도 고향故鄕의 풍습風習을 따라 치우천왕蚩尤天王의 사당祠堂을 짓고 제사祭祀지냈다. (한뿌리 『환단고기』 이민수 옮김 1987. 21~22쪽 주註)

치우천왕蚩尤天王께서 염제炎帝 신농神農의 나라가 쇠약衰弱해짐을 보시고서 마침내 웅대雄大한 계획計劃을 세워 자주 서西쪽에서 천병天兵을 일으키시었다. 또 색도索度163)로부터 군사軍士를 진격進擊시켜 회수淮水, 대산岱山 사이의 지역地域에 웅거雄據하시였다. 헌원軒轅께서 즉위卽位하심에 이르자 즉시卽時 탁록涿鹿의 들에 다다라서 헌원軒轅을 사로잡아 신하臣下로 삼으시었다. 뒤에 오장군吳將軍을 보내 서西쪽으로 고신高辛164)을 쳐서 공功을 세우게 하시였다.

後에 有蔦古桓雄께서 與炎農之國으로 劃定疆界하시며 又數傳而有慈烏支桓雄하시니 神勇冠絶하사 以銅頭鐵額하시고 能作大霧하시며 造九冶而採鑛하사 鑄鐵作兵하시니 天下大畏之하야 世號爲蚩尤天王이라하니 蚩尤는 俗言에 雷雨大作하야 山河改換之義也라

蚩尤天王께서 見炎農之衰하시고 遂抱雄圖하사 屢起天兵於西하시고 又自索度로 進兵하사 據有淮岱之間하시고 及軒侯之立也에 直赴涿鹿之野하사 擒軒轅而臣之하시고 後에 遣吳將軍하사 西擊高辛하사 有功케하시니라

- 환단고기桓檀古記/태백일사太白逸史/신시본기神市本紀(이맥李陌 찬撰) 중中에서 -

신농神農께서는 열산列山165)에서 일어나시었는데 열산列山은 열수列水가 나오는 곳이다. 신농神農께서는 소전少典의 아들이시고 소전少典은 소호少皥166)와 함께 모두 고시씨高矢氏167)의 방계傍系 지류支流이다. 대개大蓋 그 시대時代의 국민國民들은 정착定

163) 색도索度: 색두索頭라고도 한다. 산동성山東省 임치현臨淄縣 동남東南쪽 여수女水의 남南쪽에 있는 성城의 이름 (정신세계사 『한단고기』 임승국林承國 번역飜譯, 주해註解 1998. 41쪽 주註)
164) 고신高辛: 제곡고신帝嚳高辛으로 황제黃帝의 증손曾孫이니 극極의 아들이다. (정신세계사 『한단고기』 임승국林承國 번역飜譯, 주해註解 1998. 42쪽 주註)
여기서 고신高辛은 황제헌원黃帝軒轅의 증손曾孫인 제곡고신帝嚳高辛(BCE2435~BCE2365)이 아니라 지명地名으로 보아야 한다. (상생출판 『桓檀古記』 안경전安耕田 역주譯註 2012. 49쪽 주註)
165) 열산列山: 일명一名 여산麗山, 여산麗山 또는 수산隨山, 중산重山이라고도 한다. 중국中國(지나支那China) 호북성湖北省 수현隨縣의 북北쪽에 있다. 신농씨神農氏가 일어난 곳으로 열산씨列山氏라는 복성複姓도 있다. 염제炎帝를 가리키는 대명사代名詞로 쓰이기도 한다. (정신세계사 『한단고기』 임승국林承國 번역飜譯, 주해註解 1998. 197쪽)
지금只今의 호북성湖北省 수주시隨州市 여산진厲山鎭이다. (상생출판 『桓檀古記』 안경전安耕田 역주譯註 2012. 369쪽 주註)
일명一名 여산礪山이라고도 한다. 지금只今의 호북성湖北省 수주시隨州市 여산진厲山鎭이다. 열산列山은 신농씨神農氏가 일어난 곳으로 신농씨神農氏를 여산씨礪山氏 혹或은 열산씨列山氏라고도 불렀다. (상생출판 『桓檀古記』 안경전安耕田 역주譯註 2012. 431쪽 주註)
166) 소호少皥: 소호금천少昊金天을 말한다. 공자孔子에게 동이족東夷族의 천자天子 제도制度를 전수傳授한 담자郯子의 조상祖上이다. (상생출판 『桓檀古記』 안경전安耕田 역주譯註 2012. 371쪽 주註)
167) 고시씨高矢氏: 초대初代 환웅천왕桓雄天王 때 불을 발견發見하고 주곡主穀의 임무任務를 맡았던 고시례高矢禮를 말한다. (상생출판 『桓檀古記』 안경전安耕田 역주譯註 2012. 371쪽 주註)

着해서 생계生計의 기초基礎를(業) 위爲하여 꾀하였으며 점차漸次 크게 번성繁盛함을 이룸에 이르렀고 곡식穀食과 삼을 생산生産하고 약藥을 짓고 돌을 다듬는 기술技術도 역시亦是 점차漸次 갖추어져서 한낮에는 시장市場을 세워서 물건物件을 서로 사고팔고(交易) 돌아갔다.

神農께서 起於列山하시니 列山은 列水所出也라 神農은 少典之子이시오 少典은 與少皥로 皆高矢氏之傍支也시니라 蓋當世之民이 定着爲業하야 漸至成阜하고 穀麻藥石之術이 亦已稍備하니 日中爲市하야 交易以退也라

　　황제黃帝의 시대時代에 이르러서 지황씨地皇氏의 지통地統의 시대時代가 다하고 거듭해서 천황씨天皇氏의 천통天統 시대時代의 운運의 1,520년年이 돌아오니 황제黃帝께서 「하도河圖」168)를 받으시어 용성容成으로 하여금 역력을 짓게 하시며 『태을신수太乙神數』를 지으시어 이로써 염제炎帝의 크게 넘쳐흘러 퍼짐에 대응對應하시었다.

　　이 「하도河圖」는 수인씨燧人氏의 「십거도十鉅圖」169)이니 복희씨伏羲氏께서 진주陳州의 하남河南에 수도首都를 정정하여서 하남河南으로부터 후세後世에 전전傳하여진 까닭에 그 지명地名으로 인인하여 이를 일컬어 「하도河圖」라고 부른다. 이 「하도河圖」로 대유大遊와 소유少遊의 역력을 지어 만드시고서 역력을 만드는 법法을 은밀隱密하게 기록記錄하시니 이 이름을 『천부경天符經』이라고 부른다. 『태을신수太乙神數』와 『황제중경黃帝中經』의 글은 모두 「십극도十極圖」에서 나왔으나 후세後世의 학자學者들이 이를 알지 못하고서는 능能히 진리眞理를 아는 일이 모두 허망虛妄하다고 하고 그리하여 능能히 『천부경天符經』을 이해理解하는 사람이 드물어졌다.

　　황제黃帝께서는 천통상원天統上元 양구대한陽九大限의 재화災禍의 시기時期의 진인眞人이신 까닭으로 성인聖人의 다스려서 바르게 함을 쓰시어서 팔괘八卦의 한 배倍를 더하는 법法으로 여섯 차례次例 획劃을 그어 나누어 여기에 64괘卦가 이루어져서 『태을신수太乙神數』에 쓰시고, 지인至人의 도道를 쓰시어서 역시亦是 태을수법太乙數法을 쓰시며 『소문素問』170) 및 여러 의서醫書를 지으심이 순수純粹한 과학科學의 물物이니 이로써 천하天下의 어지러움을 평정平定하시었다. 진인眞人의 통치統治와 지인至人과 성인聖人의 다스려서 바르게 하심을 베풀어 쓰시었고 역력을 만드는 이름을 대유大遊와 소유少遊라 하시니 대유大遊의 의미意味는 진천眞天 신궁神宮에 나아가 뵙고서 영원永遠히 살면서 기분氣分이 좋고 즐거움에서 노닐며 지냄을 뜻하고, 소유少遊의 의미意味는 창천蒼天 도궁道宮에 나아가 뵙고서 영원永遠히 즐겁고 괴로움이 없음에서 노닐며 지냄을 뜻한다.

　　역법曆法171)에서 경법境法, 회법會法, 통법統法, 원법元法172)과 진천眞天의 열림(開),

---

168) 「하도河圖」: 251쪽 「하도河圖와 낙서洛書」 참조參照

169) 「십거도十鉅圖」: 191쪽 및 206∼208쪽 「십거도十鉅圖」 참조參照

170) 「소문素問」: 황제黃께서 지으신 의서醫書인 『황제내경黃帝內經』의 일부一部이다. 『황제내경黃帝內經』은 「소문素問」과 「영추靈樞」로 구성構成되어 있다.

171) 역법曆法: almanac, calendar. 시간時間을 구분區分하고 날짜의 순서順序를 매겨 나가는 방법方法. 특特히 천체天體의 주기적週期的 현상現象은 시간단위時間單位를 정정하는 기본基本이 된다. 이들 주기현상週期現象은 관점觀點에 따라 다르지만, 그 중中 역력에 작용作用되는 뚜렷한 것은 밤낮이 바뀌는 것, 4계절季節의 변화變化가 일어나는 것, 달의 위상변화位相變化가 있는 것 등等이다. 이들 현상現象을 써서 생활生活에 필요必要한 단위單位와 주기週期를 택택하여 일정一定한 역법曆法을 정정한다. 지구地球는 자전自轉하면서 태양太陽의 주위周圍를 공전公轉하고, 달은 지구地球의 주위周圍를 공전公轉한다. 이 반영反映으로 태양太陽의 일주운동日周運動은 하루(1일日)를 낳고, 태양太陽의 연주운동年周運動이 한 해(1년年)를 만든다. 이것이 태양력太陽曆의 기초基礎가 된다. 한편便 달

진지眞地의 열림(闢), 인천人天과 인지人地의 인人을 낳는(生) 법法 속의 일곱 법法이 세
상世上에 전전傳하여지지 아니하여서 본방本方인 우리나라에서도 아는 사람이 드물어졌으
니 하물며 먼 곳의 다른 나라이겠는가.


至于黃帝之時하야地皇氏之地統盡而再回天皇氏之天統運一千五百二十年이어늘
帝受河圖하사使容成造曆하시고作太乙神數하사以應炎帝之大衍하시니


此河圖는燧人氏十鉅圖니伏羲氏都於陳州之河南而此圖_自河南으로傳于后世故
로因其地名稱之曰河圖라此圖로造作大少遊曆하시고密記造曆之法하시니是名曰天符
經이라太乙神數及黃帝中經之書皆出於十極圖而後學이不知此而能知眞理者는皆
虛妄然이나能解天符經者鮮矣라


黃帝께서는天統上元陽九大限災禍時之眞人이신故로用聖人之政하사以八卦加一倍
之法으로劃六次하사六十四卦成焉하야用於太乙神數하시며用至人之道하사亦用太乙數
法하시며作素門與諸醫書가純科學之物하사以平天下之亂하시고用眞人의統治와至人聖
人之政하사作曆之名을大遊라少遊라하시니大遊之意는朝於眞天神宮하야遊於永生快樂
之意요少遊之意는朝於蒼天道宮하야遊於永樂無苦之意也라


曆法에境法會法統法元法眞天開眞地闢人天人地生人法中七法이不傳于世하야本
方인我國도知者鮮矣니況遠方乎아


〈참고參考〉

- 환단고기桓檀古記/삼성기三聖紀 전전全 하편下篇(원동중元董仲 찬찬撰) 중中에서 -
한때 천하天下가 셋으로 나뉘어 있었으니 탁록涿鹿의 북北쪽에 대요大撓[173]가 있었

---

의 주기운동週期運動에서 한 달(1개월個月)이 생긴다. 그러나 1년一年과 한 달이라는 주기週期가 1일日의 정수배整
數倍가 아니므로 이것을 조정調整하는 방법方法에 따라 여러 가지 역법曆法이 고안考案되었다. 이 1일日이라는 주
기週期가 일상생활日常生活에 가장 뚜렷하고 중요重要한 시간단위時間單位이다.
  연年, 월月, 일日은 각각各各 독립獨立된 3개個의 주기週期인데, 이것들을 결합結合시키는 방법方法을 역법曆法이
라고 말하고, 일정一定한 역법曆法에 따라 세 주기週期의 관계關係를 구체적具體的으로 적어놓은 것이 역서曆書
(almanac)이다. 역서曆書에는 천문력天文曆, 항해력航海曆, 농사력農事曆 등等의 전문력專門曆과 우리들이 평소平
素에 쓰는 상용력常用曆이 있다. 상용력常用曆에서는 연年, 월月, 일日, 주週와 춘분春分, 추분秋, 하지夏至, 동지冬
至 및 각종各種의 축제일祝祭日 등等이 기재記載되어 있다. (동아출판사『동아원색세계대백과사전』1984. 20권卷 571쪽)
172) 원법元法: 1원一元 = 3통三統 = 9회九會
173) 대요大撓: 아마도 요堯임금 즉卽 제요도당帝堯陶唐을 가리키는 듯. 그의 연대年代는 B.C. 2357~2258이다.

98

고 동東쪽에는 창힐倉頡174)이 있었으며 서西쪽엔 황제黃帝 헌원軒轅이 있었다. 자연自然히 서로 군대軍隊를 가지고 승리勝利를 독獨차지하고자 하였으나 아무도 이루지 못하였다. 처음 황제黃帝 헌원軒轅께서는 치우蚩尤보다 조금 뒤에 일어나시더니 싸움마다 이利로움이 없자 대요大撓에 의존依存코자 하시였으나 이룰 수 없었고 또 창힐倉頡에 의존依存코자 하시였으나 이룰 수 없었으니 이들 두 나라는 모두 치우蚩尤의 무리이었다. 대요大撓는 일찍이 간지干支의 술법術法을 배웠고 창힐倉頡은 부도符圖의 글을(符圖之文) 받았다. 당시當時에 제후諸侯가 신하臣下로서 섬기지 않는 자者가 없음이 역시亦是 이 때문이었다.

사마천司馬遷이 『사기史記』에서 말하기를, "제후諸侯가 모두다 와서 복종服從하여 따랐으며 치우蚩尤께서 가장 성질性質이 사나워서 천하天下에 누구도 능能히 그를 정벌征伐하지 못하였다. 헌원軒轅께서 섭정攝政을 하실 때 형제兄弟가 81인人이 있었는데 모두 짐승의 몸에 사람의 말을 하면서 구리 머리와 쇠 이마였고 모래를 먹고 오구장五丘杖, 도극刀戟, 태노太弩175)를 처음 만드니 천하天下에 위세威勢가 떨쳤다. 치우蚩尤는 옛 천자天子의 이름이다."라고 하였다.

時에 天下鼎峙하야 涿之北에 有大撓하고 東有倉頡하고 西有軒轅하야 自相以兵으로 欲專其勝而未也러라 初에 軒轅께서 稍後起於蚩尤하시니 每戰不利하야 欲依大撓而未得하고 又依倉頡而不得하니 二國은 皆蚩尤之徒也라 大撓는 嘗學干支之術하고 倉頡은 受符圖之文하니 當時諸侯가 罔不臣事者는 亦以此也라

司馬遷史記에 曰諸侯咸來賓從이로대 而蚩尤께서 最爲暴하사 天下莫能伐이라한대 軒轅께서 攝政하심에 蚩尤有兄弟八十一人하야 並獸身人語하며 銅頭鐵額하며 食沙하며 造五丘杖과 刀戟太弩하야 威振天下하니 蚩尤는 古天子之號也라

---

(정신세계사 『한단고기』 임승국林承國 번역飜譯, 주해註解 1998. 43쪽 주註)

174) 창힐倉頡: 문자文字의 조상祖上이라 알려진 중국사中國史의 전설적傳說的인 인물人物. 황제黃帝의 신하臣下로서 새발자국을 보고 글자字를 지었다고 한다. (정신세계사 『한단고기』 임승국林承國 번역飜譯, 주해註解 1998. 43쪽 주註)

175) 오구장五丘杖, 도극刀戟, 태노太弩: 오구장五丘杖은 무기武器의 이름이고, 도극刀戟은 칼과 굽은 창槍, 태노太弩는 활 틀을 놓고 화살 돌을 쏘는 무기武器이다. (정신세계사 『한단고기』 임승국林承國 번역飜譯, 주해註解 1998. 43쪽 주註)

황제黃帝의 현손玄孫이신 지칩 황제皇帝의(帝擊) 시기時期에 처음으로 36선璇 선기璇璣176)의 승전升殿과 입몰入沒의 수법數法이 있게 되어서 오직 우리 지칩 황제皇帝께서 입몰궁入沒宮이시어서 제왕帝王의 자리를 잃으시었다. 즉위卽位하신 지 10년年인 계묘년癸卯年에 당후唐侯에게 실위失位하시니 삼선三仙177)과 사령四靈178)이 요堯를 따라서 맡겨 의지依支하지 아니하시고 요堯에게 굴복屈伏하지 아니하는 국민國民을 거느리고서 나라를 잃음을 조상弔喪하여 흰옷을 입고서 민주民主의 다스려 바르게 함을(政) 베풀어 행行한 지 25년年인 무진년戊辰年179)에 우리나라가 옥제玉帝 승전升殿의 운運을 맞아서 단제檀帝께서 즉위卽位하시니 삼선三仙과 사령四靈이 상고上古의 문헌文獻과 『천부경天符經』을 단제檀帝께 바쳤다.

단제檀帝께서 삼선三仙, 사령四靈과 비천생斐天生, 비삼문扉三門 등等의 여러 신하臣下를 거느리시고서 국토國土와 국민國民을 다스려서 바로 잡으시니 천운天運이 나누어짐을 아시고 요堯와 서로 다투시되 동국東國 분야分野의 땅을 잃지 아니하시었고 황제皇帝 지칩의 상복喪服을 입으시어 흰옷을 입으시고서 다스려서 바르게 하심을 베풀어 행行하시니 후세後世에 백의민족白衣民族이라고 일컬음이 이것이다.

흉기凶器는 성인聖人도 이를 사용使用함을 용인容忍하지 아니하니 하물며 진인眞人이시겠는가? 그러나 지칩 황제皇帝께서 제왕帝王의 자리를 잃으시고 당후唐侯가 수도首都를 나누어 새로이 지나국支那國을 세우는 시기時期에 부득이不得已 본토本土를 수비守備하는 대책對策으로 삼선三仙, 사령四靈과 여러 신인神人을 부리어 쓰시었으니 『태을신수太乙神數』와 홍범洪範180)신법神法을 함께 쓰시어 동국東國의 본토本土를 완벽完璧하게 수호守護하시었다.

黃帝之玄孫帝擊之時에 始有三十六璇璇璣升殿入沒之數法而惟我帝擊께서 入沒
宮하사 失位하시니 卽位十年癸卯에 失位於唐侯이시어늘 三仙四靈이 不歸于堯하시고 率不伏
堯之民하사 喪衣白而行民主之政二十五年戊辰에 我國이 當玉帝升殿之運하야 檀帝_卽

---

176) 36선璇 선기璇璣: (244쪽「동국역대전국계도東國歷代傳國系圖」참조參照)
177) 삼선三仙: 팽우彭虞, 신지神誌, 고시高矢 등等을 가리킨다.
178) 사령四靈: 지제持提, 옥저沃沮, 숙신肅愼, 수기守己, 치우蚩尤 등等을 가리킨다. (※진령眞靈, 망령妄靈, 진정령眞精靈, 망정령妄精靈)
179) 무진년戊辰年: B.C. 2333
180) 홍범洪範:『서경書經』중국中國(지나支那China) 하夏나라 우禹임금이 홍수洪水를 다스릴 때 하늘로부터 받은 낙서洛書를 보고 만들었다고 하는「홍범구주洪範九疇」가 전전傳傳함. 홍범洪範은 세상世上의 큰 규범規範이라는 뜻이며, 구주九疇는 9개의 조항條項으로 9조목條目의 큰 법법法法 또는 정치이념政治理念을 말함. 주周나라 무왕武王이 기자箕子에게 선정善政의 방법方法을 물었을 때 기자箕子가「홍범구주洪範九疇」로 교시敎示하였다고 전전해짐. 9개個의 조항條項은 오행五行 오사五事, 팔정八政, 오기五紀, 황극皇極, 삼덕三德, 계의稽疑, 서징庶徵, 오복五福과 육극六極임 (NAVER 통합검색『한국고전용어사전韓國古典用語辭典』2015)

位하시니三仙四靈이上古文獻과天符經을奉獻于檀帝시니라
위　　삼선사령　상고문헌　천부경　봉헌우단제

檀帝率三仙四靈及斐天生扉三門等諸臣하시고治理하실새知天運之分하시고與堯相爭
단제솔삼선사령금비천생비삼문등제신　치리　　지천운지분　여요상쟁
하시대不失東國分野之地하시며服帝摯之喪하야衣白行政하시니後世稱白衣民族이是也오
불실동국분야지지　복제지지상　의백행정　후세칭백의민족이시야

凶器는聖人不忍用之이온況眞人乎아然이나帝摯失位하시고唐侯_分都하야新立支那國
흉기　성인불인용지　황진인호　연　제지실위　당후분도　신립지나국
之時에不得已本土守備之策으로用三仙四靈及諸神人하시니太乙神數及洪範神法을俱
지시　부득이본토수비지책　용삼선사령금제신인　태을신수급홍범신법　구
用하사東國本土를完守하시니라
용　동국본토　완수

〈참고參考〉

– 환단고기桓檀古記/삼성기三聖紀 전全 상편上篇(안함로安含老 찬撰) 중中에서 –

뒤에 신인神人 왕검王儉께서 불함산不咸山[181]의 박달나무 터에 내려와 이르시었다. 그 지극至極하신 신神의 덕德이 성인聖人의 어짊을 아우르시어서 이에 능能히 명命을 받들어 하늘을 이으시어 천하天下의 근본根本 법칙法則을 세워서 다스리시니 높고 크게 쓸어 움직이시어서(巍蕩) 오로지 세차고 위엄威嚴스러우시었다. 이에 구환九桓의 국민國民들이 모두 기뻐하여서 참되고 거짓 없이 복종服從하고 공경恭敬하여 높이 받들면서 천제天帝께서 사람의 몸으로 바뀌어 되신 분이시라 생각하며 제왕帝王으로 모셨다. 이 분이 단군왕검檀君王儉이시니 신시神市의 옛 법법을 회복回復하시고 수도首都를 아사달阿斯達[182]에 세워서 나라를 여시고 국호國號를 조선朝鮮이라 하시었다.

---

181) 불함산不咸山: 최남선崔南善의 『불함문화론不咸文化論』은 백두산白頭山 문화文化를 말하나 사실事實은 하르빈(哈爾濱Harbin) 남南쪽에 있는 지금只今의 완달산完達山을 가리킨다고 한다. (정신세계사 『한단고기』 임승국林承國 번역飜譯, 주해註解 1998. 21쪽 주註)

182) 아사달阿斯達: 종래從來에 조선朝鮮 개국開國의 성지聖地인 아사달阿斯達을 평양平壤이라고 했다. 그러나 아사阿斯는 새, 처음의 뜻이 있는 고대어古代語요, 달은 산山이나 땅의 고대어古代語이니 아사달阿斯達은 〈처음 땅〉, 〈새 땅〉이라는 뜻이 담긴 고유명사固有名詞가 되며 이곳은 지금只今의 백두산白頭山 또는 하르빈(Harbin)의 완달산完達山을 가리킨다는 설說이 가장 유력有力하다. 강조強調하는 뜻에서 다시 부언附言한다. 역시亦是 고대어古代語에 대對한 조예造詣 없인 해석解釋할 수 없는 지명地名이다. 〈달〉이란 말은 고대어古代語로 산山, 땅을 뜻하는 말이다. 양陽달, 음陰달의 달도 그 뜻이다. 〈아사阿斯〉란 말은 물론勿論 일본日本 말의 아사アサ와 같은 말이기도 하고 국호國號인 조선朝鮮의 조朝와 같은 관계關係되는 말이므로 한 때 굉장宏壯한 설득력說得力을 갖는 해석解釋으로 유력有力하였다. 그러나 일본日本 말 아사アサ가 우리의 고대어古代語 〈ᄋᆞ시〉에서 간 말이므로 〈ᄋᆞ시〉가 처음, 새, 애벌의 뜻이 있어 아시갈이(초경初耕) 아시빨래(초初 빨래) 등等의 용법用法이 남아 있다. 우리 고대어古代語의 어원語源을 일본日本 말에서 따옴은 본말本末이 전도顚倒된 논리論理이다. 마치 학부형學父兄에게 자제子弟 분을 꼭 닮으셨다고 하는 망발妄發과 진배없다. 아들이 아비를 닮지 어찌 아비가 아들을 닮을 수 있으랴? 그러므로 아사달阿斯達은 처음 땅, 새 땅, 처음 산山, 새 산山을 뜻하는 우리의 고대어古代語이다.

참고參考로 알아둘 것은 일본日本의 서울 동경東京을 옛날엔 〈에또〉라 했는데 이 에또가 우리말 〈애터〉 곧 '새터→아시터→아사달'에서 비롯된 말이라고 일본日本 학자學者가 말하고 있으니 신천지新天地에 찾아간 일본日本의 개척자開拓者들인 우리 조상祖上들이 쓰던 말로 '애터'라 했을 것이라는 충분充分한 심증心證이 가는 해설解說이다.

단군檀君께서는 단정端正히 두 손을 맞잡으시고서 꾀하여 하심이 없이(無爲) 앉아서 세계世界를 평정平定하여 바로 잡으시고 헤아릴 수 없이 깊고 미묘微妙하게 도道를 이루어 얻으시고서 많은 생령生靈을 가까이하여 교화敎化하시었다. 팽우彭虞에게 명命하여 토지土地를 개간開墾하도록 하시고, 성조成造는 궁궐宮闕과 집을 짓게 하시고, 고시高矢는 곡식穀食의 종자種子를 심어서(種稼) 농사農事지음을 맡아서 지키도록 하시고, 신지臣智는 글자字를 만들게 하시고, 기성奇省은 의약醫藥을 베풀게 하시고, 나을那乙은 판적版籍을 관리管理하도록 하시고, 희羲는 괘서挂筮를 주관主管케 하시며, 우尤는 병사兵士와 군마軍馬를 일으키게 하시었다. 비서갑菲西岬 하백河伯의 딸을 들이시어 황후皇后로 삼으시고 누에치기를 다스리게 하시니 순박淳朴하시고 인정人情이 도타우신 다스리심이 나라 밖 온 세상世上을(四表) 빛내고 윤택潤澤하게 하시었다.

병진년丙辰年 주周나라 고왕考王 때 나라 이름을 고쳐 대부여大夫餘라 하고 백악白岳으로부터 다시 장당경藏唐京으로 옮겼다. 이어 여덟 조條를(八條)[183] 갖추어 두고서 글 읽고 활쏘기를 익힘을 과정課程으로 하고 하늘에 제사祭祀 지냄을 종지宗旨로 하며 농사農事짓고 누에치기에 힘쓰도록 하였다. 산山이나 못에 들어감을 금禁함이 없었고 죄罪는 처妻와 자식子息에게 미치지 아니하였으며 국민國民과 더불어서 함께 의논議論하고 힘을 합合하여 서로 도와 나라를 다스렸다. 남자男子는 일정一定한 직업職業이 있었고 여자女子에게는 좋은 배필配匹이 있었으며 집집마다 재물財物을 쌓았다. 산山에는

---

(『한래문화韓來文化の 후영後榮』 상上, p.70 참조參照)

에도라는 말의 어원語源은 조선어朝鮮語의 애터가 와전訛傳하여, 곧 새로운 곳을 뜻한다는 설說도 있어 더욱 흥미興味 있다. 이렇게 어문학語文學으로 민족民族의 이동사移動史를 탐구探究하는 학문學問도 매우 흥미興味로운 연구研究 과제課題가 된다. 아무튼 그 아사달阿斯達이 현재現在 만주滿洲의 하르빈(합이빈哈爾濱Harbin) 남南쪽의 완달산完達山이라고 단재丹齋 신채호申采浩는 정의定義하였으니 우리 민족民族이 어쩌다가 개국開國의 터전마저도 지키지 못하는 약소국弱小國이 되고 말았던가? 장탄식長歎息이 절로 난다. (정신세계사 『한단고기』 임승국林承國 번역飜譯, 주해註解 1998. 21쪽 197~198쪽 주註)

지금只今의 만주滿洲 하얼빈(Harbin哈爾賓)이다. (상생출판 『桓檀古記』 안경전安耕田 역주譯註 2012. 501쪽 주註)

183) 여덟 조條(八條): ※ 22세世 단군檀君 색불루索弗婁 4년年에 제정制定한 금팔조禁八條는 다음과 같다. ① 사람 죽임을 끝까지 자세仔細히 지켜보고서 바로 죽임으로써 갚게 한다. 「相殺以當時償殺」 ② 사람을 다치게 함을 끝까지 자세仔細히 지켜보고서 곡물穀物로써 갚게 한다. 「相傷以穀償」 ③ 도둑질한 사람을 끝까지 자세仔細히 지켜보고서 남자男子는 빼앗아 다 없애고서 그 집의 종으로 삼게 하고, 여자女子는 관비官婢로 삼는다. 「相盜者男沒爲其家奴,女爲婢」 ④ 소도蘇塗를 훼손毁損한 사람은 가두어둔다. 「毁蘇塗者禁錮」 ⑤ 예절禮節과 정도正道를 따름을 잃은 사람은 군대軍隊에 복무服務하게 한다. 「失禮義者服軍」 ⑥ 힘써 부지런히 일하지 않는 사람은 부역賦役에 불러들인다. 「不勤勞者徵公」 ⑦ 음란淫亂한 짓을 한 사람은 매로 볼기를 친다. 「作邪淫者笞刑」 ⑧ 못된 목적目的으로 남을 속여 착오錯誤에 빠지도록 한 사람은 타일러 경계警戒하고서 놓아준다. 「行詐欺者訓放」 (『환단고기』/태백일사太白逸史/삼한관경본기三韓管境本紀/번한세가番韓世家 하下)

102

도적盜賊이 없고 들에는 굶주린 사람을 볼 수 없었으며 현악기絃樂器와 노랫소리가 온 나라에 넘쳐흘렀다. 단군왕검檀君王儉께서 무진년戊辰年에 나라를 합합쳐서 다스리심으로부터 47세世를 전전傳하여 이어왔으며 그 지나온 햇수는(歷年) 2,096년年이었다.

後에神人王儉께서降到于不咸之山檀木之墟하시니其至神之德이兼聖之仁하사乃能承詔繼天而建極하사巍蕩惟烈이어시늘九桓之民이咸悅誠服하야推爲天帝化身而帝之하니是爲檀君王儉이시라復神市舊規하시設都阿斯達하시고開國하사號朝鮮하시니라.

檀君이端拱無爲하사坐定世界하시며玄妙得道하시며接化羣生하시니命彭虞하사闢土地하시며成造로起宮室하시며高矢로主種稼하시며臣智로造書契하시며奇省으로設醫藥하시며那乙로管版籍하시며羲로典卦筮하시며尤로作兵馬하시며納菲西岬河伯女하사爲后하시고治蠶하시니淳厖之治가熙洽四表러라.

丙辰周考時에改國號하사爲大夫餘하시고自白岳으로又徙於藏唐京하사仍設八條하사讀書習射로爲課하시며祭天으로爲敎하시며田蠶是務하시며山澤無禁하시며罪不及孥하시며與民共議하시며協力成治하시니男有常職하며女有好逑하며家皆蓄積하며山無盜賊하며野不見飢하며絃歌溢域하니라檀君王儉께서自戊辰統國으로傳四十七世하사歷二天九十六年이러라

- 환단고기桓檀古記/태백일사太白逸史/신시본기神市本紀(이맥李陌 찬撰) 중中에서 -

대개大蓋 신시神市가 하늘을 열어 깨우쳐주심으로부터(開天) 18세世를 전전傳하여 1,565년年을 지나가서 비로소 단군왕검檀君王儉께서 있으셨다. 웅씨熊氏의 비왕裨王에서부터 마침내 신시神市를 대신代身하여 구역九域을 통일統一하시고서 삼한三韓[184]으로 나누어 이로써 지경地境을 관할管轄하시었으니(管境) 이를 단군조선檀君朝鮮이라고 말한다.

蓋自神市開天으로傳十八世하야歷一千五百六十五年이오而始有檀君王儉이以熊氏裨王으로遂代神市하사統一九域하시고分三韓以管境하시니是謂檀君朝鮮也니라

- 환단고기桓檀古記/태백일사太白逸史/삼한관경본기三韓管境本紀(이맥李陌 찬撰) 중中에서 -

---

184) 삼한三韓: 마한馬韓, 진한辰韓, 변한弁韓의 세 한韓

태백산太白山은 북北쪽으로 달려가 비서갑斐西岬185) 경계境界에 높게 우뚝 솟아서 섰으니 물을 등지고 산山을 안고서 다시 여기에서 돈 곳이 있는데 곧 대일왕大日王께서 하늘에 제사祭祀 지내시던 곳이다. 세상世上에 전傳하기를, "환웅천왕桓雄天王께서 순행巡幸하시다 여기에 머물러 사냥하시어 제사祭祀 지내셨다."고 하였는데, 풍백風伯은 『천부天符』를 거울에 새겨서 바치고, 우사雨師는 북을 치면서 둥글게 춤을 추고, 운사雲師는 검劍으로 무장武裝한 일백一百 명名의 군사軍士로써(佰劍) 왕王을 호위護衛하였으니 대개大蓋 천왕天王께서 산山을 향向하여 나아가실 때 병장기兵仗器와 물건物件의 위엄威嚴이(儀仗) 이처럼 성대盛大하고 엄숙嚴肅하였다. 산山 이름은 불함不咸이라 불렀고 지금只今은 또 완달完達이라 부르니 그 음音이 비슷하다.

뒤에 웅녀熊女 군주君主가 천제天帝의 신임信任을 받아서 세습世襲하여 비서갑斐西岬의 왕검王儉이 되었다. 왕검王儉은 속어俗語로 대감大監이다. 땅의 경계境界를(土境) 맡아 다스려 보호保護하고 지켜서 밖으로부터 침범侵犯하여와서 포학暴虐함을 제거除去하여 없애고 국민國民을 부축하여 도왔다. 천왕天王께서 나라 사람들에게 명확明確히 타일러 깨우치신 뜻으로써 이들을 타일러서 말하기를, "부모父母를 공경恭敬하여야 하고 (父母可敬) 처妻와 자식子息을 보호保護하고 길러야 하고(妻子可保) 형제兄弟를 사랑하여야 하고(兄弟可愛) 늙은이와 나이 많은 사람은 높이어 존경尊敬하여야 하고(老長可隆) 나이 어리고 나약懦弱한 사람에게는 은혜恩惠를 베풀어야 하며(老弱可惠) 뭇사람들은 서로 믿어야 한다(庶衆可信)."고 하였다.

또한 의약醫藥, 공장工匠, 축산畜産, 농사農事, 측후測候, 예절禮節, 문자文字의 법法을 제정制定하여서 하나의 경계境界 안의 나라가 교화教化가 이루어져 풍속風俗이 새로워지니 멀거나 또는 가까운 곳의 국민國民들이 모두 서로 의심疑心치 아니하였다.

웅씨熊氏가 갈라져 나간 것을 소전少典186)이라 부른다. 안부련환웅安夫連桓雄의 말년末年에 소전少典은 명命을 받들어 강수姜水187)에서 군사軍士를 감독監督하였다. 그의

---

185) 비서갑斐西岬: 단재丹齋 신채호申采浩는, "비서갑斐西岬은 '송화강松花江 아사달阿斯達'로 고사古史에서는 부소압扶蘇押(『신지비사神誌秘詞』의 부소량扶蘇樑), 비서갑菲西岬 혹或은 아사달阿斯達로 말하며, 지금只今의 만주滿洲 하얼빈(哈爾濱Harbin)이다."(신채호申采浩, 『조선상고사朝鮮上古史』)라고 하였다. 이곳은 단군조선檀君朝鮮의 첫 도읍지都邑地이다. 따라서 본문本文 "물을 등지고 산山을 안고"에서 물은 송화강松花江을, 산山은 불함산不咸山(백두산白頭山) 곧 완달산完達山을 말한다. (상생출판 『桓檀古記』 안경전安耕田 역주譯註 2012. 429쪽 주註)

186) 소전少典: 동이족東夷族 혈통血統으로 천왕天王의 명命을 받고 섬서성陝西省 강수姜水에 가서 군사軍士를 감독監督하는 직책職責을 맡았다. 그곳에서 낳은 아들 중中에 맏이가 석년石年(염제신농炎帝神農), 둘째가 욱빈이다. 욱勖의 10세世 손孫이 바로 황제헌원黃帝軒轅이다. 그런데 『사기색은史記索隱』「오제본기五帝本紀」에서는 소전少典은 제후국諸侯國의 국호國號다. 사람 이름이 아니다 [少典者, 諸侯國號, 非人名也] 라고 하였다. (상생출판 『桓檀古記』 안경전安耕田 역주譯註 2012. 431쪽 주註)

아들 신농神農188)께서 수많은 약초藥草들을 맛보시고서 약藥을 만드시었다. 뒤에 열산列山으로 이사移徙하여 낮 동안에 물건物件을 서로 사고파니(交易) 사람들이 이를 중重히 여겼으며 이에 익숙하였다. 소전少典의 다른 갈래를 공손公孫이라 불렀는데 짐승을 잘 기르지 못한 까닭에 헌구軒丘189)로 귀歸양 보냈다. 헌원軒轅의 무리190)는 모두 그의 후손後孫이다.

사와라환웅斯瓦羅桓雄 초初에 웅녀熊女 군주君主의 후손後孫을 여黎라고 불렀으니 처음으로 단허檀墟에 책봉冊封 받아서 왕검王儉이 됨에 덕德을 세워 국민國民을 사랑하고 땅의 경계境界가(土境) 차츰 크고 넓어지니 여러 토경土境의 왕검王儉들이 와서 그 고장의 특산물特産物을(方物) 바치고서 귀화歸化한 자者가 천여千餘 명名을 헤아렸다.

그 후後 460년年이 지나 신인神人 왕검王儉이라는 분이 계시어 크게 국민國民이 따르고 우러름을 얻어서 관위官位에 올라 비왕裨王이 되시었다. 섭정攝政하신 지 24년年에 웅씨熊氏 왕王이 전장戰場에서 죽음에 왕검王儉께서 마침내 그 왕위王位를 대신代身하시고서 구환九桓을 통솔統率하여 하나로 만드시니 이 분이 단군왕검檀君王儉이시다. 이에 나라 사람들을 불러 약속約束을 세워 말씀하시기를, "이제부터 이후以後로는 국민國民의 소리를 자세仔細히 듣고 받아들이어 공법公法을 만들어서 이를『천부天符』라 이를지니 무릇『천부天符』란 만세萬世의 근본根本 경전經典이고 지극至極히 존엄尊嚴함이 자리하는 곳이니 거슬러 어겨서는 아니 된다."고 하시었다.

마침내 삼한三韓으로 땅을 나누어 다스리심과 더불어 진한辰韓은 천왕天王께서 스스로 다스리시었다. 수도首都를 아사달阿斯達에 세우시어 나라를 여시고 조선朝鮮이라 부르시니 이 분이 1세世 단군檀君이시다. 아사달阿斯達은 삼위三位의 신神께(三神) 제사祭

---

187) 강수姜水: 섬서성陝西省 기산현岐山縣 서西쪽에 있는 기수岐水를 말한다. 염제신농炎帝神農이 이 강수姜水에서 성장成長하였다. (중문대사전中文大事典 권卷 3). 보계시寶鷄市의 청강하淸姜河로 보는 설說도 있다. (상생출판『桓檀古記』안경전安耕田 역주譯註 2012. 431쪽 주註)

188) 신농神農: 염제炎帝 신농神農(B.C. 3218~2698)

189) 헌구軒丘: 헌원軒轅이 도읍都邑한 곳으로 곧 유웅有熊을 말한다. 지금只今의 하남성河南省 신정현新鄭縣이다. 여기에 궁산窮山이 있는데 궁산窮山 가까이 있는 언덕을 '헌원軒轅의 언덕[軒轅之丘]'이라 한다(중국고대신화中國古代神話, 190쪽). 『사기史記』 「오제본기五帝本紀」의 집해集解에서는 "皇甫謐曰: 有熊今河南新鄭是也, 受國於有熊, 居軒轅之丘, 故國以爲名, 又以爲號"라고 하여 이러한 사실事實을 밝혔다. (상생출판『桓檀古記』안경전安耕田 역주譯註 2012. 431쪽 주註)

190) 헌원軒轅의 무리: 황제黃帝 헌원씨軒轅氏(B.C. 2692~2592)와 그의 무리를 뜻한다. 황제黃帝는 제호帝號요, 헌원軒轅은 그의 국호國號이다. 중국中國(지나支那China)『사기史記』는 삼황오제三皇五帝가 이름과 나라만 다를 뿐 모두 같은 성씨姓氏라 하였으니 과연果然 옳은 말이다. 헌원軒轅도 삼황三皇의 하나인데 신농神農의 별고別孤라고 하였으며, 신농神農 역시亦是 한웅씨(환웅씨桓雄氏)로부터 갈려나간 동이족東夷族임을 알 수 있으니, 신농神農, 황제黃帝가 모두 그 뿌리를 같이하고 있다. (정신세계사『한단고기』임승국林承國 번역飜譯, 주해註解 1998. 197쪽 주註)

祀 지내는 구역區域이었고 후인後人들은 왕검성王儉城이라 일컬었으니 아직 왕검王儉의 옛집[191]이 남아있었기 때문이다.

단군왕검檀君王儉께서는 이미 천하天下를 평정平定하시고서 삼한三韓으로 나누어 지경地境을 관할管轄하시니(管境) 이에 웅백다熊伯多를 봉封하시어 마국馬國의 한韓으로(馬韓) 삼으시었다. 달지국達支國에 도읍都邑하였으니 역시亦是 백아강白牙岡이라고도 불렀다. 마한산馬韓山에 올라 하늘에 제사祭祀 지내시고 천왕天王께서 조칙詔勅을 내려 말씀하시되, "사람이 거울을 보면 곱고 추醜함이 저절로 드러나고 국민國民이 군주君主를 보면 그 다스려지고 어지러움이 다스려 바르게 함에(政) 드러난다. 거울을 보면 모름지기 먼저 모양模樣을 보고 군주君主를 보면 모름지기 먼저 다스려 바르게 함을 보느니라."고 하시니 마국馬國의 한韓이 글을 올려 아뢰기를, "성聖스러우십니다! 말씀이시어! 성聖스러운 군주君主는 능能히 여러 사람의 의론議論을 따르는 까닭에 도道가 크고 훌륭하고 어리석은 군주君主는 독선獨善을 부리기를 좋아하는 까닭에 도道가 작사오니 가可히 속으로 살펴 깨달아서 게으르지 아니함이(內省不怠) 없음입니다."고 하였다.

단군檀君 가륵嘉勒 3년年에 불여래弗如來[192]가 세상世上을 떠나고 아들 두라문杜羅門이 즉위卽位하였다. 을사년乙巳年 9월月 천왕天王께서 조칙詔勅을 내리시어 말씀하시었다. 천하天下의 큰 근본根本은 나의 마음이(吾心) 치우치지 아니하고 알맞은 하나에(中一) 있음이니 사람이 치우치지 아니하고 알맞은 하나를 잃으면 곧 일을 함에 목적目的한 바를 이루지 못하고, 사물事物이 치우치지 아니하고 알맞은 하나를 잃으면 곧 몸체體가 기울어 뒤집히니 군주君主의 마음은 오로지 위태危殆롭고 뭇사람의 마음은 오로지 또렷하지 아니하고 비천卑賤하다. 전인全人[193]은 낱낱의 일을 하나로 묶어 가지런하게 하여서(統均) 치우치지 아니하고 알맞음을 확고確固히 세워 잃음이 없는 연후然後에 이에 하나를(一) 반드시 지킨다.

---

191) 왕검王儉의 옛집:『삼국사기三國史記』권卷 17 고구려高句麗 본기本紀 제第 5 동천왕東川王 21년年 기기에 「平壤者本仙人王儉之宅也」의 기록記錄이 있다. 한국사학韓國史學의 반역아叛逆兒라고 지탄指彈받는 김부식金富軾(1075-1151)의 붓 끝에 단군왕검檀君王儉의 글이 실린 것은 오직 이곳뿐으로 그나마 이 『한단고기(환단고기桓檀古記)』의 표절剽竊이었던가? 한심寒心한 인물人物이다. (정신세계사 『한단고기』 임승국林承國 번역飜譯, 주해註解 1998. 198쪽 주註)

192) 불여래弗如來: 웅백다熊伯多의 손자孫子이다.

193) 전인全人: 지知, 정情, 의意가 완전完全히 조화調和를 이룬 원만圓滿한 인격자人格者

106

오로지 치우치지 아니하고 알맞고 오로지 하나의(惟中惟一) 도道는 아비가 되어서는 마땅히 자애慈愛롭고, 자식子息이 되어서는 마땅히 효도孝道하고, 군주君主가 되어서는 마땅히 정도正道를 따르고(義) 신하臣下가 되어서는 마땅히 충성忠誠한다. 부부夫婦가 되어서는 마땅히 서로 공경恭敬하고, 형제兄弟가 되어서는 마땅히 서로 사랑하고, 늙은 이와 젊은이는 마땅히 순서順序가 있고, 친구親舊가 되어서는 마땅히 믿음이 있다. 몸을 경계警戒하고 삼가서 조심操心하여(飭身) 공손恭遜하며 검소儉素하고, 학업學業을 닦으며 생산生産 작업作業에 익숙하게 하고(鍊業) 지혜智慧를 열어주고 재능才能을 펴 일으키고, 널리 도와 이利롭게 하며 서로 힘써 부지런함을 권권勸(弘益相勉). 자신自身을 성숙成熟시켜 갖추어지게 하고(成己) 스스로 본本으로 하여 만족滿足하고(自由) 사물事物을 열어 깨우치고(開物) 치우침이 없이 모두가 한결같으면(平等) 이로써 천하天下는 저절로 책임責任을 맡아 견딘다(自任).

마땅히 국가國家의 큰 줄기의 계통系統을 중重히 여기고 헌법憲法을 반드시 그대로 지키며 각기各其 그 직무職務를 끝까지 다하고 부지런함을 장려獎勵하고 산업産業을 기르고 지켜 보전保全한다. 그 국가國家에 비상非常한 일이 있을 때는 몸을 아끼지 아니하고 정도正道를 따름을(義) 온전穩全히 하여 위험危險을 무릅쓰고 용감勇敢하게 앞으로 나아가서 이로써 만세萬世에 끝이 없는(無疆) 돌아오는 복록福祿을 붙든다. 이는 짐朕이 너희 나라 사람들과 함께 몹시 간절懇切히 명심銘心하고 따라 행행行하여서 폐지廢止함이 없는 것이다. 거의 한 덩어리의 완전完全하고 확실確實한 지극至極한 뜻이니 삼가 몸을 굽혀 공경恭敬할지어다!

太白山이 北走하야 屹屹然立於斐西岬之境하야 有負水抱山而又回馬之處하니 乃大日王祭天之所也라 世傳桓雄天王께서 巡駐於此하사 佃獵以祭하실새 風佰은 天符刻鏡而進하고 雨師는 迎鼓環舞하며 雲師는 佰劒陛衛하니라 蓋天帝就山之儀仗이 若是之盛嚴也라 山名曰不咸이오 今亦曰完達이니 音近也니라

後에 雄女君이 爲天王所信하야 世襲爲斐西岬之王儉하니 王儉은 俗言大監也라 管守土境하고 除暴扶民하야 以天王이 諭國人之意로 戒之曰父母는 可敬也며 妻子는 可保也며 兄弟는 可愛也며 老長은 可隆也며 少弱은 可惠也며 庶衆은 可信也라하고

又制醫藥工匠養獸作農測候禮節文字之法하니 一境化之하야 遠近之民이 皆不相疑也러라

熊氏之所分을曰少典이니安夫連桓雄之末에少典이以命으로監兵于姜水하고其子神農
웅씨지소분 왈소전 안부련환웅지말 소전 이명 감병우강수 기자신농

이嘗百草制藥하고後에徙列山하야日中交易하니人多便之라少典之別派를曰公孫이니以不
이상백초제약 후 사열산 일중교역 인다편지 소전지별파 왈공손 이불

善養獸로流于軒丘하니軒轅之屬이皆其後也라
선양수 유우헌구 헌원지속 개기후야

斯瓦羅桓雄之初에熊女君之後를曰黎니始得封於檀墟하야爲王儉하야樹德愛民하고土
사와라환웅지초 웅녀군지후 왈려 시득봉어단허 위왕검 수덕애민 토

境이漸大하니諸土境王儉이來獻方物하야以歸化者가千餘數라
경 점대 제토경왕검 내헌방물 이귀화자 천여수

後四百六十年에有神人王儉者가大得民望하사陞爲裨王이라가居攝二十四年에熊氏
후사백육십년 유신인왕검자 대득민망 승위비왕 거섭이십사년 웅씨

王이崩於戰하고王儉이遂代其位하사統九桓爲一하시니是爲檀君王儉也시니라乃召國人하
왕 붕어전 왕검 수대기위 통구환위일 시위단군왕검야 내소국인

사立約曰自今以後로聽民爲公法하노니是謂天符也라夫天符者는萬世之綱典이오至尊
입약왈자금이후 청민위공법 시위천부야 부천부자 만세지강전 지존

所在니不可犯也라하시고
소재 불가범야

遂與三韓으로分土而治하실새辰韓은天王自爲也시라立都阿斯達하시고開國하사號朝鮮하
수여삼한 분토이치 진한 천왕자위야 입도아사달 개국 호조선

시니是爲一世檀君이시오阿斯達은三神所祭之地로後人이稱王儉城하니以王儉舊宅이尙
시위일세단군 아사달 삼신소제지지 후인 칭왕검성 이왕검구택 상

存故也니라
존고야

檀君王儉께서旣定天下하시고分三韓而管境하실새乃封熊伯多하사爲馬韓하시고都於達
단군왕검 기정천하 분삼한이관경 내봉웅백다 위마한 도어달

支國하니亦名曰白牙岡也라登馬韓山하사祭天하실새天王께서下詔曰人이視鏡則妍醜自
지국 역명왈백아강야 등마한산 제천 천왕 하조왈인 시경즉연추자

形하고民이視君則治亂見政하나니視鏡에須先視形하고視君에須先視政이어다馬韓이上箚
형 민 시군즉치란견정 시경 수선시형 시군 수선시정 마한 상차

曰聖哉라言乎시여聖主는能從衆議故로道大하고暗君은好用獨善故로道小하나니可無內省
왈성재 언호 성주 능종중의고 도대 암군 호용독선고 도소 가무내성

而不怠乎니이다
이불태호

檀君嘉勒三年에弗如來가薨하니子杜羅門이立하니라乙巳九月에天王께서勅曰天下大
단군가륵삼년 불여래 훙 자두라문 입 을사구월 천왕 칙왈천하대

本이在於吾心之中一也니人失中一則事無成就하고物失中一則體乃傾覆하나니라君心
본 재어오심지중일야 인실중일즉사무성취 물실중일즉체내경복 군심

은惟危하고衆心은惟微하니全人統均하야立中勿失然後라야乃定于一也니라
은유위 중심은유미 전인통균 입중물실연후 내정우일야

惟中惟一之道는爲父當慈하고爲子當孝하며爲君當義하고爲臣當忠하며爲夫婦當相敬
유중유일지도 위부당자 위자당효 위군당의 위신당충 위부부당상경

하고爲兄弟當相愛하며老少當有序하고朋友當有信이니라飭身恭儉하며修學鍊業하며啓智
위형제당상애 노소당유서 붕우당유신 칙신공검 수학련업 계지

發能하며弘益相勉하야成己自由하며開物平等하야以天下自任하나라
발능 홍익상면 성기자유 개물평등 이천하자임

當尊國統하며 嚴守憲法하야 各盡其職하고 獎勤保産이라가 於其國家有事之時에 捨身全
당존국통 엄수헌법 각진기직 장근보산 어기국가유사지시 사신전

義하며 冒險勇進하야 以扶萬世无疆之運祚也어다 是는 朕이 與爾國人으로 切切佩服而勿替
의 모험용진 이부만세무강지운조야 시 짐 여이국인 절절패복이물체

者也니라 庶幾一體完實之至意焉이니 其欽哉어다
자 야 서기일체완실지지의언 기흠재

109

요堯는 곧 도피逃避하여 서西쪽의 험險한 땅의 산山으로 들어가서는 아직 나라의 경계境界를 정정하지 못하고 일을 함에는 조리條理와 선후先後가 없다가 갑진세甲辰歲194)에 승전升殿 즉위卽位의 운運을 맞으니 땅을 나누어서 이로써 도읍都邑한 까닭에 나라 이름을 지나支那195)라고 하였다. 지나支那의 역대歷代에서 요堯를 가지고 곡堯 황제皇帝의(帝堯) 아들이 되게 만드니 이는 다름이 아니라 주周나라 이후以後의 학자學者들이 동국東國이 어찌하여 동국東國이 되는지를 모르고서는 지나支那를 가지고 동국東國으로 만들고자 하여서 "동방東方에는 처음에 군장君長이 없다가 환검桓儉을 세워서 이로써 군장君長을 삼으니 이름을(號) 단군檀君이라고 부른다."라는 등等의 설설說로써 우리나라 를 무시無視함이 이와 같으니 다름이 아니라 36선기璇璣196)의 수數가 세상世上에 나타 나지 아니하여서 세간世間의 학자學者들이 한 번番도 보지 못한 까닭일 뿐이다.

공자孔子는 성聖을 깨달아 알았다. 공정公正하도다 공자孔子의 붓이여! 지나支那의 역 대歷代를 요堯로부터 시작始作함으로 생각하여서 요堯의 경전經典197)을 시작始作으로 삼으니 공정公正함이 아니면 무엇인가? 당후唐侯 요堯는 36선璇의 제1선第一璇인 자미 紫微 승전升殿의 시기時期인 갑진년甲辰年을 맞아서 즉위卽位하여서 처음으로 중철中喆 의 명命을 깨달아 아는 학學을 나누시니 창천蒼天인 인도人道의 성학聖學이다.

오로지 당唐나라 후侯(唐侯) 요堯는 사령四靈198)의 학學 가운데 진령眞靈의 학學을 나누어서 이를 가르치니 이것이 유도儒道의 성학聖學이다. 그러므로 곧 당후唐侯는 성 학聖學의 시조始祖가 되는 조상祖上이다. 이는 진천眞天의 명命을 깨달아 아는 학學이 되니 삼령三靈을 갖춘 학學이나 역易을 꿰뚫어 통通할 수 있는 사령四靈이 없는 까닭에 아미타불阿彌陀佛199)의 불도佛道를 옳지 않은 도道라고 하니 이 부처의 도道가(佛道) 진정령眞精靈의 학學이 아니면 무엇인가?

堯則避入山西險地하여國界未定하고事無頭序라가甲辰歲에當升殿卽位之運하니分地
요즉피입산서험지　　　국계미정　　사무두서　　갑진세　당승전즉위지운　　분지
以都故로國號를支那라하다支那歷代에以堯爲帝譽之子하니此는無他라周後學者不知東
이도고　국호　지나　　　지나역대　이요위제곡지자　　차　무타　주후학자부지동
國之爲如何東國하고欲以支那로爲東國하야東方에初無君長이러니以桓儉으로立以爲君하
국지위여하동국　　욕이지나　위동국　　동방　초무군장　　　이환검　입이위군

---

194) 갑진세甲辰歲: B.C. 2357
195) 지나支那: 나라이름 중국中國의 영문표기英文表記 "China"는 "지나支那"의 음역音譯임
196) 36선기璇璣: 244쪽 「동국역대전국계도東國歷代傳國系圖」 참조參照
197) 요堯의 경전經典: 『서전기삼백書傳朞三百』을 가리킨다.
198) 사령四靈: 진령眞靈, 망령妄靈, 진정령眞精靈, 망정령妄精靈의 네 령靈을 가리킨다.
199) 아미타불阿彌陀佛: 서방정토西方淨土 극락세계極樂世界에 머물면서 법法을 설설說하는 대승불교大乘佛敎의 부처. 아미타란 이름은 범어梵語 아미타유스<무한無限한 수명壽命을 가진 것>와 아미타부하<무한無限한 광명光明을 가진 것>라는 두 가지 말에서 온 것으로 한문漢文으로 음역音譯할 때 아미타阿彌陀라고 표기表記하였으며, 무량수無量 壽, 무량광無量光으로 의역意譯하였다. (동아출판사 『동아원색세계대백과사전』 1984. 19권卷 372쪽)

니號曰檀君이라는等說로我國을無視如此하니無他라三十六璇璣數不現于世하야世間學
者로不得一見故耳라

孔子는知聖이라公哉라孔子之筆이여支那歷代를自堯爲始하야堯典爲始하니非公而何오
唐堯當三十六璇第一璇紫微升殿之時甲辰卽位하야始分中喆知命之學하시니蒼天人
道之聖學也라

惟唐侯堯_四靈之學中眞靈之學을分而敎之하니是儒道聖學也라然則唐侯는聖學
之祖宗이니라是爲眞天知命之學而備三靈之學이언마는無能通易之四靈故로阿彌陀佛
之佛道를異端이라하니斯佛之道非眞精靈之學이면何也오

〈참고參考〉

- 사령四靈 -
· 진령眞靈(진태양眞太陽): 진천眞天의 명命을 받은 것
· 진정령眞精靈(진월眞月): 진지眞地(현천玄天)의 명命을 받은 것
· 망령妄靈(망태양妄太陽): 인천人天(창천蒼天)의 명命을 받은 것
· 망정령妄精靈(망월妄月): 인지人地(공천空天)의 명命을 받은 것

황제黃帝의 상원上元 갑자甲子는 곧 천통天統의 시대時代인 까닭에 진천眞天의 신神의 나라의 다스려 바르게 하심이(神國之政) 세상世上에 베풀어져 행行하여지니 단제檀帝의 『삼신사기三神事記』에 자세仔細히 보이고, 당후唐侯는 세 진眞200)의 학學(三眞學) 가운데 수數가 나누어져 명명을 깨달아 아는 배움을(學) 가르치나 천통天統의 신神의 가르침이(神敎) 아니었던 까닭으로 그 다스려 바르게 함이(政) 다스려지지 아니하여서(不治) 국민國民이 홍수洪水의 가운데 빠지니 당唐나라와 우虞나라201)의 양兩 씨氏가 우禹202)로 하여금 홍수洪水를 다스리도록 하였으나 역시亦是 공功이 이루지지 아니하였다.

우禹가 순수純粹한 마음으로 거짓 없이 참되게 하늘에 기도祈禱를 하므로 단제檀帝께서는 모든 하늘의 주인主人이신 까닭에 태자太子이신 부루夫婁203)를 보내시어 신神을 조사調査하여 다스리는(治神) 법法을 가르치심으로써 그들을 구원救援하여 널리 인간人間을 도와 이로롭게 하시었다(弘益人間). 이는 오행五行204)치수治水의 법法으로서 9년年 홍수洪水의 큰 우환憂患을 구제救濟하시고 거듭하여 삼위三位의 신神과(三神) 오행五行의 가르침을(지나인支那人은 신교神敎라고 칭칭稱함) 전전傳하여 인도引導하시니 하夏나라205)와 은殷나라206)의 두 시대時代에 걸쳐서 다스려서 바르게 하는 기준基準이 되었다.

---

200) 세 진眞(삼진三眞): 성성性과 명명과 정精의 셋을 가리킨다.
201) 우虞나라: 순舜이 세운 나라. 국도國都-포판蒲坂, 역년歷年-50년年 (245쪽「개창조국기원표開創肇國紀元表」참조참照)
202) 우禹: 하夏나라를 세운 사람으로 성성姓은 사似, 이름은 문명文命
203) 부루扶婁: 창수사자蒼水使者. 단제檀帝의 맏아들이시고, 단제檀帝를 이어 단군조선檀君朝鮮의 2대代 제왕帝王으로 즉위卽位하시었다.
204) 오행五行: 우주간宇宙間에 운행運行하는 원기元氣로서 만물萬物을 낳게 한다는 5원五素 즉卽 금金, 목木, 수水, 화火, 토土를 내세우는 설설說. 오행五行이라는 말은 처음 『상서尚書』의 「홍범구주편洪範九疇篇」에 나오는 것으로, 거기에 항목項目을 열거列擧하고 있으나 그것은 일상생활日常生活의 후생厚生을 위위爲하여 그 성질性質과 효용效用을 나타낸 것이다. 오행설五行說을 정식正式으로 주창主唱한 것은 전국시대戰國時代 추연騶衍이 오행五行의 덕덕德을 제왕조帝王朝에 배당配當시켜 우虞는 토덕土德, 하夏는 목덕木德, 은殷은 금덕金德, 주周는 화덕火德으로 왕王이 되었다는 설설說을 내세웠다. 그 후後 한대漢代에 이르러 음양오행설陰陽五行說이 성행盛行하여 오행五行을 우주조화宇宙造化의 면면에서 해석解釋하고, 또 일상日常 인사人事에 응용應用하면서 일체一體의 만물萬物이 오행五行의 힘으로 생성生成된 것이라 하여 여러 가지 사물事物에 이를 배당配當시켰다.
곧 목木은 육성育成의 덕德을 맡는다 하여 방위方位는 동東쪽이고 계절季節은 봄, 화火는 변화變化의 덕德으로 방위方位는 남南쪽이고 계절季節은 여름, 토土는 생출生出의 덕德으로 방위方位는 중앙中央이고, 4계절季節의 주주가 되며, 금金은 형금刑禁의 덕德으로 방위方位는 서西쪽이고 계절季節은 가을, 수水는 임양任養의 덕德으로 방위方位는 북北쪽이고 계절季節은 겨울에 해당該當한다고 한다. 한편便 오행五行의 관계關係에는 상생相生과 상극相剋이 있다. 상생相生은 목생화木生火, 화생토火生土, 토생금土生金, 금생수金生水, 수생목水生木으로 그 순서順序는 목木, 화火, 토土, 금金, 수水이다. 상극相剋은 수극화水剋火, 화극금火剋金, 금극목金剋木, 목극토木剋土, 토극수土剋水를 말하며 그 순서順序는 수水, 화火, 금金, 목木, 토土이다. (동아출판사『동아원색세계대백과사전』1984. 21권卷 400쪽)
205) 하夏나라: 우禹가 세운 나라. 국도國都-안읍安邑, 역년歷-439년年 (B.C. 2207～B.C. 1768) (245쪽「개창조국기원표開創肇國紀元表」참조參照)
206) 은殷나라: 탕왕湯王이 세운 나라. 국도國都-박호亳, 역년歷年-644년年 (B.C. 1768～B.C. 1124), 상상商나라라고도 불림 (245쪽「개창조국기원표開創肇國紀元表」참조參照)

성인聖人의 다스려서 바르게 함은 인人의 다스림인(人治) 까닭에 어지러운 날이 늘 많고, 진인眞人의 다스려서 바르게 하심은 천天의 다스림이신(天治) 까닭에 끝마침에 이르도록 하나도 어지러운 조정朝廷이 없으므로 단제檀帝의 자손子孫 47제왕帝王의 역년歷年이 1,212년年207)이나 하나도 어지러운 조정朝廷이 없으시었다.

요堯는 1선璇의 주인主人이었고 순舜208)은 2선璇의 주인主人이었고 우禹는 3선璇의 주인主人이었고 탕湯209)은 4선璇의 주인主人이었으며 무왕武王210)은 5선璇의 주인主人이었으니 청淸나라의 36선璇에 이르러서 여기에서 끝나고, 우리 동국東國은 곧 단제檀帝께서 1선璇의 옥제玉帝 승전升殿이 되시어서(그 자손子孫이 2,000여餘 년年을 계승繼承하니) 오직 우리 동국東國은 곧 남은 선璇이 오히려 많으니 대운大運이 우리나라로 돌아옴을 거의 알게 된다.

지나支那의 36선璇의 승전升殿과 입몰入沒은 그 기원基源의 글을 살펴보면 모두 자세仔細히 드러난다. 까닭에 이를 더불어 후일後日을 기다려라.

黃帝之上元甲子則天統時代故로眞天神國之政이行于世하니檀帝三神事紀에詳見하고唐侯_三眞學中數分敎知命之學_나非天統神敎故로其政不治하야人民入於洪水之中하야唐虞兩氏使禹治洪水하니亦工不成하야

禹純誠禱天이어늘檀帝께서는全天之主_신故로遣太子夫妻하사以敎治神法救之하시와弘益人間하시니是는五行治水法으로九年洪水의大患을救濟하시고仍히三神五行之敎(支那人稱神敎)를傳導하사夏殷兩代에治政基準이되나라

聖人之政은人治故로亂日이常多하고眞人之政은天治故로至終히一無亂廷故로檀帝之子孫四十七帝之歷年이一千二百十二年이나一無亂廷하시나라

堯爲一璇之主舜爲二璇之主禹爲三璇之主湯爲四璇之主武王爲五璇之主하야至淸三十六璇이終焉하고我東國則檀帝爲一璇玉帝升殿하사(其子孫이繼承二千餘年하니)唯我國則餘璇尙多하니大運이歸于我國을庶幾知矣라

---

207) 1,212년年: 이는 천통시대天統時代만을 말함이고, 『환단고기桓檀古記』「삼성기三聖紀 전全 상편上篇」에서는 단군조선檀君朝鮮(고조선古朝鮮)의 역년歷年이 2,096년年이라고 하였다.
208) 순舜: 우虞나라를 세운 사람
209) 탕湯: 은殷(상商)나라를 세운 사람
210) 무왕武王: 주周나라를 세운 사람. 국도國都-호鎬(서주西周), 낙읍洛邑(동주東周). 역년歷年-353년年(서주西周), 502년年(동주東周). (B.C. 1124~B.C. 256). (245쪽 「개창조국기원표開創肇國紀元表」 참조參照)

支那之三十六璇升殿入沒을考其本書하야詳見矣러니以待後日하라
지 나 지 삼 십 육 선 승 전 입 몰  고 기 본 서   상 현 의   이 대 후 일

〈참고參考〉

- 환단고기桓檀古記/태백일사太白逸史/삼한관경본기三韓管境本紀(이맥李陌 찬撰) 중中
에서 -

번한세가番韓世家 상上

치우천왕蚩尤天王께서는 서西쪽으로 탁예涿芮[211]를 정벌征伐하시고 남南쪽으로 회수淮水, 대산岱山을 평정平定하시었다. 산山을 파헤치고 길을 내서 통通하게 하시니 땅의 넓이가 만萬 리里에 이르렀다. 단군왕검檀君王儉에 이르러서는 당唐나라 후侯 요堯[212]와 나란히 같은 시대時代였는데 요堯의 덕德이 더욱 쇠衰함이 오니 더불어 땅을 다투기를 쉬지 아니하시었다.

천왕天王[213]께서 마침내 우虞나라 순舜에게 땅을 나누어 다스리도록 명命하시고 군사軍士를 파견派遣하여 주둔駐屯시키시고서 함께 당唐나라 후侯 요堯를 치기로 약속約束하시니 요堯가 마침내 힘이 꺾이어 순舜에게 의지依支하여 목숨을 보존保存하고자 나라를 넘겨주었다. 이에 순舜의 부자父子, 형제兄弟가 다시 같은 집으로 돌아가니 대개大蓋 나라를 다스리는 도道는 부모父母에 대對한 효도孝道와 형제兄弟에 대對한 우애友愛를(孝悌) 우선于先으로 하였다.
효제

9년年에 이르는 홍수洪水에 그 피해被害가 수만數萬의 국민國民에게 미치므로 단군왕검檀君王儉께서는 태자太子 부루扶婁를 보내시어 우虞나라 순舜과 약속約束하여 도산塗山에 불러 만나게 하시었다. 순舜은 사공司空 우禹를 보내 우리의 오행치수五行治水의 법법法法을 받아서 공功들여 물을 다스려서 마침내 성공成功하였다. 이에 우虞나라를 감독監督하는 관직官職을(監虞) 낭야성琅邪城[214]에 두시었고 이로써 구려九黎를 나누어 다
감 우

---

211) 탁예涿芮: 하북성河北省 탁록涿鹿과 산서성山西省 예성현芮城縣을 말한다. 예芮는 섬서성陝西省 대려현大荔縣 조읍성朝邑城 남南쪽으로도 볼 수 있다. 이곳은 주周 문왕文王 때 건립建立한 예국芮國이 있던 곳이다. (상생출판 『桓檀古記』안경전安耕田 역주譯註 2012. 461쪽 주註)
환 단 고 기

212) 당唐나라 후侯 요堯: 요堯(B.C. 2357~B.C. 2258)와 같은 때에 건국建國하였다 함은 요堯임금의 즉위卽位 원년元年을 기준基準으로 우리의 단기檀紀의 기원紀元을 비정比定했다. 그러나 『삼국유사三國遺事』엔 「唐高卽位五
당 고 즉 위 오
十年庚寅」이라 하였고 주해註解엔 요堯 즉위卽位 원년元年은 무진戊辰이요, 즉위卽位 50년年이면 정사년丁巳年이
십 년 경 인
지 어째서 경인년庚寅年이 되느냐고 의문疑問을 달았다. 이 기원紀元의 계산計算 근거根據는 하나가 아니고 설설說說이 많다. 우선于先 요堯의 즉위卽位 원년元年부터 이설異說이 많은 형편形便이다. (정신세계사『한단고기』임승국林承國 번역飜譯, 주해註解 1998. 216쪽 주註)

213) 천왕天王: 여기서의 천왕天王은 단군왕검檀君王儉을 가리킨다.

스리는(九黎分政)215) 논의論議를 결단決斷하시였다. 다시 말하여 『서경書經』에서 말하는바, "동東쪽으로 순행巡幸하여 멀리 산천山川의 신神께 제사祭祀를 지내고(望秩) 마침내 동방東方의 천자天子를(東后)216) 알현謁見하였다."라는 것이 바로 이것이다.

---

214) 낭야성琅耶城: 산동성山東省 제성현諸城縣의 동남東南쪽에 있는 군명郡名 (정신세계사 『한단고기』 임승국林承國 번역飜譯, 주해註解 1998. 216쪽 주註)
　지금只今의 산동성山東省 제성현諸城縣 동남東南에 있다. 원명原名은 가한성可汗城. 번한番韓의 2세世 낭야왕琅邪王이 개축改築하였다. (상생출판 『桓檀古記』 안경전安耕田 역주譯註 2012. 461쪽 주註)
215) 구려九黎를 나누어 다스림(九黎分政): 우리 민족民族으로서 오늘날의 중국中國(지나支那China) 대륙大陸에 진출進出한 민족民族을 구여九黎라 부르고 그 우두머리를 치우蚩尤라 한 듯하다. 중국사中國史에는 이를 「蚩尤爲九黎之後」라 하거나 「苗族之國名爲九黎　君主名蚩尤」(《중국민족사中國民族史》의 P. 4)라는 식式으로 기록記錄하고 있다. (정신세계사 『한단고기』 임승국林承國 번역飜譯, 주해註解 1998. 216쪽 주註)
216) 동방東方의 천자天子(東后): 『서경書經』의 우서虞書 순전舜傳에 있는 「마침내 동東쪽 천자天子를 찾아뵙고」라는 말에서 나오는 동후東后는 결決코 제후諸侯가 아니다. 그러나 사마천司馬遷 이래以來 중국中國(지나支那China) 사가史家들은 약속約束이나 한 듯 제후諸侯 곧 「동방東方 제후諸侯들을 돌아보고」라고 해석解釋하였으니 잘못이다. 사실事實은 동방東方의 나라, 순舜임금의 조국祖國 곧 단군조선檀君朝鮮의 상왕上王을 찾아뵙고 협시월協時月하고, 정일正日하고 동율도량형同律度量衡하고, 수오례修五禮하였다는 기록記錄인 것이다. 곧 「종주국宗主國 상왕上王을 알현謁見하고, 때와 달력曆을 협의協議하고, 날짜를 바로 하고, 음율률律과 도량형度量衡을 같이 하고, 관혼상제례冠婚喪祭禮 등等 예절禮節을 고쳐서 바르게 하였다」는 말로서, 제후諸侯인 순舜임금이 그 종주국宗主國과 이런 절차節次나 협의協議를 거치는 것은 당연當然하다.
　그러나 중국中國(지나支那China) 측側에선 이 점點을 호도糊塗하기 위爲해 역사적歷史的으로 많은 장난을 해 온 터이다. 그 확증確證될 만한 자료資料로는 원문原文에서 <사근동후肆覲東后>의 근관覲 자字 하나만 보아도 알 수 있다. 즉卽 <근관覲> 자字는 아랫사람이 웃어른을 찾아 뵐 근관覲 자字이니 「동방제후東方諸侯를 찾아뵀다」는 해석解釋은 우습기조차 한 것이다. 이 대목이야말로, 곧 『서경書經』의 이 구절句節이야말로 고대古代의 한韓·중中(지나支那China) 관계사關係史를 명확明確하게 밝힌 글이라 할 수 있다. 『서경書經』의 경문經文을 다음에 옮긴다.
　「歲二月　東巡守　至于岱宗　協時月　正日　同律度量衡　修五禮五玉三帛二生一死贄　如五器　卒乃復」이는 "그해 2月月엔 동東쪽으로 순수巡狩하시사 태산泰山(산동성山東省 소재所在)에 이르러 마침내 동東쪽의 종주국宗主國 상왕上王을 찾아뵙고서 시時, 월월月을 협의協議하여 맞추고, 날을 바로 잡아 정정定하고, 음율音律과 도량형기度量衡器를 통일統一하고, 오례五禮(관冠, 혼婚, 상喪, 제祭, 례禮)의 법法을 바르게 고치고, 다섯 가지 옥玉과 세 가지 비단緋緞, 두 가지 산 짐승, 한 가지 죽은 짐승의 예물禮物 및 그 밖의 예법禮法을 종주국宗主國과 협의協議하고 정리整理하였다. 다섯 가지 홀笏만은 제사祭祀가 끝난 뒤 종주국宗主國으로 되돌려 주었다."는 뜻이다. 현재現在 시판市販되고 있는 서경書經의 번역서飜譯書 가운데 위 번역문飜譯文처럼 된 책冊은 하나도 없고 다만 중국中國(지나支那China)쪽 엉터리 해석解釋만 따르고 있으니 안타깝다. (정신세계사 『한단고기』 임승국林承國 번역飜譯, 주해註解 1998. 216~217쪽 주註)
　『강희자전康熙字典』에서는 "后.君后.我后.夏后.夏言后者. 白虎通云: 以揖讓受于君, 故稱后, 告于皇天后土"라고 하였다. 여기서 '후后' 자字는 『강희자전康熙字典』에서 밝힌 것처럼 군주君主를 지칭指稱하는 말이다. 제후諸侯를 말하는 것이 결決코 아니다. 또 '근관覲' 자字는 '하현상下見上', 즉卽 아랫사람이 윗사람에게 문안問安드린다는 말이다. 『강희자전康熙字典』은 "천자天子가 즉위卽位하면 제후諸侯들이 북면北面하여 천자天子께 알현謁見하는 것을 일러 근관覲이라 한다. [天子當依而立, 諸侯北面, 而見天子曰覲]"라고 하였으니, "제후諸侯인 순舜임금이 그 종주국宗主國의 천자天子이신 단군왕검檀君王儉을 알현謁見하였다"는 것이 '사근동후肆覲東后'의 본本뜻이다. 그러므로 "동방東方의 제후諸侯를 찾아뵀다"라고 한 중국中國(지나支那China) 측側의 해석解釋은 역사歷史의 진실眞實을 왜곡歪曲한 아전인수我田引水 격格의 억지 해석解釋에 지나지 않는다. (상생출판 『桓檀古記』 안경전安耕田 역주譯註 2012. 488쪽 주註)

진국辰國217)은 천제天帝의 아들이(天帝子) 다스리는 곳인 까닭으로 5년年 동안에 순수巡狩하여 낭야琅耶에 이르심이 1회回이었고 순舜은 제후諸侯인 까닭으로 진국辰國의 한한께(辰韓) 나아가 알현謁見하는(朝覲) 것이 4회回이었다. 이에 단군왕검檀君王儉께서는 치우蚩尤의 후손後孫 가운데 지모智謀와 용력勇力이 뛰어난 자者를 가려 뽑아서 번국番國의 한한으로(番韓) 임명任命하시고서 험독險瀆218)에 관청官廳을 세우시었다. 지금只今도 역시亦是 왕검성王儉城219)이라고 부른다.

치두남蚩頭男은 치우천왕蚩尤天王의 후손後孫으로 용맹勇猛과 지혜智慧로써 세상世上에 널리 드러나서 소문所聞이 자자藉藉하였다. 단군檀君께서 이에 불러서 만나보시고 이를 기특奇特하게 여기시고서 그 자리에서 바로 벼슬을 내리시어 번국番國의 한한으로 삼으시고 겸兼하여 우虞나라의 다스려 바르게 함을(政) 감독監督하게 하시였다. 경자년庚子年에 요하遼河220) 중류中流의 열두 개個의 성城을 쌓았으니 험독險瀆, 영지令支, 탕지湯池, 용도桶道, 거용渠鄘, 한성汗城, 개평蓋平, 대방帶方, 백제百濟, 장령長嶺, 갈산碣山, 여성黎城이 그것이다.

치두남蚩頭男이 죽자 아들 낭야琅邪가 즉위卽位하였다. 이 해 경인庚寅 3월月에 가한성可汗城을 개축改築함으로써 예상豫想하지 못할 일에 대비對備하였다. 가한성可汗城은 일명一名 낭야성琅邪城이라 하니 번국番國의 한한 낭야琅邪가 쌓은 까닭에 이름을 얻었다.

---

217) 진국辰國: 사근동후肆覲東后의 『서경書經』 기록記錄에 「지우태종至于太宗하사 사근동후肆覲東后하셨다」고 하였으니 아마도 진국辰國의 위치位置는 태산太山이 있는 산동성山東省 근처近處를 말함이 옳을 듯하다. 지난날 일본사학日本史學은 한반도韓半島 전체全體를 진국辰國으로 비정比定하여 온갖 학문적學問的인 만행蠻行을 자행恣行했던 것이다. (정신세계사 『한단고기』 임승국林承國 번역飜譯, 주해註解 1998. 217쪽 주註)

진국辰國에서 '진辰'은 '신'으로도 발음發音하는데 '대大, 상上'의 뜻이다. 단군조선檀君朝鮮의 삼한三韓을 합合하여 말하면 진국辰國이고 나누어 말하면 삼한三韓이다. 『삼국지三國志』 「한전韓傳」에는 "진한辰韓은 옛적의 진국辰國이다. [辰韓者, 古之辰國也]"라고 하였다. 삼한三韓의 한한은 국명國名이자 관명官名으로, 한한(王干=한한)과 통通通한다. 삼한三韓 중中 진한辰韓은 단군檀君(천왕天王=진왕辰王)께서 직접直接 통치統治하시고, 마한馬韓, 번한番韓은 부副 단군檀君 격格인 왕王을 두어 다스렸다. 여기서 말하는 진국辰國은 '대국大國, 상국上國 또는 종주국宗主國'이란 뜻이다. (상생출판 『桓檀古記』 안경전安耕田 역주譯註 2012. 488쪽 주註)

218) 험독險瀆: 번한番韓의 수도首都로 지금只今의 하북성河北省 개평開平 동북東北쪽 70리里에 있는 탕지보湯池堡를 말한다. (상생출판 『桓檀古記』 안경전安耕田 역주譯註 2012. 463쪽 주註)

219) 왕검성王儉城: 중국中國(지나支那China)쪽에서는 왕험성王險城 또는 험독險瀆이라 적었으니 이는 『한서漢書』 지리지地理誌 험독險瀆의 기록記錄을 기준基準으로 한 것이리라. 왕험성王險城은 현재現在의 하북성河北省 산해관山海關 남南쪽의 창려昌黎 지방地方일 것이다. (정신세계사 『한단고기』 임승국林承國 번역飜譯, 주해註解 1998. 133쪽, 217쪽 주註)

220) 요하遼河: 중국中國(지나支那China) 만주滿洲 남부南部의 강江. 동요하東遼河는 요령성遼寧省 북부北部 평정산平頂山에서, 서요하西遼河는 내內 몽고蒙古 자치구自治區 남부南部에서 발원發源하여 삼강구三江口 남방南方에서 합류合流하여 남南쪽으로 흘러 영구營口에서 발해渤海로 들어감. 유역流域은 농업農業 지대地帶임. [1,900Km] (민중서관民衆書館 『민중 국어대사전』 이희승李熙昇 편編 1963. 2156쪽)

116

갑술년甲戌年에 태자太子 부루扶婁께서 명命을 받들어 도산塗山으로 가시는 길에 반半 달 동안 낭야琅邪에 머무르시면서 소문所聞으로 퍼져 돌아다니는 국민國民들의 사정事情과 형편形便을 들으시었다. 우虞나라 순舜도 역시亦是 사악四岳221)을 인솔引率하고서 물을 다스리는(治水) 여러 일들을 보고報告하였다. 번국番國의 한韓이 태자太子의 명命을 좇아서 지경地境 안에 크게 경당扃堂을 일으키고 아울러 태산泰山에서 삼위三位의 신神께(三神) 제사祭祀 지내도록 하니 이로부터 삼위三位의 신神을 받드는 옛 풍속風俗이 회수淮水, 사수泗水 사이의 지역地域에서 크게 행행하여졌다.

## 番韓世家 上
번한세가 상

蚩尤天王이 西征涿芮하고 南平淮岱하사 披山通道하시니 地廣萬里라 至檀君王儉하야 與唐堯로 並世하시니 堯德이 益衰來하야 與爭地不休라

天王께서 乃命虞舜하사 分土而治하시고 遣兵而屯하사 約以共伐唐堯하시니 堯乃力屈하야 依舜而保命하야 以國讓하니라 於是에 舜之父子兄弟가 復歸同家하니 蓋爲國之道는 孝弟爲先이라

及九年洪水하야 害及萬民故로 檀君王儉께서 遣太子扶婁하사 約與虞舜으로 招會于塗山하실새 舜이 遣司空禹하야 受我五行治水之法하고 而功乃成也라 於是에 置監虞於琅耶城하야 以決九黎分政之議하니 卽書所云東巡望秩肆覲東后者가 此也라

辰國은 天帝子所治故로 五歲에 巡到琅耶者一也오 舜은 諸侯故로 朝覲辰韓者四也라 於是에 檀君王儉께서 擇蚩尤後孫中에 有智謀勇力者하사 爲番韓하사 立府險瀆하시니 今亦稱王儉城也라

蚩頭男은 蚩尤天王之後也라 以勇智로 著聞於世러니 檀君께서 乃召見而奇之하시 卽拜爲番韓하시고 兼帶監虞之政하니라 庚子에 築遼中十二城하니 險瀆令支湯池桶道渠鄘汗城蓋平帶方百濟長嶺碣山黎城이是也라

頭男이 薨하니 子琅邪가 立하니라 是歲庚寅三月에 改築可汗城하야 以備不虞하니라 可汗城은

---

221) 사악四岳: 요순시대堯舜時代의 관직官職 이름. 큰 산山 네 곳을 나누어 관장管掌하였다. (상생출판 『桓檀古記』 안경전安耕田 역주譯註 2012. 463쪽 주註)

一名琅邪城이니以番韓琅邪의所築故로得名也라
일 명 랑 야 성      이 번 한 랑 야    소 축 고    득 명 야

甲戌에太子扶婁께서以命으로往使塗山할새路次琅邪하야留居半月하야聽聞民情하니虞
갑 술  태 자 부 루    이 명    왕 사 도 산    노 차 랑 야    유 거 반 월    청 문 민 정    우

舜이亦率四岳하야報治水諸事하니라番韓이以太子命으로令境內하야大興局堂하고幷祭三
순  역 솔 사 악    보 치 수 제 사    번 한  이 태 자 명    영 경 내    대 흥 경 당    병 제 삼

神于泰山하니自是로三神古俗이大行于淮泗之間也라
신 우 태 산    자 시  삼 신 고 속  대 행 우 회 사 지 간 야

- 환단고기桓檀古記/태백일사太白逸史/소도경전본훈蘇塗經典本訓 제第 5五(이맥李陌 찬撰) 중中에서 -

자부선생紫府先生[222])께서는 발귀리發貴理[223])의 후손後孫이시다. 태어나시면서 신령神靈스러우시며 사리事理에 밝으시었고 도道를 이루어 얻어서 하늘에 날아오르시었다. 일찍이 해와 달이 운행運行하는 길을 측정測定하시고 오행五行의 수리數理를 따져서 「칠정운천도七政運天圖」를 지어 만드시니 이것이 칠성력七星曆의 시작始作이다. 뒤에 창기소蒼其蘇가 다시 그 법법法을 널리 펴 넓혀서 설명說明하여 이로써 오행치수五行治水의 법법法을 밝혔다. 이 역시亦是 신시神市 황부黃部의 『중경中經』이 전전傳하여 옴이다.

우虞나라 사람 사우姒禹[224])가 회계산會稽山[225])에 이르러 조선朝鮮으로부터 가르침을 받았는데 자허선인紫虛仙人으로 인因하여 창수사자蒼水使者[226]) 부루扶婁를 찾아 청청請하

---

222) 자부선생紫府先生: 14세世 치우천황蚩尤天皇 때의 신선神仙. 일찍이 황제黃帝 헌원軒轅, 공공共工, 대요大堯, 창힐倉頡 등等에게 동방東方의 대도大道를 전수傳授하시었다. (상생출판 『桓檀古記』 안경전安耕田 역주譯註 2012. 503쪽 주註)

223) 발귀리發貴理: 배달倍達 5세世 태우의환웅太虞儀桓雄 때의 신선神仙. 뒷날 치우천황蚩尤天皇 때의 신선神仙인 자부선생紫府先生은 발귀리發貴理의 후손後孫이다. 성지聖地 태백산太白山(백두산白頭山) 아래 사선각四仙閣이 있는데, 4선仙은 ①발귀리發貴理 ②자부선인紫府仙人 ③대련大連 ④을보륵乙普勒이다. (이유립李裕岦. 『커발한문화사상사文化思想史』 2권卷 24쪽) (상생출판 『桓檀古記』 안경전安耕田 역주譯註 2012. 501쪽 주註)

224) 사우姒禹: 성姓은 사姒, 이름은 문명文命. 하夏나라를 개국開國한 우왕禹王 (한뿌리 『환단고기』 이민수 옮김 1987. 170쪽 주註)

225) 회계산會稽山: 절강성浙江省에 있다. (한뿌리 『환단고기』 이민수 옮김 1987. 170쪽 주註)
 양자강揚子江 남南쪽에 있는 산山 이름이다. (정신세계사 『한단고기』 임승국林承國 번역飜譯, 주해註解 1998. 231쪽)
 지금只今의 절강성浙江省 소흥현紹興縣 동남東南쪽에 있다. 일명一名 도산塗山, 모산茅山, 동산棟山, 형산衡山이라고도 한다. 하夏나라 우禹임금이 도산씨塗山氏 여인女人과 혼인婚姻하였다는 고사古事가 있다. 이곳은 특특히 단군왕검君王儉의 태자太子 부루扶婁께서 우禹에게 홍수洪水를 다스리는 오행치수법五行治水法을 전수傳授하신 곳으로 유명有名하다. 그 뒤 우禹는 치수治水에 성공成功하였고, 죽을 때에도 그 은혜恩惠를 잊지 못하여 자기自己를 회계산會稽山에 묻어 달라고 유언遺言하였다.(『오월춘추吳越春秋』) (상생출판 『桓檀古記』 안경전安耕田 역주譯註 2012. 503쪽 주註)

226) 창수사자蒼水使者: 『오월춘추吳越春秋』에 창수사자蒼水使者께서 직접直接 하夏나라 우왕禹王에게 『금간옥첩金簡玉牒』을 전전傳하시는 장면場面이 나온다. 그러므로 여기 우虞나라 사람 사우姒禹를 직접直接 하夏나라 우禹임금으로 해석解釋함이 어떨까? 『금간옥첩金簡玉牒』이나 『황제중경黃帝中經』, 곧 신시황부神市黃部의 『중경中經』이 모두 같은 책책冊의 이름일 것이다. (정신세계사 『한단고기』 임승국林承國 번역飜譯, 주해註解 1998. 231쪽 주註)
 단재丹齋 신채호申采浩는 『조선상고문화사朝鮮上古文化史』와 『단재丹齋 신채호전집申采浩全集』 상上 380쪽에서

118

여 뵙고서 『황제중경黃帝中經』을 받았으니 곧 신시神市의 황부黃部의 『중경中經』이다.
우禹가 이를 취取하여 써서 시행施行하니 치수治水에 공공功이 있었다.

紫府先生께서發貴理之後也시니生而神明하시고得道飛昇이시라嘗測定日月之纏次하고
　자　부　선　생　　발　귀　리　지　후　야　　생　이　신　명　　득　도　비　승　　상　측　정　일　월　지　전　차
推考五行之數理하야著爲七政運天圖하시니是爲七星曆之始也라後에蒼其蘇가復演其
　추　고　오　행　지　수　리　　저　위　칠　정　운　천　도　　시　위　칠　성　력　지　시　야　　후　　창　기　소　　부　연　기
法하야以明五行治水之法하니是亦神市黃部之中經來也라
　법　　이　명　오　행　치　수　지　법　　시　역　신　시　황　부　지　중　경　래　야


虞人姒禹가到會稽山하야受敎于朝鮮하니因紫虛仙人하야求見蒼水使者扶婁하야受黃
　우　인　사　우　　도　회　계　산　　수　교　우　조　선　　인　자　허　선　인　　구　견　창　수　사　자　부　루　　수　황
帝中經하니乃神市黃部之中經也라禹取而用之하야有功於治水하니라
　제　중　경　　내　신　시　황　부　지　중　경　야　　우　취　이　용　지　　유　공　어　치　수

---

"'창수蒼水'는 창해滄海니 고대古代에 황해黃海, 발해渤海를 창해滄海라 하였나니"라고 하였다. 단군왕검檀君王儉의 맏아들이신 부루태자扶婁太子께서 도산회의塗山會議에 참석參席키 위爲해 바닷길로 갔기 때문에 창수사자蒼水使者라 한 것이다. (상생출판 『桓檀古記』 안경전安耕田 역주譯註 2012. 503쪽 주註)

### 다. 자학子學과 도학道學

문명文明이 자子[227]의 큰 줄기의 글이 이어져 전전傳함을 가지고 있으니 자子의 큰 줄기의 글이 이어져 전전傳함은 오직 동국東國의 학學이다. 모든 도학道學[228]을 아울러서 갖추었다.

『천부경天符經』에서 말하기를, "써서 달라지나(用變) 근본根本을 움직이지 아니한다(不動本)."고 하니 써서 달라지면 곧 사령四靈이 역易을 이루어서 만물萬物이 나고(生) 바뀌어 되니(化) 여기에 도학道學이 곧장 일어나고, 근본根本을 움직이지 아니하면 사체四體[229]가 달라지지 아니하여서 사자四子가 근본根本이 되는 까닭에 만물萬物이 이에서 빌리고 의지依支하여서 나고 바뀌어 된다.

이는 「조화기造化紀」에서, "물物은 낳음이 없음이(無生) 있고, 낳음이 있음이(有生) 있어서 낳음이 없음은 불리어 늘어나지 아니하며 다하여 없어지지도 아니하고 낳음이 있음은 능능히 불리어 늘어나서 마침내는 다하여 없어짐으로 돌아가며 오직 그 낳음이 없음에서 빌리고 의지依支하여야 낳음이 있음이 비로소 지어 일어난다."고 함이며 이는 단제檀帝께서는 신자神子이신 까닭에 단지但只 신자神子와 망인자妄人子를 말씀하셨으니 낳음이 없음은 신자神子를 이르니 뇌腦 속에(腦中) 자리하시고, 낳음이 있음은 망인자妄人子를 이르니 가슴 속의(胸中) 심心의 자리에 자리하신다.

지인至人의 글에서 말하기를, "인人이 낳음이 없음이 있고, 낳음이 있음이 있으니 낳음이 없음은 능능히 낳음을 지어내고 낳음이 있음은 미치지 못하여서 지어내지 못하고, 바뀌어 됨이 없음이(無化) 있고, 바뀌어 됨이 있음이(有化) 있으니 바뀌어 됨이 없음은 능능히 바뀌어 됨을 바뀌어 되게 한다."고 하니 곡신谷神[230]을(진정자眞精子) 이르니 허리 가운데(腰中) 신부腎府에 자리하시고, 바뀌어 됨이 있음은 단중膻中의 망정자妄精子를 이르니 가슴 속의(胸中) 격부隔府에 자리하신다.

**文明이 有子統之傳하야 子統之傳은 惟東國之學也라 諸道學兼備矣라**
문명 유자통지전 자통지전 유동국지학야 제도학겸비의

---

227) 자子: 하나의 자子(자통지전子統之傳). 상철上喆의 학學(순리純理), 진자학眞子學, 진(인)학眞(人)學, 일신一神 단제檀帝의 진자학眞子學 (만세불역지전萬世不易之典)
228) 도학道學: 셋의 도道(도통지전道統之傳) ① 인천인人天人의 성도聖道, 중철中喆의 학學(이리와 수數의 교잡교雜), 명命을 깨달아 앎(지명知命)의 학學, 성인학聖人學, 유도儒道 ② 인지人地(여女)의 선도仙道(순수純數), 정精을 도와서 기르고 지킴(보정保精)의 학學, 선(인)학仙(人)學, 신선도神仙道 ③ 현천玄天의 지인도至人道, 하철下喆의 학學(순수純數), 정精을 도와서 기르고 지킴(보정保精)의 학學, 지인학至人學, 불도佛道 (만세불역지전萬世不易之典)
229) 진천眞天, 현천玄天, 창천蒼天, 공천空天의 사천四天을 가리킨다.
230) 곡신谷神: 노자老子 『도덕경道德經』에 나오는 말 (122쪽 〈참고參考〉 참조參照)

天符經에 曰用變不動本이라하시니 用變則四靈成易하야 萬物이 生化하니 道學이 立焉하고 不
동 본 즉 사 체 불 변       천 부 경  왈 용 변 부 동 본         용 변 즉 사 령 성 역     만 물  생 화    도 학  입 언   부
動本則四體不變하야 四子爲本故로 萬物이 藉于此而生化하나니
동 본 즉 사 체 불 변     사 자 위 본 고   만 물  자 우 차 이 생 화

此는 造化紀에 『物은 有無生하며 有有生하니 無生은 不殖不滅하고 有生은 能殖하야 終歸于
차  조 화 기    물  유 무 생    유 유 생      무 생  불 식 불 멸    유 생  능 식    종 귀 우
滅이니 惟其藉乎無生이어사 有生이 作이라하시니』 此는 檀帝는 神子_신 故로 但言神子與妄人
멸     유 기 자 호 무 생      유 생  작            차  단 제  신 자  고   단 언 신 자 여 망 인
子시고 无生은 神子之謂也니 位於腦中하고 有生은 妄人子之謂也니 位於胸中心位하나라
자    무 생  신 자 지 위 야   위 어 뇌 중    유 생  망 인 자 지 위 야   위 어 흉 중 심 위

至人書曰_ 『人이 有无生하며 有有生하니 无生은 能生生하고 有生은 不能不生하며 有无化
지 인 서 왈   인  유 무 생    유 유 생      무 생  능 생 생    유 생  불 능 불 생    유 무 화
하며 有有化하니 无化는 能化化라하니』 谷神(眞精子)之謂也니 位於腰中腎府하고 有化는 膻
하며 유 유 화    무 화  능 화 화        곡 신 진 정 자 지 위 야   위 어 요 중 신 부    유 화  단
中妄精子之謂也니 位於胸中隔府하나라
중 망 정 자 지 위 야   위 어 흉 중 격 부

<참고參考>

- 사천四天의 이리와 수數 -
· 진천眞天의 1도一度의 이리: 1,539리理 (81×19)
· 현천玄天(진지眞地)의 1도一度의 수數: 1,296수數 (72×18)
· 창천蒼天(인천人天)의 1도一度의 이수理數: 1,458이수理數 (81×18)
· 공천空天(인지人地)의 1도一度의 이수理數: 1,368이수理數 (72×19)

- 사자四子 -
· 신자神子: 진천眞天의 중심中心
· 진정자眞精子(곡신谷神): 현천玄天의 중심中心
· 망인자妄人子(성신聖神, 신도神道): 창천蒼天의 중심中心
· 망인정자妄人精子(망정자妄精子): 망공천妄空天의 중심中心

- 사령四靈의 이리와 수數 -
· 진령眞靈(진태양眞太陽)의 1도一度의 이리: 1,520리理 (80×19) - 노양老陽
· 진정령眞精靈(진월眞月)의 1도一度의 수數: 1,260수數 (70×18) - 소양少陽
· 망령妄靈(일태양日太陽)의 1도一度의 이수理數: 1,440이수理數 (80×18) - 노음 老陰
· 망정령妄精靈(망월妄月)의 1도一度의 이수理數: 1,330이수理數 (70×19) - 소음 少陰

- 노자老子 도덕경道德經, 노자도덕경해老子道德經解(석덕청釋德淸 저著) 중中에서 -
231)

　　곡신谷神은 죽지 않으니 이를 현빈玄牝이라고 말하고 현빈玄牝의 문門 이를 천지天地의 뿌리라고 말한다. 끊어지지 않고 죽 이어져서 계속繼續하여 머물러 있는 듯하니 베풀어 쓰나 애써 부지런하지 아니하다.

　　谷神不死하니是謂玄牝이라玄牝之門_是謂天地根이라綿綿若存하니用之不勤이라
　　곡 신 불 사　　시 위 현 빈　　현 빈 지 문　시 위 천 지 근　　면 면 약 존　　용 지 불 근

　　◎ 이는 도道의 자체自體는 늘 머무른 상태狀態대로 계속繼續하여 있음을 말하며 이로써 위 문장文章에서「도道의 자체自體는 텅 비었지만 다하여 물러나지 않으니 일어나 움직이면 점점漸漸 더 나온다.」고 했던 의미意味를 풀이하였다. '곡谷'은 텅 빈 상태狀態에서 소리가 부딪쳐 오는 대로 감응感應해 줄 수 있다. 이로써 도道의 자체自體는 지극至極히 텅 비고 신령神靈스러우며 기묘奇妙하여서 가可히 헤아리지 못하니 고금古今에 걸쳐 길이 머무른 상태狀態대로 계속繼續하여 있음을 비유譬喩하였다. 그래서 곡신谷神은 죽지 않는다고 말한다.

　　또한 능能히 천天을 내고 지地를 내서 만물萬物이 나고 또 나서 그치지 아니하는 까닭에 이를 일러서 현빈玄牝이라고 말한다. 빈牝은 물物의 암컷이니 다시 말해서 이르는 바의 만물萬物의 모체母體이시다.

　　此言道體常存이니以釋上章虛而不屈하니動而愈出之意也라谷은虛而能應者니以譬
　　차 언 도 체 상 존　　이 석 상 장 허 이 불 굴　　동 이 유 출 지 의 야　　곡 허 이 능 응 자　　이 비
　　道體至虛하고靈妙而不可測하니亘古今而長存이라故曰谷神不死니라
　　도 체 지 허　　영 묘 이 불 가 측　　긍 고 금 이 장 존　　고 왈 곡 신 불 사

　　且能生天生地하야萬物生生而不已하니故曰是謂玄牝이라牝은物之雌者라卽所謂萬
　　차 능 생 천 생 지　　만 물 생 생 이 불 이　　고 왈 시 위 현 빈　　빈 물 지 자 자　　즉 소 위 만
　　物之母也라
　　물 지 모 야

　　◎ 문門은 곧 출입出入하는 가장 중요重要한 부분部分이다(樞機). 도道를 일러서 추기樞機가 된다고 말하니 만물萬物이 모두 추기樞機에서 나오고 추기樞機로 들어간다. 그래서 말하기를, "현빈玄牝의 문門 이를 일러서 천지天地의 뿌리라고 한다."고 한다.

　　면綿이란 아득하게 길게 이어져서 단절斷絶하지 않는다는 의미意味이다. 이 도道의 자체自體는 지극至極히 아득하고 지극至極히 은미隱微하여서 끊어지지 않고 죽 이어져서 단절斷絶하지 않는다고 말한다. 그래서 말하기를, "마치 머무른 상태狀態대로 계속繼

231) 세계사『老子 그 불교적 이해』감산덕청憨山德淸 해解, 송찬우 옮김 1995. 48쪽 및 五八쪽

續하여 있는 듯하다."고 하였다. 점점漸漸 더 일어나 움직일수록 점점漸漸 더 나와서 베풀어 써서 다하지 아니하는 까닭에 말하기를, "애써 부지런하지 아니하다."고 한다.

무릇 마음을 가지고 지어 일어남을 바라서 구求할 때를 근勤이라고 말한다. 대저大抵 도道의 자체自體는 지극至極히 텅 비어서 무심無心하나 감응感應하여 따라 움직여서 베풀어 쓰는 까닭에 애써 부지런하지 아니하다.

門은卽出入之樞機라謂道爲樞機니萬物皆出於機하고入於機니라故曰玄牝之門_是謂天地根耳라

綿은幽綿不絶之意라謂此道體至幽至微하여綿綿而不絶이니故曰若存이라愈動而愈出하고用之不竭하니故曰不勤이라

凡有心要作_謂之勤이니蓋道體至虛하여無心而應用하니故不勤耳라

신자神子께서 진천眞天의 가운데 자리하시어 100리理의 그림자인(影) 90수數로써 현천玄天과 진지眞地232)로 바뀌어 되시었다. 이理 100이 물러나서 그림자로(影) 바뀌어 되시니 비로소 형상形狀이 있고 물物이 있다. 이理가 바뀌어 됨으로 말미암아 무無가 바뀌어 되니 능能히 바뀌어 됨을 바뀌어 되게 하여서 물物로 바뀌어 된다. 그 이름을 곡신谷神이라 일컫고 그 형상形狀을 취取하여 현빈玄牝233)이라고 부른다.

신자神子께서는 맺어 이루어서 사람으로 나시었다가(凝而生人) 마침내는 신神께 돌아가서 자子를 통솔統率하시고, 진정자眞精子께서는 정精이 맺어 이루어서 사람으로 바뀌어 되시어서(精凝化人) 이로써 신자神子를 보좌輔佐하다가 마침내는 진정眞精에 돌아가시니 만법천사萬法天師와 반고씨盤古氏와 광성자廣成子이시다. 망인자妄人子234)께서는 그 성性을 꿰뚫어 통通하여(通其性) 일신一神께 나아가 뵈오니 단제檀帝 이후以後의 여러 자리의 신자神子이시다.

망인정자妄人精子께서는 진정성眞精性을 꿰뚫어 통通하여서(通眞精性) 바뀌어 되어 지인至人이 되시어서 이로써 신자神子를 보좌輔佐하다가 마침내는 돌로 된 사람으로(石人) 바뀌어 되시니 황석공黃石公과 비삼문扉三門이시고 이들은 천통天統의 시대時代에 신자神子의 상신相臣이시다. 이는 많은 무리의 사람들의 망정심성妄精心性이니 곧 망정신심妄精身心의 도道 2二의 자리이고 바로 이는 진정심眞精心의 도道 2二의 자리인 까닭으로 인因하여 도道가 되어서, 능能히 바뀌어 됨을 바뀌어 되게 하여서 만물萬物을 바뀌어 되게 하며 지어나게 하는 까닭에 현천玄天의 모도母道에 나아가 뵈옵고서 영원永遠히 살아서 죽지 아니함에 이르니 이는 지인至人의 성聖스러운 도道이다. 그러하니 곧 이는 가운데 2二를 보살펴 지켜서 도道를 이루어 얻음을 말한다.

황제黃帝와 노자老子는 현빈玄牝을 한가지로 서로 같이 하시나 다른 것은 황제黃帝는 진인眞人이신 까닭에 지인至人과 성인聖人이 갖추어져 완전完全하시고 노자老子는 단지但只 지인至人이실 뿐이다.

각도角度에는 둘이 있으니 하나의(一) 이理는 이理의 각도角度가 100이고 수數의 각도角度가 90임이 세상世上에 전전傳하여져서 물질物質 문명文明이 더할 수 없을 정도程度

---

232) 지地가 처음으로 열릴 때 지地 속의 2의 화火가 흔들리고 밀쳐 움직여서 여기에서 맑음과 흐림으로 나누어지니, 맑은 것은 위로 올라가서 현천玄天이 되고, 흐린 것은 아래로 내려와서 진지眞地가 된다. 「地之始開之時에地中二火震盪하야淸濁이分焉할새淸上爲玄天하고濁下爲眞地하나라」 (만세불역지전萬世不易之典)

233) 현빈玄牝: 노자老子『도덕경道德經』에 나오는 말. "곡신谷神은 죽지 않으니, 이를 현빈玄牝이라고 말한다. 「谷神不死 是謂玄牝」" (122쪽 <참고參考> 참조參照)

234) 망인자妄人子: 창천蒼天(인천人天)의 중심中心, 성신聖神

로 깊고 넓어졌다.

神子_位於眞天之中하사 以百理之影九十數로 化玄天眞地하시니라 理百退而影化하고
始有像而有物이라 由理化而無化하니 能化化而化物이라 稱其名谷神取其像曰玄牝이라

神子는 凝而生人이라가 終歸于神하사대 統率子하시고 眞精子는 精凝化人하사 以佐神子라가
終歸于眞精하시니 萬法天師盤古氏廣成子시며 妄人子께서는 通其性하사 朝于一神하시니 檀
帝以後諸位神子_시니라

妄人精子께서는 通眞精性하사 化爲至人하야 以佐神子라가 終化石人하시니 黃石公與扉三
門이시니 是는 天統神子之相臣이시니라 此衆人之妄精心性則妄精身心道二位_便是眞精
心道二位故로 因爲道而能化化하야 化生萬物故로 朝於玄天母道하야 至於永生不死하나
니 此至人之聖道也라 然則此는 守中二하야 得道之謂也라

黃帝와 老子_同玄牝而異者는 黃帝는 眞人이신 故로 至人聖人備全하시고 老子는 但至人
而已라

角度者有二한 一理는 理角度가 百이요 數角度가 九十이 傳于世하야 物質文明이 遠於極度
하나라

125

역易의 시작始作은 사기四氣에서 일어나고 사기四氣는 곧 이는 사령四靈이니 일日과 월月의 달라짐이 이것이어서, 진천眞天의 기氣는 진천眞天이 써서 달라지심에(用變) 근본根本의 자리를 움직이지 아니하시고서(不動本位) 써서 달라지시어서 진태양眞太陽에게 명命하시니 1一의 자리께서(一位) 근본根本의 자리를 움직이지 아니하시어서 중심中心이 허虛하여서 영靈이 되는 까닭에 진령眞靈이 되고, 망인천妄人天235)이 써서 달라지심에 근본根本의 자리를 움직이지 아니하시고서 써서 달라지시어서 망일태양妄日太陽에게 명命하시니 가운데 1一의 자리께서 근본根本의 자리를 움직이지 아니하시어서 중심中心이 허虛하여서 영靈이 되는 까닭에 망령妄靈이 되고, 현천玄天236)이 써서 달라지심에 근본根本의 자리를 움직이지 아니하시고서 써서 달라지시어서 진태음월眞太陰月에게 명命하시니 가운데 2二의 자리께서 움직이지 아니하시어서 중심中心이 공空하여서 영靈이 되는 까닭에 진정령眞精靈이 되고, 망공천妄空天237)이 써서 달라지심에 근본根本의 자리를 움직이지 아니하시고서 써서 달라지시어서 망월태음妄月太陰에게 명命하시니 가운데 2二의 자리께서 움직이지 아니하시어서 중심中心이 공空하여서 영靈이 되는 까닭에 망정령妄精靈이 되어서, 사기四氣, 사령四靈이 만물萬物을 처음으로 지어 일어나게 하고 바뀌어 되게 하니 이것이 사천四天의 공功이 베풀어져 쓰이는 곳이 된다.

진태양眞太陽의 일日이 노양老陽이 되고, 망태양妄太陽의 일日이 노음老陰이 되고, 진태음眞太陰의 월月이 소양少陽이 되고, 망태음妄太陰의 월月이 소음少陰이 되어서 여기에 사상四象이 이루어지니 진일眞日, 망일妄日과 진월眞月, 망월妄月이 함께 모여서 형상形狀을 이루는 까닭에 일日과 월月이 합合한 글자字를 역易이라고 이름 지어 부른다. 역易의 시작始作인 까닭에 이름 지어 대역大易이라고 부른다.

일日과 월月이라는 것은 써서 달라지는 까닭에 무릇 역易이라는 것은 달라지는 역易을(變易) 이르니 그 체體를 정定하여 움직이지 아니하게 하면 역易이 아니다. 그리하여 그 달라지는 법法이 상대성相對性을 가지고 근본根本을 삼는 까닭에 일차一次로 한 배倍를 더하여서 여기에 양의兩儀238)가 세워지고 이차二次로 한 배倍를 더하여서 여기에 사상四象이 이루어지고 삼차三次로 한 배倍를 더하여서 여기에 팔괘八卦가 이루어져서 천天, 지地, 인人의 삼재三才가 갖추어진다. 삼재三才가 여기에 이루어지면 곧 삼재三才도 역시亦是 상대성相對性이 있어서 내內, 외外의 구별區別이 있으니 다시 한 배倍를 더하기를 삼차三次를 하면 여기에 64괘卦가 이루어지고, 내內, 외外의 삼재三才가 역시亦是 상대성相對性이 있어서 내內, 외外의 삼재三才에 십이차十二次로 한 배倍를 더하면 곧 여기에 4,096괘卦가 이루어지니 십이차十二次에서는 십이지十二支가 다하므로 곧

---

235) 망인천妄人天: 인천人天
236) 현천玄天: 진지眞地
237) 망공천妄空天: 인지人地
238) 양의兩儀: 음陰과 양陽 또는 천天과 지地를 가리킨다.

산박散朴이 다하여 절정絶頂에 이른다.

역易이 글로 지어지게 됨은 영靈을 꿰뚫어 통通함이 근본根本이 되니 능能히 영靈을 꿰뚫어 통通한 연후然後에 능能히 천天이 명命하심이(天命) 어떠함을 깨달아 알고 능能히 천天의 명命을 깨달아 아는 사람은 사령四靈을 꿰뚫어 통通하여서 성聖을 이룬다.

역易을 꿰뚫어 통通한 사령四靈은 그는 바로 문왕文王239)이다. 문왕文王은 성인聖人이니 인통人統의 시대時代의 초기初期의 성인聖人의 시대時代의 성인聖人인 까닭에 능能히 전쟁戰爭과 군사軍事에 관關한 일을 꿰뚫어 통通하여서 사령四靈을 부리어 썼고, 무왕武王이 이어서 사령四靈을 부리어 써서 은殷나라를 이겨서 이로써 대업大業을 이루었다. 천통天統의 시대時代의 말기末期와 인통人統의 시대時代의 초기初期에도 사령四靈이 세상世上에 나타나면 사령四靈이 신장神將을 통솔統率하니 신장神將이 항복降伏하여 돕지 아니함이 없으니 하물며 삼통三統240)이 끝나고 다시 천통天統의 시대時代의 초기初期이겠는가!

황제黃帝께서는 64괘卦를 그어 나누어서 대유大遊와 소유少遊의 수레 바닥 둘레 나무의 운행運行에 쓰시어서 길흉吉凶을 알게 하시고 「영귀구궁靈龜九宮」241)의 수數를 지어서 태을수太乙數에 쓰시었다. 황제黃帝께서는 진인眞人, 성인聖人, 지인至人의 자子와 도道의 둘을 쓰시었다.

易之始起於四氣而四氣便是四靈이니日月之變이是也而眞天之氣는眞天_用變하실새不動本位하시고用變하사命眞太陽하시니一位不動本位하사中心이虛而爲靈故로爲眞靈하고妄人天이用變하실새不動本位하시고用變하사命妄日太陽하시니中一位不動하사中心虛而爲靈故로爲妄靈하고玄天이用變하실새不動本位하시고用變하사命眞太陰月하시니中二位不動하사中心空而爲靈故로爲眞精靈하고妄空天이用變하실새不動本位하시고用變하사命

---

239) 문왕文王: 성姓은 희희姬姬, 이름은 창창昌으로 무왕武王의 아버지. 무왕武王이 주周나라를 세운 뒤에 문왕文王이라는 시호諡號를 추존追尊하였다.
240) 삼통三統: 천통天統, 인통人統, 지통地統의 세 통통統을 가리킨다.
241) 『영귀구궁靈龜九宮』: 구궁九宮.「낙서洛書」에서 발전發展한 방위方位의 자리 ①「낙서洛書」에 응應한 일백一白, 이흑二黑, 삼벽三碧, 사록四綠, 오황五黃, 육백六白, 칠적七赤, 팔백八白, 구자九紫의 구성九星에 중궁中宮과 건乾, 감坎, 간艮, 진震, 손巽, 리離, 곤坤, 태兌의 팔괘八卦를, 휴休, 사死, 상傷, 두杜, 개開, 경驚, 생生, 경景의 팔문八門에 배합配合하여, 그 운행運行하는 9방위方位의 자리를 이르는 말이다. ② 안장安葬하는 경우境遇 장혈葬穴의 깊고 얕음을 볼 때에는 8문八門 대신代身에 탐랑貪狼, 무곡武曲, 파군破軍, 거문巨門, 우필右弼, 문곡文曲, 좌보左輔, 염정廉貞, 녹존祿存의 구성九星을 붙인다. ③ 방소方所를 보는 데는「낙서洛書」의 수數에 천록天祿, 안손眼損, 식신食神, 징파徵破, 귀鬼, 합식合食, 진귀進鬼, 관인官印, 퇴식退食의 이름을 붙인다. (동아출판사『동아원색세계대백과사전』1984. 4권쪽 329쪽)

妄月太陰하시니中二位不動하사中心空而爲靈故로爲妄精靈하야四氣四靈이造化萬物하
니是爲四天之功用處也라

眞太陽日이爲老陽하고妄太陽日이爲老陰하고眞太陰月이爲少陽하고妄太陰月이爲少
陰하야四象이成焉하니眞妄日과眞妄月이俱會成象故로名曰日月合字하니易이라易之始故
로名曰大易이오

日月者는用變故로夫易者는變易之謂也니定其體則非易也라然其變法이以相對性이
爲本故로一次加一倍而兩儀立焉하고二次加一倍而四象成焉하고三次加一倍而八卦
成焉하니天地人三才備矣而三才成焉則三才도亦有相對性하야有內外之別하야又加一
倍三次則六十四卦成焉하고內外三才_亦有相對性하야內外三才十二次加一倍則四
千九十六卦成焉하니十二次十二支盡則散朴이極矣라

易之爲書通靈爲本이니能通靈然後에能知天命之如何而能知天命者는通四靈而成
聖也이라

通易之四靈은其唯文王乎인저文王은聖人이니人統之初聖人時之聖人인故로能通兵
事하야四靈用之하니武王繼而用之하야克殷하고以成大業하니天統之末人統之初도四靈이
出世하면四靈統率神將이無不降助온況三統之終天統之初乎아

黃帝劃六十四卦하야用於大遊少遊軌運하사使知吉凶하시고作靈龜九宮之數하사用於
太乙數하시니라黃帝께서는眞人聖人至人之子道를二用之하시니라

<참고參考>

- 한 배倍 더하는 법法(加一倍之法) -

· 1차一次: 1+1=2 (양의兩儀)
· 2차二次: 2+2=4 (사상四象)
· 3차三次: 4+4=8 (팔괘八卦)
· 4차四次: 8+8=16
· 5차五次: 16+16=32

- 6차六次: 32+32=64 (64괘卦, 8×8)
- 7차七次: 64+64=128
- 8차八次: 128+128=256
- 9차九次: 256+256=512
- 10차十次: 512+512=1,024
- 11차十一次: 1,024+1,024=2,048
- 12차十二次: 2,048+2,048=4,096 (4,096괘卦, 64×64)

『중용中庸』242)에서, "천天이 명命하심을 일러서 성性이라 하고(天命之謂性) 성性을 좇아서 지킴을 일러서 도道라고 하고(率性之謂道) 도道를 닦음을 일러서 가르침이라 한다 (修道之謂敎)."고 하니 이 항項은 성학聖學의 문중門中에서 심법心法을 전전傳하여 줌이니 오로지 많은 무리의 사람들의(衆) 성학聖學이다. 천天은 진천眞天이고 명命은 진천眞天 의 명命이며 성性은 진심眞心의 영靈이 피어 일어남이니 역易으로 이를 말하면 곧 건괘 乾卦이다.

성性을 좇아서 지킴을 일러서 도道라고 한다 하니 성性을 좇아서 지키는 것은 누구인 가. 혼魂인가 백魄인가, 혼魂도 아니고 백魄도 아니며 오직 이는 망심妄心의 영靈이다. 이 영靈이 참 명命의(眞命) 영靈에 의지依支하면 곧 안정安定된 심心의 영기靈氣가 망妄 이 없어져서 참으로 맑아서 천령天靈의 거울이(天靈鑑) 뇌부腦府에 열리고, 참으로 맑은 영靈이(眞淸靈) 천령天靈의 거울에 비치어서 참으로 맑은 영靈이 참 천령天靈의 거울에 (眞天靈鑑) 형상形狀을 나타내면 인심人心의 영靈과 진심眞心의 영靈이 한 거울에 함께 모여서 형상形狀을 나타내니 참으로 맑은 영靈을 그 이름을 일컬어 상제上帝시라 부르 고 공경恭敬하여 이를 글자字로 써서 도道라고 부른다.

이 도道가 뇌腦 속을(腦中) 중심中心이 되어 책임責任지고 맡아 다스리시니(主宰) 참 명命(眞命), 맑은 명命이(淸命) 오로지 이것이 여기에 존재存在하며 가可히 흩어져서 떠 나면 도道가 아니다. 가可히 흩어져 떠나서 지어난다면 무슨 도道를 깨우침인가? 참 명 命이 숨어서 나타나지 아니하면 숨어 나타나지 아니함이 이 숨어 나타나지 아니함보다 더할 수 없고, 맑은 명命이 작아지면 작아짐이 이 작아짐보다 더할 수 없다.

도道를 닦음을 일러서 가르침이라 한다고 하나 도道를 닦는다는 것은 성性을 좇아서 지키는 법法이니 성性에 의지依支하여 좇음을 말한다. 단지但只 명命에 의지依支하여 좇아서 그 생각과 근심을 잊음이 그 몸에 있지 아니함에 이른 연후然後에 가능可能하다.

---

242)『중용中庸』: 중국中國(지나支那China) 유교儒敎 경전經典의 하나. 공자孔子의 손자孫子인 자사子思의 저작著 作이라 알려져 있다. 오늘날 전전傳해지고 있는 것은 오경五經의 하나인『예기禮記』에 있는 「중용편中庸篇」이 송宋 나라 때 단행본單行本으로 된 것으로,『대학大學』,『논어論語』,『맹자孟子』와 함께 사서四書로 불리며, 송학宋學 의 중요重要한 교재敎材가 되었다. <중中>이란 어느 한쪽으로 치우치지 않는 것, <용庸>이란 평상平常을 뜻한다. 인간人間의 본성本性은 천부적天賦的인 것이기 때문에 인간人間은 그 본성本性을 따르지 않으면 안 된다. 따라서 본성本性을 좇아 행동行動하는 것이 인간人間의 도道이며, 도道를 닦기 위爲해서는 궁리窮理가 필요必要하다. 이 도道를 위爲하여는 궁리窮理가 필요必要하다. 이 궁리窮理를 교敎라고 한다.『중용中庸』은 요要컨대 궁리窮理를 연구硏究한 책冊이다. 즉卽 인간人間의 본성本性은 한 마디로 말해서 성誠일진대, 사람은 어떻게 하여 이 성誠으로 돌아갈 수 있는가를 규명糾明한 책冊이라고 할 수 있다. 한편便 <주자朱子>는『중용장구中庸章句』라고 하는 주석 서註釋書를 지었는데, 여기서 주자朱子는 자사子思가 도학道學의 전통傳統을 위爲해『중용中庸』을 썼다고 말하였 다. (동아출판사『동아원색세계대백과사전』1984. 25권卷 530쪽)

中庸에 天命之謂性이오 率性之謂道_오 修道之謂敎라하니 此項은 聖門傳授心法_오 惟衆
之聖學也라 天은 眞天이오 命은 眞天命이오 性은 眞心靈之發이오 以易言之則乾卦也라

率性之謂道라하니 率性者_爲誰오 魂耶魄耶 非魂非魄이오 惟此妄心之靈이라 斯靈이 依
眞命之靈則安心之靈氣가 無妄而眞淸하야 天靈鑑이 開於腦府하고 眞淸靈이 照於天靈鑑
하야 眞淸靈이 現形於眞天靈鑑則人心之靈과 眞心之靈이 俱會一鑑而現形을 眞淸靈이 稱
其號曰上帝라 敬而字之曰道라

斯道_主宰腦中하시니 眞命淸命이 惟此存焉하니 可離非道也라 可離而生이면 何道之喩
이리오 眞命은 隱莫隱於斯隱이오 淸命은 微莫微於斯微이라

修道之謂敎라하니 修道者는 率性之法이니 依性之謂也니 但依命而忘其思慮를 至於不
在其身然后可也니라

<참고參考>

– 환단고기桓檀古記/태백일사太白逸史/삼한관경본기三韓管境本紀(이맥李陌 찬撰) 중中
에서 –

때에 유위자有爲子께서 묘향산妙香山에 숨어 사시었으니 그의 학學은 자부선생紫府先
生에게서 나왔다. 지나다가 웅씨熊氏의 군주君主를 대면對面하게 되시었는데 웅씨熊氏
군주君主가, "나를 위爲하여 도道를 베풀어 펴시어 설명說明하여 주십시오." 하고 청請
하니 대답對答하여 말씀하시기를, "도道의 큰 근원根源은 삼위三位의 신神에서(三神) 나
오니 도道는 이미 처음부터 마주서 대對할 대상對象이 없고 일컬어 부를 칭호稱號도 없
으며 마주서 대對할 대상對象이 있으면 도道가 아니고 칭호稱號가 있으면 역시亦是 도
道가 아닙니다.

도道는 정정定하여진 바의 도道는 없고 때를 따르니 이에 비로소 도道가 귀귀貴한 것이
고, 칭호稱號에 늘 변變함없이 정정定하여진 칭호稱號가 없고 국민國民을 편안便安하게
하여야 이에 비로소 칭호稱號가 넉넉히 가득 찬 것입니다. 그 바깥이 없는 큼과 안이
없는 작음의 도道는 그래서 용납容納하여 품지 아니하는 것이 없습니다. 천天이 고동이
(機) 있으니 나의 마음의 고동에서 나타내 보이고, 지地가 모습이(象) 있으니 나의 몸의
모습에서 나타내 보이고, 물物이 맡아 다스림이(宰) 있으니 나의 기운의(氣) 맡아 다스림
에서 나타내 보이니 이에 곧 하나를 잡아 지켜서 셋을 머금어 품고(執一含三) 셋을 모아

서 하나로 되돌아가서 합합입니다(會三歸一).
會삼귀일

일신一神께서 내리어 임림臨하시는 것은 이는 물物의 이치理致이니 바로 천天 1一이 물을(水) 내는 도道이고, 성性을 꿰뚫어 통通하시여 밝고 환한 빛이신(性通光明) 것은 이는 나서 삶의(生) 이치理致이니 바로 지地 2二가 불을(火) 내는 도道이고, 세상世上에 계시면서 다스려 바르게 하여 바뀌어 되게 하시는(在世理化) 것은 이는 마음의(心) 이치理致이니 바로 인人 3三이 나무를(木) 내는 도道입니다.

대개大蓋 천지天地가 생겨난 맨 처음에 삼위三位의 신神께서 삼계三界를 처음으로 만들어 일으키셨으니 물로서(水) 천天을 본本뜨시고, 불로서(火) 지地를 본本뜨시고, 나무로서(木) 인人을 본本뜨시었습니다. 무릇 나무라는 것은 땅에 뿌리를 내리고 하늘에 나왔으니 역시亦是 사람이 땅에 똑바로 일어나 서서 능能히 하늘을 대신代身함과 같습니다.”고 하시니 군주君主가 말하기를, “옳으시고 훌륭하십니다! 그 말씀이시여!”라고 하였다.

時에 有爲子께서 隱於妙香山하시니 其學이 出於紫府先生也라 過見雄氏君한대 君이 請爲
시 유위자 은어묘향산 기학 출어자부선생야 과견웅씨군 군 청위
我陳道乎아 對曰, 道之大原이 出乎三神也라
아진도호 대왈 도지대원 출호삼신야

道旣無對無稱하니 有對非道오 有稱亦非道也라 道無常道하니 而隨時가 乃道之所貴也
도기무대무칭 유대비도 유칭역비도야 도무상도 이수시 내도지소귀야
오 稱無常稱이나 而安民이 乃稱之所實也라 其無外之大와 無內之小에 道乃無所不含也라
칭무상칭 이안민 내칭지소실야 기무외지대 무내지소 도내무소불함야
天之有機는 見於吾心之機하고 地之有象은 見於吾身之象하고 物之有宰는 見於吾氣之宰
천지유기 현어오심지기 지지유상 현어오신지상 물지유재 현어오기지재
也니 乃執一而含三하고 會三而歸一也라
야 내집일이함삼 회삼이귀일야

一神所降者는 是物理也니 乃天一生水之道也오 性通光明者는 是生理也니 乃地二生
일신소강자 시물리야 내천일생수지도야 성통광명자 시생리야 내지이생
火之道也오 在世理化者는 是心理也니 乃人三生木之道也라
화지도야 재세이화자 시심리야 내인삼생목지도야

蓋大始에 三神이 造三界하실새 水以象天하시고 火以象之하시고 木以象人하시니 夫木者는 柢
개대시 삼신 조삼계 수이상천 화이상지 목이상인 부목자 저
地而出乎天하야 亦如人이 立地而出하야 能代天也라하니 君曰善哉善哉라 言乎여
지이출호천 역여인 입지이출 능대천야 군왈선재선재 언호

- 환단고기桓檀古記/태백일사太白逸史/고구려국高句麗國 본기本紀(이맥李陌 찬撰) 중中에서 -

『대변경大辯經』에서 말한다. 고주몽高朱蒙[243] 성제聖帝께서 조서詔書를 내려 말씀

하시였다. 천신天神께서 만인萬人을 하나의 꼴로(像) 처음으로 만들어 일으키실 때 고르
게 세 진眞을(三眞) 베풀어 주시니 이에 사람은 그 하늘을 대신代身하여 능能히 세상世
上에 서게 되었다고 하였다. 하물며 우리나라의 선조先祖는 북부여北夫餘로부터 나와서
천제天帝의 자손子孫됨이겠는가. 철인哲人은 비워 욕심慾心없이 고요히 쉬며(虛靜) 경계
警戒하고 삼가서 법法에 맞게 행동行動하여(戒律) 길이 사특邪慝한 기운을 끊으니 그 마
음이 편안便安하며 크고 넉넉하여 자유自由로워서 저절로 뭇사람들과 함께 일마다 알맞
아 마땅함을 이루어 얻는다. 병기兵器와 군사軍士를 씀은 밖에서 침범侵犯하여 쳐들어
옴을 느슨하게 하려 하는 때문이요 형벌刑罰을 행행行行함은 죄악罪惡이 없음을 기대期待하
기 때문이다.

그러므로 비움이(虛) 지극至極하면 고요함이(靜) 생기고, 고요함이 지극至極하면 깨달
아 앎이(知) 가득하며, 깨달아 앎이 지극至極하면 덕德이 높고 두터워진다. 그러므로 마
음을 비워 가르침을 듣고, 고요한 가운데 남의 처지處地를 헤아려 알고, 깨달아 앎으로
부터 사물事物을 다스려 바르게 하고, 덕德으로써 사람의 빈곤貧困이나 어려움을 구제
救濟한다. 이것이 곧 신시神市의 사물事物을 열어 깨우쳐서 가르쳐 바뀌어 되게 함이다
(開物教化). 천신天神을 위為하여 성性을 꿰뚫어 통通하고 중생衆生을 위為하여 법法을
확고確固히 세우고 선왕先王을 위為하여 공功을 다하여 완결完結 짓고 천하天下 만세萬
世를 위為하여 지혜智慧와(智) 삶을(生) 쌍雙으로 바르게 닦는 교화教化를 아울러서 이
룬다.

을파소乙巴素[244]는 나라의 재상宰相이 되어 큰일을 이룰 수 있을 만큼 용기勇氣와
재지才智가 뛰어난 나이 어린이들을 뽑아서 선인仙人의 동아리 제자弟子 청소년青少年
을(徒郎) 삼았다. 교화教化를 맡아 주관主管하는 자者를 참전慘佺이라 부르니 무리에서

---

243) 고주몽高朱蒙: 동명왕東明王. 고구려高句麗의 시조始祖. B.C. 58~ B.C. 19(유리왕瑠璃王 1). 재위在位 B.C.
37~B.C. 19. 성姓은 고高, 휘諱는 주몽朱蒙(부여夫餘의 속어俗語로 활을 잘 쏜다는 뜻, 추모鄒牟, 상해象解, 도모
都慕, 동명성왕東明聖王. 아버지는 동부여왕東夫餘王 김와金蛙, 어머니는 하백河伯의 딸 유화柳花. B.C. 34(왕王 4)
에 성곽궁실城郭宮室을 짓고 B.C. 32에 행인국荇人國을 멸망滅亡시켰으며, B.C. 27에 북옥저北沃沮를 합合쳤다.
(교육출판공사教育出版公社『한국사대사전』이홍직李弘稙 1996. 상上 497~498쪽)
244) 을파소乙巴素: ?~203(산상왕山上王 7) 고구려高句麗의 재상宰相. 압록곡鴨綠谷 출신出身. 유리왕瑠璃王 때의
대신大臣 을소乙素의 손자孫子. 191년年(고국천왕故國川王 13) 왕王이 각부各部로 하여금 유능有能한 인사人士를
천거薦擧케 하니 4부四部에서 함께 안유晏留를 천거薦擧한바 안유晏留는 다시 왕王에게 을파소乙巴素를 천거薦擧
했다. 왕王은 을파소乙巴素를 불러서 중외대부中畏大夫의 벼슬과 우태于台의 작위爵位를 주었으나 을파소乙巴素가
사양辭讓하니 왕王은 그 마음속을 알아채고 국상國相에 임명任命했다. 이때 옛 대신大臣들과 왕王의 척족戚族들이
매우 시기猜忌하고 반대反對했으나 왕王의 강력強力한 만류挽留로 진정鎭靜되었다. 을파소乙巴素는 지성至誠으로써
나라를 받들며, 정교政教를 명백明白히 하고 상벌賞罰을 신중愼重히 하여 천하天下가 태평세대太平世代를 이룩하였
다. 농부農夫에서 일약一躍 국상國相이 되어 13년年 동안 나라를 다스리다가 죽으니 전全 국민國民이 슬퍼하였다.
(교육출판공사教育出版公社『한국사대사전』이홍직李弘稙 1996. 상上 1255쪽)

가려 뽑아서 계戒를 보호保護하고 지켜서 신神께서 보살펴 돌보시고 의지依支하시게 하였다. 무예武藝를 맡아 주관主管하는 자者를 조의皂衣라 부르니 지조志操를 겸兼하며 법法에 맞게 행동行動함을(律) 잘하여 이루고 공적公的인 것을 위爲하여 몸을 일으켜 앞장섰다.

일찍이 무리에게 말하기를, "신시神市의 다스려 바르게 하여서 바꾸어 되게 하는(理化) 세상世上에서는 국민國民이 지혜智慧를 열어 깨우침으로 말미암아 날로 지극至極하게 다스려 바르게 함에 이르렀으니 곧 만세萬世에 걸쳐서 바꿀 수 없는 표준標準인 이 유理由를 가지고 있다. 그러므로 참전參佺에는 계戒가 있으니 신神께 자세仔細히 들어 무리를 교화敎化하고 한맹寒盟245)에는 율律이 있으니 하늘을 대신代身하여 공功을 행行한다. 모두가 스스로 마음을 확고確固히 세우고 힘써서 일을 하여 이로써 뒷날의 공功을 예비豫備한다."라고 하였다.

을지문덕乙支文德246)께서는, "도道로써 천신天神을 섬기고 덕德으로써 국민國民과 나라를 덮어 감싸주니 나는 천하天下에 이런 말씀이 있음을 안다. 삼위三位의 신神께서 하나의 몸체體이심의(三神一體) 기운을(氣) 받아서 성性과 명命과 정精을 나누어 얻으니 저절로 밝고 환한 빛에(光明) 살고 있고, 높이 올라 머리를 들어 움직이지 아니하고서 적당適當한 때를 기다림이 있으니 닿아 부딪쳐 느껴서 피어 일어나면(感發) 도道는 이에 꿰뚫리어 환히 비친다. 이는 곧 세 물物인(三物) 덕德과 지혜智慧와(慧) 힘을(力) 몸소 파고들어 깊이 연구研究하여 행行하여 나아가고, 세 집인(三家) 마음과(心) 기운과(氣) 몸을

---

245) 한맹寒盟: ※동맹東盟의 다른 이름. 고구려高句麗에서 10월月에 행행하던 제천의식祭天儀式. 일명一名 동명東明. 『위지魏志』의 「고구려전高句麗傳」에는 "왕도王都 동동東쪽에 수혈隧穴이 있어, 10월月에 국중대회國中大會를 열고 수신隧神을 제사祭祀지내며 목수木隧를 신좌神座에 모신다."고 기록記錄되어 있다. 수신隧神은 즉即 주몽朱蒙의 어머니로 민족적民族的인 신앙信仰의 대상對象이며, 목수木隧는 나무로 만든 곡식穀食을 의미意味한다. 이와 같이 일종一種의 추수감사절秋收謝節로써 부여夫餘의 영고迎鼓, 예맥濊貊의 무천舞天과 같은 행사行事였다. (교육출판공사敎育出版公社 『한국사대사전』 이홍직李弘稙 1996. 상上 497쪽)

246) 을지문덕乙支文德: 고구려高句麗 영양왕嬰陽王 때의 대신大臣, 명장名將. 612년年(영양왕嬰陽王 23)에 수隋나라의 양제煬帝가 우문술宇文述, 우중문于仲文을 좌左, 우익위대장군右翊衛大將軍으로 삼고 9군軍 30만萬 5천千 명名의 대군大軍을 거느리고 고구려高句麗를 치고자 압록수鴨綠水(압록강鴨綠江)에 이르렀다. 이때에 왕王은 적정敵情을 살피려고 을지문덕乙支文德에게 거짓 항복降服케 하고 허실虛實을 탐지探知하고 돌아오게 하였다. 적장敵將들은 문덕文德을 보내고 속음을 알고 뒤를 추격追擊하여 왔다. 문덕文德은 여러 번番 싸움에서 거짓 패敗하여 평양성平壤城에서 불과不過 30리里까지 유인誘引하기에 이르렀다. 적敵을 이렇게 끌어들이는 데 성공成功한 문덕文德은 적장敵將 우중문于仲文에게 <그대의 신묘神妙한 재주는 천문天文을 마치고 묘산妙算은 지리地理를 다하여서 전승戰勝의 공功은 이미 높았으니 만족滿足함을 알고서 그치기를 원願한다(神策究天文 妙算窮地理 戰勝功旣高 知足願云止)>란 희롱戱弄하는 시詩를 보냈다. 다시 우문술宇文述에게 거짓 항복降服을 청請하여 <철군撤軍하면 왕王을 모시고 제帝에게 조견朝見하겠다>하니 꼬임에 빠진 것을 깨달은 적군敵軍은 창황倉皇하게 후퇴後退하다가 고구려군高句麗軍의 요격邀擊을 받던 중中 살수薩水(청천강淸川江)를 건널 때 섬멸殲滅 당當하여 요하遼河를 건넌 자者가 2천백千百 명名에 불과不過하였다고 한다. 이 싸움을 살수대첩薩水大捷이라고 한다. (교육출판공사敎育出版公社 『한국사대사전』 이홍직李弘稙 1996. 상上 1255)

(身) 바뀌어 되게 하여서 이루어 갖추어지게 하고, 세 길인(三途) 마음의 움직임과(感) 숨쉼과(息) 닿아서 느낌을(觸) 기쁘게 가득 채우는 까닭이다. 중요重要함은 날마다 세상世上에 있으면서 다스려 바르게 하여서 바뀌어 되게 함이니(在世理化) 고요히 경境247)과 도途248)를 바르게 닦아서 널리 인간人間을 도와 이利롭게 함에(弘益人間) 있다."고 말씀하시였다.

환국桓國은 오훈五訓249)을 말하였고 신시神市는 오사五事250)를 말하였고 조선朝鮮은 오행五行과 육정六政을 말하였으며 부여夫餘는 구서九誓251)를 말하였다. 삼한三韓의 널리 통通하는 일반적一般的인 풍속風俗도 역시亦是 오계五戒가 있어서 효도孝道와 충성忠誠과 믿음과(信) 용맹勇猛과 어짊이라(仁) 말하니 모두 올바름과 평등平等함을 가지고 국민國民을 가르치고 무리를 조직組織하는 뜻이 여기에 살아 있다.

大辯經에 曰高朱蒙聖帝가 詔曰天神께서 造萬人一像하사 均賦三眞하시니 於是에 人其代天而能立於世也라 況我國之先이 出自北夫餘하사 爲天帝之子乎아 哲人은 虛靜戒律하야

247) 경境: 십팔경十八境(열여덟 경계境界)을 말한다. 마음의 움직임에는(감感) - 기뻐함(희喜), 두려워함(구懼), 사랑함(애愛), 성냄(노怒), 탐냄함(탐貪), 싫어함(염厭)의 여섯이 있고, 숨 쉼에는(식息) - 향香 내음(분芬), 썩는 내음(란殀), 찬 기운(한寒), 더운 기운(열熱), 건조乾燥한 기운(진震), 축축한 기운(습濕)의 여섯이 있으며, 닿아서 느낌에는(촉觸) - 소리(성聲), 빛깔(색色), 냄새(취臭), 맛(미味), 정수精水의 흘러 옮김(음淫), 살닿음(저抵)의 여섯이 있어서 이를 모두 합하면 열여덟이 된다. (160쪽 『삼신사기三神事記』/교화기敎化紀/진리훈眞理訓 참조參照)
248) 도途: 삼도三途(세 길) 곧 마음의 움직임(感), 숨 쉼(息), 닿아서 느낌(觸)의 셋을 가리킨다.( ″ )
249) 오훈五訓: ① 참되고 믿음성性이 있으며 거짓말을 하지 아니한다.「誠信不僞」 ② 정중鄭重하고 예의禮儀 바르며 부지런하여 게으르지 아니한다.「敬勤不怠 」 ③ 선조先祖의 뜻을 바르게 계승繼承하고 부모父母를 잘 섬기며, 온순溫順하고 도리道理를 따르며 제멋대로 하여 어그러지지 아니한다.「孝順不違」 ④ 청렴淸廉 결백潔白하고 정의正義를 따르고 음란淫亂하지 아니한다.「廉義不淫」 ⑤ 겸손謙遜하고 화목和睦하여 부딪쳐 싸우지 아니한다.「謙和不鬪」 (『환단고기桓檀古記』/태백일사白逸史/환국본기桓國本紀 참조參照)
250) 오사五事: 주곡主穀, 주명主命, 주형主刑, 주병主病, 주선악主善惡의 다섯 일을 가리킨다.
251) 구서九誓: ① 무리에게 맹盟세하여 말하였다. 너희들은 힘써 집에서 효도孝道하라「誓於衆曰勉爾孝于家」 ② 맹盟세하여 말하니 너희들은 힘써 형제兄弟끼리 우애友愛하라「誓曰勉爾友于兄弟」 ③ 맹盟세하여 말하니 너희들은 힘써 스승과 벗을 믿으라「誓曰勉爾信于師友」 ④ 맹盟세하여 말하니 너희들은 힘써 나라에 충성忠誠하라「誓曰勉爾忠于國」 ⑤ 맹盟세하여 말하니 너희들은 힘써 뭇사람에게(또는 지위地位가 낮은 사람) 겸손謙遜하라「誓曰勉爾遜于羣(一云卑下)」 ⑥ 맹盟세하여 말하니 너희들은 힘써 정사政事를 밝게 깨달아 알도록 하여라「誓曰勉爾明知于政事」 ⑦ 맹盟세하여 말하니 너희들은 힘써 싸움터에서 굳세고 날래어라 「誓曰勉爾勇于戰陣」 ⑧ 맹盟세하여 말하니 너희들은 힘써 몸을 청렴淸廉 결백潔白하게 하여라「誓曰勉爾廉于身」 ⑨ 맹盟세하여 말하니 너희들은 힘써 직업職業에서 정도正道를 따르라「誓曰勉爾義于職業」 (『환단고기桓檀古記』/태백일사白逸史 /소도경전본훈蘇塗經典本訓 참조參照)

永絶邪氣하나니 其心安泰하면 自與衆人으로 事事得宜라 用兵은 所以緩侵伐이며 行刑은 所以期無罪惡이니라

故로 虛極靜生하고 靜極知滿하고 知極德隆也라 故로 虛以聽敎하고 靜以絜矩하고 知以理物하고 德以濟人하나니 此乃神市之開物敎化하야 爲天神通性하며 爲衆生立法하며 爲先王完功하며 爲天下萬世하야 成智生雙修之化也니라

乙巴素가 爲國相하사 選年少英俊하야 爲仙人徒朗하니 掌敎化者를 曰參佺이니 衆選守戒하야 爲神顧托하며 掌武藝者를 曰皀衣니 兼操成律하야 爲公挺身也라

嘗言於衆曰 神市理化之世에 由民開智하야 日赴至治하니 則有所以亘萬世不可易之標準也라 故로 參佺有戒하야 聽神以化衆하며 寒盟有律하야 代天行功也니 皆自立心作力하야 以備後功也니라

乙支文德이 曰道以事天神하고 德以庇民邦하라 吾知其有辭天下也라 受三神一體氣하야 分得性命精하니 自在光明이 昂然不動이라가 有時而感發하며 而道乃通하나니라 是乃所以体行三物德慧力하고 化成三家心氣身하며 悅滿三途感息觸하나니 要在日求念標하야 在世理化하며 靜修境途하야 弘益人間也라

桓國曰五訓이오 神市曰五事오 朝鮮曰五行六政이오 夫餘曰九誓라 三韓通俗이 亦有五戒하니 曰孝忠信勇仁이니 皆敎民以正平이오 而織群之意가 存焉이니라

## 라. 환인桓因, 환웅桓雄, 환검桓儉

참 성性에(眞性) 의지依支하여 좇음은 진인眞人의 참으로 성聖스러운 학學이다. 성性에 의지依支하여 좇음은 곧 하나를(一) 보살펴 지킴을 말한다. 체리體理 81의 가운데 1一의 1一이 달라지고 바뀌어 되어서 삼위三位이다. 첫째는 본태양本太陽이신 일신一神252)의 1一이시고, 둘째는 진천眞天의 중심中心 신자神子253)의 1一이시고, 셋째는 망인천妄人天254)의 중심中心 신도神道255)의 1一이시니 삼위三位와 일신一神께서 한가지로 같은 몸체體(三一同體) 81의 1一이시다.

그러므로 『삼신사기三神事記』의 「조화기사造化紀事」에서는 단제檀帝께서는 신神께서 맺어 이루어서 나시었으나(神凝而生) 「삼일신고三一神誥256)」에서 "스스로의 성性에서 씨알을(子) 구求하면 너의 뇌腦에 내려와 계시니라."고 하시므로 단제檀帝께서도 역시亦是 스스로의 성性에서 씨알을 구求하여서 일신一神께서 그 뇌腦에 내려와 계심으로 인因하여서 인因함으로 일신一神이 되신 까닭에 조화주造化主께 몸을 굽혀 엎드려서 머리를 땅에 대고 절하니 환인桓因이시라 부른다.

「교화기教化紀」에는, "일신一神께서 인人·물物을 내시며 바뀌어 되게 하시고(生化) 진천眞天 웅雄을 내시니 웅雄은 그림자를 더불어 좇아서 진지眞地 자雌로 바뀌어 되시었다."고 하시니 단제檀帝께서는 스스로의 성性에서 씨알을(子) 구求하신 까닭에 교화주教化主께 몸을 굽혀 엎드려서 머리를 땅에 대고 절하니 환웅桓雄이시라 부른다.

『삼신사기三神事紀』의 「치화기治化紀」에는, "신웅神雄과 정자精雌께서 망인천妄人天과 망인지妄人地를 낳고 바뀌어 되게 하시고(生化) 인천人天과 인지人地는 우리들 사람을 낳고 바뀌어 되게 하시니 우리들 사람이 이를 받음에 망심성妄心性이 되어서 굴러 옮기고 이리저리 홀리어 미혹迷惑하여서 바름을 잃고 항상恒常함이 없다. 그 체리體理를 따르면 곧 검소儉素하여서 분수分數에 넘침을 버리고 절약節約함을 따르니 착하게 되고 그 용수用數를 따르면 분수分數에 넘침을 좇아서 함부로 써버림을 따르니 차츰 방탕放蕩하여서 나쁘게 됨은 망심성妄心性의 본本디 그대로의 모습이나 순전純全한 이리理가 심心을 부리어 쓰심인 까닭에 치화주治化主께 몸을 굽혀 엎드려서 머리를 땅에 대고 절하니 환검桓儉이시라 부른다."고 하였다.

---

252) 일신一神: 신부神父-환인桓因
253) 신자神子: 환웅桓雄
254) 망인천妄人天: 인천人天-창천蒼天
255) 신도神道: 성신聖神-환검桓儉
256) 「삼일신고三一神誥」: 일반적一般的으로 「교화기教化紀」 중中에 진리훈眞理訓을 가리킨다. (159~160쪽 참조參照)

그리하여 곧 인因, 웅雄, 검儉의 세 글자字는 신지神誌는, "덕德을 뜻하여서 하시는 일을 밝힘이고 이름을 높임으로써 이를 일컬음이 아니다."고 하였다.

依眞性은 眞人之眞聖學也라 依性은 則守一之謂也니 體理八十一之中一이 一變化 而三位也라 第一은 本太陽一神之一이시고 第二는 眞天中心神子之一이시고 第三은 妄人 天中心神道之一이시니 三一同體八十一之一이시다

故로 三神事紀造化紀事에는 檀帝께서 神凝而生이시니 三一神誥에 自性求子하면 降在爾 腦라 하시므로 帝亦自性求子하사 一神이 降在其腦로 因하야 因爲一神故로 欽稽造化主하니 曰 桓因이시라

敎化紀에는 一神께서 生化人物하시고 生眞天雄하시니 雄은 以影을 化眞地雌하시니 檀帝自性 求子이신故로 欽稽敎化主하니 曰桓雄이시다

三神事紀之治化紀는 神雄精雌 生化妄人天妄人地하시고 人天人地는 生化吾人이 受 之에 爲妄心性하야 轉幻靡常하야 從其體理則儉而去奢從約而爲善하고 從其用數則放奢 從費하야 漸盪爲惡妄心性之本然而純理用心이신故로 欽稽治化主하니 曰桓儉이시다

然則因雄儉三字는 神誌 意於德하야 彰於事요非以尊名으로 稱之라

〈참고參考〉

**- 삼위三位의 존위尊位(신정일申正一) - 257)**

우리 조상祖上들은 한인한얼님과 한웅바른스승님과 단군檀君바른님을 삼신三神으로 우러러 모시는 가운데 이 세 분을 일체一體로 보아왔으며, 그 거룩한 가르침을 신교神 敎로 믿고, 이에 어긋남이 없도록 수신修身하고 결속結束하여 국민國民된 도리道理를 다해 왔다. 그리고 그 가르침에 따라 한얼님께 제사祭祀 지내는 것을 의무義務로 알고, 그 행사行事에 최대最大의 의식儀式을 베풀어 왔다.

그런데 한얼님이신 「한인」을 환인桓因, 「한임」이라고도 하였고, 단인檀因이라고도 하였으며, 스승바른님이신 「한웅」을 환웅桓雄, 단웅檀雄이라고도 하였고, 바른님이신

---

257) 正華社 『檀君바른님』 申正一 1975. 122~124쪽

「단군檀君」을 환검桓儉,「한검」혹或은 단검檀儉이라고도 하였다. 그러면서 이 세 분을 합칭合稱하여 삼신일체三神一體 상제上帝라고도 하였다.

여기에「환桓」을「한」이라고도 하고,「인因」을「임」이라고도 하는 것은 그 뜻과 음음音이 비슷하기 때문인데,「환」–「한」은 한울(천天), 밝음(명明), 큼(대大)의 뜻을 지니고 있으며,「인」–「임」은 존경尊敬한다는 뜻으로 쓰이는「님」과 같은 말이기도 하다.

『신리대전神理大典』「신위장神位章」에서 보면 "한얼은 한임(환인桓因), 한웅(환웅桓雄), 한검(환검桓儉)이시다."라고 하고 있다.258) 이것은 세 분을「한얼」로 본 것이며,「한얼」은 곧「삼신일체三神一體 상제上帝」이기도 한 것이다.

그러면서 그 주注에 "[환]의 본음本音은 [한]이고, [인]의 본음本音은 [임]이다. 옛말에 한울(천天)을 일러 [한](환桓)이라 하였으니, 곧 [큰 하나](대일大一)이란 뜻이다. 합습하여 말하면 한임(환인桓因)은 [한울아버님](천부天父)이고, 한웅(환웅桓雄)은 [한울스승님](천사天師)이며, 한검(환검桓儉)은 [한울임금님](천군天君)이다."라고 하여, 일체一體를 다시 부父, 사師, 군君의 삼위三位로 나누고 있다.259)

이것은「한임」은 만유萬有를 창조創造하신 조화주造化主의 자리이며,「한웅」은 인류人類를 가르치신 교화주敎化主의 자리이고,「한검」은 만민萬民을 다스리신 치화주治化主의 자리임을 뜻하면서, 주체主體로 보면 삼신三神이 일체一體이고, 작용作用으로 보면 삼신三神이 제가끔 세 자리(삼위三位)를 차지하는 것을 말하는 것이 된다.

『신리대전神理大典』에, "[한임]은 조화造化의 자리가 되시고, [한웅]은 교화敎化의 자리가 되시며, [한검]은 치화治化의 자리가 되신다."하고,260) 그 주注에『질그릇 만들듯 모양模樣(형形)과 바탕(질質)을 만들어 내는 것을 조화造化라 이르고, 도道를 세우고 교훈敎訓을 내리는 것을 교화敎化라 이르며, 나라를 세우고 정치政治를 베푸는 것을 치화治化라고 하는데, 간략簡略하게 말하면「임」(인因)이란 아버지 자리(부위父位)이고,「웅雄」이란 스승의 자리(사위師位)이며,「검儉」이란 임금의 자리(군위君位)이다.』261)라는 것이 삼신三神, 삼위三位의 설명說明이기도 한 것이다.

---

258)「神者 桓因, 桓雄, 桓儉也」(神理大典 神位章)
　　신자 환인 환웅 환검야 　신리대전 신위장
259)『桓之音「한」, 因之音「임」, 古語 天曰桓 卽大一之義, 合言則桓因 天父也, 桓雄 天師也, 桓儉 天君也』
　　환지음 한 　인지음 임 　고어 천왈환 즉대일지의 합언즉환인 천부야 환웅 천사야 환검 천군야
(神理大典 神位章)
　신리대전 신위장
260)「因爲造化之位 雄爲敎化之位 儉爲治化之位」(神理大典 神位章)
　　인위조화지위 웅위교화지위 검위치화지위 　신리대전 신위장
261)「陶鈞亭毒曰造 立道垂訓曰敎 建極施政曰治 約言則 因者父位 雄者師位 儉者君位也」(神理大典 注)
　　도균정독왈조 입도수훈왈교 건극시정왈치 약언즉 인자부위 웅자사위 검자군위야 　신리대전 주

## 마. 맺음말

오늘날의 세상世上에 이르러 이시헌李時憲의 역력曆262)이 세상世上에 행행하여져서 진천眞天과 진태양眞太陽을 모르고서 살인殺人하는 재능才能을 가지고 상위上位의 재능才能으로 생각하니 비록 그러하나 진천眞天의 이리理 그것이 다시 밝아진다. 진천眞天은 곧 낳고 또 낳을 뿐이나 진천眞天을 모르는 이들이 살인殺人하는 물物을 가지고 권세權勢를 부려서 상국上國이 되니 이는 다름이 아니다. 진천眞天이 다스려서 바르게 하시는(眞天之政) 법法이 대유大遊이어서 세간世間의 사람들이 하는 일의 흥망興亡과 길흉吉凶이 모두 대유大遊에 매어있고 하늘의 규범規範을 어김에 미치면 죄罪를 받음을 모르니 어찌 두렵지 아니한가!

용성容成의 역력曆을 만드는 법法이 「십극도十極圖」263)속에서 나왔고 진천眞天이 다스려서 바르게 하심을 베풀어 행행하심에(眞天行政) 다스려서 바르게 하시는 법法에서 세간世間 사람들이 하는 일의 흥망興亡과 길흉吉凶이 모두 대유大遊에 매어있다.

삼위三位의 신神께서(三神) 우리 몸속에 자리하시니 거짓 없이 참된 마음으로 치우치지 아니하고 알맞은 하나의(中一) 자리를 공경恭敬하여 보살펴 지키면 한 몸이 편안便安하고 확고確固히 서며 한 가정家庭이 화평和平하고, 천하天下의 국부國父와 국모國母가 거짓 없이 참된 마음으로 치우치지 아니하고 알맞은 하나의 자리를 공경恭敬하여 보살펴 지키면 천하天下가 화평和平하고, 천하天下의 동포同胞와 자매姉妹가 참으로 동포同胞의 이리理와 수數를 깨달아 알아서 자기自己 몸의 친親 형제兄弟 자매姉妹와 다르지 않게 하면 자연自然히 상호간相互間에 극진極盡히 사랑하고 귀중貴重히 여겨서(愛之重之) 태평泰平하여 안락安樂하며 화평和平하고 즐겁다.

그런즉 곧 먼저 삼위三位의 신神께서 나의 한 몸의 가운데 자리하심을 깨달아서 거짓 없이 참된 마음으로 몸 가운데 하나를 정성精誠을 다하여 공경恭敬하고 보살펴 지킴 이외以外에 무엇을 구求하겠는가? 이 말이 비록 작으나 영원永遠히 살며 기분氣分이 좋고 즐거움에 이르니 때이로다! 때이로다!

至于今世하야 李時憲之曆이 行于世하야 不知眞天眞太陽하야 以殺人之才로 爲上才하니 雖然眞天之理_其復明乎인저 眞天則生生而已而不知天者_以殺人之物로 用權爲上 國하니 此無他라 不知眞天之政法이 爲大遊하야 世間人事之興亡吉凶이 全繫乎大遊하고

---

262) 이시헌李時憲의 역력曆: 『협기변방協記辯方』을 가리킨다.
263) 「십극도十極圖」: 192쪽 및 205쪽 「십극도十極圖」 참조參照

能違天範受罪하니豈不懼哉아

容成造曆之法이出於十極圖中하고眞天行政政法에世間人事之興亡吉凶이全繫乎大遊也라

三位神께서位於吾身之中하시니誠敬守中一位則一身泰立하고一家和平하며天下國父國母誠敬守中一位則天下和平하고天下同胞姉妹가眞知同胞之理數하야不異己身之兄弟姉妹則自然互相愛之重之하야泰安和樂하리니

然則先覺三位神께서位我一身之中하야誠敬守中之一外에何求乎니斯言雖微나至於永生快樂하니時哉時哉인저

〈참고參考〉

– 환단고기桓檀古記/단군세기檀君世紀264)(이암李嵒265) 편編) 중中에서 –
그 기념記念하여 표시標示하는 글에서(念標之文) 말하였다.

---

264) 『단군세기檀君世紀』: 『단군세기檀君世紀』는 홍행촌紅杏村 노인老人이 엮은 것으로 곧 행촌선생杏村先生 문정공文貞公이 전전傳한 책冊이다. 이 책冊도 역시亦是 백진사白進士로부터 얻었다. 백진사白進士는 문장文章으로 알려진 오래된 가문家門으로 본시本始 장서藏書가 많았는데, 이제 두 종류種類의 사서史書가 함께 그의 가문家門에서 나왔으니 어찌 수백數百의 벗이 주는 선물膳物에 비유比喩할 뿐이겠는가? 가可히 조국祖國의 매우 깊고 또 높은(萬丈) 광채光彩라 이를만하다. 「檀君世紀.紅杏村叟所編.乃杏村先生文貞公所傳也.此書亦得於白進士.進士文藻古家也.素多藏書.而今兩種史書.俱出其家.奚啻譬諸百朋之賜.可謂祖國之萬丈光彩也」(『환단고기桓檀古記』/범례凡例)
265) 이암李嵒: 1297~1364. 호號는 행촌杏村. 17세歲에 과거科擧에 급제及第하였으며 왕王은 그 재능才能을 인정認定하여 부인符人을 맡게 하고 비성秘省의 관직官職을 제수除授하였다. 그 후後 좌정승左政丞을 거쳐 공민왕恭愍王 8년年에는 수문하시중守門下侍中이 되었다. 이명李茗, 범장范樟과 더불어 천보산天寶山 태소암太素庵에서 환단桓檀 때부터 내려오는 진결眞訣을 얻게 되었다. 벼슬을 버리고 강화도江華島 홍행촌紅杏村에 들어가 스스로 홍행촌紅杏村 늙은이라 하였다. 저서著書로는 『단군세기檀君世紀』,『농상집요農桑集要』,『태백진훈太白眞訓』의 행촌삼서杏村三書를 남겼다. 공민왕恭愍王 13년年 68세歲로 세상世上을 떠났다. (한뿌리 『환단고기』 이민수 옮김 1987. 27쪽 주註)
 고려高麗 충렬왕忠烈王 23년年(1297), 경상도慶尙道 김해金海, 강원도江原道 회양淮陽 부사府使를 지낸 이우李瑀의 장남長男이자 고성이씨固城李氏 9세손世孫으로 태어났다. 17세歲(충선왕忠宣王 6, 1313) 때 문과文科에 급제及第. 충정왕忠定王 때 찬성사贊成事, 좌정승左政丞을 지냈고, 공민왕恭愍王 때 철원군鐵原君에 봉封해졌다. 홍건적紅巾賊 침입侵入 때 임금을 호종護從하여 1등等 공신功臣이 되고 철성부원군鐵城府院君에 봉封해졌다. 글씨를 잘 써서 동국東國의 조자앙趙子昂이라고 일컬어졌고 묵죽墨竹을 잘 그렸다. 『서경書經』「태갑太甲」편篇을 옮겨 써서 왕王에게 바쳤다. 이암李嵒이 죽자(공민왕恭愍王 13년年) 공민왕恭愍王이 친親히 초상肖像을 그리고 행촌杏村이란 두 글자字를 써서 관원官員을 보내 제사祭祀를 지냈다. 우왕禑王 1년年(1375)에 충정왕忠定王의 묘정廟廷에 배향配享되었다. (상생출판 『桓檀古記』 안경전安耕田 역주譯註 2012. 81쪽 주註)

하늘은(天) 깊고 그윽이 침묵沈黙함으로써(玄黙) 크고 훌륭함을(大) 삼으시니

그 도道는 두루 널리 미치어(普) 뚜렷하고 원만圓滿하심이고(圓)

그 하시는 일은 변變하지 아니하는 참(眞) 하나이시다(一).


땅은(地) 모아서 갈무리해둠으로써(蓄藏) 크고 훌륭함을 삼으시니

그 도道는 본本받아서 갖추어 드러내어(効) 뚜렷하고 원만圓滿하심이고

그 하시는 일은 은근慇懃하고 부지런한(勤) 하나이시다.


사람은(人) 깨달아 알아서 좇아 익히어 미침으로써(知能) 크고 훌륭함을 삼으시니

그 도道는 좋은 것을 가려 뽑아(擇) 뚜렷하고 원만圓滿하심이고

그 하시는 일은 힘을 모아 화합和合하는(協) 하나이시다.


그러므로 일신一神께서 정성精誠스러운 마음을 내리시고

성性을 꿰뚫어 통通하시여 밝고 환한 빛이시니(性通光明)

세상世上에 계시면서 다스려 바르게 하여 바뀌어 되게 하시어서

널리 인간人間을 도와 이롭게 하심이다(弘益人間).


其念標之文에曰,
기 념 표 지 문   왈


天은以玄黙爲大하사其道也普圓하시고其事也眞一이시니라.
천   이현묵위대       기도야보원       기사야진일


地는以蓄藏爲大하사其道也効圓이시고其事也勤一이시니라.
지   이축장위대       기도야효원       기사야근일


人은以知能爲大하사其道也擇圓이시고其事也協一이시니라.
인   이지능위대       기도야택원       기사야협일


故로一神降衷하사性通光明하시니在世理化하야弘益人間하시니라.
고   일신강충       성통광명         재세이화     홍익인간


- 환단고기桓檀古記/태백일사太白逸史/소도경전본훈蘇塗經典本訓  제第 5五(이맥李陌 찬撰) 중中에서 -

신시神市 시대時代에 선인仙人 발귀리發貴理께서 계셨다. 대호大皞266)와 같은 스승 밑에서 배움을 받으시어 도道를 이미 통通하시고 방저方渚와 풍산風山267) 사이에서 노

---

266) 대호大皞: 복희伏羲. (한뿌리 『환단고기』 이민수 옮김 1987. 169쪽 주註), 태호太皞, 태호복희太昊伏羲 (상생출판 『桓檀古記』 안경전安耕田 역주譯註 2012. 501쪽 주註)

니시니 자못 명성名聲이 세상世上에 널리 알려졌다. 아사달阿斯達에서 하늘에 제祭 지내는 것을 보시게 됨에 이르러서 하늘에 제祭 지내는 예禮가 끝나자 그대로 따라서 성덕聖德을 칭송稱誦하여 신명神明께 고告하는 글을 지으시었으니 그 글에서 이르시었다.

크고 훌륭하신 하나(大一) 그 극極, 이 이름은 어질고 좋은 기운이시다(良氣).
없음과(無) 있음이니(有) 섞이고
텅 빔과(虛) 거칠고 큼이니(粗) 신묘神妙하다.
셋은(三) 하나가(一) 그 몸체體이고 하나는 셋이 그 쓰임이다(用).

섞임과 신묘神妙함은 한 고리이고
몸체體와 쓰임에는 갈래 길로 갈라짐이 없다.
크게 텅 빔 속에(大虛) 빛이 있으니 이는 신神의 모습이시고
크고 훌륭하신 기운이(大氣) 길이 계속繼續하여 머물러 있으시니
이는 신神이 바뀌어 되심이라.

참 명命이(眞命) 근원根源하는 곳이고 만법萬法은 이것이 지어내심이니
일월日月의 자식子息은 천신天神의 정성精誠스러운 마음이시다(衷).
비춤과 줄을 그음으로써 뚜렷이 깨달아(圓覺) 능能하시며
크고 훌륭하시게 세상世上에 내리어 임臨하시니
만물萬物이 있음이 그 무리라.

까닭에 둥글음은(圓) 첫째이니 극極이 없음이고(無極)
네모짐은(方) 둘째이니 극極을 돌이킴이고(反極)
세모짐은(角) 셋째이니 매우 큰 극極이라(太極).
무릇 널리 인간人間을 도와 이利롭게 한다는(弘益人間) 것은
천제天帝께서 환웅桓雄께 내려주신 바이다.
일신一神께서 정성精誠스러운 마음을 내리어 임臨하시고
성性을 꿰뚫어 통通하시니 밝고 환한 빛이시라.

세상世上에 계시면서 다스려 바르게 하여 바뀌어 되게 하시여서
널리 인간人間을 도와 이利롭게 하신다는 것은
신시神市가 단군조선檀君朝鮮에 전傳한 바이다.

---

267) 풍산風山: 청구국靑邱國이 있던 대릉하大陵河의 상류上流이다. (상생출판 『桓檀古記』 안경전安耕田 역주譯註 2012. 501쪽 주註)

神市之世에 有仙人發貴理하시니 與大皞同門受學하야 而道旣通하사 遊觀乎方渚風山
신 시 지 세   유 선 인 발 귀 리   여 대 호 동 문 수 학   이 도 기 통   유 관 호 방 저 풍 산

之間하시니 頗得聲華라 及觀阿斯達祭天하시고 禮畢而仍作頌이시라 其文曰,
지 간   파 득 성 화   급 관 아 사 달 제 천   예 필 이 잉 작 송   기 문 왈

大一其極_是名良氣라
대 일 기 극 시 명 양 기

無有而混하고 虛粗而妙라
무 유 이 혼   허 조 이 묘

三一其軆하고 一三其用이니
삼 일 기 체   일 삼 기 용

混妙一環이요 軆用無歧라
혼 묘 일 환   체 용 무 기

大虛有光하니 是神之像이요
대 허 유 광   시 신 지 상

大氣長存하니 是神之化라
대 기 장 존   시 신 지 화

眞命所源이요 萬法是生이니
진 명 소 원   만 법 시 생

日月之子는 天神之衷이라
일 월 지 자   천 신 지 충

以照以線하야 圓覺而能하며
이 조 이 선   원 각 이 능

大降于世하야 有萬其衆이라
대 강 우 세   유 만 기 중

故로 圓者는 一也니 無極이오
고   원 자   일 야   무 극

方者는 二也니 反極이요
방 자   이 야   반 극

角者는 三也니 太極이라
각 자   삼 야   태 극

夫弘益人間者는 天帝之所以授桓雄이라
부 홍 익 인 간 자   천 제 지 소 이 수 환 웅

一神降衷하사 性通하사 光明이시니
일 신 강 충   성 통   광 명

在世理化하야 弘益人間者하니
재 세 이 화   홍 익 인 간 자

神市之所以傳檀君朝鮮也라
신 시 지 소 이 전 단 군 조 선 야

- 환단고기桓檀古記/태백일사太白逸史/고구려국高句麗國 본기本紀(이맥李陌 찬撰) 중中
에서 -

평양平壤에 을밀대乙密臺가 있는데 세상世上에서는 을밀선인乙密仙人께서 세우신 것
이라고 전傳하고 있다. 을밀乙密께서는 안장제安臧帝 때 뽑혀서 조의皂衣가 되시었고
나라에 공功이 있으시었는데 본本디 을소乙素의 후손後孫이시다. 집에 있으면 글을 읽

144

고 활쏘기를 익히며 삼위三位의 신神을(三神) 노래로 읊었고, 제자弟子의 무리를 받아들이어 바르게 닦아 단련鍛鍊케 하시고, 정도正道를 따름과(義) 굳세고 날램으로(勇) 공적公的인 것을 받들어 도우시었다.

한평생平生의(一世) 조의皂衣로서 그의 무리는 3,000이었으니 이르는 곳에는 구름처럼 모여서 다물多勿268)의 나라 일으키는 노래를(多勿興邦地歌) 다 같이 큰 소리로 불렀다. 이로 말미암아 그 몸을 돌보지 아니하고서 정도正道를 따름을 온전穩全하게 하는 풍조風潮를 어루만져 부추길 수 있었던 것이다. 그 노래에서 말한다.

앞서 나아가는 것은 법法이 되고!
뒤에 오는 것은 위의 하늘이 된다.
법法이 되니 까닭에 지어나지도 아니하며 다하여 없어지지도 아니하고
위의 하늘이 되니 까닭에 귀貴한 것도 천賤한 것도 없다.

사람(人) 속에 하늘과(天) 땅이(地) 하나가 됨이여!
마음은(心) 몸과(身) 더불어 곧바로 본本바탕이다.
하나가 되니 까닭에 그 텅 빔과(虛) 거칠고 큼이(粗) 한가지이고
곧바로 본本바탕이니 까닭에 오로지 신神이심과(惟神) 오로지 물物임이(惟物) 둘이 아니다.
참은(眞) 만萬 가지 착함의 최고最高의 경지境地임이여!
신神은 하나의(一) 치우치지 아니하고 알맞음을(中) 맡아 지키시고
최고最高의 경지境地이시니 까닭에 세 진眞은(三眞)269) 하나로 되돌아오고,
하나는(一) 치우치지 아니하고 알맞음인 까닭에 일신一神께서는 그 자리에서 바로 셋이시다(三).

하늘 위와 하늘 아래에 오로지 내가 스스로 계속繼續하여 머물러 있음이여!
다물多勿은 나라를 일으킴이라!
스스로 계속繼續하여 머물러 있으니 까닭에 일을 처리處理함에는 티넘이 없는 일을 함이고

---

268) 다물多勿:《삼국사기三國史記》에 다물多勿은 「麗語謂復古舊土爲多勿」이라 했으니, 즉卽 고구려高句麗 말로는 옛 땅을 되 물리는 것을 〈따물(多勿)으다〉라 한다 하여, 땅을 다시 찾는다는 뜻이다. 이를 연호年號로 삼고 고구려高句麗가 건국建國했다 하니 다물多勿은 고구려高句麗의 건국建國 이념理念이라 할 것이다. 〈따물으자〉는 어쩌면 우리의 국가國家 이상理想일 수도 있겠다. 최근最近에 항간巷間에서 관심關心을 끌고 있는 소설小說『다물』도 이러한 이상理想을 극화劇化한 것이다. (정신세계사『한단고기』임승국林承國 번역飜譯, 주해註解 1998. 24쪽 주註)
269) 세 진眞(三眞): 성性, 명命, 정精을 가리킨다.

나라를 일으키니 까닭에 움직여 행行함은 말없는 가르침이다.

참 명命이(眞命) 크고 훌륭하게 지어내시고
성性을 꿰뚫어 통通하시여 밝고 환한 빛이심이여!
들어와서는 효도孝道하고 나가서는 충성忠誠함이라.
밝고 환하니(光明) 까닭에 많은 착함을 받들어 행行하지 않음이 없고
효도孝道하고 충성忠誠하니 까닭에 많은 나쁨을 일체一切 짓지 아니한다.

오로지 국민國民이 바르게 따라야 할 바는 곧 나라가 소중所重함이라!
나라가 없으면 나는 어느 곳에 사는가.
나라가 소중所重하니 까닭에 국민國民에게 재물財物이 있어 복福이 되고
내가 나서 사니 까닭에 나라에 혼魂이 있어 덕德이 된다.

혼魂이, 나서 삶이(生) 있고, 느끼어 앎이(覺) 있고, 밝고 빼어난 정기精氣가(靈) 있음
이여!
일신一神께서 머물러 계시는 곳이 하늘의 궁전宮殿이(天宮) 된다.
세 혼魂이니(三魂) 까닭에 지혜智慧와 삶을 쌍雙으로 바르게 닦을 수 있고
일신一神께서 까닭에 형체形體와 혼魂을 역시亦是 이로써 함께 펴서 넓히심을 이루어
얻으신다.

우리 자손子孫들로 하여금 훌륭히 나라를 이루어 다스리게 하심이여!
태백太白의 교훈敎訓은 우리가 스승으로 삼는 것이다.
우리 자손子孫들이 까닭에 하나로 묶어 고르게 조화調和를 이루지 아니함이 없고
우리가 스승으로 삼는 것이니 까닭에 가르침에 새롭지 아니함이 없다.

을밀선인乙密仙人께서는 일찍이 누각樓閣에(臺) 사시면서 오로지 하늘에 제사祭祀 지
내시고 바르게 닦아 단련鍛鍊하심을 임무任務로 삼으시었다. 대개大蓋 선인仙人이 수련
修鍊하시는 법法은 참전僉佺으로 계戒를 삼아 이름을 굳건히 하여 서로 융성隆盛하고,
나를 비워 사물事物이 계속繼續하여 있게 하고, 몸을 돌보지 아니하고서 정도正道를 따
름을 온전穩全하게 하여 나라 사람들의 본本보기가 되심이니 바람이 우러르는 오래고
긴 세월歲月에 족足히 이로써 마음이 움직임을 일으켜서 역시亦是 사람들이 존경尊敬하
는 상징象徵이 된다. 후세後世의 사람들은 그 대臺를 일컬어 을밀乙密이라 이르니 곧
금수강산錦繡江山의 하나의 뛰어난 곳이다.

平壤에 有乙密臺하니 世傳乙密仙人所建也라 乙密은 安臧帝時에 選爲皁衣하고 有功於
평양   유을밀대     세전을밀선인소건야 을밀 안장제시 선위조의     유공어

國하니 本乙素之後也라 居家에 讀書習射하고 歌詠三神하며 納徒修鍊하고 義勇奉公하니
국    본을소지후야 거가  독서습사    가영삼신     납도수련     의용봉공

一世皁衣가 其徒三千이라 所到雲集하야 齊唱多物興邦之歌하니 因此하야 可鼓其捨身全
일세조의   기도삼천    소도운집    제창다물흥방지가    인차    가고기사신전

義之風者耳라 其歌에 曰,
의지풍자이 기가  왈

先去者爲法分여 後來爲上이로다
선거자위법혜 후래위상

爲法故로 不生不滅이오 爲上故로 無貴無賤이라
위법고 불생불멸    위상고 무귀무천

人中天地爲一分여 心與身이 卽本이로다
인중천지위일혜 심여신 즉본

爲一故로 其虛其粗가 是同이오 卽本故로 惟神惟物이 不二로다
위일고 기허기조 시동   즉본고 유신유물 불이

眞爲萬善之極致分여 神主於一中이로다
진위만선지극치혜 신주어일중

極致故로 三眞歸一이오 一中故로 一神卽三이로다
극치고 삼진귀일   일중고 일신즉삼

天上天下에 惟我自存分여 多勿其興邦이로다
천상천하 유아자존혜 다물기흥방

自存故로 處無爲之事오 興邦故로 行不言之敎라
자존고 처무위지사 흥방고 행불언지교

眞命之大生이오 性通光明分여 入則孝하고 出則忠하라
진명지대생 성통광명혜 입즉효    출즉충

光明故로 衆善을 無不奉行이오 孝忠故로 諸惡을 一切莫作하라
광명고 중선 무불봉행   효충고 제악 일체막작

惟民之所義는 乃國爲重分여 無國我何生고
유민지소의 내국위중혜 무국아하생

國重故로 民有物而爲福이오 我生故로 國有魂而爲德이라
국중고 민유물이위복   아생고 국유혼이위덕

魂之有生有覺有靈分여 一神攸居之謂天宮이로다
혼지유생유각유령혜 일신유거지위천궁

三魂故로 智生을 可以雙修오 一神故로 形魂을 亦得俱衍이라
삼혼고 지생 가이쌍수 일신고 형혼 역득구연

俾我子孫으로 善爲邦分여 太白敎訓이 吾所師로다
비아자손 선위방혜 태백교훈 오소사

我子孫故로 統無不均이오 吾所師故로 敎無不新이라
아자손고 통무불균   오소사고 교무불신

乙密仙人께서 嘗居臺하야 專以祭天修鍊으로 爲務하시니 蓋仙人修鍊之法이 叅佺爲戒하고
을밀선인   상거대    전이제천수련    위무     개선인수련지법 참전위계

健名相榮하야 空我存物하며 捨身全義하야 爲國人式하니 風仰千秋에 足以起感이오 亦爲人
건명상영    공아존물     사신전의    위국인식    풍앙천추 족이기감   역위인

147

尊之象徵也라 後人이 稱其臺曰乙密이라하니 乃錦繡江山之一勝也라
존 지 상 징 야 후 인 칭 기 대 월 을 밀 내 금 수 강 산 지 일 승 야

148

# Ⅱ. 삼신사기三神事記

( 조화기, 교화기, 치화기 )
造化紀　敎化紀　治化紀

– 삼위三位의 신神께서(환인桓因, 환웅桓雄, 환검桓儉) 하시는 일의 기록記錄 –

# 조화기造化紀

- 만물萬物을 처음으로 지어 일어나게 하고 바뀌어 되게 하심의 기록記錄 -

欽稽造化主하니曰,桓因이시니開天國하사造群世界하시고大德으로化育甡甡物하
시니라命群靈諸喆하사各授職하시고分掌世界하실새先行日世界事하시다日使者로主
大火하시고雷公으로主電하시고雲師暨雨師로主水하시고風伯으로主大氣하시고列星
官으로主七百世界(七百二十)하시다主若曰,咨爾靈喆아群星辰中에惟地는明暗이
中하고寒暑_平하니可適産育이라往汝各諧하야克亮天功하라物은有無生하고有有
生하니無生은不殖不滅하고有生은能殖이나終歸于滅이니惟其藉乎無生이여사有生
이作이니라獨陽은不生하고孤陰은不化하나니偏亢이면反戾于成이니二者相感而和하
야乃可資育이니라苟生而不化면無有成하나니雌雄以類하야而卵而殖하야相傳勿替
하라靈喆이如命하야各宣厥職한대寒熱震濕이而時하야陰陽이調하니行翥化游栽의
物이乃作하니라五物之秀는曰人이라厥始有一男一女하니曰,那般과阿曼이라在天
河東西하야初不相往來러니久而后에遇하야與之耦하니라其子孫이分爲五色族하니
曰,黃과白과玄과赤과藍이라邃初之民이衣草食木하며巢居穴處하니良善無僞하야鶉
然自在라主愛之하사申錫福하신대其人이壽且貴하야無夭札者러니世遠年久에産育
이日繁이라遂乃各據一隅하야小爲鄕族하고大成部族하니라黃은居大荒原하고白은
居沙漠間하고玄은居黑水濱하고赤은居大瀛岸하고藍은居諸島中하니라五族에惟黃
이大하야支有四하니在蓋馬(백두산)南者는爲陽族이요東者는爲干族(여진족)이며在
粟末(하루빈)北者_爲方族이요西者_爲畎族(지나족)이러라九族이居異俗하고人異
業하니或圻荒하야主種樹하며或在原野하야主牧畜하며或逐水草하야主漁獵하나라

欽稽造化主하니 曰, 桓因이시니 開天國하사 造群世界하시고 大德으로삼 化育牲牲物
흠계조화주    왈 환인      개천국      조군세계      대덕      화육신신물
하시니라

命群靈諸喆하사 各授職하시고 分掌世界하실새 先行日世界事하시다 日使者로 主大
명군령제철      각수직      분장세계      선행일세계사      일사자  주대
火하시고 雷公으로 主電하시고 雲師暨雨師로 主水하시고 風伯으로 主大氣하시고 列星官으
화      뇌공    주전      운사기우사  주수      풍백    주대기      열성관
로 主七百世界(七百二十)하시다
주칠백세계  칠백이십

主若曰, 咨爾靈喆아 群星辰中에 惟地는 明暗이 中하고 寒暑_平하니 可適産育이라
주약왈 자이영철  군성진중    유지  명암  중      한서 평      가적산육
往汝各諧하야 克亮天功하라
왕여각해      극량천공

物은 有無生하고 有有生하니 無生은 不殖不滅하고 有生은 能殖이나 終歸于滅이니 惟
물  유무생      유유생      무생  불식불멸      유생  능식      종귀우멸      유
其藉乎無生이여사 有生이作이니라
기자호무생        유생 작

獨陽은 不生하고 孤陰은 不化하나니 偏亢이면 反戾于成이니 二者相感而和하야 乃可
독양  불생      고음  불화        편항      반려우성      이자상감이화      내가
資育이니라 苟生而不化면 無有成하나니 雌雄以類하야 而卵而殖하야 相傳勿替하라
자육      구생이불화    무유성        자웅이류      이난이식      상전물체

조화주造化主게 공경恭敬하여 몸을 굽혀 엎드려서 머리를 땅에 대고 절하니 환인桓因
이시라 부르니 하늘나라를 열어 깨우치시어서(開天國) 많은 무리의 세계世界를 처음으로
지어 일어나게 하시고 큰 덕德으로 나란히 서 있는 일체一切의 생물生物을 바꾸어 되게
하시고 기르신다.

많은 무리의 영靈과 여러 철喆에게 명命하시어 각기各其 직분職分을 주시고서 세계世
界를 나누어 맡게 하시니 먼저 일세계日世界의 일을 베풀어 행行하시였다. 일사자日使
者로 큰 불(火)을 맡아서 지키게 하시고, 뇌공雷公으로 번개(電)를 맡아서 지키게 하시
고, 운사雲師와 우사雨師로 물(水)을 맡아서 지키게 하시고 풍백風伯으로 대기大氣를 맡
아서 지키게 하시고, 열성관列星官으로 700세계世界(720)를 맡아서 거느려 지키게 하신
다.

조화주造化主께서 이에 말씀하시였다. 아! 너희들 영靈과 철喆아, 많은 무리의 성신星
辰 가운데 오직 지구地球는 밝고 어두움이 치우치지 아니하여 알맞고 춥고 더움이 고르
니 가可히 낳아서 기르기에 적합適合하니라. 너희를 바쳐서 각기各其 어울려 화합和合

하여 하늘이 공功들여서 하시는 일을 참고 메어서 돕고 밝히도록 하여라.

물物은 낳음이 없음이(無生) 있고, 낳음이 있음이(有生) 있으니 낳음이 없음은 불리어 늘어나지 아니하며 다하여 없어지지도 아니하고 낳음이 있음은 능能히 불리어 늘어나서 마침내는 다하여 없어짐에 돌아가니 오직 그 낳음이 없음에서 빌리고 의지依支하여야 낳음이 있음이 비로소 지어 일어나느니라.

외짝의 양陽은 나지 아니하고 외짝의 음陰도 바뀌어 되지 아니하니 한쪽으로 기울어 지나치면 이루어짐을 되돌려서 어그러지게 하나니 둘이 서로 느끼어서 응應하여 섞여야 이에 비로소 옳게 자료資料로 하여 써서 자라게 하니라. 진실眞實로 나나 바뀌어 되지 아니하면 이루어짐이 없으니 암컷과 수컷으로 더불어 일족一族을 거느려서 어루만져 기르고 불리어서 서로 이어 전傳하여서 그치어 없어지게 하지 말지어다.

靈喆이如命하야各宣厥職한대寒熱震濕이而時하야陰陽이調하니行翥化游栽의物
영철 여명 각선궐직 한열진습 이시 음양 조 행저화유재 물
이乃作하니라五物之秀는曰,人이라
내 작 오물지수 왈 인

厥始有一男一女하니曰,那般과阿曼이라在天河東西하야初不相往來러니久而
궐시유일남일녀 왈 나반 아만 재천하동서 초불상왕래 구이
后에遇하야與之耦하니라其子孫이分爲五色族하니曰,黃과白과玄과赤과藍이라
후 우 여지우 기자손 분위오색족 왈 황 백 현 적 남

邃初之民이衣草食木하며巢居穴處하니良善無僞하야鶉然自在라主愛之하사申
수초지민 의초식목 소거혈처 양선무위 순연자재 주애지 신
錫福하신대其人이壽且貴하야無夭札者러니
석복 기인 수차귀 무요찰자

世遠年久에産育이日繁이라遂乃各據一隅하야小爲鄕族하고大成部族하니라黃은
세원연구 산육 일번 수내각 일우 소위향족 대성부족 황
居大荒原하고白은居沙漠間하고玄은居黑水濱하고赤은居大瀛岸하고藍은居諸島中
거대황원 백 거사막간 현 거흑수빈 적 거대영안 남 거제도중
하니라

五族에惟黃이大하야支有四하니在蓋馬(백두산)南者는爲陽族이요東者는爲干族
오족 유황 대 지유사 재개마 남자위양족 동자위간족
(여진족)이며在粟末(하루빈)北者_爲方族이요西者_爲畎族(지나족)이러라
재속말 북자위방족 서자위전족

九族이居異俗하고人異業하니或坼荒하야主種樹하며或在原野하야主牧畜하며或
구족 거이속 인이업 혹탁황 주종수 혹재원야 주목축 혹

152

# 逐水草하야主漁獵하느니라
## 축 수 초   주 어 렵

영靈과 철喆이 명命에 따라 각기各其 그 직분職分을 다하여 두루 베풀어 펴서 참(寒), 더움(熱), 마름(震), 젖음이(濕) 때를 맞추어 음양陰陽이 고르니 땅에서 다니고(行) 하늘에 날아오르고(翥) 바꿈하고(化) 물에서 헤엄치고(游) 땅에 심는(栽) 물物이 이에 비로소 지어 일어났다. 다섯 물物의 빼어난 기운을 인人이시라 부른다.

그 시초始初에 한 남자男子와 한 여자女子가 있으니 나반那般과 아만阿曼이라고 부르고 천하天河의 동東쪽과 서西쪽에 있으면서 처음에는 서로 오고가지 아니하다가 오랜 뒤에 만나서 더불어 짝을 지었다. 그 자손子孫이 나뉘어서 다섯 색色깔의 무리가(五色族) 되니 누른색色(黃), 흰색色(白), 검은색色(黑), 붉은색色(赤), 푸른색色의(靑) 무리라고 부른다.

먼 옛날 초기初期의 인민人民이 풀 옷을 입고 식물植物을 먹으며 나무 위에 지은 집에서 살거나 깊숙이 파인 굴窟이나 움집에서 머물러 사니 어질고 착하여서 거짓이 없었고 정성精誠어린 가르침에 감화感化되어서 그 마음이나 행行함이 거리끼어 걸림이 없었다. 조화주造化主께서 그들을 사랑하사 거듭하여 복福을 베풀어주시니 그 사람들이 오래 살고 또한 귀貴하여서 일찍 죽는 이가 없었다.

세대世代가 멀어지고 해가 오래니 낳아서 길러 자라게 함이 날로 번성繁盛하였다. 드디어 이에 각기各其 한 모퉁이 깊숙한 곳에 자리를 잡아서 작게는 향족鄕族이 되고 크게는 부족部族을 이루었다. 누른색色 무리는 풀이 우거져 덮어서 거친 크고 넓은 들판을 차지하여 살고, 흰색色 무리는 사막沙漠 사이를 차지하여 살고, 검은색色 무리는 흑수黑水의 가장자리를 차지하여 살고, 붉은색色 무리는 큰 바닷가 언덕을 차지하여 살고, 푸른색色 무리는 여러 섬들 가운데를 차지하여 살았다.

다섯 색色깔의 무리에 바로 누른색色의 무리가 커서 갈리어 나누어짐에 넷이 있으니 개마蓋馬의(백두산白頭山) 남南쪽에 있는 무리는 양족陽族이고, 동東쪽에 있는 무리는 간족干族이고(여진족女眞族) 속말粟末의(하루빈) 북北쪽에 있는 무리는 방족方族이고, 서西쪽에 있는 무리는 견족畎族이다(지나족支那族).

아홉 무리가 서로 다른 풍속風俗에서 살고 사람들은 서로 다른 생계生計의 기초基礎를(業) 가지니 혹或은 풀이 우거져 덮어서 거친 땅을 개척開拓하여서 나무 심기를 주主로 하고, 혹或은 개척開拓되지 않은 넓은 들판에 살면서 가축家畜 기르기를 주主로 하고, 혹或은 물과 초원草原을 따라서 고기잡이와 사냥을 주主로 하였다.

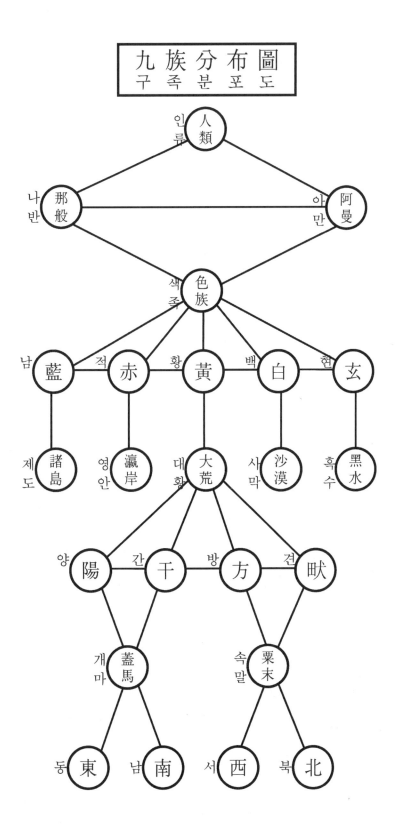

# 교화기敎化紀

- 가르쳐서 바뀌어 되게 하심의 기록記錄 -

(※ 삼일신고三一神誥 : 삼위三位 일체一體이신 일신一神께서 가르쳐서 뜻을 일러주어
　　깨우치게 하심)

欽稽敎化主하니 曰, 桓雄이시니 以神化人하사 立大道하시며 設大敎하사 感化蠢蠢
흠계교화주　　　왈　환웅　　　이신화인　　　입대도　　　　설대교　　　감화준준
民하시니라 演神誥하사 大訓于衆하시다
민　　　　　연신고　　　대훈우중

　· 天 訓
　　천 훈
帝曰, 元甫彭虞아 蒼蒼이 非天이며 玄玄이 非天이라 天은 無形質하며 無端倪하며 無
제왈　원보팽우　창창　비천　　현현　비천　　　천　무형질　　　무단예　　　무
上下四方하니 虛虛하며 空空하며 無不在하며 無不容이니라
상하사방　　허허　　　공공　　　무부재　　　무불용

　· 神 訓
　　신 훈
神在無上一位하사 有大德大慧大力하시니 生天하시고 主無數世界하시며 造牲牲
신재무상일위　　　유대덕대혜대력　　　생천　　　　주무수세계　　　　조신신
物하사대 纖塵無漏하시니 昭昭靈靈을 不敢名量일새 聲氣願禱하면 絶親見하시고 自性
물　　　섬진무루　　　소소영영　　불감명량　　성기원도　　　절친견　　　자성
求子하면 降在爾腦시니라
구자　　　강재이뇌

　· 天 宮 訓
　　천 궁 훈
天은 神國이라 有天宮하니 階萬善하며 門萬德이라 一神攸居_시니 群靈諸哲이 護侍하
천　신국　　　유천궁　　　계만선　　　문만덕　　　일신유거　　군령제철　호시
고 大吉祥하며 大光明處이니 惟性通功完者이라아 朝하야 永得快樂이니라
대길상　　　대광명처　　　유성통공완자　　　조　　　영득쾌락

　· 世 界 訓
　　세 계 훈
爾觀森列星辰하라 數無盡하니 大小와 明暗과 苦樂이 不同하되 一神이 造群世界하시
이관삼열성진　　　수무진　　　대소　명암　고락　부동　　　일신　조군세계

156

니라神敕日世界使者하사割七百世界케하시니爾地自大나一丸世界라中火震盪하고
海幻陸遷하야乃成見像일새神이呵氣抱底하시고煦日色熱케하시니行翥化游栽의物
이繁殖하니라

· 眞理訓

人物이同受三眞하니曰,性과命과精이라人이全之하고物이偏之하다眞性은無善惡하
니上喆이通하고眞命은無淸濁하니中喆이知하고眞精은無厚薄하니下喆이保하야返眞
一神이니라惟衆은迷地에三妄이着根하니曰,心과氣와身이라心은依性하야有善惡하니
善福惡禍하고氣는依命하야有淸濁하니淸壽濁夭하고身은依精하야有厚薄하니厚貴
薄賤이니라眞妄이對하여作三途하니曰,感과息과觸이라轉成十八境하니感은喜懼愛
怒貪厭이요息은芬殈寒熱震濕이요觸은聲色臭味淫抵니라衆은善惡과淸濁과厚薄이
相雜하야從境途任走하야墮生長肖病歿의苦하되哲은止感하며調息하며禁觸하야一
意化行하고返妄卽眞하야發大神機하나니性通功完이是라

欽稽敎化主하니曰,桓雄이시니以神化人하사立大道하시며設大敎하사感化蠢蠢
民하시니라演神誥하사大訓于衆하시다

교화주敎化主께 공경恭敬하여 몸을 굽혀 엎드려서 머리를 땅에 대고 절하니 환웅桓雄
이시라 부르니 신神으로써 사람으로 바뀌어 되시어서 크고 훌륭하신 도道를 베풀어 확
고確固히 세우시고 크고 훌륭하신 가르침을 갖추어 베푸시어서 어리석고 어리석은 인민
人民을 감화感化시키시니라. 신神께서 가르쳐서 뜻을 일러주어 깨우치게 하심을 널리
펴시어서 많은 무리의 사람들에게 크고 훌륭히 가르침을 내리시었다.

가. 천훈天訓 〔하늘을 말씀하심〕

帝曰,元輔彭虞아蒼蒼이非天이며玄玄이非天이라天은無形質하며無端倪하며無
上下四方하니虛虛하며空空하며無不在하며無不容이니라

천제天帝께서 말씀하시었다. 원보元輔 팽우彭虞야, 푸르고 푸름이 하늘이 아니며 검고

검음이 하늘이 아니니라. 하늘은 형상形狀과 바탕이 없고, 시작始作과 끝이 없고, 위아래와 네 방위方位가(四方) 없고, 엷게 푸르고(虛虛) 겉은 희나 가운데 검음이 엷고(空空) 있지 아니한 곳이 없고 받아들여 담지 아니하는 것이 없느니라.


## 나. 신훈神訓 〔신神을 말씀하심〕

神在無上一位하사 有大德大慧大力하시니 生天하시고 主無數世界하시며 造甡甡物하사대 纖塵無漏하시니 昭昭靈靈을 不敢名量일새 聲氣願禱하면 絶親見하시고 自性求子하면 降在爾腦시니라

신神께서는 위 없는 하나의(一) 자리에 계시어서 크고 훌륭하신 덕德과(大德) 크고 훌륭하신 지혜智慧와(大慧) 크고 훌륭하신 힘을(大力) 가지시니 하늘을 지어내시고 수數없이 많은 세계世界를 거느려 지키시며 나란히 서있는 일체一切의 생물生物을 처음으로 지어 일어나게 하시나 미세微細한 티끌도 빠뜨려 놓침이 없으시다. 환히 빛나시고 환히 빛나시며 밝고 빼어나시고 밝고 빼어나시어서(昭昭靈靈) 감敢히 이름을 짓거나 헤아리지 못하니 소리(聲), 숨 쉬는 기운(氣), 바람(願), 또는 빎(禱)으로는 몸소 뵈올 수 없고 스스로의 성性에서 씨알을(子) 구求하면 너의 뇌腦에 내려와 계시니라.


## 다. 천궁훈天宮訓 〔하늘의 궁전宮殿을 말씀하심〕

天은神國이라有天宮하니階萬善하며門萬德이라一神攸居_시니群靈諸喆이護侍하고大吉祥하며大光明處이니惟性通功完者이라아朝하야永得快樂이니라

하늘은 신神의 나라이다. 하늘 궁전宮殿이(天宮) 있으며 섬돌은 만萬 가지의 착함이고 문門은 만萬 가지의 덕德이다. 일신一神께서 거처居處하시는 곳이시니 많은 무리의 영靈과 여러 철喆이 호위護衛하여 모시고 크게 길吉하며 상서祥瑞롭고 크게 밝고 환한 곳으로서 오직 성性을 꿰뚫어 통通하여서 공功을 끝마치어 완결完結지은 사람이어야 나아가 뵈옵고서 영원永遠히 기분氣分이 좋고 즐거움을 얻느니라.


## 라. 세계훈世界訓 〔세계世界를 말씀하심〕

爾觀森列星辰하라數無盡하니大小와明暗과苦樂이不同하되一神이造群世界하시

니라 神敕日世界使者하사 割七百世界케하시니 爾地自大나 一丸世界라 中火震盪하고
신칙일세계사자 할칠백세계 이지자대 일환세계 중화진탕

海幻陸遷하야 乃成見像일새 神이 呵氣抱底하시고 煦日色熱케하시니 行翥化游栽의 物
해환육천 내성현상 신 가기포저 후일색열 행저화유재 물

이 繁殖하니라
번식

너희는 총총蔥蔥히 들어서 벌이어진 성신星辰을 자세仔細히 보아라. 그 수數가 다하여 끝남이 없으니 크고 작음(大小) 밝고 어두움(明暗) 괴롭고 즐거움이(苦樂) 한가지로 같지 아니하되 일신一神께서 처음으로 많은 무리의 세계世界를 지어 일으키시었다. 신神께서 일세계日世界 사자使者로 하여금 700(720)세계世界를 나누어서 차지하여 거느리도록 명命하시니 너희 지구地球가 스스로 크나 하나의 둥글고 좁은 땅의 세계世界이다. 속의 불이(火) 흔들려서 밀쳐 움직이고 바다가 이리저리 바뀌고 뭍이 옮기어서 이에 비로소 드러나 보이는 모습을 이루니 신神께서 기氣를 불어서 밑바닥을 품어 안으시고 해를 따듯하게 찌어서 빛깔과 열熱이 있게 하시니 땅에서 다니고(行) 하늘에 날아오르고(翥) 탈바꿈하고(化) 물에서 헤엄치고(游) 땅에 심는(栽) 물物이 번식繁殖하니라.

## 마. 진리훈眞理訓〔진리眞理를 말씀하심〕

人物이 同受三眞하니 曰, 性과 命과 精이라 人이 全之하고 物이 偏之하다 眞性은 無善惡하
인물 동수삼진 왈 성 명 정 인 전지 물 편지 진성 무선악

니 上喆이 通하고 眞命은 無淸濁하니 中喆이 知하고 眞精은 無厚薄[270]하니 下喆이 保하야 返
상철 통 진명 무청탁 중철 지 진정 무후박 하철 보 반

眞一神이니라
진일신

惟衆은 迷地에 三妄이 着根하니 曰, 心과 氣와 身이라 心은 依性하야 有善惡하니 善福惡
유중 미지 삼망 착근 왈 심 기 신 심 의성 유선악 선복악

禍하고 氣는 依命하야 有淸濁하니 淸壽濁夭하고 身은 依精하야 有厚薄하니 厚貴薄賤이니
화 기 의명 유청탁 청수탁요 신 의정 유후박 후귀박천

라

眞妄이 對하여 作三途하니 曰, 感과 息과 觸이라 轉成十八境하니 感은 喜懼愛怒貪厭이
진망 대 작삼도 왈 감 식 촉 전성십팔경 감 희구애노탐염

요 息은 芬殈寒熱震濕이요 觸은 聲色臭味淫抵니라
식 분란한열진습 촉 성색취미음저

---

270) 無善惡, 無淸濁, 無厚薄: 철학박사哲學博士 송호수가 엮은 『겨레얼 三大原典(삼대원전)』과 대종교총본사大倧
무선악 무청탁 무후박

教總本司에서 펴낸 『大倧經典總覽(대종경전총람)』에는 '無善惡, 無淸濁, 無厚薄'으로 되어 있고, 『환단고기桓檀古
무선악 무청탁 무후박

記』에는 '善無惡, 淸無濁, 厚無薄'으로 되어 있다. (가람출판사[겨레얼 연구회] 『겨레얼 三大原典(삼대원전)』송호수 1983.
선무악 청무탁 후무박

11쪽 및 大倧敎出版社(대종교출판사) 『大倧經典總覽(대종경전총람)』 강천봉 1996. 50쪽)

衆은善惡과淸濁과厚薄이相雜하야從境途任走하야墮生長肖病歿의苦하되喆은止
　　　　　　　　　　　　　　　　　　　　　　　　　　　　　　　　　　　　감 조 식 금 촉
感하며調息하며禁觸하야一意化行하고返妄卽眞하야삼發大神機하나니性通功完이是
　　　　　　　　　　　　　　　　　　　　　　　　　　　　　　　　　　　　
이라

인人·물物이 다 같이 세 진眞을(三眞) 받으니 성性과 명命명 정精이라고 부른다. 인人이 이를 완전完全히 갖추었고 물物은 이를 치우쳐서 갖추었다. 참 성性은(眞性) 착함과(善) 나쁨이(惡) 없으니 상철上喆이 꿰뚫어 통通하고, 참 명命은(眞命) 맑음과(淸) 흐림이(濁) 없으니 중철中喆이 깨달아 알고, 참 정精은(眞精) 두터움과(厚) 엷음이(薄) 없으니 하철下喆이 기르고 지켜서 진일신眞一神께로 돌이켜 되돌아온다.

오직 많은 무리의 사람들은(衆) 지地에 반하여 헤매어서 세 망妄이(三妄) 뿌리를 내리니 이르되 마음과(心) 기운과(氣) 몸이라고(身) 부른다. 마음은 성性에 의지依支하니 착함과 나쁨이 있어서 착하면 복福이 되고 나쁘면 화禍가 되며, 기운은 명命에 의지依支하니 맑음과 흐림이 있어서 맑으면 오래 살고(壽) 흐리면 일찍 죽고(夭), 몸은 정精에 의지依支하니 두터움과 엷음이 있어서 두터우면 귀貴하고 엷으면 천賤하다.

진眞과 망妄이 마주 대對하여 어울려서 세 길을(三途) 지어 일으키니 마음의 움직임과(感) 숨 쉼과(息) 닿아서 느낌이라고(觸) 부른다. 굴러 옮겨서 열여덟 경계境界를(十八境) 이루니 마음의 움직임은 기뻐함(喜), 두려워함(懼), 사랑함(愛), 성냄(怒), 탐貪함(貪), 싫어함이고(厭), 숨 쉼은 향香 내匂(芬), 썩는 내匂(殤), 찬 기운(寒), 더운 기운(熱), 건조乾燥한 기운(震), 축축한 기운이며(濕), 닿아서 느낌은 소리(聲), 빛깔(色), 냄새(臭), 맛(味), 정수精水의 흘러 옮김(淫), 살닿음이다(抵).

많은 무리의 사람들은 착함과 나쁨, 맑음과 흐림, 두터움과 엷음이 서로 섞여서 열여덟 경계境界와 세 길을 좇아서 마음대로 하여 달아나게 하여서 태어나고(生) 자라고(長) 쇠약衰弱지고(肖) 병病들고(病) 죽는(歿) 괴로움에 떨어지고, 철인喆人은 마음의 움직임을 그치어 쉬고(止感) 숨 쉼을 부드럽게 고르고(調息) 닿아서 느낌을 삼가고 참아 이겨서(禁觸) 뜻을 하나로 하여 바뀌어 됨을 베풀어 행行하여 나아가(一意化行) 망妄을 돌이켜 돌려보내고 그 자리에서 바로 진眞에 나아가서(返妄卽眞) 크고 훌륭하신 신神의 기틀을 펴 일으키고 성性을 꿰뚫어 통通하여서 공功을 끝마치어 완결完結 지음이 이것이니라.

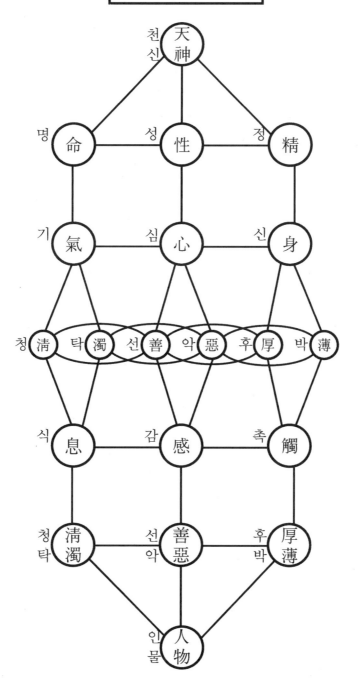

<참고參考>

### - 환단고기桓檀古記/단군세기檀君世紀 서序(이암李嵒 편編) 중中에서 -

나라를 위爲하는 도道가 사기士氣보다 먼저인 것이 없고 사학史學보다 급急한 것이 없으니 무슨 까닭인가. 사학史學이 밝지 아니하면 사기士氣가 떨쳐 일어날 수 없고 사기士氣가 떨쳐 일어나지 못하면 나라의 뿌리가 흔들리고 다스려 바르게 하는(政) 법法이 갈림길로 갈라진다. 대개大蓋 사학史學은 낮추어 내침이 옳은 것은 낮추어 내치고 칭찬稱讚함이 옳은 것은 칭찬稱讚하며 인물人物을 저울질하여 헤아리고 그 당시當時의 세상世上 형편形便을 논론論하고 진단診斷하니 만세萬世에 표준標準이 아닌 것이 없다.

이 국민國民이 나서 삶이 그야말로 오직 오래 되었다. 처음으로 세계世界를 만든 조목條目과 순서順序 역시亦是 바로 잡아 고치고 증명證明함을 더하여서 나라는 역사歷史와 함께 나란히 계속繼續하여 있고 사람은 다스려 바르게 함과 함께 마주 들어 일어서니 모두 자기自己 자신自身에 앞서는 것이고 중요重要한 것이다.

아아! 다스려 바르게 함은 재능才能과 같고 사람은 도道와 같으니 재능才能이 도道를 떠나서 계속繼續하여 있을 수 있는가? 나라는 형체形體와 같고 역사歷史는 혼魂과 같으니 형체形體가 혼魂을 잃어버리고서 편안便安히 지킬 수 있는가? 도道와 재능才能을 함께 나란히 바르게 닦는 것이 나 자신自身이며 형체形體와 혼魂을 함께 펴 넓히는 것도 역시亦是 나 자신自身이다. 그러므로 천하만사天下萬事가 나 자신自身을 깨달아 앎에 있다. 그러한즉 나 자신自身을 깨달아 알고자 하면 무엇에서부터 시작始作하는가.

무릇 삼위三位의 신神께서 하나의 몸체體이심의(三神一體) 도道는 크고 훌륭하시며 뚜렷하고 원만圓滿하신 하나의(大圓一) 뜻에 있으시니 조화造化의 신神께서는 내려와 임臨하시어 나의 성性이 되시었고, 교화敎化의 신神께서는 내려와 임臨하시어 나의 명命이 되시었으며, 치화治化의 신神께서는 내려와 임臨하시어 나의 정精이 되시었다. 까닭에 오직 사람이 만물萬物에서 가장 귀貴하고 가장 높은 것이 된다.

무릇 성性이란 신神의 뿌리이다. 신神이 성性에 기초基礎하나 성性은 아직 이는 신神은 아니다. 기氣가 밝게 빛나고 밝게 빛나서 어둡지 아니한 것이 곧 참 성性이다(眞性). 이러한 까닭에 신神은 기氣를 떠나 헤어지지 아니하고(神不離氣) 기氣는 신神을 떠나 헤어지지 아니한다(氣不離神). 우리 몸의 신神이 기氣와 합합한 후後에 가可히 우리 몸의 성性과 명命을 볼 수 있다. 성性은 명命을 떠나 헤어지지 아니하고(性不離命) 명命은 성性을 떠나 헤어지지 아니하니(命不離性) 우리 몸의 성性이 명命과 합합한 후後에 가可히 우리 몸의 아직 시작始作하지 아니한 신神의 성性과 아직 시작始作하지 아니한 기氣의 명命을 볼 수 있다.

까닭에 그 성性의 밝고 빼어난 깨달음은(靈覺) 천신天神과 그 근원根源을 한가지로 같이 하고, 그 명命의 나서 삶을 나타냄은 산천山川과 그 기氣를 한가지로 같이 하고, 그 정精의 영원永遠히 이어짐은 세상世上의 모든 사람들과 그 업業을 한가지로 같이 한다. 이에 곧 하나를 잡아 지켜서 셋을 머금어 품고(執一而含三) 셋을 모아 하나로 돌아가 합合하는(會三而歸一) 것이 이것이다.

그러므로 마음이 안정安定되어 움직이지 아니하게 하여 달라지지 아니함을(定心不變) 참 나라고(眞我) 하고 신神을 꿰뚫어 통通하여 만萬 가지로 달라짐을(神通萬變) 일신一神이시라고 말하니 참 나는 일신一神께서 거처居處하시는 바의 궁전宮殿이다. 이 참 근원根源을 알고서 법法에 의거依據하여 바르게 닦아 행行하여 나아가면 길吉하고 상서祥瑞로움이 저절로 이르고 밝고 환한 빛이(光明) 항상恒常 비춘다. 이는 곧 하늘과 사람이 서로 위爲하여서 도와 베푸는 가운데 삼위三位의 신神의(三神) 계戒271)를 지키어 가지는 맹盟세를 연緣줄로 하여 비로소 능能히 하나에(一) 돌아가 합합할 수 있음이다.

그러므로 성性, 명命, 정精이 고동이(機) 없으심은 삼위三位의 신神께서 한 몸이신 상제上帝이시니 우주만물宇宙萬物과 조금도 다름이 없이 한가지로 같은 몸체體이시고, 마음(心), 기운(氣), 몸과(身) 더불어 자취가 없으시나 길이 계속繼續해서 머물러 계신다. 마음의 움직임(感), 숨 쉼(息), 닿아서 느낌이(觸) 고동이 없으심은 집 어른 되시는 시조始祖이신 환인桓因이시니 세계世界 만방萬邦에 낱낱이 베푸시어서 즐거움을 다 같이 한가지로 같게 하시며 천天, 지地, 인人과 더불어 꾀하여 하심이 없으시나(無爲) 저절로 바뀌어 되신다.

이런 까닭에 그 가르침을 세우려고 하는 사람은 모름지기 먼저 자아自我를 바르게 확고確固히 세우고, 모습을 고쳐서 바꾸려고 하는 사람은 모름지기 먼저 모습이 없는 것을 고쳐서 바꾸어야 한다. 이것이 곧 나를 알아서 홀로 서기를 구求하는 하나의(一) 도道이다.

爲國之道가 莫先於士氣하고 莫急於史學은 何也오 史學이 不明則士氣가 不振하고 士氣가
위국지도 막선어사기 막급어사학 하야 사학 불명즉사기 부진 사기

---

271) 삼위三位의 신神(三神)의 계戒: 366조條 율령律令을(참전계경叅佺戒經, 팔리훈八理訓, 366사事) 가리킨다. (178~186쪽 〈참고參考〉 참조參照)

不振則國本이搖矣오政法이岐矣니라蓋史學之法이可貶者貶하고可褒者褒하야衡量人物
하고論診時像하니莫非標準萬世者也라

斯民之生이厥惟久矣오創世條序가亦加訂證하야國與史並存하고人與政俱擧하니皆自
我所先所重者也라

嗚呼라政猶器하고人猶道하니器可離道而存乎며國猶形하고史猶魂하니形可失魂而保
乎아並修道器者_我也며俱衍形魂者_亦我也니故로天下萬事가先在知我也니라然則其
欲知我인댄自何而始乎아

夫三神一體之道는在大圓一之義하니造化之神은降爲我性하고敎化之神은降爲我命
하고治化之神은降爲我精하나니故로惟人이爲最貴最尊於萬物者也라

夫性者는神之根也라神本於性이나而性未是神也니氣之炯炯不昧者_乃眞性也라是
以로神不離氣하고氣不離神하니吾身之神이與氣合而後에吾身之性與命을可見矣라性
不離命하고命不離性하니吾身之性이與命合而後에吾身의未始神之性과未始氣之命을
可見矣라

故其性之靈覺也_與天神同其源하고其命之現生也_與山川同其氣하고其精之永續
也_與蒼生同其業也라乃執一而含三하고會三而歸一者_是也라

故定心不變謂之眞我하고神通萬變謂之一神이니眞我는一神攸居之宮也니知此眞
源하고依法修行하면吉祥自臻하고光明恒照하니此乃天人相與之際에緣執三神戒盟而
始能歸于一者也라

故性命精之無機_三神一體之上帝也시니與宇宙萬物混然同體시며與心氣身無跡
而長存하시며感息觸之無機_桓因主祖也시니與世界萬邦一施而同樂하며與天地人無
爲而自化也시라

是故其欲立敎者는須先立自我하고革形者는須先革無形이니此乃知我求獨之一道

164

也<sub>야</sub>라

- 환단고기桓檀古記/태백일사太白逸史/삼신오제본기三神五帝本紀(이맥李陌 찬撰) 중中에서 -

『대변경大辯經』272)에서 말한다. 오직 하늘의 일신一神께서는 그윽하고 그윽하게 위에 계시니 이에 삼대三大, 삼원三圓, 삼일三一273)이 천신天神의 표상表象이 되게 하여 크게 내리시어서 만萬 만萬의 세계世界의 만萬 만萬의 인민人民에게 내리시니 모든 것이 오직 삼위三位의 신神께서(三神) 처음으로 지어 일으키신 것이다.

마음과(心) 기운과(氣) 몸이(身) 틀림없이 마땅히 서로 믿고 의지依支하여야 하나 아직 틀림없이 영원永遠한 세월歲月을 서로 보살펴 지키지를 못하고, 밝고 빼어난 정기精氣와(靈) 지혜智慧와(智) 뜻의(意) 세 분별력分別力은(三識) 그 자리에서 바로 밝고 빼어난 정기精氣와(靈) 느끼어 앎과(覺) 나서 삶의(生) 세 혼魂이(三魂) 되며, 역시亦是 그 본本바탕을 이어받아 이로써 능能히 형체形體와(形) 해가 나아감과(年) 혼魂으로 퍼져 나아간다. 일찍이 경境274)과 함께 마음이 움직이고(感) 숨쉬고(息) 닿아서 느끼는(觸) 것이 있어서 진眞과 망妄이 서로 끌어당기어 세 길이(三途) 이에 갈래 길로 갈라지니 까닭에 진眞을 가지고 있으면 살아 있고(生) 망妄을 가지고 있으면 다하여 없어진다고(滅) 말한다.

이에 인人·물物이 지어나심이 이들을 고루 조화調和를 이루게 하여서 그 참 근원根源을 하나로 묶어 합합合함이니 성性, 명命, 정精이 세 문門빗장이(三關) 되고 문門빗장은 신神을 보살펴 지키는 중요重要한 모임이 된다. 성性은 명命을 떠나 헤어지지 아니하고(性不離命) 명命은 성性을 떠나 헤어지지 아니하니(命不離性) 정精은 그 가운데 있다. 마음, 기운, 몸이 세 방房(三房)이 되고 방房은 바뀌어 됨을 이루는 근원根源이 된다. 기운은 마음을 떠나 헤어지지 아니하고(氣不離心) 마음은 기운을 떠나 헤어지지 아니하니(心不離氣) 몸은 그 가운데 있다. 마음의 움직임, 숨 쉼, 닿아서 느낌이 세 문門이(三門) 되고 문門은 돌아다니는 길의 변變하지 아니하는 법法이 된다. 마음의 움직임은 숨 쉼을 떠나 헤어지지 아니하고(感不離息) 숨 쉼은 마음의 움직임을 떠나 헤어지지 아니하며(息不離感)

---

272) 『대변경大辯經』: 고려高麗 때 서운관書雲觀에 보관保管되어 있었다. 조선朝鮮 세조世祖 3년年 수서령收書令을 내릴 당시當時 수서목록收書目錄에 포함包含되어 있었으니 당시當時까지 『대변경大辯經』이 전전傳해 내려왔음을 알 수 있다. (상생출판 『桓檀古記』 안경전安耕田 역주譯註 2012. 307쪽 주註)

273) 삼대三大, 삼원三圓, 삼일三一: 삼대三大; 천天-현묵玄黙, 지地-축장蓄藏, 인人-지능知能, 삼원三圓; 천天-보원普圓, 지地-효원效圓, 인人-택원擇圓. 삼일三一; 천天-진일眞一, 지地-근일勤一, 인人-협일協一 (141~142쪽 『환단고기桓檀古記』-단군세기檀君世紀 참조參照)

274) 경境: 십팔경十八境(열여덟 경계境界)을 말한다. (159~160쪽 『삼신사기三神事記』/교화기敎化紀/진리훈眞理訓 참조參照)

닿아서 느낌은 그 가운데 있다.

성性은 참 리理의(眞理) 으뜸가는 문門빗장이 되고, 마음은 참 신神의(眞神) 깊고 그윽한 방房이 되고, 닿아서 느낌은 참으로 느끼어 응應하는 묘妙한 문門이 된다. 이理와 스스로의 성性을(自性) 깊이 속속들이 찾으면 참 고동이(眞機) 크고 훌륭히 피어 일어나고 신神에 머물러 있으면서 마음을 찾아 구求하면 참 몸이(眞身) 크고 훌륭히 나타나시니 바뀌어 되어 따라 움직여서 서로 느끼어 닿으면 참 업業이(眞業) 크고 훌륭히 이루어진다.

증험證驗하는 바는 때가 있고 사물事物이 분간分揀되는 곳에는 크게 빔이 있으니 사람은 그 사이에 있다. 갖가지 사물事物이 텅 빔과(虛) 거칠고 큼이(粗) 한가지로 같은 몸체體라는 것이 있음은 오직 하나의 기운이실(一氣) 뿐이요 오직 삼위三位의 신神이실 뿐이다. 가可히 다하여 마칠 수 없는 수數가 있고, 가可히 떠나서 피避할 수 없는 이理가 있고, 가可히 대항對抗할 수 없는 힘이(力) 있으니 혹或은 착함과(善) 착하지 아니함이 있어서 이를 영원永遠한 세월歲月에 어긋남 없이 같고, 혹或은 착함과 착하지 아니함이 있어서 이를 저절로 그렇게 됨에(自然) 어긋남 없이 같고, 혹或은 착함과 착하지 아니함이 있어서 이를 모든 자손子孫에 어긋남 없이 같는다.

大辯經에 曰惟天一神께서 冥冥在上하사 乃以三大三圓三一之爲靈簿者로 大降降于萬萬世之萬萬民하시니 一切가惟三神所造오

心氣身이 必須相信이나 未必永劫相守하고 靈智意三識이 卽爲靈覺生三魂이니 亦因其素以能衍形年魂하나니 嘗與境으로 有所感息觸者하야 而眞妄相引하야 三途乃歧하니 故로 曰有眞而生하고 有妄而滅이라

於是에 人物之生이 均是하야 一其眞源하니 性命精이 爲三關이오 關은 爲守神之要會니라性不離命하며 命不離性하니 精在其中이니라 心氣身이 爲三房이오 房은 爲成化之根源이니라 氣不離心하며 心不離氣하니 身在其中이니라 感息觸이爲三門이오 門은 爲行途之常法이니 感不離息하며 息不離感하니 觸在其中이니라

性은 爲眞理之元關이오 心은 爲眞神之玄房이오 感은 爲眞應之玅門이니 究理自性이면 眞機大發하고 存神求心이면 眞身大現하고 化應相感이면 眞業大成이니라

所驗有時하고所境有空하니人在其間이니라庶物之有虛粗同體者는惟一氣而已요惟三
소험유시　　소경유공　　인재기간　　　서물지유허조동체자　　유일기이이　유삼

神而已라有不可窮之數하며有不可避之理하며有不可抗之力하며有或善不善하야報諸
신이이　　유불가궁지수　　유불가피지리　　유불가항지력　　　유혹선불선　보제

永劫하며有或善不善하야報諸自然하며有或善不善하야報諸子孫하니라.
영겁　　유혹선불선　　보제자연　　　유혹선불선　　보제자손

　- 환단고기桓檀古記/태백일사太白逸史/소도경전본훈蘇塗經典本訓(이맥李陌 찬撰) 중中
에서-

　『삼일신고三一神誥』는 본本디 신시神市의 하늘을 열어 깨우쳐주는(開天) 세상世上에
서 나와서 그것이 글로 지어지게 됨이니 대개大槪 하나를 잡아 지켜서 셋을 머금어 품
고(執一含三) 셋을 모아 하나로 돌아가 합합함의(會三歸一) 뜻으로써 근본根本이 되는 큰
줄거리로 삼고, 다섯 장章으로 나누어서 천신天神께서 처음으로 만들어 일으키시고 바
뀌어 되게 하심의(造化) 근원根源과 세계世界와 인人·물物의 바뀌어 됨을 상세詳細히 밝
혀 말하였다.

　그 첫째로 말하기를 엷게 푸름과(虛) 같은 희나 가운데 검음이 엷음은(空) 하나로 더
불어 시작始作하나(與一始) 한가지로 함께 시작始作함이 없고(無同始) 하나로 마치나(一終)
한가지로 함께 마침이 없고(無同終) 바같은 엷게 푸르고(外虛) 안은 겉은 희나 가운데 검
음이 엷으며(內空) 가운데는 늘 변變하지 아니함을 가지고 있다고(中有常) 하였고, 그 둘
째로 말하기를 일신一神께서 겉은 희나 가운데 검음이 엷음이 가고 형상形象이(色) 옴에
중심中心이 되어 책임責任지고 맡아 다스리심이(主宰) 있음과 같고 삼위三位의 신神께서
(三神) 크고 훌륭하시나 천제天帝께서 실제實際로 공功이 있으시다 하였고, 그 셋째로
말하기를 하늘의 궁전宮殿은(天宮) 참 나가(眞我) 차지하고 있는 곳이니 만萬 가지의 착
함이 저절로 넉넉하여 길이 기분氣分이 좋고 즐거움이 있다고 하였고, 그 넷째로 말하
기를 세계世界의 뭇 별은 해를(日) 수행隨行하여 뒤따르니 일만一萬 무리의 종족種族과
넓고 큰 덕德을 가진 사람들은(大德) 이것이 지어내심이라고 하였고, 그 다섯째로 말하
기를 인人·물物이 한가지로 같이 삼위三位의 신神에서 나와서 하나의 참으로(一之眞) 돌
아가서 합합하니 이를 크고 훌륭하신 나라고(大我) 하였다.

　세상世上에서는 혹或은 『삼일신고三一神誥』를 가지고 도가道家의 제사祭祀 지낼 때
쓰는 글이라고 생각하나 이는 매우 잘못됨이다. 우리 환국桓國은 환웅桓雄께서 하늘을
열어 깨우쳐주심을 따라 천신天神께 제사祭祀 지냈고 선조先祖께서는 신神께서 깨달아
알아듣도록 가르치심을(神誥) 글로 표현表現하시였으며 산하山河를 널리 개척開拓하고
국민國民을 교화敎化하시였다.

아아! 신시神市는 천황天皇께서 세우신 이름으로 이제 이미 삼위三位의 신神이신 상제上帝께서(三神上帝) 헤아릴 수 없는 넓고 크신 복록福祿을 열어주심을 입었고 웅족熊族과 호족虎族을 손짓하여 불러 어루만져 달래시니 이로써 사해四海를 평안平安하게 하시었다. 위로는 천신天神을 위爲하여 널리 도와 이리롭게 하심의(弘益) 뜻을 높이 들어 세우시고 아래로는 인간人間 세상世上을 위爲하여 괴로운 처지處地를 하소연할 곳이 없는 분憤하고 억울抑鬱함을 풀어주시니 이에 사람들은 스스로 하늘에 거스르지 아니하고 잘 복종服從하였고, 세상世上에는 말이나 행동行動이 도리道理나 예의禮儀에 어그러짐이(僞妄) 없었으며 꾀하여 하심이 없으시어도(無爲) 저절로 다스려져 바르게 되었고 말씀이 없으시어도 저절로 교화敎化가 이루어져 풍속風俗이 새로워졌다.

풍속風俗은 산천山川을 존중尊重하여 서로 침범侵犯하거나 간섭干涉하지 아니하고 서로 굽히어 물러나고 말을 들어서 따름을 귀貴하게 여겼으며(貴相屈服) 죽음을 무릅쓰고 위급危急함을 구제救濟하였다. 처음부터 의복衣服과 음식飮食을 고루 같게 하였고 또 권리權利를 고르게 하였으며 한가지로 같이 삼위三位의 신神께 돌아가 의지依支하였고 서로 사귀며 즐거움을 나누고 맹盟세하여 소원所願을 세웠다. 화백和白으로 행동行動이나 일 처리處理가 사사私事롭거나 한편便으로 치우치지 아니하고 공평公平하게 하였으며 허물을 꾸짖고(責禍) 믿음을 지켰다. 힘을 서로 바꾸어 함께 사용使用하여 일을 덜어 쉽게 하였고(通力易事) 생계生計의 기초基礎를 나누어서 서로 도와주고 가져갔으며(分業相資) 남자男子와 여자女子가 모두 직분職分이 있었고 늙은이와 젊은이가 한가지로 함께 행복幸福과 이익利益을 받아 누렸다. 사람과 사람이 함께 서로 다투어 송사訟事를 벌임이 없었으니 이를 일러 신시神市 태평泰平의 세상世上이라고 한다.

三一神誥는 本出於神市開天之世오 而其爲書也니라 盖以執一含三하고 會三歸一之 義로爲本領하고 而分五章하야 詳論天神造化之源과 世界人物之化하니라

其一曰虛空은 與一始니 無同始하고 一終이나 無同終也니 外虛內空에 中有常也오 其二曰 一神은 空往色來에 似有主宰니 三神爲大시나 帝實有功也시오 其三曰天宮은 眞我所居니 萬善自足하야 永有快樂也오 其四曰世界는 衆星이 屬日하니 有萬羣黎의 大德이 是生也오 其 五曰人物은 同出三神하니 歸一之眞이 是爲大我也니라

世或以三一神誥로 爲道家醮靑之詞하니 則甚誤矣라 吾桓國은 自桓雄開天으로 主祭天 神하시며 祖述神誥하시며 恢拓山河하시며 敎化人民하시니라

嗚呼라神市는 天皇之建號니 今旣蒙三神上帝께서 啓無量洪祚하시고 招撫熊虎하사 以安
四海하시며 上爲天神하사 揭弘益之義하시고 下爲人世하사 解無告之怨하시니 於是에 人自順
天하고 世無僞妄하야 無爲自治하며 無言自化하나라

俗重山川하야 不相侵涉하며 貴相屈服하고 投死救急하며 旣均衣食하고 又平權利하며 同歸
三神하니 交歡誓願하며 和白爲公하야 責禍保信하며 通力易事하야 分業相資하며 男女皆有職
分하며 老少同享福利하야 人與人이 無相爭訟하며 國與國이 無相侵奪하니 是謂神市太平之
世也니라

- 환단고기桓檀古記/태백일사太白逸史/고려국본기高麗國本紀(이맥李陌 찬찬撰) 중中에서
-

　행촌선생杏村先生이 일찍이 천보산天寶山을 여행旅行하다가 밤에 태소암太素庵에 묵게 되었는데 한 거사居士가 있었고 소전素佺이라 불렀으며 기이奇異한 옛날 서적書籍이 많았다. 이에 이명李茗, 범장范樟과 함께 신서神書를 얻으니 모두 옛 환단桓檀이 전傳하여 주는 참된 비결秘訣이었다. 그 작은 일에 구애拘礙 받지 않고서 옛것에 견문見聞이 넓고 크게 통통하는(通脫博古) 학學은 특特히 뛰어나서 칭찬稱讚할만한 바가 있었다.

　그 전佺에 참여叅與하여 바르게 닦아 고치고 경계警戒하고 삼가는(叅佺修戒) 법法이 대개大蓋 성性을 맺어 이루어서 밝게 깨달음을 지어 일으키고(凝性作慧) 명命을 맺어 이루어서 덕德을 지어 일으키고(凝命作德) 정精을 맺어 이루어서 힘을 지어 일으킴이니(凝精作力) 그 법法이 우주宇宙에 있어서는 삼위三位의 신神께서(三神) 길이 머물러 계속繼續하여 계심이고, 그 법法이 인人·물物에 있어서는 세 진眞이(三眞) 다하여 없어지지 아니하는 것으로 천하天下 만세萬世의 크고 훌륭하신 정신精神과 함께 마주 보고 어울려서 그 몸체體를 조금도 다름없이 한가지로 같이 하여 지어 일어나고 바뀌어 됨이(生化) 끝남이 없음이다.

　선생先生이 말하기를, "도道가 하늘에 있으면 이는 삼위三位의 신神이 되시고 도道가 사람에 있으면 이는 세 진眞이 되니 그 본本바탕을 말하면 곧 하나일(一) 뿐이다. 오직 하나가(惟一) 도道가 되고 둘이 아님이(不二) 법法이 된다. 크고 훌륭하심이여! 환웅桓雄께서 머리를 돌리시어 먼저 갖가지 사물事物을 내보내시니 도道를 하늘의 끊이지 아니하고 흐르는 샘에서(天源) 이루어 얻으시고 가르침을 태백太白에 확고確固히 세우심에 신시神市의 하늘을 열어 깨우쳐주시는(開天) 뜻이 비로소 세상世上에 크게 밝아졌다.

이제 우리들이 글로 인인因하여 도道를 구구求하고 전인佺에 참여参與하여 계계戒를 받아서 우리의 가르침을 높이나 아직 피어 일어나지 못하고 또 백백百 가지의 길을 들으나 모아서 이해理解하여 깨닫기 어렵고 늙음이 문득 이르니 가可히 한한恨스럽도다!"라고 했다. 선생先生은 시중侍中으로써 벼슬을 버리어 내놓고 물러나 강도江都의 홍행촌紅杏村으로 가서 스스로 호호號를 홍행촌紅杏村 늙은이라 하고 마침내 행촌삼서杏村三書275)를 저술著述하여 집에 간직하였다.

헌효왕獻孝王의 뒤 5년年 3월月 행촌杏村 이암李嵒은 명명命을 받들어 참성단塹城壇에서 하늘에 제제祭를 지낼 때 백문보白文寶276)에게 말하기를, "덕덕德에 힘입어 신신神을 호위護衛함은 오로지 신념信念에 머물러 있고 영재英材를 기르고 나라를 지킴은 공공功이 소원所願을 넓에 있다. 이에 곧 신신神은 사람에 의지依支하고 사람 역시亦是 신신神에 의지依支하면 국민國民과 나라가 오래도록 평안平安하고 무사無事함을 얻는다. 하늘에 제제祭 지내는 정성精誠은 결국結局 근본根本에 보답報答함으로 돌아가니 인간人間 세상世上을 찾아 구구求함에 감감敢히 소홀疏忽히 할 수 있겠는가!"라고 했다.

杏村先生이嘗遊於天寶山이라가夜宿太素庵할새有一居士曰素佺이니多藏奇古之書라
행촌선생 상유어천보산 야숙태소암 유일거사왈소전 다장기고지서
乃與李茗·范樟으로同得神書하니皆古桓檀傳授之眞訣也라其通脫博古之學이卓然
내여이명 범장 동득신서 개고환단전수지진결야 기통탈박고지학 탁연
有所可稱하고而
유소가칭 이

其佺佺修戒之法이蓋凝性作慧하고凝命作德하고凝精作力하야其在宇宙而三神長存
기참전수계지법 개응성작혜 응명작덕 응정작력 기재우주이삼신장존
하시고其在人物而三眞不滅者는當與天下萬世之大精神으로混然同其體而生化無窮
기재인물이삼진불멸자 당여천하만세지대정신 혼연동기체이생화무궁
也라
야

先生曰道在天也에是爲三神이시오道在人也에是爲三眞이니言其本則爲一而已라惟
선생왈도재천야 시위삼신 도재인야 시위삼진 언기본즉위일이이 유
一之爲道오不二之爲法也니大哉라桓雄께서首出庶物하사得道天源하시며立敎太白하시니
일지위도 불이지위법야 대재 환웅 수출서물 득도천원 입교태백
神市開天之義가始大明於世矣라
신시개천지의 시대명어세의

---

275) 행촌삼서杏村三書: 『단군세기檀君世紀』, 『태백진훈太白眞訓』, 『농상집요農桑輯要』 (한뿌리 『환단고기』 이민수 옮김 1987. 27쪽 주註)

276) 백문보白文寶: 1303~1374. 고려高麗 공민왕恭愍王 때의 충신忠臣. 우왕禑王의 사부師傅. 1374년年에 직산군 稷山君 백문보白文寶가 공민왕恭愍王에게 올린 상소문上疏文에는 "우리 동방東方에는 단군檀君으로부터 지금只今에 이르기까지 이미 3,600년年이 지나 [吾東方, 自檀君至今, 已三千六百年]"(고려사절요高麗史節要 권卷 29. 공민왕恭愍王 23년年 12월月)라는 구절句節이 있어, 단군조선檀君朝鮮을 명백明白한 실존實存 역사歷史로 인정認定하였음을 보여준다. (상생출판 『桓檀古記』 안경전安耕田 역주譯註 2012. 737쪽 주註)

今吾輩가因文求道하고叅佺受戒하야尊吾敎而未發하고又聞百途而難會하니老將及矣
가可恨哉로다先生이以侍中致士하고退去江都之紅杏村하야自號爲紅杏村叟하고遂著杏
村三書하야藏于家라

獻孝王後五年三月에杏村李嵒이以命으로祭天于塹城壇할새謂白文寶曰賴德護神이
一存信念이오養英衛國이功在發願이라乃神依人하고人亦依神하야而民而國이永得安康
이라祭天之誠은竟歸報本하니其求人世에敢可忽諸아

# 치화기治化紀

— 다스려 바르게 하여서 바뀌어 되게 하심의 기록記錄 —

欽稽治化主曰, 桓儉이시니 主五事하사 弘益人世하시며 肇建極하사 垂統萬萬歲하시다 命三儉四靈하사 各授職하시고 主治人間三百六十六事하시다 主若曰咨爾儉曁靈아 地關이 旣二萬一千九百週러니 民有生이 久矣라 然而荒造猶古하고 大朴이 不散하야 是以蠢若玆하니 爾各欽哉하라 彭虞아 汝作虞하야 掌土地하라 大荒이 未闢하야 薈蔚梗塞하야 民이 與獸同穴하나니 穿山濬川하고 通道하야 以奠民居하라 神誌아 汝作史하고 掌書契하라 言은 彰意오 書는 記事니 敎民以義하야 使知所從이 惟乃功이니 勖哉어다 高矢아 汝作農하야 主穀하라 民이 不知炊爨하고 剝樹皮餡果하야 有壞厥生命하나니 相地宜하고 高粱下稌하야 稼穡以時하되 惟勤하라 持提아 汝作風伯하야 主命하라 上施下行이 命이오 上行下效_敎니 申厥命하라 若風在地하야 惟和라야 敎斯乃徧이니라 沃沮아 汝作雨師하야 主病하라 水土_未平하고 陰陽이 愆하야 民斯凶殀하나니 預施以道하야 無伐天和를 若時雨滋라라 乃可順受니라 肅愼아 汝作雷公하야 主刑하라 不孝와 不忠과 不敬이 三賊이오 不勤과 不迪命과 知愆不懼悔_三暴니 威制明愼을 如霆如電이라야 民乃懲이니라 守己아 汝作雲師하야 主善惡하라 人心은 惟妄이라 轉幻이 靡常하나니 善은 惟甘霖이오 惡은 惟魃이라 勸善以賞하되 惟信惟公이면 民이 悅之하야 棄惡從善을 如祥雲集하나라 又命匪西岬神母하사 主紡績하시고 曰, 衣禦寒暑하며 表貴賤하나니 作女工하야 乃剪乃縫하야 用施於民이니라 彭虞如命하야 闢土하야 奠山川하고 高矢는 播穀하야 敎民火食하며 神母는 始蠶하사 紡績이 興하니 飮食과 衣服과 居處의 制_定하며 神誌_造文字하야 敎彝倫하고 屋沮는 順時氣하야 使民無殀하며 持提는 觀風俗하며 肅愼은 禁姦

完하며 守己는 勸仁善하야 賞罰이 明하니 男女와 父子와 君臣의 制_定하나라
완　　수기　　권인선　　　　상벌　명　　　남녀　　부자　　군신　　제　정

欽稽治化主하니 曰, 桓儉이시니 主五事하사 弘益人世하시며 肇建極하사 垂統萬萬
흠계치화주　　왈　환검　　　주오사　　홍익인세　　　조건극　　수통만만

歲하시다 命三僊四靈하사 各授職하시고 主治人間三百六十六事하시다
세　　　명삼선사령　　각수직　　　주치인간삼백육십육사

主若曰咨爾僊暨靈아 地闢이旣二萬一千九百週러니 民有生이久矣라 然而荒造
주약왈자이선기령　지벽　기이만일천구백주　　민유생　구의　　연이황조

猶古하고 大朴이不散하야 是以蠢若玆하니 爾各欽哉하라
유고　　대박　불산　　시이준약자　　　이각흠재

　치화주治化主께 공경恭敬하여 몸을 굽혀 엎드려서 머리를 땅에 대고 절하니 환검桓儉
이시라 부르니 다섯 일(五事)을 맡아 거느려 지키시어서 널리 인간人間 세상世上을 도와
이롭게 하시고(弘益人世) 모든 사람이 따라야 할 도덕道德의 기준基準을 세워 일으키
시어서 큰 줄기를 만만세萬萬歲에 드리우시었다. 삼선三僊과 사령四靈에게 명命하시어
각기各其 직분職分을 주시고 인간人間의 366일(事)277)을 맡아 지켜서 다스려 바르게 하
시였다.

　치화주治化主께서 이에 말씀하시였다. 아! 너희들 선僊과 영靈아, 지地가 열린 지가
이미 21,900주週이니 인민人民이 나서 삶이 있은 지도 오래되었다. 그러나 풀이 우거져
덮어서 거친 땅이 벌이어 나아감이 옛적과 같고 커다란 나무 등걸이 흐트러지지 아니하
여서 이런 까닭에 꿈적거려 움직임이 이와 같으니 너희는 각기各其 잊지 말고 잘 살펴
보도록 하여라!

彭虞아 汝作虞하야 掌土地하라 大荒이未闢하야 薈蔚梗塞하야 民이與獸同穴하나니 穿
팽우　여작우　　장토지　　대황　미벽　　회위경색　　민　여수동혈　　　천

山濬川하고 通道하야 以奠民居하라
산준천　　통도　　이전민거

神誌아 汝作史하고 掌書契하라 言은彰意오 書는記事니 敎民以義하야 使知所從이惟
신지　여작사　　장서계　　언　창의　서　기사　교민이의　　사지소종　유

乃功이니 勖哉어다
내공　　욱재

---

277) 366일(事事): 366조條의 율령律令을 말한다. 참전계경參佺戒經, 팔리훈八理訓, 366사事 등等으로도 불린다. ①
성리훈誠理訓 ② 신리훈信理訓 ③ 애리훈愛理訓 ④ 제리훈濟理訓 ⑤ 화리훈禍理訓 ⑥ 복리훈福理訓 ⑦ 보리훈報理
訓 ⑧ 응리훈應理訓의 사람이 순행順行하는 도리道理에 맞는 여덟 이리理를 기본基本으로 하여 구성構成된 총總 366
가지의 교훈敎訓 (178～186쪽 〈참고參考〉 참조參照)

高矢<sub>고시</sub>아 汝作農<sub>여작농</sub>하야 主穀<sub>주곡</sub>하라 民<sub>민</sub>이 不知炊爨<sub>부지취찬</sub>하고 剝樹皮餤果<sub>박수피함과</sub>하야 有壞厥生命<sub>유괴궐생명</sub>하나니 相地宜<sub>상지의</sub>하고 高粱下稌<sub>고량하도</sub>하야 稼穡以時<sub>가색이시</sub>하되 惟勤<sub>유근</sub>하라

팽우彭虞야, 너는 우虞가 되어서 토지土地를 맡도록 하여라. 넓고 거친 땅이 아직 개간開墾되지 아니하여서 풀과 나무가 우거져서 무성茂盛하고 가시나무로 가득 차 막혀서 국민國民이 동물動物과 더불어 한가지로 깊게 파인 굴窟에서 함께 사니 산山을 뚫고 하천河川을 파내어 물길을 트고 길을 내어서 탈 없이 통通하게 하여서 이로써 국민國民이 거주居住하도록 정리整理하여라.

신지神誌야, 너는 사史가 되어서 서계書契를 맡도록 하여라. 말은 생각을 드러내고 글은 사실事實을 기록記錄하니 국민國民을 정도正道를 따름으로써 가르쳐서 따를 바를 깨달아 알게 함이 바로 너의 공功이니 힘쓰도록 하여라!

고시高矢야, 너는 농農이 되어서 곡식穀食을 맡아서 지키도록 하여라. 국민國民이 음식飮食을 불에 익혀서 먹을 줄을 모르고서 나무껍질을 벗기어 그 속과 열매를 먹어서 그 생명生命을 무너뜨림이 있으니 땅의 마땅함을 자세仔細히 살펴보아서 높은 곳에는 기장을, 낮은 곳에는 벼를 때맞추어서 심고 거두되 오직 부지런하여라.

持提<sub>지제</sub>아 汝作風伯<sub>여작풍백</sub>하야 主命<sub>주명</sub>하라 上施下行<sub>상시하행</sub>이 命<sub>명</sub>이요 上行下效<sub>상행하효</sub>_敎<sub>교</sub>니 申厥命<sub>신궐명</sub>하되 若風在地<sub>약풍재지</sub>하야 惟和<sub>유화</sub>라야 敎斯乃徧<sub>교사내변</sub>이니라

沃沮<sub>옥저</sub>아 汝作雨師<sub>여작우사</sub>하야 主病<sub>주병</sub>하라 水土<sub>수토</sub>_未平<sub>미평</sub>하고 陰陽<sub>음양</sub>이 愆<sub>건</sub>하야 民斯凶夭<sub>민사흉요</sub>하나니 預施以道<sub>예시이도</sub>하야 無伐天和<sub>무벌천화</sub>를 若時雨滋<sub>약시우자</sub>라야 乃可順受<sub>내가순수</sub>니라

肅慎<sub>숙신</sub>아 汝作雷公<sub>여작뇌공</sub>하야 主刑<sub>주형</sub>하라 不孝<sub>불효</sub>와 不忠<sub>불충</sub>과 不敬<sub>불경</sub>이 三賊<sub>삼적</sub>이요 不勤<sub>불근</sub>과 不迪命<sub>부적명</sub>과 知愆<sub>지건</sub> 不懼悔<sub>불구회</sub>_三暴<sub>삼포</sub>니 威制明慎<sub>위제명신</sub>을 如霆如電<sub>여정여전</sub>이라야 民乃懲<sub>민내징</sub>이니라

지제持提야, 너는 풍백風伯이 되어서 명命을 맡아서 지키도록 하여라. 위에서는 베풀어주고 아래서는 행行하여 나아감이 명命이고, 위에서는 행行하여 나아가고 아래서는 본本받아 배움이 가르침이니 그 명命을 거듭하되 마치 땅에 바람이 불 듯하여서 오직 서로 응應하여 섞여야 가르침이 이에 비로소 두루 미치느니라.

옥저沃沮야, 너는 우사雨師가 되어서 질병疾病을 맡아서 지키도록 하여라. 물과(水)<sub>수</sub> 흙

이(土) 고르지 아니하고 음양陰陽이 어그러져서 국민國民이 이에 나이가 젊어서 일찍 죽으니 미리 도道로써 베풀어서 하늘의 서로 응應하여 섞이는 온화穩和한 기운을(天和) 베어 끊음이 없음이 때맞추어 내리는 비가 불리어 자라게 하듯 하여야 이에 비로소 거스르지 않고 잘 따르고 받아들일 수 있느니라.

숙신肅愼아, 너는 뇌공雷公이 되어서 형벌刑罰을 맡아서 지키도록 하여라. 효도孝道하지 아니함과(不孝) 충성忠誠하지 아니함과(不忠) 정중鄭重하고 예의禮儀 바르지 아니함이(不敬) 세 도적盜賊이요(三盜), 부지런하지 아니함과(不勤) 주어진 직분職分에 나아가 이르지 아니함과(不迪命) 잘못을 알고서도 두려워하지 아니하고 뉘우치지 아니함이(知愆不懼悔) 세 가지 사나움이니(三暴) 위엄威嚴있게 제어制御하되 밝고 진실眞實되며 신중愼重하여서 천天둥소리 같고 번개 같아야 국민國民이 이에 비로소 혼魂이 나서 잘못을 뉘우치고서 고치느니라.

守己아汝作雲師하야主善惡하라人心은惟妄이라轉幻이靡常하나니善은惟甘霖이요
수기 여작운사 주선악 인심 유망 전환 미상 선 유감림

惡은惟魃이라勸善以賞하되惟信惟公이면民이悅之하야棄惡從善을如祥雲集하나라
악 유발 권선이상 유신유공 민 열지 기악종선 여상운집

又命匪西岬神母하사主紡績하시고曰衣禦寒暑하며表貴賤하나니作女工하야乃剪
우명비서갑신모 주방적 왈의어한서 표귀천 작여공 내전

乃縫하야用施於民이어다
내봉 용시어민

수기守己야, 너는 운사雲師가 되어서 착함과 나쁨을 맡아서 지키도록 하여라. 사람의 마음은 다만 망妄이어서 굴러 옮기고 이리저리 홀리어 미혹迷惑하여서 바름을 잃고 항상恒常함이 없으니 착함은 바로 단비이고 나쁨은 다만 가물귀신鬼神이니라. 상賞으로써 착함을 권勸하되 오로지 미덥고 오로지 공정公正하면 국민國民이 기뻐하며 따르리니 나쁨을 꺼리어 멀리하고 착함을 따르기를 상서祥瑞로운 구름이 모이인 듯하니라.

또 비서갑匪西岬 신모神母께 방적紡績을 맡도록 명命하시며 말씀하시였다. 옷은 춥거나 더움을 막아주고 귀貴하거나 천賤함을 나타내니 여공女工이 되어서 이에 가위로 자르고 이에 바느질하여서 국민國民에게 값있게 써 베풀어주도록 하여라.

彭虞如命하야闢土하야奠山川하고高矢는播穀하야敎民火食하며神母는始蠶하사紡
팽우여명 벽토 전산천 고시 파곡 교민화식 신모 시잠 방

績이興하니飮食과衣服과居處의制_定하며神誌_造文字하야敎彝倫하고屋沮는順時
적 흥 음식 의복 거처 제정 신지 조문자 교이륜 옥저 순시

氣하야使民無殀하며持提는觀風俗하며肅愼은禁姦宄하며守己는勸仁善하야賞罰이
기 사민무요 지제 관풍속 숙신 금간귀 수기 권인선 상벌

明하니 男女와 父子와 君臣의 制_定하나니라
명   남녀   부자   군신   제 정

  팽우彭虞는 명命에 따라 토지土地를 개간開墾하여 산山과 하천河川을 정리整理하고,
고시高矢는 곡식穀食의 씨앗을 뿌려서 국민國民이 음식飮食을 불에 익혀서 먹도록 가르
치고, 신모神母는 처음으로 누에를 치시어 방적紡績이 일어나니 음식飮食과 의복衣服과
머물러 사는 제도制度가 정정定하여졌다. 신지神誌는 처음으로 문자文字를 지어서 떳떳이
지켜야 할 사람의 도리道理를 가르치고, 옥저沃沮는 시절時節의 기운을 거스르지 아니
하고 잘 따라서 국민國民이 나이가 젊어서 일찍 죽는 일이 없도록 하고, 지제持提는 풍
속風俗을 자세仔細히 살피고, 숙신肅愼은 간사奸邪하고 옳지 않음을 금지禁止하며 수기
守己는 어질고 착함을 권장勸奬하여서 상賞과 벌罰이 밝으니 남자男子와 여자女子, 아
버지와 자식子息, 군주君主와 신하臣下의 제도制度가 정정定하여졌다.


〈참고參考〉

  － 환단고기桓檀古記/태백일사太白逸史/소도경전본훈蘇塗經典本訓  제第  5五(이맥李陌
찬撰)중中에서 －
  『참전계경叅佺戒經』[278]이 세상世上에 전전傳하여짐은 을파소乙巴素 선생先生께서 전
傳하신 것이라고 한다. 선생先生은 일찍이 백운산白雲山에 들어가 하늘에 기도祈禱드리
다가 천서天書를 얻으셨으니 이것이 『참전계경叅佺戒經』이다. 천지天地가 처음 열릴
때에(大始) 철인哲人께서 위에 계시면서 인간人間의 360여餘 일을(事) 맡아 지키시었으
며 그 으뜸 되는 큰 줄거리에는(綱領) 여덟 조條가 있으니 성誠, 신信, 애愛, 제濟, 화禍,
복福, 보報, 응應이라 한다.

  성誠이란 정성精誠스러운 마음이 피어 일어나는 것이며 강강强한 혈기血氣의 품성品性
이 보살펴 지키는 것이니 여섯 몸체體와 마흔일곱 작용作用이 있다. 신信이란 하늘의
이理가 틀림없이 들어맞음이요 사람이 하는 일이 틀림없이 이루어짐이니 다섯 덩어리와
(團) 서른다섯 나누이어 퍼짐이(部) 있다. 애愛란 자비慈悲로운 마음이 저절로 그렇게 됨
이요 어진 천성天性의 본本바탕이니 여섯 본本보기와(範) 마흔셋 둘림이(圍) 있다. 제濟
란 덕德이 착함을 아우름이요 도道가 힘입어서 미치어 이름이니 네 법규法規와 서른둘
모범模範이 있다. 화禍란 나쁨이 부르는 것이니 여섯 가지와(條) 마흔둘 나뭇결이(目) 있
다. 복福이란 착함이 남기어 상賞으로 내리는 경사慶事이니 여섯 문門과 마흔다섯 지게
문門이(戶) 있다. 보報란 하늘이 나쁜 사람에게 재앙災殃으로써 갚고 착한 사람에게 복
福으로써 갚음이니 여섯 섬돌과(階) 서른의 미치어 이름이(及) 있다. 응應이란 나쁨은 재

───────────────
278) 참전계경叅佺戒經: 366조條 율령律令을 가리키며 366사事라고도 부른다.

앙災殃의 갚음을 받고 착함은 복福의 갚음을 받으니 여섯 결과結果와 서른아홉 형세形勢가 있다.

그러므로 하늘은 비록 말이 없으시나 오르내리시면서 두루 보호保護하신다. 나 자신自身을 깨달아 아는 사람은 창성昌盛하고 옳음을 찾아 구求하면 열매가 익어 가득 차니 하나같이 전佺에 참여參與함으로써(叅佺) 모든 사람이 계戒를 받는다.

을파소乙巴素께서 이를 날카롭게 꿰뚫어 말씀하시였다. 신시神市의 다스려 바르게 하여서 바뀌어 되게 하는(理化) 세상世上에서는 여덟 훈訓으로써(八訓)279) 날줄을(經) 삼고 다섯 일로(五事) 씨줄을(緯) 삼아서 가르쳐 바뀌어 되게 함이(敎化) 크게 행行하여지고 널리 도와 이利롭게 하시고 만물萬物을 건지어 구제救濟하시니(弘益濟物) 전佺에 참여參與함이(叅佺) 다스려서 이룬 바가 아님이 없었다. 지금只今에 사람들이 이 전계佺戒에 의지依支하여 더욱 더 부지런히 힘써 자신自身을 닦아 바르게 고치면 그 편안便安히 백성百姓을 모아 만나는 공로功勞에 어찌 어려움이 있겠는가!

叅佺戒經_世傳이 乙巴素先生所傳也라 先生이 嘗入白雲山하야 禱天이라가 得天書하니 是爲叅佺戒經이라 大始에 哲人이 在上하사 主人間三百六十餘事하시니 其綱領이 有八條하니 曰誠曰信曰愛曰濟曰禍曰福曰報曰應이라

誠者는 衷心之所發이오 血誠之所守니 有六體四十七用하고 信者는 天理之必合이오 人事之必成이니 有五團三十五部하고 愛者는 慈心之自然이오 仁性之本質이니 有六範四十三圍하고 濟者는 德之兼善이오 道之賴及이니 有四規三十二模하고 禍者는 惡之所召니 有六條四十二目하고 福者는 善之餘慶이니 有六門四十五戶하고 報者는 天神이 報惡人以禍하고 報善人以福하니 有六階三十及하고 應者는 惡受惡報하고 善受善報하니 有六果三十九形이라

故로 天雖不言이시나 陟降周護하시나니 知我者는 昌하고 求是則實이니 一以叅佺하야 全人受戒니라

乙巴素가 籤之曰神市理化之世에 以八訓으로 爲經하고 五事로 爲緯하야 敎化大行하고 弘益濟物하니 莫非叅佺之所成也라 今人이 因此佺戒하야 益加勉修己하면 則其安集百姓之

---

279) 여덟 훈訓(팔훈八訓): 366조條 율령律令의(참전계경叅佺戒經, 팔리훈八理訓, 366사事) 성리훈誠理訓, 신리훈信理訓, 애리훈愛理訓, 제리훈濟理訓, 화리훈禍理訓, 복리훈福理訓, 보리훈報理訓, 응리훈應理訓의 여덟 훈訓을 가리킨다.

**功**이**何難之有哉**아
공　하 난 지 유 재

　－ 참전계경叅佺戒經(366조條 율령律令, 366사事, 팔리훈八理訓) 280) －

---

280) <출처出處>: 『檀君바른님』(정화사 申正一 1975), 『겨레얼 三大原典』(가람출판사 송호수 1983), 『大倧經典總
覽(대종경전총람)』(大倧敎出版社 강천봉 1996)

## 1. 성리훈誠理訓

성誠이란 정성精誠스러운 마음이 피어 일어나는 것이며 강强한 혈기血氣의 품성品性이 보살펴 지키는 것이니 여섯 몸체體와 마흔일곱 작용作用이 있다.

誠者는衷心之所發이오 血性之所守니有六體四十七用이오
성 자 충 심 지 소 발    혈 성 지 소 수  유 육 체 사 십 칠 용

❶ 경신敬神 : ①존봉尊奉, ②숭덕崇德, ③도화導化, ④창도彰道, ⑤극례克禮,
　　　　　　　　 ⑥숙정肅靜, ⑦정실淨室, ⑧택재擇齋, ⑨회향懷香
❷ 정심正心 : ⑩의식意植, ⑪입신立身, ⑫불혹不惑, ⑬일엄溢嚴, ⑭허령虛靈,
　　　　　　　　 ⑮치지致知, ⑯폐물閉物, ⑰척정斥情, ⑱묵안默安
❸ 불망不忘 : ⑲자임自任, ⑳자기自記, ㉑첩응貼膺, ㉒재목在目, ㉓뇌허雷虛,
　　　　　　　　 ㉔신취神聚
❹ 불식不息 : ㉕면강勉强, ㉖원전圓轉, ㉗휴산休算, ㉘실시失始, ㉙진산塵山,
　　　　　　　　 ㉚방운放運, ㉛만타慢他
❺ 지감至感 : ㉜순천順天, ㉝응천應天, ㉞청천聽天, ㉟낙천樂天, ㊱대천待天,
　　　　　　　　 ㊲대천戴天, ㊳도천禱天, ㊴시천恃天, ㊵강천講天
❻ 대효大孝 : ㊶안충安衷, ㊷쇄우鎖憂, ㊸순지順志, ㊹양체養體, ㊺양구養口,
　　　　　　　　 ㊻신명迅命, ㊼망형忘形

## 2. 신리훈信理訓

신信(믿음)이란 하늘의 이理가 틀림없이 들어맞음이요 사람이 하는 일이 틀림없이 이루어짐이니 다섯 덩어리와(團) 서른다섯의 나누이어 퍼짐이(部) 있다.

**信者는天理之必合이오人事之必成이니有五團三十五部요**
신 자 천 리 지 필 합　인 사 지 필 성　유 오 단 삼 십 오 부

❶ 의義 : ①정직正直, ②공렴公廉, ③석절惜節, ④불이不貳, ⑤무친無親, ⑥사기捨己,
　　　　⑦허광虛誑, ⑧불우不尤, ⑨체담替擔

❷ 약約 : ⑩천실踐實, ⑪지중知中, ⑫속단續斷, ⑬배망排忙, ⑭중시重視, ⑮천패天敗,
　　　　⑯재아在我, ⑰촌적村適, ⑱하회何悔, ⑲찰합扠合

❸ 충忠 : ⑳패정佩政, ㉑담중擔重, ㉒영명榮命, ㉓안민安民, ㉔망가忘家, ㉕무신無身

❹ 열烈 : ㉖빈우賓遇, ㉗육친育親, ㉘사고嗣孤, ㉙고정固貞, ㉚닐구昵仇, ㉛멸신滅身

❺ 순循 : ㉜사시四時, ㉝일월日月, ㉞덕망德望, ㉟무극無極

## 3. 애리훈愛理訓

애愛(사랑)란 자비慈悲로운 마음이 저절로 그렇게 됨이요 어진 천성天性의 본本바탕이니 여섯 본本보기와(範) 마흔셋의 둘림이(圍) 있다.

愛者는慈心之自然이오仁性之本質이니有六範四十三圍요
애 자   자 심 지 자 연     인 성 지 본 질     유 육 범 사 십 삼 위

❶ 서恕 : ①유아幼我, ②사시似是, ③기오旣誤, ④장실將失, ⑤심적心蹟, ⑥유정由情
❷ 용容 : ⑦고연固然, ⑧정외情外, ⑨면고免故, ⑩전매全昧, ⑪반정半程, ⑫안념安念,
　　　　⑬완급緩急
❸ 시施 : ⑭원희原喜, ⑮인간認艱, ⑯긍발矜發, ⑰공반公頒, ⑱편허偏許, ⑲균련均憐,
　　　　⑳후박厚薄, ㉑부혼付混
❹ 육育 : ㉒도업導業, ㉓보산保産, ㉔장권獎勸, ㉕경타警墮, ㉖정노定老, ㉗배유培幼,
　　　　㉘권섬勸贍, ㉙관학灌涸
❺ 교教 : ㉚고부顧賦, ㉛양생養生, ㉜수신修身, ㉝주륜湊倫, ㉞불기不棄, ㉟물택勿擇,
　　　　㊱달면達勉, ㊲역수力收
❻ 대待 : ㊳미형未形, ㊴생아生芽, ㊵관수寬邃, ㊶온양穩養, ㊷극종克終, ㊸전탁傳托

## 4. 제리훈濟理訓

제濟(구제救濟)란 덕德이 착함을 아우름이요 도道가 힘입어서 미치어 이름이니 네 법규法規와 서른둘의 모범模範이 있다.

**濟者**는**德之兼善**이오**道之賴及**이니**有四規三十二模**요
제 지  덕 지 겸 선     도 시 뢰 급     유 사 규 삼 십 이 모

❶ 시時 : ①농재農災, ②양괴凉怪, ③열염熱染, ④동표凍莩, ⑤무시無時, ⑥왕시往時, ⑦장지將至

❷ 지地 : ⑧무유撫柔, ⑨해강解剛, ⑩비감肥甘, ⑪조습燥濕, ⑫이물移物, ⑬역종易種, ⑭척벽拓闢, ⑮수산水山

❸ 서序 : ⑯선원先遠, ⑰수빈首濱, ⑱경중輕重, ⑲중과衆寡, ⑳합동合同, ㉑노약老弱, ㉒장건壯健

❹ 지智 : ㉓설비設備, ㉔금벽禁癖, ㉕요검要儉, ㉖정식精食, ㉗윤자潤資, ㉘개속改俗, ㉙입본立本, ㉚수식收殖, ㉛조기造器, ㉜예제預劑

## 5. 화리훈禍理訓

화禍(재화災禍)란 나쁨이 부르는 것이니 여섯 가지와 (條) 마흔둘의 나뭇결이(目) 있다.
　　　　　　　　　　　　　　　　　　　　　　조　　　　　　　　　　　목

**禍者는惡之所召니有六條四十二目이요**
화 자 악 지 소 소 유 육 조 사 십 이 목

❶ 기欺 : ①익심匿心, ②만천慢天, ③신독信獨, ④멸친蔑親, ⑤구운驅殞, ⑥척경踢傾,
　　　　　⑦가장假章, ⑧무종無終, ⑨호은怙恩, ⑩시총恃寵

❷ 탈奪 : ⑪멸산滅産, ⑫역사易祀, ⑬노금擄金, ⑭모권謀權, ⑮투권偸券, ⑯취인取人

❸ 음淫 : ⑰황사荒邪, ⑱장주戕主, ⑲장자藏子, ⑳유태流胎, ㉑강륵强勒, ㉒절종絶種

❹ 상傷 : ㉓흉기凶器, ㉔짐독鴆毒, ㉕간계奸計, ㉖최잔摧殘, ㉗필도必圖, ㉘위사委唆,
　　　　　㉙흉모兇謀

❺ 음陰 : ㉚흑전黑箭, ㉛귀염鬼焰, ㉜투현妬賢, ㉝질능嫉能, ㉞간륜間倫, ㉟투질投質,
　　　　　㊱송절送絶, ㊲비산誹訕

❻ 역逆 : ㊳설신褻神, ㊴독례瀆禮, ㊵패리敗理, ㊶범상犯上, ㊷역구逆詬

## 6. 복리훈福理訓

복福이란 착함이 남기어 상賞으로 내리는 경사慶事이니 여섯 문門과 마흔다섯 지게문
門이(戶) 있다.

福者는善之餘慶이니有六門四十五戶요
복 자 선 지 여 경 　 유 육 문 사 십 오 호

❶ 인仁 : ①애인愛人, ②호물護物, ③체측替惻, ④희구喜救, ⑤불교不驕, ⑥자겸自謙,
　　　　⑦양열讓劣

❷ 선善 : ⑧강개慷慨, ⑨불구不苟, ⑩원혐遠嫌, ⑪명백明白, ⑫계물繼物, ⑬존물存物,
　　　　⑭공아空我, ⑮양능揚能, ⑯은건隱愆

❸ 순順 : ⑰안정安定, ⑱정묵靜黙, ⑲예모禮貌, ⑳주공主恭, ㉑지념持念, ㉒지분知分

❹ 화和 : ㉓수교修敎, ㉔준계遵戒, ㉕온지溫至, ㉖물의勿疑, ㉗성사省事, ㉘진노鎭怒,
　　　　㉙자취自就, ㉚불모不謀

❺ 관寬 : ㉛홍량弘量, ㉜불린不吝, ㉝위비慰悲, ㉞보궁保窮, ㉟용부勇赴, ㊱정선正旋,
　　　　㊲능인能忍, ㊳장가藏呵

❻ 엄嚴 : ㊴병사屛邪, ㊵특절特節, ㊶명찰明察, ㊷강유剛柔, ㊸색장色莊, ㊹능훈能訓,
　　　　㊺급거急袪

## 7. 보리훈報理訓

보報(갚음)란 하늘이 나쁜 사람에게 재앙災殃으로써 갚고 착한 사람에게 복福으로써 갚음이니 여섯 섬돌과(階) 서른의 미치어 이름이(及) 있다.

**報者는天이報惡人以禍**하고**報善人以福**하나니**有六階三十及**이요
보 자 천 보 악 인 이 화 보 선 인 이 복 유 육 계 삼 십 급

❶ 적積 : ①세구世久, ②무단無斷, ③익증益增, ④정수庭授, ⑤천심天心, ⑥자연自然
❷ 중重 : ⑦유조有早, ⑧공실恐失, ⑨면려勉勵, ⑩주수株守, ⑪척방斥謗, ⑫광포廣佈
❸ 창刱 : ⑬유구有久, ⑭유린有隣, ⑮기연其然, ⑯자수自修, ⑰불권不倦, ⑱욕급欲及
❹ 영盈 : ⑲습범襲犯, ⑳연속連續, ㉑유가有加, ㉒전악傳惡
❺ 대大 : ㉓감상勘尙, ㉔무탄無憚, ㉕취준驟峻, ㉖외선外善
❻ 소小 : ㉗배성背性, ㉘단련斷連, ㉙불개不改, ㉚권린勸隣

## 8. 응리훈應理訓

응應(응應함)이란 나쁨은 재앙災殃의 갚음을 받고 착함은 복福의 갚음을 받음이니 여섯 결과結果와 서른아홉 형세形勢가 있다.

**應者는惡受禍報하고善受福報하나니有六果三十九形이니라**
응 자  악 수 화 보   선 수 복 보      유 육 과 삼 십 구 형

❶ 적積 : ①극존極尊, ②거유巨有, ③상수上壽, ④제손諸孫, ⑤강녕康寧, ⑥선안仙安,
⑦세습世襲, ⑧혈사血祀

❷ 중重 : ⑨복중福重, ⑩옥백玉帛, ⑪절화節化, ⑫현예賢裔, ⑬건왕健旺, ⑭길경吉慶,
⑮세장世章

❸ 담淡 : ⑯응복應福, ⑰유고裕庫, ⑱무액無厄, ⑲이수利隨, ⑳천권天捲

❹ 영盈 : ㉑뇌진雷震, ㉒귀갈鬼喝, ㉓멸가滅家, ㉔절사絶祀, ㉕실시失屍

❺ 대大 : ㉖인병刃兵, ㉗수화水火, ㉘도적盜賊, ㉙수해獸害, ㉚형역形役, ㉛천라天羅,
㉜지망地網, ㉝급신及身

❻ 소小 : ㉞빈궁貧窮, ㉟질병疾病, ㊱패망敗亡, ㊲미실靡室, ㊳도개道丐, ㊴급자及子

# Ⅲ. 천부경天符經 해석解析

삼부三夫 김재혁金在爀

# 천부경天符經

- 하늘이 증거證據하며 이에 부합符合하는 옳은 글 -

一始나 無始一하니 析三極하여도 無盡本이라 天一一하고 地一二하고 人一三하나니 一
積十鉅에 無櫃化三이라 天二三이요 地二三이요 人二三하나니 大三合하면 六이요 生七
八九運이라 三四成環하고 五七과 一은 妙然하여 萬往萬來에 用變不動本이라 本心은 本
太陽이니 昂明人中天地一하여 一終이나 無終一이라

하나로 비롯했으나 비롯하는 하나는 없으니(一始,無始一) 천天과 지地와 인人의 삼극三極으로 쪼개어 나누어도(析三極) 근본根本을 다함이 없다(無盡本).

진천眞天은 본태양本太陽 1一이 첫 번番째 이루시고(天一一)

진지眞地는 본태양本太陽 1一이 두 번番째 이루시고(地一二)

인人281)은 본태양本太陽 1一이 세 번番째 이루시니(人一三)

하나가 쌓여서 열 개個의 톱날이 되니(一積十鉅) 궤櫃는 없고 진천眞天과 진지眞地와 인人의 삼극三極으로 바뀌어 된다(無櫃化三).

인천人天 속에 진천眞天과 진지眞地가 있어서 진천眞天이 셋이고(天二三)

인지人地 속에 진천眞天과 진지眞地가 있어서 진지眞地가 셋이고(地二三)

인일태양人日太陽 속에 진천眞天과 진지眞地가 있어서 인人이 셋282)이니(人二三)

큰 삼극三極283) 속의 진천眞天, 진지眞地가 합합하여서 6이 되고(大三合六), 6에 진천眞天 1一을 합합하여 7을, 진지眞地 2二를 합합하여 8을, 인人 3三을 합합하여 9를 낳아서 운행運行한다(生七八九運).

3三과 4四는 고리를 이루고(三四成環), 5성五星과 7정七政과 1황극一皇極은 정밀精密하고 자세仔細하며 넓고 멀어 아득하여서(五七一妙然) 만萬 번番을 가고 만萬 번番을 오니(萬往萬來) 써서 달라지나 근본根本을 움직이지 아니한다(用變不動本).

본심本心은 본태양本太陽이니(本心本太陽) 인중人中에 돋아 밝으니 천天과 지地가 하나가 되어서(昂明人中天地一) 하나로 마쳤으나 마치는 하나는 없다(一終,無終一).

---

281) 인人: 인천人天, 인지人地
282) 인人이 셋: 인천人天, 인지人地, 인일태양人日太陽
283) 삼극三極: 인천人天, 인지人地, 인일태양人日太陽

「一始ㄴ無始一하니」
　　일 시　무 시 일

"하나로 비롯하나(一始) 비롯하는 하나는 없으니(無始一) "

하나로부터(一) 좇아서 비롯하나 고리처럼 둥글어서 끝이 없어서 하나로(一) 비롯하나
비롯하는 한 곳이 없는 까닭이다.

自一以始할새環圓無端하여一始ㄴ無始一處故也라
자 일 이 시　　환 원 무 단　　일 시　무 시 일 처 고 야

☞ 〔천지만물天地萬物은〕 고리처럼 둥글어서 끝이 없어서 하나로 비롯하나 하나로
비롯한 곳(것)이 없으니, (공의(球) 기본基本이 되는 점點을 생각하여 볼 것.)
　(고리처럼 둥글어서 끝이 없어서 비롯하면 하나(一)이다.)

　〔天地萬物은〕 環圓無端하여 하나로 비롯했으나, 하나로 비롯한 곳(것)이 없
나니(球의 基點을 생각하여 볼 것) (環圓無端하여 始하면 一이다)
　　천지만물　　환 원 무 단　　　　　　　　　　　　　　　　환 원 무 단　　시　　　　일

「析三極하여도無盡本이라.」
　석 삼 극　　무 진 본

"천天과 지地와 인人의 삼극三極으로 쪼개어 나누어도(析三極) 근본根本을 다함이 없
다(無盡本)."
　무 진 본

천天, 지地, 인人의 삼극三極이 비록 나누어지나 본태양本太陽은 조금도 이지러지거나
줄어듦이 없으니 본태양本太陽의 1一 자리의(一位) 수數가 99의 달라진 수數를 낳으나
조금도 이지러지거나 줄어듦이 없는 까닭에 삼극三極으로 쪼개어 나누어도 근본根本을
다함이 없다.

天地人三極이 雖分이나本太陽則小無欠損하여本太陽一位數_生九十九變數하되小
천 지 인 삼 극　수 분　본 태 양 즉 소 무 흠 손　　본 태 양 일 위 수　생 구 십 구 변 수　　소
無欠損故로析三極無盡本也
무 흠 손 고　석 삼 극 무 진 본

☞ 삼극三極(천天, 지地, 인人)으로 쪼개어도 그 근본根本을 다함이 없다. (원元의 비롯
함은 되풀이한다)
　ㅡㅡ 본태양本太陽 하나는 하나대로 있다. ㅡㅡ

三極으로(天, 地, 人) 쪼개도 그 根本을 다함이 없다.(元始反復)
삼 극　　천　지　인　　　　　　근 본　　　　　　　　　원 시 반 복
ㅡㅡ 本太陽 하나는 하나대로 있느니라. ㅡㅡ
　　　본 태 양

「天一一하고地一二하고人一三하나니」
천 일 일　지 일 이　인 일 삼

"진천眞天은 본태양本太陽 1一이 첫 번番째 이루시고(天一一) 진지眞地는 본태양本
太陽 1一이 두 번番째 이루시고(地一二) 인人284)은 본태양本太陽 1一이 세 번番째 이
루시니(人一三)"

본태양本太陽이 99로 달라진 수數의 가운데 자리하여서 제1차第一次로 진천眞天의
100수數를 이루는 까닭에 천天 1一 1一이고, 형상形狀과 함께 뒤따라서 붙어 다니는
그림자와 같은 지地의 수數 90수數가 제2차第二次로 진지眞地의 90수數를 이루는 까닭
에 지地 1一 2二이며, 진천眞天이 달라지고 진지眞地가 바뀌어 되어서 인人의 수數 95
의 수數가 제3차第三次로 인人의 수數 95를 이루는 까닭에 인人 1一 3三이다.

本太陽이位於九十九變數之中하여第一次成天百數故로天一一也요如形隨影하는地
본 태 양　위 어 구 십 구 변 수 지 중　제 일 차 성 천 백 수 고　천 일 일 야　여 형 수 영　지
數九十之數_第二次成地九十數故로地一二也요天變地化하여人數九十五之數_第三
수 구 십 지 수 제 이 차 성 지 구 십 수 고　지 일 이 야　천 변 지 화　인 수 구 십 오 지 수 제 삼
次成人數九十五故也로人一三也라
차 성 인 수 구 십 오 고 야　인 일 삼 야

☞ 진천眞天은 1一의 1一 곧 체리體理 81과 용리用理 19를 합합하여 100리理가 되
고, 진지眞地는 1一의 2二 곧 체수體數 72와 용수用數 18을 합합하여 90수數가 되며,
인人은 1一의 3三 곧 천리天理의 반半 50과 지수地數의 반半 45를 합합하여 95이수理
數가 된다.
　천天은 1一의 1一 (천天의 근본根本은 음陰과 양陽이다).

天은一의 一 卽體理八十一과 用理十九를 合하여 百理가 되며
천 일　일 즉 체 리 팔 십 일　용 리 십 구　합　백 리
地는一의 二 卽 體數七十二와 用數十八을 合하여 九十數가되며
지 일　이 즉 체 수 칠 십 이　용 수 십 팔　합　구 십 수
人은 一의 三 卽 天理半五十과 地數半四十五를 合하여 九十五理數가 되느니
인 일　삼 즉 천 리 반 오 십　지 수 반 사 십 오　합　구 십 오 이 수
라.
　天은 一의 一 (天의 根本은 陰과 陽이다.)
천 일 일 천 근 본 음 양

---

284) 인人: 인천人天, 인지人地

190

## 十鉅圖와 理數表
## 십거도　이수표

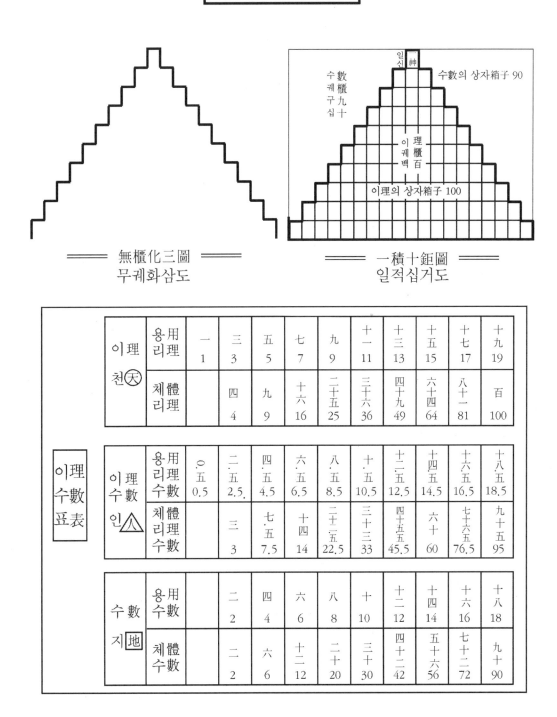

일신神
수數궤櫃구九십十　　수數의 상자箱子 90
이理궤櫃백百　理櫃百
이理의 상자箱子 100

═══ 無櫃化三圖 ═══　　═══ 一積十鉅圖 ═══
무궤화삼도　　　　　　　일적십거도

### 이理수數표表 (理數表)

| 이理천天(天) | 用理 용리 | 一 1 | 三 3 | 五 5 | 七 7 | 九 9 | 十一 11 | 十三 13 | 十五 15 | 十七 17 | 十九 19 |
|---|---|---|---|---|---|---|---|---|---|---|---|
| | 體理 체리 | | 四 4 | 九 9 | 十六 16 | 二十五 25 | 三十六 36 | 四十九 49 | 六十四 64 | 八十一 81 | 百 100 |
| 이理수數인(△) | 用理數 용리수 | .五 0.5 | 二.五 2.5 | 四.五 4.5 | 六.五 6.5 | 八.五 8.5 | 十.五 10.5 | 十二.五 12.5 | 十四五 14.5 | 十六五 16.5 | 十八五 18.5 |
| | 體理數 체리수 | | 三 3 | 七.五 7.5 | 十四 14 | 二十二五 22.5 | 三十三 33 | 四十五五 45.5 | 六十 60 | 七十六五 76.5 | 九十五 95 |
| 수數지地(地) | 用數 용수 | | 二 2 | 四 4 | 六 6 | 八 8 | 十 10 | 十二 12 | 十四 14 | 十六 16 | 十八 18 |
| | 體數 체수 | | 二 2 | 六 6 | 十二 12 | 二十 20 | 三十 30 | 四十二 42 | 五十六 56 | 七十二 72 | 九十 90 |

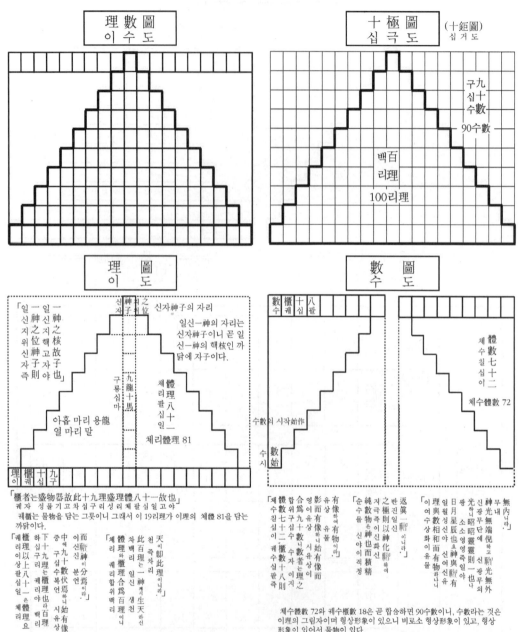

理數圖의 解說圖
이수도 해설도

理數圖
이 수 도

十極圖
십 극 도
(十鉅圖)
십 거 도

구九
십十
수數
90수數

백百
리理
100리理

理　　圖
이　　도

「일一
신神
지之
위位
신神
자子
즉則
야也」

一
神
之
位
神
子
則
也

신神之
자子위位
신자神子의 자리

일신一神의 자리는
신자神子이니 곧 일
신一神의 핵核인 까
닭에 자子이다.

구九
룡龍
십十
마馬

九
龍
十
馬

아홉 마리 용龍
열 마리 말

체體
리理
팔八
십十
일一

체리體理 81

理櫃
이궤
九
십十
구九

數　　圖
수　　도

數櫃十八
수궤십팔

體
數
七
十
二

체體
수數
칠七
십十
이二

체수體數 72

수數의 시작始作

數
始
수시

「櫃者는盛物器故此十九理盛理體八十一故也」
궤자 성물기고차십구리성리체팔십일고야

궤櫃는 물물物을 담는 그릇이니 그래서 이 19리理가 이理의 체體 81을 담는
까닭이다.

「櫃
리理
이십
이以
상上
八八
십十
일一
은
체體
리理
요

하下
십十
九九
리理
는
궤櫃
리理
야也
백百
리理

中
에九
十數
伏焉
하니
始有
像
이라

이而
신神신神
이理
분分
언焉
이라

天이剙此理이니라.
천즉차백리리
此百理는일신一神생生천天
리리 일신 생천
체리 리일 신니라

而櫃
神理
이理
분分합위
언百理

體
理
와
궤櫃
理
합合
위爲
百百
理
리

「체體
數
七
십十
二
이
궤櫃
數
십十
八
」
則

之
반返
극極
진眞
측則
신神
화化
神
이而
적積
정精

순純
수數
물物
은
신神
야也
적積
정精

有
像
하여
有
物
이라

影
유而
爲有
像像
하이
有시
像유
而상

이理
與여
수數
상相
화和
이而
유有
물物
하니

일日
월月
성星
신辰
야也

日
月
星
辰
也

신神
학과
神
영靈
神
靈
하則
고一
신
也

신神
광光
무無
단端
이고
신神
광光
무無
외外

無
內
니라.

체수體數 72와 궤수櫃數 18은 곧 합合하면 90수數이니, 수數라는 것은
이理의 그림자이며 형상形象이 있으니 비로소 형상形象이 있고, 형상
形象이 있어서 물물物物이 있다.

순전純全한 수數의 물물物은 신神이어서, 정精을 쌓음이 다하여 끝나면
신神으로써 신神으로 바뀌어 되어서 진일신眞一神께 되돌아온다.

이理와 수數가 서로 응응應應하여 섞여서 물물物物이 있으니 일월성신日月星辰
이고, 신神과 신神이 빛이 있으니 밝고 뚜렷하여서 틀림이 없이 확실確實
하시며, 신령神靈하시고 신령神靈하시니 곧 하나(一)이나, 신神의 빛은
시작始作과 끝이 없고, 신神의 빛은 밖도 없고 안도 없다.

궤리櫃理 이상以上의 81은 체리體理요, 아래의 19리理는 궤리櫃理이다.
100리理 속에 90수數가 여기에 엎드려 숨어 있으니 비로소 형상形象이
있어서 신神과 신神이 이에서 나누어진다.

체리體理와 궤리櫃理가 합合하면 100리理가 되니,
이 100리理는 일신一神께서 천天을 지어내신 천天이 곧 이 리理이다.

「一積十鉅에無櫃化三이라」
일 적 십 거 무 궤 화 삼

"하나가 쌓여서 열 개個의 톱날이 되니(一積十鉅) 궤櫃는 없고 진천眞天과 진지眞地
일 적 십 거
와 인人285)의 삼극三極으로 바뀌어 된다(無櫃化三)."
무 궤 화 삼

본태양本太陽의 1一의 자리로부터 아홉 차례次例 달라지는 자리가 그 형상形象이 톱
날과 같은 까닭에 열 개個의 톱날이다. 진천眞天 1一과 진지眞地 2二와 인人 3三이 달
라져서 열 개個의 톱날과 아홉 개個의 톱날을 이룸은 위의 수數의 그림(數圖)286)에 자
세仔細히 나타난다. 세로와 가로가 궤櫃로 바뀌어 됨을 말하자면 가로는 궤櫃의 개수個
數가 되고 궤櫃는 그릇을 이룸이 되어서 궤櫃 안에 담긴 수효數爻가 바뀌어서 삼극三極
의 정수精髓를 만드는 까닭에 궤櫃는 없으며 삼극三極을 취取하여 얻고 궤櫃는 보내버
림이 운행運行의 대의大義이다. 까닭에 궤櫃는 없고 삼극三極으로 바뀌어 된다.

自本太陽一位로九變之位_其象이如鉅故로十鉅也요天一,地二,人三之變成十鉅
자 본 태 양 일 위 구 변 지 위 기 상 여 거 고 십 거 야 천 일 지 이 인 삼 지 변 성 십 거
九鉅는詳見上數圖하며經緯之爲櫃化言之則緯爲櫃數요櫃爲成器하여櫃內之盛數_化
구 거 상 현 상 수 도 경 위 지 위 궤 화 언 지 즉 위 위 궤 수 궤 위 성 기 궤 내 지 성 수 화
爲三極之精故로無櫃하며取三去櫃之는運之大義也라故로無櫃化三也라
위 삼 극 지 정 고 무 궤 취 삼 거 궤 지 운 지 대 의 야 고 무 궤 화 삼 야

☞ 본태양本太陽의 1一의 자리로부터 아홉 차례次例 달라지는 자리가 톱날과(鉅) 같아
거
서 하나로 쌓아서 열 개個의 톱날이(十鉅) 된다.
십 거
즉卽 1, 3, 5, 7, 9, 11, 13, 15, 17, 19의 용리用理의 10단계段階로서 궤櫃가 없으
며 공空으로 회전回轉하여(용수用數와 체수體數의 구분區分) 진천眞天과 진지眞地와 인人
의 삼재三才가(삼극三極) 생기었다.
(진천眞天은 1一의 1一이나 무無는 궤櫃로 바뀌어 되어서 3三이 도로 된다.)
(천天의 근본根本은 음陰·양陽이나 알맹이가 중간中間에 있어서 종자種子는 인극人極
에 있다.)

本太陽 一位로 九變하는 자리가 톱날 같아서 하나로 쌓아 十鉅가 되나니 卽
본 태 양 일 위 구 변 십 거 즉
一, 三, 五, 七, 九, 十一, 十三, 十五, 十七, 十九의 用理十段階로서 櫃가 없
일 삼 오 칠 구 십 일 십 삼 십 오 십 칠 십 구 용 리 십 단 계 궤
으며 空으로 回轉하여(用數,體數의 區分) 天·地·人 三才가(三極) 생기었느니
공 회 전 용 수 체 수 구 분 천 지 인 삼 재 삼 극
라.
(天은 一의 一이나 無는 櫃化하여 三이 도로된다.)
천 일 일 무 궤 화 삼
(天의 根本은 陰·陽이나 알맹이가 中間에 있어서 種子는 人極에 있다.)
천 근 본 음 양 중 간 종 자 인 극

285) 인人: 인천人天, 인지人地
286) 수數의 그림(數圖): 192쪽 「수도數圖」 참조參照
수 도

「天二三이오地二三이오人二三하나니」
천 이 삼　지 이 삼　　인 이 삼

"인천人天 속에 진천眞天과 진지眞地가 있어서 진천眞天이 셋이고(天二三) 인지人地
속에 진천眞天과 진지眞地가 있어서 진지眞地가 셋이고(地二三) 인일태양人日太陽 속에
진천眞天과 진지眞地가 있어서 인人이 셋[287]이니(人二三),"

삼극三極[288]이 합합하여서 6을 지어 일어나게 하는 것이 셋이다. 그 첫째는 천天의
쌓음인 81이 지용地用 18과 서로 응應하여 섞여서 후천後天의 1,458분分이 되고, 둘째
는 81에서 근본根本의 1一을 보내버리고 80과 18이 서로 응應하여 섞여서 해의(日)
1,440분分이 되고, 셋째는 지地의 쌓음인 72가 천용天用 19와 서로 응應하여 섞여서
선천先天의 지地의 1,368분分이 된다.

진천眞天으로 이것을 말하자면 진천眞天으로 진지眞地에 서로 응應하여 섞임과 진지
眞地로 진천眞天에 서로 응應하여 섞임이 셋이며, 인人은 진천眞天과 진지眞地가 합합
하여 서로 응應하여 섞인 것이 인人이 되어서 진천眞天을 얻은 것이 셋이요 진지眞地를
얻은 것도 셋이니 곧 삼극三極이 각기各其 진천眞天이 셋이고 진지眞地가 셋이고 인人
이 셋이 되어서 삼극三極을 각각各各 나누어 말하면 각기各其 하나의 진천眞天과 하나
의 진지眞地인 까닭에 천天 2二 3三이고, 지地 2二 3三이고, 인人 2二 3三이다.

三極이 合作六者_三이니 其一은 天積八十一與地用十八로 相和하여 爲後天一四五八
삼 극　합작육자　삼　　기 일　천적팔십일여지용십팔　상화　　위후천일사오팔
分也오二는 八十一에 去本一하고 八十을 十八로相和하여 爲日一四四0分也요三은 地積七十
분야　이　팔십일　거본일　　팔십　십팔　상화　　위일일사사　분야　삼　지적칠십
二與天用十九로相和하여 爲先天之地一三六八分이니
이여천용십구　상화　　위선천지지일삼육팔분

以天言之則以天和地, 以地和天도三이요 人者는 天地合和者_爲人而得天者도三이요
이천언지즉이천화지　이지화천　삼　　인자　천지합화자　위인이득천자　삼
得地者도 三則三極이 各爲天三, 地三, 人三而三極을 各分言則各一天一地故로 天二
득지자　삼즉삼극　각위천삼　지삼　인삼이삼극　각분언즉각일천일지고　천이
三, 地二三, 人二三也라
삼　지 이 삼　인 이 삼 야

☞ 삼극三極[289]이 진천眞天을 가지고 진지眞地에 서로 응應하여 섞임이 셋이고 진지
眞地로 진천眞天에 서로 응應하여 섞임도 셋이니 곧 삼극三極이 합합하여서 6을 지어
일어나게 하는 것이 셋이다

---

287) 인人이 셋: 인천人天, 인지人地, 인일태양人日太陽
288) 삼극三極: 인천人天, 인지人地, 인일태양人日太陽의 세 극極을 가리킨다.
289) 삼극三極: 인천人天, 인지人地, 인일태양人日太陽

그 하나는 천天의 쌓음인 81이 지용地用 18과 서로 응應하여 섞여서 후천後天의(인천人天) 1,458분分이 되고, 그 둘은 천리天理 81에서 근본根本을 보내버리고 80이 지용地用 18로 서로 응應하여 섞여서 해의(인일태양人日太陽) 1,440분分이 되고, 그 셋은 지地의 쌓음인 72가 천용天用 19로 서로 응應하여 섞여서 선천先天의 지지의(인지人地) 1,368분分이 되어서 진천眞天으로 말하면 진지眞地에 서로 응應하여 섞임이 셋이고 진지眞地로 말하면 진천眞天에 서로 응應하여 섞임이 셋이다.

인人은 진천眞天과 진지眞地가 합합하여 바뀌어 되어서 인人이 되니 진천眞天을 얻은 것이 셋이고, 진지眞地를 얻은 것도 셋이니 삼극三極이 각각各各 진천眞天이 셋이고, 진지眞地가 셋이고, 인人이 셋이다.

삼극三極을 각각各各 나누어 말하면 각기各其 하나의 진천眞天과 하나의 진지眞地인 까닭에 천天도 2二 3三이고, 지地도 2二 3三 이고, 인人도 2二 3三이다.

三極이 以天和地도 三이요 以地和天도 三이니 卽 三極이 合作六者_三이니
삼 극   이 천 화 지   삼     이 지 화 천   삼     즉   삼 극   합 작 육 자 삼

其一은 天積八十一이 地用十八과 相和하여 後天(人天) 一四五八分이 되고
기 일   천 적 팔 십 일   지 용 십 팔   상 화   후 천 인 천   일 사 오 팔 분
其二는 天理八十一에 去本하고 八十을 地用十八로 相和하여 爲日(人日太陽)
기 이   천 리 팔 십 일   거 본   팔 십   지 용 십 팔   상 화   위 일 인 일 태 양
一四四0分이 되고 其三은 地積七十二가 天用十九로 相和하여 先天之地(人地)
일 사 사 영 분   기 삼   지 적 칠 십 이   천 용 십 구   상 화   선 천 지 지 인 지
一三六八分이 되어 天으로 말하면 和地가 三이요, 地로 말하면 和天이 三이요
일 삼 육 팔 분   천   화 지 삼   지   화 천 삼

人은 天地合化가 爲人이니 得天者도 三이요 得地者도 三이니 三極이 各爲
인   천 지 합 화   위 인   득 천 자 삼   득 지 자 삼   삼 극   각 위
天三, 地三, 人三이며
천 삼 지 삼 인 삼

三極을 各分言하면 各 一天一地인 故로 天도 二三이요 地도 二三이요 人도
삼 극   각 분 언   각 일 천 일 지 고   천   이 삼   지   이 삼   인
二三이니라.
이 삼

「大三合하면六이요生七八九運이라」
대 삼 합   육   생 칠 팔 구 운

"큰 삼극三極290) 속의 진천眞天, 진지眞地가 합합하여서 6이 되고(大三合,六), 6에 진
천眞天 1一을 합합하여 7을, 진지眞地 2二를 합합하여 8을, 인人 3三을 합합하여 9를
낳아서 운행運行한다(生七八九運)."

---

290) 삼극三極: 인천人天, 인지人地, 인일태양人日太陽

삼극三極이 각기各其 하나의 진천眞天과 하나의 진지眞地이니 곧 모두 합합하면 여섯인 까닭에 큰 삼극三極이 합합하면 6이다. 순수純粹한 삼극三極이 셋이 있으니

첫째는 진천眞天의 1一이 순수純粹하게 달라져서 바뀌어 된 것으로 천天의 쌓음인 81과 천용天用 19가 서로 응응應하여 섞여서 선천先天의 1,539분分이 되고, 81에서 1一을 보내 버리고 80과 19가 서로 응응應하여 섞여서 진태양眞太陽의 1,520분分이 되니 순수純粹한 1一이 달라짐인 까닭에 1一이 6에 합합하여 7이 된다.

둘째는 진지眞地의 2二가 순수純粹하게 달라지고 바뀌어 된 것이니 지地의 쌓음인 72와 지용地用 18이 서로 응응應하여 섞여서 후천後天의 지地의 1,296분分이 되며 순수純粹한 2二가 달라지고 바뀌어 됨인 까닭에 2二가 6에 합합하여 8이 된다.

셋째는 인人의 3三이니 신천眞天의 1,539분수分數의 반반半 769분分 5와 진지眞地의 1,296분分의 절반折半의 수數 648분分을 합합하여 1,417분分 5를 얻어 인人이 되어서 천지天地에서 선천先天과 후천后天의 월月이 되니 3三은 순수純粹함이 곧바로 달라짐인 까닭에 3三이 6에 합합하여 9가 되어서 삼극三極을 운행運行하므로 7, 8, 9를 낳아서 운행運行한다.

三極이各一天一地則都合六故로大三合하면六也라純三極이有三하니

一은天一이純變化者니天積八十一을天用十九로相和하여爲先天一五三九分하고八十一에去一하고以八十을十九로相和하여爲眞太陽一五二0分하니純一之變也故로一合六而爲七也요

二는地二之純變化者니地積七十二를地用十八로相和하여爲後天之地一二九六分하니純二之變化者也故로二合六而爲八也요

三은人三이得天一五三九分數半七六九分五와地一二九六分半數六四八分合一四一七分五而爲人而於天地에爲先后天之月하여三純直變故로三合六而爲九하여運乎三極故로生七八九運也라

☞ (천天 1一, 지地 1一, 인人 1一이 상上 1一, 하下 2二의 ~ 음陰·양陽이 합합하여 ~ 즉卽 천지天地, 천인天人, 지천地天, 지인地人, 인천人天, 인지人地) 천天 2二, 지地 2二, 인人 2二의 (음陰·양陽이 합합하여) 합합이 6이요,

─ 역易의 육효六爻의 체體와 용用의 수법數法 ─

큰 삼극三極이 합合한 것 6에
진천眞天의 1一을 (천天이 수水를 얻다) 합合하여 7이 되고
진지眞地의 2二를 (지地가 화火를 얻다) 합合하여 8이 되고
인人의 3三을 (인人이 목木을 얻다) 합合하여 9가 된다.
─ (써서 달라짐의(用變) 6, 7, 8, 9이다. ─ 사령四靈(사기四氣))

─「역지본의易之本義」 참조參照 ─

(天一, 地一, 人一이 上一, 下二의 ~ 陰陽合하여 ~ 卽天地, 天人, 地天,
地人, 人天, 人地)
天二, 地二, 人二의 (陰陽合하여) 合이 六이요
── 易之六爻體用數法 ──

大三合한 것 六에
天一 (天得水)을 合하여 七,
地二 (地得火)를 合하여 八,
人三 (人得木)을 合하여 九가 되느니라.
─ (用變 六, 七, 八, 九 ─ 四靈(四氣))
── 照 『易之本義』 ──

「三四成環하고五七과一은妙然하여」
"3三과 4四는 고리를 이루고(三四成環), 5성五星과 7정七政과 1황극一皇極은 정밀精密하고 자세仔細하며 넓고 멀어 아득하여서(五七一, 妙然)"

일日은 원圓 가운데 정원正圓을 운행運行하고, 월月은 외원外圓을 운행運行하니 정원正圓은 곧 3三을 가지고 고리로 삼고 외원外圓은 곧 4四를 가지고 고리로 삼는 까닭이다. 5성五星과 7정七政과 가운데 1一이(1황극一皇極) 이를 운행運行하여 돌고 또 돌아서 이에 후천後天의 연年, 세歲, 기朞, 회會, 경境, 통統, 소원小元, 대원大元의 고리처럼 둥글어서 끝이 없는 원元을 이루는 까닭에 5와 7과 1一이 정밀精密하고 자세仔細하며 넓고 멀어서 아득하다.

日運乎圓中正圓하고月運乎外圓하니正圓則以三爲環하고外圓則以四爲環故也라五
일 운 호 원 중 정 원　　월 운 호 외 원　　정 원 즉 이 삼 위 환　　외 원 즉 이 사 위 환 고 야　　오

星七政中一(一皇極)의運之又運하여乃成後天之年歲朞會境統小元大元環圓無端
성 칠 정 중 일　일 황 극　운 지 우 운　　내 성 후 천 지 년 세 기 회 경 통 소 원 대 원 환 원 무 단

之元故로五七一眇然也라
지 원 고　오 칠 일 묘 연 야


☞ 3三은 천天 3이니

　　　내원內圓으로(천도天度) 3이며

　　　천도天度는 3에 3을 곱하여 9도度가 되고,


　4四는

　　　외원外圓으로(지도地度) 4이니

　　　지도地度는 4에 3을 곱하여 12도度가 되고,

　　　── 지도地度는 수數의 2二 곧 2에 2를 곱하여 4 곧 용도분用度分이며 2에 3을

　　곱하여 6 곧 (지地의 천도天度) 2에 4를 곱하여 8 곧 (지地의 지도地度)

　　　　　　　　── 천天, 지地, 인人 3도度 ──


　5성五星과 7정七政(5성五星 ── 금金, 목木, 수水, 화火, 토. 7정七政 ── 일日, 월月,

금金, 목木, 수水, 화火, 토土)과 1황극一皇極은


　오행五行과 회분會分(회분會分은 통회분統會分)이 각각各各 세歲(연年, 세歲, 기 朞)를 이

루니 고리처럼 둥글어서 끝이 없어서 ─『역의易儀』참조參照 ─


　── 왕王과 좌상左相, 우상右相, 영상領相의 법법法 ──

　　　　　4분分의 1은 통분統分 (왕王)

　　　　　4분分의 3은 회분會分 (삼상三相)

　　　　　── 시작始作, 중간中間, 마침 ── 3에 3을 곱함 ── 9의 근본根本에

　　　　1一을 합합하여 10이 됨


三은 天三이니
삼　　천 삼

　內圓으로 (天度) 三이며
　내 원　　천 도　삼

　天度는 三에 乘三하여 九度가 되며,
　천 도　삼　　승 삼　　구 도


四는
사

　外圓으로 (地度) 四이니
　외 원　　지 도　사

　地度는 四에 乘三하여 十二度가 되고,
　지 도　사　　승 삼　　십 이 도

──── 地度는 數의 二 卽 二乘二하여 四, 卽 用度分이며, 二乘三하여
六 卽 (地의 天度) 二乘四하여 八 卽 (地의 地度) ──── 天, 地, 人 三度
────

五星과 七政(五星 ── 金, 木, 水, 火, 土. 七政 ── 日, 月, 金, 木, 水,
火, 土)과 一皇極은

五行과 會分이(會分은 統會分) 各各成歲(年, 歲, 朞) 環圓無端하여
── 照 "易儀" ──

──── 王及 左相, 右相, 領相의 法 ────
四分之一은 統分 (王)
四分之三은 會分 (三相)
── 始中終 ── 三乘三 ── 九根本에 一을 合하여 10이 됨

「萬往萬來에用變不動本이라」
"만萬 번番을 가고 만萬 번番을 오니(萬往萬來) 써서 달라지나 근본根本을 움직이지
아니한다(用變不動本)."

―황제黃帝의 비밀秘密―
고리처럼 둥글어서 끝이 없는 원元의 수數는 무궁무진無窮無盡한 까닭에 만萬 번番을
가고 만萬 번番을 온다. 비록 불가사의不可思議한 수數이나 모두가 이는 곧 근본根本의
하나가(一) 달라져서 움직임이다. 근본根本의 하나는(一) 근본根本의 자리를 옮기어 움직
이지 아니하면서 만萬 번番을 달라지는 수數를 운행運行하므로 대인大人이 궁宮에 머물
러서 문門밖으로 나가지 아니하고서 천하天下의 모든 백성百姓의 무리를 통치統治함과
같은 까닭에 써서 달라지나 근본根本을 움직이지 아니한다.

―黃帝之秘―
環圓無端之元數_無窮無盡故로萬往萬來也라雖不可思議之數이나總便是本一之
變動也요本一卽不移動本位하고運萬變之數故_如大人이御宮하여不出門外하고統天下
萬庶故로用變不動本也라

☞ 10이 10에 서로 응應하여 섞여서 100이 되고

100이 100에 서로 응應하여 섞여서 10,000이 되고

만萬 번番을 가고 만萬 번番을 오니 ──── (억億) ──── (뜻을 하나로 하여서(一意일의) 바뀌어 되어서 베풀어 행行하여 나아가다(化行화행).) ── 하나의(一일) 자리가 만萬에 만萬이니 곧 만萬 번番을 가고 만萬 번番을 오는 1억億인 까닭에 뜻을 하나로 하여서 바뀌어 되어서 베풀어 행行하여 나아가면 큰 신神의 기틀을 펴 일으킨다.

움직이지 아니하는 근본根本은(不動本부동본) 자子이고, 써서 달라지는 것은(用變용변) 기氣이며 써서 달라지니 곧 만물萬物이 나고 바뀌어 되어서(生化생화) 여기에 도학道學이 곧장 일어나고, 근본根本의 자리를 움직이지 아니하니 곧 사체四體가 달라지지 아니하여서(써서 달라짐은 사자四子가 부리어 써서 일을 하는 곳이다) 사자四子가 근본根本이 되는 까닭에 만물萬物이 이에서 빌리고 의지依支하여서 나고 바뀌어 된다.

─ 찬찬히 생각해보면 스스로 판단判斷할 것이다. ─「역지본의易之本義」참조參照 ─

자子로 인因하여서 써서 달라지면 따뜻함과 더움을 내고(生생) ── 따뜻함과 더움을 내면 축축함(濕습)이 일어남. ──「자연지리自然之理」참조參照.

「 달라지는 것을 쓰고 (달라지지 아니하는) 하나는 움직이지 아니한다.」

十和十십화십하여 百백이 되고,
百和百백화백하여 萬만이 되고,
萬番만번가고 萬番만번 오니 ── (億억) ── (一意化行일의화행) ─ 一位萬萬則萬往萬來之일위만만즉만왕만래지
一億故로일억고 一意化行일의화행하면 發大神機者也라발대신기자야.

不動本부동본은 子자, 用變용변한 것은 氣기, 用變則萬物용변즉만물이 生化생화하니 道學도학이 立焉입언하고不
動本位則四體不變동본위즉사체불변하여(用變용변은 四子用事處사자용사처)四子爲本故로사자위본고 萬物만물이 藉于此而生자우차이생
化화하나니라.
─ 靜思卽自判정사즉자판 ─ 照조 "易之本義역지본의" ─

因子 用變則生溫熱인자 용변즉생온열 ── 生溫熱卽濕生생온열즉습생함 ── 『照조 自然之理자연지리』

「變변하는 것을 쓰고 (變변하지 않는) 하나는 不動부동하나니라.」

※ 일신一神의 자리는 만물萬物의 중심체中心體이니 일신一神 중심中心이 태극太

極291)의 본체本體이며 (태극太極이 처음으로 지어 일으키고 바뀌어 되게 하여서(造化) 음陰·양陽이 일어나 나오는 근본根本이다) 일신一神 중심中心이 회전回轉함이 급急하고 빠르되 (그 중심中心이 인자因子이다) 움직이지 아니하는 근본根本의 자리이고 움직이지 아니하는 근본根本의 자리는 일신一神의 자리이다. 이 자리가 태극太極의 자리이니 만물萬物이 각기各其 태극太極을 가지고 있다.

[비고備考] 지인至人의 글에 이르기를 「인人이 낳음이 있음이(有生) 있고, 낳음이 없음이(無生) 있으니 낳음이(生) 없음은 능能히 낳음을 지어내고(能生生) 낳음이 있음은 미치지 못하여서 지어내지 못하며, 바뀌어 됨이 없음이(無化) 있고, 바뀌어 됨이 있음이(有化) 있으니 바뀌어 됨이(化) 없음은 능能히 바뀌어 됨을 바뀌어 되게 한다(能化化).」고 하니 곡신谷神292)을(진정자眞精子) 말함이다. 이에 대對하여 석씨釋氏293)는 「하늘이 지어내신 만물萬物이 모두 부처의 바탕이(佛性) 있다.」고 밝혀 말하였는데 각각各各의 생물生物 자체自體가 움직이지 아니하는 근본根本 자리의 활동活動을 하니 그 존귀尊貴함이 온갖 생물生物이 동일同一하므로 살생殺生을 경계警戒하였으며 각기各其의 종교宗教에서 신격화神格化하였다. 까닭에 야소씨耶蘇氏294)의 「하나님의 독생자獨生子」 운운云云함은 조금도 조리條理가 닿지 않는다.

---

291) 태극太極: 중국中國(지나支那China) 고대古代의 사상思想으로, 만물萬物이 생성生成 전개展開되는 근원根源. 음양陰陽의 2기二氣가 태극太極의 일원一元에서 생성生成했다고 하는 사상思想은 『주역周易』의 계사상繫辭上에서 찾아볼 수 있다. 이 태극太極을 일원一元으로 보는 사상思想은 진한秦漢 때의 여러 글에서 볼 수 있으며, 『여씨춘추呂氏春秋』의 <대악편大樂篇>에는 음악音樂의 근원根源을 태일太一에 있다 하고, 이 태일太一에서 양의兩儀와 음양陰陽이 생성生成한다고 풀이하였다. 또한 『예기禮記』의 <예운편禮運篇>에는 예의 근원根源을 대일大一에 있다 하고, 이 대일大一에서 천지天地, 음양陰陽, 사시四時가 생성生成한다고 되어 있다. 『순자荀子』의 <예론편禮論篇>에 나오는 것은 『예기禮記』와 마찬가지여서, 중국中國(지나支那China) 고대古代의 전통사상傳統思想에서는 만물萬物이 생성生成 전개展開하는 근원根源을 일원一元으로 보고, 이것을 태일太一, 대일大一, 태극太極 등등으로 일컬었으며, 이 일원一元에서 이기二氣, 오행五行, 만물萬物이 화생化生한다고 설명說明하였다. 위에서 말한 것 가운데 태일사상太一思想이 가장 오래되었고, 태극사상太極思想은 후後에 정리整理되어 역사상易思想에 도입導入되었다. (동아출판사 『동아원색대백과사전』 1984. 28권卷 51쪽 주註)
　우주宇宙의 본체本體. 천지天地가 아직 열리지 않고, 음陰과 양陽의 2기二氣가 나누어져 있지 않을 때 단單 하나의 존재存在 (NAVER 통합검색 『철학사전』 2015)
292) 곡신谷神: 노자老子 「도덕경道德經」에 나오는 말. "곡신谷神은 죽지 않으니, 이를 현빈玄牝이라고 부른다. 「谷神不死 是謂玄牝」"(122쪽 <참고參考> 참조參照)
293) 석씨釋氏: 석가釋迦. Sakyamuni BC563? 불교佛教의 개조開祖. 석가모니釋迦牟尼, 석존釋尊, 부처님이라고도 한다. 석가釋迦(Sakya)는 민족民族의 명칭名稱이고, 모니牟尼(muni)는 성자聖者의 의미意味로, 석가모니釋迦牟尼라 함은 석가족釋迦族 출신出身의 성자聖者라는 뜻이다. 본래本來의 성姓은 고타마(Gotama; 구담瞿曇), 이름은 싯다르타(Siddhartha; 悉達多(실달다))이며, 후後에 깨달음을 얻어 부다(Buddha; 불타佛陀)라 불리게 되었다. 또한 진리眞理의 체현자體現者라는 의미意味의 여래如來(Tathagata), 존칭尊稱으로서의 세존世尊(Bhagavat) 등等으로 불렸다. (동아출판사 『동아원색세계대백과사전』 1984. 17권卷 22쪽)
294) 야소씨耶蘇氏: 예수 그리스도 Jesus Christ. 그리스도교教의 개조開祖. 예수라는 이름은 헤브라이어로 <하나님(야훼)은 구원救援해 주신다>는 뜻이며, 그리스도는 <기름부음 받은 자者>, 즉卽 <구세주救世主>를 의미意味한다. (동아출판사 『동아원색세계대백과사전』 1984. 21권卷 221쪽)

※ 一神之位는 萬物의 中心體이니 一神中心이 太極의 本體이며 (太極이 造化하여 陰陽이 生하는 根本) 一神中心回轉이 急迅하되 (그 中心이 因子) 不動本位이고 不動本位는 一神之位이다. 此位가 太極之位이니 萬物이 各有太極이다.

[備考] 至人書에 曰「人이 有有生하며 有無生하니 無生은 能生生하고 有生은 不能不生하며 有無化하며 有有化하니 無化는 能化化라」하니 谷神(眞精子)之謂也니 이에 對하여 釋氏는 「天生萬物이 皆有佛性이라」 說破하였는데, 各 生物自體가 不動本位의 活動을 하므로 그 尊貴함이 온갖 生物이 同一하므로 戒殺生하였으며 各 宗敎에서 神格化하였다. 故로 耶蘇氏의 「하나님의 獨生子」 云云은 語不成說이다

「本心은 本太陽이니」

"본심本心은 본태양本太陽이니"

그곳은 우주宇宙에 있는 모든 것의 중심中心이고 피어 일어나 움직임의 근원根源의 곳인 까닭에 본심本心이다. 심心은 이에 지혜智慧의 빛을 퍼 일으켜서 형상形狀이 있는 온갖 물체物體와 세상世上의 모든 일을 처음으로 지어 일어나게 하고 바뀌어 되게 하며 (造化) 나란히 서있는 일체一切의 생물生物을 지어내시니 양陽은 생물生物의 근원根源인 까닭에 본태양本太陽이다.

其處_萬羅之中이요發動之本處故로本心也요心者_乃發慧光하여造化萬象하며生牲物하시니陽은生物之本故로本太陽也라

☞ 본심本心은 (움직이지 아니하는 근본根本의 자리로) 본태양本太陽이니 (양陽은 생물生物의 근원根源인 까닭에 본태양本太陽이다).
—— 근본根本 1一의 자리, 만萬의 둥근 고리의 가운데 ——

本心은 (不動本자리로) 本太陽이니 (陽은 生物의 本인 故로 本太陽이다)
—————— 本一之位, 萬環之中 ——————

「昻明人中天地一하여」

"인중人中에 돋아 밝으니 천天과 지地가 하나가 되어서"

천天, 지地가 하나로 모인 곳 곧 이는 인人이다. 인人이 빛을 펴 일으킴이 곧 이는 본태양本太陽의 지혜智慧의 빛이신 까닭에 인중人中에 돋아 밝으니 천天과 지地가 하나가 된다. (인극人極은 곧 천天과 지地가 합합한 수數이다)

天地集中處便是人이요人之發光이便是本太陽慧光故로昻明人中天地一也라(人極
則天地合數也)

☞ 〔(천天과 지地가 모인) 인중人中에(인중人中은 세성歲星) 밝으니 천天과 지地가 하나가 되어서〕

인중人中의 빛을 펴 일으킴이 곧 본태양本太陽의 지혜智慧의 빛이니 인천人天(나반那般)과 인지人地가(아만阿曼) 같이 밝아서 -- 천天, 지地는 곧 인천人天, 인지人地를(나반那般과 아만阿曼) 말한다. --

〔(天地가 모인) 人中(人中은 歲星)에 밝으니 天地가 一이 되어서〕

人中發光이 곧 本太陽慧光이니 人天(那般), 人地가(阿曼)같이 밝아서 - 天地는 則 人天, 人地를(那般, 阿曼) 云함 -

「一終이나無終一이라」
"하나로 마쳤으나(一終) 마치는 하나는 없다(無終一)."

본태양本太陽이 달라지고 바뀌어 됨의(變化) 수數는 곧 하나로(一) 비롯했으나 비롯하는 한 곳(것)이 없으니(一始無始一處) 곧 이는 하나로(一) 마쳤으나 마치는 한 곳(것)이 없는(一終無終一處) 까닭에 먼저 마침의 뜻을 말하여 마침을 끌어당기어 비롯함을 세워 하나로 비롯했으나 비롯하는 하나는 없다고(一始無始一) 말함이고, 뒤를 끌어당기어 마침을 세워 하나로 마쳤으나 마치는 하나는 없다고(一終無終一) 말함이니 건乾 같으나 건乾이 아니고 구姤이고, 곤坤 같으나 곤坤이 아니고 진震이라는 뜻이다.

═ 이상以上 삼부三夫 김재혁金在爀 삼가 해석解析 함 ═

本太陽之變化數則一始無始一處니便是一終無終一處故로先言終義하여引終而立
始曰, 一始無始一也요引后而立終曰一終無終一也니如乾非乾也姤也요坤非坤也震

也之義也로다
야 지 의 야

☞ 하나로(一) 마쳤으나 (고리(環)처럼 둥글어서 끝이 없어서) 하나로(一) 마친 곳(것)이 없다.

~~~『천부경天符經』을 해석解析한 것이 「십거도十鉅圖」와「이수표理數表」이며 이理와 수數를 더하고(加) 빼고(減) 곱하고(乘) 나누는(除) 법法이 또한『천부경天符經』속에 있다. ~~~

一로 마쳤으나 (環圓無端하여) 一로 마친 것(곳)이 없느니라.

~~~ 天符經을 解析한 것이 十鉅圖와 理數表이며 理와 數를 加減乘除하는 法이 또한 天符經內에 있다. ~~~

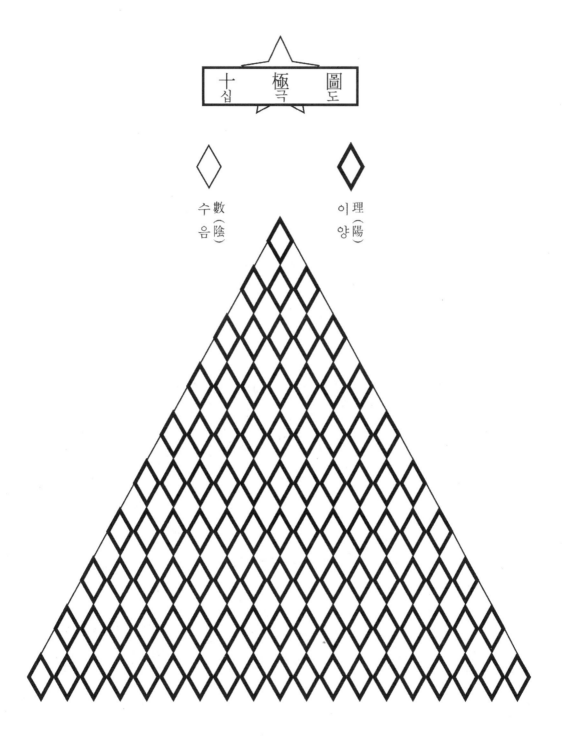

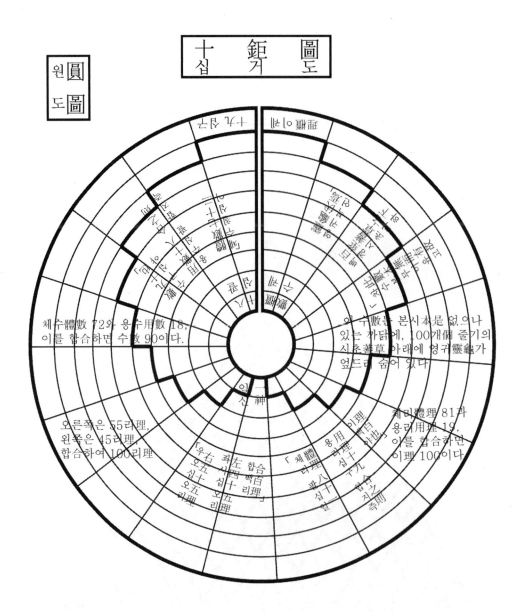

체수體數 72와 용수用數 18,
이를 합合하면 수數 90이다.

오른쪽은 55리理,
왼쪽은 45리理
합合하여 100리理

이理수數는 본시本是 없으나
있는 까닭에, 100개個 줄기의
시초蓍草 아래에 영귀靈龜가
엎드려 숨어 있다

체리體理 81과
용리用理 19,
이를 합合하면
이理 100이다.

一神 / 일一신神

---

수數 90의 반半 45수數 이는 그림
자의 수數이다. 수數는 본시本是
없으나 있는 까닭에 100개個 줄기의
시초蓍草 아래에 영귀靈龜가 엎드려
숨어 있다.

55를 분석分析하니 하도河圖·낙서洛書가
이것이다. 이理 100의 반半 50은 일신一神
의 자리인 까닭에 아직 쪼개어 나누지 않으
니, 한쪽은 55(하도수河圖數)이고, 한쪽은
45(낙서수洛書數)이다.

「一方四十五
(洛書數)야」

一方五十五
(河圖數)
일방오십오
하도수

未析而
미석이

百之半五十은
一神之位故
이백지반오십은
일신지위

理五十五分析하니
河洛圖是야
오십오분석하니
하락도시야

「數九十之半四十五數此影子數也
수구십지반사십오수차영자수야」

數本無而有故
수본무이유고

百莖蓍草之下靈龜伏焉」
백경시초지하영귀복언

方方圖 방도도圖

十十 鉅거 圖도 十십

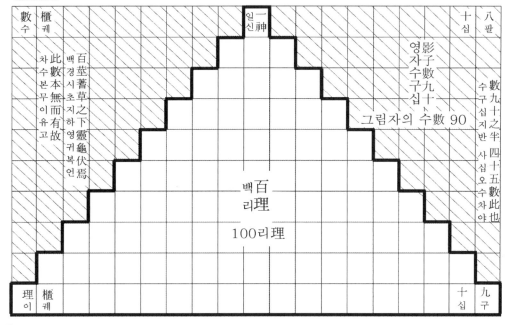

「此數本無而有故 百莖蓍草之下靈龜伏焉」
차 수 본 무 이 유 고  백 경 시 초 지 하 영 귀 복 언

「數九十之半 四十五數此也」
수 구 십 지 반  사 십 오 수 차 야

이 수數는 본시本是 없으나 있는 까닭에 100개個의 시초蓍草 아래에 영귀靈龜가 엎드려 숨어 있다.

수數 90의 반半 45수數가 이것이다.

| 이理수數표表 | | | 一 1 | 三 3 | 五 5 | 七 7 | 九 9 | 十一 11 | 十三 13 | 十五 15 | 十七 17 | 十九 19 |
|---|---|---|---|---|---|---|---|---|---|---|---|---|
| | 이理 천天 ○ | 용用리理 | 一 1 | 三 3 | 五 5 | 七 7 | 九 9 | 十一 11 | 十三 13 | 十五 15 | 十七 17 | 十九 19 |
| | | 체體리理 | | 四 4 | 九 9 | 十六 16 | 二十五 25 | 三十六 36 | 四十九 49 | 六十四 64 | 八十一 81 | 百 100 |
| | 이理수數인人 △ | 용用리理수數 | 〇·五 0.5 | 二·五 2.5 | 四·五 4.5 | 六·五 6.5 | 八·五 8.5 | 十·五 10.5 | 十二·五 12.5 | 十四·五 14.5 | 十六·五 16.5 | 十八·五 18.5 |
| | | 체體리理수數 | | 三 3 | 七·五 7.5 | 十四 14 | 二十二·五 22.5 | 三十三 33 | 四十五·五 45.5 | 六十 60 | 七十六·五 76.5 | 九十五 95 |
| | 수數지地 □ | 용用수數 | | 二 2 | 四 4 | 六 6 | 八 8 | 十 10 | 十二 12 | 十四 14 | 十六 16 | 十八 18 |
| | | 체體수數 | | 二 2 | 六 6 | 十二 12 | 二十 20 | 三十 30 | 四十二 42 | 五十六 56 | 七十二 72 | 九十 90 |

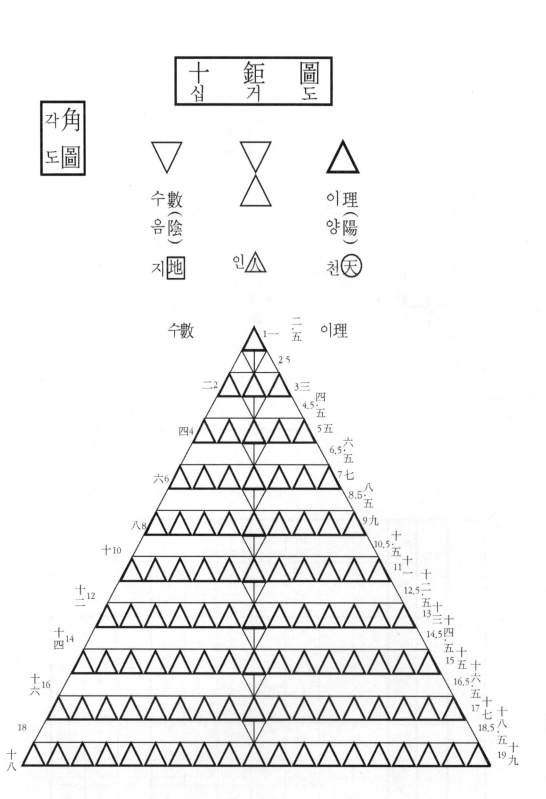

# IV. 사자四子와 사령四靈

청양青陽 이원선李源善

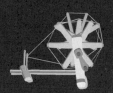

원元이 있는 진眞 1一에서 3이 합합하여 4가 되고, 5가 합합하여 9가 되고, 7이 합합하여 16이 되고, 9가 합합하여 25가 되고, 11이 합합하여 36이 되고, 13이 합합하여 49가 되고, 15가 합합하여 64가 되고, 17이 합합하여 81이 되어서 체리體理가 되니 3에서 3으로 서로 운행運行하여 9가 되며 9에서 9로 서로 운행運行된 이리理가 81을 쌓았고 다시 9와 9를 양兩쪽으로 갈라서 진眞 1一의 이리理가 그 사이에 포함包含되어 19의 용리用理를 이루어서 100리理가 나온 것이다.

용리用理 19는 꽉 차서 진천眞天의 틈이 나올 수 없지만 체리體理 17에서 양兩쪽으로 진공眞空의 빈자리가(虛位) 생기어 2二의 수數가 나오고, 체리體理 15에서 4가 나와서 6이 되고, 6에서 6을 합합하여 12가 되고, 8을 합합하여 20이 되고, 10을 합합하여 30이 되고, 12를 합합하여 42가 되고, 14를 합합하여 56이 되고, 16을 합합하여 72가 되어서 체수體數 72의 쌓음을 이루어 놓고 진일신眞一神의 양兩쪽으로 빈자리의 18이 용수用數가 되어서 체體와 용用이 완성完成된다.

이리理의 실實과 그림자인(影) 수數의 허위虛位를 이루어서 열 개個의 톱날의(十鉅) 형상形象이 이루어져서 된 그림이니 이는 단제檀帝께서 3통三統[295]이 1원一元임의 이리理와 셋이 하나이심의(三一)[296] 진眞을 천통천치天統天治에 쓰신 원元과 리理가 이것이다.

元有의 眞一에서 三이 合하여 四가 되고 五가 合하여 九가 되고 七이 合하여 十六이 되고, 九가 合하여 二十五가 되고, 十一이 合하여 三十六이 되고, 十三이 合하여 四十九가 되고, 十五가 合하여 六十四가 되고, 十七이 合하여 八十一이 되어 體理가 되니 三에서 三으로 相運하여 九가 되며 九에서 九로 相運된 理가 八十一을 積하였고, 다시 九와 九를 兩쪽으로 갈라 眞一의 理가 相間에 包含되어 十九의 用理를 이루어 百理가 나온 것이다.

用理十九는 꽉 차서 眞天의 틈이 나올 수 없지마는 體理十七에서 兩쪽으로 眞空의 虛位가 생기어 二數가 나오고 體理十五에서 四가 나와서 六이 되고 六에서 六을 合하여 十二가 되고, 八을 合하여 二十이 되고, 十을 合하여 三十이 되고, 十二를 合하여 四十二가 되고, 十四를 合하여 五十六이 되고, 十六을 合하여 七十二가 되어 體數七十二의 積을 이루어 眞一神의 兩쪽으로 虛位十八

---

295) 3통三統: 천통天統, 인통人統, 지통地統의 세 통統을 가리킨다.
296) 셋이 하나이심(三一): 여기의 셋은(三) 환인桓因(신부神父), 환웅桓雄(신자神子), 환검桓儉(성신聖神)의 삼위三位 또는 성性, 명命, 정精의 세 진眞을 가리킨다.

## 이 用數가 되어 體用九十數完成된 것이

理의 實과 影數의 虛位를 이루어 十鉅의 形成된 圖이니 檀帝께서 三統一元의 理와 三一의 眞을 天統天治에 쓰신 元理가 이것이다.

· 용리用理 19에서 체리體理 81을 서로 운행運行하고 서로 곱하여서 나온 것이 1,539리理이니 이것이 곧 일신一神의 원元에서 진천眞天 이리의 웅雄을 나게 하여서 진천眞天의 진眞 1도一度가 되니 대유大遊의 바뀌어 됨의 실제實際의 경지境地도 여기에서 열린 것이다.

· 용리用理 19에서, 체리體理 81의 가운데에서 써서 달라지나(用變) 움직이지 아니하는 근본根本의(不動本) 뜻으로 1一을 빼고서 80을 곱하면 1,520리理이니 진천眞天의 1도一度의 분분보다 19리理가 적어서 진태양眞太陽의 1도一度의 이理를 이룬 것이다.[297]

· 그림자인(影) 용수用數 18과 체수體數의 쌓음인 72도度가 서로 곱하고 서로 운행運行하여서(相乘相運) 1,296수數이니 이것이 곧 현천玄天과 진지眞地의 도수度數이니 여기에서 지地가 열리는 수數가(地闢數) 나온 것이다.[298]

· 용수用數 18에서, 체수體數 72의 가운데에서 써서 달라지나 움직이지 아니하는 근본根本의 뜻으로 2二의 수數를 빼고서 70으로 서로 운행運行하고 서로 곱하면 1,260수數이니 이것이 도道가 현천玄天으로 바뀌어 되는(道化玄天) 태음太陰의 수數가 나온 것이다. 여기에 다시 아들이 있고 딸이 있음의(有子有女) 시초始初가 보인다. 이것이 곧 태음太陰의 알맹이이며 진일신眞一神께서 진천眞天의 웅雄을 나게 하시고 진천眞天 웅雄은 진지眞地 자雌로 바뀌어 되시어서 자雌, 웅雄이 서로 사귀어서 아들과 딸을 낳고 바뀌어 되게 하시니(生化子女) 천天을 마주하고 지地를 마주한다고(向天向地) 함이 이것이다.[299]

· 용수用數 18을 체體의 쌓음인 이리 81로 서로 운행運行하고 서로 곱하여서 1,458 이수理數가 나오니 이것이 곧 망인천妄人天의 1도一度의 이수理數로서 가슴의(胸腑) 심성心性을 가리키는 것이요,[300]

---

297) 진태양眞太陽-진령眞靈-노양老陽
298) 진지眞地-현천玄天
299) 진월眞月-진정령眞精靈-소양少陽
300) 인천人天-망인천妄人天-창천蒼天-허천虛天-나반那般

· 용수用數 18에서, 체體의 쌓음인 이理 81의 중심中心의 1一을 움직이지 아니하는 근본根本의 뜻으로 빼어버리고 80으로 서로 운행運行하고 서로 곱하여서 1,440이수理數가 나오니 망태양妄太陽의 1도一度의 분分으로서 지구地球가 그 빛을 받아서 12시時 가운데 자전自轉하는 분수分數이며,[301)]

· 용리用理 19에서 체體가 쌓인 수數인 72로 서로 운행運行하고 서로 곱하여서 1,368이수理數가 나오니 망인지妄人地의 1도一度의 이수理數가 이것이요,[302)]

· 용리用理 19에서, 체體가 쌓인 수數인 72의 가운데서 중심中心의 2二의 수數를 움직이지 아니하는 근본根本의 뜻으로 빼어버리고 70으로 서로 운행運行하고 서로 곱하여 1,330이수理數이니 이것이 곧 소음월명少陰月命의 수數가 되어서 움직임으로 인因하여 기氣를 펴 일으키는(因動發氣) 대천大天이 되는 것이다.[303)]

用理十九에서 體理八十一을 相運相乘하여 나온 것이 一千五百三十九理니, 이것이 곧 一神의 元에 眞天理雄을 生하여 眞天眞一度가 되어 大遊化의 眞境이 여기에서 열린 것이다.

用理十九에서 體理八十一의 가운데 用變不動本의 意로 一을 빼고 八十을 相運相乘하면 一千五百二十理이니 眞天一度分보다도 十九理가 적어 眞太陽 一度理를 이룬 것이다.

影의 用數十八과 體數積七十二度를 相乘相運하여 一千二百九十六數니 이것이 곧 玄天眞地度數이니 여기에서 地闢數가 나온 것이다.

用數十八에서 體數七十二中에 用變不動本의 意로 二數를 빼고 相運相乘하면 一千二百六十數이니 이것이 곧 道化玄天太陰數가 나온 것이고 여기에 다시 有子有女의 始初가 보인다. 이것이 곧 太陰의 알맹이며 眞一神께서 眞天雄을 낳으시고 眞天雄은 眞地雌로 化하여 雌雄相交로 生化子女하니 向天向地가 이것이다.

用數十八을 體積理八十一로 相運相乘하여 一千四百五十八理數가 나오니

301) 일태양日太陽-인일태양人日太陽-망태양妄太陽-망령妄靈-노음老陰
302) 인지人地-망인지妄人地-공천空天-아만阿蔓
303) 망월妄月-망정령妄精靈-소음少陰

이것이 곧 妄人天의 一度理數로서 胸腑心性을 가리키는 것이요,

用數十八에서 體積理八十一의 中心一을 不動本의 뜻으로 빼버리고 相運相乘하여 一千四百四十理數가 나오니 妄太陽의 一度分으로 地球가 그 光을 받아 十二(二十四)時中 自轉하는 分數이며,

用理十九에서 體積數七十二로 相運相乘하여 一千三百六十八理數가 나오니 妄人地一度理數가 이것이요,

用理十九에서 體積數七十二中에 中心二數를 不動本의 意로 빼어 버리고 相運相乘하면 一千三百三十理數이니 이것이 少陰月命數가 되어 因動發氣하는 大天이 되는 것이다.

여덟 번番 운행運行하고 여덟 번番 사귀는(八運八交) 이와 같은 이理와 수數가 어리석어서 생각이 어두운 이 세계世界에 나온 것은 천통天統의 다스림이(天統之治) 되었다는 좋은 징조徵兆이다. 여기에 과거過去의 현무수玄武數, 그리고 황극수皇極數의 원元, 회會, 운運, 세世가 모두 진지眞地의 수數 1,296을 서로 곱하고 서로 나눈(相乘相除) 것에 불과不過하니 이 모든 이理와 수數가 조사調査하여 다스려서 쓰여진다면(治用) 얼마나 그 작음과 큼을 헤아릴 것인가!

진眞이라는 것은 순전純全한 이理와 순전純全한 수數를 말하는 것이고, 망妄이라는 것은 이理와 수數가 사귀어 섞여서(交雜) 된 것을 말하는 것이다.

八運八交하여 이와 같은 理數가 暗昧한 이 世界에 나온 것은 天統之治가 되었다는 好徵兆이니, 여기에 過去 玄武數가, 皇極數元會運世가 모두 眞地數 一二九六의 相乘相除한데 不過하니 이 全理數가 治用한다면 얼마나 그 微와 大를 測할 것인가.

眞이라는 것은 純全한 理와 純全한 數를 말하는 것이요, 妄이라는 것은 理數가 交雜하여 된 것을 말하는 것이다.

## 사자四子 · 사령四靈 해석解釋

천부경天符經에 이르기를, "써서 달라지나(용변用變) 근본根本을 움직이지 아니한다." 고 하시니, 써서 달라지면 곧 사령四靈이 역易을 이루어서 만물萬物이 나고, 바뀌어 되어서 (생화生化) 여기에 도학道學이 서고, 근본根本을 움직이지 아니함에 곧 사체四體가 달라지지 아니하여서 사자四子가 근본根本이 되는 까닭에 만물萬物이 이에서 빌리고 의지依支하여서 나고, 바뀌어 된다.

「백리생천도百理生天圖」의 이리理가 100이고, 수數는 이리의 그림자로서 90이니, 「백리생천도百理生天圖」의 가장 윗자리는 일신一神의 자리이며, 일신一神께서 중심中心에 자리하시어 천天을 내시고, 형상形狀이 있는 온갖 물체物體와 세상世上의 모든 일을 내고, 바뀌어 되게 하시니, 진천眞天과 창천蒼天(허천虛天)과 현천玄天과 공천空天의 사천四天을 내시고, 진천眞天에 진태양眞太陽, 창천蒼天에 일태양日太陽, 현천玄天에 진월眞月, 공천空天에 망월妄月이 있어 진태양眞太陽, 일태양日太陽, 진월眞月, 망월妄月의 사령四靈이 형상形狀이 있는 온갖 물체物體와 세상世上의 모든 일을 내고, 바뀌어 되게 하는 것이다. (※ 사령四靈은 중심中心이 허虛하여서 영靈이 되는 까닭에 사령四靈이라고 한다.)

또, 창천蒼天은 망인천妄人天으로 나반천那般天이며, 공천空天은 망인지妄人地로 아만지阿曼地이니 사람의 부모父母이다. (※ 나반那般은 천하대장군天下大將軍, 아만阿曼은 지하여장군地下女將軍 )

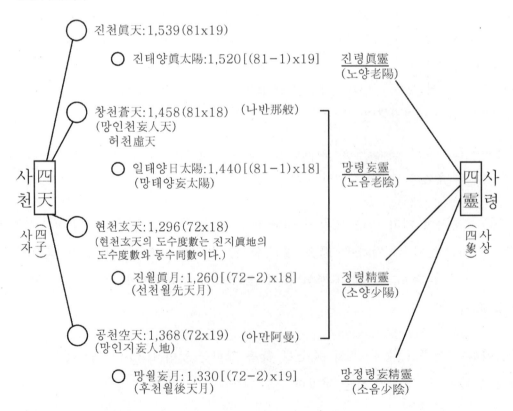

214

# V. 인생필지人生必知

삼부三夫 김재혁金在爀

영靈아, 네가 인人이 되니 인생人生이 반드시 알아야 할 것은 인人이다. 너는 능能히 인人이 인人이 되는 연유緣由를 아는가. 본태양本太陽의 신神이신 일신一神께서 이理 100을 내심으로 말미암아 진천眞天을 내시고 이理가 물러나 수數 90으로 바뀌어 되어서 진지眞地로 바뀌어 되시니 진천眞天의 이理와 진지眞地의 수數가 서로 사귀어서 아들과 딸을 낳고 바뀌어 되게 하시어(生化) 천부天父와 지모地母가 서로 사귀어서 낳는 까닭에 그 이름을 인人이라고 말한다. 인人 자字의 의미意味는 이理가 달라지고 수數가 바뀌어 된다는(理變數化) 뜻인 까닭에 인人이라고 일컬음이 이 인人이다. 우리 사람들에게는 천天이 되고 지地가 되는 까닭에 역시亦是 천지天地라고 일컬으니 곧 이는『천부경天符經』의 진천眞天, 진지眞地, 인人304)의 인人이다.

"인人 속에 돋아 밝아서 진천眞天과 진지眞地가 하나가 된다(昻明人中天地一)"에서의 하나는(一) 이理 100이 열리는 이理인 55의「하도河圖」의 이理와 수數 90의 반半 45가 사귀어 합합하여서 하나가 되니 곧 "히니로 마침이 없다(無終一)"의 하나이다. 이理 100의 반半 50과 수數 90의 반半 45가 사귀어 합합하여서 인人의 이수理數 95가 되어서 인人이 이수理數라는 것을 얻게 되니 이는 곧 천天, 지地, 인人의 삼극三極의 이理와 수數가 갖추어짐이다.

그러한즉 곧 이 인人은 일신一神께서 진천眞天과 진지眞地가 사귀어 합합하여서 인人이 되게 하신 것이니 그 근본根本은 일신一神이시고, 그 성性은 진천眞天이고, 그 정精은 진지眞地이며 그 성性과 정精이 사귀어 합합함을 심心이라고 부른다. 그 심心은 인천人天과 인지人地이며 진천眞天의 성性과 진지眞地의 정精이니 이 인人이 우리들 사람에게 성性과 정精과 심心이 되어서 맡아 거느려 지켜서 하지 아니하는 일이(事) 없으니 너는 능能히 이를 아는지 상세詳細히 말하여 보아라.

靈아汝爲人이니人生必知者_人이라汝_能知人之爲人乎아自本太陽之神이신一神께오서
生理百而生眞天하고理退化數九十而化眞地하시니眞天之理와眞地之數_相交而生化
子女하시니天父地母相交而生故로其名曰人이라人字之義味는理變數化之義也라故로
稱人이斯人也_於吾人에爲天爲地故로亦稱天地則是爲天符經之天地人之人也오

昻明人中天地一之一은理百開之理五十五而河圖之理와數九十之半四十五_交
合爲一하니則無終一之一也오理百之半五十과數九十之半_四十五交合爲人之理數
九十五而爲人之得理數者_此則天地人三極之理數備矣라

---

304) 인人: 인천人天, 인지人地

然則斯人은一神께서使眞天眞地로交合爲人也니其本은一神이시고其性은眞天이오其精은眞地오其性精之交合曰心이니其心은人天地而爲眞天之性과眞地之精하야斯人也_於吾人에爲性精心하야無不主事임을汝能知之乎아詳細言之하라

"불초자不肖子 비록 어리석으나 앞서 태음력太陰曆의 대유大遊와 소유少遊의 통법統法과 원법元法에 관關하여 가르침을 받았으니 거의 아는 것입니까, 아직 모르는 것입니까, 혹시或是 별개別個의 다른 이리와 수數가 있습니까?"

어찌 별개別個의 다른 이리와 수數가 있겠는가마는 생각하건대 틀림없이 네가 인人이 진천眞天과 진지眞地의 성性과 정精임을 모르는 까닭에 이와 같이 묻는 것이다. 천天, 인人, 지地의 이리와 수數를 계산計算함을 널리 알려서 이로써 인人이 천天의 성性, 정精이어서 성性과 정精이 합합하여 하나가 되는 곳이 진천眞天과 진지眞地가 심心을 베풀어 쓰시는 곳이 됨을 밝히도록 하여라. 자세仔細히 심법心法을 계산計算하여서 사람이 맡아 거느려 지켜서 하지 못하는 일이(事) 없는 기틀이 되면 천만千萬의 이리에 거의 밝아지리니 스스로의 성性에서 씨알을(子) 구求하여라.

不肖子_雖不敏이나先受敎於太陰曆大遊少遊之統元法乎니庶幾知也而未知也께라或有別他理數乎잇가

何有別他理數리오마는想必汝不知人之爲眞天眞地之性精故로如是問也니布算天人地理數하야以明人之爲天性精하야性精之合一處爲天地之用心處니詳算心法하야人爲無不主事之機면於千萬理에庶幾明矣리니自性求子하라

예로부터 오늘날에 이르기까지 우리들 사람을 가지고 인人이라고 생각하고서 『천부경天符經』의 삼극三極 가운데 '인극人極'과 "인중人中에 돋아 밝아서 천天과 지地가 하나가 되니(人中天地一)"에서의 인중人中의 '인人'과 「조화기造化紀」에서 이르는 '나반那般'이 인천人天임을 모르니 1도一度의 분수分數가 1,458분分이고 아만阿曼은 인지人地로서 1도一度의 분수分數가 1,368분分이니 역법曆法에 자세仔細히 드러난다.

만萬 번番을 가고 만萬 번番을 와서(萬往萬來) 써서 달라지나(用變) 근본根本을 움직이지 아니하는(不動本) 까닭에 진천眞天이 써서 달라지시니 체리體理 81에서 그 달라짐의 80리理가 스스로의 궤櫃인 19에서 운행運行하면 1,520분分이며 이것이 진태양眞太陽이

된다. 위에서는 베풀어주고 아래서는 행行하여 나아감이 명命이므로 진태양眞太陽이 진천명眞天命의 수數에서 명命을 받는 까닭에 인人·물物이 진태양眞太陽에서 명命을 받으니 곧 진기眞氣를 받는 곳이다.

인천人天이 써서 달라지심에(用變) 체리體理 81에서 그 달라짐의 80리理가 수數의 궤櫃인 18에서 운행運行하면 1,440분分이니 일태양日太陽이 된다. 역시亦是 위에서는 베풀어주고 아래서는 행行하여 나아감이 명命이므로 일태양日太陽이 명命을 받아서 인천명人天命이 되는 까닭에 인人·물物이 또한 일태양日太陽에서 명命을 받으니 곧 망기妄氣를 받는 곳이어서 기氣를 내쉬고 들이쉬어서 숨 쉼이 이로 말미암아 여기에 생겨나는 것이다.

그러한즉 곧 일신一神께서 진천眞天과 진지眞地가 없으면 일신一神의 거처居處로 삼을 곳이 없고, 진천眞天과 진지眞地가 인人305)이 없으면 또한 진천眞天과 진지眞地의 거처居處로 삼을 곳이 없고, 인천人天과 인지人地도 우리들 사람이 없으면 또한 인천人天과 인지人地의 거처居處로 삼을 곳이 없는 까닭에 인천人天이 진천眞天, 진지眞地와 우리들 사람의 가운데 있으면서 천상天上 천하天下에서 맡아서 거느려 지켜서 하지 아니하는 일이(事) 없다.

그러므로 삼극三極의 역曆이 모두 일태양日太陽이 일을 맡아서 거느려 지킴이 되어서 진지眞地의 360도度를 운행運行하면 이름을 태음력太陰曆이라고 말하고, 진천眞天의 400도度를 운행運行하면 이름을 태양력太陽曆이라고 말하고, 인천人天의 380도度를 운행運行하면 이름을 인극력人極曆이라고 말하니 곧 이는 태음太陰 대유력大遊曆이다. 진태양眞太陽이 진지眞地의 360도度를 운행運行하면 이름을 성인聖人 대유력大遊曆이라고 말하고 진천眞天의 400도度를 운행運行하면 이름을 태양太陽 대유력大遊曆이라고 말한다.

역曆의 대유大遊와 소유少遊는 여기에 하나라도 없을 수 없는 것이나 오늘날에는 단지但只 소유少遊의 역曆이 있고 대유大遊의 역曆이 전全혀 없으니 어찌 진천眞天이 천天이 됨을 알겠는가. 단지但只 아는 것은 인천人天일 뿐이다.

自古至今에 以吾人爲人이오 不知天符經三極中人極과 人中天地一之人中之人과 造
자고지금 이오인위인 부지천부경삼극중인극 인중천지일지인중지인 조
化紀에 日那般은 人天이니 一度分數一四五八分이오 阿曼은 人地이니 一度分數一三六八
화기 왈나반 인천 일도분수일사오팔분 아만 인지 일도분수일삼육팔
分이니 曆法에 詳見하나라
분 역법 상현

---

305) 인人: 인천人天, 인지人地

218

萬往萬來에 用變不動本故로 眞天이 用變하실새 體理八十一에 其變이 八十理로 運乎自樻
十九則一五二0分이 是爲眞太陽이니 上施下行이 命故로 眞太陽이 受命于眞天命數故로
人物이 受命于眞太陽하나니 則眞氣之受處요

人天이 用變하실새 體理八十一에 其變八十理運乎數樻十八則一四四0分이 是爲日太
陽이니 亦上施下行이 命故로 日太陽이 受命爲人天命故로 人物이 又受命于日太陽하나니 則
妄氣之受處而呼吸氣息이 由此生焉하나니라

然則一神이 無天地면 無爲一神之處하고 天地無人이면 亦無爲天地之處하고 人天地도 無
吾人이면 亦無爲人天地之處故로 人天이 處於眞天眞地吾人之中하야 天上天下에 無不主
事니

故로 三極之曆이 皆日太陽이 爲主事하야 運乎地三百六十度則名曰太陰曆이요 運乎天
四百度則名曰太陽曆이요 運乎人天三百八十度則名曰人極曆이니 便是太陰大遊曆
也요 眞太陽이 運乎地三百六十度則名曰聖人大遊曆이요 運乎天四百度則名曰太陽
大遊曆이요

曆之大遊少遊는 不可無一焉者也而於今에 但有少遊之曆而全無大遊之曆하니 豈知
眞天之爲天乎아 但所知者 人天而已耳라

그 증명證明은 태을통종太乙統宗의 통원법統元法에서 보인다. 태음력太陰曆의 통법統法으로 이를 계산計算하면 인천人天의 1도一度의 분수分數가 1,458분分이어서 1,458년年이 1통一統이 되고, 일태양日太陽의 1도一度의 분수分數가 1,440분分이어서 1,440년年이 1통一統이 되니 본태양本太陽의 크게 바뀌어 되는 역법曆法에서 일태양日太陽으로 360도度를 한 번番 돌면 1분一分이어서 518,400년年으로 518,400분分이 되고 1년一年이 된다. 까닭에 대유大遊와 소유少遊의 통원법統元法에서 1분一分이 1년一年임은 통법統法의 통례通例이니 대유천大遊天의 1도一度의 분수分數가 1,539분分이어서 1,539년年이 1통一統이 되고, 대유大遊 진태양眞太陽의 1도一度의 분수分數가 1,520분分이어서 1,520년年이 1통一統이 되니 곧 조화주造化主께서 먼저 일세계日世界의 일을(事) 베풀어 행행行하심을 역력歷歷히 보게 된다.

대유大遊 세법歲法의 분수分數로 소유법少遊法의 통수統數인 1,440년年을 곱하면 대유大遊의 통년統年인 1,539년年이며 세간世間 사람들이 하는 일의 길흉吉凶이 오로지 대유大遊에 매어있다. 까닭에 태을수太乙數에서 대유大遊의 년수年數를 가지고 양구陽九 106의 재화災禍를 논의論議하나 바로 이 대유大遊의 1원一元인 4,560년年을 소유少遊의 연법年法으로 알고 소유少遊의 원법元法은 별개別個로 놓아두어서 대유법大遊法을 모른 지가 지금只今에 3,000여餘 년年에 진태양眞太陽의 법法이 살아 있는 것 같기도 하고 없는 것 같기도 하다. 이시헌李時憲에 이르러서는 일태양日太陽을 가지고 진태양眞太陽으로 생각함에 세상世上이 모두 이를 따르니 진태양眞太陽을 아는 사람이 드물게 되었다. 이에 앞서 오직 공부자孔夫子가 칠순七旬에 이르러 천명天命을 아시고서 중용中庸의 지극至極한 뜻을 교훈教訓하시니 진태양眞太陽이 거의 밝아졌으나 단지但只 명命을 깨달아 알았을 뿐이다.

其證見于太乙統宗統元法하니라以太陰曆統法算之則天一度分數一四五八分故로
一四五八年이爲一統이요日太陽一度分數一四四0分故로一四四0年爲一統이니於本
太陽大化曆法에以日太陽이三百六十度一周로爲一分故로以五一八四00年으로爲五
一八四00分爲一年故로於大遊少遊統元法에一分一年은統法通例故로大遊天一度
分數一五三九分故로一五三九年이爲一統이요大遊眞太陽一度分數一五二0分故로
一五二0年이爲一統則造化主_先行日世界事를歷歷見矣

大遊歲法分數로乘少遊之法統數一四四0年則大遊之統年一五三九年而世間人
事之吉凶이專繫乎大遊故로太乙數에以大遊年數로論陽九百六之災而惟此大遊一
元四千五百六十을以少遊年法知之하고少遊元法은置於別個하야不知大遊之法이於
今三千有餘年에眞太陽之法이若存若無러니至於李時憲하야以日太陽을爲眞太陽하되
擧世從之하야知眞太陽者_鮮矣러니先是에惟孔夫子至七旬而知天命하시고教訓中庸之
至義하시니眞太陽이庶幾明矣나但知命而已也라

지금只今으로부터 4,000여餘 년年 전前에 단제檀帝의 시대時代에도 성인聖人은 창천蒼天을 가지고 천天으로 생각하니 곧 인천人天이고, 지인至人은 현천玄天을 가지고 천天으로 생각하니 곧 공空이어서 모두가 진천眞天이 아닌 까닭에 모두 천天이 아님을 가지고 그들을 가르쳐서 깨우치게 하시었으나, 천天이라고 하면 곧 천天인 까닭에 형상形狀과 바탕이 없다고 하심은 창천蒼天을 가리키심이고, 시작始作과 끝이 없다고 하심은 현천玄天을 가리키심이고, 위아래와 네 방위方位가(四方) 없다고 하심은 진천眞天을 가

리키심이니 형形을 들어 세우심을 말한다.

엷게 푸르다(虛虛)고 하심은 창천蒼天을 가리키심이고, 겉은 희나 가운데 검음이 엷다(空空)고 하심은 현천玄天을 가리키심이고, 있지 아니한 곳이 없고 받아들여 담지 아니하는 것이 없다고 하심은 진천眞天을 가리키심이니 상像을 들어 세우심을 말하니 대유大遊의 역력曆이 밝게 나타나지 아니한 까닭이니 이를 가지고 그들을 가르쳐 깨우치게 하시고 성성性, 명명命, 정정精의 세 진眞과(三眞) 마음(心), 기운(氣), 몸의(身) 세 망망妄을(三妄) 가르쳐 깨우치게 하시어서 이로써 진천眞天과 인천人天과 현천玄天을 구별區別하시니 비로소 진인眞人의 학學이 밝아지니 지인至人 등等이 이에서 배움을 받으시었다.

於今四千餘年前檀帝時에도 聖人은 以蒼天爲天하니 則人天也오 至人은 以玄天爲天하니 則空而皆非眞天故로 皆以非天詰之하시되 天則天也故로 無形質은 指蒼天也오 無端倪는 指玄天也오 無上下四方은 指眞天也니 擧形之謂也오

虛虛는 指蒼天也오 空空은 指玄天之謂也오 無不在無不容은 指眞天也니 擧像之謂也而大遊之曆이 不明故로 以此詰之하시고 三眞三妄을 詰之하사 以別眞天人天玄天하시니 於始乎眞人之學明矣而至人等이 受學焉하시니라

인人·물物의 무리가 여기에 넷이 있으니 진인眞人, 성인聖人, 지인至人, 중인衆人이다. 그대는 무엇으로 돌아가고 싶은가? 진인眞人은 정정精을 쌓고(積精) 명명命을 깨달아 알며(知命) 성성性을 꿰뚫어 통통通하여서(通性) 성성性, 명명命, 정정精의 셋이 여기에 갖추어지니 천통天統의 시대時代의 주인主人이시고, 성인聖人은 단지但只 명명命을 깨달아 아니 인통人統의 시대時代의 주인主人이고, 지인至人은 다만 정정精을 쌓아서 오랜 세월歲月을 죽지 아니하니 지통地統의 시대時代의 주인主人이다. 중인衆人은 비록 형상形狀은 인人이나 진眞, 지至, 성聖의 셋에 참여參與할 수 없어서 물物이 되니 스스로 물物이 됨을 즐겨서 다섯 괴로움을(五苦)306) 끊고서 떠나지 못하는 사람이니 그대는 무엇으로 돌아가려 하는가, 그대는 무엇으로 돌아가려 하는가. 네 무리의 사람을 밝게 살펴서 뜻에 따라서 그에 돌아가라. 때이로다! 때이로다!

이제 천통天統의 시대時代가 되었으니 부지런하지 아니함과 주어진 직분職分에 나아가 이르지 아니함과 잘못을 알고서도 두려워하지 아니하고 뉘우치지 아니함이 세 가지 사나움이니(三暴) 세 가지 사나움을 피피避하여 떠나지 아니하면 물物307)이 됨을 피피避하

---

306) 다섯 괴로움(五苦): 생생生, 장장長, 소소肖, 병병病, 몰몰歿의 다섯
307) 물物: 중인衆人을 가리킨다.

여 떠나지 못하니 어찌 물물物이 됨에 편안便安해 할 수 있겠는가? 거짓 없이 참되고 신중愼重히 생각하며 잊지 말고 살펴보고 살펴볼지어다! 영령靈아 영령靈아, 네가 능능히 진천眞天의 대유大遊와 인천人天의 소유少遊를 분별分別하니 곧 능능히 세 가지 사나움을 피피避하여 떠날 수 있으리니 대유大遊와 소유少遊의 통통統과 원원元을 계산計算하는 법법法을 널리 알리도록 하여라. 불초자不肖子 비록 어리석으나 진천眞天, 진지眞地와 인천人天, 인지人地가 일신一神으로부터 직분職分을 받으시어 1분一分도 없이 쉬지 아니하심을 순수純粹한 마음으로 거짓 없이 참되게 본본받아서 모범 模範을 삼으리라.

人物之等이 有四焉하니 眞人聖人至人衆人이라 汝欲何歸焉가 眞人은 積精하며 知命하며
인물지등 유사언 진인성인지인중인 여욕하귀언 진인 적정 지명
通性하야 三者備焉하나니 天統時之主也오 聖人은 但知命하나니 人統時之主也오 至人은 但積
통성 삼자비언 천통시지주야 성인 단지명 인통시지주야 지인 단적
精하야 長時不死하나니 地統時之主也오 衆人은 形雖人矣나 不能參於眞至聖三而爲物이로
정 장시불사 지통시지주야 중인 형수인의 불능참어진지성삼이위물
되 自樂爲物不離五苦者니 汝何歸焉가 汝何歸焉가 明察四人하야 任意歸之하라 時哉時哉
자락위물불리오고자 여하귀언 여하귀언 명찰사인 임의귀지 시재시재
고저

今爲天統之時하야 不勤과 不迪命과 知怨不懼悔_三暴니 不移三暴則不移爲物하리니 豈
금위천통지시 불근 부적명 지원불구회 삼포 불이삼포즉불이위물 기
可安於爲物乎아 誠之愼之하며 欽哉欽哉어다 靈아 靈아 汝能分別眞天之大遊와 人天之少
가안어위물호 성지신지 흠재흠재 영 영 여능분별진천지대유 인천지소
遊則汝能移三暴矣리니 布算大少遊之統元法하라 不肖者雖不敏이나 眞天과 眞地와 人天
유즉여능이삼포의 포산대소유지통원법 불초자수불민 진천 진지 인천
과 人地受職於一神하사 無一分不休하심을 純誠效則하리라
인지수직어일신 무일분불휴 순성효칙

# VI. 대동사강大東史綱

송계松溪 김광金洸 편차編次

대동사강大東史綱 (대동국大東國 역사歷史의 대강大綱)

— 단대檀代 조선기朝鮮紀 — (단제檀帝 시대時代 조선朝鮮의 기록記錄)
시조始祖이시며 하늘을 열어 깨우쳐주신 홍성제弘聖帝께서는 93년年을 황제皇帝의 자리에 계시었고 217년年의 수壽를 누리시었다.

하늘을 열어 깨우쳐주신(開天) 홍성제弘聖帝 원년元年 무진년戊辰年 겨울 10월月에 단제檀帝께서 등극登極하시었다. 단제檀帝께서 하늘을 이어서 나라를 세우시어(繼天立極) 태백산太白山에 수도首都를 정정定定하시고서 나라 이름을 정정定定하여 이르시기를 진단震檀이라고 하시었다.

366조條의 율령律令308)을 깆추어 베푸시고 국민國民에게 머리털을 길게 땋아 늘이어서 머리를 덮음과 음식飮食을 불에 익혀서 먹음과 의복衣服과 국민國民이 머물러 사는 제도制度를 가르치시고 신하臣下와 위아래와 남녀男女의 분별分別을 확고確固히 세워서 베푸시니 말씀을 하지 아니하시나 미더우시고 성을 내지 아니하시나 위엄威嚴이 있으시며 꾀하여 하게 함이 없으시면서 교화敎化시키시었다(無爲而化). 비서갑후匪西岬侯의 딸을 들이시어 황후皇后로 삼으시었다.

황태자皇太子 부루夫婁로 호가虎加가 되어서 여러 가加를 거느리게 하시고, 황태자皇太子 부소夫蘇로 응가鷹加가 되어서 형벌刑罰을 맡게 하시고, 황태자皇太子 부우夫虞로 취가鷲加가 되어서 질병疾病을 맡게 하시고 황태자皇太子 부여夫餘로 예禮를 맡게 하시고 신지神誌로 마가馬加가 되어서 서계書契를 맡게 하시니 신지神誌가 『구변진단지도九變震檀之圖』를 지어서 역대歷代 아홉 차례次例의 변變을 예언預言하였고, 고시高矢로 우가牛加가 되어서 농사農事 짓는 일을 맡게 하시고 치우씨蚩尤氏로 웅가熊加가 되어서 병사兵事를 맡게 하시고 주인朱因으로 학가鶴加가 되어서 착함과 나쁨을 맡게 하시고 여수기余守己로 구가狗加가 되어 여러 주州를 나누어 정정定定하게 하시며 팽우彭虞에게 명命하시어 국내國內의 산천山川을 다스려 바르게 하도록 하시었다.

_ 檀代朝鮮記 _

始祖開天弘聖帝 位九十三年 壽二百十七

---

308) 366조條의 율령律令: 참전계경叅佺戒經, 팔리훈八理訓, 366사事 등等으로 불린다. (178~186쪽 〈참고參考〉 참조參照)

戊辰開天弘聖帝元年冬十月에帝_登極하시다帝_繼天立極하사都太白山하시고定國號
日震檀이라하시다

設三百六十六條律令하사敎民編髮蓋首火食衣服民處之制하시며立臣上下男女之
別하시니不言而信하며不怒而威하며無爲而化라納匪西岬侯女하사爲后하시다

皇子夫妻로爲虎加하야率諸加하고皇子夫蘇로爲鷹加하야主刑하고皇子夫虞로爲鷲加하
야掌主病하고皇子夫餘로掌禮하고神誌로爲馬加하야掌書契하니神誌述九變震檀之圖하야
預言歷代九變하고高矢는爲牛加하야掌田事하고蚩尤氏爲熊加하야掌兵하고朱因으로爲鶴
加하야掌善惡하고余守己로爲狗加하야分定諸州하고命彭虞하야治國內山川하시다

「 ※ 윤세복尹世福[309] 씨氏의 『단군고檀君考』 「제第 17절節, 신시神市 시대時代의 기언記言」에서, "신시神市 단군檀君의 일세一世는 곡률 황제皇帝와(帝嚳) 당唐나라[310] 와 우虞나라[311] 사이의 시기時期에 해당該當하고 구역九域에는 처음에 군장君長이 없었 는데 신시神市로부터 비로소 국민國民을 가르쳐서 길러 일으키는(敎生民) 다스림을 시작 始作하시였다."고 하였다. 이는 지나인支那人이 '지나支那[312] 두 글자字의 의미意味를 은닉隱匿하기 위爲하여 곡률 황제皇帝의 아들인 지摯 황제皇帝의(帝摯) 10년年을 삭감削 減하고서 분명分明하지 않게 벙어리 나그네가 이야기하듯이 당唐나라와 우虞나라 사이 의 시기時期라고 함이다. 지나支那의 '지支' 자字는 가른다는 뜻의 지支 자字이고 '나那' 자字는 도읍都邑한다고 함의 도都의 뜻의 나那 자字이니 곧 동국東國에서 갈리어 나뉘 어서 도읍都邑한다는 언사言辭이다.

『단고접檀攷接』 「유사遺史」에 거듭하여 도는 갑자甲子의 설설이 있으니 단조檀祖 께서 나라를 세우신 햇수數를(紀年數) 가지고 이를 자세仔細히 살펴보면 세상世上에 강 림降臨하심과 나라를 세우심의 사이가 흡사恰似 125년年이 됨 같아서 이것이 동국東國 의 역사歷史가 일컫는 바의 신시神市의 시대時代가 된다고 하니 이는 진실眞實로 근거 根據가 없는 역사歷史이다. 어찌함인가, 황제黃帝의 천통상원天統上元의 갑자甲子에서 세 갑자甲子인 180년年에 신神께서 강림降臨하시니 지摯 황제皇帝 10년年의 계묘년癸

309) 윤세복尹世福: 대종교大倧敎 총본사總本司
310) 당唐나라: 요堯가 세운 나라. 국도國都-평양平陽, 역년歷年-100년年 (B.C. 2357~B.C. 2257) (245쪽 「개창조국 기원표開創肇國紀元表」 참조參照)
311) 우虞나라: 당唐나라를 이어서 순舜이 세운 나라. 국도國都-포판蒲坂, 역년歷年-50년年 (B.C. 2257~B.C. 2207) (245쪽 「개창조국기원표開創肇國紀元表」 참조參照)
312) 지나支那: 나라 이름 중국中國의 영문표기英文表記인 "China"는 "지나支那"를 음역音譯한 것임

卯年이 100년年이니 곧 일신一神께서 천天을 내심에 100리理가 맺어 이루어서 천天을 내시니 이러한 예例를 따르면 신神께서 100년年을 맺어 이루어서 신神께서 강림降臨하심이 분명分明하다.

전傳하여 내려오는 바의 역사歷史의 설說과 같이 신神께서 아무런 공훈功勳과 족적足跡이 없으셨다고 함은 믿을 수 없다. 계묘년癸卯年에 신神께서 강림降臨하시어서 25년간年間을 신神께서 도道로써 가르침을 베풀어서 설說하시므로 지나支那에 살고 있던 국민國民들이 옛적 나라의 정부政府를 사모思慕하다가 신神께서 도道로써 가르침을 베풀어 설說하심을 좇아서(以神說敎) 옛적 정부政府로 돌아오는 사람들의 돌아옴이 큰 길거리의 장場과 같은 까닭에 신시神市 25년年이라고 일컫는다. 무릇 수리數理 학자學者가 이리理를 계산計算함을 모르면 미치지 못하니 이理를 꿰뚫어 통通한 사람은 미칠 수 있으나 영靈을 꿰뚫어 통通한 사람은 미치지 못하니 여기에 깊이 살펴보아야 한다. 다시 대동사강大東史綱을 기록記錄하여 이로써 단제檀帝의 역사歷史를 계속繼續한다.」

※尹世復氏檀君考第十七節神市時代之記言에神市檀君之世는當帝嚳唐虞之際하나니九域에初無君長이러니自神市로始敎生民之治하시다하였으니此는支那人이支那二字의意味를隱匿하기爲하여帝嚳之子帝摯十年을削減하고不分明하게啞客之說로唐虞之際라함이니支那之支字分支之支字이며那字는都邑之都那_니卽東國에서分支하야都邑한다는語辭이다

檀孜接에遺史에有再週甲子之說하니以檀祖紀年數로考之면降世開極之間이恰爲一百二十五年하야而是爲東史所稱의神市之世也니라하니此는眞實無根之史也니라何也오黃帝天統上元甲子에서三甲子一百八十年에神降하사帝摯十年癸卯_一百年則一神께서生天하실새百理凝而生天하시니以此之例로神凝百年而神降이明矣라

若所傳史說과如히神無功蹟은不可信也라癸卯神降하사以神說敎二十五年에支那所在民이思慕古國政府以神說敎하야以歸古政府者歸之如市故로稱神市二十五年也라夫數理學者_不知算理則不能及也니通理者는可及이어니와通靈者는不可及也니深察焉하라更記大東史綱하야以續檀帝史하리라

경인庚寅 23년年에 단제檀帝께서 수도首都를 평양平壤으로(지금只今의 만주滿洲 요양遼陽, 일설一說에는 봉황성鳳凰城, 혹或은 개평현蓋平縣, 혹或은 해성海城(요동遼東 평양平壤)) 옮기시고서 나라 이름을 고쳐서 조선朝鮮이라 이르시었다. 봇洑도랑과 논도랑을 깊이 파

고 네거리 길을 열어서 농사農事와 뽕잎을 재배栽培하여 누에치는 일을 권장勸獎하시며 덕德으로 다스려서 바르게 하심을 베풀어 행行하시어(行德政) 국민國民을 모두 교화敎化 시키시었다.

단제檀帝께서 해상海上으로 남南쪽을 순행巡幸하시니 붉은 용龍이 좋은 징조徵兆를 드러내 보임에 용龍의 좋은 조짐兆朕으로 인因하여 호가虎加를 고쳐서 용가龍加로 만드 시었고 교화敎化가 사방四方의 땅에 두루 퍼져서 미치니 동東쪽으로 대해大海에 이르고 남南쪽으로 렬수洌水에(지금只今의 한강漢江) 이르고 서西쪽으로 락하灤河에 이르며 북北 쪽으로 흑수黑水에 이르니 동서東西가 6,000여餘 리里이고 남북南北이 8,000여餘 리里 이었다.

천하天下의 경계境界를 갈라서 정정하시고는 공훈功勳에 따라 봉지封地를 주어 후후侯 로 삼으시니 치우蚩尤의 후손後孫에게는 남藍을(요동遼東 부근附近) 봉지封地로 주어 후 侯로 삼으시고, 신지神誌에게는 숙신肅愼을(흑해黑海의 동남東南) 봉지封地로 주어 후侯로 삼으시고, 고시高矢에게는 청구靑丘를(지금只今의 북조北朝?) 봉지封地로 주어 후侯로 삼 으시고, 주인朱因에게는 개마蓋馬를(태백산太白山의 동남東南에 있음) 봉지封地로 주어 후 侯로 삼으시고, 여수기余守己에게는 예濊를(지금只今의 흑룡강성黑龍江城과 그 남南쪽) 봉지 封地로 주어 후侯로 삼으시고, 비천생裵天生에게는 남해南海를 봉지封地로 주어 후侯로 삼으시고, 부여夫餘에게는 여餘를(예濊의 남南쪽) 봉지封地로 주어 후侯로 삼으시고, 부소 夫蘇와 부우夫虞에게는 진번眞蕃과 구려句麗를 봉지封地로 주어 후侯로 삼으시었다. 남 이南夷가 변방邊方에서 함부로 하므로 황태자皇太子 부여夫餘를 보내서 토벌討伐하여 평정平定하시었다.

庚寅二十三年이라帝移都平壤(今滿洲遼陽海域(遼東平壤) 一云鳳凰城或蓋平縣) 改國號
日朝鮮이라하고浚溝洫하며開四陌하야勸農桑하며行德政하니民皆化之라

帝南巡海上하실새赤龍이呈瑞어늘因龍祥하야改虎加爲龍加하니敎化洽被四土하야東至
大海하고南至洌水(今漢江)하고西至灤河하고北至黑水하니東西六千餘里오南北八千餘
里러라

區劃天下하사封勳功할새以蚩尤之後로封藍(遼東附近)하고神誌는封肅愼(黑水東南)하
고高矢封靑丘(今北朝?)하고朱因은封蓋馬(在太白山東南)하고余守己封濊(今黑龍江省及其
南)하고裵天生은封南海하고夫餘는封餘(濊南)하고夫蘇夫虞는封眞蕃句麗하다南夷_猓邊이

어늘 遣皇子夫餘하야 討平하다

병인丙寅 59년年에 단제檀帝께서 남南쪽으로 순행巡幸하시여 아사달산阿斯達山에(지금只今의 구월산九月山) 이르러서 흙을 쌓아 단壇을 만들어 하늘에 제祭를 지내시고 강화江華에 이르러서는 세 아들에게 명命하시어 갑비차甲比次에 성城을 쌓도록 하시고는 삼랑성三郎城이라고(지금只今의 강화江華 전등사傳燈寺) 이름 지으시고 다시 흙을 쌓아 하늘에 제祭를 지내는 단壇을 설치設置하시고서 참성대塹星臺라고(지금只今의 강화江華 마니산摩尼山) 이름 지으시었다.

험윤獫狁이(헤아리건대 지금只今의 몽고蒙古) 난亂을 일으켜서 그 세력勢力이 자못 왕성旺盛하므로 부여夫餘에게 명命하시어 중앙中央과 외곽外廓의 군사軍士를 모으게 하시고 숙신肅愼에게는 활과 화살을 만들게 하시고 옥저沃沮에게는 도끼와 자루가 긴 창槍을 만들게 하시여서 토벌討伐하여 평정平定하시었다. 단제檀帝께서 서西쪽으로 순행巡幸하시이시 국민國民을 어루만서 편안便安하게 하시고 여러 후侯를 모아서 조회朝會하시고 농사農事와 뽕잎을 재배栽培하여 누에치는 일을 권장勸奬하도록 하시며 북北쪽으로 순행巡幸하여 동東쪽과 북北쪽의 여러 후侯를 모아서 숙신肅愼에서 조회朝會하시고 다시 농사農事와 뽕잎을 재배栽培하여 누에치는 일을 권장勸奬하시었다.

丙寅五十九年이라 帝南巡하사 至阿斯達山(今九月山)하야 封禪祭天하시고 至江華하사 命三子하사 築城於甲比次(今江華傳燈寺)하사 名三郎城하고 又設祭天壇(今江華摩尼山)하고 名塹星臺하시다

獫狁(疑今蒙古)作亂하니 其勢頗盛이어늘 命夫餘하사 集中外兵하고 肅愼으로 造弓矢하고 沃沮로 造斧矛하야 討平하고 帝西巡하사 撫安百姓하고 會諸侯하사 使勸農桑하고 北巡하사 會東北諸侯於肅愼하야 又勸農桑하고

환도還都하시어서 조정朝廷의 신하臣下와 여러 후侯를 모아서 하늘에 제祭를 지내시고 단제檀帝께서 많은 무리의 사람들에게 두루 가르침을 내리어 이르시되,

"오직 만물萬物의 주재자主宰者 일신一神께서(皇一神) 가장 높은 자리에 계시어서 하늘의 궁전宮殿을 베풀어 쓰시며 거느리시니 섬돌은 만萬 가지 착함이고 문門은 만萬 가지 덕德이어서 많은 무리의 영령과 여러 철喆이 호위護衛하여 지키고 모시니 크게 길吉하고 상서祥瑞롭고 크게 밝고 환한 곳으로서 신神의 마을이라 이른다.

아! 너희 많은 무리들아, 오직 하늘의 규범規範을(天範) 본本받아서 만萬 가지 착함을 떠받치어 돕고 만萬 가지 나쁨을 다하여 없어지게 하여라. 성性을 꿰뚫어 통通하여 공功을 끝마치어 완결完結 지으면(性通功完) 이에 비로소 하늘에 나아가 뵙느니라. 하늘의 규범規範은 오직 하나뿐이며(天範唯一) 그 문門을 거듭하여서 둘로 하지 아니하니 너희는 오로지 순수純粹한 마음으로 거짓이 없고 참되어서 너희 마음을 하나로 하여야(一爾心) 이에 비로소 하늘에 나아가 뵙느니라. 하늘의 규범規範은 오직 하나뿐이고 사람의 마음도 오직 한 가지로서 같으니 그 마음을 오로지 묶어 다잡아서 이로써 사람의 마음에 미치도록 하여라. 사람의 마음이 오로지 서로 응應하여 섞여야 역시亦是 하늘의 규범規範에 합합하여서 이에 비로소 만방萬邦을 다스려 쓰고 거느리느니라.

너희가 태어나서 삶은 부모父母로 말미암았고(由親) 부모父母는 하늘로부터 내려왔으니 오직 너희 부모父母를 공경恭敬하여야 이에 비로소 하늘을 힘써 돕고 공경恭敬함이며 이로써 나라에 미치니 이것이 바로 충忠이며 효孝이니라. 너희가 능能히 마음을 눌러 이겨서 이 도道를 깊이 연구硏究하여 주체主體가 되면 하늘이 무너지더라도 반드시 참고 이겨서 벗어나 피避할 수 있느니라. 나는 새도 짝이 있고 헌신발도 짝이 있으니 남자男子와 여자女子로 함께 하여 이로써 화합和合하여서 원망怨望하지 말고 질투嫉妬하지 말며 음란淫亂하지 말아라.

還都하사會朝臣及諸侯하야祭天하고帝_大誥于衆曰,

惟皇一神이在最上位하사用御天宮하사階萬善門萬德하며群靈諸喆護侍하나니大吉祥大光明處니曰神鄕이니라

咨爾有衆아惟則天範하야扶萬善滅萬惡하라性通功完하면乃朝天이니라天範은唯一이오弗二厥門이니爾惟純誠으로一爾心이라야乃朝天하리라天範이唯一이라人心도惟同하니惟秉其心하야以及于人心하라人心唯和라야亦合天範하야乃用御于萬邦하리라

爾生은由親하고親降自天이니惟敬爾親이라야乃克敬天하야以及于邦國하리니是乃忠孝라爾克體是道하면天有崩이라도必克脫免하리라飛禽도有雙하고弊履도有對하니以男女以和하야毋怨毋妬毋淫하라

너희는 열 손가락을 깨물어 보아라. 아픔에 크고 작음이 없으니 너희는 서로 사랑하여 남의 착함을 비방誹謗하고 능能함을 시기猜忌하는 나쁜 말을 하지 말고 서로 도와서

서로 해害치어 허물어뜨리지 말아야 집안과 나라가 이로써 더불어 일어나느니라. 너희는 소와 말을 잘 살펴보아라. 오히려 그 건초乾草를 나누어주니 너희들은 서로 양보讓步하여서 서로 빼앗지 말고 함께 짓고 만들어서 서로 도적盜賊질하지 말아야 집안과 나라가 이로써 더불어 크게 되느니라.

너희들은 호랑이를 잘 살펴보아라. 세차고 사나워 밝고 신령神靈하지 못하여서 서자庶子가 되나니 너희들은 흉포凶暴하고 거만倨慢함으로써 무찌르지 말고 사람을 다치게 하지 말며 항상恒常 너희를 하늘의 규범規範으로 인도引導하여서 만물萬物을 극진極盡히 사랑하여라. 너희가 만일萬一 쪼아 파서 지나쳐 어긋남이 있으면 영구永久히 신神의 도움을 얻지 못하고 몸과 집안이 이로써 더불어 다하리라. 너희가 만약萬若 꽃밭에 불을 지르면 꽃이 곧 시들고 이지러져 다하여 없어지려 하리니 신神과 사람들이 이로써 더불어 성을 내니라.

너희는 기울어져 가는 사람을 부축하여 도와주고 약弱한 사람을 깔보지 말며 업신여김을 받는 천賤하고 신분身分이 낮은 사람에게는 금품金品을 주어 구제救濟하여라. 너희가 비록 두텁게 싸더라도 그 향기香氣가 반드시 새어 나가니 너희들은 떳떳한 성품性品을 공경恭敬하고 지켜 가져서 품어 숨기지 말며 나쁨을 속에 넣어두지 말고, 남을 해害치려는 마음을 감추어 간직하지 말고, 하늘을 힘써 돕고 공경恭敬하며 많은 국민國民을 가까이하여 사이좋게 지내어라. 너희는 이에 복록福祿이 무궁無窮하리니 아! 너희 많은 무리들아 잊지 말고 잘 살펴보도록 하여라."고 하시었다.

爾嚼十指하라 痛無大小하리니 爾相愛毋讒하고 互佑毋相殘이라야 家國以興하리라 爾觀于
牛馬하라 猶分厥蒭하나니 爾互讓無胥奪하며 共作毋相盜하여야 家國以殷하리라

爾觀于虎하라 强暴不靈하야 乃作孼하나니 爾毋桀驁以戕하며 無傷人하며 恒導爾天範하야
極愛物하라 爾如有厥越則이면 永不得神佑하고 身家以殞하리라 爾如衝火于華田하면 華將
殘滅하리니 神人以怒하리라

爾扶傾毋凌弱하며 濟恤侮卑하라 爾雖厚包나 厥香必漏하나니 爾敬持彝性하야 毋懷匿하며
毋隱惡하며 毋藏禍心하고 克敬于天하며 親于萬民하라 爾乃福祿이 無窮하리니 咨爾有衆아 其
欽哉어다

경자庚子 93년年 봄 3월月에 단제檀帝께서 황태자皇太子 부루夫婁께 가르침을 내리어 이르시기를, "하늘의 도道는(天道) 환히 빛나고 환히 빛나서 너의 마음에 내려와 있

으니(降在爾心) 오로지 너의 마음을 다잡아 지켜서 많은 국민國民을 가까이하여 사이좋게 지내어 화목和睦하고 오로지 너는 순수純粹한 마음으로 거짓 없고 참되어라."고 하시고 붕崩하시였다.(일설一說에는 "몸을 바꾸시어서 하늘을 거느리신다."고 하였다.)

태자太子 부루왕夫婁王께서 즉위卽位하시여 부친父親의 뜻을 이어서 천하天下를 다스려서 바르게 하시니, 나라 안을 순행巡幸하시여 여러 후侯의 착함과 나쁨을(善惡) 자세仔細히 살피시고 농사農事를 권장勸奬하고 학문學問을 장려奬勵하시니 문화文化가 크게 행행行하여졌다.

우虞나라가 유幽와(지금只今의 요서遼西) 영榮의(지금只今의 요동遼東) 두 개個의 주州를 남藍의(요동遼東 부근附近) 인근隣近에 설치設置하므로 군사軍士를 보내서 그들을 정벌征伐하여서 그 무리를 남김없이 모두 뒤쫓아 물리치시고서는 도라道羅, 동무東武 등等에게 봉지封地로 주어 후侯로 삼아서 이로써 그들의 공훈功勳을 드러내 밝히시니 옥저沃沮, 비류沸流, 졸본卒本 등等의 나라이다. 재위在位 34년年에 붕崩하시였다.

庚子九十三年이라 春三月에 帝誥太子夫婁曰天道昭昭하야 降在爾心이니 惟執爾心하야 親睦萬民하며 唯爾純誠하라하시고 崩(一云化身御天)이어시늘

太子夫婁王이 立하야 繼父志治天下하사 巡國中하야 察諸侯之善惡하며 勸農奬學하니 文化大行하니라

虞置幽(今遼西)榮(今遼東)二州於藍隣이어늘 遣兵征之하야 盡逐其衆하고 封道羅東武等하야 以表其功하니 沃沮와 沸流와 卒本等國이러라 三十四年에 崩하고

태자太子 가륵왕嘉勒王께서 즉위卽位하시니 성聖스러운 덕德이 있으시었고 재위在位 51년年에 붕崩하시였다.

子嘉勒王이 立하야 有聖德이러니 五十一年에 崩하고

태자太子 오사왕烏斯王께서 즉위卽位하시여서는 하夏나라[313]에 왕王의 자리를 빼앗

---

313) 하夏나라: 국도國都—안읍安邑, 역년歷年—439년年 (B.C. 2207~B.C. 1768) (245쪽 「개창조국기원肇開創肇國紀元表」 및 247쪽 「조선朝鮮과 지나支那」 참조參照)

중국中國(지나支那China) 전설상傳說上의 가장 오래 된 왕조王朝. 하夏와 그에 이어지는 은殷, 주周를 합하여 3대代라고 병칭並稱하며 옛 중국中國(지나支那China)에서는 이상적理想的 성대聖代로 불려 왔으나 명확明確한 유적遺蹟, 유물遺物이 남아 있는 것은 은殷나라 이후以後이다.《사기史記》 〈하본기夏本記〉에 의依하면 하왕조夏王朝의

으려는 반역反逆의 난亂이 있어서 식달息達에게 명命하여 남람과 진번眞蕃의 두 후侯의 군사軍士를 거느리고 가서 정벌征伐하게 하시니 위엄威嚴 있으신 덕德이(威德) 나라 밖 사방四方으로 번져나가 미치었다. 재위在位 49년年에 붕崩하시었다.

子烏斯王이立하야는夏有簒逆之亂이어늘命息達하야率藍眞蕃二侯兵하야往征하니威德이
流被四表러라四十九年에崩하고

태자太子 구을왕丘乙王께서 즉위卽位하시여서는 태백산太白山을 봉쇄封鎖하여 닫고서는 국민國民이 서로 침범侵犯하지 못하도록 하시었다. 재위在位 35년年에 붕崩하시었다.

子丘乙王이立하야는封太白山하고使民不相侵犯하다三十五年에崩하고

태자太子 달문왕達門王께서 즉위卽位하시여 재위在位 32년年에 붕崩하시었다.

子達門王은立三十二年에崩하고

태자太子 한율왕翰栗王께서 즉위卽位하시여 재위在位 25년年에 붕崩하시었다.

子翰栗王은立二十五年에崩하고

태자太子 우서한왕于西翰王께서 즉위卽位하시여서는 세금稅金이 90분分의 1이었으며 있고 없음을 널리 환하게 꿰뚫어 이로써 부족不足함을 보충補充하시었다. 재위在位 57년年에 붕崩하시었다.

子于西翰王이立하야는稅九十之一하고廣通有無하야以補不足하다五十七年에崩하고

태자太子 아술왕阿述王께서 즉위卽位하시니 어진 덕德이 있어서 국민國民이 금지禁止하는 것을 어기는 사람이 있거늘, "똥 묻은 흙은 비록 더러우나 이슬이 내리는 때가 있다."고 하고 내버려 두고서 다스리지 아니하시니 국민國民이 모두 감화感化하여서 금지禁止함을 어기는 사람을 생각하여주고 사랑하였다. 재위在位 28년年에 붕崩하시었다.

---

시조始祖 우禹는 황하강黃河江의 홍수洪水를 다스리는 데 헌신적獻身的으로 노력努力하여, 그 공功으로 순舜의 사후死後, 제후諸侯의 추대推戴를 받아 천자天子가 되었다고 한다. 우禹는 제위帝位를 민간民間의 현자賢者에게 양도讓渡하려고 하였으나, 제후諸侯는 우禹의 아들 계啓를 추대推戴하였으므로 이때부터 선양제禪讓制가 없어지고 상속제相續制에 의依한 최초最初의 왕조王朝가 출현出現하였다고 한다. 17대代의 이규履癸, 즉卽 걸桀에 이르러 정치政治가 포악暴惡을 극極하였으므로 민심民心을 잃어서 은殷나라 탕왕湯王에게 멸망滅亡되었다. (동아출판사『동아원색세계대백과사전』1984. 29권卷 320쪽)

子阿述王이立하야는有仁德하야民有犯禁者어늘糞土雖汚나有時降露라하고置而不治하니
民皆感化하야想愛犯禁이러라二十八年에崩하고

태자太子 노을왕魯乙王께서 즉위卽位하시여서는 처음으로 동산에 우리를 지어서 짐승
을 길렀다. 재위在位 23년年에 붕崩하시였다.

子魯乙王이立하야는始作囿養하다二十三年에崩하고

태자太子 도계왕道溪王께서 즉위卽位하시여서는 이삼산二三山(지금只今의 평양平壤 지역
地域) 사람 왕조명王朝明을 박泊의(지금只今의 구월산九月山 연해沿海) 인군人君으로 삼으
니 다스린 발자취가 제일第一이었다. 곡물穀物을 찧는 기구器具를 만들고 국민國民이
띠를 가지고 지붕을 덮도록 가르치고, 해월海月은(조명朝明의 삼세손三世孫) 물건物件을
실어 나르는 배를 지어서 뱃길을 통通한 운수運輸에 편리便利하도록 하였고, 명지明知
는(해월海月의 삼세손三世孫) 농사農事에 관關한 역서曆書를 지었다. 재위在位 36년年에
붕崩하시였다.

子道溪王이立하야는以二三山人王朝明(今平壤地)으로爲泊(今九月山沿海)君하니治蹟이
第一이라製舂具하야敎民以茅蓋屋하고海月(朝明三世孫)은作漕舟便水運하고明知(海月三
世孫)는撰農曆하다三十六年에崩하고

태자太子 아한왕阿漢王께서 즉위卽位하시여 재위在位 27년年에 붕崩하시였다.

子阿漢王은立二十七年에崩하고

태자太子 흘달왕屹達王께서 즉위卽位하시여 재위在位 43년年에 붕崩하시였다.

子屹達王은立四十三年에崩하고

태자太子 고불왕古弗王께서 즉위卽位하시여 재위在位 29년年에 붕崩하시였다.

子古弗王은立二十九年에崩하고

태자太子 벌음왕伐音王께서 즉위卽位하시여서는 하夏나라가 사신使臣을 보내서 구원
救援을 청請함에 용가龍加의 내량來良을 보내서 그들을 구원救援하시였으나 다시 구원
救援을 청請함이 없이 겁탈劫奪함으로써 도리道理가 없음에 받아들이지 아니하시었다.
상商나라314) 탕湯이 어진 다스림으로 바르게 고쳐서 다스리니 왕王께서 덕德이 있는

군주君主라고 하시고서 화친和親을 맺으시었다. 세금稅金을 80분分의 1을 거두었고 재위在位 33년年에 붕崩하시였다.

子伐音王이立하야는夏遣使請援이어늘遣龍加來良救之러니無復請援이어늘劫以無道하고
자벌음왕 입    하견사청원    견용가내량구지    무부청원    겁이무도
不許하니商湯이修仁政이어늘王有德之君이라고結和하고取稅八十之一하다三十三年에崩
불허   상탕 수인정    왕유덕지군    결화   취세팔십지일    삼십삼년 붕
하고

태자太子 위나왕尉那王께서 즉위卽位하시여 재위在位 18년年에 붕崩하시였다.

子尉那王은立十八年에崩하고
자위나왕 입십팔년 붕

태자太子 여을왕余乙王께서 즉위卽位하시여 재위在位 63년年에 붕崩하시였다.

子余乙王은立六十三年에崩하고
자여을왕 입육십삼년 붕

태자太子 동엄왕冬奄王께서 즉위卽位하시여 재위在位 20년年에 붕崩하시였다.

子冬奄王은立二十年에崩하고
자동엄왕 입이십년 붕

태자太子 구모소왕緱牟蘇王께서 즉위卽位하시여 재위在位 25년年에 붕崩하시였다.

子緱牟蘇王은立二十五年에崩하고
자구모소왕 입이십오년 붕

태자太子 고홀왕固忽王께서 즉위卽位하시여 재위在位 11년年에 붕崩하시였다.

子固忽王은立十一年에崩하고
자고홀왕 입십일년 붕

태자太子 소태왕蘇台王께서 즉위卽位하시여서는 서西쪽으로 순행巡幸하여 남후藍侯의 다스려 바르게 함을(政) 자세仔細히 살피시고 상商나라 땅에 군사軍士를 펴서 늘어놓으시었다. 재위在位 33년年에 붕崩하시였다.

子蘇台王이立하야는西巡하야觀藍侯之政하고陳兵商地하다三十三年에崩하고
자소태왕 입    서순    관남후지정    진병상지    삼십삼년 붕

---

314) 상상商나라: 중국中國(지나支那China) 고대古代의 왕조王朝 은殷나라(?~BC. 1100)를 말한다. 수도首都의 이름을 따라서 상상商이라고도 한다. 하夏, 은殷, 주周의 3대代의 왕조王朝가 잇달아 중국中國(지나支那China) 본토本土를 지배支配하였다고 한다. (동아출판사『동아원색세계대백과사전』1984. 22권卷 568쪽)

태자太子 색불루왕索弗婁王에 이르러서는 상商나라를 정벌征伐하여 이를 쳐부수었고 얼마 있지 아니하여 화친和親하시였다. 후後에 다시 크게 싸워서 그들을 쳐부수고는 그 국경國境에 진입進入하여 해상海上에 군사軍士를 주둔駐屯시키셨으며 국민國民이 그 땅으로 옮겨갔다. 재위在位 17년年에 붕崩하시였다.

子索弗婁王에至하야는征商破之러니尋和하다後復大戰破之하고進入其境하야屯海上하고
民遷其地하다十七年에崩하고

태자太子 아홀왕阿忽王께서 즉위卽位하시여서는 아우 고불가古弗加를 보내서 낙랑樂浪을 다스리게 하시고 웅가熊加의 을손乙孫을 보내 자세仔細히 살펴서 남南쪽의 병력兵力을 정벌征伐하시고서 상商나라 땅에 직할直割 영지領地를 설치設置하시니 상商나라 사람들이 서로 다투어 불화不和하므로 군사軍士를 전진前進시켜 그들을 치다가 얼마 있지 아니하여서 그만 두시었다. 재위在位 19년年에 붕崩하시였다.

子阿忽王이立하야는遣弟固弗加하야治樂浪하고遣熊加乙孫하야觀征南兵하고設邑商地
하니商人이相爭不和어늘進兵攻之라가尋罷하다十九年에崩하고

태자太子 연나왕延那王께서 즉위卽位하시니 나이가 어려서 숙부叔父 고불가古弗加가 섭정攝政을 하였다. 상商나라가 우리 군사軍士를 공격攻擊하여 남南쪽 국경國境에 이름에 남후藍侯의 장병將兵들이 이를 견뎌내어 이겼다. 재위在位 13년年에 붕崩하시였다.

子延那王이立하야는年幼라叔父固弗加_攝政하다商攻我師하야至南界하니藍侯將兵克
之하다十三年에崩하고

아우 솔나왕率那王께서 즉위卽位하시여 재위在位 16년年에 붕崩하시였다.

弟率那王은立十六年에崩하고

태자太子 추로왕鄒魯王께서 즉위卽位하시여 재위在位 9년年에 붕崩하시였다.

子鄒魯王은立九年에崩하고

태자太子 두밀왕豆密王께서 즉위卽位하시여 재위在位 45년年에 붕崩하시였다.

子豆密王은立四十五年에崩하고

태자太子 해모왕奚牟王께서 즉위即位하시여 재위在位 22년年에 붕崩하시였다.

**子奚牟王**은즉二十二年에崩하고
자 해 모 왕 입 이 십 이 년 붕

태자太子 마휴왕麻休王께서 즉위即位하시여서는 상商나라 사람들이 와서 배알拜謁하였다. 재위在位 9년年에 붕崩하시였다.

**子麻休王**이즉하야는 **商人**이 **來朝**하다 **九年**에崩하고
자 마 휴 왕 입 상 인 래 조 구 년 붕

아우 내휴왕奈休王께서 즉위即位하시여서는 남南쪽으로 청구靑丘를 순행巡幸하시여 그 다스림을 살피시고 서西쪽으로 남藍을 순행巡幸하시여 두루 여러 후侯를 모아 조회朝會하시였고 은殷나라와 화친和親하시였다. 재위在位 53년年에 붕崩하시였다.

**弟奈休王**이즉하야는 **南巡靑丘**하야 **察其政**하고 **西巡藍**하야 **大會諸侯**하고 **與殷和親**하다 **五十**
제 내 휴 왕 입 남 순 청 구 찰 기 정 서 순 남 대 회 제 후 여 은 화 친 오 십
**三年**에崩하고
삼 년 붕

태자太子 등올왕登屼王께서 즉위即位하시여 재위在位 6년年에 붕崩하시였다.

**子登屼王**은즉**六年**에崩하고
자 등 올 왕 입 육 년 붕

태자太子 추밀왕鄒密王께서 즉위即位하시여 재위在位 8년年에 붕崩하시였다.

**子鄒密王**은즉**八年**에崩하고
자 추 밀 왕 입 팔 년 붕

태자太子 감물왕甘勿王께서 즉위即位하시여 재위在位 9년年에 붕崩하시였다.

**子甘勿王**은즉**九年**에崩하고
자 감 물 왕 입 구 년 붕

태자太子 오루문왕奧婁門王께서 즉위即位하시여서는 수도首都를 백아강白牙岡으로(지금只今의 대동강大同江 북안北岸) 옮기시고서 진번후眞蕃侯로 하여금 옛 수도首都를 겸兼하여 거느려서 감독監督하도록 하시였다. 이때 법法을 어기는 국민國民이 있어서 응가鷹加가 이를 다스리며 이르기를, "지금只今 이 사람들을 가르치지 아니하면 세상世上의 덕德이 쇠약衰弱하여져서 나라의 기초基礎가 문란紊亂할 것이다."고 하니,

왕王께서 이를 들으시고 말씀하시되, "국민國民의 행동行動은 물과 같아서 그 근원根源이 맑으면 아래로 흘러내리는 물이 스스로 맑으니 이는 짐朕의 엷은 덕德에서 빚어진 일이다. 우리 황조皇祖께서 기초基礎를 닦으신 지 이미 1,000여餘 년年에 나라에 큰 어

려움이 없고 국민國民에게는 큰 원망怨望이 없었으나 오늘에 이러한 법法을 어김이 있으니 짐朕으로 인因하여 선조先祖의 법法이 베풀어 행行하여짐이 못쓰게 되어 버려짐을 두려워한다."고 하시고서 선왕先王의 덕德을 닦아서 바르게 고쳐 다스리시니 법法을 어기는 사람을 바뀌어 되게 하시었고 국민國民이 나쁨에 물들음이 없었다. 재위在位 20년年에 붕崩하시였다.

子奧妻門王이立하야는 移都白牙岡（今大同江北岸）하고 使眞蕃侯로 監舊都하다 時有民犯法하니 鷹加治之曰今不教斯人이면 世德이衰하야 國基斉亂이어늘

王이聞之曰民之行이如水하야 其源이清則下流自清하나니 此朕凉德所致라 吾皇祖肇基已千載에 國無大難하고 民無大慤러니 今有此犯하니 恐先祖之法이因朕廢施라하고 修先王之德하니 犯者化之하고 民無染惡이러니 二十年에崩하고

태자太子 사벌왕沙伐王께서 즉위卽位하시여 재위在位 11년年에 붕崩하시였다.

子沙伐王은立 十一年에崩하고

태자太子 매륵왕買勒王께서 즉위卽位하시여 재위在位 18년年에 붕崩하시였다.

子買勒王은立 十八年에崩하고

태자太子 마물왕麻勿王께서 즉위卽位하시여서는 진번후眞蕃侯 추돌鄒咄을 용가龍加로 만드시고 왕王께서 남南쪽으로 순행巡幸하시여 박泊에（지금只今의 황해도黃海道） 이르러서 붕崩하시니 재위在位 8년年이었다. 진번후眞蕃侯가 마음으로 따르고 확고確固히 섰다.

子麻勿王이立하야는 以眞蕃侯鄒咄로 爲龍加하고 王이南巡至泊（今黃海道）하야崩하니 在位八年이라 眞蕃侯_迎立하고

왕王의 아우 다물왕多勿王께서 즉위卽位하시여 재위在位 19년年에 붕崩하시였다.

王弟多勿王이立 十九年에崩하고

태자太子 두홀왕豆忽王께서 즉위卽位하시여서는 남후藍侯가 자못 강성强盛하여서 여러 후侯를 거느렸고 고죽孤竹의 인군人君을 내쫓고 수도首都를 엄독총奄瀆忽으로 옮기니 은殷나라와 매우 가까이 닥쳤다. 여파달黎巴達로 하여금 군사軍士를 거느리고 빈邠에 이르러 그 유민遺民과 서로 맺어서 여黎나라를 세우게 하시고 은殷나라의 여러 후侯

237

및 서융인西戎人과 함께 섞여서 머물러 살게 하시였다. 남후藍侯의 위세威勢가 점차漸次 왕성旺盛하여졌고 왕王의 위풍威風과 밝고 뛰어남이(威靈) 항산恒山의 남南쪽에 이르러 미쳤다. 재위在位 28년年에 붕崩하시였다.

子豆忽王이立하야난藍侯_頗强하야率諸侯하고逐孤竹君하고遷都奄瀆忽하니與殷逼近이라使黎巴達로將兵至邠하야與其遺民으로相結立黎國하고與殷諸侯及西戎人으로雜處하다藍侯之威_漸盛하고王之威靈이及恒山之南이러니二十八年에崩하고

태자太子 달음왕達音王께서 즉위卽位하시여서는 맥후貊侯가 남후藍侯의 병합倂合하는 바가 되니 이때는 왕실王室이 미약微弱하고 여러 후侯가 점차漸次 강성强盛하여졌다. 재위在位 14년年에 붕崩하시였다.

子達音王이立하야난貊侯_爲藍侯所幷하니是時이王室이微弱하야諸侯漸强이러니十四年에崩하고

태자太子 음차왕音次王께서 즉위卽位하시여서는 덕德으로 다스림을 닦아서 바르게 고쳐 다스리시니 왕도王道가 다시 일어났고 여러 후侯가 서로 거느리고 와서 배알拜謁하였다. 이때 백이伯夷[315]가 상商나라 주紂를 피避하여 와서는 북해北海의 물가에서 살더니 이윽고 주周나라 문왕文王이 어른을 잘 봉양奉養한다는 말을 듣고는 다시 주周나라로 되돌아갔다. 재위在位 19년年에 붕崩하시였다.

子音次王이立하야는修德政하니王道復興하고諸侯相率來朝러니時에伯夷避紂來居北海之濱이러니旣而聞周文王이善養老하고復歸周하다十九年에崩하고

태자太子 을우지왕乙于支王께서 즉위卽位하시여 재위在位 9년年에 붕崩하시였다.

子乙于支王은立九年에崩하고

태자太子 물리왕勿理王께서 즉위卽位하시여서는 남후藍侯 검달儉達이 청구靑丘와 구

---

315) 백이伯夷: 중국中國(지나支那China) 주周나라(BC. 1000년年 전후前後)의 전설적傳說的인 형제兄弟(백이伯夷, 숙제叔齊) 성인聖人 중中의 한 사람. 백伯과 숙叔은 장유長幼를 나타낸다. 은殷나라 고죽국孤竹國(현재現在의 하북성河北省 창려현昌黎縣 부근附近)의 왕자王子들이었는데, 아버지가 사망死亡한 후後 서로 후계자後繼者가 되기를 사양辭讓하다가 끝내 두 사람 모두 나라를 떠났다. 그 무렵 주周나라의 무왕武王은 은殷나라의 주왕紂王을 토벌討伐하여 주왕조周王朝를 세웠는데, 두 사람은 무왕武王의 행위行爲가 인의仁義에 위배違背되는 것이라 하여, 주周나라의 곡식穀食을 먹기를 거부拒否하고 수양산首陽山(일설一說에는 산서성山西省 영제현永濟縣의 남南쪽)에 몸을 숨겨 고사리를 캐어 먹고 지내다가 아사餓死하였다. 유가儒家에서는 이들을 청절지사淸節之士로 크게 높였다. (동아출판사 『동아원색세계대백과사전』 1984. 13권卷 568쪽)

려구麗와 숙신肅愼의 후侯들로 함께 군사軍士를 거느리고서 은殷나라를 쳐서 깊숙이 그 땅에 들어가서 회대淮岱의 땅을 평정平定하고서 박고씨薄姑氏에게 엄奄을 (청주靑州 지역地域) 봉지封地로 주어 후侯로 삼고, 영고씨盈古氏에게는 서徐를 (회淮의 북서주北西州 지역地域) 봉지封地로 주어 후侯로 삼으시니 은殷나라 사람들이 감敢히 대적對敵하지 못하였다. 그러나 여러 후侯에서 배반背叛하는 이가 많았다. 재위在位 15년年에 붕崩하시었다.

子勿理王이立하야는藍侯儉達이與靑丘侯句麗肅愼侯로率兵伐殷하고深入其地하야定
淮岱之地하고封薄姑氏於奄(靑州地)하고封盈古氏於徐(淮北西州地)하니殷人이莫敢當이
라然이나諸侯多叛者러라十五年에崩하고

태자太子 구홀왕丘忽王께서 즉위卽位하시여 재위在位 7년年에 붕崩하시었다.

子丘忽王은立七年에崩하고

태자太子 여루왕余婁王께서 즉위卽位하시여서는 남후藍侯가 은殷나라 회남淮南 땅에 선비국鮮卑國을 세웠다. 재위在位 5년年에 붕崩하시었다.

子余婁王이立하야는藍侯_鮮卑國於殷淮南之地하다五年에崩하고

태자太子 보을왕普乙王께서 즉위卽位하시여 재위在位 11년年에 붕崩하시었다.

子普乙王이立十一年에崩하고

태자太子 고열가왕古列加王께서 즉위卽位하시여서는 왕王의 영令이 잘 시행施行 되지 아니하였다. 왕王께서 여러 가加와 의논議論하여 말씀하시기를,

"옛적에 우리 황조皇祖께서 기초基礎를 닦아 나라를 세우시어 만세萬世 후손後孫의 모범模範이 되시더니 이제 왕실王室이 약弱하여 작아지고 여러 후侯가 점차漸次 강성强盛하여져서 거의 명命을 받드는 이가 없도다. 비록 신神을 존경尊敬하여 단壇에서 제祭를 지내는 국민國民들이 열성列聖의 덕화德化를 생각하며 충성忠誠과 굳게 공경恭敬함을 드러내 밝히나 나의 엷은 덕德으로는 덕화德化에 힘써 위풍威風을 세우지 못할지니 덕德이 있는 사람에게 양위讓位하고자 열성列聖의 후예後裔를 두루 살폈으나 역시亦是 그 덕德이 있는 사람이 없도다. 짐朕은 이 자리에서 벗어나 당장경唐莊京에 (지금只今의 문화文化 구월산九月山에 있음) 살면서 마음을 편안便安히 하여 선성先聖의 신령神靈을 받들리라."고 하시고서 제기祭器를 받들고 당장경唐莊京에 숨어 사시니 재위在位 37년年이었다. 환씨桓氏가 모두 47세世에 역년歷年이 1,212년年이었다.

이때 여러 후侯가 앞서서 즉위卽位하기를 다투어 왕王을 일컬으며 나라를 세우니 이를 좇아 이후以後로 1,000여餘 년年 간間을 열국시대列國時代라고 일컬으니 종국宗國인 부여夫餘는 단제檀帝의 법통法統을 계승繼承하였다.

子古列加王이立하야는 王令不振이라 王이謀諸加曰,

昔에 我皇祖_肇基立業하사 爲萬世後孫之範이러니 今王室이衰微하고 諸侯漸强하야 殆無奉命者하니 雖折內之民이懷列聖之化하야 猶表忠虔이나 以予之凉德으로 不可致化立威라 欲讓有德하야 徧觀聖裔하니 亦無其人이라 朕이避居唐莊京(在今文化九月山)하야 安奉先聖神靈하리라하시고 奉祭器하시고 隱居于唐莊京하시니 在位三十七年이라 桓氏凡四十七世에 歷年이一千二百十二年이러라

時에諸侯_爭先立하야 稱王立國하니 從此以後一千餘年間을稱列國時代라 하나니 宗國扶餘는繼承帝統하나니라

240

# VII. 도표圖表

출처出處: 만세불역지전萬世不易之典

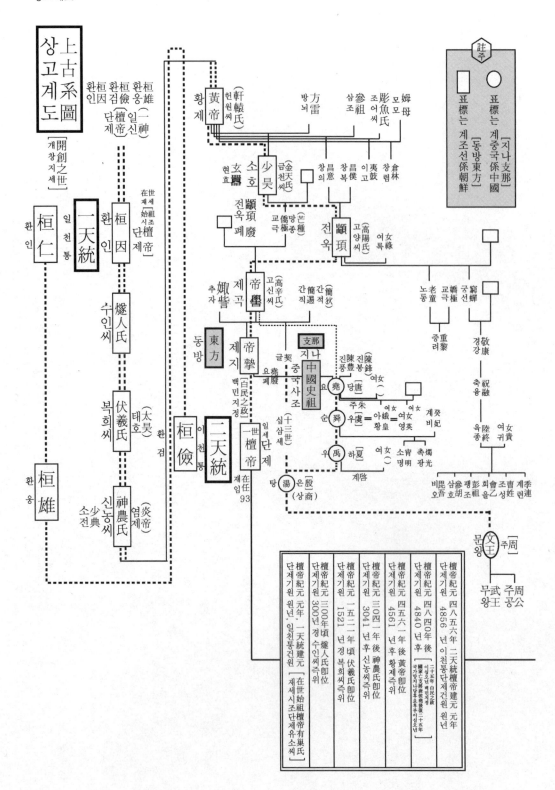

# 상고계도上古系圖

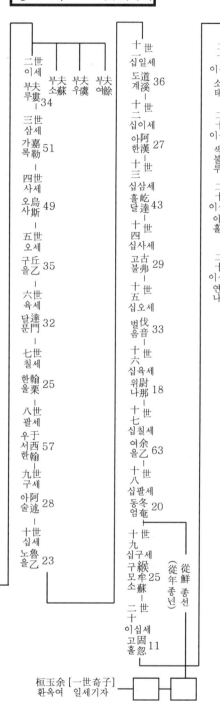

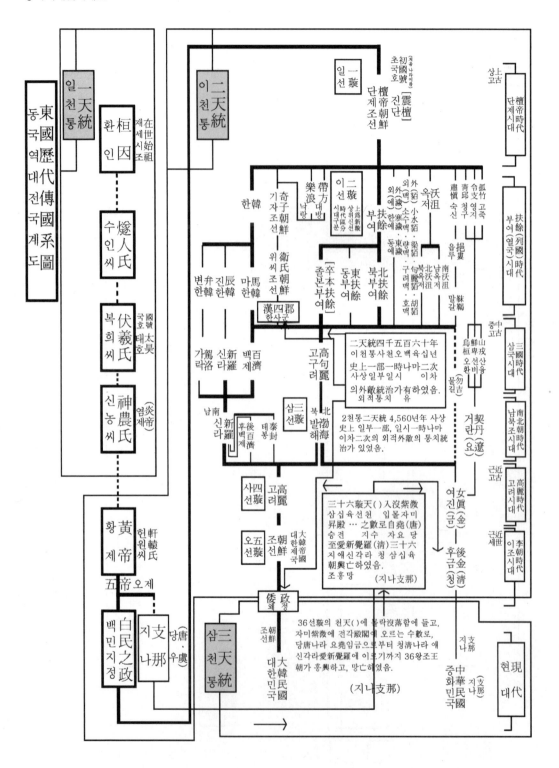

# 開創肇國紀元表 / 개창조국기원표

附記 부기: 本表는 이 有史以來 / 統의 區分은 大數로 定함.

[庚申年 爲計하] 庚申年에 計算함. / 경신년에 계산함.

| 一天統 (일천통) | | | 단군 檀君 | | | 二天統 (이천통) | | | 三天統 (삼천통) |
|---|---|---|---|---|---|---|---|---|---|
| 천통天統 삼통 | 인통人統 | 지통地統 | 천통天統 | 지통地統 | 인통人統 | 인통人統 | 지통地統 | 천통天統 삼통 | 천통天統 삼통 |
| 1520 | 1520 | 1520 | 1212 | 1565 | 3301 | 1520 | 1520 | 1520 | 1520 |

## 단군 檀君

| 환桓 검儉 | 환桓 웅雄 | 환桓 인因 |
|---|---|---|
| 1212 | 1565 | 3301 |

## 東号 (동이 / 帝王 歷年)

| 列國 (열국列國) | | | | 三國 (삼국三國) | | 南北國 (남북국南北國) | | | |
|---|---|---|---|---|---|---|---|---|---|
| 扶餘 부여 / 箕子朝鮮 기자조선 / 藍菁 람청 / 辰番 진번 / 沃沮 옥저 / 薉貊 예맥 / 馬韓 마한 / 辰韓 진한 / 弁韓 변한 / 青丘 청구 / 句麗 구려 | | | | 高句麗 고구려 / 百濟 백제 / 新羅 신라 / 駕洛 가락 | | 大震(渤海) 대진(발해) / 新羅 신라 | 高麗 고려 | 朝鮮 조선 | |
| 平壤 평양 / 立古塔 입고탑 / 遼東 요동 | | | | 平壤 평양 / 漢城(慰禮) 한성(위례) / 鷄林(徐羅伐) 계림(서라벌) / 金官 김관 | | 上京 상경 / 金城 금성 | 松都 송도 | 漢陽 한양 | 서울 |
| 三一〇二 3102 | | | | 705 · 680 · 992 · 518 | | 216 · 475 | 475 | 518 | 62 |
| | | | | 一〇三七 2037 · 一九九九 1999 · 一〇一七 2017 | | 一二六八 1268 | 一〇六三 1063 | 五八九 589 | |

국國제帝왕王가家: 新羅 신라 (계혈통稧血統) / 大韓帝國 대한제국 / 大韓民國 대한민국
국國도都: 徐羅伐 서라벌 / 漢陽 한양 / 서울

## 方方 나라

국國도都: 唐당 長安장안 (290) · 宋송·金금 臨安임안·燕京연경 · 明명·元원 北京북경

## 支나라 (치지支 / 중화中華)

| | | | | | | | |
|---|---|---|---|---|---|---|---|
| 周주 西周서주 東周동주 / 秦진 / 漢한 前漢전한 後漢후한 | | | 東晉동진 西晉서진 三國삼국 / 隋수 唐당 | | 五代오대 宋송 / 元원 明명 淸청 | | |
| 三一〇二 3102 / 三一〇二 3102 | | | 三國삼국 / 江長강장 | | | | 北京 북경 / 燕京 연경 |
| 196 · 211 · 42 | | | 38 · 168 · 103 · 52 · 43 | | 297 · 294 · 109 · 120 · 320 · 52 · 290 | | |

中華民國 중화민국 / 北京 북경 · 燕京 연경

## 備考 (비고)

- 檀帝朝鮮 및 그 以前의 帝王을 檀君으로 通稱하기도 하였음.
- 檀은 「桓檀古記」에 依함.
- 太昊는 伏羲氏서 下號임.
- 檀帝朝鮮帝王 및 그 以前의 帝王이라고 檀君으로 通稱함.
- 扶餘는 人統에 「檀奇古史」에 되어 있음. 人統時代의 諸侯 檀帝朝鮮 帝王 혹 諸侯들이 建國稱王하여 列國時代로 稱함.
- 高句麗는 新羅 稧血統보다 2005年 前이나 建國하였으나 三國으로 確定된 三國史記 年代에 準함.
- 甲申년 干支년年 天統循 天運에 入함.

245

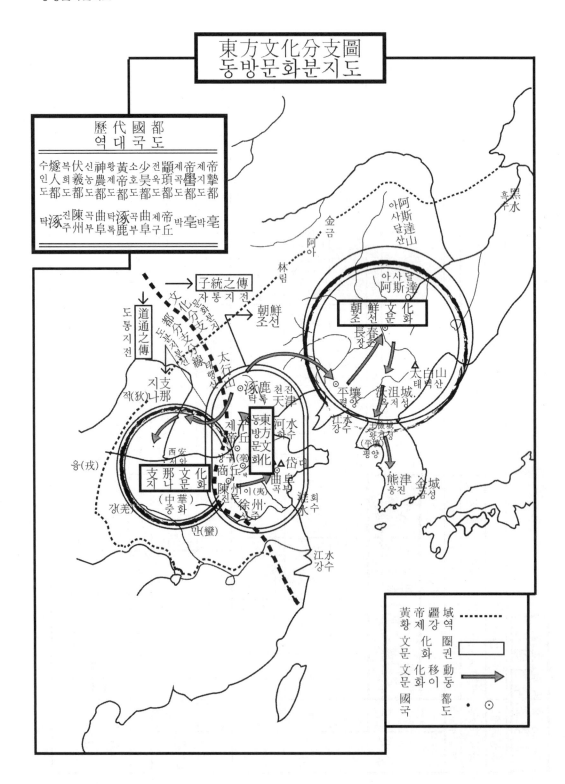

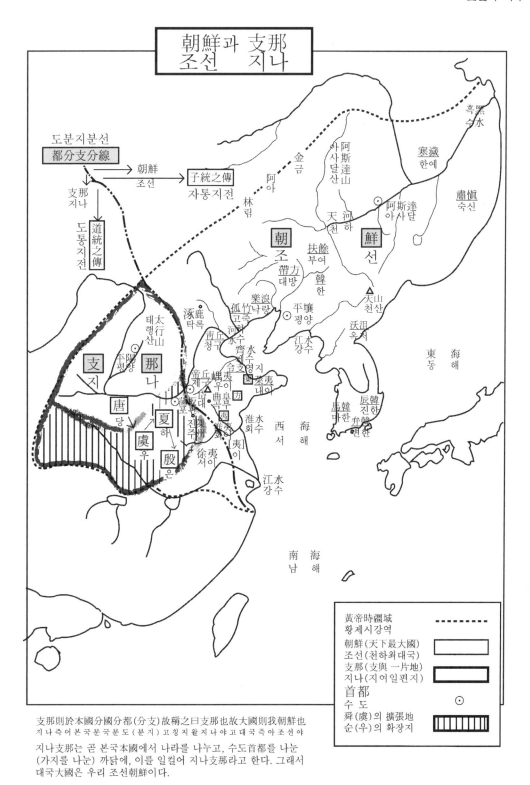

支那則於本國分國分都(分支)故稱之曰支那也故大國則我朝鮮也
지나즉어본국분국분도 ( 분지 ) 고칭지왈지나야고대국즉아조선야

지나支那는 곧 본국本國에서 나라를 나누고, 수도首都를 나눈
(가지를 나눈) 까닭에, 이를 일컬어 지나支那라고 한다. 그래서
대국大國은 우리 조선朝鮮이다.

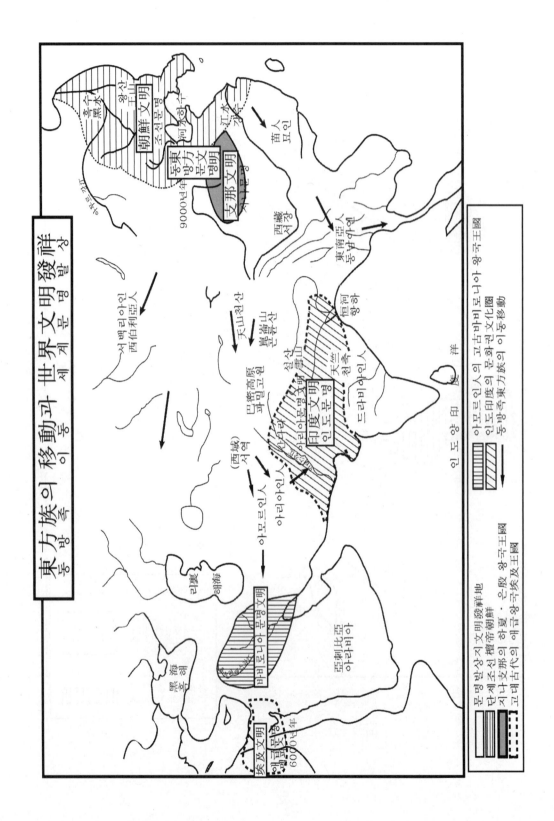

東方族의 移動과 世界文明發祥
동 방 족 이 동 세 계 문 명 발 상

四象과 八卦
사상　팔괘

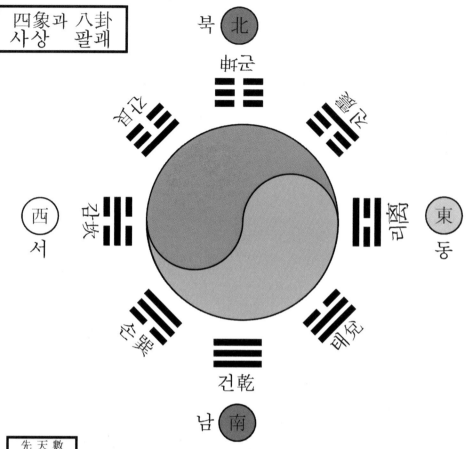

북 北

南 남

東 동

西 서

先天數
선천수

「건乾　태兌　리離　진震　손巽　감坎　간艮　곤坤
　삼三　상上　허虛　하下　하下　중中　상上　삼三
　련連　절絶　중中　련連　절絶　련連　련連　절絶

　태太　소少　중中　장長　장長　중中　소少　태太
　양陽　음陰　녀女　남男　녀女　남男　양陽　음陰
　부父　소少　　　　　　　　　　　　　소少　모母
　　　　녀女　　　　　　　　　　　　　남男

　일一　이二　삼三　사四　오五　육六　칠七　팔八
　건乾　태兌　리離　진震　손巽　감坎　간艮　곤坤
　천天　백澤　화火　뢰雷　풍風　수水　산山　지地」

건乾은 세 선線이 이어지고 태양太陽의 부父이며
1건乾의 하늘이고(천天),
　태兌는 위가 끊어지고 소음少陰의 소녀少女이며
2태兌의 연蓮못이고(택澤),
　리離는 가운데가 비었고 중녀中女이며
3리離의 불이고(화火),
　진震은 아래가 이어지고 장남長男이며
4진震의 우뢰이고(뢰雷),
　손巽은 아래가 끊어지고 장녀長女이며
5손巽의 바람이고(풍風),
　감坎은 가운데가 이어지고 중남中男이며
6감坎의 물이고(수水),
　간艮은 위가 이어지고 소양少陽의 소남少男이며
7간艮의 산산이고(산山),
　곤坤은 세 선線이 끊어지고 태음太陰의 모母이며
8곤坤의 땅이다(지地).

## 卦象元則
## 괘상원칙

재在 배倍 음陰 성成 지之
어於 이二 소少 연焉 태太
태太 차次 양陽 소所 역易
극極 즉卽 소少 위謂 야也
선線 태太 음陰 수燧
가加 양陽 사四 인人
일一 태太 상象 씨氏

태극선太極線에 있으면서 한 배倍 더하기가 두 차례次例이면 곧 이에 태양太陽·태음太陰·소양少陽·소음少陰의 사상四象이 이루어지니 이르는 바 수인씨燧人氏의 태역太易이다.

삼三 진震 괘卦
차次 손巽 소所
즉卽 감坎 위謂
건乾 간艮 희羲
태兌 곤坤 역易
리离 팔八 야也

(한 배倍 더하기가) 세 차례次例이면 바로 건乾·태兌·리离·진震·손巽·감坎·간艮·곤坤의 8괘八卦이니 이르는 바 희역羲易이다.

육六 괘卦 황黃 대大 사四 괘卦 야也 획劃 연衍 육六 사四
차次 성成 제帝 역易 천千 고故 즉卽 육六 육六 십十 상相
즉卽 연焉 지之 지之 영零 명名 육六 십十 사四 승乘
육六 시是 대大 중中 구九 왈曰 십十 사四 이以 지之
십十 소所 역易 대大 십十 이二 사四 괘卦 육六 야也
사四 위謂 이而 연衍 육六 차次 괘卦 즉卽 십十

괘卦 곤坤
명名 지之
즉卽 곤坤
건乾 지之
지之 류類
건乾 야也

괘명卦名은 곧 건乾의 건乾, 곤坤의 곤坤의 유형類型이다.

(한 배倍 더하기가) 여섯 차례次例이면 바로 이에 64괘卦가 이루어지니 이것이 이르는 바 황제黃帝의 대역大易이니, 대역大易 속에서 4,096괘卦가 뻗어 퍼지는 까닭에 이름하여 대역大易이라 이른다. 곧 12차次의 64 괘卦를 그어 나누어서 각각各各을 64괘卦로 뻗어 펴는 것은 다시 말해서 64로 64를 서로 곱하는 것이다.

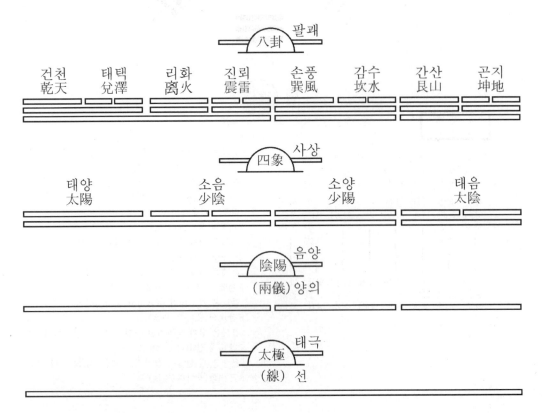

八卦 팔괘

| 건천 乾天 | 태택 兌澤 | 리화 离火 | 진뢰 震雷 | 손풍 巽風 | 감수 坎水 | 간산 艮山 | 곤지 坤地 |

四象 사상

태양 太陽    소음 少陰    소양 少陽    태음 太陰

陰陽 음양
(兩儀) 양의

太極 태극
(線) 선

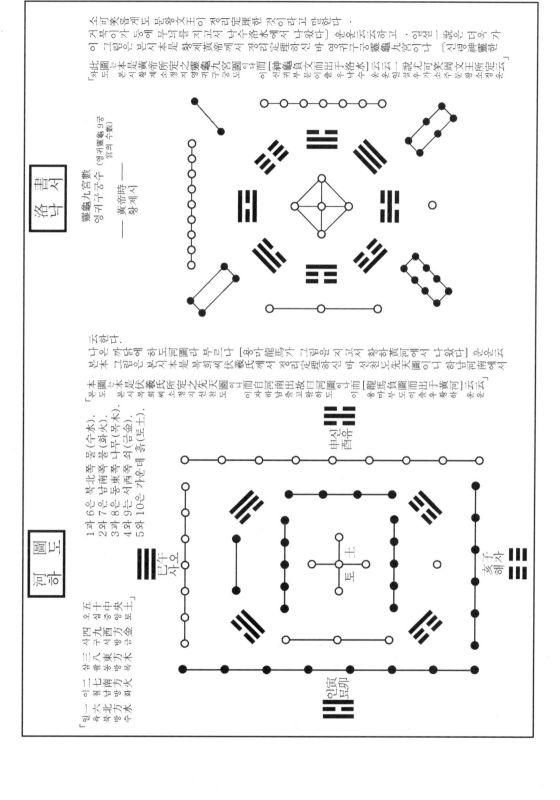

洛書
낙서

靈龜九宮數
영귀구궁수 (영귀靈龜 9궁 宮의 수數)

——黃帝時——
황제시

「此圖本是黃帝所定之靈龜九宮圖니 而神龜負文而出于洛水라 云하고 一曰神龜所定云」

차此 도圖 는 본本 시是 황제黃帝 소所 정定 지之 영귀靈龜 구궁九宮 도圖 나 이而 신神귀龜 부負문文 이而 출出우于 낙洛 수水 라 운云 하고 일一 왈曰 신神 귀龜 소所 정定 운云

이 그림은 본시 황제黃帝께서 정定한 영귀靈龜 구궁도九宮圖이다 그런데 신귀神龜가 글을 등에 지고 낙수洛水에서 나왔다 한다 [혹或은 신령한 거북이가 정定한 것이라고도 말한다] 운운云云하며 ··· 소笑 가 가 가可 소笑 급及 문文 왕王 소所 정定 운云

···하고 혹或은 주周 문文왕王이 정定한 것이라고도 말한다 · 이는 우습기도 하거니와 그림을 본시 황제黃帝께서 정定하고 리理를 정定하였다 한다

河圖
하도

「本圖本是伏羲氏所定之先天圖니 而龍馬負圖而出于黃河라 云云」

본本 도圖 는 본本 시是 복伏희羲씨氏 소所 정定 지之 선先천天 도圖 나 이而 용龍마馬 부負도圖 이而 출出우于 황黃하河 라 운云

본本도圖 는 본시 복희씨伏羲氏 가 정定한 선천도先天圖 이다 그런데 용마龍馬 가 글을 지고 황하黃河 에서 나왔다 [용龍마馬 가 그림을 지고 황하黃河 에서 나왔다] 한다 云云 운云 云 하다

1과 6은 북北쪽 물 물(수水).
2와 7은 남南쪽 불 물(화火).
3과 8은 동東쪽 나무(목木).
4와 9는 서西쪽 쇠(금金).
5와 10은 가운데 흙(토土).

「일一 이二 삼三 사四 오五
육六 칠七 팔八 구九 십十
북北方 남南方 동東方 서西方 중中央
방수水 방화火 방목木 방금金 토土」

巳午
사오

亥子
해자

申酉
신유

寅卯
인묘

土
土

# VIII. 원문原文

(삼신사기三神事記, 천부경天符經)

三神事記
삼 신 사 기

# 三神事記
삼 신 사 기

## (造化紀 · 敎化紀 · 治化紀)
조 화 기　교 화 기　치 화 기

### 【造化紀】
조 화 기

欽稽造化主하니日,　桓因이시니開天國하사造群
흠 계 조 화 주　왈　　환 인　　개 천 국　　조 군

世界하시고大德으로化育甡甡物하시니라命群靈諸喆
세 계　　대 덕　　화 육 신 신 물　　　명 군 령 제 철

하사各授職하시고分掌世界하실새先行日世界事하시다
　각 수 직　　분 장 세 계　　　선 행 일 세 계 사

日使者로主大火하시고雷公으로主電하시고雲師曁雨
일 사 자 주 대 화　　뇌 공　　주 전　　운 사 기 우

師로主水하시고風伯으로主大氣하시고列星官으로主七
사 주 수　　풍 백　　주 대 기　　열 성 관　　주 칠

百世界(七百二十)하시다主若日,　咨爾靈喆아群
백 세 계 칠 백 이 십　　주 약 왈　　자 이 영 철 군

星辰中에惟地는明暗이中하고寒暑_平하니可適産
성 진 중 유 지 명 암 중　　한 서 평　　가 적 산

育이라往汝各諧하야克亮天功하라物은有無生하고有
육　왕 여 각 해　　극 량 천 공　　물 유 무 생　　유

有生하니無生은不殖不滅하고有生은能殖이나終歸
유 생　　무 생 불 식 불 멸　　유 생 능 식　　종 귀

于滅이니惟其藉乎無生이여사有生이作이니라獨陽은
우 멸　유 기 자 호 무 생　여 사 유 생 작　　독 양

不生하고 孤陰은 不化하나니 偏亢이면 反戾于成이니 二이
불생 고음 불화 편항 반려우성 이

者相感而和하야 乃可資育이니라 苟生而不化면 無
자상감이화 내가자육 구생이불화 무

有成하나니 雌雄以類하야 而卵而殖하야 相傳勿替하라
유성 자웅이류 이난이식 상전물체

靈喆이 如命하야 各宣厥職한대 寒熱震濕이 而時하야
영철 여명 각선궐직 한열진습 이시

陰陽이 調하니 行䗪化游栽의 物이 乃作하니라 五物之
음양 조 행저화유재 물 내작 오물지

秀는曰, 人이라 厥始有一男一女하니 曰, 那般과
수 왈 인 궐시유일남일녀 왈 나반

阿曼이라 在天河東西하야 初不相往來러니 久而后
아만 재천하동서 초불상왕래 구이후

에 遇하야 與之耦하니라 其子孫이 分爲五色族하니 曰,
우 여지우 기자손 분위오색족 왈

黃과 白과 玄과 赤과 藍이라 邃初之民이 衣草食木하며 巢
황 백 현 적 남 수초지민 의초식목 소

居穴處하니 良善無僞하야 鶉然自在라 主愛之하사
거혈처 양선무위 순연자재 주애지

申錫福하신대 其人이 壽且貴하야 無夭札者러니 世遠
신석복 기인 수차귀 무요찰자 세원

年久에 産育이 日繁이라 遂乃各據一隅하야 小爲鄕
년구 산육 일번 수내각거일우 소위향

族하고 大成部族하니라 黃은居大荒原하고 白은居沙漠
족 대성부족 황 거대황원 백 거사막

間하고 玄은居黑水濱하고 赤은居大瀛岸하고 藍은居諸
간 현 거흑수빈 적 거대영안 남 거제

島中하니라 五族에 惟黃이 大하야 支有四하니 在蓋馬(백
도중 오족 유황 대 지유사 재개마

255

두산) 南者는 爲陽族이요 東者는 爲干族(여진족)이며
남자 위양족 동자 위간족

在粟末(하루빈) 北者_爲方族이요 西者_爲畎族
재속말 북자 위방족 서자 위견족

(지나족)이러라 九族이 居異俗하고 人異業하니 或坼荒하
구족 거이속 인이업 혹탁황

야 主種樹하며 或在原野하야 主牧畜하며 或逐水草하야
주종수 혹재원야 주목축 혹축수초

主漁獵하니라
주어렵

## 【敎化紀】
교화기

欽稽敎化主하니曰, 桓雄이시니 以神化人하사 立
흠계교화주 왈 환웅 이신화인 입

大道하시며 設大敎하사 感化蠢蠢民하시니라 演神誥하사
대도 설대교 감화준준민 연신고

大訓于衆하시다
대훈우중

## ·天 訓
천 훈

帝曰, 元甫彭虞아 蒼蒼이 非天이며 玄玄이 非天
제왈 원보팽우 창창 비천 현현 비천

이라 天은 無形質하며 無端倪하며 無上下四方하니 虛
천 무형질 무단예 무상하사방 허

虛하며 空空하며 無不在하며 無不容이니라
허　공공　무부재　무불용

・神 訓
　신　훈

神在無上一位하사 有大德大慧大力하시니 生天
신재무상일위　유대덕대혜대력　생천

하시고 主無數世界하시며 造甡甡物하사대 纖塵無漏하시
주무수세계　조신신물　섬진무루

니 昭昭靈靈을 不敢名量일새 聲氣願禱하면 絶親見
소소영영　불감명량　성기원도　절친견

하시고 自性求子하면 降在爾腦시니라
자성구자　강재이뇌

・天 宮 訓
　천　궁　훈

天은 神國이라 有天宮하니 階萬善하며 門萬德이라 一
천　신국　유천궁　계만선　문만덕　일

神攸居_시니 群靈諸哲이 護侍하고 大吉祥하며 大光
신유거　군령제철　호시　대길상　대광

明處이니 惟性通功完者이라야 朝하야 永得快樂이니라
명처　유성통공완자　조　영득쾌락

・世 界 訓
　세　계　훈

爾觀森列星辰하라 數無盡하니 大小와 明暗과 苦
이관삼열성진　수무진　대소　명암　고

樂이 不同하되 一神이 造群世界하시니라 神敕日世界
락　부동　일신　조군세계　신칙일세계

257

使者하사 割七百世界케하시니라 爾地自大나 一丸世
界라 中火震盪하고 海幻陸遷하야 乃成見像일새 神이
呵氣抱底하시고 煦日色熱케하시니 行翥化游栽의 物이
繁殖하니라

## ·眞理訓(三一神誥)

人物이 同受三眞하니 曰, 性과命과精이라 人이 全之
하고 物이 偏之하다 眞性은 無善惡하니 上喆이 通하고 眞命
은 無淸濁하니 中喆이 知하고 眞精은 無厚薄하니 下喆이
保하야 返眞一神이니라 惟衆은 迷地에 三妄이 着根하니
曰, 心과氣와身이라 心은 依性하야 有善惡하니 善福惡
禍하고 氣는 依命하야 有淸濁하니 淸壽濁夭하고 身은 依
精하야 有厚薄하니 厚貴薄賤이니라 眞妄이 對하여 作三
途하니 曰, 感과息과觸이라 轉成十八境하니 感은 喜懼
愛怒貪厭이요 息은 芬殠寒熱震濕이요 觸은 聲色臭

味淫抵니라 衆은 善惡과 清濁과 厚薄이 相雜하야 從境
미음저 중 선악 청탁 후박 상잡 종경

途任走하야 墮生長宵病歿의 苦하되 哲은 止感하며 調
도임주 타생장소병몰 고 철 지감 조

息하며 禁觸하야 一意化行하고 返妄卽眞하야 發大神
식 금촉 일의화행 반망즉진 발대신

機하나니 性通功完이 是니라
기 성통공완 시

## 【治化紀】
치화기

欽稽治化主하니曰, 桓儉이시니 主五事하사 弘益
흠계치화주 왈 환검 주오사 홍익

人世하시며 肇建極하사 垂統萬萬歲하시다 命三佺四
인세 조건극 수통만만세 명삼선사

靈하사 各授職하시고 主治人間三百六十六事하시다
령 각수직 주치인간삼백육십육사

主若曰, 佺暨靈아 地闢이 旣二萬一千九百週
주약왈 선기령 지벽 기이만일천구백주

러니 民有生이 久矣라 然而荒造猶古하고 大朴이 不
민유생 구의 연이황조유고 대박 불

散하야 是以蠢若茲하니 爾各欽哉하라 彭虞아 汝作
산 시이준약자 이각흠재 팽우 여작

虞하야 掌土地하라 大荒이 未闢하야 薈蔚梗塞하야 民이
우 장토지 대황 미벽 회위경색 민

與獸同穴하나니 穿山濬川하고 通道하야 以奠民居하라
여수동혈 천산준천 통도 이전민거

神誌아 汝作史하고 掌書契하라 言은 彰意오 書는 記事니
신지 여작사 장서계 언 창의 서 기사

敎民以義하야 使知所從이 惟乃功이니 勖哉어다 高
교민이의 사지소종 유내공 욱재 고

矢아 汝作農하야 主穀하라 民이 不知炊爨하고 剝樹皮
시 여작농 주곡 민 부지취찬 박수피

餡果하야 有壞厥生命하나니 相地宜하고 高粱下稌하야
함과 유괴궐생명 상지의 고량하도

稼穡以時하되 惟勤하라 持提아 汝作風伯하야 主命하라
가색이시 유근 지제 여작풍백 주명

上施下行이 命이요 上行下效敎니 申厥命하되 若風
상시하행 명 상행하효교 신궐명 약풍

在地하야 惟和라야 敎斯乃徧이니라 沃沮아 汝作雨師하
재지 유화 교사내변 옥저 여작우사

야 主病하라 水土未平하고 陰陽이 愆하야 民斯凶殀하나니
주병 수토미평 음양건 민사흉요

預施以道하야 無伐天和若時雨滋라야 乃可順受
예시이도 무벌천화약시우자 내가순수

니라 肅愼아 汝作雷公하야 主刑하라 不孝와 不忠과 不敬
숙신 여작뇌공 주형 불효 불충 불경

이 三賊이오 不勤과 不迪命과 知愆不懼悔 三暴니 威
삼적 불근 부적명 지건불구회 삼포 위

制明愼을 如霆如電이라야 民乃懲이니라 守己아 汝作
제명신 여정여전 민내징 수기 여작

雲師하야 主善惡하라 人心은 惟妄이라 轉幻이 靡常하나니
운사 주선악 인심유망 전환 미상

善은 惟甘霖이요 惡은 惟魃이라 勸善以賞하되 惟信惟
선 유감림 악 유발 권선이상 유신유

公이면 民이 悅之하야 棄惡從善을 如祥雲集하니라 又命
공 민 열지 기악종선 여상운집 우명

匪西岬神母하사 主紡績하시고 曰, 衣禦寒暑하며 表
비서갑신모 주방적 왈 의어한서 표

貴賤하나니 作女工하야 乃剪乃縫하야 用施於民이니라
귀천 작여공 내전내봉 용시어민

彭虞如命하야 闢土하야 奠山川하고 高矢는 播穀하야 敎
팽우여명 벽토 전산천 고시 파곡 교

民火食하며 神母는 始蠶하사 紡績이 興하니 飮食과 衣服
민화식 신모 시잠 방적 흥 음식 의복

과居處의 制定하며 神誌는 造文字하야 敎彝倫하고 屋
거처 제정 신지 조문자 교이륜 옥

沮는 順時氣하야 使民無殀하며 持提는 觀風俗하며 肅
저 순시기 사민무요 지제 관풍속 숙

愼은 禁姦宄하며 守己는 勸仁善하야 賞罰이 明하니 男女
신 금간귀 수기 권인선 상벌 명 남녀

와父子와君臣의 制定하나라
부자 군신 제정

天符經
천 부 경

# 天 符 經
천 부 경

一始나 無始一하니 析三極하여도 無
일 시 　 무 시 일 　 석 삼 극 　 　 무

盡本이라 天一一하고 地一二하고 人一
진 본 　 천 일 일 　 지 일 이 　 인 일

三하나니 一積十鉅에 無櫃化三이라 天
삼 　 일 적 십 거 　 무 궤 화 삼 　 천

二三이요 地二三이요 人二三하나니 大
이 삼 　 지 이 삼 　 인 이 삼 　 대

三合하면 六이요 生七八九運이라 三四
삼 합 　 육 　 생 칠 팔 구 운 　 삼 사

成環하고 五七과 一은 妙然하여 萬往
성 환 　 오 칠 　 일 　 묘 연 　 만 왕

萬來에 用變不動本이라 本心은 本
만 래 　 용 변 부 동 본 　 본 심 　 본

太陽이니 昂明人中天地一하여 一終
태 양 　 앙 명 인 중 천 지 일 　 일 종

이나 無終一이라
　 무 종 일

264

색인索引<찾아보기>

# 가

# - 참고參考 서적書籍 -

· 『黃帝內經素問注釋』 집문당集文堂, 박찬국朴贊國 역주譯注 2005

· 『內經知要』 주민출판사周珉出版社, 윤창렬尹暢烈 외外 편역編譯 2009

· 『老子 - 그 불교적 이해』 세계사, 감산덕청憨山德淸 해解, 송찬우 옮김 1995

· 『檀君바른님』 正華社, 申正一 1975

· 『겨레얼 三大原典』 가람출판사, 송호수 엮음 1983

· 『환단고기』 한뿌리, 계연수 엮음, 이민수 옮김 1987

· 『한단고기』 정신세계사, 임승국林承國 번역飜譯, 주해註解 1998

· 『桓檀古記』 상생출판, 安耕田 역주譯註 2012

· 『大倧經典總覽』 대종교출판사, 강천봉 1996

· 『불교사전』 법보원, 운허 용하 1961

· 『한국사대사전』 교육출판공사, 이홍직李弘稙 편編 1996

· 『민중 국어대사전』 민중서관民衆書館, 이희승李熙昇 편編 1963

· 『동아원색세계대백과사전』 동아출판사 1984

· 『DioDick3 표준국어대사전』 DIOTEK Co. Ltd. 2015

· 『한국고전용어사전韓國古典用語辭典』 네이버 통합검색 2015

· 『네이버 블로그』 네이버 2016

# ※부록附錄 - 자해字解 〈글자字풀이〉

(상용한자常用韓字 1,800자字를 포함包含한 2,000여餘 자字 수록收錄)

## 〔가〕

【可】 옳을 가, 옳다(否之對), 괜찮다, 승낙承諾하다, 동의同意하다, 허락許諾하다, 허가許可
하다, 맞다, 적합適合하다, 착하다(善也), 규범規範·사리事理·격格 등等에 맞다, 마음
에 들다, ~할 수 있다, ~될 수 있다, ~할 만하다, ~할 가치價値가 있다, 겨우 자
라다(僅可,未足之辭也), 대략大略, 쯤, 정도程度

【呵】 꾸짖을 가, 꾸짖다(責也), 책망責望하다, 성내다(怒也), 내불다(氣出), 숨을 내쉬다, 거
만倨慢한 대답對答 소리(慢應聲), 깔깔 웃는 소리(笑聲,呵呵)

【歌】 노래 가, 노래(長引其聲以詠), 노래하다(長引其聲以詠), 읊조리다(詠也), 장단長短 맞추
다(曲合樂), 소리를 내어 억양抑揚을 붙여 읊다

【佳】 아름다울 가, 아름답다(美也), 훌륭하다, 기리다(襃也), 좋다(好也), 좋아하다(善也), 嘉
와 같은 자字(同字)

【街】 거리 가, 거리(四通道), 시가市街, 한길, 대로大路, 네거리(四通道), 십자로十字路

【家】 집 가, 집(居也,住宅), 가정家庭, 집안(家內), 문벌門閥(家門), 한집안, 일족一族, 전문
가專門家, 아버지(君,父敬稱), 지아비(婦謂夫), 서방書房, 아내

【稼】 심을 가, 심다(種之曰稼,斂之曰穡), 농사農事짓다, 익은 벼이삭, 베지 아니한 벼

【嫁】 시媤집갈 가, 시媤집가다(女適人), 시媤집보내다, 떠넘기다, 가다(往也), 향向하여 가
다, 시媤집(家也)

【假】 거짓 가, 거짓(非眞), 임시臨時(不遑,假寢), 가령假令, 만일萬一, 빌리다(借也), 바꾸다,
용서容恕하다(假借)

【暇】 겨를 가, 겨를(休日), 틈, 여가餘暇, 한가閑暇하다(閑也), 여유餘裕 있게 지내다, 느긋
하게 지내다, 크다(大也)

【價】 값 가, 값(物值也), 가치價値, 수數, 값지다, 값있다

【加】 더할 가, 더하다(增加), 보태다, 늘리다, 붇다(殖也), 많다(加重), 베풀다(施也), 입다(着
也), 더욱(益也), 거듭(重也), 더하기, 덧셈

【架】 시렁 가, 시렁(屋架), 선반盤, 횃대(衣架), 옷걸이(衣架), 도리(桁也), 틀 걸이(杙也,所以
擧物), 물건物件을 걸어두는 기구器具

【嘉】 아름다울 가, 아름답다(美也), 예쁘다, 착하다(善也), 뛰어나다, 훌륭하다, 즐겁다(樂

---

316) (『明文大玉篇』明文堂, 金赫濟 外 1996,『동아 實用玉篇』두산동아(주), 성낙양 2012, 한글과 컴퓨터-한자목
록)

也), 기쁘다(喜也), 경사慶事스럽다, 가례嘉禮

【駕】 멍에 가, 멍에, 탈것, 거마車馬, 천자天子의 수레, 멍에를 메다(馬在軛中), 타다, 탈것에 오르다, 수레에 타다(騰駕), 부리다, 어거馭車하다(馭也), 수레에 타고 말을 부리다(馭也), 수레에 말을 메어 출발出發의 준비準備를 하다(具車馬曰駕), 능가凌駕하다, 훨씬 뛰어나다, 더하다(加也)

【迦】 막을 가, 막다, 차단遮斷하다, 만나다, 부처 이름(身毒國,瞿曇,號曰釋迦), 석가모니釋迦牟尼, 절(迦藍,佛寺)

## 〔각〕

【各】 각각各各 각, 각각各各(異辭), 각기各其(異辭), 제각기各其(異辭), 따로따로(異辭)

【閣】 집 각, 집, 누각樓閣, 궁전宮殿, 대궐大闕, 문門설주柱, 문지방門地枋(所以止扇者), 다락(樓也), 부엌(庖廚), 주방廚房, 찬장饌欌(所以庋食物)

【擱】 놓을 각, 놓다, 잡고 있던 것을 놓다, 두다(置也), 버려두다(放置), 버리다(耽擱,棄也), 멎다, 좌초坐礁하다

【角】 뿔 각, 뿔(獸角), 짐승의 뿔(獸角), 달팽이나 곤충昆蟲의 촉각觸覺, 귀(隅也), 구석(隅也), 모퉁이(隅也), 모진 데, 술잔盞, 씨름(角力,相抵觸), 오음五音의 하나(東方之音,五音之一), 총각總角, 다투다, 승부勝負를 겨루다(謂競勝負), 견주다(較也)

【却】 물리칠 각, 물리치다(退也), 막다(拒也), 물러나다, 쉬다, 그치다, 멎다, 사양辭讓하다(不受), 문득, 도리어(反也), 반대反對로

【脚】 다리 각, 다리(脛也), 종아리(脛也), 정강이, 다리의 범칭汎稱, 바탕, 물건物件의 아래에 붙어 그 몸을 지탱支撐하는 부분部分(物下體), 밟다

【刻】 새길 각, 새기다(鏤也), 베다(割也), 긁다(剝也), 모질다, 몰인정沒人情하다, 인심人心이 사납다(刻薄慘覈), 때, 시각時刻(晷刻,漏箭), 돼지 발자국(豕其跡刻)

【覺】 깨달을 각, 깨닫다(曉也), 깨우치다, 느끼어 알다(感知), 알아차리다(察知), 밝다(哲也), 밝히다(明也), 도리道理를 깨달아 아는 일, (깰 교) 깨다, 잠을 깨다(謂寢寐而寤)

【殼】 껍질 각, 껍질(物皮空), 과실果實의 껍질, 알의 껍데기(卵甲), 조개의 껍데기, 거북·게 따위의 등껍데기, 내리치다(從上擊下)

【愨】 삼갈 각, 삼가다(謹也), 행동行動을 조심操心하다, 바르다, 성실誠實하다, 착하다(善也), 정성精誠(愿也,誠也)

287

## 〔간〕

【干】 방패防牌 간, 방패防牌(盾也), 천간天干, 약간若干(數未定之辭,猶言幾許), 막다(扞也), 방어防禦하다, 구求하다(求也), 간섭干涉하다, 간여干與하다, 범범하다(犯也)

【刊】 책冊 펴낼 간, 책冊을 펴내다(出版), 출판出版하다, 새기다(刻也), 파다(彫也), 깎다(削也), 쪼개다(斫也), 덜다(除也)

【肝】 간肝 간, 간肝(木藏,肝臟), 마음(肝膽), 충정忠情, 귀중貴重하다, 요긴要緊하다(凡物以木爲幹)

【奸】 범범할 간, 범범하다, 위반違反하다, 간통姦通하다, 구求하다, 요구要求하다, 간사奸邪하다

【幹】 줄기 간, 줄기(草木莖), 나무나 풀의 대, 뼈대, 몸뚱이(體也), 등골(脊也), 체구體軀, 주체主體, 재목材木(器之材樸,總謂之幹), 재주(才幹), 일을 맡다(堪事), 주관主管하다

【榦】 산山뽕나무 간, 산山뽕나무(杶榦,栝柏,柘也), 담 기둥(築牆耑木), 담틀(築牆耑木), 줄기, 밑줄기(樹木旁生曰枝,木根爲榦), 자루(柄也), 우물 난간欄干(井榦,井上木闌), 바루다, 幹의 본자本字, (우물 난간欄干 모양模樣으로 나무를 쌓아 올릴 한) 우물 난간欄干 모양模樣으로 나무를 쌓아 올리다(井榦,積木而高於樓,若井榦之形), 몸(體也), 나라 이름(國名)

【間】 사이 간, 사이(中也), 틈(隙也), 공간空間, 중간中間, 가운데, 속(裏也), 방房(家室), 실室, 때, 무렵(頃也), 잠깐, 잠시暫時, 막연漠然히 장소場所·범위範圍·시간時間을 나타내는 말, 비다(空間), 틈나다, 용서容恕하다, 閒의 속자俗字

【閒】 사이 간, 사이(中也), 틈(隙也), 들이다, 받아들이다, (틈 한) 틈(隙也)

【簡】 대쪽 간, 대쪽(牒也), 글, 책冊, 문서文書(牒也), 편지便紙(牒也), 홀笏(手版), 병사兵士 명령서命令書(簡書,戒命), 점고點考하다(閱也), 검열檢閱하다, 가리다(選也), 분별分別하다, 간략簡略하다(省略也), 소홀疏忽하다(慢忽之謂簡)

【看】 볼 간, 보다(視也), 바라보다(睎也), 손을 이마에 얹고 바라보다, 파수把守보다(看守), 뚫어지게 보다(熟視), 방문訪問하다, 대우待遇하다(看待)

【姦】 간사奸邪할 간, 간사奸邪하다(詐也), 간교奸巧하다, 간음姦淫하다(淫也), 사사私事(私也), 거짓(僞也), 도둑(寇賊), 악한惡漢, 나쁜 놈

【懇】 정성精誠 간, 정성精誠(悃也), 성심誠心, 측은惻隱한 모양模樣(惻隱之貌), 정성精誠스럽다, 간절懇切하다, 간측懇惻하다(誠也,懇惻,至誠), 힘쓰다, 노력努力하다

【艮】 어긋날 간, 어긋나다, 거스르다, 어기다(佷也), 그치다(佷戾不進意,止也), 한정限定하다(限也), 어렵다(難也), 어려워하다, 굳다(堅也), 단단하다(堅也), 괘卦 이름, 64괘卦의 하나, 동북東北쪽(方則丑寅間方,卽正北東方), 오전午前 세시時(時則自午前二時至午前四時間,卽正午前三時), 성姓(姓也), 산山 이름(艮嶽,山名)

【艱】 어려울 간, 어렵다, 어려워하다, 고통苦痛스럽다(苦窮), 간난艱難하다, 험험險險하다(險也), 근심(憂也), 초상初喪, 어버이 상喪, 뿌리(根也,如物根)

【諫】 간諫할 간, 간諫하다, 직언直言하여 바로 잡다, 제지制止하다, 못하게 하다, 범犯하다, 간범干犯하다, 간諫하는 말

〔갈〕

【渴】 목마를 갈, 목이 마르다(欲飮), 급急하다(急也), 서두르다, 갈증渴症

【竭】 다할 갈, 다하다(盡也), 있는 힘을 다 들이다, 패패敗敗하다(敗也), 없어지다, 물이 마르다, 짊어지다(負擧), 등에 지다

【喝】 꾸짖을 갈, 꾸짖다(訶也), 큰소리로 나무라다, 성난 소리하다(喉喝,怒聲), 으르다, 위협威脅하다, 고함高喊치다, 외치다, 부르다(呼也), (소리 개) 소리(聲也)

【碣】 비碑 갈, 비碑(碑碣,方者爲卑,圓者爲碣,李斯所造), 둥근 비석碑石, 선 돌, 우뚝 선 돌, 우뚝 솟은 돌(特立之石), 돌 모양模樣(石貌), 산山이 우뚝 솟은 모양模樣(山特立貌), 산山 이름(東海有碣石山,山名), 돌을 세우다, 날짐승을 형용形容하다(形容羽族), (몹시 성난 모양模樣 알) 몹시 성난 모양模樣(喝碣,勁怒貌)

【褐】 털옷 갈, 털옷, 모포毛布로 지은 옷, 털 베(褐,毛布), 굵은 베(褐,麤布), 베옷, 거친 베옷(麤衣), 거친 베로 지은 옷, 종이 입는 거친 베옷(豎褐僮豎之褐), 천賤한 사람이 입는 거친 베옷(豎褐僮豎之褐), 삼베 버선(編枲襪), 삼으로 결結은 버선 모양模樣의 신, 천인賤人, 천賤한 사람(褐,寒賤之人), 하인下人(褐,寒賤之人), 갈색褐色(褐色,赤黃無艶色), 다색茶色, 사람의 이름(人名), 겹성姓(複姓), (거친 베 혈) 거친 베(麤布)

【鞨】 말갈靺鞨 갈, 말갈靺鞨(蕃人名), 북방北方 종족種族의 이름, 말갈靺鞨에서 나는 보석寶石 이름(紅靺鞨,寶石名), 가죽신(履也)

【蠍】 전갈全蠍 갈, 전갈全蠍(蠆尾蟲), 거미류類의 독충毒蟲

【葛】 칡 갈, 칡(蔓生絺綌草), 칡베(絺綌), 거친 베, 갈포葛布(絺綌,精謂之絺,粗謂之綌), 덩굴, 갈포葛布 옷과 가죽 옷(葛裘), 뛰어다니다(膠葛,驅馳), 말을 뛰어다니게 하다(膠葛,驅馳)

## 〔감〕

**【甘】** 달 감, 달다(五味之一,恬也), 맛이 좋다(美也), 즐기다, 마음이 기쁘다(言之悅耳,亦曰甘), 즐겁다(樂也), 상쾌爽快하다(快意), 늘어지다(緩意), 아첨阿諂하고 바르지 못하다(甘者,佞邪說媚不正之名), 맛좋은 것, 감초甘草

**【敢】** 감敢히 감, 감敢히(冒昧之辭), 결연決然히, 과단성果斷性 있게, 주제넘게, 함부로, 구태여(忍爲), 감敢히 하다, 감행敢行하다, 무릅쓰다(冒昧之辭), 결단성決斷性이 있다(進取,果敢), 굳세다, 날래다(肬也,勇也), 용맹勇猛스럽다(肬也,勇也)

**【減】** 덜 감, 덜다(損也), 덜리다(損也), 빼다(差減,加之對), 수량數量을 적게 하다, 적어지다(少也), 줄다, 가볍게 하다(輕也)

**【感】** 느낄 감, 느끼다(應也), 마음이 움직이다(動也), 감동感動하다, 고맙게 여기다, 은혜恩惠를 새겨두다, 한恨하다, 원한怨恨을 품다, 닿다, 부딪치다, 찌르다(觸也), 이르다(格也)

**【憾】** 한恨할 감, 한恨하다, 한恨 되다(恨也), 섭섭하다(恨也), 서운해하다, 근심하다, 마음이 불안不安하다, 한恨, 서운함, (불안不安할 담) 불안不安하다(不安)

**【監】** 볼 감, 보다(視也), 살피다(察也), 자세仔細히 살펴보다(觀也), 곰곰이 살피다(監監,如金之監而明察), 관찰觀察하다(觀也), 감독監督하다(臨下), 국사國事를 감독監督하다(攝也), 거느리다(領也), 겸兼하다, 선잠자다(臨寢,猶寤寢), 누워도 잠 안 오다(臨寢,猶寤寢), 햇무리(雲氣臨日), 감옥監獄, 별 이름(星名), 벼슬 이름(官名), 관청官廳 이름(宦侍,亦曰監,監,閹人), 환인宦人과 시인侍人이 있는 데, 성姓(姓也), 거울(鏡也), 땅이름(鑑通,地名)

**【鑑】** 거울 감, 거울(鑑諸可以取明水於月), 큰 띠에 장식裝飾으로 매단 거울(鏡也,鑿鑑), 본本보기(誡也), 모범模範, 교훈敎訓, 훈계訓戒, 경계警戒(誡也), 거울 같은 것에 비추어 보다(照也), 거울삼다, 식별識別하다(鑑識)

**【坎】** 구덩이 감, 구덩이(陷也), 구멍(穴也), 작은 잔盞(小罍), 물건物件 치는 소리(擊物聲), 힘쓰는 소리(坎坎,用力聲), 북北쪽(方角名,正北), 험險한 언덕(險岸), 별 이름(星名,九坎, 九星在牛星南,主溝渠水泉), 땅 이름(地名), 악기樂器를 치거나 나무를 베는 소리, 괘卦 이름(卦名), 8괘卦의 하나, 험險하다(險也), 험난險難하다, 평탄平坦하지 아니하다, 괴로워하다, 뜻을 얻지 못하여 애태우다, 때 못 만나 뜻대로 되지 않다(不遇未得之貌), 구멍을 파고 장사葬事를 지내다(穿穴以葬), 땅을 파고 제사祭祀를 지내다(穿地以祭)

【堪】 견딜 감, 견디다(勝也), 참다, 맡다(任也), 가능可能하다(可也), 뛰어나다, 낫다, 이기다(勝也), 산山 모양模樣이 괴이怪異하다, 굴窟 가운데 내밀다(地穴中出), 하늘(堪輿, 天地總名), 천도天道, 감실龕室(地突), 성姓(姓也)

【勘】 헤아릴 감, 헤아리다, 생각하다, 따져 묻다, 조사調査하다, 정정하다(定也), 마감하다(定也), 감당勘當하다, 교합校合하다(校也)


## 〔갑〕

【甲】 첫째 천간天干 갑, 첫째 천간天干(十干之首), 첫째(凡物首出羣類曰甲), 으뜸(長也), 어른(長也), 껍질(甲介), 씨의 껍질, 손톱(爪甲), 발톱, 거북의 등딱지, 조가비, 갑甲옷(兵甲,甲胄), 칼날(鎧也), 서슬(鎧也), 무장武裝한 병사兵士, 비롯하다(始也)

【押】 단속團束할 갑, 단속團束하다, 검속檢束하다, 따르다, 친압親押하다, 돕다(輔也), (누를 압) 누르다(按也), 수결手決하다(署也)

【岬】 산山허리 갑, 산山허리(山脅), 산山 곁(山傍), 산山골짜기, 산山과 산山 사이, 곶, 갑岬, 바다 쪽으로 좁고 길게 들어간 육지陸地, 줄지어 잇닿은 모양模樣


## 〔강〕

【江】 강江 강, 강江, 큰 내(川之大者), 물, 한가지(江,共也,小江流入其中,所公共), 이바지(江者,貢也,出珍物可貢獻)

【强】 굳셀 강, 굳세다(剛,强也,健也), 힘차고 튼튼하다, 세차다, 사납다(暴也), 힘쓰다(勉也), 부지런하다(勤也), 낫다(勝也), 권勸하다(勸也), 바로 잡다(矯也), 강제强制하다, 억지로 시키다, 힘이 있는 자者, 세력勢力이 있는 자者, 사십四十 세歲, 바구미(米穀中小黑蟲)

【康】 편안便安할 강, 편안便安하다(安也), 온화穩和해지다, 건강健康하다, 성盛하다(盛也), 풍년豊年들다(年有), 즐기다(樂也), 즐거워하다, 오五거리(五達謂之康)

【慷】 강개慷慨할 강, 강개慷慨하다(激昂之意), 의기義氣가 북받쳐 원통冤痛해 하고 슬퍼하다, 호탕豪宕

【講】 익힐 강, 익히다(習也), 학습學習하다, 연구硏究하다, 강구講究하다(究也), 검토檢討하다, 강론講論하다, 읽다, 독서讀書하다, 해석解釋하다, 밝히다(明也), 화해和解하다, 꾀하다(謀也), (화해和解할 구) 화해和解하다

【降】 내릴 강, 내리다(下也), 높은 곳에서 낮은 데로 옮기다(下也), 떨어지다(落也), 공중空

中에서 떨어지다(落也), 비가 내리다, 새가 떨어져 죽다(落也), 벼슬의 등급等級을 떨

어뜨리다(貶降,貶也), 강등降等시키다, 임臨하다, 행차行次하다, 하사下賜하다(下也),

공주公主가 신하臣下에게 시媤집가다, 물러나다, 겸손謙遜하다, 자기自己를 낮추다,

누르다(令伏), 굴복屈伏시키다(令伏), 가라앉다(安也), 안심安心하다(安也), 귀순歸順하

다, 돌아가다(歸降,歸也), (항복降伏할 항) 항복降伏하다

【岡】 언덕 강, 언덕(小山), 야산野山(小山), 산山등성이(山脊)

【剛】 굳셀 강, 굳세다(勁也), 강직剛直하다, 튼튼하다, 굳다(柔之對,堅也), 단단하다, 꼬장꼬

장하다(健强斷), 성盛하다(盛也)

【鋼】 강철鋼鐵 강, 강철鋼鐵(鍊鐵), 단련鍛鍊한 쇠(鍊鐵)

【綱】 벼리 강, 벼리(綱者,網之大繩), 그물을 얽어매는 동아줄(維紘繩), 사물事物의 가장 주

主가 되는 것, 근본根本, 추요樞要, 강령綱領, 대강大綱, 과녁을 펴서 치는 줄, 통괄

統括하다

【姜】 성姓 강, 성姓(神農,居姜水,因以爲姓), 물 이름(不姜,水名), 굳세다(彊也)

【羌】 종족種族 이름 강, 종족種族 이름, 오랑캐(西戎牧羊人), 문채文彩(章也), 자네(卿也),

아아(羌,楚人語辭), 탄식歎息하는 말(羌,楚人語辭), 발어사發語辭, 성姓(姓也), 굳세다

(强也), 빛나다, 밝다, 반대反對하다(反也), (까마귀 새끼 주리어 고달픈 모양模樣 향)

까마귀 새끼 주리어 고달픈 모양模樣(羌量,烏雛飢困貌)

【彊】 지경地境 강, 지경地境(界也), 국경國境, 힘이 센 활, 서로 따르는 모양模樣(相隨之

貌), 귀신鬼神 이름(禺彊,彊良), 활이 세다(弓有力), 굳세다(健也), 굳다(堅也), 이기다

(勝也), 꿋꿋하다(壯盛), 힘이 세다(力有餘), 세력勢力이 성盛하다(勢盛), 당當하다(當

也), 힘쓰다(勉也,彊通,强同), 억지로 시키다(抑之使然曰彊), 사납다(暴也), 거짓 따르다

(牽彊,假合), 뻐득뻐득하다(屈彊,自是), 송장이 뻣뻣하다(彊屍,勁硬), 억지로

【疆】 지경地境 강, 지경地境(界也), 변방邊方, 갈피, 밭두둑, 壃·畺은 같은 글자字

〔개〕

【開】 열 개, 열다(閉之對), 열리다, 피다(發也), 꽃이 피다(發也), 펴다(延也), 넓게 깔다(延

也), 벌이다(張也), 시작始作하다, 비롯하다, 개간開墾하다, 개통開通하다, 통通하다,

통달通達하다, 깨우치다(啓也), 사라지다, 소멸消滅하다

【改】 고칠 개, 고치다(更也), 고쳐지다, 바로 잡다, 바꾸다(易也), 바꾸어지다, 만들다(造也),

다시, 새삼스럽게

【個】낱 개, 낱(枚也), 개個, 치우치다(偏也)

【皆】다 개, 다(俱詞), 모두, 함께(俱詞), 두루 미치다, 한가지(同也)

【愾】성낼 개, 성내다(敵愾,怒也), 분개憤慨하다, 차다(滿也), 가득하다, (한숨 희) 한숨(太息), 탄식歎息하다(太息), 한탄恨歎하다, (이를 흘) 이르다(至也)

【介】끼일 개, 끼이다(間側), 사이에 들다, 소개紹介하다, 중매中媒하다, 매다(繫也), 굳다(堅確), 깨끗하다(潔也), 쉬다(舍也), 딱지(鱗介,甲介), 단단한 껍질, 갑甲옷(甲也), 가장자리(側畔), 물가(側畔)

【慨】슬퍼할 개, 슬퍼하다(悲也), 탄식歎息하다, 한숨 쉬다(慨然,憂悼在心之貌), 개탄慨歎하다, 강개慷慨하다(忼慨,壯士不得志), 분개憤慨하다, 분격憤激하다(內自高亢憤激), 피로疲勞한 모양模樣

【概】평平미레 개, 평平미레(平斗斛木), 평목平木, 절개節槪, 절조節操, 대개大槪(大率), 대강大綱, 평平미레질하다, 평평平平하게 고르다, 평평平平하다(平也), 누르다, 억압抑壓하다, 거리끼다(感觸經心), 그윽하고 흐리멍덩하다(退槪,幽深不明)

【盖】덮을 개, 덮다(覆也), 가리다(掩也), 맞추다, 숭상崇尙하다(尙也), 덮개(蓋口), 이엉 덮개, 이엉, 뚜껑(蓋口), 일산日傘(車蓋), 수레 뚜껑(車蓋), 하늘(上天), 대개大槪(語辭,推測想像之辭), 어찌(何也), (어찌할 합) 어찌하다, 어찌 아니하랴(何不), 이엉을 덮다(苫蓋), 어찌(何也), 아마, 오히려, 이(是也), 부들자리(靑齊人,謂蒲席曰蒲蓋), (땅이름 갑) 땅이름(地名), 성姓(姓也), 蓋의 속자俗子

【蓋】덮을 개, 덮다, 盖의 본本 글자字

【丐】빌 개, 빌다(乞也), 달라다(乞也), 빌리다(貸與), 취取하다(取也), 비럭질, 거지(乞人), 걸인乞人, 비렁뱅이(乞人)

〔객〕

【客】손 객, 손(賓也,主之對), 손님, 단골손님, 고객顧客, 상객上客, 한자리에서 공경恭敬받는 사람, 나그네(旅也), 외래자外來者, 다른 나라 사람(他國之人), 지나다(過去), 붙이다(寄也), 의탁依託하다

【喀】토吐할 객, 토吐하다, 게우다(嘔也), 뱉다, 기침 캑캑하다(喀喀,欬聲), 토吐하는 소리(吐聲)

〔갱〕

【更】 다시 갱, 다시(再也), 재차再次, 또(復也), 바꾸다(易也), 대신代身하다(代也), (고칠 경) 고치다(改也)

## 〔거〕

【車】 수레 거, 수레(車輅,輿輪總名), 수레의 바퀴, 차륜車輪, 도르래, 활차滑車, 잇몸, 치은 齒齦, (성씨姓氏 차) 성씨姓氏

【擧】 들 거, 들다(扛也), 마주 들다(扛也), 들어 올리다, 일으키다(起也), 세우다(立也), 일어 서다, 행行하다, 말하다(言也), 일컫다(稱也), 대답對答하다, 받들다, 칭찬稱讚하다(揚也), 떠받들다, 존경尊敬하다, 등용登用하다, 합合하다, 새가 날다, 날아오르다, 끌어 내다(取出), 빼다(拔也), 주어가지다(拾取), 손으로 집어가지다(手取持), 착복着服하다, 쳐 빼앗다(攻取), 재물財物을 관官에서 몰수沒收하다, 난 새끼를 키우다, 기록記錄하다, 계획計劃하다, 마시다, 온통(皆也), 모두, 다, 으뜸(宗也), 행동行動, 행동거지行動 擧止, 몸, 시험試驗, 과거科擧, 봉련鳳輦, 임금의 수레, 옛날 임금이 식사食事할 때 아뢰는 악곡樂曲

【居】 살 거, 살다(處也), 거주居住하다, 거처居處하다(處也), 차지하다, 있다, 처處하다, 어 떤 처지處地에 처處하다, 앉다(坐也), 편안便安하다(安也), 쌓다(蓄也,積也), 그치다(止 也), 곳(處也)

【倨】 거만倨慢할 거, 거만倨慢하다(倨傲,不遜), 책상冊床다리하다(倨倨,臥無思慮), 구부정하 다(微曲也), 굽은 듯하다(微曲也), 걸터앉다(箕坐), 누워 생각이 없다, 멍하다, 짐승 이 름(倨牙,獸名)

【去】 갈 거, 가다(行也), 지나다(過也), 떠나다, 버리다(棄也), 내버리다, 돌아보지 아니하다, 죽이다, 없애다, 떨어지다, 멀어지다, 잃다, 잃어버리다, 배반背叛하다, 덜다(除也), 거 두다(撤也), 감추다(藏也)

【袪】 소매 거, 소매, 옷소매(依袂), 소맷자락, 소맷부리, 소매통, 소매아귀(銹口), 수구袖口, 소매를 드는 모양模樣, 열다, 흩다, 들다

【巨】 클 거, 크다(大也), 많다(多也), 거칠다, 조악粗惡하다, 어찌(猶豈), 억億(巨萬,今萬萬 數)

【拒】 막을 거, 막다(捍也,禦也), 방어防禦하다, 막아 지키다, 저항抵抗하다, 거부拒否하다, 겨루다, 적대敵對하다, 다닥치다(格也), 다다르다(抵也), 어기다(違也)

【距】 떨어질 거, 떨어지다, 사이가 뜨다, 시간적時間的으로 뜨다, 뛰다(躍跳), 뛰어넘다(超

越), 이르다(至也), 도달到達하다, 겨루다(抗也), 어기다(違也), 닫다(閉也), 크다(大也),
며느리발톱(雞距)

【鉅】 클 거, 크다(大也), 강강剛剛하다(大剛), 몹시 단단하다, 높다, 어찌, 어찌하여, 강강剛剛한 쇠
(剛鐵), 존귀尊貴한 사람(鉅公,尊者通稱), 천자天子(鉅公), 낚시

【渠】 도랑 거, 도랑(溝渠,水所居), 개천開川(溝渠,水所居), 해자垓字, 물 이름(水名), 악장樂
章 이름(樂章名), 껄껄 웃는 모양模樣(軒渠,笑貌), 저(俗謂他人爲渠儂), 그, 그 사람, 괴
수괴수魁首(渠魁,惡黨首領), 두목頭目(渠魁,惡黨首領), 우두머리, 가죽 갑甲옷 이름(犀渠,甲
名), 수레의 덧바퀴(渠股,謂車輞爲渠), 방패防牌(楯也), 종자용種子用 토란土卵(芋渠),
연蓮꽃(夫渠,荷名), 평면平面에 새긴 줄무늬, 성姓(姓也), 적시다(漸也), 집이 으슥하고
넓다(渠渠,猶勤勤,深廣貌), 크다(大也), 부지런하다(渠渠,勤也), 모르다(未知詞), 어찌(豈
也), (어찌 거) 어찌, 갑자기

【據】 의거依據할 거, 의거依據하다, 근거根據하다, 일정一定한 사실事實에 근거根據하다,
의지依支하다(依也), 믿고 의지依支하다, 의탁依託하다, 증거證據로 삼다, 굳게 지키
다, 웅거雄據하다(拒守), 짚다(杖持), 이끌다(引也), 당기다(援也), 누르다(按也), 편안
편안便安하다(安也), 마음 든든한 모양模樣

【遽】 갑자기 거, 갑자기(疾也), 뜻밖에(疾也), 급急히(急也), 급작스럽게, 창졸倉卒히(卒也),
분주奔走히, 빨리(疾也), 어찌, 갑작스럽다, 재빠르다, 날렵하다, 황급遑急하다, 절박
切迫하다, 당황唐惶하다, 허둥지둥하다, 두려워하다(懼也), 두려워 떨다(戰慄), 괴롭다
(窘也), 군색窘塞하다, 어찌 ~랴?, 역마驛馬(傳也,驛車,傳車,卽驛遞), 역驛말, 역참驛站
의 말, 파발마擺撥馬, 역驛말 수레, 보리(麥也), 곳, 거처居處, 사람의 이름(魯遽,人名),
성姓(姓也)


## 〔건〕

【乾】 하늘 건, 하늘(天也), 임금, 사내(男也), 지아비, 조심操心하는 모양模樣, 괘卦 이름(卦
名), 마르다(燥也), 굳세다(健也), 다하다

【件】 사건事件 건, 사건事件, 일, 물건物件, 가지(名件), 벌(物數), 건件(사물事物의 수효數
爻를 세는 말), 조건條件, 나누다(物別也), 구별區別하다

【建】 세울 건, 세우다(竪也), 나라나 기관機關 따위를 세우다, 규율規律·질서秩序 등等을
세우다, 서다(立也), 의견意見을 말하다, 의론議論을 내놓다, 두다(置也), 심다(樹也),
월건月建, 법法(立朝律), 칼집, 북두성北斗星의 자루 쪽에 있는 여섯 개個의 별

【健】굳셀 건, 굳세다(伉也), 튼튼하다, 건강健康하다, 세차다(强有力), 교만驕慢하다, 탐貪
하다(貪也), 친위병親衛兵(健兒)

【鍵】열쇠 건, 열쇠(籥牡,鍵,謂之鑰), 문門빗장(通作楗,門戶健牡), 수레의 굴대 비녀장(車轄),
솥귀(鉉也), 솥을 들어 올리는 막대, 쪼개다(析也)

【虔】정성精誠 건, 정성精誠(敬也), 은혜恩惠(惠也), 단정端整한 모양模樣(端整貌), 범이 가
는 모양模樣(虎行貌), 공경恭敬하다(敬也), 굳다(固也), 굳게 잡아 쥐다, 빼앗다(强取),
죽다(殺也), 적다(少也)

【愆】허물 건, 허물(過也), 과실過失(失也), 죄罪, 병病, 악질惡疾(惡疾曰愆), 허물을 짓다,
잘못하다, 죄罪를 짓다(罪也), 어그러지다(差爽), 어기다

【蹇】절 건, 절다(跛也), 발을 절다(跛也), 꺾이어 굽다(蹇産,屈折), 멈추다, 머무르다(停也),
험險하다, 곤란困難을 겪다, 고생苦生하다, 탄식歎息하다(歎息辭), 뽑다(拔也), 빼다(拔
也), 요란擾亂하다, 교만驕慢하다(驕也), 굼틀거리다(委曲貌), 절름발이(跛也), 애쓰는
모양模樣(蹇蹇), 고생苦生하는 모양模樣(蹇蹇), 춤추는 모양模樣(舞貌), 충성忠誠을 다
하는 모양模樣(忠貞貌), 많고 성盛한 모양模樣(衆盛貌), 높은 모양模樣(高貌), 육십사
괘六十四卦의 하나, 성씨姓氏(姓也)

〔걸〕

【乞】빌 걸, 빌다(求也), 빌어먹다, 달라고 하다(求也), 구求하다(求也), 소원所願

【桀】홰 걸, (닭의) 홰(鷄棲杙), 닭이 올라앉게 닭장에 가로질러 놓는 막대, 메다(擔也), 찢
다(磔也), 흉포凶暴하다(磔也), 도둑을 많이 죽이다(賊人多殺)

【傑】뛰어날 걸, 뛰어나다, 출중出衆하다, 두드러지다(特立不衆), 빼어나게 패다, 이삭 따위
가 특특히 길게 되다, 거만倨慢하다(傲也), 준걸俊傑(知過十人傑), 호걸豪傑, 뛰어난
사람(知過萬人者謂之英,千人者謂之俊,百人者謂之豪,十人者謂之傑), 훌륭한 사람, 떡잎
(苗之先長者)

〔검〕

【儉】검소儉素할 검, 검소儉素하다(去奢從約), 소박素朴하다(德之共), 넉넉하지 않다, 적다
(少也), 흉년凶年들다(歲歉), 흉작凶作

【檢】검사檢查할 검, 검사檢查하다, 봉封하다(書署), 금제禁制하다(制也), 법法(式也), 문갑
文匣

【劍】칼 검, 칼(人所帶兵), 검법劍法, 베다, 찌르다

【劍】 칼 검, 칼(人所帶兵,刀之大), 칼 쓰는 법法, 검법劍法, 검제檢制하다(檢也,所以防檢非常), 칼로 베어죽이다, 찌르다, 베다, 劒과 동자同字

〔겁〕

【劫】 위협威脅할 겁, 위협威脅하다, 겁탈劫奪하다(强取), 태연泰然하다(劫劫,雍容不相迫), 겁겁(佛敎一世之稱), 대궐大闕의 큰 층계層階(宮殿大階級)

〔게〕

【揭】 들 게, 들다, 높이 들다(高擧), 걸다, 걸어두다, 세우다(擧而豎之), 추다, 추어올리다, 옷을 걷고 물을 건너다(褰衣涉水由膝以下), 나타내다, 표시表示하다, 고을 이름(揭陽縣名), (높이 들 걸) 높이 들다(高擧), 세우다(擧而豎之), 메다(擔也), 지다(負也), 수레가 빠른 모양模樣(車疾貌), (높이 들 갈) 높이 들다(高擧), 메다(擔也), 길다(長也), (들 건) 들다(擧也), (멜 알) 메다(擔也), 길다(長也)

〔격〕

【格】 격식格式 격, 격식格式(法式), 틀, 표준標準, 자격資格(格例), 법法, 법칙法則, 나무가 기다란 모양模樣(木長貌), 바르다(正也), 바로 잡다, 궁구窮究하다, 헤아리다(度也,量也), 겨루다, 다투다(鬪也), 대적對敵하다(敵也), 꿋꿋하여 항복降伏치 않다(頑梗不服), 치다, 때리다, 죽이다(殺也), 오다(來也), 이르다(至也), 다다르다, 감동感動하다(感通), 바뀌다(變革), 오르다(陞也,登也), 들어 올리다(擧持物), 어긋나다(牴牾)

【激】 부딪칠 격, 부딪치다, 물결이 부딪쳐 흐르다(礙衺疾流), 흘러들다, 찌르다(衝也), 격激하다, 과격過激하다, 격심激甚하다, 감격感激하다, 떨치다, 힘쓰다, 말을 정도程度에 넘게 직언直言하다(言論過直,爲激切), 남다른 일을 하여 눈에 잘 띄다(違俗立里,激詭), 반半만 막다(半遮), 보洑, 맑은 소리(淸聲), 바람 소리(風聲)

【擊】 칠 격, 치다(打也), 두드리다(撲也,扣也), 공격攻擊하다, 부딪치다, 충돌衝突하다, 마주치다(觸也), 눈에 마주치다(目擊,觸也), 찌르다(衝也), 베다, 쳐서 죽이다(攻殺,擊殺), 지탱支撐하다(支也), 배나 수레가 질서秩序 있게 나아가다, 거리끼다, 방해妨害가 되다, 박수(男巫)

【隔】 사이 뜰 격, (시간時間이나 공간空間에) 사이가 뜨다(通作鬲), 사이를 떼다, 가로 막다(塞也), 사이가 막히다(間隔), 통通하지 못하게 하다(障也), 멀리하다, 멀어지다, 등

한等閒히 하다, 가리다, 숨기다, 나누다, 이미(旣也), 사이, 간격間隔, 거리距離, 칸막이(隔障), 경계境界, 구분區分, 장해障害

【膈】 흉격胸膈 격, 흉격胸膈, 횡격막橫隔膜, 명치끝(肓也), 종鐘틀, 쇠북 틀(懸鐘格), 종鐘을 달아매는 틀(懸鐘格), 막히다(塞也)

## 〔견〕

【見】 볼 견, 보다(視也), 보이다(眼入), 대면對面하다, 만나다(對面), 알다(知也), 변별辨別하다, 마음에 터득하다, 당當하다(受動助辭), 상고詳考하다(考也), 생각하다(考也), 견해見解, 견식見識, 소견所見, 보는 바, 생각, (나타날 현) 나타나다(露也)

【堅】 굳을 견, 굳다(固也), 굳게 하다, 단단하다, 단단하게 하다, 마음이 굳다, 의지意志가 강强하다, 굳세다(勁也), 강剛하다(堅剛), 견실堅實하다(實也), 굳게, 튼튼하게, 갑甲옷(甲胄), 중군中軍(將在中軍曰中堅)

【肩】 어깨 견, 어깨(髆也,項下,膊上,臂本曰肩), 갑甲옷 여미개(甲闔也,與胸脇皆相會闔), 메다(擔也), 견디다(敢任), 무거운 짐에 견디다, 이기다(克也), 어깨를 나란히 하다(比肩), 굳다(堅也), 맡기다(任也), 쉬다(息也)

【絹】 비단緋緞 견, 비단緋緞, 합사合絲 비단緋緞(縑也), 명주明紬, 생명주生明紬, 생견生絹, 깁, 올무(弧張), 새그물(弧張), (과녁을 펴 다는 줄 현) 과녁을 펴 다는 줄

【牽】 끌 견, 끌다, 끌고 가다, 끌어당기다(挽也), 이끌다(引也), 잇다(連也), 거느리다, 매이다, 구애拘礙되다, 거리끼다(拘也), 강요强要하다, 만류挽留하다, 빠르다(速也), 배 끄는 줄, 물건物件을 매어 끄는 줄, 희생犧牲, 끌려가는 동물動物

【遣】 보낼 견, 보내다(送也), 부쳐주다(送也), 가게 하다, 놓아주다(放也), 돌려보내다, 파견派遣하다, 풀다, 달래다, ~하게 하다, 시媤집보내다(使嫁), 아내를 버리다(棄也), 이혼離婚하여 아내를 친정親庭으로 보내다, 심부름꾼, 사역使役 조동사助動詞

【犬】 개 견, 개, 큰 개(大狗), 하찮은 것의 비유譬喩, 서융西戎의 이름

【畎】 밭도랑 견, 밭도랑(水小流), 밭 가운데 낸 수로水路, 산山골도랑(山谷通水處), 산山골짜기, 물대다, 흘러대다(疏通流注,皆曰畎), 통通하다

## 〔결〕

【決】 터놓을 결, 터놓다, 물꼬를 터놓다(行流), 터지다, 갈라놓다, 끊다(絶也), 이빨로 물어 끊다(以齒斷物,亦曰決), 결단決斷하다, 정定하다, 도려내다, 상처傷處를 입히다, 틈·제

방제防이 무너져서 물이 넘쳐흐르다, 열다(開也), 판단判斷하다, 결決코, 결연決然히

【缺】 이지러질 결, 이지러지다(虧也), 그릇이 깨지다(器破), 이가 빠지다(毁也), 깨어지다(破也), 흠欠이 가다, 모자라다, 적다(少也), 버리다(去也), 험險하다(㓢也), 틈, 흠欠, 결점缺點, 번갯불(列缺,天閃)

【訣】 이별離別할 결, 이별離別하다(別也), 작별作別하다, 사별死別하다, 영결永訣하다(死別), 끊다(絶也), 비방秘方하다(方術要法,謂決定不疑), 비결秘訣(方術要法,謂決定不疑)

【結】 맺을 결, 맺다(締也), 매다, 맺히다, 매듭짓다, 열매를 맺다(結實), 묶다, 잇다(繫也), 약속約束을 굳게 하다, 체결締結하다(締也), 마치다(終也), 끝내다, 완성完成하다, 사귀다, 엉기다(凝也), 마음에 뭉쳐 있다, 모이다(衆也), 한패牌가 되다(社也), 얽어 세우다(構也), 기氣막히다(氣塞), 요점要點

【潔】 깨끗할 결, 깨끗하다(淸也), 맑다(淸也), 간결簡潔하다, 조촐하다(厚志隱行,謂之潔), 깨끗이 하다, 몸을 닦다, 희다, 품행品行이 바르다

〔겸〕

【兼】 겸兼할 겸, 겸兼하다(幷也), 아우르다(幷也), 겹치다, 갑절 더하다(倍增), 더 있다(在上亦在), 포개다, 쌓다(積也), 다하다(摠括), 두 이삭을 가지다(秉,持一禾,兼,持二禾), 아울러, 함께

【謙】 겸손謙遜할 겸, 겸손謙遜하다(致恭,不自滿), 공손恭遜하다(致恭,不自滿), 사양辭讓하다(讓也), 공경恭敬하다(敬也), (안정安靜된 모양模樣 감) 안정安靜된 모양模樣(安靜貌), (족足할 협) 족足하다

【慊】 찐덥지 아니할 겸, 찐덥지 아니하다(意不滿), 마음에 흐뭇하지 아니하다, 마음에 족足하지 못하다(意不足), 싫다(慊慊之言,厭也,謂誠意自足), 앙심怏心을 먹다(恨也,切齒恨), 마음에 맞다(朱註,快也,足也), 족足하다, 흡족洽足하다, 마음이 쾌快하다, 좋다, 훌륭하다, 성의誠意, 정성精誠, (족足할 협) 족足하다(足也), 만족滿足하다, (의심疑心할 혐) 의심疑心하다(疑也), 마음으로 싫어하다, (휘장揮帳 렴) 휘장揮帳(帷也)

〔경〕

【慶】 경사慶事 경, 경사慶事(福也), 축하祝賀할만한 기쁜 일, 상償, 상償으로 내리는 것, 경사慶事스럽다, 축하祝賀하다, 하례賀禮하다(行賀人), 아름답다(休也,休美也), 착하다(善也), 주다(賜也), 이에(乃也)

【京】 서울 경, 서울(王居,首都), 높은 언덕(高丘,墩臺), 십조十兆, 크다(大也), 높다, 가지런
하다(齊也), 근심하다(憂也)

【景】 볕 경, 볕(光也), 햇볕, 햇살, 빛(光也), 해, 태양太陽, 경치景致(光也), 풍치風致, 경계
境界(明所照處有境限也), 옷(衣也), 산山 이름(景,山名,商所都也), 별 이름(星名,史記,天
官書,天晴而見景星,景星者,德星也), 밝다(明也,景行,大道). 환히 밝다, 희다(景白), 크다
(大也), 상서祥瑞롭다, 경사慶事스럽다, 아름답다(韶也), 사모思慕하다(慕也), 우러르다
(仰也)

【庚】 일곱째 천간天干 경, 일곱째 천간天干(天干第七位), 도道, 도리道理, 풍류風流(和庚),
나이(年齒), 곡식穀食(軍中不得出穀,故私隱,庚,西方主穀), 가로 놓인 모양模樣(橫貌), 바
뀌다, 고치다(猶更), 굳세다(剛也,堅強貌), 잇다(續也), 갚다(償也)

【敬】 공경恭敬할 경, 공경恭敬하다(恭也), 예의禮儀가 바르다, 정중鄭重하다, 삼가다(慎也),
자숙自肅하다(恒自肅敬), 마음을 절제節制하다, 엄숙嚴肅하다(肅也), 훈계訓戒하다, 잡
도리하다, 치사致謝하다(送敬)

【警】 경계警戒할 경, 경계警戒하다(戒也), 신칙申飭하다(敕也), 조심操心하다, 방비防備하
다, 잠깨다(寤也), 놀라다, 놀라게 하다, 겁怯나다, 겁怯나게 하다, 놀라서 술렁거리다
(警動), 벽제辟除

【驚】 놀랄 경, 놀라다(駭也), 말이 놀라다(馬駭), 당황唐惶하고 두려워하다, 동요動搖하다,
뜻밖의 일을 당當하여 겁怯내고 떠들다(當意外之事以懼騷), 움직이다, 경풍驚風, 경기
驚氣

【竟】 마침내 경, 마침내, 드디어, 마치다(終也), 끝나다, 끝내다, 다하다(窮也), 끝, 결국結
局

【境】 지경地境 경, 지경地境(界也), 땅의 경계境界, 갈피, 곳, 장소場所, 경우境遇, 마침

【鏡】 거울 경, 거울(取景之器,鑑也), 안경眼鏡, 모범模範이 될 만한 것, 경계鏡戒가 될 만
한 것, 성姓, 비추어보다(照見), 살피다(明察), 밝히다(明也), 거울삼다, 본本받다, 경계鏡
戒를 삼다

【競】 다툴 경, 다투다(爭也), 겨루다, 나아가다(進也), 앞 다투어 나아가다, 향向하여 가다,
쫓다(逐也), 따르다, 성盛하다(盛也), 군세다(彊也), 높다(高也), 급急하다(遽也)

【耕】 밭 갈 경, 밭을 갈다(犁田), 논밭을 갈다(犁田), 호리질하다(犁田), 고르다, 평평平平하
게 하다, 부지런히 힘쓰다(凡致力不怠謂之耕)

【經】 지날 경, 지나다(過也), 통과通過하다, 짜다(織也), 실을 다루다(經綸), 경영經營하다,

정치政治하다(綸也), 천하天下를 다스리다(綸也), 경계境界를 정정定하다, 헤아리다(度<sub>탁</sub>之), 옳다, 세로, 날(經緯,以成繒帛), 날실, 경위經緯, 경서經書, 글, 성인聖人이 지은 책冊, 조리條理, 법法, 방향方向, 길, 도로道路

【徑】지름길 경, 지름길(小路<sub>소로</sub>), 길, 좁은 길, 지름(直徑<sub>직경</sub>), 긴 옷(袤也<sub>무야</sub>), 곧다(直也<sub>직야</sub>), 빠르다(疾<sub>질</sub>也<sub>야</sub>), 지나다, 지나가다, 간사奸邪하다, 사곡邪曲하다, 곧, 바로, 곧바로

【輕】가벼울 경, 가볍다(重之對<sub>중지대</sub>), 무게가 적다(非重<sub>비중</sub>), 얇다(薄也<sub>박야</sub>), 손쉽다(輕易<sub>경이</sub>), 경솔輕率하다, 가벼이 여기다(輕之<sub>경지</sub>), 업신여기다(卑也<sub>비야</sub>), 멸시蔑視하다, 깔보다, 조급躁急히 굴다, 신분身分이 낮다(卑也<sub>비야</sub>), 천賤하다(卑也<sub>비야</sub>), 모자라다(薄也<sub>박야</sub>), 재빠르다(疾也<sub>질야</sub>), 가벼운 수레(輕車<sub>경거</sub>)

【莖】줄기 경, 줄기(草木幹<sub>초목간</sub>), 풀의 줄기(草木幹<sub>초목간</sub>), 작은 가지, 막대(竿也<sub>간야</sub>), 장長대, 깃旗대, 버팀기둥(支柱<sub>지주</sub>), 줄기 모양模樣(莖形者<sub>경형자</sub>), 칼자루(人所握鐔以上<sub>인소악심이상</sub>), 손잡이, 근본根本, 홀로(特也<sub>특야</sub>), 풍류風流 이름, (지황地黃 영) 지황地黃

【頃】이랑 경, 이랑(田百畝爲頃<sub>전백무위경</sub>), 밭 넓이의 단위單位, 잠깐(俄頃<sub>아경</sub>), 잠시暫時(俄頃<sub>아경</sub>), 아까(俄頃<sub>아경</sub>), 요사이(近時<sub>근시</sub>), 근자近者에(近時<sub>근시</sub>), 기울다, 기울이다, 비뚤어지다(頭不正<sub>두부정</sub>), 여자女子가 국정國政을 마음대로 하다

【傾】기울 경, 기울다(側也<sub>측야</sub>), 마음을 기울이다, 기울어지다(攲也<sub>기야</sub>), 엎드리다(伏也<sub>복야</sub>), 뒤집히다, 무너지다(圮也<sub>비야</sub>), 곁눈질(流視<sub>류시</sub>)

【卿】벼슬 경, 벼슬(公之次曰卿<sub>공지차왈경</sub>), 임금이 신하臣下를 대對하여 일컫는 말, 직위職位가 대등對等한 사람을 일컫는 말, 벼슬 이름, 귀貴하다, 밝히다(彰也<sub>창야</sub>), 향向하다(響也<sub>향야</sub>)

【更】고칠 경, 고치다(改也<sub>개야</sub>), 고쳐지다, 바꾸다(易也<sub>역야</sub>), 개선改善하다, 새로워지다, 새롭게 하다, 대신代身하다(代也<sub>대야</sub>), 갈마들다(迭也<sub>질야</sub>), 번番갈아 들다, 교대交代하다, 교환交換하다, 잇다(續也<sub>속야</sub>), 지나다(歷也<sub>력야</sub>), 배상賠償하다(償也<sub>상야</sub>), 시각時刻, 밤 시각時刻, (다시 갱) 다시(再也<sub>재야</sub>), 또, 재차再次

【硬】굳을 경, 굳다, 단단하다(堅牢<sub>견뢰</sub>), 굳세다(强也<sub>강야</sub>), 가로막다, 방해妨害하다, 무리하게, 억지로

【梗】대개大槪 경, 대개大槪, 대강大綱, 가시(草木刺人<sub>초목자인</sub>), 산山 느릅나무, 가시나무, 가시가 있는 나무, 도라지(桔梗<sub>길경</sub>), 병病(病也<sub>병야</sub>), 가짜(非眞物<sub>비진물</sub>), 굳세다, 강剛하다, 곧다(正直<sub>정직</sub>), 강경强梗하다(猛也<sub>맹야</sub>), 재앙災殃을 막다(禦災<sub>어재</sub>), 막히다(梗塞<sub>경색</sub>)

【扃】빗장 경, 빗장(外閉之關<sub>외폐지관</sub>), 문門빗장(外閉之關<sub>외폐지관</sub>), 출입문出入門, 수레 앞 난간欄干, 수레의 가로대, 닫다, 문門을 닫고 틀어박히다, 밝게 보다(明察<sub>명찰</sub>), 뚫어지게 보다(明察<sub>명찰</sub>)

## 〔계〕

**【界】** 지경地境 계, 지경地境(境也), 변방邊方(垂也), 경계境界(境也), 경계境界 안, 범위範圍, 장소場所, 세계世界, 둘레, 갈피(境也), 한계限界(分劃,限也), 경계境界를 접접接接하다, 이웃하다, 사이하다, 이간離間하다, 주다(與也)

**【啓】** 열 계, 열다(開發), 닫힌 문門 등等을 터놓다, 알려주어 깨닫게 하다, 인도引導하다(導也), 가르치다(敎也), 돕다, 운運을 열어주다, 일어나다, 시작始作하다, 여쭈다(奏事), 아뢰다, 상주上奏하다, 꿇어앉다(跪也), 새기다(刻也), 상주上奏하는 글

**【計】** 셀 계, 세다(算也), 셈 마치다(會也), 헤아리다, 꾀하다(謀也), 계획計劃하다, 의논議論하다, 꾀, 계략計略, 계획計劃, 경영經營

**【溪】** 시내 계, 시내(山瀆無所通者,又水注川曰溪), 시냇물, 산山골짜기, 골, 살이 모이는 곳, 텅 비다, 헛되다

**【季】** 계절季節 계, 계절季節, 철, 말末째, 말년末年, 막내, 끝(末也), 젊다, 어리다(物之稚者), 나이가 어리다, 가늘다(細也,小稱), 여리다(細也,小稱)

**【桂】** 계수桂樹나무 계, 계수桂樹나무(江南木,百藥之長), 월계수月桂樹, 달(桂月,月異名)

**【鷄】** 닭 계, 닭(知時畜,鷄者稽也,能稽時), 가금家禽, 화계火鷄, 베짱이(蟲名), 버섯(樹鷄,菌也), 김치(菹類,聶而切之)

**【系】** 이을 계, 잇다(繼也), 매다(繫也), 실, 실마리(緒也), 실낱, 실 줄기(細縷), 끈(紐也), 혈통血統, 계통系統, 맏아들(系者,胤也)

**【係】** 맬 계, 매다(縛也), 잇다(繼也,連接), 걸리다, 관계關係하다, 사무事務나 작업作業 분담分擔의 작은 갈래

**【繫】** 맬 계, 매다(維也), 매달다, 동여매다, 얽어매다(聯綴), 묶다(約束), 갇히다(拘囚), 약속約束하다, 머무르다(留滯), 줄, 끈, 고삐(絆也), 계통系統, 굳은 솜, 죄수罪囚

**【繼】** 이을 계, 잇다(續也,紹也), 잇닿다(繼續), 계통系統을 잇다, 이어 나가다, 이어받다(繼承), 이어 붙이다, 계속繼續하다, 매다(繫也), 얽다(縛也), 덧붙이다, 불려나가다, 이어, 뒤이음, 후사後嗣

**【癸】** 열째 천간天干 계, 열째 천간天干(十干之末), 북방北方(方位則北), 북北녘, 물(五行則水), 겨울(時配則冬), 몸(天癸,天乙所生之癸水), 월경月經(天癸,天乙所生之癸水), 무기武器, 군중軍中 은어隱語, 헤아리다, 돌아가다(歸也)

**【戒】** 경계警戒할 계, 경계警戒하다(警也), 경비警備하다, 방비防備하다(備也), 삼가다(愼也), 조심操心하고 주의注意하다, 지키다(守也), 재계齋戒하다(齋也), 이르다, 분부分付하

다, 타이르다(諭也), 알리다(告也), 고告하다(告也), 명命하다(猶命), 훈계訓戒, 계율戒
律, 교훈敎訓, 재계齋戒

【械】기계機械 계, 기계機械(器之總名), 기구機具, 도구道具, 수갑手匣 · 차꼬(桎梏) · 칼
등等의 형刑틀, 틀, 무기武器, 병기兵器(兵甲), 병장기兵仗器, 형刑틀을 채우다, 재才
주가 있다(術之巧者曰械), 가지다(保也)

【契】맺을 계, 맺다, 인연因緣이나 관계關係를 짓거나 이루다, 계약契約하다(爲文字以取信
約也), 맞추다(合也), 합치合致하다(合也), 새기다(刻也), 오래 만나지 못하다(疎闊), 근
심하다(憂苦), 겁怯내다(怯也), 끊다(絶也), 이지러지다(缺也), 약속約束, 언약言約, 인
연因緣(神合), 교분交分, 정분情分, 계契, 계약서契約書, 증서證書, 문서文書(文券,書
契), 거북등 지지는 기구器具(灼龜具), (애쓸 결) 애쓰다, (나라 이름 글) 나라 이름,
(사람 이름 설) 사람 이름, (희롱戲弄할 길) 희롱戲弄하다

【鍥】새길 계, 새기다(刻也), 조각彫刻하다, 끊다(斷絶), 자르다(斷絶), 모질다(刻酷曰鍥), 잔
인殘忍하다(刻酷曰鍥), (낫 결) 낫(鎌也), 풀을 베는 낫

【階】섬돌 계, 섬돌(陛也,登堂道,級也), 계단階段, 층계層階, 돌, 등위等位, 관등官等(官階,品
階), 사닥다리(梯也,如梯之有等差), 실마리(緒也), 일이 발단發端하는 경로經路, 당堂에
오르다, 사닥다리를 놓다(掛梯), 오르다, 나아가다, 올라가다(上進者)

【稽】머무를 계, 머무르다(留止), 머무르게 하다(留止), 쌓다, 저축貯蓄하다(貯滯), 헤아리
다, 상고詳考하다(考也), 계교計較하다(計也), 의론議論하다(議也), 다스리다(治也), 이
르다(至也), 익살 부리다(滑稽), 합合하다(合也), 같다, 머리를 숙이다(下拜首至地), 머
리를 땅에 대고 절하다(下拜首至地)


〔고〕

【古】예 고, 예(昔也,故也), 옛(舊也), 옛날, 선인先人, 선조先祖(先古,謂先祖), 선왕先王, 오
래다, 오래되다(久也), 예스럽다, 비롯하다(始也), 떳떳이 말하다(終古,猶言常)

【苦】쓸 고, 쓰다(辛也), 괴롭다(困也), 괴로워하다, 근심하다(患也), 슬프다(悵也), 간절懇切
하다, 정성精誠스럽다, 쾌快하다(快也), 부지런하다(勤也), 급急하다(急也), 거칠다(麤
也), 나쁘다(惡也), 약弱하다(脆也), 쓴 맛, 씀바귀(大苦,苦也), 쓴 나물

【枯】마를 고, 마르다, 초목草木이 마르다, 물이 마르다, 야위다, 수척瘦瘠하다, 쇠잔衰殘
하다(衰也), 산山에 나무 없고 못에 물 마르다(童枯不稅), 비다, 텅 비다, 마른 나무
(槁木), 말라죽은 나무

【故】 연고緣故 고, 연고緣故(使爲之), 까닭(承上起下之語), 원래原來, 본래本來, 옛날, 이미 지나간 때, 오래된 일, 옛날 일, 예부터 친숙親熟한 벗, 잘 아는 친구親舊, 일(事也), 중요重要한 일, 사고事故, 초상初喪날(大故謂喪憂), 글 뜻, 예, 옛(舊也), 옛날부터, 처음부터, 예전의, 옛날의, 일부러, 짐짓(固爲之), 고의故意로, 고故로, 참으로, 확실確實히, 오래되다, 죽다

【姑】 시媤어미 고, 시媤어미(夫之母), 시媤누이(夫之女妹,小姑), 장모丈母(妻之母), 고모姑母(父之姊妹), 여자女子, 부녀婦女의 통칭通稱, 쥐며느리(鼠姑,昆蟲名), 잠깐, 잠시暫時, 아직(且也,姑息)

【固】 굳을 고, 굳다(堅也), 단단하다, 고집固執하다(執一不通), 고루固陋하다(鄙陋), 험색險塞하다, 굳게 지키다(固守), 떳떳하다(常然詞), 굳이(再辭), 확고確固히, 단단히, 처음부터, 한결같이, 오로지, 본本디, 참으로, 진실眞實로(本然詞), 이미(已然詞), 재삼再三, 방비防備, 수비守備

【錮】 땜질할 고, 땜질하다(鑄塞,鑄銅鐵以塞隙), 틈을 막다, 굳다(通用固,錮,謂堅固), 견고堅固하다(通用固,錮,謂堅固), 가두다(禁錮,重繫), 매다(禁錮,重繫), 벼슬길을 막다(禁錮,重繫), 고질痼疾(俗作痼,堅久之疾)

【告】 알릴 고, 알리다(報也), 아뢰다, 여쭈다(啓也), 고告하다(報也), 사뢰다, 말하다(語也), 일정一定한 일에 대對하여 알리다, 공식적公式的으로 발표發表하다, 명령命令하다(命也), 묻다(問也), 안부安否를 묻다, 청청請하다(請告), 뵙고 청請하다, 쉬다(休暇), 가르치다, 깨우치다, 말미, 관리官吏의 휴가休暇

【誥】 가르칠 고, 가르치다(敎也), 글로 효유曉諭하다(以文言告曉之), 아랫사람에게 알리다(告上曰告,發下曰誥), 위에서 아래에 고시告示하거나 유시諭示하다(告上曰告,發下曰誥), 훈계訓戒하다, 고誥하다(告也), 말하여 알리다, 대중大衆을 깨우치는 훈계訓戒, 사람을 모아서 알리는 일, 가르침(敎也), 경계警戒, 서경書經의 전모典謨 이외以外의 여덟 편篇의 총칭總稱, 직첩職牒, 뻐꾸기(鳥名)

【考】 상고詳考할 고, 상고詳考하다(稽也), 곰곰 생각하다, 살펴보다, 자세仔細히 살피다, 궁구窮究하다, 견주어보다, 조사調査하다, 자세仔細히 하다, 잘못을 조사調査하여 바로 잡다(考正), 밝히다, 이루다(成也), 마치다(猶終), 오르다(登也), 치다(擊也), 두드리다, 죄罪를 묻다(考問), 오래 살다(壽考,老也), 늙다(老也), 시험試驗, 고시考試, 죽은 아버지(父死稱)

【攷】 이룰 고, 이루다(成也), 상고詳考하다(稽察), 생각하다(稽察), 考의 옛글자字(古字)

【高】 높을 고, 높다(崇也,象臺觀高之形,上長), 높이다, 높게 하다(爲上), 존귀尊貴하다(位貴),

고상高尙하다, 속俗되지 아니 하다(高尙), 비속卑俗하지 않다, 값이 비싸다(高價), 공경恭敬하다, 존경尊敬하다(敬也), 뛰어나다(顯著), 크다(大也), 소리가 크다(聲大), 뽐내다(誇也), 멀다(遠也), 은거隱居하다, 나이가 많다(年多), 높이, 위(上也), 높은 것(高事), 높은 곳(高處), 고저高低의 정도程度, 경의敬意를 나타내는 말

【稿】 볏짚 고, 볏짚(禾稈), 마른 벼(枯禾), 초고草稿(文章曰稿), 초안草案, 원고原稿(文草曰稿), 화살대, 타고 다니다(散也)

【孤】 외로울 고, 외롭다(顧也,顧望無所瞻見,獨也), 의지依支할 데가 없다, 아비가 없다(無父), 저버리다, 배반背反하다, 우뚝하다(特也), 홀로(顧也,獨也), 외따로, 하나, 나, 과인寡人(王侯謙稱), 왕후王侯의 겸칭謙稱, 고아孤兒

【瓠】 나라 이름 고, 나라 이름(瓠講), (표瓢주박 호) 표瓢주박(瓠也), 오지병瓶(康瓠謂之甋,瓠,壺也), 질그릇(康瓠謂之甋,瓠,壺也), 깨진 병瓶(破瓥), 방防죽 둑 이름(瓠子,隄名), 성姓(姓也), (평평平平하고 얕을 확) 평평平平하고 얕다(瓠落,猶廓落), 너무 크다(瓠落,猶廓落), 쓸쓸하게 퇴락頹落하다(瓠落,猶廓落)

【庫】 곳庫집 고, 곳庫집(貯物舍,兵車藏), 창고倉庫, 감옥監獄

【鼓】 북 고, 북(革音之樂器,伊耆氏造鼓), 영고迎鼓, 맥박脈搏, 심장心臟의 고동鼓動, 치다(擊也), 부추기다(鼓舞)

【鼓】 북 칠 고, 북 치다(擊鼓也), 북을 두드리다, 치다, 두드리다, 타다, 연주演奏하다, 울리다(鼓鳴也), 진동振動하다, 풀무질하다(扇也,扇火動橐,謂之鼓), 어루만지다(撫也,歙也), 북 치는 곳(鐘所擊處,亦謂之鼓), 맥박脈搏

【顧】 돌아볼 고, 돌아보다(瞻也,廻首曰顧), 머리를 돌려 뒤를 보다, 둘러 보다(顧旋視), 사방四方을 둘러보다, 지난 일을 돌이켜 생각하여보다(回顧), 반성反省하다(省也), 찾다(訪問), 방문訪問하다, 보살피다, 돌봐주다(眷也), 인도引導하다, 유의留意하다, 응시凝視하다, 끌다, 당기다(引也), 사랑하다(眷也), 도리어(反顧), 생각건대(惟也), 다만(但也)


〔곡〕

【谷】 골 곡, 골(泉出通川爲谷), 골짜기, 계곡溪谷, 홈, 홈통桶, 좁은 길, 골짜기에 흐르는 물(谷水), 해가 돋는 곳(暘谷,日所出處), 해가 지는 곳(昧谷,日所入處), 노자老子의 도道(老子道), 땅광(地室), 토굴土窟이나 석굴石窟에 들인 방房(壑谷,窟室), 동풍東風, 대의 도랑(竹溝曰谷), 살이 깊은 곳, 막히다(窮也), 궁지窮地에 빠지다(窮也), 기르다(養也), 자라게 하다

【曲】 굽을 곡, 굽다(屈曲,不直), 굽히다, 휘다, 휘게 하다, 꺾이다(曲折), 삐뚤어지다, 마음
이 바르지 아니하다, 사악邪惡하다, 옳지 않다, 자세仔細하다(委曲), 상세詳細하다, 굽
이(曲折,隱避之處), 곡절曲折(委曲,節目), 까닭(曲折), 곡조曲調(詞曲,歌曲), 회포懷抱,
소소小小한 일(猶小小之事), 간사奸邪한 일(邪僻), 구석(曲折,隱避之處), 잠박蠶箔(養蠶
器), 시골(鄕曲)

【哭】 울 곡, 울다(哀聲), 곡哭하다(大聲曰哭,細聲有涕曰泣), 노래하다

【穀】 곡식穀食 곡, 곡식穀食(百穀之總名), 곡물穀物, 양식糧食, 녹祿, 아이(孺子), 머슴아이
(孺子), 기르다(養也), 살다(生也), 잇다(續也), 착하다(善也)

【嚳】 급急히 고告할 곡, 급急히 고告하다(急告), 제왕帝王 이름(帝嚳,高辛氏號,黃帝之曾孫)

【鵠】 고니 곡, 고니(鴻鵠,鵠水鳥,其聲鵠鵠), 백조白鳥, 황곡黃鵠, 흰빛, 과녁, 정곡正鵠(侯的,
畫布曰正,棲皮曰鵠,鵠之言,梏也,梏直言人正直乃能中), 과녁의 한 가운데 되는 부분部分,
노인老人의 백발白髮(鵠髮,卽鶴髮), 땅 이름(地名,鵠澤), 개 이름(鵠蒼,犬名), 성姓(姓
也), 고니와 같이 고개를 쳐들고 발돋움하여 바라보다(企停之狀,如鵠立,又鵠企), 건목
乾木 치다(鵠,治樸之名,謂治其樸未成器), 마른나무 치다, 희게 하다, 희다, (원대遠大할
호) 원대遠大하다, 넓고 크다

〔곤〕

【困】 곤困할 곤, 곤困하다(窮也,苦也), 노곤勞困하다(瘁也,倦極,力乏), 지치다(瘁也,倦極,力
乏), 부족不足하다, 모자라다, 통通하지 못하다(不通), 근심하다(憂愁), 괴롭다, 괴로워
하다, 게으르다, 가난하다, 곤궁困窮하다(窮也,苦也), 의식衣食이 없다, 위태危殆롭다,
위험危險하다, 어지럽다(亂也), 심甚하다

【坤】 땅 곤, 땅(乾之對,地也), 대지大地, 팔괘八卦의 하나(卦名), 순음純陰, 여자女子(乾男,坤
女), 황후皇后의 별칭別稱, 순順하다(順也)

【崑】 산山 이름 곤, 산山 이름(崑崙,山名), 오랑캐(中國南方之黑色蠻人), 얼굴 검은 사람(崑
崙,黑色人別名), 시詩의 한 체體인 서곤西崑의 약칭略稱

〔골〕

【骨】 뼈 골, 뼈(肉之竅), 뼈대, 골격骨格, 골수骨髓, 구간軀幹, 심心, 중심中心이 되는 것,
모든 물건物件 속에 단단히 굳어 있는 부분部分(諸物之心,堅固部分), 깊은 속(骨隨),
됨됨이, 풍도風度, 인격人格(風度), 골상骨相, 기개氣槪, 몸, 사람(人民), 희생犧牲의

뼈(牲骨), 시체屍體, 굳다, 강직剛直하다

【滑】 어지러울 골, 어지럽다(亂也), 다스리다(治也), 살다(生也), (미끄러울 활) 미끄럽다(利也)

## 〔공〕

【工】 장인匠人 공, 장인匠人(匠也,善其事曰工), 공工바치, 직공職工(器物製作者), 물건物件을 만드는 일을 업業으로 하는 사람, 공업工業, 만드는 일, 일, 악인樂人, 가악歌樂을 하는 사람, 공부工夫, 벼슬(官也), 벼슬아치, 물여우(射工,蟲名), 만들다(造也), 공교工巧하다(巧也), 교묘巧妙하다

【功】 공功 공, 공功(以勞定國曰功,勞之績也), 공훈功勳(以勞定國曰功,勞之績也), 공로功勞, 공력功力, 명예名譽, 보람, 재才주(工也), 일(事業), 직무職務, 성적成績, 공功들여 만들다(工也), 공功을 자랑하다, 공치사功致辭하다(自爲功曰功之)

【攻】 칠 공, 치다(擊也,伐也), 공격攻擊하다, 쳐서 빼앗다(心爲物慾所侵曰攻), 남의 허물을 말하다(摘人過失), 다듬다, 다스리다(治也), 가공加工하다, 짓다(作也), 닦다, 연구研究하다, 배우다, 굳다(堅也), 좋다(善也), 병病을 다스리다, 병病을 고치다, 불까다, 거세去勢하다

【貢】 바칠 공, 바치다(獻功), 드리다(上也), 공물供物을 바치다, 천거薦擧하다(薦也), 통通하다(通也), 이바지(功也), 공물供物, 구실(稅也), 은혜恩惠(賜也)

【恐】 두려울 공, 두렵다(懼也), 두렵게 하다(猶兒), 겁怯내다, 무서워하다, 걱정하다, 우려憂慮하다, 협박脅迫하다, 으르대다, 생각하다(慮也), 속대중하다(臆度), 의심疑心하다(疑也), 아마, 두려움

【空】 빌 공, 비다(虛也), 비게 하다, 없다, 다하다(盡也), 내실內實이 없다, 쓸쓸하다, 적다, 모자라다, 이지러지다(缺也), 궁窮하다(窮也), 뚫다(穿也), 근거根據가 없다, 크다(大也), 부질없이, 헛되이, 하늘(太空,天也), 구멍(孔空)

【公】 공변될 공, 공변되다, 사사私事롭지 아니하다, 공평公平하다(平分也,無私也), 바르다(方平也,正也), 숨김없이 드러내놓다, 통通하다(通也), 함께 하다(共也), 섬기다(事也), 공적公的, 널리, 공적公的인 것, 여러 사람(公衆), 마을(官所), 지위地位가 높은 사람, 벼슬, 높은 벼슬아치, 제후諸侯, 정승政丞, 재상宰相, 임금(君也), 귀인貴人, 존칭尊稱, 어른(尊稱), 아버지(父家,公也), 수컷(雄也), 그대(相呼之稱), 한가지(共也)

【共】 한가지 공, 한가지(同也), 무리(衆也), 함께 하다, 같게 하다, 모으다(合也), 공변되다, 공경恭敬하다(敬也), 공손恭遜하다, 정중鄭重하다, 바치다, 올리다, 향向하다(向也), 대

對하다, 팔짱끼다, 법法되다(法也), 다(皆也), 같이, 함께

【供】 이바지할 공, 이바지하다(供給), 바치다, 베풀다(設也), 보내주다, 받들다(奉也), 갖추다(具也), 공손恭遜하다, 말하다, 진술陳述하다, 문초問招를 받다(口供審問取招)

【拱】 두 손 맞잡을 공, 두 손을 맞잡다, 손길을 잡다(兩手大指相拄), 팔짱을 끼다(斂手), 팔짱을 지르다(斂手), 껴안다, 두 팔로 껴안다, 잡다(執也), 두르다, 빙 둘러치다, 아름(拱翊,環衛), 두 팔을 벌려 껴안을 정도程度의 둘레, 큰 구슬(大璧), 아무 일도 하지 않는 모양模樣, 성姓(姓也), (법法 국) 법法(法也)

【恭】 공손恭遜할 공, 공손恭遜하다(從和), 겸손謙遜하다, 겸양謙讓하다, 예의禮儀 바르다, 공경恭敬하다(敬也), 섬기다, 받들다(奉也), 직분職分을 다하다, 삼가다, 조심操心하다, 엄숙嚴肅하다(肅也), 고告하다(告也)

【孔】 구멍 공, 구멍(穴也), 틈(間隙), 굴窟, 뚫린 길(孔道,通道), 공작孔雀새, 공자孔子, 성씨姓氏(姓也), 비다(空也), 통通하다(通也), 깊다, 크다, 심甚하다, 쉬다, 매우(甚也), 심甚히(甚也)

〔과〕

【果】 실과實果 과, 실과實果(木實), 과실果實(木實), 나무의 열매, 결과結果, 인과因果, 끝(終也), 감敢히 하다(敢也), 결단決斷하다(決也), 결단성決斷性이 있다, 맺다(結實), 이루다, 해내다, 능能히 하다(能也), 군세다, 이기다(勝也,尅也), 징험徵驗하다(驗也), 과연果然, 정正말, 드디어, 마침내(竟也), 진실眞實로(誠也), 참으로

【課】 매길 과, 매기다, 세금稅金 등等을 부과賦課하다, 시험試驗하다(試也), 살피다(計也), 의론議論하다(議也), 조세租稅, 세금稅金, 공부工夫(工課), 몫(程也), 법식法式(程也), 차례次例(第也)

【稞】 보리 과, 보리(靑州謂麥曰稞), (알곡식穀食 라) 알곡식穀食(無皮穀), (좋은 곡식穀食 화) 좋은 곡식穀食(穀之善者)

【科】 과정科程 과, 과정科程(程也), 품수品數(品也), 품등品等, 법法(金科玉條), 법률法律, 조목條目(條也), 무리(等也), 근본根本(本也), 밑동(本也), 맨머리(科頭), 한정限定, 죄罪(罪也), 과거科擧(取人條格曰科第), 배우俳優가 연극演劇 중中에 하는 동작動作, 웅덩이(堪也), 올챙이(科斗,蝦蟆子), 꿩 새끼, 북돋우다, 무성茂盛하게 자라다(滋生), 끊다(斷也), 나무가 속이 비다(木中空), 매기다(課稅), 과課하다(課也), 벌罰주다(課也)

【過】 지날 과, 지나다(度也), 거치다, 들르다, 통과通過하다(經也), 경력經歷하다, 방문訪問

하다, 이르다, 다다르다, 넘다(越也), 빠져나가다, 남다, 여유餘裕가 있다, 낫다, 한도限度를 넘다(越也), 초월超越하다, 실수失手하다, 틀리다, 잘못하다, 심甚하다, 동떨어지다, 분수分數를 잃다, 잘못하여 법法을 어기다, 책責하다, 꾸짖다, 나무라다(責也), 찾다, 허물(罪愆), 과실過失, 실수失手, 죄罪(罪也)

【寡】 적을 과, 적다(少也), 수량數量이 적다, 드물다(罕也), 홀로(倮也,倮然單獨), 홀어미, 과부寡婦(五十無夫曰寡,孀嫠,皆曰寡婦), 주상主上, 나(王侯謙稱,寡人), 임금이 자기自己 자신自身을 일컫는 겸칭謙稱(王侯謙稱,寡人), 자기自己가 섬기는 임금을 다른 나라에 대對하여 일컫는 겸칭謙稱

【誇】 자랑할 과, 자랑하다(誇也,逞也,大言), 큰소리하다(誇也,逞也,大言), 자만自慢하다, 과장誇張하다, 가장假裝하다, 거칠다(大也), 자랑(與侉同), 자만自慢

【戈】 창槍 과, 창槍(平頭戟), 짧은 병기兵器(短兵), 싸움, 전쟁戰爭, 나라 이름(國名), 성姓(姓也)

〔곽〕

【郭】 성곽城郭 곽, 성곽城郭, 외성外城(內城外郭), 도읍都邑의 주변周邊을 둘러싼 누벽壘壁, 둘레(外圍), 돈(錢) 따위의 가장자리, 성씨姓氏, 벌리다(與廓同,開張)

〔관〕

【官】 벼슬 관, 벼슬(宦也,吏事君), 벼슬아치, 관직官職, 벼슬자리, 사신使臣(使也), 관청官廳, 공직公職(職也), 관가官家(政府朝廷治政事處,官廳), 마을(政府朝廷治政事處,官廳), 공무公務를 집행執行하는 곳, 일(事也), 이耳·목目·구口·비鼻 등等 사람의 기관機關, 오관五官, 관능官能, 벼슬살이하다, 벼슬을 주다, 섬기다, 본本받다, 기준基準으로 삼아 따르다, 공변되다(公也)

【館】 객사客舍 관, 객사客舍, 여관旅館, 집(邸宅,私邸), 원院, 학교學校·관청官廳 등等 사람이 상주常住하지 않는 건물建物, 묵다(宿泊), 묵게 하다, 유류留하게 하다, 투숙投宿하다, 숙박宿泊하다

【管】 대롱 관, 대롱(竹管), 피리, 쌍雙 피리(樂器,如籥六孔), 갈대피리(葭管), 대나무로 만든 악기樂器의 총칭總稱, 붓대(筆彄), 전신全身의 침針주는 혈穴(五臟腧,亦曰管), 고동(樞要), 사북, 열쇠(籥也), 법法, 객사客舍(猶館), 취주吹奏하다, 불다, 맡아 다스리다, 통솔統率하다(總理其事曰管), 지배支配하다(總理其事曰管), 주관主管하다(主當), 견식見

識이 좁다(管管,小見), 목욕沐浴하다(管管,浴也)

【關】 빗장 관, 빗장, 문門빗장(扃也,塞也,門牡,以木橫持門戶), 관문關門(界上之門), 목(要會), 관關과 나루(關津), 역驛, 인체人體의 요처要處, 귀·눈·입(三關,耳目口), 오장五臟(關藏), 맥脈 이름(關脈), 기관汽罐(戾機), 고동(戾機), 기계機械를 움직이게 하는 장치裝置(戾機), 자동장치自動裝置, 자루구멍(關孔), 묘문墓門, 결산決算, 매듭, 결속結束, 길이 험險하여 걷기에 곤란困難한 모양模樣(閞關,崎嶇屈轉貌), 수레 끄는 소리(閞關,車牽聲), 새 우는 소리(關關,鳥鳴聲), 화和한 소리(和聲), 관계關係하다(聯絡), 관여關與하다(聯絡), 서로 관련關聯을 맺다(聯絡), 중요重要하다(要會), 통通하다(通也), 사람을 중간中間에 넣어 이야기하다(關策,猶關), 사뢰다(白也), 닫다(關,所以閉), 잠그다, 걸다, 걸리다, 막다(塞也), 거치다(涉也), 겪다(涉也), 사이를 띄우다, 거리距離를 두다, 말미암다(由也), 찾다(索也), 뚫다(穿也), 가운데를 뚫어 이쪽에서 저쪽으로 내밀게 하다(穿也), 꿰다(穿也)

【觀】 볼 관, 보다, 살펴보다, 자세仔細히 보다, 주의注意하여 똑똑히 보다(諦視), 보이다(所觀,示也), 나타내 보이다, 드러내다, 명시明示하다, 점占쳐보다, 많다(多也), 경관景觀, 경치景致, 망루望樓(樓觀,臺上構屋,可以遠觀), 망대望臺, 대궐大闕(觀,謂之闕), 도사道師가 있는 곳(道宮,謂之觀), 신선神仙이 사는 집(道宮,謂之觀), 태자太子의 궁궁宮(太子宮有甲觀,甲觀,春宮), 모양模樣(容觀,容貌,儀觀), 용모容貌(容觀儀觀,遊覽)

【灌】 물 댈 관, 물 대다(漑也), 물을 따르다(注也), 붓다, 강신제降神祭를 지내다, 술을 떠 땅에 쏟으며 신神에게 제사祭祀를 지내다, 마시다(飮也), 흘러들다, 모이다(聚也), 정성精誠껏 이르다(盡誠相告曰灌灌), 나무가 더부룩이 나다, 정성精誠스러운 모양模樣, 물 이름(水名), 고을 이름(縣名) 휘추리나무, 휘 자紫두나무(灌木叢生曰灌), 비둘기(灌灌,鳥名), 짐승 이름(灌灌,九尾狐)

【貫】 꿸 관, 꿰다(穿也), 뚫다, 꿰뚫다(貫者,聯絡貫穿), 관통貫通하다, 맞다, 맞히다(中也), 적중的中하다, 통通하다, 통과通過하다, 경유經由하다, 횡단橫斷하다, 익숙하다(習也), 입다(着袴), 착용着用하다, 바지 같은 것을 입다(着袴), 섬기다(貫,事也), 모시어 받들다(貫,事也), 이루다(貫徹,達成), 포개다(累也), 돈꿰미(貫錢,貝之貫), 엽전葉錢을 꿰던 꿰미, 지위地位, 관직官職, 호적戶籍, 본本(本貫,鄉籍), 전례前例, 조리條理, 경로經路, 옛날 어린아이의 머리를 좌우左右 양兩쪽으로 틀어 올린 것(羈貫,謂交午剪髮以爲飾), (당길 만) 당기다

【慣】 익숙할 관, 익숙하다(習也), 익숙해지다, 버릇이 되다, 버릇, 버릇처럼 익숙해진 것,

관습慣習

【寬】 너그러울 관, 너그럽다(裕也), 관대寬大하다, 용서容恕하다(宥也), 예쁘게 여기다(愛也), 넓다(寬大), 집이 넓다, 느슨하다, 늦추다, 급急하지 않다(徐也,緩也), 사납지 않다(不猛), 느긋하고 거리낌이 없는 모양模樣

【冠】 갓 관, 갓(冕弁總稱), 관冠(冕弁總稱), 닭의 볏(鷄冠), 베실(鷄冠), 꿰다(貫也)


〔괄〕

【括】 묶을 괄, 묶다, 동이다, 싸다(包括), 터럭을 묶다(絜髮), 합合치다, 맺다(絜也,結也), 감독監督하다, 단속團束하다, 관문關門을 닫다(關閉), 이르다(至也), 찾다, 궁구窮究하다(根刷), 오늬


〔광〕

【光】 빛 광, 빛(明意), 광선光線, 기氣, 기운, 위덕威德, 영광榮光, 번영繁榮, 경치景致, 광택光澤, 빛나다(輝光,明耀華彩), 비치다, 영광榮光스럽다

【洸】 물 용湧솟음할 광, 물 용湧솟음하다, 물이 하얗게 솟다(水涌光), 씩씩하다(洸光,武也), 성내다(怒也), 성낸 모양模樣(怒貌), 노怒하는 모양模樣, 사물事物의 모양模樣, 물 이름(水名), (황홀恍惚할 황) 황홀恍惚하다, 물이 깊은 모양模樣, 물이 깊고 넓은 모양模樣(水深廣貌), (깊고 넓을 왕) 깊고 넓다(深廣)

【廣】 넓을 광, 넓다(闊也), 너르다, 넓히다, 넓게 하다, 크다(大也), 면적面積이 크다, 마음 쓰는 도량度量이 크다, 넓이(橫量,幅也), 열린 모양模樣(開泰貌), 큰 집(殿之大屋)

【鑛】 쇳돌 광, 쇳돌(鑛鐵,金璞)

【礦】 쇳돌 광, 쇳돌(金玉未成器曰礦), 골 이름(谷名)

【狂】 미칠 광, 미치다(病也,心不能審得失之地), 정신精神 이상異狀이 되다, 마음이 미혹迷惑하여 사리事理를 분별分別하지 못하다, 상규常規를 벗어나다, 경솔輕率하다, 경망輕妄하다(躁也), 문득하다(輒爲), 거만倨慢하다(慢也), 추악醜惡하다(狂狂,人也,狂,是醜惡), 사납다, 오로지 한 가지 일에 골똘한 사람, 미친병病, 미친 사람(狂狂,人也,狂,是醜惡), 미친개(狾犬)

【誑】 속일 광, 속이다(欺也), 호리다, 속여 호리다(惑也), 기만欺瞞하다


〔괘〕

【卦】 괘卦 괘, 괘卦, 점괘占卦(筮也,八卦也,兆也), 점占치다, 걸다, 매달다, 걸치다, 입다

【掛】 걸 괘, 걸다(懸也), 걸어놓다, 달다(懸也), 손 사이에 시초蓍草를 끼다(揲筮置著小指
間), 마음에 걸리다, 나누다(別也)

〔괴〕

【怪】 괴이怪異할 괴, 괴이怪異하다(異也), 기이奇異하다(奇也), 불가사의不可思議하다, 이상
異狀야릇하다, 깜짝하다(怪哉,感嘆之辭), 의심疑心하다(怪者,疑也), 의심疑心스럽다, 의
심疑心스러워하다, 정상正常이 아닌 것, 도깨비, 괴물怪物(狀貌之怪異,亦曰怪), 요괴妖
怪(氣變傷人妖物藥曰怪), 궤술詭術(異之言怪也,凡行之詭異曰怪)

【愧】 부끄러울 괴, 부끄럽다(慙也), 창피猖披를 주다, 모욕侮辱하다, 책망責望하다, 탓하다,
부끄러움

【塊】 흙덩이 괴, 흙덩이, 흙덩어리(墣也), 땅덩이(造物之名曰大塊), 흙, 덩어리(墣也), 뭉치,
홀로인 모양模樣, 가슴이 뭉클하다(胸中不平)

【槐】 홰나무 괴, 홰나무(木也,花可染黃色), 회화나무, 괴화槐花나무, 느티나무, 콩과科에 속
屬하는 낙엽落葉 교목喬木, 산山과 들에 저절로 나서 자라는 풀, 삼공三公의 자리,
주대周代 조정朝廷 뜰에 홰나무 세 그루를 심어 좌석座席을 표시標示함, 나라 이름
(桃槐,西域國名), 땅이름(槐里,地名), 짐승 이름(孟槐,獸名), 성姓

【壞】 무너질 괴, 무너지다(毀也), 무너뜨리다(毀也), 땅이름, (앓을 회) 앓다

【乖】 어그러질 괴, 어그러지다(戾也), 어기다, 떨어지다, 나뉘다, 배반背叛하다(背也), 괴이
怪異하다

〔굉〕

【宏】 클 굉, 크다(大也), 넓다(廣也), 광대廣大하다, 집이 깊어 소리가 울리다(宏宏,屋深響),
두루, 널리

〔교〕

【交】 사귈 교, 사귀다(彼此相合), 교섭交涉하다, 엇갈리다, 섞이다(錯也), 주고받고 하다, 바
꾸다(易也), 합합하다(合也), 흘레하다(交尾), 풀풀 날다(交交,飛貌), 서로(互也), 어름
(前後相替之際), 달이 바뀌는 사이(合朔), 회합會合하는 곳(會合處), 동아리, 벗(友也),
옷깃(衣領), 새소리(交交,鳥聲)

【校】 학교學校 교, 학교學校, 책상冊床다리, 장교將校, 장수將帥, 사냥 도구道具, 형刑틀,

죄인罪人을 가두는 우리, 가르치다, 본本받다, 끊다(考也), 생각하다, 헤아리다, 비교
比較하다, 계교計較하다, 자세仔細히 살펴보다, 교정校訂하다, 싸우다(戰也), 빠르다
(疾也), 갚다

【較】 비교比較할 교, 비교比較하다(與校通,比較), 견주다(與校通,比較), 나타내다, 같지 않
다, 대등對等하지 아니하다, 조금, 거의, 대강大綱(略也), 대략大略(略也), 환한 모양模
樣, (수레 귀 각) 수레 귀

【郊】 성城밖 교, 성城밖(距國百里爲郊), 교외郊外, 시외市外(轉而), 들(邑外謂之郊), 시골(邑
外謂之郊), 도회都會 부근附近(轉而), 서울의 교외郊外, 전야田野, 국경國境, 끝, 제한
制限, 교사郊祀(祭名,冬至祀天于南郊,夏至祀地于北郊), 천지天地에 지내는 제사祭祀(祭
名,冬至祀天于南郊,夏至祀地于北郊)

【教】 가르칠 교, 가르치다(敎訓), 일깨우다, ~로 하여금 ~하게 하다(使爲), 주다(授也), 본
本받다(效也), 하여금(使爲), 가르침(以道設敎), 종교宗敎(以道設敎), 지도指導, 일깨움,
종지宗旨, 교령敎令, 칙교勅敎(敎令,王命), 왕王이나 제후諸侯의 명령命令, 법령法令
(敎令,王命)

【巧】 공교工巧할 교, 공교工巧하다(機巧), 공교工巧롭다, 솜씨가 있다, 잘하다(能也,善也),
똑똑하다(黠慧), 예쁘다(好也), 아름답다, 꾸며서 하는 말솜씨가 있다, 겉을 꾸미다,
교묘巧妙하게 꾸미다, 사수射手가 잘 맞추다(射者工于命中), 기교技巧, 기능技能, 재
才주(技也), 꾸밈, 겉치레, 계교計巧, 꾀, 거짓(僞也), 괴이怪異하고 교巧하게 꾸민 재
才주(淫巧,謂僞飾不如法)

【喬】 높을 교, 높다(高也), 높이 솟다(喬竦), 나무 가지 위가 굽다(小枝上繚曰喬), 방자放恣
하다(喬志), 교만驕慢하다, 마음이 편안便安하지 아니하다, 불만不滿하다(喬詰), 높은
나무(喬木), 우듬지 무지러진 나무(木上疎), 위쪽으로 굽은 가지, 창槍, 끝에 갈고리를
덧붙인 창槍

【僑】 높을 교, 높다(高也), 객지客地에 나가살다, 타관他官살이 하다, 붙여 살다(寓居), 임
시臨時 거처居處, 성姓也)

【橋】 다리 교, 다리(水梁), 교량橋梁, 물을 건너 가로지른 나무(器之有橫梁者), 시렁, 가름
대가 있어 물건物件을 걸어 놓을 수 있는 물건物件, 두레박틀에 도르래를 다는 가름
대 나무(桔槹上衡), 부자父子의 도道(橋梓,父子之道), 굳세다, 어그러지다(戾也), 업신
여기다(橋泄,嫚也)

【矯】 바로 잡을 교, 바로 잡다(直也,正曲使直), 바루다, 살을 바로 잡다, 곧추다(揉箭箝), 들

다(擧也), 날다(飛也), 날래다(勇也), 굳세다(强也), 씩씩하다(武也), 이법理法을 굽히다, 천단擅斷하다(擅也), 속이다, 속여 군명軍命을 빙자憑藉하다, 뒤틀린 활을 바로잡는 기구器具, 도지개, 거짓(詐也)

【嬌】 아리따울 교, 아리땁다(妖嬈), 예쁘다, 요염妖艷하다, 사랑하다, 사랑스럽다, 계집애, 딸, 미녀美女, 태도態度(態也), 여자女子의 이름(女名,禹聚塗山氏之女曰女嬌), 술 이름(酒名), 여자女子의 이름자字(女字)

【驕】 교만驕慢할 교, 교만驕慢하다(慢也), 남을 깔보다, 업신여기다, 잘난 체하다, 무례無禮하다, 버릇없다, 방자放恣하다(恣也,自矜,縱恣), 뽐내다(恣也,自矜), 총애寵愛하다(寵也), 굳세다, 뻣뻣하다(馬驃逸不受控制), 말이 말을 잘 듣지 아니하다(馬驃逸不受控制), 말 걷는 모양模樣(驕驁,馬行貌), 장壯한 모양模樣, 씩씩한 모양模樣(壯貌), 키가 여섯 자 되는 말(馬高六尺爲驕), 들말(野馬), 길들이지 않은 말(野馬), 금禁할 수 없는 세력勢力(債驕,不可禁之勢)

## 〔구〕

【口】 입 구, 입(五官之一,人所以言食), 구멍(孔穴), 어귀(出入口,洞口,谷口,關所), 드나드는 목의 첫머리, 인구人數(人數,戶口,人口), 식구食口, 사람, 자루, 실마리(端緒), 떼(區分,別口), 말(辯舌), 말하다(言之), 말로 전傳하다

【九】 아홉 구, 아홉(老陽數), 아홉 번番, 수효數爻의 끝, 수효數爻가 많다, (모을 규) 모으다(聚也)

【仇】 원수怨讎 구, 원수怨讎(讎也), 상대相對, 짝(匹也), 거만倨慢한 모양模樣, 교만驕慢한 모양模樣, 거만倨慢하다(逑同,仇仇,傲也), 원망怨望하다, 잔盞질 하다(以手挹酒)

【究】 궁구窮究할 구, 궁구窮究하다(窮盡), 찾다(推尋), 꾀하다(謀也), 마치다(竟也), 다하다(極也), 깊다(深也), 미워하다(究究,懷惡不相親比之貌), 굴窟(窟也), 여울(山溪瀨中,謂之究), 극極, 끝, 효도孝道(士之孝曰究)

【久】 오랠 구, 오래다(暫之反), 오래 되게 하다, 오래 기다리다(待也), 멈추다, 머무르다, 변變하지 아니하다, 마개하다(塞也)

【灸】 뜸 구, 뜸(灼體療病), 약藥쑥으로 살을 떠서 병病을 고치는 방법方法, 담 기둥(柱也), 미나리아재비(毛茛艸別名), 성姓(姓也), 뜸질하다(灼體療病), 굽다, 사르다, 버티다

【咎】 허물 구, 허물(愆也,過也), 죄과罪過, 재앙災殃(災也), 병病(病也), 근심거리, 미움, 미워하다(惡也), 책망責望하다, (성姓 고) 성姓(姓也)

【晷】 해 그림자 구(귀), 해 그림자(日影), 기둥 그림자(柱影), 해시계時計(以表度日), 시각時
刻, 햇빛, 빛, 법法(規也,如規劃), 규획規劃하다

【求】 구求할 구, 구求하다(索也), 찾다(覓也), 필요必要한 것을 찾다(覓也), 구걸求乞하다(乞
也), 청請하다, 묻다, 탐貪하다, 취取하다, 부르다(招來), 짝(等也), 갖옷(與裘通), 끝,
종말終末

【救】 구원救援할 구, 구원救援하다(拯也), 건지다(拯也), 고치다, 치료治療하다, 돕다(助也),
두둔斗頓하다, 경계警戒하다(禁也), 못하게 하다, 막다, 금지禁止하다(禁也), 도움, 구
원救援

【球】 공 구, 공(毬也), 구슬(玉也), 아름다운 옥玉(美玉), 둥근 물건物件(圓形物), 지구地球,
땅덩어리, 옥경玉磬쇠, 경磬, 옥玉으로 만든 경磬

【逑】 짝 구, 짝(匹也,合也), 배우자配偶者, 배필配匹, 제사祭祀 지내는 신神 이름(祭神名),
모으다(聚斂), 모이다, 일치一致시키다(聚斂), 구求하다, 급박急迫하다(與絿同)

【矩】 곱자 구, 곱자, 곡척曲尺(矩者所以矩方器械), 방형方形을 그리는데 씀, 네모, 네모꼴
(正方之則), 사각형四角形, 모, 모서리, 법법, 법도法度

【句】 글귀句 구, 글귀句(文詞止處,章句), 문장文章이 끊어지는 곳(文詞止處,章句), 병장기兵
仗器(兵,戈戟屬,刃先曲造鉤戰具), 굽다(句中鉤,大屈也,言音聲大屈曲,感動人心,如中當於
鉤), 구부러지다, 거리끼다(拘也), 활을 당기다(張弓), 위에 고告하다(臚句,上傳語告下
爲臚,下告上爲句), 담당擔當하다(辦也,句當), 맡아보다(辦也,句當)

【勾】 굽을 구, 굽다, 휘다, 잡다, 붙들다, 갈고리(鉤也), 글 귀절句節

【拘】 잡을 구, 잡다(止也), 잡히다, 체포逮捕하다, 체포逮捕되다, 구애拘礙받다, 거리끼다
(曲碍), 망설이다, 주저躊躇하다, 껴안다(佝動,擁也), 두 팔을 벌려 껴안다, 취取하다
(取也), 그치다(止也,物去手能止之), 굽다(曲也), 한정限定하다

【狗】 개 구, 개(家畜之一,犬也), 강아지(未成毫狗), 삽살개(尨也)

【苟】 진실眞實로 구, 진실眞實로(誠也), 원願컨대, 바라건대, 다만(但也), 적어도(指緣謬辭謂
之苟), 가령假令, 만일萬一(若也), 한때, 임시臨時, 구차苟且히도, 구차苟且하다(且也),
구차苟且히 하다, 겨우 모이다(苟合), 풀(草也)

【舊】 예 구, 예(故也,對新之稱), 옛적(故也,對新之稱), 옛날(昔也), 이전以前, 친구親舊(故舊,
交誼), 늙은이(老宿), 올빼미(鵂舊,舊留,卽怪鵂), 오래다(久也)

【丘】 언덕 구, 언덕(阜也), 단壇(祭天壇曰圜丘), 높다(高也), 크다(大也), 모으다(聚也)

【邱】 땅 이름 구, 땅 이름(地名)

【具】갖출 구, 갖추다(備也), 판비辦備하다(辦也), 온전穩全하다, 그릇(器具), 제구祭具(器具)

【俱】함께 구, 함께(偕也), 다(皆也), 함께 하다, 갖추다(具也)

【區】지경地境 구, 지경地境(域也), 작은 방房(小室), 나누다(分也), 구별區別하다(區以別矣), 조그마하다(區區,小貌)

【驅】몰 구, 몰다(走馬謂之馳,策馬謂之驅,驟也,奔馳), 쫓아 보내다(逐遣), 달리다, 말을 채찍질하여 달리게 하다, 행렬行列의 제일第一 앞에 서다(軍前鋒曰先驅,次前曰中驅)

【傴】구부릴 구, 구부리다(俯也,僂也), 공경恭敬하는 모양模樣, 곱사등이

【歐】토吐할 구, 토吐하다(吐也), 뱉다, 노래하다(毆通,氣出而歌), 쥐어박다(捶擊), 노랫소리(歐歐,聲也)

【構】얽을 구, 얽다, 얽어매다, 재목材木을 짜 맞추다, 집을 짓다, 집을 세우다(架屋), 글을 짓다, 생각을 짜내다, 맺다, 인연因緣을 맺다, 얽히어 일어나다(結起), 이루다(成也), 뜻한 바를 이루어 내다, 덮다(蓋也), 음해陰害하다, 이간離間하다, 일, 사업事業, 틈(間隙)

【溝】봇洑도랑 구, 봇洑도랑, 하수도下水道, 해자垓字(溝池,城塹), 도랑(田間用水路曰溝), 개천開川(田間用水路曰溝), 밭도랑(田間用水路曰溝), 물받이, 시내, 말 등(汗溝馬中脊), 도랑을 파다, 골짜기 물이 흐르다(水注谷曰溝)

【搆】이해理解하지 못할 구, 이해理解하지 못하다, 사리事理를 깨닫지 못하다, 알아내지 못하다(搆攜,事不解), 끌다(牽也), 이끌다, 끌어당기다, 차리다, 꾸미다, 얽어 만들다, 다 닫다(皆閉)

【瞿】볼 구, 보다, 노려보다(鷹隼之視), 매·솔개 따위가 노려보다,(鷹隼之視) 놀라서 보다(驚視貌), 휘둥그레져서 보다, 둘러보다(視貌), 의심疑心하여 사방四方을 살피다, 가슴이 두근두근 거리다(瞿然,心驚貌), 두렵다(恐也), 검소儉素하다(瞿瞿,儉也), 자세仔細히 보는 모양模樣(瞿瞿然,瞠視貌), 마음에 놀라운 모양模樣, 절제節制하지 못하는 모양模樣(瞿瞿,無守貌), 달리는 모양模樣(義同,走貌), 말(句瞿,斗也), 네 갈래진 창槍(戟屬), 술패랭이꽃(大菊蘧麥,卽瞿麥,藥草), 질경이(直曰車前,瞿曰苤苢,蓋生於兩旁謂之瞿), 새 이름(鳥名), 산山 이름(山名), 여울 이름, 사람 이름(人名), 성姓(姓也), 겹성姓(商瞿,瞿曇,複姓), (초상初喪으로 눈이 어두울 극) 초상初喪으로 눈이 어둡다(瞿극瞿극,居喪視不審貌)

【懼】두려워할 구, 두려워하다(恐也), 겁怯내다(恐也), 위태危殆로워하다, 위태危殆롭게 여기다, 으르다, 협박脅迫하다, 두려움, 두려운 모양模樣(無守貌), 근심, 걱정

【龜】나라 이름 구, 나라 이름(龜玆,西域國名), (거북 귀) 거북, (터질 균) 터지다

【姤】만날 구(후), 만나다(遇也), 강유剛柔를 겸겸兼하다(柔遇剛), 우아優雅하다, 아름답다, 예쁘다(好也), 괘卦 이름, 64괘卦의 하나

【詬】꾸짖을 구(후), 꾸짖다(罵也), 망신亡身을 주다(詬病,恥辱), 욕辱을 하며 책망責望하다, 부끄럽다(謏詬,恥也), 성내다(怒也), 말을 잘하다(巧言), 지조志操가 없다(無志節)

【寇】도둑 구, 도둑(賊也), 떼도둑(群盜), 밖에서 난 도둑(外敵之亂,國內之騷動曰亂,國外之騷動曰寇), 원수怨讐(仇敵), 사납다(暴也), 겁탈劫奪하다(劫取), 물건物件이 많다(物盛多謂之寇)

【緱】칼자루 감을 구, 칼자루를 감다(刀劍緱), 새끼로 칼자루를 감다(刀劍緱), 칼자루 감는 실(刀劍緱)

【臼】절구 구, 절구, 확, 별 이름(星名), 땅 이름(地名), 물 이름(水名), 산山 이름(山名), 새 이름(鳥名), 나무 이름(樹名), 성姓(姓也), 허물(咎也), 절구질하다

〔국〕

【國】나라 국, 나라(邦也), 고향故鄕, 서울(首道), 나라를 세우다

【局】판 국, 판, 판국局, 형편形便, 일이 벌어지는 형편形便이나 장면場面, 세상世上, 시절時節, 마을, 갑匣, 장기將棋·바둑·윷 따위의 밭을 그린 판板, 재능才能, 도량度量, 어떤 사무事務를 맡아보는 부서部署, 풍수지리설風水地理說에서 말하는 혈穴과 사砂가 합합하여 이룬 자리, 굽히다, 쭈그리다, 곱슬곱슬하다, 거리끼다(拘也)

【菊】국화菊花 국, 국화菊花, 대국大菊

〔군〕

【君】임금 군, 임금(至尊), 천자天子, 주권자主權者, 아버지(嚴父), 망부亡父, 조상祖上, 부모父母, 남편男便(妾稱夫), 지아비, 아내(妻也,細君), 지어미, 왕비王妃, 세자世子, 임금의 적처嫡妻, 어진이, 현자賢者, 봉호封號, 부인婦人 봉호封號, 그대(彼此通稱), 자네(上稱下)

【郡】고을 군, 고을(行政區劃之一), 관청官廳, 군郡, 무리(郡,群也,人所群聚), 떼(郡,群也,人所群聚), 여러 사람(郡,群也,人所群聚), 쌓다

【群】무리 군, 무리(輩也), 떼(隊也), 동아리, 같은 부류部類, 동료同僚, 벗(朋也), 짐승 세

마리(獸三爲群), 떼 지어 모이다, 떼 지어 어울리다(群群), 합합치다, 모으다(聚也), 금수禽獸 같이 모이다(謂禽獸共聚), 많은(衆也)

【窘】 막힐 군, 막히다, 군색窘塞하다(窮迫), 곤궁困窮하다, 궁窮해지다, 급急하다(急也), 저리다(痹也), 인因하다(仍也), 움, 사람이 모이는 곳

【軍】 군사軍士 군, 군사軍士(衆也), 전투戰鬪, 병거兵車, 군사軍士의 수레, 군사軍士의 예의禮儀(軍禮), 진陣치다(師所駐曰軍,屯也), 주둔駐屯하다(師所駐曰軍,屯也), 군대軍隊를 지휘指揮하다

## 〔굴〕

【屈】 굽힐 굴, 굽히다(鬱也), 굽다(曲也), 구부러지다, 움츠리다, 오그라들다, 쇠衰하다, 꺾다, 삐걱거리다(軋也), 뜻을 얻지 못하다(不得志), 물러나다, 억누르다, 제압制壓하다, 다하다(盡也), 없어지다, 짧다(短也), 청請請하다, 있는 힘을 다하다, 강强하다, 베다, 자르다, (깎을 궐) 깎다

【掘】 팔 굴, 파다(搰也), 파내다, 굴窟을 파다(掘地), 움푹 패다, 다하다(盡也), 있는 대로 다하다, 다닥치다(突也), 우뚝한 모양模樣(特起貌), 우뚝 솟은 모양模樣, (뚫을 궐) 뚫다(穿也), (드날릴 굴) 드날리다(揚也), (우뚝할 올) 우뚝하다(高貌)

【倔】 고집固執 셀 굴, 고집固執이 세다, 어겨대다(梗戾貌,倔强), 딱딱하다(梗戾貌,倔强), 굳세다(强也), 몸을 일으키다, 입신立身하다, 굽다, 굽히다

【窟】 굴窟 굴, 굴窟(孔穴), 움(窟室也), 산山 이름(山名), 달에 있는 굴窟(月窟,月所生), 사람이 모이는 곳

## 〔궁〕

【宮】 집 궁, 집(室也), 궁궐宮闕(尊所居之稱), 왕비王妃(六宮,謂后), 일반一般 백성百姓이 거처居處하는 집, 담(圜也,垣也), 장원牆垣, 종묘宗廟, 신神을 위爲하는 사당祠堂, 신선神仙의 주거住居, 오음五音, 음계音階의 제일第一 음음音音, 궁형宮刑, 두르다, 위요圍繞하다, 불알을 썩히다(腐刑)

【弓】 활 궁, 활(射器弧), 궁술弓術, 활을 쏘는 법法이나 기술技術, 과녁 거리距離(射侯,卽的之距離,謂六尺), 자(約五尺), 길이의 단위單位

【躬】 몸 궁, 몸(身也,俗躳字,今經典通用), 자신自身, 자기自己(我也,身自謂), 나(我也,身自謂), 나이(齡也), 해(齡也), 줄기(幹也), 교지敎旨(告身,給符), 칙지勅旨(告身,給符), 몸소 행行하다(親而行之), 친親히 행행行行하다(親而行之), 몸에 지니다, 품수稟受하다, 애를 배다

(身,重也,重爲懷孕,以身中復有一身,故言重), 친親히, 몸소(親也)

【窮】 다할 궁, 다하다(極也), 마치다(竟也), 그치다, 끝나다, 궁구窮究하다 궁리窮理하다, 막히다(塞也), 궁窮하다, 어려움을 겪다, 고생苦生하다, 가난하다

## 〔권〕

【勸】 권勸할 권, 권勸하다(勉也), 권장勸獎하다(獎勉), 가르치다(敎也), 힘쓰다(力也), 돕다(助也), 기쁘게 좇다(悅從), 즐기다, 좋아하다, 하도록 하는 말이나 짓

【權】 저울추錘 권, 저울추錘(稱錘), 저울, 권세權勢(權柄), 권력權力, 권도權道(經權,權反經而合道者), 임기응변臨機應變의 방편方便, 수단手段은 상도常道에서 벗어나지만 결과結果는 상도常道에 맞는 일, 두 뺨(兩頰), 봉화烽火불, 꾀하다, 저울질하다, 경중輕重·대소大小를 분별分別하다, 책략策略을 쓰다, 고르게 하다, 평평平平하다(平也), 벼슬을 겸임兼任하다(攝官曰權), 비로소(權輿,始也)

【劵】 문서文書 권, 문서文書, 어음 쪽(契也), 계약서契約書(要約書), 어음을 쪼갠 한 쪽, 쪽지紙, 증권證劵(有價證劵), 분명分明하다, 확실確實하다

【卷】 책冊 권, 책冊(書卷), 두루마리, 권卷, 갓(冠武), 오금(膝曲), 쇠뇌, 돌을 쏘는 힘이 센 활, 정성精誠, 말다(不舒捲), 굽다(曲也), 구부정하다, 접다(舒卷), 정성精誠스럽다, 작다(區也), 아름답다(惓同,好貌), 아리땁다(惓同,好貌)

【捲】 말 권, 말다(欲以爲捲,舒之捲), 감아 말다, 거두다(收也,斂也), 걷다, 힘쓰다, 치다(搏也), 기세氣勢, 주먹(拳也), 힘쓰는 모양模樣(捲捲,用力貌), 힘써 일하는 모양模樣

【倦】 게으를 권, 게으르다(懈也), 피곤疲困하다(疲也), 피로疲勞하다, 고달프다(疲也), 싫다(厭也), 쉬다, 걸터앉다(踞也)

【惓】 삼갈 권, 삼가다(謹也), 정성精誠스럽다(懇至), 간절懇切하다, 번민煩悶하다(悶也), 싫증나다, 싫증나도록 피곤疲困하다, 파罷하다(罷也), 진심眞心을 다하는 모양模樣

【拳】 주먹 권, 주먹(手也,屈手), 권법拳法, 힘(力也), 주먹을 쥐다, 주먹질하다, 소중所重히 받들어 지키다, 공손恭遜하다, 정중鄭重하다, 삼가는 모양模樣(恭也,拳拳), 부지런하다(勤懇), 힘쓰다(力也), 마음에 품다(奉持之貌), 사랑스럽다(愛也), 근심하다(拳拳,憂也)

## 〔궐〕

【厥】 그 궐, 그(其也), 그것(其也), 돌궐突厥, 종족種族 이름, 머리를 숙이다, 쪼다(頓也), 파다, 짧다(短也)

【劂】 새김 칼 궐, 새김 칼(刻刀), 곱 끌(剞劂,曲鑿), 조각彫刻 칼

【闕】 대궐大闕 궐, 대궐大闕, 어전御殿, 조정朝廷, 대궐문大闕門, 궁성宮城 문門, 문門, 궁문宮門의 양兩 옆에 설치設置한 두 개個의 대臺, 예비豫備의 병거兵車, 흠欠, 과실過失, 틈, 빠지다, 빼다, 제외除外하다, 줄이다, 적게 하다(少也), 부족不足하다, 헐다(毀也), 없애다, 뚫다(穿也), 파다, 이지러지다(虛也), 불합不合하다, 공손恭遜치 못하다, 가다(之也), 비다(空也)

〔궤〕

【軌】 바퀴 자국 궤, 바퀴 자국(車轍), 굴대(車軸), 수레바퀴 굴대(車軸), 차축車軸, 바퀴 사이, 길, 도로道路, 궤도軌道, 천체天體를 운행運行하는 길, 법法(法也,則也), 법도法度(法也,則也), 법칙法則, 본本보기(法也,則也), 좇다(循也), 준수遵守하다(循也)

【匱】 함函 궤, 함函, 궤櫃(藏器之大者), 갑匣(匣也), 삼태기, 부족不足하다, 모자라다, 다하다(竭也), 없다(乏也)

【櫃】 함函 궤, 함函(櫝也), 궤櫃짝(櫝也), 궤櫃(藏器之大者), 상자箱子(篋也), 옷 광주리(篋也)

【饋】 먹일 궤, 먹이다, 음식飲食을 대접待接하다, 음식飲食을 보내다(饋饌), 호궤犒饋하다, 보내다(送致物品), 물건物件을 보내다(送致物品), 권勸하다(勸食), 식사食事를 권勸하다(勸食), 공功으로 주다, 드리다, 올리다, 음식飲食을 올리다, 식사食事, 선물膳物, 임금의 식사食事를 맡은 사람(饋人,主治公膳者), (약과藥果 퇴) 약과藥果(飷饋,餌名,屑米和蜜 蒸之)

【餽】 보낼 궤, 보내다(與饋同), 음식飲食을 보내다(與饋同), 진지 올리다(進食于尊曰餽), 먹이다(餉也), 운송運送하다(與饋同), 또 보내다, 보내는 것, 제사祭祀(吳人謂祭曰餽), 흉년凶年, 성姓(姓也)

〔귀〕

【貴】 귀貴할 귀, 귀貴하다(高也,尊也), 귀貴히 여기다(作貴,物不賤), 귀貴하게 되다, 신분身分이 높다(高也,尊也), 소중所重하다, 값이 비싸다(多價), 빼어나다, 우수優秀하다, 우러르다(貴,歸也,物所歸仰), 경외敬畏하다, 바라다(欲也), 원願하다, 사랑하다, 자랑하다, 벼슬이 높은 사람, 존칭尊稱의 접두어미接頭語尾

【鬼】 귀신鬼神 귀, 귀신鬼神(鬼神,陰靈曰鬼,陽靈曰神), 도깨비(陰氣之化身), 상상想像의 생물

生物, 신神으로서 제사祭祀 지내는 망령亡靈(祭祀之精魂), 죽은 사람의 넋, 죽은 사람의 혼魂(精魂所歸,人死骨肉歸土,血歸水,魂歸天,其陰氣薄然,獨存無所依,故爲鬼), 제사祭祀를 모시는 죽은 사람의 혼백魂魄, 사람을 해害치는 요괴妖怪, 먼 곳, 어두운 가운데서 사람에게 앙화殃禍를 내린다는 요귀妖鬼, 불가사의不可思議한 힘이 있다고 믿어지는 인격人格, 슬기롭다(慧也), 지혜智慧롭다, 교활狡猾하다, 멀다

【歸】 돌아갈 귀, 돌아가다(還也), 온 곳으로 돌아가다, 돌아오다(還也), 본本디 있던 곳에 돌아오다, 보내다, 돌려보내다(還所取之物), 있던 곳으로 돌아가게 하다, 의지依支하다(依也), 붙좇다(歸附), 맡기다(委也), 위임委任하다, 편便들다, 반환返還하다, 맞다, 적합適合하다, 음식飮食·물건物件 등等을 보내주다, 마치다(終也), 허락許諾하다(與也, 許也), 합合하다(合也), 시媤집을 보내다, 시媤집가다(女嫁), 버리다(委也), 끝내다, 죽다

【龜】 거북 귀, 거북(甲蟲之長,龜外骨內肉者,天性無雄,以蛇爲雄), 거북의 등 껍데기(龜甲), 귀갑龜甲, 무늬(文也), 틀, 패물佩物, 거북점占, 땅 이름, 거북의 등껍데기를 지져 점占을 치다(灼龜甲以卜), 나아가다(進也), (틀 균) 트다, (나라 이름 구) 나라 이름

【宄】 바깥 도둑 귀(궤), 바깥 도둑(姦也,寇賊,姦寇,出內爲姦起外爲宄), 밖에서 난 도둑(姦也, 寇賊,姦宄,由內爲姦,起外爲宄), 바르지 아니한 것, 간악奸惡하다

## 〔규〕

【規】 법法 규, 법法(有法度), 법규法規, 법칙法則, 규정規程, 규칙規則, 모범模範, 의범儀範, 그림쇠(正圜之器), 원圓을 그리는 제구製具, 동그라미(圓形), 꾀(謀度), 그리다(畵也), 본本뜨다, 모범模範으로 삼다, 바로 잡다(以法正人曰規), 해와 달이 둥글다(日月圓曰規), 구求하다(規求,計), 탐貪내어 청請하다(規求,計), 꾀하다(謀度), 법法을 어기다(規避,違法,以方爲圜)

【叫】 부르짖을 규, 부르짖다(嘑也), 부르다, 울다, 짐승이 울다, 이치理致에 맞지 않다(色叫,事理不當), 헌칠하다(叫奡,高擧貌), 먼 소리(遠聲)

【糾】 꼴 규, 꼬다(絢也), 동여매다(纏也), 얽히다, 서로 얽히다(猶繞要), 맺히다(愁結), 모아서 합合치다(糾合), 끌어모으다, 거두다(收也), 참례參禮하다, 살피다(察也), 들추어내다, 밝히다(明也), 동독董督하다, 급急하다, 어그러지다(戾也), 탄핵彈劾하다, 고告하다, 드리다, 늘어진 모양模樣(舒之姿), 삼겹 노(繩三合)

【奎】 별 이름 규, 별 이름(星名,二十八宿수之一), 글, 문장文章, 꽁무니(兩髀之間), 가랑이,

걷는 모양模樣

【揆】 헤아릴 규, 헤아리다(度也), 상량商量하다, 법도法道, 도리道理, 꾀, 계책計策, 관리官吏, 재상宰相, 벼슬 이름(百揆,官名), 일(事務), 법법(法則), 아욱(葵也)

【竅】 구멍 규, 구멍(穴也), 몸에 있는 구멍(身體之孔穴,卽耳目口鼻等), 구멍을 뚫다, 통通하다, 두루 미치다, 비다(空也)

〔균〕

【均】 고를 균, 고르다(調也), 높낮이를 없게 하다, 평평平平하게 하다(平也), 가지런하게 하다, 같게 하다, 반듯하다(平也), 조화調和를 이루다, 한결같다, 갈다, 밭을 갈다, 교육教育하다(設四代之學曰成均), 두루(徧也), 기와 만드는 틀(造瓦具,旋轉者), 오지그릇을 만드는 데 쓰는 물레. 녹로轆轤, 싸움 옷(均服,戎服), 장단長短(節樂器)

【鈞】 서른 근斤 균, 서른 근斤(三十斤), 녹로轆轤(一曰,陶旋輪), 도자기陶瓷器 만드는 물레, 존경尊敬의 뜻을 나타내는 말, 하늘(大鈞,天也), 조물주造物主, 풍류風流 이름, 칼 이름(劍名), 땅 이름(地名), 물 이름(水名), 성姓(姓也), 고르다(與均同,平也), 고르게 하다(等也,同也), 같다(等也,同也)

【菌】 버섯 균, 버섯(地蕈), 곰팡이(黴菌), 하루살이(朝菌), 무궁화無窮花 나무(槿也)

【龜】 틀 균, 트다, 터지다, 손이 얼어 터지다(手凍皸瘃), 논바닥이 갈라지다, (거북 귀) 거북, (나라 이름 구) 나라 이름

〔극〕

【極】 다할 극, 다하다(盡也), 지극至極하다, 이르다, 닿다, 미치다, 잡아두다, 멀다, 끝나다(終也), 그만두다(取止), 극極, 태극太極, 천天·지地·인人의 도道(三才), 천지天地의 도道, 더할 수 없는 막다른 지경地境, 지선至善의 도道, 지상至上의 자리, 임금의 자리, 지구地球의 자전축自轉軸이 지구地球 표면表面과 교차交叉하는 점點, 전극電極·자극磁極·쌍극자雙極子의 극極의 총칭總稱, 한계限界, 용龍마루, 들보, 대大들 보, 마룻대(棟也), 한가운데(大中), 중정中正, 매우, 심甚히

【克】 이길 극, 이기다(勝也), 마음을 누르다, 억누르다, 참다(勝己之私), 능能하다, 능能히 하다, 책망責望하다, 지기 싫다(勝心), 메다(肩任), 능能히

【剋】 이길 극, 이기다(勝也), 잘하다, 능能하다, 심甚하다, 급急하다(急也), 기약期約하다(剋期,約定日,期也), 깎다, 제除하다(損削), 삭제削除하다, 죽이다(刻通,殺也), 가리다(涓選), 뽑다, 반드시(必也), 사사私事(私也)

【劇】 심甚할 극, 심甚하다, 어렵다(艱也), 힘들다, 번거롭다, 희롱戲弄하다, 더하다(增也), 많다(多也), 대단하다, 빠르다, 바쁘다(忙也), 아프다, 연극演劇, 몹시

【戟】 창槍 극, 창槍(有枝兵), 창槍끝이 두 갈래진 창槍(有枝兵), 땅이름(地名), 극戟 모양模樣으로 굽히다, 찌르다

〔근〕

【斤】 도끼 근, 도끼(斧類,斫木器), 자귀, 근斤(權輕重之器,十六兩爲斤), 베다, 나무를 베다, 밝다(明也), 밝게 살피다(釿同,明明斤斤,明察)

【近】 가까울 근, 가깝다(不遠), 가까이하다, 거리距離가 멀지 않다, 친밀親密하다, 친親하다, 친親하게 지내다, 닮다(近似), 비슷하다(近似), 알기 쉽다(易也), 딱 들어맞다, 사랑하다, 총애寵愛하다, 생각이 얕다, 천박淺薄하다, 닥뜨리다(迫也), 핍박逼迫하다, 가까이, 거의, 요사이(近時), 요즘

【筋】 힘줄 근, 힘줄(骨絡肉力), 힘, 체력體力

【根】 뿌리 근, 뿌리(根柢), 초목草木의 뿌리, 대(大株), 밑(大株), 이·머리카락 등等이 박혀 있는 밑 부분部分, 사물事物·현상現像이 발생發生·발전發展하는 근본根本, 별 이름(天根,氐星), 뿌리박다, 기인起因하다, 근거根據하다, 뿌리째 뽑아 없애다, 비로소(始也)

【勤】 부지런할 근, 부지런하다(勞也), 은근慇懃하다, 도탑다(篤厚), 괴롭다(苦也), 근심하다, 일, 직책職責, 임무任務

【懃】 은근慇懃할 근, 은근慇懃하다(委曲貌), 일에 힘쓰다, 부지런히 일하다, 수고롭다(勞也), 친절切한 모양模樣, 은근慇懃한 모양模樣(委曲貌), 곡진曲盡한 모양模樣(委曲貌)

【謹】 삼갈 근, 삼가다(愼也), 조심操心하다, 경계警戒하다, 엄嚴하게 하다, 엄嚴하게 금禁하다, 금지禁止하다, 깨끗하다(潔也), 청렴淸廉·정직正直하게 하다, 공경恭敬하다(敬也), 공손恭遜하게 하다, 오로지(專也), 정중鄭重하게, 삼가, 삼가는 일(愍也), 찰흙, 점토粘土, 진흙

【僅】 겨우 근, 겨우(纔能), 거의, 조금, 적다(少也), 남다(餘也), 졸렬拙劣하다(劣也)

【覲】 뵐 근, 뵈다(覯,見也,下見上), 뵙다(通作覲), 알현謁見하다(覯,見也,下見上), 만나다(君臣會見), 보다(君臣會見), 만나보다, 겨우(古僅通)

〔글〕

【契】 나라 이름 글, 나라 이름, (맺을 계) 맺다, (애쓸 결) 애쓰다, (사람 이름 설) 사람 이

〔금〕

【今】 이제 금, 이제(是時), 이때, 바로, 지금只今, 지금只今 곧, 바로 이때, 곧(卽也), 혹或
은, 이에(발어사發語辭, 사물事物을 가리키는 말), 오늘(今日), 현재現在, 현대現代,
이, 이것(指物)

【琴】 거문고 금, 거문고(七絃樂器)

【金】 쇠 금, 쇠(金·銀·銅·鐵等總稱), 금속金屬, 구리, 동銅, 철鐵, 광물鑛物의 총칭總稱, 돈
(金錢,貨幣), 금전金錢, 화폐貨幣, 황금黃金(黃色貴重金屬), 황금색黃金色, 금속金屬으
로 만든 그릇, 쇠그릇(金物,銅·鐵等金屬性器), 종정鐘鼎, 병장기兵仗器(兵也,金戈兵之
屬), 가을(時季秋), 서西쪽(方位西), 단단하다(堅也), 좋다, 아름답다, (성姓 김) 성姓(姓
也)

【錦】 비단緋緞 금, 비단緋緞(襄色,織文,襄,雜色), 비단緋緞옷(錦文衣), 여러 색채色彩로 무늬
를 넣어 짠 비단緋緞, 아름다운 사물事物, 아름다운 것의 비유譬喩, 아름답다

【禽】 새 금, 새(禽,鳥獸總名言爲人禽制), 날짐승, 짐승, 금수禽獸, 날짐승과 짐승, 사로잡다
(戰勝執獲曰禽)

【禁】 금禁할 금, 금禁하다, 금지禁止하다(止也), 못하게 하다, 제지制止하다(制也), 참다,
감당堪當하다, 이기다(勝也), 이겨내다, 기른하다, 기피忌避하다, 꺼리다, 경계警戒하
다(戒也), 삼가다(謹也), 끊다, 감금監禁하다, 가두다, 대궐大闕(天子所居曰宮禁), 우리,
감옥監獄, 옥옥獄, 규칙規則, 비밀秘密

〔급〕

【及】 미칠 급, 미치다(至也), 이르다, 끼치다, 끼치게 하다, 미치게 하다, 미쳐가다(旁及,覃
被), 닿다, 죄罪에 미치다(連累), ~와(과), 및(兼詞)

【級】 등급等級 급, 등급等級(階級,等級), 계급階級, 순서順序, 실 갈피(絲次第), 실의 차례次
例, 층계層階, 계단階段, 모가지(首也), 수급首級, 전장戰場에서 벤 적敵의 머리

【笈】 책册 상자箱子 급, 책册 상자箱子, 지는 책册 상자箱子(負書籍), 짊어지고 다니는 책
册 상자箱子(負書籍), 길마, 짐을 싣는 말, 안장鞍裝

【急】 급急할 급, 급急하다(迫也), 지체遲滯할 겨를이 없다, 참을성性이 없다, 병세病勢가
위태危殆하다, 몹시 딱하거나 군색窘塞하다, 좁다(褊也), 빠르다(疾也), 긴요緊要하다,

갑자기(遽也), 뜻밖의 일(不意之事), 군색窘塞(窘也)

【給】 줄 급, 주다(供也), 대다, 공급供給하다, 더하다, 보태다, 넉넉하다(相足), 갖추다(備也), 말을 잘하다, 구변口辯이 좋다, 급여給與

## 〔긍〕

【肯】 옳게 여길 긍, 옳게 여기다, 옳다고 하다, 수긍首肯하다, 인정認定하다, 즐기다(可也), 감敢히(敢也), 뼈 사이 살, 살이 붙지 않은 뼈

【亙】 걸칠 긍, 걸치다, 뻗다, 뻗치다(延襃), 통通하다, 극極하다, 더할 수 없는 정도程度에 이르다, 공급供給하다, 마침(竟也), (펼 선) 펴다

【恆】 뻗칠 긍, 뻗치다(延襃), 걸치다, 미치다, 초初승달, (항상恒常 항) 항상恒常(常也), 두루, 恒의 본자本字

【矜】 불쌍히 여길 긍, 불쌍히 여기다, 가엾게 여기다, 불쌍하다(哀也), 괴로워하다(苦也,可矜憐者,亦辛高), 민망憫惘하다(憫也), 아끼다(惜也), 공경恭敬하다(敬也), 높이다(尙也), 삼가다, 자중自重하다(莊以持己曰矜), 견강堅強하다(竦竦), 조심操心하여 자중自重하다(竦竦,堅強), 자랑하다(自賢曰矜), 빛깔이 돋보이다(色自美大之貌), 위태危殆하다(危也), 위태危殆로워하다, 곱송그리다(竦也), 가지다(持也), 갑자기(遽也), 창槍자루, (창槍자루 근) 창槍자루(矛柄), 불쌍하다(憐也)

## 〔기〕

【己】 몸 기, 몸(身也), 자기自己, 자기自己 자신自身, 나(自我), 자아自我, 사사私事(私也), 사삿私事일, 사욕私慾, 여섯째 천간天干(天干第六位), 다스리다(紀也)

【記】 기록記錄할 기, 기록記錄하다(識也,紀也,錄也,志也), 기억記憶하다(記誦), 외다(記誦,記憶), 적다, 주註내다, 글(奏記書也), 문서文書(記錄文書), 교서敎書, 표지標識(文符), 표票(文符), 상주上奏하는 글

【紀】 벼리 기, 벼리(綱也,紀者別理絲縷), 작은 벼릿줄, 실마리(緒也), 해, 세월歲月, 열두 해(以十二年爲一期曰紀), 천문天文 지리地理의 도수度數(五紀者,五事爲天之經紀), 수數의 바퀴(數之紀), 세시歲時를 바로 잡는 다섯 가지(五紀,正歲時五者), 도리道理(道也), 조리條理(道也), 법法(法也), 규칙規則, 터(基也), 기록記錄, 실마리를 잡다, 돌아 만나다(會也), 다스리다(治理), 다하다(極也), 적다, 기록記錄하다(紀者,記也,本其事而記之)

【忌】 꺼릴 기, 꺼리다(憚也), 꺼림하게 여기다, 두려워하다, 경계警戒하다(戒也), 휘諱하다

(諱也), 싫어하다, 미워하다(憎惡), 원망怨望하다(怨也), 증오憎惡하다, 질투嫉妬하다, 시새우다, 투기妬忌하다(嫉也), 공경恭敬하다(敬也), 기일忌日, 제사祭祀(忌日,親喪日), 기제사忌祭祀, 부모父母나 조상祖上이 죽은 날, 불 때는 것을 금禁한 날(龍忌,謂禁火日), 음양가陰陽家에서 꺼리는 방위方位와 일시日時

【起】 일어날 기, 일어나다(起擧,平擧體), 움직여 일어나다(發生), 일어서다, 서다(能立), 일으키다, 세우다, 기동起動하다(起居,猶擧事動作), 발생發生하다, 살아 활동活動하다, 날아오르다(飛也), 흥성興盛하다, 분발奮發하다(生動), 분기奮起하다, 사업事業을 일으키다(言無廢事業), 출세出世하다, 입신立身하다, 기용起用하다, 계발啓發하다(起,猶發), 깨우치다(起,猶發), 잠깨다, 병病을 고치다, 소생蘇生시키다, 값이 오르다, 파견派遣하다, 가다, 내닫다, 행行하다(起,猶行), 짓다, 건축建築하다, 더욱, 한 층層 더, 사물事物의 시초始初(轉而事物之始), 기거동작起居動作(起居,猶擧事動作), 행동거지行動擧止(起居,猶擧事動作)

【其】 그 기, 그(指物之辭)(지시指示 대명사代名詞), 그(감탄感歎, 강세조사强勢助辭), 그것(指物之辭), ~의(관형격冠形格 조사助辭), 어조사語助辭

【基】 터 기, 터(址也), 토대土臺, 근본根本(本也), 바탕, 기초基礎, 밑절미(業也), 업業, 사업事業, 괭이, 호미(鎡基,田器), 비롯하다(始也), 기인基因하다, 근거根據하다, 자리 잡다(據也), 웅거雄據하다(據也), 괭이하다

【朞】 돌 기, 돌(復其時,周年), 만滿 하루나 만滿 1개월個月 또는 1주년週年, 두루 하다(匝也)

【箕】 키 기, 키(簸箕,揚米去糠之具), 곡식穀食을 까부는 데 쓰는 기구器具, 대비(箕帚), 쓰레받기, 풍사風師(箕伯), 별 이름(二十八宿수之一), 국왕國王 이름(朝鮮國王名), 나라 이름(箕子,國名), 땅 이름(地名), 나무 이름(木名), 메뚜기(斯螽別稱), 성姓(姓也), 걸터 앉다(箕坐,箕踞), 두 다리를 뻗고 앉다

【期】 기약期約할 기, 기약期約하다(會也), 언약言約하다(猶要也), 계약契約하다, 만나다, 약속約束에 따라 만나다, 정定하다, 결정決定하다, 단단히 결심決心하다, 기다리다(待也), 기대期待하다, 믿다(信也), 모으다(會也), 당當하다, 한정限定하다(限也), 말을 더듬거리다(期期,口吃), 돌(復其時,周年), 백百살(百年曰期頤), 백년간百年間(百年曰期頤), 시기時期, 기간期間, 기한期限(限也), 기회機會, 때(時也), 한도限度, 네거리(八達謂之崇期,註,四道交出), 반드시(期必), 갑자기(卒也)

【欺】 속일 기, 속이다(詐也), 속여 넘기다, 속다(自昧其心曰欺), 업신여기다(謾也,陵也), 탐貪하다, 치다, 죽이다, 거짓, 허위虛僞, 속여서 없는 것을 있는 것처럼 말하는 법法(詆欺)

【旗】 기旗 기, 기旗(熊虎爲旗,軍將所建), 곰과 범을 그린 붉은 기旗, 대장기大將旗(熊虎爲旗,軍將所建), 기旗의 범칭汎稱, 표標, 표지標識, 군대軍隊의 부서部署, 별 이름, 표標하다(表也), 덮다

【技】 재才주 기, 재才주(藝也), 재능才能, 기예技藝, 술업術業(方術), 의술醫術·점술占術 따위, 방술方術, 공인工人, 장인匠人, 능能하다(能也)

【岐】 갈림길 기, 갈림길, 갈래 길(路岐,道旁出), 두 길(路岐,道旁出), 자라나는 모양模樣, 지각知覺이 드는 모양模樣, 산山 높고 무성茂盛한 모양模樣(峻茂之貌), 산山 이름(山名,在鳳翔府岐翔顯), 성姓(姓也), 갈라지다(物兩爲岐,在邊爲旁), 높다(峻也), 울퉁불퉁하다

【歧】 갈림길 기, 갈림길, 두 갈래 길(歧路,路二達), 자라나는 모양模樣, 날아가는 모양模樣, 육六발이(足多指), 여섯 발가락(足多指), 산山 이름, 가다, 발돋움하다, 천천히 걷다, 둥둥 떠다니다(歧歧,飛行貌), 힘쓰다, 岐와 같은 자字, 跂와 같은 자字

【氣】 기운 기, 기운(天氣曰元氣), 만물萬物 생성生成의 근원根源, 공기空氣, 대기大氣, 기체氣體, 기후氣候(候也), 기상氣象, 날씨(候也), 호흡呼吸, 숨 쉴 때 나오는 기운, 기세氣勢, 원기元氣, 정기精氣(生之元精氣), 힘, 성질性質, 기질氣質, 냄새(以鼻觸物亦曰氣), 기상氣象 변화變化에 따른 구름의 움직임, 자연현상自然現象, 심신心身의 근원根源이 되는 활동력活動力, 마음, 의사意思, 세력勢力

【汽】 김 기, 김(水气), 물 끓는 김, 증기蒸氣, (거의 흘) 거의(幾也)

【旣】 이미 기, 이미(已也), 벌써, 이전以前에, 처음부터, 그러는 동안에, 이윽고, 원래元來, 다하다(盡也), 다 없어지다, 잃다(失也), 다 없애다, 적게 먹다(小食), 열엿새 날(十六日), (녹미祿米 희) 녹미祿米

【曁】 및 기, 및, 함께(與也), 이미, 이르다(至也), 미치다(及也), 다다르다, 해가 기울어져 나타나다(日頗見), 굳세다(果毅貌), 칠漆하다, 굳센 모양模樣

【奇】 기이奇異할 기, 기이奇異하다, 이상異常하다(異也), 이상異常야릇하다(異也), 보통普通과 다르다, 뛰어나다, 기특奇特하다, 그윽하다(祕也), 알아주다, 중시重視하다, 운수運數가 사납다, 불운不運하다, 간사奸邪하다(邪也), 갑자기, 느닷없이, 돌연突然, 홀수數(數奇,不偶), 홀수數(數奇,不偶), 외짝(隻也), 나머지, 우수리, 거짓, 거짓말, 속임수數(詭也), 풋 장정壯丁(餘夫,十六歲以上丁年未滿之男子), 불운不運

327

【劓】 새김 칼 기, 새김 칼(曲刀,劓劂), 조각彫刻 칼, 노략擄掠질하다

【騎】 말 탈 기, 말을 타다(跨馬,騎馬), 걸터앉다, 기병騎兵(馬軍曰騎), 말 탄 군사軍士, 잘 쏘고 날래게 질주疾走하는 기병騎兵(飛騎), 기마騎馬, 승용마乘用馬

【寄】 부칠 기, 부치다(附也), 붙여 살다(寓也), 맡기다(托也), 위탁委託하다, 부탁付託하다(請也), 의존依存하다, 의지依支하다, 붙이다, 전傳하다, 보내다, 주다

【祈】 빌 기, 빌다(求福,禱也), 신神에게 빌다, 고告하다(告也), 신神이나 사람에게 고告하다, 알리다(報也), 부르짖다(叫也), 구求하다(求也), 갚다(報也)

【沂】 물 이름 기, 물 이름(水名), 내 이름, 산山 이름(山名), 땅 이름(地名), 성姓(姓也), (지경地境 은) 지경地境

【祁】 성盛할 기, 성盛하다(盛也), 크다(大也), 많다(祁祁,衆多), 오락가락하다(祁祁,往來貌), 왔다 갔다 하다(祁祁,往來貌), 성盛하게, 크게, 조용히, 조용한 모양模樣(祁祁,徐靚), 느린 모양模樣(舒遲貌), 시호諡號 법法(諡法), 현縣 이름(縣名), 산山 이름(祁山,山名), 성姓(姓也), 겹성姓(複姓), (땅이름 지) 땅이름(地名)

【器】 그릇 기, 그릇(器皿,成形), 물건物件·음식飲食 등等을 담는 그릇, 재능才能, 재주(才能), 도량度量, 기관器官, 생물체生物體의 기관器官, 연장(道具), 연모(道具), 그릇으로 쓰다, 그릇으로 여기다, 적재適材를 적소適所에 쓰다, 중重히 여기다(重之), 쓰다(用也), 그릇답다(才量)

【棄】 버릴 기, 버리다(捐也), 내버리다, 폐廢하다, 그만두다, 멈추다(止也), 잊어버리다(忘也), 끼치다, 꺼리어 멀리하다

【肌】 살 기, 살(肉也), 근육筋肉, 피부皮膚, 살갗(肌膚,腐肉), 몸(體也), 신체身體, 벌레 이름(蜜肌,蟲名)

【飢】 주릴 기, 주리다(餓也), 주리게 하다, 굶다(餓也), 굶주리다, 굶기다, 흉년凶年들다(穀不熟爲飢), 굶주림, 기아飢餓

【幾】 몇 기, 몇(幾何), 얼마(幾何), 어느 정도程度, 자못(殆也), 거의(庶也), 자주, 종종種種, 빌미, 오래지 아니하여(無幾), 어찌, 그, 기미機微, 낌새, 조짐兆朕, 징조徵兆, 얼마 되지 않다(無幾), 가깝다, 가까워지다, 기약期約하다, 살피다, 바라다, 원願하다, 위태危殆하다, 위태危殆롭다

【機】 틀 기, 틀, 베틀(織具謂之機,杼以轉軸,杼以持緯), 고동(凡發動所由), 일의 가장 중요重要한 고동, 기계機械, 용수철龍鬚鐵, 기틀(會也), 기회機會(會也), 천진天眞(天機), 기밀機密, 기미機微, 조짐兆朕, 계책計策, 별 이름, 중요重要하다(要也), 교활狡猾하다

【璣】 구슬 기, 구슬, 작은 구슬(小珠), 둥글지 아니한 구슬(璣珠,珠之不圓者), 모가 있는 구슬, 혼천의渾天儀(器名,璿璣), 천문天文 측정測定 기구器具 이름, 북두칠성北斗七星의 셋째 별, 거울 이름(鏡名)

【畿】 경기京畿 기, 경기京畿(天子千里地,以遠近言之,則曰畿), 기내畿內, 경기京畿 지방地方, 서울(帝都), 서울을 중심中心으로 하여 500리里 이내以內의 땅, 왕王터, 문門안(門內曰畿), 문지방門地枋, 뜰, 문門안의 마당, 지경地境(疆也), 경계境界, 지경地境 이름

【嗜】 즐길 기, 즐기다(欲喜之), 좋아하다(好也), 탐貪하다, 욕심慾心내다(慾也), 좋다

【冀】 바랄 기, 바라다(望也), 하고자 하다(欲也), 바라건대, 원願하건대, 기주冀州, 땅 이름

【企】 꾀할 기, 꾀하다, 계획計劃하다, 바라다(望也), 발돋움하다, 발돋움하고 바라다, 서다(立也)

【豈】 어찌 기, 어찌(安也,焉也), 어째서, 반어反語(어찌하여서, 왜, 설마)의 조사助辭, 일찍(曾也), 일찍이(曾也), 바라다, 원願하다, 하고자 하다(欲也), 오르다(登也), 그, 발어發語의 조사助辭, (즐길 개) 즐기다, 군대軍隊가 돌아올 때 울리는 풍악風樂(還師振樂)

## 〔긴〕

【緊】 굳게 얽을 긴, 굳게 얽다(纏絲急), 굳게 감다, 감기다, 움츠리다(縮也), 오그라지다, 긴장緊張하다, 굳다(堅也). 긴축緊縮하다, 긴요緊要하다

## 〔길〕

【吉】 길吉할 길, 길吉하다(嘉祥), 좋다, 이利롭다(利也), 운運이 좋다, 착하다(善也), 아름답거나 착하거나 훌륭하다, 삼가다, 복福, 행복幸福, 좋은 일, 초初하루(朔日)

【佶】 건장健壯할 길, 건장健壯하다, 헌걸차다(壯健貌), 바르다(正也), 굽다, 막히다

## 〔김〕

【金】 성씨姓氏 김, 성씨姓氏, (쇠 금) 쇠, 금속金屬·광물鑛物의 총칭總稱

## 〔나〕

【那】 어찌 나, 어찌(何也), 어찌하여(何也), 어느(何也), 어떤(何也), 무슨(何也), 무엇(何也), 저것, 어떻게 하랴(奈何), 어찌하면 좋으랴(奈何), 아름답다, 편안便安하다, 많다(多也), 편안便安한 모양模樣

329

【懦】 나약懦弱할 나, 나약懦弱하다, 약弱하다(駑弱), 무기력無氣力하다, 부드럽다(柔也), 낮
다, 낮아지다

〔낙〕

【諾】 허락許諾할 낙, 허락許諾하다, 승낙承諾하다(承領之辭), 응낙應諾하다(承領之辭), 대답
對答하다(應也,答也), 승낙承諾, 승낙承諾하는 말, 알았소 하며 인정認定하는 말, 좋소
하고 승낙承諾하는 일, 머리를 끄덕이는 일, 수긍首肯하는 일, 스스로 매듭짓는 말(自
畢語)

【洛】 강江 이름 낙, 강江 이름(黃河), 물이 떨어지는 모양模樣(洛洛,水溜之貌), 땅이름, 낙
양洛陽, 한漢나라 서울(洛陽,地名), 잇닿다(洛之爲言,繹也,言水繹繹光耀)

〔난〕

【暖】 따듯할 난, 따듯하다(溫也), 온도溫度가 따듯하다, 따듯하게 하다, 따듯해지다, (온순
溫順할 훤) 온순溫順하다

【難】 어려울 난, 어렵다(易之對,不易之稱), 곤란困難하다, 고생苦生하다, 어려워하다(難之),
꾸짖다(責也), 힐책詰責하다, 힐난詰難하다, 어려운 사정事情, 어려운 일(難事,無理),
근심(患也), 고통苦痛, 재앙災殃, 전쟁戰爭, 싸움, 난리亂離, 구슬 이름

〔남〕

【南】 남南녘 남, 남南녘(北之對,午方), 남南쪽, 풍류風流 이름, 시詩의 한 체제體制, 남南쪽
으로 향向하다, 남南쪽으로 가다, 합장合掌하고 예禮하다(合掌作禮曰,和南)

【男】 사내 남, 사내(丈夫), 남자男子(丈夫), 장부丈夫, 장정壯丁, 젊은이, 사나이, 아들(子對
父母曰男), 사내자식子息

〔납〕

【內】 들일 납, 들이다(入也), 받다(受也), (안 내) 안

【納】 들일 납, 들이다(入也), 받아들이다(受也), 들어주다(聽許), 수확收穫하다, 거둬들이다,
넣어두다, 끌어들이다, 인도引導하다, 바치다(獻也), 헌납獻納하다, 가지다

〔낭〕

【娘】아가씨 낭, 아가씨(少女之號), 작은 아씨(少女之號), 소녀少女, 각시(少女之號), 어머니, 여자女子

〔내〕

【內】안 내, 안(外之對,裏也), 속(外之對,裏也), 가운데(中也), 방房房(內室), 가사家事, 집안일, 어머니, 처첩妻妾, 대궐大闕(大內,宮禁), 궁중宮中, 조정朝廷, 오장육부五臟六腑, 몰래, 비밀秘密히, 중重히 여기다, 친친親하다, (들일 납) 들이다

【乃】이에 내, 이에(承上起下辭), 곧, 접때, 이, 그, 너(爾,汝之稱), 어조사語助辭

【奈】어찌 내, 어찌(那也), 어찌할꼬(如何,奈何)

【匂】향내香匂 내, 향내香匂, 냄새, 곱게 보이다

【耐】견딜 내, 견디다(忍也), 참다(忍也), 임무任務를 감당勘當하다, 구레나룻을 깎는 형벌刑罰, 수염鬚髥을 깎는 형벌刑罰

〔녀〕

【女】계집 녀, 계집(已嫁曰婦,未嫁曰女), 여자女子(男子之對), 처녀處女(未嫁之稱), 소녀少女, 딸(已家曰婦,未嫁曰女), 딸자식子息, 서리 귀신鬼神(靑女霜神), (너 여) 너(爾,乃,汝)

〔년〕

【年】해 년, 해(歲也), 새해, 신년新年, 정월正月 초初하루부터 섣달그믐까지, 연치年齒(齒也), 나이(齒也), 연령年齡, 익다, 오곡五穀이 잘 익다, 풍년豊年들다, 나아가다(進也)

〔념〕

【念】생각 념, 생각(常思), 극極히 짧은 시간時間, 생각하다, 외다(誦也), 읊다, 기념記念하다, 믿다(信也)

【恬】편안便安할 념, 편안便安하다(安也), 마음의 평정平靜을 얻다, 조용하다, 고요하다(靜也)

〔녕〕

【寧】편안便安할 녕, 편안便安하다, 편안便安하게 하다, 몸이나 마음이 편안便安하다, 안심安心시키다, 탈이 없다, 무사無事하다, 귀성歸城하다, 문안問安하다, 근친覲親가다,

노~다

거상居喪하다, 차라리 ~할 수 없을까(願辭), 어찌하랴, 어찌(豈也), 어찌하여, 정녕丁
寧, 차라리(願辭), 거상居喪

## 〔노〕

【奴】 종 노, 종(賤稱僕也), 노예奴隷, 관노官奴, 남자男子 종(男僕), 하인下人, 놈, 천賤한
놈, 포로捕虜, 죄罪지은 남녀男女 종(罪人俘虜中採用之,奴婢), 자기自己의 낮춤말, 자
기自己의 비칭卑稱

【努】 힘쓸 노, 힘쓰다(勉也), 힘들이다(用力), 힘을 다하다(戮力)

【怒】 성낼 노, 성내다(恚也), 화火내다, 짜증내다, 힘쓰다, 떨쳐 일어나다(奮也), 기세氣勢
가 오르다, 성盛하다, 세차다, 뽐내다(奮也), 꾸짖다, 나무라다, 분별分別하다, 성, 화
火, 기세氣勢, 위세威勢, 송사訟事

【弩】 쇠뇌 노, 쇠뇌(有臂器射), 어떤 장치裝置에 의해 화살이나 돌을 잇달아 쏠 수 있게
된 활, 군사軍士 이름(弩師,軍名), 군졸軍卒 이름(弩父,卒名), 사공沙工, 벌레 이름(水
弩,蟲名)

【孥】 자식子息 노, 자식子息(子也), 아들(子也), 처자妻子(奴通,妻子亦稱孥), 종, 새 꼬리(鳥
尾)

【魯】 노둔魯鈍할 노, 노둔魯鈍하다(鈍詞), 미련하다(鈍詞), 둔鈍하고 어리석다(鈍詞), 나라
이름, 주대周代의 제후국諸侯國, 성姓(姓也)

【擄】 사로잡을 노, 사로잡다(獲也), 노략擄掠질하다(掠也)

## 〔농〕

【農】 농사農事 농, 농사農事(耕種闢土植穀), 농업農業, 농부農夫, 전답田畓, 경지耕地, 백성
百姓, 농사農事짓다, 갈다(耕也), 심다(種也), 힘쓰다(勉也), 노력努力하다, 두텁다, 농
후濃厚하다

## 〔뇌〕

【惱】 번뇌煩惱할 뇌, 번뇌煩惱하다(事物搖心,煩惱), 괴로워하다, 괴롭히다, 괴롭게 굴다, 고
달프다(事物搖心,煩惱), 한恨하다(有所恨), 느른하다(事物搖心,煩惱), 괴로움

【腦】 뇌腦 뇌, 뇌腦(頭髓), 머릿골(頭髓), 머리(頭髓), 머리통, 머리뼈(頭蓋骨), 두개골頭蓋
骨, 마음, 정신精神

〔뇨〕

【撓】어지러울 뇨, 어지럽다, 어지럽히다, 흔들다(擾也), 긁다(抓也,搔也), 요란擾亂하다, 약弱하게 하다, 줄이다, 꺾이다, 패배敗하다, 마음이 바르지 아니하다

〔눈〕

【嫩】어릴 눈, 어리다, 연약軟弱하다(弱也), 어리고 연약軟弱하다, 엷다, 예쁘다, 곱다(艶也)

〔능〕

【能】능能할 능, 능能하다(勝任), ~할 수 있다, ~할 줄 알다, 잘하다, 보통普通 정도程度 이상以上으로 잘하다, 좇아 익히다(順習), 미치다, 착하다(善也), 능能히(勝任), 능력能力, 재간才幹, 재능才能, 재才주

〔니〕

【尼】중 니, 중, 여승女僧, 여자女子 중(女僧), 비구니比丘尼, 승려僧侶, 임금(新羅時代尼斯今), 공자孔子의 자字(先師孔子,仲尼), 화和하다(和也), (가까울 닐) 가깝다(近也), 그치다(止也)

【泥】진흙 니, 진흙(水和土), 진창, 수렁, 야들야들한 모양模樣, 잎이 야드르르한 모양模樣, 흐리다, 더럽다(汚也), 더럽혀지고 썩다, 칠漆하다, 붙이다, 흠뻑 젖다, 지체遲滯되다, 약弱하다

〔닉〕

【匿】숨을 닉, 숨다(隱也), 숨기다(隱也), 감추다(逃藏), 덮어두다(掩覆), 피避하다, 도피逃避하다, 없이 하다(亡也), 간음姦淫하다, 숨은 죄罪, 드러나지 않은 죄악罪惡

〔닐〕

【昵】친親할 닐, 친親하다, 친숙親熟해지다, 친근親近하다, 가까이하다(近也), 측근側近, 친親하게 지내는 사람, (선고先考 녜) 선고先考, 아버지의 신위神位를 모신 사당祠堂

〔다〕

【多】많을 다, 많다(衆也), 많게 하다, 넓다(廣也), 도량度量이 넓다, 낫다(勝也), 뛰어나다,

겹치다, 포개지다, 중重히 여기다, 아름답다고 하다(稱美), 요구要求가 크다, 지나다
(過也), 많이, 진실眞實로, 다만, 단지但只, 겨우, 싸움에 이긴 공功

【茶】 차茶 다, 차茶, 차茶나무(春藏葉,可以飮), 음료飮料로 하는 차茶의 싹, 찻茶잎을 다린
음료飮料, 소녀少女

# 〔단〕

【丹】 붉을 단, 붉다(赤色), 붉게 칠漆하다, 채색彩色하다(丹靑), 단청丹靑하다, 예쁘다(容
美), 단사丹砂, 주사朱砂(丹砂), 진사辰砂, 붉은 빛, 정성精誠, 마음(衷心,丹心)

【旦】 아침 단, 아침(朝也), 새벽(曉也), 해가 돋을 무렵, 일찍(早也), 내일來日(翌也), 밤이
새다, 밤을 새우다, 밝다(明也), 슬프다(惻也), 간측懇惻하다(惻也), 아침마다(旦旦)

【但】 다만 단, 다만(徒也), 단지但只, 겨우, 가까스로, 한갓(徒也), 오로지, 오직(徒也), 홀로
(徒也), 부질없이, 헛되이, 무릇(凡也), 속이다

【單】 홀 단, 홀, 외짝(隻也), 단자單子, 하나, 참, 정성精誠, 외롭다, 다하다(盡也), 두텁다
(厚也), 풍부豊富하다(多穀), 혼자, 다만, 오직, 진실眞實로(信也), 참으로, 두루(周也),
(흉노匈奴의 수장首長 선) 흉노匈奴의 수장首長

【短】 짧을 단, 짧다(不長), 길이가 짧다, 짧게 하다, 키가 작다, 적다, 부족不足하다, 모자
라다, 가깝다, 오래되지 아니하다, 숨이 가쁘다, 결점缺點, 허물

【端】 끝 단, 끝(末也), 가장자리, 경계境界, 실마리(緒也), 싹(萌也), 근원根源, 머리(首也),
진실眞實, 예복禮服, 바르다(正也), 곧다(直也), 비뚤어지지 아니하다, 살피다(審也),
바로잡다, 옳다, 같다(等也), 비로소(始也), 오로지(專也)

【段】 구분區分 단, 구분區分, 갈림, 조각(分段), 부분部分, 단편斷片, 층계層階, 층층대層層
臺의 턱을 이룬 낱개, 반半 필疋, 가지, 종류種類, 문장文章의 단락段落, 문장文章의
단위單位, 고르다(推物), 가리다(推物), 단련鍛鍊하다, 익다(小冶), 알이 곯다(卵不成)

【斷】 끊을 단, 끊다(截也), 절단切斷하다, 동강을 내다, 끊어지다(絶之), 가르다, 나누다, 나
뉘다, 쪼개다, 조각내다(段也), 갈리다(斲也), 폐廢하다, 근절根絶시키다, 그만두다, 결
단決斷하다, 판가름하다, 재판裁判하다, 판단判斷하다, 정定하다, 거절拒絶하다, 사절
謝絶하다, 한결같다, 단연斷然, 단연斷然히, 꼭, 선善을 지키는 모양模樣

【團】 둥글 단, 둥글다(圓也), 덩어리지다(聚也), 모으다(聚也), 모이다(聚也), 모여들다, 단합
團合하다, 둥그렇게 굴리다(旋轉狀), 단속團束하다, 모임, 단체團體, 덩어리

【亶】 믿을 단, 믿다(信也), 도탑다(篤也), 많다(多也), 크다(大也), 믿음, 진실眞實로(誠也),
참으로, 다만, (날 선) 날다

【壇】 단壇 단, 단壇(封土爲壇), 흙을 쌓아 올려 만든 단壇, 제사祭祀를 지내는 곳, 제祭 터

(祭場), 곳, 장소場所, 당堂, 뜰, 좀 높게 만들어놓은 자리, 너그러운 모양模樣 (壇曼, 寬廣貌)

【檀】 박달나무 단, 박달나무(善木), 배달倍達나무(善木), 단향목檀香木, 향香나무(紫檀,白檀, 黑檀,總謂之栴檀香木), 대나무의 형용形容

【膻】 어깨 벗을 단, 어깨를 벗다, 어깨가 벗어지다(肉膻), 젖 사이(膻中,兩乳中間), 심장心臟 아래 있는 격막膈膜, (양羊의 비린내勾 전) 양羊의 비린내勾(羊臭), 노린내勾

〔달〕

【達】 통通할 달, 통通하다, 통달通達하다, 사리事理에 밝다, 총명聰明하다, 꿰뚫다(通也), 깨닫다(曉也), 다다르다(屆也), 미치다(及也), 이르다(至也), 이르게 하다(使通), 사무치다(通也), 통通하게 하다(使通), 나오다, 돋아나다, 나타나다(顯也), 자라다(遂也), 올리다(薦也), 결정決定하다, 입신출세立身出世하여 뜻을 이루다, 영화榮華를 누리다(顯也), 두루(徧也), 마땅(宜也), 현인賢人, 지자智者

【呾】 서로 꾸짖을 달, 서로 꾸짖다(相呵), 서로 부르는 소리(相呼聲), 말이 바르지 않다(呾噠,語不正)

【怛】 슬플 달, 슬프다(悲慘), 슬퍼하다, 근심하다, 두려워하다(懼也), 깜짝하다(愊怛,謂急促之意), 놀라다(驚也) 경악驚愕하다, 수고롭다(怛怛,勞也), 근심 때문에 애쓰는 모양模樣

〔담〕

【談】 말씀 담, 말씀(語也), 말, 이야기(語也), 말하다, 이야기하다(言論), 농담弄談하다, 희롱戲弄하다, 바둑을 두다(手談)

【淡】 맑을 담, 맑다, 담백淡白하다, 담박淡泊하다, 맛이 싱겁다(薄味), 심심하다(薄味), 묽다(濃之反), 반찬飯饌 없는 밥을 먹다, 물맛(水味), 담담淡淡한 맛(水味), 거친 음식飮食, 물 맑은 모양模樣, (질펀히 흐를 염) 질펀히 흐르다

【郯】 나라 이름 담, 나라 이름(春秋時代,國名,少昊之後所封,今山東省郯城縣所在), 현縣 이름(縣名), 성姓(姓也)

【擔】 멜 담, 메다(肩也), 짊어지다, 들다, 들어 올리다, 맡다(任也), 떠맡다, 담당擔當하다, 책임責任지다, 짐(所負), 맡은 일, 양量의 단위單位, 부피의 단위單位

【膽】 쓸개 담, 쓸개(肝膽,連肝之腑), 담력膽力, 마음(心也), 넋(魂也), 충심衷心, 불가사리(食

銅鐵獸名), 벌레 이름(蟲名,膽蛇,靑蠟), 용담龍膽(草名,陵遊), 성姓(姓也), 담膽이 크다
(張膽,言勇之甚), 씻다(拭治), 닦다, 문지르다

【潭】 못 담, 못(淡淵), 소沼, 물가, 깊다(深也), (잠길 심) 잠기다

【曇】 흐릴 담, 흐리다, 구름이 끼다(雲布), 먹구름 모양模樣(曇曇,黑雲貌), 짐鴆새, 불법佛
法, 부처님(西國,呼世尊曰瞿曇)

【聃】 귓바퀴 없을 담, 귓바퀴가 없다(耳曼,耳無郭,耳漫無輪), 노자老子의 이름(祝聃,老聃,人
名), 주대周代의 나라 이름(國名)


〔답〕

【答】 대답對答할 답, 대답對答하다, 물음이나 부름에 답答하다, 그렇다 하다(然也), 따르다,
응應하다, 갚다(報也), 향向하다, 대對하다, 당當하다, 해당該當하다, 합당合當하다,
맞다, 맞추다, 두텁다(厚重), 답答, 응답應答, 대로 꼰 비, 거칠고 두꺼운 벼, 팥, 소두
小豆

【畓】 논 답, 논(水田), 수전水田

【踏】 밟을 답, 밟다(踐也), 디디다, 발판板


〔당〕

【當】 마땅할 당, 마땅하다, 가당可當하다(適可), 마땅히 ~하여야 한다, 당當하다(相値), 대
對하다, 마주 보다, 만나다(遇也), 짝하다(對偶), 때를 만나다, 당면當面하다, 다닥치다
(抵也), 곧 ~하려 한다, 균형均衡되다, 어울리다, 맡다, 주관主管하다, 임무任務ㆍ책
임責任을 맡다, 막다, 지키다, 대적對敵하다, 방어防禦하다, 가리다(蔽也), 견디다(任
也), 주장主掌하다(主也), 일을 주장主掌하다(幹事), 번番 들다(夕直), 비기다, 마땅히,
갚음, 보수報酬

【堂】 집 당, 집(正寢), 전각殿閣(殿也), 집 중앙中央의 남향南向 방房, 대청大廳(正寢), 마루
(正寢), 정침正寢, 공전公殿, 정교政敎를 행행行行하는 방房, 임금님이 정치政治에 관關한
것을 듣는 곳(明堂,天子聽政之處), 명당明堂, 향鄕의 학교學校, 동조同祖의 친척親戚,
높고 귀貴한 모양模樣(高顯貌), 밝다, 평평平平하다

【黨】 무리 당, 무리(朋也,輩也), 한동아리, 일가一家, 친척親戚, 마을, 향리鄕里(鄕黨), 고향
故鄕(鄕黨), 많다(不鮮), 돕다, 서로 도와 잘못을 숨기다(助也,相助匿非曰黨), 치우치다
(偏也), 불공평不公平하다, 자주(頻也), 연련連거푸(頻也)

【唐】 당唐나라 당, 당唐나라, 허풍虛風, 큰소리, 뜰 안 길(堂途), 둑(堤也), 제방堤防, 허풍
虛風을 떨다, 황당荒唐하다, 당황唐惶하다, 크다, 넓다, 저촉抵觸되다, 위반違反하다,
갑자기, 느닷없이, 새삼, 별안간瞥眼間(唐突)

【糖】 사탕砂糖 당, 사탕砂糖, 흰 설탕雪糖(糖霜), 엿(飴也)

〔대〕

【大】 큰 대, 크다(小之對), 넓다(廣也), 많다(多也), 높다, 길다(長也), 훌륭하다, 존귀尊貴하
다, 비범非凡하다, 살찌고 아름답다(肥美), 주요主要롭다, 중重히 여기다, 심甚하다,
거칠다(粗也), 지나다(過也), 큰, 크게, 두루(徧也), 훌륭히, 성盛하게, 지나치게, 대강
大綱, 처음(始也), 일찍(始也), 선비(士也)

【汰】 일 대, 일다, 쌀을 일다(淅瀾), 씻기다(水激過), 씻다(洗也), 교만驕慢하다, 물결(濤汰),
파도波濤, (지날 달) 지나다(過也), (쌀 일 타) 쌀을 일다(淅也)

【代】 대신代身할 대, 대신代身하다(替也), 바꾸다(易也), 잇다, 번번갈아(交代), 시대時代,
대수代數(世也), 역대歷代, 혈통血統, 왕조王朝, 대금代金, 값

【貸】 빌릴 대, 빌리다(假也,借盈,以物與人更還其主), 꾸다, 빌려주다(假也,借盈,以物與人更還
其主), 금품金品을 대여貸與하다, 베풀다(施也), 바치다, 높은 사람에게 재물財物을 바
치다, 관대寬大히 다스리다, 느슨하다, 빌린 금품金品

【岱】 대산岱山 대, 대산岱山, 오악五嶽의 하나, 태산泰山의 딴 이름, 크다, 큼직하다

【待】 기다릴 대, 기다리다(俟也), 오는 것을 기다리다, 기다려 맞이하다, 준비準備하고 기
다리다, 대접待接하다(遇也), 대우待遇하다, 기대企待를 걸다, 믿다(恃也), 대對하다,
막다, 방비防備하다, 대비對備하다, 갖추다

【對】 대답對答할 대, 대답對答하다(答也), 대對하다, 앞에 두고 마주 대對하다, 마주 서다
(凡物竝峙,卽雙立曰對), 당當하다(當也), 접촉接觸하여 관계關係를 맺다, 어울리다, 사
이가 좋다, 떨치다(揚也), 알리다(揚也), 믿다(恃也), 상대相對, 짝(配也), 배우자配偶
者, 적수敵手(敵也), 적대자敵對者

【帶】 띠 대, 띠(紳也), 옷 위의 허리에 두루는 띠, 물건物件의 둘레를 동여매는 넓이가 좁
고 기다란 천, 띠다, 띠를 두르다, 차다(佩也), 허리에 차다, 몸에 지니다, 두르다, 위
요圍繞하다, 데리다, 데리고 다니다, 사람 따라가다(隨人行), 빛깔을 지니다

【隊】 무리 대, 무리(部也,百人,群隊), 동아리를 이룬 무리, 떼(部也,百人,群隊), 대隊, 대오隊
伍, 군대軍隊의 항오行伍, 줄, 늘어선 줄

【臺】 돈대墩臺 대, 돈대墩臺(臺榭,築土,觀四方而高者), 대臺(臺榭,築土,觀四方而高者), 높고
평평平平한 곳, 물건物件을 얹는 대臺, 조정朝廷, 누각樓閣, 집

【戴】 일 대, 이다, 머리에 이다(首戴也,荷戴也,頭上戴物), 머리 위에 올려놓다, 얹다, 모시다
(推也), 받들다, 떠받들다, 만나다(値也), 덤 받다(分物得增益曰袋), 널을 묶는 끈, 오
디새(鳥名,戴勝,布穀), 성姓(姓也)

【懟】 원망怨望할 대, 원망怨望하다, 원한怨恨을 품다, 한恨하다, 미워하다(惡也), 모질다(惡
也), 악인惡人, 악惡한 사람

## 〔댁〕

【宅】 집 댁(택), 집(所托居處), 주거住居, 사는 위치位置(所居之位), 대지垈地, 집이 들어앉
을 부지敷地, 무덤, 구덩이(墓穴), 댁宅, 상대방相對方의 집을 이르는 말, 남의 집이나
부인婦人을 이르는 말, 남의 집의 존칭尊稱, 살다(居也), 삶을 영위營爲하다, 정定하
다(定也), 결정決定하다

## 〔덕〕

【德】 큰 덕, 크다(行道有得), 은혜恩惠를 베풀다, 덕德이 되게 하다(荷德), 은혜恩惠로 여기
다, 은혜恩惠를 느끼다(感恩), 고맙게 생각하다, 착하게 가르치다(善敎), 오르다(升也),
낳다(生也), 공정公正하고 포용성包容性 있는 마음, 어떤 유리有利한 결과結果를 가
져오게 한 원인原因, 복福, 행복幸福, 은혜恩惠, 덕택德澤, 혜택惠澤, 왕기旺氣, 능력
能力, 덕德, 본성本性, 작용作用, 행위行爲, 어진이, 현자賢者

## 〔도〕

【度】 법도法度 도, 법도法度, 제도制度, 법제法制, 법법, 정정해진 규정規程, 기량技倆, 국
량局量, 도량度量, 자(丈尺), 길이의 표준標準, 시각時刻, 정도程度, 도수度數, 횟수回
數, 번番, 모양模樣, 모습, 풍채風采, 넘다, 넘어서다, 지나다(過也), 건네다, 나르다,
운반運搬하다, 건너다(渡也), 깨닫다, 번뇌煩惱에서 해탈解脫하다, 주다(授也), 치다(攴
也), 재다(丈尺), (헤아릴 탁) 헤아리다

【渡】 건널 도, 건너다(濟也), 물을 건너다, 건너지르다, 가다(去也), 지나가다, 통通하다, 주
다, 교부交付하다, 널리 미치다, 가설架設하다, 나루

【道】 길 도, 길(所行道), 다니는 길, 통행通行하는 곳(所行道), 이치理致, 도리道理, 도道(衆
妙皆道也,合三才萬物,共由者), 만물萬物의 근원根源(理也,萬物之本源), 준수遵守하여야

할 덕德(所行道), 사상思想, 인의仁義, 덕행德行, 기예技藝, 기능技能, 정령政令, 행정
行程, 도교道教(老子教,黃帝老莊之教法,道教), 방법方法, 술책術策, 바둑·장기에서 행마
行馬의 길, 한 편篇의 문장文章(一篇之文章), 말하다(言也), 다스리다(治也), 통通하다,
다니다, 따르다(從也), 좇다(從也), 의존依存하다, 의거依據하다, 순順하다, 말미암다
(由也), ~에서, ~부터

【導】 인도引導할 도, 인도引導하다(引也), 이끌다(引也), 안내案內하다, 길잡이를 하다, 앞
장서다, 가르치다(教也), 가르쳐주다, 가르쳐 인도引導하다, 권勸하다, 유인誘引하다,
다스리다(治也), 간諫하다, 충고忠告하다, 통通하게 하다

【途】 길 도, 길(路也,道也), 도로道路

【稌】 찰벼 도, 찰벼(稬稻), 메벼, (마 저) 마(稌蒢,藥草,薯蕷)

【塗】 바를 도, 바르다(塗墍,泥飾), 칠漆하다, 칠漆하여 없애다, 지우다, 막다(杜也), 구멍을
막다(杜塞孔穴), 더럽히다, 더럽혀지다, 진흙(泥也), 진흙탕, 길(路旅), 도로道路

【刀】 칼 도, 칼(一刃兵), 작은 배, 거룻배(小船形如刀)

【到】 이를 도, 이르다(至也), 미치다, 조밀稠密하다, 빈틈없이 찬찬하다, 속이다, 기만欺瞞
하다

【倒】 넘어질 도, 넘어지다(仆也), 자빠지다(仆也), 엎드러지다(仆也), 요절夭折하다, 죽다,
거꾸로

【徒】 무리 도, 무리(衆也), 동아리, 패牌(黨也), 제자弟子, 문인門人, 보병步兵, 일꾼, 인부
人夫, 종(隷也), 맨손, 맨발, 형벌刑罰, 고된 노동勞動을 시키는 형벌刑罰, 보행步行하
다, 걷다(步行), 걸어 다니다, 한갓(但也), 다만(但也)

【島】 섬 도, 섬(海中有陸地可居), 사면四面이 바다에 둘러싸인 육지陸地

【圖】 그림 도, 그림(畵也), 책冊, 서적書籍, 지도地圖, 도장圖章, 인장印章, 하도河圖, 그리
다, 베끼다, 헤아리다, 계산計算하다, 다스리다, 꾀하다(謀也), 도모圖謀하다, 대책對
策과 방법方法을 세우다

【禱】 빌 도, 빌다(故事求福), 기원祈願하다, 신명神明에 일을 고告하고 그 일이 성취成就되
기를 기원祈願하다

【都】 도읍都邑 도, 도읍都邑(天子所宮曰都), 서울, 도시都市(都會), 큰 고을(都會), 마을, 동
洞네, 천자天子가 살고 있는 곳, 선군先君의 종묘宗廟가 있는 곳, 채지采地, 제후諸侯
의 하읍下邑, 제후諸侯 자제子弟의 봉읍封邑(諸侯子弟封邑亦曰都), 제후諸侯의 하下
읍, 경대부卿大夫의 식읍食邑, 탄미嘆美하는 소리(歎美之辭), 도읍都邑하다(奠都), 자

리하다, 거居하다, 있다(居也), 모이다, 거느리다(總也), 총리總理하다, 아름답다(美也, 盛也), 우아優雅하다(美也,盛也), 모두, 다

【挑】 돋울 도, 돋우다(引也,撥也), 심心지를 돋우다, 의욕意慾을 돋우다, 기분氣分·의욕意慾 등等을 부추기다, 뽑다(取也), 긁다(撓也), 흔들다(撓挑), 치다(擊也), 어지럽다(攪也), 어깨에 메다(杖荷), 가리다(取也), 가려서 쓰다, 휘다, 굽다, 야박野薄하다(偸薄), 심心 지, 구기(器名), 오가는 모양模樣

【跳】 뛸 도, 뛰다(躍也), 도약跳躍하다, 오르다(上也), 솟구치다(跳然復出), 빨리 가다, 달아 나다(與逃通,謂走), 덤비다, 싸움을 걸다, 달리는 모양模樣

【桃】 복숭아 도, 복숭아(果也), 복숭아나무(仙木), 대나무의 한 가지, 칼 만드는 대장장이

【逃】 도망逃亡할 도, 도망逃亡하다(亡也), 달아나다(逸去), 피避하다(避也), 벗어나다(逸去), 떠나다(去也), 숨다

【盜】 도둑 도, 도둑(盜賊,私利物), 비적匪賊, 도둑질, 도둑질하다, 훔치다(盜賊,私利物), 밀통 密通하다

【陶】 질그릇 도, 질그릇(陶器,瓦器,神農始作), 도기陶器, 옹기甕器장이, 도공陶工, 질그릇을 만들다, 도자기陶瓷器를 굽다, 만들다(作也), 제조製造하다(作也), 변화變化시키다, 교 화敎化하다, 기쁜 생각이 마음에 움직이다(鬱陶,繇喜也), 우울憂鬱한 마음이 아직 풀 리지 아니하다(鬱陶,言哀思), (화락和樂하게 즐길 요) 화락和樂하게 즐기다

【稻】 벼 도, 벼(稌也)

【滔】 물 넘칠 도, 물이 넘치다, 차다, 그득하다, 일다, 넓다, 크다, 모으다, 게을리 하다, 업 신여기다, 흘러가는 모양模樣(滔滔,流行貌), 물이 성盛하게 흐르는 모양模樣(滔滔,流 貌), 물이 창일漲溢한 모양模樣(水滔滔大貌), 넓고 큰 모양模樣(廣大)

【蹈】 밟을 도, 밟다(踐也), 발로 디디다, 짓밟다(蹂蹈), 가다, 걷다, 뛰다, 춤추다, 발로 박 자拍子를 맞추며 춤추다, 행行하다, 실천實踐하다, 이어받다(襲也), 따르다, 점유占有 하다, 지키다, 슬퍼하다(悼也)

【屠】 잡을 도, 잡다(刳也), 짐승을 잡다, 짐승을 찢다, 찢어 죽이다, 죽이다(殺也), 무찌르 다, 백정白丁, 백白장

【覩】 볼 도, 보다(見也)

【兜】 투구 도, 투구(兜鍪,首鎧), 쓰개, 여자女子들이 쓰는 쓰개, 사람 이름(驪兜,堯代四凶 名), 둘러싸다(蒙蔽), 갈팡거리다, 頭와 통通한다, ※'도'는 속음俗音, 원음原音은 '두'

## 〔독〕

【獨】 홀로 독, 홀로(單也), 혼자, 외로이(孤也), 오직, 다만, 단지但只 그에 한限할 뿐, 어찌, 홀어미, 홀몸, 늙어서 자식子息이 없는 사람, 들짐승, 돕는 사람이 없다, 남과 다르다, 개가 싸우다

【篤】 도타울 독, 도탑다, 도타이 하다, 두텁다(厚也), 인정人情이 많다, 신실信實하다, 순수純粹하다, 전일專一하다, 견고堅固하다, 굳다, 흔들리지 아니하다, 병病이 위중危重하다, 심甚하다, 말이 천천히 걷다, 오로지

【讀】 읽을 독, 읽다, 글을 읽다(誦書), 소리를 내어 글을 읽다(誦書), 풀다, 설명說明하다, 해독解讀하다, 문장文章의 구절句節의 뜻을 해독解讀하다, 세다(數也), 잇다, 읽기(讀書), 읽는 법法, (글귀句 두) 글귀句, 구두句讀, 이두吏讀

【瀆】 도랑 독, 도랑(溝也), 밭도랑, 하수도下水道, 실개천開川(小渠), 큰 강江, 더럽히다(濁也), 더러워지다, 흐리다(濁也), 어지럽다(溷也), 욕辱되다(溷也), 업신여기다(慢也), 바꾸다(易也), 통通하다, 거듭(重也), (구멍 두) 구멍

【毒】 독毒 독, 독毒, 해독害毒, 해악害惡, 건강健康이나 목숨을 해害치는 것, 독毒하다, 악惡하다(惡也), 죽이다, 부리다, 다스리다, 부려서 일을 처리處理하다, 기르다(育也), 키우다, 작은 분량分量으로 병病을 고치다

【督】 감독監督할 독, 감독監督하다(董也), 살펴보다(察也), 경계警戒하다, 계칙戒飭하다, 단속團束하다, 꾸짖다(責也), 책망責望하다, 재촉하다, 권勸하다, 생각하다(考也), 바르다(正也), 거느리다(率也), 모두(都也), 가운데(中也), 맏아들(長子)

## 〔돈〕

【敦】 도타울 돈, 도탑다, 도탑게 하다, 두텁다(厚也), 크다(大也), 성盛하다, 힘쓰다(勉也), 노력努力하다, 감독監督하다, 핍박逼迫하다, 알소訐訴하다, 속이 답답하다(恨心不明), 성내다(怒也), 진陣을 치다, 뒤섞이는 모양模樣, 누구(誰也), (제기祭器 대) 제기祭器

【燉】 이글거릴 돈, 이글거리다, 불이 이글이글한 모양模樣, 불이 센 모양模樣, 불빛, 불의 빛깔(火色), 군郡 이름(燉煌,郡名), 焞으로도 통通한다

【豚】 돼지 돈, 돼지(小豕), 돼지 새끼(小豕,豭也), 복, 복어魚, 흙 부대(土墩), 모래섬(土墩), 지척거리다(行曳踵)

【頓】 조아릴 돈, 조아리다(下首,頓首拜,頭叩地), 머리를 숙여 땅에 대고 절하다(下首,頓首拜,頭叩地), 자빠지다(頓,僵也), 넘어지다, 깨지다, 부서지다, 패패敗하다(壞也), 무너지다(壞)

也), 꺾이다(壞也), 버리다(捨也), 놓다(捨也), 고생苦生하다, 곤고困苦하다, 그치다, 멈
추다, 묵다, 머물다(止也), 투숙投宿하다, 어둡다(頓愍,惛也), 갖추다, 정비整備하다, 저
축貯蓄하다(貯也), 솟다(聳也), 가지런하다(整也), 무디다(不利), 둔鈍하다(不利), 갑자
기(遽也), 급작스럽게, 숙사宿舍(宿食所), 먹고 자는 곳(宿食所), 끼니(食一次), 한 끼니
(食一次), 차례次例(次也), 사돈査頓, 땅이름(地名), 나라 이름(國名), 사람 이름, 성姓
(姓也), (흉노匈奴 왕王의 이름 돌) 흉노匈奴 왕王의 이름, 묵돌墨頓

## 〔돌〕

【突】 갑자기 돌, 갑자기(卒也), 다닥치다(觸也), 부딪치다(觸也), 뚫다(穿也), 불룩하게 나오
다, 갑자기 보다(卒相見), 모지라지다(禿也), 속이다(欺也)), 우뚝한 모양模樣(出貌), 온
돌溫突, 구들

【咄】 꾸짖을 돌, 꾸짖다(訶也), 질책叱責하다, 괴탄愧歎하다(咄咄,驚怪聲), 꾸짖는 소리, 놀
라 지르는 소리, 괴이怪異하게 여겨 혀를 차는 소리(咨語), 어이! 서로 말하는 소리
(相謂之聲), 소리 질러 부르는 소리, 샘 이름(泉名)

## 〔동〕

【東】 동東녘 동, 동東녘(日出方), 동東쪽, 봄(春也), 오른쪽(日出方), 주인主人, 동東쪽으로
가다, 움직이다(動也), 비로소(始也)

【凍】 얼 동, 얼다(冰也), 꽁꽁 얼다(水壯), 얼어서 굳다, 차다, 춥다, 얼음, 옥玉이나 돌 등
等이 아름답고 투명透明한 모양模樣

【棟】 용마루 동, 용마루, 마룻대(中也,居室之中,卽屋脊,屋櫋,屋脊之棟,亦叶音東), 주석柱石,
중임重任을 맡거나 맡을 인물人物, 채, 집을 세는 단위單位, 집, 건물建物, 별 이름
(星名), 나무 이름(木名), 다하다(極也), 네 귀에 네모기둥을 세우다(樽之四阿,亦曰棟,四
阿,四角設棟)

【冬】 겨울 동, 겨울(四時終), 겨울을 나다, 동면冬眠하다, 감추다(藏也), 마치다(終也)

【童】 아이 동, 아이(子未有室家者), 열대여섯 살 이하以下의 아이, 대머리, 민둥산山(無草
木), 종(奴也), 아직 뿔이 나지 아니한 양羊이나 소, 어리다(幼也), 어리석다, 성盛하
다, 벗겨지다, 산山에 초목草木이 없다, 머리털이 없다, 홀로(獨也)

【瞳】 눈동자瞳子 동, 눈동자瞳子(目珠子,腎之精), 어리석은 모양模樣, 마음 없이 똑바로 보
다(無心直視之貌), (알지 못할 창) 알지 못하다(未有知)

【動】 움직일 동, 움직이다(靜之對), 움직이게 하다(動之), 일어나다(起也), 나다(出也), 살아
나다, 살다, 요동搖動하다, 변變하다, 어지럽다(亂也), 놀라다, 곧잘, 걸핏하면, 문득
(輒也)

【董】 동독董督할 동, 동독董督하다, 감독監督하다(督正), 바로 잡다(督正), 거두다, 간직하
여 두다(深藏), 감추다(深藏), 깊숙이 간직하다(深藏), 굳다(固也), 견고堅固하다, 두
손으로 서로 치다(振董,以兩手相擊), 고물古物(骨董), 연蓮뿌리(藕根,董蕖), 비빔밥(骨
董,雜饍), 정자亭子 이름, 늪 이름, 못 이름, (짧을 종) 짧다, (바로 잡을 독) 바로 잡
다

【同】 한가지 동, 한가지(共也), 무리(輩也), 함께(共也), 다 같이, 같게, 같다(共也), 같게 하
다, 서로 같게 하다, 가지런히 하다(齊也), 모이다(合會), 모으다(聚也), 회동會同하다,
회합會合하다, 화합和合하다, 화和하다, 평평平平하다

【洞】 마을 동, 마을(縣也), 고을(縣也), 동洞네, 골(幽壑), 골짜기(幽壑), 굴窟, 동굴洞窟, 물
가없는 모양模樣(水無涯貌), 덩어리지는 모양模樣(相連貌), 깊다(深也), 비다, 공허空虛
하다, 들뜨다(心不定), 마음이 정定치 못하다(心不定), 착실着實하다(質毅貌), 빨리 흐
르다(疾流), (통通할 통) 통通하다, 꿰뚫다(貫也)

【銅】 구리 동, 구리(赤金), 동록銅綠, 동銅에 생긴 녹綠, 동화銅貨, 돈, 도장圖章

【桐】 오동梧桐나무 동, 오동梧桐나무(桐榮), 거문고, 땅이름(空桐,北荒地名), 고을 이름(桐
過,邑名), 물 이름(水名), 성姓(姓也), 아프다(痛也), (경솔輕率할 통) 경솔輕率하다(輕
脫貌), 나무가 무성茂盛하다(草木通達而生)


〔두〕

【斗】 말 두, 말(十升), 열 되들이(十升), 용량容量의 단위單位, 용량容量을 되는 용기容器의
총칭總稱, 자루가 달린 술 따위를 푸는 기구器具, 구기(酒器), 낭떠러지, 별 이름, 우
뚝하다, 물을 들이다(染黑), 문득(忽也), 갑자기

【豆】 콩 두, 콩(荅也), 팥, 콩과科에 딸린 식물植物의 총칭總稱, 제수祭需, 제물祭物, 나무
제기祭器, 제기祭器 이름, 잔대盞臺, 잔盞 받침, 예식禮式에 음식飮食을 담는 그릇,
너 되(四升), 용량容量의 단위單位, 무게 단위單位

【頭】 머리 두, 머리(首也), 인체人體의 목 윗부분部分, 머리털(毛髮), 꼭대기(頂上), 최상부
最上部 맨 앞, 선단先端, 시초始初, 우두머리(首領), 장長, 상위上位, 첫째, 사물事物
의 시작始作, 사람의 수효數爻, 끝, 근처近處, 지혜知慧, 재능才能, 볕(陽也), 마리, 물

건物件을 셀 때의 단위單位

【讀】 글귀句 두, 글귀句, 구절句節, (읽을 독) 읽다

【蠹】 나무 굼벵이 두, 나무 굼벵이(木中蟲), 좀(紙魚,衣魚), 계수桂樹나무 좀(桂蠹,一器), 사물事物을 좀먹어 해害를 끼치는 것(害物事者), 좀먹다(蝕也), 해害치다(殘害), 찌다(曝曬), 좀이 안 먹도록 햇볕에 쬐다(曝曬)


〔둔〕

【屯】 진陣칠 둔, 진陣을 치다(勒兵而守曰屯), 머물다(勒兵而守曰屯), 군대軍隊를 일정一定한 곳에 모아 수비守備하다, 모이다(聚也), 진陣, 병영兵營, 주둔군駐屯軍, 둔전屯田(兵耕曰屯田), 변경邊境에 주둔駐屯, 평상시平常時에는 농사農事 일을 하고 유사시有事時에 군인軍人의 일을 하는 제도制度, 언덕, 구릉丘陵

【鈍】 무딜 둔, 무디다(不利), 둔鈍하다, 느리다, 행동行動이 느리다, 굼뜨다(不及事), 어리석다, 우둔愚鈍하다, 완고頑固하고 둔鈍하다, 미련하다

【遁】 달아날 둔, 달아나다(逃也), 도망逃亡하다, 숨다(隱也), 도망逃亡가 숨다(去也), 피避하다, 회피回避하다, 속세俗世를 피避하여 살다(隱遁), 옮기다(遷也), 끊다, (뒷걸음질 칠 준) 뒷걸음질 치다


〔득〕

【得】 얻을 득, 얻다(獲也), 손에 넣다, 차지하다, 자식子息을 얻다, 알다, 능能하다, 뜻이 맞다(相得), 자신自信·힘·용기勇氣 등等을 가지게 되다, 고맙게 여기다, 감사感謝하다, 맞다, 뜻이 서로 통通하다(相得), 이루다, 이루어지다, 탐貪하다, 병病을 얻다, 덕德, 이익利益, 이득利得


〔등〕

【登】 오를 등, 오르다(上也), 높은 곳을 오르다, 높은 곳에 이르다, 수레 같은 것을 타다, 지위地位에 오르다, 높은 지위地位에 오르다, 사람을 끌어올려 쓰다, 윗사람에게 드리다, 올리다, 바치다, 익다(熟也), 이루다(成也), 성취成就하다, 정定하다, 일정一定하게 되다, 나아가다(進也), 많다(衆也), 더하다, 보태다, 장부帳簿에 싣다, 존경尊敬하다(尊之), 곧, 바로, 다, 여러(衆也)

【燈】 등燈불 등, 등燈불(燈火), 등燈, 등잔燈盞, 부처(佛)의 가르침

【騰】 오를 등, 오르다(上躍), 뛰다(上躍), 높은 곳으로 가다, 타다, 말수레 같은 것을 타다,

넘다, 뛰어넘다, 올리다. 오르게 하다, 값이 비싸지다, 지나다, 지나가다, 달리다(奔也), 전傳하다

【等】가지런할 등, 가지런하다(齊也), 가지런히 하다(齊也), 같다(類也), 평등平等하다, 견주다, 비교比較하다, 구분區分하다, 헤아리다(稱量輕重), 기다리다(候待), 무리(輩也), 부류部類, 등급等級, 계급階級, 차별差別, 계단階段

〔라〕

【羅】벌일 라, 벌이다(羅列), 벌이어놓다, 벌다, 늘어서다, 그물질하다, 비단緋緞(帛也), 깁, 새그물(以絲罘鳥), 지남철指南鐵

【菈】풀 열매 라, 풀 열매(草實)

〔락〕

【樂】즐거울 락, 즐겁다(喜也), 즐기다, 즐거움을 느끼다, 기쁘다, 편안便安하다, (음악音樂 악) 음악音樂, 풍류風流(五聲八音之總名), (좋아할 요) 좋아하다(好也)

【濼】강江 이름 락, 강江 이름, 산동성山東省에서 발원發源하여 소청하小淸河로 흘러들어가는 강江, 성씨姓氏, 병病으로 힘이 없다

【絡】이을 락, 잇다, 이어지다, 계속繼續되다, 얽다(縛也), 얽히다, 싸다(包也), 둘리다(繞也), 맥脈, 그물(網也), 두레박줄(繘也), 고삐(絆也), 솜(絮也), 헌솜, 누이지 아니한 삼(麻也), 깁, 명주明紬

【落】떨어질 락, 떨어지다(零也), 나뭇잎이 말라 떨어지다, 먼지 따위가 떨어지다, 몰락沒落하다, 영락零落하다, 해이解弛하다, 퇴폐頹廢하다, 방랑放浪하다, 버리다, 쓸모없게 되다, 흩어지다, 빠지다, 탈락脫落하다, 벗어지다(脫落), 벗기다(剝也), 해가 지다(廢也), 손에 들어가다(歸也), 수습收拾되다, 그치다, 죽다(死歿), 준공竣工하다(始也), 낙성落成하다, 사람이 사는 곳, 촌락村落, 마을(聚落), 저택邸宅, 사원寺院, 관청官廳, 울타리(蕃籬), 낙엽落葉, 떨어져 있는 먼지

【雒】수리부엉이 락, 수리부엉이, 올빼미(鵋䳢), 가리온(馬名,黑身白鬣曰雒), 몸은 검고 갈기는 흰 말, 물 이름(水名), 나라 이름, 현縣 이름(縣名), 성姓(姓也), 꺼리다(雅,雒也,爲之難,人將爲之雒雒然憚之), 하기 어렵다, 얽다(與絡通), (땅이름 액) 땅이름(與額通,地名)

〔란〕

345

【卵】 알 란, 알(動物無乳者生後孵化), 기르다, 어루만져 기르다(撫育), 크다, 굵다, (고기 알 곤) 고기 알

【亂】 어지러울 란, 어지럽다(不治), 얽히다(紊也), 빗겨 건너다, 다스리다, 함부로, 멋대로, 난리亂離, 전쟁戰爭, 반역反逆, 무도無道, 음악音樂의 끝 가락, 풍류風流 끝 가락

【蘭】 난초蘭草 란, 난초蘭草, 목란木蘭, 목련木蓮, 자목련紫木蓮, 등골나물, 난과蘭科에 딸린 향초香草 이름, 모시, 병가兵架, 수레에 설치設置한 병장기兵仗器의 걸개

【欄】 난간欄干 란, 난간欄干, 우리(牛圈), 짐승을 가두어 기르는 곳, 난欄, 무엇을 쓰기 위爲하여 따로 설정設定한 지면紙面의 한 부분部分, 글·그림 등等을 싣기 위爲하여 적당適當히 줄을 그어 지은 몇 개個의 구획區劃

【殈】 썩을 란, 썩다(敗也), 물크러지다(敗也)


〔람〕

【覽】 볼 람, 보다(觀也), 바라보다, 두루 보다(周觀), 살펴보다(考覽), 비교比較하여보다, 생각하여보다(考覽), 전망展望하다, 받다, 받아들이다, 전망展望, 경관景觀

【濫】 넘칠 람, 넘치다(溢也), 뜨다(氾也), 퍼지다(水延漫), 담그다(漬也), 넘겨다보다, 탐貪하다, 훔치다(竊也), 함부로 하다, 뜬소문所聞, 난잡亂雜한 음악音樂, (목욕통沐浴桶 함) 목욕통沐浴桶, 욕기浴器

【藍】 쪽 람, 쪽, 남색藍色, 진津한 푸른빛, 꼭두서니, 마디풀과科에 딸린 한해살이 풀, 오이 형상形象의 꾸러미, 누더기(襤也), 초醋무침, 채소菜蔬의 초醋무침, 보다(鑑也)


〔랍〕

【拉】 꺾을 랍, 꺾다(摧也,折也), 부러뜨리다, 패敗하다(敗也), 불러오다(招也), 잡아오다(招也), 데려가다, 끌어가다, 바람이 획 불다(猋拉,風聲), 바람 소리(猋拉,風聲)


〔랑〕

【朗】 밝을 랑, 밝다(明也), 맑다, 쾌활快闊하다, 소리 높이

【郞】 사나이 랑, 사나이, 젊은이, 청소년靑少年, 남의 아들을 부르는 말, 주인主人, 남편男便, 아버지, 벼슬 이름

【浪】 물결 랑(낭), 물결(波也), 파도波濤, 물이 절절 흐르는 모양模樣(流貌), 눈물이 흘러내리는 모양模樣, 북(鼓也), 물결이 일다, 파도波濤가 일다, 떠돌아다니다, 방자放恣하다, 삼가지 아니하다, 함부로 마구

【狼】이리 랑, 이리(似犬,銳頭白頰,高前廣後), 짐승 이름, 별 이름(星名), 땅이름(地名), 오랑 캐(西南夷白狼), 강아지풀(草名,孟狼尾), 낭자狼藉하다, 와자하다, 어지러워지다, 어수 선하다(廖狼,猶嬜擾)

【琅】옥玉 이름 랑, 옥玉 이름, 구슬 비슷한 아름다운 돌, 푸른 산호珊瑚, 긴 쇠사슬(銀也), 금석金石 소리, 난간欄干 옥玉(琅玕似珠者), 옥玉 같은 돌(琅玕,石似玉), 옥玉돌(琅玕, 石似玉), 옥玉 소리(琳琅,玉聲), 말방울(鈴鐸), 문門고리(倉琅宮門縮首銅鐶), 나무 이름 (崑崙山有琅玕樹), 군郡 이름(琅邪,郡名,今沂州,俗作瑯), 산山 이름(琅琊山,在密州), 성姓 (姓也), 잠그다(琅當長鏁,或作琅璫), 난 척하고 방심放心하다(琅蕩), 갈팡질팡하고 헐게 빠지다(琅蕩)

【廊】복도複道 랑, 복도複道, 행랑行廊, 회랑回廊, 곁채(廡下), 사랑舍廊채

〔래〕

【來】올 래, 오다(至也), 돌아오다(還也), 부르다(呼也), ~부터, ~에서, 장래將來, 미래未 來, 오대五代 손孫, 밀(麥也)

【萊】명아주 풀 래, 명아주 풀(藜草), 덩굴 꽃(蔓華), 넌출 꽃(蔓華), 묵정밭, 경작耕作하지 아니한 묵은 밭, 풀이 나서 묵다, 교외郊外의 땅을 묵히다(萊休,不耕者,郊內謂之易,郊 外謂之萊), 잡초雜草를 없애다(萊,除其草萊), 잡초雜草가 우거진 황무지荒蕪地(萊,草 穢), 땅이름(地名), 산山 이름(山名), 성姓(姓也), (향부자香附子 리) 향부자香附子, (신 선神仙의 섬 려) 신선神仙의 섬(蓬萊有東海,神仙住島)

〔랭〕

【冷】찰 랭, 차다(寒也), 춥다, 쌀쌀하다(寒也), 싸늘하다, 쓸쓸하다, 한산閑散하다, 맑다(靑 甚), 식히다, 깔보다

〔략〕

【略】간략簡略할 략, 간략簡略하다, 줄이다, 감소減少하다, 대강大綱해두다, 다스리다(治 也), 경륜經綸하다, 천하天下를 경영經營하고 사방四方을 쳐 빼앗다, 취取하다, 빼앗 다, 범犯하다, 침범侵犯하다, 둘러보다, 구求하다, 날카롭다, 꾀(謀也), 계략計略, 경로 經路, 경계境界, 지경地境, 대강大綱, 대략大略, 도약跳躍, 길, 도덕道德, 도道

【掠】노략擄掠질할 략, 노략擄掠질하다, 탈취奪取하다, 휙 채가다(捎取), 빼앗다(奪取), 스

347

쳐 지나가다, 매질하다, 죄인罪人의 자백自白을 받기 위爲하여 매질하다, 획劃을 삐치는 일을 하다, 서법書法의 한 가지

## 〔량〕

【良】 어질 량, 어질다(賢也), 온건穩健하다(易直), 좋다, 바르다(正也), 뛰어나다, 깊다(深也), 아름답다, 경사慶事스럽다, 편안便安하다, 순진純眞하다, 길다(長也), 부유富裕하다, 가멸다, 공교工巧하다, 단단하다, 잘, 능能히, 진실眞實로, 정正말, 장인匠人(器工), 아름다운 아내(美室), 머리(首也)

【亮】 밝을 량, 밝다(明也), 명석明晳하다, 알다(諒也), 믿다(信也), 돕다(佐也), 진실眞實로, 진실眞實, 여막廬幕(居喪), 천자天子의 상중喪中

【凉】 서늘할 량, 서늘하다(輕寒), 맑다, 엷다(薄也), 슬퍼하다, 凉은 속자俗字

【諒】 믿을 량(양), 믿다(信也), 의심疑心하지 아니하다, 살피다(照察), 알다(知也), 돕다(佐也), 하찮은 의리義理를 잠자코 지키다, 어질다, 참으로(誠也), 참, 진실眞實, 작은 일에 구애拘碍되는 진실眞實

【兩】 두 량, 둘(再也), 짝(匹耦), 두 쪽, 두 번番, 양兩, 냥兩, 돈(돈의 단위單位), 무게의 단위單位, 대臺, 수레를 세는 단위單位, 수레 50승乘, 편제編制 단위單位, 두, 둘의, 양兩쪽의, 아울러, 겸兼하여

【量】 헤아릴 량, 헤아리다(度也), 추측推測하다, 미루어 헤아리다, 살피다(審也), 생각하다, 세다(度多少), 재다(度長短), 계량計量하다, 달다, 되다, 한정限定하다, 좋다, 분량分量, 정도程度, 국량局量, 역량力量, 기량技倆, 일을 해낼 수 있는 재량裁量, 한계限界, 분한分限, 종묘宗廟에 제사祭祀 지내는데 올리는 폐백幣帛, 되(升也), 말(斗也), 휘, 길이

【糧】 양식糧食 량, 양식糧食, 식량食糧의 총칭總稱, 건량乾糧, 군량軍糧(行道曰糧,謂糒), 말린 밥(行道曰糧,謂糒), 여행旅行 또는 행군行軍에 쓰는 식량食糧, 급여給與, 녹祿, 자료資料, 구실, 조세租稅

【粱】 기장 량, 기장, 기장밥, 쓿은 곡식穀食

【梁】 들보 량, 들보(屋脊柱曰棟,負棟曰梁), 마룻대(冠梁,冠上橫脊), 교량橋梁, 나무다리(木橋), 돌다리(石絶水爲梁), 징검다리(石絶水爲梁), 물 막고 고기 잡는 발담(魚梁,水堰也,堰水爲關空,承之以笱捕魚梁之曲者曰罶), 방防죽(隄也), 나라 이름(國名), 별 이름(大梁,西方之宿수), 고을 이름(州名), 땅이름(大梁,地名), 산山 이름(山名), 물 이름(呂梁,水名), 쉽싸리(都梁,香草名,澤蘭), 성姓(姓也), 달음박질하다(亂走貌), 함부로 뛰다

【樑】 들보 량, 들보(屋脊柱曰棟,負棟曰樑), 대大들보

## 〔려〕

【呂】 음률音律 려, 음률音律, 음陰의 음률音律, 등뼈(脊骨), 등골뼈(脊骨), 법칙法則, 나라
이름(國名), 종鐘 이름(鐘名,大呂), 칼 이름(劍名,輕呂), 성姓(姓也)

【櫚】 종려棕櫚나무 려, 종려棕櫚나무(栟櫚,椶也), 열대지방熱帶地方 원산原産의 상록교목常
綠喬木, 모과木瓜나무, 능금나뭇과科의 낙엽교목落葉喬木

【麗】 고울 려, 곱다(美也), 예쁘다(美也), 아름답다(美也), 우아優雅하다, 좋다(好也), 짝짓다
(偶也), 붙다, 붙이다, 매다(繫也), 걸리다(附也), 지나다, 통과通過하다, 떼 지어가다
(旅行), 베풀다(施也), 환하다(光也), 짝(偶也), 짝수數(偶數), 둘(兩也), 수효數爻, (꾀꼬
리 리) 꾀꼬리

【儷】 짝 려, 짝(偶也), 한 쌍雙, 부부夫婦, 한 벌, 무리, 동아리, 채단采緞, 아우르다(竝也)

【慮】 생각할 려, 생각하다(謀思), 삼가 생각하다(謹思之), 헤아리다(度也), 헤아려보다(度
也), 꾀하다(謀也), 걱정하다(憂也), 근심하다(憂也), 의심疑心하다, 생각, 염려念慮, 근
심, 걱정, 대략大略, 대개大概, 대강大綱, 실마리(縷也), 여럿(旅也)

【厲】 갈 려, 갈다(磨也), 힘쓰다, 힘써 닦다, 권면勸勉하다, 짓다(作也), 위爲하다(爲也), 엄
嚴하다(嚴也), 맵다(烈也), 매섭다, 사납다(虐也), 용맹勇猛하다(勇也), 바르다, 지조志
操를 높게 가지다, 날카롭게 하다, 빠르게 날다(橫厲,疾飛), 올리다(上也), 옷 허리까
지 걷어 올리고 물을 건너다(以衣涉水,由帶以上,曰厲,深則厲,淺則揭), 추악醜惡하다, 병
病들다(病也), 위태危殆하다(危也), 괴롭다, 거친 숫돌(礪也,麤質曰厲,緻密曰砥), 띠 줄
(鞶厲帶垂), 낭떠러지(岸危處), 정치범政治犯(犯政爲惡), 구월九月(月在戌), 화禍, 재앙
災殃, 역귀疫鬼(厲鬼), 문둥병病, 성姓(姓也), (옷 올릴 뢰) 옷 올리다(漆身爲厲뢰), (엄
嚴할 렬) 엄嚴하다(嚴也), 노랫소리 맑게 넘다(趢厲,歌聲淸越也), 주머니 띠 술(囊垂
飾)

【勵】 힘쓸 려, 힘쓰다(勉也), 권면勸勉하다, 권장勸奬하다, 가다듬다(勵精)

【礪】 거친 숫돌 려, 거친 숫돌(磨石), 갈다(磨也), 숫돌에 갈다, 연마硏磨하다(磨也), 힘쓰다
(勵也)

【戾】 어그러질 려, 어그러지다(乖也), 맞지 아니하다, 벗어나다, 틀어지다, 휘어지다(斜曲),
사납다(狠也), 흉포凶暴하다, 이르다, 다다르다, 돌아오다(反也), 정定하다, 안정安定하
다, 자리가 잡히다, 그치다(止也), 허물, 죄罪

【黎】 검을 려, 검다(黑也,與黧同), 동東이 트다(黎明,比名), 많다(衆也), 배접褙接하다(履黏,
作履黏以黍米), 뭇(衆也), 검은 빛, 녘(黎明,比名), 무렵(黎明,比名), 유리琉璃(與瓈同,玻

璖,本草,作頗), 종족種族 이름, 나라 이름(國名,在上黨東北,殷侯國), 산山 이름(山名), 물 이름(水名), 옥玉 이름(玉名), 성姓(姓也)

【旅】 나그네 려, 나그네(客也), 길손, 여행旅行, 군사軍士, 500명名을 1대隊로 하는 군제軍制, 군대軍隊, 무리(衆也), 많은 사람, 차례次例(序也), 길(道也), 곳(處也), 등뼈, 상대부上大夫, 산제山祭, 제사祭祀의 이름, 괘卦 이름, 육십사괘六十四卦의 하나, 여행旅行하다, 늘어서다, 베풀다(陳也), 낮은 선비를 불러 채용採用하다(辟下士), 함께(俱也), 많이, 많은

【荔】 타래붓꽃 려, 타래붓꽃, 솔 풀(草也,似蒲而小,根可作刷), 줄사철나무(薛荔,香草,一作草荔), 여주(荔枝,樹名), 마린馬藺, 꽃창포菖蒲, 과수果樹 이름, 향기香氣 풀, 궁宮 이름(宮名), 나라 이름(國名), 땅이름(荔浦,地名), 성姓(姓也)


## 〔력〕

【力】 힘 력, 힘(筋也), 종(奴也), 힘쓰다(務也), 일하다, 부지런히 하다(勤也), 고전苦戰하다, 심甚하다, 있는 힘을 다하여

【歷】 지낼 력, 지내다(經也), 지나가다, 지나치다(過也), 겪다(經也), 시간時間을 보내다, 공간空間을 거쳐 가다, 넘다(越也), 뛰어넘다, 건너뛰다, 차례차례次例次例로 보내다, 엇걸다, 교착交錯시키다, 얽다(錯也), 어지럽다(亂也), 어지러워하다, 분명分明하다, 또렷하다, 고요하다(寂歷), 다하다(盡也), 성기다(疎也), 문채文彩 나다, 두루(徧及之), 다음(次也), 지내 온 일, 겪은 일, 가마(釜也)

【曆】 책력冊曆 력, 책력冊曆, 역법曆法, 연대年代, 햇수數, 세월歲月, 수數, 수효數爻, 운수運數, 운명運命, 세다(數也), 형상形象하다(象也)


## 〔련〕

【連】 잇닿을 련, 잇닿다(接也), 이어지다(接也), 연連하다, 계속繼續되다, 늘어세우다, 열列지어 늘어서다, 연결連結하다, 끌다, 길다, 미치다(及也), 맺다, 모이다, 합合치다, 돌아오다(還也), 어렵다(難也), 더디다(遲久), 시간時間이 오래 걸리다, 패牌(屬也), 한무리(屬也), 동행同行, 동반자同伴者, 살붙이, 친척親戚, 붙이(屬也)

【蓮】 연蓮꽃 련, 연蓮꽃, 연방蓮房, 연蓮밥, 연실蓮實, 연蓮, 범부채의 뿌리, 사간射干

【戀】 그리워할 련, 그리워하다(慕也), 사모思慕하다, 생각하다(眷念), 생각하게 되다(係慕), 사랑의 정情, 그리움, 사모思慕하는 일, 연애戀愛, 사랑하는 이

【憐】 불쌍히 여길 련, 불쌍히 여기다(哀也), 가엽게 생각하다, 가련可憐하다, 어여삐 여기

다(愛也), 예쁘다(愛也), 사랑하다

【聯】 이을 련, 잇다(連也), 연連잇다, 잇달다, 연결連結하다, 잇닿다, 끊이지 않다(不絶), 합合하다, 연계連繫, 글귀句, 열 집(十家), 열 사람(十人), 짝, 혼인婚姻

【練】 익힐 련, 익히다, 익다, 익숙하다, 단련鍛鍊하다, 경험經驗하다, 가리다, 고르다, 희다, 누이다, 누인 명주明紬, 상복喪服 이름, 소상小祥에 입는 상복喪服, 소상小祥

【鍊】 쇠 불릴 련, 쇠를 불리다(冶金), 쇠붙이를 달구어 두드리다, 연철鍊鐵하다, 정련精鍊하다, 몸·정신精神 등等을 단련鍛鍊하다, 사물事物을 익숙하게 하다, 습련習練하다, 약藥을 반죽하다, 익다, 정숙靜肅하다, 제련製鍊한 금속金屬, 불린 쇠, 정금精金, 쇠사슬, 뛰어난 도사道師

## 〔렬〕

【列】 벌일 렬, 벌이다(分解), 펴다, 늘어놓다, 차례次例를 세우다, 무리에 들어가다, 베풀다(陳也), 주다, 줄, 차례次例, 항오行伍, 항렬行列(行次), 등급等級, 반열班列(位序)

【烈】 매울 렬, 맵다(栗烈), 불길이 세다, 불이 활활 붙다(火猛), 덥다(熱也), 세차다, 거세다, 거칠다, 사납다(暴也), 독毒하다, 위엄威嚴스럽다, 밝다(明也), 빛나다(光也), 아름답다(美也), 충직忠直하다, 강강剛하고 곧다, 굽다, 그을려 굽다, 남다(餘也), 지극至極히 어렵다(至難), 공功(業也), 공적功績, 위엄威嚴, 반열班列, 근심하는 모양模樣(憂貌)

【裂】 찢어질 렬, 찢어지다(破也), 찢다(破也), 산산散散조각이 나다(滅裂), 해지다, 무너지다, 차열車裂, 수레에 묶어 사지四肢를 찢는 형벌刑罰의 하나

【洌】 물 맑을 렬, 물이 맑다(水淸), 차다(寒也), 한랭寒冷하다, 술이 맑다(酒淸), 찬바람(寒風), 강江 이름(렬수洌水: 대동강大同江 또는 한강漢江)

【劣】 못할 렬, 못하다, 뒤떨어지다, 수준水準·정도程度·지위地位 등等이 낮다, 모자라다, 용렬庸劣하다(拙弱), 못나다(優之反), 어리다(少也), 약弱하다, 적다, 많지 아니하다, 더럽다(鄙薄), 겨우(僅也)

## 〔렴〕

【廉】 청렴淸廉할 렴, 청렴淸廉하다, 결백潔白하다, 맑다, 곧다, 바르다, 검소儉素하다, 검박儉朴하다, 조촐하다(潔也), 거두다(斂也), 스스로 검사檢査하여 거두다(自檢斂), 살피다(察也), 모질다(棱也), 맑다(淸也), 싸다(廉價), 값이 싸다(廉價), 값이 헐歇하다(廉價), 염치廉恥, 서슬(嚴利), 모, 모퉁이, 구석, 옆 변邊두리(仄邊), 옆 모퉁이(仄隅)

【簾】 발 렴, 발(編竹作幃簿), 주렴珠簾, 염렴簾, 대껍질(籜名)

## 〔렵〕

【獵】 사냥 렵, 사냥, 사냥하다(逐禽), 잡다, 사로잡다, 찾다, 쥐다, 손으로 쥐다, 지나다, 거치다, 잇닿다(相差次), 진동震動하다

## 〔령〕

【令】 명령命令할 령(영), 명령命令하다, 명命하다, 시키다(使也), 부리다(使令), ~로 하여금 ~하게 하다(使也), 착하다(善也), 좋다, 아름답다, 하여금(使也), 가령假令, 만일萬一, 법法, 영令, 법령法令, 규칙規則, 가르침, 훈계訓戒, 우두머리, 경칭敬稱, 남을 높이는 말, 영감令監, 달(月令), 철(時令), 심부름꾼(使令)

【領】 거느릴 령, 거느리다(統領), 통솔統率하다, 다스리다(理也), 받다(受也), 수령受領하다, 차지하다(占領), 깨닫다(悟也), 우두머리, 수령首領, 두령頭領(雄長), 괴수魁首, 옷깃(衣體), 의금衣襟, 목(項也), 목덜미(項也), 요긴要緊한 점點, 가장 중요重要한 부분部分, 가장 요긴要緊한 곳, 사북, 요소要所, 옷의 한 벌, 재(山道)

【嶺】 재 령, 재(山道), 산山길(山道), 고개(山之肩領可通道路者), 산山마루의 고개(山之肩領可通道路者), 산山꼭대기(山頂), 산山봉우리(山頂), 연산連山, 잇달아 뻗어 있는 산山줄기(連山)

【伶】 영리怜悧할 령, 영리怜悧하다, 똑똑하다, 외롭다(獨也), 사령使令, 사환使喚, 악공樂工, 음악사音樂師, 배우俳優, 놀림감 신하臣下(弄臣), 외로움

【玲】 옥玉 소리 령, 옥玉 소리(玉聲), 아롱거리는 모양模樣(瑡鏤貌), 옥玉이 새겨진 모양模樣, 쟁그랑거리다(金玉聲), 선명鮮明하다(玲瓏), 정교精巧하다(器物精巧)

【聆】 들을 령, 듣다(聽也), 깨닫다(曉解), 좇다(從也), 따르다

【零】 떨어질 령, 떨어지다(落也), 비가 뚝뚝 떨어지다(落也), 비가 오다, 이슬이 내리다, 영락零落하다, 풀이 마르다, 조용히 오는 비, 추근추근 오는 비(徐雨), 큰 비 끝에 오는 가랑비(餘雨), 우수리, 남은 수數, 수數가 없음, 영零(數無), 셈의 나머지(畸零)

【靈】 신령神靈 령, 신령神靈, 해(曜靈,日也), 태양太陽의 별칭別稱(曜靈,日也), 하늘·땅·사람(天地人,三靈), 팔방八方·하늘·구름의 신神, 신명神明, 빼어난 것, 걸출傑出한 것, 가장 뛰어난 것(神也), 불가사의不可思議, 목숨, 생명生命, 영혼靈魂(神也), 정기精氣, 혼백魂魄, 명수命數, 마음, 생각, 성심誠心, 정성精誠, 위엄威嚴, 존엄尊嚴, 은총恩寵, 행복幸福, 죽은 사람의 혼魂, 죽은 이를 높이어 이르는 말, 무당巫堂, 신령神靈하다,

신묘神妙하다, 신통神通하다, 밝다(明也), 아름답다, 좋다(善也)
명야　　　　　　　　　　선야

【逞】 굳셀 령, 굳세다, 굳세게 하다, 용감勇敢하다, 왕성旺盛하다(勢盛), 펴다, 통通하다,
　　　　　　　　　　　　　　　　　　　　　　　　　　세성
풀다(解也), 근심을 풀다(解患), 쾌快하다, 상쾌爽快하다, 쾌快하게 하다(快之), 만족滿
해야　　　　　　　　해환　　　　　　　　　　　　　　　　　패지
족해 하다(矜而自逞), 즐겁다, 다하다(盡也), 극진極盡하다, 몸을 단속團束하다(檢也),
　　　긍이자령　　　　　　　　진야　　　　　　　　　　　　　　검야
빠르다(疾也)
질야

## 〔례〕

【禮】 예도禮度 례, 예도禮度(節文仁義), 예절禮節, 절, 인사人事, 사람이 행行할 질서秩序,
　　　　　　　　　절문인의
국가國家·사회社會의 조직組織, 의식儀式, 폐백幣帛, 경의敬意를 표표表表하다, 치성致誠
을 드리다, 밟다(履也,所以事神致福)
이야소이사신치복

【例】 법식法式 례, 법식法式, 규칙規則, 전례典例, 전고典故, 보기(類也), 본本보기, 대개大
　　　　　　　　　　　　　　　　　　　　　　　　유야
槪, 대부분大部分, 다, 견주다(類也), 같다(類也)
　　　　　　　　　　유야　　　　유야

【隷】 종 례, 종(僕隷), 하복下僕, 서체書體 이름, 붙다(附着), 서로 마주 닿다, 좇다, 따르
　　　　　복례　　　　　　　　　　　　부착
다, 분속分屬하다, 부리다, 사역使役하다

## 〔로〕

【老】 늙을 로, 늙다(年高), 나이를 많이 먹다, 익숙하다(老鍊), 노련老鍊하다, 늙어서 약弱
　　　　　　　년고　　　　　　　　　　　　　　노련
해지다, 쇠衰하다, 지치다, 약弱해지다, 치사致仕하다, 벼슬을 내놓고 물러가다(致仕),
　　　　　　　　　　　　　　　　　　치사
쉬다, 썩다, 어른(尊稱), 늙으신네(尊稱), 늙은이(年高者自己謙稱), 나이 일흔 이상以上
　　　　　　존칭　　　　　　존칭　　　　년고자자기겸칭
인 사람, 경노卿老, 상공上公, 노자老子의 약칭略稱

【勞】 일할 로, 일하다, 노력努力하다, 힘쓰다, 수고롭다(勤也), 지치다, 마음 상상傷하다, 위
　　　　　　　　　　　　　　　　　　　　　근야
로慰勞하다, 달래다, 근심하다, 수고, 노고勞苦, 공로功勞, 공훈功勳, 공적功績

【路】 길 로, 길(道也), 길손, 수레(車也), 도덕道德, 도의道義, 사람이 마땅히 행行하여야
　　　　　도야　　　　　거야
할 길(履行道), 사물事物의 조리條理, 겪는 일, 거쳐 가는 길, 중요重要한 자리(地位),
　　　이행도　　　　　　　　　　　　　　　　　　　　　　　　지위
요처要處, 방법方法, 방도方途, 방면方面, 활(弓也), 드러나다(露也), 크다(大也), 바르
　　　　　　　　　　　　　　　　　궁야　　　　　노야　　　대야
다, 모지다, 고달프다(疲也)
　　　　　　　피야

【露】 이슬 로, 이슬(霜之始), 적시다, 젖다(潤澤), 드러나다(彰也), 드러내다, 은혜恩惠를 베
　　　　　　　상지시　　　　　　윤택　　　　　창야
풀다, 은혜恩惠를 입다(受恩), 러시아(Russia)
　　　　　　　　　수은

【爐】 화로火爐 로, 화로火爐, 향로香爐, 화火덕, 풀무, 뙤약볕(洪爐), 방바닥이나 땅바닥을
　　　　　　　　　　　　　　　　　　　　　　　홍로
파내어 취사용炊事用·난방용煖房用 등等의 불을 피우게 하는 시설施設

## 〔록〕

**【鹿】** 사슴 록, 사슴, 제위帝位, 제위帝位의 비유譬喩, 권좌權座의 비유譬喩, 얼룩말, 작은 수레(小車), 곳庫집, 방형方形의 미창米倉, 술그릇(酒器), 산山기슭, 변변치 못한 모양 模樣(鹿鹿)

**【綠】** 초록草綠빛 록, 초록草綠빛(帛靑黃色,靑黃間色), 초록草綠빛 비단緋緞, 초록草綠빛 물 들이는 풀(王芻), 조개풀, 왕추王芻, 검고 아름다운 형용形容(黑美色之形容), 푸르다

**【錄】** 기록記錄할 록, 기록記錄하다, 적다, 베끼다(謄寫), 살피다, 성찰省察하다, 취取하다, 기록문서記錄文書, 서적書籍, 목록目錄, 물록物錄, 사건事件의 기록記錄을 맡은 벼슬아치(錄事), 차례次例(第也), 범용凡庸한 모양模樣, 금金빛(金色), 자개 무늬(貝文), (사실查實할 려) 사실査實하다, 정상情狀을 살피다

**【祿】** 봉록俸祿 록, 봉록俸祿, 녹祿(俸也), 녹봉祿俸, 복福, 행복幸福, 불귀신鬼神(火神), 녹祿을 주다, 착하다(善也)

## 〔론〕

**【論】** 논論할 론, 논論하다, 의론議論하다, 토론討論하다, 말하다(說也), 서술敍述하다, 이치理致를 생각하다(思理), 사물事物의 이치理致를 헤아리다, 사리事理를 밝히다, 글 뜻을 풀다(紬繹), 진술陳述하다, 해명解明하다, 판결判決하다, 변론辯論하다, 고告하다, 여쭈다, 왈가왈부曰可曰否하다, 학설學說, 의견意見, 견해見解, 문체文體 이름, (조리條理 륜) 조리條理(倫也,有倫理), 조리條理가 있는 말

## 〔롱〕

**【弄】** 희롱戲弄할 롱, 희롱戲弄하다, 농담弄談하다, 말이나 행동行動으로 실實없이 놀리다, 가지고 놀다(玩也), 제 마음대로 다루다, 업신여기다(侮也), 음악音樂을 연주演奏하다, 타다, 구경하다(玩也), 좋아하다, 흥興에 겨워하다, 아들을 낳다(弄璋), 곡조曲調, 악곡樂曲, 풍류風流 곡조曲調(樂曲), 구렁(巷也)

**【瓏】** 옥玉 소리 롱, 옥玉 소리(玉聲), 금옥金玉 소리, 바람 소리(風聲), 환한 모양模樣(明貌), 옥玉 소리가 쟁그랑거리다

## 〔뢰〕

**【雷】** 우레 뢰, 우레(陰陽薄動雷雨生物者), 우뢰, 천天둥(陰陽薄動雷雨生物者), 우렛소리(雷

鳴), 조화신造化神(天上造化神), 팔면고八面鼓, 큰 소리의 형용形容, 사나운 모양模樣의 비유譬喩, 빠른 모양模樣, 덩달아 하다(不當然)

【賴】 힘입을 뢰, 힘입다(蒙也), 의지依支하다, 의뢰依賴하다(恃也), 착하다, 다행多幸하다, 의지依支, 의뢰依賴, 이득利得(贏也), 이익利益, 교활狡猾하고 거짓이 많은 사람(無賴), (뇌, 로: 속음俗音)

【牢】 우리 뢰, 우리(閑也), 외양간喂養間(廄也), 마소나 돼지 등等 가축家畜을 기르는 곳, 옥獄, 감옥監獄, 쌀 창고倉庫(米庫), 녹祿, 녹미祿米, 정부政府에서 받는 녹봉祿俸(廩食), 상賞으로 주는 쌀(牢賞), 가치價値, 희생犧牲, 굳다(堅也,固也), 견고堅固하다, 둘러싸다, 속에 넣다, 쓸쓸하다(牢落), 쓸쓸하게 걱정하다(牢愁), 애오라지(聊也)

【耒】 쟁기 뢰, 쟁기(耒耟,手耕曲木), 굽정이(耒耟,手耕曲木), 따비(耒耟,手耕曲木), 물 이름(水名), 따비, 굽정이, 훌청이, 과실果實이 늘어진 모양模樣, 풀 많은 밭을 갈다(耕多草)


〔료〕

【了】 마칠 료, 마치다(訖也), 깨닫다(曉解), 밝다, 총명聰明하다, 똑똑하다(聰慧), 쾌快하다, 드디어

【料】 헤아릴 료, 헤아리다(量也), 세다(數也), 수효數爻를 세다, 되질하다, 말로 용량容量을 헤아리다, 생각하다, 계교計較하다, 더듬다(捋也), 잡아당기다(捋也), 다스리다(理也), 녹祿, 급여給與, 거리(人物,材質), 감(人物,材質), 사료飼料(牛馬所食芻豆), 소고小鼓

【燎】 횃불 료, 횃불(樹以照衆), 뜰에 세운 홰(樹以照衆), 화톳불, 들불, 화전火田, 비추다(照也), 불을 놓다(放火), 밝다(明也), 들불을 놓아 사냥하다, 섶을 태워 하늘에 제사祭祀 지내다

【瞭】 밝을 료, 밝다, 눈이 잘 보이다(目明者), 사물事物이 분명分明하다, 일이 환하다(事明), 눈동자瞳子가 또렷하다, 눈자위가 맑다(目睛明), 맑다, 아득하다(杳也), 멀다, 새매(瞭鷂)

【僚】 동료同僚 료, 동료同僚, 벗(朋也), 동관同官, 관리官吏, 벼슬아치, 일에 같이 수고하다(僚勞), 예쁘다(好貌), 희롱戲弄하다

【遼】 멀 료, 멀다(遠也), 거리距離가 멀다(遠也), 시간時間·거리距離 등等이 멀다, 늦추다, 느슨하게 하다, 강江 이름(水名,遼河,滿洲遼東平野貫流,而注于渤海), 땅 이름(地名,遼河東西一帶地方), 나라 이름(國名), 성姓(姓也)

【療】 병病 고칠 료, 병病을 고치다, 병病이 낫다(醫治止病曰療), 앓다

〔롱〕

【龍】 용龍 롱, 용龍(想像上神靈動物), 뛰어난 인물人物, 호걸豪傑, 준걸俊傑, 임금님(君也), 제왕帝王의 비유譬喩, 대형大型인 것, 키가 8척尺 이상以上인 말, 산맥山脈의 모양模樣, 은총恩寵, 은혜恩惠, 임금에 관關한 사물事物에 관형사冠形詞로 쓰인다, 크다

〔루〕

【累】 여러 루, 여러, 자주, 포개다, 쌓다(蓄積), 쌓이다, 거듭하다, 묶다(縛結), 동여매다(縛結), 얽히다(縈也), 연좌連坐하다, 늘다, 늘리다, 번거롭게 하다, 수고를 끼치다, 부탁付託하다, 근심을 끼치다(煩也), 암내句를 내다(求子牛), 수컷을 좇는 암컷의 새끼, 번거로움, 근심, 부담負擔, 짐, 타는 소(累牛)

【婁】 성길 루, 성기다, 드문드문하다, 끌다(曳也), 당기다, 소를 매다(繫牛), 거두다, 아로새기다, 어리석다(愚也), 어둡다(昧也), 고달프다(卷婁), 자주, 여러(煩數), 작은 언덕(小阜), 별 이름

【樓】 다락 루, 다락(重屋), 다락집, 문루門樓, 성루城樓, 망루望樓, 모으다(聚也), 겹치다, 포개다

【僂】 구부릴 루, 구부리다(俯也), 굽히다, 굽다(屈也), 몬존하다(短醜貌), 재빨리 움직이다, 민첩敏捷하다, 곱사등이(曲背), 꼽추, 앉은뱅이, 난장이(短醜貌), 삼태기

【屢】 여러 루, 여러(煩數,數也), 자주(數也), 여러 번番, 수효數爻가 많은, 매양每樣, 창窓, 광창光窓, 씨 뿌리는 수레, 번거롭다, 빠르다(疾也)

【淚】 눈물 루, 눈물(目液), 눈물을 흘리다, 촛농膿이 떨어지다, (빨리 흐르는 모양模樣 여) 빨리 흐르는 모양模樣, (쓸쓸할 렬) 쓸쓸하다

【漏】 샐 루, 새다(泄也), 빠뜨리다(遺失), 잃어버리다(遺失), 누설漏泄하다, 비밀秘密이 들어나다, 틈으로 나타나다, 스며들다(滲漏), 혜택惠澤을 주다, 숨다(隱也), 구멍을 뚫다(穿也), 구멍(竅也), 틈, 물시계時計(水時計), 방房의 서북西北 구석

〔류〕

【流】 흐를 류, 흐르다(水行), 흘러내리다, 물이 낮은 데로 흐르다, 떠내려가다, 떠가다(浮行), 띄우다(浮之), 펴다(布也), 널리 세상世上에 전傳하다(流轉), 번져나가다(覃也), 널리 알려지다, 전傳하여져 남다, 두루 돌아다니다, 떠돌아다니다(流行), 방랑放浪하다,

옮겨가다, 흘리다, 내리다(下也), 지나다(過也), 시간時間이 지나가다, 달아나다(走也), 날아가다, 화살·총탄銃彈 등等이 날아가다, 내치다(放也), 귀歸양 보내다, 절제節制가 없다, 곁눈질하다, 가리다(擇也), 구求하다, 물이나 눈물이 흐름, 흘러가는 물, 냇물이 흘러가는 방향方向, 갈래, 품위品位, 계급階級

【留】 머무를 류, 머무르다(止也), 일정一定한 곳에 머무르다, 지체遲滯하다, 머뭇거리다, 변變하지 아니하다, 오래다(久也), 더디다(遲也), 막히다(淹也), 가로 막다(遮留), 기다리다, 엿보다(伺便), 다스리다(治也), 천천히(徐也), 꾀꼬리(黃鳥)

【瑠】 유리瑠璃 류, 유리瑠璃(琉璃珠), 황금黃金빛의 작은 점點이 군데군데 있고 야청靑빛이 나는 광물鑛物, 나라 이름(泉州國名,琉球), 琉와 같은 글자字

【柳】 버들 류, 버들(小楊), 버드나무의 총칭總稱, 수레(車也), 해지는 곳(日入處), 별 이름, 모이다

【類】 무리 류, 무리(種類), 떼, 패牌거리, 동아리(種類), 같은 무리(同類), 동류同類, 일족一族, 동족同族, 동렬同列, 사실事實, 품종品種, 비견比肩, 온갖 것, 모든 것, 일, 좋은 일(善事), 견주다(比也), 비교比較하다, 비기다, 닮다, 비슷하다, 같다(肖似), 착하다(善也), 좋다

【謬】 그릇될 류, 그릇되다(誤也), 잘못되다, 어긋나다(差也), 상위相違하다, 어지럽다(亂也), 속이다(欺也,詐也), 기만欺瞞하다, 잘못(過誤,通作繆,紕繆錯), 미친 사람의 망령妄靈된 말(狂者之妄語), 성姓(姓也)

【劉】 죽일 류, 죽이다(殺也), 이기다,(勝也) 이겨내다, 베풀다(陳也), 벌여놓다, 쇠잔衰殘하다, 익실과杙實果(劉子,劉杙,其子可食), 자귀(斧屬), 성姓(姓也)

## 〔륙〕

【六】 여섯 륙, 여섯(老陰數), 여섯 번番, 죽이다

【陸】 뭍 륙, 뭍(漉也,水流漉而出), 육지陸地, 물에 덮이지 않은 넓은 땅(漉也,水流漉而出), 언덕(高平曰陸), 높고 평평平平한 땅(高平曰陸), 높고 평평平平한 산山의 꼭대기, 길(道也,無水路), 살 조개(魁肉,水族), 많고 성성盛하여 뒤섞인 모양模樣(陸離,多盛雜貌), 빛이 눈부시게 아름다운 모양模樣(陸離), 제멋대로 뛰어다니는 모양模樣(陸梁,跳梁), 두텁다(厚也), 하는 것 없이 꿈지럭거리다(猶碌碌), 뛰다, 껑충 뛰다

【戮】 죽일 륙, 죽이다(殺也), 사형死刑에 처處하다, 육시戮屍하다(刑戮), 죽은 사람에게 형벌刑罰을 가加하여 목을 베다, 욕辱보이다, 욕辱되다, 부끄럽다(恥病), 병病들다, 합合

357

하다, 힘을 합合하다, 벌罰, 형벌刑罰, 욕辱, 어리석은 행실行實(癡行)

## 〔륜〕

**【倫】** 인륜人倫 륜, 인륜人倫, 도리道理, 의리義理, 도道, 벼리(紀也), 순서順序, 차례次例(序也), 무리(類也), 또래, 나뭇결, 옳다(義也), 떳떳하다(常也), 같다(等也), 비등比等하다, 가리다(擇也)

**【輪】** 바퀴 륜, 바퀴(車輪), 수레(車也), 둥근 것, 원형圓形의 물건物件(圓周), 탈것, 주위周圍, 외곽外廓, 둘레(周邊), 수레를 세는 단위單位, 세로, 고대高大한 모양模樣, 돌다(廻旋), 빙빙 돌다(廻旋), 구르다, 섞바꾸어, 번番갈아

**【崙】** 산山 이름 륜, 산山 이름, 산山이 험험險한 모양模樣

## 〔률〕

**【栗】** 밤나무 률, 밤나무(落葉喬木,材質堅牢), 밤(實包芒刺殼), 신주神主 재목材木(神主材), 여물다(堅也), 단단하다(堅也), 춥다, 몹시 춥다(風寒), 떨다, 무서워 떨다, 바람이 차다(栗烈,風寒), 위엄威嚴스럽다, 공손恭遜하다(謹敬), 건너다(躒也,越等), 곡식穀食이 알차다(穀食不秕), 곡식穀食이나 과일 등等이 잘 익다

**【律】** 법法 률, 법法, 법령法令, 군법軍法, 계율戒律, 정도程度, 등급等級, 비율比率, 자리, 지위地位, 가락, 음악적音樂的 가락, 음률音律, 육률六律, 피리의 음음音으로써 정정定한 음계音階, 율시律詩, 풍류風流(六律), 기준基準으로 삼고 따르다, 법法에 맞게 행동行動하다, 떳떳하다(常也), 저울질하다(銓也), 조절調節하다, 짓다(述也)

**【率】** 비율比率 률, 비율比率(密率,乘除法), 비례比例, 정도程度, 표준標準, 곱셈과 나눗셈(密率,乘除法), 삼실을 얽다(緶緝), 활을 한껏 당기다, (거느릴 솔) 거느리다, (장수將帥 수) 장수將帥, 새그물(鳥網)

## 〔륭〕

**【隆】** 높을 륭, 높다(高也), 높이다, 땅 같은 것이 가운데가 높다(中央高), 크다, 풍성豊盛하고 크다, 성盛하다, 많다(多也), 두텁다(厚也), 극진極盡하다, 융숭隆崇하다, 고귀高貴하다, 존귀尊貴하다, 존경尊敬하다, 기르다(使其長大), 자라다(長也)

## 〔륵〕

【勒】 굴레 륵, 굴레(馬頭絡銜), 재갈(馬鑣銜), 묶다, 억지로 하다(抑也), 새기다, 정돈整頓하다, 다스리다

〔릉〕

【陵】 큰 언덕 릉, 큰 언덕(大阜), 언덕(陵丘), 무덤(冢也), 임금의 무덤(冢也), 왕릉王陵, 높다(崇也), 가파르다(峻也), 높이 오르다, 넘다(越也,躐也), 능가凌駕하다, 건너다(涉也), 순서順序를 뛰어넘다, 범犯하다, 침노侵擄하다, 벌벌 떨다(慄也), 가벼이 보다, 깔보다, 지나다, 달아나다(馳也), 사물事物이 차차 쇠퇴衰退하여 가다

【凌】 능가凌駕할 릉, 능가凌駕하다, 훨씬 넘어서다, 깔보다, 범犯하다, 침범侵犯하다, 얼음을 쌓다(冰凌), 얼음(冰也), 얼음 창고倉庫(凌陰,藏冰室), 얼음을 넣어두는 집, 벌벌 떨다(戰慄), 지나다(歷也,凌水經地), 건너다(涉也), 넘다(越也)

〔리〕

【利】 이利로울 리, 이利롭다(吉也), 이利보다, 이利하다, 편리便利하다, 화和하다, 통通하다, 옳다(宣也), 날카롭다(銛也), 미끄럽다(滑密), 탐貪하다, 이익利益, 이득利得, 득得, 이자利子, 편리便利, 사리私利, 요해要害, 만물萬物의 삶을 다하게 하는 덕德

【梨】 배 리, 배(果名), 배나무, 늙은이(老也), 늙은이의 살갗의 빛깔, 새끼 고추잠자리, 쪼개다(剖梨)

【里】 마을 리, 마을(邑也), 촌락村落, 이웃, 행정行政 구역區域의 명칭名稱, 리里, 거리距離(路程), 길이의 단위單位, 300보步, 360보步, 주거住居(住居), 저택邸宅, 있다(居也), 근심하다(憂也), 이미(已也)

【理】 다스릴 리, 다스리다(治民), 다스려지다, 옥玉을 갈다(治玉), 옥玉을 다듬다(治玉), 손질하다, 처리處理하다, 수선修繕하다, 바루다, 바르다(正也), 통通하다, 나누다(分也), 구별區別하다, 재판裁判하다, 중매中媒하다, 이치理致, 조리條理, 이성理性, 우주宇宙의 본체本體(窮理), 사람이 순행順行하는 도리道理, 길, 의리義理, 용모容貌, 무늬(文也)

【裏】 속 리, 속(表之反), 안, 내부內部, 가운데, 옷의 안, 속옷(衣內), 속마음, 충심衷心, 사물事物의 안쪽, 태胎, 모태母胎, 기운을 인도引導하다(治理), 다스려지다

【吏】 아전衙前 리, 아전衙前, 지방관아地方官衙의 속료屬僚, 벼슬아치, 관리官吏(治政官人), 직업職業, 벼슬아치로서 정사政事를 돌보다, 다스리다(理也), 수고롭다(勞也)

【离】 산신山神 리, 산신山神, 짐승의 형상形狀을 한 산신山神, 도깨비(魑魅), 산매山魅(魑魅), 맹수猛獸, 괘卦 이름(易,卦名), 흩어지다(散也), 떠나다(散也), 어기다(違也), 밝다(明也), 곱다(麗也), 빛나다(麗也)

【離】 떠날 리, 떠나다, 떠나가다, 떨어지다, 흩어지다(散也), 헤어지다, 이별離別하다, 가르다(判也), 째다, 끊다, 떼어 놓다, 물러나다, 절연絕緣하다, 정처定處 없이 떠돌아다니다(流離), 나누다, 구별區別하다, 틀리다, 어긋나다, 배반背反하다, 화和하지 않다, 거치다, 걸리다, 당當하다, 지나다(過也), 지나가다, 늘어놓다(陳也), 달다(縣也), 붙다, 부착附着하다, 나란히 줄서다, 초목草木이 뒤덮이다(蒙擊,苒離), 열다, 나란히(兩也), 괘卦 이름

【璃】 유리瑠璃 리, 유리瑠璃, 파리玻璃, 보寶배(玻璃,亦西國寶,此云水玉,千年冰化,亦書作頗黎,七寶之一), 유리瑠璃 구슬(琉璃珠), 구슬 이름, 삿자리 빛(簟色)

【李】 오얏 리, 오얏(果名), 자두, 오얏나무, 자두나무, 오얏나무의 열매, 옥관玉冠, 보따리(行裝), 심부름꾼, 역驛말, 별 이름, 성姓(姓也), 선비를 천거薦擧하다(桃李), 다스리다(治也)

【履】 신 리, 신(足所依), 이력履歷, 녹祿, 괘卦 이름, 신다, 신을 신다(加足), 밟다(踐也), 발로 밟다, 밟으며 걷다, 밟으며 가다, 행行하다, 겪다, 경험經驗하다, 사실查實하다

## 〔린〕

【隣】 이웃 린, 이웃(近也), 이웃집, 이웃 지역地域, 이웃 나라, 같은 부류部類, 좌우左右의 보필輔弼, 이웃하다(親也), 서로 연접連接하여 있다, 움직이다(動也), 돕다, 가리다(蔽也)

【吝】 아낄 린, 아끼다(惜也), 인색吝嗇하다(鄙嗇), 탐貪하다, 욕심慾心을 부리다, 한恨하다(恨也), 원망怨望하다

## 〔림〕

【林】 수풀 림, 수풀(平土有叢木), 숲, 산山 나무(山木), 대나무(竹木), 같은 동아리, 야외野外, 수효數爻가 많은 모양模樣, 사물事物이 많이 모이는 곳, 성盛한 모양模樣, 임금, 빽빽하다(叢集), 많다, 성盛하다

【霖】 장마 림, 장마, 사흘 이상以上 계속繼續하여 내리는 비(雨三日以上往), 비가 그치지 아니하는 모양模樣

【臨】 임臨할 림, 임臨하다(莅也), 다다르다(莅也), 대對하다, 보다(視也), 내려다 보다, 낮은 데로 향向하여 보다, 높은 사람이 낮은 사람 있는 곳에 가다, 신하臣下에게 대對하다, 군림君臨하다, 제어制御하다, 치다(攻也), 굽히다, 크다(大也), 곡哭하다, 여럿이 울다(衆哭), 전거戰車, 싸움 수레, 관棺에 곡哭하는 의례儀禮, 패괘 이름

〔립〕

【立】 설 립, 서다(建也), 일어서다, 똑바로 서다, 멈추어 서다, 곧장 일어나다(直起), 확고確固히 서다, 세우다(樹也), 이루다(成也), 이루어지다, 성립成立하다, 즉위卽位하다, 출사出仕하다, 정정하다, 정정해지다, 굳다(堅也), 두다(置也), 머무르다(住也), 존재存在하다, 임臨하다, 베풀다(設也), 나타나다, 전傳해지다, 곧(速意), 즉시卽時

【粒】 알 립, 알, 쌀알(糧也), 알갱이(粒子), 낱알(米粒), 구슬·환약丸藥 따위와 같이 쌀알처럼 생긴 것, 쌀밥을 먹다

【岦】 산山이 우뚝할 립, 산山이 우뚝하다, 산山이 높은 모양模樣(岦岌,山高貌)

〔마〕

【馬】 말 마, 말(家畜之一), 가축家畜의 한 가지, 장기 따위의 말, 투호投壺, 산算가지, 투호投壺를 할 때 득점得點을 세는 물건物件(投壺勝算), 아지랑이(野馬), 추녀 끝, 큰 것의 비유譬喩, 크다

【麻】 삼 마, 삼(皮績爲布,子可食), 참깨(胡麻), 유마油麻, 호마胡麻, 대마大麻, 신마神麻(疏麻), 삼 씨 기름(麻,卽油麻), 약藥 이름(升麻,天麻), 삼실, 삼베, 베옷을 두루 일컫는 말, 삼을 섞어 만든 수질首絰, 요질腰絰, 쐐기풀(蕁麻,蕁,本作蕁), 악기樂器 이름(樂器,鼙鼓名), 근육筋肉이 마비痲痺되는 병病, 조칙詔勅(朝廷綸命曰麻), 도성都城(固麻), 운자韻字(百六韻之一,平聲下平), 땅이름(地名), 성姓(姓也), 마비痲痺되다

【摩】 갈 마, 갈다(研也), 문지르다(揩也), 비비다, 연마研磨하다, 쓰다듬다, 어루만지다(撫摩), 닿다, 스치다, 백성百姓을 어루만지다, 헤아리다, 고치다, 새롭게 하다, 닦다(揩也), 줄다, 소멸消滅하다, 필적匹敵하다, 근사近似하다, 열심熱心히 하다

【磨】 갈 마, 갈다(治石), 문질러 갈다(磨礪), 숫돌을 갈다, 문지르다, 돌을 갈아 광光을 내다, 다듬다, 연구研究하다, 닳다, 닳아 없어지다, 맷돌(石磑), 연자研子방아

【魔】 마귀魔鬼 마, 마귀魔鬼(鬼也), 악귀惡鬼, 마술魔術(不可思議法), 요술妖術(不可思議法), 마라魔羅, 요괴妖怪의 춤(天魔舞), 인(身醉), 한 가지 일에 열중熱中하여 그 본성本性

을 잃는 일, 인이 박히다(身醉)
　　　　　　　　　신 취

## [막]

**【莫】** 없을 막, 없다(無也), 말다(勿也), 불가不可하다, 비다(虛無), 크다(大也), 무성茂盛하
　　　　　　 무 야　　 물 야　　　　　　　　　 허 무　　 대 야
다, 정定하다, 꾀하다(謨也), 힘쓰다(强也), 깎다(削也), 병病들다, 장막帳幕, 부정否定·
　　　　　　　모 야　　　 강 야　　 삭 야
금지禁止·의문疑問의 조사助詞, (저물 모) 저물다, 해질 무렵

**【幕】** 장막帳幕 막, 장막帳幕, 천막天幕, 휘장揮帳, 막幕, 진陣, 장군將軍의 군막軍幕, 임시
臨時로 지은 막幕, 군사軍事·관직官職에 관關한 일을 처리處理하는 곳, 밥상床 덮개
(覆食案), 팔뚝 종아리 댐(臂脛衣), 암자庵子, 사막沙漠, 모래벌판, 덮다, 덮어 가리다,
　복 식 안　　　　　 비 경 의
저물다(暮也)
　　　모 야

**【漠】** 사막沙漠 막, 사막沙漠, 모래펼(北方流沙), 벌린 모양模樣, 넓다, 광막廣漠하다, 아득
　　　　　　　　　　　　　　 북 방 류 사
하다, 멀다(漫也), 무성茂盛하다, 베풀다(施也), 마음이 편便하다, 맑다(淸也), 자리 잡
　　　　 만 야　　　　　　　　　 시 야　　　　　　　　　 청 야
다, 조용하다, 고요하다(寂寞), 움직이지 아니하다, 쓸쓸하다(寂寞), 어둡다(冥也), 어
　　　　　　　 적 막　　　　　　　　　　　　　 적 막　　　 명 야
두침침沈沈하다

**【邈】** 멀 막, 멀다(邈邈,邈然,遠也), 아득히 멀다, 아득하다(渺也), 업신여기다, 경멸輕蔑하다,
　　　　　 막 막 막 연 원 야　　　　　　　　　 묘 야
근심하다, 번민煩悶하다(邈邈,悶也), 업신여기는 모양模樣(輕視貌,與藐同), 번민煩悶하
　　　　　　　　　 막 막 민 야　　　　　　　　　　 경 시 모 여 막 동
는 모양模樣, 근심하는 모양模樣(邈然)
　　　　　　　　　　　　　　　 막 연

## [만]

**【萬】** 일만一萬 만, 일만一萬, 다수多數, 수數의 많음을 나타내는 말, 벌(蜂也), 많다(數多),
　　　　　　　　　　　　　　　　　　　　　　　　　　　　　봉 야　　 수 다
크다, 반드시(必也)
　　　　　필 야

**【滿】** 찰 만, 차다, 가득 차다(盈實), 가득하다, 넘치다(盈溢), 넉넉하다, 풍족豊足하다, 활을
　　　　　　　　　　　 영 실　　　　　　　 영 일
힘껏 당기다, 둥그레지다, 곡식穀食이 익다, 뽐내다, 교만驕慢하다, 번거롭다, 속이다

**【懣】** 번민煩悶할 만, 번민煩悶하다, 괴로워 가슴이 답답하다, 속이 답답하다(煩懣), 번거롭
　　　　　　　　　　　　　　　　　　　　　　　　　　　　　　　번 만
다, 화火내다, 분개憤慨하다

**【曼】** 끌 만, 끌다, 길게 끌다, 뻗다, 펴다, 널리 퍼지다, 길다(長也), 멀다, 넓다, 이끌다(引
　　　　　　　　　　　　　　　　　　　　　　　　　 장 야　　　　　　　　 인
也), 보드랍다(輕細), 곱다, 윤택潤澤하다, 아름답다(美也), 가볍다, 없다(無也), 찌르다
야　　　　　 경 세　　　　　　　　　　　　　 미 야　　　　　　　 무 야
(突也)
　돌 야

**【慢】** 게으를 만, 게으르다(惰也), 게으름을 피우다, 느슨하다, 엄嚴하지 아니하여 어지럽다,
　　　　　　　　　　 타 야
더디다, 느리다, 질펀하다(長遠貌), 거만倨慢하다, 오만傲慢하다, 방자放恣하다(緩也),
　　　　　　　　　　　 장 원 모　　　　　　　　　　　　　　　　　　　　　 완 야
업신여기다, 모멸侮蔑하다, 두려워하지 않다(不畏), 미혹迷惑하다, 거칠다, 간략簡略하
　　　　　　　　　　　　　　　　　　 불 외

다, 속여 말하다(誣言)
<sub>광 언</sub>

【漫】 흩어질 만, 흩어지다(分散之形), 물러터지다(水沈淫敗物), 물이 스며들다, 넘쳐흐르다,
<sub>분 산 지 형</sub>  <sub>수 침 음 패 물</sub>
질펀하다, 더러워지다, 두루 하다(徧也), 어지럽다, 부질없다(謾也), 칠漆하다, 바르다,
<sub>변 야</sub>  <sub>만 야</sub>
멋대로, 아득한 모양模樣, 길고 먼 모양模樣(長遠貌), 큰물(大水)
<sub>장 원 모</sub>  <sub>대 수</sub>

【晚】 늦을 만, 늦다(暮也), 때가 늦다, 저물다(暮也), 해가 저물다, 뒤지다(後也), 천천히,
<sub>모 야</sub>  <sub>모 야</sub>  <sub>후 야</sub>
서서徐徐히, 해질 무렵, 저녁(暮也), 저녁때, 밤(暮也), 끝(末也), 시간상時間上의 끝,
<sub>모 야</sub>  <sub>모 야</sub>  <sub>말 야</sub>
노년老年, 늘그막

【挽】 당길 만, 당기다, 끌어당기다, 이끌다(引也), 수레를 끌다, 말리다, 못하게 하다, 잡아
<sub>인 야</sub>
당겨 못하게 하다, 만장挽章, 상여喪輿군 노래(挽歌)
<sub>만 가</sub>

【彎】 굽을 만, 굽다, 활에 살 먹이다(持弓關矢), 화살을 활시위에 메다, 당기다(引也)
<sub>지 궁 관 시</sub>  <sub>인 야</sub>

【蠻】 오랑캐 만, 오랑캐(未開民族), 남南녘 오랑캐(南夷名), 남방南方의 미개未開 민족民族,
<sub>미 개 민 족</sub>  <sub>남 이 명</sub>
미개未開 민족民族의 총칭總稱, 새소리(綿蠻,鳥聲), 새 이름(蠻蠻,鳥名), 물 이름(水名),
<sub>면 만 조 성</sub>  <sub>만 만 조 명</sub>  <sub>수 명</sub>
우레이름(雷名), 성姓(姓也), 업신여기다, 모멸侮蔑하다, (오랑캐 민) 오랑캐(南夷名,未
<sub>뢰 명</sub>  <sub>성 야</sub>  <sub>남 이 명 미</sub>
開民族)
<sub>개 민 족</sub>

〔말〕

【末】 끝 말, 끝(端也), 나무 끝(木杪), 서있는 물건物件의 꼭대기, 이마(顚也), 사물事物 ·
<sub>단 야</sub>  <sub>목 초</sub>  <sub>전 야</sub>
시간時間 · 일 등等의 끝, 인생人生의 끝, 늘그막, 사지四肢, 지엽枝葉, 중요重要하지
아니한 부분部分, 신하臣下, 백성百姓, 자손子孫, 후예後裔, 장사(商賈), 다하다(盡也),
<sub>상 고</sub>  <sub>진 야</sub>
마치다(終也), 말다(勿也), 없다(無也), 멀다(遠也), 얇다(薄也)
<sub>종 야</sub>  <sub>물 야</sub>  <sub>무 야</sub>  <sub>원 야</sub>  <sub>박 야</sub>

【抹】 바를 말, 바르다(塗也), 칠漆하다(塗也), 발라 없애다(塗抹), 지우다(滅也), 지워 없애
<sub>도 야</sub>  <sub>도 야</sub>  <sub>도 말</sub>  <sub>멸 야</sub>
다, 뭉개다(滅也), 없애다(滅也), 비비다, 문지르다, 어루만지다(摩也), 쓰다듬다, 지나
<sub>멸 야</sub>  <sub>멸 야</sub>  <sub>마 야</sub>
가다, 통과通過하다

【靺】 버선 말, 버선, 말갈족靺鞨族(靺鞨蕃人,出兆土), 함경도咸鏡道 이북以北 흑룡강黑龍江
<sub>말 갈 번 인 출 조 토</sub>
일대一帶에 살던 종족種族, 북방北方 종족種族 이름

〔망〕

【亡】 망亡할 망, 망亡하다, 죽다(死亡), 멸滅하다, 멸망滅亡하다, 잃다(失也), 잊다(忘也),
<sub>사 망</sub>  <sub>실 야</sub>  <sub>망 야</sub>
없다(無也), 달아나다, 도망逃亡치다(遁也), 내쫓기다(逐出), 고인故人이 된, 죽은
<sub>무 야</sub>  <sub>둔 야</sub>  <sub>축 출</sub>

【忘】 잊을 망, 잊다(不識), 깜짝하다(忽也), 기억記憶하지 못하다, 알아차리지 못하다, 지각
<sub>불 식</sub>  <sub>홀 야</sub>

知覺하지 못하다, 멍하다(無思慮), 잃어버리다(失也), 놓고 가다, 남기다, 다하다, 끝나다(遺也), 망亡하다, 건망증健忘症, 기억記憶을 상실喪失하는 병病

【妄】 망령妄靈될 망, 망령妄靈되다, 말이나 행동行動이 도리道理나 예의禮儀에 어그러지다, 허망虛妄하다, 헛되다, 없다(無也), 어지럽다(亂也), 속이다(罔也), 범상凡常하다, 무릇, 거짓

【忙】 바쁠 망, 바쁘다(心迫多事), 겨를이 없다, 조급躁急하다, 마음이 조급躁急해지다, 두렵다(怖也), 두려워하다(茫也)

【芒】 까끄라기 망, 까끄라기(草端,稻麥芒), 꺼끄러기, 가시랭이, 벼·보리 따위의 수염鬚髥, 털, 털끝, 바늘, 바늘의 끝, 빛(光芒), 빛이 번쩍이는 끝(光芒), 서슬(芒,鋒刃), 꼬리별(光芒), 여뀌 풀(芒草,萹春草), 땅이름(地名), 물 이름(水名), 문門 이름(芒門,門名), 큰 모양模樣(芒芒,大貌), 넓고 아득한 모양模樣(芒芒,廣遠貌), 맥脈없는 모양模樣, 북망산北芒山(北芒), 귀신鬼神 이름(句芒,神名), 성姓(姓也), 많다(芒芒,多貌), 부산하다, 경황景況이 없다

【茫】 아득할 망, 아득하다, 망망茫茫하다, 물이 질펀하다(滄茫), 한限없이 넓다, 빠르다, 멀거니(茫惚), 갑자기, 물이 아득히 이어진 모양模樣, 아득한 모양模樣(廣大貌), 희미稀微한 모양模樣(茫惚), 사물事物의 모양模樣

【望】 바랄 망, 바라다, 기대企待하다, 기다리다, 멀리 내다보다(視遠), 우러러보다(爲人所仰), 바라보다(惘也), 엿보다, 원願하다, 향向하여 보다, 그리워하다, 사모思慕하다, 원망怨望하다, 돌아보지 않다(去而不顧之貌), 명성名聲, 이름, 명망名望, 전망展望, 조망眺望, 보름, 음력陰曆 15일日, 부끄러워하는 모양模樣(慙愧之貌)

【罔】 없을 망, 없다(無也), 말다(勿也), 아니다, 의지依支할 곳이 없다(無所依), 맺다(結也), 엮다, 그물질하다, 어둡다, 어리석다, 얼빠지다(不知), 감추다, 속이다(不直), 원통冤痛하다, 그물(罟也), 법규法規, 희미稀微한 그림자

【網】 그물 망, 그물(作結繩而爲罔罟,以佃以漁), 날과 씨가 빗겨 엇갈리는 무늬, 법法(法令,命令), 그물질하다, 그물로 잡다, 법망法網을 씌우다

〔매〕

【每】 매양每樣 매, 매양每樣, 늘(常也), 언제나(常也), 마다, 그때마다, 자주, 번번番番이, 각각各各, 무릇(凡也), 비록, 잦다, 아름답다, 탐貪하다, 밭이 아름다운 모양模樣

【梅】 매화梅花 매, 매화梅花(栦也), 매화梅花나무, 갈매나무(雀梅), 신맛, 산미酸味, 매우梅

雨, 장마, 매실梅實이 누렇게 익을 무렵에 있는 장마철, 얼굴이 칙칙하다(居喪之容)

【昧】 새벽 매, 새벽, 동東틀 무렵, 먼동이 트다(爽旦明), 어둑어둑하다, 어두컴컴하다, 어둡다(闇也), 무릅쓰다(貪冒), 어리석다, 탐貪하다, 탐貪내다

【眛】 눈 어둘 매, 눈이 어둡다(目暗), 눈이 밝지 아니하다(目不明)

【妹】 누이 매, 누이, 손아래 누이(女弟), 여동생女同生(女弟), 소녀少女, 나이가 아래인 소녀少女에 대對한 애칭愛稱

【媒】 중매中媒 매, 중매中媒, 매개媒介, 용매龍媒(駿馬), 술밑(酒酵), 누룩, 매개媒介하다, 중매中媒하다(謀也), 중中신 서다, 끌어들이다, 탐貪하다, 어둡다(昧也), 술을 빚다(釀也), 술을 담가 고이다

【買】 살 매, 사다(市也), 불러오다, 자초自招하다, 성씨姓氏(姓也)

【賣】 팔 매, 팔다(出物貨), 퍼뜨리다, 넓히다, 배신背信하다, 내통內通하다, 속이다, 기만欺瞞하다

【埋】 묻을 매, 묻다(瘞也), 메우다, 감추다(藏也), 땅속에 감추다, 숨기다, 덮어 숨기다, 시체屍體를 묻다, 장사葬事 지내다

【枚】 줄기 매, 줄기(幹也), 나무줄기, 서까래, 점占대(枚筮), 채찍(馬筆), 말채찍(馬筆), 하무(銜枚), 종鐘 곁에 있는 작은 불룩 점點(鐘乳), 낱(个也), 집안에 있는 겹 추녀(屋內重櫋曰雙枚), 성姓(姓也), 조밀稠密하다(枚賣,羃密), 하나하나, 낱낱이


〔맥〕

【麥】 보리 맥, 보리(芒穀), 작은 매미, 묻다, 매장埋葬하다

【脈】 맥脈 맥, 맥脈(血理), 혈맥血脈, 핏줄, 수로水路, 샘 줄기, 땅줄기, 줄기, 잇달음, 끊이지 않는 모양模樣, 조리條理, 맥脈을 보다

【陌】 두렁 맥, 두렁(阡也), 밭두둑 길(阡陌), 경계境界, 두건頭巾(陌頭), 저잣거리(市中街)

【貊】 북방北方 종족種族 이름 맥, 북방北方 종족種族 이름, 나라 이름(本作貉,或作貃,追貊,國名), 맹수猛獸 이름, 나귀만한 크기의 곰과 비슷한 짐승, 나라 이름, 부여국夫餘國, 짐승 이름, 불가사리, 오랑캐(獩貊), 조용하다(靜也), 고요하다


〔맹〕

【孟】 맏 맹, 맏(長也), 맏이, 처음(始也), 첫(始也), 비로소(始也), 성씨姓氏, 크다(大也), 힘쓰다(勉進), 애쓰다, 동이 닿지 않다, 허무맹랑虛無孟浪하다

【猛】 사나울 맹, 사납다, 모질다(惡也), 잔혹殘酷하다, 해害하다, 날래다(勇也), 용감勇敢하다, 굳세다, 엄嚴하다, 심甚하다, 성내다, 사나운 개(健犬)

【盟】 맹세盟할 맹, 맹盟세하다, 맹盟세, 약속約束, 취미趣味, 기호嗜好를 같이 하는 사람끼리의 모임

【萌】 싹 맹, 싹(草芽), 움, 죽순竹筍, 조짐兆朕, 시초始初, 발단發端, 백성百姓, 서민庶民, 싹트다(凡草木始生), 나물 싹이 나다(菜始生), 비롯하다(始也), 밭을 갈다(耕也), 풀을 베다, 김매다, 꼼짝 아니하다(不動貌)

【盲】 소경 맹, 소경(目無牟子), 장님, 청맹靑盲과니, 색맹色盲, 눈이 멀다, 눈이 어둡다, 어둡다(暗也), 도리道理를 분별分別하지 못하다, 빠르다

【氓】 백성百姓 맹, 백성百姓(民也), 다른 나라 지방地方에서 이주移住해 온 백성百姓, 甿과 같은 글자字, 萌과 통通한다

〔면〕

【面】 낯 면, 낯(顔前), 얼굴, 겉(外面), 표면表面, 앞, 방향方向, 가면假面, 쪽(面數), 대對하다, 뵈다, 웃어른을 뵙고 절하다(見也), 앞으로 하다(前也), 향向하다, 얼굴을 돌리다, 등지다(相背), 눈앞에서(面前)

【眠】 잠잘 면, 잠자다(寢也), 눈을 감고 자다, 누에가 잠자다, 쉬다(偃息), 조수鳥獸가 쉬다(凡鳥獸之偃息者), 지각知覺이 없다, 모르다, 초목草木이 느른하다(凡草木之偃者), 시들다, 우거지다(茂密貌), 어지럽다(亂也)

【免】 면免할 면, 면免하다(事不相及), 벗다(脫也), 모자帽子 따위를 벗다, 해직解職하다, 놓다(縱也), 피避하다, 도망逃亡가다, 내쫓다(黜也), 그치다(止也), 용서容恕하다, 용서容恕하여 놓아주다

【勉】 힘쓸 면, 힘쓰다(勗也), 부지런하다(勤也), 강인强靭하다, 권勸하다, 억지로 하게 하다, 강요强要하다

【綿】 솜 면, 솜, 새 솜(新絮), 무명(木綿), 이어지다, 잇다, 연連잇다, 가늘고 길게 이어지다(聯微), 끊어지지 않다(長不絶之貌), 연속連續하다, 퍼지다, 만연蔓延하다, 얽다(纏綿), 두르다, 걸치다, 길다(長也), 멀다(遠也), 작다(小也)

〔멸〕

【滅】 멸滅할 멸, 멸滅하다, 멸망滅亡하다, 없어지다, 다하다(盡也), 제거除去하다, 죽다(寂

也), 불이 꺼지다(火熄), 끄다, 빠뜨리다(沒也), 잠기다, 열반涅槃

【蔑】 업신여길 멸, 업신여기다(輕易), 깔보다, 깎다(削也), 꺾다, 잘다(小也), 정미精微하다
(小也), 미세微細하다(小也), 버리다(棄也), 속이다(欺也), 어둡다(勞目無精,人勞則蔑然),
없다(無也,末也,不定辭), 눈에 정기精氣가 없다(勞目無精,人勞則蔑然), 멸망滅亡하다(與
滅通), 땅이름(地名)


## 〔명〕

【命】 목숨 명, 목숨(天地所賦), 생명生命, 수명壽命, 천명天命, 하늘의 뜻, 자연自然의 이법
理法, 도道, 운수運數, 운運, 명령命令, 분부分付, 꾀(計也), 명命하다, 명령命令하다,
명령命令을 내리다, 고告하다, 가르치다, 알리다, 부르다(召也), 시키다(使也), 부리다
(使也), 믿다(信也), 이름 짓다, 이름을 붙이다

【明】 밝을 명, 밝다(昭也), 빛이 밝다, 비치다(照也), 날이 밝다, 눈이 밝다, 사리事理에 밝
다, 몹시 밝다(甚明), 밝히다, 알려주다, 깨닫다(曉也), 깨닫게 하다, 구별區別하여 똑
똑하게 하다, 명료明瞭하게 드러나다, 나타나다(著也), 희다(白也), 하얗다, 확실確實
하다, 명백明白하다, 통通하다, 살피다(察也), 갖추다(備也), 명랑明朗하다, 높다(尊也),
빛(光也), 광채光彩, 해, 달, 별, 새벽, 낮, 주간晝間, 시력視力, 이승, 현세現世, 환하
게, 밝게

【冥】 어두울 명, 어둡다(昏昧), 캄캄하다, 깊숙하다, 아득하다, 그윽하다(幽也), 사리事理에
밝지 못하다, 어리다(幼也), 어둠, 밤(夜也), 저승, 저 세상世上(彼世), 하늘(天也), 바
다(海也)

【名】 이름 명, 이름(號也), 사람의 이름, 사물事物의 이름, 좋은 평판評判(名譽), 널리 알려
진 평판評判이나 소문所聞, 명분名分, 공功, 외형外形, 외관外觀(字也), 문자文字·군신
君臣·귀천貴賤·존비尊卑 등等의 명칭名稱, 아명兒名, 이름하다, 지칭指稱하다, 이름을
짓다(名成), 이름나다, 훌륭하다, 밝다(明也), 크다(大也), 명령命令하다

【銘】 새길 명, 새기다(書之刻之以識事者), 조각彫刻하다, 마음에 새기다, 명심銘心하다, 기
록記錄하다(記誦), 금석金石에 새긴 글자字, 명정銘旌, 죽은 사람의 성명姓名과 관위
官位를 쓴 기旗

【茗】 차茶의 싹 명, 차茶의 싹(茶芽), 다아茶芽, 늦게 딴 차茶(茶晩取者曰茗), 차茶, 차茶나
무(茶木), 꽃 이름(花名), 높고 먼 모양模樣(茗邈貌), 산山 이름(山名), 술에 취醉하다
(茗芋)

367

【鳴】 울 명, 울다(生物之聲), 새가 울다(鳥聲), 날짐승이 소리를 내다, 새·짐승이 소리를 내다, 새가 서로 짝을 구구求하여 부르다(鳥相呼), 부르다, 울리다, 음향音響이 나다, 명성名聲이 들날리다

[모]

【母】 어미 모, 어미(禽獸之牝), 암컷, 어머니(生我慈親), 장모丈母(聘母), 어머니뻘의 여자女子에 대對한 높임말, 젖을 먹여 길러준 여자女子, 나이 든 여자女子, 할미, 동물動物의 새끼를 낳거나 까거나 한 짐승, 땅, 근원根源, 근본根本(所生之本), 천지天地(天地爲大父母), 밑천, 자본資本, 기르다(牧也), 사모思慕하다, 탐탐貪하다(冒也)

【侮】 업신여길 모, 업신여기다(慢也), 깔보다, 얕보다, 앓다

【毛】 털 모, 털(眉髮之屬及獸毛), 사람·동물動物의 살갗에 난 털, 식물植物의 줄기·잎·열매 등等에 난 털, 모毛 섬유纖維, 모피毛皮, 동물動物의 몸에서 털을 깎아내어 만든 섬유纖維, 털이 붙어 있는 가죽, 가벼운 것의 비유譬喩, 짐승, 길짐승, 털빛이 순일純一한 희생犧牲, 식물植物, 풀(草也), 채소菜蔬, 털을 베어버리다(去毛), 가볍다, 가늘다

【矛】 창槍 모, 창槍, 자루가 긴 창槍, 세모진 창槍(矛如鋋而三廉), 모순矛盾되다(言不相副曰矛盾)

【茅】 띠 모, 띠(菅也), 띳집, 꼭두서니(茅蒐,蒨草), 띠를 베다, 새를 베다

【冒】 무릅쓸 모, 무릅쓰다, 범범犯하다(觸也), 덮다, 수의壽衣

【某】 아무 모, 아무, 아무개(不知名者), 어느 것, 어느 곳, 어느 일, 어느, 호칭呼稱을 알 수 없는 사람·사물事物·장소場所 등等을 나타내는 대명사代名詞, 성姓 아래에 놓아 이름 대신代身에 그 어떤 사람을 지적指摘하여 이르는 말, 자기自己의 겸칭謙稱

【謀】 꾀할 모, 꾀하다(慮難), 책략策略을 세우다, 모의謀議하다, 의논議論하다, 자세仔細히 고찰考察하다, 정사政事를 의논議論하다, 헤아리다, 마음을 쓰다(慮以心), 관심關心을 가지다, 남의 얼굴빛을 살피다(謀人之面貌), 염려念慮하다(咨難慮患), 꾸미다, 꾀, 술책術策, 계략計略, 권모술수權謀術數, 주모자主謀者

【募】 모을 모, 모으다, 불러 모으다, 널리 구구求하다(廣求), 부르다(召也), 사람을 부리다(以財使), 고용雇傭을 살다, 돈·재산財産 등等을 축적蓄積하다, 부름, 뽑음

【暮】 저물 모, 저물다, 해가 지려 하다(日次冥), 해가 지다, 한 해가 거의 다 지나다, 늦다(晚也), 더디다(遲也), 해 질 무렵, 저물 무렵, 밤

【慕】 그릴 모, 그리다, 그리워하다, 사모思慕하다(係戀不忘), 생각하다(思也), 우러러 받들어 본본本받다, 모뜨다(習也), 높이다, 뒤를 따르다, 바라다, 원원願하다, 탐탐貪하다

【模】 본본뜰 모, 본본뜨다(以木爲規模), 본본받다, 본본, 본본보기, 거푸집, 모범模範, 법法,
법식法式, 모양模樣, 형상形象, 무늬, 문체文體

【謨】 꾀 모, 꾀(議謀, 慮一事畫一計爲謀, 汎議將定其謀曰謨), 계책計策, 거짓(僞也, 謀而不忠),
꾀하다(謀也), 널리 책모策謀하다, 대계大計를 정정하다, 계획計劃하다, 없다(無也),
속이다

【摸】 찾을 모, 찾다(摸索), 더듬어 찾다(摸索), 잡다(手握), 쥐다, 가지다, 베끼다, 본본뜨다,
비틀다(捫也)

【貌】 모양模樣 모, 모양模樣, 모습, 얼굴(容儀), 꼴, 예모禮貌, 자태姿態, 형용形容, 짓, 행
동行動에 공경恭敬하는 뜻을 나타내는 일, 사당祠堂, 성姓(姓也), 표면상表面上, (본
본뜰 막) 본본뜨다

【牟】 소가 우는 소리 모, 소가 우는 소리(牛鳴), 눈동자瞳子(瞳也), 투구(鍪也), 버마재비(食
苗根蟲), 갑절(倍也), 곱(倍也), 지붕이 있는 높은 복도複道(牟首,閣道有室屋), 보리(牟
麥也), 제기祭器(器也), 그릇(器也), 땅 이름(牟首,地名), 못 이름(牟首,池名), 나라 이름
(國名), 성姓(姓也), 크다(大也), 사랑하다(愛也), 발라서 막다(彌牟,禦止塗抹之義), 나아
가다(進也), 지나다(過也), 탐貪하다(牟食,貪也), 탐貪내다, 취取하다(取也), 빼앗다, 무
릅쓰다(牟追,牟,冒也,言,其形冒髪追追然), 범犯하다, 침노侵擄하다(侵也), (어두울 무)
어둡다(昏也), 땅 이름(地名)

〔목〕

【木】 나무 목, 나무(植物總稱), 서 있는 나무, 벤 나무, 목재木材, 널, 무명, 목제木製 악기
樂器, 고랑・차꼬 등等 옛날의 형구刑具, 나무를 재료材料로 하여 만든 기구器具, 목
성木聲, 나무 소리(木音角), 관棺, 곽槨, 꾸밈이 없다, 질박質朴하다(木訥), 곧다(直也),
뻣뻣하다(不和柔貌), 다닥치다(觸也), 무릅쓰다(冒也)

【目】 눈 목, 눈(人眼), 오관五官의 하나인 눈, 눈알, 눈동자瞳子(目瞳子), 안구眼球, 요점要
點, 조목條目, 개조箇條, 세분細分, 세별細別, 제목題目, 조건條件, 나뭇결(節木), 그물
의 구멍, 우두머리, 지배자支配者, 보다(視也), 눈여겨보다, 주의注意하여 보다, 응시
凝視하다, 눈짓하다, 흘겨보다, 성나 눈을 부릅뜨다, 보이다, 말하다, 일컫다(稱也),
가리켜 부르다

【睦】 화목和睦할 목, 화목和睦하다(敬和), 친목親睦하다(信也,親也), 눈매가 곱다(目順), 눈
길이 온순溫順하다, 공손恭遜하다

【穆】 화목和睦할 목, 화목和睦하다, 온화穩和하다, 화和하다, 기쁘다(悅也), 기뻐하다, 기쁘

게 하다, 삼가다, 공경恭敬하다, 삼가고 공경恭敬하다, 고요히 생각하다, 맑다(淸也<sub>청야</sub>), 두텁다(厚也<sub>후야</sub>), 많다, 벼(禾也<sub>화야</sub>), 자손子孫, 시호諡號, 사당祠堂 차례茶禮, 언어言語와 용모容貌가 곱고 성성盛한 모양模樣(言語容止之美盛<sub>언어용지지미성</sub>), 위엄威嚴이 많은 모양模樣

【牧】 칠 목, 치다(畜養<sub>축양</sub>), 기르다(畜養<sub>축양</sub>), 마소를 놓아 기르다(放也<sub>방야</sub>), 맡다(司也<sub>사야</sub>), 다스리다(治也<sub>치야</sub>), 임臨하다, 살피다(察也<sub>찰야</sub>), 수양修養하다, 부리다, 소나 말을 기르는 사람(養牛馬人<sub>양우마인</sub>), 목장牧場, 밭 경계境界, 성城밖, 교외郊外, 지방地方의 장관長官, 전답田畓을 맡아보는 관리官吏, 권농관勸農官, 배를 맡아보는 관리官吏, 지방관地方官

〔몰〕

【沒】 빠질 몰, 빠지다(浸也<sub>침야</sub>), 물에 빠지다, 잠기다(浸也<sub>침야</sub>), 가라앉다, 다하다(盡也<sub>진야</sub>), 마치다(終也<sub>종야</sub>), 끝나다, 없어지다, 없다, 죽다(死也<sub>사야</sub>), 망亡하다, 다 없애다, 들어가다, 지나다(過也<sub>과야</sub>), 지나치다, 탐貪하다, 빼앗다, 숨다, 숨기다, 한평생平生(沒齒<sub>몰치</sub>), 강江 이름, 성姓(姓也<sub>성야</sub>)

【歿】 죽을 몰, 죽다(終也<sub>종야</sub>), 생명生命이 끝나다, 마치다(終也<sub>종야</sub>), 끝나다, 천천히 하는 모양模樣(舒緩貌<sub>서완모</sub>)

〔몽〕

【夢】 꿈 몽, 꿈(寢中所見事形<sub>침중소견사형</sub>), 환상幻想, 가랑비, 못, 성姓(姓也<sub>성야</sub>), 꿈꾸다, 희미稀微하다(不明<sub>불명</sub>), 흐릿하다, 똑똑하지 않다, 어둡다, 어지럽다, 마음이 어지러워지다

【蒙】 어릴 몽, 어리다(微昧暗弱之名<sub>미매암약지명</sub>), 어리석다(卑小之稱<sub>비소지칭</sub>), 어둡다, 입다(被也<sub>피야</sub>), 입히다, 옷을 입다(着也<sub>착야</sub>), 받다(受也<sub>수야</sub>), 덮다, 덮어쓰다, 덮어씌우다, 덮어 가리다, 무릅쓰다(冒也<sub>모야</sub>), 싸다(裏也<sub>이야</sub>), 숨기다(隱也<sub>은야</sub>), 속이다(欺也<sub>기야</sub>), 기만欺瞞하다, 어린 사람, 어리석은 사람, 자질구레한 날짐승(雜羽<sub>잡우</sub>), 덮개

〔묘〕

【妙】 묘妙할 묘, 묘妙하다(神妙<sub>신묘</sub>), 생김새·동작動作 등等이 신기神奇하거나 보기 좋다, 아름답다(美也<sub>미야</sub>), 재才주·솜씨·꾀 등等이 뛰어나거나 약빠르다, 정미精微하다, 간들거리다, 젊다(少年<sub>소년</sub>), 나이가 20살 안팎이다, 계집 모양模樣

【玅】 묘妙할 묘, 묘妙하다, 현묘玄妙하다(玄玅<sub>현묘</sub>,精微<sub>정미</sub>), 젊다, 나이가 20살 안팎이다, 묘妙와 같은 글자字

【眇】 애꾸눈 묘, 애꾸눈(偏盲), 한쪽이 움푹 들어가 작은 눈, 아득한 모양模樣, 멀리 보는 모양模樣(遠視貌), 잔 모양模樣(微細貌), 끝(末也), 한쪽 눈이 찌긋하다(一目小), 자세仔細히 보다(細視), 한쪽 눈을 지그시 감고 자세仔細히 보다, 자세仔細하다(精微), 가늘다(細也), 작다(微也), 아득하다(遠也), 다하다(盡也), 이루다(成也), 좋다(好貌)

【杳】 어두울 묘, 어둡다(冥也), 고요하다(寂也), 깊숙하다, 멀다, 너그럽다(也), 아득히 먼 모양模樣(冥也), 깊고 넓은 모양模樣(深廣貌)

【墓】 무덤 묘, 무덤(死者葬所), 묘지墓地, 뫼

【苗】 모 묘, 모, 싹(凡草初生), 옮겨심기 위爲하여 가꾼 어린 벼, 곡식穀食, 자손子孫(胤也), 무리(衆也), 여름 사냥(夏獵), 종족種族 이름, 잇다(胤也)

【廟】 사당祠堂 묘, 사당祠堂(先祖形貌所在也), 종묘宗廟, 묘당廟堂(前殿), 위패位牌, 신神을 제사祭祀지내는 곳, 조상祖上의 신주神主를 모시는 곳, 정전正殿, 한 나라의 정사政事를 집행執行하는 곳, 대청大廳(廳舍), 모양模樣(尊先祖貌也,貌也)

【卯】 토끼 묘, 토끼(兎也), 십이지十二支의 넷째, 이월二月, 동東쪽, 장 붓 구멍, 장부를 끼우는 구멍, 무성茂盛하다, 왕성旺盛하다


〔무〕

【務】 힘쓸 무, 힘쓰다(以力勉彊), 힘을 다하다(專力), 힘을 들이다(彊也), 힘써 하다, 힘쓰게 하다, 권장勸奬하다, 앞이 높고 뒤가 낮다(前高後下), 일(事務), 맡은 일, 직분職分, 정사政事

【霧】 안개 무, 안개(地氣,昧冥), 가볍고 잛의 비유譬喩, 어둡다

【無】 없을 무, 없다(亡也,不有), 비다(虛無之間), 아니다(不也), 마라, 말라(勿也), 금지禁止하는 말, 공허空虛(虛無之間), 허무虛無의 도道

【撫】 어루만질 무, 어루만지다(按也), 달래다, 위로慰勞하다(慰勉), 편안便安히 하다(安也), 누르다(按也), 손으로 누르다, 두드리다, 치다(拍也), 손에 쥐다, 보지保持하다, 좇다(循也), 의거依據하다, 사랑하다, 빠르다(疾也)

【舞】 춤출 무, 춤추다(所以節音樂), 율동적律動的으로 팔다리를 움직이다, 깡충깡충 뛰다, 좋아서 펄펄 뛰다(悅樂貌), 춤추게 하다, 하늘을 훨훨 날다, 빙 돌다(旋回), 돌리다(回也), 희롱戲弄하다, 춤

【无】 없을 무, 없다(亡也,不有), 無의 옛 글자字, (불교佛敎) 발어사發語辭, 불경佛經을 욀 때의 발어사發語辭

【毋】 말 무, 말다(止也), 아니다(不也), 없다(莫也), 말게 하다(禁之勿爲), 의심疑心하여 결정決定하지 못하다(毋乃皆發問之辭), 금지사禁止辭, (관冠 이름 모) 관冠 이름

【武】 호반虎班 무, 호반虎班(軍人), 무인武人, 군사軍士, 군인軍人, 무기武器, 병법兵法, 군대軍隊의 위세威勢, 반보半步, 석 자, 1보步의 반半, 자취(迹名), 발자국, 업적業績, 유업遺業, 굳세다, 날래다(勇也), 용맹勇猛하다, 싸움에 능能하다, 무단武斷하다, 군사軍事에 밝다, 힘차고 튼튼하다, 건장健壯하다, 자만自慢하다, 남을 업신여기다, 잇다(繼也), 계승繼承하다

【戊】 다섯째 천간天干 무, 다섯째 천간天干, 창槍, 물건物件이 무성茂盛하다(物皆茂盛), 우거지다

【茂】 무성茂盛할 무, 무성茂盛하다, 우거지다, 왕성旺盛하다, 풀이 무성茂盛하다(草豊盛), 나무가 성盛하다(木盛), 풍족豊足하다, 가멸다, 아름답다(美也), 훌륭하다, 힘쓰다(勉也), 재덕才德이 빼어난 사람(美才之人), 다섯 사람(五人)

〔묵〕

【墨】 먹 묵, 먹(書墨), 먹줄, 서화書畫, 그을음(煤煙), 형벌刑罰 이름(五刑之一), 묵자墨子의 학파學派, 먹줄을 치다(繩墨度也), 검다(黑也), 검어지다(黙也), 탐貪하다, 어둡다(闇昧)

【黙】 잠잠潛潛할 묵, 잠잠潛潛하다(不語), 묵묵黙黙하다, 침잠沈潛하다, 고요하다(靜也), 그윽하다(幽也), 말하지 않다, 입 다물다, 인人기척이 없다, 모독冒瀆하다, 검다(黑也)

〔문〕

【文】 글월 문, 글월, 문장文章, 어구語句, 문서文書, 서적書籍, 책冊, 글자字(錯畫), 글자字 무늬, 말, 채색彩色, 문채文彩, 얼룩, 반점斑點, 결, 나뭇결, 빛깔, 아름다운 외관外觀, 조리條理, 법法, 법도法度, 예의禮儀, 위의威儀, 돈, 엽전葉錢, 꾸미다, 모양模樣이 나도록 꾸미다, 정돈整頓하다, 가지런하게 하다, 화려華麗하다, 빛나다(華也), 아름답다(美也), 착하다(善也), 잘못을 잘못이 아닌 양 꾸미다

【紋】 무늬 문, 무늬(織紋), 직물織物의 문채文彩(織紋), 능직綾織 무늬, 주름, 주름살

【紊】 어지러울 문, 어지럽다(亂也), 얽히다(亂也), 어지럽히다

【門】 문門 문, 문門(人所出入), 출입문出入門, 대문大門, 문간門間, 문전門前, 성城 위의 망루望樓, 집안, 가정家庭, 일가一家, 친척親戚, 가문家門, 문벌門閥, 지체, 스승의 문하門下, 귀현貴顯이 재능才能 있는 사람을 양성養成하는 곳, 배움터, 가르치는 곳, 가르

침을 받는 곳, 구별區別, 유별類別, 대포大砲를 세는 단위單位, 생물生物의 분류학상 分類學上 단위單位의 한 가지, 성문城門을 공격攻擊하다, 지키다(守也)

【聞】들을 문, 듣다(耳受聲), 귀로 소리를 알아듣다, 향기香氣를 맡다(嗅香), 들리다, 들려 주다, 알아듣다(知聲), 알아듣게 하다(令聞), 알려지다, 가르침을 받다, 알다, 널리 견 문見聞하다, 방문訪問하다, 서신書信을 보내다, 알리다, 찾다, 평판評判, 소문所聞, 전 傳해 들음

【問】물을 문, 묻다(訊也), 대답對答을 청請하다, 조사調査하다, 죄상罪狀을 알아보다, 문 초問招하다(訊罪), 책임責任을 추궁追窮하다, 방문訪問하다, 위문慰問하다, 문안問安 하다(訪也), 말하다, 알리다, 고告하다, 분부分付하다(命也), 선물膳物하다(物遺人), 물 음, 질문質問, 소식消息, 편지便紙

〔물〕

【勿】말 물, 말다(莫也), 말라, 아니다(不也), 없다(無也), 깃旗발, 동리기洞里旗(州里旗), 매 우 바쁜 모양模樣

【物】만물萬物 물, 만물萬物, 일(事也), 물건物件, 재물財物, 괴상怪狀한 물건物件(物怪), 것, 무리(類也), 종류種類, 시세時勢, 표기標旗(旗名), 빛깔(卽是色), 털 빛깔(毛色), 운 자韻字, 도리道理, 헤아리다(物數), 보다(相也), 견주다(比也), 같다(類也)

〔미〕

【米】쌀 미, 쌀(穀實精鑿), 낟알(穬顆粒也), 껍질을 벗긴 조·수수·옥수수·보리 등等도 이른다. 길이의 단위單位

【迷】미혹迷惑할 미, 미혹迷惑하다, 반하다(惑也), 헤매게 하다(使惑), 아득하다, 정신精神 이 혼란混亂하다(惑也), 좇아 할 바를 몰라 괴로워하다(所從未分而苦), 길을 잃고 헤 매다(迷路), 목표目標를 그르치다(誤目標), 남을 미혹迷惑하게 하다, 열중熱中하여 빠 지다, 전념專念하다

【美】아름다울 미, 아름답다(嘉也), 예쁘다(好色), 좋다(好也), 맛이 좋다(甘也), 맛있다, 기 리다, 염소, 서남방西南方

【未】아닐 미, 아니다(不也), 못하다, 아직 그러하지 아니하다, 아직 그러하지 못하다, 아 직 ~하지 못하다(猶不), 아직 ~하지 아니하다(猶不), 어둡다(昧也), 여덟째 지지地支, 미래未來, 장래將來, 맛(味也)

【味】맛 미, 맛(物之精液), 음식飮食의 맛, 재미, 느낌, 기분氣分, 분위기雰圍氣, 뜻, 의의意

373

義, 의미意味, 맛보다, 맛을 보기 위爲해 먹어보다, 맛들이다, 감상感想하다, 속뜻을 알아보다

【尾】 꼬리 미, 꼬리(末後梢), 짐승의 꼬리, 끝(末也), 뒤끝, 뒤, 등, 등 뒤, 흘레하다(摹尾,交接), 마치다(終也)

【眉】 눈썹 미, 눈썹(目上毛), 노인老人, 늙은이(老也), 장수長壽하여 눈썹이 긴 사람, 장수長壽, 우물가(井邊之地), 가, 가장자리, 아양 부리다(有嫵媚也)

【微】 작을 미, 작다, 자질구레하다, 적다, 가늘다(細也), 많지 않다, 희미稀微하다(不明), 어렴풋하다, 또렷하지 않다, 은미隱微하다(幽微), 심오深奧하다, 미묘微妙하다, 정묘精妙하다, 묘妙하다, 은밀隱密히 하다(隱行), 천賤하다, 비천卑賤하다, 쇠衰하다, 쇠미衰微하다, 아니다(非也), 없다(無也), 멀다, 숨다(匿也), 숨기다(匿也), 몰래, 은밀隱密히, 비밀秘密히, 없다고 하면, 기미幾微, 소수小數의 이름

【靡】 쓰러질 미, 쓰러지다(偃也), 쏠리다(偃也), 복종服從하다, 순응順應하다, 화려華麗하다, 곱다, 사치奢侈하다, 호사豪奢하다, 바름을 잃다(失正), 죄罪를 저질러 몸을 더럽히다(罪累), 말다(勿也), 없다, 다하다(盡也), 서로 의지依支하다(相隨順之意), 잘다(細好), 작다(細好), 느릿느릿하다, 멸滅하다, 멸망滅亡하다, 분산分散하다, 덜다(損也), 물가(岸也)

【彌】 두루 미, 두루(徧也), 널리, 멀리, 더욱, 점점漸漸, 조금(猶稍稍), 마침(終也), 오래다, 쉬다(息也), 마치다, 끝나다, 멀다(遠也), 길다(長也), 오래다(久也), 더하다(益也), 가득 메우다, 차다, 적이 마음이 놓이다(彌節,小安之意), 드리우다, 늘어뜨리다, 활을 부리다(弛也), 꿰매다(彌縫,補闕), 깁다(彌縫,補闕), 수레 멍에를 금룡金龍으로 꾸미다(彌龍,車飾), 중지中止하다, 그치다(齊止也), 마치다, 끝나다, 햇무리(祲也), 어린아이(嬰彌,嬰兒), 나라 이름(國名), 성姓(姓也)

〔민〕

【民】 백성百姓 민, 백성百姓(衆萌也), 벼슬 이름, 별 이름

【珉】 옥玉돌 민, 옥玉돌(美石次玉), 옥玉 다음가는 아름다운 돌(石之美者), 사람의 이름(人名)

【泯】 망亡할 민, 망亡하다, 멸망滅亡하다, 멸망滅亡하려 하다(泯泯,將滅貌), 망亡하여 끊어지다(泯絕,卽泯滅), 다하다(盡也), 꺼지다(泯絕,卽泯滅), 잦다(泯絕,卽泯滅), 없어지다(泯絕,卽泯滅), 빠지다(泯滅), 멀고 넓다(泯泯,猶茫茫), 뒤섞이다, 혼합混合되다, 물 넓게

흐르고 맑은 모양模樣(泯泯,水貌), 넓고 어두운 모양模樣(泯泯,廣暗貌), 어지러운 모양模樣(泯泯,亂貌), 사물事物의 형용形容, 못 이름(澤名,山海經,靈山之西望泯澤), (섞을 면) 섞다(泯泯,混合), 눈 어지러운 모양模樣(眩泯,目不安貌),

【愍】 근심할 민, 근심하다, 걱정하다, 아프다(痛也), 슬프다(悲也), 불쌍하다(憐也), 서러워 하다(恤也,傷也), 불쌍히 여기다, 가엽게 여기다, 힘쓰다, 노력努力하다, 근심, 걱정, (굳셀 민) 굳세다(强也), (마음이 어지러울 분) 마음이 어지럽다(心亂)

【敏】 민첩敏捷할 민, 민첩敏捷하다, 재빠르다(疾也), 총명聰明하다, 영리怜俐하다, 지혜智慧롭다, 힘쓰다, 애써 일하다, 엄지발가락(足大指)

【憫】 민망憫惘할 민, 민망憫惘하다(憂恤), 딱하다(憂恤), 불쌍히 여기다, 가엾게 생각하다, 근심하다, 고민苦悶하다, 잠잠潛潛하다(憫默)


〔밀〕

【密】 빽빽할 밀, 빽빽하다(稠也), 촘촘하다(稠也), 은밀隱密하다, 깊숙하다(深也), 그윽하다, 자세仔細하다, 차근차근하다(緻密), 꼼꼼하다, 잠잠潛潛하다(默也), 조용하다, 고요하다(靜也), 가깝다(近也), 말을 않다(密言閉), 몰래, 비밀秘密히

【蜜】 꿀 밀, 꿀, 벌꿀, 나무에 있는 꿀(木蜜), 땅속에 있는 꿀(土密), 석청石淸, 명충螟蟲의 알

【謐】 고요할 밀, 고요하다(靜也), 소리가 없다(無聲), 고요히 이야기 하다(靜語), 자세仔細하다, 상세詳細하다, 삼가다(愼也), 조심操心하다, 편안便安하다(安也), 조용한 말


〔박〕

【朴】 순박淳朴할 박, 순박淳朴하다, 꾸밈이 없다, 크다(大也), 몸집이 크다, 떠나다(離也), 창졸倉卒, 갑자기(猝也), 나뭇등걸(木素), 나무껍질(木皮), 후박厚朴나무, 거친 옥玉(玉未理者), 성씨姓氏(姓也)

【樸】 통나무 박, 통나무, 나무 등걸(木素), 나무 둥지(木素), 켜거나 짜개지 않은 나무, 바탕(質也), 생긴 그대로의 것, 총생叢生하는 작은 나무, 질박質朴하다, 순박淳朴하다(朴也), 건목 치다(凡器未成者,皆謂之樸), 총생叢生하다, 다루다, 본본디대로

【拍】 칠 박, 치다(搏也), 손뼉 치다, 손으로 두드리다, 어루만지다, 사랑하다, 박자拍子, 박拍, 음악音樂의 리듬, 풍류風流 귀절句節(樂句)

【泊】 배 댈 박, 배를 대다(舟附岸), 배를 물가에 대다(舟附岸), 머무르다(止也), 머물게 하

다, 쉬다, 멎다, 정지停止하다, 몸을 기탁寄託하다, 물이 질펀하다(水廣貌), 얇다, 못,

호수湖水, 머무르는 곳, 조용한 모양模樣

【珀】 호박琥珀 박, 호박琥珀, 악기樂器(琥珀, 詞樂器, 卽火不思)

【迫】 핍박逼迫할 박, 핍박逼迫하다, 다그치다, 여유餘裕가 없다(逼迫也), 절박切迫하다, 다

급하다, 닥치다, 다가오다, 접근接近하다, 좁혀지다, 가까이 다다르다(接近), 궁窮하다,

궁색窮塞하다, 몹시 괴롭게 굴다(逼迫也)

【博】 넓을 박, 넓다(廣也, 普也), 견문見聞이 넓다, 깊다, 넓히다, 통通하다, 크게 통通하다

(大通), 널리 미치다, 두루 퍼지다, 무역貿易하다, 노름, 도박賭博, 장기(局戲), 평평平

平함, 평탄平坦함

【薄】 엷을 박, 엷다, 얇다(厚之對), 두껍지 않다, 가볍다(輕也), 땅이 박薄하다, 풀 떨기로

나다(草叢生), 담박淡泊하다, 산뜻하다, 얇게 하다, 등한시等閒視하다, 등한等閒히 하

다, 천賤하다, 천賤하게 보다, 깔보다, 가벼이 여기다(輕之), 적다, 좁다, 낮다(卑位),

지위地位가 낮다, 더럽다(穢也), 덮다(被也), 입히다(被也), 붙다(附着), 혐의嫌疑하다,

싫어하다, 힘쓰다(勉也), 모이다(集也), 상傷하게 하다, 핍박逼迫하다, 침노侵擄하다,

조금(聊也), 적이, 잠깐(少也), 숲(林薄), 발(簾也), 잠박蠶箔, 누에 발(蠶箔)

【剝】 벗을 박, 벗다(脫也), 벗기다, 깎다(削也), 베다(割也), 찢다(裂也), 두드리다(力擊), 상

처傷處를 입히다, 괴롭히다, 떨어지다(落也), 다치다, 옷을 빼앗다(褫也), 희생犧牲을

죽여 뼈를 바르다(殺牲體解之名)

【襮】 수繡놓은 깃 박, 수繡놓은 깃(黼也), 자수刺繡한 옷, 거죽(表也), 표면表面, 드러내다

(表也)

【亳】 은殷나라 서울 박, 은殷나라 서울, 땅이름

〔반〕

【反】 돌이킬 반, 돌이키다, 되돌리다, 돌아오다(回還), 되돌아가다, 되돌아오다, 되돌아보

다, 뒤집다(覆也), 뒤엎다, 엎치다(覆也), 덮치다, 반대反對하다, 배반背反하다(逆也),

되풀이 하다, 반복反覆하다, 돌려주다, 보복報復하다, 앙갚음하다, 되갚음 하다, 보답

報答하다, 구르다, 뒤척이다, 뉘우치다, 튀기다, 되튀다, 굳다(難也), 진중鎭重하다(威

儀重愼貌), 반대反對로, 도리어, 모반謀反, 반역反逆

【返】 돌아올 반, 돌아오다(復也), 되돌아오다, 돌려보내다(還也), 돌려주다, 빚 같은 것을

갚다(報也), 돌이키다, 바꾸다, 새롭게 하다, 번番, 횟수回數

【叛】배반背叛할 반, 배반背叛하다, 저버리다, 어긋나다, 달아나다(奔他國), 둘이 되다, 빛나다(煥也), 배반背叛

【飯】밥 반, 밥(食也), 식사食事, 끼니(食度), 먹다, 밥을 먹다(餐也), 먹이다(上使役形), 밥을 먹이다, 기르다

【半】반半 반, 반半, 절반折半(物中分), 똑같이 둘로 나눈 것의 한 부분部分, 떨어진 한 부분部分, 조각(大片), 가운데(中也), 한창, 절정絶頂, 조금(少也), 덜되다(未完半成)

【伴】짝 반, 짝(侶也), 동무, 한가閑暇한 모양模樣, 느긋한 모양模樣, 광대廣大한 모양模樣, 따르다, 의지依支하다, 모시다(陪也), 늘어지다(縱弛)

【班】나눌 반, 나누다(賦也), 나누어주다, 헤어지다(別也), 벌이다(列也), 석차席次를 정정定하다, 같다, 대등對等하다, 이어지다, 반포頒布하다, 얼룩지다(雜色), 두루(徧也), 서옥瑞玉을 나눔, 나누어줌(賦也), 반차班次, 차례次例(秩序), 순서順序, 줄, 행렬行列, 지위地位, 계급階級(位也), 위계位階, 수레 소리(車聲)

【頒】나눌 반, 나누다(分也), 나누어주다(賜也), 하사下賜하다, 널리 퍼뜨리다(布也), 펴다(布也), 구실을 나누다(賦也), 구분區分하다, 반半쯤 세다(鬢也), 머리나 수염鬚髯이 반半쯤 세다(鬢也), 반백半白, 관자貫子놀이(額兩旁曰頒) 오디새(鳥名), (물고기 머리가 클 분) 물고기 머리가 크다(魚大首), 많다(亦衆貌)

【般】돌 반, 돌다, 돌리다, 돌이키다(辟也,旋也), 되돌아오다(還也,反還), 옮다, 옮기다(移也), 나르다, 운반運搬하다(般運), 가다(行也), 펴다(布也), 나누다(分也), 주다(賜也), 즐기다(般遊,樂也), 두 다리를 쭉 뻗고 앉다(般礴), 맡기다(任也), 오래다, 얼룩지다(般般,與班同), 도리어(反也), 일반一般(數別之名), 큰 배(大船), 반석盤石(般山石之安者), 너럭바위(般山石之安者), 가죽 띠(般革), 큰 띠(般革), 주머니(囊也), 추우騶虞(般般,獸名,謂騶虞)

【盤】소반小盤 반, 소반小盤(承槃), 쟁반錚盤, 받침, 대臺, 밑받침, 대야, 세숫洗手대야, 목욕통沐浴桶, 너럭바위, 태고太古, 굽다, 구불구불하다, 서리다, 어성거리다, 즐기다

〔발〕

【發】피어날 발, 피어나다(開也), 일어나다(起也), 일으키다, 활을 당기다(撥使開), 활을 쏘다(發矢), 쏘다, 내다, 나다, 싹이 트다, 피다, 펴다(舒也), 열다(開也), 꽃이 피다, 일다(興也), 생기다, 비롯하다, 나타나다(見也), 나타내다, 밝다(明也), 밝히다, 발명發明

하다, 가다(行也,去也), 출발出發하다, 떠나다, 보내다(遣也), 파견派遣하다, 움직이다 (動也), 나아가다(進也), 솟다, 놓다(放也), 들다(擧也), 드날리다(揚也), 치다(伐也), 어 지럽다(亂也), 빠른 모양模樣(疾貌)

【潑】 뿌릴 발, 뿌리다, 물을 뿌리다(澆散曰潑), 물을 튀기다, 물이 솟다(水涌), 물이 새다(水 漏), 물을 버리다(弃水), 비가 한바탕 오다, 비상非常하다(潑天,非常), 극極히 크다(潑 天,非常), 비 한줄기(雨一番一起爲一潑), 발(孫穆,鷄林類事,高麗方言,謂足曰潑), 고기가 뛰는 모양模樣(潑潑,魚躍貌), 원기元氣가 왕성旺盛한 모양模樣(元氣旺盛貌), 떠돌아다 니는 놈(潑郞,潑賴,潑皮,無賴漢), 무뢰배無賴輩, 불량배不良輩

【拔】 뽑을 발, 뽑다(擢也), 빼다, 잡아당기다, 공략攻略하다, 쳐들어가 들어내다(攻而去之), 쳐서 빼앗다, 덜어버리다(除也), 빠지다, 빠져 떨어지다, 빼어나다(特立貌), 잡다(把 也), 특출特出하다, 다하다(殄盡), 빠르다(疾也), 쉬다(舍止), 돌아오다(回也), 빨리, 갑 자기, 급急히

【魃】 가물 귀신鬼神 발, 가물 귀신鬼神, 한발旱魃의 신神, 한발旱魃, 가뭄(旱魃), 오래도록 비가 오지 않다, 가물다

【髮】 터럭 발, 터럭, 머리털(首上毛), 머리카락(毛條), 초목草木, 뿌리(根也), 길이의 단위單 位

【勃】 우쩍 일어날 발, 우쩍 일어나다(勃然,興起), 발끈하다(變色貌), 물리치다(排也), 성盛하 다, 갑자기(卒也), 갑작스럽게, 성盛한 모양模樣, 발끈하는 모양模樣, 안색顔色을 바꾸 는 모양模樣, 성姓(姓也), 渤과 통通한다

【渤】 바다 이름 발, 바다 이름(渤海別支名), 나라 이름(後高句麗國名,渤海), 안개가 자욱한 모양模樣(瀁渤,霧出貌), 물소리

## [방]

【方】 모 방, 모(矩所出), 각角(角也), 사방四方, 곳, 나라, 국가國家, 국토國土, 지방地方, 거 처居處, 처소處所, 길(道也), 방위方位, 방향方向, 쪽, 방면方面, 측側, 편便, 술법術法, 방법方法, 약藥, 약藥을 조합調合하는 일, 널(板也), 뗏목(筏也), 예법禮法, 글월(文也), 모나다, 모가지다, 네모지다, 바르다(正也), 정직正直하다, 떳떳하다(常也), 마땅하다, 크다(大也), 나란히 하다, 배를 아울러 대다(倂船), 어우르다, 당當하다, 때를 만나다, 향向하다, 마주 대對하다, 있다(有也), 거스르다, 거역拒逆하다, 이제(今也), 이제 막, 마침, 바야흐로, 지금只今 한창

【放】 놓을 방, 놓다(捨也), 풀다, 내치다, 좇아내다, 추방追放하다, 석방釋放되다, 놓아두다
(據我釋之), 놓아먹이다(放逸之豕), 빛을 발發하다, 내쏘다, 피다, 꽃이 피다, 내걸다,
게시揭示하다, 쫓다(逐也), 배우다(學也), 본本뜨다(效也), 본本받다(效也), 준準하다,
기준基準으로 삼다, 의지依支하다, 견주다(比也), 분수分數에 넘다(妄也), 멋대로 하
다, 거리낌 없이 하다, 방자放恣하다(肆也), 방종放縱하다, 흩어지다(散也), 두다, 놓이
다, 버리다, 폐廢하다

【倣】 본本뜰 방, 본本뜨다, 본本받다(倣也), 흉내 내다, 준거準據하다, 의거依據하다(依也),
의지依支하다

【訪】 찾을 방, 찾다(尋也), 방문訪問하다, 심방尋訪하다, 알현謁見하다, 뵙다, 묻다(問也),
널리 묻다(汎謀), 문의問議하다, 구求하다, 두루 찾다, 찾아보다(尋問), 의론議論하다,
널리 들르다, 널리 꾀하다(汎謀), 미치다(及也)

【防】 막을 방, 막다(障也), 물을 막다, 방비防備하다, 대비對備하다, 수비守備하다, 방호防
護하다, 맞서다, 덮다, 가리다, 금禁하다, 말리다, 둑(隄也), 제방堤防, 막는 설비設備
(障也), 병풍屛風, 방비防備, 수비守備

【妨】 방해妨害할 방, 방해妨害하다, 거리끼다(礙也), 해害롭다

【紡】 잣을 방, 잣다, 실을 뽑다, 달아매다(懸也), 걸다, 실, 자은 실, 그물 실(網絲), 길쌈(紡
績)

【房】 방房 방, 방房(室在旁), 정당正堂의 뒤쪽에 있는 방房, 규방閨房, 침실寢室, 집, 가옥
家屋, 전통箭筒, 화살을 넣는 통桶, 화살집(箭室), 송이, 꽃송이, 제기祭器(俎名), 방성
房星, 이십팔수二十八宿의 하나

【芳】 꽃다울 방, 꽃답다(香氣貌), 향기香氣가 나다, 향기香氣롭다, 이름나다(名聲), 명성名
聲이 높다, 빛나다, 덕德스럽다(德之貌), 향기香氣, 좋은 냄새, 향기香氣 풀, 향기香氣
풀 이름(皆香草名), 명성名聲

【傍】 곁 방, 곁(側也), 양편兩便(左右), 방旁, 성姓(姓也), 곁 하다(倚也), 가깝다(近也), 기대
다

【謗】 헐뜯을 방, 헐뜯다(毀也,誹也,訕也), 떠들어 비방誹謗하다(毀也,誹也,訕也), 면대面對해
서 꾸짖다(毀也,誹也,訕也), 남의 나쁜 것을 말하다(惡也,對也,人道其惡), 몰래 비방誹
謗하다, 비방誹謗

【邦】 나라 방, 나라(國也), 천하天下, 대국大國, 서울, 수도首都, 제후諸侯의 봉토封土, 봉
封하다, 제후諸侯를 봉封하다, 여지餘地를 주다

【蚌】 방합蚌蛤 방, 방합蚌蛤, 민물조개(蜃屬,蚌含漿), 씹조개, 말씹조개(蜃屬,蚌含漿), (좁고

긴 조개 봉) 좁고 긴 조개(蠯蚌), 긴 맛, (좁고 긴 조개 병) 좁고 긴 조개(蚌狹而長
者), 긴 맛

【厖】 클 방, 크다(大也), 넉넉하다(有也), 두텁다(厚也), 도탑다(厚也), 섞이다(雜也), 성姓(姓
也), (어렴풋할 봉) 어렴풋하다, 확실確實하지 않은 모양模樣


〔배〕

【拜】 절 배, 절(兩手下稽首至地), 절하다, 감사感謝하다, 사의謝儀를 표표하다, 뵙다, 찾아
뵙다, 순종順從하다, 굴복屈伏하다, 내리다, 벼슬을 내리다(朝廷授官), 받다, 주는 것
을 받다

【倍】 곱 배, 곱(物財人事加等), 갑절, 더하다(益也), 겸兼하다, 외우다(暗誦), 등지다, 배반背
叛하다, 점점漸漸 더

【培】 북돋울 배, 북돋우다(壅也), 식물植物을 북을 주어 가꾸다, 가꾸다, 기르다, 길러 키
우다, 손질하여 다듬다, 다스리다, 더하다(益也), 북(敦土), 개미 둑(蟻封), (언덕 부)
언덕

【杯】 잔盞 배, 잔盞, 술잔盞(飮酒器), 국그릇(盛羹器), 대접(盛羹器), 음료수飮料水·국 따
위를 담는 그릇, 잔盞의 수량數量을 나타내는 말, 수효數爻를 나타내는 말

【北】 달아날 배, 달아나다(敗走), 도망逃亡치다, 등지다, 저버리다, 배반背叛하다(違也), 나
누다(分異), 뒤, (북北녘 북) 북北녘, 북北쪽으로 가다

【背】 등 배, 등(脊也), 뒤(後也), 등 쪽, 뒤채, 집의 북北쪽(堂北), 북北쪽에 있는 집, 손등
(手背), 햇무리(日旁氣), 양陽, 지다(負也), (배반背反할 패) 배반背反하다, 등지다

【配】 짝 배, 짝(匹也), 아내, 배필配匹, 부부夫婦(配偶), 무리(匹也), 술의 빛깔(酒色), 유형
流刑, 짝을 짓다(媲也), 걸맞다, 필적匹敵하다, 견주다, 할당割當하다, 나누다(當也),
분배分配하다, 권勸하다(侑也), 돕다(侑也), 배향配享하다, 귀歸양 보내다(流刑)

【排】 밀칠 배, 밀치다(推也), 물리치다(斥也), 배척排斥하다, 없애다, 제거除去하다, 밀다(推
也), 밀어서 열다, 싸리짝문門을 열다(推門扉), 트다, 소통疏通하다, 늘어서다, 줄서다,
벌여놓다(列也), 편안便安히 놓아두다(安置), 세게 짓찧다(强突), 풀무, 방패防牌(楯也)

【輩】 무리 배, 무리(類也,等也), 동아리(類也), 동류同類, 같은 또래, 짝(班也,類等), 패牌, 반
열班列, 선배先輩와 후배後輩의 순서順序(輩行), 수레가 줄을 지어 늘어섰을 때의 그
한 줄, 많은 수레가 행렬行列하다(車以列分), 군발차軍發車 백百 대臺(軍發車百輛爲
一), 합합하여 하나로 만들다, 견주다(比也), 같다(班也)

【裵】 옷이 치렁치렁한 모양模樣 배, 옷이 치렁치렁한 모양模樣(長衣貌), 성姓(姓也), 서성
거리다

【裴】 옷이 치렁치렁한 모양模樣 배, 옷이 치렁치렁한 모양模樣(長衣貌), 裵의 본자本字

【徘】 노닐 배, 노닐다, 어정거리다, 어슷거리다(徘徊,彷徨), 머뭇거리다(徘徊,彷徨)


〔백〕

【白】 흰 백, 희다(素也), 빛깔이 희다, 밝히다, 희다고 하다, 채색彩色하지 아니하다, 꾸미
지 아니하다, 깨끗하다(潔也), 날이 새다, 밝아지다, 밝다(明也), 여쭈다, 사뢰다, 아뢰
다(告語), 혼잣말을 하다(獨白), 띠로 집을 잇다(以茅覆屋), 흰빛(素也), 평민平民(白
民), 오색五色의 하나, 잔盞, 술잔盞

【伯】 맏 백, 맏(長也), 맏아들, 형兄, 일가一家를 이룬 사람, 남편男便, 우두머리, 지방地方
의 장관長官, 작위爵位, 오등작五等爵의 셋째, 벼슬 이름, 잡다(把也), (길 맥) 길, (우
두머리 패) 우두머리

【帛】 비단緋緞 백, 비단緋緞(繒也), 두꺼운 비단緋緞(大帛,厚繒), 폐백幣帛, 견직물絹織物,
예물禮物로 보내는 비단緋緞, 풀 이름(草名), 벼슬 이름(執帛,官名), 성姓(姓也)

【魄】 넋 백, 넋(陰神), 마음(心也), 심정心情, 몸, 형체形體, 사람의 생장生長을 돕는 음陰
의 기운, 사람의 정신精神의 음陰에 속하는 부분部分, 마음속의 성性을 주장主掌하는
부분部分(性也), 달, 달빛, 달 둘레의 빛이 없는 부분部分, (영락零落할 탁) 영락零落
하다

【百】 일백一百 백, 일백一百(十之十倍), 다수多數, 모두, 여럿(衆多), 여러, 모든, 백百 번番
하다, 많다

【佰】 일백一百 백, 일백一百, 백百 사람, 백百 사람의 우두머리(百人之長), 백百 사람의 어
른(百人之長), 밭두둑


〔번〕

【煩】 번거로울 번, 번거롭다(不簡), 번잡煩雜하고 까다롭다, 귀찮다, 괴로워서 가슴이 답답
하다(懣悶也), 괴롭히다, 성가시게 굴다, 번폐煩弊를 끼치다(干煩), 욕辱보이다, 창피
猖披를 주다, 번민煩悶, 고민苦悶, 근심

【繁】 번성蕃盛할 번, 번성蕃盛하다, 성盛하다, 무성茂盛하다, 많다(多也), 빽빽하다(概也),
뒤섞이다, 잡雜되다, 번거롭다, 번잡煩雜하다, 자주, (뱃대끈 반) 뱃대끈

【番】 차례次例 번, 차례次例, 차례次例로 임무任務를 맡는 일, 번수番數, 수數, 횟수回數,

개箇, 장張, 짐승의 발(獸足), 번番 들다(遞也), 번番갈다, 갈마들다, 번성繁盛하다, (날랠 파) 날래다, (땅 이름 반) 땅 이름

【蕃】 우거질 번, 우거지다(草茂), 풀이 무성茂盛하다, 번성蕃盛하다, 많다, 불다(滋也), 늘다(息也), 감추다(閉藏樂器而不作), 울타리(藩也)

【飜】 뒤칠 번, 뒤치다, 뒤집다, 엎어지다, 번역飜譯하다, 날다(飛也), 나부끼다, 물이 넘쳐흐르다(水之溢洄)


〔벌〕

【伐】 칠 벌, 치다(征伐), 적敵을 공격攻擊하다, 베다(斫也), 끊다, 뽐내다, 자랑하다(誇也), 아름답다(美也), 공적功績, 공훈功勳, 방패防牌(盾也)

【罰】 벌罰할 벌, 벌罰하다, 죄罪를 속贖하다, 죄罪, 가벼운 죄罪, 벌罰(賞之對), 형벌刑罰


〔범〕

【凡】 무릇 범, 무릇(大槪), 모두(最計), 다(皆也), 함께, 보통普通의, 속俗된, 조금, 대개大槪(大指), 대강大綱, 평상平常, 일상日常, 범례凡例(以言例), 범상凡常하다(常也), 심상尋常하다, 속俗되다(凡俗)

【軏】 차車 앞턱 나무 범, 차車 앞턱 나무(車軾前), 수레의 바닥 둘레 나무

【梵】 범어梵語 범, 범어梵語, 인도印度의 고대어古代語, 바라문교婆羅門敎를 신봉信奉하는 인도印度의 귀족貴族, 불경佛經, 중의 글, 더러움이 없다는 뜻, 천축天竺이나 불교佛敎에 관關한 것임을 나타내는 말, 여래如來의 공덕功德을 찬양讚揚한 범음梵音의 노랫소리, 웅얼거리다, (나무가 바람에 불리는 소리 풍), 나무가 바람에 불리는 소리

【範】 법法 범, 법法, 모범模範, 본本, 본본本보기(模也), 골, 틀, 조신祖神에게 지내는 제사祭祀, 떳떳하다(常也)

【犯】 범犯할 범, 범犯하다(干也), 저촉抵觸하다, 다닥치다(抵觸), 거스르다, 어기다, 어긋나다, 법法을 어기다, 무시無視하다, 짓밟다(凌也), 해害치다, 치다, 공격攻擊하다, 침노侵擄하다, 참람僭濫하다, 여자女子를 욕辱보이다, 죄罪, 죄인罪人

【范】 풀 이름 범, 풀 이름(草名), 거푸집, 법法(法也), 벌(蜂也), 궁宮 이름(宮名), 문門 이름(門名), 누대樓臺 이름(臺名), 땅이름(地名), 성姓(姓也)


〔법〕

【法】 법法 법, 법法(式也), 법률法律, 헌장憲章, 제도制度, 예의禮儀(禮法), 모범模範, 본本

382

보기, 형벌刑罰(刑法), 방법方法, 도리道理, 상경常經, 사람이 지켜야 할 도리道理, 형상形象, 정定해진 틀이나 형상形象, 품등品等, 등차等差, 법法을 지키다, 법法대로 하다, 본本받다(效法), 떳떳하다(常也)

## [벽]

【碧】 푸를 벽, 푸르다(深靑色), 짙은 푸른 빛, 푸른 하늘색色(碧落), 푸른 옥玉돌(石之靑), 구슬(玉類)

【壁】 벽壁 벽, 벽壁, 바람벽壁(屋壁), 울타리, 진陣, 벼랑, 돌비알(石厓之峭削)

【璧】 둥근 옥玉 벽, 둥근 옥玉(瑞玉,圜玉), 도리옥玉, 아름다운 옥玉, 별 이름(星名)

【霹】 벼락 벽, 벼락(雷之急擊者), 천天둥, 뇌신雷神, 벼락이 떨어지다, 낙뢰落雷하다

【闢】 열 벽, 열다(開也,啓也), 열리다(剖判), 개간開墾하다, 나누다, 부판剖判하다, 물리치다, 제거除去하다, 피避하다, 멀리하다, 흐르다(通流), 개간開墾

【癖】 적취積聚 벽, 적취積聚(食不消,腹病,痃癖,腹積病), 버릇, 습관習慣

## [변]

【徧】 두루 변, 두루(周也), 널리(普也), 모두, 번番, 횟수回數, 두루 미치다, 골고루 미치다, 돌다, 돌아다니다

【辨】 분별分別할 변, 분별分別하다, 구별區別하다, 분명分明히 하다, 나누다, 쟁론爭論하다, 다스리다, 바루다, 바로 잡다, 준비準備하다, 판별判別, 구별區別, 구분區分, (두루 편) 두루, (갖출 판) 갖추다

【辯】 말 잘할 변, 말을 잘하다, 말다툼하다, 편녕便佞하다, 다스리다(治也), 바루다, 바로 잡다, 자세仔細히 살피다(詳審), 밝다(明也), 환하다, 밝히다, 분변分辨하다, 분별分別하다, 판단判斷하다, 나누다, 나뉘다, 두루 미치다(徧通), (두루 편) 두루

【變】 변變할 변, 변變하다(化也), 변變해 가다, 바뀌다(易也), 화化하다, 달라지다, 바꾸다, 변경變更하다, 변경變更되다, 움직이다, 움직이게 하다, 이동移動시키다, 보통普通과 다르다, 수척瘦瘠해지다, 임기응변臨機應變하여 처리處理하다, 고치다(更也,改也), 어기다, 어그러지다, 전변轉變, 전화轉化, 변고變故, 갑자기 일어난 사건事件, 재앙災殃, 상사喪事(死喪), 죽음, 귀신鬼神, 악령惡靈, 꾀(權變)

【弁】 고깔 변, 고깔(冕也), 관冠, 관冠의 총칭總稱, 나라 이름, 성姓(姓也), 어루만지다(撫手), 손으로 치다(手搏), 급急하다(急也), 서두르다, 두려워하다, 두려워서 떨다(戰懼貌), 빠르다(質也), (즐거울 반) 즐겁다(樂也)

【邊】 가 변, 가(畔也), 가장자리, 변邊두리, 변방邊方, 두메(邊鄙之邑), 벽지僻地, 변경邊境, 국경지대國境地帶, 국경國境, 물가(水岸), 끝(際限), 종말終末, 한계限界, 근처近處, 부근附近, 일대一帶, 곁(側也), 모퉁이, 구석(旁也), 변邊, 한자漢字의 왼쪽에 붙은 부수部首, 다각형多角形의 한계限界를 짓는 선분線分, 변리邊利, 이자利子, 잇닿다, 이웃하다

【便】 똥 변, 똥(糞也), 곧(卽也), 문득(輒也), (편便할 편) 편便하다

【卞】 조급躁急할 변, 조급躁急하다(躁疾,卞急), 성급性急하다, 분별分別하다, 맨손으로 치다, 법法(法也), 규칙規則, 고깔, 가죽 고깔, 고을 이름, 성姓(姓也), (즐거울 반) 즐겁다(樂也)

【汴】 내 이름 변, 내 이름, 땅 이름(地名), 고을 이름(州名), 하남성河南城의 딴 이름, 물이름(水名,襄陽零水,亦名汴水), 汳과 같은 글자字

## 〔별〕

【別】 다를 별, 다르다(異也), 형체形體가 다르다, 나누다, 가르다, 나뉘다(分解), 헤어지다, 이별離別하다, 영결永訣하다(訣也), 구별區別하다, 분별分別하다, 특特히, 유별有別나게, 구별區別, 차별差別, 갈림길, 문서文書(劵書)

## 〔병〕

【秉】 잡을 병, 잡다(執也), 손으로 잡다, 마음으로 지키다, 볏단(禾盈把), 자루(柄也), 곡식穀食, 벼 묶음, 벼 한줌의 단 16곡斛, 분량分量 이름, 권병權柄

【丙】 남南녘 병, 남南녘(南方), 10간干의 셋째, 불(火焚), 밝음(明也), 밝다, 환하다, 굳세다

【炳】 밝을 병, 밝다(明也), 불이 밝다(火明), 빛나다, 나타나다(明著), 잡다, 쥐다, 단청丹靑 색색色色

【病】 병病 병, 병病, 질병疾病, 흠欠, 결점缺點, 하자瑕疵, 근심, 성벽性癖, 굳어진 좋지 않은 버릇, 병통病痛, 앓다, 병病들다(疾加), 피곤疲困하다, 어려워하다, 곤란困難해 하다, 근심하다(憂也), 헐뜯다, 비방誹謗하다, 책망責望하다, 욕辱보이다, 괴롭히다, 괴로워하다(苦也), 부끄럽다(辱也), 한恨하다, 원망怨望하다

【兵】 군사軍士 병, 군사軍士(從戎戰鬪者), 무기武器, 병기兵器, 전술戰術, 싸움, 전쟁戰爭, 재난災難, 치다(擊敵兵之), 무기武器로 죽이다

【竝】 아우를 병, 아우르다(倂也), 겸兼하다, 견주다(比也), 나란히 하다, 함께 하다(偕也),

다(皆也), 함께(偕也), (가까울 방) 가깝다(近也), 연連하다(連也)

【並】 아우를 병, 아우르다(倂也), 나란히 하다, 함께하다, 견주다(比也), 다(皆也), 함께(偕也), (가까울 방) 가깝다, 연連하다, (현縣 이름 반) 현縣 이름(胖柯君,屬縣並), 병竝과 동자同字

【幷】 합合할 병, 합合하다, 하나로 합合하다, 하나가 되다, 겸兼하다, 아우르다(倂也), 어우르다, 어울리다, 함께 하다, 나란히 하다, 견주다(比也), 같다(同也), 함께(偕也), 다(皆也), 오로지(專也)

【屛】 병풍屛風 병, 병풍屛風, 울, 울타리(樹以屛藩), 담, 가리다(蔽也), 가리어 막다, 물리치다(斥也), 쳐서 물러나게 하다(退也), 내쫓다, 치워 없애다, 제거除去하다, 제除하다, 물러나다(退也), 뒤로 물러나다, 멀리하다(遠之), 두려워하다(怔忪), 가다(去也)


〔보〕

【步】 걸음 보, 걸음(徒行), 걸음걸이, 한걸음, 두 발자취, 행위行爲, 보병步兵, 나루, 나루터, 부두埠頭, 선창船艙, 물가(水際), 책력冊曆, 운수運數, 천문天文을 측정測定하는 기구器具, 천자天子의 자리, 여섯 자(尺也), 길이의 단위單位, 걷다(徒行), 천천히 걷다(徐行), 다니다(行也), 행군行軍하다, 일정一定한 방향方向으로 나아가다, 더디 가다(徐行), 걷게 하다, 걸어서 가게 하다, 걸음을 익히게 하다, 걸리다, 천자天子의 자리에 오르다, 임금이 타는 가마를 끌다(輦行), 큰 걸음으로 당당堂堂히 걷다(闊步), 뛰어나다(獨步), 처處하다, 잔盞을 돌리다(行爵)

【寶】 보寶배 보, 보寶배(珍也), 보물寶物, 금金·은銀·주珠·옥玉 등等의 보寶배, 화폐貨幣, 신체身體, 임금(寶位), 옥새玉璽(符璽), 임금의 도장圖章, 임금에 관關한 일에 붙여 쓰는 말, 상대방相對方을 높일 때 쓰는 말, 보寶배롭게 여기다, 소중所重히 하다, 중重하게 여기다, 존중尊重하다, 숭상崇尙하다, 귀貴하다

【普】 넓을 보, 넓다(博也), 크다(大也), 광대廣大하다, 널리 미치다, 침침沈沈하다(日無色), 널리, 두루(徧也), 보통普通, 중간中間

【譜】 계보系譜 보, 계보系譜, 족보族譜(籍錄世系), 붙이(屬也), 문서文書(牒也), 악보樂譜, 계통系統을 좇아 열기列記하다

【保】 지킬 보, 지키다(守也), 보전保全하다, 보호保護하다, 안다(抱也), 기르다(養也), 맡기다, 지니다, 돕다(佑也), 믿다(恃也), 편안便安하게 하다, 심부름꾼, 고용인雇傭人, 품팔이(傭也), 머슴, 고용雇傭살이

【褓】 포대기 보, 포대기(襁褓,小兒衣)

【堡】 작은 성城 보, 작은 성城(堡障,小城), 방防죽(隄也), 둑(隄也), 제방堤防(隄也)

【報】 갚을 보, 갚다(酬也), 은혜恩惠·도움·원한怨恨을 갚다, 보복報復하다, 고告하다, 알리다, 여쭈다, 응應하다, 대답對答하다, 합合하다, 판가름하다, 재판裁判하다, 간통姦通하다, 간음姦淫하다, 갚음, 알림, 통지通知

【甫】 클 보, 크다(大也), 많다(衆也), 비롯하다, 비로소(始也), 처음으로, 또(且也), 아무개(男子美稱), 사나이, 나(我也), 남자男子의 미칭美稱

【輔】 도울 보, 돕다(相助,弼也), 보좌輔佐하다, 조력助力하다, 물건物件으로 장수將帥를 돕다(以物相將), 힘을 빌리다, 바르게 하다, 바루다, 도와서 바루게 하다, 도움, 보좌輔佐, 보조역補助役, 대신大臣, 하급下級 관리官吏, 광대뼈(人頰骨), 광대뼈와 잇몸(輔車), 바퀴살의 힘을 돕는 나무, 벗, 친구親舊, 덧방나무(兩旁夾車木), 수레 덧방나무(兩旁夾車木)

【補】 기울 보, 깁다(完衣,修破), 옷 따위의 해진 데를 깁다, 고치다, 보수補修하다, 돕다(助也), 더하다(益也), 임명任命하다, 관직官職에 임명任命하다, 책冊의 내용內容을 증정增訂하다, 자수刺繡하다, 수繡놓다, 수繡

【菩】 보살菩薩 보, 보살菩薩, 불타佛陀의 다음 가는 부처(佛陀,亞佛陀之高德佛), 보리수菩提樹(樹名), 자리, 멍석, 쌀(菩薩,米異稱), 깨닫다(言覺有情者也,從簡稱菩薩), (모사茅沙 풀 배) 모사茅沙 풀, 부처 풀(草也), 작은 자리(小席)

【洑】 보洑 보, 보洑(引水灌田), 보洑막이(引水灌田), 나루, 배를 대는 곳

〔복〕

【福】 복福 복, 복福, 행복幸福, 상서祥瑞, 녹祿, 녹봉祿俸, 제사祭祀에 쓴 고기와 술, 복福을 내리다, 녹祿을 주다, 돕다, 아름답다(休也), 착하다(善也), 같다(猶同)

【服】 옷 복, 옷(衣服), 복服, 의복衣服, 갓(冠也), 일용품日用品, 직책職責, 직분職分, 직업職業, 입다, 옷을 입다(着衣), 복服을 입다, 약藥을 먹다, 마시다(飮也), 좇다, 따르다, 말을 듣다, 섬기다(事也), 두려워서 복종服從하다(憚服), 항복降服하다, 차다, 몸에 달아매다, 쓰다(用也), 타다(乘也), 행行하다, 익히다, 생각하다(思也), 다스리다(治也), 슬퍼서 울다

【腹】 배 복, 배(身中), 밥통桶(肚也), 창자, 앞쪽(前面), 가운데(凡借以喩物), 중앙부中央部, 마음(度量), 충심衷心, 유복자遺腹子, 배알이(腹疾), 안다(抱也), 아이를 배다, 두텁다

(厚也), 부富하다, 겹치다(複也)

【復】 돌아올 복, 돌아오다(返也,還也), 돌려보내다(返也,還也), 처음 있던 곳으로 돌아오다, 원상태原狀態로 돌아가다, 심부름 갔다 오다(反命), 되돌리다, 반복反復하다, 뒤집다, 회복回復하다(興復), 대답對答하다(答也), 실천實踐하다, 사뢰다(白也), 말씀 드리다, 갚다(報也), 은혜恩惠나 원한怨恨을 갚다, 면제免除하다, 요역徭役·조세租稅 따위를 면제免除하다, 혼魂을 부르다(招魂), 반복反復, (다시 부) 다시, 또, 거듭(重也)

【複】 겹칠 복, 겹치다(重也), 거듭되다, 거듭, 겹옷(重衣), 솜옷(褚衣), 복도複道

【覆】 엎을 복, 엎다(敗也), 엎치다, 뒤집히다, 반전反轉하다, 넘어지다(倒也), 전도顚倒되다, 돌이키다, 회복回復하다, 되풀이하다(復也), 살피다(詳察), 사뢰다(白之), 무너지다, 망亡하다, 도리어(反覆), (덮을 부) 덮다(蓋也)

【卜】 점占 복, 점占(灼刻龜甲), 짐, 짐바리, 점占치다(卜之), 길흉吉凶을 알아내다, 주다(賜與)

【伏】 엎드릴 복, 엎드리다(偃也), 포복怖伏하다, 자복自服하다, 굴복屈伏하다, 복종服從하다, 감추다, 숨기다, 숨다(匿藏), 새가 알을 품다, 절후節侯

【僕】 종 복, 종(僕隷,賤役), 하인下人, 시중꾼(給事者), 마부馬夫(御車), 무리(徒也), 저(自謙之辭), 벼슬 이름(官名,太僕), 짐승 이름(虎僕,獸名), 달팽이(僕纍,蝸牛), 성姓(姓也), 붙이다(附也), 번거롭다, 귀찮다, 욕辱하다(辱也), 황송惶悚하다(僕僕,煩猥貌), 숨다(隱也), 떼 지어 날다(群飛貌)

【濮】 강江 이름 복, 강江 이름, 물 이름(水名), 주州 이름(州名), 대 이름(竹名), 북(鼓也)

【宓】 성姓 복, 성姓(姓也), 엎드리다(今伏字), (편안便安할 밀) 편안便安하다(安也), 멈추다(止也), 조용하다(靜也), 잠잠潛潛하다(默也), 가만히 하다(秘也), 사람의 이름(人名,秦宓), 몰래, 비밀秘密히

【虙】 위엄威嚴스러울 복, 위엄威嚴스럽다, 엎드리다, 범의 모양模樣(虎貌), 위엄威嚴스러운 모양模樣(虎貌), 복희씨伏羲氏(古與伏通,虙犧氏,以能馴虙犧牲), 성姓(姓也)

〔본〕

【本】 근본根本 본, 근본根本, 기초基礎, 기원基源, 근원根源, 밑, 밑동, 바탕, 뿌리(草木之根柢), 나무의 줄기, 그루, 밑절미(張本), 소지素地, 밑천(資本), 본성本性, 본본, 관향貫鄕, 옛(舊也), 아래(下也), 책冊, 정正말(眞也,正也), 마음, 나(我也), 농업農業, 비로소(始也)

387

## 〔봉〕

【奉】 받들 봉, 받들다(承也), 봉양奉養하다, 높이다(尊也), 드리다(與也,獻也), 음식飮食을 드리다, 공궤供饋하다, 기르다, 돕다, 녹祿, 녹봉祿俸, 월급月給, 씀씀이

【峰】 봉우리 봉, 봉우리, 산山봉우리(半直上而銳), 산山, 메, 뫼, 봉우리 모양模樣을 한 것

【蜂】 벌 봉, 벌(螽蜂), 창槍날, 창槍의 날카로운 끝, 붐비다, 잡담雜談하다

【逢】 만날 봉, 만나다(遇也,值也), 마주치다, 맞다(迎也), 맞이하다(逆也), 영합迎合하다, 크다(大也), 점占치다, 꿰매다(縫也), 북소리, 성姓(姓也)

【縫】 꿰맬 봉, 꿰매다, 깁다, 바느질하다(以鍼紩衣), 마르다, 마무르다(彌縫), 솔기, 꿰맨 줄

【封】 봉封할 봉, 봉封하다(緘也,封鎖), 닫다(緘也,封鎖), 아가리나 구멍을 붙이거나 싸서 막다, 단壇을 쌓다, 땅을 떼어주다(爵土), 일정一定한 땅을 떼어주어 제후諸侯로 삼다, 지경地境을 봉封하다, 작위爵位나 작품爵品을 내리다, 북돋우다(培也), 배양培養하다, 크다, 무덤을 만들다, 봉지封地, 경계境界, 흙을 쌓아 만든 경계境界, 봉사封祀, 봉선제封禪祭, 부자富者(富厚), 무덤(取土), 봉지封紙나 봉투封套 편지便紙의 수數를 세는 단위單位, 나라 이름, 성姓(姓也)

【鳳】 봉鳳새 봉, 봉鳳새(神鳥), 봉황鳳凰새, 봉황鳳凰의 수컷

## 〔부〕

【父】 아비 부, 아비, 아버지(生己者), 친족親族인 부로父老의 일컬음, 연로年老한 사람의 경칭敬稱, 늙으신네(老叟之稱), 만물萬物을 나게 하여 기르는 것

【斧】 도끼 부, 도끼(斫木器), 언월도偃月刀, 자루 없는 도끼의 무늬를 넣는 천이나 그 병풍屛風, 도끼의 무늬, 베다, 도끼로 베다, 쪼개다(凡以斧斫物), 비로소(甫始)

【夫】 남편男便 부, 남편男便, 지아비, 선생先生님(夫子), 사내(男子通稱), 사나이, 장부丈夫, 장정壯丁, 뭇 장정壯丁(餘夫), 군사軍士(武夫), 종(僕夫), 시중하는 사람, 사내장사치(販夫), 저(有所指稱), ~진저(語已辭), 무릇, 대저大抵

【扶】 도울 부, 돕다(佐也,相也), 부축하다, 붙들다, 떠받치다, 호위護衛하다, 더위잡다, 어리광부리다(幼小貌), 곁, 옆, 인연因緣, 연蓮꽃(荷也), 바람(大風)

【富】 부자富者 부, 부자富者, 부富, 복福, 돈과 면포綿布(貨賄), 풍성豐盛, 가멸다(豐於財), 가멸게 하다, 넉넉하다(充裕), 넉넉하게 하다, 재물財物이 많고 넉넉하다, 성盛하다, 풍성豐盛하다, 갖추어 있다(備也), 두텁다(厚也), 세차다, 나이가 아직 젊다, 어리다

【副】 버금 부, 버금(次也,貳也), 둘째(次也,貳也), 다음(次也,貳也), 도움, 첩지帖紙(首飾), 보좌輔佐하다, 옆에서 시중을 들다, 곁따르다, 돕다(佐也), 살피다(察也), 알맞다(適合), 일컫다(稱也), (쪼갤 복) 쪼개다(判也), 찢다(裂也), 깨뜨리다, 가르다, 나누다

【否】 아닐 부, 아니다(不也), 그렇지 않다(不然), 부정否定하다, 듣지 아니하다, ~하지 않는가, 없다, 괘卦 이름(卦名), (막힐 비) 막히다(閉不行), 비색否塞하다, 통通하지 않다, 나쁘다, 악惡하다, 더럽다(穢也)

【負】 질 부, 지다(負,背也,置項背,擔也,荷也), 등에 지다(背也), 짐을 지다(負,背也,置項背,擔也,荷也), 등에 짐을 지다, 빚을 지다(一曰,受貸不償), 책임責任을 지다(負,背也,置項背,擔也,荷也), 업다(背負之), 입다(被之), 등지다, 믿다(恃也), 의지依支하다(依也)(依也), 배후背後에 두다, 지다, 승부勝負에 지다, 싸움에 패敗하다, 당當하다, 잃다(負,失也), 잃어버리다, 씌우다, 덮어씌우다, 어기다(違也), 약속約束을 지키지 않다(違約), 저버리다(背恩忘德曰負), 잊다(背恩忘德曰負), 배은망덕背恩忘德하다, 배반背叛하다(違也), 근심하다(憂也), 부끄러워하다(愧也), 짐(荷物), 등에 진 물건物件(荷物), 책임責任, 부담負擔, 빚, 근심, 걱정, 할머니(老母之稱,漢書,註,如淳曰,俗謂老大母爲阿負,師古曰,列女傳云,魏曲沃負者,魏大夫如耳之母也,古語謂老母爲負耳), 부판浮板벌레

【部】 떼 부, 떼(部曲), 무리, 조組, 항오行伍, 마을(署也), 관청官廳, 부서部署, 총감總監, 총통總統, 분류分類, 세분細分, 구분區分, 물건物件의 구분區分, 오행五行(五部), 작은 언덕(小阜), 수레 위에 세우는 일산日傘, 몽둥이(大杖), 나누다(分也), 가르다, 분류分類하다, 나누이어 퍼지다(分布), 거느리다(總也,統也), 통솔統率하다

【掊】 그러모을 부, 그러모으다, 거두다(聚斂), 혹독酷毒하게 세금稅金을 받다(掊克,深能,卽苛斂誅求), 잡다(把也), 가지다, 가르다, 쪼개다(剖也), 헤치다, 헤쳐 드러나게 하다, 뚫다(穿也), 치다(擊也), 공격攻擊하다, 넘어뜨리다, 넘어지다, 자빠지다(頓也), 덜다(減也), 뽑다(引取), 깊다(深也), 심甚하다, 가렴주구苛斂誅求

【復】 다시 부, 다시(又也,再也), 또, (회복回復할 복) 회복回復하다

【覆】 덮을 부, 덮다(蓋也), 덮어 싸다(上蓋), 널리 펴다(布及), (엎을 복) 엎다(敗也)

【膚】 살갗 부, 살갗(皮也), 피부皮膚(皮也), 살, 껍질(皮也), 나무의 겉껍질, 표피表皮, 겉(表面), 부드럽고 연軟한 물건物件(膚者,柔脆之物), 고기, 저민 고기(切肉爲膚), 썬 고기(切肉爲膚), 돼지고기(豕肉爲膚), 갈비의 살, 허물(膚淺,喩在皮膚不深), 네 손가락을 나란히 한 길이(四持爲膚), 땅이름(地名), 사람 이름(人名), 겉만 그럴 듯이 받다(受膚),

얕다(受膚), 피부皮膚에 닿도록 통절痛切히 받다(受膚), 크다(大也), 넓다, 아름답다(美也), 편便들다(傅也), 베풀다(布也), 떨어지다(離也), 벗기다(剝也), 문사文辭가 천박淺薄하다

【婦】 며느리 부, 며느리(子之妻), 부인婦人, 지어미(女子已嫁), 아내(婦人), 결혼結婚한 여자女子, 암컷(雌牝), 여자女子, 예쁘다(好貌)

【孚】 미쁠 부, 미쁘다(信也), 믿다(信也), 참되고 믿음성性이 있다, 붙다, 붙이다, 알을 까다(孚化), 기르다(育也), 싹이 나다(芽出), 새알(卵孚), 씨앗(孚甲), 껍질(桴也), 옥玉의 문채文彩

【浮】 뜰 부, 뜨다(氾也,沈之反), 둥실둥실 떠서 움직이다, 떠내려가다(順流), 떠오르다, 넘치다(溢也), 진실성眞實性이 없다, 가볍다(輕也), 매인 데가 없다(無定之意), 지나다(過也), 덧없다, 먼저(先時), 부표浮標, 낚시찌, 표瓢주박(瓠也), 벌주罰酒(罰爵), 벌罰, 가는 모양模樣(行貌), 기운 찌는 모양模樣(氣蒸貌), 비·눈이 성盛한 모양模樣(雨雲盛貌), 많고 굳센 모양模樣(衆彊貌)

【蜉】 하루살이 부, 하루살이(蜉蝣), 왕王개미(大蟻)

【付】 줄 부, 주다(與也), 부치다(寄也), 붙이다, 청請하다, 부탁付託하다

【附】 붙을 부, 붙다(着也), 달라붙다, 접착接着하다, 접착接着시키다, 보태다(益也), 더하다, 붙이다(附麗), 부치다, 보내다, 기대다, 의지依支하다, 마음을 주다, 가깝다(近也), 사이가 가까워지다(附親), 친근親近히 지내다, 따르다, 따르게 하다, 좇아 따르다(附屬), 기대企待하다, 관련關聯되다, 모이다, 부화孵化하다, 알을 까다, 작은 토산土山(小土山)

【符】 부신符信 부, 부신符信, 부절符節, 부적符籍, 호부護符, 수결手決, 인장印章, 옥새玉璽, 병부兵符(信也), 상서祥瑞, 길조吉兆, 미래기未來記, 예언서豫言書(卽未來記), 증거證據, 나무껍질(木膚), 맞다, 꼭 맞다, 꼭 들어맞다, 합합하다, 진실眞實하다, 돕다(所以輔信)

【府】 곳庫집 부, 곳庫집(藏文書財貨之處), 고을, 마을, 도회지都會地(聚居處), 관청官廳, 죽은 아비, 죽은 조상祖上(府君), 감추다(藏也)

【腑】 장부臟腑 부, 장부臟腑, 오장육부五臟六腑, 마음, 충심衷心, 친족親族

【俯】 구푸릴 부, 구푸리다, 구부리다(俛也), 엎드리다(俛也), 굽다(曲也), 눕다, 숨다

【腐】 썩을 부, 썩다(敗也), 살이 썩다, 나무가 썩다, 물이 썩다, 썩히다, 무르다(朽也,爛也), 나쁜 냄새가 나다, 케케묵은 쓸모없는 선비(腐儒), 불알 썩히는 형벌刑罰(宮刑), 두부

豆腐, 노린재(蟲名)
            충 명

【簿】 장부帳簿 부, 장부帳簿, 회계부會計簿, 치부置簿, 회계會計, 적바림(籍也), 문서文書,
                                                                    적 야
홀笏, 벌열閥閱, 벌족閥族, 통괄統括하다, 다스리다, 거느리다(領也), 조사調査하다,
                                                                    영 야
다닥뜨리다(迫也), (섶 박) 섶(簿具), 누에 발(簿具)
              박 야           잠 구              잠 구

【傅】 스승 부, 스승(師也), 후견인後見人, 부역賦役(公家徭役也), 수표手標(傅別,手書), 풀
              사 야                        공 가 요 역 야      부 별 수 서
이름(附同,草名), 성姓(付同,姓也), 가깝다(近也), 이르다(至也), 기울다(昃也), 돕다, 시
     부동 초 명      부동 성 야      근 야      지 야      측 야
중들다, 편便들다(曲意黨,同傅會), 이끌어 합합하다(牽合,傅會), 베풀다(陳也), 붙다(麗
              곡 의 당 동부회              견 합 부 회      진 야      여
着也), 붙이다(付也),
착 야      부 야

【敷】 펼 부, 펴다(布也), 넓게 깔거나 불리다, 널리 베풀다(陳也), 널리 실시實施하다, 공포
              포 야                        진 야
公布하다, 진술陳述하다, 넓다(廣索), 나누다(分也), 분할分割하다, 퍼지다, 널리 흩어
                        광 색      분 야
지다, 헤치다(散也), 다스리다, 족足하다(足也), 두루, 널리
            산 야                  족 야

【仆】 엎드릴 부, 엎드리다(頓也), 자빠지다(僵也), 넘어지다, 뒤집어지다, 죽다
                    돈 야      강 야

【赴】 다다를 부, 다다르다(趨而至), 이르다(至也), 도달到達하다, 들다, 들어가다, 가다, 향
                    추 이 지      지 야
向하여 가다, 나아가다, 달음질하다(趨也), 알리다(告也), 가서 알리다, 밟다, 넘어지
                          추 야      고 야
다, 부고訃告

【賦】 구실 부, 구실, 부세賦稅, 조세租稅, 부역賦役, 공사貢使, 부역賦役에 징발徵發된 사
람, 문체文體의 한 가지, 주다, 베풀다, 펴다, 받다, 매기다, 부과賦課하다, 시가詩歌
를 짓다

【阜】 언덕 부, 언덕(大陸曰阜,山無石者,土山曰阜,言高厚), 토산土山(大陸曰阜,山無石者,土山曰
              대 륙 왈부 산 무 석 자 토 산 왈 부 언 고 후      대 륙 왈부 산 무 석 자 토 산 왈
阜,言高厚), 대륙大陸, 크다(大也), 커지다, 번성繁盛하다(盛也), 살찌다(肥也), 많다(多
부 언 고 후            대 야                  성 야      비 야      다
也), 자라다(長也), 산山 이름(山名), 땅이름(地名), 메뚜기(阜螽,蟲名)
야      장 야      산 명      지 명      부 종 충 명


〔북〕

【北】 북北녘 북, 북北녘(朔方), 북北쪽으로 가다, (달아날 배) 달아나다, 패敗하여 달아나다
                    삭 방
(敗走)
패 주


〔분〕

【分】 나눌 분, 나누다(總物折成多數), 쪼개다, 찢다(裂也), 주다, 나누어 주다(與也), 베풀다
                총 물 절 성 다 수            열 야              여 야
(施也), 부여附與하다, 구별區別하다, 분별分別하다, 판단判斷하다, 정정하다, 떨어지
시 야
다(隔也), 헤어지다(散也), 어지럽다(亂也), 고르다(均也), 두루(徧也), 직분職分, 지위
격 야      산 야      난 야      균 야      변 야

地位, 분수分數(位也), 나누어 맡은 것, 몫(分劑), 다름, 구별區別, 계절季節, 절기節氣
의 하나, 낮과 밤의 길이가 같을 때, 길이의 단위單位, 무게의 단위單位, 각도角度·경
위도經緯度의 단위單位, 시간時間의 단위單位, 반半(半也), 푼(十黍)

【粉】 가루 분, 가루(凡物磑之如屑者,皆爲粉,粉通稱,非獨米), 쌀가루(米粉), 분粉(傳面者), 채
색彩色(設采潤色,謂之粉澤), 가루를 빻다, 가루를 내다, 단장丹粧하다, 분粉을 바르다
(傳也), 꾸미다(飾也), 희다

【紛】 어지러울 분, 어지럽다(亂也), 어지러워지다, 엉클어지다, 번잡煩雜하다, 섞이다, 늘어
지다(緩也), 더디다, 성盛하다, 기쁘다(喜也), 어지러워진 모양模樣(亂貌), 깃旗발(旗
旌), 여자女子가 차는 행주, 말꼬리 전대纏帶(馬尾韜)

【芬】 향기香氣로울 분, 향기香氣롭다, 풀이 처음 나서 널리 퍼져있다(草初生分布), 화和하
다, 부드러워지다, 온화溫和해지다, 많다(衆多), 어지럽다(泯也,亂也), 이름이 나다(名
聲), 향기香氣, 좋은 냄새, 좋은 명성名聲, 털 풀(毛草), 흙덩이 일어나는 모양模樣

【糞】 똥 분, 똥(穢也), 더러운 것을 제거除去하다, 쓸다(掃除), 쓸어버리다(掃棄之), 떨다,
거름을 주다(培也), 다스리다(治也)

【奮】 떨칠 분, 떨치다(振也), 위세威勢·용맹勇猛·명성名聲 등等을 드날리다, 드날리다(揚
也), 뽐내다(勇起), 일어나다(起也), 분격憤激하다, 격분激奮하다, 성내다(怒也), 휘두르
다, 흔들다, 흔들리다(震動), 움직이다, 새가 날갯짓을 하다, 힘쓰다(勵也), 먼지를 털
다(振去塵)

【奔】 달릴 분, 달리다, 급急히 달음질치다(急赴), 빨리 가거나 오거나 하다, 달아나다(走
也), 패주敗走하다, 분주奔走하다(趨事恐後), 야합野合하다, 예禮를 갖추지 않고 결혼
結婚하다(嫁娶而禮不備), 여자女子가 정식正式 예禮를 갖추지 않고 남자男子와 동거
同居하다, 물건物件을 통틀어 말하다(凡物皆言)

【憤】 분憤할 분, 분憤하다, 분憤내다(懑也), 성을 내다, 분기奮起하다, 떨쳐 일어서다, 울적
鬱積하여 노기怒氣가 차다(鬱積而怒滿), 흥분興奮하다, 감정感情이 북받치다, 결내다,
괴로워하다, 번민煩悶하다

【墳】 무덤 분, 무덤(墓也,土之高者), 둑, 제방堤防, 봇狀둑(大防), 언덕, 흙이 부풀어 오르다
(土沸起), 땅이 걸차다(土膏肥), 나누다(分也), 크다(大也)

【焚】 불사를 분, 불사르다(燒也), 타다, 불을 놓아 사냥하다, 화형火刑에 처處하다, 넘어지
다, 넘어뜨리다, 자빠지다(僵也), 화전火田

〔**불**〕

【不】 아닐 불, 아니다(非也,未也), 아니하다, 못하다(非也,未也), 마라(금지禁止의 뜻), 아닌
가?, 없다, 새 이름(鳥名)

【弗】 아닐 불, 아니다(不也), 그렇지 않다(不然), 바르지 못하다(不正), 옳지 않다(不可), 떨
다(祓也), 떨어버리다(去也,祓也), 가다(去也), 성성하다, 빠른 모양模樣, 세차고 성성
한 모양模樣, 거짓(矯也)

【拂】 떨칠 불, 떨치다(過擊), 떨다, 먼지 따위를 떨다, 닦다(拭也), 씻다(拭也), 스치다, 가
다(去也), 스쳐 지나가다, 없애다(除也), 끊다(絶也), 추어올리다, 추켜올리다, 치켜들
다, 치르다, 값을 건네주다, 거스르다(逆也), 어기다(違也,戾也), 먼지떨이(拂塵具), 춤
(舞名), 거짓(矯也)

【佛】 부처 불, 부처, 불교佛敎, 빛나고 선명鮮明한 모양模樣, 깨닫다(覺也), 비슷하다(見不
諟也,仿佛也), 어렴풋하다, 어그러지다(戾也), 거슬리다(逆也), 어기다, 비틀다(髴·彿同,
捩也), (성성하게 일어나는 모양模樣 발) 성성하게 일어나는 모양模樣(興起貌)

【怫】 발끈할 불, 발끈하다, 발끈 화火를 내다, 마음이 편안便安치 못하다(心之不安), 답답
하다(鬱也), 울적鬱積하다(鬱也), 마음이 불안不安한 모양模樣, 분忿한 모양模樣(耗之
費,忿貌), 발끈한 모양模樣(耗之費,忿貌), (같지 않을 발) 같지 않다(不同)

【巿】 슬갑膝甲 불, 슬갑膝甲, 앞치마, 초목草木이 무성茂盛한 모양模樣, 무성茂盛하다


〔**붕**〕

【朋】 벗 붕, 벗(友也), 친구親舊, 무리(群也), 떼, 같은 스승 아래서 공부工夫한 사람, 쌍雙,
한 쌍雙, 두 단지(兩尊), 패물貝物(五貝), 무리를 이루다

【崩】 무너질 붕, 무너지다, 산山·언덕 따위가 무너지다(山壞), 황제皇帝가 죽다(殂落), 천자
天子가 죽다, 쇠퇴衰頹하다, 파괴破壞되다, 멸망滅亡하다, 무너뜨리다, 흩어지다, 떠
나가다, 어지럽다(亂也), 앓다


〔**비**〕

【比】 견줄 비, 견주다(比例), 비교比較하다(案比), 생각하고 비교比較하다(案比), 가지런하
다(齊也), 고르다(和也), 아우르다(竝也), 미치다(及也), 미치어 이르다, 다스리다(治也),
따르다, 좇다(從也), 본本뜨다, 모방模倣하다, 의방依倣하다, 갖추다(具也), 친親하다,

가깝다(近也), 편便들다, 아첨阿諂하여 편便들다, 편벽偏僻되다, 합合하다, 빽빽하다
(密也), 대신代身하다, 돕다(俌也), 자주(頻也), 비율比率, 비례比例, 차례次例, 무리(黨
也,類也), 패牌거리, 동아리, 이웃(近隣之稱), 빗(比余,櫛,髮具)

【批】 비평批評할 비, 비평批評하다, 품평品評하다, 치다(擊也), 깎다(削也), 손으로 때리다
(手擊), 밀다, 밀치다(推也), 바로 잡다, 바르게 고치다, 표標를 하다, 찌지를 붙이다,
보이다(示也), 굴리다(轉也), 비답批答, 상소上訴에 대對한 임금의 대답對答

【毗】 도울 비, 돕다(輔也,助也), 힘을 보태다, 아우르다(幷也), 붙다(附也), 굽실거리다(夸毗
體柔), 밝다(明也), 두텁다(厚也), 나무의 지엽枝葉이 성기고 고르지 못하다(毗劉,暴
樂), 번거롭다(瀸也), 혁대革帶 갈고리(犀毗革帶,鉤), 부처 이름(毗盧,佛名), 유마거사維
摩居士가 있는 곳(佛家有毗耶居士), 비야거사毗耶居士(佛家有毗耶居士), 쥐 이름(毗狸,
鼠名), 산山 이름(山名), 고을 이름(諸毗,彭毗,皆毗陵,漢縣名)

【庇】 덮을 비, 덮다(麻廕), 가리다(蔽也), 감싸다, 숨기다(隱蔽), 덮어씌워 가리다, 덮어 숨
겨주다, 의탁依託하다, 의지依支하다, 감싸는 도움, 그늘, 차양遮陽(庇也,廡也)

【庀】 다스릴 비, 다스리다(治也), 갖추다(具也), 구비具備하다

【備】 갖출 비, 갖추다(具也), 갖추어지다, 마련하다, 방비防備하다, 예비豫備하다, 더하다,
이루다(成也), 다하다(盡也), 긁다(搔也), 족足하다, 다(咸也), 준비準備(加也), 버금(副
也), 긴 병장기兵仗器(長兵)

【飛】 날 비, 날다(鳥翥), 날리다(使飛), 하늘을 가다, 오르다, 튀다, 넘다, 날아 넘다(飛越),
움직여 달아나다(動走), 높다(高意), 흩어지다(飛散), 빠르다, 빨리 가다(急行), 빨리
전傳하다(早傳), 빨리 닿게 하다, 근거根據 없는 말이 떠돌다, 누각樓閣 같은 것이 높
이 솟아 있는 것의 형용形容, 배 위의 겹 방房(船上重室), 뱁새(鷦鷯)

【鼻】 코 비, 코(鼻引氣自畀), 구멍, 마주 트이게 뚫은 자국, 무간지옥無間地獄, 시초始初,
처음(始也), 짐승의 코에 코뚜레나 바 같은 것으로 꿰다(獵人穿獸鼻)

【卑】 낮을 비, 낮다(下也), 높지 않다, 저속低俗하다, 천賤하다, 비루鄙陋하다, 비열卑劣하
다, 낮추다, 겸손謙遜하게 대對하다, 신분身分·지위地位 등等이 낮은 사람, 겨레 이름
(鮮卑)

【婢】 여자女子종 비, 여자女子종(女奴), 소첩小妾, 첩妾, 곁 마누라, 궁녀宮女(上淸宮婢), 여
자女子가 자기自己를 낮추어 일컫는 말(自世婦以下,皆稱曰婢子), 속죄贖罪를 위爲하여
관비官婢가 되는 여자女子(官婢,有罪而沒入于宮), 봉숭아(菊婢), 작은 물고기(魚婢)

【碑】 비석碑石 비, 비석碑石(刻石紀功德), 비碑, 돌기둥, 네모난 돌기둥, 비석碑石에 쓰는

문체文體(記石文章之一體), 돌을 세우다(竪立)

【脾】 지라 비, 지라(土臟,五臟之一), 비위脾胃, 소의 밥통桶, 처녑(牛百葉), 만하, 소의 양胖, 오장五臟의 하나, 다리(股也), 안주按酒감(可爲餚), 뚱뚱하다(盛肥), 그치다(止也), 낮다(卑也)

【裨】 도울 비, 돕다(補也,輔也), 보좌輔佐하다, 더하다(接益), 보태다(接益), 주다(與也,附也), 도와서 채워주다(補也), 모자라는 것을 더하여 깁다, 저고리를 짓다(裨襦), 작다(小也), 관복官服(裨冕), 조복朝服(裨冕), 비장裨將(副將), 대장大將을 돕는 장군將軍(裨將,副將), 부장副將, 읍邑 이름(邑名), 성姓(姓也)

【俾】 더할 비, 더하다, 돕다(益也), 유익有益하다(益也), 좇다(從也), 따르다, 시키다(使也), ~하게 하다(俾通,使也), 흘겨보다(俾倪,哀視貌,通作,睥睨), 오로지(職也), 하여금(使也)

【妃】 왕비王妃 비, 왕비王妃, 임금의 아내, 황태자皇太子의 아내, 태자비太子妃(太子之嫡室), 여신女神의 높임 말, 물귀신鬼神(水神), (짝 맞출 배) 짝을 맞추다, 짝, 배우자配偶者

【肥】 살찔 비, 살찌다(多肉), 성盛하다, 넉넉하다(饒裕), 땅이 기름지다(田有肥瘠), 걸우다, 땅을 걸게 하다, 샘물이 같이 흐르다(水之初出同流者), 거름, 살진 돼지고기(肥腯), 살진 말

【秘】 숨길 비, 숨기다(密也), 감추다, 비밀秘密로 하다, 향기香氣롭다, 비밀秘密, 향초香草, 향기香氣 풀

【費】 쓸 비, 쓰다(散財用), 소모消耗되다, 금품金品을 소비消費하다, 널리 쓰이다, 용도用度가 넓고 크다(費用之廣), 닳다, 허비虛費하다, 함부로 써버리다, 세월歲月을 보내다, 녹祿을 타먹다, 손상損傷하다, 해害치다, 없애다(損也,耗也), 비용費用, 비발, 드는 돈(用也), 쓰는 돈, 용도用度, 재화財貨, 재보財寶, 은혜恩惠, 쓸데없는 말을 지껄이는 일

【沸】 끓을 비, 끓다(涫也,沸騰), 끓이다, 들끓다, 끓는 물, (샘솟는 모양模樣 불) 샘솟는 모양模樣, 거세게 이는 물결 소리

【譬】 비유譬喩할 비, 비유譬喩하다(諭也), 깨우치다, 깨닫다(猶曉), 비유譬喩컨대, 비유譬喩

【非】 아닐 비, 아니다(不也), 그렇지 아니하다, 옳지 아니하다(不正), 그르다(不是), 어긋나다(違也,相背), 진실眞實이 아니다, 아닌가, 아니한가, 없다(無也), 등지다, 배반背叛하다, 나쁘다, 책責하다, 꾸짖다(責也), 비난非難하다, 비방誹謗하다, 헐뜯다(訾也), 거짓, 부정否定의 조사助辭

【誹】 헐뜯을 비, 헐뜯다(謗也), 헐뜯어 말하다(謗也), 비방誹謗하다, 꾸짖다(呵也), 나무라다

(呵也), 중얼거리다(誹言), 그르다 하다(非議)

【裶】 옷이 길어 치렁치렁할 비, 옷이 길어 치렁치렁하다(長衣貌), 배회徘徊하다(裵回), 옷 자락을 잘잘 끄는 모양模樣(曳衣貌)

【悲】 슬플 비, 슬프다(痛也), 슬퍼하다, 슬픔, 비애悲哀, 동정同情, 가엾이 여기는 마음

【斐】 아름다울 비, 아름답다(斐然), 문채文彩 나다, 아롱지다(分別文), 오락가락하다, 문채 文彩 나는 모양模樣, 여신女神

【菲】 엷을 비, 엷다(薄也), 보잘 것 없다, 심심하다(菲愁,悵也), 둔둔鈍하다(鈍也), 쇠퇴衰退하 다, 꽃답다, 향기香氣롭다(菲菲,芳也), 섞이다(菲菲,雜也), 높고 낮음이 정定치 못하다 (菲菲,高下不定), 풀 무성茂盛한 모양模樣(菲菲,草茂貌), 순무(菜名,芴也), 나물 이름(菜 名,芴也), 쥐 참외, 채소菜蔬 이름, 짚신(義同,草履), 상복喪服에 따른 짚신

【扉】 문門짝 비, 문門짝, 사립문門짝(戶扉), 주거住居, 집, 닫다

【匪】 대상자箱子 비, 대상자箱子(竹器), 폐백상자幣帛箱子, 폐백幣帛을 담던 상자箱子(篚 也), 도둑, 악한惡漢, 부정否定의 뜻, 아니다(非也), 악惡하다, 말이 멎지 않다(馬行不 止貌), 빛나다(彩貌)

〔빈〕

【貧】 가난할 빈, 가난하다(財分少也), 구차苟且하다, 적다, 모자라다(學文·才藝不足), 물리치 다(卻也), 버리다(棄也), 가난(貧乏), 곤궁困窮, 가난한 사람(貧人), 용龍(龍賓), 원숭이 (野賓)

【賓】 손 빈, 손(客也,主人之僚友), 손님, 사위, 손으로 대우待遇하다, 손으로서 묵다, 손을 모으다, 어울리다, 화친和親하다, 존경尊敬하다, 공경恭敬하다(所敬), 복종服從하다(懷 德而服), 인도引導하다(導也), 물리치다, 버리다

【濱】 물가 빈, 물가(水際), 물에 가까운 땅(地近水), 끝(限也), 가깝다, 절박切迫하다, 임박 臨迫하다

【頻】 자주 빈, 자주(頻繁,數也), 빈번頻繁히, 잇달아(頻繁,數也), 급急하다(急也), 급박急迫하 다(急也), 절박切迫하다, 위급危急하다, 나란하다, 병행並行하다, 늘어서다(比也), 나란 히 서다(比也), 찡그리다(與顰同,謂頻蹙之貌), 찌푸리다, 물가(濱也,水涯)

【牝】 암컷 빈, 암컷(畜母,動物女性), 골(谿谷), 골짜기(谿谷), 음陰, 자물쇠, 자물쇠의 열쇠 구멍(鍵入穴), 짐승

【邠】 나라 이름 빈, 나라 이름(周太王國), 주州 이름(州名), 문채文彩가 성盛한 모양模樣,

빛나다(文貌)
<sub>문 모</sub>

## [빙]

**【氷】** 얼음 빙, 얼음(水遇寒凝結), 기름, 굳기름, 활 통筒 뚜껑(矢箭蓋), 얼다, 冰의 속자俗
<sub>수우한응결</sub> <sub>시통개</sub>
子

**【聘】** 부를 빙, 부르다(徵召), 예禮를 갖추어 부르다, 보수報酬를 주어 사람을 부르다, 장가
<sub>징 소</sub>
를 들다(娶也), 폐백幣帛을 보내다(婚禮娶問), 찾아가다, 방문訪問하여 안부安否를 묻
<sub>취 야</sub> <sub>혼 례 취 문</sub>
다

**【憑】** 기댈 빙, 기대다(依也), 의지依支하다(依也), 의거依據하다, 빙거憑據하다(據也), 전거
<sub>의 야</sub> <sub>의 야</sub> <sub>거 야</sub>
典據로 삼다, 성盛하다, 크다, 차다, 가득 차다, 부탁付託하다(託也), 건너다, 걸어서
<sub>탁 야</sub>
건너다, 붙다, 귀신鬼神이 들다, 성姓(姓也)
<sub>성 야</sub>

## [사]

**【士】** 선비 사, 선비(儒也), 벼슬(官總), 출사出仕하여 일을 담당擔當하는 사람, 일을 처리處
<sub>유 야</sub> <sub>관 총</sub>
理할 재능才能이 있는 사람, 능能히 천도天道를 아는 사람(能知天道之者), 사나이, 병
<sub>능 지 천 도 지 자</sub>
사兵士, 옥관獄官

**【仕】** 벼슬할 사, 벼슬하다(宦也), 일로 삼다, 살피다(察也), 섬기다, 배우다(學也)
<sub>환 야</sub> <sub>찰 야</sub> <sub>학 야</sub>

**【思】** 생각할 사, 생각하다(睿也,念也,慮也), 사유思惟·판단判斷 등等을 하다, 사모思慕하다,
<sub>예 야 염 야 려 야</sub>
바라다, 원願하다, 슬프다(悲也), 생각, 뜻, 마음
<sub>비 야</sub>

**【事】** 일 사, 일(動作云爲), 사업事業, 사건事件, 사고事故, 정치政治, 벼슬아치(主事,執事),
<sub>동 작 운 위</sub> <sub>주 사 집 사</sub>
일하다, 일삼다, 전념專念하다, 경영經營하다, 섬기다(奉也), 받들다, 다스리다(治也)
<sub>봉 야</sub> <sub>치 야</sub>

**【司】** 맡을 사, 맡다(主也), 벼슬(職事), 관리官吏, 관아官衙, 공무公務를 집행執行하는 곳,
<sub>주 야</sub> <sub>직 사</sub>
마을(府也)
<sub>부 야</sub>

**【嗣】** 이을 사, 잇다(續也,繼也), 뒤를 잇다, 대代를 잇다(後嗣), 계승繼承하다, 계속繼續하
<sub>속 야 계 야</sub> <sub>후 사</sub>
다, 연습練習하다, 배워 익히다(習也), 상속자相續者, 후임자後任者, 임금의 자리나 가
<sub>습 야</sub>
계家系를 잇는 사람, 잇달아, 다음의, 뒤의, 새

**【詞】** 말씀 사, 말씀(說也,言也,意內而言外), 글(文也), 문장文章, 시문詩文, 운문韻文, 알리
<sub>설 야 언 야 의 내 이 언 외</sub> <sub>문 야</sub>
다, 고告하다, 청請하다, 원願하다

**【辭】** 말씀 사, 말씀(辭說), 타이름, 교훈敎訓, 핑계(口實), 문장文章, 문체文體의 하나, 쓰
<sub>사 설</sub> <sub>구 실</sub>
다, 글씨를 쓰다, 사양辭讓하다(却不受), 거절拒絕하다, 사퇴辭退하다, 떠나다, 보내다,
<sub>각 불 수</sub>
파견派遣하다, 사죄謝罪하다, 겸손謙遜하다(謝也), 청請하다, 빌다, 하소연하다, 원願
<sub>사 야</sub>

하다, 꾸짖다, 책망責望하다

【乍】 잠깐 사, 잠깐(暫也), 언뜻(忽也,猝也), 얼핏, 겨우(甫然), 갑자기, 처음(初也), (지을 작) 짓다

【詐】 속일 사, 속이다(欺也), 거짓말하다(僞也), 말을 꾸미다, 기롱欺弄하다, 마치다(卒也)

【舍】 집 사, 집(居宅), 거처居處, 머무는 곳, 여관旅館(市居), 관청官廳, 있다(處也), 두다, 놓다(置也), 놓아두다, 덜다(除也), 쉬다(息也), 그치다(止也), 그만두다(罷也), 버리다, 버려두다, 감추다(藏也), 폐廢廢하다, 베풀다(施也), 받다(受也), 맞다(中也), 용서容恕하다(赦也)

【捨】 버릴 사, 버리다(棄也), 내버려두다, 돌보지 아니하다, 물리치다, 제거除去하다, 그만두다, 중단中斷하다, 베풀다(施也), 놓다(釋也), 신神·불佛을 위爲하여 금품金品을 내놓다, 마음이 언제나 평온平穩하고 집착執着함이 없는 상태狀態

【寺】 절 사, 절(僧侶), 부처를 모시는 곳, 마을(官舍), 관청官廳, 공무公務를 집행執行하는 기관機關이나 곳, 천賤하게 노는 계집(男寺黨), (환관宦官 시) 환관宦官, 내시內侍

【師】 스승 사, 스승(範也,敎人以道者之稱), 선생先生, 선생先生님, 어른(長也), 장壯한 이(師表), 사람을 깨우쳐 이끄는 사람, 전문적專門的인 기예技藝를 닦는 사람, 신神의 칭호稱號, 군사軍士, 군대軍隊, 많은 사람, 벼슬아치, 악관樂官, 악공樂工, 서울(天子所居), 64괘卦의 하나, 뭇(衆也), 여러, 스승으로 삼다, 본本받다(效也), 모범模範으로 삼다, 따르다

【徙】 옮길 사, 옮기다(遷移), 장소場所·자리를 옮기다, 넘다(踰越), 넘기다, 한도限度를 넘어서다, 피避하다(避也), 귀歸양 가다(謫戍), 귀歸양 보내다, 물리쳐 내쫓다, 손을 견주어 꼭 이기다(抵徙,擬手期剋), 의지依支하다(仿佯,徙倚), 고을 이름(縣名)

【肆】 방자放恣할 사, 방자放恣하다(放也,恣也), 멋대로 하다, 거리낌 없이 마음대로 말하다, 극極까지 다하다, 극極에 달하다, 도度를 넘다, 힘쓰다(力也), 힘을 다하다(極力), 극진極盡하다(極也,盡也), 다하다(極也,盡也), 펴다(肆,展放), 펼치다(伸也), 베풀다(極陳), 진열陳列하다(陳也,列也), 진설陳設하다(肆者,陳設之意), 느즈러지다(緩也), 곧다(直也), 길다(長也), 크게 하다(大也), 헤아리다(量也), 시험試驗하다(試也), 용서容恕하다(赦也), 부딪치다(突也), 잡다(操也), 깃들다(次也), 잠깐 왔다 물러가다(肆,暫往而退), 말끝을 고치다(故也,語更端辭), 죄인罪人을 죽여 효시梟示하다(既刑,陳尸曰肆), 사형死刑한 시체屍體를 저자에 드러내놓다(既刑,陳尸曰肆), 버리다(棄也), 고故로(故也,語更端辭), 그러므로(故也,語更端辭), 이제(今也), 드디어(遂也), 나란히(列也), 가게(肆,所以陳)

貨鬻之物), 저자(肆,所以陳貨鬻之物), 관영官營 공장工場, 마구간馬廐間(廐也), 외양간 喂養間(廐也), 넷(肆,俗用四), 벼슬 이름(官名), 제사祭祀 이름(祭名), 성姓(姓也), (방자 放恣할 실) 방자放恣하다(放也), (익힐 이) 익히다(習也), 휘추리(嫩條), 움(切株生若 芽), 곁가지(切株生若芽), 나머지(餘也), (악장樂章 이름 개) 악장樂章 이름(肆夏,當爲 陔夏,古樂章), 희생犧牲의 살을 베어 가르다(解也,治肉曰肆), 고기를 진설陳設하다(謂 於俎上,進所解牲體於神座前)

【四】 넉 사, 넷, 네, 네 번番, 사방四方, 네 번番하다

【柶】 수저 사, 수저(匕也,角柶,喪禮所用), 숟가락(匕也,角柶,喪禮所用), 윷(戲具擲柶)

【泗】 물 이름 사, 물 이름(水名), 나라 이름(國名), 고을 이름(州縣名), 땅이름(泗口,地名), 콧물(涕泗,自鼻曰泗), 눈물(涕泗,自鼻曰泗)

【傼】 잘게 부술 사, 잘게 부수다, 잘다(細碎), 가늘다(細碎), 성의誠意 없다(無悃誠), 막다

【巳】 뱀 사, 뱀(蛇也), 삼짇날, 방위方位 동남東南, 자식子息, 태아胎兒, 상사上巳의 약칭略 稱, 여섯째 지지地支

【史】 사기史記 사, 사기史記(歷記), 역사歷史, 기록記錄된 문서文書, 사관史官(太史,掌書官), 문필文筆에 종사從事하는 사람, 벼슬 이름, 과부寡婦, 지나치게 꾸미다

【使】 하여금 사, 하여금(令也), 하게 하다, 부리다(役也), 시키다(役也), 좇다, 심부름하다, 가령假令, 만일萬一(假定辭,設使), 심부름꾼, 사신使臣

【死】 죽을 사, 죽다(生之對), 생명生命이 끊어지다, 생기生氣가 없어지다, 말라 감각感覺이 마비痲痺되다, 끊이다(絶也), 죽이다, 사형死刑에 처處하다, 마르다(枯也), 위태危殆하 다(危也), 다하다(盡也), 불이 꺼지다, 바둑의 알이나 장기의 말이 상대방相對方에게 잡히다, 죽음, 주검, 시체屍體, 사자死者, 죽는 일, 죽은 이

【絲】 실 사, 실(蠶所吐), 명주明紬실, 비단緋緞(絹布), 실 같이 가는 것(微細如絲), 실풍류風 流(絲琴瑟), 실을 잣다, 실을 뽑다(紡絲)

【私】 사사私事 사, 사사私事(對公而言之), 개인個人, 자기自己, 나(私主人), 부하部下, 은혜 恩惠, 총애寵愛하는 것, 마음에 드는 것, 사사私事로운 욕망慾望, 불공평不公平, 사곡 邪曲, 비밀秘密, 사사私事로이 하다, 자기自己 소유所有로 삼다, 사랑하다, 은혜恩惠 를 베풀다, 간사奸邪하다, 사곡邪曲하게 하다, 홀로, 사사私事로이, 몰래, 마음속으로, 은밀隱密히, 비밀秘密히

【射】 쏠 사, 쏘다(弓弩發於身而中於遠), 과녁을 맞히다(弓弩發於身而中於遠), 궁술弓術, 사 궁射宮의 약칭略稱, (맞혀서 취取할 석) 맞혀서 취取하다

【謝】 사례謝禮할 사, 사례謝禮하다, 사죄謝罪하다, 용서容恕를 빌다, 작별作別하고 떠나다

(辭去), 사퇴辭退하다, 물러나다(退也), 벼슬을 물러나다(致仕)
사 거 　　　　　　　　　　　　　　　　　　　　　　치 사

【社】모일 사, 모이다(後世賓朋會聚日結社), 두레(後世賓朋會聚日結社), 모임, 단체團體, 사
　　　　　　　　　　후 세 빈 붕 회 취 왈 결 사　　　　　후 세 빈 붕 회 취 왈 결 사

직社稷(禮,祭義,建國之神位,右社稷而左宗廟), 세상世上(社會), 토지土地의 신神(土地神
　　예 제 의 건국지신위 우사직 이 좌 종묘　　　　사 회　　　　　　　　　토 지 신

主), 사일社日
주

【祀】제사祭祀 사, 제사祭祀, 해(年也), 제사祭祀 지내다
　　　　　　　　　　　　　　연 야

【它】뱀 사, 뱀(佗古字,蛇也), 이무기(蛇也), 그것, (다를 타) 다르다(他也), 짊어지다(背負),
　　　　　타 고 자 사 야　　　사 야　　　　　　　　　　　타 야　　　　　배 부

마음에 든든하다(委它,雍容自得貌), 더하다(他·佗通,加也)
　　　　　위 타 옹 용 자 득 모　　　　타 타 통 가 야

【蛇】뱀 사, 뱀(毒蟲), 미꾸라지의 딴 이름(委蛇,泥鰍), 자 벌레, 별 이름, (구불구불 갈 이)
　　　　　독 충　　　　　　　위 사 니 추

구불구불 가다, 용龍·뱀 따위가 구불구불 가는 모양模樣

【邪】간사奸邪할 사, 간사奸邪하다, 삐뚤어지다(不正), 정직正直하지 못하다, 속이다, 거짓
　　　　　　　　　　　　　　　　　부 정

말하다, 어긋나다, 치우치다, 위배違背되다, 기울다, 비스듬하다(斜也), 성질性質이 나
　　　　　　　　　　　　　　　　　　　　　　　　사 야

쁘다, 악惡하다, 사사私事로움, 사삿私事일, 나쁜 일, 나쁜 사람(惡人), 사기詐欺, 상
　　　　　　　　　　　　　　　　　　　　　　　　악 인

서祥瑞롭지 못한 일(不祥事), 요사妖邪스러운 기운, 열병熱病(出惡熱病), (어조사語助
　　　　　　　　　불 상 사　　　　　　　　　　　　　　출 악 열 병

辭 야) 어조사語助辭, 그런가?(疑問詞)
　　　　　　　　　　　　의 문 사

【賜】줄 사, 주다(予也,上予下賜), 하사下賜하다, 베풀다(施也), 고맙다(空盡), 다하다, 은덕
　　　　여 야 상 여 하 사　　　　　　시 야　　　공 진

恩德, 은혜恩惠

【斜】비낄 사, 비끼다(不正), 비스듬하다, 기울다, 굽다, 꾸불꾸불하다, 잡아당기다(抒也),
　　　　　　　　부 정　　　　　　　　　　　　　　　　　　　　　　서 야

흩어지다(散也), 성姓(姓也)
　　　산 야　　　성 야

【沙】모래 사, 모래(疏土,水散石), 모래벌판(水中有沙者), 사막沙漠, 물가, 물가에 모래 있는
　　　　　　소 토 수 산 석　　　수 중 유 사 자

곳, 작고 단 것(小而甘味之稱), 소수小數 이름(小數名), 출가出家하여 불교佛教를 닦는
　　　　　　소 이 감 미 지 칭　　　　소 수 명

사람, 모래가 날다, 일다, 일어서 나쁜 것을 버리고 좋은 것을 취取하다, 목이 쉬다

【娑】춤출 사, 춤추다, 춤을 너울너울 추다(婆娑,舞也), 옷이 너풀거리다(婆娑,衣揚貌), 우두
　　　　　　　　　　　　　　파 사 무 야　　　　　　파 사 의 양 모

커니 앉아 있다(婆娑,安坐), 표표飄飄히 앉아 있다(婆娑,安坐), 비파琵琶소리가 억양抑
　　　　　　파 사 안 좌　　　　　　　　　　파 사 안 좌

揚이 많다(紆餘,婆娑), 춤추는 모양模樣, 옷이 너울거리는 모양模樣(婆娑,衣揚貌), 걸어
　　　　우 여 파 사　　　　　　　　　　　　　　　　　　　　파 사 의 양 모

돌아다니는 모양模樣(婆娑,涉獵貌), 말이 빠른 모양模樣(馬疾貌,借爲宮名), 오랑캐 도
　　　　　　　파 사 섭 렵 모　　　　　　　　　　마 질 모 차 위 궁 명

읍都邑 이름, 궁궐宮闕 이름(漢殿名), 범어梵語 Sa의 우리나라 한자漢字
　　　　　　　　　　　한 전 명

【似】같을 사, 같다(肖也), 닮다, 비슷하다, 그럴듯하다(擬議未定辭), 잇다(嗣也), 계승繼承
　　　　　　초 야　　　　　　　　　　　의 의 미 정 사　　　사 야

하다, 받들다(奉也), 하물며(況也)
　　　봉 야　　　황 야

【姒】동서同壻 사, 동서同壻(兄弟之妻相謂皆曰姒), 맏동서同壻, 언니(女子同出,先生謂姒,後生
　　　　　　　　　　형 제 지 처 상 위 개 왈 사　　　　　　　　여 자 동 출 선 생 위 사 후 생

謂娣), 맏며느리(長婦), 형수兄嫂(兄之妻曰姒婦)
위 제　　　　　장 부　　　　　형 지 처 왈 사 부

【査】 조사調査할 사, 조사調查하다, 사실查實하다(考察), 캐묻다, 때, 뗏목(水中浮木), 뗏목 타는 사람(查郞), 명자나무, 사돈査頓

【寫】 베낄 사, 베끼다, 쓰다(謄鈔), 등초謄鈔하다, 본本뜨다, 모뜨다(摹畵), 그리다, 글씨를 그리다, 본本떠서 그리다, 토吐하다, 부리다, 내리다, 사진寫眞

【斯】 이 사, 이(此也), 사물事物을 가리키는 대명사代名詞, 어조사語助辭, 즉則과 같은 뜻 을 나타낸다, 말을 그치다(語已辭), 가르다(離也), 떠나다, 떨어지다, 천賤하다, 희다 (白也), 하얗다, 곱다(鮮也), 적다(少也,些也), 곧(卽也), 잠깐, 뿐(耳也)

【奢】 사치奢侈할 사, 사치奢侈하다, 호사豪奢하다, 분수分數에 넘치다, 분分에 넘치다, 지 나치다, 자랑하다, 뽐내다, 펴다(張也), 더 좋다

【耜】 보습 사, 보습(臿也), 쟁기 날, 따비 끝 나무(未端木), 따비로 갈다

【唆】 부추길 사, 부추기다, 꼬드기다, 꾀다, 꾀어 시키다(使唆), 가르치다(敎唆), 굽다(枉也), 아이들이 서로 군호軍號하다(小兒相應), 준절峻節(俊言)


〔삭〕

【朔】 초初하루 삭, 초初하루(月一日始蘇), 음력陰曆의 매월每月 1일日, 처음(始也,初也), 시 초始初, 아침, 새벽, 북北쪽, 천자天子의 정령政令, 천자天子가 제후諸侯에게 나누어 주던 달력曆

【削】 깎을 삭, 깎다(銛也), 새기다(刻也), 쪼개다(析也), 지우다(除也), 범犯하다, 해害치다, 새김 칼(書刀)

【索】 동아줄 삭, 동아줄, 새끼(繩也), 꼬다, 새끼를 꼬다, 가리다, 선택選擇하다, 흩어지다, 숨기다(廋也), 다하다, 두렵다(懼也), 마음이 불안不安하다(心不安), (찾을 색) 찾다(求 也)

【數】 자주 삭, 자주(頻數), 여러 번番, 자주하다, 재촉하다(促也), 급急히 서둘러 하다, 빨 리하다, 빠르다(疾也), (셀 수) 세다(計也), (촘촘할 촉) 촘촘하다(細也,密細)

【爍】 빛날 삭, 빛나다(灼也,光也), 덥다, 뜨겁다, 녹다, 녹이다(鑠金以爲刃), 꺼지다, 끄다, 빠지다(淫爍), (불사를 약) 불사르다(爇也), 불똥 튀다(爍爍,火飛), 번갯불(電光), (나뭇 가지 잎 떨어진 모양模樣 락) 나뭇가지 잎 떨어진 모양模樣(暴爍,木枝葉缺落貌), 나뭇 가지가 앙상하다(暴爍,木枝葉缺落貌)


〔산〕

【山】 메 산, 메(宣氣生萬物,有石而高), 뫼, 산산山山, 산신山神, 절, 사찰寺刹, 무덤, 분묘墳墓

【訕】 헐뜯을 산, 헐뜯다, 비방誹謗하다(謗也,毁語), 윗사람을 비방誹謗하다, 꾸짖다(謗也,毁語), 나무라다(謗也,毁語)

【産】 낳을 산, 낳다(生也), 만들어내다, 태어나다, 기르다(産育), 태생胎生(婦生子,本其所生長之地), 산물産物, 재산財産, 산업産業, 생업生業, 생활生活, 출생지出生地, 산山굽이

【算】 셈 산, 셈, 세는 법法, 산술算術, 수數, 수효數爻, 셈대(投壺較射數勝負之籌), 산算가지, 수판數板(算板), 물건物件의 수數(物數), 꾀(籌畵), 슬기(智也), 지혜智慧, 계략計略, 바구니, 대그릇(竹器), 세다, 셈하다, 계산計算하다, 헤아리다(計歷數者), 꾀하다

【散】 흩을 산, 흩다(布也), 흩뜨리다, 흩어지다(不自檢束), 풀어 놓다, 퍼다(布也), 헤어지다, 나누어 주다, 부여附與하다, 한가閑暇롭다(閑散), 볼 일이 없다, 쓸모없다, 내치다(放也), 비틀거리다, 절룩거리다, 비척거리다(跛行槃), 가루약藥, 문체文體의 이름, 쓸모없는 사람(散人), 쓸모없는 나무(散木), 거문고 곡조曲調(琴曲名)

【蒜】 달래 산, 달래, 마늘(葷菜), 작은 마늘, 냄새 나는 나물의 한 가지, 암내匂(蒜氣), 발꽂이(古以銀蒜押簾), 달래의 모양模樣으로 만든 발의 누름쇠, 산山 이름(蒜山,山名)


〔**살**〕

【殺】 죽일 살, 죽이다(戮也), 살해殺害하다, 죄인罪人을 죽이다, 사형死刑하다(死同), 없애다, 쓸어 없애다(掃滅之), 제거除去하다, 말살抹殺하다, 뭉개다(刷也), 베다, 풀을 베다(薙草), 서리를 맞아 시들다(霜殺物), 늘어지다(下垂貌), 죽다, 잊어버리다(忘也), 잃어버리다(忘也), 사냥하여 얻다(獲也), 이기다(克也), 살촉鏃(矢名), 어수선한 모양模樣(散貌), 음기陰氣, (덜 살) 덜다, 줄이다, 쇠衰하다, 약弱해지다

【薩】 보살菩薩 살, 보살菩薩, 마을(薩寶,府名), 성姓(姓也), 건지다(濟也), 나타나다(見也)


〔**삼**〕

【三】 석 삼, 셋(陽數二加一,三也), 세 번番(三度), 거듭, 자주(頻也), 이따금(頻也), 세 번番하다

【參】 석 삼, 셋(數也,三同), 인삼人蔘, 별 이름(商星也), 빽빽이 들어서다(叢立貌), 섞이다(雜也), (간여干與할 참) 간여干與하다, 관계關係하다, (층層날 참) 층層나다

【糝】 나물죽粥 삼, 나물죽粥, 국 죽粥(以米和粥), 밥알, 익힌 밥알, 쌀알(粒也), 낟알, 차지게 하다, 섞이다(雜也), 糂의 고자古字

【糂】 나물죽粥 삼, 나물죽粥, 국 죽粥(以米和粥)
　　　　　　　　　　　　　　　　　이 미 화 죽

【森】 나무 빽빽할 삼, 나무가 빽빽하다(木多貌), 나무가 빽빽이 들어서다(木多貌), 벌여서
　　　　　　　　　　　　　　　　목 다 모　　　　　　　　　　　　　　목 다 모
다, 늘어서다, 심다(植也), 우뚝 솟다(高聳貌), 으쓱하다, 오싹하다, 수풀(森林), 나무가
　　　　　　　　　　식 야　　　　　고 용 모　　　　　　　　　　　　　　　　상 림
밋밋하게 높은 모양模樣, 성盛한 모양模樣


## 〔상〕

【上】 위 상, 위(下之對), 높은 쪽, 꼭대기(頂上), 하늘, 임금(君也), 어른(長也), 조직組織·계
　　　　　　　하 지 대　　　　　　　　　　정 상　　　　　　　　　　　군 야　　　　　장 야
급階級·수준水準 등等의 높은 쪽, 초初하루(初日), 첫째, 나은 쪽, 부근附近, 곁, 옛(上
　　　　　　　　　　　　　　　　　　　　초 일　　　　　　　　　　　　　　　　　　　　상
古), 옛날, 사성四聲의 한 가지, 오르다(登也,升也), 올라가다, 높다(尊也), 바치다(進
고　　　　　　　　　　　　　　　　　　　　등 야 승 야　　　　　　　　　존 야　　　　　진
也,獻也), 올리다, 싣다(載也), 타다(乘也), 차車·말·배 등等을 타다(乘也), 중重하다, 무
야 헌 야　　　　　　　　재 야　　　　승 야　　　　　　　　　　　　　　승 야
겁다, 지방地方에서 중앙中央으로 가다, 이르다(到也)
　　　　　　　　　　　　　　　　　　　　　　도 야

【相】 서로 상, 서로(共也), 보다, 자세仔細히 보다(省視), 상相을 보다, 끝까지 지켜보다,
　　　　　　　　공 야　　　　　　　　　　　　성 시
점占치다, 돕다(助也), 사람의 용모容貌, 모양模樣, 형상形狀, 바탕, 도움, 보조자補助
　　　　　　　조 야
者, 정승政丞(百官之長)
　　　　　　　백 관 지 장

【想】 생각할 상, 생각하다(冀思), 생각해주다(心有所欲而思), 뜻하다(物未至而意之), 생각,
　　　　　　　　　　　기 사　　　　　　　심 유 소 욕 이 사　　　　　　물 미 지 이 의 지
모양模樣, 형상形象

【霜】 서리 상, 서리(露凝), 해, 세월歲月, 지나온 세월歲月(歷年), 머리털이 희게 셈의 비유
　　　　　　　　로 응　　　　　　　　　　　　　　　　　　역 년
譬喩(鬓髮白貌), 차가움의 비유譬喩, 상강霜降(二十四氣之一), 흰 가루, 엄嚴하다(濶也,
　　　빈 발 백 모　　　　　　　　　　　　　　　　이 십 사 기 지 일　　　　　　　　　　　상 야
隕霜殺物)
운 상 살 물

【湘】 강江 이름 상, 강江 이름, 물 이름(水名), 호수湖水 이름(湖名), 광서성廣西省 흥안현
　　　　　　　　　　　　　　　　　　수 명　　　　　　　　호 명
興安縣에서 동정호洞庭湖에 흘러 들어가는 강江, 산山 이름(山名), 땅 이름(地名), 호
　　　　　　　　　　　　　　　　　　　　　　　　　　　　산 명　　　　　지 명
남성湖南省의 옛 이름, 삶다(烹也)
　　　　　　　　　　　　　팽 야

【商】 장사 상, 장사(行賈), 장수, 장사하는 사람, 나눈 값(除法之結果數), 씨(核也), 가을(秋
　　　　　　　행 고　　　　　　　　　　　　　　　제 법 지 결 과 수　　　해 야　　　　　추
也), 쇳소리(金音,五音之一), 오음五音의 하나, 나라 이름, 별 이름, 장사하다(行賈), 헤
야　　　　금 음 오 음 지 일　　　　　　　　　　　　　　　　　　　　　　　　행 고
아리다(度也), 요량料量하다(商量,裁制行賈), 짐작斟酌하여 알다, 떳떳하다(常也), 베풀
　　　탁 야　　　　　　　　상 량 재 제 행 고　　　　　　　　　　　　　상 야
다(張也)
장 야

【尙】 오히려 상, 오히려(猶也), 도리어, 바라건대, 거의(庶幾), 일찍(曾也), 숭상崇尙하다,
　　　　　　　　유 야　　　　　　　　　　서 기　　　증 야
높다, 높이다(尊也), 귀貴히 여기다(貴也), 받들다(奉也), 가상嘉尙히 알다, 더하다(加
　　　　　　존 야　　　　　　귀 야　　　　　봉 야　　　　　　　　　　　　　　　　　가
也), 보태다, 짝하다(配也), 공주公主에 장가들다(取公主), 바라다, 꾸미다(飾也), 자랑
야　　　　　　　배 야　　　　　　　　　취 공 주　　　　　　　　　식 야

하다(矜伐), 주장主掌하다(主也), 오래다, 윗대代의 일을 기록記錄한 글(尚書)

【常】 항상恒常 상, 항상恒常, 늘(久也), 언제나, 보통普通 때, 일찍이, 옛날에, 보통普通, 상常사람(常人), 평일平日, 보통普通의 정도程度, 정정해진 바, 결정決定되어 있는 바, 법法, 전법典法, 불변不變의 도道, 사람으로서 행행行해야 할 도道, 명수命數, 운運, 치마(裳也), 수레 창槍(車戟名), 오랑캐 옷(戎服), 두 길(一丈六尺), 열여섯 자(一丈六尺), 서西녘 귀신鬼神, 일정一定하다, 오래도록 변변變하지 않다, 늘 하다, 언제나 행행行하다, 떳떳하다(庸也)

【賞】 상賞 줄 상, 상賞을 주다(賜有功), 주다(凡貽與者), 기리다(嘉也), 칭찬稱讚하다, 높이다, 숭상崇尚하다(尚也), 품평品評하다, 즐기다(玩賞), 감상感想하다, 권권勸하다

【償】 갚을 상, 갚다(還所值也), 보상報償, 보답報答

【嘗】 맛볼 상, 맛보다(口味之也), 음식飲食을 맛보다, 시험試驗하다, 경험經驗하다, 직접直接 체험體驗하다, 일찍, 일찍이(曾也), 가을 제사祭祀

【裳】 치마 상, 치마, 아랫도리에 입는 옷, 낮에 입는 옷, 화려華麗하고 아름다운 모양模樣, 성성盛하다(裳裳,盛貌)

【傷】 상傷할 상, 상傷하다(創也), 다치다(創也), 상처傷處를 입히다(毀傷), 상傷하게 하다, 해害치다, 해害하다(戕害), 닿다, 이지러지다, 아프다(痛也), 마음 아파하다, 근심하다(憂思), 상처傷處

【喪】 죽을 상, 죽다(死也,亡也), 사람이 죽다, 잃다(失也), 없어지게 하다, 지위地位를 잃다, 자리에서 물러나게 되다, 망亡하다, 멸망滅亡시키다, 얹잖다(喪心), 복服을 입다(持服), 상제喪制 노릇을 하다, 복服, 복제服制

【床】 평상平床 상, 평상平床(臥榻), 책상冊床, 걸상床(跨床,人所坐臥), 소반小盤, 상床, 책상冊床·밥상床·평상平床 등等의 통칭通稱

【桑】 뽕나무 상, 뽕나무(蠶食葉), 메뽕나무(山桑), 뽕잎을 따다, 뽕잎을 재배栽培하여 누에를 치다

【顙】 이마 상, 이마(額也), 머리, 꼭대기, 뺨, 이마를 땅에 대고 절을 하다(稽顙)

【象】 코끼리 상, 코끼리(長鼻牙), 상아象牙, 모습, 생김새, 모양模樣, 형상形象, 그림, 초상肖像, 조짐兆朕, 징후徵候, 점조占兆, 점괘占卦, 일월성신日月星辰, 도道, 도리道理, 문궐門闕, 꼴, 본본뜨다(象形)

【像】 형상形象 상, 형상形象, 본본뜬 형상形象, 꼴, 모양模樣, 본본뜨다(模倣), 모뜨다, 닮다(似也), 같다

【狀】 형상形象 상, 형상形象(形也), 모양模樣(形也), 꼴(形也), 용모容貌, 형상形象하다(形容

之), (문서文書 장) 문서文書, 소장訴狀

【詳】 자세仔細할 상, 자세仔細하다(審議), 자세仔細히 이야기하다(詳言之), 말이 조리條理가 있다(論也,語備), 마음을 잘 쓰다(善用心), 상서祥瑞롭다, 좋다(善也), 살피다, 자세仔細히 보다, 자세仔細히 밝히다, 자세仔細히 알다, 다(悉也), 모두(悉也), 두루 갖추어짐, (속일 양) 속이다, 거짓

〔새〕

【塞】 변방邊方 새, 변방邊方, 국경國境 지대地帶, 성채城砦, 험험한 곳, 요새要塞, 가파른 땅, 주사위(戲具), 굿, 치성致誠을 드리다(禱祠), (막힐 색) 막히다, 가로막다

〔색〕

【色】 빛 색, 빛(采色), 빛깔, 낯, 기색氣色, 얼굴빛(顔色,顔氣), 윤潤, 색채色彩, 광택光澤, 물건物件의 빛깔(物色), 모양模樣, 상태狀態, 형상形象, 갈래, 종류種類, 용모容貌의 예쁨, 예쁜 계집(美女), 여색女色, 정욕情慾, 남녀男女의 정욕情慾(色慾), 느껴 마음이 동動하다(感五官而心動者), 찾아 구求하다(物色), 얼굴빛을 변變하여 성내다, 놀라다(驚貌), 꿰매다(縫也), 온순溫順한 모양模樣을 하다

【塞】 막힐 색, 막히다(國之阨險), 막다(塡也), 가득하다(充也,滿也), 사이가 뜨다(隔也), 멀다, (변방邊方 새) 변방邊方

【索】 찾을 색, 찾다(求也), 수색搜索하다, 더듬다(探也), 가리다, 선택選擇하다, 새끼(繩也), (동아줄 삭) 동아줄(繩也)

【穡】 거둘 색, 거두다, 수확收穫하다, 곡식穀食을 거두다(穀可收), 아끼다(惜也), 검약儉約하다, 곡식穀食, 거둘 곡식穀食, 다 익은 곡식穀食, 농사農事

〔생〕

【生】 날 생, 나다(出也), 내다, 나오다, 태어나다, 초목草木이 나다, 낳다(産也), 자식子息을 낳다, 살다, 살아 있다, 생존生存하다, 살리다, 기르다, 자라다, 일어나다(起也), 짓다(造也), 연유緣由하다(凡事所從來), 나아가다(進也), 의義로운 마음을 가지다(有懷義之心), 흠欠집이 없다, 서투르다, 설다, 낯설다, 사로잡다, 천생天生으로, 접때(疇昔), 삶, 살아 있는 일, 많은 좋은 일(衆瑞), 생업生業, 생활生活, 산 것, 날것(不熟), 익히지 아니한 것, 백성百姓, 인민人民, 학문學問이 있는 사람, 인물人物, 스승(師之稱), 선생先

生, 제자弟子, 학생學生, 할아버지(祖父), 부형父兄, 자손子孫, 벗(朋友), 저(自己謙稱), 성품性品, 원숭이, 희생犧牲

【省】 덜 생, 덜다(簡也,少也), 줄이다, 아끼다, 인색吝嗇하다, 없애다, (살필 성) 살피다(察也,審也)

## 〔서〕

【西】 서西녘 서, 서西녘(金方,東之對), 서西쪽, 서양西洋, 서西쪽으로 향向하여 가다, 새가 둥우리에 깃들이다

【書】 쓸 서, 쓰다(紀也), 기록記錄하다, 글을 짓다(著也), 글(文也), 책冊(經籍總名), 서적書籍, 육서六書, 서경書經, 상서尙書, 편지便紙, 장부帳簿, 글자字, 문자文字

【序】 차례次例 서, 차례次例(長幼有序), 순서順序(次也), 장유長幼의 순서順序, 전후前後의 차례次例, 서문序文, 머리말, 문체文體의 이름, 담(東西牆), 학교學校, 순서順序를 정定하다, 차례次例를 매기다, 차례次例를 따라 서술敍述하다, 말하다, 펴다(敍也)

【庶】 여러 서, 여러(衆也), 뭇(衆也), 갖가지, 거의(僥倖,庶幾), 가까운, 바라건대, 많다, 수효數爻가 넉넉하다, 가깝다, 거의 되려 하다, 바라다, 제거除去하다, 제독除毒하다, 살찌다, 평민平民, 백성百姓, 벼슬이 없는 사람, 서출庶出, 서자庶子(支庶), 지손支孫, 지파支派, 여러 가지

【誓】 맹盟세할 서, 맹盟세하다(約束), 약속約束하다, 임금이 신하臣下에 대對한 맹盟세와 명령命令(命也), 남녀男女가 그윽이 맹盟세하다(男女私約), 훈계訓戒하다, 신칙申飭하다, 삼가다(謹也), 경계警戒하다, 임명任命하다, 약속約束, 법法(以拘制之)

【瑞】 상서祥瑞 서, 상서祥瑞, 길조吉兆, 서옥瑞玉(以玉爲信,諸侯之珪,符信), 부절符節, 홀笏, 천자天子가 제후諸侯를 봉封할 때 주는 홀笏(圭也), 경사慶事스럽다

【徐】 천천할 서, 천천하다(安行), 천천히 하다, 급急하지 않고 느리다, 찬찬하다(威儀), 늦추다, 평온平穩하다, 조용하다, 천천히, 다, 모두, 고을 이름, 성씨姓氏(姓也)

【敍】 펼 서, 펴다(陳也), 서술敍述하다, 짓다(述也), 차례次例를 매기다, 순서順序를 정定하다, 품계品階나 관직官職을 주다, 머리말을 짓다, 차례次例(次第), 순번順番, 순서順序(次序), 등급等級, 품계品階, 실 끝(緒也), 머리말

【恕】 용서容恕할 서, 용서容恕하다(以己體人), 헤아려 동정同情하다(忖也), 어질다(仁也), 밝게 알다, 깨닫다, 인애仁愛

【暑】 더울 서, 덥다, 무덥다, 더위(熱也), 더운 계절季節, 여름(夏也)

【署】 관청官廳 서, 관청官廳, 관아官衙, 마을, 일을 분담分擔하다(部署), 부部·국局 등等

으로 나누어 베풀다, 일을 맡기다(署置), 두다(置也), 적다, 쓰다, 서명署名하다

【曙】 새벽 서, 새벽(曉也), 날이 샐 무렵, 아침(旦也), 때, 날, 날이 밝다(明也), 동東이 트다(東方名), 밤이 새다

【緒】 실마리 서, 실마리, 실 끝(絲耑), 비롯함, 시초始初(發端), 차례次例, 순서順序, 계통系統, 나머지(殘餘), 나머지 바람(緒風), 실(糸也), 일(事也), 사업事業, 기업企業, 찾다(尋也)

【逝】 갈 서, 가다(往也), 향向하여 가다, 앞으로 나아가다(行也), 뜨다, 떠나다, 떠나가 버리다(去也), 죽다(亡也), 빠르다, 미치다, 이에(發語辭)

【筮】 점占대 서, 점占대(占卦用), 시초蓍草 점占(蓍占), 점占을 치다, 점占대로 점占을 치다, 시초蓍草로 점占을 치다

【胥】 게장醬 서, 게장醬(蟹醢), 게젓, 나비(蝴蝶), 아전衙前, 하급下級 관리官吏, 죄罪를 지은 사람(刑徒人), 끌리다(淪胥,相索引), 돕다(助也), 기다리다(待也), 연좌連坐되다, 쌓다, 비축備蓄하다(蓄積待用), 도둑을 잡다(追胥,捕盜), 서로(相也), 함께, 다(皆也), 모두

【犀】 무소 서, 무소(一角在鼻,一角在頂,似豕), 코뿔소, 코에 뿔난 소, 무소뿔, 서각犀角, 박씨(瓠瓣), 박속, 굳다, 병기兵器가 단단하다(兵器堅)


〔석〕

【石】 돌 석, 돌(山骨), 빗돌, 비석碑石(碑碣類), 돌로 만든 악기樂器, 돌 침針(石針), 경磬쇠(樂器八音之一), 무게의 단위單位, 부피의 단위單位, 섬(十斗), 굳다(堅也), 단단하다

【碩】 클 석, 크다(大也), 머리가 크다, 가득 차다, 충실充實하다

【夕】 저녁 석, 저녁(晨之對,暮也), 해질 무렵, 밤, 서西녘(西也), 칠석七夕(七月七日), 저물다(暮也), 기울다, 쏠리다(斜也)

【席】 자리 석, 자리(簟也), 짚자리(薦席), 대자리(簟也), 돗(簟也), 바닥에 까는 자리, 좌석座席, 직위職位, 지위地位, 앉음새, 자리에 앉는 법法, 깔다(藉也), 자리를 깔다, 베풀다(陳也), 편안便安하다(安也), 풀리다(釋也), 걷다(卷也), 믿고 의지依支하다, 인因하다, 자뢰資賴하다(資也), 의뢰依賴하다

【析】 쪼갤 석, 쪼개다(剖析), 나무를 쪼개다(破木), 꺾다(折也), 나누다(分也,分析), 나누어지다, 가르다, 해부解剖하다, 나누어 따로따로 되게 하다, 나누어 밝히다, 흩어지다, 분산分散되다, 무지개(虹蜺爲析翳)

【釋】풀 석, 풀다(解也), 풀어내다, 해석解釋하다, 설명說明하다, 깨닫다(曉也), 변명辨明하다(釋明), 석방釋放하다, 내놓다(放也), 놓아주다, 젖다(潤也), 풀리다(消也,散也), 흩뜨리다, 녹아 없어지다, 내버리다(捨也), 벗다, 옷을 벗다(脫衣), 손을 떼다(舍也), 그만두다, 폐廢하다, 없애다, 처리處理하다, 다스리다, 복종服從하다, 끼치다(遺埜), 쌀을 일다(淅米), 가다(去也), 쏘다(發矢), 풀이, 해석解釋, 석가釋迦, (기뻐할 역) 기뻐하다, 즐거워하다

【昔】예 석, 예(古也), 옛날, 옛적(昔代), 접때(嚮也), 앞서(前也), 어제, 저녁, 밤(夜也), 포육脯肉(乾肉), 오래다(古也), 오래되다, 비로소(始也)

【惜】아낄 석, 아끼다(悋也), 소중所重히 여기다, 애석哀惜하다, 아깝다, 아까워하다, 탐貪하다, 욕심慾心을 부리다, 가엾다, 불쌍히 여기다(憐也), 사랑하다(愛也), 아프다(痛也)

【錫】주석朱錫 석, 주석朱錫(銀色而鉛質), 구리(赤銅), 석장錫杖, 다리, 성城, 가는 베, 하사下賜한 재물財物, 천자天子가 공로功勞 있는 신하臣下에게 하사下賜하는 아홉 가지 물건物件(九錫), 주다(賜也), 하사下賜하다

【射】맞힐 석, 맞히다, 맞혀서 취取하다(指物而取), (쏠 사) 쏘다(弓弩發於身而中於遠)

〔선〕

【善】착할 선, 착하다(良也), 언행言行이 바르고 어질다, 잘하다(善之), 훌륭하다, 좋다(好也), 아름답다(佳也), 옳게 여기다, 착하게 여기다(善之), 길吉하다, 친親하다, 즐기다, 아끼다, 소중所重히 여기다, 크다(大也), 많다(多也), 높다, 해득解得하다(解也), 묘妙하다, 잘, 교묘巧妙히, 착하고 정당正當하여 도덕적道德的 기준基準에 맞는 것

【繕】기울 선, 깁다(補也), 손보다, 고치다, 수선修繕하다(修也), 다스리다(治也), 잘하다, 좋다(善也), 갖추다(備也), 갖추어지다, 음식飲食이 갖추어지다, 세다, 군세다(勁也), 세게 하다, 모으다(聚也), 글씨를 쓰다(寫也), (다닥뜨릴 경) 다닥뜨리다(急迫)

【線】줄 선, 줄(縷也), 실(縷也), 가는 실(細絲), 실오리(縷也), 발(有線), 길(道也), 줄을 치다(劃線), 길다, 바느질하다(針線)

【鮮】고울 선, 곱다(明也), 선명鮮明하다, 뚜렷하다, 깨끗하다(潔也), 빛나다(明也), 아름답다(善也), 새롭다(新也), 떳떳하다, 착하다, 좋다(善也), 화려華麗하다, 흔하지 않다, 드물다(罕也), 적다, 다하다(盡也), 생선生鮮(生魚), 날생선生鮮, 날고기, 날 것(生也,鳥獸新殺), 짐승, 들짐승(野獸), 새

【宣】베풀 선, 베풀다(布也), 퍼다(布也), 널리 알리다, 널리 퍼뜨리다, 널리 공포公布하다,

떨치다, 발양發揚하다, 생각을 말하다, 밝히다(明也), 의사意思를 밝히다, 보이다(示也), 임금이 말하다, 임금이 하교下教를 내리다, 조칙詔勅하다(召也), 통通하다, 헤치다(散也), 늘어지다(緩也), 다하다(盡也), 머리털이 일찍 세다(頭髮皓落), 은혜恩惠 따위를 끼치어 주다, 두루(徧也), 조서詔書, 조칙詔勅, 여섯 자 옥玉(璧大六寸)

【先】 먼저 선, 먼저(前也), 앞장서서, 우선優先, 미리, 일찍(早也), 예(古也), 비로소(始也), 먼저 하다, 앞서다(先之), 앞장서다(先驅), 나아가다, 앞서 나아가다(前進), 돌아가시다(祖父已殁), 앞, 옛날, 처음, 죽은 아버지, 조상祖上, 동서同壻(娣姒), 맏동서同壻

【詵】 많을 선, 많다(衆多), 모이다, 말 전傳하다(致言), 묻다(問也), 수數가 많은 모양模樣, 여러 사람의 말(衆人言), 함께 모여 화목和睦한 모양模樣(詵詵,和集貌), 앙모仰慕하여 모여드는 모양模樣(詵詵,和集貌), 덕德을 흠모欽慕하여 모여드는 모양模樣

【船】 배 선, 배(舟也), 옷깃(衣領), 좇다(循也)

【選】 가릴 선, 가리다(擇也), 뽑다, 가려 뽑다, 선택選擇하여 등용登用하다(選擇而登用), 뛰어나다, 우수優秀하다, 좋다, 열거列擧하다, 잠깐(少選,須臾)

【仙】 신선神仙 선, 신선神仙(老不死神仙), 세속世俗을 초월超越한 사람, 도道의 딴 이름, 고상高尚한 사람, 신선神仙스럽다(凡傭對稱), 날듯하다(輕擧)

【僊】 춤출 선, 춤추다, 훨훨 춤추다(僊僊,舞軒擧之狀), 신선神仙(老不死神僊), 선인仙人

【禪】 선禪 선, 선禪, 좌선坐禪, 참선參禪, 봉선封禪, 중(僧也), 터를 닦다(封禪), 좌선坐禪을 하다, 하늘·산천山川에 제사祭祀 지내다, 주다, 전傳하다, 선위禪位하다, 왕위王位를 전傳하다(禪讓,傳與), 사양辭讓하다, 고요하다(靜也), 대신代身하다, 바뀌다

【蟬】 매미 선, 매미(半翅類,蟬科屬,昆蟲名), 굼실거리는 모양模樣(涴蟬,舞盤曲貌), 관冠 꾸미개(冠飾), 시신侍臣(轉而近侍臣稱), 수레 이름(車名), 연連하다(蟬嫣,連也), 독毒하다(蟬,毒也), 곱다(蟬娟)

【旋】 돌 선, 돌다, 돌리다, 돌게 하다, 회전回轉하다, 돌이키다(反也), 돌아오다, 되돌아오다, 돌아다니다(盤旋,廻也), 구르다(斡旋,轉也), 둘리다(逐旋,遶也), 굽다, 굴곡屈曲을 이루다, 둥글다(圓也), 주선周旋하다(旌旗之指麾), 지휘指揮하다(旌旗之指麾), 서로 쫓다(相追逐), 빠르다(疾也), 빨리, 갑자기, 오줌(小便), 소변小便, 쇠북 꼭지(鐘懸)

【璇】 아름다운 옥玉 선, 아름다운 옥玉, 옥玉 이름(璇瑰), 대발(竹器,所以整頓簿者), 별 이름, 북두성北斗星의 둘째 별

〔설〕

【說】 말씀 설, 말씀(所論之辭), 말, 풀어서 하는 말, 가르침, 언설言說, 언론言論, 논論하는

말, 해설解說, 학설學說, 변명辨明, 생각, 의견意見, 뜻풀이, 경서經書의 주해註解, 도道, 도리道理, 주문呪文, 말하다, 이야기하다(談說), 타이르다, 가르치다(解也,訓也), 교육教育하다, 이치理致나 뜻을 풀어 밝히다(解也,訓也), 풀다, 해석解釋하다, 논론論하다, 서술敍述하다(述也,敍述之), 진술陳述하다(述也,敍述之), 물리치다(攻說), (기쁠 열) 기쁘다(懌也,喜也,服也), (달랠 세) 달래다(以言語諭人使從己)

【設】 베풀 설, 베풀다(施陳), 베풀어두다, 두다(置也), 늘어놓다, 진열陳列하다, 세우다(立也), 만들다(作也), 설립設立하다, 설치設置하다(置也), 합합하다, 갖추어두다, 크다(大也), 설비設備, 주연酒宴, 연회宴會, 베풀어둔 것, 설령設令(假借之辭), 가령假令(假借之辭)

【雪】 눈 설, 눈(凝雨), 흰 것의 비유譬喩, 눈이 오다(降雪), 씻다(洗也,除也), 닦다(拭也), 희다(白也), 더러움을 씻다, 누명陋名이나 치욕恥辱을 벗다(雪辱)

【舌】 혀 설, 혀(在口所以言), 혀 모양模樣을 한 것(舌形者), 과녁의 좌우左右의 귀, 목관악기木管樂器에 끼워 소리를 내는 기구器具, 말씀(言也), 변론辯論

【泄】 샐 설, 새다(漏也), 틈이나 구멍으로 흘러나오다, 누다, 설사泄瀉하다, 싸다, 쉬다(歇也), 줄다, 그치다(歇也), 없애다(除去), 일어나다, 발생發生하다, 피어나다(發起), 섞다, 섞이다(雜也), 업신여기다(嫚也), 버릇이 없다, 고告하다, (떠날 예) 떠나다, 사물事物의 모양模樣

【褻】 더러울 설, 더럽다(穢也), 더럽히다, 무람없다(狎近), 친압親狎하다, 평복平服(私服), 평상平常 옷, 속옷(裹衣), 해진 옷(衣破壞之餘)

【挈】 달아 올릴 설, 달아 올리다(縣持), 끌다(提挈), 서로 의지依支하여 돕다(左提友挈,相扶持), 가지런히 하다(修整), (이지러질 계) 이지러지다(缺也), 끊어지다(絶也)

【薛】 맑은 대쑥 설, 맑은 대쑥, 쑥, 사초莎草, 향부자香附子, 나라 이름(國名), 주周나라의 제후諸侯, 성姓(姓也)


〔섬〕

【纖】 가늘 섬, 가늘다(細也), 작다(小也), 가는 실, 가는 줄, 가는 베옷(細布衣), 깎아 작은 모양(殺小貌), 엷은 비단緋緞, 고운 비단緋緞

【贍】 넉넉할 섬, 넉넉하다(富贍), 구제救濟하다(給也,周也,假助), 구제救濟하다, 구조救助하다, 도와주다(給也,周也,假助), 진휼賑恤하다(給也,周也,假助), 구휼救恤하다, 보태다, 채우다(充之), 편안便安하다(安也)

【閃】 번쩍일 섬, 번쩍이다, 번쩍하다((閃火), 깜박이다, 잠깐 보이다, 틈사이로 보다(闚頭門中), 언뜻 보이다(暫見), 잠시暫時 보이다(暫見), 번득이게 하다(翻之), 엿보다(闚頭門中), 몸을 비키다, 피避하다, 아첨阿諂하다, 나부끼게 하다(翻之), 번개, 번쩍번쩍 번득이어 움직이어 빛나는 모양模樣(閃閃), 번득이어 움직이는 모양模樣(閃閃,動貌), 마음을 기울여 아첨阿諂하는 모양模樣(閃楡,傾佞貌), 문門을 나오는 모양模樣(出門貌), 성姓也)

【陝】 고을 이름 섬, 고을 이름, 섬서성陝西省의 약칭略稱, 나라 이름(弘農陝也,古虢國,王季之子所封), 현縣 이름(周爲二伯分陝之地,卽虢國之上陽也,秦屬三川郡,漢弘農之陝縣,後魏改爲陝州), 주州 이름, 사물事物의 형용形容

〔섭〕

【攝】 끌어 잡을 섭, 끌어 잡다(引持), 잡다(捕也), 쥐다, 굳게 지키다, 굳건히 유지維持하다, 거느리다(總也), 다스리다, 바루다, 바르게 하다, 돕다, 보좌補佐하다, 대신代身하다(代也), 대리代理하다, 겸兼하다, 임시臨時로 다른 일을 겸兼하다, 당기다, 끌어당기다, 조절調節하다, 알맞게 하다, 단정端整하다(整飭), 끼이다, 사이에 끼이다, 기르다, 보양保養하다, 쫓다(追也), 빌리다(假也), 두렵다(讋服), 항복降服하다, 기록記錄하다(錄也)

【涉】 건널 섭, 건너다, 물을 걸어서 건너다(徒行厲水), 걸어서 돌아다니다, 거닐다, 여기저기 찾아다니다(涉獵), 겪다, 거치다(經也), 미치다, 이르다, 간섭干涉하다, 관계關係하다

〔성〕

【成】 이룰 성, 이루다(就也), 이루어지다, 익다, 성숙成熟하다, 되다(爲也), 어른이 되다, 성인成人이 되다, 갖추어지다, 정리整理되다, 정定하여지다, 성盛하다, 평平하다, 평정平定하다, 다스리다, 끝나다, 마치다(畢也,凡功卒業就), 잘하다(善也), 좋다(善也), 거듭하다(重也), 아우르다(倂也), 반드시(必也), 풍류風流 한판(終也,凡樂一成), 십리十里

【盛】 성盛할 성, 성盛하다(繁昌), 무성茂盛하다, 번성蕃盛하다, 넘치다, 많다(多也), 담다(受物), 채우다, 크다(大也), 길다(長也), 이루다(成也), 다하다(極也), 가상嘉尙하다, 가상嘉尙히 여기다, 칭찬稱讚하다, 제수祭需, 제상祭床에 차려 놓은 음식飲食, 제향祭享 곡식穀食(黍稷在器中,以祀者), 바리, 주발周鉢

【誠】 정성精誠 성, 정성精誠(信也), 참마음, 참(眞實), 진심眞心, 순수純粹한 마음, 거짓이 없고 참된 마음(信也), 공평公平 무사無私한 마음, 참되게 하다(眞實無妄), 순전純全하다(純也), 거짓이 없다(無僞), 언행言行에 거짓이 없다, 마음을 정성精誠스럽게 가지다, 공경恭敬하다, 삼가다, 자세仔細하다(審也), 참으로(實也), 진실眞實로, 과연果然

【城】 재 성, 재(築土石所以盛民), 성城, 도읍都邑, 임금께서 계시는 곳(天子及國王居所國都), 나라, 성城을 쌓다, 구축構築하다

【性】 성품性品 성, 성품性品(中庸,天命之謂性,註,性,是賦命自然,孝經說,性者生之質也), 성질性質, 천성天性, 사물事物의 본질本質, 바탕, 오행五行, 목숨, 생명生命, 마음, 모습, 자태姿態, 남녀男女·자웅雌雄의 구별區別, 육욕肉慾(性慾), 가슴이 두근거리다(心悸)

【姓】 성씨姓氏 성, 성씨姓氏(氏系統稱), 성姓, 낳은 아들(生子), 자손子孫, 혈족血族, 일가一家, 씨족氏族, 백성百姓(民庶), 겨레, 인민人民, 시媤집 가는데 시녀侍女를 딸려 보내다

【星】 별 성, 별(萬物之精,列宿總名), 성수星宿, 오성五星, 이십팔수二十八宿의 범칭凡稱, 세월歲月, 광음光陰, 천문天文, 천체天體의 현상現狀, 천문학天文學(星學), 요직要職의 벼슬아치

【惺】 영리怜悧할 성, 영리怜悧하다, 똑똑하다(惺憁,了慧), 슬기롭다, 깨다(悟也), 깨닫다(悟也), 사물事物의 도리道理를 알다, 조용하다(靜也), 조용한 중中에 어둡지 않다(靜中不昧曰惺), 고요한 모양模樣, 꾀꼬리의 울음소리, 주사위

【腥】 비릴 성, 비리다(臭也), 더럽다(穢也), 날고기(凡肉未熟曰腥), 기름(凡膏亦曰腥), 닭의 기름(膏腥,鷄膏), 돼지 살에 생긴 사마귀 같은 것 따위의 군살(豕息肉,肉有如米者,似星), 돼지 혹(豕息肉,肉有如米者,似星)

【聖】 성인聖人 성, 성인聖人(於事無不通), 임금(天子尊稱), 임금에 대對한 경어敬語(天子關事之敬語), 천자天子의 존칭尊稱, 한 방면方面에 대對하여 더할 수 없이 뛰어난 사람(其道之長者), 시호諡號 법法(稱善賦簡), 성聖스럽다, 거룩하다(至聖), 지극至極하다(至極之稱), 지극至極히 높다(至尊之稱), 착하다(睿作聲), 통通하다

【聲】 소리 성, 소리(音也), 음향音響, 음성音聲, 음신音信, 소식消息, 소문所聞, 명예名譽, 말(言語), 풍류風流(樂也), 음악音樂, 사성四聲(平·上·去·入), 시호諡號 법法, 임금이 가르침, 탄식歎息하는 따위의 소리, 소리를 내다(出聲), 단음單音을 지르다, 베풀다(宣也)

【省】 살필 성, 살피다(察也,審也), 보다(視也), 살펴보다, 조사調査하다, 비교比較하다, 깨달

다(悟也), 분명分明하게 알다, 밝다(明也), 분명分明하다, 잘하다(善也), 안부安否를 묻다, 점占치다, 허물(過也), (덜 생) 덜다(簡也,少也), 줄이다, 없애다

## 〔세〕

【世】 대代 세, 대代, 대수代數(代也), 한 대代(父子相繼爲一世), 한 세대世代, 서른 해(三十年間), 백년百年(百年爲一世紀), 역대歷代, 때, 시세時勢, 인간人間, 인간人間 세계世界, 세상世上, 평생平生, 맏

【歲】 해 세, 해(年也), 일년一年, 새해, 신년新年, 시일時日, 세월歲月, 광음光陰, 나이, 연령年齡, 신념信念, 감탕甘湯나무(檍也), 별 이름(星名), 곡식穀食이 익다(年穀之成)

【勢】 형세形勢 세, 형세形勢, 형편形便, 기세氣勢, 위세威勢, 위력威力, 권세權勢(權力), 힘, 활동력活動力, 맵시(姿勢), 무리, 인중人衆, 불알(外腎)

【細】 가늘 세, 가늘다(微也), 잘다, 세밀細密하다(密也), 자세仔細하다, 작다(小也), 미미微微하다, 번쇄煩碎하다, 천賤하다, 좀스러운 놈(奸細)

【稅】 세금稅金 세, 세금稅金(租也), 구실(租也), 거두다(斂也), 징수徵收하다, 풀다, 놓다(舍也), 풀어놓다(釋也), 방치放置하다, 두다, 쉬다(稅駕,休息), 휴식休息하다, 물품物品을 사람에게 보내다(以物遺人)

【說】 달랠 세, 달래다(說誘,以言語諭人使從己), (말씀 설) 말씀(所論之辭), (기뻐할 열) 기뻐하다(懌也,喜也,服也)

【洗】 씻을 세, 씻다(滌也), 세수洗手 그릇(承水器), 대야, 맨드라미 꽃(花名), (깨끗할 선) 깨끗하다

## 〔소〕

【小】 작을 소, 작다(微也,大之對), 적다, 짧다(短也), 잘다(細也), 가늘다(細也), 시간상時間上으로 짧다, 낮다(鄙也), 지위地位가 낮다, 약弱하다, 어리다(小兒,幼兒), 젊다, 협소狹小하다(狹隘), 좁다(狹隘), 작다고 여기다(輕之), 가볍게 여기다, 첩妾(俗謂妾,小室), 작은 달(月之小,陰曆二十九日,陽曆二十八日及三十日), 고기 이름(白小,魚名)

【少】 적을 소, 적다(不多,多之對), 어리다, 젊다(幼也,老之對), 미미微微하다, 많지 아니하다, 줄다, 적어지다, 적다고 여기다(短之), 부족不足하다고 생각하다, 쇠약衰弱해지다, 약간若干, 조금, 얼마간間, 잠시暫時(少頃,有限), 버금

【肖】 꺼질 소, 꺼지다, 없어지다, 잃다, 녹다, 쇠약衰弱하다(微也), 흩어지다(失散), (닮을

초) 닮다(類也<sub>유 야</sub>), 같다(似也<sub>사 야</sub>)

【消】 사라질 소, 사라지다(滅也<sub>멸 야</sub>), 없어지다, 닳아 없어지다(消耗<sub>소 모</sub>), 보이지 아니하게 되다, 쇠쇠하다, 약弱해지다, 다하다(盡也<sub>진 야</sub>), 망亡하다, 불을 끄다, 해지다(敝也<sub>폐 야</sub>), 쓰다, 줄다, 빠지다, 모자라다, 남몰래 행行하다, 풀리다(解也<sub>해 야</sub>), 소갈消渴

【宵】 밤 소, 밤, 야간夜間(夜也<sub>야 야</sub>), 벌레 이름(蟲名,宵行<sub>충 명 소 행</sub>), 생초生綃, 생명주生明紬, 작다(小也<sub>소 야</sub>), 닮다

【霄】 하늘 소, 하늘(天上<sub>천 상</sub>), 구름 기氣(雲氣,近天氣<sub>운 기 근 천 기</sub>), 태양太陽 곁에 나타나는 운기雲氣(日旁氣<sub>일 방 기</sub>), 진눈깨비, 능소화陵霄花

【笑】 웃을 소, 웃다(喜而解顔啓齒<sub>희 이 해 안 계 치</sub>), 빙그레 웃다(小笑貌<sub>소 소 모</sub>), 기뻐서 웃다, 웃음꽃이 피다(喜而解顔啓齒<sub>희 이 해 안 계 치</sub>), 꽃이 피다(花笑<sub>화 소</sub>), 기쁘다(欣也,喜也<sub>흔 야 희 야</sub>), 비웃다, 업신여기다(侮之<sub>모 지</sub>), 개가 사람을 반겨 짖는 소리

【素】 흴 소, 희다(白也<sub>백 야</sub>), 소박素朴하다, 질박質朴하다, 꾸밈이 없다, 곧다(素訓爲直<sub>소 훈 위 직</sub>), 분分에 좇다(應分<sub>응 분</sub>), 비다(空也<sub>공 야</sub>), 찾다(索也<sub>색 야</sub>), 미리 계획計劃을 하다(豫也<sub>예 야</sub>), 흰 빛깔의 비단緋緞(白緻繒<sub>백 치 증</sub>), 무늬가 없는 피륙, 한 빛깔의 무늬가 없는 피륙, 생명주生明紬, 생초生綃(生帛<sub>생 백</sub>), 흰빛, 근본根本, 바탕(本也<sub>본 야</sub>), 본本바탕, 원료原料, 무늬가 없음(無文<sub>무 문</sub>), 모든 물건物件이 꾸밈이 없음(凡物無飾<sub>범 물 무 식</sub>), 비록 지위地位는 없어도 실實속이 있음(雖無位而有實<sub>수 무 위 이 유 실</sub>), 처음(本始<sub>본 시</sub>), 본本디(本也<sub>본 야</sub>), 본시本始, 옛(舊故<sub>구 고</sub>), 원래元來, 진실眞實로(誠也<sub>성 야</sub>)

【所】 바 소, 바, 곳(處所<sub>처 소</sub>), 일정一定한 곳이나 지역地域, 어떤 일을 처리處理하는 곳, 장소場所를 세는 단위單位, 자리, 위치位置, 지위地位, 경우境遇, 관아官衙, 임금이 일시一時 머무는 곳(行在所<sub>행 재 소</sub>), 나무 베는 소리(伐木聲<sub>벌 목 성</sub>), 울리다(伐木聲<sub>벌 목 성</sub>)

【訴】 하소연할 소, 하소연하다(告也,寃枉<sub>고 야 원 왕</sub>), 원통冤痛함을 호소呼訴하다, 송사訟事하다(訟也<sub>송 야</sub>), 고소告訴하다(告也,寃枉<sub>고 야 원 왕</sub>), 관청官廳에 고告하여 판결判決을 청청請請하다, 알리다, 고告하다, 아뢰다(告也<sub>고 야</sub>), 헐뜯다(毁也<sub>훼 야</sub>), 헐뜯어 말하다, 참소讒訴하다, 변명辨明하다, 하소연, 호소呼訴, 참소讒訴, (헐뜯을 척) 헐뜯다(毁也<sub>훼 야</sub>)

【召】 부를 소, 부르다(呼也<sub>호 야</sub>), 어떤 결과結果를 가져오게 하다, 부름, 성姓(姓也<sub>성 야</sub>)

【昭】 밝을 소, 밝다(日明,明也<sub>일 명 명 야</sub>), 밝히다, 환히 나타나게 하다, 나타나다(見也,著也<sub>현 야 저 야</sub>), 현저顯著히 나타나다, 빛나다, 환히 빛나다, 보다(覩也<sub>적 야</sub>), 깨다(曉也<sub>효 야</sub>), 벌레가 동면冬眠에서 다시 깨어나다(蟄蟲,昭蘇<sub>칩 충 소 소</sub>), 밝게, 환히, 소목昭穆, 종묘宗廟의 차례茶禮(廟祭<sub>묘 제</sub>)

【邵】 고을 이름 소, 고을 이름(在河南省晉邑名<sub>재 하 남 성 진 읍 명</sub>), 땅 이름, 성姓(姓也<sub>성 야</sub>)

【蘇】 소생蘇生할 소, 소생蘇生하다(死更生<sub>사 갱 생</sub>), 깨다, 깨어나다, 잠에서 깨다, 깨닫다(覺也<sub>각 야</sub>), 쉬

다(息也), 향向하다, 향向하여 가다, 풀을 베다(取草), 쥐다(取也), 검불(芥草), 땔나무
(薪也), 차조기(桂荏), 꿀풀과科에 딸린 하루살이 풀, 술(流蘇)

【疎】 소통疏通할 소, 소통疏通하다, 트다, 트이다, 막힌 것이 트이다, 통通하다, 성기다(稀
也), 드물다, 멀다(遠也), 멀리하다(疏遠), 멀어지다, 친親하지 아니하다, 쓰다, 적다,
기록記錄하다, 그리다(畵也), 새기다(刻也), 조목별條目別로 써서 진술陳述하다, 상소
上疏하다, 거칠다(麤也), 험險하다, 고르지 못하다(不平), 서투르다, 우활迂闊하다, 늦
다, 길다, 크다(大也), 펴다(布也,布陳), 다스리다(治也), 뿌리다(布散), 나누다(分也),
나뭇가지 잎이 우거지다(枝葉盛貌), 주註, 주석註釋, 먼 친척親戚, 갈퀴(杷也), 맨발(徒
跣), 의복衣服이 훌륭한 모양模樣(衣服盛貌), 문체文體 이름

【掃】 쓸 소, 쓸다(拚除,如掃地也), 비로 쓸다, 버리다(棄也), 제거除去하다, 정토征討하다,
멸망滅亡시키다, 쓰다, 붓을 휘두르다, 상투(䯻名)

【騷】 떠들 소, 떠들다, 떠들썩하다, 시끄럽다(擾也), 긁다, 말을 긁어주다(摩馬), 말을 쓰다
듬다(摩馬), 발을 절다(蹇也), 근심하다, 처량凄凉하다, 소동騷動(動也), 서두르는 모양
模樣(急疾貌), 근심(愁也), 운문韻文의 한 체體, 시부詩賦, 풍류風流, 늘어져 나부끼는
모양模樣(飄揚下垂貌)

【燒】 사를 소, 사르다, 불사르다, 불태우다, 불 때다(焚也), 불 놓다(放火), 타다, 익히다,
불에 쬐어 익히다, 굽다(燔也), 안달하다, 들불(野火), 야화野火, 들에 놓은 불

【巢】 새집 소, 새집, 나무 위에 집을 짓고 삶과 땅 속에 굴窟을 파고 삶(巢窟), 악당惡黨이
나 도둑 떼의 집(巢窟), 깃들다(鳥在木上), 보금자리를 짓다, 모이다, 모여서 무리를
이루다

## 〔속〕

【俗】 풍속風俗 속, 풍속風俗, 풍습風習, 보통普通, 범용汎用, 사회社會(世人,僧之對), 세상
世上, 세상世上 사람, 출가出家하지 않은 사람, 버릇, 속俗되다(不雅), 익히다(習也),
잇다, 하고자 하다(欲也), 바라다

【束】 묶을 속, 묶다(縛也), 매다, 잡아매다, 동여매다, 단으로 동여매다, 띠를 매다, 다발을
짓다, 얽다(縛也), 결박結縛하다, 삼가다, 약속約束하다, 잡도리하다, 합合치다, 묶음
(束薪)

【速】 빠를 속, 빠르다(疾也), 빨리하다, 부르다(召也), 초청招請하다, 삼가다, 비루鄙陋하다,
빨리, 친밀親密하게 가까이하지 않는 모양模樣(不相親附之貌), 사슴의 발자국(鹿之跡)

【續】 이을 속, 잇다(繼也), 뒤를 잇다, 연連하다, 이어지다, 붙다(猶屬), 계속繼續, 공功, 공적功績

【粟】 조 속, 조(黍屬,嘉穀實,極小), 벼, 녹미祿米, 곡식穀食(穀類,米有殼者), 겉곡식穀食, 찧지 아니한 곡식穀食, 오곡五穀의 총칭總稱, 녹祿, 군량軍糧, 모래(沙也), 소름(體觸寒所生顆粒者), 좁쌀알 같이 작다(形小似粟粒)

【屬】 무리 속, 무리(類也,儕等), 붙이(親眷), 살붙이, 혈족血族, 친척親戚(九族), 동아리, 한 패牌, 하급下級 관리官吏, 동관同官(官僚), 벼슬아치, 종(隷也), 마침(適也), 붙이다(附也), 좇다(從也), 뒤따르다, 수행隨行하다, 복종服從하다, 거느리다(部曲), 엮다, 글을 짓다, 글을 잘 엮다(善屬文), (이을 촉) 있다

〔손〕

【孫】 손자孫子 손, 손자孫子(子之子), 자손子孫, 후손後孫, 새싹, 움, 겸손謙遜하다, 공손恭遜하다, 순종順從하다, 움돋다(物再生,如稻孫), 달아나다, 도망逃亡하다, 숨다(遁也)

【損】 덜 손, 덜다(減也), 줄다, 줄이다, 감소減少하다, 잃다(失也), 손해損害를 보다, 떨어지다(貶也), 상傷하다, 상傷하게 하다, 해害치다, 괘卦 이름

【巽】 손괘巽卦 손, 손괘巽卦(柔順卑下之象), 8괘卦의 하나, 동남東南쪽, 유순柔順하다, 공손恭遜하다, 사양辭讓하다, 부드럽다(柔也), 낮은 체하다(卑也)

〔솔〕

【率】 거느릴 솔, 거느리다(領也,將也), 이끌다, 앞서다(先也), 좇다(遵也,循也), 복종僕從하다, 준봉遵奉하다, 따르다, 지키다, 행行하다, 실행實行하다, 의거依據하다, 거칠다, 거칠고 사납다, 가벼운 모양模樣, 갑자기(率然), (비율比率 률) 비율比率

【帥】 거느릴 솔, 거느리다(率也,統也,領也), 좇다(循也), 따르다, 모이다(聚也), 준수遵守하다, 차는 수건手巾(佩巾), (장수將帥 수) 장수將帥, 통솔자統率者, 인솔자引率者

〔송〕

【松】 소나무 송, 소나무, 솔(百木之長), 향香풀(甘松,香草名)

【訟】 송사訟事할 송, 송사訟事하다(爭獄), 고소告訴하다(爭曲直于官有司), 다투다(爭也), 시비곡직是非曲直을 다투다, 재물財物을 다투다, 죄罪를 다투다, 글을 올려 억울抑鬱한 죄罪를 하소연하다, 상소上訴하여 남의 억울抑鬱함을 풀어주다(上書爲人雪冤), 호소呼

訴하다, 드러내다(公也), 글로 하소연하다, 말다툼하다(言相爭不定), 꾸짖다(責也), 논 쟁論爭, 괘卦 이름, 64괘卦의 하나

【頌】 기릴 송, 기리다(稱述), 칭송稱頌하다, 성덕聖德을 칭송稱頌하여 신명神明에게 고고告하 는 글(詩六儀之一), 시詩의 육의六義의 한 가지, 문체文體의 하나(文體之一), 점사占辭 (占兆之詞)

【送】 보낼 송, 보내다(遣也), 사람을 보내다, 물품物品을 보내다(將也), 전송餞送하다, 바치 다, 다하다, 쫓다, 물러나게 하다, 전송餞送, 사람을 떠나보내는 일, 선물膳物, 활을 잘 쏘는 모양模樣(善射之貌)

【誦】 외울 송, 외우다(諷也), 암송暗誦하다, 읊다(以聲節之), 읽다(讀也), 말하다, 여쭈다, 논 의論議하다, 헐뜯다(怨謗)

【宋】 송宋나라 송, 송宋나라, 춘추시대春秋時代의 열국列國의 하나, 살다(居也), 쓸데없이 착하다(宋襄之仁,無用之善), 성姓(姓也)

〔쇄〕

【刷】 쓸 쇄, 쓸다(淸也,掃除), 긁다(括也), 털다, 닦다(拭也), 씻다, 솔질하다(理馬毛), 청결淸 潔히 하다, 쓰다듬다, 없애버리다, 문지르다, 박다, 인쇄印刷하다, 찍다, 솔, 쇄모刷毛

【鎖】 자물쇠 쇄, 자물쇠(門鍵), 수갑手匣, 쇠사슬(長鎖), 잠그다(閉也,封鎖), 닫아걸다, 꼭 막 다, 매다(繫也)

【殺】 감減할 쇄, 감減하다(減削), 줄이다, 덜다, 차례次例로 덜다(等差), 약弱해지다, 쇠衰 하다, 생략省略하다, 굳은살을 도려내다(剞也), 저미다, 빠르다(疾也), 내리다(降也), 새 깃이 모지라진 모양模樣(毛羽敝), 소리(音也), (죽일 살) 죽이다(戮也)

〔쇠〕

【衰】 쇠衰할 쇠, 쇠衰하다, 약弱해지다, 쇠약衰弱하다(弱也), 쇠잔衰殘하다(浸微), 모손耗損 하다(耗也), 세력勢力이 없어지다, 작아지다, 적어지다(減也), 줄다, 줄이다(殺也), 작 다(小也), 여위다, 늙다, 게으르다, 차差, 등차等差, (상복喪服 최) 상복喪服, (줄 최) 주다, (도롱이 사) 도롱이

〔수〕

【水】 물 수, 물(水者地之血氣,如筋脈之通流), 내(河水), 물의 범람氾濫, 홍수洪水, 큰물(水

災), 오행五行의 하나, 고르다(準也,象衆水竝流)

【手】 손 수, 손(脂也,所以執持), 손가락, 팔, 어깨에서 손가락 끝까지의 부분部分, 사람(手上,手下), 솜씨, 기량技倆, 수단手段, 방법方法, 계략計略, 힘, 도움이 될 힘이나 행위行爲, 손수, 스스로, 쥐다, 잡다(執器), 손으로 잡다, 가지다(持也), 치다(擊也), 손바닥으로 치다, 능能하다(技藝長者,選手), 손수하다(須也,事業所須)

【守】 지킬 수, 지키다(護也), 방어防禦하다, 보호保護하다, 지켜보다(視也), 보살피다(主管其事), 감시監視하다, 상태狀態를 그대로 계속繼續 유지維持하다, 맡다(受而掌之), 관장管掌하다, 거두다(收也), 직무職務, 직책職責, 임무任務, 정조貞操, 지조志操, 벼슬 이름

【狩】 사냥 수, 사냥, 겨울 사냥(犬田,冬獵爲狩,守同,冬獵), 파수把守 보는 곳(受官命守地,卽任地), 군사軍事를 조련調練하는 일, 임소任所, 임지任地, 순행巡幸하다(巡也), 사냥하다, 겨울에 짐승을 몰이하여 잡다(狩,圍守也,冬物畢成獲,則取之無所擇), 불을 질러 포위包圍하여 짐승을 잡다(火田爲狩)

【收】 거둘 수, 거두다(斂也), 수확收穫을 얻다, 거두어들여 정리整理하다, 받아들이다, 모으다(聚也), 징수徵收하다, 추렴斂하다(出斂,當有事之時,則收斂之), 취取하다, 잡다(捕也), 붙들다, 긷다, 물을 긷다, 그만두다, 그치다, 쉬다(猶息), 떨치다(振也), 정제整齊하다, 수확收穫, 수확물收穫物, 수레 뒤턱나무(車軫)

【數】 셀 수, 세다(計也), 계산計算하다, 헤아리다, 생각하다, 책責하다, 책망責望하다, 죄목罪目을 하나하나 들어 책망責望하다, 셈(算數), 산법算法, 일정一定한 수량數量이나 수효數爻, 낱(枚也), 양量을 헤아릴 때의 수數, 기술技術, 재才주, 솜씨, 꾀, 정세情勢, 이치理致, 규칙規則, 예법禮法, 명命, 운명運命, 운수運數, 팔자八字(命數), 약간若干의, 두어(幾也), 서너너덧, 대여섯, (자주 삭) 자주(頻數), (촘촘할 촉) 촘촘하다(細也,密細)

【受】 받을 수, 받다(相付,授之對), 받아들이다, 수락受諾하다, 용납容納하다, 받아들여 쓰다, 이득利得을 누리다, 싣다, 얻다(得也), 받들다(承也), 담다(盛也), 그릇 따위에 담다, 입다(被也), 잇다(繼也)

【授】 줄 수, 주다(予也), 수여授與하다, 손수 건네주다, 가르치다, 전傳하여 주다, 내리다, 내려지다, 붙이다(付也), 받다(受也)

【叟】 늙은이 수, 늙은이(老稱), 어른(老稱), 어르신네(尊老稱), 늙은이를 부르는 존칭尊稱, 쌀 씻는 소리(淅米聲,叟叟), 촉蜀의 별칭別稱, 움직이다(搜搜,動貌)

【搜】 찾을 수, 찾다(索也), 구求하다, 고르다, 가리다, 모으다(聚也), 많다, 빠르다, 여럿의
생각(衆意), 화살이 빨리 가는 소리(矢行聲)

【嫂】 형수兄嫂 수, 형수兄嫂(兄之妻), 맏아주머니(丘嫂,長嫂), 우리나라에서는 부인婦人의
뜻으로 쓰인다, 부인婦人의 노칭老稱

【愁】 근심 수, 근심(憂也), 시름, 근심하다, 염려念慮하다, 시름겹다, 시름겨워하다, 슬프다
(悲也), 얼굴빛을 바꾸다, 원망怨望하다

【首】 머리 수, 머리(頭也), 두부頭部, 머리털, 목, 고개, 초두初頭, 첫머리(始也), 첫째, 앞,
먼저(先也), 시초始初, 맏(人之初生), 선두先頭, 우두머리(魁首), 주장主長, 향도嚮導(疏
行首者,當陣前,決開營壘,爲戰道), 임금(君也), 요령要領(衆言之本要), 칼자루(劍拊環), 편
篇, 향向하다, 머리를 향向하다, 머리를 돌리다(頭向), 비롯하다, 나타나다(標表), 머리
털이 늘어지다(頭髮下垂), 자백自白하다, 자수自首하다(有咎自進,及告人罪), 복종僕從
하다

【雖】 비록 수, 비록(詞兩設), 아무리 ~라 하더라도, 아무리 ~라 할지라도, ~일지라도, 가
령假令, 그러나, 추천推薦하다, 밀다(推也), 도마뱀붙이(似蜥蜴而大)

【誰】 누구 수, 누구(不知其名), 아무개(誰何), 어떤 사람, 무엇(何也), 옛날(昔也), 접때(昔
也), 묻다, 찾아 묻다, 누구요?(誰何,詰問), 꾸짖다(譙呵責讓)

【讐】 원수怨讐 수, 원수怨讐(至怨之稱), 짝(匹也), 동배同輩, 부류部類, 갚다(償也,報也), 대
거리하다(言相讐對), 응수應酬하다, 대답對答하다(猶膺,對也), 응답應答하다, 쓰다(用
也), 사용使用하다, 같다(等也), 비슷하다, 맞다(應驗), 들어난 조짐兆朕이 맞다(應驗),
합당合當하다(當也), 당當하다, 바로 잡다, 자주(數也)

【修】 닦을 수, 닦다(飭也), 고치다(修理), 바르다(正也), 손질하다, 꾸미다(飾也), 다스리다
(葺理), 배우다(學也), 길다(長竹), 책冊을 엮다(編修)

【壽】 목숨 수, 목숨(命也), 수명壽命, 나이(凡年齒), 장수長壽, 늙은이, 오래다(久也), 오래
살다, 축수祝壽하다

【秀】 빼어날 수, 빼어나다(榮也), 뛰어나다, 높이 솟아나다, 훌륭하다, 꽃이 피다, 벼꽃이
피다(禾吐華), 풀꽃이 피다(凡草皆得), 자라다, 성장成長하다, 무성茂盛하다, 아름답다
(美也), 빼어난 기운(秀氣), 지초芝草(三秀芝草), 선비(秀才), 꽃이 피고 열매를 맺지
아니하는 것

【銹】 녹綠슬 수, 녹綠슬다, 녹綠(鐵生衣), 산화철酸化鐵

【須】 모름지기 수, 모름지기(必也,命令,又決定辭), 마땅히, 반드시, 모름지기 ~하여야 하다

(必也,命令,又決定辭), 기다리다(待也), 머물러 기다리다(作宿留), 대기待期하다, 바라다, 구求하다, 쓰다(用也), 늦다(遲緩), 잠깐(須臾), 잠시暫時, 거리(資也,用也), 재료材料(資也,用也), 수염鬚髥(面毛), 얼굴의 수염鬚髥(面毛), 짐승이나 물고기의 촉수觸鬚, 깃旗대(以魚須爲旗之竿), 해어지고 더러워진 옷(須捷)

【樹】 나무 수, 나무(生植之總名), 자라고 있는 나무, 초목草木, 식물植物의 범칭汎稱, 담, 담장牆, 천자天子의 명명命으로 제후諸侯의 대代를 잇는 아들(諸侯之適子,天子命爲之嗣者), 과녁으로 만든 짐승 이름(獸名,皮樹謂皮作樹形以射之), 세우다(立也), 막다(屛也), 심다(種樹), 식물植物을 심다

【囚】 가둘 수, 가두다(拘繫獄囚), 사로잡다, 갇히다(被禁), 자유自由를 빼앗다, 죄인罪人, 갇힌 사람(罪人), 죄罪를 짓고 갇힌 사람(罪人), 포로捕虜(所鹵獲者), 인질人質다(隨身), 좇다, 뒤를 좇다, 동반同伴하다, 함께 가다(隨伴), 뒤따르다(後隨), 뒤따라 계속繼續하다(後隨), 떨어지지 아니하다(隨身), 연沿하다, 잇다, 거느리다, 몸에 지니다, 나중에 하다(後爲之), 근거根據하다, 맡기다, 허락許諾하다, 따라서(隨之), 때마다, 일마다, 발(趾也), 괘卦 이름, 64괘卦의 하나

【髓】 골수骨髓 수, 골수骨髓(骨中脂), 골(骨中脂), 뼛속에 차 있는 누른빛의 기름 같은 물질物質(骨中脂), 사물事物의 중심中心, 정화精華, 추축樞軸

【獸】 짐승 수, 짐승(四足而毛), 들짐승, 포포(腊也), 말린 고기(乾魚), 뭇 짐승 이름(四足而毛)

【竪】 더벅머리 수, 더벅머리(童僕之未冠者), 내시內侍, 세우다(立也), 서다, 곧다, 바르다, 짧다, 작다, 천賤하다, 비루鄙陋하다

【垂】 드리울 수, 드리우다(自上繼下), 물체物體가 위에서 아래로 처져서 늘어지다, 명예名譽·공적功績 등等을 후세後世에 전傳하다, 베풀다(布也), 위에서 아래에 베풀어 주다, 거의 이루어지려 하다, 남기다(殘也), 거의(將及幾也), 가(堂之盡處,近階者), 가장자리, 끝, 변방邊方, 바치는 말(表敬意時用語)

【睡】 졸 수, 졸다(坐寐眠), 앉아서 졸다, 잠자리에 들다, 자다(睡眠), 잠(睡眠), 꽃이 오므라지는 모양模樣, 꽃 이름(花名), 풀 이름(草名)

【殊】 다를 수, 다르다(異也), 같지 아니하다, 나뉘다(別也), 끊다(絶也), 끊어지다, 단절斷絶되다, 베다(誅也), 죽이다, 사형死刑에 처處하다, 죽을 지경地境에 이르다, 거의 죽어가다, 죽다(死也), 정정定하다, 결심決心하다, 결단決斷하다(斷也,決也), 다쳤어도 끊어지지 않다(傷而未絶), 지나다(過也)

420

【需】 구求할 수, 구求하다(索也), 바라다, 기다리다, 머뭇거리다(遲疑需待), 쓰다, 쓰이다, 사용使用하다, 의심疑心하다, 비가 그치다, 필요必要한 물품物品(需用), 괘卦 이름, 64괘卦의 하나

【遂】 드디어 수, 드디어(竟也), 마침내(竟也), 이루다(成也), 성취成就하다, 해내다(遂行), 뜻대로 되다(從志), 일치一致하다(稱也), 이르다, 끝내다, 마치다(盡也), 다하다, 나아가다(進也), 전진前進하다, 뻗다, 신장伸張하다, 통달通達하다, 사무치다(達也), 맞다, 적합適合하다, 나다(物生出), 키우다, 자라다(遂長), 넉넉히 갖추다(充備), 등용登用하다, 일을 전담專擔하다(擅成事), 인因하다(因也, 兩事相因而及), 망설이다(因循), 따르다(順也), 좇다(順也), 순응順應하다, 도랑(小溝), 길, 도로道路, 먼 교외郊外의 땅(鄕遂郊外地), 느릿느릿한 모양模樣(舒肆之貌)

【燧】 부싯돌 수, 부싯돌(以取火於日), 횃불, 봉화烽火(烽燧), 임금 이름(燧人氏), 햇빛이나 나무에서 불을 얻다(陽燧, 木燧)

【隧】 길 수, 길(道也), 도로道路, 통로通路, 경로經路(道也), 좁은 길(隧, 謂開小道而行避敵鈔寇), 소로小路, 수도隧道, 무덤 길(墓道, 丘隧, 羨道), 묘도墓道, 산山이나 땅 밑을 뚫어 터널 만드는 길(關地通路曰隧), 혈관血管, 구멍(高麗國左有大穴曰神隧), 북의 구멍(隧, 在鼓中窒而生光, 有似夫隧), 굴窟(隧, 若今埏道), 교외郊外, 행정구획行政區劃의 이름, 춘추시대春秋時代 인부人夫를 감독監督하는 벼슬아치의 이름(隧正, 主役徒), 풀 이름(草名, 茵類, 一名出隧, 一名蘧蔬), 땅이름(于顯, 吳地名), 현縣 이름(縣名), 돌다(轉也, 回也), 회전回轉하다, (떨어질 수) 떨어지다(與墜同, 落也), 떨어뜨리다(與墜同, 落也), 그윽하다(與邃同, 深遠), (지름길 퇴) 지름길(水, 徑也)

【邃】 깊을 수, 깊다(深遠), 깊숙하다, 으슥하고 깊다(深遠), 학문學問의 깊이가 심오深奧하다, 이치理致가 오묘奧妙하여 알기가 어렵다(邃密, 玄妙), 현묘玄妙하다, 멀다(邃古), 시간時間이 오래다

【帥】 장수將帥 수, 장수將帥, 군대軍隊의 장군將軍, 통솔자統率者, 인솔자引率者, 우두머리, 주장主掌하다(主也), (거느릴 솔) 거느리다(率也, 統也, 領也)

【輸】 보낼 수, 보내다(委輸), 나르다, 옮기다, 물건物件을 나르다, 돌아오다, 귀환歸還하다, 일러주다, 통보通報하다, 떨어뜨리다, 깨뜨리다, 부수다, 파손破損하다, 평화平和를 깨뜨리고 소란騷亂케 하다(輸平), 패敗하다, 지다, 애쓰다, 다하다(盡也), 바치다, 선물膳物하다, 헌납獻納하다, 모으다, 경혈經穴, 경맥經脈의 혈穴, 신체身體의 맥락脈絡과 급소急所(經穴), 화물貨物, 선물膳物, 승부勝負(輸贏), 옷 뒤 늘어진 것(衣之後垂者)

【隋】 떨어질 수, 떨어지다(落也,與墮同), 고기를 찢다(裂肉), 순순順順히 고기를 찢다, 묻다, 제사祭祀의 남은 음식飮食을 묻다(埋祭餘), 늘어지다, 게으르다(懈也,與墮同), 게을리하다, 길둥글다(圜而長,與橢通), 제사祭祀지낸 고기의 나머지, 타원형橢圓形, 나라 이름, 수隋나라, 성姓(姓也)

【隨】 따를 수, 따르다(從也,順也), 따라가다, 수행隨行하다, 따라가 수행隨行하다, 붙어 다니

【粹】 순수純粹할 수, 순수純粹하다(不雜), 순전純全하다(純也), 온전穩全하다(全也), 정밀精密하다, 자세仔細하다, 아름답다, 같다(同也), 오로지(專一), 불순물不純物이 없는 쌀, 신령神靈스러운 기운(靈氣), (부서질 쇄) 부서지다

【羞】 바칠 수, 바치다(進獻), 드리다(進獻), 음식飮食을 드리다(進也), 부끄럽다(恥也), 음식飮食(致滋味爲庶羞), 맛있는 음식飮食, 반찬飯饌, 부끄러움, 수치羞恥

## 〔숙〕

【孰】 누구 숙, 누구(誰也), 어느 것, 무엇, 어느(何也), 살피다(審也), 익다(歲稔), 끓여 먹다

【熟】 익을 숙, 익다(食飪), 곡식穀食·과일 등等이 익다, 삶아서 익히다(食飪), 무르다, 물러지다, 익숙하다, 익히다(練習), 이루다(成也), 무르익다(爛也), 완전完全한 경지境地에 이르다, 한도限度에 이르다, 자라게 하다, 풍년豊年들다(歲稔), 자세仔細하다(精審), 한참 보다(熟視), 상세詳細히 생각하다, 곰곰이, 자세仔細히, 한참 동안(頃久), 폭(頃久), 비로소(始也), 아름다운 말(進熟美語如成熟)

【肅】 엄숙嚴肅할 숙, 엄숙嚴肅하다(嚴威), 정중鄭重하다, 공손恭遜하다(持事振敬,戰戰兢兢), 공경恭敬하다, 머리를 숙이고 절하다(拜低頭), 읍揖하다(肅手至地), 경계警戒하다, 맑다, 차다, 춥다, 오그라지다(縮也), 추위로 오그라지다, 시들다(縮也), 나아가다(進也), 급急하다(急也), 엄정嚴正한 모양模樣(嚴正之貌), 가지런히 갖춘 모양模樣(整飭貌), 고요한 모양模樣(靜貌), 빠른 모양模樣(疾貌), 소나무 바람 소리, 새의 날개 치는 소리(鴇羽聲), 채찍 소리(鞭聲)

【叔】 아재비 숙, 아재비(伯叔季父), 아버지의 아우, 삼촌三寸, 시媤아재비, 시동생媤同生, 시숙媤叔(婦謂夫之弟), 어린이(小也,幼者稱), 형제兄弟 중中의 셋째, 콩(豆也), 젊다, 나이가 어리다, 착하다(善也), 줍다(拾也)

【淑】 맑을 숙, 맑다(淸湛), 맑고 깊다(淸湛), 정숙貞淑하다, 아름답다, 착하다(善也), 화和하다, 사모思慕하다(私淑), 경모敬慕하다, 잘, 익숙하고 능란能爛하게

【宿】 잘 숙, 자다(夜止), 묵다, 머무르다(止也), 하룻밤을 숙박宿泊하다, 드새다(夜止), 한 곳에 머물러 있다, 안심安心하고 정착定着하다, 깃들다(夜止), 살다(夜止), 편안便安하다(安也), 지키다(守也), 오래다(素也), 엄숙嚴肅하다(肅同,戒也), 번番 들다, 크다(大也), 본本디(素也), 일찍, 앞서, 미리, 머무는 집, 묵는 집, 여관旅館, 숙달熟達한 사람, 노련老鍊한 사람, 번番, (별자리 수) 별자리

〔순〕

【順】 순順할 순, 순順하다(理也), 온순溫順하다, 거스르지 않다, 차례次例가 거슬리지 아니하다(本不逆有紋), 도리道理를 따르다(理也), 남에게 거스르지 아니하다(溫順,不逆他人), 복종服從하다, 잘 복종服從하다, 좇다(從也), 잇다, 이어받다, 듣다, 화和하다, 안락安樂하다, 놓다(放也), 눈매가 예쁘다(目好), 즐기다, 기뻐하다(安樂,喜也), 물러가다(退也), 차례次例, 순서順序

【純】 순수純粹할 순, 순수純粹하다(精也), 순전純全하다, 섞임이 없다, 마음씨가 순전純全하다(純一), 온화穩和하다, 착하다(謂中外皆善), 좋다(精好), 두텁다(猶篤), 크다(大也), 오로지(專也), 모두(猶皆), 생사生絲, 실(絲也), 순색純色의 비단緋緞

【淳】 순박淳朴할 순, 순박淳朴하다(樸也), 순실淳實하다(樸也), 맑다(淸也), 인정人情이 도탑다, 씻어 깨끗하게 하다(淳濯,沃也), 크게 밝히다(淳濯,大也), 물을 대다, 땅이 메마르다, 크다, 짠 땅(鹹也,淳鹵,埆薄之地), 병거兵車의 한 짝(兵車之耦曰淳), 흘러 움직이는 모양模樣(淳淳,流動貌)

【鶉】 메추라기 순, 메추라기(鵪鶉), 순화醇化, 군데군데 기운 해진 옷(鶉服,鶉衣), 별 이름, 거소居所가 일정一定하지 않다(鶉居), 자웅雌雄이 나란히 날다(鶉飛), 정성精誠 어린 가르침에 감화感化되다(醇同), 아름답다

【旬】 열흘 순, 열흘(十日爲旬), 열흘 동안, 십년十年, 열 번番, 돌다, 한 번番 돌다, 차다, 꽉 차다, 해가 차다(猶言滿歲), 가득하다(滿也), 고르다(均也), 골고루 미치다, 두루(徧也)

【荀】 풀 이름 순, 풀 이름, 풀(草也), 나라 이름(國名), 사람의 이름(荀子,人名), 주周의 제후諸侯의 이름, 성姓(姓也), 책冊 이름(荀子,書名)

【殉】 따라 죽을 순, 따라 죽다(用人送死), 죽은 이를 따라 죽다, 목숨을 바치다, 일을 위爲하여 죽다(凡以身從物), 좇다(從也), 경영經營하다, 구求하다, 탐貪하다

【循】좇을 순, 좇다(自也,率循,行順), 따르다, 따르게 되다, 뒤따르다, 뒤를 밟아 따르다, 복종僕從하다, 의지依支하다(依也), 의지依支하여 가다, 돌다(旋繞往來), 빙빙 돌다, 돌아다니다(巡也), 주저躊躇하다, 머뭇거리다, 어루만지다(摩也), 위무慰撫하다, 위로慰勞하다(慰安), 차례次例가 바르다, 질서秩序 정연整然하다, 잘하다(善也), 착하다, 짓다(述也), 말하다, 기력氣力이 없다(無所作爲), 차례次例, 결단決斷을 내리지 못하는 모양模樣

【脣】입술 순, 입술(口耑), 입가(口之緣), 가, 언저리, 쇠귀나물(草名), 꼭 맞다

【巡】돌 순, 돌다, 순행巡幸하다, 임금이 그 영토領土 안을 돌다, 벼슬아치가 그 관할管轄 구역區域 안을 돌아보다, 여러 곳을 빙 돌다, 파수把守보다, 어루만지다, 두루(徧也), 순찰巡察을 도는 모양模樣(視行貌), 굽실거리는 모양模樣(卻退之貌)

【舜】순舜임금 순, 순舜임금, 나팔꽃(蔓地連花), 무궁화無窮花(木槿), 뛰어나다

【瞬】눈 깜짝일 순, 눈을 깜짝이다(目自動), 눈 깜짝할 사이, 잠깐 사이(瞬息,須臾)


〔술〕

【述】지을 술, 짓다(著述), 찬술纂述하다(纂人之言), 편수編修하다, 글로 표현表現하다, 서술敍述하다, 해석解釋하다, 말하다(敍述), 설명說明하다, 진술陳述하다(陳也), 잇다(循也), 좇다(循也), 닦다

【術】꾀 술, 꾀(技術), 재주, 기술技術, 술법術法, 술수術數(陰陽卜筮家等術法), 계략計略, 수단手段, 방법方法, 일, 업業, 사업事業, 학문學問, 도道, 길, 통로通路, 마을 안의 길(邑中道), 촌村길, 규칙規則, 법칙法則, 자취(迹也), 마음씨, 심술心術을 부리다

【戌】개 술, 개(犬也), 구월九月, 열한 번째 지지地支, 마름질하다, 정연整然하여 아름답다


〔숭〕

【崇】높을 숭, 높다, 산山이 높다(嵬高), 높게 하다, 귀貴하다(高貴), 중重히 여기다(重也), 존중尊重하다, 공경恭敬하다, 높은 지위地位를 주다, 쌓아 올리다, 차다, 차게 하다, 채우다(充也), 모으다(聚也), 모이다, 마치다(終也), 끝나다, 이루다(就也), 악기樂器를 꾸미다(崇牙,樂器飾), 높이


〔슬〕

【虱】이 슬, 이(齧人蟲), 반풍자半風子, 쇠 이(牛虱,在牛身上), 돼지 이(豕虱), 개 이(狗虱),

물 여우(沙虱), 참깨, 검은 깨, 폐해弊害, 관官이 끼치는 폐해弊害를 이에 비유譬喩한 말, 蝨과 동자同字, 섞이다, 잡거雜居하다

## 〔습〕

【習】 익힐 습, 익히다(學者以時誦習之), 날기를 익히다(學習數飛), 새 새끼가 나는 법法을 익히다, 되풀이하여 행行하다, 연습練習하다, 배우다, 닦다, 숙달熟達하다, 익다(慣也), 손에 익다(慣也), 통효通曉하다, 물들다, 옮다, 가까이하다(近習,狎也), 친압親狎하다, 인인하다(因也), 거듭(重也)

【拾】 주울 습, 줍다(掇也), 집다(掇也), 습득拾得하다, 거두다(收也,斂也), 칼집, 팔찌(射鞲), (열 십) 열(十同)

【濕】 젖을 습, 젖다(幽溼), 축축하다, 언덕 밑이 축축하다(坂下溼), 습기濕氣, 우로雨露, 소의 귀가 벌룩거리는 모양模樣(牛動耳貌)

【襲】 엄습掩襲할 습, 엄습掩襲하다(掩其不備) 불의不意에 쳐들어가다, 무턱 대놓고 빼앗다, 인인하다(因也), 잇다(因也), 받다, 물려받다(受也), 계승繼承하다, 겹치다, 포개다(重也), 옷을 입다(服也), 옷을 껴입다(重衣), 들어가다, 되풀이 하다, 반복反覆하다, 붐비다, 합치合致하다, 거듭(重也), 벌, 옷 한 벌(上下皆具), 갖추어진 옷을 세는 단위單位, 왼쪽 깃의 앞부분部分(左袵袍)

## 〔승〕

【承】 이을 승, 잇다(繼也), 계승繼承하다, 받다(受也), 받아들이다, 받들다(奉也), 밑에서 받아 올려 들다(下載上), 공경恭敬하여 높여 모시다, 가르침·명령命令·지시指示·의도意圖 등等을 받들다, 돕다(左也), 그치다(止也), 장가들다, 다음(次也), 주柱춧돌(石承,屋柱下石)

【乘】 탈 승, 타다(跨也), 오르다(登也), 기회機會 따위를 이용利用하다, 이기다(勝也), 다스리다(治也), 업신여기다, 멍에하다(駕也), 인인하다(因也), 곱하다(倍算), 수레(車也), 대臺, 탈 것, 한 쌍雙(雙也), 둘 한 쌍雙, 넷 한 쌍雙, 네 필匹의 말, 사마駟馬, 역사歷史, 역사歷史의 기록記錄, 사기史記, 간략簡略한 족보族譜(家乘), 불법不法

【升】 되 승, 되(量名,十合), 곡식穀食·액체液體의 분량分量을 재는데 쓰는 그릇, 용량容量의 단위單位, 새(布八十縷), 피륙의 날을 세는 단위單位, 괘괘 이름, 주역周易의 64괘괘의 하나, 오르다(登也,降之對), 올리다, 나아가다(進也), 번성繁盛하다, 익다(熟也), 이

루다(成也), 태평泰平하다(民有三年之儲)

【昇】 오를 승, 오르다(日上), 해가 떠오르다(日上), 높은 곳에 오르다, 높은 지위地位에 오르다, 벼슬·지위地位 등等이 오르다, 올리다, 위계位階를 올려 주다, 평평平平하다(平也), 태평泰平하다, 죽다

【陞】 오를 승, 오르다(上也,進也,登也,躋也), 올리다(上也,進也,登也,躋也), 나아가다, 전진前進하다, 관위官位에 오르다, 성姓(姓也)

【勝】 이길 승, 이기다(負之對), 승부勝負를 겨루어 이기다, 낫다(優過之), 뛰어나다, 훌륭하다, 들다(擧也), 더하다(加也), 견디다(堪也), 맡기다(任也), 억누르다, 모두, 온통, 뛰어난 것, 훌륭한 곳, 화관花冠(婦人首飾), 오디새(鳥名,戴勝)

【僧】 승려僧侶 승, 승려僧侶, 중(沙門), 불도佛道를 닦는 사람, 마음이 편便한 모양模樣, 큰 것의 비유譬喩

【繩】 줄 승, 줄, 새끼, 노(索也), 먹줄(繩墨), 법法, 법도法度, 끊이지 않는 모양模樣(繩繩,不絶貌), 잇다(繼也), 바루다, 바로 잡다(本不正者以繩正之), 다스리다, 곧다(直也), 기리다(譽也), 아름답다(徽也), 경계警戒하고 삼가다(戒愼)

## [시]

【示】 보일 시, 보이다(垂示), 알리다(語也,以事告人), 가르치다, 보다(視通), (지신地神 기) 지신地神

【視】 볼 시, 보다(瞻也), 똑똑히 보다, 바라보다, 우러러보다, 조사照査하여 보다, 자세仔細히 살피다(審是非), 대우待遇하다(看待), 대접待接하다(看待), 문안問安하다, 밝다(明也), 견주다(比也), 본本받다(效也), 들이다(猶納), 맡아 보다, 돌보다, 기르다, 주관主管하다, 토끼(兎異稱), 산山 형상形象(山形)

【始】 비로소 시, 비로소(初也), 최초最初에, 바야흐로(方也), 비롯하다, 시작始作하다, 처음(初也), 시간時間이나 순서順序의 맨 앞, 근본根本, 근원根源

【時】 때 시, 때(辰也,十二時), 철, 시時, 세世, 대代, 연대年代, 하루의 구분區分, 일년一年의 구분區分, 나달의 경과經過, 세월歲月, 기회機會, 운명運命, 운수運數, 이것, 여기, 이(是也), 때맞추다, 때를 어기지 아니하다, 맞다(中也), 적당適當한 때를 기다리다, 기약期約하다(期也), 좋다(善也), 훌륭하다, 엿보다(伺也), 때에, 때때로, 때마다

【市】 저자 시, 저자(賣買之所), 시장市場, 상품商品을 사고파는 시장市場, 장사, 거래去來, 매매賣買, 물가物價, 시가市街, 번화繁華한 곳(繁華街), 인가人家가 많은 번화繁華한

곳, 행정行政 구획區劃의 단위單位, 팔다(賣也), 사다(買也), 흥정하다(賣買), 벌다(利也), 구求하다(求也), 취取하다(取也)

【施】 베풀 시, 베풀다(設也,張也), 주다(與也), 어떤 일을 차려서 벌이다, 행行하다, 시행施行하다, 퍼지다, 널리 전傳하여지다, 짓다(猶著), 쓰다(用也), 풀리다(解也), 더하다(加也), 고치다(改易), 옮다, 옮아가다, 놓다(捨也), 기울다, 서西쪽으로 기울다, 기旗가 기울어지다(旗貌,旗之逶迤), 나아가기 어렵다(難進之貌), 버리다, 유기遺棄하다, 효시梟示하다, 기시棄市하다, 은혜恩惠(恩也), 공로功勞, 안꽈 곱사등이(不能仰者)

【詩】 글 시, 글, 시詩, 귀句글(言志), 시경詩經(經書名), 뜻(志也), 풍류風流 가락(樂章), 악장樂章, 악보樂譜, 받들다(承也,持也)

【恃】 믿을 시, 믿다(賴也), 의지依支하다(仗也), 믿고 의지依支하다, 의뢰依賴하다(依也), 자부自負하다, 어머니

【侍】 모실 시, 모시다(陪側也), 좇다(從也), 기르다, 양육養育하다, 가깝다(近也), 잇다(承也), 귀인貴人을 곁에서 모시고 있는 사람

【試】 시험試驗할 시, 시험試驗하다, 시험試驗 삼아 해보다(嘗試), 조사照査하다, 점검點檢하다, 찾다, 더듬다(探也), 비교比較하다(明試,較也), 쓰다(用也), 사용使用하다, 맛보다, 간을 보다

【矢】 화살 시, 화살(弓弩矢), 소리 살(嚆矢,響箭), 산算가지(投壺之籌), 투호投壺에 쓰는 화살 모양模樣의 대산算가지, 햇빛(言其光行若射矢之所至), 똥(糞也), 곧다(直也), 바르다(正也), 맹盟세하다(誓也), 벌이다(陳也), 벌여 놓다, 베풀다(施也)

【豕】 돼지 시, 돼지(彘也), 돝(彘也), 집돼지·멧돼지 등 돼지류類를 통틀어 일컫는 말(豬豨之總名), 약초藥草 이름(藥名), 나라 이름(國名), 별 이름(星名)

【是】 이 시, 이(此也), 이것, 여기, 옳다(非之對), 옳다고 하다, 옳다고 인정認定하다, 바르다(正也), 바르게 하다, 바르다고 인정認定하다, 바로 잡다, 곧다(直也), 즐기다(嗜也), 대저大抵, 무릇, (가 제) 가(月邊)

【弑】 죽일 시, 죽이다, 윗사람을 죽이다(下殺上), 신하臣下가 임금을 죽이다(臣殺其君), 아비를 죽이다(子殺其父), 엿보다(伺也)

【屍】 주검 시, 주검(死人), 시체屍體(死人), 송장(死人)

【啻】 뿐 시, 뿐(不止餘如是,不啻), 다만(但也), 다만 ~뿐 아니라, 지나치게 많다(過多), 남다(餘也), 이(諟也)

【蓍】 시초蓍草 시, 시초蓍草, 비수리, 점点대, 서죽筮竹, 톱풀

【謚】 시호謚號 시, 시호謚號, 생전生前의 공덕功德을 칭송稱頌하여 추증追贈하는 칭호稱號, 시호謚號를 내리다(追贈謚號)

【猜】 시새울 시, 시새우다, 샘하다(恨賊,猜恨也), 샘내다, 시기猜忌하다(恨賊,猜恨也), 시새다, 원망怨望하다, 의심疑心 내다(疑也), 의심疑心하다(疑也), 싫어하다, 의구疑懼하다(懼也), 두려워하다(懼也), 사납다, 샘, 의심疑心

## 〔식〕

【食】 밥 식, 밥(飮屬), 쌀밥, 먹이(食物), 먹을거리, 식사食事, 밥 먹는 일, 녹祿, 질록秩祿, 제사祭祀, 일식日食, 월식月食, 헛소리, 먹다(茹也), 씹다(啗也), 음식飮食을 삼키다, 갉다, 깨물다, 새김질하다, 살다(生活), 생활生活하다, 녹봉祿俸을 받다(食祿), 술 마시다(飮酒), 받아들이다, 갈다(耕也), 현혹眩惑케 하다, 거짓말하다(吐而復呑), 속이다, 식언食言하다, 지우다(消也), (밥 사) 밥, 먹이다, 기르다

【飾】 꾸밀 식, 꾸미다(修飾), 치장治粧하다, 모양模樣을 내다, 외관外觀을 꾸미다(緣飾), 꾸며주다(施飾), 복장服裝을 차리다(飾衣), 의복衣服의 가를 꾸미다(飾緣袖), 옷에 가선縇을 둘러 수식修飾하다, 수선修繕하다, 닦다(拭也), 청소淸掃하다, 나타나다, 다스리다, 값을 비싸게 부르다(飾賈), 덮다(覆也), 덮어 가리다, 속이다, 꾸밈, 장식裝飾, 끝손질(畢飾), 병기兵器와 갑주甲冑(兵甲之屬)

【植】 심을 식, 심다(栽也), 뿌리를 땅에 묻다, 세우다(樹立), 일정一定한 곳에 근거根據를 두게 하다, 식물植物(根生之屬曰植物), 초목草木의 총칭總稱, 문門 잠그는 나무(戶植), (꽂을 치) 꽂다, 꽂아 세우다

【殖】 번식繁殖할 식, 번식繁殖하다, 번성繁盛하다, 자라다(長也), 생장生長하다, 붇다, 불어나다, 나다(生也), 기르다, 키우다, 불리다(興生財利), 불어나게 하다, 북돋아 길러 크게 하다(封殖), 학문學問이 늘어나가다(學殖), 반듯하다(平正), 젖다(地高久), 번지르르하다(地高久), 심다(種也), 세우다(立也), 심신心身의 노고勞苦로 얻은 수익收益

【識】 알 식, 알다(知也), 분별分別하다(能別識), 판별判別하다, 인정認定하다, 인식認識하다, 모르는 것을 깨닫다, 명확明確히 하다, 자세仔細히 하다, 떳떳하다(常也), 서로 낯이 익다, 사귀다(相識), 교유交遊하다, 지혜智慧, 식견識見, 아는 것, 분별력分別力, 친밀親密한 사이, 친분親分, 친지親知, (기록記錄할 지) 기록記錄하다(與誌同,記也), 적다, 기억記憶하다, 음각陰刻 문자文字(器之款鏤爲識), (기旗 치) 기旗

【息】 쉴 식, 쉬다(止也,休也), 그치다, 그만두다, 중지中止하다, 막히다(塞也), 숨 쉬다(一呼

一吸爲一息), 호흡呼吸하다, 헐떡이다(喘也), 한숨 쉬다(大聲歎,太息), 살다, 생활生活
하다, 나다(生也), 기르다, 자라다, 수고롭다(勞也), 처處하다, 호흡呼吸, 숨, 숨 한 번
番 쉬는 동안, 아이, 자식子息, 소식消息, 변邊, 이자利子

【式】 법法 식, 법法, 법규法規, 규정規程, 제도制度, 표준標準, 규격規格, 본본보기, 격식格
式, 식식, 의식儀式, 예식禮式, 절도節度, 정도程度, 양식樣式, 수레 앞 가로 막대(車
前橫木), 기준基準으로 삼고 따르다, 법法에 따르다(取法), 본본받다, 드러내다, 표창
表彰하다, 쓰다(用也), 절하다, 수레의 손잡이 나무에 기대어 절하다, 구부리다(垂而俛
首致恭), ~써, ~(으)로써

【軾】 수레 앞턱 가로 나무 식, 수레 앞턱 가로 나무(車前橫木可憑), 수레 앞턱 가로 나무
를 잡고 굽히어 절하다

〔신〕

【信】 믿을 신, 믿다(不疑), 미쁘다(不疑), 맡기다(任也), 의지依支하다(賴也), 징험徵驗하다
(驗也), 펴다, 곧게 펴다, 분명分明히 하다, 맞다(不差爽), 이틀 밤을 자다(再宿), 성실
誠實, 진실眞實, 정성精誠(慤也), 표지標紙, 증표證票, 보람(符契), 도장圖章(符契), 소
식消息, 편지便紙

【臣】 신하臣下 신, 신하臣下(事君之稱), 하인下人, 백성百姓, 신하臣下가 되어 섬기다, 두렵
다(言其擊服惶恐之辭)

【申】 펼 신, 펴다(屈伸之義,舒也), 늘이다, 알리다, 말하다, 말씀드리다, 글을 올리다, 거듭
하다(重也), 되풀이하다, 경계警戒하다, 주의注意하다, 이르다(致也), 기지개(欠伸), 완
만緩慢하고 너그러운 모양模樣(容也), 아홉째 지지地支

【伸】 펼 신, 펴다(舒也), 풀다, 맺힌 한恨을 없애다, 기지개를 켜다(欠伸), 말하다, 다스리
다(理也), 성姓(姓也)

【神】 귀신鬼神 신, 귀신鬼神, 천신天神, 하늘의 신神, 상제上帝, 하느님(天神,引出萬物者),
신명神明, 불가사의不可思議한 것, 정신精神, 혼魂,

【禮】 귀신鬼神 신, 귀신鬼神, 신神의 옛 글자字(古字)

【辛】 매울 신, 맵다(辛痛卽泣出), 쓰다, 괴롭다(取辛酸之味), 고생苦生하다, 살상殺傷하다,
새(新也), 매운 맛(葷味), 힘살을 기르는 맛(養筋之味), 천간天干 이름, 10간干의 여덟
번番째

【身】 몸 신, 몸(躬也), 몸뚱이, 신체身體, 자기自己(我也,身自謂), 나(我也,身自謂), 자신自身,
자기自己의 능력能力, 신분身分, 나이(齡也), 해(齡也), 줄기(幹也), 식물植物 줄기, 교

지교旨(告身,給符), 칙지勅旨(告身,給符), 칼날, 이익利益, 임신姙娠하다, 애를 배다(身, 重也,重爲懷孕,以身中復有一身,故言重), 몸소(親也), 친親히

【辰】 때 신, 때(辰,時也), 시각時刻, 아침, 새벽, 북극성北極星(北辰,天樞), 시대時代, 기회機會, 날(日), 택일擇日, 일진日辰, 일월日月이 교회交會하는 곳(日月合宿,謂之辰), 동남방東南方, 북신北辰, 별(星名), 해와 달과 별의 총칭總稱, 날을 받다, (지지地支 진) 지지地支, 십이지十二支의 총칭總稱

【晨】 새벽 신, 새벽(早也), 아침, 닭이 새벽 알리는 소리(鷄報時刻聲), 방성房星의 이칭異稱, 닭이 울다, 울다, 새벽을 알리다, 밝다(明也), 이르다, 펴다(伸也)

【新】 새 신, 새(初也), 새로, 새로운, 처음으로, 새롭게 다시, 새롭다, 새롭게 하다, 곱다(鮮也), 아름답다(美也), 처음

【愼】 삼갈 신, 삼가다(謹也), 삼가라 하다(禁戒詞), 조심操心하다, 정성精誠스럽다, 두려워하다, 걱정하다, 고요하다(靜也), 생각하다(思也), 이루다, 이룩하다, 진실眞實로, 참으로, 생각하는 모양模樣(凡思之貌), 짐승 다섯 살(獸五歲)

【腎】 콩팥 신, 콩팥(水臟,藏精), 오장五臟의 하나, 불알, 자지, 끌다(引也), 굳다(堅也), 단단하다

【迅】 빠를 신, 빠르다(疾也), 신속迅速하다, 뛰어넘다, 억세다(狼子有力)

【甡】 모이는 모양模樣 신, 모이는 모양模樣, 많은 모양模樣, 많은 생물生物이 함께 자라는 모양模樣, 우물쭈물하는 모양模樣, 많이 서있다(衆生竝立之貌)

## 〔실〕

【實】 열매 실, 열매(草木子), 초목草木의 열매, 씨, 종자種子, 속, 내용內容, 본질本質, 실제實際, 사실事實, 참, 참됨, 정성精誠스러움, 이(是也), 물건物件, 차다, 가득 차다(充也), 가득 차게 하다, 배다, 익다(物成實), 곡식穀食이 익다, 넉넉하다(富也), 참스럽다(誠也), 성실誠實하다, 당當하다, 실재實在하다, 이르다, 참으로, 진실眞實로

【室】 집 실, 집(宮室), 건물建物, 거처居處, 방房, 아내(夫謂婦), 가족家族, 일가一家, 구덩이(壙穴), 무덤, 종묘宗廟, 칼집(刀室)

【失】 잃을 실, 잃다(得之反), 잃어버리다, 유실遺失하다, 놓다(縱也), 놓치다, 달아나다, 그릇하다, 잘못 보다, 오인誤認하다, 잘못, 착오錯誤, 과실過失(錯也), 지나침

【悉】 다 실, 다(皆也), 모두, 남김없이, 다하다(詳盡), 궁구窮究하다(諳究하다), 다 알다(知也)

## 〔심〕

【心】 마음 심, 마음(形之君也), 뜻, 의지意志, 기분氣分, 느낌, 생각·감정感情 등等 정신精神 활동活動의 총체總體, 염통, 심장心臟, 가슴, 한가운데, 중앙中央, 도道의 본원本源, 근본根本(中也,心在身之中), 진수眞髓, 심심, 나무줄기 가운데의 연軟한 줄기, 무·배추 따위의 뿌리 속의 질긴 줄기, 가시 끝(木尖刺), 별자리 이름, 생각하다(思也)

【深】 깊을 심, 깊다(邃也), 으슥하다(邃也), 멀다(遠也), 짙다, 얇지 아니하다, 깊이 파다(濬也), 치다, 바닥을 치다, 성盛하다, 무성茂盛하다, 후厚하다, 친절親切하다, 자상仔詳하다, 생각이 깊다, 정미精微하다, 높이다(高也), 무겁다, 심甚하다(甚也), 잔인殘忍하다, 깊이, 매우, 짙은 빛깔

【尋】 찾을 심, 찾다(搜也), 보거나 만나기 위爲하여 찾다, 얻어 내려고 뒤지다, 알기 위爲하여 캐묻다, 구求하다, 궁구窮究하다, 생각하다, 잇다(繼也), 인因하다(仍也), 겹치다(重也), 번지다(浸淫), 길다(長也), 심상尋常하다, 쓰다(用也), 데우다(溫燖), 아까, 얼마 안 있어(俄也), 평소平素, 보통普通, 여덟 자(八尺)

【審】 살필 심, 살피다(熟究), 잘 따져 관찰觀察하다, 알아내다(凡鞫事), 밝히다(明也), 깨닫다, 알다(悉也), 환히 알다, 자세仔細하다(祥也), 상세詳細하다, 자세仔細히, 상세詳細하게, 만일萬一, 만약萬若, 묶음(束也), (돌 반) 돌다

【甚】 심甚할 심, 심甚하다(劇過), 정도程度에 지나치다, 깊다(深也), 두텁다, 중후重厚하다, 편안便安하고 즐겁다, 더욱 안락安樂하다(尤安樂), 매우, 더욱(尤也), 무엇(何也)

## 〔십〕

【十】 열 십, 열(一加於九數), 열 번番, 열 배倍, 전부全部, 충분充分하다(十分)

## 〔쌍〕

【雙】 짝 쌍, 짝(偶也), 쌍雙(二枚), 새 두 마리, 둘(兩也), 두 짝으로 이루어진 것, 짝수數, 우수偶數, 유류類, 유례類例, 짝이 되다, 견주다(偶比)

## 〔씨〕

【氏】 각시 씨, 각시(婦人例稱氏), 성姓, 씨氏, 성씨姓氏(氏族,姓之所分), 같은 성姓 중中에서 혈통血統의 갈래를 나타내는 말, 사람의 호칭呼稱, 작위爵位나 관직官職에 붙이는 칭호稱號, 나라 이름, 왕조王朝 이름, 제후諸侯에게 붙이는 칭호稱號, 옛날에 부인婦人

은 이름이 없고 성姓에 이 자자字를 붙여 이름을 대신代身함, 사람의 성姓이나 이름 밑에 붙여서 존칭尊稱의 뜻을 나타낸다.

## 〔아〕

【我】 나 아, 나(施身自謂也,己稱), 나 자신自身, 우리(稱父母國我,親之之詞), 나의 편便, 나의 나라, 나의 임금, 외고집固執, 갑자기(俄頃,頓也)

【兒】 아이 아, 아이(孩子), 사내아이(男曰兒,女曰嬰), 아들, 자식子息, 어버이에 대對한 아이의 자칭自稱, 남을 낮잡아 이르는 말

【牙】 어금니 아, 어금니(牡齒), 송곳니, 이의 총칭總稱, 대장기大將旗, 천자天子나 대장大將이 세우는 기旗, 아기牙旗가 서 있는 곳, 본진本陣, 이처럼 생긴 물건物件, 도와서 지켜주는 물건物件, 대장군大將軍 문門(牙門), 무기武器, 병기兵器, 악기樂器의 장식裝飾, 거간居間꾼, 깨물다(相嚙)

【芽】 싹 아, 싹(萌芽), 싹트다, 비롯하다(始也), 조짐兆朕이 보이다

【雅】 우아優雅할 아, 우아優雅하다, 우아優雅하고 아름답다, 바르다(正也), 고상高尙하다, 고상高尙하고 바르다(雅正), 맑다, 본本디, 본本디부터, 바른 말(正言), 바른 음악音樂, 시경詩經, 큰부리까마귀(楚烏), 아오雅烏새, 초오草烏

【餓】 주릴 아, 주리다(不飽), 굶주리다, 굶주리게 하다, 굶기다(使飢), 굶주림(飢也), 기아飢餓

【娥】 예쁠 아, 예쁘다(好也), 아름답다, 여자女子의 자字, 미녀美女, 미인美人, 달(月), 달의 딴 이름(嫦娥,羿妾), 순舜임금의 비妃(星娥,帝少昊母娥皇,堯女舜妻), 천녀天女(夸娥), 기생妓生(韓娥歌妓), 성姓(姓也)

【亞】 버금 아, 버금(次也), 다음(次位), 동서同壻(兩壻相曰亞), 아세아亞細亞의 약칭略稱, 가장 귀지다(岐也), 발라서 장식裝飾하다, 누르다, 흉凶하다

【啞】 벙어리 아, 벙어리(不言), 어린아이의 서투른 말, 놀래 지르는 소리(驚發聲), 까마귀 소리(烏聲), 어린아이 말 배우다(小兒學言), (웃을 액) 웃다, 웃음소리

【阿】 언덕 아, 언덕(大陵), 큰 언덕, 한 쪽이 높은 언덕(阿丘), 산山비탈, 밑바닥(邸也), 물가(水岸), 냇가, 모퉁이(曲也), 길모퉁이, 구석, 마룻대(棟也), 기둥(柱也), 유모乳母, 가지 죽죽 뻗은 모양模樣(枝條阿阿), 미려美麗한 모양模樣, 호칭呼稱, 아첨阿諂하다, 굽다, 구부러지다, 의倚하다, 아름답다

【痾】 입 알이 병病 아, 입 알이 병病, 경기驚氣, 앓다

## 〔악〕

【樂】 풍류風流 악, 풍류風流(五聲八音之總名), 음악音樂, 악기樂器, 연주演奏하다, 타다, 아뢰다, (즐거울 락) 즐겁다, 즐기다, (좋아할 요) 좋아하다(好也)

【岳】 큰 산山 악, 큰 산山(山宗), 뫼 뿌리, 긴 뿔 모양模樣(長角貌), 제후諸侯의 맹주盟主, 처妻의 부모父母

【握】 쥘 악, 쥐다(搤持), 주먹을 쥐다, 잡다, 손아귀, 수중手中, 줌(搤持), 움큼(搤持), 길이의 단위單位, (조그마한 모양模樣 옥) 조그마한 모양模樣

【渥】 젖을 악, 젖다(霑也), 윤택潤澤하다, 흡족洽足하다, 얼굴빛이 불그레하다(厚漬), 아름답다, 씀씀이가 알뜰살뜰하다, 은혜恩惠를 입다, 짙다, 두텁다, 윤潤, 윤택潤澤, 광택光澤

【齷】 악착齷齪할 악, 악착齷齪하다, 거리끼다(齷促,拘也), 구속拘束하다, 신선神仙 이름(仙人名,齷佺)

【惡】 모질 악, 모질다(不善也,善之對), 나쁘다, 악惡하다, 모질고 사납다, 추醜하다(醜陋), 보기 싫다(醜陋), 얼굴이 못 생겨서 보기에 흉凶하다, 거칠다(粗也), 못쓰다(苦惡,器物不良), 불길不吉하다, 흉년凶年들다, 죄악罪惡, 악인惡人, 나쁜 사람, 흠欠(瑕也), 잘못, 재난災難, 화액禍厄, 병病, 질병疾病, 흉작凶作, 똥(糞穢), (미워할 오) 미워하다, 부끄러워하다, (어찌 오) 어찌, 어찌하여, 어느, 어디, 아!

## 〔안〕

【眼】 눈 안, 눈(目也), 눈알, 눈구멍, 안과眼窠, 눈매, 구멍, 보는 일, 사북, 고동, 눈 툭 내밀고 큰 모양模樣(眼出大貌), 뾰족이 내민 모양模樣(突出貌), 보다

【顔】 얼굴 안, 얼굴(眉目之間), 낯, 얼굴빛, 안면顔面 표정表情, 이마(額也), 면목面目, 체면體面, 염치廉恥, 채색彩色, 빛깔, 산山의 높은 모양模樣, 나타나다, 드러나다

【岸】 언덕 안, 언덕, 기슭, 강江기슭, 물가의 낭떠러지, 물가(崖峻而水深), 층계層階, 계단階段, 섬돌(階也), 극처極處, 다한 곳(道之極至處), 옥獄, 역참驛站에 있는 옥獄, 이마를 드러내다, 이마를 내놓고 두건頭巾을 쓰지 않다, 뛰어나다, 헌걸차고 뛰어나다(雄傑), 기운차다(雄傑), 높다

【安】 편안便安할 안, 편안便安하다(危之對), 편便하다, 편안便安하게 하다, 마음이 편안便安하다(止也), 걱정 없이 좋다, 안존安存하다(靜也), 자리 잡다(位置), 즐기다(佚樂), 즐거움에 빠지다, 좋아하다, 어찌, 어찌 ~하리오(否定反語辭), 무엇(何也), 어느 곳(何

也)
안

【晏】 늦을 안, 늦다(晩也), 시간時間이 늦다, 해가 저물다, 하루해가 저물다, 편안便安하다,
만 야
안심安心하다, 편안便安히 살다, 화和하다, 화평和平하다, 화락和樂하다, 맑다, 하늘
이 맑다(天淸), 개다(無雲), 밝다(明陽), 선명鮮明하다(鮮盛貌)
천 청      무 운      명 양                선 성 모

【案】 책상冊床 안, 책상冊床(案所凭), 안석案席, 앉을 때 몸을 기대는 방석方席, 안건案件,
안 소 빙
차례次例(次第), 지경地境(界也), 소반小盤, 밥상床, 주발周鉢(食器), 글 초草 잡다(著
차 제        계 야                      식 기              저
書起義), 고찰考察하다(考也), 생각하다, 만지다, 어루만지다(撫也), 이에(於是)
서 기 의        고 야                      무 야      어 시

【按】 누를 안, 누르다(抑也), 억누르다, 제지制止하다, 그치다(止也), 어루만지다(撫也), 살
억 야                      지 야      무 야
피다(察行), 헤아리다, 생각하다, 상고詳考하다, 알아보다(考驗), 맥脈을 짚다, 증험證
찰 행                              고 험
驗하다, 당기다(控也), 잡아당기다, 들다(擧也), 다루다, 순찰巡察하다, 단속團束하다,
공 야              거 야
조사調査하다, 죄罪를 묻다, 항복降伏시키다(下也), 의지依支하다(據也), 악기樂器를
하 야              거 야
타다

【雁】 기러기 안, 기러기(鳥也), 거위, 기러기 울음소리, 가짜, 모조模造
조 야

〔알〕

【謁】 뵐 알, 뵙다(請見), 신분身分이 높은 사람을 만나다, 아뢰다(請也), 여쭈다, 사뢰다(白
청 견                                청 야                백
也), 고告하다, 알리다, 사당祠堂을 참배參拜하다, 여관旅館, 객사客舍, 명함名銜(刺
야                                                          자
名)
명

【閼】 가로막을 알, 가로막다, 멈추게 하다, 막다(遮壅,止也,塞也), 틀어막다(遮壅,止也,塞也),
차 옹 지 야 색 야            차 옹 지 야 색 야
못하게 하다, 그치다, 멈추다, 갑년甲年(太歲在甲曰閼逢), 고갑자古甲子의 갑甲(太歲在
태 세 재 갑 왈 알 봉                        태 세 재
甲曰閼逢), 별 이름(星名), 성城 이름(城名), 사람 이름(人名), (한가閑暇한 모양模樣
갑 왈 알 봉      성 명          성 명          인 명
어) 한가閑暇한 모양模樣, 한아閑雅한 모양模樣, 유장悠長한 모양模樣, (선우單于의
왕비王妃 연) 선우單于의 왕비王妃, 흉노匈奴의 왕비王妃의 호號(閼氏,匈奴皇后號),
연 씨 흉 노 황 후 호
갑년甲年(年名,甲歲雄也,漢書,作閼逢亦音焉)
년 명 갑 세 웅 야 한 서 작 연 봉 역 음 연

〔암〕

【暗】 어두울 암, 어둡다(不明), 어두워지다, 햇빛이 없다(日無光), 침침沈沈하다(深空之貌),
불 명                      일 무 광            심 공 지 모
침침沈沈해지다, 보이지 아니하다, 사리事理에 어둡다, 어리석다(愚也), 깊다(深也),
우 야      심 야
숨어 있다, 외우다(誦也), 몰래(隱密), 남이 알지 못하게, 밤, 어둠
송 야      은 밀

【闇】 닫힌 문門 암, 닫힌 문門, 잠긴 문門, 어둠(冥也), 밤(闇,夜也), 일식日蝕 및 월식月蝕
명 야      암 야 야

(闇,日月蝕), 숨는 모양模樣(隱晦貌), 어두운 모양模樣(黮闇,不明貌), 걸음이 빠른 모양模樣, 애매미(蟲名,闇蜩), 문門을 닫다(閉門), 어둡다(隱暗,冥也), 어둡게 하다, 가리다, 흐리다(隱暗), 빛이 흐리다(冥也), 어렴풋하다, 날씨가 흐리다, 어리석다(冥也), 잠잠潛潛하다(黙也), 큰물이 나다(大水至), 홍수洪水가 나다(大水至), 그윽이(幽也), 몰래(幽也), (여막廬幕 암) 여막廬幕(廬也,廬有梁者所謂柱楣,闇,治喪廬), 상제喪制가 거처居處하는 움집(廬也,廬有梁者所謂柱楣,闇,治喪廬)

【巖】 바위 암, 바위(石塊大者), 굴窟, 석굴石窟, 언덕(岸也), 낭떠러지(岸也), 벼랑, 가파르다, 산山이 높고 가파르다(高峻貌), 험險하다, 주위周圍가 어둡다

【嵒】 바위 암, 바위(山巖), 큰 돌이 연속連續되어 있는 낭떠러지(巖崿,厓大石連續形), 바위굴窟(嵒洞,石窟), 위엄威嚴 있이 서 있는 모양模樣(嵒嵒,威立貌), 땅 이름, 가파르다, 험險하다(嵒險), 높이 솟다

〔압〕

【壓】 누를 압, 누르다(鎭也), 짜다(笮也), 억누르다, 억압抑壓하다, 무너뜨리다(壞也), 막다, 가로막다, 틈을 막다(塞補)

【押】 누를 압, 누르다(按也), 내리누르다, 찍다(按也), 수결手決하다(署也), 도장圖章을 찍다, 이름을 쓰다(署也), 시詩를 지을 때 운자韻字를 달다, 두다, 압수押收하다, 잡아가두다, 관리管理하다, 거느리다(管抱), (단속團束할 갑) 단속團束하다, 검속檢束하다

【鴨】 오리 압, 오리, 집오리(小鳥,舒鳧鶩,鳬也), 여女종, 하비下婢, 물 이름(水名,鴨淥)

〔앙〕

【央】 가운데 앙, 가운데(中也), 한가운데, 중간中間, 반半, 넓은 모양模樣, 넓다(廣也), 시간時間的으로 멀다, 오래다, 다하다(盡也), 다되다, 끝장나다

【殃】 재앙災殃 앙, 재앙災殃(禍也), 신神·불佛의 질책叱責, 허물(咎也), 재앙災殃을 내리다, 벌罰을 내리다, 해害치다, 패敗하다

【仰】 우러를 앙, 우러르다(擧首望), 사모思慕하다(心慕), 존경尊敬하는 마음을 가지다, 믿다(恃也), 의지依支하다, 따르다, 기다리다(俟也), 분부分付, 명령命令

【昂】 오를 앙, 오르다, 높이 오르다, 해가 돋다(日升), 들다(擧也), 머리를 들다, 높다, 기운·감정感情 등等이 높아지다, 군자君子의 덕德이 높은 모양模樣(君子之德)

## 〔애〕

【愛】 사랑할 애, 사랑하다(仁之發), 예쁘게 여기다(憐也,寵也), 좋아하다(好樂), 사모思慕하다(慕也), 아끼다(吝惜), 친親하다(親也), 친밀親密하게 대對하다, 측은惻隱히 여기다(隱也), 사랑, 은혜恩惠(恩也,惠也)

【僾】 어렴풋할 애, 어렴풋하다, 어렴풋이 보이다(微見), 비슷하다, 방불髣髴하다, 흑흑 흐느끼다(嗚唈短氣), 흐느껴 울다, 목메다, 숨다, 돋보기(僾逮,小物爲大物,見眼鏡)

【哀】 슬플 애, 슬프다(哀傷), 슬퍼하다(悲貌), 마음 아파하다, 불쌍히 여기다(憐也), 측은惻隱히 여기다(愛也), 민망憫憫하다(悶也), 상喪, 부모父母의 상喪, 보기 흉凶한 모양模樣(醜貌)

【涯】 물가 애, 물가(水際), 물 언덕, 가, 근처近處, 어느 곳, 끝, 다하다(窮盡意)

【崖】 벼랑 애, 벼랑, 낭떠러지(水邊有垠塄), 언덕(高邊), 기슭, 물기슭, 고을 이름(珠崖,君名), 신선神仙 이름(洪崖,仙人名), 끝(無端崖之辭), 한정限定(無端崖之辭), 모, 모나다, 화합和合하지 않다(不和物曰崖岸)

【礙】 거리낄 애, 거리끼다(阻也), 가로막다(距也), 저지沮止하다, 방해妨害하다(妨也), 한정限定하다(限也), 해害롭게 하다(妨也), 그치다(止也)

【埃】 티끌 애, 티끌(塵也), 먼지, 세속世俗, 인간人間 세상世上의 일(世事,俗務), 소수小數의 단위單位

【艾】 쑥 애, 쑥(蕭也), 쑥 빛, 쑥색色(靑白色), 창백蒼白한 빛깔, 뜸쑥, 경력經歷(歷也), 늙은 이, 낫, 모양模樣(沛艾,姿容貌), 천간天干(橫艾,壬也), 산山 이름(山名), 정자亭子 이름, 성姓(姓也), 기르다(養也), 예쁘다(美好), 아름답다, 서로 보다(相視), 늙다(老也), 노인老人을 존중尊重하다(艾人,尊老), 갚다(報也), 그치다(止也), 다하다(未絶), (벨 예) 베다(芟也), 거두다(穫也), 수확收穫하다, 다스리다

## 〔액〕

【額】 이마 액, 이마(額顙), 현판懸板(題額), 편액扁額, 수량數量, 수량數量의 한도限度(分量), 일정一定한 액수額數(分量)

【液】 진津 액, 진津(盡也,盡氣,液也), 즙汁(盡也,盡氣,液也), 성姓(姓也), 소리가 끊이지 않다(淫液,謂音連延不絶之貌), (담글 석) 담그다(漬也), 녹다, 풀어지다

【厄】 재앙災殃 액, 재앙災殃(災也), 불행不幸, 사나운 운수運數, 멍에

## 〔야〕

【夜】 밤 야, 밤(日入,晝對), 천기天氣를 보는 기구器具(窺天之器), 춤추는 가락 이름(武宿夜), 성姓(姓也), 달에 제祭를 지내다(祭月)

【野】 들 야, 들(廣遠之處), 문門밖(郊外), 성城밖(郊外), 교외郊外, 벌판(廣遠之處), 민간民間, 백성百姓, 별 자리, 촌村스럽다(田野之人), 꾸밈새가 없다, 질박質朴하다(朴野), 등한等閒하다, 사리事理에 어둡다, 길들이지 아니하다(不馴), 거칠다, 상常스럽다(急切無禮), 천賤하다, 미개未開하다

【冶】 불릴 야, 불리다(鎔也), 쇠를 불리다(鎔也), 녹이다(銷也), 꾸미다, 장식裝飾하다, 단장丹粧하다(妖冶,女態裝飾), 예쁘다(妖冶,女態裝飾), 풀무(爐鑄), 대장장이(鑄匠), 갓장이, 성姓(公冶,複姓)

【也】 어조사語助辭 야, 어조사語助辭, 말을 맺음(決定辭), 응당應當, ~라(決定辭), 이르다(云也), 또(亦也), 또한, 잇달아

【耶】 어조사語助辭 야, 어조사語助辭, 어세語勢를 돕는 조사助辭, 아비(俗謂父), 아버지를 부르는 말, 움푹 파진 곳(下地), 그런가?(疑問詞), (간사奸邪할 사) 간사奸邪하다

【邪】 어조사語助辭 야, 어조사語助辭, 그런가?(疑問詞), (간사奸邪할 사) 간사奸邪하다, 어긋나다, 기울다, 치우치다

## 〔약〕

【若】 같을 약, 같다(如也), 젊다(弱通), 순順하다, 고르다, 가리다, 나물을 가리다(擇菜), 만일萬一, 가령假令, 만약萬若(若者), 그렇지 않으면, 또는, 혹或은, 및(豫及之辭), 이에(乃也), 향香풀(香草), 마른 풀(乾草), 슬기(般若), 반야般若, 절, 너(汝也), (마른 풀 야) 마른 풀

【約】 묶을 약, 묶다(纏束), 다발 짓다, 맺다(結也), 언약言約하다, 기약期約하다, 계약契約하다, 약속約束하다, 맹盟세하다(誓也), 결합結合하다, 요약要約하다, 요점要點을 얻다, 말을 줄여 하다(省約其言), 글 뜻이 깊고 요약要約되어 있다, 간략簡略하다, 따르다, 쉽다, 생략省略하다, 검소儉素하다(儉約), 곤궁困窮하다(猶窮), 단속團束하다, 그치다(止也), 유약柔弱하다, 아름답다, 언약言約, 약속約束, 조약條約, 신부信符, 병부兵符, 대개大槪, 대략大略, 대강大綱, 노(繩也), 노끈(繩也), 새끼, 고생苦生, 빈곤貧困

【弱】 약弱할 약, 약弱하다(强之對), 가냘프다(體柔弱), 나약懦弱하다(懦也), 기력氣力·체력體

437

力·능력能力·세력勢力 등等의 힘이 세지 못하다, 어리다(未壯), 젊다, 약弱해지다, 쇠
衰해지다, 쇠약衰弱해지다, 몸져눕다(委也), 패패敗하다, 죽다(喪也), 못생기다(尫劣), 침
범侵犯하다, 침노侵擄하다, 약弱한 자者, 힘·의지意志 등等이 약弱한 자者, 절름발이
(跛也)

【藥】 약藥 약, 약藥(治病草), 약초藥草, 작약芍藥, 함박꽃, 독毒, 독약毒藥, 폭약爆藥, 타는
모양模樣, 약藥을 쓰다, 고치다, 치료治療하다, 양념을 하다, 간을 맞추다

【躍】 뛸 약, 뛰다(跳躍), 뛰어오르다(上也), 물가物價가 뛰다, 뛰어넘다(距也), 뛰게 하다,
나아가다(進也), 가슴이 뛰다, 흥분興奮하다, (빠를 적) 빠르다(疾也)


[양]

【羊】 양羊 양, 양羊(反芻類家畜), 염소, 노닐다(常羊,相羊), 배회徘徊하다, 상서祥瑞롭다

【洋】 바다 양, 바다, 큰 바다(大海), 물결(瀾也), 큰 물결, 거센 파도波濤, 강江, 사물事物의
모양模樣, 외국外國, 넘치다, 가득 차서 넘치다, 물이 출렁출렁하다(水盛貌), 넓다(廣
也), 많다(多也)

【養】 기를 양, 기르다(育也), 품어 기르다(懷育), 젖을 먹이다(哺乳), 자라다(長也), 자라게
하다, 양육養育하다, 양생養生하다, 봉양奉養하다, 튼튼하게 하다, 건강健康의 증진增
進을 꾀하다, 성장成長 시키다, 사육飼育하다, 가축家畜을 기르다, 밥을 짓다, 진휼賑
恤하다, 기민饑民을 구제救濟하다, 자식子息을 낳다, 가르치다(敎也), 교육敎育하다,
치료治療하다, 병病을 고치다(治療), 회유懷柔하다, 다스리다, 양육養育, 기르는 일,
기르는 힘

【陽】 볕 양, 볕(日也), 양기陽氣(陰之對), 해(日也), 양지陽地, 볕 쪼이는 곳, 낮(謂日中時),
봄(春也), 산山의 남면南面의 땅, 내의 북안北岸, 화창和暢한 모양模樣, 따뜻한 모양
模樣, 득의得意하여 개의介意치 않는 모양模樣, 마음을 쓰지 아니하는 모양模樣(陽
陽), 밝다, 높고 탁 트이다(高明), 나타나다, 속이다

【揚】 날릴 양, 날리다(飛擧), 들날리다, 바람에 흩날리다, 들다(擧也), 쳐들다, 위로 번쩍
올리다, 까부르다(簸去糠秕), 오르다, 위로 오르다, 날다, 하늘을 날다, 피다(發也), 나
타나다(顯也), 드러나다, 알려지다, 칭찬稱讚하다(稱說), 잇다(續也), 도끼(鉞也), 부월
斧鉞, 눈썹 위아래 쪽(眉上下)

【楊】 버들 양, 버들, 갯버들(蒲柳), 버드나무, 양주楊朱의 약칭略稱, 칼(白楊,刀也)

【煬】 쬘 양, 쬐다(暴也), 불을 쬐다(對火), 구어 말리다(炙燥), 말리다, 불을 때다, 불이 활
활 붙다(火熾猛爲煬), 뜨겁다(熱也), 밥을 짓다, 쇠를 녹이다(釋金也,爍金也), 향向하다

(向也), 고기구이(炙也), (말릴 상) 말리다, 시호諡號

【樣】 모양模樣 양, 모양模樣(法也), 형상形狀, 본상本像, 상태狀態, 법식法式, 양식樣式, 본
本보기, 모범模範, 무늬, 문채文彩, 물건物件(品也), (도토리 상) 도토리, 상수리나무

【襄】 도울 양, 돕다, 조력助力하다, 옷 벗고 밭을 갈다(解衣而耕), 머리를 들다, 하다, 돌다,
운행運行하다, 옮기다, 바꾸다, 치우다(除也), 오르다(上也), 높은 곳으로 가다, 이루다
(成也), 성취成就하다, 우러르다, 탈 것(駕也)

【讓】 사양辭讓할 양, 사양辭讓하다, 남에게 양보讓步하다, 자기自己를 낮추다, 겸손謙遜해
하다, 주다, 넘겨주다(讓與), 사퇴辭退하다, 응應하지 않다, 어기다, 꾸짖다, 말로 힐
책詰責하다(詰責以辭), 사양辭讓, 절의 한 가지

【壤】 흙 양, 흙, 부드러운 흙(柔土,無塊), 비옥肥沃한 흙, 기름진 땅(肥也), 토지土地, 경작
지耕作地, 흙덩이, 땅, 대지大地, 영토領土, 국토國土, 천지天地, 티끌, 쓰레기(糞壝餘
積), 곡식穀食이 익다, 넉넉하다(富足), 아들을 사랑하다(富子), 상傷하다

【穰】 볏짚 양, 볏짚(禾莖), 벼 줄기(禾莖), 수숫대, 풀, 풍년豊年, 벼가 여물다(禾實豊), 풍년
豊年들다(凡物豊盛), 풍족豊足하다, 많다(衆也)

【禳】 제사祭祀 이름 양, 제사祭祀 이름, 재앙災殃을 더는 제사祭祀(祀除癘殃), 푸닥거리하
다


〔어〕

【魚】 물고기 어, 물고기(鱗蟲總名), 물속에 사는 동물動物의 범칭汎稱, 어부漁夫, 어업漁業,
좀(本草生久藏衣帛及書紙中), 양兩쪽 눈이 흰 말

【漁】 고기 잡을 어, 고기를 잡다(捕魚), 물고기를 잡다(捕魚), 고기 잡는 것을 업業으로 하
다(漁業), 약탈掠奪하다, 낚아 빼앗다(侵取無擇), 침략侵掠하다, 이익利益을 낚다, 여
색女色을 탐貪하다(漁色), 가리지 않고 부녀婦女를 희롱戲弄하다, 어부漁夫, 고기잡이
(漁夫), 물고기를 잡는 일

【語】 말씀 어, 말씀(語辭), 말, 이야기, 속담俗談, 어구語句, 문구文句, 소리, 가르침(敎戒),
말씨, 말 비슷한 소리, 새·벌레 따위의 우는 소리, 말하다(告人), 담화談話하다, 의사
意思를 발표發表하다, 알리다(告也), 고告하다, 설명說明하다, 의논議論하다, 대답對答
하다

【御】 어거馭車할 어, 어거馭車하다, 말을 몰다, 거느리다(統也), 지배支配하다, 다스리다,
억제抑制하다, 막다(禦也), 짐승을 길들이다, 맡다, 주장主掌하다, 모시다(侍也), 가까

이서 모시다, 권유勸誘하다, 나아가다(進也), 머무르다(止也), 마부馬夫(使馬), 어거馭
車하는 사람, 임금, 천자天子·제후諸侯에 관關한 사물事物이나 행위行爲에 붙이는 말

【禦】 막을 어, 막다(拒也), 지키다(守之), 대비對備하다, 갖추다, 맞서다, 대적對敵하다, 거
역拒逆하다, 물리치다, 당當하다, 감당勘當하다, 금禁하다, 피避하다, 그치다(止也),
제사祭祀 지내다(祀也), 재앙災殃이 없기를 빌다, 방비防備, 방어防禦

【於】 어조사語助辭 어, 어조사語助辭, ~에(句讀于也), ~에서(處所格), ~에게(與格), ~에게
서, 있어서, ~한테, 이에, 이에 있어서, 있어서 ~하다, ~보다(比較格), ~보다 더, ~
을(를)(目的格), 가다(往也), 살다(居也), 거居하다, 기대다, 의지依支하다, 대신代身하
다(代也), 어려움이 많다(多難貌) 땅이름(地名), 성姓(姓也), (탄식歎息할 오) 탄식歎息
하다(烏同隷變作於古文烏形, 今但以爲歎辭及語辭字, 遂無以爲鴉烏字者矣, 於乎皆語之韻, 絶
歎辭也), 감탄感歎하는 소리

## [억]

【抑】 누를 억, 누르다(按也), 억제抑制하다, 막다(遏也), 막히다(塞也), 핍박逼迫하다, 삼가
다(愼密), 다스리다(治也), 물리치다, 물러가다(退也), 물러나다, 굽히다, 숙이다, 억울
抑鬱하다(屈也), 마음에 맺히다, 우울憂鬱해지다, 덜리다(損也), 그치다(止也), 아름답
다(美也), 문득(發語辭), 생각하건대, 혹或은, 그렇지 않다면, 또한(亦然之辭)

【憶】 생각할 억, 생각하다(念也), 기억記憶하다, 추억追憶하다, 우울憂鬱해지다, 울적鬱寂
해지다, 생각, 기억記憶, 추억追憶

【臆】 가슴 억, 가슴(胸也), 가슴뼈, 안심(胸肉), 생각, 마음, 뜻(意也), 단술, 가득하다(滿也),
꺾다(抑也), 누르다(抑也), 기氣막히다(抑氣所塞), (마실 것 의) 마실 것, 한밤 술을 마
시다(和醴馳爲飮)

【億】 억億 억, 억億(萬之萬倍), 헤아리다(料度), 추측推測하다, 생각하다(慮也), 편안便安하
다, 이바지하다(供億), 내기하다(賭錢)

## [언]

【言】 말씀 언, 말씀(言語), 말, 언어言語, 글자字, 문자文字, 문장文章(辭章), 가르치는 말,
호령號令하는 말, 맹盟세하는 말, 꾀, 모의謀議, 말하다(宣彼此之意), 발언發言하다,
말로 나타내다(以言表現), 의논議論하다, 묻다(問也), (온화穩和하고 삼갈 은) 온화穩
和하고 삼가다

【偃】 쓰러질 언, 쓰러지다(僵也,靡也), 넘어지다, 자빠지다(僵也), 한쪽으로 기울어지다, 눕다(臥也), 엎드러지다(仆也), 그만두다, 드리워지다, 느른하다(偃蹇,困頓失志貌), 쉬다, 복종服從하다, 거만倨慢하다, 뒷간間(厠也)

【焉】 어찌 언, 어찌(安也,何也), 이에, 이에 있어서, 그리하여, ~보다, 어조사語助辭, 구조句調를 고른다, 구말句末에 놓이어 의문疑問·반어反語의 뜻을 나타낸다, 단정斷定의 뜻을 나타낸다, 말을 하지 않다(不言), 의심疑心쩍다(疑也), 이, 여기, 원년元年(焉逢, 太初元年歲名), 노란 새(焉鳥,黃色鳥), 노란 봉황鳳凰새(黃鳳), 얼룩박이 새(鳥雜色)

〔얼〕

【孼】 서자庶子 얼, 서자庶子, 첩妾의 소생所生, 움, 움돋이, 요물妖物(借爲妖孼之孼,孼,妖害), 폐폐弊, 재앙災殃, 꾸미다, 치장治粧하다(盛飾), 폐폐弊를 끼치다, 무너지다

〔엄〕

【嚴】 엄嚴할 엄, 엄嚴하다(威也), 엄격嚴格하다, 위엄威嚴이 있다, 위엄威嚴스럽다(威也), 계엄戒嚴하다, 경계警戒하다(戒也), 굳세다(毅也), 씩씩하다(壯也), 혹독酷毒하다(寒氣凜冽), 두려워하다, 삼가다, 높다(尊也), 공경恭敬하다, 임박臨迫하다, 급急하다, 바쁘다, 한기寒氣, 엄숙嚴肅함

【奄】 가릴 엄, 가리다, 덮어 가리다(覆也), 원기元氣가 막히다(精氣閉藏), 오래 머물다, 오래 보다, 크다(大有餘), 다(悉也), 모두, 함께, 문득(忽也,遽也), 갑자기(忽也,遽也), 고자鼓子, 환관宦官

〔업〕

【業】 일 업, 일(事也), 사업事業, 학문學問, 기예技藝, 직업職業, 생계生計, 생업生業, 업業(事業,創業,學業,工業,農業,商業,産業…), 기초基礎, 시작始作, 순서順序, 차례次例, 갚음의 원인原因이 되는 행위行爲, 굳센 모양模樣, 매단 종鐘 위를 덮어 꾸민 널조각, (불교佛敎) 전세前世의 소행所行에 의依하여 현세現世에서 받는 선악善惡의 응보應報, 일삼다(事之), 씩씩하다(壯也), 위태危殆하다(危也), 이미(已然), 앞서, 벌써(已然)

〔에〕

【恚】 성낼 에, 성내다(恨怒), 화火를 내다, 한恨하다(恨也), 분노憤怒

441

## 〔여〕

【如】같을 여, 같다(同也), 같게 하다, ~과 같이 하다, 따르다, 좇다, 가다(往也), 이르다 (至也), 미치다(相及), 그러하다, 어떠하다, 어찌하랴, 들다, ~와, ~과, 그러나, 그리 하여, 만일萬一(若也), 만약萬若, 장차將次, 무리, 첩妾(夫人,妾也)

【汝】너 여, 너(爾也), 대등對等한 사이나 손아랫사람에 대對한 이인칭二人稱, 물 이름, 내 이름, 고을 이름

【余】나 여, 나(我也), 자신自身, 나머지(餘也), 음력陰曆 4월月, 마래기(比余,髮之飾也), 말 이 느리다(語之舒也)

【予】나 여, 나(我稱), 주다(賜也), 손으로 건네다, 취取하다(取也), 허락許諾하다, 용서容恕 하다, 함께, 與와 같다(與同)

【餘】남을 여, 남다(饒也,饋也), 남기다(饒也,饋也), 여유餘裕가 있다, 넉넉하다, 남김없이, 죄다, 나머지(殘也), 잔여殘餘, 여분餘分, 잉여剩餘(殘餘), 나머지 수數(零數,末也), 이 외以外(餘子), 그 외外, 그 이상以上, 그 이외以外의 것, 그 밖의 것, 장남長男 이외以 外의 아들(長男以外之子), 여가餘暇, 말미, 뒤, 결말結末, 결국結局, 부여附與, 대부大 夫의 서자庶子(餘子,大夫之庶子), 나라 이름

【與】더불어 여, 더불어(以也,挾己而偕行), ~와, ~과(幷說之境遇語), 및, 함께(共也), ~에 서(於也), ~보다는(比較辭), 같다(如也), 좇다(從也), 따르다(從也), 편便을 들다, 참여 參與하다, 주다, 베풀다(施與), 펴다(舒也), 돕다(助也), 위爲하다(爲也), 좋아하다(善 也), 친親하다(親也), 화和하다(和也), 허락許諾하다(許也), 기다리다(待也), 미치다(及 也), 되다, 쓰다(用也), 세다(數也), 한적閑寂하다(閒寂貌), 모두, 다, 동아리(類也), 무 리(黨與), 동류同類, 같은 무리(類也), 오가는 모양(往來貌)

【輿】수레 여, 수레(車也,乘載也), 수레바탕(車底), 수레의 총칭總稱, 가마(兩手對擧之車), 땅, 대지大地, 천지天地(堪輿,天地之總名), 사물事物의 기초基礎(轉而物事基礎之意), 남 녀男女(兩手對擧之車), 대중大衆, 마부馬夫, 수레 모는 노복奴僕, 종, 두 사람이 마주 메는 가마, 천자天子가 타는 수레(乘輿), 거여車輿, 거상車箱, 차체車體(車上), 수레에 사람이 타거나 짐을 싣게 된 곳(車上), 수레를 만드는 사람(車以輿爲主), 싣다(載也), 메다, 짊어지다, 등에 지다(負也), 비롯하다(權輿,始也), 많다(多也,衆也)

【歟】어조사語助辭 여, 어조사語助辭(俗以爲語末之辭), 구중句中에 놓여 어기語氣를 고르 는 조자助字, 의문疑問·감탄感歎·추량推量 등等의 뜻을 나타내는 종결사終結辭, 편안

便安한 기운(安氣)

## 〔역〕

【易】 바꿀 역, 바꾸다(換也), 바뀌다, 변變하다, 새롭게 하다, 새로워지다, 교환交換하다, 고치다, 개선改善되다, 오고가다(往來), 무역貿易하다, 장사하다, 무서워 피避하다(辟也), 오경五經의 하나, 역경易經, 주역周易, 점占치는 일을 맡은 벼슬아치, 점占, 형상形象(象也), 경계境界(界也), 도마뱀, (쉬울 이) 쉽다

【逆】 거스를 역, 거스르다(迕也), 어기다(拂也), 기운이 거꾸로 올라오다(逆氣), 순종順從하지 아니하다(不順), 오는 것을 막다, 도리道理에 벗어나다(逆理), 도덕道德을 거스르고 법法을 어지럽히다(亂也), 어지러워지다, 거절拒絶하다, 반대反對하다, 대항對抗하다, 배반背叛하다, 생각하다, 미리 헤아려 추측推測하다(度也,謂先事預度之), 맞다, 마중하다, 맞이하다(迎也), 받다(受也), 맞이하여 받다(受也), 불러들이다, 미리(豫也), 사전事前에, 거꾸로(倒也), 반란叛亂, 반역자叛逆者, 허물(罪惡), 죄罪, 불운不運, 불행不幸, 천자天子에게 일을 상주上奏하는 것과 천자天子의 명命을 받드는 일(奏事上書)

【役】 부릴 역, 부리다(使役), 일을 시키다, 징역懲役하다, 일하다, 힘쓰다, 경영經營하다, 골몰汩沒하다(有所求而不止), 벌여서다(列也), 국경國境을 지키다(戍邊), 직무職務, 부역賦役, 일꾼, 종, 부림꾼(廝役), 남의 부림을 받는 사람, 관원官員, 수戍자리, 싸움(戰爭), 전쟁戰爭, 병사兵士, 사졸士卒

【疫】 염병染病 역, 염병染病(癘疫), 돌림병病, 전염병傳染病, 시환時患, 열병熱病, 온역瘟疫, 역귀疫鬼, 돌림병病을 퍼뜨리는 귀신鬼神

【亦】 또 역, 또(又也), 또한(承上之辭), 다만, 대단히, 크게(大也), 모두(總也), 좋다(好也), 좋아하다(善也)

【域】 지경地境 역, 지경地境, 땅의 경계境界, 한정限定된 일정一定한 곳이나 땅, 국토國土, 나라(邦也), 외국外國(絶域), 세계世界(域中), 묏자리(墓限曰兆域), 갈피(界局)

【譯】 번역飜譯할 역, 번역飜譯하다, 통역通譯하다, 통변通辯하다(傳譯), 뜻을 풀다, 풀이하다(釋也), 가리다, 선택選擇하다, 뜻

【驛】 역참驛站 역, 역참驛站, 역驛말(遞馬), 역마驛馬, 역관驛館, 잇닿다(絡也), 연락連絡 부절不絶하다, 연속連續되지 못하다(落驛), 타이르다(譯也,道也)

## 〔연〕

【緣】 인연因緣 연, 인연因緣(因也), 연분緣分, 연緣줄, 가선縇, 가장자리, 옷의 가선縇, 옷
가(衣緣), 물건物件의 가장자리, 묶음, 활고자活釦子의 묶음, 연유緣由하다, 말미암다,
이어 얽어매다(連絡), 좇다(循也), 따르다, 순순하다(順也), 가장자리를 꾸미다, 더위잡
아 오르다

【軟】 연軟할 연, 연軟하다, 부드럽다(柔也), 연약軟弱하다, 약弱하다(人柔弱), 輭의 속자俗
子

【研】 갈 연, 갈다(磨也), 문지르다, 연마錬磨하다(磨也), 연구硏究하다, 궁구窮究하다, 깊이
캐다

【妍】 예쁠 연, 예쁘다(美好), 곱다(麗也), 아름답다, 우아優雅하다, 총명聰明하다, 익숙하다
(精於事宜則無蚩謬也), 아첨阿諂하다(媚也)

【宴】 잔치 연, 잔치(以酒相饗), 술자리, 잔치하다, 술자리를 베풀다, 즐기다(樂也), 편안便安
하다(安也)

【燕】 제비 연, 제비(玄鳥), 잔치, 주연酒宴, 편안便安한 모양模樣(安息貌), 친親한 벗(狎朋),
나라 이름, 편안便安하다(安也), 편便히 즐기다, 쉬다(息也), 조촐하다(猶淸淨)

【淵】 못 연, 못(水出地而不流者), 소沼, 물건物件이 많이 모이는 곳, 깊다(沈也), 고요하다

【演】 펼 연, 펴다, 널리 펴다, 넓히다(廣也), 뻗다(延也), 부연敷衍하다, 설명說明하다(演說),
스며들다, 스미어 흐르다(水潛行), 멀리 흐르다, 얕게 흐르다, 윤택潤澤하다(潤也), 통
通하다(通也), 행行하다(行也), 가무歌舞·연극演劇을 하다, 희롱戱弄하다, 당기다(引
也), 긴 물줄기(長流), 물 굽이치는 모양模樣(水廻曲貌), 여울

【沿】 물 따라 내려갈 연, 물 따라 내려가다(緣水而下), 물을 따라 흐르다, 길을 따르다, 따
르다, 좇다(循也), 가, 가장자리, 언저리, 냇물이 굽이진 곳

【衍】 넘칠 연, 넘치다(水溢), 흐르다, 퍼지다(敷衍), 넓다(澤之廣者), 뻗다(無極), 무성茂盛
하다(蕃衍), 만연蔓延하다(無極), 퍼다(布也), 방자放恣하다(自恣之意), 넉넉하다(饒也),
남다, 가다, 순행巡行하다, 놀다, 아름답다(美也), 모래톱(沙行水中,有沙者), 걸찬 땅(衍
沃), 상자箱子(篋衍), 나머지

【延】 늘일 연, 늘이다, 길게 늘이다, 뻗다(長行), 뻗치다, 펴다(陳也), 늘여 놓다, 벌여 놓
다, 넓어지다, 퍼지다, 끌다, 일이나 시간時間을 미루거나 지연遲延시키다, 연장延長
하다, 오래다, 장구長久하다, 멀다(遠也), 길다(長也), 이끌다, 인도引導하다, 끌어들이
다, 맞이하다, 들이다(納也), 미치다(及也), 미치게 하다, 나아가다(進也), 물러가다(却
退), 미적거리다(遷延,淹久貌), 서리다(宛延), 거두다(稅也), 길게 굽은 모양模樣(長曲

貌), 말씀(言也)
모      언야

【然】 그러할 연, 그러하다(如是), 그렇다 하다(應言), 그렇다고 여기다, 맞다, 옳소, 허락許
        여시              응언
諾하다(許也), 불사르다(燒也), 그리하여, 그런즉, 그리고(猶而), 그러하다면, 그러나(乘
    허야      소야                    유이                          승
上接下語)
상접하어

【燃】 사를 연, 사르다, 불사르다(燒也), 불을 붙이다, 타다, 然의 속자俗子
                        소야

【煙】 연기煙氣 연, 연기煙氣(火鬱氣), 무엇이 탈 때 나오는 흐릿한 기운, 그을음, 산수山水
                        화울기
에 끼는 놀·운무雲霧 따위의 기운, 먼지, 담배, 연기煙氣가 끼다

【鉛】 납 연, 납(青金,黑錫), 분粉(鉛粉), 연분鉛粉, 백분白粉, 좇다(循也), 따르다, 따라 내려
            청금 흑석      연분                  순야
가다

【兗】 바를 연, 바르다, 단정端正하다, 믿다(信也), 참, 믿음, 끝(端也), 강江 이름, 연주兗州
                              신야          단야
(九州之一,兗州), 하夏의 구주九州의 하나, 성姓(姓也)
구주지일 연주                              성야

## 〔열〕

【熱】 더울 열, 덥다(溫也), 찌다(如火所燒熱), 뜨겁다, 더워지다, 따뜻하다, 일에 마음을 쏠
            온야      여화소소열
리다(傾心於事物), 열심熱心히 하다(熱中), 몸이 달다, 흥분興奮하다, 타다, 때를 만나
    경심어사물                  열중
권세權勢가 등등騰騰하다(逢時榮盛), 더위, 더운 기운, 덮게 하는 기운, 불길(炎氣),
                      봉시영성                              염기
열熱, 체온體溫, 정성精誠(熱誠)
              열성

【悅】 기쁠 열, 기쁘다(喜也), 즐겁다(樂也), 마음에 즐겁다, 심복心服하다, 좇다(服也), 기뻐
            희야      락야                          복야
하며 따르다, 사랑하다

【說】 기쁠 열, 기쁘다(懌也,喜也,服也), 즐겁다(樂也), 기껍다, (달랠 세) 달래다, 타이르다,
            역야 희야 복야      락야
(말씀 설) 말씀

【閱】 볼 열, 보다(觀也), 살피다, 살펴보다, 검열檢閱하다, 조사照查하다, 세다(閱數), 수효
            관야                                      열수
數爻를 낱낱이 세어 조사調查하다(具疏于門中), 점고點考하다(具疏于門中), 차례차례
                      구소우문중              구소우문중
次例次例로 거치다, 문서文書를 견주며 교감校勘하다, 간택簡擇하다(簡閱), 가리다(簡
                                                  간열          간
擇), 고르다, 뽑다, 돌보다, 모으다(合也), 점검點檢, 검열檢閱, 벌열閥閱, 공적功績 또
택                          합야
는 근무勤務의 경력經歷, 문門기둥

## 〔염〕

【炎】 불꽃 염, 불꽃(火光上,焰也), 나아가는 모양模樣(進貌), 사물事物의 모양模樣, 불타다,
            화광상 염야              진모
불이 타오르다, 태우다(焚也), 불꽃이 성盛하다(熾也), 덥다(熱也), 뜨겁다, 훗훗하다
                  분야              치야      열야
(熏也)
훈야

【焰】 불 댕길 염, 불 댕기다, 불이 붙기 시작始作하는 모양模樣, 불꽃(光也), 불빛(光也)

【染】 물들일 염, 물들이다(以繒綵爲色), 염색染色하다, 적시다(漬也), 액체液體에 담그다(漬也), 훌부들하다(柔貌), 습관習慣에 물들다(習俗所化), 전염傳染하다, 서로 화친和親해지다(染耦和諧), 그리다, 쓰다, 꼭두서니(梔茜之屬)

【鹽】 소금 염, 소금(鹹也), 소의 양兩 옆 허구리 위胃(陽鹽), 오五갈피皮(金鹽,五加皮別名), 악곡樂曲의 한 체體, 소금에 담그다, 절이다(以鹽醃物), 잔달고 번거롭다(米鹽), 부러워하다(羨望)

【厭】 싫을 염, 싫다, 싫증이 나다, 차다(滿也), 미워하다(惡也), 가득 차다, 극도極度에 달達하다, 배부르다(飽滿), 족足하다(足也), 막히다(閉藏貌), 감추다(藏之), 고요하다(安靜), 그윽하다, 아름답다(美也), 편안便安하다(安也), 도깨비(魅也), (누를 엽) 누르다, 억누르다, 따르다, 두 손을 땅에 대고 하는 절

## 〔엽〕

【葉】 잎 엽, 잎(草木之葉), 초목草木의 잎, 잎과 같이 얇은 것(物之薄如葉者), 갑甲옷의 비늘(甲葉), 대代(世也), 세대世代, 시대時代, 맨 책冊(書冊), 자손子孫, 갈래, 가지, 끝(末葉), 뽕나무, 종이를 세는 말(紙牒), 모이다(聚也)

## 〔영〕

【永】 길 영, 길다(水長也,象水巠理之長), 멀다(遠也,遐也), 공간적空間的으로 길다, 길게 하다, 오래다(久也), 오래되게 하다, 깊다(深也), 당기다(引也), 오래도록, 멀리

【泳】 헤엄칠 영, 헤엄치다(潛行水中), 무자맥질하다(潛行水中)

【詠】 읊을 영, 읊다(歌也,長言), 시가詩歌를 읊다, 시가詩歌를 짓다, 노래하다, 사물事物에 빗대어 노래하다, 새가 노래하다, 새가 재재거리다(鳥鳴), 시가詩歌

【英】 꽃부리 영, 꽃부리(華而不實者,華也), 잎(葉也), 꽃잎, 꽃받침(萼也), 꽃 장식裝飾, 창槍의 깃 치장治粧(以羽飾矛), 영걸英傑(俊千人), 영웅英雄(智出萬人), 열매가 열지 아니하는 꽃, 차돌(美石似玉者), 구름이 가볍고 밝은 모양模樣(雲貌), 전체全體를 이르는 말, 초목草木에 싹이 나다(草木生芽), 아름답다(美也), 뛰어나다, 걸출傑出하다, 소리가 곱고 성盛하다(音和盛貌)

【映】 비칠 영, 비치다(相照), 비추다, 밝다(明也), 덮다, 가리다, 숨다(隱也), 햇빛, 햇살, 미시微示

【榮】 영화榮華 영, 영화榮華, 영달榮達, 명예名譽(辱之反), 빛, 광택光澤, 혈기血氣(以氣爲衛), 봄철, 오동梧桐나무(桐木), 추녀(居梠之兩頭起者), 이름이 드러나다, 나타나다, 빛나다, 성盛하다, 융성隆盛하다, 창성昌盛하다, 한창 일어나다, 무성茂盛하다(茂也), 숲이 우거지다

【營】 경영經營할 영, 경영經營하다, 경작耕作하다, 짓다(造也), 만들다, 다스리다(治也), 헤아리다, 돌리다(周廻), 두르다, 저자(市居), 진영陣營, 오락가락하는 모양模樣(往來貌), 작은 소리(小聲)

【迎】 맞이할 영, 맞이하다(逆也,迓也), 오기를 기다려 맞이하다(待來), 마중하다(出迎), 만나다(逢也), 헤아리다, 추산推算하다, 남의 뜻을 잘 맞추어 주다(迎合), 마음으로 따르다

【影】 그림자 영, 그림자(物之陰), 물체物體에 광선光線이 비치어 나타난 그림자, 거울이나 물속에 비치어 나타난 물체物體의 형상形狀, 모습, 초상肖像, 화상畵像, 사람의 모양模樣, 도움, 덕택德澤

【盈】 찰 영, 차다(充也,滿也), 그릇에 가득 차다(滿器), 가득 차 넘치다(猶溢), 자라다, 남다(過也), 펴지다, 뜻대로 되다, 성내다(怒也), 얼굴(容也), 나머지, 잔여殘餘

【嬰】 갓난아이 영, 갓난아이(關中謂孩子曰嬰), 어린애(關中謂孩子曰嬰), 갓끈, 바리(盂也), 구슬드림(女首飾), 물·불의 요괴妖怪(九嬰,水火之怪), 산山 이름(嬰山,幷州之主山), 어리다(人生始生曰嬰), 목에 걸다, 두르다(繞也), 빙 둘러치다, 얽히다(絆也), 매다(縈也), 더하다(別作瓔,加也), 찌르다(觸也)

【瀛】 바다 영, 바다(海也), 큰 바다(大海), 못 속(澤中), 늪 속, 신선神仙이 사는 산山 이름(神山名之一), 전설상傳說上의 산山 이름

【穎】 이삭 영, 이삭(禾末,穗也), 벼 이삭(禾末,穗也), 고리(鐶也), 경침警枕, 뾰족한 끝, 송곳 끝(錐鋩), 붓끝(筆頭), 빼어나다(士才能拔類者), 훌륭하다, 성姓(姓也)

## 〔예〕

【藝】 재才주 예, 재才주(才能), 재능才能, 기예技藝, 기술技術, 글(文也), 육예六藝(禮,樂,射,御,書,數), 법도法度, 법규法規, 궁극窮極, 끝, 재才주가 있다(有藝)

【譽】 기릴 예, 기리다(稱也,聲美), 칭찬稱讚하다, 가상嘉尙히 여기다, 즐기다, 즐겁다(善聲,樂也), 바로 잡다, 영예榮譽, 시호諡號, 시호諡號 법法(諡法), 대부大夫의 효도孝道(大夫之孝)

【詣】 이를 예, 이르다(候至,造也), 절후節侯가 이르다(候至,造也), 계절季節이 돌아오다(候

至,造也), 도달到達하다(到也), 도착到着하다, 학업學業에 통달通達하다(學業沈入曰造詣), 학예學藝가 깊은 경지境地에 이르다, 가다(往也), 나아가다(進也), 방문訪問하다(訪人所), 관청官廳에 출두出頭하다(出頭于官廳), 참배參拜하다, 불사佛寺에 가다, 불사佛寺에 가서 참배參拜하다(佛寺參拜), 쐐기(蟲名), 전각殿閣 이름(殿名,以木而名), 사람의 이름(與倪通)

【豫】 미리 예, 미리(早也,逆備), 사전事前에, 진심眞心으로, 충심衷心으로, 미리 하다(素定), 미리 방비防備하다, 참여參與하다, 간여干與하다, 미치다(及也), 미리 값을 얹어 매기다, 에누리를 하다, 맡기다, 편안便安하다(安也,佚也), 즐기다, 기뻐하다(樂也,悅也), 놀다(遊也), 게으르다(怠也), 싫어하다(厭也), 괘卦 이름, 64괘卦의 하나, 큰 코끼리(象類,象之大者)

【預】 미리 예, 미리(與豫同,先也), 미리 하다, 미리 방비防備하다(豫備), 예비豫備하다, 참여參與하다, 간여干與하다(干與), 관계關係하다, 맡기다, 금품金品을 맡기다, 맡다, 미치다(及也), 놀다(遊樂), 즐기며 놀다(遊樂)

【倪】 어린이 예, 어린이, 가(際也), 끝(端也), 한도限度(限也), 어리다(弱小之稱), 돕다(俾益), 나누다(分也), 흘겨보다

【銳】 날카로울 예, 날카롭다(今凡物鐵利), 날카롭게 하다(利也), 뾰족하다(上小下大), 예리銳利하다, 예민銳敏하다, 군대軍隊가 날래고 용맹勇猛하다(精也), 날래다(精也), 재빠르다, 민속敏速하다, 나아가다, 작다(細小), 창槍끝, 칼끝, 예리銳利한 병기兵器, 까끄라기(芒也), (창槍 태) 창槍(矛屬)

【乂】 벨 예, 베다, 풀을 베다(芟草), 다스리다(治也), 어질다(賢才,俊乂)

【隷】 종 예, 종(僕隷,賤稱), 붙이, 죄인罪人, 서체書體 이름(隷書), 부리다, 붙다(附着,隷屬), 서로 마주 닿다, 따르다, 좇다, 살피다(閱也)

【穢】 더러울 예, 더럽다(惡也,汙也), 더럽히다, 거칠다(蕪也), 거친 땅, 잡초雜草

【濊】 흐릴 예, 흐리다(濁也), 더럽다(濁也), 종족種族 이름, (깊고 넓을 외) 깊고 넓다(汪也,深廣), (물 넘치는 모양模樣 회) 물 넘치는 모양模樣(水多貌), (막힐 활) 막히다(礙流)

【裔】 옷자락 예, 옷자락(衣裾), 단, 옷단, 후손後孫(後裔), 맏아들(胄也), 싹(苗裔,種類), 가(邊也), 끝(末也), 천천히 가는 모양模樣(裔裔,行貌), 뛰어 흐르는 모양模樣(裔裔,飛流之貌), 방자放恣한 모양模樣(容裔,縱肆貌)

【芮】 풀이 뾰족뾰족 날 예, 풀이 뾰족뾰족 나다, 풀이 뾰족뾰족 난 모양模樣(芮芮,草生貌),

작은 모양模樣, 물가, 방패防牌 끈, 작은 벌레 이름, 개구리자리(石龍芮), 나라 이름
(虞芮,古國名), 성姓(姓也), (나라 이름 열) 나라 이름(芮芮,國名,夷之一種)

## 〔오〕

【五】 다섯 오, 다섯(陰陽中數), 다섯 번番, 다섯 곱절, 제위帝位, 별 이름, 다섯 번番하다,
여러 번番 하다

【吾】 나 오, 나(我自稱), 자신自身, 당신當身, 그대, 글 읽는 소리(讀書聲,伊吾), 차축車軸,
막다(禦也), (소원疏遠할 어) 소원疏遠하다, 친親하지 않다

【悟】 깨달을 오, 깨닫다(覺也), 깨우치다, 체득體得하다, 도리道理를 체득體得하다, 알다,
진리眞理를 알다, 계발啓發하다, 총명聰明하다(啓發人), 깨달음, 깨닫는 일

【午】 낮 오, 낮(日中自十一時至零時), 말(馬也), 일곱째 지지地支(地支第七位), 나누어 펴다
(旁午,分布), 섞이다(交也), 교착交錯하다, 착잡錯雜하다(雜沓), 어수선하다(交橫,旁午),
거스르다, 거역拒逆하다, 어긋나다(違背)

【烏】 까마귀 오, 까마귀(孝鳥), 제비의 딴이름(烏衣,燕異名), 환호歡呼하는 소리, 탄식歎息
하는 소리(歎辭), 아아!(歎辭), 어찌(安也,何也), 검다

【嗚】 탄식歎息 소리 오, 탄식歎息 소리, 새소리, 탄식歎息하다(嗚呼,歎辭), 애달파하다, 슬
프다, 흐느껴 울다, 노래 부르다(歌也)

【吳】 나라 이름 오, 나라 이름, 물귀신鬼神(水神), 크게 말하다, 큰 소리로 말하다(大言),
떠들썩하다, 시끄럽다(譁也)

【娛】 즐거워할 오, 즐거워하다(樂也), 즐겁다, 기쁘다, 장난치다, 농담弄談하다, 안정安定되
다, 편안便安하다

【誤】 그릇될 오, 그릇되다, 그르다(過也), 그르치다, 그릇하다(謬也,失也), 그르치게 하다,
그릇된 길로 이끌다, 도리道理에 어긋나다, 잘못하다(過也), 실수失手하다, 현혹眩惑
되게 하다, 잘못 집다, 의혹疑惑하다(惑也), 헷갈리게 하다, 의혹疑惑케 하다

【惡】 미워할 오, 미워하다(憎也), 투기妬忌하다(疾也), 꺼리다(忌也), 부끄럽다(恥也), 어찌
(安也,何也), 아아!(歎辭), (악惡할 악) 악惡하다

【汚】 더러울 오, 더럽다(藏也), 더러워지다(勞事), 물들다(染也), 추잡醜雜하다, 욕辱보이다,
낮다, 뜻을 굽히다(降也,殺也), 행동行動이 흐리멍덩하다(行濁), 빨다(去垢汚), 웅덩이
(窊也), 괴어 있는 물, 갇혀 있는 더러운 물(濁水下流), 논(汚邪,下地田), 추잡醜雜한
행위行爲, 욕辱

【奧】속 오, 속, 깊숙한 안쪽, 아랫목(室內), 안, 나라의 안, 집 서남西南 모퉁이, 비서秘書
(官職秘書), 깊다(深也), 깊숙하다, 그윽하다(幽也), 덥다, 따뜻하다, 삶다(烹和), 쌓다
(積聚), 후미後尾, 굽이

【敖】놀 오, 놀다(游也), 멋대로 놀다, 희롱戲弄하다(遊敖,戲也), 조롱嘲弄하다, 망령妄靈되
다(妄也), 어루만지다(憮傲), 시끄럽다(喧噪), 떠들썩하다(嗷嘂), 볶다(熬同), 헌걸차다
(敖敖,長貌), 거만倨慢하다(傲同,倨也,慢也), 뽐내다, 기쁘다(欣欣), 왕王에 오르기 전前
에 죽어서 시호諡號를 받지 못한 자者를 일컬음, 가재(螯同), 땅이름(地名), 성姓(姓
也)

【傲】거만倨慢할 오, 거만倨慢하다(倨也), 업신여기다(慢也), 거만倨慢, 慠와 같다

【驁】준마駿馬 오, 준마駿馬, 말이 걷는 모양模樣(驕驁,馬行貌), 말이 거칠게 굴다(馬驕不
順), 말이 뻣뻣하다, 오만傲慢하다, 거만倨慢하다(驁蹇), 깔보다(輕視), 업신여기다

【於】탄식歎息할 오, 탄식歎息하다, 감탄感歎하는 소리, 까마귀, (어조사語助辭 어) 어조사
語助辭, ~에(句讀于也), ~에서(處所格)

[옥]

【玉】구슬 옥, 구슬(石之美者), 옥玉(石之美者), 옥玉을 다루는 장이, 빛이 곱고 모양模樣이
아름다워 귀貴히 여기는 돌의 총칭總稱(石之美者), 사물事物을 칭찬稱讚하거나 귀貴
히 여김을 나타내기 위爲한 미칭美稱, 물의 정精(水精), 맛있는 음식飮食(玉食,珍食),
옥玉같이 여기다, 아끼고 소중所重히 하다, 사랑하다(愛也), 예쁘다(美貌), 이루다(成
也), 사시四時의 기후氣候가 조화調和되고 일월日月이 밝아 화창和暢하다(時和日玉
燭)

【屋】집 옥, 집(舍也,居也,大俎), 주거住居, 지붕, 덮개, 수레의 덮개(車蓋), 지붕을 잇다(屋
之), 갖추다(具也), 쉬다(止也), 그치다(止也)

【沃】기름질 옥, 기름지다(潤澤), 걸차다, 토지土地가 걸차다(土不磽曰沃壤)(柔也), 물을 대
다(灌漑), 관개灌漑하다, 계발啓發하다, 개발開發하다, 성盛하다(盛也), 부드럽다, 아리
땁다(沃沃,壯姣), 아름답다, 손을 씻다(盥手曰沃盥), 기름진 땅(衍沃,平美之地), 장마,
낙숫落水물(沃泉,從上溜下), 거품, 성盛한 모양模樣

【獄】옥獄 옥, 옥獄(牢舍,監獄,刑務所), 감옥監獄, 우리, 송사訟事, 소송訴訟, 법法, 형법刑
法, 죄罪(罪惡), 죄罪의 유무有無를 조사照查하여 처단處斷하는 일, 송사訟事하다(訴
訟)

## 〔온〕

【溫】 따뜻할 온, 따뜻하다(煖也), 덥다(煖也), 데다(燖也), 익히다(習也), 부드럽다(柔也), 너그럽다(寬也), 너그럽고 부드럽다(溫溫,寬緩和柔), 온순溫順하다(性純粹曰溫), 온화溫和하다, 화和하다(色和曰溫), 원만圓滿하다, 순수純粹하다, 온천溫泉

【穩】 평온平穩할 온, 평온平穩하다, 편안便安하다(安也), 안온安穩하다, 곡식穀食을 걷어 모으다(穀聚)

## 〔올〕

【屼】 민둥산山 올, 민둥산山(崛屼,山貌,一曰,禿山貌), 산山 이름(五屼,山名,在犍爲郡,一山有五重,故名), 산山이 민둥민둥한 모양模樣

## 〔옹〕

【雍】 누그러질 옹, 누그러지다, 온화溫和해지다, 화목和睦하다(和也), 화락和樂하다(和也), 기뻐하다, 막다(雍氏謂隄防止水者), 메우다, 돕다(雍,祐也), 모으다(一曰,雍,聚也), 모이다(一曰,雍,聚也), 구주九州의 하나(九州名,雍,擁也,東崤,西漢,南裔,北居庸,四山之所擁翳,今陝西·甘肅省地方), 나라 이름(國名), 환성歡聲을 지르는 모양模樣, 무년戊年(太歲在戊曰著雍), 물 이름(水名), 현縣 이름(縣名), 땅이름(地名), 사람의 이름(齊之賢者居雍門,因以爲號,六國時人,名周), 성姓(姓也), 학교學校(通作雝,辟雍,學名), 천자天子의 학교學校(通作雝,辟雍,學名), 벽옹辟雍, 반궁泮宮, 음악音樂 이름

【擁】 안을 옹, 안다(抱也), 끌어안다, 품다(抱也), 잡다, 가지다(持也), 손에 쥐다, 들다, 싸다, 소유所有하다, 옹위擁衛하다(衛也), 막다(障也), 가리다(遮也), 지키다, 거느리다, 복종服從시키다

【翁】 늙은이 옹, 늙은이(老稱), 노인老人을 높이어 이르는 말, 할아버지(翁翁,祖父), 아비(翁父也), 아버지, 새의 목에 난 털(頸毛,鳥頸下毛), 목털, 훨훨 나는 모양模樣(飛貌), 창백蒼白한 모양模樣(蒼白貌)

【邕】 화和할 옹, 화和하다(和也,與雍同), 화목和睦하다(和也,與雍同), 화락和樂하다(和也,與雍同), 물이 사방四方을 빙 두른 토지土地, 막다(邑四方有水,自邕城池者是), 가로막다(竭塞,與壅同)

【鶲】 할미새 옹, 할미새(鶺鴒,鶲渠,雀屬), 척령鶺鴒, 기러기의 화락和樂한 소리(鶲鶲,雁和
聲), 늪, 못 이름(鶲,澤也), 땅이름(西鶲地名), 성姓(姓也), 누그러지다, 화和하다, 화락
和樂하다(和也), 가리다(鶲,蔽也)

〔와〕

【瓦】 기와 와, 기와(燒土蓋屋), 질그릇(土器已燒之總名), 실패, 실패 벽돌(紡塼), 실을 감는
물건物件, 방패防牌 등(楯脊), 기와를 이다(施瓦於屋)(瓦合), 질서秩序 없이 모이다(瓦
合,烏合), 헤어져 흩어지다(瓦解), 둥글둥글하게 처세處世하다

【臥】 누울 와, 눕다(寢也), 엎드리다, 자리에 들다, 누워 자다, 엎드려 자다, 안석案席에 기
대어 자다, 거짓 자다, 쉬다(休也,息也), 넘어지다, 그만두다, 잠자리, 침실寢室

【蛙】 개구리 와, 개구리(蝦蟆屬), 음란淫亂하다(淫也)

【訛】 그릇될 와, 그릇되다(謬也), 잘못되다(謬也), 어긋나다(舛也), 문자文字·언어言語가 그
릇 전傳해져 잘못되다, 발음發音이 변變하여 그릇되다(譌之), 변화變化하다(化也), 움
직이다(動也), 깨다(作譌覺也,與通作吪,吪亦動也), 속이다(舛也), 거짓되다, 사투리(方
言), 방언方言, 거짓말, 요괴妖怪한 말(言也,世以妖言爲訛), 거짓(與譌同,僞也), 들불(訛
火,火名,野火), 짐승 이름(獸名), 뱀 이름(蛇名), 성姓(姓也), (움직일 아) 움직이다(動
也), 흔들리다(動也)

【媧】 옛 여자女子 이름 와, 옛 여자女子 이름, 여신女神

〔완〕

【完】 완전完全할 완, 완전完全하다(全也), 완전完全하게 하다, 온전穩全하다, 흠欠이 없다
(完璧無缺), 일을 완결完結 짓다, 지키다(保守), 튼튼하다(堅好), 다스리다, 수선修繕하
다, 꾸미다(繕也), 끝내다(事畢,完結,完成), 마치다

【玩】 희롱戲弄할 완, 희롱戲弄하다(弄也,戲也), 가지고 놀다, 장난하다, 익다, 익히다(習也),
익숙해지다, 아끼다, 사랑하다, 보寶배(珍也)

【緩】 느릴 완, 느리다(遲緩,舒也), 느슨하다, 느슨하게 하다, 늘어지다(遲緩,舒也), 수축收縮
되어지지 아니하다, 급急하지 않다(不急), 늦추다

〔왈〕

【曰】 가로되 왈, 가로되(語端), 가라사대, 말하기를, 이르다(謂也), 일컫다(稱也), 말하다,

부르다, 말 내어 시작始作하다(發語辭), ~에(於也), ~의(之也)

## 〔왕〕

【王】 임금 왕, 임금(君也), 나라의 원수元首, 제후諸侯, 왕王초, 할아버지·할머니(祖父母之尊稱), 제실帝室의 남자男子, 불교식佛敎式 이름(法王,象王,皆佛號), 시법諡法(仁義所往曰王), 고슴도치(蝟也), 애기 풀, 왕王이 되다, 왕王노릇을 하다, 왕王으로 섬기다, 크다(大也), 왕성旺盛하다(盛也), 가다(往也)

【旺】 성盛할 왕, 성盛하다, 왕성旺盛하다, 세력勢力이나 기운이 왕성旺盛한 모양模樣, 고을(光美), 햇무리(日暈)

【往】 갈 왕, 가다(之也,行也,去也), 떠나가다, 향向하다(歸嚮), 일정一定한 곳을 향向하여 가다, 달아나다, 일정一定한 곳에 이르다, 시간時間이 지나다, 주다(凡以物致人曰往), ~에(方向表示前置詞), 이따금(約擧前事,往往), 예, 옛(古往也,往昔也), 이미 지나간 일

## 〔왜〕

【歪】 비뚤 왜, 비뚤다, 비뚤어지다(不正), 기울다(不正), 바르지 아니하다

【倭】 왜국倭國 왜, 왜국倭國(海中國名,日本), (두를 위) 두르다, 삥 돌다(回遠貌), 수더분하다(順貌), 순順한 모양模樣, 순順하다, 빙 돌아서 먼 모양模樣

## 〔외〕

【外】 바깥 외, 바깥(內之對,表也), 겉(內之對,表也), 구획區劃 밖, 범위範圍 밖, 외국外國, 타국他國, 제외除外하다, 빼다(度外置之), 멀리 물리치다(疏斥遠之), 인도人道에 어그러지다(方外散人)

【畏】 두려워할 외, 두려워하다, 꺼리다(忌也), 경외敬畏하다, 두렵다(懼也), 겁怯내다(怯也), 조심操心하다, 으르다, 위협威脅하다, 협박脅迫하다, 미워하다(惡也), 죽다, 복종服從하다(服也), 심복心腹하다, 성심誠心으로 따르다, 옥사獄死하는 일, 억울抑鬱한 죄罪로 죽음을 당當하는 일, 활 굽이(弓之㤧)

【猥】 함부로 외, 함부로(卑猥,鄙也), 무턱대고(曲也), 뜻을 굽히어, 적어도, 진실眞實로, 외람猥濫하다(卑猥,鄙也), 개 여럿이 짖다(犬衆吠), 어지럽게 섞이다, 뒤섞이다(竝雜), 음란淫亂하다(猥褻), 굽다(曲也), 성盛하다(盛也), 성盛하게 되다, 많다(多也), 쌓다(積也), 통합統合하다, 개새끼 세 마리를 낳다(犬生三子), 개 짖는 소리(犬吠聲)

【巍】 높을 외, 높다, 산山이 웅장雄壯하다, 높고 큰 모양模樣(高大貌), 산山이 높고 큰 모양模樣, 우뚝 선 모양模樣(巍然,獨立貌)

〔요〕

【要】 요긴要緊할 요, 요긴要緊하다, 중요重要하다, 바라다, 원願하다, 구求하다(求也), 요구要求하다, 살피다(察也), 핵실覈實하다(劾也), 언약言約하다(久要,約也), 기다리다(待也), 잡다, 모으다(會也), 겁박劫迫하다(劫也), 억지로 하다(勒也), 반드시(必也), 허리, 허리띠(褄也)

【腰】 허리 요, 허리(身中), 요새지要塞地(天下形勢,亦稱要), 중요重要한 곳, 밑동, 기슭, 허리에 띠다

【搖】 흔들 요, 흔들다(動也), 흔들리다, 근심으로 마음을 진정鎭靜치 못하다(搖搖,心憂無所附着之意), 움직이다(動也), 일어나다(作也), 노닐다(與逍遙同), 오르다, 올라가다, 잠깐(猶須臾), 회오리바람(扶搖,暴風), 부인婦人 머리꾸미개(步搖,首飾)

【謠】 노래 요, 노래(謠歌), 소문所聞(謠言), 풍설風說, 세상世上 풍속風俗, 유언비어流言蜚語, 노래하다, 헐뜯다(毁也), 참소讒訴하다

【猺】 오랑캐 이름 요, 오랑캐 이름, 남南녁 오랑캐(猺獞,南方蠻種), 양광兩廣·호남湖南·운남雲南 지방地方에 산다, 짐승 이름(獸名), 개, 개의 한 가지

【遙】 멀 요, 멀다(遠也), 아득하다(遠也), 길다, 거닐다, 노닐다(逍遙,徜徉)

【凹】 오목할 요, 오목하다(凸之對,窊也), 가운데가 쑥 들어가다, (내릴 압) 내리다(低下)

【堯】 요堯임금 요, 요堯임금, 높다(高也), 멀다(遠也)

【撓】 어지러울 요, 어지럽다, 긁다(撓同,抓也,搔也), 흔들다(擾也), 굴屈하다(屈也), 휘다, 구부러지다, 마음이 바르지 아니하다, 얽다(揉同,纏也), 둘리다(揉同,纏也), 삐죽하다(捄也), (흔들 호) 흔들다(攪也), 구르다(宛轉), 부드럽게 움직이다(宛轉)

【夭】 어릴 요, 어리다, 젊다, 젊고 예쁘다(少好貌,夭夭), 한창 때가 되다, 얼굴빛이 화和하다(色愉貌), 풀이 무성茂盛하다(草盛貌), 젊어서 죽다, 일찍 죽다(短折), 굽다(屈也), 갓 낳은 아이, 왕성旺盛한 모양模樣, 사물事物의 상태狀態, 요절夭折, 재앙災殃(災也)

【殀】 일찍 죽을 요, 일찍 죽다(短折曰殀,壽之反), 요사夭死하다, 젊은 나이로 죽다, 단명短命하다, 죽이다(斷殺), 베어 죽이다, 마치다(歿也)

【曜】 빛날 요, 빛나다(光明照耀), 빛을 발發하다, 빛, 햇빛(日光), 칠요일七曜日, 일월日月과 오성五星

【樂】좋아할 요, 좋아하다(好也), 즐겁다(喜也), (풍류風流 악) 풍류風流(五聲八音之總名), (즐길 락) 즐기다

[욕]

【欲】하고자 할 욕, 하고자 하다(期願之辭), 하려 하다, ~할 것 같다, 바라다, 기대企待하거나 원願하다, 욕심慾心내다(貪欲), 탐貪내다(貪欲), 물건物件을 탐貪내다(物欲), 수더분하다(婉順貌), 사랑하다(愛也), 욕심慾心, 탐貪내고 아끼는 마음, 바라고 원願하는 마음, 색정色情, 욕정欲情, 장차將次(將然)

【慾】욕심慾心 욕, 욕심慾心, 욕정欲情, 욕심慾心내다(貪慾), 탐貪하다(貪慾)

【浴】목욕沐浴할 욕, 목욕沐浴하다, 목욕沐浴을 시키다, 목욕沐浴하게 하다, 물로 몸을 씻다, 깨끗이 하다(借爲潔治意), 받다, 입다, 목욕沐浴, 미역

【辱】욕辱보일 욕, 욕辱보이다(恥也), 욕辱되게 하다, 수치羞恥를 당當하게 하다(恥也), 더럽히다, 거스르다, 굽히다, 수치羞恥, 욕辱

[용]

【用】쓸 용, 쓰다(使也,庸也), 값있게 쓰다(利用), 베풀다, 행行하다, 시행施行하다, 일하다(自用), 부리다(使也), 사역使役하다, 다스리다, 들어주다, ~로써, 씀씀이, 비용費用, 용도用度, 재산財産, 밑천, 도구道具, 연장, 능력能力, 작용作用, 어떠한 일에 미치는 영향影響(功用,功效,作用)

【庸】떳떳할 용, 떳떳하다(常也), 일정一定하여 변變하지 않다, 쓰다(用也), 채용採用하다, 고용雇用하다, 어리석다(愚也), 수고롭다(勞也), 화和하다, 어찌(豈也), ~써, ~로써, 범상凡常, 보통普通, 항상恒常, 머슴(謂賃作者), 고용雇傭된 사람, 품팔이꾼(謂賃作者), 도랑(水庸,溝也), 재(城也), 부세법賦稅法, 공功(功也)

【鄘】나라 이름 용, 나라 이름, 남이南夷의 나라(南夷國), 땅이름(紂畿內地名), 벽壁, 재(城也), 성城(城也), 성姓(姓也)

【容】얼굴 용, 얼굴(儀容), 모습, 모양模樣(儀容), 꼴(儀容), 몸가짐, 일상생활日常生活의 동작動作, 여유餘裕 있는 모양模樣, 노는 모양模樣, 담다(盛也), 그릇 안에 넣다, 들이다(容量), 싸다(包函), 일정一定한 곳에 받아들이다(受也), 남의 말을 들어주다, 용서容恕하다(宥也), 처벌處罰하지 않다, 치장治粧하다, 맵시를 내다, 펄렁거리다(飛揚貌)

【鎔】녹일 용, 녹이다(銷也), 녹다(銷也), 쇠가 녹다, 쇠를 녹이다, 금속金屬을 불에 녹이다

(銷也), 주조鑄造하다, 거푸집에 부어 빼다(鑄也), 붓다, 거푸집(冶器法), 주물鑄物의 모형模型

【勇】 날랠 용, 날래다(銳也), 날쌔다, 굳세다(健也), 강강하다, 용감勇敢하다, 과감果敢하다, 과단果斷하다(果決), 결단력決斷力이 있다

【舂】 방아 찧을 용, 방아를 찧다(擣粟也), 절구질하다(擣粟也), 찌르다(衝也), 치다, 해가 지다(高舂,日入沒), 고요하다(舂容), 악기樂器, 쇠 북소리(鐘聲), 해오라기(鷺舂鉬)

【冗】 쓸 데 없을 용, 쓸 데 없다, 무익無益하다, 남아돌다, 떠돌아다니다(民無定居曰冗), 한산閑散하다(散也), 번잡煩雜하다(雜也), 번거롭다, 섞다, 바쁘다(忙也), 여가餘暇, 겨를, 나머지(剩也), 宂과 동자同字

## 〔우〕

【雨】 비 우, 비(雲下,水蒸氣爲雲,降爲雨), 곡우穀雨, 많은 모양模樣의 비유譬喩, 흩어지는 모양模樣의 비유譬喩, 비가 오다, 비가 내리다, 눈이나 싸라기눈이 오다, 적시다

【羽】 깃 우, 깃(鳥長毛), 날개(鳥翅), 새의 날개, 날벌레의 날개(蟲翅), 깃털 장식裝飾, 춤출 때 갖는 꿩의 깃으로 만든 일산日傘(羽翳,舞者所執), 날개 모양模樣(羽形物), 새(飛鳥之屬), 조류鳥類, 낚시찌(釣之浮標), 오음五音의 하나, 친위병親衛兵(宿衛之官), 펴다(舒也), 물건物件을 모아 덮다(物聚藏宇覆之), 돕다(補佐)

【右】 오른쪽 우, 오른쪽(左之對), 위(上也), 윗자리, 오른쪽에 적은 글이나 내용內容, 곁(側也), 바르다(左之對), 밝다(亮也), 강강하다(强也), 인도引導하다(導也), 돕다(助也), 마음으로 돕다(勴也), 숭상崇尙하다, 높이다(尊也), 권勸하다, 오른쪽으로 향向하거나 오른쪽으로 가다

【佑】 도울 우, 돕다(助也), 신령神靈이 비호庇護하다, 도움, 友·祐와 통通해 쓰인다.

【又】 또 우, 또(亦也,更也), 다시, 더, 그 위에, 거듭(再也), 거듭하여, 돕다(佑也), 용서容恕하다(宥也), 오른쪽(右也), 오른 손

【友】 벗 우, 벗(同志相交), 뜻을 같이 하는 벗, 친구親舊, 동료同僚, 동아리, 동지同志, 한패牌, 벗하다, 사귀다, 우애友愛 있다(善于兄弟), 기운을 합合하다(凡氣類合同者)

【于】 어조사語助辭 우, 어조사語助辭, ~에, ~에서(處所格), ~에게(與格), ~에게서, ~한테, ~부터(自于), ~보다(比較格), ~을(를)(目的格), ~구나, 있다(指定詞,在也), 가다(往也), 하다(爲也), 행行하다, 한탄恨歎하다(歎辭), 활활 넓다(廣大貌), 활활 걷다(行貌), 이(是也)

【宇】 집 우, 집(居室), 주거住居, 처마, 지붕, 기슭(屋邊簷), 경계境界, 한계限界, 끝(端也), 변방邊方, 국경國境 지대地帶, 나라, 국토國土, 천지天地 사방四方, 세계世界, 하늘(上下四方曰宇宙), 우주宇宙(無限空間), 공간空間, 기량器量, 국량局量, 헤아리다(器宇,人之品性及度量)

【牛】 소 우, 소(耕畜大牲), 희생犧牲, 사리事理(件事理也), 물건物件, 한 벌, 견우성牽牛星, 하늘소(蟲名,天牛,天水牛), 자금우紫金牛(藥名), 별 이름, 무릅쓰다

【尤】 더욱 우, 더욱(最也), 특特히, 그 중中에서도, 너무(過也), 심甚하다, 뛰어나다(異也), 같지 않다, 동떨어지다, 멀리 떨어지다, 탓하다(怨也), 원망怨望하다, 허물(過失), 문책問責

【祐】 복福 우, 복福(福也)

【偶】 짝 우, 짝, 짝수數(奇數對), 부부夫婦, 내외內外, 무리(儕背), 인형人形, 허수아비(俑也), 쪽을 채우다(牉合), 합合치다(合也), 뜻하지 아니하게, 때때로, 우연偶然하게(適然)

【隅】 모퉁이 우, 모퉁이, 귀퉁이, 모서리, 귀(角也), 구석, 모난 귀퉁이, 네모진 것의 모퉁이의 끝(角也), 모퉁이의 안쪽, 깊숙한 곳, 언덕, 벼랑, 기물器物의 모서리(廉也), 절개節槪(廉也), 절조節操(廉也), 염우廉隅, 바르고 의젓하다

【嵎】 산山모롱이 우, 산山모롱이, 산山굽이(山曲), 구석, 해돋이(嵎夷,日出處), 땅 이름(嵎夷曰暘谷,今山東省登州之地), 높고 험險하다, 산山이 가파르다

【耦】 쟁기 우, 쟁기(耒也,廣五寸爲伐,二伐爲耦), 둘이 한 짝, 두 사람(凡二人爲耦), 상대자相對者, 짝(匹也,配也), 배우자配偶者, 부부夫婦, 동류同類, 둘이 나란히 갈다(兩人耕爲耦), 폭幅이 갑절이 되게 두 번番 갈다, 짝짓다, 하나가 되다, 만나다, 합합하다, 홀이 아니다(不畸), 마주 향向하다, 면대面對하여 오순도순 이야기 하다(耦語,遇也)

【愚】 어리석을 우, 어리석다(戇也), 고지식하다, 완고頑固하다(固也), 우둔愚鈍하다(鈍也), 우준愚蠢하다(蠢也), 어리다(蒙昧), 어릿어릿하다, 어둡다(闇也), 가리다(蔽也), 붙여 살다(無所爲,若寄寓然), 어리석은 마음, 어리석은 사람, 자기自己의 겸칭謙稱

【遇】 만날 우, 만나다(見也), 길에서 만나다(道路相逢), 우연偶然히 만나다(不期而會), 때를 만나다, 등용登用되다, 뜻이 맞다, 뜻이 합치合致하다, 해당該當하다, 대접待接하다, 접대接待하다, 예우禮遇하다, 이르다, 맞서다, 상대相對하다, 맞먹다, 마침(偶然), 그 경우境遇에 걸맞게(偶然), 알현謁見, 조현朝見(冬季謁見), 회합會合, 기회機會, 계제階梯, 때

【禹】 하우씨夏禹氏 우, 하우씨夏禹氏, 벌레(蟲也), 네 발 벌레, 시호諡號 법法(諡法), 더디다(舒也)

【瑀】 패옥佩玉 우, 패옥佩玉, 옥玉돌(琚瑀,石之似玉者), 흰 구슬(白珠), 옥玉 버금가는 돌

【憂】 근심할 우, 근심하다(愁也), 걱정하다, 머리를 늘어뜨리다(人憂則頭低垂), 생각하다(思也), 근심으로 병病이 나다(幽憂曰瘝憂), 임신姙娠하고 앓다(孕病曰憂), 상제喪制가 되다(居喪曰憂), 그윽하다(幽也), 욕辱되다(辱也), 근심, 걱정, 상喪, 상중喪中, 병病(疾也), 질병疾病

【優】 넉넉할 우, 넉넉하다(饒也), 많다(多也), 뛰어나다, 낫다(勝劣之對), 우수優秀하다, 흡족洽足하다(渥也), 도탑다, 너그럽다(寬也), 화和하다(和也), 부드럽다(優游,和柔), 얌전하다, 머뭇거리다, 결단성決斷性이 없다, 희롱戱弄하다(調戱也), 아양 부리다(屈曲,佞媚貌), 광대(倡優)

【郵】 우편郵便 우, 우편郵便, 역체驛遞, 역참驛站에서 역참驛站으로 짐·문서文書 따위를 차례次例로 전傳해 보내던 일, 역참驛站, 역驛말(境上行書舍,驛也), 역驛말을 갈아타는 곳, 오두막집(田閒舍), 과실過失, 허물(過也), 지나다(郵過,道路所經過), 가장 뛰어나다(最也殿最亦曰殿郵)

【虞】 헤아릴 우, 헤아리다(度也), 측량測量하다(測也), 재다(測也), 가리다(擇也), 생각하다(慮也), 염려念慮하다(慮也), 근심 걱정하다, 바라다(望也), 돕다(助也), 즐기다(樂也), 편안便安하다(安也), 안정安定하다, 갖추다(備也), 있다(有也), 그르다(誤也), 오로지(專也), 걱정, 헤아림, 경계警戒, 대비對備, 잘못, 추우騶虞(仁獸,食自死之肉), 우제虞祭(葬後祭禮), 벼슬 이름, 나라 이름

〔욱〕

【頊】 삼갈 욱, 삼가다, 머리를 숙여 삼가는 모양模樣, 머리 굽실거리는 모양模樣(頭頊謹貌), 자실自失한 모양模樣, 정신精神이 빠진 것 같은 모양模樣, 전욱顓頊, 사람 이름, 멍하다(自失貌,又作旭旭), 믿다(信也), 진실眞實로

【勖】 힘쓸 욱, 힘쓰다(勉也), 노력勞力하다

〔운〕

【云】 이를 운, 이르다(言也), 이러이러하다(如此如此), 말하다, ~라고 말하다, 일어나다(紛云,興作貌), 움직이다(運也), 돌아가다(歸復), 친親하다, 가로되, 성盛한 모양模樣(盛

貌), 어조사語助辭
<sub>모</sub>

【紜】 어지러울 운, 어지럽다(物數紛云), 얼크러지다(物數紛云), 분운紛紜하다(物數紛云), 부
<sub>물수분운</sub>　<sub>물수분운</sub>　<sub>물수분운</sub>
산하다(紛紜,數亂), 사물事物이 많아서 어지러운 모양模樣
<sub>분운수란</sub>

【雲】 구름 운, 구름(山川氣), 은하수銀河水(天河), 하늘(上天), 높음의 비유譬喩, 많음의 비
<sub>산천기</sub>　<sub>천하</sub>　<sub>상천</sub>
유譬喩, 멀어진 자손子孫, 구름같이 많이 모이다(雲集), 높다(高也)
<sub>운집</sub>　<sub>고야</sub>

【運】 돌 운, 돌다(運行), 돌리다(轉也), 회전回轉하다, 회전回轉시키다(轉也), 운행運行하다,
<sub>운행</sub>　<sub>전야</sub>　<sub>전야</sub>
움직이다(動也), 옮다, 옮기다(移徙), 나르다, 운반運搬하다, 부리어 쓰다(運用), 궁리
<sub>동야</sub>　<sub>이사</sub>　<sub>운용</sub>
窮理하다(究理), 운運, 운수運輸, 정수定數, 길, 천체天體의 궤도軌道
<sub>구리</sub>

【韻】 운운 운, 운운(音員爲韻), 음운音韻, 울림(音和曰韻), 소리의 울림, 소리의 여음餘音,
<sub>음원위운</sub>　<sub>음화왈운</sub>
음성音聲의 동화同化(和也), 소리, 음향音響, 가곡歌曲, 운문韻文, 시부詩賦, 기품氣品,
<sub>화야</sub>
운치韻致(風度), 풍치風致, 화和하다
<sub>풍도</sub>

【殞】 죽을 운, 죽다(殁也), 가다(殁也), 다하다(殁也), 목숨이 끊어지다, 떨어지다(落也), 떨
<sub>몰야</sub>　<sub>몰야</sub>　<sub>몰야</sub>　<sub>낙야</sub>
어뜨리다

〔울〕

【鬱】 막힐 울, 막히다(滯也), 막혀서 통通하지 않다, 우거지다, 수풀이 무성茂盛하다, 나무
<sub>체야</sub>
가 더부룩하고 무성茂盛하다(木叢生), 답답하다(鬱鬱氣也), 무덥다(鬱懊), 자욱하다, 쌓
<sub>목총생</sub>　<sub>울울기야</sub>　<sub>울오</sub>
다(積也), 성盛하다, 길다(長也), 멀리 생각하다(悠思), 장성長成한 모양模樣, 썩은 냄
<sub>적야</sub>　<sub>장야</sub>　<sub>유사</sub>
새(腐臭), 울금초鬱金草, 울금향鬱金香, 아가위, 산山앵두나무
<sub>부취</sub>

〔웅〕

【雄】 수컷 웅, 수컷(牡也,雌之對), 새의 수컷(鳥父), 짐승의 수컷, 동물動物의 남성男性(鳥
<sub>모야자지대</sub>　<sub>조부</sub>　<sub>조</sub>
父), 수탉, 우두머리(頭目), 영웅英雄, 굳세다(武稱), 씩씩하다, 용감勇敢하다, 이기다
<sub>부</sub>　<sub>두목</sub>　<sub>무칭</sub>
(勝也,優也,決雌雄), 승리勝利하다, 우수優秀하다, 뛰어나다
<sub>승야우야결자웅</sub>

【熊】 곰 웅, 곰(獸名,似豕,山居,冬蟄), 빛나는 모양模樣, 퍼렇게 빛나다(熊熊,靑色有光), 산山
<sub>수명사시산거동칩</sub>　<sub>웅웅청색유광</sub>
이름(山名), 나라 이름(西熊,後國), 사람의 이름(人名), 성姓(姓也)
<sub>산명</sub>　<sub>서웅후국</sub>　<sub>인명</sub>　<sub>성야</sub>

〔원〕

【元】 으뜸 원, 으뜸(始也), 첫째, 처음(始也), 근원根源, 근본根本(本也), 첫째 해(始年也),
<sub>시야</sub>　<sub>시야</sub>　<sub>본야</sub>　<sub>시년야</sub>
연호年號, 머리(首也), 하늘(天也), 바른 계통系統, 정적正嫡, 백성百姓(百姓曰元,元元),
<sub>수야</sub>　<sub>천야</sub>　<sub>백성왈원원원</sub>

임금(君也), 어른(長也), 기운(氣也), 왕조王朝 이름, 비로소(始也), 크다(大也)

【院】 집 원, 집(有垣牆者曰院), 내전內殿, 담장牆을 두른 궁실宮室, 절(僧院), 도원道院, 서원書院(儒者所居), 학교學校, 마을(官廨曰院), 뜰, 정원庭園, 담(周垣), 울타리, 단단하다(堅也), 견고堅固하다

【原】 언덕 원, 언덕(高平地), 들(廣平), 벌판(廣平), 밑(本也), 근원根源(本也), 근본根本(本也), 기본基本, 물의 근원根源(水泉之本), 저승길(黃泉), 추리推理하다(推也), 살피다(察也), 용서容恕하다(宥罪), 다시(再也,重也), 거듭(再也,重也)

【源】 근원根源 원, 근원根源(水泉本), 샘(水泉本), 물이 끊이지 않고 흐르는 모양模樣, 사물事物이 잇닿는 모양模樣

【願】 원願할 원, 원願하다(欲也), 바라다(顓望), 마음에 품다, 희망希望하다, 부러워하다(羨望), 생각하다(思也,欲思), 하고자 하다(欲也), 빌다(祈也), 기원祈願하다, 청請하다, 부탁付託하다, 머리통이 크다(大頭), 원願컨대, 바라건대(願之), 매양每樣(每也), 소망所望, 소원所願

【園】 동산 원, 동산(樊圃,樹果處), 정원庭園, 과수원果樹園, 울타리가 있는 과수원果樹園, 절(祇園), 능陵(歷代帝王陵寢曰園), 원소園所, 무덤, 밭·과수원果樹園의 울타리

【遠】 멀 원, 멀다(遼也,遙也), 길이 멀다, 시간時間 또는 거리距離가 멀거나 길다(遼也,遙也), 아득하다, 깊다(深遠), 넓다, 많다, 세월歲月이 오래다, 알기가 어렵다(深遠), 심오深奧하다(深遠), 고상高尙하다(深遠), 멀리하다(遠之), 꺼려 멀리하다, 거리距離를 두다, 멀어지다, 소원疏遠하다, 친親하지 아니하다, 내쫓다, 추방追放하다, 먼 곳으로 쫓다, 물리치다, 어긋나다, 싫어하다, 벗어나다, 이목耳目이 미치지 못하다, 격리隔離하다, 번거롭다, 먼 것, 선조先祖

【轅】 끌채 원, 끌채(輈也,轅,援也車之援), 수레, 차량車輛, 군문軍門(轅門,王者出行于外,次車爲藩,仰車以轅相向表門,故曰轅門), 진영陣營의 문門(轅門,王者出行于外,次車爲藩,仰車以轅相向表門,故曰轅門), 끌채를 세워서 만든 문門(轅門,王者出行于外,次車爲藩,仰車以轅相向表門,故曰轅門), 황제黃帝의 호號(軒轅,黃帝號), 별 이름(星名), 땅이름(地名), 성姓(姓也)

【員】 수효數爻 원, 수효數爻, 인원人員, 사람·물건物件의 수數(物數), 벼슬아치의 수數, 물품物品의 수數, 벼슬아치, 관원官員(官數), 동그라미, 둘레, 둥글다(周也,幅員), (더할 운) 더하다

【圓】 둥글 원, 둥글다(方之對), 모나지 아니하다, 원만圓滿하다, 사교社交에 능能하다, 온전穩全하다(全也), 뚜렷하다(全也), 만족滿足하다, 원圓, 동그라미, 둘레(周也), 언저리,

여자女子 예복禮服(圓衫)
　　　　　　　　　원 삼

【援】 도울 원, 돕다, 구원救援하다(救助), 의탁依託하다, 매달리다, 이끌다(牽也), 당기다(引
　　　　　　　　　　　　　　　구 조　　　　　　　　　　　　　　　　　　견 야　　　　　　인
也), 끌어당기다, 접接하다(接也), 끌어 잡다(堅持之), 빼다(拔也), 뽑다(拔也), 뽑아내
야　　　　　　　　　접 야　　　　　　　견 지 지　　　　발 야　　　　발 야
다, 잡다, 쥐다, 취取하다, 도움

【怨】 원망怨望할 원, 원망怨望하다, 원망怨望을 품다, 한恨하다(恨也), 한탄恨歎하다, 미워
하다, 성내다(恚也), 슬퍼하다, 원수怨讐(仇也,讐也), 앙숙怏宿
　　　　　　에 야　　　　　　　　　　　구 야 수 야

【寃】 원통寃痛할 원, 원통寃痛하다(枉曲), 억울抑鬱하다(枉曲), 억울抑鬱한 죄죄罪를 받다, 한
　　　　　　　　　　　　　　　왕 곡　　　　　　　　　왕 곡
恨하다, 굽히다(屈也), 무실無實의 죄죄罪, 원한怨恨, 원수怨讐, 불평不評, 冤의 속자俗
　　　　　　　굴 야
字

〔월〕

【月】 달 월, 달(太陰,水氣,土地之精), 지구地球의 위성衛星, 한 달(三十日爲月), 1년年을 12
　　　　　　태 음 수 기 토 지 지 정　　　　　　　　　　　삼 십 일 위 월
등분等分한 기간期間, 광음光陰, 세월歲月(光陰), 나날, 나달, 월경月經, 경수經水, 달
　　　　　　　　　　　　　　　광 음
빛, 다달이, 달마다

【越】 넘을 월, 넘다(踰也), 건너다(度也), 거치다, 지나치다(度也), 연월年月이나 시대時代가
　　　　　　　　유 야　　　　도 야　　　　　　　　　도 야
지나다(經年月及時代), 뛰다, 앞지르다, 뛰어나다, 빼어나다, 떨치다(揚也), 달아나다,
　　　　경 년 월 급 시 대　　　　　　　　　　　　　　　　　　　양 야
이르다, 미치다, 떨어지다(墜也), 떨어뜨리다, 어긋나다, 흐트러지다(散也), 거칠다(越
　　　　　　　　　추 야　　　　　　　　　　　　　　　산 야　　　　월
之言蹶也), 멀다(遠也,迂也), 멀어지다, 사정事情에 어둡다, 빼앗다, 잃다(失也), 작다,
지 언 궐 야　　원 야 우 야　　　　　　　　　　　　　　　　　　실 야
밟다, 빠르다, ～에(於也), 실 구멍(琴下孔爲越), 나라 이름
　　　　　　　어 야　　　금 하 공 위 월

〔위〕

【爲】 할 위, 하다(作造,爲也), 하게 하다(使也), 행行하다, 위爲하다, 위爲하여 꾀하다, 생각
　　　　　　작 조 위 야　　　　　사 야
하다(思也), 간주看做하다, 인정認定하다, 되다(爲也者), 만들다(作造,爲也), 생산生産
　　사 야　　　　　　　　　　　　　　　위 야 자　　　　　작 조 위 야
하다, 성취成就하다, 이루다, 이르다(謂也), 말하다, 해설解說하다, 배우다(學也), 수업
　　　　　　　　　　　　　　　위 야　　　　　　　　　　　　　학 야
修業하다, 바뀌다, 이 상태狀態에서 저 상태狀態로 변變하다, 입다(被也), 당當하다,
　　　　　　　　　　　　　　　　　　　　　　　　　　　　피 야
다스리다(治也), 통치統治하다, 정치政治를 하다, 지키다(護也), 있다, 체하다, 흉내 내
　　　　치 야　　　　　　　　　　　　　　　　　호 야
다(似也), 돕다(助也), 베풀다, 치료治療하다, 병病을 고치다, 하여금(使也), ～써(所
　　사 야　　조 야　　　　　　　　　　　　　　　　　　　　사 야　　소
以), 때문에(所以), 더불어(與也), 함께, 가로되, 소위所爲, 행위行爲(行也), 짓, 까닭(所
이　　　소 이　　　여 야　　　　　　　　　　　　　　　행 야　　　　소
以), 인연因緣(緣也), 원숭이(母猴), 의문疑問·감탄感歎을 나타내는 조사助詞
이　　　　　연 야　　모 후

【僞】 거짓 위, 거짓(詐也), 작위作爲, 거짓말을 하다(訛也), 속이다(訛也)
　　　　　　사 야　　　　　　　　　　와 야　　　　　와 야

【威】 위엄威嚴 위, 위엄威嚴, 존엄尊嚴, 위세威勢, 위광威光, 예모禮貌, 용의容儀, 거동擧動(儀也), 형벌刑罰, 법칙法則, 두려움, 시媤어머니(婦稱姑爲威姑), 쥐며느리, 엄嚴하다(尊嚴), 으르다(脅也), 협박脅迫하다, 두려워하다

【委】 맡길 위, 맡기다(任也), 위임委任하다, 붙이다(屬也), 쌓다, 쌓이다(頓也), 곳庫집에 쌓다, 비축備蓄하다, 저축貯蓄하다, 버리다(棄置), 내버려두다, 밀리다, 막히다, 메이다, 마음이 화락和樂하고 조용하다, 옹용雍容하다, 마음에 든든하다(雍容,自得之貌), 위곡委曲하다(曲也), 따르다(隨也), 굽히다, 이삭이 고개 숙이다(禾垂穗委曲之貌), 벼, 비축備蓄하여둔 쌀·나무(委積而待施惠), 끝(本曰原,末曰委), 예복禮服(端委,禮衣), 문채文彩가 있는 모양模樣

【魏】 나라 이름 위, 나라 이름(今有省山,以爲魏國之魏), 대궐大闕(象魏,闕也), 홀로 출중出衆한 모양模樣, 큰 모양模樣, 높고 큰 모양模樣, 성姓(姓也), 높다(本作巍,高也), 빼어나다, 가늘다(魏魏,小成貌), 잘다(魏魏,小成貌)

【位】 자리 위, 자리(座也), 지위地位(正也), 임금의 지위地位, 품위品位, 위치位置(座也), 곳, 신분身分·관직官職의 등급等級, 벼슬(官職等級,官位,爵位), 자리하다, 벌이다

【胃】 밥통桶 위, 밥통桶(脾胃,腸胃,穀府), 위胃, 양胖, 마음, 성수星宿의 하나

【謂】 이를 위, 이르다(言也,與之言), 말하다(指事而言,道也,亦曰謂), 설명說明하다(說也), 논평論評하다, 평론評論하다(非與之言,而稱其人也), 비평批評·논술論述하다, 가리키다, 일컫다(指事而言,亦曰謂), 알리다, 고告하다(報也,告也), 보고報告하다(報也,告也), 근면勤勉하다, 힘쓰다(勤也), 부리다(使也), 믿다(信也), 생각하다(思也), 생각건대, 이르는 바(稱其言,亦曰謂), 취지趣旨, 이름, 일컬음, 명칭名稱, 까닭

【危】 위태危殆할 위, 위태危殆하다(不安貌), 위태危殆롭게 하다, 기울다(不正), 무너지다(隤也), 두려워하다(在高而懼也), 근심하다(疾也), 해害치다, 엄정嚴正하다, 바르다, 똑 바르다, 높다

【韋】 다룸 가죽 위, 다룸 가죽(柔皮), 부드러운 가죽(柔皮), 무두질한 가죽, 부드러운 것, 아람(通圍), 군복軍服(靺韋,武服), 나라 이름(豕韋,國名), 옛 성왕聖王의 이름(豨韋氏,古帝王號), 현縣 이름(不韋,縣名,屬益州郡), 성姓(姓也), 부드럽다(轉而), 아첨阿諂하다(韋脂), 에우다(通圍), 어기다(相背,獸之韋可以束物枉戾相韋背,故借以爲皮韋,與違用), 어그러지다(依韋,諧和不相乖離), 틀리다, 떠나다(依韋,諧和不相乖離), (돌 회) 돌다(本作回)

【偉】 클 위, 크다, 위대偉大하다, 훌륭하다, 거룩하다(大也), 기특奇特하다(奇也), 아름답다,

넉넉하다(大也)
대 야

【緯】 씨 위, 씨(織橫絲), 씨줄(織橫絲), 씨실, 피륙의 가로 짜인 실(織橫絲), 가로, 씨금(南北
　　　　　직횡사　　　　　　직횡사　　　　　　　　　　　직횡사　　　　　　　남북
之道謂之經,東西之道謂之緯), 위도緯度(南北之道謂之經,東西之道謂之緯), 좌우左右 또는
지도위지경동서지도위지위　　　　　남북지도위지경 동서지도위지위
동서東西의 방향方向, 동서東西로 통通한 길(南北之道謂之經,東西之道謂之緯), 종행縱
　　　　　　　　　　　　　　　　　남북지도위지경 동서지도위지위
行, 줄기, 길, 경위經緯, 짜다(織也), 묶다(束也), 단으로 묶다
　　　　　　　　　　　　　직 야　　　속 야

【衛】 지킬 위, 지키다(護也), 호위護衛하다(護也), 시위侍衛하다, 숙직宿直하며 지키다(宿
　　　　　　　　호 야　　　　　　　호 야　　　　　　　　　　　　　　　　　　　　숙
衛), 막다(防也,捍也), 방비防備하다, 영위營爲하다(營也), 경영經營하다(營也), 진영陣
위　　방 야 한 야　　　　　　　　　　영 야　　　　　　　영 야
營의 호위護衛(垂也), 주위周圍의 수호守護(垂也), 숙위宿衛, 피 기운(榮衛,血氣), 나라
　　　　　　　수 야　　　　　　　　　수 야　　　　　　　　영 위 혈 기
이름

【違】 어길 위, 어기다(背也), 어그러지다, 틀리다, 다르다, 위반違反하다, 제멋대로 하다(奔
　　　　　　　배 야　　　　　　　　　　　　　　　　　　　　　　　　　　　　분
放曰違), 떨어지다(離也), 떠나다(去也), 떠나가다(去也), 달아나다, 도망逃亡하다, 피避
방왈위　　　　이 야　　　거 야　　　거 야
하다(避也), 멀리하다, 기세氣勢 좋게 달리다(奔放曰違), 간사奸邪하다, 사악邪惡하다,
　　피 야　　　　　　　　　　　　　　분 방 왈 위
원망怨望하다(蓄怨), 원한怨恨을 품다(蓄怨), 허물, 잘못, 과실過失, 부정不正, 사악邪
　　　　　축 원　　　　　　　　　축 원
惡

【圍】 에워쌀 위, 에워싸다(遮取禽獸), 에우다(環也), 두르다, 둘리다(繞也), 둘러싸다(繞也),
　　　　　　　　차 취 금 수　　　환 야　　　　　　　요 야　　　　　요 야
포위包圍하다(環繞攻城), 사냥하다, 지키다(守也), 둘레(周圍), 아름(五寸爲圍,一抱爲
　　　　　환 요 공 성　　　　　　　　수 야　　　주 위　　　　오 촌 위 위 일 포 위
圍), 경계境界, 구역區域
위

【尉】 벼슬 위, 벼슬, 벼슬 이름(官名,廷尉), 다리미, 기다리다(候也), 다리다, 다리미로 주름
　　　　　　　　　　　관 명 정 위　　　　　　　　후 야
을 펴다, 누르다(按也), 위로慰勞하다, 편안便安하게 하다(安之)
　　　　　　안 야　　　　　　　　　　　　　　　안 지

【慰】 위로慰勞할 위, 위로慰勞하다(安之以愜其情), 위안慰安하다(安之以愜其情), 달래다, 우
　　　　　　　　　　　　　　안 지 이 협 기 정　　　　　　　안 지 이 협 기 정
울憂鬱해지다, 울적鬱寂해지다, 위로慰勞, 성, 화火, 원망怨望

【蔚】 제비쑥 위, 제비쑥(牡蒿), 익모초益母草(茺蔚), 초목草木이 우거진 모양模樣(草木盛
　　　　　　　　　모 호　　　　　　　충 위　　　　　　　　　　　　　　　　　초 목 성
模), 초목草木이 무성茂盛한 모양模樣(草木盛模), 풀숲(草叢), 구름이나 안개 등等이
모　　　　　　　　　　　　　　초 목 성 모　　　초 총
피어오르는 모양模樣(薈蔚,雲興模), 잔무늬 모양模樣(文深密模), 문교文敎가 널리 행
　　　　　　　　　회 위 운 흥 모　　　　　　　　文 심 밀 모
行해지는 모양模樣(弘行文敎模), 무늬가 아름답다(文深密模), (주州 이름 울) 주州 이
홍행문교모　　　　　　　　　　　　　　문 심 밀 모
름(州名), 짙은 쪽빛의 하늘(藍天)
　　주 명　　　　　　　　남 천

〔유〕

【有】 있을 유, 있다(不無), 존재存在하다, 가지다(取也), 가지고 있다, 보유保有하다, 소지
　　　　　　　　불 무　　　　　　　　　　　　취 야
所持하다, 보전保全하여 소유所有하다, 얻다(得也), 많다, 넉넉하다, 또(又也), 과연果
　　　　　　　　　　　　　　　　　　　득 야　　　　　　　　　　　　　우 야

然(果也), 소유물所有物, 만물萬物(萬有,物體), 자재資財, 경역境域, 어떤 범위範圍 안의 땅, 동료同僚(宲也), 풍년豊年

【囿】 동산 유, 동산(苑有垣), 엔담(苑有垣), 우리(禽獸有囿), 나라 동산(苑有垣), 구역區域, 새·짐승·물고기 등等을 놓아기르는 동산, 여러 사물事物이 모여 있는 곳의 비유譬喩, 문견聞見이 넓지 못하다(識不通廣), 얽매이다, 구애拘礙받다, 고루固陋하다(識不通廣), 있다(猶有)

【幼】 어릴 유, 어리다(幼稺), 나이가 어리다, 경험經驗이 적거나 수준水準이 낮다, 사랑하다(慈幼,猶愛), 어린이를 사랑하다, 그윽하다, 아름답다, 어린이(少也,言生日少也), 어린아이, (그윽할 요) 그윽하다, 시원하다

【柔】 부드러울 유, 부드럽다(剛之反), 유순柔順하다, 성질性質·태도態度 등等이 화평和平하고 순順하다, 여리다, 무르다, 약弱하다, 연약軟弱하다(柔弱), 편안便安하다(安也), 편안便安하게 하다, 싹이 돋다(草木新生), 나무가 펴졌다 굽었다 하다(木曲直), 좇다, 복종服從하다(服也)

【幽】 그윽할 유, 그윽하다(深遠), 깊숙하다, 깊숙하고 으늑하다, 심원深遠하다, 웅숭깊다, 미묘微妙하다, 아득하다, 어렴풋하다(幽微), 멀다, 검다, 어둡다(闇也,不明), 가두다(囚也), 숨다(幽隱), 피避하여 숨다, 적다(幽微), 구석, 구석진 곳, 어두운 곳, 검은 빛, 음陰, 밤, 저승(幽界), 무덤(幽宅)

【裕】 넉넉할 유, 넉넉하다(衣物饒), 넉넉하게 하다, 풍요豊饒롭게 하다, 유족裕足하다, 너그럽다(寬也), 관대寬大하다, 용납容納하다, 받아들이다, 늘어지다(緩也), 느긋하다

【由】 말미암을 유, 말미암다(因也), 인연因緣하다, 본本으로 하다, 쓰다(用也), 행行하다(率由,行也), 돕다(脊有), 바로잡다(由迪,正也), 같다, 지나다(經也), 경력經歷하다, 지내다, 따르다(從也), 좇다(從也), ~에서(於也), ~에서부터(從·自也), ~을(를) 통通하여, 연유緣由, 원인原因, 까닭(所由), 곡절曲折, 사정事情, 스스로 만족滿足해하는 모양模樣(由由,自足之貌), 주저躊躇하는 모양模樣(猶豫貌)

【油】 기름 유, 기름(膏也), 석유石油, 무르익고 기름진 모양模樣(禾黍光悅貌,物有光), 구름이 피어오르는 모양模樣(油然), 성盛하게 일어나는 모양模樣, 나아가지 아니하는 모양模樣, 수레 앞 진흙 받이(緹油,車飾), 윤기潤氣 나다, 공손恭遜하다(和謹貌)

【唯】 오직 유, 오직(專辭,獨也), 뿐(專辭,獨也), ~만(專辭,獨也), 다만, 비록 ~하더라도(雖也), 배우다(就學), 허락許諾하다, 따라다니는 모양模樣(行相隨順之貌), 발어사發語辭

【惟】 생각할 유, 생각하다(凡思), 꾀하다(謀也), 도모圖謀하다, 하다(爲也), 늘어서다, 벌여

놓다, 가지다(有也), 오직(獨也), 홀로, 유독惟獨, 한갓, 생각하옵건대(自述思之謙辭), 꾀(謀也), 이유理由, 이(是也), 이(伊也), 저, 그

【維】 벼리 유, 벼리(綱也), 바, 밧줄, 닻줄(維所以繫船), 말고삐(繫馬曰維,繫牛曰婁), 수레뚜 껑 끈(車蓋維), 모퉁이(四維,方隅), 기년紀年(太歲在己曰屠維), 말 시작始作하는 말(發 語辭), 매다(係也), 이어 매다(猶連結), 받치다, 청렴淸廉하다(廉也), 오직, 다만, 홀로 (獨也)

【酉】 닭 유, 닭(鷄也), 서西쪽(方位西方), 팔월八月, 중추仲秋(季節仲秋), 늙은이(老也), 십이 지十二支의 열 번番째, 술, 술을 담는 그릇, 익다(就也), 배부르다(飽也), 빼어나다(秀 也), 물을 대다

【猶】 오히려 유, 오히려(尙也), ~조차, ~마저, ~까지도, 그 위에 더, 가可히(可止之辭), 지 금只今도 역시亦是, ~써(以也), ~부터, 같다(似也,若也), 마치 ~와(과) 같다, 마땅히 ~해야 한다(應也), 도모圖謀하다(圖也), 머뭇거리다(猶豫,不決), 빠르지도 않고 더디지 도 않다(猶猶,夷猶疾舒之中), 꾀(謀也,兵謀), 도리道理(道也), 강아지, 어미 원숭이(玃 屬), 똥 같은 땅속 흙(下土曰五猶,五猶之狀如糞)

【猷】 꾀할 유, 꾀하다(謀也), 도모圖謀하다(圖也), 말하다(言也道也), 같다(若也), 길다, 가可 히(可也), 아아!(歎辭), 꾀(謀也), 계략計略, 길(道也), 한길(大道), 거짓(詐也)

【遺】 끼칠 유, 끼치다(留也), 후세後世에 전傳하다, 남다(餘也), 남기다, 놓다, 두다, 떨어뜨 리다(落也), 잊다(遺忘), 잃다(失也), 없애다(亡也,遺棄), 버리다, 내버리다(亡也,遺棄), 물건物件을 보내다(投贈), 음식飮食을 대접待接하다, 보내다, 더하다, 더해지다

【儒】 선비 유, 선비(學者之稱), 난장이(侏儒,短人), 유학儒學, 대접받침(侏儒,欂櫨), 부드럽다

【乳】 젖 유, 젖(湩也), 젖을 먹이다(育也), 기르다(育也), 양육養育하다, 낳다, 새끼를 치다, 약藥을 갈다

【誘】 꾈 유, 꾀다(相訹呼), 유혹誘惑하다, 불러내다, 유인誘引하다, 미혹迷惑하게 하다, 달 래다(相勸), 서로 권勸하다(相勸), 가르치다(敎也), 인도引導하다(道也), 나아가다(進 也), 움직이다, 속이다, 꾐, 유인誘引, 아름다운 모양模樣

【攸】 바 유, 바, 곳(所也), '所'와 거의 같이 쓰는 어조사語助辭, 여유餘裕 있는 모양模樣, 태연泰然한 모양模樣, 빨리 물 흘러가는 모양模樣(行水), 위태危殆로운 모양模樣, 가 득하다(攸然,自適貌), 아득하다(遠貌), 가슴 번거롭고 답답하다(鬱攸火氣), 빠르다, 획 달아나다(行水), 대롱거리다(攸懸,危貌), 위태危殆하다, 다스리다, 닦다

【悠】 멀 유, 멀다(遠也), 아득하다(悠悠,眇邈無期貌), 오래다, 길다(思也), 느긋하다, 한가閑

暇롭다, 생각하다, 근심하다(悠悠,憂也), 한가閑暇한 모양模樣(閑暇貌), 가는 모양模樣
(悠悠,行貌), 많은 모양模樣

【喩】 깨우칠 유, 깨우치다, 깨우쳐주다(曉諭), 깨닫다, 가르쳐주다, 효유曉諭하다, 비유譬喩
하다, 알려주다(曉諭), 밝게 알다, 고告하다(告也), 간諫하다(諫也), 고쳐주다, 이르다,
기뻐하다(嘔喩,和悅貌), 노래 부르다(歌也), 기뻐하는 모양模樣(嘔喩,和悅貌)

【諭】 깨우칠 유, 깨우치다(急機未悟告之使曉), 타이르다, 효유曉諭하다, 비유譬喩하다, 깨닫
다(曉也), 말을 듣고 깨달아 알다, 밝히다(明也), 명확明確히 하다, 견주다, 견주어 말
하다, 이끌다, 인도引導하다, 고告하다(告也), 간諫하다(諫也), 비유譬喩

【踰】 넘을 유, 넘다(越也), 뛰어넘다(跳越), 뛰어나다(超越), 낫다, 걸출傑出하다((超越), 이
기다, 타넘다, 건너다(渡也), 가다, 뛰다, 지나가다(通過), 나아가다, 아득하다, 멀다(遠
也), 양兩쪽에 걸리다(跨也), 더욱(滋也), 한 층層 더

【愉】 즐거울 유, 즐겁다(樂也), 즐거워하다, 얼굴빛이 즐겁다(顔色樂也), 기쁘다(悅也), 기뻐
하다, 좇다(服也), 복종服從하다(服也), 고달프다(勞也), 게으르다(懶也), 누그러지다,
부드러워지다, 노래하다, 유쾌愉快한 모양模樣(愉愉,和悅之貌), 노래, (구차苟且할 투)
구차苟且하다

【愈】 나을 유, 낫다(勝也), 뛰어나다, 일정一定한 대상對象보다 더 뛰어나다, 더하다(愈愈,
益也), 우심尤甚하다(益甚之意), 어질다(賢也), 나아가다(進也), 지나다(過也), 낫다(差
也,病差), 병病이 낫다(差也,病差), 즐기다, 근심하다(悠悠,憂也), 더욱, 점점漸漸 더, 근
심하는 모양模樣

【游】 헤엄칠 유, 헤엄치다(浮行), 뜨다, 떠내려가다(順流而下曰遡游), 놀다, 놀리다, 즐기다
(樂也), 노닐다(琓物適情之意), 걷다, 여행旅行하다, 지구地球가 자전自轉하다(地有四
游,常動而人不知), 사귀다(交也), 부리지 아니하다, 비다(閒曠), 게으르다(怠也), 게으름
피우다, 타국他國에 가서 섬기다, 헤엄, 흐름, 놀이(遊也), 마음 내키는 대로 즐기는
모양模樣(優游自適貌), 별장別莊, 이궁離宮, 별궁別宮, 별서別墅, 이里의 십분十分의
일一(分里以爲十游,游爲之宗), 지엽枝葉이 만연蔓延한 모양模樣

【蚴】 하루살이 유, 하루살이(蜉蝣)

【遊】 놀 유, 놀다(遨遊), 놀게 하다(使遊), 즐겁게 지내다(遨遊), 자적自適하다, 일없이 세월
歲月을 지내다(無事閒居), 여행旅行하다, 취학就學하다, 벗하다(友也,交遊), 사귀다(友
也,交遊), 벼슬하지 아니하다(未仕官而無職), 흩어지다(散也), 놀이, 틈(閒散), 무사無
事, 벗(朋友), 붕우朋友

## 〔육〕

【育】 기를 육, 기르다(養也), 자라게 하다(覆肉), 착하게 키우다(養子使作善), 낳다, 자라다, 생장生長하다(生也), 어리다(幼稚), 맏아들, 상속자相續者

【肉】 고기 육, 고기(胾肉), 고깃덩이, 베어낸 고기, 날짐승 고기(禽鳥謂之飛肉), 동물動物의 살(胾肉), 몸(身也), 육체肉體, 피부皮膚, 과실果實·채소菜蔬 등等의 껍데기에 싸인 연軟한 부분部分, 살에 상처傷處를 입히는 형벌刑罰(肉刑), 새의 딴 이름, 살이 붙다, 부드럽다(柔也)

## 〔윤〕

【尹】 다스릴 윤, 다스리다(治也), 바로잡다(正也), 믿다(信也), 나아가다(進也), 진실眞實로(誠也), 미쁨, 참, 맏(昆也), 벼슬아치, 장관長官인 벼슬아치, 포포(脯曰尹祭)

【閏】 윤달 윤, 윤달(陰曆餘分之月,陽曆餘分之日), 윤년閏年, 여분餘分의 월일月日, 윤위閏位, 잉여剩餘, 나머지(剩餘), 사신使臣(牧閏,謂命使), 칙사勅使(牧閏,謂命使), 정통正統이 아닌 임금의 자리(比正統之僞朝)

【潤】 젖을 윤, 젖다, 물에 젖다, 적시다, 윤택潤澤하다(澤也), 번지르르하다(澤也), 불다(滋也), 붇다, 불리다, 더하다(益也), 꾸미다, 수식修飾하다, 훌륭하게 하다, 온화穩和하다, 은혜恩惠를 입다, 물기, 윤潤, 윤기潤氣(潤色), 광택光澤, 은혜恩惠(潤澤), 은택恩澤, 이익利益(益也), 이득利得

【允】 진실眞實로 윤, 진실眞實로(誠實), 참으로, 옳게 여기다(肯也), 당當하다, 마땅하다(當也), 믿다(信也), 동의同意하다, 승낙承諾하다, 허락許諾하다(許也), 참, 진실眞實, 아들, 남의 아들(令允)

【狁】 오랑캐 이름 윤, 오랑캐 이름(獫狁), 한대漢代 이후以後 흉노匈奴라 불림

## 〔융〕

【戎】 되 융, 되, 오랑캐, 서西쪽 오랑캐(西方曰戎), 너(汝也), 병기兵器(兵也), 병장기兵仗器(兵也), 무기武器의 총칭總稱, 전투戰鬪에 쓰는 수레(兵車名,大曰元戎,小曰小戎), 싸움, 전쟁戰爭, 전투戰鬪, 크다(大也), 뽑다(拔也), 돕다(相也)

## 〔은〕

【恩】 은혜恩惠 은, 은혜恩惠(惠也), 혜택惠澤, 덕택德澤(澤也), 덕분德分(澤也), 신세(澤也), 인정人情, 동정同情, 사사私事(私也), 은혜恩惠로 알다, 고마워하다, 감사感謝하다, 사랑하다(愛也), 예쁘게 여기다, 측은惻隱하게 여기다, 숨다(隱也)

【銀】 은銀 은, 은銀(白金), 은銀그릇(銀器), 돈(金錢), 화폐貨幣, 황은黃銀, 오은烏銀, 수은水銀, 누른 빛깔의 은銀(黃銀), 은銀빛 모양模樣의 흰빛(銀色貌樣), 은인銀印, 도장圖章, 날카롭다

【隱】 숨을 은, 숨다(微也,逃藏), 숨기다(蔽也,匿也), 숨어있다, 숨어버리다(猶去), 비밀秘密로 하다, 속에 넣어두다, 닫다, 잠그다, 가리다(蔽也,匿也), 드러나지 않다, 보이지 아니하다(不見), 잠재潛在하다, 잠잠潛潛히 있다(不言), 은미隱微하다(微也,逃藏), 곤궁困窮하다, 불쌍히 여기다(隱憂,痛也), 아파하다, 근심하다(憂約), 생각하다(思也), 아끼다(私也), 벗어나다, 떠나다, 가다(猶去), 달아나다(微也,逃藏), 꺼리다(諱也), 칭찬稱讚 않다, 사사私事로이 하다, 한 쪽으로 치우치다, 그늘지다, 흐려지다, 정定하다(隱定), 은사隱士, 숨어서 드러나지 않는 사람, 심오深奧한 도리道理(深奧之理), 많고 성성盛한 모양模樣(隱隱,盛貌)

【殷】 성성盛할 은, 성성盛하다(凡盛皆曰殷), 크다(大也), 많다, 당當하다, 정성精誠되고 다정多情하다(俗謂周致爲殷勤), 바르다(正也), 음악音樂을 한창하다(作樂之盛稱殷), 근심하다(憂也), 무리(衆也), 가운데(中也), (검붉은 빛 안) 검붉은 빛

【慇】 괴로워할 은, 괴로워하다, 아프다(慇慇,痛也), 슬프다(慇慇,痛也), 몹시 애태우다, 은근慇懃하다(慇懃,委曲), 친절親切하다,

〔을〕

【乙】 새 을, 새(鳥也), 생선生鮮 창자(魚腸), 십간十干의 둘째(天干第二位), 굽다(屈也)

〔음〕

【音】 소리 음, 소리(聲也), 물체物體가 진동振動하여 나는 소리, 가락, 음악音樂(音曲), 음조音調, 음색音色, 음률音律, 말, 언어言語, 음신音信, 소식消息(音信), 사장詞章, 글 읽는 소리, 이름뿐이고 실질實質이 없음(轉而), 성姓(姓也), 높이 날아 울다(高飛鳴)

【愔】 화평和平할 음, 화평和平하다(愔愔,安和貌), 조용하다(愔愔,深靜貌), 잠잠潛潛하다(諒闇之闇,默也), 화평和平하고 고요한 모양模樣, 깊숙하고 조용한 모양模樣

【飮】 마실 음, 마시다(歠歠也,咽也), 마시게 하다, 물을 마시다, 술을 마시다(飮酒), 양치養

齒질하다(漱也), 숨기다(隱也), 음료飲料, 주연酒宴, 잔치(燕也), 익명匿名 문서文書(飲章), 요강尿鋼(飲器,溺器)

【吟】 읊을 음, 읊다(咏也), 읊조리다(哦也), 노래하다(長咏), 말을 더듬다, 탄식歎息하다(歎也), 울다, 턱을 끄덕거리다(唫同,頷頤之貌), 끙끙 앓다(呻也), 괴로워서 끙끙거리다(鳴也), 시詩, 노래, 떠들거리는 소리, 새·짐승·벌레 등等의 울음소리

【淫】 음란淫亂할 음, 음란淫亂하다(男女不以禮交), 간음姦淫하다(淫僻,邪也), 곁눈질하다(淫視), 간사奸邪하다, 흘러 옮기다(流移), 적시다(浸淫,隨理), 넘치다(溢也), 빠지다, 어지럽다, 미혹迷惑하다, 도度를 넘다, 심甚하다, 지나치다(過也), 도리道理에 어긋나다, 탐貪하다, 방탕放蕩하다(放也), 사치奢侈하다, 참람僭濫하다(僭也), 어지럽히다, 크다(淫威,大也), 오래다(久也), 흐르는 모양模樣(流貌), 멀리 사라지는 모양模樣(去遠貌), 오락가락하는 모양模樣(往來之貌), 더하여지는 모양模樣(增加貌), 거짓(僭也)

【陰】 그늘 음, 그늘(蔭也,氣在內奧蔭), 응달, 그림자(影也), 음기陰氣(陽之對,地道,妻道,臣道), 습기濕氣, 축축함, 산山의 북北쪽, 하천河川의 남南쪽 기슭, 시간時間(轉而), 이면裡面(背後), 남녀男女의 혼례婚禮(陰禮,謂男女之禮), 부인婦人의 예도禮道(陰禮), 치부恥部, 남녀男女의 외부外部 생식기生殖器, 그늘지다, 어둡다(闇也), 흐리다, 덮다, 숨다, 잠잠潛潛하다(默也), 흐르다, 몰래(幽無形,深難測), 살짝, 남이 모르게(幽無形,深難測), 그윽이(幽無形,深難測)

## 〔읍〕

【泣】 울 읍, 울다(泣哭之細), 눈물이 줄줄 흐르다(無聲出涕), 근심하다, 눈물(淚也), 울음, 근심

【邑】 고을 읍, 고을, 큰 마을(國也,都也,邑人聚會之稱), 서울(國也,都也,邑人聚會之稱), 종묘宗廟가 없는 서울, 국도國都(國也,都也,邑人聚會之稱), 영지領地, 천자天子가 직할直轄하는 영지領地(王畿), 제후諸侯의 영지領地(封土), 읍邑, 식읍食邑, 많은 사람이 모여 사는 곳(國也,都也,邑人聚會之稱)

【挹】 뜰 읍, 뜨다, 물을 푸다, 잔盞질하다, 꺼내다(抒也), 당기다, 잡아당기다(抒也), 잔盞질하다(酌也), 누르다(抑也), 겸양謙讓하다, 물러가다(退也), 읍揖하다

【揖】 뜰 읍, 뜨다, 물을 푸다, 당기다, 잡아당기다, 누르다, 겸양謙讓하다, 사양辭讓하다(攘也,按,攘,同讓,增韻,遜也), 사퇴辭退하다, 나아가다(進也), 읍揖하다, 손깍지 끼고 읍揖하다(手着胸曰揖,拱手上下左右之以相禮), 경대부사경大夫士(三揖), 읍揖, 상대방相對方

응~이

에게 공경恭敬의 뜻을 나타내는 예禮의 한 가지, (모을 집) 모으다(揖揖,聚也), 이루
다(成也), 합合하다(合也), (읍揖할 의) 읍揖하다(揖也)

## [응]

【應】 당當할 응, 당當하다(當也), 응應하다(物相應), 감응感應하다(物相應), 대답對答하다(答
也), 승낙承諾하다, 허락許諾하다, 따라 움직이다, 화동和同하다, 응당應當 ~하여야
하다(當也), 감당堪當하다, 받다(受也), 거두어 가지다, 헤아리다(料度辭), 꼭(當也)

【膺】 가슴 응, 가슴(胸也), 안다, 받다(受也), 가깝다, 가까이하다, 친親하다(親也), 응應하
다(當也), 당當하다(當也), 치다(擊也), 막히다(壅也,氣所壅塞), 말 뱃대끈 갈고랑쇠(鉤
膺,樊纓), 북두北斗(馬帶)

【鷹】 매 응, 매(鷙鳥), 송골松鶻매, 해동청海東靑

【凝】 엉길 응, 엉기다(結也,堅水), 물이 얼어붙다(冰堅止水), 정정하다(定也), 이루다(成也),
엄嚴하다, 엄숙嚴肅하다(嚴正貌), 모이다, 막히다, 심甚하다, 춥다

## [의]

【意】 뜻 의, 뜻(志之發心所嚮), 의미意味, 의의意義, 마음, 정취情趣, 풍경風景, 풍정風情,
아아!(感歎辭), 생각하다(慮也), 헤아리다, 추측推測하다, 무릇, 대저大抵

【宜】 마땅할 의, 마땅하다(當也,合當然), 알맞다, 옳다(所安適理), 도리道理에 맞아 옳다, 마
땅히 ~하여야 한다(決定辭), 화목和睦하다, 화순和順하다, 구순하다(宜者,和順之意),
일하다(事也), 마땅히, 의례依例

【義】 옳을 의, 옳다(己之威儀), 바르다, 바르고 옳다(正義), 의義롭다, 정도正道를 따르다,
평평平平하다, 뜻(事物義旨), 의미意味, 의리義理(人之可行道理), 직분職分, 덕德과 은
혜恩惠(德惠), 임금과 신하臣下가 지켜야 할 길(君臣之間之道,五倫之一)

【儀】 거동擧動 의, 거동擧動(容也), 훌륭한 자태姿態, 예의禮儀, 법도法道(法也), 풍속風俗,
관습慣習, 하늘과 땅(天地也), 의기儀器, 천문天文 보는 기계機械(渾天儀), 짝(匹也),
그릇, 마땅하다, 본本뜨다(象也), 헤아리다(度也), 짐작斟酌하다, 물건物件을 보내다(賀
儀,贈人物品), 오다(來也)

【議】 의논議論할 의, 의논議論하다(語也,定事之宜), 평의評議하다, 강론講論하다, 비평批評
하다(評也), 비난非難하다, 논쟁論爭하다, 문의問議하다(下之通上), 꾀하다(言也,謀也),
계획計劃을 세우다, 헤아리다(謫也,度也), 생각하다(考也), 생각해내다(案出), 간諫하

다, 윗사람에게 충고忠告하다, 가리다(擇也), 기울다, 논설論說, 의견意見, 문체文體의
한 가지

【衣】 옷 의, 옷(衣裳,庇身上下), 웃옷(上曰衣,下曰裳), 윗도리 옷(上曰衣,下曰裳), 저고리, 예
복禮服, 제사祭祀 때 입는 예복禮服(絲衣,祭服), 나들이 옷, 가사袈裟, 승려僧侶의 법
복法服, 잠옷(寢衣), 싸는 것 또는 덮는 것, 이끼(苔也), 곰팡이(苔也), 입다, 입히다

【依】 의지依支할 의, 의지依支하다(倚也), 기대다, 믿다, 좇다(循也,就也), 변變하지 않다(依
然), 힘이 되다, 편안便安하다(安也), 돕다, 사랑하다, 비슷하다(依稀,彷彿), 비유譬喩
하다(喩也), 막대를 휘어서 매다, 가냘프다(柔弱貌), 무성茂盛하다(茂盛貌), 병풍屛風

【醫】 의원醫員 의, 의원醫員(治病工), 의사醫師, 무당巫堂, 치료治療하다, 구救하다

【疑】 의심疑心할 의, 의심疑心하다(惑也), 의혹疑惑하다, 의심疑心스럽다, 괴이怪異하게 여
기다, 헤아리다(度也), 머뭇거리다(不定), 두려워하다(恐也), 그럴듯하다(似也), 닮다,
의심疑心컨대, 혐의嫌疑

【擬】 헤아릴 의, 헤아리다(度也), 상량商量하다, 의논議論하다(議也), 비기다(像也,比擬), 비
슷하다(疑也,言相似), 비교比較하다, 본本뜨다, 흉내 내다, 모방模倣하다

【矣】 어조사語助辭 의, 어조사語助辭, 구句 끝에서 다음 말을 일으키는 말, 말을 그치다(語
已辭), 단정斷定・결정決定의 뜻을 나타낸다, 한정限定의 뜻을 나타낸다, 의문疑問
또는 반어反語의 뜻을 나타낸다, 영탄詠嘆의 뜻을 나타낸다

[이]

【二】 둘 이, 둘(對一爲偶), 둘째, 다음, 두 번番(再也), 거듭(重也), 갑절, 두 마음, 바람 귀
신鬼神(風神), 둘로 나누다, 의심疑心하다(疑也)

【貳】 두 이, 두(副益), 둘(副益), 버금(副益), 두 마음(貳心), 짝(敵也), 적수敵手, 부본副本
(貳也), 거듭(重也), 거듭하다, 두 번番 하다(再度), 둘로 하다(爲二), 대신代身하다(代
也), 떨어지다(分離), 내응內應하다, 배반背叛하다, 어기다(違也), 의심疑心하다(疑也),
바뀌다, 변화變化하다, 돕다, 보좌補佐하다, 아우르다(竝也)

【以】 써 이, ~써(用也), ~로써, ~으로(與也), ~을 가지고, ~에서, ~부터(自也), ~와(과),
함께, 더불어(與也), 쓰다(用也), 사용使用하다, 하다(爲也), 생각하다, 거느리다(率也),
인솔引率하다, 좇다(從也), 말다(已也), 되다, 까닭(故也)

【耳】 귀 이, 귀(主聽), 청각聽覺 기관器官, 오관五官의 하나, 쥘 손, 귀 같이 생긴 쥘 손(凡
器物附於兩旁如人耳者,亦曰耳), 귀 달린 옥잔玉盞(珥耳,玉爵名), 육대손六代孫(曾孫之孫

曰耳孫), 잉손仍孫, 칠대손七代孫, 조자리(凡器物附於兩旁如人耳者,亦曰耳), 도꼬마리
(草名,卷耳,苓耳也,泉耳), 비름(馬莧), 범(獸名,李耳,虎也), 박쥐(耳鼠,卽䶂鼠,飛生鳥), 그
리마(蟲名,今蚰蜒,喜入耳者), 땅이름(地名), 산山 이름(山名), 성姓(姓也), 어세語勢를
돕는 말, 어조사語助辭(助語辭), 뿐, 따름이다, 말을 그치다(決語辭), 귀에 익다, 곡식
穀食이 비 맞아 싹 나다, 홀부들하다(柔從), 지극至極히 성성盛하다(耳耳然,至盛), 맛을
알지 못하다(耳食,不能知味), 들다, (잉손仍孫 잉) 잉손仍孫, 팔대손八代孫

**【異】** 다를 이, 다르다(不同), 같지 아니하다, 서로 같지 아니하다(違也), 달리하다, 괴이怪
異하다(怪也), 이상異常하게 여기다, 의심疑心하다, 기이奇異하다(奇也), 진기珍奇하
다, 뛰어나다, 훌륭하다, 특별特別하게 다루다, 나누다(分也), 딴 것, 딴 일, 모반謀叛
하는 마음(異心,謀叛心)

**【已】** 이미 이, 이미(過事語辭), 벌써, 얼마 안 있어, 조금 있다가(已而有時), 뿐(語已也,語終
辭), 따름(語已也,語終辭), 매우, 너무(太也), 대단히, ~써, 가지고(持也), 그러할지라
도, 또, 마치다(畢也), 그치다(止也), 말다(卒事之辭), 버리다(棄也), 버려두다, 물러가
다(退也), 낫다, 병病이 낫다, 쓰다, 이루다(成也), 가다(去也), 심甚하다(太也), 까닭(故
也)

**【易】** 쉬울 이, 쉽다(不難), 편안便安하다, 평온平穩하다, 평평平平하다, 평탄平坦하다, 경시
輕視하다, 홀忽히 하다(忽也), 쉽게 여기다(忽也), 가벼이 보다, 업신여기다(輕易), 덜
다(省也), 화和하다(和也), 나무를 가꾸다(謂芟治草木), 다스리다(治也), 게으르다(易怠
輕惰), (바꿀 역) 바꾸다(換也), 고치다

**【移】** 옮길 이, 옮기다(遷也), 옮다, 딴 데로 가다, 다른 데로 보내다, 떠나다, 피避하다, 바
꾸다(易也), 변變하다, 굴리다(轉也), 움직이다(靡匜搖動), 뻗치다(延也), 미치다, 전傳
하다, 알리다, 글을 보내 알리다, 나아가다, 양보讓步하다, 빠지다(遺也), 모내기하다
(禾相倚移), 회장回狀

**【而】** 말 이을 이, 말을 잇다(因辭,因是之辭), 그러하다(然也), 같다(如也), 그리고(因辭,因是
之辭), 그리하여, 그러나, 그러할지라도(抑辭,抑又之辭), 뿐, 따름(而已矣), 이에(猶乃),
~에(於也), ~으로(於也), 또(因辭,因是之辭), 더불어(猶與), 곧(則也), 말 시작始作하는
말(發端之辭), 순접順接·역접逆接의 접속사接續詞, 구句·말에 붙여 어세語勢를 돕는
조사助辭, 너(汝也)

**【夷】** 클 이, 크다(大也), 성대盛大하다, 떳떳하다(彝同), 온화穩話하다, 마음이 편안便安하

다(安也), 기뻐하다, 기쁘다(悅也), 쉽다(易也), 평평平平하다(平也), 평평平平하게 하다(平也), 견주다(等也), 풀을 베다(芟也), 상傷하다(傷也), 다치다, 쇠衰하다(衰也), 멸滅하다, 죽여 없애다(誅滅), 웅크리고 앉다, 발을 겹치고 앉다(夷俟,展足箕坐), 무리(儕也), 예의禮儀에 벗어난 앉음새, 상처傷處, 바람 귀신鬼神(女夷,風神名), 오랑캐(東表,嵎夷)

【彝】 떳떳할 이, 떳떳하다(常也), 법法法, 이치理致, 영구永久히 변變하지 않는 도道, 종묘宗廟에 비치備置해두는 제기祭器의 한 가지(宗廟常器), 술병瓶(酒樽)

【爾】 너 이, 너(汝也,女也,而也), 이(此也,是也), 그(彼也), 가깝다(近也), 그러하다(詞之必然), 곱고 빛나다(麗爾), 옮기다(移也), 이처럼, 뿐, 따름(而已,爾爾,爾耳,譍詞), 어조사語助辭

【伊】 저 이, 저(彼也), 그, 이(是也), 발어사發語辭(伊余來暨,伊誰之思), 어조사語助辭, 글 읽는 소리(讀書聲), 이태리伊太利의 준말, 물 이름(水名), 성姓(姓也,伊耆), 오직(維也), 기장 고개 숙이다(伊威,委黍), 인因하다(因也), 답답하다(鬱伊,不舒貌)

# 〔익〕

【益】 더할 익, 더하다(加也,增也), 보태다, 많다(多也), 많아지다, 넘치다(盈溢), 넉넉하다(饒也), 풍부豐富하다, 유익有益하다, 나아가다(進也), 돕다, 더욱, 이익利益, 증가增加, 느는 일, 64괘卦의 하나

【弋】 주살 익, 주살(繳射), 오뉘에 줄을 매어 쏘는 화살, 홰(橛也,所以挂物), 검은 빛깔(黑色), 벼슬 이름(左弋,官名), 물 이름(水名), 고을 이름(縣名), 나라 이름(國名), 오랑캐(無弋,羌部名), 잡다, 사냥하다, 취取하다(取也)

【翊】 도울 익, 돕다(輔也), 공경恭敬하다(敬也), 나는 모양模樣(飛貌), 다음 날, 군군郡 이름(郡名)

【翼】 날개 익, 날개(羽翼,翅也), 새의 날개, 곤충昆蟲의 날개, 이튿날(明也), 원기元氣, 건장健壯한 모양模樣(翼翼,壯健貌), 번성繁盛한 모양模樣(翼翼,蕃廡貌), 도움, 날다(飛也), 들다(翹也), 떠받들다(輔翼), 돕다(助也), 천자天子를 보필輔弼하다(翼贊), 공경恭敬하다(敬也), 천거薦擧하다, 성盛하다(盛也), 화화和하다(和也), 아름답다(美也), 익히다(翼翼,閑也), 이루다

【潩】 강江 이름 익, 강江 이름, 물 이름(水名), 하남성河南省에서 발원發源하여 영수潁水로 흘러가는 강江, 모여 흐르는 물, 낭떠러지의 흐름, 물결무늬를 일으키며 연連하다(潩

減,水貌)
<sub>역 수 모</sub>

# 〔인〕

【人】 사람 인, 사람(動物之最靈者,五行秀氣), 타인他人, 남(他也), 착한 사람(善者), 잘난 사
<sub>동물지최령자 오행수기</sub> <sub>타인</sub> <sub>선자</sub>
람(賢也), 인품人品, 인격人格, 인간人間, 백성百姓(民也), 사람 됨됨이(爲人), 사람을
<sub>현 야</sub> <sub>민 야</sub> <sub>위 인</sub>
세는 단위單位

【仁】 어질 인, 어질다(仁者愛之理,心之德也), 만물萬物을 낳다, 기르다, 거북하다(手足不能
<sub>인자애지리 심지덕야</sub> <sub>수족불능</sub>
運動曰不仁), 씨(果核,中實), 과실果實의 씨눈, 자애慈愛, 사랑, 어진이, 사람(人也,民
<sub>운동왈불인</sub> <sub>과 핵 중 실</sub> <sub>인야 민</sub>
也)
<sub>야</sub>

【引】 끌 인, 끌다, 끌어당기다, 활을 당기다(開弓), 늘이다, 신장伸長시키다, 활을 쏘다, 그
<sub>개 궁</sub>
물 · 물체物體 · 수레 따위를 잡아당기다, 펴다(演也), 바루다, 바로 잡다, 이끌다(相
<sub>연 야</sub> <sub>상</sub>
牽曰引), 인도引導하다, 서로 천거薦擧하다(相薦達曰引), 인용引用하다, 떠맡다, 책임
<sub>견 왈 인</sub> <sub>상 천 달 왈 인</sub>
責任을 지다, 퍼지다, 만연蔓延하다, 길다(長也), 일이나 시간時間을 오래 끌다, 기운
<sub>장 야</sub>
을 들여 마시다, 물리치다, 물러가다(卻也), 물러나다, 죽다, 자살自殺하다, 끈, 상여
<sub>각 야</sub>
喪輿 끈(牽牛紼), 영구차靈柩車를 끄는 밧줄, 가슴걸이, 안마법按摩法(治疾法有撟引),
<sub>견 우 발</sub> <sub>치 질 법 유 교 인</sub>
열 길(十丈爲引), 풍류風流 곡조曲調(一曰,曲引)
<sub>십 장 위 인</sub> <sub>일 왈 곡 인</sub>

【因】 인因할 인, 인因하다(仍也), 말미암다(由也), 원인原因이나 계기契機가 되다, 기초基
<sub>잉 야</sub> <sub>유 야</sub>
礎를 두다, 의거依據하다, 잇다(襲也), 이어받다, 이어받아 그대로 쓰다, 응應하다(應
<sub>습 야</sub> <sub>응</sub>
也), 부탁付託하다(託也), 의지依支하다(依也), 말미암아, 그래서, 그런 까닭으로, 인
<sub>야</sub> <sub>탁 야</sub> <sub>의 야</sub>
연因緣(緣也), 유래由來, 연유緣由, 까닭, 원인原因을 이루는 근본根本
<sub>연 야</sub>

【姻】 혼인婚姻 인, 혼인婚姻, 가취嫁娶, 인연因緣, 연분緣分, 인척姻戚, 사위의 아버지, 사
위의 집, 혼인婚姻하다

【刃】 칼날 인, 칼날(刀鋒), 미늘(刀加距), 칼, 병장기兵仗器(兵也), 찌르다(刃創), 베다, 칼질
<sub>도 봉</sub> <sub>도 가 거</sub> <sub>병 야</sub> <sub>인 창</sub>
하다(以切物而斬之)
<sub>이 절 물 이 참 지</sub>

【忍】 참을 인, 참다(耐也,如刀刺心忍意), 견디어내다(耐也,如刀刺心忍意), 강인强忍하다(强
<sub>내야 여도자심인의</sub> <sub>내야 여도자심인의</sub> <sub>강</sub>
也), 용서容恕하다, 참고 용서容恕해 주다, 차마 못하다(有所舍忍), 마지못해 하다(安
<sub>야</sub> <sub>유 소 함 인</sub> <sub>안</sub>
于不仁), 참지 못하다(忍忍,猶不忍), 잔인殘忍하다, 동정심同情心이 없다
<sub>우 불 인</sub> <sub>인 인 유 불 인</sub>

【認】 알 인, 알다(識認), 발견發見하여 알다, 인식認識하다, 인정認定하다, 인가認可하다,
<sub>식 인</sub>
승인承認하다, 허가許可하다, 분별分別하다(辨識), 적다, 쓰다, 알아서 정정定하다, 행行
<sub>변 식</sub>
하다, 진실眞實을 행行하다

【印】 도장圖章 인, 도장圖章(執政所持信,刻文合信), 옥玉으로 만든 병부兵符(瑞信), 벼슬,
관직官職, 박다(印之), 박히다, 찍다(印之), 찍히다

【寅】 범 인, 범(虎也), 셋째 지지地支(十二支之第三位), 동북방東北方, 정월正月, 동료同僚,
동관同官, 강강强하다(强也), 크다, 삼가다, 공경恭敬하다(敬也), 넓히다(演也)


〔일〕

【一】 하나 일, 하나(數之始初), 낱(單個), 한 번番(一度), 처음, 첫째(第一), 정성精誠(誠也),
순전純全하다(純也), 같다(同也), 동일同一하다, 묶다(統括), 합합合하다(合也), 고르다(均
也), 낱낱이(一一), 모두, 다(總也,皆也), 온통(純也), 온(純也), 오로지(專也), 혹或(或
也), 만일萬一, 어느, 어떤, 조금

【日】 날 일, 날(太陽之精,不虧,君象), 태양太陽, 하루(一晝夜之稱), 해(太陽之精,不虧,君象),
해의 움직임, 햇볕, 햇살, 햇발, 햇빛, 낮, 대낮, 세월歲月, 때(日時), 시기時期, 기한期
限, 하루의 기한期限, 지나간 날(往日), 밝다(光明盛實), 차다(實也), 일찍이(往時), 날
마다(每日)

【逸】 편안便安할 일, 편안便安하다(安也), 놓다(縱也), 버리다(佚也), 잃다(軼也), 제멋대로
하다, 방자放恣하다, 음탕淫蕩하다(淫也), 달아나다(奔也), 숨다(隱也,遁也), 없어지다,
달리다, 질주疾走하다, 빠르다, 격激하다(激昻), 빼어나다, 뛰어나다(卓越), 차례차례次
例次例 왕래往來하다(往來次第), 기뻐하다, 즐기다(安樂), 잘못, 허물(失也,過也), 실수
失手, 과실過失(失也,過也), 숨은 선비(隱士)

【溢】 넘칠 일, 넘치다(器滿), 차다(盈也), 가득하다, 출렁출렁하다(洋溢), 성성盛하다, 정도程
度를 지나치다, 지나다(過也), 교만驕慢하다, 사치奢侈하다(奢也), 벌이다(列也), 삼가
다(愼也), 고요하다(靜也), 소리가 흩어지다(匹溢,聲四散), 큰물(洪水,大水), 홍수洪水,
한 줌의 부피, 부피의 단위單位(二十四兩曰溢,爲米一升二十四分升之一,量單位名,金單
位), 금金의 무게의 단위單位


〔임〕

【壬】 북北쪽 임, 북北쪽(壬位,北方), 북방北方, 아홉째 천간天干, 크다(大也), 아이를 배다
(懷姙,干壬), 짊어지다(負也), 아첨阿諂하다, 간사奸邪하다(佞也)

【任】 맡길 임, 맡기다(以恩相信), 맡다(以恩相信), 책임責任을 맡다, 지다, 메다(負也,擔也),
당當하다(當也), 마음대로 하게 하다(聽其所意), 견디다(堪也), 능能하다, 이기다(克也),

도탑다(誠篤), 맞다, 쓰다(用也), 아이 배다(胎也), 마음대로, 일(事也), 맡은 일, 임소
任所(官所守之職), 직무職務, 짐, 보따리(衣裝), 부담負擔, 성姓(姓也)

【賃】 품삯 임, 품삯(賃金), 노동勞動의 대가代價, 품팔이, 품을 팔다, 품팔이 하다(受財被
役), 품을 사다(授財使役), 고용雇用하다, 빌리다(借賃,僭也), 세貰내다(以財雇物)


〔입〕

【入】 들 입, 들다(出之對), 들어오다(出之對), 들어가다(出之對), 들이다(納也), 빠지다(沒
也), 얻다(得也), 쓰다(用也), 나아가다(進也), 수입收入, 사성四聲의 하나, 입성入聲

【岦】 산山 높은 모양模樣 입, 산山 높은 모양模樣(岦岌,山高貌), 산山이 우뚝하다


〔잉〕

【仍】 인因할 잉, 인因하다(因也), 그대로 따르다, 거듭하다, 뜻을 잃다(乃同,仍剩,失志貌,失
意), 거듭(洊也,重也), 그대로(因也), 자주, 곧, 즉則, 이에, 우두커니(乃同,仍剩,失志貌,
失意), 후손後孫(後昆,雲仍), 칠대손七代孫

【孕】 아이 밸 잉, 아이를 배다(懷子), 임신姙娠하다, 품다, 품어가지다


〔자〕

【子】 아들 자, 아들(息也,嗣也), 자식子息(息也,嗣也), 아들딸, 사내자식子息, 맏아들, 자손子
孫, 가계家系를 잇는 아들, 새끼, 씨, 열매(梅子), 과실果實, 생물生物의 암수 사이에
서 태어난 것, 만물萬物·천지天地 사이의 온갖 생물生物, 알(動物之卵,如言魚子,蠶子),
생물生物이 낳은 알, 이자利子, 이식利息, 너, 당신當身, 자네, 임자(夫婦互稱), 그대,
저, 조카(兄弟之子), 들일사위(贅子,出就婦家), 어르신네(子孫稱其先君子), 젊은이, 청년
靑年, 사람(人也,如言士子,舟子), 남자男子에 대對한 통칭通稱, 미칭美稱(男子美稱), 존
칭尊稱, 스승, 학덕學德이 높은 스승, 일가一家의 학설學說을 세운 학자學者나 그의
저서著書, 오등작五等爵의 네 번番째, 벼슬(子爵), 첫째 지지地支, 동짓冬至달(十一月
陽氣動,萬物滋), 쥐(鼠也), 어조사語助辭, 기르다, 사랑하다, 양자養子로 삼다, 작다,
잘다, 붇다, 무성茂盛해지다, 자세仔細하다, 분별分別하다

【仔】 자세仔細할 자, 자세仔細하다(詳也), 맡기다(任也), 지다(負荷,仔肩), 견디다, 이기다(克
也), 능能하다(能也), 새끼, 어린양羊(兒也,仔羊)

【字】 글자字 자, 글자字(文字), 글씨(文字), 암컷(畜之牝者,能孕者,故謂牝曰字), 아명兒名(名

字,副名), 아이를 배다, 기르다, 젖을 먹이다(乳也), 양육養育하다, 사랑하다, 시嫂집보
내다(許嫁)

【自】 스스로 자, 스스로(躬親), 몸소(己也), 저절로(自然,無勉强), 자연自然히, ~로부터(由
也,從也), ~부터 하다, 말미암다, 좇다(由也,從也), 따르다, 쓰다(率也,用也), 자기自己,
몸(己也), 어조사語助辭

【者】 놈 자, 놈(卽物之辭,如彼者,如此者), 사람, 것, 일, 곳, 이(此也), 곧(則字類,指人,指物,指
事,指所,語勢强調,物事差別,說明等用之者), 어세語勢를 세게 하는 조사助詞, 물건物件을
가리켜 이른다.

【姉】 손위 누이 자, 손위 누이(女兄), 맏누이(女兄), 어머니, 여자女子를 친근親近하게 부르
는 말, 姊의 속자俗字

【姿】 맵시 자, 맵시(態也), 멋, 모양模樣(態也), 모습, 태도態度(態也), 풍취風趣, 취미趣味
(趣也), 바탕, 소질素質, 성품性稟(成也), 모양模樣내다, 자태姿態를 부리다, 아양 부리
다(媚也)

【資】 재물財物 자, 재물財物, 재화財貨, 밑천(資本), 자본資本, 자료資料, 바탕(稟也), 재질
材質, 타고난 품성稟性, 천품天稟, 물건物件의 성질性質(材質), 자리(地位), 비용費用
(行用), 비발(行用), 노자路資(旅費), 노비路費(旅費), 여비旅費, 도움(助藉), 의지依支
할 곳, 정성精誠, 탄식歎息하는 소리, 자료資料로 하다, 쓰다(取也), 취取하다(取也),
가져가다(與齎同), 보내다(賂也), 생각하다(思考), 헤아리다(思考), 돕다, 주다(給也),
이르다, 장사하다, 방자放恣하다, 원망怨望하여 한탄恨歎하다

【恣】 방자放恣할 자, 방자放恣하다(放也,縱也), 제멋대로이다, 마음 내키는 대로 하다, 맡기
다, 하고 싶은 대로 맡기다

【咨】 물을 자, 묻다(問也), 물어서 꾀하다, 탄식歎息하다(嗟也), 원망怨望하다(怨也), 이(此
也), 이것, 아아!(歎息之聲), 탄식歎息하는 말(嗟也), 꾀(謀也)

【紫】 자줏紫朱빛 자, 자줏紫朱빛(帛靑赤色,靑紫間色), 자줏紫朱빛의 의관衣冠과 인수印綬,
신선神仙 또는 제왕帝王의 집의 빛깔, 검붉다(帛靑赤色,靑紫間色)

【訾】 헐뜯을 자, 헐뜯다(毁也), 헐어 말하다(毁也), 흉보다(本作疵), 싫어하다(惡也), 욕辱하
다(毁也), 방자放恣하다(放也), 생각하다(思也), 되질하다(量也), 한정限定하다(限也),
게으르다(與呰同,苟且,惰嬾), 약弱하다(呰,弱也), 짧다(短也), 나쁘다, 거칠다, 탄식歎息
하다(與咨通,訾嗟,歎辭), 헐뜯는 모양模樣(訾訾,言不思稱事之意), 흠欠(本作疵), 병病통
(病也), 재물財物(與貲同,財也), 게을리 하는 모양模樣(訾訾,言不思稱事之意), 땅이름(地

名), 별 이름(與觜通,娵訾北方宿名,亦作娵觜), 성姓(姓也), 아!, 어찌(何也)

**【雌】** 암컷 자, 암컷(牝也,牡之對), 새의 암컷, 암탉, 암새(雄之對,鳥母), 짐승의 암컷, 패배敗北, 지다(敗也,決雌雄), 패배敗北하다, 약弱하다(弱也), 쇠약衰弱해지다

**【刺】** 찌를 자, 찌르다(直傷), 수繡놓다, 문신文身하다, 바느질하다(針刺), 풍자諷刺하다, 기롱譏弄하다(諷刺,譏也), 취조取調하다(訊決), 문초問招하다(訊決), 베다(剗也), 죽이다(殺也), 간諫하다, 나무라다, 꾸짖다(責之), 쓰다, 뽑다(採取), 가시(棘芒), 칼끝, 명함名銜(書姓名於束), (찌를 척) 찌르다, 정탐偵探하다(偵伺)

**【玆】** 이 자, 이(此也), 여기, 이것, 돗자리(蓐席), 멍석, 깔지풀(玆藉,草之名), 윗수염鬚髯(口上鬚), 초목草木이 우거지다(草木多益), 무성茂盛하다, 더하다(益也), 흐리다, 검다, 이에, 더욱, 점점漸漸 더, 거듭(重也)

**【慈】** 사랑 자, 사랑(愛也), 인정人情, 동정同情, 어머니, 양養어머니(慈母,養母), 어질다(仁也), 자혜慈惠하다(慈和服物), 사랑하다(愛也), 부드럽다(柔也), 착하다(善也)

**【滋】** 불을 자, 붇다, 불어나다(益也), 자라다(長也), 많아지다, 우거지다, 번식繁殖하다, 번성繁盛하다(蕃也), 더하다(益也), 보태다, 많다(多也), 씨를 뿌리다, 모종種을 내다(蒔也), 부지런하다(勤也), 흐리다(濁也), 더욱, 즙汁, 진津(液也), 진액津液, 맛(滋味), 맛있는 음식飮食

**【藉】** 깔개 자, 깔개(纏也,纏所以蘊藉), 자리(纏也), 제사祭祀 지낼 때의 깔개, 옥玉 받침, 깔다, 그 위에 물건物件을 두다, 꾸다, 빌리다(借也), 의존依存하다, 몸을 의지依支하다(身之所依曰藉), 핑계하다, 의뢰依賴하다(因也), 위로慰勞하다(慰藉), 돕다(佐也), 온화穩和하다(寬博有餘), 성품性品이 부드럽고 화락和樂하다, 가령假令, (깔개 적) 깔개, 노끈, 매다

## [작]

**【作】** 지을 작, 짓다(造也), 역사役事하다(築造), 하다(爲也), 행行하다(行也), 처음으로 하다, 일어나다(興起), 서다(坐作), 일어서다, 일으키다, 떨치다(振也), 잠에서 깨다, 깎다(猶斲也), 비로소(始也), (만들 주) 만들다

**【昨】** 어제 작, 어제(昨日,隔一宵), 엊그제(累日), 옛날, 이전以前, 앞서

**【酌】** 짐작斟酌할 작, 짐작斟酌하다, 참작參酌하다, 취取하다, 이것저것 대보아 취사取捨하다, 가리다(取善而行), 받아들이다, 따르다(盛酒行觴), 술을 따르다, 잔盞질 하다(盛酒行觴), 액체液體를 퍼내다(挹也), 더하다(益也), 양치養齒질하다(漱也), 술(酒也)

【爵】 벼슬 작, 벼슬(位也), 벼슬·신분身分의 위계位階, 잔盞(禮器也,象雀杯), 술잔盞, 대로 만든 술 국자(竹器所以酌酒), 한 되(一升), 작위爵位를 내리다, 봉封하다(封也), 헤아리다(量也)

【嚼】 씹을 작, 씹다(齧也), 입에 넣고 씹다, 맛보다(嘗也), 개먹다, 침식浸蝕하다, 술을 권勸하는 말

【鵲】 까치 작, 까치(鳥名,喜作,一名乾鵲,一名鳰鵲,陶弘景,謂之飛駁鳥), 희작喜鵲, 땅이름(地名), 산山 이름(山名), 누각樓閣 이름(觀名,漢西京有鳰鵲觀), 망루望樓 이름(觀名,漢西京有鳰鵲觀), 사람의 이름(人名,扁鵲,古良醫), 송宋나라의 좋은 개 이름(犬名,宋鵲,宋良犬,一作猎), 옥玉 이름(鵲玉)

〔잔〕

【殘】 남을 잔, 남다(餘也), 쇠잔衰殘하다(凋傷), 쇠衰하여 약弱해지다, 피폐疲弊하다, 허물어뜨리다, 멸滅하다, 멸망滅亡시키다, 밟아 으깨다(踐也,踐使殘壞), 죽이다(殺也), 무너지다, 이지러지다(缺也), 해害치다(賊也), 해害롭게 하다, 손상損傷하다, 악惡하다(惡也), 모질다, 쫓아내다(放逐), 욕辱하고 꾸짖다(惡罵曰殘罵), 쌓다(殘殘,謂積貌), 턱찌끼(食餘), 끌 밥(穿鑿傅會,謂之蕞殘), 탐관오리貪官汚吏(貪暴吏曰殘吏), 지진 고기(煮肉之名), 잔인殘忍한 사람, 흉악凶惡한 사람

〔잠〕

【暫】 잠깐 잠, 잠깐(須臾), 잠시暫時, 임시臨時로, 임시臨時의, 문득(猶卒), 갑자기(猶卒), 별안간瞥眼間, 창졸간倉卒間(猶卒), 오래지 않다(不久)

【潛】 잠길 잠, 잠기다(涵沈), 자맥질하다(潛行水中,亦曰游), 헤엄치다(游也), 물속에 폭 들어가 헤엄쳐 건너다(涉水), 땅속을 흐르다, 깊다(深也), 감추다(藏也), 달아나다, 몰래, 물소(牛名), 물고기 쉬는 곳(魚之所息,謂之潛)

【蠶】 누에 잠, 누에(絲蟲), 누에나방 유충幼蟲, 하잠夏蠶(原蠶), 다 된 누에(紅蠶), 산山 누에(野蠶), 꽃 누에(華蠶), 두벌 누에(原蠶), 누에치다(養蠶), 양잠養蠶을 하다

〔잡〕

【雜】 섞일 잡, 섞이다(五彩相合), 섞다(糅也), 뒤섞이다(混入), 뒤얽히다, 어수선하다(雜亂), 순수純粹하지 않다, 잡雜되다(厠也), 어지러워지다, 장황張皇하고 번거롭다, 거칠다(粗

也), 아롱지다(班也), 색色이 섞이다, 흩어지다, 둘리다(帀也), 꾸미다(猶飾也), 만나다, 만나게 하다, 모이다(集也), 잘다(碎也), 같다(同也), 뚫다(穿也), 가장(最也), 모두(皆也), 얼룩, 얼룩빼기, 많은 모양模樣(雜然)

【帀】 돌 잡, 돌다, 두르다, 둘리다(周也), 둘레, 두루(周也), 널리(徧也), 市·迊과 通通한다

### 〔장〕

【長】 길 장, 길다(短之對), 길게 하다, 늘이다, 늘어가다(增盛), 짧지 않다, 나이가 많다(齒高), 낫다(善也), 우수優秀하다(長點), 지위地位가 높다(位高), 오래다(久也), 멀다(遠也), 거리距離가 멀다(路遠), 깊다, 크다(大也), 나아가다(進也), 기르다(長養之), 자라다(生長), 가르치다(敎誨不倦曰長), 더하다(益也), 쌓다(積也), 남다(餘也,剩也), 쓸데없다(冗也), 끼다(挾也), 늘(常也), 오래도록, 항상恒常(常也), 키, 신장身長, 길이, 맏(孟也), 어른(成人), 우두머리(首領,長官), 첫째(孟也), 나은 일(長點), 선후先後(長弟), 남는 물건物件(長物)

【張】 베풀 장, 베풀다(施也), 어떤 일을 차리어 벌이다, 메다, 활시위를 메다, 활시위 얹다(施弓弦), 발로 활을 당기다(蹶張.以足張弩), 벌리다(開也), 넓히다, 크게 하다(大也), 휘장揮帳을 치다, 매다, 새그물로 새나 짐승을 잡다(羅取鳥獸曰張), 배가 불룩하다(脹滿), 성盛하다(猶熾盛), 성盛하게 하다, 차려놓다(設也), 고치다(更張), 말하다, 크게 떠벌리다, 자랑하다(夸也,如誇張,布張), 뽐내다, 큰 체하다(自侈大), 교만驕慢을 부리다, 어그러지다, 어기어지다(乖張,相戾), 어긋나다, 속이다(誑也), 기만欺瞞하다, 얇은 물건物件이나 활·거문고·비파琵琶·휘장揮帳 따위를 세는 단위單位, 장張(計物之數曰張), 벌(計物之數), 건件(計物之數), 장막帳幕

【帳】 휘장揮帳 장, 휘장揮帳(帷也), 장막帳幕, 군막軍幕, 천막天幕, 방장房帳, 앙장仰帳(幬也), 유목민遊牧民의 집, 공책空冊, 장부帳簿, 치부책致富冊(計簿)

【丈】 어른 장, 어른(長老尊稱), 장부丈夫, 장인丈人(妻父), 장모丈母(妻母), 지팡이, 열 자(十尺), 길이의 단위單位, 길다(人身丈)

【杖】 지팡이 장, 지팡이(所以扶行), 몽둥이(木梃), 곤장棍杖, 형장刑杖, 상장喪杖, 창槍 자루(矜謂之杖,謂戈戟柄), 감제 풀(虎杖,茶也), 짚다, 지팡이를 짚다, 잡다, 쥐다, 가지다(持也), 의지依支하다(憑依), 때리다, 몽둥이로 때리다

【仗】 무기武器 장, 무기武器, 병장기兵仗器(兵器總名), 호위護衛, 의장儀仗(兵衛儀仗), 교훈敎訓(道也,玄仗), 도장道藏(道也,玄仗), 지팡이를 짚다(仗策), 기대다(憑依也), 의지依支

하다(憑依也)
<sub>빙 의 야</sub>

【掌】 손바닥 장, 손바닥(手中,手心,謂指本), 발바닥, 솜씨, 수완手腕, 일을 다루는 솜씨, 거
<sub>수 중 수 심 위 지 본</sub>
머리(水蛭,至掌), 맡다(主也), 주관主管하다, 치다, 손바닥으로 치다, 고달프다(鞅掌,失
<sub>수 질 지 장</sub> <sub>주 야</sub> <sub>앙 장 실</sub>
容)
<sub>용</sub>

【章】 글 장, 글(篇章), 문장文章, 시문詩文의 절節, 시문詩文의 단락段落, 악곡樂曲의 절節
<sub>편 장</sub>
(樂竟爲一章), 악곡樂曲의 단락段落, 조목條目·규정規整의 갈래, 장정章程(條也,程也),
<sub>악 경 위 일 장</sub> <sub>조 야 정 야</sub>
모범模範, 본본보기, 무늬, 문채文彩(彩也), 수목樹木의 수數를 나타내는 말(大林木曰
<sub>채 야</sub> <sub>대 림 목 왈</sub>
章), 황급遑急히 서두르는 모양模樣(周章,怔營貌), 크게 나누다(成事成文曰章), 표表하
<sub>장</sub> <sub>주 장 정 영 모</sub> <sub>성 사 성 문 왈 장</sub>
다(表也), 밝다(明也)
<sub>표 야</sub> <sub>명 야</sub>

【障】 막을 장, 막다(隔也), 가로막다, 저지沮止하다, 가리다, 틀어막다, 구멍으로 물건物件
<sub>격 야</sub>
이 통通하지 못하게 하다, 지키다(衛也), 방어防禦하다, 밭두둑 길(畛也,謂雍障), 둑(畛
<sub>위 야</sub> <sub>진 야 위 옹 장</sub> <sub>진</sub>
也,謂雍障), 경계境界(界也), 보루堡壘(堡也), 병풍屛風(屛障), 울(屛障), 걸리적거리는
<sub>야 위 옹 장</sub> <sub>계 야</sub> <sub>보 야</sub> <sub>병 장</sub> <sub>병 장</sub>
것(妨害)
<sub>방 해</sub>

【樟】 녹나무 장, 녹나무(豫章,木也), 여장나무, 작은 여장나무(釣樟,樟之小木), 녹나뭇과科의
<sub>예 장 목 야</sub> <sub>조 장 장 지 소 목</sub>
상록常綠 활엽闊葉 교목喬木

【將】 장수將帥 장, 장수將帥, 곁(側也), 거느리다(將之,領也), 인솔引率하다, 좇다(從也), 따
<sub>측 야</sub> <sub>장 지 령 야</sub> <sub>종 야</sub>
르다(隨也), 크다(大也), 장壯하다(壯也), 으리으리하다(將將,嚴正貌), 받들다(奉也), 껴
<sub>수 야</sub> <sub>대 야</sub> <sub>장 야</sub> <sub>장 장 엄 정 모</sub> <sub>봉 야</sub>
붙들다(扶持), 모이다(集也), 잇다(承也), 길다(長也), 가지다(持也), 기르다(養也), 돕다
<sub>부 지</sub> <sub>집 야</sub> <sub>승 야</sub> <sub>장 야</sub> <sub>지 야</sub> <sub>양 야</sub>
(助也), 행行하다(行也), 가다(去也), 나아가다(進也), 발전發展하다, 보내다(送也), 막
<sub>조 야</sub> <sub>행 야</sub> <sub>거 야</sub> <sub>진 야</sub> <sub>송 야</sub>
~하려 하다, 마땅히 ~하여야 한다, ~와(과) 함께 하다(與偕), 곧(卽也), 장차將次(有
<sub>여 해</sub> <sub>즉 야</sub> <sub>유</sub>
漸之辭), 문득(抑然之辭), 또(且也), 함께, ~써, ~으로써, 원願하건대, 바라건대, 청請
<sub>점 지 사</sub> <sub>억 연 지 사</sub> <sub>차 야</sub>
컨대(請也,幾願辭), 거의(幾也), 오히려, 어찌(何也)
<sub>청 야 기 원 사</sub> <sub>기 야</sub> <sub>하 야</sub>

【奬】 장려獎勵할 장, 장려獎勵하다, 권면勸勉하다, 권장勸獎하다, 칭찬稱讚하다, 표창表彰
하다, 기리다(譽也), 돕다(助也), 이루다(成也), 하고자 하다(欲也)
<sub>예 야</sub> <sub>조 야</sub> <sub>성 야</sub> <sub>욕 야</sub>

【狀】 문서文書 장, 문서文書, 편지片紙(牒也), 꽂標말(札也), 소장訴狀, (형상形象 상) 형상
<sub>첩 야</sub> <sub>찰 야</sub>
形象, 모양模樣

【壯】 씩씩할 장, 씩씩하다, 장壯하다, 장대壯大하다(大也), 기상氣像이 굳세다(彊也), 성盛
<sub>대 야</sub> <sub>강 야</sub>
하다(盛也), 상傷하다(傷也), 한방韓方 뜸뜨다(醫用艾灸一灼), 장정壯丁, 장년壯年
<sub>성 야</sub> <sub>상 야</sub> <sub>의 용 애 구 일 작</sub>

【莊】 풀 성盛한 모양模樣 장, 풀이 성盛한 모양模樣, 풀이 무성茂盛한 모양模樣(草盛貌),
<sub>초 성 모</sub>
풀이 고루 가지런한 모양模樣, 농막農幕(田舍), 별장別莊(莊園), 촌락村落이나 산촌山
<sub>전 사</sub> <sub>장 원</sub>

村의 원포園圃, 시골 마을, 여섯 갈래 거리(六軌之道,六達謂之莊), 한 개個의 바다가재(海貝一枚,土人謂之莊), 씩씩하다(嚴也), 풀싹이 장대壯大하다(草芽之莊), 꾸미다, 치장治粧하다, 엄숙嚴肅하다, 삼가다, 정중鄭重하다, 공경恭敬하다(恭也)

【裝】꾸밀 장, 꾸미다, 수식修飾하다, 화장化粧을 하다, 옷차림을 하다, 차리다(裝束), 길 떠날 차림을 하다, 싸다(裹也), 넣다(藏也), 가져오다(齎也), 간직하다, 행장行裝, 차림, 옷차림, 길 떠날 차림, 의복衣服이나 신변身邊의 도구道具

【粧】단장丹粧할 장, 단장丹粧하다(粉飾), 분장扮裝하다, 체하다

【戕】죽일 장, 죽이다(殺也), 살해殺害하다, 무찌르다(殘也), 상傷하게 하다, 손상損傷을 입히다, 착하다, 착하게 하다, 마음이 곱고 어질다(臧也), 갑자기(戕者卒暴之名), 창槍, 말뚝(橛也), 배 매는 말뚝(戕朾也)

【場】마당 장, 마당(除也), 뜰, 정원庭園, 광장廣場, 공지空地, 평지平地, 곳(處也), 터, 시장市場, 저자, 싸움터(戰爭之場), 시험장試驗場, 시험試驗을 치르는 곳, 과거科擧 시험장試驗場(交士曰文場), 신神을 모시는 곳, 밭(田也), 남새밭, 벼 거두는 채마菜廐밭(收禾圃), 곡물穀物을 거두어들이는 뜰, 경작耕作하지 못하는 산지山地, 때(時也), 제사祭祀 지내다(祭神道)

【腸】창자 장, 창자(大小腸藏府之異名), 마음, 충심忠心, 통通하다(暢也,言通暢胃氣), 자세仔細하다(詳也)

【墻】담 장, 담(垣蔽), 사물事物을 나누어 놓은 칸막이, 경계境界, 감옥監獄(園墻,獄也), 관棺 옆 널, 관棺 곁에 대는 널(柳衣也,墻設柩), 관棺을 덮은 옷, 둘러막다(蕭也,門塀) 牆의 속자俗字

【葬】장사葬事 지낼 장, 장사葬事 지내다(藏也,埋也,葬埋), 묻다(藏也,埋也), 감추다(藏也)

【臧】착할 장, 착하다(善也), 두텁다(厚也), 거두다(斂也), 감추다(斂也), 숨기다, 뇌물賂物(吏受賕), 곳庫집(與庫藏之臟同), 곳간庫間(與庫藏之臟同), 저축貯蓄, 오장五臟(與臟同), 창자(與臟同), 종, 사내아이 종(奴僕), 노복奴僕

【藏】감출 장, 감추다(匿也), 간직하다(蓄也), 저장貯藏하다(蓄也), 잠재潛在하다, 품다, 몸에 품다(蓄也), 곳庫집, 광(物所蓄), 창고倉庫(物所蓄), 물건物件을 저장貯藏하는 곳, 저축貯蓄, 꼴풀(茛草,中牛馬芻), 오장五臟, 서장西藏의 약칭略稱

【臟】오장五臟 장, 오장五臟(腑也), 내장內臟

〔재〕

【在】 있을 재, 있다(存也), 이 세상世上에 존재存在하고 있다, 계시다(存也), 살다(居也), 살고 있다, 일정一定한 위치位置·벼슬 등等에 자리하다, 제멋대로 하다, 보다, 살피다(察也), 곳(所在), 장소場所, 확실確實한 뜻을 나타내는 어조사語助辭(示確定意助詞)

【才】 재才주 재, 재才주(藝也), 능력能力, 지혜知慧, 재능才能이 있는 사람, 기본基本, 근본根本, 바탕(質也), 힘(力也), 처음(艸木之初), 능能하다(能也), 겨우

【材】 재목材木 재, 재목材木(木直堪用), 원료原料, 재료材料, 건축建築·기구器具 등等의 재료材料로 쓰이는 나무, 자질資質, 자품資稟(質性), 바탕, 재능才能, 재才주, 수완手腕, 재물財物(與財通), 도리道理, 길, 갖추다(材具)

【財】 재물財物 재, 재물財物(貨也), 보寶배(人所寶), 곡식穀食(納財,謂食穀), 돈과 곡식穀食(泉穀), 녹祿, 녹봉祿俸, 재료材料, 폐백幣帛, 뇌물賂物(賂也), 재才주(與材·才通), 성姓(姓也), 마르다(與裁通), 처리處理하다, 겨우(與纔通), 비로소

【宰】 재상宰相 재, 재상宰相(官稱), 우두머리, 장長, 벼슬아치, 관가官家의 요리料理를 맡은 요리사料理師, 맡아 다스리다(治也), 주관主管하다(主也), 제재制裁하다(制也), 잡다(屠也,割肉), 삶다(烹也)

【再】 두 재, 두(兩也), 두 번番(兩也), 둘(二也), 거듭(重也), 재차再次, 다시 한 번番, 거듭하다(重也)

【災】 재앙災殃 재, 재앙災殃(天火), 천벌天罰, 하늘이 내리는 홍수洪水·한발旱魃·지진地震·충재蟲災 따위, 화재禍災, 횡재橫災(眚災,害也), 주벌誅伐하다

【裁】 마를 재, 마르다(制衣), 마름질하다, 옷을 짓다, 찢다(裂也), 절단切斷하다, 조절調節하다(節也), 제어制御하다, 억제抑制하다, 결정決定하다(決裁), 감별鑑別하다, 분별分別하다, 헤아리다(度也), 자살自殺하다(自裁), 겨우(與纔通), 베 홑옷(布單衣), 헝겊(布帛片), 피륙의 조각(布帛片)

【栽】 심을 재, 심다(草木之殖,種也), 재배栽培하다, 가꾸다, 묘목苗木, 어린 싹, 누각樓閣(閣也)

【載】 실을 재, 싣다(乘也), 수레에 실어서 운반運搬하다, 타다, 수레에 오르다(乘也), 머리에 얹다, 기재記載하다, 맡기다, 오르다, 높이 되다, 베풀다, 설비設備하다, 가득하다(滿也), 이기다(勝也), 잇다(承也), 지우다, 비롯하다(始也), 비로소(始也,與哉通), 이에, 곧(則也), 탈 것, 수레·배·썰매 따위, 해(年也), 연년

【哉】 어조사語助辭 재, 어조사語助辭, 재앙災殃, 재난災難, 처음(始也), 영탄咏歎의 뜻을 나타낸다, 의문疑問의 뜻을 나타낸다, 반어反語의 뜻을 나타낸다, 그러한가?(疑問詞),

비롯하다, ~답다(間隔辭), 비로소(始也)
<sub>간격사</sub> <sub>시 야</sub>

【齋】 재계齋戒할 재, 재계齋戒하다(潔也,洗心曰齋), 엄숙嚴肅하다(莊也), 공손恭遜하고 삼가
<sub>결 야 세심왈재</sub> <sub>장야</sub>
다(恭也), 공경恭敬하다(敬也), 재계齋戒, 집(燕居之室曰齋), 방房(燕居之室曰齋), 연거
<sub>공 야</sub> <sub>경야</sub> <sub>연 거 지 실 왈 재</sub> <sub>연 거 지 실 왈 재</sub>
燕居하는 곳, 공부工夫하는 곳, 상복喪服

## 〔쟁〕

【爭】 다툴 쟁, 다투다(競也), 겨루다, 결판決判을 내다, 소송訴訟하다, 송사訟事하다(訟也),
<sub>경야</sub> <sub>송야</sub>
간諫하다(諫也), 따져 말하다, 분변分辨하다(辨也), 잡아끌다(引也), 다스리다(理也),
<sub>간 야</sub> <sub>변 야</sub> <sub>인 야</sub> <sub>이 야</sub>
어찌하여('乍同,反語辭), 다툼, 말다툼, 하소연, 소송訴訟, 논의論議, 의론議論, 싸움
<sub>사 동 반 어 사</sub>

## 〔저〕

【貯】 쌓을 저, 쌓다(積也), 저축貯蓄하다(與褚同), 두다(居也), 갈무리해두다, 감추다(藏也),
<sub>적 야</sub> <sub>여 저 동</sub> <sub>거 야</sub> <sub>장 야</sub>
우두커니 서다, 가게, 상점商店, 복福, 행복幸福

【抵】 막을 저, 막다(拒也), 꺼려 막다(拒諱), 닥뜨리다(觸也), 부딪다, 밀다, 밀치다(擠也),
<sub>거 야</sub> <sub>거 휘</sub> <sub>촉 야</sub> <sub>제 야</sub>
밀어젖히다, 거스르다, 거슬리다(忤也), 범犯하다(冒犯), 돌아가다(歸也), 거절拒絶하
<sub>오 야</sub> <sub>모 범</sub> <sub>귀 야</sub>
다, 이르다(至也), 다다르다, 당當하다(當也), 해당該當하다, 던지다(擲也), 대저大抵(大
<sub>지 야</sub> <sub>당 야</sub> <sub>척 야</sub> <sub>대</sub>
凡), 무릇, 씨름(角抵)
<sub>범</sub> <sub>각 저</sub>

【低】 낮을 저, 낮다(高之對), 숙이다(垂也), 머리를 숙이다, 구부리다(俛也), 머뭇거리다(低
<sub>고 지 대</sub> <sub>수 야</sub> <sub>면 야</sub> <sub>저</sub>
回留之不能去), 이르다, 아래(下也), 밑, 속, 안
<sub>회 류 지 불 능 거</sub> <sub>하 야</sub>

【柢】 뿌리 저, 뿌리(根也), 밑(底也), 근본根本, 기초基礎, 뿌리를 내리다, 바탕으로 하여
<sub>근 야</sub> <sub>저 야</sub>
생겨나다

【底】 밑 저, 밑(下也), 그릇의 바닥(器臀), 기초基礎, 근본根本이 되는 것, 사물事物의 바닥
<sub>하 야</sub> <sub>기 둔</sub>
을 이루는 부분部分, 맨 끝, 끝나는 곳이나 때, 속, 안, 초고草稿(文書稿), 원고原稿(文
<sub>문 서 고</sub> <sub>문</sub>
書稿), 숫돌, 이르다, 도달到達하다, 그치다(止也), 막히다(滯也), 기다리다(待也), 어조
<sub>서 고</sub> <sub>지 야</sub> <sub>체 야</sub> <sub>대 야</sub>
사語助辭, 어찌, 어찌하여, 어떤, 무슨(設疑之辭)
<sub>설 의 지 사</sub>

【著】 나타날 저, 나타나다(明也), 나타내다, 드러나다, 두드러지다(明也), 분명分明하다, 분
<sub>명 야</sub> <sub>명 야</sub>
명分明하게 하다, 글을 짓다(記述), 저술著述하다, 기록記錄하다, 쇠나 돌 등等에 적
<sub>기 술</sub>
어 나타내다(書金石等), 그리다, 알다, 알리다, 생각하다(思也), 두다, 비축備蓄하다,
<sub>서 금 석 등</sub> <sub>사 야</sub>
저축貯蓄하다(與貯通), 품계品階(位次), 자리(位次), (붙일 착) 붙이다, 입다
<sub>여 저 통</sub> <sub>위 차</sub> <sub>위 차</sub>

【猪】 돼지 저, 돼지(豬俗字), 돼지 새끼, 멧돼지
<sub>저 속 자</sub>

【渚】 물가 저, 물가(水涯), 모래섬, 작은 섬(小洲曰渚), 삼각주三角洲, 강江 이름, 물 이름(水名), 막다(遮也), 물이 갈라지다(水岐曰渚)

【諸】 어조사語助辭 저, 어조사語助辭, 이, 이를(之也,於也,語助辭), 之와 於의 합음合音, 어세語勢 강조强調 발어사發語辭, ~니까?(有諸之乎,疑問詞), ~에, ~에게, ~에서, ~을(를), ~은(는), 것은(대명사代名詞 之와 같다), (모두 제) 모두

【翥】 날아오를 저, 날아오르다(飛擧)

【沮】 막을 저, 막다(遏也), 가로막다, 저지沮止하다, 으르다(恐怖之), 방해妨害하다, 그치다(止也), 꺾이다, 기氣가 꺾이다, 무너지다(壞也), 패패敗하다(敗也), 그만두다, 지나다(過也), 새다(泄漏), 적시다, 물에 젖다(沮洳,漸濕), 낮고 습濕한 땅

## 〔적〕

【赤】 붉을 적, 붉다(朱之形容), 벌거벗다(裸裎曰赤體,見肉色), 숨김이 없다(赤心), 비다(空盡無物曰赤), 아무것도 없다(空盡無物曰赤), 베다(誅也), 없애다(拂拔除去之), 멸멸하다, 발가숭이, 갓난아이(子生而赤色,故言赤子), 핏덩이(子生而赤色,故言赤子), 어린아이, 붉은 빛(南方色,朱色), 진심眞心, 충심衷心, 가뭄, 한발旱魃, 적나라赤裸裸

【笛】 피리 적, 피리, 저(樂管七孔笛), 날라리(樂管七孔笛)

【寂】 고요할 적, 고요하다(靜也,安也), 쓸쓸하다(靜也,安也), 적적寂寂하다(靜也,安也), 막막寞寞하다(靜也,安也), 적멸寂滅, 평온平穩함, 죽음

【摘】 딸 적, 따다(拓果樹實,手取), 과일 따위를 집어 따다, 캐내다(發也), 지적指摘하다(指近之), 들추어내다, 요점要點만을 가려서 쓰다, 남의 글을 따다 쓰다, 어지럽히다, 움직이다(動也), 악기樂器를 타다, 연주演奏하다

【滴】 물방울 적, 물방울, 극極히 적은 분량分量의 비유譬喩, 물이 성盛하게 흐르는 모양模樣(滴滴,水盛流貌), 방울져 떨어지다

【敵】 원수怨讐 적, 원수怨讐(仇也), 적수敵手(對手), 상대방相對方, 서로 겨루는 상대방相對方, 짝(匹也), 무리(輩也), 주인主人(主也), 위(上也), 대적對敵하다(當也), 대항對抗하다, 거역拒逆하다, 막다(拒抵), 맞서다, 겨루다, 대對하다(對也), 대등對等하다

【適】 갈 적, 가다(往也,之也,如也), 이르다(至也), 도달到達하다, 맞다, 맞추다, 고르다, 갖추다, 조화調和를 이루다, 적합適合하다, 당연當然하다(事之常然者,亦曰適然), 좋다(善也), 기분氣分이 좋다, 상쾌爽快하다, 마음에 들다(自適), 즐기다(樂也), 편안便安하다

(安便,自得), 좇다(從也), 따르다, 만나다, 시媤집보내다(女子出家), 돌아가다(至也), 조
우遭遇하다, 정正말, 틀림없이, 우연偶然히(適然,猶偶然), 마침(適然,猶偶然), 오로지,
한결같이, 다만(但也,僅也), 겨우(但也,僅也), 요사이(適來,猶爾來,又甫爾之辭), 상대자相
對者, 상대편相對便, 주인主人, 놀라는 모양模樣

【迪】 나아갈 적, 나아가다(進也), 행行하다, 밟다(蹈也), 이끌다(開導), 이르다(至也), 바로
잡다(相正), 길(道也), 도덕道德

【的】 과녁 적, 과녁(射質,射侯之中), 활을 쏘는 표적標的, 목표目標, 사북, 요점要點(端適,又
指的要處), 표준標準, 사물事物을 행行하는 기준基準, 뚜렷한 모양模樣(鮮明貌), 것(形
容助辭), 꼭 그러하다(實也), 나타나다(明見), 밝다(明也), 희다(白也), 멀다(遠也), 확실
確實하게, 적확的確히, ~의(形容助辭)

【績】 길쌈 적, 길쌈(績也), 일(事也), 업業(業也), 공功(功也), 공적功績, 실을 낳다, 잇다
(繼也)

【積】 쌓을 적, 쌓다(累也,堆疊), 쌓이다, 포개다(累也,堆疊), 저축貯蓄하다, 모으다(聚也), 모
이다, 떼 지어 모이다, 오래되다, 저축貯蓄, 넓이(面積), 부피(容積), 적積(二個以上,數
乘得數), 곱하여 얻은 결과結果(二個以上,數乘得數), 곱하여 얻은 수數, 벌여놓은 것,
치마 주름(襞積)

【蹟】 자취 적, 자취(與迹同,步處), 지나간 자국, 좇다(循也), 따르다

【跡】 자취 적, 자취(與迹同,跡,步處), 흔적痕迹, 뒤를 캐다, 밟다, 뛰다

【迹】 자취 적, 자취(步處,足跡), 발자국(步處,足跡), 발자취(步處,足跡), 흔적痕迹, 행적行蹟,
공적功績(凡功業可見者曰迹), 공덕功德의 자취(凡功業可見者曰迹), 사적史蹟(凡前人所
遺留者曰迹), 유적遺蹟(凡前人所遺留者曰迹), 선례先例, 구관舊慣(舊慣先例), 형적形迹,
형상形象이 있어 볼 수 있는 자취(凡有形可見者,皆曰迹), 풍화風化의 자취(風迹,風化之
迹), 걸음, 행동行動, 행동거지行動擧止, 소문所聞, 왕래往來, 길, 앞길, 벼슬 이름(迹
人,官名), 상고詳考하다(循實而考之,亦曰迹), 나중에 그 사적史蹟에 의依하여 상고詳考
하다(循實而考之,亦曰迹), 좇다(凡有所遵循,亦曰迹), 생각하다, 뒤따르다(凡有所遵循,亦
曰迹), 쏜 자국을 찾아 쏘다(迹射,尋迹而射), 왔다 갔다 하다(往來)

【賊】 도둑 적, 도둑(盜也), 역적逆賊(敵也), 원수怨讐(敵也), 손 거친 놈(盜也), 불효자不孝
者, 농작물農作物 및 묘목苗木의 뿌리와 마디를 갉아 먹는 벌레(害苗之蟲), 사람을
죽이다(殺人曰賊), 상傷하게 하다, 해害치다(傷害), 학대虐待하다(賊虐), 위협威脅하다
(却人), 패敗하다(傷害)

**【籍】** 문서文書 적, 문서文書, 서적書籍, 책冊, 장부帳簿, 적바림, 명부名簿, 호적戶籍, 조세租稅(租籍), 군령軍令을 기록記錄하는 방판方板(尺籍,所以書軍令), 문門을 통행通行하는 허가증許可證(門籍), 대쪽, 임금이 몸소 갈던 밭(籍田), 여러 사람의 입에 오르내리는 소리(籍籍,語聲), 적다, 기록記錄하다(書籍), 등록登錄하다, 압수押收하다(籍沒), 왁자하다(狼籍)

**【狄】** 오랑캐 적, 오랑캐(未開種族汎稱), 북방北方 오랑캐(野蠻種族北方曰狄), 낮은 관리官吏(下士), 아래 벼슬(下士), 악공樂工(樂吏), 꿩 그린 옷(揄狄,畵雉于衣), 깃(羽也), 사슴 이름(鹿名), 샘 이름(狄泉泉名,在洛陽), 땅이름(地名), 사람 이름(人名), 성姓(姓也), (멀 척) 멀다(遠也), 다스리다(狄,當爲剔,剔,治也), 없애다(除也), 깎다, 왕래往來가 빠른 모양模樣(狄滌,往來疾貌)

## 〔전〕

**【田】** 밭 전, 밭(土已耕曰田), 곡식穀食을 심는 경지耕地, 경지耕地 구획區劃의 이름, 땅(土也,地也), 사냥, 구실(爰也,古代稅法), 양미간兩眉間(寸田), 밭을 갈다, 심다, 메우다(塡也), 벌이다(陳也), 사냥하다

**【佃】** 밭갈 전, 밭을 갈다, 밭을 매다(治田), 밭을 만들다(作田), 사냥하다(獵也), 소작인小作人, 멈(代耕農)

**【典】** 법法 전, 법法(法也), 규정規程, 경서經書(五帝之書), 책冊(五帝之書), 서적書籍, 의식儀式, 본本보기(典型), 꼴(典型), 도道(道也), 가르침, 맡다(主也), 주관主管하다, 떳떳하다(五常), 전당典當 잡히다(質貸)

**【全】** 온전穩全할 전, 온전穩全하다, 온전穩全하게 하다(完也), 완전完全하다(完也), 순전純全하다(純也), 갖추다(具也), 가득 차다, 따르다, 모두(完也), 다, 온통(完也), 완전完全히, 흠欠없는 옥玉

**【佺】** 신선神仙 이름 전, 신선神仙 이름(偓佺)

**【前】** 앞 전, 앞(後之對), 잿빛(淺黑色), 앞서다(先也), 나아가다(進也), 전진前進하다, 인도引導하다(導也), 가지런하다(齊斷), 먼저(先也), 남보다 먼저, 옛(故也), ~에게

**【箭】** 화살 전, 화살(矢也), 어魚살, 물시계時計의 눈금 바늘, 물시계時計의 눈을 새겨 병瓶 속에 세운 살(漏箭), 가는 대(篠也), 도박賭博 기구器具, 큰 멧돼지(箭豬), 대나무 이름, 약藥 이름(赤箭,藥名), 산山봉우리 이름(括峯山,山峯名)

**【剪】** 자를 전, 자르다(剪刀), 끊다, 베다, 싹을 베다(齊斷), 깎다, 가위, 깃을 붙인 화살, 翦

의 속자俗字

【煎】 달일 전, 달이다, 졸이다(火去汁), 지지다(熟煮), 볶다(熬也), 불에 말리다(火乾), 마음

을 졸이다, 애태우다, 다하다(盡也), 감减하다(减也), 덜다(减也), 전煎, 기름에 지진

음식飮食

【電】 번개 전, 번개(陰陽激燿), 전기電氣, 빠름의 비유譬喩, 남에게 대對하여 경의敬意를

표表하는 말, 번쩍이다(電光)

【戰】 싸울 전, 싸우다(鬪也), 전쟁戰爭을 하다, 두려워하다(懼也), 두려워서 떨다(懼也), 흔

들리다, 살랑거리다, 싸움, 전쟁戰爭

【展】 펼 전, 펴다(舒也), 벌이다(列也), 넓게 벌이다, 젖혀 벌이다, 늘어놓다, 늘리다, 신장

伸長하다, 열다(開也), 진열陳列하다, 베풀다, 어떤 자리를 마련하다, 널리 공포公布하

다, 뜻을 펴다, 말하다, 의사意思를 발표發表하다, 진술陳述하다(陳也), 정돈整頓하다

(整也), 발달發達하다(發展), 더 나아지다, 맞다(適也), 맞갖다(得自申展適意), 살피다

(審也), 보다(視也), 정성精誠껏 보다(省閱), 중重히 여기다(重也), 적다(錄也), 누어서

이리저리 뒤척거리다(展轉反側), 기한期限을 미루다, 차라리, 실實로(誠也)

【殿】 전각殿閣 전, 전각殿閣, 큰 집, 커다란 건물建物, 대궐大闕(堂高大者,大堂,宮殿,宸居),

궁궐宮闕, 천자天子의 거처居處, 편전便殿(休息閑宴之曰便殿), 전하殿下(殿下次於陛下

之稱), 절, 불사佛舍, 군사軍士의 뒤(軍前曰啓軍後曰殿), 하공下功(上功曰最,下功曰殿,戰

功曰多), 고과考課에서 가장 아래 등급等級의 성적成績, 진정鎭定하다(鎭也,定也), 진

압鎭壓하여 안정安定시키다, 신음呻吟하다(呻也), 군사軍士가 패패敗하여 뒤로 달아나

다(軍敗後奔曰殿)

【錢】 돈 전, 돈(貨泉鑄幣,取其流行無不徧), 청동靑銅으로 만든 돈(靑錢), 화폐貨幣의 단위單

位, 무게의 단위單位, 한 돈쭝, 돈치기(意錢之戲), 말 치장治粧(連錢,馬飾), 가래(銚也,

古田器), 주효酒肴

【專】 오로지 전, 오로지(壹也), 오직 한 곳으로, 홀로(獨也), 마음대로, 주主로써(主也), 전

일專一하다(純篤), 전담專擔하다, 저대로 하다(擅也,自是), 멋대로 하다, 섞이지 아니

하다, 같다(如也), 정성精誠(誠也)

【轉】 구를 전, 구르다(動也,旋也,運轉), 굴리다(轉之), 돌다, 돌리다, 뒹굴다(輾轉), 회전回轉

하다, 움직이다, 옮기다, 움직여 옮기다, 굴러 옮기다(轉運), 옮다, 변變하다, 변화變

化하다, 변變하게 하다(變化), 바꾸다(變也), 넘어지다(轉倒), 굴러 넘어지다, 빠지다,

처박히다, 운반運搬하다, 행동行動하다, 버리다, 내버리다, 관직官職을 옮기다, 관직

官職이 바뀌다, 펄럭이다, 무궁無窮하다(軫轉), 도가道家에서 불로不老 불사약不死藥
을 다리다(道家者,煉不老不死藥), 도리어, 반대反對로, 더욱(尤也), 자루(車上衣裝曰轉),
수레 위에서 의복衣服을 넣는 자루(車上衣裝曰轉), 목소리, 음성音聲

【傳】 전傳할 전, 전傳하다(轉也), 잇다(續也), 보내다, 주다(授也), 펴다(布也), 옮기다(移也),
말하다, 고서古書, 전기傳記, 어진 사람의 글(賢人之書), 책冊(賢人之書), 경서經書의
주해註解, 한평생平生의 기록記錄, 통관장通關狀, 역驛, 역참驛站, 역驛말(驛遞), 객사
客舍, 여인숙旅人宿, 주막酒幕(傳舍,旅館)

【奠】 제사祭祀 지낼 전, 제사祭祀 지내다, 전奠 올리다(薦也), 전奠 드리다(薦也), 드리다
(獻也), 베풀다(陳也), 편안便安하다(安也), 두다(置也), 안치安置하다, 정定하다(定也),
정定해지다, 제수祭需, 신神·불佛에 올리는 물건物件, 장례葬禮 전前에 영좌靈座 앞에
술과 과일 등을 차려 놓는 일

【廛】 가게 전, 가게(市邸), 가게 자리, 가겟방房(市邸), 터, 터전(一畝半,一家居), 한 집 자
리, 집터, 밭, 100묘畝 넓이의 밭, 가게에 대對하여 매기는 세금稅金

【纏】 얽힐 전, 얽히다, 얽다(繳也), 묶다(束也), 둘리다(繞也), 동이다(約也), 줄, 새끼, 성姓
(姓也)

【悛】 고칠 전, 고치다(改也), 새롭게 하다, 깨닫다, 개오改悟하다, 그치다(止也), 중지中止
하다, 그만두다, 경의敬意를 표表하다, 차례次例, (진실眞實할 순) 진실眞實하다(信心)

【顚】 꼭대기 전, 꼭대기, 정頂수리(謂頭上), 산정山頂, 산山꼭대기(山頂曰顚), 목, 고개, 이
마(頂也), 두상頭上, 쥐독(謂頭上), 처음과 끝(本末曰顚末), 근본根本(本末曰顚末), 일의
처음부터 마지막까지의 경과經過(本末曰顚末), 근심하는 모양模樣(顚顚,憂思貌), 귀막
이옥玉, 정신精神 이상異常, 땅이름(地名), 현縣 이름(縣名,與滇同), 사람 이름(人名),
성姓(姓也), 뒤집히다(反覆), 뒤집다(反覆), 거꾸로 하다(反對), 넘어지다(倒也,與蹎同),
넘어뜨리다(倒也,與蹎同), 자빠지다(仆也), 떨어지다(殞也,謂從上而殞), 낭패狼狽하다,
차다(與闐通,塞也), 채우다(與闐通,塞也), 미혹迷惑하다(迷也), 미치다(與瘨同,狂也), 오
로지(專一), (꼭대기 진) 꼭대기(頂也)

【顓】 전단專斷할 전, 전단專斷하다, 제 마음대로 하다, 어리석다(顓,蒙也), 착하다, 선善하
다, 삼가는 모양模樣(頭顓顓謹貌), 옛날 제호帝號(顓頊,古帝號), 전욱顓頊, 사람 이름,
별 이름(星名), 나라 이름(顓臾,國名), 성姓(姓也), 오로지(與專通,獨也)

【篆】 전자篆字 전, 전자篆字, 전서篆書, 진秦나라 이사李斯가 만들었다고 함, 도장圖章, 도
장圖章 글을 전자체篆字體로 쓰는데서 이른다, 바퀴 통筒 묶음(夏篆,穀約), 쇠북 띠

(鐘帶,謂之篆), 사람의 이름자字
<sub>종 대 위 지 전</sub>


## [절]

**【節】** 마디 절, 마디(竹節), 대 또는 초목草木의 마디, 뼈의 마디, 단락段落, 사물事物의 한
<sub>축 절</sub>
단락段落, 예절禮節, 절개節槪(節操), 규칙規則, 제도制度, 법法, 법도法度, 때(時節),
<sub>절 조</sub> <sub>시 절</sub>
시기時期, 명절名節(國家記念日), 부신符信, 병부兵符, 도장圖章(符節,所以示信,今之印
<sub>국 가 기 념 일</sub> <sub>부 절 소 이 시 신 금 지 인</sub>
也), 사물事物의 한정限定(物事定限), 사물事物의 가지, 갈피(物事區切), 등급等級, 등
<sub>야</sub> <sub>물 사 정 한</sub> <sub>물 사 구 절</sub>
차等次, 음악音樂의 곡조曲調(和樂謂之節), 채찍(策杖), 괘卦 이름, 64괘卦의 하나, 절
<sub>화 악 위 지 절</sub> <sub>책 장</sub>
제節制하다(儉也,制也), 절약節約하다, 알맞다, 알맞게 하다, 맞다, 들어맞다, 줄이다,
<sub>검 야 제 야</sub>
그치다(止也), 없애다, 산山이 우뚝하다(山高貌)
<sub>지 야</sub> <sub>산 고 모</sub>

**【折】** 꺾을 절, 꺾다(拗折), 부러뜨리다, 부러지다, 굽다, 굽히다(屈也), 휘다(曲也), 자르다,
<sub>요 절</sub> <sub>굴 야</sub> <sub>곡 야</sub>
쪼개다, 헐다(毀也), 꺾이다, 깎다, 값을 깎다, 힘·기세氣勢 등等을 억누르다, 그치다
<sub>훼 야</sub>
(止也), 일찍 죽다(斷折,不祿), 면박面駁을 주다(直指人過失), 힐난詰難하다, 헐뜯다,
<sub>지 야</sub> <sub>단 절 불 록</sub> <sub>직 지 인 과 실</sub>
따지다, 욱대기다(挫也), 결단決斷하다(斷之), 판단判斷하다, 알맞다(折中), 신神을 존
<sub>좌 야</sub> <sub>단 지</sub> <sub>절 중</sub>
경尊敬하다(尊神也), 제사祭祀 지내는 단壇(封土爲祭處), 장사葬事 기구器具(葬具)
<sub>존 신 야</sub> <sub>봉 토 위 제 처</sub> <sub>장 구</sub>

**【浙】** 강江 이름 절, 강江 이름(江名), 절강浙江, 물 이름, 절강성浙江省의 약칭略稱, 땅 이
<sub>강 명</sub>
름, (쌀 일을 석) 쌀을 일다(浙米也), 쌀을 씻다(浙米也), 씻기다(汰也), (강江 이름 제)
<sub>절 미 야</sub> <sub>절 미 야</sub> <sub>태 야</sub>
강江 이름(江名)
<sub>강 명</sub>

**【晢】** 밝을 절, 밝다(昭晢,明也), 총명聰明하다, 별이 빛나다, 별빛이 밝은 모양模樣, (별빛
<sub>소 절 명 야</sub>
제) 별빛(星光), 별이 반짝거리다(星光), (흴 석) 희다(白也)
<sub>성 광</sub> <sub>성 광</sub> <sub>백 야</sub>

**【絶】** 끊을 절, 끊다(斷也), 차단遮斷하다, 실을 자르다, 실이 잘리다, 끊어지다, 분리分離하
<sub>단 야</sub>
다, 사이를 띄우다, 떨어지다(落也), 없애다(滅也), 멸滅하다(滅也), 멸망滅亡시키다,
<sub>낙 야</sub> <sub>멸 야</sub> <sub>멸 야</sub>
망亡하다, 막다, 막히다(隔也), 가로막다, 숨이 그치다, 버리다, 물이 마르다, 없다, 그
<sub>격 야</sub>
만두다, 기이奇異하다(奇也), 뛰어나다(超也), 좋다(好也), 곧바로 가다, 지나다(過也),
<sub>기 야</sub> <sub>초 야</sub> <sub>호 야</sub> <sub>과 야</sub>
건너다(渡也), 아득하다(相距遼), 심甚하다(甚也), 아주 험險한 곳(陷絶之險), 으뜸(冠
<sub>도 야</sub> <sub>상 거 요</sub> <sub>심 야</sub> <sub>함 절 지 험</sub> <sub>관</sub>
也), 절구絶句, 결決코(決也)
<sub>야</sub> <sub>결 야</sub>

**【切】** 벨 절, 베다(割也), 썰다(割也), 끊다(割也), 저미다(割也), 자르다, 떨어지다, 없어지다,
<sub>할 야</sub> <sub>할 야</sub> <sub>할 야</sub> <sub>할 야</sub>
갈다, 문지르다, 새기다(刻也), 간절懇切하다(切切,懇到), 요긴要緊하다(要也), 정성精
<sub>각 야</sub> <sub>절 절 간 도</sub> <sub>요 야</sub>
誠스럽다(慇實), 친절親切하다, 다그다, 접근接近하다, 누르다, 진맥診脈하다(切脈,按
<sub>각 실</sub> <sub>절 맥 안</sub>

也), 경계警戒하다(譏切), 바로 잡다, 고치다, 잘 들어맞다(剴切), 엄嚴하다, 심甚하다,
꾸짖다, 급急하다(迫也,急也), 반절半切, 문지방門地枋(門限), (모두 체) 모두

【竊】 훔칠 절, 훔치다, 몰래, 도둑, 좀도둑, 竊의 속자俗字

【竊】 훔칠 절, 훔치다, 도둑질하다, 탐貪하다(竊位,非所據而據,亦曰竊), 좀스럽게 아는 체하
다(竊竊,猶察察), 깐깐하다(竊竊,猶察察), 얕다(淺也), 둘 곳 없이 근거根據하다(竊位,非
所據而據,亦曰竊), 몰래, 가만히(私也), 좀도둑(盜也), 사사私事(私也), 근거根據

## [점]

【占】 점령占領할 점, 점령占領하다(擅據), 차지하다(擅據), 본本디부터 가지다(固有), 있다
(有也), 자리에 붙어 있다(著位), 지키다, 수호守護하다, 묻다(候也), 알아보다, 보다(視
也), 입으로 전傳하다(口以授人), 점占치다(視兆), 점占

【点】 더러울 점, 더럽다, 점点, 點의 속자俗字

【點】 점點 점, 점點(小黑), 작은 흔적痕迹, 문장文章의 구두점句讀點, 문자文字의 점點과
획畫(點畫), 사물事物의 표시表示로 찍는 점點, 장소場所를 나타내는 말, 시간時間(更
點), 자구字句의 정정訂正, 평점評點(是非評價), 수數로서 나타낸 평가評價의 숫자數
字, 문자文字의 말소抹消(以筆滅字謂點), 물방울(水滴), 점호點呼하다, 점검點檢하다
(檢點), 조사調査하다(點呼), 세다, 수긍首肯하는 뜻으로 머리를 끄덕이다(點頭), 상고
詳考하다(檢點), 불을 붙이다(點火), 등燈불을 켜다, 물을 따르다(注也), 더럽히다(汚
也), 뭉개다(以筆滅字謂點)

【店】 가게 점, 가게(商店), 상점商店, 전방廛房(商店), 물건物件을 파는 곳, 주막酒幕(置也,
所以置貨鬻物), 여관旅館, 여인숙旅人宿

【漸】 점점漸漸 점, 점점漸漸(稍也), 차차次次, 흘러 들어가다(流入), 젖다(濕也), 적시다(濕
也), 번지다(侵也), 물들다(染也), 담그다(漬也), 감화感化하다, 천천히 움직이다, 차츰
나아가다(進也), 자라다, 성장成長하다, 물을 건너다, 풀이 더부룩하다(草之相包裹),
일의 시초始初(事之端,先覩之始), 젖은 모양模樣, 괘卦 이름, 64괘卦의 하나

## [접]

【接】 사귈 접, 사귀다(交也), 교제交際하다, 교차交叉하다, 닿다, 접接하다, 엇갈리다, 가까
이 가다, 가까이 하다, 가깝다(近也), 합合하다(合也), 접接붙이다, 흘레하다, 잇다(承
也), 잇닿다(接續,連也), 이어지다, 이어받다, 받다(受也), 계승繼承하다, 가지다(持也),

계속繼續되다, 모으다(會也), 모이다, 대접待接하다, 대우待遇하다, 화합和合하다, 빠르다(捷也), 두 손을 뒤로 묶다(反接,謂反縛兩手), 접接

【蝶】 나비 접, 나비(蜨蠂), 호접胡蝶

## 〔정〕

【貞】 곧을 정, 곧다(正也), 굳다(固也), 마음이 바르고 행실行實이 굳다(貞節), 여자女子가 정조貞操를 지키다(貞節), 정숙貞淑하다, 정정定하다(定也,精正不動惑), 안정安定하다, 인정認定하다, 점占치다(卜問), 여자女子의 절개節槪, 정조貞操, 처녀處女, 진실眞實한 마음, 시호諡號 법法, 내괘內卦

【定】 정정定할 정, 정정定하다(決也), 결정決定하다, 평정平定하다(平也), 정정定해지다, 그치다(止也), 머무르다(止也), 바로 잡다, 정리整理하여 바로 잡다, 반드시 지키다(純行,不差安民法古竝曰定), 편안便安하다(安也), 편안便安하게 하다, 엉기다(凝也), 바르다(正也), 도道를 닦다(沒我修業), 반드시, 꼭, 마침(凡豫約者,皆曰定), 이마(額也), 호미(斤屬謂之定), 익은 고기(羮定,熟肉), 별 이름

【正】 바를 정, 바르다(方直不曲,守一以止也), 곧다(直也), 옳다(是也), 떳떳하다(常也), 도리道理나 진리眞理에 맞아 그릇됨이 없다, 삐뚤어지거나 어그러지지 아니하다, 속이는 일이 없다, 정당正當하다, 공평公平하다, 바람직하다, 바로 잡다, 고치다(釐辨), 잘못되거나 그릇된 것을 올바르게 고치다, 부정不正을 제대로 되게 하다, 죄罪를 다스리다(治其罪), 질정質正하다(平質), 사물事物의 증거證據가 되다(以物爲憑), 조례朝禮하다(朝覲曰朝正), 섞이지 않다(純一), 갖추다(備也), 갖추어지다, 넉넉하다(足也), 정정定하다(定也), 결정決定하다(決也), 미리 작정作定하다(豫期), 평평平平하다, 중앙中央, 한가운데, 네모, 방정方正, 남南쪽 창窓(室之向明處曰正), 선현先賢(先正), 우두머리(長也), 숟가락(載之枇,亦作匕), 한해의 첫 달(歲之首月), 정사政事

【征】 칠 정, 치다(伐也), 가다, 바르게 가다(行也), 싸움하러 가다(伐而行), 손에 넣어 자기 것으로 만들다, 취取하다(取也), 윗사람이 아랫사람의 무도無道함을 공격攻擊하여 바로 잡다, 찾다(索也), 구실을 받다(稅也), 세稅를 받다, 조세租稅를 매기다(稅也), 구실, 조세租稅, 세금稅金

【政】 정사政事 정, 정사政事(下所取正,以法正民), 나라를 다스리는 일, 정사政事를 행行하는 규칙規則, 법규法規, 정사政事를 행行하는 사람, 벼슬아치의 직무職務나 관직官職, 임금, 관리官吏들, 구실(賦也), 조세租稅, 바르다(正也), 바루다, 바로 잡다, 바르게 하다(下所取正,以法正民), 부정不正을 바로 잡다, 부역賦役하다(力政,城道之役), 치다, 정

벌征伐하다, 확실確實히, 틀림없이, 정正말로

【整】 가지런할 정, 가지런하다(齊也), 가지런히 하다, 가지런해지다, 바로 잡다(擊之使正), 정돈整頓하다(齊也), 정돈整頓되다, 신칙申飭하다(整飭), 온전穩全하다(物之完全不缺者), 돈의 액수額數 아래 붙인다, 꼭, 우수리 없는 모양模樣

【井】 우물 정, 우물(穴地出水), 저자(市井), 마을, 천정天井, 정자형井字形, 일리一里 사방四方의 땅(주대周代의 제도制度), 별 이름, 밭이랑을 정자井字로 긋다(古授田區劃), 조리條理가 있다(其有條理,井井), 정간井間 바르다(間正), 연속連續하다(井井)

【丁】 고무래 정, 고무래(丁字形引物機), 넷째 천간天干(天干第四位), 장정壯丁(民夫), 젊은 남자男子, 부림꾼(僕役使曰丁), 백정白丁(庖丁), 나무 베는 소리(伐木之聲), 바둑 두는 소리(碁打之聲), 거문고 타는 소리(彈琴之聲), 누수漏水 소리(漏聲,丁東), 씩씩하다, 성盛하다(盛也), 당當하다(當也), 외롭다(零丁)

【頂】 정頂수리 정, 정頂수리, 쥐독(頭上), 머리, 머리의 최最 상부上部(頭上), 이마(顚也), 목의 위, 꼭대기(物之最上部), 정상頂上, 이다(戴也), 머리에 이다, 소중所重히 받들다

【訂】 바로 잡을 정, 바로 잡다(訂正), 교정校訂하다, 고치다(訂正), 고르다(均也), 끊다(評議), 평론評論하다(評議), 머무르다(逗遛), 두류逗遛하다, 백성百姓에게 부과賦課하다

【亭】 정자亭子 정, 정자亭子, 역참驛站, 여인숙旅人宿, 낮(午也), 머무르다(留也), 물이 그치다(停同,決河,亭水), 우뚝하다(聳立,亭亭貌), 가지런하다(整也), 고르다(均也), 평평平平하다(平也), 곧다(直也), 이르다(至也), 기르다(亭毒,化育)

【停】 머무를 정, 머무르다(行中), 쉬다, 그만두다, 자라지 않고 더부룩하다, 정정定하다(定也), 정정定해지다(定也), 밀리다

【廷】 조정朝廷 정, 조정朝廷(布政之所), 관청官廳, 관아官衙, 뜰, 마당, 바르다(正也), 곧다(直也), 공정公正하다, 공변되다

【庭】 뜰 정, 뜰(堂階前), 집안에 있는 마당, 집안(家庭), 조정朝廷, 관청官廳, 궁중宮中, 궁궐宮闕의 안, 대궐大闕 안(宮中), 콧마루(山庭,鼻柱), 동안 뜬 모양模樣(逕庭,隔遠貌), 곧다(直也)

【挺】 뺄 정, 빼다, 빼어내다(挺出), 뽑다(拔也), 당기다(引也), 이탈離脫하다, 빠져나오다, 특출特出하다, 솟다, 높이 솟다, 너그럽다(寬也), 앞서다, 앞장을 서다, 곧다(直持也), 꼿꼿하다(挺通,挺挺,直也), 굽지 아니하다, 노櫓, 호미, 총銃, 큰 포脯(猶牒), 삽 따위를 셀 때의 단위單位, 향香풀 이름(荔挺,香草名), 고을 이름(縣名)

【霆】 천天둥소리 정, 천天둥소리(雷餘聲,鈴鈴所以挺出萬物), 오래 끄는 뇌성雷聲(雷餘聲,鈴

鈴所以挺出萬物), 우레(雷也), 번개(雷也), 벼락(霹靂,疾雷爲霆霓), 요란搖亂한 천天둥소
리(迅雷,疾雷), 사람의 이름(借作庭,人名), 떨다, 떨치다, 펼럭이다

【情】 뜻 정, 뜻(性之動也,人欲之謂情,性之對), 마음의 작용作用, 무엇을 하리라고 먹는 마음,
인정人情(慈愛), 동정同情, 본성本性, 타고난 성질性質, 취미趣味(風情), 남녀男女 사
이의 애정愛情, 여색女色, 욕심慾心, 사실事實, 진실眞實, 진실眞實한 사실事實(情實),
사정事情, 실정實情, 진상眞相, 형편形便, 상태狀態, 형상形象(狀態), 이치理致, 진리
眞理(慾望), 연애戀愛하다(男女相愛), 초혼初婚하다(定情), 관계關係하다(通情), 몸을
팔다(賣情,鬻情)

【精】 쓿은 쌀 정, 쓿은 쌀(鑿也), 희게 쓿은 쌀(鑿也), 정미精米(簡米曰精), 정신精神(眞氣),
정수精髓(凡物之純至者,皆曰精), 생명生命의 근원根源, 남자男子의 정액精液, 신령神靈
스러운 기운(靈氣), 근본根本, 만물萬物을 생성生成하는 음양陰陽의 기氣, 혼魂, 혼백
魂魄, 정령精靈, 해, 달, 별, 눈동자瞳子(同睛), 학교學校(精廬,精舍), 사원寺院(精舍),
악惡한 놈의 우두머리(猺之渠帥,號曰精夫), 해오라기(鳥名,交精), 쓿다, 쌀을 곱게 쓿다
(鑿也), 찧다(搗也), 가리다(擇也), 깨끗하다(精潔), 정精하다, 순일純一하다, 전일專一
하다, 자세仔細하다, 면밀綿密하다, 세밀細密하다(細也), 정밀精密하다(密也), 바르다
(正也), 착하다(善也), 좋다(好也), 밝다(明也), 굳세다(强也), 날래다, 아름답다, 맑다,
익숙하다(熟也), 깊다, 그윽하다, 교묘巧妙하다(巧也), 오로지(專一)

【睛】 눈동자瞳子 정, 눈동자瞳子(目珠子), 눈 검은자위(目珠子), 싫어하는 눈 빛, 새 이름
(雙睛,鳥名), (노리고 보는 모양模樣 청) 노리고 보는 모양模樣(睲睛,不悅目貌), 노리고
보다(睲睛,不悅視)

【靜】 고요할 정, 고요하다(動之對), 조용하다(動之對), 소리가 없다(寂也), 시끄럽지 아니하
다(不騷), 움직이지 아니하다(不動), 얌전하다(貞靜), 안존安存하다(貞靜), 쉬다(息也),
침착沈着하다, 깨끗하고 아름답다(靜嘉), 바르다, 화和하다(和也), 편안便安하다(安也),
단청丹靑이 정밀精密하다, 맑다(澄也), 자세仔細하다(審也), 꾀하다(謀也)

【淨】 깨끗할 정, 깨끗하다(無垢也,潔也), 깨끗이 하다, 맑다, 정결淨潔하다, 정淨하다(無垢
也,潔也), 때 묻지 아니하다, 밝다, 사념邪念이 없다, 조촐하다(無垢也,潔也), 악역惡役

【鼎】 솥 정, 솥, 발이 셋 달리고 귀가 둘 달린 음식飮食을 익히는 데 쓰는 솥, 죄인罪人을
삶아 죽이는 형구刑具(用罪人烹殺之刑具), 세 갈래(鼎立), 왕위王位, 삼공三公(最尊官
位,鼎,三足,象三公), 정승政丞, 벼슬 이름(鼎官,官名,今殿前舉鼎者), 나라(國家,又王位,帝

位), 괘卦 이름(卦名), 칠칠찮은 모양模樣(鼎鼎,大舒), 몸단속團束 못하는 모양模樣(鼎鼎,大舒), 별 이름(周鼎,星明), 호수湖水 이름(湖名), 주州 이름(州名), 성문城門 이름(鼎門,城門名,九鼎所從入), 사람의 이름(人名), 성姓(姓也), 솥의 세 발 같이 세 곳으로 나란히 서다(鼎立), 귀貴히 되려 하다(方且欲貴), 존귀尊貴하다, 마땅하다(鼎,當也), 새롭다(新也), 배를 잡아매다(維舟曰鼎), 바야흐로(方也), 이제 한창

【呈】 드릴 정, 드리다, 윗사람에게 바치다, 들어내다(露也), 드러내 보이다, 나타나다(見也), 보이다(示也), 자랑하다(自媒衒), 발보이다, 자랑하여 일부러 보이다, 스스로 팔리다(自媒衒), 풀다(解也), 평평平平하다(平也), 규칙規則(程也), 한도限度, 한정限定

【程】 길 정, 길(驛程,道里), 도로道路, 법法(式也), 법도法度, 과정課程(課也), 기한期限(期也), 한도限度, 양量이나 무게를 헤아리는 그릇(程者,度量之總名), 도량형度量衡의 계량기計量器, 길이의 단위單位, 품수品數(品也), 표豹범(秦人謂豹曰程), 헤아리다(量也), 생각하다(量也), 저울질하다(銓也), 가려내다(銓也), 준거準據하다(程者,權衡斗斛律曆,程者,物之準也), 한정限定하다(限也), 보이다(示也)

## 〔제〕

【弟】 아우 제, 아우(兄之對,男子後生), 나이 어린 사람, 제자弟子, 우제愚弟(卑下謙稱), 자기自己의 겸칭謙稱, 차례次例(束韋之次第也), 순順하다(順也), 공손恭遜하다, 공경恭敬하다(善事兄), 쉽다(易也), 좇다(順也)

【悌】 공경恭敬할 제, 공경恭敬하다, 어른을 공경恭敬하다, 공손恭遜하다(善兄弟), 개제愷悌하다(愷悌,樂易), 화락和樂하다, 화평和平하고 즐겁다, (쉬울 적) 쉽다(易也)

【第】 차례次例 제, 차례次例(次第), 등급等級, 과거科擧(等第), 집(第宅), 저택邸宅, 숫자數字 위에 붙여 써서 차례次例를 나타내는 말, 차례次例를 정정하다, 등급等級을 매기다, 과거科擧 시험試驗에 합격合格하다(及第), 다만(但也), 또(且也)

【帝】 임금 제, 임금(王天下之號), 황제皇帝(王天下之號), 천자天子, 하느님(上帝,天也), 조화造化의 신神, 오제五帝의 약칭略稱, 귀신鬼神 이름(五帝,神名)

【制】 절제節制할 제, 절제節制하다(節也), 누르다, 억제抑制하다, 단속團束하다(檢也), 어제御制하다(御也), 금禁하다(禁制), 마르다, 마루재다(裁也), 자르다, 자료資料를 필요必要한 규격規格대로 베거나 자르다, 만들다, 짓다(造也), 제정制定하다, 바르다(精也), 집상執喪하다(守制), 법도法度, 규정規定, 제도制度(成法), 직분職分, 임금 말씀(王言, 制令)

【製】지을 제, 짓다(造也), 옷을 짓다, 마르다(裁也), 만들다(造也), 기물器物을 만들다, 제조製造하다, 옷·글·약藥을 짓다, 옷, 비옷(雨衣), 우장雨裝옷(雨衣), 갓옷(裘也), 저작著作(義與著同), 시문詩文, 형상形象(謂裁衣之形製), 모습(與致同), 법法(式也)

【諸】모두 제, 모두(非一,皆言,凡衆), 여러(非一,皆言,凡衆), 뭇(非一,皆言,凡衆), 제후諸侯(國君), 임금(諸侯,國君), (어조사語助辭 저) 어조사語助辭

【祭】제사祭祀 제, 제사祭祀, 제사祭祀 지내다, 사람과 신神이 서로 접接하다(祭者際也,人神相接故曰際也), 이르다(言人事至於神), 사귀다(祭者際也,人神相接故曰際也)

【際】사이 제, 사이(壁會,合也,會也), 두 사물事物의 중간中間(壁會,合也,會也), 서로 만나는 지점地點, 경계境界, 벽壁과 벽壁의 이음새, 가장자리, 변邊두리(方也,邊也,畔也), 가(方也,邊也,畔也), 끝(方也,邊也,畔也), 기회機會(際會), 시기時期(際會), 때, 정도程度, 방향方向, 교제交際, 마주치다, 닿다(接也), 이르다(至也), 다다르다, 만나다(際會), 사귀다(交際)

【除】덜 제, 덜다, 제거除去하다(去也), 없애다(去也), 죽이다(誅也), 베다(誅也), 베거나 죽여 없애다(去也), 폐기廢棄하다, 쓸어서 깨끗이 하다, 깨끗이 하여 열다(開也,淸也), 손질하다(治也), 다스리다(治也), 병病이 낫다(病愈者,或謂之除), 임관任官하다(就新官), 벼슬을 주다(就新官), 나누다(分也), 탈상脫喪하다, 뜰(謂門屛之間), 문門안의 마당(謂門屛之間), 땅을 쓸어 깨끗이 한 곳(除地,謂壇盟會處), 길을 치워 제단祭壇으로 한 곳(治道路場壇), 섬돌(殿陛), 궁전宮殿의 계단階段(殿陛), 층계層階(殿陛), 길, 도로道路, 음력陰曆 섣달 그믐날 밤(新舊歲之交謂之除,除夕), 제야除夜(新舊歲之交謂之除,除夕), 나눗셈(算法有乘除)

【題】표제標題 제, 표제標題(書題), 표지表識, 책冊 이름(書題), 제목題目, 시문詩文·서책書冊의 제목題目, 서책書冊의 권두卷頭에 써넣는 말(題字), 맨 앞자리, 끝(先端), 이마(額也), 머리(頭也), 서까래 끝의 옥玉 장식裝飾(椽頭玉飾曰璇題), 물음(問題), 문제問題, 품평品評(品題), 문체文體의 이름, 기록記錄하다, 적다(記錄), 보다(視也)

【提】끌 제, 끌다(挈也), 끌고 가다, 끌어 일으키다, 들다(擧也), 손에 들다, 들어 올리다, 제기提起하다, 걸다, 거느리다, 맡아 관리管理하다, 끼다, 휴대携帶하다, 던지다(擲也), 끊다(絶也), 우아優雅하고 마음에 여유餘裕가 있이 느릿느릿 걷다(提提,行步安舒而審諦), 침착沈着한 모양模樣(提提,安諦), 술 따르는 병瓶(偏提,酌酒壺), 불도佛道(猶華,言正道), 절(浮屠所居曰招提)

【堤】 둑 제, 둑(築土遏水), 제방堤防, 방防죽, 방축防築(築土遏水), 언덕, 밑(緣邊), 병瓶 따
위의 밑바닥, 대략大略, 대강大綱, 대大충, 둑을 쌓다, 막다(防也), 막히다(滯也), (이
랑 시) 이랑(堤封,頃畝)

【齊】 가지런할 제, 가지런하다(整也,無偏頗), 가지런하게 하다, 이삭이 가지런하다(禾麥吐穗
上平), 백성百姓을 균등均等하게 잘 다스리다(等也,無有貴賤謂之齊民), 비등比等하다
(等也,無有貴賤謂之齊民), 갖추다, 미비未備한 것이 없다, 바르다(正也), 좋다(好也), 고
루 섞다(食有和齊藥之類,酒以度量節作者,謂之齊), 같다, 같게 하다, 음식飲食 조리調理
하다(和也), 음식飲食 간 맞추다(和也), 분별分別하다(辨也), 장엄莊嚴하다(莊也), 엄숙
嚴肅하다(肅也), 빠르다(速也), 다, 모두, 똑같이, 한가운데(中也), 공손恭遜하고 삼가
는 모양模樣(齊齊,恭慤貌), 배꼽(與臍通), (재계齋戒할 재) 재계齋戒하다, 엄숙嚴肅하게
공경恭敬하다, (옷자락 자) 옷자락

【濟】 건널 제, 건너다(霽同,渡也), 건지다(賙救), 구제救濟하다, 빈곤貧困이나 어려움에서
구제救濟하다, 서로 돕다(相助), 밀다, 더하다(益也), 많고 성盛하다(濟濟,衆盛之貌),
통通하다, 이루다(成也), 쓰다(利用), 이용利用하다, 위엄威嚴이 많다(多威儀), 그치다
(止也), 그만두다, 없애다(讀作擠,滅也), 근심하다(憂也), 나루, 도선장渡船場, 제사祭祀
지내는 모양模樣(濟濟,祭祀容)

【劑】 약藥 지을 제, 약藥을 짓다, 약藥을 합합合하다(通作齊,百藥齊合), 조절調節하다, 배합配
합合하다, 나누다(分劑), 베다, 약藥 재료材料(藥劑), (어음 자) 어음, 가지런히 자르다
(翦齊)


[조]

【朝】 아침 조, 아침(旦也), 시작始作의 때, 처음, 역대歷代(時代國號之稱), 조정朝廷(執政
處), 왕조王朝, 관청官廳, 관아官衙, 정사政事를 행行하는 곳, 군수郡守가 정사政事하
는 곳(郡守聽事曰郡朝), 뵙다(臣見君曰朝), 알현謁見하다, 제후諸侯가 천자天子를 알현
謁見하다, 신하臣下가 임금을 뵙다, 조회朝會를 받다(朝會,人君視政), 제후諸侯끼리
회견會見하다, 자식子息이 부모父母를 뵙다, 어른에게 보이다(同類往見曰朝), 찾아보
다, 방문訪問하다, 모이다, 회동會同하다, 보이다, 이르다(早也), 나라 이름(朝鮮,國名)

【潮】 조수潮水 조, 조수潮水(水朝宗於海,水者地之血脈,隨氣進退而爲潮), 흐름, 밀려들어 왔
다 나가는 바닷물, 일정一定한 시대時代나 부문部門의 사람들이 가지는 생각의 흐름,
조수潮水가 밀려들기 시작始作하다, 흘러들어가다, 젖다, 축축해지다

【早】 이를 조, 이르다(晨也), 기준基準되는 때보다 앞서 있다, 때가 아직 오지 아니하다, 빠르다(迅速), 첫, 처음, 일찍(晨也), 미리, 앞서, 먼저(先也), 이른 아침, 새벽(晨也)

【皂】 하인下人 조, 하인下人(賤人), 신하臣下(皂隷,臣也), 천賤한 사람, 마부馬夫(皂養馬之官), 마구간馬廐間, 말 우리, 말구유(養馬之器), 마판馬板(櫪也,馬閑), 검은 비단緋緞(黑繒), 검은 빛, 새벽(早也), 동東틀 무렵(早也), 말 열두 필匹(馬三乘,卽十二匹之稱), 황새(鳥名,鸛雀,一名皂裙), 도토리(皂斗,柞栗之屬), 조협자皁莢子(皁角子,藥名), 주엽나무(角刺), 皁의 속자俗字, 검다(黑色), 검고 희다(皂白,猶黑白), 짓다(皂,造也,造成事), (검을 도) 검다(楊氏古音)

【鳥】 새 조, 새(羽族總名,長尾禽總), 봉황鳳凰, 개똥벌레(丹鳥,螢之別稱), 모기(蚊之別稱), 별 이름(南方七宿名)

【助】 도울 조, 돕다(佐也), 힘을 빌리다(藉也), 편리便利하다(便益), 유익有益하다(益也), 도움, 구조救助, 구원救援, 세금稅金(殷代田稅之名稱), 구실, 조세租稅

【造】 지을 조, 짓다(作也), 처음으로 만들다(創造), 일으키다(爲也), 세우다(建也), 하다(爲也), 처음으로 하다, 이루다(就也), 성취成就하다, 꾸미다, 조작造作하다, 다하다, 가다(行也), 나아가다(進也), 이르다(詣也), 깊은 경지境地에 들어가다(究也), 오다, 나란히 늘어놓다(造舟,比舟而渡), 벌여놓다(造舟,比舟而渡), 넣다(納也), 속에 들어가게 하다(納也), 궁구窮究하다(究也), 맨 먼저, 처음(始也), 갑자기(造次,急遽), 졸지猝地에, 때(時也), 시대時代(時也), 비는 제사祭祀(祈禱之祭名造), 거북등 지져 점占치는 곳(謂灼龜燒荊之處), 거짓(造作虛構)

【俎】 도마 조, 도마, 적대炙臺, 제향祭享 때 희생犧牲을 얹는 도구道具, 제기祭器(祭享器), 높은 대臺

【調】 고를 조, 고르다(和也), 조절調節하다, 균형均衡이 잡히다(均衡持之), 맞다(適也), 꼭 맞다, 적합適合하다(適也), 어울리다, 화합和合하다, 부드럽다(柔也), 익히다, 길들이다(揉伏), 갖추다(具備), 지키다, 수호守護하다, 보호保護하다(調護), 뽑히다(選調), 발탁拔擢되다(選調), 선임選任되다, 옮기다(遷也), 관직官職을 옮기다(遷也), 헤아리다(調算度之), 살피다(調算度之), 조사調査하다, 구求하다(求也), 거두다(調斂), 징발徵發하다(調斂), 비웃다(嘲笑), 조롱嘲弄하다(啁也,出賈), 속이다(欺也,諏也), 가락(韻調,音調,樂律), 운치韻致, 시詩, 구실(賦也), 지엽枝葉이 흔들거리는 형상形象(枝葉搖動之形)

【彫】 새길 조, 새기다(鏤也), 아로새기다, 파다, 쪼다, 쪼아 먹다, 그리다(畵文), 꾸미다, 수식修飾하다, 다스리다, 시들다(殘也,零落), 조잔凋殘하다(傷瘁), 식물植物이 물기氣가

말라서 생기生氣가 없다, 문채文彩 내다(彫琢,文飾), 새겨 다듬다(彫琢,文飾), 풀 이름
(彫蓬·彫胡,並草名)

【雕】 독수리 조, 독수리, 수리(鷲也,鷙也,能食草), 큰 수리(大鷲), 조각사彫刻士, 환한
모양模樣(雕雕,章明之貌), 나라 이름(雕題,國名), 사람 이름(人名), 겹성姓(複姓), 옥玉
을 다듬다(玉謂之雕,雕謂之琢), 주周나라 때에 뼈나 뿔 따위의 조각彫刻을 맡은 벼슬
아치, 파다, 새기다(雕,雕性刻制故,與彫通), 시들다(凋也), 쇠약衰弱해지다

【兆】 조짐兆朕 조, 조짐兆朕, 빌미, 거북점占(灼龜發于火,其形可占者), 점괘占卦, 만억萬億,
억조億兆, 묏자리, 묘墓(塋墓界域), 묘지墓地, 점占치다

【弔】 조상弔喪할 조, 조상弔喪하다(問終), 유족遺族을 위로慰勞하다, 문안問安하다, 안부安
否를 묻다, 영혼靈魂을 위로慰勞하다, 불쌍히 여기다(愍也), 슬퍼하다(傷也)

【操】 잡을 조, 잡다(把持), 쥐다, 부리다, 조종操縱하다, 조련調練하다, 가지다, 다가서다,
닥쳐오다, 지조志操(所守也,持念也), 절조節操, 절개節槪(所守也,持念也), 뜻, 풍취風趣
(風調曰操), 운동運動, 군사軍事 훈련訓練

【燥】 마를 조, 마르다(乾也), 말리다, 녹이다(爍也), 마른 것

【照】 비출 조, 비추다(明所燭), 비추어서 보다, 빛을 보내다, 비치다, 환히 비치다(發光明),
모양模樣을 비치다(照姿), 밝다(光明), 밝게 하다, 대조對照하여 보다, 이것저것 견주
어 보다(彼此比見), 밝혀 알아보다(同明相照), 깨우치다, 준거準據하다, 햇빛, 어음(契
照), 증권證券, 증명서證明書

【詔】 고고할 조, 고고하다(告也), 말하다, 알리다, 윗사람이 아랫사람에게 알리다, 가르치
다(導也), 가르쳐서 인도引導하다(敎導之), 신神에게 고고하다, 돕다, 마음으로 돕다
(勵也), 소개紹介하다, 조서詔書(上命,秦漢以下,天下獨稱之), 천자天子의 명령命令, 조
칙詔勅을 적은 글발, 벼슬 이름(前漢,公孫弘傳), 왕호王號(蠻王曰詔)

【祚】 복福 조, 복福(福也), 복조福祚(福也), 복록福祿(福也), 하늘이 내리는 행복幸福, 자리
(位也), 천자天子의 자리, 지위地位(位也), 해(歲也), 복福을 내리다

【祖】 할아버지 조, 할아버지(父之父曰祖父), 할머니(父之母曰祖母), 조상祖上(先祖,始祖,通謂
之祖), 국조國祖, 시조始祖와 대대代代의 조상祖上, 처음 시작始作한 사람(流波傳統之
開始者), 집이나 나라를 처음으로 세워 공功이 있는 사람, 처음으로 봉封해진 사람,
시조始祖의 사당祠堂(始廟), 시초始初, 근본根本(本也), 위(上也), 법칙法則(法也), 거
리제祭(祭道神曰祖), 길 제사祭祀(祭道神曰祖), 익히다(習也), 송별연送別宴을 열다, 비

로소(始也)
<sub>시 야</sub>

**【租】** 조세租稅 조, 조세租稅, 세금稅金, 구실(田賦), 부세賦稅(凡稅皆曰租), 차용료借用料(借
<sub>전부</sub> <sub>범세개왈조</sub> <sub>차</sub>
賃), 밭 가운데 벼 멍석(田中禾稭), 차용借用하다, 세貰 들다, 세貰내다, 쌓다(積也)
<sub>임</sub> <sub>전중화갈</sub> <sub>적야</sub>

**【組】** 짤 조, 짜다(織組), 베를 짜다, 조직組織하다, 얽어 만들다(事物構成), 꿰매다, 짝이 되
<sub>직조</sub> <sub>사 물 구 성</sub>
다, 땋은 실(組紃), 끈(綬屬,其小者以爲冕纓), 끈목, 머리 매는 끈(用組組束髮), 관冠 또
<sub>조순</sub> <sub>수 속 기 소 자 이 위 면 영</sub> <sub>용 조 조 속 발</sub>
는 머리 매는 끈(綬屬,其小者以爲冕纓), 인印끈(組綬), 갑甲옷과 투구(組甲,漆甲,成組文)
<sub>수 속 기 소 자 이 위 면 영</sub> <sub>조 수</sub> <sub>조 갑 칠 갑 성 조 문</sub>

**【粗】** 클 조, 크다(大也), 거칠다(物不精), 간략簡略하다, 추醜하다(疎也), 무거리(物不精)
<sub>대 야</sub> <sub>물 부 정</sub> <sub>소 야</sub> <sub>물 부 정</sub>

**【條】** 가지 조, 가지, 나뭇가지, 곁가지(小枝), 가닥(小枝), 조목條目, 조례條例, 조리條理,
<sub>소 지</sub> <sub>소 지</sub>
맥락脈絡, 사항事項, 개오동梧桐나무, 유자柚子나무, 탱자나무(橘屬,柚條), 노(繩也),
<sub>귤 속 유 조</sub> <sub>승 야</sub>
휘파람 부는 모양模樣(條然,嘯貌), 낱낱이 들다(條鬯,條目,枚擧), 가지를 꺾다(枝落), 곧
<sub>조 연 소 모</sub> <sub>조 창 조 목 매 거</sub> <sub>지 락</sub>
다, 바르다, 길다(長也), 사모思慕치다(條達), 요란擾亂하다
<sub>장 야</sub> <sub>조 달</sub>

**【臊】** 누릴 조, 누리다, 누린내ㅣ 나다, 비리다, 부끄러워하다, 비린내ㅣ(腥臊), 개 비린내ㅣ
<sub>성 조</sub>
(犬膏臭), 돼지 누린내ㅣ(豕膏臭), 고기 비린내ㅣ(凡肉之腥者,皆曰臊), 개·돼지기름(豕
<sub>견 고 취</sub> <sub>시 고 취</sub> <sub>범 육 지 성 자 개 왈 조</sub> <sub>시</sub>
犬膏), 돼지 살에 생긴 사마귀 같은 것 따위의 군살
<sub>견 고</sub>

**【藻】** 말 조, 말, 바닷말, 조류藻類(水草), 무늬 있는 마름(藻,水草之有文者,以喩文焉), 글의
<sub>수 초</sub> <sub>조 수 초 지 유 문 자 이 유 문 언</sub>
수식修飾(藻,水草之有文者,以喩文焉), 글(詩歌·文章), 무늬 말, 무늬(文飾), 꾸밈(文飾),
<sub>조 수 초 지 유 문 자 이 유 문 언</sub> <sub>시 가 문 장</sub> <sub>문 식</sub> <sub>문 식</sub>
채색彩色, 문채文彩 있는 문장文章, 아름다운 표현表現, 불을 피避하는 방防으로 수
초水草를 그린 천장天障(今屋上覆橑謂之謂之藻井), 옥玉 받침(藻藉,所以薦玉者), 깔개
<sub>금 옥 상 부 료 위 지 위 지 조 정</sub> <sub>조 자 소 이 천 옥 자</sub>
(藻藉,所以薦玉者), 성姓(姓也), 꾸미다(裝飾), 기뻐하다(梟得水藻,言喜悅), 좋아하다(梟
<sub>조 자 소 이 천 옥 자</sub> <sub>성 야</sub> <sub>장 식</sub> <sub>부 득 수 조 언 희 열</sub> <sub>부</sub>
得水藻,言喜悅)
<sub>득 수 조 언 희 열</sub>

**【肇】** 비로소 조, 비로소(始也), 비롯하다, 시작始作하다, 꾀하다(謀也), 바로잡다(正也), 치
<sub>시 야</sub> <sub>모 야</sub> <sub>정 야</sub>
다(擊也), 공격攻擊하다, 민첩敏捷하다(敏也), 가지런하다(等也,謂先等其本,以正其末),
<sub>격 야</sub> <sub>민 야</sub> <sub>등 야 위 선 등 기 본 이 정 기 말</sub>
길다(長也), 지경地境(域也)
<sub>장 야</sub> <sub>역 야</sub>

**【曺】** 성姓 조, 성姓(姓也), 마을(官署), 조曹와 같은 글자字, 중국中國에서는 조曹 자字를
<sub>성 야</sub> <sub>관 서</sub>
쓰고, 우리나라에서는 이 자字를 쓴다

**【曹】** 마을 조, 마을(官署), 관아官衙, 관청官廳(官署), 관리官吏, 벼슬아치, 무리(輩也,羣也,
<sub>관 서</sub> <sub>관 서</sub> <sub>배 야 군 야</sub>
衆也,偶也), 또래, 벗, 떼, 군중群衆, 짝, 동행同行, 동반자同伴者, 나라 이름(國名), 성
<sub>중 야 우 야</sub> <sub>국 명</sub>
姓(姓也)
<sub>성 야</sub>

**【漕】** 배로 물건物件 나를 조, 배로 물건物件을 나르다(水運曰潮), 노櫓를 젓다(水轉轂), 배
<sub>수 운 왈 조</sub> <sub>수 전 곡</sub>
가 물 위를 가게 하다(人之所乘及船), 배 또는 수레, 홈통桶, 액즙液汁이 통通하는 길
<sub>인 지 소 승 급 선</sub>

【趙】 나라 이름 조, 나라 이름, 조趙나라(國名,趙地昻畢之分野,趙分晉得趙國), 전국戰國 칠웅七雄의 하나, 전조前趙, 후조後趙, 걸음걸이의 느린 모양模樣, 아침 제사祭祀(趙,朝也,本小邑,趙事于大國), 평상平床(牀杠), 성姓(姓也), 추창趨蹌하다, 섬기다(趙,朝也,本小邑,趙事于大國), 적다(少也), 넘다, 뛰어넘다, 찌르다(刺也), 흔들다, 오래(久也), (찌를 교) 찌르다(刺也), (길어서 흔들릴 소) 길어서 흔들리다(與掉同,掉繚,長貌)

〔족〕

【足】 발 족, 발(人之足,趾也), 기물器物의 다리(器物之下部), 뿌리, 근본根本, 산山기슭(山麓), 밟다, 디디다, 가다, 걸어가다(步行), 달리다, 족足하다, 충족充足하다, 흡족洽足하다(滿也), 충분充分하게 하다(足之), 넉넉하다(無欠), 감당勘當하다, 그 일이 가可하다는 뜻을 나타내는 말(不可曰不我足), 그치다(止也), 머무르다, (지나칠 주) 지나치다, 과도過度하다

【族】 겨레 족, 겨레(宗族), 친족親族, 붙이(族者,屬也), 같은 동포同胞, 인종人種의 갈래, 동류同類(類也), 무리(衆也), 가계家系, 집(家也), 화살 끝(矢鋒), 벌罰이 일족一族에 미치는 극형極刑, 더부룩이 무더기로 나다(族生,叢生), 서로 엇걸리어 얼크러지다(交錯聚結)

〔존〕

【存】 있을 존, 있다(在也,亡之對), 살아 있다, 머무른 상태狀態대로 계속繼續 있다. 존재存在하다, 살아남다, 보존保存하다, 보관保管하다, 맡겨두다, 보류保留하다, 제쳐놓다, 남겨두다, 갇혀 있다, 괴어 있다, 물어보다(告存,恤問), 살피다(察也,省也), 안부安否를 묻다, 노고勞苦를 위로慰勞하다, 편안便安하다, 이르다(至也), 가볍게 여기다

【尊】 높을 존, 높다, 높이다(高稱), 지위地位가 높다, 지위地位를 높이다, 상대자相對者를 높이다, 존경尊敬하다, 공경恭敬하다(敬也), 중重히 여기다(重也), 귀貴히 여기다(貴也), 우러러보다, 높임말을 쓰다, 높이가 높다, 어른(君父之稱)

〔졸〕

【卒】 마칠 졸, 마치다(終盡), 죽다(死也), 사망死亡하다, 바쁘다(急也), 별안간瞥眼間(忽遽之貌), 갑자기, 군사軍士, 항오行伍(軍伍), 집단集團, 무리, 종(隷人給事者), 하인下人, 심부름꾼

【拙】 졸拙할 졸, 졸拙하다, 옹졸壅拙하다(劣也,不巧), 솜씨가 서투르다, 운運이 나쁘다, 불
　　우不遇하다, 소용所用이 없다, 쓸모가 없다, 무디다(屈也), 못생기다(劣也,不巧), 옹졸
　　壅拙한 일, 나(自己謙稱), 자신自身의 것을 겸사謙辭하여 이르는 말

## 〔종〕

【宗】 마루 종, 마루(尊也), 근원根源, 밑동(本也), 밑(本也), 일의 근본根本, 본本뜻(宗旨),
　　가장 뛰어난 것, 우두머리, 존숭尊崇하는 사람, 으뜸으로 존중尊重하는 사람, 위爲하
　　는 것(人所尊祭者), 일족一族, 동성同姓, 일가一家(同姓), 겨레(同姓), 갈래, 유파流波,
　　공부工夫 갈래(學派), 사당祠堂, 종묘宗廟, 가묘家廟, 높이다(人物所歸往), 으뜸으로
　　높이다, 덕德이 있다(有德), 조회朝會보다(朝宗,朝見)

【倧】 상고上古 신인神人 종, 상고上古의 신인神人(上古神人,大倧敎), 신인神人, 한배검(檀
　　君,大皇神,神人降于太白山檀木下)

【棕】 종려棕櫚나무 종, 종려棕櫚나무(栟櫚), 야자과椰子科에 속屬하는 상록常綠 교목喬木,
　　대 이름(棕竹,亦竹類), 풀 이름(崖棕), 椶과 동자同字

【種】 씨 종, 씨(穀種,種子), 식물植物의 씨, 곡식穀食의 씨, 동물動物의 씨, 식물植物(作物),
　　근원根源, 원인原因, 핏줄, 혈통血統, 종족種族, 부족部族, 무리(種類), 품류品類, 종류
　　種類, 여러 가지(種種,猶物物), 머리털 짧은 모양模樣(髮短貌), 삼가고 공경恭敬하는
　　모양模樣(謹慤貌), 심다(藝植), 펴다(布也), 베풀다(布也)

【從】 좇을 종, 좇다(隨也), 따르다(隨也), 뒤를 밟아 따르다, 쫓다, 뒤쫓다, 남의 뜻을 따라
　　그대로 하다, 따라다니다(隨行), 모시고 다니다(隨行), 시중들다, 말을 듣다(相聽), 남
　　의 말을 듣다, 순順하다(順也), 숙부드럽다, 나아가다(就也), 허락許諾하다(許也), 놓아
　　주다, 내보내다, 종용慫慂하다, 순직殉職하다, 상투가 우뚝하다, 하다, 일하다, ~부터
　　(自也), 세로(東西曰衡,南北曰從), 남북南北, 시중드는 사람, 심부름꾼, 자취, 흔적痕迹,
　　높은 모양模樣, 친척親戚 사이의 관계關係를 나타내는 말

【縱】 세로 종, 세로, 늘어지다(緩也), 느슨해지다, 놓다(放也), 풀다, 버리다(捨也), 터주다
　　(撥行), 활을 쏘다(發矢曰縱), 불을 놓다, 세상世上 일을 말하다(言汎說事), 일으키다
　　(起也,發也), 쫓다, 두다(置也), 용서容恕하다, 방임放任하다, 방종放縱하다, 방자放恣
　　하다(恣也), 어지럽다(亂也), 비록(雖也), 가령假令(假定辭)

【蹤】 자취 종, 자취(跡也), 발자취(跡也), 고인故人의 행적行蹟(跡也), 행방行方(跡也), 좇다
　　(從也), 뒤를 좇다, 놓다(按,說文,無蹤字,古皆以縱爲蹤), 놓아 보내다, 사냥개의 끈을

풀어 놓아 보내다, 지휘指揮하다

【鐘】쇠북 종, 쇠북(樂鐘,世本曰垂作鐘), 율律 이름(律名), 부피 단위單位, 모이다, 모으다, 주다, 부여賦與하다

【終】마칠 종, 마치다(竟也), 다하다(盡也), 실이 다하다(綵絲), 다되다, 끝나다, 죽다, 극極에 이르다(卒也), 이루어지다, 완료完了되다, 차다, 마침내, 종국終局에는, 결국結局은, 끝까지, 끝(終末), 종말終末, 마지막(極也,窮也), 마침(竟也), 열두 해(一終,十二年之稱)

## 〔좌〕

【左】왼쪽 좌, 왼쪽(左右定位,人尚右,以右爲尊), 왼, 증거證據, 왼쪽으로 가다(左行), 그르다, 어긋나다, 어기다(戾也), 깔보다, 내리다, 낮추다, 물리치다, 증거證據를 대다, 증거證據하다(證左), 돕다(佐也), 돕지 않다(不助), 간사奸邪하다(邪辟), 높다

【佐】도울 좌, 돕다(輔也), 권권하다, 도움, 돕는 사람, 버금(貳也), 다음(貳也)

【坐】앉을 좌, 앉다(行之對), 발 접개고 앉다(大坐,跏趺), 무릎을 꿇고 앉다, 일 않고 가만히 있다(勞動之對), 꿇다(跪也), 무릎 꿇다, 지키다(守也), 방어防禦하다, 죄罪를 입다(被罪人), 연좌連坐되다, 남의 죄罪나 사건事件에 걸려들다, 대심對審하다(罪人對理), 앉아서, 만연漫然히, 자리(坐處), 좌석座席, 대기실待機室(便坐,別坐之處), 지위地位, 사물事物의 단위單位, 기물器物·악기樂器·불상佛像 등等을 세는 단위單位

【座】자리 좌, 자리(牀座,坐具), 앉거나 눕는 자리, 일정一定한 사람들이 모이도록 한 자리, 위치位置, 일정一定한 대상對象이 차지하는 공간적空間的 위치位置, 별 자리(星座), 직위職位, 지위地位, 좌座(집·부처·거울 등等 일정一定한 물체物體를 세는 단위單位)

## 〔죄〕

【罪】허물 죄, 허물(罰惡), 죄罪, 법法을 어긴 죄罪, 형벌刑罰, 재앙災殃(災也), 고기 그물(捕魚竹罔), 죄罪를 짓다(犯法), 죄罪를 주다(科惡), 형벌刑罰을 내리다, 어그러지다(不從道理), 실수失手를 꾸짖다(責失手)

## 〔주〕

【主】주인主人 주, 주인主人(物權曰主人,賓之對主客), 집 어른(一家之家長曰戶主), 임금(君也), 공경公卿 대부大夫, 우두머리, 장長, 왕녀王女(公主), 위패位牌, 신주神主, 근본根本, 사북, 주장主掌하다, 맡다(宰也), 지키다(守也), 거느리다(領也), 높이다(宗也), 주의注意하다

【住】 살 주, 살다(居也), 머무르다(止也), 그치다(中止), 서다(立也), 사는 집, 거처居處, 살고 있는 사람

【注】 물 댈 주, 물 대다(灌也), 물을 끌어넣다(引也), 물을 쏟다(水流射), 붓다(水流射), 따르다, 물이 흐르다, 비가 내리다, 적다, 기록記錄하다(記也), 주註내다(凡以傳釋經曰注, 通作註), 뜻을 두다(眷注, 意所嚮曰注), 조처措處하다(注措, 措置), 살을 시위에 대다(屬矢於弦), 치다(擊也), 모이다(聚也), 모으다, 약藥을 붙이다(附藥亦爲注), 붙다(屬也), 주註, 주해註解, 주석註釋, 부리, 벌레 주둥이(蟲喙), 별 이름

【柱】 기둥 주, 기둥(楹也), 줄기, 기러기발(柱工, 主箏瑟之柱), 가야금伽倻琴·거문고·아쟁牙箏 등等의 줄 밑에 괴어 소리를 고르게 함, 버티다(拄也), 고이다(枝也), 맡다(掌也), 어기어지다(刺也)

【炷】 심心지 주, 심心지, 등잔燈盞의 심心지(燈炷, 火炷, 燼所着者), 향香을 피우다, 불사르다

【註】 주註낼 주, 주註내다(疎也, 解也, 訓釋), 글 뜻풀이하다, 뜻을 풀어 밝히다, 적다(誌也, 記物曰註), 기록記錄하다, 말하다(述也), 짓다(述也), 기술記述하다, 맞당기다(挐也), 주註, 주해註解

【駐】 머무를 주, 머무르다(馬立, 馬止), 머무르게 하다(留之), 말이나 수레가 정지停止하다(馬立, 馬止), 말이나 수레가 멈추어 서다, 한 곳에 체류滯留하다, 체재滯在하다(駐在, 滯在), 임금이 거동擧動하는 중간中間에 어가御駕를 세워 머무르다(天子行在之所曰駐驆)

【朱】 붉을 주, 붉다(南方位赤色), 붉은 빛, 적토赤土, 주사朱砂, 단사丹砂, 붉은 빛깔을 띤 물건物件, 줄기(幹也), 난장이(朱儒, 短小之稱)

【珠】 구슬 주, 구슬(蚌之陰精), 호박琥珀(江珠, 琥珀別名), 진주珍珠, 아름다운 것의 비유譬喩, 공, 둥근 알, 나무 이름(木名), 옥玉 같다(物事美稱), 귀貴하다(貴也), 붉다

【株】 그루 주, 그루(樹數), 그루터기(株构, 斷木株构, 斷木), 나무·곡식穀食 따위의 줄기 밑동, 뿌리(木根), 줄기(幹也), 대(木身), 기둥, 난쟁이 기둥(株儒, 短株), 주식株式, 식물植物의 포기 수數를 세는 말, 머물다(駐也), 목을 베다(罪及餘人)

【走】 달릴 주, 달리다, 달아나다(猶去, 走疾趨), 도망逃亡치다, 달아나게 하다, 가다, 빨리 가다, 빨리 걷다(趨也), 향向하여 가다, 종(猶僕), 노비奴婢(猶僕), 짐승, 자기自己의 겸칭謙稱(自己謙稱)

【酒】 술 주, 술(米麵所釀), 누룩으로 빚은 술, 무술, 현주玄酒, 쮀(祭酒尊稱之號), 냉수冷水(玄酒, 明水), 단 이슬(天酒, 甘露), 잔치(酒宴), 주연酒宴

【宙】 집 주, 집(居也), 주거住居, 동량棟樑, 마룻대와 들보, 하늘(天地間,宇宙), 세계世界(天地間,宇宙), 때(往古來今), 무한無限한 시간時間

【晝】 낮 주, 낮(夜之對), 정오正午

【舟】 배 주, 배(周流,船也), 잔대盞臺(尊下,若今時承槃), 술통桶을 받치는 쟁반錚盤 또는 술을 치는데 쓰는 예기禮器, 싣다(載也), 띠다(帶也)

【周】 두루 주, 두루(徧也), 골고루, 널리, 드디어(終竟), 돌다, 일정一定한 사이를 한 바퀴 돌다, 두르다, 둥글게 에워싸다, 고루 미치다, 마음씨나 주의注意가 두루 미치다, 주밀周密하다(密也), 지극至極하다, 더할 나위 없다, 이르다(至也), 마치다(終也), 굳히다, 굳게 하다, 구求하다, 구제救濟하다, 구원救援하다(救也), 믿다(忠信), 굽다(曲也), 둘레(匝也), 모퉁이, 구부러진 곳, 주의注意, 나라 이름

【週】 돌 주, 돌다(廻也), 회전回轉하다, 두르다(與周同), 두루(與周同), 둘레(與周同), 일주일一週日(七日爲一週,卽 日·月·火·水·木·金·土, 七曜日), 칠요七曜, 일요일日曜日

【呪】 빌 주, 빌다, 바라는 대로 되어 달라고 빌다, 저주咀呪하다, 방자放恣하다(詛呪), 주문呪文(祝文,祭主贊詞,願也), 다라니陀羅尼, 저주咀呪, 祝의 뜻으로 함께 사용使用한다

【做】 지을 주, 짓다(造也), 만들다, 作과 같다

【奏】 아뢸 주, 아뢰다(人臣言事章疏曰奏), 주달奏達하다(人臣言事章疏曰奏), 상소上訴하다(人臣言事章疏曰奏), 윗사람에게 말씀 드려 알리다, 천거薦擧하다(薦也), 연주演奏하다, 음악音樂 아뢰다(樂成節奏), 윗사람 앞에서 풍악風樂을 잡히다, 나아가다(進也), 이루다, 공功을 세우다, 모이다, 상소上訴

【湊】 모일 주, 모이다(聚也), 물이 모이다, 나가다(競進), 달리다, 항구港口(水上人所會), 사람이 많이 모이는 곳(水上人所會), 피부皮膚(湊理), 살결, 관棺 바깥쪽에 덧대는 나무(題湊,棺外累木)

【輳】 모일 주, 모이다(輳,聚也,言如車輻之聚於轂,通作湊), 수레의 바퀴살이 바퀴통筒에 모이다(輻輳,輻共轂), 사물事物이 한 곳으로 모여들다, 수레 바퀴살이 바퀴통筒에 모이는 것 같이 사물事物이 한 곳에 모이다(輳,聚也,言如車輻之聚於轂,通作湊)

【州】 고을 주, 고을(五黨爲州,二千五百家), 마을, 동洞네, 행정行政 구획區劃의 명칭名稱, 나라(國土), 벼슬(官也), 섬(水中可居), 모래톱, 구멍(竅也), 때(時也), 모이다(聚也), 살다(居也), 모여서 살다, 뜨다(浮也), 다르다(殊也)

【洲】 섬 주, 섬(水中可居曰洲), 뭍(聚也,人及鳥物所聚息之處), 강江이나 호수湖水 가운데 모래가 쌓여 생긴 섬, 물가(水渚), 대륙大陸

【鑄】쇠 부어 만들 주, 쇠를 부어 만들다(銷金成器,鎔也), 주조鑄造하다, 감화感化 도야陶冶하다, 인재人才를 양성養成하다(謂陶鑄人才), 녹綠, 쇠의 겉에 생기는 산화철酸化鐵

【疇】밭두둑 주, 밭두둑(幷畔爲疇), 밭, 삼밭(穀田曰田,麻田曰疇), 경계境界, 지경地境, 무리(類也), 부류部類, 제배儕輩, 짝(匹也), 누구(誰也), 못 이름(澤名), 나라 이름(國名), 성姓(姓也), 밭을 거두다(耕治之), 가업家業을 대대代代로 전傳하다(家業世世相傳爲疇), 화和하다(雍也), 북돋우다(培也), 짝하다, 같다(等也), 같게 하다, 접때(曩也), 지난번番(疇昔,前日)

【紂】말고삐 주, 말고삐(馬緧), 수레고삐(車紂), 밀치끈, 껑거리(馬緧), 껑거리 끈, 껑거리 막대와 길마 뒷가지와 연결連結하는 줄, (주紂임금 주) 주紂임금, 상商나라 왕王의 이름(商王號)

【籒】주문籒文 주, 주문籒文, 큰 전자篆字(籒文,大篆), 주周나라 태사太史 이름, 읽다, 글을 읽다(讀書)

## 〔죽〕

【竹】대 죽, 대(凍生靑草), 대나무, 대쪽(竹簡), 죽간竹簡, 옛날에 종이가 없을 때 문자文字를 기록記錄하는 데 쓰던 것, 책冊(竹帛), 사기史記(竹帛), 피리, 대로 만든 악기樂器(八音之一,竹管樂器,卽笛簫之類), 소리, 죽취일竹醉日, 부챗살, 부챗살을 세는 말

【鬻】죽鬻 죽, 죽鬻(今俗作粥), 묽은 죽鬻, 미음米飮(糜也,涺糜), 죽鬻을 먹다(食粥), 속이다, 기만欺瞞하다, (팔 육) 팔다(賣也), 값을 받고 물건物件을 주다(賣也), 기르다, 책冊 이름, 성姓(姓也), (어릴 국) 어리다(稚也), 기르다(養也), (미음米飮 미) 미음米飮

## 〔준〕

【俊】준걸俊傑 준, 준걸俊傑(智過千人), 뛰어나다, 빼어나다, 걸출傑出하다, 높다(高也), 크다(峻通,大也)

【浚】깊을 준, 깊다(深也), 물·골짜기 등等이 깊다, 치다, 우물을 치다, 퍼내다(抒也,取出之), 다스리다, 공경恭敬하다(稟浚,敬也), 크다(大也), 엎드리다(伏也), 빼앗다, 재물財物을 약탈掠奪하다, 모름지기(須也)

【峻】높을 준, 높다(高也), 높고 크다, 험險하다(險也), 산山이 높고 험險하다, 엄嚴하다, 엄嚴하고 심甚하다, 혹독酷毒하다(嚴急), 길다(長也), 크다(大也), 가파르다(峭也), 길이가 길다, 빠르다(速也)

【準】 수준기水準器 준, 수준기水準器, 수평水平(水平測器), 법法, 법도法度(則也), 수평水平지다, 평평平平하다(平也), 바루다, 고르다(均也), 고르게 하다, 같다, 본本받다

【遵】 좇을 준, 좇다(循也), 좇아 행行하다(率也, 行也, 習也), 좇아 지키다(遵守), 순종順從하다, 가다, 따라가다(循也), 복종服從하다, 거느리다

【濬】 개천開川 깊이 팔 준, 개천開川을 깊이 파다(深通川), 파내어 물길을 트다, 개천開川을 치다, 깊다(凡深皆曰濬), 고상高尙하고 의미意味가 깊다(濬哲, 幽深), 심오深奧하다, 고요하고 아늑하다(濬哲, 幽深)

【蠢】 꿈틀거릴 준, 꿈틀거리다(動作, 蠢動), 일어나 움직이다, 어리석다, 무지無知하여 사리事理를 분별分別하지 못하다, 벌레가 움직이는 모양模樣, 무례無禮한 모양模樣(蠢動爲惡不謙遜)

〔중〕

【中】 가운데 중, 가운데(中央), 중간中間(半也), 속, 안(內也, 外也), 마음(心也, 中情), 정신精神, 셈대 그릇(盛算器), 치우치지 아니하다, 맞다(合也, 中和), 알맞다, 마땅하다, 바르다(正也, 中正), 맞히다(矢至的), 뚫다(穿也), 닿다, 응應하다(應也), 당當하다(衷通, 當也), 가득하다(滿也), 차다(滿也), 이루다(成也), 얻다(得也), 급제及第하다, 걸리다, 독毒이나 풍風에 들다, 먹다(中風, 中寒, 中暑, 著其中)

【仲】 버금 중, 버금(兄弟四人曰, 伯, 仲, 叔, 季 次也), 둘째, 다음, 거간居間, 중개仲介, 가운데(中也, 位在中), 백百살 먹은 쥐

【重】 무거울 중, 무겁다(輕之對), 무겁게 하다, 무게가 나가다, 드레지다, 두껍다, 두텁다(厚也), 크다, 겹치다(累也), 거듭하다(更爲), 보태다, 곁들이다, 많다(多也), 중요重要하다, 존중尊重하다(尙也), 높이다(尊也), 심甚하다(甚也), 어렵다(難也), 곧고 사私가 없다(女重, 貞正無邪), 착하다(善也), 삼가다(愼也), 귀엽게 여기다(貴也), 거듭(再也), 두 번番, 또다시, 자주(數也), 무게, 중량重量, 위세威勢, 권력權力, 늦 곡식穀食(穀名, 後熟曰重), 낙숫落水물받이(屋承霤), 짐바리(緇重), 신년辛年(太歲在辛曰重光)

【衆】 무리 중, 무리(多也), 뭇사람(衆庶), 많은 사람(衆庶), 많은 물건物件, 장마(衆雨), 여럿(多也), 많다

〔즉〕

【卽】 곧 즉, 곧(今也), 바로, 그 자리에서 바로, 다시 말해서, 만약萬若(若也), 혹或은, 다만

(只卽), 나아가다(就也), 가깝다(卽今,想近), 가득하다(充實), 먹다(就食), 끝나다, 죽다, 불똥(燭炬之爐)

【則】 곧 즉, 곧(語助辭,然後之辭), ~은, ~에 이르러서는, ~하면(又也), ~거든(又也), 만일 萬一 ~이라면, (법法 칙) 법法, 법칙法則(法也)

〔증〕

【曾】 일찍 증, 일찍(嘗也), 지난번番(經也), 곧(則也), 이에, 거듭(重也), 깊다, 깊숙하다, 오르다, 높이 오르다, 더하다, 말 첫마디(詞之舒)

【增】 더할 증, 더하다(益也), 늘다, 늘리다, 붇다, 거듭하다(重也), 겹치다(層也), 많다(重也)

【贈】 줄 증, 주다(玩好相送), 선물膳物하다, 관위官位를 추사追賜하다, 보내다(玩好相送), 글을 적어 보내다, 보태다, 더하다(增也), 내몰다, 내쫓다, 조상弔喪하다, 선물膳物

【憎】 미워할 증, 미워하다(惡也), 밉다, 싫다(惡也), 미움

【證】 증거證據 증, 증거證據, 증험證驗할만한 사물事物, 깨달음(證悟), 증명證明하다(驗也), 확실確實함을 밝히다, 알리다, 고告하다(告也), 엿보다(候也), 질정質正하다(質也)

【蒸】 찔 증, 찌다(薰蒸), 김으로 익히다(蒸熟), 증발蒸發하다(氣之上達), 수증기水蒸氣 따위의 김이 올라가다, 가는 땔나무(細薪), 백성百姓(蒸民), 겨울 제사祭祀 이름

【症】 증세症勢 증, 증세症勢, 병病 증세症勢(症狀,病勢), 병증病症

〔지〕

【知】 알 지, 알다(識也), 들어서 알다, 보아서 알다, 지각知覺하다(覺也), 느끼다, 깨닫다(覺也), 인지認知하다, 변별辨別하다, 분별分別하다, 기억記憶하다(猶記憶), 인정認定하다, 사귀다, 서로 친친親하다(相交曰知), 대우待遇하다, 주장主掌하다(猶主), 다스리다, 하고자 하다(欲也), 비유譬喩하다(喩也), 알리다(報也), 나타나다, 병病이 낫다(愈也), 슬기(智也), 말(詞也), 사귐, 교유交遊, 짝(匹也), 통지通知, 기별奇別, 견지법見知法(漢有見知法)

【智】 슬기 지, 슬기, 지혜智慧(心有所知,知而有所合), 꾀, 지혜智慧로운 사람, 모략謀略, 슬기롭다, 지혜智慧롭다, 알다(識詞)

【地】 땅 지, 땅(天之對,在下,動植物等,載萬物之所,坤也), 뭍, 육지陸地, 지구地球, 지구地球의 표면表面, 토양土壤, 농토農土, 논밭, 곳(處所), 장소場所, 터(基地), 나라(邦國), 영토領土, 국토國土, 구역區域(地區), 처지處地, 처처해 있는 형편形便, 경우境遇(處地,立

場), 신분身分, 지위地位, 밑(底也), 바탕(素地), 아래(下也), 토지土地의 신神, 땅귀신 鬼神(地祇), 천(布類之厚目), 다만(但也,等也)

【池】 못 지, 못(穿地溜水), 성곽城郭의 주위周圍를 둘러 있는 못, 해자垓字(城塹曰溝池), 물 길, 도랑, 바다(朝夕池,海也), 물받이, 홈통桶, 동銅으로 만든 낙수落水 물받이(銅池,承 霤也,以銅爲之), 물을 모아둔 곳, 벼루 따위의 물을 붓는 곳, 신장腎臟 중中의 국소局 所(道家名,腎中偃月爐爲玉池), 천신天神, 마음(心之別名,爲中池), 거문고 위쪽(琴上曰 池), 풍류風流 이름(黃帝藥名,又堯藥名,大咸亦曰咸池), 두루마리의 처음이나 끝에 붙인 비단緋緞(裝潢家,以卷縫磚處曰贉), 관棺 꾸미개(棺飾), 광중壙中(埋柩謂之殔,殔坎謂之 池), 관棺 묻는 구덩이(埋柩謂之殔,殔坎謂之池), 썩 바꾸어 나는 모양模樣(差池,飛貌), 별 이름(星名,在亢北,主度送迎之事), 다스리다(治也)

【漬】 담글 지, 담그다(浸也), 적시다(浸也), 스미다, 배다, 물들다, 물들이다(染也), 가라앉 다, 앓다(病也), 짐승이 죽다(獸死), 물거품(漚也)

【之】 갈 지, 가다(往也), 이르다(至也), 끼치다(遺也), 맞다(適也), ~의(冠形格助詞), ~하는 (冠形格助詞), ~이(主格助詞), ~가(主格助詞), ~에, 이(此,是,指示代名詞), 이것

【至】 이를 지, 이르다(來也,到也), 도래到來하다, 새가 땅에 내려앉다, 오다, 닿다, 미치다 (達也,由此達彼), 두루 미치다, 지극至極하다(極也), 극極에 이르다, 끝 가다, 크다(大 也), 모이다(會也), 착하다(善也), 매우, 지극至極히, 동지冬至(至日), 하지夏至(至日)

【止】 그칠 지, 그치다(停也), 멎다, 멈추어 서다, 꼼짝하지 아니하다, 앞으로 나아가지 아 니하다, 막혀 나아가지 못하다(阻而不進), 진행進行되던 일을 멎게 하다, 말다(已也), 머물다(留也), 머무르다, 자리 잡다, 쉬다(息也), 살다(居也), 살고 있다, 주둔駐屯하다 (行師營曰止,暫待日次), 고요하다(靜也), 망동妄動치 않다(不妄動), 족足하다(足也), 넉 넉하다(足也), 만족滿足하다, 마음이 편안便安하다(心之所安爲止), 예절禮節이 있다(容 止), 새가 모이다(鳥集亦曰止), 사로잡히다(凡戰而被獲曰止), 이르다(至也), 끝나다, 겨 우(僅也), 오직(唯也), 용모容貌(擧止,行儀), 덕德 있는 행실行實(俗謂德行曰行止), 근본 根本, 터(下基也,象艸木出有址,故以止爲足,卽初生根幹也), 발(足也), 그칠 풍류風流 채 (樂器), 법法(三止,三禮典則)

【支】 가를 지, 가르다, 갈리다, 나누다(支離,自異,分也), 대의 가지를 치다(去竹之枝), 흩어 지다(支離,分散), 지탱支撑하다(持也), 버티다(拄也), 막다, 맞서서 막다, 헤아리다(度 也), 계산計算하다, 세다(猶計), 치르다, 지출支出하다, 내주다(出也), 채우다(充也), 뭇

(庶也), 가지(枝也), 초목草木의 가지, 창槍날의 가지, 갈라진 혈통血統, 갈래(區也), 팔다리, 서형제庶兄弟(庶昆弟), 여럿(庶也), 깁(縞也), 어음 쪽(券也), 문서文書(券也), 지지地支(十二支辰名)

【枝】 가지 지, 가지(目別生條), 초목草木의 가지, 분가分家, 본가本家에서 갈라져 나온 자손子孫, 손마디(手節), 육六손이, 가지를 치다, 가지가 나오다, 물이 갈라지다(枝水), 나누어지다, 분기分岐하다, 흩어지다(散也), 분산分散하다, 버티다(支持)

【只】 다만 지, 다만(但也), 뿐, 이것뿐(此而已), 오로지(專辭), 말을 그치다(語已詞), 어조사語助辭

【志】 뜻 지, 뜻(志者,心之所之), 의향意向, 본심本心, 본本뜻(本志), 마음, 감정感情(六志), 기록記錄, 표지標識, 표기標記, 문체文體 이름, 뜻하다(意慕,義也,正事也,私意也), 뜻을 두다, 의義로움을 지키다, 절개節槪가 있다, 알다, 기억記憶하다

【誌】 기록記錄할 지, 기록記錄하다(記也), 적어두다(與識同), 안표眼標를 삼다, 기억記憶하다, 외다(記憶), 문서文書(記也), 기록記錄(記也), 표지標識, 안표眼標, 문체文體 이름

【識】 적을 지, 적다(與誌同,記也), 기록記錄하다(與誌同,記也), 표標하다, 기억記憶하다(與誌同,記也), 음각陰刻 문자文字(器之款鏤爲識), (알 식) 알다, (기旗 치) 기旗

【旨】 맛있을 지, 맛있다(美味), 맛이 좋다, 선미善美하다, 아름답다(美也), 맛(味也), 맛있는 음식飮食, 조서詔書(凡天子諭告臣民曰詔旨,下承上曰奉旨), 뜻(意也,志也), 속에 먹은 마음, 의미意味, 내용內容, 어조사語助辭(只同)

【指】 손가락 지, 손가락(手指), 발가락(足也), 뜻(意向), 가리키다(示也), 손가락질하다, 지시指示하다, 지휘指揮하다(指麾), 서다, 곧추서다, 물리치다(斥也), 귀착歸着하다(歸趣), 아름답다(美也), 착하다

【持】 가질 지, 가지다(把持), 손에 쥐다(握也), 잡다(執也), 지키다, 유지維持하다, 보전保全하다, 버티다, 견디어 내다, 돕다, 부조扶助하다, 물지게(軍持,汲水具)

【摯】 잡을 지, 잡다(握持), 쥐다, 손으로 쥐다, 도달到達하다, 이르다(臻也), 나아가다(進也), 극진極盡하다(極也), 지극至極하다(至也), 상傷하다(傷折), 정의情意 이르다(謂情意至然而有別), 권勸하다, 진언進言하다, 풀다(解也), 낮다(低也), 수레 앞이 무겁다(輖也), 치다, 때리다, 폐백幣帛(執物以爲相見之禮), 나라 이름(國名), 사람 이름(人名,伊尹名摯)

【贄】 폐백幣帛 지, 폐백幣帛(執玉帛), 면회面會할 때 신분身分에 따라 가지는 예물禮物, 구직求職을 하거나 가르침을 받을 때 가지고 가는 예물禮物(執玉帛), 꼼짝 않는 모양模樣(不動貌), 움직이지 아니하다, 摯·質과 같다

【紙】 종이 지, 종이(絮一苫), 편지便紙(赫蹏), 장張, 종이를 세는 말, 운자韻字(百六韻之一, 上聲)

【遲】 더딜 지, 더디다(緩也), 느리다(遲鈍), 늦다(遲時), 늦추다(欲速而以彼緩曰遲,使彼徐行以待,亦曰遲), 천천히 가다(徐行), 소요逍遙하다, 게을리 하다, 시기時期를 놓치다(失期), 기다리다(待也), 기다리게 하다(欲速而以彼緩曰遲,使彼徐行以待), 오래다(久也), 쉬다(棲也,息也), 생각하다, 바라다, 원願願하다, 곧, 이에, 이리하여(乃也), 무렵, ~할 때 쯤, 날샐 녘(遲明,黎明), 멀리 도는 모양模樣(委遲,廻遠貌)

[직]

【直】 곧을 직, 곧다(不曲), 곧게 하다(理枉曰直), 펴다(伸也), 바르다(正也), 굽지 아니하다, 부정不正함이 없다, 사私가 없다, 바루다, 고치다, 사곡邪曲을 바로 잡다, 억울抑鬱함을 씻다, 먹줄을 놓다(直謂繩墨得中), 굳세다(骨直,謂强毅), 당當하다(當也), 상당相當하다(準當), 마땅하다(猶宜), 옳다, 바로보다(正見), 향向하다, 대對하다, 모시다(侍也), 좇다(順也), 들다(當直), 곧 오다(直來,無事而來), 불리다(殖也), 곧, 즉시卽時, 다만(猶但), 겨우, 일부러(猶故), 바른 도道 또는 바른 행위行爲, 숙직宿直, 번番, 말 시작始作하는 소리(直語,發聲), 자루(柄也), 새색시 웃옷(袒也,謂之直衿), (값 치) 값, 물가物價, 품값

【稙】 일찍 심는 벼 직, 일찍 심는 벼(早種禾), 올벼(早種禾), 형수兄嫂(青徐人謂長婦曰稙長, 禾苗先生曰稙,取名於此), 이르다

【稷】 기장 직, 기장, 메기장(五穀之長), 피(五穀之長), 사직社稷(五穀之神), 오곡五穀의 신神 또는 그 사당祠堂, 농관農官 이름(農官名,曰后稷)

【職】 벼슬 직, 벼슬(位也,官秩), 관직官職, 직분職分(執掌,事也), 임무任務, 일, 직업職業, 맡음(執掌,事也), 맡아 다스리다, 주장主掌하다(記徵,主也), 떳떳하다(常也), 공貢 바치다(貢也), 많다(職職,多也), 불쌍히 여기다(憐職), 오로지(專也)

【織】 짤 직, 짜다(作布帛之總稱), 베를 짜다, 조직組織하다, 실을 다듬다(治絲), 만들다(組織), 베 짜기, 비단緋緞(織繒也), 무늬 있이 짠 비단緋緞(織文錦綺之屬), 직물織物(織繒也)

[진]

【眞】 참 진, 참(不虛假,實也,僞之反), 도道, 자연自然의 도道, 신선神仙(仙人變形而登天), 부

처(佛號正眞,眞會無生), 묘리妙理, 하늘(天曰眞宰), 정신精神(神也), 천성天性, 초상肖像, 사진寫眞(畵像曰寫眞), 관리官吏(呼官吏爲眞), 바르다(正也), 천진天眞하다(天眞,天乙始生之眞元), 순박淳朴하다(淳也), 정精하다(精也), 변變하지 아니하다, 진실眞實로, 정正말, 진眞짜, 생긴 그대로

【嗔】 성낼 진, 성내다(怒也), 기운이 성盛한 모양模樣

【鎭】 진압鎭壓할 진, 진압鎭壓하다, 진정鎭定하다(轉而安也), 억눌러서 조용하게 하다, 민심民心을 진정鎭定시켜 안무按撫하다(鎭撫), 어루만져 편안便安하게 하다, 누르다(博壓,壓也), 무거운 것으로 누르다(重也), 오래(永久), 진영陣營(藩鎭,山鎭,皆取安重鎭壓之義), 둔영屯營, 요해지要害地, 전략상戰略上 요긴要緊한 곳, 변방邊方(鎭服,藩服), 수成자리(成也), 진산鎭山(鎭,名山安地德者), 문진文鎭, 눌러 두는 물건物件, 홀笏, (메울 전) 메우다

【進】 나아갈 진, 나아가다(前也), 앞으로 나아가다(前出), 선善으로 나아가다, 앞에 나오다, 전진前進하다, 움직이다, 가다(行也), 행동行動하다, 바치다(獻上), 올리다(薦之), 음식飮食을 권勸하다(飮食薦之), 추천推薦하다, 인재人材를 천거薦擧하다, 알현謁見하다, 다가오다(近也), 오르다(升也,登也), 위로 올라가다(上登), 벼슬하다, 벼슬살이하다(仕進), 가까이 하다(近也), 힘쓰다(自勉强), 진력進力하다, 본本받다(效也), 다하다, 이기다

【盡】 다할 진, 다하다(竭也,悉也), 다하게 하다(盡之), 다되다, 끝까지 가다, 끝나다, 한도限度에 이르다, 마치다(終也,月終曰盡), 비다(猶空), 그릇 속이 비다(器中空), 비게 하다, 그치다(止也), 진력盡力하다, 극진極盡하다(極也), 정성精誠을 다하다, 없애다, 없어지다, 다 없어지다, 죽다, 몰살沒殺하다, 죄다 보이다, 맡기다(任也), 줄다, 적어지다, 자상仔詳하다, 자세仔細히 하다, 다(皆也), 모두(皆也), 비록(縱令), 달(月也), 자세仔細히 보는 모양模樣(盡盡,極視盡物之貌)

【陳】 베풀 진, 베풀다(張也), 늘어놓다(列也,布也), 벌여놓다(列也,布也), 펴다, 넓게 깔다, 늘어서다, 주다, 말하다(陳述), 설명說明하다, 오래되다(久也), 묵다, 진법陣法, 늘어진 줄(下陳猶後列), 군대軍隊의 대隊를 지어 늘어선 줄(塵同,與陣同,軍伍行列), 여럿(衆也), 방비防備, 당하堂下에서 문門까지 가는 길(堂道,謂之陳,堂下至門徑), 나라 이름

【陣】 진陣 칠 진, 진陣을 치다(布陣), 대오隊伍, 군대軍隊의 행렬行列, 군대軍隊의 대隊를 지어 늘어선 줄(列也), 포병布兵, 진陣(旅也), 진영陣營, 둔영屯營, 병법兵法, 군사軍事, 전쟁戰爭, 싸움(戰爭), 방비防備, 한바탕(一陣), 줄, 열列, 사물事物의 늘어선 줄(轉

而)
이

【珍】 보寶배 진, 보寶배(寶也), 맛있는 음식飮食(食之美也), 귀貴하다(貴也), 진귀珍貴하다,
아름답다(美也), 중重히 여기다(重也)

【診】 볼 진, 보다(視也), 눈으로 보다, 엿보다, 맥脈을 보다(候脈), 진찰診察하다, 병상病狀
을 살피다(候脈), 증험證驗하다(驗也), 고告하다, 점占치다(占驗), 증상症狀, 병病의 징
후徵候

【辰】 지지地支 진, 지지地支, 다섯째 지지地支(地支第五位), 십이지十二支의 총칭總稱(十二
支總稱), 일진日辰, 진한辰韓, 수성水星, 별 이름, (때 신) 때(辰,時也), 시각時刻

【振】 떨칠 진, 떨치다(奮也), 떨쳐 일어나다, 움직이다(動也), 흔들려 움직이다, 진동振動하
다(震也), 발發하다(發也), 열다, 열어서 내놓다, 들다, 들어 올리다, 건지다(拯也), 떨
다, 두려워서 떨다, 겁怯나다, 찢어지다(裂也), 거두다(收也), 받아들이다, 수납受納하
다, 구제救濟하다, 구휼救恤하다, 구원救援하다(擧救), 정돈整頓하다(整也), 그치다(止
也), 새가 떼 지어 날다(鳥羣飛貌), 빠르다(迅也), 옛(古也), 홑겹, 한 겹

【震】 우레 진, 우레, 우뢰(雷也), 천天둥, 벼락, 천天둥소리(霹靂振動者), 지진地震, 위엄威
嚴(威也), 괘卦 이름(卦名,六十四卦之一,☷☳即震下震上,萬物發動之象,八卦之一,☳,動也,
春也,東也), 벼락 치다(落雷), 진동振動하다, 흔들리다(震,動也), 움직이다(震,動也), 일
어나다(起也), 떨치다(振也), 권위權威가 떨치다, 성내다, 떨다, 두려워 떨다, 놀라다,
두려워하다(震,懼也), 아이 배다(娠震動也,娠,猶震)

【塵】 티끌 진, 티끌(埃也), 흙먼지, 속세俗世, 번뇌煩惱(佛敎六塵), 때 끼다(垢也)

【秦】 벼 이름 진, 벼 이름(禾名), 나라 이름(國名), 주대周代의 나라, 골 이름(谷名), 삼진三
秦, 대진국大秦國, 성姓(姓也), 윤택潤澤하다(津也,其地沃衍,有津潤)

【臻】 이를 진, 이르다(至也), 미치다(及也), 모이다, 모으다(聚也), 많다(衆也)


〔질〕

【質】 바탕 질, 바탕(質,地也,質,猶性), 꾸미지 아니한 본연本然 그대로의 성질性質, 본성本
性, 천성天性, 소질素質, 실체實體, 물건物件의 본체本體(體也), 참(實也), 진실眞實,
근본根本, 주主되는 근본根本(主也), 품성品性, 물건物件의 형체形體(體也), 모양模樣
(體也), 과녁(候的), 표적標的, 과녁의 중심中心 표점標點(的中心星點), 몸, 볼모, 인질
人質, 어음(質劑者,爲之券,藏之), 증권證券, 저당抵當, 모탕(剉刃), 손잡이(拊也), 질박
質朴하다(樸也), 꾸밈이 없다(樸也), 순진純眞하다, 진실眞實하다(質,誠也), 성실誠實하

다(質,誠也), 믿다(信也), 아름답다, 좋다, 이루다(成也), 바로잡다(問當), 바르다(質,正也), 묻다(問也), 따져 묻다, 조사調査하다(問當), 당부當否를 묻다(問當), 대답對答하다(對也), 윗사람의 물음에 대답對答하다(對也), 정정하다(定也), 결정決定하다, 맹盟세하다(盟誓), 증험證驗하다(驗也), 저당抵當잡히다, 적게 하다, (폐백幣帛 지) 폐백幣帛

【秩】 차례次例 질, 차례次例(次也,序也), 십년十年 동안(十年爲一秩), 녹祿, 녹봉祿俸, 예부禮部(秩宗,禮部異稱), 관직官職, 벼슬(職也,官也), 겹성姓(伊秩,複姓), 쌓다, 차례次例로 쌓아 올리다, 떳떳하다(常也), 맑다(淸也), 생각이 깊다(智慮深長), 공경恭敬하다(秩秩然,肅敬), 흘러가다(流行貌)

【疾】 병病 질, 병病(病也), 질병疾病, 염병染病(疫癘), 학질瘧疾, 괴로움(苦也), 고통苦痛, 버릇, 성벽性癖, 흠欠, 하자瑕疵, 허물(過也), 병病이 나게 하는 해독害毒, 해독害毒을 끼치는 것(毒害者), 수레 멍에 채 앞에 늘어진 것(車轅前之下垂在地者曰前疾), 까치(劉疾,鳥名,鵲也), 앓다, 병病에 걸리다, 괴로워하다, 근심하다(患也), 빠르다(速也,急也), 급急하다(速也,急也), 사납다(疾威,暴虐), 강장强壯하다(疾齊,壯也), 힘쓰다, 시새우다, 투기妬忌하다(妒也,與嫉通), 미워하다(惡也), 원망怨望하다(怨也), 빨리, 곧

【嫉】 시기猜忌할 질, 시기猜忌하다, 시새움하다, 투기妬忌하다(害色曰妒,害賢曰嫉), 미워하다(妎也), 싫어하다

【姪】 조카 질, 조카(兄弟之子), 조카딸(兄弟之女), 친정親庭조카(妻兄弟之子妻稱之亦曰姪), 늙은이, 갈마들이다(迭也), 진어進御하다(更迭進御)

【叱】 꾸짖을 질, 꾸짖다(訶也,大訶爲叱), 욕辱하다, 혀를 차는 소리, 성을 내는 소리


〔짐〕

【朕】 나 짐, 나(我也), 천자天子의 자칭自稱, 신분身分의 귀천貴賤이 없이 일컫는 자칭自稱, 조짐兆朕(形怪)

【斟】 술 따를 짐, 술 따르다(勺也), 잔盞질하다(勺也), 술잔盞을 서로 주고받다, 헤아리다, 짐작斟酌하다(計也), 여기다(斟酌,計也), 취取하다(取也), 머뭇거리다, 마음을 머뭇거리다(斟愖,猶遲疑), 더하다(益也), 마실 것, 구기(勺也), 나라 이름(國名), 성姓(姓也)

【鴆】 짐鴆새 짐, 짐鴆새(毒鳥,食蛇,其羽畫酒,飮之則死), 중국中國 남방南方에 나는 올빼미 비슷한 독조毒鳥

## 〔집〕

【集】 모일 집, 모이다(合也,聚也,會也), 새가 떼를 지어 나무 위에 앉다(群鳥在木上), 이르다, 도착到着하다, 모으다, 만나다, 섞이다(雜也), 이루다(就也,成也), 편안便安하다(安也), 문집文集, 시문詩文을 편록編錄한 서책書冊, 서적書籍 분류分類의 명칭名稱, 집부集部, 정부丁部, 보루堡壘(集,謂邊境之壘壁), 여럿(衆也)

【執】 잡을 집, 잡다(捕也), 가지다(持也), 맡다(掌也), 행행하다(行也), 지키다(守也), 고집固執하다, 아버지 친구親舊(父之友曰執友), 곳(處也)

【謺】 말 수다할 집, 말 수다하다(讘也), 수다스럽다(讘也), 남의 말을 줍다(拾人語), (속살거릴 첩) 속살거리다, 남의 말을 줍다(拾人語), 사람의 이름(人名)

【輯】 모을 집, 모으다(與集通,與楫通,楫聚也,當作輯), 모이다, 합合치다, 화和하다, 화목和睦하다(車和輯,和也,睦也), 상냥하다(吐辭和好曰輯), 말이 부드럽고 애교愛嬌가 있다, 화기和氣가 돌다(顏色和柔,亦曰輯), 얼굴에 온화穩和한 기색氣色이 돌다(顏色和柔,亦曰輯), 거두다(斂也), 바람이 솔솔 불다(輯輯)

## 〔징〕

【徵】 부를 징, 부르다(召也), 사람을 불러들이다, 거두다(斂也), 거두어들이다(斂也), 구求하다(求也), 요구要求하다, 묻다(問也), 증거證據를 세우다, 증명證明하다(證也), 밝다(明也), 이루다(納徵,成也), 그치다, 그만두다, 비다(虛也), 증거證據, 효험效驗, 조짐兆朕, (음률音律 이름 치) 음률音律 이름

【懲】 징계懲戒할 징, 징계懲戒하다, 혼魂내주다, 응징膺懲하다, 벌罰주다, 막다, 교훈教訓으로 삼다, 혼魂나다, 혼魂이 나서 잘못을 뉘우치거나 고치다, 징계懲戒, 응징膺懲

## 〔차〕

【次】 버금 차, 버금(亞也), 둘째, 다음(不前不精), 차례次例(第也), 순서順序(位次), 위계位階, 자리, 행렬行列, 때, 기회機會, 진영陣營, 병영兵營, 숙소宿所(安行旅之處爲旅次), 집(次舍), 곳(處也), 장막帳幕(張幄於所止之處), 시중市中 정자亭子(市亭), 성좌星座, 성수星宿, 안, 속, 가슴 가운데(胸中曰胸次), 차례次例를 정정定定하다, 잇다, 뒤를 잇다, 나아가지 못하다, 머뭇거리다, 군사軍士가 머물다(師止曰次), 이어서, 다음에

【且】 또 차, 또(又也), 잠깐, 문득(抑也), 가령假令, 만일萬一(若也), ～일지라도(助辭,聖人且)

有過), 장차將次(將也), 대저大抵, 비록, 아직(故也), 구차苟且하다(苟也), 이(此也), (도마 저) 도마

【此】 이 차, 이(玆也,斯也), 이것, 이곳, 가까운 사물事物을 가리킴, 이에, 그래서

【借】 빌릴 차, 빌리다(假也), 빌려오다(貸反), 빌려 쓰다, 빌려주다, 꾸다(貸也), 돕다(助也), 포장包裝하다(推奬), 가령假令

【差】 어긋날 차, 어긋나다, 어기어지다(舛也), 맞지 않다(差錯之義), 마음이 맞지 않다, 일치一致하지 않다, 틀리다, 실수失手하다, 가리다(擇也), 선택選擇하다, 쌀을 일다(淅也), 낫다, 병病이 낫다, 상이相異, 다름(異也), 차별差別, 구분區分, 틀림, 실수失手, 잘못, 허물(過也), 심부름 가는 벼슬아치, 흠차欽差, 겸관兼官, (가지런하지 아니할 치) 가지런하지 아니하다

【叉】 깍지 낄 차, 깍지 끼다(手指交執), 손길을 잡다(手指交執), 엇갈리다, 가닥, 갈래, 야차夜叉(鬼名), 귀신鬼神 이름, (두 갈래 채) 두 갈래(兩枝), 두 갈래진 비녀(婦人岐笄)

【車】 성씨姓氏 차, 성씨姓氏(姓也), (수레 거) 수레(車輅,輿輪總名)

【箚】 차자箚子 차, 차자箚子(賤箚,用以奏事,非表非狀者,謂之箚子), 약식略式 상소문上疏文(賤箚,用以奏事,非表非狀者,謂之箚子), 간단簡單한 서식書式의 상소문上疏文(賤箚,用以奏事,非表非狀者,謂之箚子), 위에서 내리는 공문서公文書, 기록記錄하다(錄也), 찌르다(以鍼刺), 침鍼을 주다


## 〔착〕

【着】 붙을 착, 붙다, 붙이다(附也,黏也), 입다(被服), 옷을 입다(被服), 신을 신다(着履), 손을 대다(着手), 다다르다(到着), 피다(着花), 두다(置也), 바둑을 두다(於圍碁等)

【捉】 잡을 착, 잡다(捉搦), 사로잡다(捕也), 쥐다(握也), 끼다(搤也), 재촉하다(促也,彼相促及)

【錯】 어긋날 착, 어긋나다(乖也,錯,謂牴牾不合), 섞이다(雜也), 서로 뒤섞이어 엇갈리다(錯,謂交錯), 서로 뒤섞이어 엉클어지다(錯綜), 뒤섞여 어지러워지다(亂也), 잘못하다(誤也), 그르다, 말이 서로 동안 뜨다(廁也,言相閒廁也), 삼가다(錯然,敬愼之貌), 등지다, 두다, 그대로 두다, 갈마들다(錯,猶迭), 금金 올리다(金塗), 도금鍍金하다, 무늬를 놓다, 아로새기다(錯衡,文衡), 팔에 문신文身하다(錯臂,亦文身,謂以丹青錯畫其臂), 베풀다, 설치設置하다, 순차順次로(錯,猶迭), 번번갈아(錯,猶迭), 금도금金鍍金, 금金으로 꾸민 칼(以黃金飾刀), 줄(鑢也), 숫돌(厲石), 험준險峻한 모양模樣(錯崔,高峻貌)

【鑿】 뚫을 착, 뚫다(穿孔), 구멍을 뚫다(穿孔), 구멍을 내다, 파다(穿木), 우물이나 못을 파

다(穿井及穿池), 끝까지 캐내다(恣意不求合義理謂之鑿), 깎다(穿木), 끊다, 자르다, 얼음을 뜨다(取冰), 개통開通하다(開也), 열다, 소통疏通하다, 만들다(造也,鑿,猶更造之意), 곡식穀食을 깨끗이 찧다(精鑿), 대끼다(精鑿), 멋대로 억측臆測하다(恣意不求合義理謂之鑿), 끌(鑿也,所以穿木), 구멍, 나무에 구멍을 파는 연장(鑿也,所以穿木), 경형黥刑, 얼굴에 죄명罪名을 자자刺字하는 형벌刑罰(黥刑), 책冊 이름(書名,緯書有乾坤鑿度), 선명鮮明한 모양模樣(鮮明貌), 확실確實한 모양模樣(鮮明貌), 생각(六情曰六鑿), 논리論理가 정확正確하고 조리條理가 닿는 모양模樣(鑿鑿,論理明確貌), (꽃잎을 새길 촉) 꽃잎을 새기다(鑿鏤花葉), (뚫은 구멍 조) 뚫은 구멍(穿空), 구멍(穴也), 배를 젓다(漕也)

## 〔찬〕

**【贊】** 도울 찬, 돕다(佐也,助也), 이끌다, 인도引導하다, 추천推薦하다, 나다(出也), 드러내다, 나타나다(見也), 밝다(明也), 알리다, 고告하다(告也), 기리다(與讚同,頌也), 전달傳達하다, 찬성贊成하다, 임금을 도와 치적治績을 올리게 하다(奏上告行事而言之), 뵈다, 뵙다, 참례參禮하다(參也), 나아가다(進也), 문체文體 이름

**【讚】** 기릴 찬, 기리다(稱也), 칭찬稱讚하다(稱也), 밝다(明也), 밝히다, 명확明確히 하다, 적다, 기록記錄하다, 고告하다(告也), 인도引導하다(導也), 돕다(佐也), 풀다(解也), 끌다(扣也), 기리는 말(讚辭), 문체文體 이름

**【攢】** 모일 찬, 모이다, 옹기종기 모이다(族聚), 모으다(欑同,鑽通,聚也), 꺾다(折也), 뚫다, 도려내다, 골라내다(治擇), 토롱土壟하다(不葬而掩其柩曰攢,亦作欑), 초빈草殯하다(不葬而掩其柩曰攢,亦作欑), 여기저기 모여 있는 모양模樣, 토롱土壟, 땅이름(地名)

**【鑽】** 끌 찬, 끌(所以穿), 창槍끝이나 살촉鏃, 끊다

**【撰】** 지을 찬, 짓다, 글을 짓다(述也,屬辭記事曰撰), 시문詩文을 짓다(造也), 만들다, 갖추다(具也), 쥐다, 가지다, 품다, 가리다, 선택選擇하다, 법法(則也), 일(猶事)

**【篡】** 빼앗을 찬, 빼앗다(逆而奪取曰篡), 취取하다(取也), 주살로 잡다

**【纂】** 모을 찬, 모으다(集也), 책冊을 엮다(編纂), 책冊을 편집編輯하다(編纂), 잇다(繼也), 붉은 끈, 붉은 인印끈(似組而赤), 모은 모양模樣(攢攢,聚貌), 무늬, 채색彩色

**【爨】** 불 땔 찬, 불 때다(說文,齊謂之炊爨), 밥을 짓다(說文,齊謂之炊爨), 불길이 오르다(火上), 부엌(竈也), 부뚜막(竈也), 아궁이(竈也), 맛을 조화調和시키는 곳

**【飡】** 삼킬 찬, 삼키다(吞也), 먹다(啖也), (물만 밥 손) 물만 밥(水沃飯)

517

## [찰]

**【察】** 살필 찰, 살피다(鑑也), 어떤 현상現象을 잘 따져 관찰觀察하다, 보다(廉視), 주의注意하여 보다, 조사調查하다, 상고詳考하다(考也), 생각하여보다, 알다, 살펴서 알다, 자세仔細하다(覆審), 밝고 자세仔細하다, 환히 들어나다(昭著), 밝다(諦也), 깨끗하다, 깨끗이 하다(察察,潔淸貌), 결백潔白하다, 편벽偏僻되이 보다(偏見), 번거롭다(苛察), 성姓(姓也)

**【擦】** 비빌 찰, 비비다(摩之急), 문지르다(摩之急), 마찰摩擦하다

**【拶】** 핍박逼迫할 찰, 핍박逼迫하다, 들이닥치다, 서로 맞닥뜨리다(逼也,相排迫), 형구刑具의 한 가지

**【札】** 패牌 찰, 패牌, 종이, 공문서公文書, 편지便紙(小簡), 나무·쇠 등等의 얇은 조각, 노櫓(撥水之櫂曰札,形似札), 갑甲옷 비늘(甲葉), 빗(櫛也), 죽다, 일찍 죽다(夭死爲札)

## [참]

**【參】** 참여參與할 참, 참여參與하다, 관여關與하다(干與), 간여干與하다, 관계關係하다, 끼다(間厠), 참례參禮하다(參列), 섞이다, 섞여있다(參錯), 뒤섞다, 참작參酌하다(謀度), 헤아리다, 뵈다, 뵙다, 보이다(覲也), 서로 보이다(相謁), 받들다(承也), 나란하다, 가지런하다, 층層나다, 가지런하지 아니하다, 무리, (셋 삼) 셋(三), 별 이름

**【慘】** 참혹慘酷할 참, 참혹慘酷하다, 비참悲慘하다, 혹독酷毒하다(慘酷,毒也), 무자비無慈悲하다, 아프다(慘慘,痛也), 아프게 하다, 근심하다(憂心慘慘,愁也), 염려念慮하다, 슬프다(慘慘,痛也), 애처롭다, 성내다(慍也), 어둡다, 캄캄하다

**【㕘】** 간여干與할 참, 간여干與하다, 관여關與하다, 끼다(間厠), 참례參例하다, 참작參酌하다(謀度), 섞여 있다(㕘錯), 빽빽이 들어서다(叢立貌), 보이다, 서로 보이다(相謁), 받들다, 층層나다(㕘差,不齊貌), 가지런하지 아니하다(㕘差,不齊貌), 길다(長貌), 북장단長短(㕘鼓,曲名), (셋 삼) 셋(數也,三同), 인삼人蔘(藥名), 별 이름(商星也), 성姓(姓也), 섞이다(雜也), 뒤섞다, 參과 동자同字

**【慚】** 부끄러울 참, 부끄럽다(愧也,不直失節謂之慚), 부끄러워하다, 부끄럽게 여기다, 부끄러움, 수치羞恥, 慙과 같은 자字(同字)

**【慙】** 부끄러울 참, 부끄럽다(愧也,不直失節謂之慚), 慚과 같은 자字(同字)

**【塹】** 구덩이 참, 구덩이(坑也), 해자垓字(遶城水), 파다(掘也)

【讖】 참서讖書 참, 참서讖書(圖讖符命之書), 예언豫言의 기록記錄(圖讖符命之書), 비결秘訣(圖讖符命之書), 미래기未來記, 예언豫言(驗也), 조짐兆朕(驗也), 미래未來의 길흉吉凶·화복禍福의 전조前兆(驗也), 뉘우치다(與懺同,悔也)

【讒】 헐뜯을 참, 헐뜯다(譖也), 참소讒訴하다, 참소讒訴하고 아첨阿諂하다(佞也), 중상重傷하다, 해害치다, 사특邪慝하다, 거짓말하다, 알랑거리다, 큰소리치다, 참언讒言(崇飾惡言,毀善害能), 남의 선善을 비방誹謗하고 능能함을 시기猜忌하는 나쁜 말(崇飾惡言,毀善害能)

## 〔창〕

【昌】 창성昌盛할 창, 창성昌盛하다(盛也), 훌륭하다, 아름답다, 곱다, 착하다(善也), 나타나다(顯也), 당當하다(當也), 햇빛(日光), 기운이나 세력勢力 등等이 성盛한 모양模樣, 기쁨, 경사慶事, 아름다운 말씀(美言), 훌륭한 말씀, 물건物件(物也), 창포菖蒲(本菹也)

【唱】 부를 창, 부르다, 노래를 부르다(發歌), 소리 내어 외치다, 앞장서서 주장主張하다, 말을 꺼내다, 인도引導하다(導也), 노래, 가곡歌曲(唱歌)

【倉】 곳庫집 창, 곳庫집(穀藏), 창고倉庫, 광(圓曰囷,方曰倉), 옥獄, 급急하다(倉卒,悤遽貌), 슬프다, 푸르다, 초상初喪나다, 갑자기

【創】 비롯할 창, 비롯하다(始也), 시작始作하다, 만들다(造也), 처음 만들다(始造), 날에 다치다(刀所傷,傷也), 상처傷處를 입히다, 데다, 혼魂이 나다, 징계懲戒하다(懲也), 비로소(始也), 상처傷處, 부스럼

【槍】 창槍 창, 창槍, 나무창槍(木兩頭銳), 무기武器, 호미(器也), 재앙災殃별 이름(紫宮左之星曰天槍), 성姓(姓也), 막다(距也), 이르다(抵也), 다다르다, 어지럽히다, 흐트러뜨리다

【蒼】 푸를 창, 푸르다(草色,蒼深靑色), 우거지다, 무성茂盛하다(茂也), 무성茂盛해지다, 어슴푸레하다(蒼然,暮色), 늙다(老也), 푸른 빛깔, 풀의 푸른 빛깔, 짙은 푸른 빛깔, 늙은 모양模樣, 허둥지둥하는 모양模樣(蒼黃,急遽貌)

【窓】 창窓 창, 창窓(與牕同,本作囱,在牆曰牖,在戶曰囱,或作窗), 창문窓門, 지게문門, 굴뚝, 窗의 속자俗字, (굴뚝 총) 굴뚝

【暢】 화창和暢할 창, 화창和暢하다(和也), 날씨가 맑다, 화락和樂하다, 마음이 누그러지다, 진술陳述하다, 통通하다(通暢), 통달通達하다, 사무치다(達也), 차다(充也), 충실充實하다, 길다(長也), 펴다, 공포公布하여 실시實施하다, 거문고 가락(琴曲), 동짓冬至달(暢月,陰曆十一月異名)

【彰】 밝을 창, 밝다(明也), 밝히다, 빛나다, 뚜렷하다, 드러내다(著名之), 나타나다(著也), 문

채文彩, 무늬, 장식裝飾(文章飾)

【刱】 비롯할 창, 비롯하다, 시작始作하다(始造), 창업創業하다(造法,刱業), 만들다, 혼魂이 나다, 처음(初也), 創의 속자俗字

## 〔채〕

【采】 캘 채, 캐다(捋取,採同字), 따다, 뽑다, 채취採取하다(捋取,採同字), 가리다(擇也), 선택 選擇하다(擇也), 꾸미다(飾也), 더부룩하다(采債,猶萋萋盛), 채지采地, 식읍食邑(采地), 영지領地(采地), 벼슬(官也), 관직官職(官也), 폐백幣帛, 빛깔, 채색彩色, 무늬(物采), 수繡(繡也), 옥玉의 가로무늬(符采,玉橫文), 모습(風采), 화려華麗하게 치장治粧한 모양 模樣(一曰,采采,華飾), 주사위(骰子), 나물(與菜同), 풀 이름(草名,蔂采), 참나무(采,木名 卽今之櫟木,採同字), 많은 모양模樣(采采,衆多), 일(事也), 직무職務(事也), 할 일(事也), 풍신風神(風采), 무덤(墓地), 옥玉 이름(晁采,玉名), 시편詩篇의 이름(詩篇名), 땅 이름 (地名), 성姓(姓也), (캘 주) 캐다(採取)

【採】 캘 채, 캐다(摘也), 따다(摘也), 채집採集하다, 묻힌 것을 파내다, 취取하다(取也), 잡 다(擥也), 가리다, 가려내다, 나무꾼, 초부樵夫

【菜】 나물 채, 나물(草之可食者,蔬也), 채소菜蔬, 푸성귀, 반찬飯饌, 굶어서 얼굴빛이 푸른 모양模樣, 곡식穀食이 없어 채소菜蔬만 먹어 얼굴빛이 창백蒼白하다(食菜之饑色)

【蔡】 거북 채, 거북(大龜), 점占을 칠 때 쓰는 큰 거북(大龜), 풀이 흐트러지다, 풀(草也), 티끌(草芥,草際), 먼지(草芥,草際), 법法(蔡,法也,法三百里而差簡), 풀숲, 나라 이름(國 名), 산山 이름(山名), 성姓(姓也), (내칠 살) 내치다(放之,若散米), 추방追放하다(放之, 若散米), (사람 이름 찰) 사람 이름(眛蔡,人名)

【債】 빚 채, 빚(負也,今俗負財曰債), 빌린 금품金品, 갚아야 할 돈이나 일, 빌림, 빌리다, 빚 지다

## 〔책〕

【冊】 책冊 책, 책冊(簡編), 문서文書, 글(書冊), 병부兵符(爵位,冊封,語勅,符命), 칙서勅書, 권 卷, 책冊을 세는 말, 꾀(謀也), 세우다(封立)

【策】 꾀 책, 꾀(籌策,謀也), 시초蓍草(蓍也), 점占대(籤也), 대쪽(簡也), 지팡이, 책冊(簡編), 문서文書, 사령서辭令書(策書), 명령서命令書, 왕王의 명령命令을 전傳하는 것, 문체 文體의 하나, 채찍, 말채찍(馬箠), 꾀하다, 적다, 쓰다, 지팡이를 짚다, 채찍질하다, 말

에 채찍질하다(策馬曰策)
<sub>책 마 왈 책</sub>

【責】 꾸짖을 책, 꾸짖다(誅責), 꾸지람하다, 나무라다(非也), 자책自責하다(自訟), 헐뜯다(責
讓), 맡다(任也), 구求하다(求也), 요구要求하다(求也), 바라다, 권장勸奬하다(責善), 취
取하다(取也), 재촉하다(催促), 묻다(問也), 따져 밝히다, 규명糾明하다, 책임責任, 의
무義務, 해야 할 임무任務

## 〔처〕

【妻】 아내 처, 아내(婦也), 시媤집보내다(以女嫁人)

【處】 곳 처, 곳(所也), 장소場所, 주거住居, 거실居室, 처사處士, 처녀處女, 살다(居也), 거
처居處하다, 자리를 차지하고 있다, 자리 잡고 있다, 머무르다(留也), 머물러 있다, 묵
다, 집에 있다, 안정安定하다(歸也), 안정安定시키다, 정정하다(定也), 쉬다(息也), 마
음을 두다. 벼슬을 하지 않다, 야野에 있다, 돌아가다(歸也), 편안便安히 있을 곳으로
돌아가다(歸也), 두다(置也), 그치다(止也), 남아서 지키다, 그 경우境遇에 있다(在其境
遇), 일을 처리處理하다, 처치處置하다, 처분處分하다, 나누다, 시媤집가지 아니하고
있다, 저축貯蓄하다

## 〔척〕

【尺】 자 척, 자(尺度), 큰 자(大尺曰施), 길이를 재는 자, 길이, 길이의 단위單位, 다섯 자
길이(五尺,謂之墨), 열 치(度名,十寸爲尺), 법法(法也), 법도法度, 편지便紙(尺牘)

【斥】 물리칠 척, 물리치다(黜也,擯也), 내치다(屛斥), 배척排斥하다, 쫓다(逐也), 내쫓다, 가
리키다(指也), 지적指摘하다, 나타나다, 드러나다, 엿보다, 망望보다, 열다(開也), 열리
다, 넓히다(廣也), 개척開拓하다, 가깝다(指斥,指而言之), 멀다(遠也), 많다(充斥,言其
多), 개펄(地鹹), 못 가 언덕(澤厓), 망군望軍(斥候,視也,望也)

【拓】 넓힐 척, 넓히다, 확장擴張시키다, 열다(斥開), 줍다(拾也), 떨어진 것을 줍다, 꺾다(猶
折), 부러뜨리다, 박다, 금석문金石文을 종이에 박다

【隻】 새 한 마리 척, 새 한 마리(鳥一枚), 외짝 새(鳥一枚), 한 쌍雙의 한쪽(奇也), 짝(奇
也), 짝 있는 것의 한쪽(奇也), 한 사람, 하나(物單曰隻), 단지但只 하나(物單曰隻), 한
개個(物單曰隻), 척隻(艦船數詞), 배를 세는 수사數詞(艦船數詞), 단위單位

【戚】 겨레 척, 겨레(親也), 친족親族, 일가一家(親也), 도끼(戉類,斧也), 꼽추(醜疾人曰戚施),
가깝다(近也), 친親하다, 친親하게 지내다, 슬퍼하다, 슬프다(哀也), 마음 아파하다, 근

521

심하다(憂也), 염려念慮하다, 번뇌煩惱하다(惱也), 성내다(憤恚), 분개憤慨하다, 분분하다(憤也)

【陟】 오를 척, 오르다(陟, 陞也, 登也), 올리다(陟, 陞也, 登也), 관작官爵을 올리다(陟, 陞也, 登也), 높은 데에 올라가다(登高), 추천推薦하다, 나아가다(進也), 산山이 높다(高山, 山之形, 若三山重累者, 名陟), 사람의 이름(人名), (얻을 득) 얻다(得也)

【踢】 찰 척, 차다, 발로 차다, 짐승 이름(獸名)


[천]

【天】 하늘 천, 하늘(至高無上, 乾也), 천체天體, 조화造化의 신神, 하느님(造物主), 우주宇宙의 주재자主宰者, 천체天體의 운행運行, 태양太陽, 자연自然(無爲自然之道), 무위자연無爲自然의 도道, 진리眞理, 자연自然의 분수分數, 천성天性, 타고난 성품性品, 운명運命, 임금님(帝王敬稱), 왕王, 아버지(稱父), 지아비(稱夫, 妻曰所天), 낳다(出生, 先天)

【千】 일천一千 천, 일천一千(十百), 천千 번番, 많다

【泉】 샘 천, 샘(水源), 단 샘(醴泉), 땅속에서 솟는 물, 빛나는 샘(泉, 有光華曰榮泉), 근원根源이 같고 떨어지는 곳이 다른 작은 흐름(同出異歸曰肥泉), 폭포수瀑布水(瀑布曰立泉), 돈(貨泉, 卽錢也), 성姓(姓也)

【川】 내 천, 내(穿地而流), 개천開川, 구멍(窺也), 굴窟(窺也), 꿈틀꿈틀하는 모양模樣(川川, 重遲貌), 물귀신鬼神, 막기 어렵다(口川)

【淺】 얕을 천, 얕다(水下深, 深之對), 물이 얕다, 바닥이 얕다, 소견所見·지식知識·학문學問이 깊지 않다, 약弱하다, 엷다(淡也), 얇다(薄也), 빛이 연軟하다, 너비가 좁다, 적다(少也), 성기다, 가볍다, 경망輕妄스럽다, 고루固陋하다(少聞), 보내주다(贈也), 공손恭遜하지 아니하다, 친절親切하지 아니하다, 오래지 아니하다, 물을 끼얹다(濺也), 범의 가죽(虎皮), 털이 적은 짐승(凡獸之淺毛者, 皆曰淺), 여울(水下深)

【踐】 밟을 천, 밟다(蹋也, 藉也), 발로 디디다(蹋也), 발로 누르다(蹋也), 걷다, 가다, 나아가다, 행행하다, 실천實踐하다(履也), 따르다, 좇다(從也), 오르다, 어떤 지위地位에 오르다(踐祚), 부임赴任하다, 차리다, 차려 놓다(行也, 列也, 行列貌), 지키다, 베다, 부수다(踐, 殘也, 使壞), 다치다, 해害치다, 진열陳列한 모양模樣(行也, 列也, 行列貌), 진설陳設한 모양模樣, 맨발

【賤】 천賤할 천, 천賤하다(卑下, 不貴), 신분身分이 낮다(卑下, 不貴), 천賤히 여기다(輕賤),

업신여기다, 흔하다(賈少), 값이 싸다(賈少), 버리다, 미워하다, 신분身分이 낮은 사람,

자기를 겸칭謙稱하는 접두어接頭語

【薦】 천거薦擧할 천, 천거薦擧하다, 추천推薦하다, 올리다(進獻食物), 바치다, 드리다(進也),

깔다(敷也), 우거지다(茂也), 거듭(與荐通), 풀, 꼴(獸之所食草), 쑥(薦,黍蓬,蒿也), 자리

(敷物), 깔 것으로 쓰는 풀, 무성茂盛한 풀, 천신제薦新祭(薦新,祭也), (꽃을 진) 꽂다,

끼우다

【遷】 옮길 천, 옮기다(移物曰遷,遷移,遷徙), 옮다, 이동移動하다, 위치位置를 바꾸어 놓다,

이것을 버리고 저리로 가다(去此之彼), 국도國都를 옮기다(徙國曰遷,謂徙都改邑), 움직

이다, 물러나다, 떠나다, 헤어지다, 변變하다, 변경變更하다(變易), 오르다(登也,去下之

高), 올라앉다(登也,去下之高), 내몰다, 내쫓다(放逐), 방축放逐하다, 귀歸양보내다(謫

也), 천도遷都, 벼랑, 낭떠러지

【穿】 뚫을 천, 뚫다(鑽也,鑿也), 구멍을 뚫다, 구멍이 나다(孔也), 통通하다(通也), 뚫어서

통通하게 하다, 틀어넣다(委曲入), 꿰다(貫也), 구멍(穴也), 벌집(蜂房), 천천일天穿日

〔철〕

【哲】 밝을 철, 밝다(明也), 알다, 바른 도리道理를 알다(知正道), 깨닫다(覺也), 지혜智慧롭

다, 지혜智慧가 있다(智也), 현명賢明하다, 총명聰明하다, 분명分明히 하다, 도리道理

나 사리事理에 밝은 사람, 喆과 동자同字

【喆】 밝을 철, 밝다(明也), 哲과 동자同字

【徹】 통通할 철, 통通하다(通也), 막힘없이 트이다, 환하다, 밝다, 사무치다(達也), 다스리

다(治也), 벌이다(列也), 뚫다, 구멍을 내다, 부수다, 무너뜨리다(毀也), 허물어지다, 벗

기어가다(剝取), 없애다, 제거除去하다, 버리다(去也), 길(道也)

【鐵】 쇠 철, 쇠(黑鐵), 검은 쇠(黑鐵), 철물鐵物(鐵器,特刃物類), 구리(黃鐵,銅也), 검은 빛,

검은 쇠 같은 빛깔(色如鐵), 병기兵器, 무기武器, 단단하다(堅也,鐵質固堅,故用堅固之

形,又不動之冠形詞), 견고堅固하다, 검다

〔첨〕

【尖】 뾰족할 첨, 뾰족하다(末銳), 날카롭다(末銳), 끝이 날카롭다, 가늘다(細也), 작다(小也),

거칠다, 끝(末銳), 날카로운 끝, 봉우리, 산山봉우리

【添】 더할 첨, 더하다(益也), 보태다, 맛을 내다, 맛을 더하다(沾,酤通,味益), 안주按酒, 반찬

飯饌, 성姓(姓也)

【籤】 제비 첨, 제비, 심心지, 꼬치, 찌, 찌지, 꼬챙이, 점占대(竹籤,用以卜者), 서산書算대(書也), 미래기未來記, 예언豫言의 기록記錄, 벼슬 이름(典籤,官名), 시험試驗하다, 그런지 어떤지를 점占치다, 찌를 붙이다(幖也), 날카롭다(銳也), 꿰뚫다(貫也), 증험證驗하다(驗也)

【僉】 다 첨, 다(皆也,咸也), 여러(皆也,咸也), 많은 사람이 함께 말하다, 고르다, 가려 뽑다, 도리깨(連枷亦曰僉,打穀具)

## 〔첩〕

【貼】 붙을 첩, 붙다(依附), 붙이다(黏置), 달라붙다, 접근接近하여 닿다, 깁다, 보충補充하다, 돕다(裨也), 알맞게 하다, 편안便安하다(舒爽), 전당典當 잡히다(以物爲質), 물건物件을 저당抵當하다, 봉지封紙에 싼 약藥을 세는 단위單位

【帖】 표제標題 첩, 표제標題, 비단緋緞에 적은 표제標題, 주련柱聯, 기둥이나 바람벽壁에 써 붙이는 글귀句, 편지便紙, 서한書翰, 문서文書(券帖), 부전附箋, 시지試紙(題賦), 시험試驗, 상牀 앞 휘장揮帳(牀前帷), 어음, 증서證書, 수첩手帖, 첩帖, 한 첩帖(試驗紙二十枚曰帖,美濃紙四十枚曰帖), 한약韓藥의 한 봉지封紙, 명함名銜, 명찰名札, 휘장揮帳, 늘어지다(垂也), 타첩妥帖하다, 정정하다, 정정해지다, 좇다, 따르다, 복종服從하다(服也), 편안便安하다, (체지帖紙 체) 체지帖紙(任命狀), 체법帖法

【妾】 첩妾 첩, 첩妾(不聘,小室), 작은 집(不聘,小室), 본처本妻 외外에 데리고 사는 여자女子, 여자女子가 남자男子에 대對하여 자기를 낮추어 이르는 말, 계집(妻妾,童女), 계집종, 나(女己卑稱,小妾)

## 〔청〕

【靑】 푸를 청, 푸르다(靑,生也,象物之生時色), 젊다, 나이가 젊다, 푸른빛(靑色,東方色,五色之一), 녹청綠靑, 동록銅綠, 대껍질(竹皮曰靑), 푸른 흙, 동東쪽(方位配東)

【晴】 갤 청, 개다(雨止無雲), 비가 그치다, 날이 들다(雨止無雲), 하늘에 구름이 없다, 하늘이 맑다, 밝다(明也), 마음이 개운하게 되다

【淸】 맑을 청, 맑다(澄也), 맑게 하다, 물이 맑다, 맑아서 푸른빛이 나다(靑也,去濁遠濊,色如靑), 깨끗하다(潔也), 빛이 선명鮮明하다, 서늘하다, 차다(寒也), 조촐하다(潔也), 탐욕貪慾이 없다, 사념邪念이 없다, 속俗되거나 탁濁한 맛이 없다, 분명分明하다, 명랑明

朗하다(朗也), 누그러지다, 물을 다스리다(水治曰淸), 깊다, 고요하다(靜也), 날씨가 맑다, 맑은 술(酒名,謂體之沛者), 음료수飲料水(凡飲皆曰淸), 맑은 물 모양模樣(澂水之貌), 눈매

【請】 청請할 청, 청請하다(求也,乞也), 구求하다, 물건物件을 구求하다(求也,乞也), 요구要求하다, 바라다, 원願하다, 빌다(祈也), 기원祈願하다, 부르다(招也), 초청招請하다(招也), 뵈다(謁也), 웃어른을 찾아뵈다(請,謁問), 알현謁見하다, 고告하다(告也), 여쭈다, 묻다(問也), 문의問議하다, 찾다(問也), 치다(扣也), 두드리다(扣也), 청請컨대(願也), 청請, 부탁付託, 청탁請託

【聽】 들을 청, 듣다(聆也), 자세仔細히 듣다, 허락許諾하다, 받아드리다(受也), 좇다(從也), 정탐偵探하다(偵察), 엿보다(候也), 기다리다(待也), 받다(受也), 맡다(任也), 다스리다, 결단決斷하다(斷也), 판단判斷하다(斷也), 용서容恕하다, 고요하다(靜也)

【廳】 관청官廳 청, 관청官廳(古者治官處), 관아官衙, 마을, 대청大廳, 마루, 집(屋也), 건물建物

## 〔체〕

【體】 몸 체, 몸(總十二屬,四肢), 신체身體, 수족手足, 사지四肢, 근경根莖, 본체本體, 본연本然, 본本, 본질本質, 근본根本, 체제體制(形也), 격식格式, 법法, 규칙規則, 도리道理, 이치理致(辭以理實爲要), 이세理勢, 형상形象, 용모容貌(形也), 모습(形也), 모양模樣(形也), 차례次例(次第), 순서順序(次第), 자손子孫, 혈통血統, 점상占象, 점괘占卦, 희생犧牲(牲肉), 사물事物의 주主가 되다(猶生), 토대土臺가 되다(猶生), 형체形體를 이루다(成形), 형성形成하다(成形), 스스로 그 지위地位에 서서 깊이 궁구窮究하다(猶接納), 행行하다(體驗), 실행實行하다(體驗), 본本받다(法也), 맺다(猶連結), 잇다(猶連結), 친親하다(親也), 친親히 뜨다(法也), 나누다(猶分), 구획區劃하다(猶分), 몸소, 친親히

【体】 몸 체, 몸, 體의 속자俗字

【切】 모두 체, 모두, 온통(大凡一體), 모든, (끊을 절) 끊다(割也), 베다(割也)

【替】 바꿀 체, 바꾸다(換也), 갈다, 대신代身하다(代也), 갈마들다, 쇠퇴衰退하다(衰也), 폐廢하다, 폐지廢止하다(廢也), 멸망滅亡하다, 멸망滅亡시키다, 없어지다(滅也), 쓸모없게 되다, 버리다, 그치다(止也), 기다리다(待也)

【滯】 막힐 체, 막히다(掩也), 머무르다(留也), 체재滯在하다, 엉기다(凝也), 쌓다, 쌓이다(積也), 묵어 쌓이다, 남다, 팔리지 않고 남다(謂沈滯,不售者), 오래되다, 빠지다, 새다(漏

525

也), 폐폐하다(廢也), 소리가 고르지 못하다(音敗不和), 벼슬에 등용登用되지 아니하
다, 그치다(止也), 골똘하다, 물 뿌려 흩어지는 모양模樣(水灑散貌)

【逮】 잡을 체, 잡다(逮也), 쫓아가 잡다(逮也), 쫓다(逮也), 단아端雅하다, 단정端整한 모양
模樣, (미칠 태) 미치다(及也)

【遞】 갈마들 체, 갈마들다(更易, 更迭), 번번갈아 들다(更易, 更迭), 보내다, 물건物件을 차례
次例로 여러 곳을 거처 보내다(遞送), 전傳하다, 두르다, 에워싸다, 멀다(遠也), 교대
交代로(代也), 번번갈아(代也), 역참驛站, 역참驛站의 거마車馬, 역역말(傳遞, 驛遞)

【締】 맺을 체, 맺다(結不解), 끈으로 묶다, 닫다(閉也), 마감하다(閉也), 닫치다, 연결連結하
다, 울적鬱積해지다

## 〔초〕

【草】 풀 초, 풀(百卉總名), 거친 풀, 잡초雜草, 풀숲, 초원草原, 원고原稿, 초고草稿, 초안草
案, 풀을 베다(草艾, 謂艾取草), 거칠다(粗也), 시문詩文의 초초를 잡다(詩文之草), 간략
簡略하다(苟簡曰草草), 근심하다(草草, 勞心), 시작始作하다(初創之時), 낮다(卑也), 바쁘
다(匆匆)

【初】 처음 초, 처음(始也), 시작始作, 근본根本(本源), 옛일(古事), 옛날, 묵은 일, 이전以前,
지난번番, 첫, 처음의, 처음으로, 비로소(始也)

【招】 부를 초, 부르다, 오라고 부르다, 손짓하여 부르다(手呼), 손짓하다, 불러오다(來之),
불러일으키다, 가져오게 하다, 구求하다(求也), 얽어매다, 속박束縛하다, 결박結縛하
다, 과녁

【超】 넘을 초, 넘다(與越同, 越也), 뛰다(跳也), 뛰어넘다(超遠), 뛰어나다(卓也, 擧脚有所卓越),
나다(超乘, 出前), 낫다, 초과超過하다(與越同, 越也), 순서順序에 의依하지 않고 나아가
다(超升), 건너다(渡也), 오르다, 올라가다, 수레에 뛰어 올라타다(超乘, 跳乘于車), 이
기다(超乘, 出前), 높다, 멀다, 멀어지다, 아득하다, 근심하다, 구보驅步하다, 가볍게 달
리는 모양模樣(輕走貌), 날쌔게 달리는 모양模樣(輕走貌)

【抄】 노략擄掠질할 초, 노략擄掠질하다(略取), 약탈掠奪하다(抄略), 뜨다, 순가락 같은 것으
로 뜨다, 건져내다(取也), 가리다(取也), 베끼다(謄寫), 문서文書를 베끼다, 초抄하다,
뽑다, 초록抄錄, 번번, 차례次例, 부피의 단위單位, 하인下人

【秒】 초초 초, 초초, 시간時間·각도角度·온도溫度 등等의 단위單位(60분지分之1)(時間又角
度單位, 分之六十分之一), (까끄라기 묘) 까끄라기(禾芒), 벼까락, 미묘微妙하다(妙也),

미소微小하다, 세미細微하다

【肖】 닮을 초, 닮다(類也), 같다(似也), 뼈와 살이 서로 같다(骨肉相似), 골상骨相·육체肉體가 같다, 본본받다(法也), 착하다, 작다(小也), 못하다(子不似父,謂之不肖,不賢亦曰不肖), 꺼지다, 녹다, 없어지다, (꺼질 소) 꺼지다, 녹다, 없어지다, 작다

【稍】 벼 줄기의 끝 초, 벼 줄기의 끝, 녹祿(稟食), 요직要職(稟食), 구실(稅也), 왕성王城과 떨어진 삼백三百 리里의 땅(距王城三百里曰稍), 작다(小也), 적다(小也), 조금(小也), 고르다(均也), 점점漸漸(出物有漸,稍稍)

【楚】 모형牡荊 초, 모형牡荊, 휘추리(叢木), 가시나무(荊也), 인삼人蔘 목木, 매, 회초리, 우거진 모양模樣, 초楚나라, 나라 이름, 땅 이름, 가시가 무성茂盛하다(楚楚,茨棘貌), 아프다, 고통苦痛을 느끼다, 가지런히 늘어놓다, 조속操束하다, 곱고 선명鮮明하다, 산뜻하다

【礎】 주柱춧돌 초, 주柱춧돌(柱下石), 기초基礎, 밑

【樵】 땔나무 초, 땔나무(散木), 화목火木, 나무꾼, 땔나무를 하는 사람, 나무하는 사람, 나무하다(采薪曰樵), 땔나무를 마련하다, 불사르다(焚也)

【醮】 초례醮禮 초, 초례醮禮(冠娶禮祭), 중 또는 도사道士의 기도祈禱(凡僧道設壇祈禱曰醮), 제사祭祀지내다, 술을 차려 놓고 제사祭祀지내다, 관혼의식冠婚儀式에서 술을 따르다(冠娶禮祭), 단壇을 만들어 놓고 기도祈禱하다(凡僧道設壇祈禱曰醮), 빌다(凡僧道設壇祈禱曰醮), 다하다(盡也), 야위다(與憔同,醮,卒也)

## 〔촉〕

【觸】 닿을 촉, 닿다(抵也), 부딪치다(擊突), 찌르다(牴也), 받다(牴也), 떠받다, 저촉抵觸하다, 느끼다(感也), 감동感動하다, 더럽히다(汚也), 범犯하다(犯也), 의거依據하다(據也), 잠방이(觸衣,褌襠), (불교佛敎)마음이 외물外物에 접촉接觸되어 일어나는 심리작용心理作用

【燭】 촛불 촉, 촛불(燈燭), 등燈불, 횃불, 화툿불, 뜰 불(庭燎火燭), 비치다(照也), 비추다, 빛나다(四時和謂之玉燭,謂光照), 밝다

【屬】 이을 촉, 잇다(連續), 잇달다, 연속連續하다, 붙다, 붙이다(附着), 두 끝을 맞대어 붙이다, 부착附着하다, 맡기다, 위임委任하다, 부탁付託하다(托也,付也), 엮다, 가깝다, 다가서다, 모으다(聚也,會也), 불러 모으다, 맺다(結也), 원한怨恨을 맺다, 족足하다(足也), 흡족洽足하다, 돌보다(存恤), 조심操心하다(恭也,恭貌), 권勸하다, 마침, 갑甲옷자락(甲札之數), (무리 속) 무리

【促】 재촉할 촉, 재촉하다(催也), 독촉督促하다, 핍박逼迫하다(迫也), 다가오다, 급急하다, 촉박促迫하다(短也), 이르다, 가깝다(近也), 빽빽하다(密也), 쪼그리다(局促,小貌), 졸지 못하게 하다(刺促), 짧다(短也)

〔촌〕

【寸】 마디 촌, 마디(度名,十分), 치(度名,十分), 손가락 하나의 굵기의 폭幅, 길이의 단위單位, 촌수寸數(如言四寸,三寸), 경맥經脈의 한 부분部分, 헤아리다(忖也), 조금(少也), 약간若干

【村】 마을 촌, 마을(聚落), 시골, 농막農幕, 촌村스럽다, 꾸밈이 없다

〔총〕

【總】 거느릴 총, 거느리다(將領), 총괄總括하다(括也), 통괄統括하다, 다스리다, 모아서 묶다(聚束), 모이다, 합合치다(合也), 많이 모이다(總總,猶縛縛,聚也), 잡아매다, 비끄러매다, 맺다(結也), 머리카락을 묶다, 상투를 짜다(束髮也,總而束之), 단속團束하다, 모두(皆也), 총괄總括(括也), 뭉뚱그림, 볏짚(禾稿曰總), 구실(總布,謂守斗斛銓衡者之稅), 총각總角

【聰】 귀 밝을 총, 귀가 밝다(聞也,明也), 총명聰明하다, 똑똑하다, 듣다(聽也), 살피다(察也), 통通하다(通也)

【蔥】 파 총, 파(葷菜), 파뿌리(蔥白,蔥根), 부들, 기氣가 통달通達하는 모양模樣(氣通達), 초목草木이 푸릇푸릇한 모양模樣(草木靑貌), 칼 이름(劍名), 산山 이름(山名), 푸르다(靑,謂之蔥), 파랗다, (창문窓門 창) 창문窓門, 짐수레(蔥靈,輣車), 葱의 속자俗字

【忽】 바쁠 총, 바쁘다(急遽), 급急하다, 총총忽忽하다(急遽), 밝다, 슬기롭다, 갑자기(急遽), 悤의 속자俗子

【寵】 괼 총, 괴다, 사랑하다(愛也), 영화榮華롭다(尊榮), 은혜恩惠(恩也), 영예榮譽, 첩첩妾, 특特히 임금의 첩妾(俗謂妾曰寵), 성姓(姓也)

【銃】 총銃 총, 총銃, 도끼자루 구멍

〔촬〕

【撮】 취取할 촬, 취取하다, 집다, 손가락으로 집다, 움키다(兩指撮), 움켜가지다(蹔聚而捎取之), 획 채가지다(卒也,謂暫卒取之), 끄덩이를 잡다(摠取), 당기다(挽也), 사진寫眞을

찍다(撮影), 모으다, 상투를 싸는 작은 관冠, 치포관緇布冠(緇撮), 뚜껑 손잡이(器蓋所把之乳), 뚜껑 꼭지(器蓋所把之乳), 용량容量의 단위單位, 1승升의 10,000분의 1, (머리를 철퇴鐵槌로 칠 최) 머리를 철퇴鐵槌로 치다(會撮,頂椎), 강强하게 경고警告하다(會撮,頂椎), (받침 그릇 찬) 받침 그릇(乘載器), (집을 채) 집다(指取物), 잡다(搦也)

## 〔최〕

【最】 가장 최, 가장(第一), 제일第一, 으뜸, 첫째(第一), 최상最上, 가장 뛰어난 것, 중요重要한 일, 뛰어나다(勝也), 잘하다(善也), 요긴要緊하다(要也), 극진極盡하다(極也), 넉넉하다(優也), 모으다(聚也), 가지런하다(齊也), 취取하다(犯而取也), 모두(都凡), 모조리, 대개大槪(都凡)

【催】 재촉할 최, 재촉하다(促也), 독촉督促하다, 핍박逼迫하다(迫也), 베풀다, 열다, 막다

【摧】 꺾을 최, 꺾다(折也), 꺾이다(挫也), 부러지다, 부러뜨리다, 밀치다(擠也), 당겼다 밀었다 하다(挏也), 누르다, 억압抑壓하다, 억제抑制하다(抑也), 그치다(沮也), 막다(沮也), 저지沮止하다, 이르다(摧詹,至也), 다다르다, 멸망滅亡하다(滅也), 적敵의 중견中堅을 쳐 깨뜨리다(摧堅), 깨뜨리기 쉽다(摧枯·摧朽·摧槁,皆易破之喩), 슬퍼하다, 근심하다(摧心,悲憂), (물러갈 취) 물러가다(退也), (덜 채) 덜다(減也)

【衰】 상복喪服 최, 상복喪服, (쇠衰할 쇠) 쇠衰하다

## 〔추〕

【秋】 가을 추, 가을(金行之時,四時之一), 결실結實, 결실結實한 때, 성숙成熟한 때, 때, 시기時期, 연세年歲, 세월歲月, 말이 뛰어오르는 모양模樣(秋秋,馬騰驤貌), 춤추는 모양模樣(秋秋,猶蹌蹌謂舞也), 곡식穀食이 익다(禾穀熟), 거두다(斂也), 이루다(就也,言萬物就成), 닥뜨리다(緧也,緧迫品物使時成), 근심하다(愁也)

【推】 옮을 추, 옮다, 차례차례次例次例 옮기다(順遷), 변천變遷하다, 가리다(擇也), 추천推薦하다, 천거薦擧하다(猶進也,卽薦擧), 받들다(奉也), 공경恭敬하여 높이 받들다, 기리다(獎也), 표창表彰하다(獎也), 궁구窮究하다(尋繹), 헤아리다, 추측推測하다, 내밀다(進之), 넓히다, 확충擴充하다, 파묻다(窮詰), (밀 퇴) 밀다

【抽】 뽑을 추, 뽑다(拔也), 뽑아내다, 빼다(拔也), 빼어버리다, 당기다(引也), 잡아당기다, 찢다, 부수다, 없애다, 제거除去하다(除也), 싹트다, 싹이 나오다, 거두다(收也), 외우다(讀也)

529

추~축

【追】쫓을 추, 쫓다(逐也), 내쫓다(追放), 몰다(追之), 보내다, 전송傳送하다(送也), 이루다, 목적目的한 데에 이르다, 완수完遂하다, 미치다(及也), 뒤미치다(逮也), 좇다(隨也), 따르다(隨也), 뒤따르다(逮也), 급急히 뒤따라가다(逐也), 구救하다(救也), 사모思慕하다, 돕다, 나쁜 줄 알고도 하고 말다(遂非曰追非), 뒤따라(追而), (갈 퇴) 갈(治玉名)

【槌】망치 추, 망치(棒槌所以擊), 짤막한 몽둥이(棒槌所以擊), 잠박蠶箔 시렁나무(架蠶簿之木), 치다(擊也), 망치 따위로 때리다, (던질 퇴) 던지다(擲也), 내던지다

【樞】지도리 추, 지도리(戶樞), 문門지도리, 고동(制動之主曰樞機), 사물事物의 긴요緊要한 곳(制動之主曰樞機), 근본根本(本也), 밑동(本也), 별 이름(北斗第一星謂之天樞),

【醜】추醜할 추, 추醜하다(可惡), 추잡醜雜스럽다, 못생기다, 용모容貌가 보기 흉凶하다(貌惡), 추악醜惡하다, 징그럽다, 더럽다(穢也), 나쁘다, 창피猖披를 주다, 싫어하다(惡之), 미워하다(惡之), 부끄러워하다(羞也), 같다(同也), 대등對等하다, 견주다(比也), 여럿(衆也), 동류同類, 무리(類也), 같은 무리

【芻】꼴 추, 꼴(芻者,飼牛馬之草), 말린 풀, 짚(藁也), 건초乾草, 베어 묶은 풀, 초식草食하는 가축家畜, 풀을 베다(刈草), 꼴을 먹이다, 芻와 동자同字

【趨】달릴 추, 달리다, 달아나다(走也), 촉진促進하다(進也), 종종걸음으로 빨리 걷다(疾行曰趨,趨曰赴也,赴所至,今之捷步,行也,速也,行之速), 추창趨蹡하다(疾行曰趨,趨曰赴也,赴所至,今之捷步,行也,速也,行之速), 성큼성큼 걷다, 가다(行也), 나아가다(進也), 빨리 가다, 향向하다, 쫓다(從也), 기울이다(一曰,側意), 줄이다, 짧게 하다, 서둘러, 취지趣旨, 취향趣向, 손짓, 말 맡은 벼슬(通作趣,趣馬,或作趨馬), 말 기르는 이(通作趣,趣馬,或作趨馬), 나무 이름(樹名), 사람 이름(人名), 현縣 이름(縣名), (빠를 촉) 빠르다(與促同), 재촉하다(催也), (드리울 수) 드리우다(與垂同)

【騶】말 먹이는 사람 추, 말 먹이는 사람, 마부馬夫(廐御), 거덜, 말에 관關한 일을 맡은 벼슬, 기마騎馬, 승마乘馬, 기사騎士, 말 타는 사람, 말 탄 군사軍士, 화살(與菆同), 원유苑囿, 대궐大闕 안에 있는 동산, 성인聖人의 덕德에 감동感動하여 나타난다는 신령神靈스러운 짐승(騶虞,義獸,至德所感則見,馬之屬), 현縣 이름(騶虞,縣名), 달리다(與趨走之趨同,與驟同)

【鄒】나라 이름 추, 나라 이름, 주대周代의 나라, 성姓(姓也)

【錘】저울추錘 추, 저울추錘(稱錘,或作鎚), 도가니(鍛器), 분동分銅, 무게(重也), 무게의 단위單位(八銖), 여덟 수銖(八銖), 열두 냥兩쭝, 사람 이름, 현縣 이름, 마치, 기울이다,

【娵】별 이름 추, 별 이름(星次名,娵訾), 미녀美女, 아름다운 여자女子(美女), 아름다운 계

530

집 이름(閭嫗,魏之美人), 물고기(蠻語謂魚爲嫗隅)

【陬】 모퉁이 추, 모퉁이, 한 모퉁이(阪隅), 구석(阪隅), 굽이진 곳, 모, 정월正月(正月爲孟陬), 일월一月의 별칭別稱(正月爲孟陬), 마을(聚居), 촌락村落, 땅 이름, 현縣 이름(黔陬,漢縣,因山而名), 산山 이름(黔陬,漢縣,因山而名), 사람의 이름(人名), 시골 이름(鄕名), 읍邑 이름(陬,魯邑名), 부끄러운 모양模樣(卑陬,愧恧模),

## 〔축〕

【祝】 빌 축, 빌다(贊主人,饗神者), 기원祈願하다, 간절懇切하다(丁寧), 축하祝賀하다, 하례賀禮하다, 끊다(斷也), 자르다, 비로소(始也), 축문祝文(祝,祭主贊詞者), 청請하여 구求하는 말(請求之辭), 신직神職, 신神을 섬기는 일을 업業으로 하는 사람, 사내 무당巫堂, 박수

【築】 쌓을 축, 쌓다(擣也), 성城을 쌓다(築造城壁), 집·궁전宮殿을 짓다(築造家屋,宮殿), 다지다(擣也), 줍다(拾也), 축조물築造物, 고 달린 망치(杵有鐏), 절굿공이, 용저舂杵

【畜】 가축家畜 축, 가축家畜, 육축六畜, 비축備蓄, 준비準備해 두는 일, 기르다(說文,田畜也,引淮南子註,田之汙下黑土者,可畜牧), 치다, 먹이다, 쌓다(積也), 쌓이다, 모이다, 모으다, 비축備蓄하다, 부유富裕하다, 그치다(止也), (기를 혹) 기르다(養也)

【蓄】 쌓을 축, 쌓다(積也), 포개다, 모으다(聚也), 저장貯藏하다(藏也), 감추다(藏也), 기르다, 양성養成하다, (겨울 채소菜蔬 혹) 겨울 채소菜蔬, 겨울을 위爲하여 저장貯藏하는 채소菜蔬(冬菜)

【逐】 쫓을 축, 쫓다(追也), 쫓아내다, 내쫓다, 몰다(驅也), 추방追放하다(放也), 배척排斥하다(斥也), 물리치다(斥也), 쫓기다(被追), 놓다(放也), 달리다, 질주疾走하다, 구求하다(求也), 좇다(從也), 뒤따르다(從也), 뒤쫓아 가다(追也), 추종追從하다, 옮아가다, 나아가 그치지 아니하다(一說進不已), 다투다(競也), 경쟁競爭하다(競也), 독실篤實하다, 하나하나(逐一), 빨리 달리는 모양模樣(逐逐,馳貌)

【縮】 줄일 축, 줄이다(歜也,贏之反), 줄다, 거르다(縮,去滓), 오그라들다, 오그라지다(歜也,贏之反), 짧다(短也), 기氣가 꺾이다, 모자라다(不及), 거두다(斂也), 묶다(縮者,約束之), 어지럽다(亂也), 물러가다(退也), 그치다(止也), 다스리다, 바르다, 옳다(義也), 곧게 하다(直也), 차다(蹴也), 세로(縱也)

【丑】 소 축, 소(牛也), 지지地支(地支第二位), 십이지十二支의 둘째, 축시丑時(四更丑時), 수갑手匣(手械), 조막손이(手械)

〔춘〕

【春】 봄 춘, 봄(爾雅,釋天,春爲靑陽,註,氣淸而溫陽,四時之首), 젊은 때, 남녀男女의 정情, 주主로 여자女子가 남자男子를 생각하는 정情, 동東녘(東方曰春), 양귀비楊貴妃(花名), 나다(出也), 다시 살아나다(回春), 꿈틀거리다(蠢也), 짓다(作也), 화창和暢하다(和也)

〔출〕

【出】 날 출, 나다, 나오다, 나타나다(現也), 내다, 내보내다, 태어나다, 낳다(生也), 나가다(入之對,進也), 토吐하다(吐也), 쏟다(瀉也), 일어나다(起也), 발족發足하다, 뛰어나다(秀也), 간행刊行하다, 벼슬하다(仕也), 보이다(見也), 드나들다(出入), 내치다(斥也), 떠나다(黜同,離也), 도망逃亡하다(逃也), 잃다(失也), 멀다(遠也), 베풀다(施也), 지출支出, 생질甥姪(甥也), 자손子孫

〔충〕

【忠】 충성忠誠 충, 충성忠誠(事上竭誠), 진심眞心, 참마음, 진실眞實, 충직忠直하다(內盡其心而不欺), 곧다(直也), 사私가 없다(不貳,無私), 정성精誠을 다하다, 공경恭敬하다(敬也), 두텁다(厚也)

【衷】 속마음 충, 속마음, 참마음(善也), 정성精誠스러운 마음(方寸所蘊), 속곳(裏褻衣), 속옷, 속에 입는 옷(裏褻衣), 가운데(中也), 중앙中央, 정성精誠스럽다(誠也), 착하다(善也), 속에 입다(下着衣), 통通하다(通也), 적당適當하다(當也), 평평平平하다(折衷,平也), 알맞다(不輕不重)

【充】 채울 충, 채우다(實之), 가득 채우다, 가득하다(滿也), 차다, 너무 배부르다(過飽), 살찌다(肥也), 충당充當하다(當也), 갖추다(備也), 대응對應하다, 두다, 덮다, 길다(長也), 높다(高也), 해당該當하다, 행行하다(行也), 아름답다(美也), 번거롭다(煩也), 막다(塞也), 막히다, 궁급窮急하다(充屈,窮急之容)

【衝】 찌를 충, 찌르다, 들이밀어 뚫다(擊破), 충동衝動이다(動也), 맞부딪치다(突也), 치다, 쳐부수다(擊破), 향向하다(向也), 전차戰車(衝車), 병선兵船(蒙衝,船名), 구축함驅逐艦(蒙衝,船名), 거리(通道)

【蟲】 벌레 충, 벌레(毛,羽,鱗,介總名), 구더기, 곤충昆蟲의 총칭總稱, 동물動物의 총칭總稱, 덥다(蟲蟲而熱也), 찌는 듯이 덥다(蟲蟲而熱也), 뜨겁다(蟲蟲而熱也)

## 〔취〕

**【就】** 나아갈 취, 나아가다(卽也), 일자리나 벼슬자리에 나가다, 앞으로 향向하여 가다, 이루다(成也), 뜻한 바를 그대로 되게 하다, 어떤 상태狀態나 결과結果로 되게 하다, 어떤 상태狀態나 결과結果로 되어 있다, 맞다(迎也), 좇다(從也), 따르다, 잡다(攝也), 능能하다(能也), 마치다(終也), 두루(帀也), 곧, 이에, 가령假令, 만일萬一

**【取】** 취取할 취, 취取하다(資也,收也), 손에 쥐다, 잡다(捕取), 가지다(資也,收也), 받다(受也), 받아들이다, 얻다(獲也), 빼앗다(奪也), 골라 뽑다, 채용採用하다, 찾다(索也), 장가들다(取妻), 돕다, 의지依支하다

**【趣】** 뜻 취, 뜻(指意), 의미意味(指意), 취향趣向, 취미趣味, 경치景致, 풍취風趣, 멋, 자태姿態, 향향하다(趣向), 빠르다(疾也), 빨리 걷다, 달리다, 미치다, 다다르다

**【聚】** 모일 취, 모이다(聚,謂所同歸湊), 모으다(會也), 모여들다, 거두다(斂也), 쌓다(積也), 갖추다(具也), 많다(衆也), 무리, 마을(居也,邑落), 촌락村落(居也,邑落), 부락部落(居也,邑落), 고을(居也,邑落), 모이는 곳(聚,謂衆所宜), 고을 이름(城聚,晉邑名)

**【驟】** 달릴 취, 달리다(奔也), 말이 빨리 달리다, 몰다(馬疾步), 몰아가다(馬疾步), 빠르다, 갑작스럽다(急疾,突然), 돌연突然하다, 의외意外로 금禁하다, 갑자기, 자주(數也), 종종種種(數也), 여러 번番(數也)

**【娶】** 장가들 취, 장가들다(取妻), 아내를 맞다, (중매仲媒들 서) 중매仲媒들다(商娶,媒也)

**【醉】** 취醉할 취, 취醉하다, 취醉하게 하다, 술 취醉하다(爲酒所酺曰醉), 깊이 취醉하다(骨醉), 뼈까지 취醉하다, 제 정신精神을 차리지 못하다(心和神全曰醉), 사물事物에 마음이 쏠려 취醉하다시피 되다, 침혹沈惑하다(心醉), 취기醉氣

**【臭】** 냄새 취, 냄새(禽走臭而知其迹者犬,凡氣之總名), 후각嗅覺을 통通한 감각感覺, 향기香氣(香也), 썩는 냄새(惡氣與香別), 나쁜 냄새(臭味), 나쁜 소문所聞, 나쁜 사람(赤臭,惡人), 나쁜 짓을 하는 무리(臭味), 냄새 나다, 나쁜 냄새가 나다, 썩다(敗也), 구리다, 향기香氣롭다, 냄새 맡다

**【吹】** 불 취, 불다(出氣,嘘也), 입김을 내불다, 피리 등等 관악기管樂器를 불다, 부추기다(鼓吹), 충동衝動이다(鼓吹), 불 때다, 퍼뜨리다, 과장誇張하다, 서로 돕다(相佐助), 부는 것(鼓吹), 관악管樂, 취주吹奏 악기樂器, 취주吹奏 악기樂器의 가락, 바람

**【炊】** 불 땔 취, 불을 때다(爨也), 밥을 짓다(炊事), 불다(吹也)

【鷲】 수리 취, 수리(鳥名,黑色多子,師曠曰,南方有鳥,名羌鷲,黃頭赤目,五色皆備), 독秃수리, 산山 이름(靈鷲,山名)

〔측〕

【側】 곁 측, 곁(旁也), 옆, 가, 기울다(傾也,側昳戾也), 옆으로 돌리다(側陋), 배반背叛하다(叛黨曰反側), 미천微賤하다, 홀로(特也)

【測】 헤아릴 측, 헤아리다(凡測度之稱), 추측推測하다, 재다(凡測度之稱), 깊이를 재다(度深曰測), 알다, 깊다(深所至), 맑다(淸也), 날카롭다(測測,刃利意)

【惻】 슬퍼할 측, 슬퍼하다(痛也), 불쌍히 여기다(愴也), 감창感愴하다(愴也), 가엾게 여기다, 진심眞心을 다하는 모양模樣, 정성精誠스러운 모양模樣, 간절懇切하다, 절실切實하다

〔층〕

【層】 층層 층, 층層(級也), 켜, 계단階段, 층계層階, 층층대層層臺, 층층집(重室), 이층二層 이상以上으로 지은 집, 겹치다(重也,累也,凡物重者曰層), 거듭(重也,累也,凡物重者曰層)

〔치〕

【治】 다스릴 치, 다스리다(理也), 다스려지다, 바로 잡다, 평정平定하다, 관리管理하다, 감독監督하다, 정돈整頓하다(整理), 진정鎭靜하다, 고치다(醫療), 수리修理하다, 단속團束하다, 조사調査하다(檢案), 익다(簡習), 익히다, 배워 익히다, 만들다, 성취成就하다, 구求하다(有所求乞), 정치政治에 재능才能이 있다(才多亦曰治), 비교比較하다(較也), 다스려지는 일이나 그 상태狀態, 정치政治, 정사政事, 정령政令, 공功, 공적功績, 도가道家의 정실靜室(道家靜室曰治), 재판裁判의 판결判決(聽獄之成辭,亦曰治), 정청政廳이 있는 곳, 제후諸侯 또는 지방장관地方長官이 주재駐在하여 정치政治를 베푸는 곳(州郡所駐曰治), 고을, 도읍都邑(所都之處曰治)

【致】 이를 치, 이르다(至也), 도달到達하다, 보내다(送詣), 전傳하다, 전송傳送해 보내다, 바치다, 돌려 바치다, 주다, 정성精誠스레 하다, 힘쓰다, 다하다(盡也), 끝까지 다하다, 극진極盡하다(極也), 궁구窮究하다(究也), 깊이 살피다(猶深審), 일치一致하다, 빽빽하다(密也,緻密), 잘다(密也,緻密), 나아가다(就也), 부르다, 불러오다(招致), 들이다(納也), 끌어들이다, 굴리다(致者,運轉之詞), 맡기다(委也), 내던지다, 싸움을 돋우다(挑戰曰致師), 버리다(委也), 풍치風致, 극치極致, 모양模樣(態也), 법法(制也), 제도制度(制也)

【齒】 이 치, 이(口斷骨), 어금니(牙也), 음식飮食을 씹는 기관機關, 나이(壽也), 연령年齡, 나이 차례次例(年次), 같은 무리(類也), 이와 같이 나란히 선 것(如齒爾並列者), 수數, 수효數爻, 나란히 서다(年也,列也), 비견比肩하다, 나이를 세다, 노인老人의 이가 빠지고 다시 나다(兒齒齒落,更生壽徵), 기록記錄하다(錄也), 비로소(始也)

【稚】 어릴 치, 어리다(幼稚,小也), 늦다(晚也)

【恥】 부끄러울 치, 부끄럽다(慙也), 부끄러워하다, 부끄럽게 여기다, 도道에 어긋남을 부끄럽게 여기다, 욕辱되다(辱也), 욕辱보이다, 창피猖披를 주다, 부끄러움, 욕辱, 치욕恥辱

【置】 둘 치, 두다(安置), 베풀다(設也), 세우다(立也), 남기다, 풀어주다, 용서容恕하다(赦也), 머무르다(留也), 편안便安하다, 사다, 들이다, 버리다(廢置,棄也), 버려두다, 역驛말(郵置,關驛)

【値】 값 치, 값(物價), 값하다, 당當하다(當也), 만나다(遇也), 가지다(持也), 심다(植也)

【植】 꽂을 치, 꽂다, 꽂아 세우다, 심다(種也), 두다(置也), 의지依支하다(倚也), 달굿대(枝幹屬曰植), 잠박蠶箔의 시렁기둥(懸蠶薄柱), 방망이(槌也), 우두머리, 두목頭目(將領主帥監作者,謂之植), 감독관監督官, (심을 식) 심다(栽也), 초목草木의 총칭總稱

【蚩】 어리석을 치, 어리석다(凡無知者,皆以蚩名之), 미련하다(騃也), 못생기다(騃也), 업신여기다(侮也), 기어가다, 지각知覺없는 모양模樣(無知貌), 벌레가 기어가는 모양模樣, 돈후敦厚한 모양模樣(敦厚貌), 벌레 이름(蟲名), 별 이름(蚩尤旗,星名)

【峙】 우뚝 솟을 치, 우뚝 솟다, 산山이 우뚝 솟아 있다(峻也,屹立), 쌓다(積也), 골고루 저장貯藏하다, 갖추다(具也), 언덕, 높은 언덕(京峙,高丘), 跱와 같은 글자字

【淄】 검은 빛 치, 검은 빛(黑色曰淄), 산동성山東省 내무현萊蕪縣에서 발원發源하여 황하黃河로 들어가는 강江, 물 이름(水名), 강江 이름, 주州 이름(州名), 현縣 이름(縣名), 검게 물들다, 검게 물들이다

[칙]

【則】 법칙法則 칙, 법칙法則(法也), 천칙天則(天理不差), 천리天理, 예법禮法(常也), 자연自然의 이법理法, 제도制度(制度品式), 격식格式(制度品式), 규칙規則, 법法, 법률法律, 본本받다, 모범模範으로 삼다, 절제節制하다(節也), (곧 즉) 곧(語助辭,然後之辭), ~하면(語助辭,然後之辭)

【勅】 조서詔書 칙, 조서詔書, 칙서勅書(天子制書), 천자天子나 임금의 명령命令을 적은 문

서文書, 타이르다, 경계警戒하다, 신칙申飭하다(誡也)
<sub>계 야</sub>

【飭】 신칙申飭할 칙, 신칙申飭하다(致堅), 훈계訓戒하다, 타일러 훈계訓戒하다(與敕同,命<sub>여 칙 동 명</sub>
令), 경계境界하다, 삼가다(謹貌), 닦다(修治), 힘쓰다(勤也), 갖추다, 바로 잡다(正也), <sub>령</sub> <sub>근 모</sub> <sub>수 치</sub> <sub>근 야</sub> <sub>정 야</sub>
정비整備하다, 삼가는 모양模樣

〔친〕

【親】 친親할 친, 친親하다(近也), 사이좋게 지내다, 가깝다(近也), 가까이하다, 화목和睦하<sub>근 야</sub> <sub>근 야</sub>
다, 사랑하다(愛也), 혼인婚姻하다(襯也,言相隱襯,姻也), 친親히(躬也), 손수(躬也), 몸소 <sub>애 야</sub> <sub>친 야 연 상 은 친 인 야</sub> <sub>궁 야</sub> <sub>궁 야</sub>
(躬也), 스스로(躬也), 어버이, 부모父母, 육친六親(父,母,兄,弟,妻,子), 겨레(九族), 일가 <sub>궁 야</sub> <sub>궁 야</sub> <sub>부 모 형 제 처 자</sub> <sub>구 족</sub>
一家(九族)
<sub>구 족</sub>

〔칠〕

【七】 일곱 칠, 일곱(一加六少陽數), 일곱 번番, 문체文體 이름
<sub>일 가 육 소 양 수</sub>

【漆】 옻 칠, 옻(木汁可髤木), 옻나무(木名), 옻나무 진津, 옻칠漆, 검은 칠漆, 일곱, 성씨姓<sub>목 즙 가 휴 목</sub> <sub>목 명</sub>
氏(姓也), 옻칠漆하다, 검다(物之黑者曰漆)
<sub>성 야</sub> <sub>물 지 흑 자 왈 칠</sub>

〔침〕

【沈】 잠길 침, 잠기다(沒也), 가라앉다, 가라앉히다(造淸酒), 침체沈滯하다, 빠지다(沒也), <sub>몰 야</sub> <sub>조 청 주</sub> <sub>몰 야</sub>
무엇에 마음이 쏠리어 헤어나지 못하다, 깊다, 무겁다, 때가 끼다(濁黙), 막히다, 물에 <sub>탁 담</sub>
독毒을 담다(以毒沈水), 진흙, 진탕, 진펄(沈者,莽也), 장마 물(陵上潦水) <sub>이 독 침 수</sub> <sub>침 자 망 야</sub> <sub>능 상 호 수</sub>

【枕】 베개 침, 베개(臥薦首者), 잠잘 때 베는 베개, 잠, 수레 뒤에 가로 댄 나무(車後橫木), <sub>와 천 수 자</sub> <sub>거 후 횡 목</sub>
쇠말뚝(繫牛杙), 긴 물건物件 밑에 베개처럼 가로 괴는 물건物件, 물고기 머리뼈(魚腦<sub>계 우 익</sub> <sub>어 뇌</sub>
中骨), 베다(沈之), 베개 삼아 베다, 잠자다 <sub>중 골</sub> <sub>침 지</sub>

【浸】 적실 침, 적시다(漬也), 담그다, 물속에 들다, 젖다(涵也), 물에 젖다(潤也), 스며들다, <sub>지 야</sub> <sub>함 야</sub> <sub>윤 야</sub>
점점漸漸 스며들다(浸淫,漸漬), 배어들다, 번지다(漸也), 잠기다(沈也), 빠지다(沒也), <sub>침 음 점 지</sub> <sub>점 야</sub> <sub>침 야</sub> <sub>몰 야</sub>
물을 대어 윤택潤澤하게 하다, 붇다, 차츰 증가增加하다, 깊다, 접근接近하다, 큰 못
(澤之總名)
<sub>택 지 총 명</sub>

【侵】 침노侵擄할 침, 침노侵擄하다, 침략侵掠하다, 습격襲擊하다, 침식侵蝕하다, 잠식蠶食
하다, 초라하다, 버리다, 범犯하다, 법法을 어기다, 점차漸次, 흉년凶年

【寢】 잠잘 침, 잠자다(臥也,睡眠), 잠들다, 눕다(臥也,睡眠), 쉬다(息也), 누워서 쉬다, 앓아 <sub>와 야 수 면</sub> <sub>와 야 수 면</sub> <sub>식 야</sub>

눕다, 못생기다(容貌醜惡), 방房(堂室), 안방房(凡居室皆曰寢), 침실寢室, 거실居室, 정
침正寢, 사당祠堂, 조묘祖廟, 신전神殿(廟中之寢所以安神), 정자각丁字閣(陵寢), 능陵
의 정전正殿, 능陵 옆에 있는 제전祭典을 행行하는 곳

【針】 바늘 침, 바늘(俗鍼字,所以縫也), 침침針, 올챙이(蟲名,蝌蚪,玄針), 바느질하다, 재봉裁縫
하다, 침針을 놓다, 침針으로 찌르다

【鍼】 침침鍼 침, 침鍼, 의료용醫療用 침침鍼(鍼石,刺病,唐狄仁傑善鍼術), 재봉용裁縫用 바늘(所
以縫布帛之錐), 사람의 이름(人名), 침鍼을 놓다(刺也), 찌르다(刺也)

〔칭〕

【稱】 일컬을 칭, 일컫다(言也), 이르다(謂也), 부르다, 이름하다(名號謂之稱), 칭찬稱讚하다,
기리다, 설명說明하다, 들다(擧也), 날리다(揚也), 맞다(副也), 알맞다, 맞갖다(愜意),
적당適當하다(適物之宜), 상당相當하다(適物之宜), 같다(參稱,相等), 헤아리다(度也,量
也), 저울질하다(知輕重), 좋다(好也), 돈을 들다(擧錢), 저울, 벌(衣單複具曰稱)

【秤】 저울 칭, 저울, 稱의 속자俗字

〔쾌〕

【快】 쾌快할 쾌, 쾌快하다(稱心), 상쾌爽快하다, 시원하다(爽快), 병세病勢가 좋아지다, 기
쁘다(喜也), 기뻐하다, 즐거워하다, 가可하다(可也), 빠르다(急疾), 날래다, 제멋대로
하다, 방자放恣하게 굴다

〔타〕

【妥】 온당穩當할 타, 온당穩當하다, 마땅하다, 합당合當하다, 타협妥協하다, 편안便安하다
(安也), 안정安定하다, 편便히 앉다, 떨어지다(墮通)

【他】 다를 타, 다르다(彼稱此別), 겹치다, 간사奸邪하다(邪也), 다른, 여느(彼稱此別), 남(彼
稱此別), 골육骨肉 이외以外의 사람, 누구(誰也), 딴 마음(他心), 두 마음, 그, 저, 그
이, 저이, 겹쳐 쌓이는 모양模樣, 부정不正

【打】 칠 타, 치다(擊也), 공격攻擊하다, 때리다, 및, ～와(과), 어떤 동작動作을 함을 뜻하
는 접두어接頭語

【墮】 떨어질 타, 떨어지다(落也), 깨뜨리다(毁也), 부서지다, 무너지다, 무너뜨리다(毁也),
상상傷하다(傷也), 빌어먹다(行乞食), 상투(倭墮髻)

【它】 다를 타, 다르다(他也), 짊어지다(背負), 마음이 든든하다(委它,雍容自得貌), 他・佗와

통용通用된다, 더하다(加也), 그것, (뱀 사) 뱀(蛇也)

【陀】 비탈질 타, 비탈지다, 험險하다(陂陀,險阻), 무너지다, 비탈진 모양模樣(陂陀,衰貌), 평탄平坦하지 않은 모양模樣, 땅 이름(沙陀後唐始興之地), 산山 이름(補陀,山名,在明州昌國海中)

〔**탁**〕

【卓】 높을 탁, 높다(高也), 우뚝하다(卓然,高堅也), 뛰어나다, 초월超越하다(超卓), 훌륭하다, 서다(立也), 세우다, 탁자卓子, 책상冊床(四脚臺机案)

【倬】 클 탁, 크다(大也), 두드러지다, 현저顯著하다, 환하다(明貌), 밝다, 높다, 뛰어나다

【濁】 흐릴 탁, 흐리다(混濁,水不淸), 흐리게 하다, 물이 맑지 못하다(混濁,水不淸), 선명鮮明하지 못하다, 더럽다(汚也), 더럽히다, 범犯하다(濁者,觸也), 욕辱보이다, 어지럽다(亂也), 흐림, 더러움, 불결不潔, 추악醜惡한 행동行動, 말세末世, 막걸리(濁酒)

【濯】 씻을 탁, 씻다(滌也), 때를 씻다, 빨래하다(澣也), 물에 적셔가지고 빨다(漑也), 마음을 깨끗이 하다(洗心,亦曰酒濯), 결백潔白하게 하다, 크다(大也), 빛나다(濯濯,光明), 즐겁게 놀다(娛遊), 노닐다(娛遊), 마시다(飮也), 살찌다(肥也), 목욕沐浴하는 데 써서 더러워진 물, 산山에 초목草木이 없이 민둥민둥한 모양模樣(濯濯,山無草木之貌)

【託】 부탁付託할 탁, 부탁付託하다, 당부當付하다, 청탁請託하다, 의탁依託하다(憑依), 의지依支하다, 붙이다(寄也), 맡기다(委也,信任), 기탁寄託하다(寄也)

【托】 밀 탁, 밀다(手推), 손으로 밀어서 열다, 의지依支하다, 맡기다, 부탁付託하다, 소반小盤(托盤), 받침, 대臺

【坼】 터질 탁, 터지다(裂也), 가물어 논이 터지다(龜坼,天旱田裂), 갈라지다, 열다, 펴다, 싹트다(植物房初開), 난산難産하다(坼副), 터진 금, 갈라진 무늬

【度】 헤아릴 탁, 헤아리다(忖也), 생각하다, 꾀하다, 광협廣狹 장단長短을 재다, 추측推測하다, 짐작斟酌하다, 미루어 짐작斟酌하다, 상의相議하다(相談), 선택選擇하다, 던지다(投也,投土於版), 꾀(謀也), (법도法度 도) 법도法度

【涿】 물방울 떨어질 탁, 물방울이 떨어지다(流下滴), 방울져 떨어지다, 치다(擊也), 두드리다, 갈다, 문지르다, 물 이름(水名), 고을 이름(州名), 산山 이름(涿鹿,山名)

〔**탄**〕

【歎】 탄식歎息할 탄, 탄식歎息하다, 한숨 쉬다(吟也), 감탄感歎하다, 칭찬稱讚하다, 아름답

다고 하다(稱美曰歎), 화답和答하다, 읊다, 노래하다, 한숨

【炭】숯 탄, 숯(燒木餘,燒木未灰), 목탄木炭, 석탄石炭, 조개껍질을 살라서 만든 숯(蜃炭), 재, 불타고 남은 것, 숯불, 불(火也), 불똥(炧也), 더러운 것(塗炭,泥炭,轉而汚物), 진흙 탕(塗炭,泥炭,轉而汚物), 화학化學 원소元素의 하나, 탄소炭素, 볶이다(塗炭,塗泥也,火 也,轉而水火之苦), 극도極度로 곤궁困窮하다(塗炭,塗泥也,火也,轉而水火之苦)

【憚】꺼릴 탄, 꺼리다(忌憚), 피避하다, 두렵다(畏也), 두려워하다, 놀래다(驚怛), 어렵다(難 也), 수고롭다(勞也), 피로疲勞해지다, 고달프다, 삼가다, 화火내다

【彈】탄彈알 탄, 탄彈알, 탄환彈丸, 대포大砲·총총銃 따위로 쏘는 탄彈알, 활에 메워 쏘는 돌, 탄彈알을 쏘는 활, 열매, 과실果實, 쏘다(射也), 튕기다(行丸), 손가락으로 튕기다, 손톱으로 튕기다(鼓爪曰彈), 두드리다, 치다(擊也), 흔들다(掉也), 타다, 연주演奏하다, 탄환彈丸과 같이 작다(彈丸喩小), 따지다, 힐책詰責하다, 탄핵彈劾하다(劾也)

【誕】태어날 탄, 태어나다(天子生日曰降誕), 기르다(育也), 낳아 기르다(育也), 크다(大也), 넓다(闊也), 광활廣闊하다, 믿다(信也), 방종放縱하다(放也), 허망虛妄한 소리를 하다, 방탄放誕하다, 거짓으로 남을 현혹眩惑하게 하다, 속이다(欺也), 이에, 대단히(大也), 강탄降誕, 정성精誠(信也), 남을 속이는 큰소리(詞誕,妄爲大言), 거짓(詞誕,妄爲大言), 거짓말(詞誕,妄爲大言)


〔탈〕


【脫】벗을 탈, 벗다(免也), 벗어나다(免也), 면免하다, 나오다, 옷을 벗다, 벗기다, 껍질을 벗기다, 가죽을 벗기다(剝其皮), 뼈를 바르다(肉去骨), 떨어지다(離也), 흙이 떨어지다 (壞斷), 덜다(除也), 간략簡略하다(略也), 살이 빠지다, 여위다(消肉), 끼치다(遺也), 풀 어지다(物自解), 병病이 낫다(脫然,疾除貌), 지나가다(過去), 그르치다(誤也), 혹或 그럴 듯하다(或然之辭)

【奪】빼앗을 탈, 빼앗다(彊取攘奪), 억지로 빼앗다(彊取攘奪), 강요强要하여 취取하다, 약탈 掠奪하다, 쳐서 얻다, 공격攻擊하여 취取하다, 관직官職을 삭탈削奪하다(鐫削祿階), 징수徵收하다, 징발徵發하다, 잃다, 잃게 하다(失也), 탈진脫盡하다, 가다(去也), 없어 지다, 깎다(鐫削祿階), 좁은 길(狹路)


〔탐〕

【貪】 탐貪할 탐, 탐貪하다(欲物), 탐貪내다, 재물財物을 탐貪하다(愛財曰貪,愛食曰婪), 욕심慾心내다, 더듬어 찾다, 탐욕貪慾

【探】 찾을 탐, 찾다(索也), 더듬다(遠取之), 더듬어 찾다, 염탐廉探하다(伺也), 엿보다(伺也), 깊이 연구硏究하다, 구명究明하다, 시험試驗하다(試也), 취取하다

〔탑〕

【塔】 탑塔 탑, 탑탑(西域浮屠), 불당佛堂, 절, 물건物件 떨어지는 소리(物墮聲)

【鏙】 살 탑, 살(鏙鑪,箭也), 살촉鏃

〔탕〕

【湯】 물 끓을 탕, 물이 끓다(熱水), 끓다(熱水), 끓이다, 끓는 물로 그릇을 부시다(熱水沃), 목욕沐浴하다, 구름이 피어올라 비를 뿌리다(雲行雨施曰湯), 악惡을 털어 없애다(除殘去虐曰湯), 성盛하다(昌也), 밀치다(攘也), 흔들다, 움직이다, 넘어지다, 쓰러지다, 방탕放蕩하다(游湯,無不爲), 지나가다, 온천溫泉, 목욕탕沐浴湯(湯沐之室), 탕약湯藥, 끓이어 먹는 약藥(湯藥)

【盪】 씻을 탕, 씻다(滌也), 그릇을 부시다(滌器), 움직이다(動也), 밀치다(推盪), 부딪치다, 진동震動하다(震也), 가다, 뭍에서 배를 움직여 옮기다, 뭍 배질하다, 놓다, 방임放任하다, 방자放恣하다(放也), 방탕放蕩하다(盪盪,僻也), 사위가 장인丈人·장모丈母를 만나기 전前에 술 한 잔盞을 먼저 마시다, 눈을 무릅쓰다, 큰 모양模樣(大貌), 번番(次也), 흔들리는 모양模樣(滌盪,搖動貌), 법도法度가 쇠폐衰廢한 모양模樣(法度衰廢貌), 버릇(盪盪,僻也)

【蕩】 쓸어버릴 탕, 쓸어버리다(蕩排,盪,去穢垢), 씻어버리다, 물을 대다, 물을 흐르게 하다(謂以溝行水), 평평平平하다(平易), 크다(大也), 흔들리다(蕩,謂物動萌芽), 움직이다(蕩,謂物動萌芽), 옮기다(播蕩), 단정端整하지 않다, 성품性品이 흐리터분하다(佚蕩,緩也), 칠칠찮다(佚蕩,緩也), 질탕跌宕하다(佚蕩,緩也), 제멋대로 하다, 방자放恣하다, 방탕放蕩하다, 음란淫亂하다, 법도法度가 무너져 어지러운 모양模樣(蕩蕩,法度廢壞貌), 성姓(姓也)

〔태〕

【太】 클 태, 크다(大也), 부피·규모規模 등等이 크다, 심甚하다, 통通하다(通也), 미끄럽다

(滑也), 존칭尊稱을 나타낸다, 너무(甚也), 심甚히, 매우, 맨 처음(最初)

【泰】 클 태, 크다(大也), 너그럽다(寬也), 넉넉하다, 편안便安하다(安也), 편안便安하고 자유自由롭다, 통通하다(通也), 사치奢侈하다(侈也), 교만驕慢하다, 미끄럽다(滑也), 심甚하다(甚也), 심甚히, 하늬바람(風名)

【態】 모양模樣 태, 모양模樣(心能其事然後,有態度也,作姿), 모습, 형상形象, 몸(心能其事然後,有態度也,作姿), 몸짓, 짓, 태도態度(心能其事然後,有態度也,作姿), 뜻(意也), 형편形便, 모양模樣내다(心能其事然後,有態度也,作姿)

【台】 별 태, 별, 별 이름(星名), 삼태성三台星, 산山 이름(天台,山名,在會稽), 고을 이름(州名本,漢治縣,宋爲赤城郡,唐改台州), 땅 이름, 성姓(姓也,北史有氏), 심甚히 늙다(台背,大老), (나 이) 나(我也), 기쁘다(悅也), 기뻐하다, 기르다(養也), 양육養育하다

【胎】 아이 밸 태, 아이를 배다(婦孕三月), 새끼를 배다(婦孕三月), 새끼 밴 어미(胎母體), 뱃속에 있는 새끼(胎中子), 태胎(兒膜), 처음(胚胎未成,亦物之始), 시작始作(胚胎未成,亦物之始)

【殆】 위태危殆할 태, 위태危殆하다(危也), 위태危殆로워하다, 위태危殆롭게 하다, 위험危險하다, 해害치다, 게으르다(志操精果謂之誠,反誠爲殆), 다가서다, 가까이하다(近也), ~에 가깝다, 거의(幾也), 비로소(始也), 처음, 장차將次(將也)

【怠】 게으를 태, 게으르다(懈也), 게을리 하다, 약弱해지다, 쇠약衰弱해지다, 위태危殆롭다, 업신여기다(慢也), 깔보다

【兌】 바꿀 태, 바꾸다(貤易), 교환交換하다, 빛나다, 곧다(直也), 기름지다, 기뻐하다(說也), 모이다(聚也), 통通하다, 서방西方, 괘卦 이름의 하나(易兌,爲澤卦名), 지름길(成蹊), 구멍(穴也)

【逮】 미칠 태, 미치다(及也), 닥쳐오다(及也), 때가 오다(時來,時至), 도달到達하다, 따라가다(隨行), (잡을 체) 잡다(追也)

〔택〕

【宅】 집 택, 집(所托居處), 주거住居, 사는 위치位置(所居之位), 자리(所居之位), 대지垈地, 집이 들어앉을 부지敷地, 구덩이(宅兆,墓穴), 무덤, 살다(居也), 삶을 영위營爲하다, 정定하다(定也), 결정決定하다

【澤】 못 택, 못(澤水之鐘), 늪(澤水之鐘), 진펄, 질퍽질퍽한 곳, 윤潤, 윤기潤氣(光潤), 은혜恩惠, 덕택德澤, 여덕餘德, 녹祿, 비(雨澤), 적시다, 매끄럽다

【擇】가릴 택, 가리다(揀選), 추리다(揀選), 고르다, 뽑다(揀選), 좋은 것을 가려 뽑다(揀選),
윤潤이 나다

〔土〕

【土】흙 토, 흙(生物蕃殖適所), 땅(上天下土,地也), 평평平平한 땅(對山地平地), 경작지耕作
地, 논밭, 토양土壤, 뭍(陸也), 육지陸地, 곳(居所,場所), 일정一定한 어느 곳, 장소場
所, 고장, 고향故鄕, 나라(邦土), 영토領土, 토신土神(地神,地祇), 흙으로 만든 악기樂
器(燒土作樂器), 오행五行의 하나

【吐】토吐할 토, 토吐하다(口歐), 게우다(口歐), 털어놓다, 드러내다, 펴다(出也,舒也), 버
리다

【免】토끼 토, 토끼(八竅獸), 兎는 속자俗字

【討】칠 토, 치다(治也), 토벌討伐하다, 정벌征伐하다, 꾸짖다(訶也), 치죄治罪하다(討治,有
罪使之絶惡), 죄罪를 다스리다, 벌罰하다, 베다(誅也), 죽이다(殺也), 없애다(除也), 제
거除去하다(去也), 다스리다(治也), 찾다(尋也), 구求하다(求也), 더듬다(探也), 궁구窮
究하다(尋也), 섞이다(雜也)

〔통〕

【通】통通할 통, 통通하다(徹也), 통通하게 하다, 탈 없이 통通하다, 통달通達하다(暢也),
형통亨通하다(亨也), 지장支障 없이 행行하여지다(順也), 꿰뚫다, 꿰뚫리다(徹也), 환
히 알다(通曉), 환히 비치다, 두루 미치다(達也), 두루 있다(遍也), 일반적一般的이다,
보급普及되다, 함께 사용使用하다, 다니다(往來), 왕래往來하다, 왕래往來하게 하다(通
之), 오가다, 사귀다(凡人往來交好曰通), 교제交際하다(凡人往來交好曰通), 서로 바꾸
다, 걷다, 지나가다, 거치다, 지나다(經過), 경과經過하다, 전傳하다, 기별奇別하다(通
知), 전傳하여 알리다(通知), 통역通譯하다(通辯), 말하다(陳也), 진술陳述하다, 알려주
다, 의사意思가 상통相通하다, 입신출세立身出世하다, 다니게 하다(通之), 간음姦淫하
다(私通), 북치다(通鼓), 사무치다(達也), 공허空虛하다, 속이 텅 비다, 두루, 모두, 온
통(總也), 전체全體(總也), 순색純色(凡物色純者,謂之通), 편지便紙 또는 서류書類 세는
수사數詞(書數末全曰通)

【痛】아플 통, 아프다(楚也,疼也), 아파하다, 마음 아파하다, 원통寃痛하다, 다치다(傷也),
상傷하다(傷也), 앓다, 심甚하다(甚也), 괴롭히다, 몹시(凡事盡力爲之者,皆曰痛), 힘껏,

할 수 있는 한限, 괴로움, 슬픔, 병病(病也), 원한怨恨, 증오憎惡

【桶】 통桶 통, 통桶, 물건物件을 담는 통桶, 엿 되 들이 통桶(木方器受六升), 되, 말, 곡식穀食 따위의 분량分量을 되는 기구器具, (되 용) 되, 말, 휘

【洞】 통通할 통, 통通하다(通也), 관통貫通하다, 꿰뚫다(貫也,貫徹之意), 밝다(朗徹), 깊다(深也), 퉁소, (골짜기 동) 골짜기(幽壑曰洞)

【統】 거느릴 통, 거느리다(領也), 통치統治하다(統理), 통솔統率하다, 통괄統括하다, 다스리다, 잇다(系統), 합合치다(統計), 비로소(始也), 실마리(緖也), 본本 가닥의 실, 벼리(紀也), 줄기, 큰 줄기, 계통系統, 근본根本(本也), 혈통血統, 핏줄, 낱낱의 일을 하나로 묶는 말(總繫之辭)

## 〔퇴〕

【退】 물러갈 퇴, 물러가다(卻也), 물러나다(卻也), 뒤로 물러나다, 그만두다, 사직辭職하다, 관직官職을 그만두다(去也), 떠나가다, 돌아가다, 되돌아가다(反也), 떨어뜨리다, 관직官職 등等을 떨어뜨리다(進退人才,猶言用舍禮), 멀리하다, 피避하다, 겸양謙讓하다, 겸손謙遜하다(遜讓), 사양辭讓하다(遜讓), 물리치다(退之), 가다(去也), 쫓아가다, 퇴근退勤하다, 옮기다, 줄다(減退), 감소減少하다(減退), 마음이 약弱하다(心弱), 뉘우치다, 겸손謙遜하고 유순柔順한 모양模樣(和柔貌), 나긋나긋한 모양模樣

【推】 밀 퇴, 밀다(盪也,擠也), 앞으로 밀다, 내어밀다(進也), 밀치다(盪也,擠也), 되밀다, 물리치다(排也), 되 물리치다, 제거除去하다, 떨쳐버리다, 물려주다, 물러가다(卻也), 옮기다(移也), 남에게 양보讓步하다(讓所有以予人), 핑계하다(諉也), 성성盛한 모양模樣, (천거薦擧할 추) 천거薦擧하다(猶進也,卽薦擧)

## 〔투〕

【投】 던질 투, 던지다(擲也), 내던지다, 버리다(棄也), 보내다, 주다(贈也), 증여贈與하다, 들이다, 받아들이다, 맞다(適也), 합치合致하다, 묵다, 숙박宿泊하다, 세게 흔들다, 떨치다, 넣다(納也), 의탁依託하다(託也), 가리다(掩也), 투호投壺

【鬪】 싸움 투, 싸움(爭也), 싸우다(交爭,爭也), 싸우게 하다, 다투다(鬪競), 겨루다, 경쟁競爭하다, 부딪치다, 만나다(遇也)

【透】 통通할 투, 통通하다, 꿰뚫다(徹也,通也), 꿰뚫고 지나가다(過也), 통과通過하다(過也), 투철透徹하다(徹也,通也), 사무치다(徹也,通也), 환하다(透明), 환히 비치다(透明), 지나

가다, 극도極度에 달하다, 궁지窮地에 빠지다, 다하다, 뛰다(跳也), 뛰어넘다, 도약跳躍하다(跳也), 던지다(投也), 투신投身하다(投也)

【妬】 강샘할 투, 강샘하다(婦嫉夫), 투기妬忌하다(婦嫉夫), 시새우다, 시기猜忌하다, 미워하다(媢嫉), 妒와 같다

【偸】 훔칠 투, 훔치다(盜也), 도둑질하다(盜也), 가볍다, 경박輕薄하다(佻也), 얇다(薄也), 구차苟且하다, 눈앞의 편안便安을 탐貪하다(日偸),

〔특〕

【特】 특별特別할 특, 특별特別하다(挺立曰特), 우뚝하다(挺立曰特), 홀로 우뚝서다(特立), 뛰어나다(挺立曰特), 변變치 않다(特,其葛不變之), 특별特別히, 가장(挺立曰特), 홀로, 하나, 하나하나(特揖,一一揖之), 일일이(特揖,一一揖之), 단지但只(但也), 다만(但也), 수컷(雄也), 수소(朴特,牛父), 황소(朴特,牛父), 수말(牡馬,亦曰特), 불깐 말(攻特,謂騬之), 세 살 된 짐승(獸三歲曰特), 세 살이나 네 살 난 짐승, 한 마리의 희생犧牲 소(一牛), 한 마리의 희생犧牲 돝(庶人特豚,士特豕), 짝(匹也), 배필配匹

【慝】 사특邪慝할 특, 사특邪慝하다, 간특姦慝하다(姦慝,隱惡), 간사奸邪하다(邪也), 악惡하다, 간악奸惡하다(惡也), 더럽다(穢也), 못되다, 악惡한 일, 악惡한 사람, 산천山川의 독기毒氣로 일어나는 병病(地慝,若瘴蠱), 인체人體에 해害로운 것(蠱慝,人體之災害者), 재앙災殃, 재해災害, 사투리(方慝,四方言語所惡), 방언方言(方慝,四方言語所惡), 동東쪽에 초생初生 달이 보이다(仄慝,朔而月見東方謂之), (숨길 닉) 숨기다, 속이다(隱情飾非日慝)

〔파〕

【派】 갈래 파, 갈래, 물갈래(別水也,水分流), 강江물이 갈려서 흘러내리는 가닥, 물결, 갈라져 나온 계통系統, 파벌派閥, 갈라져 흐르다, 물갈래지다(別水也,水分流), 나누다(分也), 가르다, 보내다(波出)

【波】 물결 파, 물결(水涌流), 달빛(月光), 눈빛, 눈길, 눈 영채映彩(目光曰波), 주름, 은총恩寵, 존장尊長(長年之稱), 징경이(沸波,鳥名), 물결이 일다, 파도波濤가 일어나다, 흔들리다(搖動), 움직이다(搖動), 물에 젖다(潤也), 달리다, 발로 긁거나 파다

【破】 깨뜨릴 파, 깨뜨리다(壞也), 깨다, 부수다, 파괴破壞하다, 째다, 가르다, 쪼개다(剖也), 뻐개다(劈也), 찢어지다(裂也), 터지다(坼也), 지우다, 패배敗北시키다, 남김이 없다,

다하다, 풀이 떨어지게 하다, 일을 망치다, 깨짐, 깨지는 일, 깨진 곳

【頗】 자못 파, 자못(差多曰頗多,良久曰頗久,多有曰頗有), 꽤, 몹시, 매우, 대단히, 두루, 조금, 약간若干(少也), 치우치다(不平,偏也), 공평公平하지 못하다, 편벽偏僻되다(不平,偏也), 사특邪慝하다, 바르지 못하다, 기울다, 굽다, 두루 미치다

【婆】 할미 파, 할미, 늙은 여자女子, 늙은 어머니(老母), 비신脾神(黃婆), 풍신風神(孟婆), 춤추는 모양模樣, 사물事物의 형용形容, 비파琵琶 이름(鞞婆,琵琶名), 범어梵語 Bha의 우리나라 한자漢字, 춤을 너울너울 추다(舞貌,婆娑)

【播】 뿌릴 파, 뿌리다(種也), 씨를 뿌리다, 심다(種也), 퍼뜨리다, 펼치다(舒也), 펴다(布也), 널리 미치게 하다, 베풀다, 까불다(揚也), 날리다(揚也), 헤치다(散也), 나뉘다, 나누어지다, 놓다(放也), 버리다(棄也), 방기放棄하다, 달아나다(逋也), 도망逃亡하다, 옮기다(遷也)

【罷】 마칠 파, 마치다, 그치다(已也), 파罷하다, 그만두다, 쉬다(休也), 내치다, 물리치다, 놓아주다, 방면放免하다, 귀歸양 보내다, 고달프다, 아비(閩人呼父爲郞罷)

【巴】 땅 이름 파, 땅 이름(地名), 뱀(食象蛇), 꼬리(尾也), 성姓(姓也)

【把】 잡을 파, 잡다(執也), 한 손으로 쥐다, 가지다(持也), 헤치다(把手捊之), 털다(播也,所以播除物), 자루, 손잡이, 활 손잡이(弓把), 줌, 다섯 손가락과 손바닥으로 감싸 쥘 정도程度의 크기, 잡이(握也), 다발, 묶음(握也), 발, 길이의 단위單位


〔판〕

【判】 판단判斷할 판, 판단判斷하다(斷也), 변별辨別하다(辨也), 분간分揀하다, 구별區別하다, 판가름하다, 나누다(分也), 가르다, 쪼개다(剖也), 개벽開闢하다(自天地剖泮), 떨어지다, 흩어지다(分散), 임금이 재가裁可하다, 맡다(典也), 반半쪽(半也), 조각(片也), 짝(胖合其半,以成夫婦)

【板】 널 판, 널(片木), 널빤지, 판목板木, 널기와(木瓦), 딱따기, 시각時刻을 알리거나 신호信號로 치는 나뭇조각, 홀笏, 조서詔書(詔板), 문서文書(籍也), 서판書板(爲尹者例置板記事), 철판鐵板(鐵券,謂之金板), 슬퍼하는 모양模樣(負板,悲哀貌), 쪼개다(判也), 뒤치다(板板,反側)

【版】 널 판, 널(板也), 널빤지, 판자板子(板也), 판목板木(圖書印刷版), 조각(判也), 얇은 금석金石 조각, 불린 금金덩이(鉼金,謂之版), 담틀(築牆版也), 쪽(判也), 책册, 서적書籍

(籍也), 편지便紙, 이름표票, 명부名簿, 호적戶籍(版圖), 홀笏, 여덟 자 길이(八尺曰版), 인쇄印刷하다(印刷出版), 궁벽窮僻하다(僻也), 거역拒逆하다(反也)

【販】 팔 판, 팔다(買賤賣貴者), 사다(買賤賣貴者), 매매賣買하다, 장사하다(買賤賣貴者), 장사, 상업商業

【坂】 비탈 판, 비탈, 산山비탈(坡坂,山脅), 고개, 언덕(坡坂,山脅), 둑(坡坂,澤障也), 제방堤防(坡坂,澤障也), 땅 이름(地名,蒲坂,在蒲城東)

【辦】 힘쓸 판, 힘쓰다(致力), 처리處理하다, 주관主管하다, 판별判別하다, 갖추다(具也)

〔팔〕

【八】 여덟 팔, 여덟(數名,少陰數), 여덟 번番, 팔자八字 형형形, 나누다(別也), 나누어지다, 헤어지다(別也)

〔패〕

【貝】 조개 패, 조개(海介蟲), 자개(海介蟲), 돈, 재물財物(貨也), 옛날 화폐貨幣로 유통流通하던 조가비, 무늬, 꾸미개(飾也), 장신구裝身具, 조개껍데기의 무늬와 같은 무늬의 비단緋緞

【敗】 패敗할 패, 패敗하다, 무너지다(潰也,壞也), 부서지다, 깨어지다(破也), 헐어지다(毁也), 깨뜨리다, 무너뜨리다, 부수다, 파손破損하다, 해害치다, 손상損傷시키다, 덜리다(損也), 엎드리다(覆也), 기울어지다(頹也), 시들다, 시들어 떨어지다, 썩다, 고기가 썩어 문드러지다(肉臭壞曰敗), 재앙災殃, 재화災禍

【佩】 찰 패, 차다(帶之), 지니다, 명심銘心하다(感佩), 패옥佩玉(大帶), 노리개(大帶)

【牌】 패牌 패, 패牌, 부신符信, 부절符節, 포고문布告文, 호패號牌(籤牌,籍也), 골패骨牌, 표패標牌(標札), 방패防牌(盾也), 위패位牌(死者法名記之), 간판看板, 방榜, 명찰名札, 방榜을 붙이다

【稗】 피 패, 피(禾別,似禾而別,稊稗草似穀而實細), 화본과禾本科에 속속屬하는 일년초一年草 또는 그 열매, 잘다(細也)

【霸】 으뜸 패, 으뜸, 우두머리(霸王), 두목頭目(霸王), 초생初生달(一曰,月始生), 달의 넋, 달이 비로소 빛을 얻는 일, 주州 이름, 현縣 이름, 물 이름(水名), 성姓(姓也), 霸의 속자俗字, 으뜸가다(元也), 우두머리가 되다(元也)

〔팽〕

【彭】 북소리 팽, 북소리(鼓聲), 많은 수레 소리(衆車聲), 방패防牌, 땅 이름, 나라 이름, 성
姓(姓也), (곁 방) 곁

[팍]

【愎】 괴팍乖愎할 팍, 괴팍乖愎하다(很戾), 고집固執스럽다(剛愎自用), 남의 말을 듣지 아니
하다, 너그럽지 못하다, 어긋나다

[편]

【片】 조각 편, 조각(半也), 나뭇조각, 조각 널(判木), 토막, 한쪽, 한편便 말(片言半言), 꽃
잎, 화판花瓣, 납작한 조각을 이루는 것을 세는 말, 쪼개다(析木也,判也,開坼)

【便】 편便할 편, 편便하다, 편안便安하다, 한가閑暇롭고 아담雅淡하다(便便,閑雅貌), 쉬다,
익다, 익숙하다, 아첨阿諂하다, 알랑거리다, 비위脾胃를 맞추다(便辟,足恭), 배가 뚱뚱
하다(腹便便,肥滿貌), 말 변변히 하다(便便,辨也), 말이 씩씩하다(便便,辨也), 편지便紙,
소식消息, (대소변大小便 변) 대소변大小便

【偏】 치우칠 편, 치우치다(側也), 기울다(側也), 편벽便辟되다(頗也), 간사奸邪하다(邪也),
나부끼다(翩也), 편便먹다(五十人爲偏), 전차戰車에 25인二十五人이 타다(車戰二十五
乘爲偏), 오로지, 반半, 절반折半, 한쪽, 한편便, 변邊, 곁(中之兩旁曰偏), 가(中之兩旁
曰偏), 무리(屬也), 반신불수半身不隨(偏枯)

【編】 엮을 편, 엮다(以繩次物曰編), 차례次例로 엮다(編序), 모아 짜다(組合), 모으다(集也),
대쪽을 엮다, 문서文書를 모아 엮다, 기록記錄하다, 책冊, 첩지帖紙

【篇】 책冊 편, 책冊(簡成章), 서책書冊, 시문詩文, 사장詞章, 글(詩文詞章示數), 책冊을 맨
끈(次簡), 책冊을 맨 자리(次簡), 완결完決된 시문詩文을 세는 단위單位, 매다(編綴),
얽다, 잇다(連也), 이어놓다, 짜다(織也), 삼베를 짜다, 맺다(結也), 쇠북을 역어 달다
(編鐘), 볼기치다(答掠), (땋을 변) 땋다

【遍】 두루 편, 두루(周也), 널리, 모두, 두루 미치다, 고루 미치다, 돌다, 돌아다니다, 처음
부터 끝까지 한차례次例 하는 일, 음악音樂의 가락의 이름

[폄]

【貶】 떨어뜨릴 폄, 떨어뜨리다, 떨어지다, 물리치다, 내치다, 덜다(損也), 감減하다(減也),
줄다, 폄貶하다(謗也), 꺾다(抑也), 억제抑制하다(抑也), 지위地位가 낮아지다, 벌罰하

다, 귀歸양 보내다(謫也), (덜 별) 덜다(通作辨), 떨어지다, (꺾을 변) 꺾다(通作辨), (쏘는 사람을 가릴 법) 쏘는 사람을 가리다(射者所蔽)

## 〔평〕

【平】 평평平平할 평, 평평平平하다, 평탄平坦하다(坦也), 고르다(齊等,平均), 고르게 하다, 바르다(正也), 곧다, 평정平定하다(治之), 정벌征伐하다, 어지러운 사태事態를 수습收拾하다, 바로 잡다, 다스리다(治也), 국가國家·사회社會·가정家庭 등等을 보살펴 통제統制하거나 관리管理하다, 쉽다(易也,卽不難也), 손쉽다, 편안便安하다, 무사無事하다, 안정安定하다(平服), 화목和睦하다, 화친和親하다(成也,謂解怒和好), 화평和平하다(和也), 풍년豐年 들다(歲穗), 악성樂聲이 서로 분分을 넘지 않다(樂聲不相踰越), 복종服從하다(平服), 보통普通, 보통普通 때, 평상시平常時, 납향제臘享祭(臘日嘉平), 평야平野(大野), 물가物價 통제관統制官, 물건物件 값을 통제統制하는 법法(平準,均定物價法,又其官), 사성四聲의 하나

【評】 평評할 평, 평評하다, 끊다, 잘잘못을 살피어 정定하다, 됨됨이를 평評하다, 평론評論하다(平也,議也), 품평品評하다(品論), 평가評價하다(品論), 의논議論하여 평정評定하다, 요량料量하다(平量), 헤아리다(平量), 기롱譏弄하다(平言), 사관史官이 군신君臣의 언행言行을 평론評論하는 일, 문체文體의 하나

## 〔폐〕

【閉】 닫을 폐, 닫다(闔門), 잠그다, 문門을 잠그다, 덮다, 가리다(掩也), 엄폐掩蔽하다(掩也), 감추다(藏也), 단절斷絶하다, 끊다, 자르다, 오므라들다, 마치다(終也), 막다(塞也), 막히다, 간직하다, 지키다, 바로 잡다(閉錘,格也), 성盛하다(盛也), 맺음, 매듭, 자물쇠(鍵也), 활 도지개(緤也,弓檠), 입추立秋, 입동立冬

【廢】 폐廢할 폐, 폐廢하다(止也), 그만두다, 그치다, 있어온 제도制度·기관機關·풍습風習 등等을 버리거나 없애다, 내치다(舍也,放置), 부서지다, 못쓰게 되다, 쇠퇴衰頹하다, 해이解弛해지다, 느슨해지다, 변變하다, 바뀌다, 집이 쏠리다(屋傾), 크다(大也), 떨어지다(隨也)

【肺】 허파 폐, 허파(金藏), 폐肺(金藏), 부아, 마음, 마음속(肺腑), 충심衷心, 기운(肺爲氣), 자기自己에게 지극至極히 가깝고 친親한 사람(肺腑), 깎아 만든 나무 표票(削木札), 지저깨비, 붉은 돌(肺石,赤石也), 펴다(肺之言,敷也), 소비消費하다(費也)

【敝】 해질 폐, 해지다, 해어지다, 옷이 해어지다(敗衣), 옷이 떨어지다(敗衣), 깨지다, 부서지다, 무너지다(壞也), 지다, 패敗하다(敗也), 패배敗北하다(敗也), 버리다(棄也), 덮어가리다, 덮어 숨기다, 고달프다(罷也), 줌통(弓握處), 춤 수건手巾(帗也), 나(自謙稱), 자기自己를 낮추는 뜻을 나타내는 말(自謙稱), (힘쓰는 모양模樣 비) 힘쓰는 모양模樣

【弊】 해질 폐, 해지다(壞也,敗也), 해어지다, 옷이 낡다, 나쁘다, 좋지 않다, 모질다(惡也), 곤곤하다(困也), 멎다, 다하다, 끝나다, 결단決斷하다(斷也), 넘어지다, 넘어뜨리다, 엎드러지다(頓仆), 폐弊, 폐단弊端, 귀찮은 신세身世나 괴로움, 자신自身의 사물事物에 붙이는 겸칭謙稱, 경영經營하는 모양模樣(經營貌)

【幣】 비단緋緞 폐, 비단緋緞, 예물禮物로 보내는 비단緋緞, 예물禮物, 폐백幣帛, 재물財物(財也), 재화財貨, 돈(錢也)

【蔽】 덮을 폐, 덮다, 싸다(包也), 가리다(掩也), 막다(障也,塞也), 가려 막다(遮也), 숨기다(掩也), 비밀秘密로 하다, 끊다(斷也), 속이다, 어둡다, 단정斷定하다(斷也), 포괄包括하다(猶當), 거느리다(總也), 당當하다(猶當), 작다(微也), 가림, 가려 막는 것, 바자, 울타리, 방비防備, 잔풀(小草), 주사위(博箸)

【陛】 섬돌 폐, 섬돌(升高階), 대궐大闕 섬돌(天子陛), 층계層階(升高階), 궁전宮殿에 올라가는 돌층계層階(天子陛), 계단階段, 높은 곳에 오르는 계단階段(升高階), 궁전宮殿에 오르는 계단階段, 천자天子의 존칭尊稱(天子稱陛下), 많이 겹쳐 늘어선 모양模樣(陛陛,猶比比言,衆多層次), 왕王의 자손子孫이 날로 성대盛大하여 계단階段을 오르내리는 것 같은 모양模樣(一說,言王之子孫,日益盛大,如歷階陛以升堂), 순서順序, 차례次例, 품급品級, 사물事物의 형용形容, 섬돌 곁에 시립侍立하다

## 〔포〕

【布】 베 포, 베(麻紵葛織), 식물植物의 섬유纖維로 짠 베, 피륙의 총칭總稱, 돈(泉布,錢也), 화폐貨幣, 널리 알리는 글, 포고문布告文, 다시마(今食用海草), 펴다(布列), 벌이다(陳列), 벌여놓다, 넓게 깔다, 진陣을 치다(布陣), 널리 알리다(布告), 반포頒布하다, 널리 실시實施하다, 베풀다, 나누어주다, 은혜恩惠를 베풀다(布施), 흩다, 흩어지다, 분산分散하다(布路)

【佈】 펼 포, 펴다(徧也), 퍼뜨리거나 알리다, 두루(徧也)

【包】 쌀 포, 싸다(裹也), 가리어 싸다, 휘감아 감싸다, 용납容納하다(容也), 취取하다(取也),

더부룩이 나다(叢生), 꾸러미, 보따리, 꾸러미를 세는 수사數詞

【抱】 안을 포, 안다(懷也), 품다(懷也), 품에 안기다, 알을 안다(伏鷄曰抱), 에워싸다, 둘러

싸다, 끼다(狹也), 보지保持하다(持也), 향向하다(氣向日), 뽑다(引取), 던지다(擲也),

버리다(棄也), 품, 가슴, 흉부胸府, 회포懷抱, 마음, 생각, 아름(圍也), 두 아름을 벌려

껴안은 둘레

【胞】 태胎 포, 태胎, 태보胎褓(兒生裏), 태의胎衣, 태胎의 껍질, 어머니의 태胎, 한배(同胞),

친형제親兄弟, 여드름(面生氣), 종기腫氣, 천연두天然痘(疱瘡), 푸줏간廚間(肉吏), 숙수

熟手, 조리사調理師

【飽】 배부를 포, 배부르다(食多), 물리다(厭也), 물리게 하다, 먹기 싫다(厭也), 음식飮食이

많다, 음식飮食이 충분充分하다(飽滿), 가득 차다, 만족滿足하다, 싫증이 나다, 배불

리, 실컷

【咆】 으르렁거릴 포, 으르렁거리다(咆哮,熊虎聲), 고함高喊을 지르다(嘷也), 성을 불끈 내다

【庖】 부엌 포, 부엌(廚也), 푸줏간廚間(庖廚,宰殺所), 숙수熟手(庖人,周官名,料理人), 백정白

丁(庖丁,周代料理人之名,今解牛技術者), 요리料理, 요리料理한 음식飮食, 요리사料理師,

복희씨伏羲氏(庖義,謂伏羲氏)

【炮】 통째로 구을 포, 통째로 굽다(燒之全體), 굽다(灼也), 싸서 굽다(裏物燒), 털을 그슬리

다(毛炙肉), 시제時祭 지내다(九祭三日炮祭,燔柴), 섶을 태워 하늘에 제사祭祀를 올리

다(九祭三日炮祭,燔柴), 통째로 구운 고기, 주방廚房, 부엌, 푸줏간廚間(庖廚,宰殺所),

질그릇 북(炮土之鼓,瓦鼓), 딱총銃(俗礮同義)

【捕】 잡을 포, 잡다, 붙잡다, 붙잡히다, 사로잡다, 찾다, 구求하다

【浦】 물가 포, 물가(瀕也,水源枝注江海邊曰浦), 개(大水有小口,別通浦), 개펄, 강江이나 내에

조수潮水가 드나드는 곳, 바닷가

【蒲】 부들 포, 부들, 창포菖蒲(水草可以爲席), 향포香蒲, 포류蒲柳, 자리, 부들자리(蒲席),

냇버들(楊也), 부들 밑동으로 만든 잔盞, 누대樓臺 이름(臺名), 초가草家집(草圓屋曰

蒲,敷也)

【暴】 사나울 포(폭), 사납다(暴虐), 성질性質이 사납다, 행동行動이 거칠어 도리道理에 어

긋나다, 포학暴虐하다, 범犯하다, 침범侵犯하여 포학暴虐하다(陵暴), 해害치다(暴害),

해害롭게 하다, 학대虐待하다, 능멸凌蔑하다, 가로채다(橫也), 맨손으로 치다(空手搏

之), 빠르다(疾也), 급急하다(疾也), 갑자기 일다(暴起), 드러나다(暴著,暴路), 나타나다

(顯也), 볕을 쬐다(曬也), 갑자기(猝也), 급작急作스럽게, 창졸倉卒(猝也), 불끈 일어나

는 모양模樣(暴暴,卒起之貌)

【襃】 기릴 포, 기리다(揚美,獎飾), 포장襃章하다, 칭찬稱讚하다, 길다, 크다, 넓다, 모으다, 절도節度 있이 하는 절, 넓고 큰 옷자락(大裾), 도포道袍(襃明,長襦), 현縣 이름(襃中, 縣名), 골 이름(襃斜,谷名), 성姓(姓也), (모일 부) 모이다(聚也), 기리다(襃美之,襃亦叶音抔), 포장襃章하다(襃美之,襃亦叶音抔)

〔폭〕

【暴】 사나울 폭(포), 사납다(暴虐), 성질性質이 사납다, 행동行動이 거칠어 도리道理에 어긋나다, 포학暴虐하다, 범犯하다, 침범侵犯하여 포학暴虐하다(陵暴), 해害치다(暴害), 해害롭게 하다, 학대虐待하다, 능멸凌蔑하다, 가로채다(横也), 맨손으로 치다(空手搏之), 빠르다(疾也), 급急하다(疾也), 갑자기 일다(暴起), 드러나다(暴著,暴路), 나타나다(顯也), 볕을 쬐다(曬也), 갑자기(猝也), 급작急作스럽게, 창졸倉卒(猝也), 불끈 일어나는 모양模樣(暴暴,卒起之貌)

【爆】 불 터질 폭, 불이 터지다(火裂也), 폭발爆發하다, (불 터질 포) 불이 터지다(火裂也), 지지다(灼也), 거북등을 지져 점괘占卦를 보다(卜赴也,爆,見兆), 사르다(爇也), 불에 가까이 대다(迫于火), 불에 말리다(火乾), (말릴 박) 말리다, 벗겨져 떨어지다(落也), 뜨겁다(熱也), 불로 지지다(灼也), 불타는 소리(火聲)

【幅】 폭幅 폭, 폭幅(布帛廣,物之横長), 넓이(布帛廣,物之横長), 너비, 가, 가장자리, 그림이나 포목布木·종이 따위를 세는 단위單位, 가득하다(匡幅,滿也), 겉치레하다(修飾,邊幅)

〔표〕

【表】 겉 표, 겉(外也), 거죽(外也), 표면表面, 겉면面, 바깥, 역외域外, 웃옷(上衣), 글(箋表), 임금 또는 관부官府에 올리는 글(箋表), 기旗, 정기旌旗, 끝(秒也,末也), 나무 끝(秒也, 末也), 해시계時計 기둥(日時計柱), 표票, 모습(儀表), 용모容貌(儀表), 태도態度(儀表), 규범規範, 법法, 모범模範, 외가外家붙이(姻戚), 나타내다(表異,其宅里), 드러내다, 밝히다, 표標하다, 안표眼標를 해두다, 뛰어나다(偉也,出衆), 크다(偉也,出衆)

【票】 표票 표, 표票(券契,手票), 쪽지紙(券契,手票), 문서文書(券契,手票), 가볍게 오르는 모양模樣, 흔들리는 모양模樣, 빠르다, 날래다(票姚,勁疾貌), 훌쩍 날다(票然,輕擧意), 불똥이 튀다(火飛)

【標】 표標할 표, 표標하다, 기록記錄하다, 쓰다(書也), 적다, 준거準據하다(標準), 나무 끝

(木末), 높은 나무 가지(高枝), 우듬지, 끝, 사물事物의 말단末端, 기旗(旌旗), 기둥, 푯標말(標也), 표標, 표시標示, 위치位置(樹位置), 처음, 시작始作

【漂】 떠돌 표, 떠돌다, 물에 떠돌다, 물결에 떠서 흐르다, 떠내려가다(漂浮), 뜨다(浮也), 떠다니다, 떠돌아다니다(漂迫), 유랑流浪하다(漂迫), 움직이다(動也), 나부끼다(飄颻風貌), 흔들다, 불다(猶吹), 가까이하다(漂槃,謂摩近之), 빨래하다(水中擊絮), 헹구다, 바래다, 으스스하다(寒也), 높이 나는 모양模樣(高飛貌), 서늘한 모양模樣(瀏漂,淸涼貌)

【熛】 불똥 표, 불똥, 불꽃, 붉은 빛, 불똥이 튀다(火飛), 빛나다, 붉다(熛闕,赤色之闕)

【剽】 빠를 표, 빠르다, 소리가 빠르다(聲輕疾), 급急하다(急也), 사납다, 위험危險하다, 위협威脅하다, 협박脅迫하다, 겁박劫迫하다(劫也), 가볍다(輕也), 벗기다, 긁다(剝也), 끊다(截也), 빼앗다, 작다(小也), 표지標識하다(識也), 돌침針으로 찌르다(砭刺), 끝(末也), 첨단尖端, 중中쇠북(大鐘謂之鏞,中謂之剽)

【莩】 굶어 죽을 표, 굶어 죽다(餓死者), 떨어지다(零落), 굶어 죽은 사람(餓死者), (풀 이름 표) 풀 이름, 독毒말풀, 귀목鬼目, 갈청, 갈대청, 갈대 속의 얇은 껍질, 지극至極히 얇은 것, 씨 많은 삼, (개피 부) 개피

## 〔품〕

【品】 물건物件 품, 물건物件, 물품物品, 품질品質, 품격品格, 품수品數(品格), 등급等級, 벼슬의 등급等級, 관위官位, 관위官位의 차서次序, 차례次例(秩也), 종류種類, 같은 종류種類, 무리(類也), 성질性質, 가지, 수數, 정수定數, 비율比率, 법法(式也,法也), 규정規程, 품평品評하다, 품별品別을 하다, 등차等次를 매기다, 좋고 나쁨을 따지다, 가지런하다(齊也), 같다(同也), 같게 하다, 온갖(類也)

## 〔풍〕

【風】 바람 풍, 바람(風以動萬物,大壞噫氣,其名爲風), 대기大氣의 움직임(風以動萬物,大壞噫氣,其名爲風), 경치景致, 모습, 풍채風采, 관습慣習, 습속習俗, 풍속風俗, 품성品性, 선천적先天的 소질素質, 가르침, 교화敎化, 시경詩經 육의六儀의 한 가지, 불다, 바람이 불다, 바람이 일어나다(風吹), 바람을 받다, 바람 쐬다(曬風), 납량納涼하다, 가르치다(敎也), 헤치다(散也), 흩다(散也), 빠르다(趣風疾如風), 암내匂 내다, 발정發情하다, 바람나다(佚也)

【豊】 풍년豐年 풍, 풍년豐年, 왕王콩(豆之豊滿者), 제기祭器 이름, 괘卦 이름, 64괘卦의 하

나, 풍년豐年들다(歲熟曰豊), 넉넉하다(多也), 푸지다, 많다, 족足하다, 부富하다, 풍성豊盛하다, 차다, 가득 차다, 성盛하다, 크다(大也), 잘 자라다, 무성茂盛하다(茂也,盛也), 우거지다(茂也,盛也), 두텁다(猶厚)

〔**피**〕

【皮】 가죽 피, 가죽(剝取獸革者,謂之皮), 갖옷, 가죽옷(狐狢之裘曰皮), 가죽으로 만든 관冠(皮弁,冠也), 털옷, 모피毛皮옷, 껍질(被也,被覆體), 거죽(被也,被覆體), 겉, 사물事物의 표면表面, 가죽과 비단緋緞(皮幣), 재물財物(皮幣), 과녁(皮侯), 건강牽强하다

【被】 이불 피, 이불(寢衣), 옷, 잠옷(寢衣), 겉(表也), 입다, 옷을 입다, 은혜恩惠 등等을 입다, 당當하다, 피해被害·부상負傷 등等을 당當하다, 쓰다, 덮어쓰다, 씌우다, 받다(受也), 더하다(加也), 지다(負也), 등에 지다(負也), 창피猖被하다, 미치다(及也), 달達하다, 만나다(遭也), 띠다(帶也), 갖추다(具也), 가운데를 잡다(把中), 머리쓰개(髲也), 첩지帖紙(髲也)

【彼】 저 피, 저(對此之稱), 저것(外之之詞), 저 사람, 그, 그이, 삼인칭三人稱 대명사代名詞, 잇닿다(邐也), 아니다(匪也), 하여금(俾也)

【披】 나눌 피, 나누다(分也), 쪼개다(析也), 열다(開也), 열리다(開也), 개척開拓하다, 헤치다(開也), 찢다(裂也), 찢어버리다(裂也), 찢어지다(裂也), 흩어지다(散也), 입다, 옷을 걸치다(荷衣曰披), 옷을 메다(荷衣曰披), 쓰러지다(披靡,震伏貌), 쏠리어 넘어지다, 곁부축하다(從旁持曰披), 관棺 끄는 끈(柩行夾引棺者), (관棺 끄는 끈 비) 관棺 끄는 끈(柩行夾引棺者), (열릴 파) 열리다(開也)

【疲】 지칠 피, 지치다, 지치게 하다, 피곤疲困하다(乏也), 느른하다(勞力,倦也), 힘이 없다, 곤핍困乏하다, 노쇠老衰하다, 여위다, 파리하다, 병病들고 괴로워하다, 그치다(止也), 피로疲勞, 힘도 없고 재才주도 없는 사람

【避】 피避할 피, 피避하다(廻也), 회피回避하다, 꺼리다(忌避), 싫어하다(嫌惡), 싫어서 멀리하다(嫌惡), 가다, 떠나다, 물러나다(避座), 숨다, 피避하여 숨다(避匿), 도망逃亡하여 숨다(隱遁), 자취를 감추다, 벗어나다(避亂), 면免하다(免也)

〔**필**〕

【匹】 짝 필, 짝(偶也), 배우자配偶者, 한 쌍雙(配也,合也,二也), 편偏, 벗, 필匹(束帛四丈,四十尺), 마리(馬其他動物數詞), 피륙이나 말·소를 세는 단위單位, 짝짓다(配合也), 짝하다,

맞서다, 대등對等하다(對敵,對等也), 변변치 못하다(庶人夫妻,相匹), 혼자

【必】반드시 필, 반드시(定辭), 틀림없이, 꼭(期必), 기어期於이(期必), 오로지(專也), 기필期 必하다, 이루어내다, 전일專一하다, 살피다(審也), 과연果然(果也)

【筆】붓 필, 붓(書具之屬), 산문散文, 시詩가 아닌 보통普通 글, 글씨, 필적筆跡, 백목련白 木蓮(花名), 쓰다, 덧보태어 쓰다, 적다

【畢】마칠 필, 마치다(畢竟), 끝내다, 다하다(盡也), 그물질하다, 그물을 쳐서 잡다, 모두, 죄다, 드디어(畢竟), 다(皆也), 대쪽(簡也), 그물, 새나 토끼 잡는 그물(小網), 사냥에 쓰는 자루가 달린 작은 그물, 수레바닥 쇠(車下鐵)

〔핍〕

【逼】닥칠 핍, 닥치다(迫也), 가까이 다다르다(迫也), 급박急迫하다, 황급遑急하다, 여유餘 裕없이 하다(無餘裕), 핍박逼迫하다, 몰다(驅也), 구축驅逐하다, 강박强迫하다, 억지로 권勸하다(勸無理), 강제强制하다, 협박脅迫하다, 위협威脅하다, 가까이 하다(近也), 좁 다, 좁아지다(縮也), 오그라지다(縮也)

〔하〕

【下】아래 하, 아래(上之對下), 아랫사람, 신하臣下, 밑(底也), 뒤, 끝, 내리다(自上以下), 내 려가다, 내려주다, 낮추다, 낮아지다, 떨어지다(落也), 천賤하다(賤也), 물리치다, 항복 降伏하다(降也), 빌붙다(卑也,以貴下賤)

【賀】하례賀禮할 하, 하례賀禮하다(以禮物相奉慶), 축하祝賀하다, 예물禮物을 보내어 경사 慶事를 축하祝賀하다(以禮物相奉慶), 치하致賀하다, 위로慰勞하다(賀,勞也), 가상嘉尙 히 여기다, 더하다(加也), 보다, 지다(儋也), 경축慶祝, 하례賀禮(朝賀,稱慶), 경사慶事

【夏】여름 하, 여름(四時二曰夏,春之次), 남南녘 신神(南方神), 큰집(大屋), 약초藥草 이름, 안거安居, 승려僧侶가 90일日 간間을 좌선坐禪 수행修行하는 일, 하夏나라, 크다(大 也)

【河】물 하, 물, 내, 강江, 운하運河, 황하黃河, 은하銀河(天河), 은하수銀河水, 은한銀漢, 하백河伯, 술그릇(酒器), 섬

【何】어찌 하, 어찌(曷也,亥也), 어느, 무슨(曷也,亥也), 얼마, 조금 있다가(未多時曰無何), ~뇨(詰詞也), 어찌하지 못하다(誰何,莫敢如何), 메다(負也), 무엇(曷也,亥也), 누구, 어 느 것, 어느 정도程度, 의문疑問, 감탄感歎, 반어反語, 가락 소리(羊無夷伊那何,皆曲調)

之遺聲)
지 유 성

【荷】 멜 하, 메다(擔也), 지다(負也), 책망責望하다, 규탄糾彈하다, 까다롭다(荷細), 번거롭
담야　　　　부야　　　　　　　　　　　　　　　　　　　　　　　　하세
다, 짐, 연蓮, 연蓮꽃(芙渠,芙蓉), 박하薄荷, 원망怨望하고 성난 소리(荷荷,怨怒聲)
　　　　　　　부 거 부 용　　　　　　　　　　　　　　　　　하 하 원 노 성

## [학]

【學】 배울 학, 배우다(受敎傳業), 가르침을 받다, 본本받다(效也), 본本받아 익히다, 지식知
　　　　　　　　　수 교 전 업　　　　　　　　　　　효야
識·기술技術 등等을 익히다, 깨우치다(覺悟), 학문學問, 학자學者, 학교學校
　　　　　　　　　　　　　　　각오

【鶴】 학鶴 학, 학鶴, 두루미(鳥名,似鵠,長頸高脚,丹頂白身,頸翅有黑,常以夜半鳴,聲聞八九里),
　　　　　　　　　　　　조 명 사 곡 장 경 고 각 단 정 백 신 경 시 유 흑 상 이 야 반 명 성 문 팔 구 리
호미의 머리 부분部分, 흰 빛깔의 비유譬喩, 희다

【涸】 물이 마를 학, 물이 마르다(竭也), 물이 잦다(竭也), 물을 말리다(乾之), 엄嚴하다, 심
　　　　　　　　　　　　갈야　　　　　　　갈야　　　　　　　건지
甚하다

【虐】 사나울 학, 사납다(暴虐,苛也), 혹독酷毒하다(苛也), 가혹苛酷하다(苛也), 해害치다, 해
　　　　　　　　　포 학 가 야　　　　　　가 야　　　　　　　가 야
害롭게 하다(殘也), 몹시 굴다, 모질다, 잔인殘忍하다, 상傷하다, 죽다, 재앙災殃, (해
　　　　　　잔 야
害롭게 할 요) 해害롭게 하다(殘也), (사나울 역) 사납다(暴虐)
　　　　　　　　　　　　　　잔 야　　　　　　　　　　포 학

## [한]

【韓】 나라 이름 한, 나라 이름, 우물 담(井垣), 우물 난간欄干(井垣), 우물 귀틀, '井' 자字
　　　　　　　　　　　　　　　정 원　　　　　　　　정 원
모양模樣의 우물 귀틀, 삼한三韓, 대한제국大韓帝國의 약칭略稱, 대한민국大韓民國의
약칭略稱, 춘추春秋 전국戰國 시대時代의 제후諸侯의 나라

【翰】 날개 한, 날개, 깃(羽也), 붓(筆也), 글(文書), 편지便紙(書翰), 문서文書, 글의 수풀(翰
　　　　　　　　　　　필야　　　문서　　　　서한
林), 학자學者들 사이(翰林,學者之間), 줄기(榦也), 닭(翰音,雞異稱), 하늘 닭(天雞赤羽),
림　　　　　　　한 림 학 자 지 간　　　간 야　　　한 음 계 이 칭　　　천 계 적 우
금계金鷄, 흰 말(白色馬), 머리에 볏 같은 것이 있고 깃은 꿩의 것과 같은 아름다운
　　　　　　백 색 마
새, 날다(飛也), 높이 날다(高飛), 빠르게 날다, 희다(純白色)
　　　　비야　　　　고비　　　　　　　　　순 백 색

【閑】 막을 한, 막다(防也,禦也), 가로막다(遮也), 막히다, 방어防禦하다(防也,禦也), 한가閑暇
　　　　　　　방 야 어 야　　　　차 야　　　　　　　　　　방 야 어 야
하다, 마음이 한가閑暇롭다, 느긋하다, 등한等閒하다(閑却), 무심無心히 내버려두다(閑
　　　　　　　　　　　　　　　　　　　　　　　한 각
却), 고요하다, 우아優雅하다, 아름답다, 크다(大也), 닫다(閵也), 흔들리다(動搖), 많이
각　　　　　　　　　　　　　　　　　　　대 야　　　애 야　　　　동 요
보다(多見曰閑), 익히다(習也), 고요히(靜也), 냉정冷情히(靜也), 틈(閑暇), 한가閑暇한
　다 견 왈 한　　　습 야　　　　정 야　　　　정 야　　　한 가
시간時間, 문지방門地枋, 마구간馬廐間(馬闌), 마구간馬廐間의 문門을 가로질러 막는
　　　　　　　　　　　　　　　마 란
가로대 나무(闌也), 법法(法也), 법규法規, 규칙規則, 남녀男女의 구별區別없이 왕래往
　　　　　　관 야　　　법 야
來하는 모양模樣(閑恨然,男女無別,往來之貌)
　　　　　　　　한 한 연 남 녀 무 별 왕 래 지 모

【閒】 틈 한, 틈(隙也), 겨를(暫時,閒隙), 한가閒暇하다, 놀고 있다(無職遊也), 가깝다(近也), 요사이(近也), (사이 간) 사이, 들이다, 받아들이다

【限】 한계限界 한, 한계限界(界也), 한도限度(度也), 제한制限, 기한期限, 지경地境(界也), 경계境界(界也), 구획區劃, 구역區域, 문지방門地枋, 궁극窮極, 끝, 정도程度(度也), 규칙規則(度也), 규정規定, 환난患難, 급소急所, 원수怨讐, 지경地境을 짓다(限定爲界), 경계境界로 하다, 한정限定하다, 막히다(阻也), 그치다(止也), 헤아리다, 가지런하다(齊也), 재다

【恨】 한恨할 한, 한恨하다, 원통寃痛하다, 억울抑鬱하다, 원망怨望스럽게 생각하다, 섭섭하다(惆悵), 슬프다(悲也), 뉘우치다, 돌아보다(恨恨,眷眷), 후회後悔하다, 한恨

【寒】 찰 한, 차다(冷也,暑之對,冬氣), 차게 하다, 차갑다, 춥다, 추위로 손발 등等이 곱다, 식다, 얼다, 냉담冷淡하다, 쓸쓸하다, 떨다, 오들오들 떨다, 무서워 떨다(戰慄), 적다, 박薄하다, 가난하다(窮窘,貧寒), 어렵다(窮窘,貧寒), 그만두다(歇也), 겨울(冬也), 절기節氣(小寒,大寒,二十四節氣之一), 추위

【汗】 땀 한, 땀(人液), 물이 가없는 모양模樣(泮汗,水無涯貌), 물이 넓고 가없는 모양模樣(汗汗,水廣大無際貌), 물이 질펀한 모양模樣(水長貌), 임금의 호령號令, 돌궐突厥의 추장酋長, 땀을 흘리다, 윤택潤澤해지다, 호령號令하다, 명령命令을 내리다

【旱】 가물 한, 가물다(不雨), 가뭄, 뭍, 육지陸地, 육로陸路(旱道)

【漢】 한수漢水 한, 한수漢水, 은하수銀河水(雲漢,天河), 사나이, 놈(賤丈夫爲漢子), 남자男子, 사람, 섬서성陝西省 영강현寧羌縣 파총산嶓冢山에서 발원發源한 강江, 한漢나라

## 〔할〕

【割】 벨 할, 베다(截也), 자르다, 끊다, 가르다, 쪼개다, 나누다(分也), 벗기다(剝也), 찢다(裂也), 저미다(截也), 빼앗다, 성城이나 땅을 점령占領하다, 해害롭다(害也), 할割, 10분分의 1

【轄】 비녀장 할, 비녀장(一曰,鍵也,車軸端鍵), 수레 소리(車聲), 바퀴통筒과 굴대가 마찰摩擦하는 소리, 관할管轄하다, 관장管掌하다, 주관主管하다, 지배支配하다

## 〔함〕

【含】 머금을 함, 머금다(嗛也,銜也), 입속에 넣다, 옥玉으로 입을 채우다(以玉實口), 품다, 생각·감정感情 등等을 품다, 참다, 견디다, 용납容納하다(包也,容也), 보리가 잘되다(含

含,麥盛貌), 입 속 먹이(口實), 재갈(銜也), 앵두(含桃,櫻桃), 무궁주無窮珠

**【咸】** 다 함, 다(皆也,悉也), 모두, 곧(速也), 두루 미치다(徧也), 널리 미치다(徧也), 같다(同也), 같게 하다, 응應하다(感也), 화和하다, 느끼다(感也), 머금다, 괘卦 이름, 64괘卦의 하나

**【陷】** 빠질 함, 빠지다(墜入地,沒也,隤也), 빠뜨리다(陷沒), 가라앉다(墜入地,沒也,隤也), 무너지다(墜入地,沒也,隤也), 무너뜨리다, 죄罪나 모략謀略에 걸리다(沒罪謀略), 궁지窮地에 몰아넣다, 공락攻落하다, 함락陷落하다, 성城 같은 것이 적敵의 수중手中에 떨어지다(陷落), 높은 데서 떨어지다(高下), 추락墜落하다, 사태沙汰 나다(陊也), 파묻히다, 움푹 패게 하다, 끼우다, 잘못하다(猶失過), 속여 넘기다, 해害치다, 함정陷穽, 허방다리

**【餡】** 떡소 함, 떡소(凡米麵食物,坎其中,實以雜味曰餡), 떡의 소, 맛이 너무 달다

## 〔합〕

**【合】** 합합할 합, 합합하다(同也), 여럿이 모여 하나가 되다, 맞다, 들어맞다, 일치一致하다, 틀리거나 어긋남이 없다, 같다(同也), 적합適合하다, 마땅하다(當也), 합격合格하다(當也), 모이다, 모으다(聚也), 만나다(會也), 짝하다, 짝을 짓다, 부부夫婦가 되다, 교합交合하다(性交), 대답對答하다(答也), 닫다(閉合,閉也), 입을 다물다(合口也), 싸우다(戰也,血戰數合), 짝(配也), 합盒(盒子,盒也), 음식飲食을 담는 그릇, 천지사방天地四方(六合,天地四方), 성교性交, (홉合 홉) 홉合(地積名,坪之十分之一), 홉合(量名,升之十分之一) 한 되의 10분分의 1

**【哈】** 물고기가 많은 모양模樣 합, 물고기가 많은 모양模樣(魚多貌), 물고기가 입을 오물거리는 모양模樣(魚口貌), 웃는 소리, 꾸짖는 소리

**【蛤】** 대합大蛤조개 합, 대합大蛤조개(蚌蛤也), 살조개(魁蛤), 안다미조개(魁蛤), 새조개(蛤蜊), 무명조개(文蛤), 약藥조개(靈蛤), 만년萬年조개(萬年蛤), 합개蛤蚧(蛤解), 개구리(蛤魚,蛙名), 무당개구리(山蛤), 큰 두꺼비, 도마뱀의 한 가지(蛤解), 짐승 이름(蝦蛤,獸名)

## 〔항〕

**【恒】** 항상恒常 항, 항상恒常(常也), 언제나, 늘(久也), 옛(故也), 언제나 변變하지 아니하다, 떳떳하다, 법칙法則, 도리道理, 윤리倫理, 괘卦 이름, 항괘恒卦, 64괘卦의 하나, (뻗칠 긍) 뻗치다

【項】 목 항, 목, 목덜미(頭後), 목의 뒤쪽(頭後), 관冠의 뒤쪽(冠後爲項), 항목項目, 조목條目(個條), 크다(大也)

【亢】 목 항, 목(人頸), 목덜미, 목구멍, 새 목구멍(鳥嚨), 별 이름, 오르다(登也), 올리다, 높다(高極), 지나치다(太過), 굳세다(無所卑屈), 겨루다(敵也), 극진極盡하다(極也), 자부自負하다, 자만自滿하다, 난 체하다(自負), 가리다(蔽也)

【抗】 막을 항, 막다(扞也,禦也), 저지沮止하다, 겨루다, 대항對抗하다, 대적對敵하다(敵也), 저항抵抗하다(抵也), 떨치다(振也), 들다(擧也), 들어 올리다, 손으로 물건物件을 들다(以手擧物), 가리다(蔽也), 두둔斗頓하다, 구求하다

【航】 배 항, 배(船也), 쌍雙 배(方舟), 배다리, 뱃길, 항해航海하다(以船渡水), 건너다

【巷】 거리 항, 거리(街巷,里中道), 마을 안에 있는 거리, 골목(街巷,里中道), 구렁(街巷,里中道), 마을(里塗), 동洞네, 궁궐宮闕 안의 통로通路나 복도複道(宮中長廡相通曰永巷), 내시內侍(巷伯,奄官)

【港】 항구港口 항, 항구港口(船泊所), 강江어귀, 뱃길(水中行舟), 도랑, 분류分流, 물이 갈라지다(水分流), (서로 통通하는 모양模樣 홍) 서로 통通하는 모양模樣(相通貌)

【降】 항복降伏할 항, 항복降伏하다(伏也), 항복降伏받다, 적敵에게 굴복屈伏하다(伏也), 내리다(下也), (내릴 강) 내리다(下也), 높은 곳에서 낮은 데로 옮기다(下也), (내릴 홍) 내리다(下也), 항복降伏하다(伏也), 스스로 낮추다

【行】 항오行伍 항, 항오行伍(列也), 항렬行列, 대열隊列, 줄(列也,條列), 열위列位, 차례次例(次第), 같은 또래(輩行), 가게(店也), 굳센 모양模樣(行行,剛健貌), 늘어서다, (다닐 행) 다니다(人之步趨)

〔해〕

【海】 바다 해, 바다(天池也,以納白川者), 바닷물, 조수潮水, 세계世界(環九州爲四海), 물산物産이 풍부豊富한 모양模樣

【解】 풀 해, 풀다(釋也), 이해理解하다, 납득納得이 가다, 깨닫다, 놓아주다, 용서容恕하다, 타이르다, 화해和解하다, 화목和睦해지다, 풀리다, 풀어지다, 긴장緊張이 풀리다(緩也), 해이解弛해지다, 가르다(判也), 해부解剖하다, 쪼개다(判也), 벗기다, 열다, 변명辨明하다, 깎다, 헤치다(散也), 흩어지다(散也), 흩뜨리다(散也), 떨어지다(落也), 파면罷免하다(解職), 자유自由롭게 하다(解之), 평정平定하다, 깨달음, 괘卦 이름, 64괘卦의 하나

【害】 해害칠 해, 해害치다(殘也,利之對), 해害롭게 하다(殘也,利之對), 훼방毁謗하다, 방해妨害하다, 상처傷處를 입히다(傷也), 시기猜忌하다(忌也,猶言患之), 거리끼다(妨也), 손해損害, 해독害毒, 재앙災殃(禍也), 요새要塞(要害,地勢我軍之有利處), 요충要衝

【奚】 어찌 해, 어찌(疑問詞,何也), 어느, 어찌 ~하느냐?, 무엇, 종(小奚,隸役), 여자女子 종, 계집관비官婢, 큰 배(大腹)

【亥】 돼지 해, 돼지(豕也), 지지地支의 열두 번째(地支第十二位), 간직하다

【該】 그 해, 그(其也), 그 문제問題의 사물事物을 가리키는 말, 군호軍號(軍中約), 맞다(該當), 마땅하다(當也), 겸兼하다(兼也), 성盛하다(盛也), 싣다(載也), 갖추다(備也), 갖추어지다, 두루 갖추다, 모두(咸也,皆也), 다(咸也,皆也), 마땅(宜也)

【諧】 화和할 해, 화和하다, 화합和合하다(合也), 조화調和되다, 어울리다(調也), 잘 어울리다, 농담弄談하다, 익살 부리다, 고르다(調也), 고르게 하다, 물건物件 값을 공정公正하게 정정하다(平論定其價), 가르다, 판별判別하다, 만나다(遇也), 농롱지거리(詼諧,笑謔), 글 이름(古書名)

【楷】 나무 이름 해, 나무 이름, 해 나무(木也,孔子冢蓋樹之者), 공자묘孔子廟에 자공子貢이 손수 심었다고 하는 나무, 본本(模也), 본本보기, 모범模範, 법法(式也,法也), 법식法式, 해서楷書, 본本받다, 본本뜨다, 배우다, 바르다, 곧다(强楷)

[핵]

【核】 씨 핵, 씨(甲中核), 알맹이(甲中核), 물건物件의 중심中心이 되는 알맹이, 핵核, 내과피內果皮, 씨가 있는 과일, 굳다, 견실堅實하다

【劾】 캐물을 핵, 캐묻다(推窮罪人,鞠也), 파묻다(推窮罪人,鞠也), 핵실覈實하다(考劾,其實覈也), 안찰按察하다(按也), 노력努力하다, 힘쓰다(勤力也,勤也), 신문訊問 조서調書, 죄상罪狀을 기록記錄한 문서文書, 공功(功也)

[행]

【行】 다닐 행, 다니다(人之步趨), 걷다(步也), 가다(適也,往也,去也), 움직이다, 행行하다(實踐), 행行하여지다(用也,施也), 하다, 일하다, 베풀다(施也), 나아가다(進也), 향向하여 가다, 순수巡狩하다, 순행巡幸하다(巡視), 돌다(循還), 순환循還하다, 돌아다니다, 흐르다(流也), 겪다, 지내다(歷也), 떠나다, 달아나다, 보내다(遣也), 쓰다(用也), 쓰이다, 행실行實, 행위行爲, 마땅히 행行해야 할 의리義理, 이정里程, 길, 도로道路, 나그네(旅

程), 행서行書, (항렬行列 항) 항렬行列, 항오行伍
정

【荇】 마름 행, 마름(荇也), 바늘꽃과科에 달린 한해살이 물풀, 순채蓴菜(荇也)
행 야                                                                          행 야

【幸】 다행多幸 행, 다행多幸, 좋은 운運, 요행僥倖(非分而得), 뜻하지 않은 좋은 운運, 행복
비 분 이 득
幸福, 거동擧動, 임금의 침소寢所, 임금의 외출外出, 다행多幸하다(福善之事,皆稱爲
복 선 지 사 개 칭 위
幸), 운運이 좋다, 행복幸福을 주다, 은혜恩惠를 베풀다, 바라다(冀也), 희망希望하다,
행                                                                기 야
임금이 사랑하다(幸御,所親愛), 거동擧動하다(行幸,天子所至), 시중을 들게 하다
행 어 소 친 애                    행 행 천 자 소 지

## 〔향〕

【香】 향기香氣 향, 향기香氣(芳也,氣芬芳), 소리·빛·모양模樣·맛 같은 것의 아름다움, 바람결
방 야 기 분 방
에 스며드는 향기香氣(風香), 향香(草木之香), 사향麝香(獸亦有香), 향기香氣롭다(有香)
풍 향            초 목 지 향            수 역 유 향                유 향

【享】 누릴 향, 누리다(供也), 받다(受也), 흠향歆饗하다(歆也), 올리다, 드리다(獻也), 대접待
공 야      수 야          흠 야              헌 야
接하다(饗應), 제사祭祀 지내다, 잔치(宴也), 제사祭祀
향 응                        연 야

【向】 향向할 향, 향向하다(對也), 앞으로 향向하다, 앞으로 나아가다(趨也), 마주하다, 대對
대 야                      추 야
하다, 마음을 기울이다, 구원救援하다(救也), 접때(昔也), 전前에, 취미趣味(趣也), 창
구 야      석 야          취 야
窓, 북향北向의 창窓, 북창北窓(北出牖)
복 출 유

【鄕】 시골 향, 시골(邑里), 성진城鎭 이외以外의 땅, 마을, 촌락村落, 동洞네, 고향故鄕(出
읍 리                                                      생
生地), 곳(場所), 장소場所, 들창窓(窓牖名)
지      장 소          창 유 명

【響】 울림 향, 울림(聲也,應聲), 여파餘波(轉而餘波), 진동振動하는 소리(聲也,應聲), 음향音
성 야 응 성          전 이 여 파          성 야 응 성
響, 명성名聲, 울리다(響震), 소리가 진동振動하다(響震)
향 진                  향 진

## 〔허〕

【虛】 빌 허, 비다(空虛), 비우다(虛之), 비워두다, 없다, 쓸쓸하다(孤虛), 욕심慾心이 없다(無
공 허      허 지                      고 허                  무
慾), 방비防備가 없다(無防備), 준비準備가 없다, 적다, 드물다, 모자라다, 약弱하다,
욕              무 방 비
놓다(縱也), 다하다(罄也), 헛되다(徒也)
종 야      경 야      도 야

【墟】 언덕 허, 언덕, 큰 언덕(大丘也), 터(古城), 옛터, 옛 성城터(古城), 저자(商人物貨賣買
대 구 야      고 성              고 성      상 인 물 화 매 매
處,卽市場), 시장市場(商人物貨賣買處,卽市場), 장場터(商人物貨賣買處,卽市場), 기슭,
처 즉 시 장          상 인 물 화 매 매 처 즉 시 장          상 인 물 화 매 매 처 즉 시 장
噓의 속자俗字

【許】 허락許諾할 허, 허락許諾하다(容也), 승인承認하다, 들어주다(聽也,與也), 받아들이다,
용 야                      청 야 여 야
믿다(信也), 진실眞實을 인정認定하다, 맡기다, 따르다, 좇다(從也), 편便이 되다, 편便
신 야                                      종 야
들다(約與之), 가담加擔하다, 나아가다(進也), 기약期約하다(期也), 약속約束하다, 흥興
약 여 지                      진 야          기 야

하다, 일다(猶興也), 일으키다, 쯤, 정도程度, 곳(處也), 이(此也)

## 〔헌〕

【軒】 집 헌, 집, 가옥家屋, 행랑行廊, 장행랑長行廊, 추녀, 추녀 끝(檐宇之末曰軒), 처마(檐宇之末曰軒), 헌함軒檻, 난간欄干, 수레, 초헌軺軒(曲輈,輴車), 대부大夫 이상以上이 타는 수레(大夫車), 부인婦人이 타는 수레(魚軒,夫人車), 웃는 모양模樣, 춤추는 모양模樣(軒軒,舞貌), 훨훨 나는 모양模樣, 득의得意한 모양模樣(軒軒,自得之貌), 자득自得한 모양模樣, 발을 쳐들다(足仰)

【獻】 드릴 헌, 드리다(進也,享也), 바치다(致物於尊者曰獻), 종묘宗廟에 바치다, 임금에게 드리다, 받들다, 물건物件을 선사膳賜하다, 권권勸勸하다, 맞다, 맞이하다, 나아가다, 성聖스럽다(聖也), 어진이(黎獻,賢也), 어진 사람

【憲】 법法 헌, 법法, 법규法規, 규정規程, 모범模範, 본本보기, 가르침, 깨우침, 명령命令, 관리官吏, 관청官廳, 상관上官, 본本받다, 본本뜨다, 고시告示하다(懸法示人曰憲), 민첩敏捷하다(敏也), 좋아하다(猶欣欣)

## 〔험〕

【險】 험險할 험, 험險하다, 험준險峻하다(阻難), 험조險阻하다, 위태危殆롭다(危也), 다니기에 위태危殆롭다, 깨뜨리다, 상상傷하게 하다, 다치다(傷也), 음흉陰凶하다(邪也,惡也), 간악奸惡하다, 나쁘다(邪也,惡也), 천박淺薄하다(邪也,惡也), 높다(高也), 깊다, 멀다, 덮다(險則聲斂不越), 기울다, 비뚤다, 비끼다, 헤아리기 힘들다, 요해要害의 땅, 거짓

【驗】 시험試驗할 험, 시험試驗하다(考視), 증험證驗하다(證也), 시험試驗, 증험證驗, 효험效驗, 효능效能(效也), 보람(效也), 성적成績, 경험經驗, 표징標徵, 증거證據(證也), 응보應報, 조짐兆朕(兆候), 점괘占卦

【玁】 오랑캐 이름 험, 오랑캐 이름(玁狁,北方匈奴前名), 북적北狄의 이름

## 〔혁〕

【革】 가죽 혁, 가죽(獸皮治去其毛生皮), 다루지 않은 가죽, 무두질만 한 가죽, 가죽으로 만든 갑甲옷(革甲,軍禮曰兵甲), 가죽 끈, 갑주甲胄, 투구, 북, 가죽의 총칭總稱, 피부皮膚, 옛날에 사용使用했던 전차戰車(革車,兵車), 팔음八音의 하나, 괘卦 이름, 고치다(改也), 바꾸다, 개혁改革하다(改也), 변혁變革하다(改也), 날개를 펴다(翼也), 늙다(老

也)
야

【赫】 붉을 혁, 붉다, 붉은 빛, 붉은 모양模樣, 불이 이글이글한 모양模樣(火赤貌), 빛나는
화 적 모
모양模樣(赫戲,光明貌), 환한 모양模樣(赫戲,光明貌), 성盛한 모양模樣, 성姓(姓也), 붉
혁 희 광 명 모          혁 희 광 명 모                          성 야
다(赫,赤貌), 더운 기운이 대단하다(赫赫,旱氣), 성盛하다(赫赫然,盛也), 나타나다(赫,顯
혁 적 모                    혁 혁 한 기              혁 혁 연 성 야              혁 현
也), 나타내다(赫,顯也), 드러내다(赫,發也), 성내다(赫,怒意), (성낼 하) 성내다(與嚇同,
야          혁 현 야          혁 발 야          혁 노 의                      여 혁 동
赫,炙也), 막다(口距人,謂之赫), (빠를 석) 빠르다(赫赫,迅也), 얇고 작은 종이(赫嘅,薄小
혁 적 모    구 거 인 위 지 하                  석 석 신 야              석 체 박 소
紙), 얇고 작은 물건物件(薄小物)
지          박 소 물

【爀】 붉을 혁, 붉다, 빛나다(火色), 불빛(火色), 불빛이 붉은 모양模樣
화 색          화 색

【洫】 논도랑 혁, 논도랑, 논사이의 도랑(田間水道), 개천開川(渠也), 수문水門, 봇深도랑, 해
전 간 수 도              거 야
자垓字, 성城 주위周圍의 못(池也), 도랑이 넘치다(濫也), 무너뜨리다, 깨뜨리다(壞也),
지 야              남 야                              괴 야
비다(虛也)
허 야

## 〔현〕

【賢】 어질 현, 어질다(多才,有善行), 선량善良하다, 착하다, 좋다(猶善), 낫다, 넉넉하다, 많
다 재 유 선 행                                유 선
다, 크게 뚫다(大穿), 지치다, 애쓰다, 어진 사람(賢人), 재지才智가 있고 덕행德行이
대 천                              현 인
뛰어난 사람(多才,有善行)
다 재 유 선 행

【見】 나타날 현, 나타나다, 나타내다(顯著), 나타내 보이다, 드러나다(露也), 밝히다, 뵈다
현 저                              로 야
(謁也), 탄로綻露나다(顯露), 대면對面시키다, 소개紹介하다(對面), 현재現在(見在), 해
알 야          현 로          대 면              현 재
돋이(日照,見日出), (볼 견) 보다
일 조 현 일 출

【現】 나타날 현, 나타나다(顯也), 나타내다, 드러나다(露也), 보이다(露也), 밝다, 있다, 이
현 야              노 야          노 야
제, 옥玉빛(玉光)
옥 광

【顯】 나타날 현, 나타나다(見也), 드러나다(露也), 드러나게 하다, 높이다, 이름이 높다(顯
현 야          노 야                                          현
著), 지위地位가 높아지다(達也), 영달榮達하다(達也), 뚜렷하다, 선명鮮明하다, 보다
저              달 야              달 야
(覵也), 바깥, 표면表面, 죽은 부조父祖에 대對한 높임 말
적 야

【玄】 검을 현, 검다(赤黑色), 그윽하다, 멀다, 깊다, 신묘神妙하다, 오묘奧妙하다, 불가사의
적 흑 색
不可思議하다, 빛나다, 검은 빛, 하늘 빛, 하늘(上玄), 현손玄孫, 마음(心爲上玄)
상 현                      심 위 상 현

【弦】 시위 현, 시위(弓弦), 활시위(弓弦), 시위의 울림, 호현弧弦 줄(三角形之斜邊,又圓弧兩
궁 현          궁 현                              삼 각 형 지 사 변 우 원 호 양
端連繫線), 반半달(半月曰弦), 반원형半圓形의 달, 악기樂器의 줄 또는 줄을 이용利用
단 연 계 선          반 월 왈 현
하여 만든 악기樂器, 풍류風流 줄(絃也), 나라 이름(國名), 땅 이름(弦蒲,弦中,皆地名),
현 야          국 명              현 포 현 중 개 지 명
맥박脈搏이 잦다(脈數曰弦)
맥 삭 왈 현

【絃】 악기樂器 줄 현, 악기樂器의 줄, 거문고·비파琵琶 등等의 줄, 현악기絃樂器, 줄 풍류風流(管絃八音之絲), 줄, 끈, 새끼(索也), 타다

【眩】 아찔할 현, 아찔하다(目無常主), 어지럽다(眠眩,亂也), 어지럽게 하다(亂也), 현혹眩惑하다(惑也), 어둡다, 눈이 어둡다(瞑眩,劇也), 그윽하다(玄,與眩同,謂幽深難知), 현묘玄妙하다(玄,與眩同,謂幽深難知), 눈이 부시다(眩,亂視), 번거롭다(眩眩,瀲也), 달다(玄同眴通,義同,懸也), 어질병病(眩疾,風疾), 땅이름(眩雷,地名), (속여 현혹眩惑케 할 환) 속여 현혹眩惑케 하다(相詐惑), 마술魔術, (행상行商 견) 행상行商(行且賣), 돌아다니며 팔다(行且賣)

【縣】 고을 현, 고을, 현縣, 지방地方 행정구역行政區域 이름, 공포公布하다, 높이 걸다, 걸리다, 줄로 목을 공중空中에 달다, 매달다(繫也), 사이가 멀리 뜨다, 떨어지다(顯隔)

【懸】 매달 현, 매달다(繫也), 달다(繫也), 달아매다, 달리다(揭也), 매달리다, 늘어지다, 걸다, 상賞을 걸다, 떨어지다(隔也), 동떨어지다, 멀다(遙也), 마음에 걸리다(懸懸), 헛되다

〔혈〕

【血】 피 혈, 피(瀻也,出于肉,流而瀻瀻), 몸 안의 피, 희생犧牲의 피, 골육骨肉의 관계關係, 근심스런 빛(憂色), 피 칠漆하다, 희생犧牲의 피를 그릇에 바르다, 물들이다, 물들여 광채光彩 내다(謂染玉可以作光彩者)

【穴】 구멍 혈, 구멍(孔穴), 구덩이(壙也), 동굴洞窟, 움(土室), 토실土室, 집(巢窟), 소굴巢窟, 광중壙中(墓穴), 맞뚫린 구멍, 틈(穴隙), 오목한 곳, 옆, 곁, 혈穴, 샘, 침針을 놓거나 뜸을 뜬 신체身體의 부위部位, 뚫다

【頁】 머리 혈, 머리(頭也), 목, 목덜미, 면수面數(書冊片面,又其數詞), 首의 고자古字, 페이지(page)

【絜】 헤아릴 혈, 헤아리다(度也), 재다(度也), 두르다, 매다(絜,猶結), 묶다, 끌다, 약속約束하다, (깨끗할 결) 깨끗하다, 결백潔白하다, 조촐하다(清也), 맑다(清也), 고요하다(靜也), 삼 한 단(麻一端), (끌 혜) 끌다(挈也), 차다, (홀로 갈) 홀로(獨也)

〔혐〕

【嫌】 싫어할 혐, 싫어하다(憎也), 혐의嫌疑하다(疑也), 미워하다, 불만不滿스럽다, 불평不平을 품다(不平於心), 의심疑心하다(疑也), 의심疑心스럽다(疑也)

## 〔협〕

【協】 화和할 협, 화和하다(衆之同和), 합合하다, 화합和合하다, 힘을 모으다(合也), 돕다(協助), 맞다, 적합適合하다, 좇다, 따르다

【脅】 옆구리 협, 옆구리, 곁(傍也), 겨드랑이(腋下), 갈비(兩膀), 갈빗대(兩膀), 으르다(迫脇, 以威力恐人), 협박迫脅하다(迫脇,以威力恐人), 책망責望하다(責也), 거두다(斂也)

【頰】 뺨 협, 뺨(面兩旁), 얼굴의 양兩 옆(面兩旁), 학鶴의 딴 이름(赤頰,鶴別名), 오디새의 딴 이름(批頰,鳺鴟鳥別命), 땅이름(地名), 쾌적快適하다, 기분氣分이 좋다, 비유譬喩하여 천천히 말하다(緩頰,徐言引臂喩)

【峽】 골짜기 협, 골짜기(谷間), 골 사이(谷間), 산山골짜기(兩山間), 물을 긴 산山골(山峭夾水), 산山과 산山 사이를 흐르는 물(兩山間川), 산山골짜기처럼 육지陸地를 양兩쪽에 둔 띠 모양模樣의 바다, 산山 이름(巫峽,山名,蜀楚之交山), 고을 이름(峽州,州名)

【狹】 좁을 협, 좁다(隘狹), 좁히다, 좁아지다, (익힐 합) 익히다(同狎,今爲闊狹합)

【陝】 좁을 협, 좁다(隘也,今俗從山作峽,非是,不廣,亦作狹), 산山골짜기, 땅 이름(地名,周召所分,尋陝,與陜同), (땅 이름 합) 땅 이름(陜川,地名)

## 〔형〕

【形】 모양模樣 형, 모양模樣, 꼴, 형상形象(象也), 형체形體, 형용形容, 물건物件의 모양模樣이나 생김새, 얼굴, 용모容貌, 맵시, 차림새, 몸, 육체肉體, 질그릇, 형세形勢, 세력勢力, 형편形便, 나타나다(現也), 드러나다, 보이다(現也), 말라서 뼈가 드러나다

【刑】 형벌刑罰 형, 형벌刑罰(罰總名), 법法(法也), 국그릇(盛羹器), 벌罰주다, 베다, 목을 베다(剄也), 죽이다(戮也), 해害치다, 떳떳하다(常也), 본本받다(儀刑,效則), 다스리다, 이루다(成也)

【荊】 모형牡荊 나무 형, 모형牡荊 나무, 굴 싸리(楚木,牡荊), 광대싸리(楚木,牡荊), 가시나무, 인삼人蔘 목木, 가시가 있는 관목灌木의 총칭總稱, 매, 곤장棍杖, 자기 아내의 겸칭謙稱, 주州 이름(州名), 산山 이름(山名), 성姓(姓也)

【亨】 형통亨通할 형, 형통亨通하다(通也), 드리다, 올리다, 제사祭祀를 올리다, 남다(餘也), 제사祭祀

【兄】 맏 형, 맏, 맏이, 형兄님(同胞男子先生爲兄,昆也), 언니, 어른(長也), 같은 또래끼리 높여 부르는 말, 높이다

【螢】 반딧불 형, 반딧불(火蟲名), 반디, 개똥벌레(火蟲名)

【衡】 저울대 형, 저울대(所以任權而均物平輕重), 저울(秤也), 균형均衡(衡平也), 가로(橫也), 가로나무, 들보, 외나무를 가로지른 문門, 혼천의渾天儀 가로대, 쇠뿔의 가름대, 수레 끝에 댄 횡목橫木, 멍에, 난간欄干, 소의 두 뿔에 매어 사람을 뜨지 못하게 하는 나무, 비녀, 눈퉁이(眉目之間), 달다, 저울질하다, 평평平平하다(衡平也)

【炯】 빛날 형, 빛나다, 밝게 살피다(明察)

【迥】 멀 형, 멀다(寥遠), 요원遼遠하다(寥遠), 빛나다(光也,輝也), 멀리, 운자韻字(一百六韻之一,上聲), 성姓(姓也)

## 〔혜〕

【惠】 은혜恩惠 혜, 은혜恩惠(恩也), 혜택惠澤, 세모창槍(三隅矛), 은혜恩惠를 베풀다, 사랑하다(柔質慈民曰惠), 어질다(仁也,仁之愛), 슬기롭다, 총명聰明하다, 순順하다, 유순柔順하다, 순종順從하다(順也), 좇다(順也), 주다(賜也), 꾸미다(飾也)

【慧】 슬기로울 혜, 슬기롭다(智也), 총명聰明하다(智也), 영리怜悧하다(儇敏), 깨닫다(性解), 밝다(智也), 교활狡猾하다, 간교奸巧하다, 지혜智慧(智也), 슬기, 능력能力

【兮】 어조사語助辭 혜, 어조사語助辭, 노래 후렴後斂(歌辭), 말을 멈추다(語有所稽)

## 〔호〕

【戶】 지게 호, 지게, 지게문門(所以謹護閉塞也,又室之口), 외짝 문門, 출입구出入口, 구멍(猶穴), 집(民居曰編戶), 가옥家屋, 사람, 주민住民, 결의結義하는 모임(好會,交歡之會合), 지키다(護也), 그치다(止也), 술을 마시다(飲酒有大小戶)

【互】 서로 호, 서로(交也), 함께, 참호參互하다, 맞대보다(較也), 번번갈아들다, 갈마들다, 고르지 아니하다, 어그러지다(差也), 고기시렁(縣肉格)

【好】 좋을 호, 좋다(善也), 의誼가 좋다, 화목和睦하다, 자상仔詳하다, 예쁘다, 아름답다(美也), 귀여워하다, 좋아하다, 서로 좋아하다, 사랑하다(愛也), 가상嘉尙히 여기다(相善), 칭찬稱讚하다, 즐기다, 옳다, 마땅하다, 가끔(時時), 우의友誼, 정분情分, 교분交分, 구슬 구멍(璧空)

【浩】 넓고 클 호, 넓고 크다(浩然,廣大), 크다, 넓다, 넉넉하다(饒也), 물이 크고 넓게 흐르는 모양模樣, 물이 질펀한 모양模樣(大水貌), 광대廣大한 모양模樣

【豪】 호걸豪傑 호, 호걸豪傑(英也), 장수將帥, 우두머리, 장長, 귀인貴人, 사치奢侈, 호사豪奢, 터럭(豪,猶髦也,髦馬如馬,足四節皆有毛,豪羊似髦牛), 뛰어나다(俊也), 빼어나다, 군

세다(彊也,健也), 호협豪俠하다(俠也), 웅대雄大하다, 성성盛하다, 호사豪奢스럽다, 사치奢侈스럽다

【毫】 길고 가는 털 호, 길고 가는 털(長細毛), 가는 털, 길고 끝이 뾰족한 가는 털, 붓(筆謂之毫), 붓의 촉鏃(筆謂之毫), 작거나 잔 것의 비유比喩, 조금, 약간若干, 아주 가늘다(言物細曰秋豪,言毫至秋極纖細)

【護】 보호保護할 호, 보호保護하다(保護,擁全之), 호위護衛하다(保護,擁全之), 지키다(保護,擁全之), 경호警護하다, 비호庇護하다, 감싸다, 감시監視하다, 거느리다, 통솔統率하다, 섭생攝生하다, 돕다(助也)

【虎】 범 호, 범(惡獸,山獸之君), 호랑이(惡獸,山獸之君), 용맹勇猛함의 비유譬喩, 사납고 모짊의 비유譬喩, 바둑 수법手法 이름, 용맹勇猛스럽다, 호구虎口치다

【號】 이름 호, 이름(名號), 통칭通稱 이외以外의 이름, 통칭通稱 외外의 칭호稱號(通稱外稱), 호號, 시호諡號, 명성名聲, 소문所聞, 첩보諜報, 신호信號, 상호商號, 표지標識(標記), 호령號令, 운자韻字, 차례次例(順番), 일컫다, 부르다(召也), 불러오다, 호號하다, 선전宣傳하다(揚言), 공언公言하다, 호령號令하다, 부르짖다(大呼), 큰 소리로 울면서 한탄恨歎하다, 통곡痛哭하다(哭也), 닭이 울다(鷄鳴)

【乎】 어조사語助辭 호, 어조사語助辭, 부사형副詞型 어미語尾, ~보다, ~에, ~온(語之餘), ~아(語之餘), 그런가(疑辭), ~인가, ~로다, ~구나, 의심疑心하다(疑辭)

【呼】 부를 호, 부르다(喚也), 외치다, 호통치다, 숨을 내쉬다(外息), 슬프도다(歎辭,嗚呼), 탄식歎息하는 소리

【怙】 믿을 호, 믿다(恃也), 믿고 의지依支하다, 아버지의 이칭異稱(父也), 부모父母(父母通謂之怙)

【胡】 턱밑 살 호, 턱밑 살, 턱에 드리워진 살, 아래턱에 붙은 살, 멱 줄띠(牛領垂,喉也,領肉下垂者,曰胡), 창槍 자루 달린 곳(戈戟內柄處), 드리워지다, 오래 살다(壽也), 장수長壽하다, 깔깔 웃다(盧胡,笑在喉間聲), 멀다, 어찌(何也)

【湖】 호수湖水 호, 호수湖水(大陂), 큰 못(大陂)

【糊】 풀 호, 풀(黏也), 붙이는 풀, 죽粥(煮米及麪), 풀칠漆하다(黏也), 입에 풀칠漆하다, 끈끈하다, 흐리다, 모호模糊하다(模糊,漫貌), 살아가다, (풀칠漆할 홀) 풀칠漆하다(糊塗)

【昊】 하늘 호, 하늘(凡稱天), 하늘의 범칭泛稱, 여름 하늘(夏爲昊天), 봄 또는 여름의 하늘, 큰 모양模樣, 성성盛한 모양模樣, 넓다(浩浩,昊天), 하늘 기운이 넓고 크다(元氣博大之貌)

【皞】 밝을 호, 밝다(明也), 희다, 하얗다(明也), 진득하다, 마음이 너그럽고 느긋하다, 하늘
(皞天,作昊天), 황제皇帝(太皞伏羲氏), 황제皇帝 호號(太皞伏羲氏,少皞金天氏,皆古帝號),
넓고 크며 젠 체하는 모양模樣(皞皞,廣大自得之貌), 가슴을 넓게 펴고 난 체하는 모
양模樣(皞皞,廣大自得之貌), 성姓(姓也), 皞의 속자俗字, 昊・皓 동자同字

【皜】 밝을 호, 밝다(明也), 맑다, 희다(白貌)

【壺】 병瓶 호, 병瓶(酒器), 단지, 박(匏也), 투호投壺, 투호投壺 놀이(投壺,賓客禮遇之遊技),
병瓶에 화살을 던져 승부勝負를 가리는 놀이, 타구唾具(唾壺), 벼슬 이름(官名), 땅이
름(地名,壺關,在上黨古黎國,侯國), 산山 이름(東海中三山,一方壺則方丈也,二蓬壺則蓬萊
也,三瀛壺則瀛州也), 성姓(姓也)

【鎬】 호경鎬京 호, 호경鎬京(地名,武王所都,在長安西上林苑中), 주周의 무왕武王이 처음 도
읍都邑했던 곳, 냄비(溫器), 쟁개비(溫器), 밝은 모양模樣, 빛나다(鎬鎬,鑠鑠,皆謂光顯昭
明)


## 〔혹〕

【或】 혹或 혹, 혹或(凡或人,或曰皆闕疑之辭), 혹或은, 혹시或是(凡或人,或曰皆闕疑之辭), 어
쩌다가 더러, 어떤(疑而未定之辭), 늘, 언제나, 어떤 이, 어떤 사람, 누구, 어떤 것, 어
떤 사물事物, 어떤 경우境遇, 괴이怪異하다(怪也), 괴이怪異쩍게 여기다, 의심疑心하
다(疑也), 있다

【惑】 미혹迷惑할 혹, 미혹迷惑하다(迷也), 미혹迷惑되게 하다, 현혹眩惑되다, 의심疑心하다
(疑也), 의혹疑惑하다, 의아疑訝해 하다, 수상殊常해 하다, 정신精神이 헷갈리게 하다,
어지럽다(亂也), 현란眩亂하다, 미혹迷惑, 의혹疑惑


## 〔혼〕

【昏】 어두울 혼, 어둡다(昏,代也,代明也), 해가 져서 어둡다, 날이 저물다(日冥), 캄캄하다
(闇也), 사리事理에 어둡다, 어리석다, 어지럽다(亂也), 어지럽히다, 어지러워지다, 어
려서 죽다(夭死), 어리다(愚也), 덜다(損也), 요절夭折, 저녁때, 해 질 무렵, 장인丈人
(妻父)

【婚】 혼인婚姻할 혼, 혼인婚姻하다, 처가妻家(婦家), 아내의 친정親庭, 아내의 친정親庭 살
붙이

【混】 섞을 혼, 섞다(混合), 섞이다, 뒤섞이다(混淆), 흐리다, 혼탁混濁하다, 흐르다, 섞이어

흐르다(雜流), 많이 흐르다, 풍부豐富하게 흐르다(豐流), 크다, 덩어리지다(混沌,元氣未分), 합합하다, 맞추다, 천지天地 개벽開闢 이전以前(混沌,元氣未分), 나누어지지 않는 모양模樣

【魂】 넋 혼, 넋(陽氣,魂魄,神靈之名,附形之靈爲魄,附氣之神爲魂,魄人陰神,魂人陽神), 정신精神, 마음(心也), 심정心情(心也), 생각, 사람의 생장生長을 맡은 양陽의 기운, 마음속의 정情을 주장主掌하는 부분部分(魂者,芸也,情以除穢), 많은 모양模樣(魂魂,多貌), 사물事物의 모양模樣

## 〔홀〕

【忽】 갑자기 홀, 갑자기, 문득(卒也,倏忽), 돌연突然히, 홀연忽然히(盡貌), 소홀疏忽히 하다(漫忽), 탐탁지 않게 여겨 경시輕視하다, 가벼이 여기다(輕也), 잊다(忘陽,忽忽,不省事), 멸滅하다, 망亡하다, 멸망滅亡하다(滅也), 다하다(盡也), 말하다, 거미줄(蜘蛛網), 형체形體가 없는 모양模樣, 작은 수數의 단위單位

【笏】 홀笏 홀, 홀笏, 손가락으로 피리 구멍을 막아 가락을 맞추는 모양模樣, 피리 가락 맞추다, (저를 부는 손결 모양模樣 문) 저를 부는 손결 모양模樣, (빽빽하게 번성繁盛한 모양模樣 물) 빽빽하게 번성繁盛한 모양模樣

## 〔홍〕

【紅】 붉을 홍, 붉다(帛赤白色,絳也), 붉은 빛, 붉은 꽃, 붉은 모양模樣, 남南쪽 빛깔(南方間色), 연지臙脂, 길쌈(女紅)

【弘】 넓을 홍, 넓다, 넓히다, 크다(大也), 크게 하다(大之), 널리, 활 소리, 활시위 소리

【洪】 큰물 홍, 큰물(洚水), 크다(大也), 넓다, 돌이 물의 흐름을 막다(石阻河流)

【哄】 떠들썩할 홍, 떠들썩하다, 소란騷亂하다, 큰 소리 지르다(唱聲也), 꾸짖다, 고무鼓舞하다, 진작振作하다, 서로 화和하는 소리, 여럿이 떠드는 소리(衆聲), 노랫소리, 큰 소리(大聲), (소리 공) 소리

【鴻】 기러기 홍, 기러기(鵠也,雁也), 큰 기러기, 크다(大也), 성성盛하다, 번성繁盛하다, 고르다(備也), 굳세다(彊也)

## 〔화〕

【火】 불 화, 불(燃物以發光熱), 물체物體가 탈 때 나는 열熱과 빛, 빛을 내는 것, 타는 것, 횃불(炬也), 봉화烽火, 등잔燈盞불(燈火), 뙤약볕(春爲大火,夏官爲鶉火,秋官爲西火,冬官

盛陽曰炎火), 화재火災, 여름(時氣夏), 노여운 심기心氣, 화火, 화병火病, 심장心臟(人身有火), 화성火星(五行之一), 오행五行의 하나, 타다, 태우다, 불사르다(燒也,燬也), 불에 익히다, 빛내다(發光物), 소화消化하다(火,化也,消化物), 무너뜨리다(燬也,物入中皆燬壞)

【化】 될 화, 되다(天地陰陽,自有而無,自無而有,萬物生息,則爲化), 저절로 생기다(化生), 화化하다, 변화變化하다(汎言改易亦曰變化), 재질材質이 바뀌다, 모양模樣이 바뀌다, 환형換形하다(革物換形), 가르쳐 행行하게 하다(敎行), 덕화德化하다(以德化民), 교화敎化가 이루어져 풍속風俗이 새로워지다, 고유告諭하다(告誥諭使民回心), 본本받다(敎化,上行下效), 따르다, 고쳐지다, 망亡하다, 멸망滅亡하다(滅也), 죽다(殺也), 중이 동냥하다(化主), 바꾸다(貨賄貿易), 조화造化(天地陰陽,自有而無,自無而有,萬物生息,則爲化), 요술妖術(幻術), 풍속風俗

【花】 꽃 화, 꽃(草木之葩), 꽃나무(花草木), 화초花草(花草木), 초목草木의 꽃, 꽃이 피는 초목草木, 특특特特히 모란牡丹을 이르는 말, 특특特特히 해당海棠을 이르는 말, 꽃 모양模樣의 물건物件, 꽃 형상形象을 한 물건物件(花開), 아름다운 것의 비유譬喩, 무늬(紋也), 갈보(娼妓異名), 꽃이 피다, 꽃답다(榮也), 없애다(花消,浪費)

【貨】 재화財貨 화, 재화財貨(財也), 재물財物(財也), 물품物品, 상품商品, 보물寶物(貨寶), 금金과 옥玉(金玉曰貨), 돈(貨幣,金錢), 화폐貨幣, 귀중품貴重品(貨寶), 선물膳物하다(賂也), 뇌물賂物을 주다(賂也), 팔다, 돈으로 사람을 자유自由롭게 부리다(寶之)

【華】 빛날 화, 빛나다(華,謂文德), 아름답다(美也), 꽃이 피다, 풀이 성盛하다(草盛), 좋다(美也), 번영繁榮하다, 희다(白也), 머리가 희다(髮白), 쪼개다(破也), 꽃(華,與花同), 영화榮華(榮也), 명망名望, 빛(光澤), 색채色彩, 광택光澤, 윤기潤氣, 겉(外觀美), 겉의 아름다움(外觀美), 분粉(粉也), 흰 분粉(粉也), 얼굴(風度), 모양模樣(風度), 묘墓 앞에 세운 문門(華表,墓前門)

【禾】 벼 화, 벼(嘉穀,稻也), 이삭이 팬 벼, 곡물穀物, 곡식穀食(凡穀皆曰禾), 곡식穀食의 모, 곡식穀食의 줄기, 벼농사農事를 짓다, 화和하다(和也)

【和】 화和할 화, 화和하다(諧也), 강유剛柔가 알맞다(不剛不柔), 서로 응應하다, 합합치다(合也), 합합하다(合也), 화평和平하다, 같다, 동일同一하다(聲相應), 평온平穩하다, 다투지 아니하다, 답答하다, 대답對答하다, 화답和答하다, 응應하다, 맞추어 대對하다, 소리를 맞추다, 소리를 응應하여 내다, 알맞다(不剛不柔), 화합和合하다, 화친和親하다(講和), 화목和睦하다, 순順하다(順也), 차운次韻하다, 남의 운韻을 써서 시詩를 짓

다, 고르다(調也), 섞다, 조합調合하다, 맛을 맞추다(調味), 더불어(與也), 화기和氣, 온화穩和한 기운, 절도節度에 맞는 행위行爲, 곡조曲調(調也), 방울(鈴也), 세細피리(大笙,謂之巢,小笙,謂之細)

【話】 말씀 화, 말씀(語話,善人之言), 이야기(談議), 착한 말(話言,善言), 말하다(言也), 이야기 하다(言也), 고르다(調也), 다스리다(治也), 부끄럽다(恥也)

【畵】 그림 화, 그림(畵者,爲形像), 회화繪畵, 채색彩色, 그리다(畵之), 그림을 그리다, 색色을 칠漆하다, (그을 획) 긋다

【禍】 재화災禍 화, 재화災禍, 재앙災殃(災也), 앙화殃禍(殃也), 재난災難, 재해災害(害也,神不福), 불행不幸, 근심, 죄罪, 허물, 재화災禍를 내리다, 헐다(毁也,言毁滅)

〔확〕

【確】 굳을 확, 굳다(堅也,斬固), 굳세다, 강강하다, 확실確實하다(剛也)

【擴】 넓힐 확, 넓히다(張小使大), 규모規模·세력勢力 등等을 넓히다, 늘이다(張小使大)

【穫】 거둘 확, 거두다, 곡식穀食을 거두다(刈穀), 벼를 베다, 얻다, 곤박困迫한 모양模樣(隕穫,困迫失志貌)

〔환〕

【歡】 기쁠 환, 기쁘다(喜樂), 기뻐하다, 기쁘게 하다, 즐거워하다, 사랑하다(男女相悅稱男子曰歡), 기쁨, 즐거움

【患】 근심 환, 근심(憂也), 걱정, 재난災難, 재앙災殃(禍也), 재해災害, 병病, 고통苦痛, 근심하다(憂也), 걱정하다, 괴롭다(苦也), 앓다, 병病들다(疾也), 어렵다(難也), 모질다(惡也)

【丸】 둥글 환, 둥글다(圜也), 구르다(轉也), 곧다, 꼿꼿하다(直也), 알, 환丸, 환약丸藥, 탄彈알, 총銃알, 탄자彈子, 탄약彈藥, 좁은 땅(小地)

【幻】 변變할 환, 변變하다(化也), 변變하여 바뀌다(化也), 미혹迷惑하다(惑也), 홀리게 하다, 어지럽히다, 이리저리하다(幻弄), 탄생誕生하다, 허깨비(幻形), 헛것, 요술妖術

【換】 바꿀 환, 바꾸다(易也), 바뀌다, 교체交替하다, 교체交替되다, 주고받고 하다, 고치다, 고쳐지다, 새롭게 하다, 제멋대로 하다, 방자放恣하다(畔換,强恣貌,猶言跋扈), 방자放恣하게 굴다

【喚】 부를 환, 부르다, 오라고 하다, 외치다, 소리치다, 부르짖다, 불러일으키다, 일으키다

(喚起), 讙은 같은 글자字
<sub>환 기</sub>

【還】돌아올 환, 돌아오다(歸也), 뒤돌아오다, 돌아가다(歸也), 복귀復歸하다, 물러나다(退
<sub>귀 야</sub>　<sub>귀 야</sub>　<sub>퇴</sub>
也), 물러서다, 물러가다(退也), 돌려보내다(還送), 돌아보다(顧也), 사방四方을 둘러보
<sub>야</sub>　<sub>퇴 야</sub>　<sub>환 송</sub>　<sub>고 야</sub>
다, 갚다(償也), 보상報償하다, 반성反省하다(顧也), 둘리다(遶也,圍也), 눈동자瞳子를
<sub>상 야</sub>　<sub>고 야</sub>　<sub>요 야 위 야</sub>
돌리다(轉眼睛), 도리어(反也), 정반대正反對로(反也), 다시(復也), 또(復也), 두루(與環
<sub>전 안 정</sub>　<sub>반 야</sub>　<sub>반 야</sub>　<sub>부 야</sub>　<sub>부 야</sub>　<sub>여 환</sub>
同), 하지夏至 및 동지冬至(大還,小還至之名), (구를 선) 구르다
<sub>동</sub>　<sub>대 환 소 환 지 지 명</sub>

【環】고리 환, 고리, 옥玉고리(玉環), 도리옥玉(璧屬), 환옥還玉, 둥근 구슬, 옥玉의 검은
<sub>옥 환</sub>　<sub>벽 속</sub>
결(環,謂漆之文理), 환도還刀(刀本曰環,形似環), 둥글다, 돌다, 둘리다(繞也), 둘러싸다,
<sub>환 위 칠 지 문 리</sub>　<sub>도 본 왈 환 형 사 환</sub>　<sub>요 야</sub>
두르다, 선회旋回하다, 돌며 절하다(環拜), 물러나다, 가로 세로가 같다(環幅,廣袤等也)
<sub>환 배</sub>　<sub>환 폭 광 무 등 야</sub>

【桓】푯標말 환, 푯標말, 표목標木(郵亭表), 옛날 역참驛站의 표지標識로 세워 놓았던 나
<sub>우 정 표</sub>
무, 홀笏(公執,桓圭), 어여머리(盤桓,髻名), 시름(憂也), 씩씩하다(武貌), 굳세다, 위엄威
<sub>공 집 환 규</sub>　<sub>반 환 계 명</sub>　<sub>우 야</sub>　<sub>무 모</sub>
嚴이 있다, 크다, 머뭇거리다(盤桓,難進貌), 나아가지 못하고 빙빙 돌다, 하관下棺 틀
<sub>반 환 난 진 모</sub>
다(斲木如石碑四植,謂之桓,以下棺), 크게
<sub>착 목 여 석 비 사 식 위 지 환 이 하 관</sub>

## [활]

【活】살 활, 살다(生也), 살리다, 생존生存하다, 소생蘇生하다, 목숨을 보전保全하다, 생기
<sub>생 야</sub>
生氣가 있다, 태어나다, 생계生計, 생활生活, (물이 콸콸 흐를 괄) 물이 콸콸 흐르다

【滑】미끄러울 활, 미끄럽다(利也), 미끄러지다(達也), 반드럽다, 부드럽게 하다, 교활狡猾
<sub>이 야</sub>　<sub>달 야</sub>
하다(猾也), 주州 이름(州名), 물 이름(水名), 옛 나라 이름(古國名), 성姓(姓也), (어지
<sub>활 야</sub>　<sub>주 명</sub>　<sub>수 명</sub>　<sub>고 국 명</sub>　<sub>성 야</sub>
러울 골) 어지럽다(亂也), 어지럽게 하다, 다스리다(治也), 익살을 부리다(猾稽,謂俳
<sub>난 야</sub>　<sub>치 야</sub>　<sub>활 계 위 배</sub>
諧), 섞이다(混也), 흐리게 하다(混也), 익살
<sub>해</sub>　<sub>혼 야</sub>　<sub>혼 야</sub>

## [황]

【黃】누를 황, 누르다(地之色,中央色), 누레지다, 누른 빛(地之色,中央色), 흙빛(地之色,中央
<sub>지 지 색 중 앙 색</sub>　<sub>지 지 색 중 앙 색</sub>　<sub>지 지 색 중 앙</sub>
色), 오색五色의 하나, 어린아이, 어린애(小兒曰黃口), 유아幼兒, 새끼, 황도黃道, 천구
<sub>색</sub>　<sub>소 아 왈 황 구</sub>
天球에 투영透映된 지구地球의 공전궤도면公轉軌道面

【皇】임금 황, 임금, 하느님(天也), 천제天帝, 만물萬物의 주재자主宰者, 옥황玉皇 상제上
<sub>천 야</sub>
帝(玉皇,天帝聖號), 삼황三皇(伏羲,神農,黃帝是也), 임금 또는 상제上帝에 관關한 사물
<sub>옥 황 천 제 성 호</sub>　<sub>복 희 신 농 황 제 시 야</sub>
事物 위에 붙이는 말, 크다(大也), 바르다(匡正), 아름답다(美也), 죽은 부모父母 또는
<sub>대 야</sub>　<sub>광 정</sub>　<sub>미 야</sub>
남편男便에 붙이는 경칭敬稱

【煌】 빛날 황, 빛나다(煌煌,輝也本作晄,熿熿同,耀也), 밝다, 환히 밝다(煌煌,光明), 불 형상形狀(火狀), 성성하다(盛也), 사물事物의 모양模樣, 군군 이름(郡名), 땅 이름(疆煌,地名), (불빛 횡) 불빛(火光)

【凰】 봉황鳳凰새 황, 봉황鳳凰새, 봉황鳳凰새의 암컷(雌鳳)

【況】 하물며 황, 하물며(矧也), 더구나, 더욱더, 이에(玆也), 자자玆에, 비유譬喩하다(譬也), 비유譬喩로써 설명說明하다, 견주다, 비기다, 더하다(益也), 불어나다(滋也), 주다(賜也), 찾아오다(臨訪曰來況), 상황狀況, 모양模樣(現狀), 찬물(寒水)

【荒】 거칠 황, 거칠다(蕪也), 거칠게 하다, 거칠어지다, 풀이 땅을 덮다, 황폐荒廢하다, 폐廢하다(廢也), 패패하다(敗也), 싸움에 지다, 상상傷하다, 흐리멍덩하다(與慌同), 흉년凶年들다(四穀不升曰荒), 주색酒色에 빠지다(酒色耽沒), 비다(空也), 난폭亂暴하다, 가리다(掩也), 입다(蒙也), 크다(大也), 잡초雜草가 우거진 땅(草掩地), 황무지荒蕪地, 변경邊境, 주州의 가장 먼 가장자리의 땅, 명치끝, 흉년凶年, 오랑캐

【恍】 황홀恍惚할 황, 황홀恍惚하다, 어둡다, 어슴푸레하다, 마음을 빼앗겨 멍한 모양模樣, 미묘微妙하여 알 수 없는 모양模樣, 분명分明하지 않은 모양模樣, 형체形體가 없는 모양模樣, (굳셀 광) 굳세다(武也)

## 〔회〕

【回】 돌 회, 돌다(旋轉), 돌리다, 돌아가게 하다, 중심中心을 두고 빙빙 돌다, 선회旋回하다, 돌아오다(返也), 처음에 떠났던 곳으로 돌아오다, 돌이키다(旋轉), 방향方向을 반대反對쪽으로 돌리다, 둘리다(繞也), 피피避하다(畏避), 어기다(違也), 거스르다, 간사奸邪하다(邪也), 사특邪慝하다, 굽다(曲也), 굽히다(屈也), 머뭇거리다(徘回), 번번, 횟수回數

【徊】 노닐 회, 노닐다, 일없이 어정거리다, 방황彷徨하다(徘徊,猶彷徨), 머뭇거리다(徘徊,猶彷徨), 나아가지 않는 모양模樣(徘徊,不進貌), 꽃 이름, 個와 같은 글자字

【恢】 넓을 회, 넓다(志大), 넓히다(大之), 크다(大也), 넓고 크다, 갖추다, 갖추어지다, 돌이키다

【悔】 뉘우칠 회, 뉘우치다(悔吝,懊也), 후회後悔하다, 한恨하다(恨也), 고치다(改也), 깔보다, 얕보다, 아깝게도, 유감遺憾스럽게도, 뉘우침, 후회後悔, 허물, 과오過誤

【晦】 그믐 회, 그믐(月盡), 음력陰曆에서 한 달의 마지막 날, 어둠, 밤(夜也), 안개(霧也), 늦다(晏也), 어둡다(昏也,昧也,冥也), 캄캄하다, 희미稀微하다(微也), 감추다, 숨기다, 어리석다, 얼마 못되다(亡幾), 분명分明하다, 아니하다

【懷】품을 회, 품다(藏也), 지니다, 싸다(包也), 둘러싸다, 생각하다(念思), 그리워하다, 서럽다(傷也), 위로慰勞하다(慰也), 달래다, 임신姙娠하다, 숨기다, 길들이다, 따르게 하다, 오다(來也), 돌아가다(歸也,回也), 그치다(至也,止也), 품(懷抱,胸臆), 품안, 가슴, 마음, 생각, 정情, 사사私事(私也)

【會】모을 회, 모으다(合也), 모이게 하다, 만나다(偶也), 조회朝會하다(朝覲會同), 깨닫다, 이해理解하다, 맹盟세하다(盟也), 회계會計하다(計也), 때마침, 우연偶然히, 마침(適也), 반드시, 꼭, 필연必然코, 모임, 도시都市, 때, 기회機會, 적당適當한 시기時期, 고깔혼솔(弁中縫)

【薈】무성茂盛할 회, 무성茂盛하다, 초목草木이 우거지다(草木盛貌), 운무雲霧가 이는 모양模樣, 구름이나 안개 등等이 피어오르는 모양模樣(薈薈,雲興貌), (가릴 의) 가리다(障也), 덮다, 막다, 숲(林也)

【淮】강江 이름 회, 강江 이름, 하남성河南省에서 발원發源하여 황하黃河로 흘러드는 강江, 물이 빙 돌아 흐르다

## 〔획〕

【畫】그을 획, 긋다(卦畫), 나누다(分畫), 구분區分하다, 한계限界를 짓다, 한정限定하다(界限), 그치다(截止), 꾀하다(計策), 획畫, 글자字의 획畫, 글씨(書畫), 꾀, 계책計策, 계략計略, (그림 화) 그림(畫者,爲形像), 그리다(畫之)

【劃】그을 획, 긋다(以破物), 나누다(分也), 구별區別하다, 쪼개다, 자르다, 새기다(刻也), 계획計劃하다(作事), 송곳칼(錐刀)

【獲】얻을 획, 얻다(獵所獲), 손에 넣다, 사냥하여 짐승을 잡다, 이루다(成遂), 결과結果를 얻다(得結果), 빼앗다, 사로잡다(馘穧), 잡히다, 얻어지다, 일이나 때의 마땅함을 얻다, 적敵의 귀를 베어오다(馘穧), 맞히다, 쏜 화살이 과녁에 맞다, 인정認定받다, 사냥하여 잡은 금수禽獸, 사냥해서 얻은 물건物件(得也), 포로捕虜, 계집종(罵婢), 계집종에게서 태어난 자식子息

## 〔횡〕

【橫】가로 횡, 가로(縱之對橫也), 좌우左右, 동서東西, 빗장(闌木), 글 배우는 집(學舍), 뜻밖, 가로놓다, 가로놓이다(橫之), 가로지르다, 비끼다(縱之對橫也), 가로막다, 옆으로 누이다, 제멋대로 하다(橫領), 제멋대로 행동行動하다, 횡행橫行하다, 방자放恣하다,

거스르다(衡通,不順理), 옆으로 차다, 거칠다, 사납다(橫暴), 끊다(橫斷), 제멋대로

## [효]

**【孝】** 효도孝道 효, 효도孝道(善事父母), 선조先祖의 뜻을 바르게 계승繼承하는 일, 보모保姆, 초상初喪(俗語喪服轉而喪事), 상복喪服(俗語喪服轉而喪事), 부모父母를 잘 섬기다(善事父母), 부모父母의 상喪을 입다

**【哮】** 으르렁거릴 효, 으르렁거리다, 큰소리를 내다, 부르다(喚也,呼也), 크게 부르다(姚通,大呼也), 성내다, 크게 성내다(哮赫,大怒), 범이 우는 소리(哮虎), 돼지가 놀라는 소리(豕驚聲), 천식喘息, 해수병咳嗽病

**【爻】** 육효六爻 효, 육효六爻(象易六爻頭交), 주역周易의 괘卦를 이르는 6개個의 가로 그은 획劃, 공功, 사귀다(交也), 닮다(效也), 본本받다(效也,象也), 형상形象하다(象也), 변變하다(變也), 바꾸다(變也), 엇갈리다

**【效】** 본本받을 효, 본本받다(倣也), 본本받아 배우다(學也), 모방模倣하다(倣也), 닮다(倣也), 형상形象하다(象也), 나타내다, 나타나다, 드러나다(事露), 효험效驗보다, 주다(授也), 수여授與하다, 드리다, 바치다, 부지런하다(勉也), 힘쓰다(力也), 갖추다(具也), 이르다, 보람, 공功(功也), 공적功績

**【効】** 형상形象할 효, 형상形象하다(象也), 본本받다, 배우다, 효험效驗, 공功(功也), 效의 속자俗字

**【曉】** 새벽 효, 새벽(曙也), 동東틀 무렵, 깨닫다(知也), 깨달아 알다(嬴也), 슬기롭다(慧也), 달래다(說也), 타이르다, 일러주다, 깨우쳐 일러주다(曉諭), 효유曉諭하다, 사뢰다(白也), 아뢰다, 밝다, 환하다, 환히 알다, 만나다(遇也), 쾌快하다(快也)

**【嚆】** 울릴 효, 울리다, 소리가 나다, 외치다, 부르짖다(叫號), 우는 살(嚆矢,矢之鳴者), 처음(嚆矢,端緒)

**【囂】** 들렐 효, 들레다, 와자하다, 지껄이다(喧譁), 시끄럽다(喧譁), 속셈이 든든하다, 소리, 걱정하는 모양模樣, 근심하는 모양模樣, 남의 말을 듣지 아니하는 모양模樣(自得無欲貌), 자득自得하여 무욕無欲한 모양模樣.

## [후]

**【厚】** 두터울 후, 두텁다(不薄), 두껍다, 두터이 하다, 무겁다(重也), 크다(大也), 무르녹다(醲也), 많이 주다(厚賜), 깊다, 정성精誠스레 대對하다, 마음 씀씀이가 크다, 친절親切하

다(厚待), 두터이

【後】 뒤 후, 뒤(前之對), 향向하고 있는 반대反對의 쪽이나 곳, 시간상時間上·순서상順序上
의 다음이나 나중, 아들(嗣也), 늦다(遲也), 능력能力 따위가 떨어지다

【侯】 제후諸侯 후, 제후諸侯(公侯), 후작侯爵, 작위爵位, 오등작五等爵의 둘째(五爵之次曰
侯), 임금(君也), 과녁(射布十尺四方之的), 벼슬 이름, 아름답다(美也), 어찌(何也), 오
직(維也)

【喉】 목구멍 후, 목구멍(咽也), 목, 긴緊한 목, 긴緊한 곳(要所), 요소要所

【候】 날씨 후, 날씨(氣候), 기후氣候, 철, 절기節氣, 때, 시기時期, 징조徵兆, 조짐兆朕, 척
후斥候, 망望보는 사람(伺望), 묻다(訪也), 안부安否를 묻다, 기다리다(待也), 맞이하
다, 지키다(護也), 살피다, 정탐偵探하다, 모시다(侍也), 시중들다

【后】 임금 후, 임금(君也), 천자天子, 왕비王妃(妃也), 후后, 후비后妃, 제후諸侯(諸侯亦稱
后), 신하臣下(古者君稱臣亦曰后), 사직社稷(后土,社也), 토지土地의 신神, 뒤(後也)

【姤】 만날 후(구), 만나다(遇也), 예쁘다(好也), 우아優雅하다, 강유剛柔를 겸兼하다(柔遇
剛), 추醜하다, 보기 흉凶하다

【煦】 찔 후, 찌다(烝也), 햇빛으로 덥게 하다(熱也,煦嫗,溫日光), 따뜻하게 하다, 햇빛이 만
물萬物을 따뜻하게 하다, 벌겋다(赤貌), 마음씨가 따뜻하고 몸에 화기和氣가 있다(溫
潤), 은혜恩惠를 베풀다, 뜨겁다(熱也), 햇빛(日光), 붉은 빛(赤色), 은혜恩惠(恩也), 앓
는 소리(痛念聲)

〔훈〕

【訓】 가르칠 훈, 가르치다(誨也,伊訓,伊尹乃其教之), 뜻을 일러주다(說教), 인도引導하다(導
也), 이끌다, 훈계訓戒하다, 뜻을 풀다, 계집을 가르치다(女訓), 좇다(順也), 경계敬啓
하다, 뜻, 주해註解, 잠언箴言(誡也), 법法(古言可爲法), 수리부엉이(鳥名)

【勳】 공공 훈, 공공, 나라 또는 임금을 위爲해 싸운 업적業績

〔훙〕

【薨】 죽을 훙, 죽다(公侯卒,薨之言,奄也,奄然,亡也), 제후諸侯가 죽다(公侯卒,薨之言,奄也,奄
然,亡也), 훙서薨逝하다(公侯卒,薨之言,奄也,奄然,亡也), 무너지는 소리, 무리, (많을 횡)
많다(薨薨,衆也), 빠르다(薨薨,疾也)

## 〔훼〕

【毀】헐 훼, 헐다, 짓거나 만든 것을 깨뜨리다, 치우다, 철거撤去하다, 헐어지다(非自壞而隳毀之), 이지러지다(缺也), 무너지다(壞也), 꺾이다(折也), 무찌르다, 패패敗하게 하다, 가다(去也), 상처傷處를 입히다, 남을 헐뜯어 말하다, 험담險談하다(訾也), 어린아이가 이를 갈다(小兒去齒曰毀), 신령神靈이나 귀신鬼神에게 빌어서 재앙災殃을 물리치다, 양재禳災하다, 푸닥거리하다(禱祈除殃曰毀), 야위다, 수척瘦瘠해지다, 상제喪制 얼굴이 파리하다(居喪之禮,毀瘠不形)

## 〔휘〕

【揮】휘두를 휘, 휘두르다(動也), 지휘指揮하다, 지시指示하다, 떨치다, 뽐내다(奮也,振也), 뿌리다, 물 뿌리다(灑也), 씻다(湔也), 움직이다, 빠르다(霍也), 헤치다(散也), 다하다(竭也), 기旗, 표지標識

【輝】빛날 휘, 빛나다(光也), 광채光彩를 발발發하다, 빛, 불빛(火之光), 아침 햇빛, 광채光彩, 광휘光輝

【諱】꺼릴 휘, 꺼리다(忌也), 기피忌避하다, 피避하다(避也), 회피回避하다(避也), 싫어하다, 경계警戒하다(忌也), 미워하다, 숨기다(隱也), 은폐隱蔽하다(隱也), 은휘隱諱하다, 단점短點을 숨기다(護知曰諱), 두려워하다(畏也), 휘諱(生曰名,死曰諱), 높은 사람의 이름(不諱), 죽은 사람의 이름, 죽음(不諱,謂死), 제삿祭祀날, 기일忌日

【徽】아름다울 휘, 아름답다(美善), 훌륭하다, 달리다(徽嬹,奔馳貌), 표기表記, 기치旗幟(徽號旌旗之屬), 기旗(徽號旌旗之屬), 향香주머니 끈(婦人之徽,卽今之香纓), 행전行纏(裹幅,行縢), 노끈, 줄, 삼三 겹 노(三糾繩), 큰 노(大索), 기러기발(琴節), 금휘琴徽, 고을 이름(州名)

## 〔휴〕

【休】쉴 휴, 쉬다(休息), 틈을 얻다(休暇), 그치다(止也), 그만두다, 물러가다(致仕休退), 아름답다(美善), 좋다, 훌륭하다, 검소儉素하다(儉也), 크다, 용서容恕하다(宥也), 너그럽다(康也,寬用), 휴가休暇, 기쁨, 행복幸福, 경사慶事(慶也)

【携】끌 휴, 끌다(提也), 이끌다, 이끌어 돕다(提携,謂牽將行), 늘어뜨려 가지다(懸持), 손에 가지다, 들다, 연連하다(連也), 잇다, 떨어지다, 떼어놓다, 떠나다(離也)

〔훅〕

【畜】 기를 훅, 기르다(養也), 치다, 먹이다, 용납容納하다(容也), 좇다(順也), 일어나다(起
也), 힘써 일하다, 효도孝道하다(孝也), 머무르다(留也), 육축六畜, (가축家畜 축) 가축
家畜

〔휼〕

【恤】 구휼救恤할 휼, 구휼救恤하다, 기민饑民 먹이다(賑也), 어려운 처지處地에 놓인 사람
에게 금품金品을 주다, 위문慰問하다(災危相憂), 불쌍히 여기다(愍也), 동정同情하다,
가엾게 여기다, 서로 사랑해주다(相愛), 거두다(收也), 근심하다(憂也), 근심, 근심하는
모양模樣(憂患貌), 장의葬儀, 상喪

〔흉〕

【胸】 가슴 흉, 가슴(膺也), 가슴 속, 앞, 앞쪽, 마음(胸襟)

【凶】 흉凶할 흉, 흉凶하다(吉之反), 운수運數가 나쁘다, 악惡하다(凶惡), 두려워하다(恐懼),
부정不正하다, 사악邪惡하다, 거스르다, 해害치다, 죽이다, 흉년凶年 들다(凶荒), 요사
夭死하다(短折), 사납다, 떠들썩하다, 재난災難, 재앙災殃(禍也), 흉년凶年, 기근饑饉,
허물(咎也), 북北쪽, 나이가 젊을 때 죽음, 나쁜 놈(兇也)

【兇】 흉악凶惡할 흉, 흉악凶惡하다(惡也), 악惡하다(惡也), 공동恐動하다(凶通,擾恐), 소동騷
動하다(懼聲), 두려워하다, 나쁜 사람, 흉악凶惡한 사람

〔흑〕

【黑】 검을 흑, 검다(火所熏之色,北方陰色), 빛이 검다, 마음이 검다(黑心), 그르다(白之對,惡
意,是非黑白), 거메지다, 검은 빛으로 변變하다, 어둡다, 날이 어두워지다, 날이 저물
다, 눈이 어두워지다, 검은 빛, 검은 색色(玄色,五色之一), 흑색黑色, 오색五色의 하나,
흑심黑心, 나쁜 마음, 어리석은 마음, 그믐(晦也,如晦冥時色)

〔흔〕

【痕】 흉터 흔, 흉터(胝瘢,瘢痕), 딱지 자리(胝瘢,瘢痕), 헌데 자국(胝瘢,瘢痕), 흔적痕迹(凡物
有迹者,皆曰痕), 자취(凡物有迹者,皆曰痕), 발뒤꿈치, (종기腫氣 은) 종기腫氣(腫也),

577

(종기腫氣 앓을 간) 종기腫氣를 앓다(腫病)

### 〔흘〕

【屹】 산山 우뚝 솟을 흘, 산山이 우뚝 솟다, 산山이 우뚝 서서 장엄莊嚴한 모양模樣(屹峷, 山獨立壯武貌), 산山이 높이 솟은 모양模樣(屹立,山高聳立貌), 산山이 험險한 모양模樣, 산山 모양模樣(屹峷,山貌), 곧게 서 움직이지 않는 모양模樣(直立不動貌)

【訖】 이를 흘, 이르다(與迄同,至也), 이르기까지, (마칠 글) 마치다(畢也,終也,了也), 그치다, 그만두다(止也,言所止), 끝나다(畢也,終也,了也), 다하다(盡也), 다 없어지다(盡也), 다(盡也), 마침내(竟也), 열(十也)

### 〔흠〕

【欠】 하품 흠, 하품, 빚(負人財), 부채負債, 하품하다(張口解氣), 기지개 켜다(體疲則伸), 이지러지다(不足), 모자라다(不足), 부족不足하다, 구부리다(欠身)

【欽】 공경恭敬할 흠, 공경恭敬하다(敬也), 굽히다, 몸을 굽혀 어떤 자세姿勢를 취取하다, 굽다, 구부러지다, 걱정이 되어 잊지 못하고 살펴보다(按也), 삼가다, 쇠북을 절조絶調 맞추어 치다(鐘聲有節), 하품하는 모양模樣(欠貌), 천자天子에 관關한 일에 붙이는 말, 임금의 존칭尊稱

### 〔흡〕

【吸】 숨 들이쉴 흡, 숨 들이쉬다(引氣內息), 마시다(飮也), 빨다, 구름이 움직이는 모양模樣

【洽】 윤택潤澤하게 할 흡, 윤택潤澤하게 하다, 넉넉하게 하다, 젖다, 적시다, 화和하다, 화합和合하다, 합合하다, 합合치다, 두루(徧也), 널리, 한길

【恰】 마치 흡, 마치, 흡사恰似, 꼭, 새 우는 소리, 사이가 좋다

### 〔흥〕

【興】 일 흥, 일다, 일어나다(起也), 일으키다(擧也), 일어서다(居者立), 태어나다, 움직이다(動也), 발發하다, 내다, 성성盛하다(盛也), 창성昌盛하다, 왕성旺盛하다, 본本뜨다, 비유譬喩하다, 처음 일으키다(始起), 쓰다(用也), 등용登用하다, 기쁘다(悅也,喜也), 감동感動하다(興者,感物而發), 높이다(尊尙), 올리다, 짓다(作也), 형상形象하다(象也), 다스리다, 이루다(成也), 성공成功하다, 유행流行하다, 거두어 모으다(所徵賦), 징발徵發하다,

비유譬喩하다, 혹시或是, 어조사語助辭, 시경詩經, 육의六儀의 한 가지

## 〔희〕

【喜】 기쁠 희, 기쁘다(樂也,悅也), 즐겁다(喜之), 즐거워하다, 즐기다, 좋아하다(樂也,悅也), 사랑하다, 경사慶事(吉慶)

【熙】 빛날 희, 빛나다(緝熙,光也), 넓다(廣也), 넓히다, 일다, 일어나다(興起), 일으키다, 마르다(燥也), 말리다, 화和다(和也), 기뻐하다, 즐기다(戲也), 희롱戲弄 짓거리 하다(戲也), 왕래往來가 잦다(往來頻繁貌), 줄을 타다(木熙,今之走高竿緣繩者,言其援豊條舞,扶疎踊躍,紆徐自如也), 아아!, 빛, 복福, 행복幸福, 복福된 일(熙事,福熙之事)

【姬】 성姓 희, 성姓(姓也), 아씨(婦人美稱), 아가씨, 여자女子의 미칭美稱, 임금의 아내(王妻別名), 황후皇后, 중궁中宮, 계집(衆妾總稱), 첩妾, 곁 마누라, 근원根源, 기원起源, 자국, 자취

【希】 바랄 희, 바라다(望也), 기대期待하다, 구求하다, 사모思慕하다, 희소稀少하다, 드물다(寡也), 성기다, 사이가 배지 아니하다, 베풀다(施也), 그치다(止也), 흩어지다(散也), 적다(罕也)

【稀】 드물 희, 드물다(疏也), 성기다(疏也), 적다(稀少), 묽다, 절대絶對로 없다(稀少)

【戲】 놀 희, 놀다, 장난하다, 희롱戲弄하다, 농탕弄蕩치다(嬉也), 희학戲謔질하다(謔也), 말이나 행동行動으로 실實없이 놀리다, 탄식歎息하다, 놀이, 장난, 연극演劇, 병사兵士, 병장기兵仗器(兵也), 군사軍士

【羲】 숨 희, 숨, 내쉬는 숨, 기운(氣也), 벼슬 이름(羲和,官名), 복희伏羲의 약칭略稱(伏羲,大皥三皇之最先), 왕희지王羲之의 약칭略稱

【犧】 희생犧牲 희, 희생犧牲(宗廟之牲), 순백純白 희생犧牲(純曰犧), 희생犧牲 모양模樣을 새긴 술통桶(犧尊), 소의 형상形狀을 새기거나 소의 형상形狀을 한 술통桶, 술통桶, 사랑하여 기르다

## 〔힐〕

【頡】 곧은 목 힐, 곧은 목(直項), 올바르지 못한 말(頡滑,謂難料理也,崔云,纏屈也,李云,滑滑稽也,一云頡滑,不正之語), 사람 이름(人名), 창힐倉頡, 날아오르다(飛而上曰頡,飛而下曰頏), 위쪽으로 향向하여 날아오르다, 이리저리 뒤섞여 어지럽다(頡滑,謂難料理也,崔云,纏屈也,李云,滑滑稽也,一云頡滑,不正之語), 이리저리 휘어져 굽다, 크다, (약취掠取할 알) 약취掠取하다